MAPP & LUCIA

E.F. BENSON

MAPP & LUCIA

QUEEN LUCIA • MISS MAPP

LUCIA À LONDRES

augmenté de

LE TRAVESTI MASCULIN

Traduit de l'anglais
par Yves-Marie Deshays
et Patrick Micel

PAYOT

Retrouvez l'ensemble des parutions
des Éditions Payot & Rivages sur

payot-rivages.fr

TITRES ORIGINAUX :
Queen Lucia (1920)
Miss Mapp (1922)
The Male Impersonator (1929)
Lucia in London (1927)

Queen Lucia

I

Bien que le soleil fût chaud en ce matin de juillet, Mrs Lucas préféra effectuer à pied le demi-mile qui séparait la gare de sa demeure et envoyer en éclaireur sa femme de chambre ainsi que ses bagages par le fiacre que son mari avait mandé pour aller la chercher. Cette petite promenade serait la bienvenue après les quatre heures qu'elle venait de passer en train. Cependant, un tout autre mobile, occulté par sa conscience mais bien présent dans son subconscient, l'habitait. Certes, la nouvelle de son arrivée par le midi-vingt-six devait d'ores et déjà s'être universellement répandue parmi ses amis à Riseholme. À cette heure de la journée, ils devaient tous arpenter la Grand'Rue du village et ne manqueraient pas de remarquer que le fiacre chargé de bagages s'arrêtait devant le Hurst et qu'il n'en descendait que sa femme de chambre.

Voilà quelque chose qui les intriguerait tous, les ferait frémir de curiosité et se perdre en conjectures en fournissant ainsi à Riseholme son pain quotidien de petites émotions. Ils se demanderaient tous ce qui avait bien pu lui arriver. Était-elle tombée malade à la dernière minute, au moment de quitter Londres ? Avait-elle – animée par sa force d'âme et sa sollicitude légendaires – envoyé sa femme de chambre en estafette pour assurer son mari qu'il n'avait pas de soucis à se faire ? C'était là l'hypothèse de Mrs Quantock car cette dame, entichée pour l'heure des enseignements de la Science chrétienne qui lui faisaient nier l'existence de la douleur, de la maladie et de la mort en ce qui la concernait elle-même, entretenait en revanche les plus sombres pressentiments sur la santé d'autrui. Sous le moindre prétexte, elle taxait d'illusoires les maux de ses semblables, pauvres victimes aveuglées par l'ignorance. Au demeurant, étant donné que le fiacre était déjà arrivé au Hurst et que son arrivée avait déjà été repérée par Daisy Quantock ou portée à sa connaissance par la rumeur publique, il y avait de fortes chances pour que Mrs Quantock ait déjà commencé à administrer à Mrs Lucas son traitement à distance. De toute évidence, Georgie Pillson avait lui aussi été témoin de l'arrivée trompeuse du fiacre mais son hypothèse, bien que plus vraisemblable, n'en aurait pas été moins erronée pour autant. Selon lui, Mrs Lucas avait envoyé sa femme de chambre prendre les devants avec les bagages pour lui garder sa place tandis qu'elle-même, qui vivait hors du temps, consacrait une dernière petite demi-heure à contempler les chefs-d'œuvre italiens à la National Gallery ou les bronzes grecs au British Museum.

À coup sûr, elle ne pourrait se trouver à l'Académie royale car, à Riseholme, la culture, sous la férule de Mrs Lucas, négligeait, comme dénuée d'intérêt, toute tentative artistique postérieure à la mort de sir Joshua Reynolds, et même une bonne partie de la production antérieure… Le mari de Mrs Lucas, par ailleurs, avec sa manie tenace des évidences premières, serait fort capable – quel gâcheur ! – et avant même d'attendre la confirmation de la femme de chambre de conclure tout bonnement que Mrs Lucas était rentrée de la gare à pied. Or, le mobile qui l'avait poussée à expédier le fiacre en avant-garde, bien que conçu dans son subconscient, s'insinua bientôt dans sa conscience claire. Ces intuitions qui lui faisaient entrevoir les réactions des gens devant l'arrivée du fiacre sans elle jaillirent des profondeurs de la nature instinctivement théâtrale qui constituait la toile de fond de sa tournure d'esprit. Cette mentalité la poussait à tenir en toute occasion et comme de droit divin le premier rôle dans les divertissements scéniques auxquels les personnes cultivées de Riseholme condescendaient (ou plus exactement s'escrimaient) à consacrer les quelques loisirs que leur permettaient leurs travaux artistiques ou littéraires et leurs obligations mondaines. En fait, non contente de tenir le premier rôle, Mrs Lucas se débrouillait généralement pour le cumuler avec celui d'un autre personnage, sans préjudice de ses fonctions de régisseur, d'adaptatrice, voire de décoratrice. Quoi qu'elle fît (et il faut admettre qu'elle en faisait pas mal), elle y mettait tout le poids de ses compétences théâtrales ; elle y mettait, en fait, tant d'ardeur qu'elle n'avait même pas le temps de jeter un coup d'œil sur le parterre : elle se contentait de s'observer elle-même et d'observer son propre zèle. Lorsqu'elle jouait du piano, ce qui lui arrivait souvent, car elle réservait chaque jour une heure à ses exercices techniques, elle n'avait cure de l'effet que pouvaient produire sur le promeneur qui passait devant sa maison les gammes et autres arpèges qui se déversaient par sa fenêtre ouverte : elle n'était plus qu'Emmeline Lucas, extasiée dans la gloire de Bach, l'élégance de Scarlatti ou encore la mâle noblesse de Beethoven. C'est probablement vers ce dernier compositeur qu'allaient ses préférences. Nombreuses étaient les soirées au cours desquelles, toutes lumières éteintes et dans la seule clarté mollement diffusée par la lune à travers les fenêtres sans rideaux, elle prenait place, silhouette au profil de camée (à moins que ce ne fût celui d'une tête sur un timbre-poste ?) se détachant sur les lambris de chêne foncé dans son salon de musique, et puis plongeait en extase ses auditeurs, si elle recevait du monde à dîner, tout autant qu'elle-même, grâce au pathos exquis du premier mouvement de la *Sonate au clair de lune*. En dépit du culte fervent qu'elle vouait au maître, dont le portrait dominait son Steinway à queue, elle n'avait jamais réussi à se convaincre que les deux mouvements subséquents atteignaient le même niveau de perfection, sans compter qu'en outre ils « allaient » beaucoup plus vite. Mais, tandis que le train la ramenait de Londres et qu'elle dressait les plans des activités inédites qu'elle entreprendrait une fois rentrée chez elle, elle avait sérieusement envisagé de s'attaquer au restant de la sonate afin d'en maîtriser assez honnêtement les difficultés d'écriture. En attendant, au cours de ces séances au clair de lune, elle s'en tiendrait au seul premier mouvement et déclarerait que les deux autres évoquaient plutôt le matin et l'après-midi. Ensuite, dans un soupir, elle refermerait tout doucement le couvercle du piano en s'essuyant les yeux (peut-être légèrement embués, en fait), allumerait les lampes électriques et dirait, en prenant sur la table un livre où un coupe-papier inséré entre les pages révélait l'étendue de ses recherches, « Georgie, il faut absolument que vous me promettiez de lire cette vie d'Antonio Caporelli dès que je l'aurai terminée. Jusqu'à ce jour, je n'avais toujours pas compris l'importance croissante de l'École vénitienne. Je peux désormais humer le sel de la marée montant à l'assaut de la lagune et apercevoir le campanile du charmant Torcello. » Georgie poserait le tambour à broder sur la toile duquel il était en train de fignoler un motif emprunté à une chape d'évêque italien et pousserait, lui aussi, un soupir. Il dirait alors :

« Vous êtes vraiment trop merveilleuse ! Mais où trouvez-vous donc le temps de faire autant de choses ? »

Elle enchaînerait avec l'adage qui, le lendemain, ferait le tour de Riseholme :

« Cher ami, il n'y a que les gens occupés qui trouvent le temps de faire tant de choses. »

On pourrait croire que même des activités comme celles énumérées ci-dessus auraient suffi à tenir quiconque suffisamment occupé pour n'avoir pas, matériellement, le temps d'en faire davantage. Mais tel n'était pas le cas de Mrs Lucas. Loin de là ! À l'instar du peintre Rubens qui se divertissait à tenir le rôle d'ambassadeur près la cour de Saint-James (charge qui suffirait à occuper à temps complet la plupart des hommes en activité), Mrs Lucas se divertissait, au cours des pauses que lui consentait sa quête de l'art pour l'art, à tenir non seulement le rôle d'ambassadeur mais encore celui de monarque. On aurait pu être tenté de croire, en s'en tenant aux indications bassement matérielles fournies par les cartes géographiques, que Riseholme faisait partie du royaume de Grande-Bretagne. En fait, à un niveau beaucoup plus profond et beaucoup plus conforme à la réalité, Riseholme constituait un royaume autonome en lui-même, avec pour souveraine incontestée Mrs Lucas dont le solide régime autocratique faisait plaisir à voir à une époque où vacillaient les trônes et où les couronnes impériales valsaient comme les feuilles mortes au vent d'automne. Plus heureuse en cela que son homologue russe, la maîtresse de Riseholme n'avait pas à redouter le poison insidieux du bolchevisme car nul n'aurait pu détecter la moindre bulle de ferment révolutionnaire dans cette chaudière où mijotait si gentiment la culture. Ici, pas la moindre trace de misère ni de mécontentement ; pas la moindre rumeur annonçant l'imminence d'un soulèvement. Mrs Lucas, active et sereine, abattait plus d'ouvrage qu'aucun de ses sujets tout en exerçant un contrôle vigilant dont la popularité n'avait d'égal que le caractère autocratique.

Un certain sentiment de son autorité souveraine hantait son esprit tandis qu'en dépassant le dernier virage de la route exposé au soleil elle déboucha sur la Grand'Rue du village qui constituait son royaume.

C'est vrai qu'il lui appartenait, ce royaume, de même que tout trésor découvert revient de droit à la Couronne, car c'est elle qui avait pris l'initiative de transformer ce trou perdu de village élisabéthain en palais de la culture que l'on faisait fleurir à l'endroit où dix ans auparavant une population paysanne menait une vie bovine et guère folichonne dans ces cottages de pierre grise ou ces maisons à colombage. Avant cela, pendant que son mari amassait au barreau une fortune honorable, tant par le montant que par la provenance, Mrs Lucas s'était contentée d'entretenir un flambeau de culture modeste mais inébranlable à Onslow Gardens. Mais une fois leur aisance matérielle garantie par des investissements solides, tant sa propre ambition que celle de son mari les avaient poussés à musarder et à s'activer sous des cieux propices à l'art. Par conséquent, lorsqu'un nombre suffisant de milliers de livres furent placés en lieu sûr, elle avait facilement décidé son mari à acquérir trois de ces petites maisons à deux étages bas, accolées les unes aux autres et, moyennant la suppression judicieuse de quelques cloisons, elle les avait transformées, comme par enchantement, en une demeure des plus confortables. Par la suite on y ajouta sur l'arrière une aile nouvelle, perpendiculaire au corps du logis. Ce greffon avait un air un tout petit peu plus ostensiblement élisabéthain que le tronc sur lequel il était accroché car il abritait le fameux fumoir au sol jonché de paille avec un dressoir, où s'alignaient des chopes d'étain, aux fenêtres garnies de carreaux scellés de plomb et dont les vitres étaient si anciennes qu'on n'y voyait pratiquement pas au travers. Ce fumoir s'agrémentait d'une énorme cheminée encadrée de poutres de chêne avec, de part et d'autre du foyer équipé d'une plaque de fer, des sièges disposés dans un renfoncement sous le manteau. Un chaudron de fer pendait au-dessus du brasier. Ici, et bien que dans le reste de la maison Mrs Lucas eût consenti, pour des raisons de commodité, à l'installation de la lumière électrique, nulle concession de ce genre. Des appliques murales supportaient des lampes de fer qui dispensaient une lumière falote de telle sorte que seules les personnes dotées d'une vue excellente parvenaient à lire sous cet éclairage… et encore ! La lecture était rendue difficile du fait que les rayons du pupitre de table ne contenaient que quelques grimoires aux lettres noires entortillées datant au moins du début du XVIIe siècle et il vous fallait être dans un état d'âme furieusement élisabéthain pour vous y sentir à l'aise. Cependant, Mrs Lucas y passait souvent ses rares instants de loisir, jouant sur le virginal casé dans l'embrasure de la fenêtre, ou bien elle se faisait enfumer au feu de bois tandis que, les yeux tout larmoyants, elle déchiffrait Horace dans un volume d'Elzévir, plutôt tardif pour un incunable authentique mais une excellente affaire, en tous les cas.

La maison était située à l'extrémité du village la plus proche de la gare ; ainsi, quand la vue de son royaume se déploya devant Mrs Lucas, il ne lui restait plus que quelques pas à franchir. Une haie d'ifs, achetée en bloc dans une ferme voisine et transplantée telle quelle avec des mottes compactes de terre et des escargots offusqués autour des racines, protégeait le petit jardin rectangulaire et projetait des ombres monstrueuses correspondant aux formes dans lesquelles les ifs étaient taillés jusque sur la petite pelouse située au centre. Là, comme de bien entendu, on ne pouvait trouver que des fleurs figurant au catalogue floral des pièces de Shakespeare : en effet, le jardin s'appelait jardin de Shakespeare et la plate-bande qui longeait les fenêtres de la salle à manger avait nom « bordure d'Ophélie » car elle ne comprenait que les fleurs que cette pauvre fille à l'esprit dérangé distribuait à ses amis alors qu'elle aurait dû être internée dans un asile de fous. Mrs Lucas se réjouissait souvent intérieurement en pensant que des établissements de ce type n'existaient pas au temps de la reine Élisabeth. L'essentiel de la décoration revenait tout naturellement aux pensées (bien qu'il y eût quelques pieds de saxifrages particulièrement prospères) et Mrs Lucas, en période de floraison, en arborait toujours un petit bouquet, pour lui inspirer des pensées, ce en quoi elles s'avéraient merveilleusement efficaces.

Autour du cadran solaire, installé au milieu d'un des carrés de gazon entre lesquels un chemin en *opus incertum* conduisait à la porte d'entrée, se lovait une bordure circulaire, tristement vide en ce mois de juillet car elle n'accueillait que les fleurs printanières énumérées par Perdita. Mais le premier jour où, chaque année, la couronne de Perdita donnait ses premières fleurs constituait un délicieux anniversaire. La nouvelle s'en répandait comme une traînée de poudre à travers le royaume de Mrs Lucas. Ses sujets en éprouvaient une grande joie et venaient rendre hommage à la première violette ou au premier narcisse, selon le cas.

Les trois maisonnettes, habilement restructurées pour former le Hurst, offraient une façade irrégulière au charme pittoresque. Celle du centre à laquelle conduisait le chemin en *opus incertum* était à colombage et les deux autres, qui la flanquaient de chaque côté, étaient construites en pierre grise du pays.

Des fenêtres à croisillons et à meneaux épais donnaient le jour à l'intérieur des pièces et certains carreaux d'origine avaient été remplacés ; un œil exercé parvenait à les repérer car ils avaient un air nettement plus ancien que les autres. De même, la porte d'entrée paraissait d'un âge incroyablement vénérable. Le fait est que celle que Mrs Lucas avait trouvée en arrivant était dans un état de délabrement tel qu'elle n'aurait été d'aucune utilité contre le vent et l'humidité. Par conséquent, on avait procédé à la fabrication d'une porte encore plus ancienne à partir de planches de chêne récupérées dans une grange à l'abandon. On l'avait parsemée de gros clous en fer reproduits à l'identique par le forgeron local sur un modèle ancien. Il en avait disposé certains de manière à suggérer la date 1603. Au-dessus de la porte pendait une enseigne d'auberge et dans l'espace du cadre où jadis se balançait l'enseigne, on avait ajusté une lanterne dans laquelle était camouflée, protégée des regards par des panneaux aux vitres patinées, une ampoule électrique. C'était là une des concessions indispensables au confort moderne car nulle lampe alimentée à l'huile n'aurait pu fournir assez de lumière pour traverser ces vitres authentiquement opaques et éclairer le chemin conduisant au portail. Mieux valait une lumière électrique que d'envoyer les visiteurs piquer du nez dans la bordure de Perdita. Sur le côté de cette porte de donjon pendait un lourd tirant de sonnette terminé par une poignée en forme de sirène. Quand Mrs Lucas l'avait fait installer au début, c'était un tirant de sonnette d'un modèle tel que seul un homme exceptionnellement bien bâti, bien campé sur ses jambes et s'y prenant à deux mains, pouvait actionner, mettant ainsi en branle une énorme cloche de bronze située dans le corridor des domestiques, qui finissait par carillonner (si l'athlète continuait de tirer sur la chaîne) en provoquant des vibrations si sonores que le crépi du plafond tombait par plaques entières. Mrs Lucas avait donc consenti une nouvelle concession et à la faiblesse musculaire de la génération actuelle et au désagrément de voir le crépi tomber dans les plats froids acheminés vers la salle à manger : derrière la queue de la sirène était à présent installé un petit bouton en os, peint en noir et pratiquement invisible. Le tirant de sonnette se trouvait de la sorte transformé en poussoir de sonnette électrique. C'est ainsi que les visiteurs purent dorénavant annoncer leur arrivée sans avoir à se livrer à des efforts violents, que la sirène ne perdit pas un iota perceptible à l'œil nu de son élisabéthaine virginité et que l'esprit du grand Shakespeare planant dans son jardin ne parvint pas à détecter le moindre anachronisme.

Bien que les parents de Mrs Lucas l'eussent gratifiée du prénom d'Emmeline, nul ne songeait à s'étonner que ses sujets les plus intimes l'appelassent Lucia, prononcé, certes, à l'italienne (la Lucia, la femme de Lucas) et c'est par un *Lucia mia* que son mari l'accueillit à la porte du Hurst. Il avait épié son arrivée à travers les carreaux du salon tout en méditant sur l'un de ses petits poèmes en prose qui constituaient une contribution d'un goût si raffiné à la culture de Riseholme ; car comme on l'a laissé entendre, bien qu'il eût les pieds sur terre et fît preuve d'un solide bon sens dans la vie de tous les jours, son âme avait des fenêtres ouvertes sur des perspectives nébuleuses qui, à peine intelligibles, échappaient au sens commun. Sur le plan de la forme, ces odes adoptaient le rythme souple de Walt Whitman, mais quant au fond et au ton suave, elles ne présentaient pas le moindre point commun avec la production poétique de ce barde barbare en qui tout le monde s'accordait à ne voir qu'un

Américain grossier et obscène. Deux ou trois recueils de ses poèmes en prose avaient déjà paru en librairie. L'édition, certes, n'en avait pas été confiée à l'une de ces grandes maisons londoniennes, à gros tirages commerciaux, mais à L'enseigne du Narcisse, implantée sur la pelouse communale où la composition typographique se faisait à la main et dont le catalogue réduit se limitait volontairement à l'excellent. La presse venait d'entrer en fonction aux frais de Mr. Lucas. Elle avait déjà sorti une réédition des sonnets de Shakespeare en même temps que les propres poèmes de Mr. Lucas. Ils étaient imprimés en gros caractères sur du papier épais et jaunâtre dont les tranches paraissaient avoir été déchirées par le doigt d'un lecteur fébrile tant elles étaient irrégulières. La reliure était en vélin. Les titres de ces deux minces florilèges, *Choses de flot* et *Choses de mer*, étaient imprimés en lettres noires sur les couvertures. Celles-ci avaient ensuite été agrémentées d'une sorte de sceau en relief et de rubans à l'ancienne de telle sorte que le lecteur pouvait, une fois terminée sa lecture du moment, refermer les *Choses de flot* de Mr. Lucas en nouant les deux petits rubans et se tourner vers les *Choses de mer*.

Ce jour-là, le poème en prose « Solitude » n'avait pas marché très fort et Philip Lucas fut soulagé d'entendre le loquet du portail qui mettait un terme à sa solitude présente. Levant les yeux, il entrevit la silhouette ondoyante de sa femme déformée à travers les vitres irrégulières de la fenêtre du salon, ces vitres qu'ils avaient mis si longtemps à rassembler mais qui à présent remplaçaient le matériau parfaitement lisse, aux faces bien parallèles, mais si ordinaire, qui s'y trouvait précédemment. Il bondit avec une prestesse étonnante chez une personne aussi massive et imposante et poussa la porte d'entrée cloutée bien avant que Lucia n'eût franchi l'allée en *opus incertum* (elle s'était attardée devant la bordure de Perdita).

« *Lucia mia !* s'exclama-t-il. *Ben arrivata !* Alors vous êtes venue de la gare à pied.

– *Si, Peppino, mio caro*, dit-elle. *Sta bene ?* » Il l'embrassa et retomba dans la langue de Shakespeare car leur italien, bien que sûr et correct à son propre niveau, n'atteignait pas un niveau bien élevé et s'avérait inutilisable quand il s'agissait de tenir une conversation, sauf pour se saluer mutuellement ou demander l'heure. Mais parler italien avait du charme, à quelque niveau que ce fût.

« *Molto bene*, dit-il, et je suis ravi que vous soyez de retour à la maison. Quelles nouvelles de Londres ? » demanda-t-il de la même manière qu'il se serait enquis de la santé d'un malheureux parent qui aurait eu peu de chances de se rétablir.

Elle sourit, d'un sourire plutôt triste.

« Une agitation énorme pour vraiment pas grand-chose, dit-elle. Toute cette quinzaine, je n'ai pratiquement pas eu un instant à moi. Déjeuners par-ci, dîners par-là, réceptions en tous genres : je n'ai pas pu répondre à la moitié des invitations reçues. Ah ! ce cher South Kensington !

– *Carissima*, quand Londres parvient à vous retenir, comment s'étonner que tout le monde se dispute votre présence ? dit-il. Il ne faut pas leur en vouloir.

– Mais non, très cher, je ne leur en veux pas. Tout le monde s'est montré si prévenant et si accueillant. Ils se sont mis en quatre pour me faire plaisir. Je ne leur jette pas la pierre, c'est à moi que j'en veux. Mais je crois que cette vie à Riseholme avec son charme discret et son souci du moindre détail rend difficile à quiconque de s'en absenter pour aller ailleurs. Londres ressemble à un hall de gare où tout le monde se croise : il n'a pas de vie qui lui soit propre. Pas de finesse, nulle perception des nuances subtiles. Impossible d'y cultiver un style original : tout le monde papote en chœur, papote et boulotte. Y a-t-il un concert chez un particulier – vous connaissez ma position sur la musique et l'incapacité totale où je me trouve de l'écouter lorsque je suis coincée au milieu d'une rangée de chaises –, eh bien, même là, dès la dernière note on vous entraîne à table séance tenante. Il y a foule partout et partout de quoi manger ; impossible d'être seule ; or, comme le dit Goethe, ce n'est que dans la solitude qu'éclosent les fleurs de la sensibilité. Personne à Londres n'a le temps d'écouter : chacun ne pense qu'à repérer qui est présent ou qui est absent et qu'est-ce qu'on va faire ensuite. Le présent, le délicieux présent, comme vous l'appelez dans l'un de vos poèmes, n'y a pas droit de cité : il n'y a que le fébrile futur qui compte.

– Formule exquise ! J'aurais dérobé cette perle pour mon modeste poème si vous l'aviez découverte plus tôt. »

Trop accoutumée à cet encens qu'elle se contentait de renifler sans y prêter attention, elle poursuivit son redoutable réquisitoire.

« Ce n'est pas que je reproche à Londres d'être si occupé, dit-elle en toute impartialité, car si être occupé est un crime, j'en connais peu parmi nous qui échapperaient à la potence. Tenez, par exemple, ma vie ici – ou bien la vôtre en l'occurrence – bon, d'accord, la mienne, si vous y tenez. Souvent, très souvent, je suis seule toute la matinée, mais durant ces quelques heures, je vaque à plus de tâches essentielles que ne le fait Londres en vingt-quatre heures. Je fais une heure de musique sans regarder à droite ou à gauche en me posant des questions sur mes voisins mais en m'appliquant à apprendre, à étudier, à ingurgiter la céleste mélodie. Ensuite vient mon courrier à rédiger, et vous savez ce que cela représente et pourtant je trouve encore le temps de lire une heure, tant et si bien que lorsque vous venez m'annoncer que le déjeuner est servi, vous constatez que j'ai arpenté des églises vénitiennes ou que j'ai pris place dans cette petite chambre obscure à Weimar (à moins que ce ne soit Leipzig ?). À Londres, à quoi ces heures auraient-elles été employées ? À passer une demi-heure assise dans Hyde Park en compagnie de cette chère Aggie qui me montrerait du doigt, le souffle coupé par l'émotion, une femme dont le divorce vient d'être prononcé ou un aristocrate en faillite ? Ensuite, elle me traînerait à un vernissage envahi par ces mêmes personnes toutes occupées à se dévisager et à se répandre en potins sur le dos les unes des autres ou peut-être à s'extasier devant des tableaux à vous laisser sans voix ou à vous faire dresser les cheveux sur la tête. Non, non, je me félicite d'être de retour à mon cher petit Riseholme. Ici, je peux travailler et réfléchir en paix. »

Elle jeta un regard circulaire au hall d'entrée lambrissé, tout émue de retrouver la chaleur du foyer (qui éclipsait presque celle, purement physique, qu'avait provoquée le trajet à pied depuis la gare). Où que se portassent ses regards, ses yeux noirs et perçants, semblables à des boutons recouverts de toile cirée, ne rencontraient rien qui choquât la vue, alors que tant de choses la choquaient à Londres. Ici, on pouvait voir des pichets en laiton poli posés sur le rebord de la fenêtre, une coupe de fleurs séchées sur la table noire centrale et deux ou trois tapis persans sur le sol astiqué. La pièce comportait également quelques bizarreries pittoresques, de celles qu'elle avait mentionnées dans la communication mémorable lue devant le Cercle littéraire de Riseholme et intitulée *De l'humour dans l'ameublement*, témoin ce bidon à lait en laiton utilisé comme porte-parapluie. Tout aussi pittoresque était le plat contenant des fruits en pierre taillée, imités à s'y méprendre et qui faisait pendant à la coupe de fleurs séchées, ainsi que l'araignée japonaise en peluche, retranchée dans sa toile de soie au-dessus de la fenêtre. Le rendu de l'araignée était si parfait qu'un beau matin la nouvelle bonne de Lucia avait laissé tout son ménage en plan et s'était enfuie dans le jardin pour supplier le jardinier de tuer la bestiole. Le plat de fruits en pierre taillée avait lui aussi connu un certain succès. Un jour, Lucia avait dit à Georgie Pillson : « Ah ! mon jardinier vient de m'apporter ces pommes et ces poires du jardin. Ce sont les premières de l'année. Voulez-vous en emporter une ? » Ce ne fut qu'en soupesant l'une des poires (il avait jeté son dévolu sur la plus grosse) que Georgie flaira le piège et se rendit compte qu'elles étaient factices. Ce fut alors son tour de prendre sa revanche. Profitant d'un moment propice, il avait glissé une vraie poire parmi ses congénères minéraux et, passant à nouveau devant la table, cette fois en compagnie de Lucia, il avait saisi le fruit et y avait mordu à pleine bouche. L'espace d'une seconde, Lucia crut s'évanouir en pensant aux dents de Georgie cassées en petits morceaux…

De temps en temps, ces petites attrapes étaient remplacées par d'autres. Par exemple, on pouvait décrocher l'araignée et y substituer un canari en porcelaine dans une élégante volière d'allure Chippendale. En choisissant le hall d'entrée pour ces petites babioles, Lucia entendait fournir aux invités un sujet de plaisanterie tandis qu'ils retiraient leurs manteaux et pénétraient au salon où ils avaient déjà eu en guise d'entrée en matière quelque chose de léger et d'amusant à commenter.

De même, on substituait parfois au gong une rangée de clochettes qui avait autrefois garni le harnais du cheval de tête d'un équipage de charretier quelque part dans les Flandres : en fait, lorsque Lucia était chez elle, il y avait souvent quelque originalité inédite plusieurs jours d'affilée et elle avait même laisser espérer au Cercle littéraire qu'un jour peut-être, quand elle serait moins bousculée, elle rassemblerait de quoi fournir une suite à sa communication, voire en écrire une autre de plus grande envergure sur le thème *Amorces de conversations tirées de l'ameublement*.

Sur la table gisait une pile de lettres pour Mrs Lucas. On ne lui avait pas fait suivre les livraisons de son courrier de la veille qui serait peut-être parvenu à Londres après qu'elle en fut revenue (on ne pouvait pas trop se fier à la diligence toute relative des facteurs londoniens). Elle poussa un petit cri d'effroi.

« Puisqu'il y en a autant, je vais être très méchante, dit-elle, et n'en ouvrir aucune jusqu'après déjeuner. Emportez-les, *caro*, et jurez-moi de les mettre sous clef d'ici là. Ne me les donnez surtout pas, même si je vous en supplie à genoux. Ensuite je reprendrai le collier, ce cher vieux collier, et je m'attellerai à la tâche. En attendant la cloche du déjeuner, je vais faire un petit tour dans le jardin. Que disait Nietzsche déjà, à propos de la nécessité de se “méditerraniser” de temps en temps ? Je dois me “riseholmer[1]” un peu. »

Peppino reconnut la citation qui figurait dans un article consacré à l’un des ouvrages de cet auteur fameux, où Lucia elle-même l’avait vue d’ailleurs, et il s’en retourna à son poème en prose, « Solitude », stimulé par l’effet du contraste avec sa situation présente, tandis que sa femme traversait le fumoir pour se rendre dans le jardin afin de se plonger une fois de plus dans l’atmosphère empreinte de culture. Dans cette partie du jardin située derrière la maison, on n’avait pas essayé de reconstituer un domaine exclusivement shakespearien car, comme le faisait fort justement remarquer Lucia, Shakespeare, ce grand amateur de fleurs, aurait certainement souhaité qu’elle appréciât tout trésor horticole quel qu’il fût. Dans un coin régnaient surtout des meubles de jardin et autres attirails, et le site était presque encombré de nombreuses statues, cadrans solaires et sièges en pierre. En bonne place s’étalaient des devises et, tandis qu’un cadran solaire vous rappelait que *Tempus fugit*, dans un coin tranquille propice au farniente une formule déroutante vous ordonnait : *Bide a wee* (Rien qu’un instant).

Par contre, le siège rustique dans l’allée envahie de cytises portait, gravée sur le dossier, la citation

J’ai longtemps voyagé,
aux royaumes dorés,

de telle sorte qu’en méditant sur les vers de Keats, vous pouviez vous reposer la conscience tranquille rien qu’un instant.

En fait, l’opulente profusion de citations familières et stimulantes était telle qu’un des sujets de Lucia avait une fois déclaré que se promener dans son jardin permettait non seulement

1. En français dans le texte. *(N.d.T.)*

d'admirer de belles fleurs, mais encore de passer, ce faisant, une demi-heure en compagnie des meilleurs auteurs.

Comme on pouvait s'y attendre, il y avait aussi un colombier mais comme les chats tuaient toujours les colombes, Mrs Lucas avait fixé sur les perchoirs de la volière désaffectée plusieurs pigeons en porcelaine scandinave qui, tout en opposant leur immortalité à la convoitise des félins, rappelaient, en passant, le thème de l'humour dans l'ameublement.

L'humour atteignit son summum le jour où Peppino camoufla un rossignol mécanique dans un buisson ; il poussait un « Diog-diog » plus vrai que nature lorsqu'on tirait sur une ficelle. Georgie n'avait pas encore vu les pigeons de Copenhague et, étant donné sa légère myopie, il crut qu'ils étaient vrais. C'est alors, oh mon Dieu !, que Peppino tira sur la ficelle et pendant un bon bout de temps Georgie écouta avec ravissement les mélodieux roucoulements. Cette petite revanche compensa le tour qu'il avait joué en glissant une vraie poire parmi les fruits en pierre taillée. C'est qu'en dépit de l'atmosphère de culture éthérée qui régnait à Riseholme, Riseholme savait s'y prendre pour *desipere in loco* et sa culture assidue s'accordait souvent des moments de détente grâce à ces facéties raffinées.

Mrs Lucas arpenta d'un pas rapide et décidé les allées du jardin en attendant la cloche du déjeuner ; l'activité de son esprit rejaillissait sur son corps et stimulait ses gestes. De part et d'autre de son front s'étalaient des mèches de cheveux noirs, impeccablement ondulés, qui lui cachaient le haut des oreilles. Elle avait abandonné son chapeau londonien et tenait une ombrelle de paysanne italienne en coton rouge qui diffusait une lumière rose sur l'ovale de son visage étroit à la carnation pâle.

Elle portait fort allègrement le poids de ses quarante ans et, n'était le léger affaissement des commissures de ses lèvres étroitement serrées, elle aurait pu passer pour une femme beaucoup plus jeune. À part cela, son visage n'avait pas de rides et ne trahissait pas les ravages d'une vie sentimentale agitée qui vieillit et avachit les traits. Chez elle, il n'y avait certainement rien d'avachi et très peu de signes accusant l'âge ; on pouvait donc imaginer à bon droit que vingt ans plus tard elle ne paraîtrait que légèrement plus vieille qu'à présent. Les émotions auxquelles elle succombait relevaient des extases esthétiques, stériles et hors du temps ; les désirs qui l'assaillaient ne procédaient pas de ses humeurs sentimentales mais de ses ambitions. De dynastie, elle n'en avait point, n'ayant pas eu d'enfants. Ses ambitions se bornaient donc à veiller au maintien et à la sécurité de son propre trône en tant que reine de Riseholme. En vérité, elle n'attendait rien de plus de la vie que le retour cyclique de moissons aussi abondantes que celles qu'elle avait recueillies ces dix dernières années. Tant qu'elle dirigeait la vie de Riseholme et, présidant aux activités culturelles et aux distractions, en était la source d'inspiration incontestée, elle s'octroyait de temps en temps le luxe de se rafraîchir la mémoire en allant constater sur place l'infériorité radicale de Londres, et n'en demandait pas plus. Mais pour ce faire, elle mobilisait tout ce qu'elle possédait en fait de confort, de loisirs et de revenus. Comme elle jouissait d'une résistance pratiquement à toute épreuve, le sacrifice de son confort et de ses loisirs la gênait peu, et, comme sa fortune était des plus confortables, la question financière ne la gênait pas du tout. Elle aurait pu aspirer à exercer, pour le plaisir, quelque activité routinière de quadragénaire, tandis que des générations montantes se fanaient sous ses yeux et que nulle étoile ne montait encore à l'horizon pour menacer de faire pâlir son éclat incontesté. Mais, bien que de nature essentiellement despotique, elle autorisait, voire encourageait, ses sujets à s'épanouir l'esprit chacun selon sa propre voie, à condition que ces lignes convergeassent toujours au centre d'aiguillage dont elle était le maître. Sur le chapitre religieux, enfin, on pouvait dire en deux mots qu'elle croyait en Dieu à peu près de la même manière qu'elle croyait en l'Australie, car elle ne mettait en doute ni l'existence de l'un ni celle de l'autre, et, quand le dimanche elle se rendait à l'église, c'était à peu près dans le même état d'esprit qu'elle aurait regardé un kangourou dans un parc zoologique, puisque les kangourous venaient d'Australie.

Un mur bas séparait le bout de son jardin de la prairie au-delà de laquelle coulait le ruisseau qui se jetait dans l'Avon. Souvent, elle trouvait merveilleux que l'eau qui serpentait là en murmurant coulerait peu après (à moins d'être bue par une vache) au pied de l'église de Stratford où reposait Shakespeare. Peppino avait écrit un petit poème en prose plein de sensibilité sur ce thème, car elle lui en avait royalement confié l'idée. Il avait esquissé un somptueux parallèle entre la rosée terrestre qui rafraîchit les fleurs et s'évapore au feu du soleil d'une part et d'autre part la pensée, cette rosée céleste qui rafraîchit l'âme et puis, d'une manière plutôt vague, s'évapore ensuite dans la sphère infinie de l'âme cosmique...

À cet instant, un objet, surgissant sur la route longeant l'autre rive du joyeux ruisseau tributaire de l'Avon, attira le regard de Lucia. Impossible de confondre avec qui que ce fût la silhouette boulotte de Mrs Quantock qui s'avançait à petits pas tout en gesticulant. Mais pourquoi, pourquoi grands dieux, cette adepte de la Science chrétienne était-elle accompagnée par un homme à la silhouette enturbanée et empêtrée dans une robe, au teint exotiquement tropical et à la barbe noire ? Sa robe jaune safran, à la ceinture d'un vert criard, était retroussée pour faciliter sa marche et, à moins qu'il ne portât des chaussettes de couleur chocolat, Mrs Lucas vit des jambes humaines exactement de même teinte. L'instant d'après, cette incertitude fut levée car elle distingua des socquettes roses dans des savates rouges...

Alors que Lucia observait toujours la scène, Mrs Quantock l'aperçut à son tour (il faut dire que, grâce à la Science chrétienne, elle avait recouvré sa vue perçante d'antan). Elle agita la main et envoya un baiser puis, de toute évidence, attira l'attention de son compagnon car, juste après, il se mit à faire à Lucia des salamalecs dans la grande tradition des cours lointaines d'Orient. Il ne restait plus à Lucia qu'à rendre ces salutations, en attendant mieux. Pas question de hurler à Mrs Quantock en aparté, « Mais qui est donc cette espèce d'Indien ? » car si Mrs Quantock pouvait l'entendre, cet Indien l'entendrait également. Mais dès que cela lui fut possible, elle fit demi-tour pour rentrer chez elle et, une fois parvenue derrière le bosquet de lilas qui la dérobait à la vue de la route, elle pressa le pas afin de consulter Peppino dans les plus brefs délais sur l'identité de ce sujet fraîchement débarqué dans son royaume. Elle savait que certains princes indiens résidaient à Londres : peut-être était-ce l'un d'eux ? Dans ce cas, il faudrait sans perdre une minute se mettre à lire dans l'Encyclopédie les articles consacrés à Bénarès et à Delhi.

II

Tandis qu'elle traversait le fumoir, les petites cloches guillerettes qui avaient jadis tinté sur le harnais d'un cheval flamand se mirent à carillonner à travers la maison et, au même moment, Lucia subodora qu'il y avait un gratin de macaronis à déjeuner (délicate attention à son endroit de la part de Peppino). Mais avant de planter la fourchette dans son assiette généreusement garnie, il fallait qu'elle interrogeât son mari car son avidité mentale de nouvelles était bien plus vive que son appétit de nourriture.

« *Caro*, qui est l'Indien, demande-t-elle, que je viens de voir avec Daisy Quantock ? Ils cheminaient tous deux sur l'autre berge du *piccolo Avono.* »

Peppino avait déjà attaqué ses macaronis et il dut marquer une pause pour enfourner le trop-plein de pâtes qui lui pendait de la bouche. Mais la hâte qu'il mit à effectuer cette opération manifestait clairement son vif désir de répondre aussi vite que possible, humainement parlant.

« Un Indien, chère amie ? demanda-t-il au comble de la curiosité.

– Oui, avec turban, burnous, mollets nus et savates », dit-elle, un brin d'impatience dans la voix, car à quoi servait-il que Peppino fût demeuré à Riseholme s'il s'avérait incapable de lui fournir des détails précis et circonstanciés sur la chronique locale quand elle revenait à la maison ? C'était bien beau d'écrire des poèmes en prose mais son rang de prince consort comportait d'autres obligations d'État que les travaux artistiques ne sauraient lui faire négliger.

Cette âpreté de ton chez sa femme parut aiguiser l'esprit de Peppino.

« À dire vrai, je n'en sais trop rien, Lucia, dit-il, car je ne l'ai pas vu de mes yeux. Mais, aussi vrai que deux et deux font quatre, je crois avoir deviné.

– Parfait ! deux et deux font quatre, effectivement, dit-elle avec cette pointe d'ironie qui l'avait rendue célèbre et redoutable. Mais passons à votre sens divinatoire. J'ose espérer qu'il sera tout aussi parfait.

– Eh bien, comme je vous l'ai écrit dans une de mes lettres, dit-il, Mrs Quantock a laissé paraître des signes de lassitude à l'égard de la Science chrétienne. Elle a attrapé un rhume et bien qu'elle eût récité la formule *Exposé scientifique de l'être* aussi souvent que par le passé, son rhume n'en a pas régressé pour autant. Mais lorsque je l'ai vue mardi dernier, à moins que ce ne soit mercredi (non, ça ne pouvait pas être mercredi, donc c'était bien mardi...)...

– Mardi ou mercredi, peu importe, coupa sa femme, mettant avec brio un terme à son indécision.

– Oui, comme vous dites... bref, ce jour-là Mrs Quantock ne parlait que d'une certaine philosophie indienne qui vous remet sur pied en un clin d'œil. Comment l'appelait-elle, déjà ?... Yoga !... Oui, c'est bien ça !

– Et puis après ? demanda Lucia.

– Ma foi, il paraît qu'il faut avoir un professeur pour vous enseigner le yoga, faute de quoi vous risquez de vous faire du mal. Il faut apprendre à respirer profondément et dire "Om"...

– Dire quoi ?

– Om. J'ai cru comprendre que la formule jaculatoire était "Om". Il y a aussi de très curieux exercices physiques : on doit se tenir l'oreille d'une main et les orteils de l'autre, mais on risque de se fouler un membre si ce n'est pas fait dans les règles. C'était ça, en gros.

– Et l'Indien ? C'est pour aujourd'hui ou pour demain ? dit Lucia.

– Mais *carissima*, on l'a déjà passé. Je suis tenté de croire que Mrs Quantock a fait le nécessaire pour se procurer un professeur et qu'elle l'a obtenu. *Ecco !* »

Mrs Lucas fronça violemment les sourcils en entendant ces nouvelles. Peppino avait un flair merveilleux pour élucider les événements insolites qui survenaient à Riseholme et, en règle générale, ses pronostics se vérifiaient infailliblement. Mais dans le cas présent, s'il avait vu juste, il n'en demeurait pas moins inouï que quelqu'un eût pu se permettre d'importer à Riseholme un mystique Indien sans en référer à Lucia. Il est vrai qu'elle s'était absentée mais, quand même, on aurait pu se servir de la poste, bon sang !

« *Ecco* en effet ! dit-elle. Cela me met dans une situation assez délicate car c'est aujourd'hui que je dois lancer mes invitations pour la garden-party. Me voilà bien embarrassée : dois-je, oui ou non, considérer que je connais l'existence de cet homme ? Je ne puis décemment écrire à Daisy Quantock "Mais amenez donc votre ami nègre Om" (ou Tartempion, qui sait ?) et par ailleurs, s'il s'avère que c'est le genre de personnage que l'on ne se pardonnerait pas d'avoir manqué, je m'en voudrais d'avoir laissé passer la chance de le rencontrer.

– Mais voyons, chère amie, voilà à peine une demi-heure que vous êtes rentrée à Riseholme, dit son mari. Il eût été difficile à Mrs Quantock d'avoir déjà pu vous en parler. »

Le visage de Lucia s'éclaira.

« Daisy me l'a peut-être écrit, dit-elle. Il se peut qu'en ouvrant mon courrier j'y trouve un compte rendu détaillé de toute l'affaire.

– J'y mettrais ma main au feu. Il est peu probable qu'elle ait pu manquer de tact au point de ne pas vous en parler. Je pense également que son visiteur a dû arriver très récemment. Autrement, je n'aurais pas pu manquer de le voir ici ou là. »

Lucia se leva.

« Eh bien, c'est ce qu'on va voir, dit-elle. Je vais donc être très occupée tout l'après-midi, mais à l'heure du thé je serai en mesure de recevoir quiconque viendra me rendre visite. Passez-moi mon courrier, *caro*, et je vais bien voir si Daisy m'a écrit. »

Tout en se dirigeant vers sa chambre, elle passa rapidement les enveloppes en revue pour en vérifier la provenance, et voilà que dans la liasse se trouvait un pli épais sur lequel s'étalait l'écriture négligée de Mrs Quantock, si grosse et si lisible au premier coup d'œil mais, en fait, si déconcertante à déchiffrer. Pour y comprendre quelque chose, il vous fallait tenir le document à distance et l'observer globalement comme un tout, un peu comme on regarde un paysage. Soumis à ce régime, les mots éparpillés commençaient à regagner leur place cohérente et, lorsque vous en aviez saisi un nombre suffisant, comme des fragments de paysage entrevus à la faveur d'éclairs intermittents par une nuit d'orage, vous pouviez alors espérer en maîtriser l'idée générale. Ce procédé fournit des résultats des plus encourageants tandis que Mrs Lucas s'installait sur une chaise, tenant les feuillets à bout de bras et en modifiant la distance focale pour obtenir une mise au point optimale. Le mot « Bénarès » clignota, ainsi que « brahmane » et puis aussi « haute caste », « sainteté insigne » et « gourou ». Lorsque le sens de ce dernier terme eut été éclairé par la consultation de l'article « Yoga » dans son Encyclopédie, Lucia parvint rapidement à comprendre la totalité du message.

Une fois le puzzle entièrement reconstitué, la lettre offrit de quoi captiver toute son attention. Riseholme avait rarement entendu retentir un tel prélude à l'aventure, aussi négligea-t-elle de décacheter les autres lettres reçues.

Il se trouvait que, exactement comme l'avait dit Peppino à table, le rhume de Mrs Quantock s'était montré réfractaire à tous les préceptes de Mrs Mary Baker Eddy ; même répété un grand nombre de fois, l'*Exposé scientifique de l'être* semblait l'aggraver davantage. Aussi, un beau jour, alors qu'elle était confinée chez elle, Mrs Quantock avait tendu le bras et pris un livre « tout à fait par hasard » sur un rayon de sa bibliothèque. En fait, elle pensait avoir agi ainsi sous l'influence d'une impulsion intime. Par conséquent, il s'agissait bien là d'une « force d'en haut ».

Mrs Lucas s'arrêta un moment pour rassembler ces phrases liminaires. Il lui semblait se souvenir que Mrs Quantock avait obéi à une « force d'en haut » analogue lorsqu'elle s'était lancée dans la Science chrétienne. À l'époque, c'est la vue d'une église neuve dans le quartier de Sloane Street qui l'avait déclenchée. Mrs Quantock avait franchi la porte de l'église (elle eut été incapable d'expliquer vraiment son geste) et s'était retrouvée au beau milieu d'une séance de témoignages au cours de laquelle des témoins des deux sexes prenaient la parole pour relater les guérisons miraculeuses dont ils avaient bénéficié. L'un avait souffert de quintes de toux, l'autre d'un cancer, un troisième d'une fracture mais tous avaient été guéris grâce aux vérités saintes dispensées par l'Évangile selon Mrs Eddy. Cependant, les souvenirs de Lucia sur ce sujet étaient, pour l'heure, hors de saison ; elle brûlait d'arriver au passage de la lettre relatif à la nouvelle « force d'en haut ».

Enfin, le livre que Mrs Quantock avait pris sur l'étagère, mue par la dernière force d'en haut, se trouva être un petit manuel sur les philosophies orientales. Il s'ouvrait de lui-même à la page d'un chapitre sur le « yoga ». Immédiatement, elle eut l'intuition, comme si s'était ouvert un œil intérieur, que le « yoga » était la réponse à ses besoins. Elle écrivit donc immédiatement à l'adresse dont émanait le livre afin d'obtenir des directives sur le sujet. Elle avait lu dans « Philosophies orientales » que, pour pratiquer le yoga avec succès, il était indispensable d'avoir un maître. Pouvait-on lui en indiquer un qui soit susceptible de l'initier ? Cette question reçut une réponse merveilleuse. En effet, deux jours plus tard, la bonne de Mrs Quantock vint lui annoncer qu'un monsieur indien désirait lui parler. Il fut introduit et, après s'être profondément prosterné, déclara : « Noble dame bien-aimée, je suis le maître que vous avez demandé. Je suis votre gourou. Paix à cette maison ! Om ! »

À ce stade de lecture, Mrs Lucas avait mis au point la distance focale optimale pour décrypter la lettre de Mrs Quantock. Elle put donc se lancer dans la suite sans en perdre un mot :

« N'est-il pas merveilleux, Lucia très chère, poursuivait le texte, d'avoir trouvé une réponse si prompte à ma soif de lumière ! Et pourtant, mon gourou me dit qu'il en va toujours ainsi. Je lui ai été envoyée et il m'a été envoyé, tout simplement ! Il attendait une manière d'appel lorsque lui parvint une lettre sollicitant des directions et il s'est mis en route sur-le-champ car il savait qu'il était envoyé. Imaginez un peu la situation ! Je ne connais même pas son nom : sa religion lui interdit de me le révéler. Il est mon gourou tout simplement, mon guide en quelque sorte, et il restera près de moi tant qu'il saura que j'ai besoin de lui pour m'indiquer la Vraie Voie. Il dispose de la chambre d'amis ainsi que du boudoir contigu où il peut méditer et effectuer Prana et Pranayama, c'est-à-dire ses exercices de respiration. En les pratiquant assidûment et sous contrôle, on jouit d'une santé et d'une jeunesse parfaites. (Mon rhume est déjà guéri.) C'est un brahmane de la plus haute caste ; en fait, ces notions de castes ne le concernent plus, un peu comme pour le roi, “baron” ou “chevalier” c'est tout un. Il est originaire de Bénarès où il passait ses journées à méditer sur les bords du Gange et je peux voir moi-même que c'est un être d'une sainteté insigne. Mais il peut tout aussi bien méditer dans ma petite chambre car il dit n'avoir jamais été dans une maison où règne une atmosphère aussi merveilleuse. Il n'a pas le moindre argent

– ce qui est vraiment beau de sa part – et a paru vraiment peiné et déçu lorsque je lui en ai proposé. Il ne sait même pas comment il a fait pour venir ici de Londres ; il ne pense pas que ce soit par le train ; peut-être s'est-il trouvé transporté ici par quelque moyen astral ? Lorsque j'ai prononcé le mot "argent", il est resté bouche bée. À coup sûr, il a dû faire un effort pour se rappeler ce qu'était l'argent car cela fait probablement belle lurette que le mot a disparu de son vocabulaire. Quand donc il lui faut quelque chose, je lui ai dit de s'adresser à n'importe quelle boutique et de faire mettre la note sur mon compte. Quand il médite, il lui arrive de rester plusieurs jours de suite sans nourriture et sans sommeil. C'est inouï !

Puis-je venir vous le présenter ou bien préférez-vous venir vous-même ici ? Il désire vous rencontrer parce qu'il sent que vous avez une belle âme, et que vous pouvez l'aider sur la Voie tout autant qu'il vous aide. Moi aussi je l'aide (c'est lui qui l'affirme), ce qui me semble trop merveilleux pour être vrai. Envoyez-moi un petit mot dès votre retour. *Addio !*

Votre fidèle, Daisy. »

Mrs Lucas replia la grosse liasse de feuillets bruissants dont la lecture avait été si longue. Elle sentit qu'il lui fallait prendre une décision rapidement et mobiliser toutes ses facultés mentales. D'un côté, elle se devait d'envoyer une réponse laconique qui laisserait entendre froidement, sans mettre de gants, qu'elle n'avait cure des gourous anonymes, brahmane de Bénarès ou pas, qui venaient frapper à la porte de Daisy, la bourse plate, sans savoir exactement s'ils étaient venus par le train ou par quelque autre moyen de locomotion. La tournure d'esprit typiquement attique de Daisy incitait à la circonspection car elle était sans cesse à l'affût de quelque nouveauté inédite qui, d'abord considérée comme la panacée du siècle, ne tardait pas à finir à la poubelle. Mais, à l'inverse, il était indubitable que Daisy mettait parfois le doigt sur un personnage qui par la suite se révélait digne d'intérêt. Par exemple, Lucia se souviendrait jusqu'à la fin de ses jours du petit avocat écossais minable qui avait débarqué à Riseholme et que Daisy avait trouvé merveilleux. Lucia s'était refusée à lui accorder sa royale hospitalité ou même la moindre attention pendant les quinze jours de son séjour chez Daisy. Et, à peine quelques années plus tard, elle fut naturellement fort mortifiée de le voir occuper un poste élevé au sein du gouvernement. Bien plus, elle l'avait si ostensiblement ignoré lors de sa première visite à Riseholme qu'il avait refusé, au cours de ses visites ultérieures, de mettre les pieds chez elle, bien qu'il revînt à plusieurs reprises chez Mrs Quantock à qui il confia toutes sortes de secrets politiques (à en croire Mrs Quantock) qu'elle ne consentirait pas à révéler pour tout l'or du monde. Pas question de réitérer une erreur aussi fatale.

Autre chose faisait osciller les plateaux de la balance. Lucia avait absolument besoin d'accueillir à sa cour quelque élément original qui signifierait à tout Riseholme qu'elle y avait à nouveau établi sa résidence. On serait bientôt en août, mois languissant et dépourvu de stimulant, où il était franchement difficile, vu l'atmosphère soporifique sans le moindre souffle d'air, de faire claquer haut et fort le pavillon de la culture sur son palais royal. Le gourou avait déjà senti et déclaré qu'elle avait une belle âme et… l'esquisse du scénario lui apparut en un éclair. Elle allait organiser des soirées de yoga pendant l'étouffant mois d'août. Tandis qu'à la tombée du jour la canicule se dissiperait, des groupes aux mouvements gracieux se presseraient dans le jardin parmi les devises gravées pour écouter des causeries spirituelles de haute tenue. Ils s'attarderaient à partager d'exquis médianoches au clair de lune sous la pergola, ou bien, si la lune boudait – on ne pouvait exiger de Lucia qu'elle programmât les mouvements de la lune à l'instar de ceux de Riseholme –, on tiendrait des séances avec sandwichs dans la pénombre du fumoir. Les bibelots facétieux seraient relégués dans les placards et lorsque les participants se dirigeraient enfin vers le vestibule, alors que les pendules annonceraient une heure étonnamment avancée, on pourrait deviner l'échange de petits commentaires chuchotés tout bas, « Comme il a été merveilleux ce soir ! », on surprendrait des regards lointains, des soupirs, et certains inscriraient sur leurs tablettes les références des ouvrages qui ouvrent la Voie au pèlerin. Peut-être aussi, au moment du départ, pourrait-on proposer un peu de musique pour finir la soirée en beauté ? Elle se voyait appuyant sur la pédale de sourdine pour leur jouer le premier mouvement de la *Sonate au clair de lune* tandis qu'ils regagnaient leurs places dans un frou-frou d'étoffes. Et puis, à la fin du morceau, il y aurait un silence… Alors elle se lèverait en poussant un soupir. Quelqu'un dirait « *Lucia mia* ! », un autre « Quelle musique céleste ! ». Le gourou dirait peut-être « Noble dame bien-aimée ! » comme il l'avait, paraît-il, dit à cette pauvre Daisy Quantock. Des fleurs, de la musique, les communications du gourou, des adieux en douceur, une impression de régénérescence…

Avec le souvenir de l'avocat écossais en tête, il semblait plus judicieux de s'approprier plutôt que de répudier le gourou.

Lucia saisit un porte-plume et, dans une pile de cartes portant son nom et son adresse, s'empara de celle du dessus.

« C'est trop merveilleux, écrivit-elle. Je vous en prie, amenez-le vous-même à ma petite garden-party, vendredi. Nous serons peu nombreux. Faites-moi savoir si je dois mettre une chambre tranquille à sa disposition. »

Tout cela avait pris un certain temps et elle n'avait griffonné qu'une douzaine de cartes à quelques amis quand le thé fut servi. Ces invitations portaient la mystérieuse mention *Mezzo*, écrite dans le coin inférieur gauche, qui indiquait au destinataire ravi le style particulier de la réception et la tenue idoine à adopter. Car l'une des trouvailles pittoresques de Lucia était de distinguer trois catégories de tenues vestimentaires : *Alto, Mezzo* et *Rustico. Alto* concernait votre plus belle robe, la plus élégante et la plus récente. Quand un carton d'invitation annonçait *Alto*, cela laissait supposer une réception très brillante. *Mezzo*, de même, informait qu'il s'agissait d'une réception encore assez élégante et qu'il fallait s'habiller en conséquence ; tandis que pour les pique-niques, *Rustico* suffisait à donner le ton. Cette terminologie s'appliquait également aux costumes des messieurs. Dans le cas d'une soirée, un souper *Alto* impliquait le port du papillon blanc et de l'habit tandis qu'un souper *Mezzo* se limitait au papillon noir et à une tenue sombre, et un dîner *Rustico*, à un costume de ville.

En même temps que le thé fut annoncée l'arrivée de Georgie Pillson, le chevalier servant de Lucia, son aide de camp et son fidèle subalterne. Pour éviter au lecteur de se bercer d'illusions, on peut déclarer tout de suite, et une fois pour toutes, qu'il n'y avait jamais eu par le passé, qu'il n'y avait pas dans le présent et qu'il n'y aurait jamais à l'avenir l'ombre d'une esquisse de flirt entre Lucia et Georgie. D'ailleurs, pas plus elle, au cours de ses quarante ans de respectabilité impeccable que lui, tout au long de ses quarante-cinq ans irréprochables, n'avaient jamais entretenu le moindre flirt avec qui que ce fût. Mais on se plaisait à alimenter à Riseholme des rumeurs dénuées de tout fondement selon lesquelles Georgie vouait à Lucia, en tout bien tout honneur, un fervent attachement et on prétendait même que c'était à cause de Lucia que Georgie s'était fixé à Riseholme depuis environ sept ans et qu'il persistait dans le célibat. Lucia, il faut lui rendre cette justice, n'avait jamais rien dit qui pût étayer ces bruits, mais il n'en demeurait pas moins vrai que, lorsqu'on mentionnait Georgie dans une conversation, les yeux de Lucia s'abandonnaient à ce « regard lointain » qu'elle n'accordait qu'aux seuls chefs-d'œuvre de la peinture en d'autres circonstances, elle poussait un soupir et murmurait « Cher Georgie ! » puis changeait de sujet avec tout le tact qui la distinguait. En fait, leurs relations mutuelles figuraient parmi les plus belles choses de Riseholme et, pratiquement à égalité, s'y rangeait aussi l'attitude adoptée par Peppino à leur endroit. Cet homme magnanime leur faisait à tous deux confiance et cette confiance n'était pas mal placée. Toutes les journées de Georgie se passaient en allées et venues chez les Lucas (surtout en allées) ; et, non seulement le démon du scandale ne dressa jamais la tête pour lancer son venin, mais encore il n'eut jamais la moindre tête ni le moindre venin à sa disposition pour ce faire. De son côté, Georgie n'avait jamais avoué qu'il était amoureux de Lucia (car, ce faisant, il aurait menti) mais, en gardant un silence absolu sur le sujet tout en poursuivant ses assiduités, il contribuait à renforcer l'hypothèse de cette idylle platonique. Ils passaient leur temps à bavarder, à se promener, à lire les chefs-d'œuvre de la littérature et à jouer du piano ensemble, à quatre mains. Il jouait mieux qu'elle (bien qu'il s'excusât d'être « terriblement paresseux quand il s'agissait de travailler sa technique », ce pour quoi Lucia le rabrouait) et parfois, lorsqu'elle faisait une fausse note, il lui tapait gentiment sur le dos de la main en disant « Vilaine ! » Alors elle lui répondait, en affectant un jargon puéril : « Moi demande pardon ! Mais toi aussi vilain : as fait bobo à Lucia ! » Telle était l'extrême limite de leur intimité charnelle. Ensuite, les yeux brillants fixés sur la partition, ils éclataient de rire, d'un rire cristallin de petite fille, jusqu'à ce que la musique les transportât à nouveau là où tout n'est qu'ordre et beauté.

Georgie (tout Riseholme l'appelait Georgie ou Monsieur Georgie, mais jamais Pillson) n'était pas ce que l'on pourrait appeler le type du mâle dominateur. Sa masculinité évoquait celle d'un jeune garçon plus que d'un adulte et les facteurs dominants de sa personne penchaient vers une nature plutôt féminine. Il partageait avec tout le monde à Riseholme une grande passion pour les beaux-arts et, en plus de son piano, il exécutait de ravissantes petites aquarelles. Il en faisait encadrer un bon nombre à ses frais, pour les offrir à ses amis, accompagnées de titres un tantinet sentimentaux, gravés en lettres d'or sur la bordure du cadre. La série la plus représentative de son talent comprenait : *Automne doré au Pays des Merveilles, Décembre morne, Narcisses jaunes, Roses estivales.* Il avait offert ces tableaux à Lucia pour son anniversaire, un à la fois, quatre ans de suite. Il faisait aussi des portraits au pastel qui se partageaient en deux catégories : des dames d'âge mûr en coiffes de dentelle avec un rang de perles, et des garçons en tenue de cricket, manches retroussées. Il ne réussissait pas très bien les yeux et, par conséquent, ses modèles avaient toujours les yeux baissés, mais il excellait à rendre les sourires : doux et résignés chez les vieilles dames, francs et joyeux chez les garçons. Dans les travaux d'aiguille ses dons atteignaient des sommets et sa maison regorgeait de petits chefs-d'œuvre sortis de ses mains : des rideaux brochés de laine, des fonds de sièges au petit point et des broderies de soie encadrées sous verre. Après Lucia, c'était Georgie le plus grand travailleur de Riseholme mais, comme il ne jouissait pas de la même résistance que la reine, il devait faire de fréquents séjours au bord de la mer pour se reposer. Pour lui, voyager en train était toute une affaire : pourrait-il s'assurer un coin fenêtre ? Et si un voyageur de son compartiment fumait la pipe ou était accompagné d'un enfant en bas âge ? Et si le portefaix malmenait ses bagages ?... Il préférait donc habituellement se rendre en voiture à quelque station thermale ou balnéaire où on le connaissait bien. Dickie, le beau jeune homme qui lui servait de chauffeur, conduisait et, à ses côtés, prenait place Foljambe, la très jolie femme de chambre qui tenait lieu de gouvernante à Georgie. S'il arrivait à Dickie de se tromper de route à une bifurcation, son maître lui lançait : « Vilain garçon ! » par le tube acoustique tandis que Foljambe souriait discrètement. Pendant le mois d'août, ses deux gaillardes de sœurs au visage plutôt quelconque (Hermione et Ursule, ô misère !) venaient toujours séjourner chez Georgie. Elles adoraient les cochons et les chiens, la chasse à la loutre et les côtelettes de mouton et, à Riseholme, leur présence faisait plutôt mauvais effet. Mais Georgie avait bon cœur. Jamais il ne tergiversait pour savoir s'il devait inviter Hermy et Ursy, bien qu'après leur départ il eût fort à faire pour tout remettre en ordre.

Lucia et Georgie, lorsque l'un ou l'autre s'était absenté de Riseholme, jouaient toujours, au moment de leurs retrouvailles un petit numéro qui occultait fort judicieusement l'ampleur du sentiment supposé de Georgie. Quand Lucia apparaissait dans le jardin où son *cavaliere* et son mari l'attendaient pour prendre le thé sous la pergola, Georgie bondissait comme un cabri à sa rencontre en esquissant quelques chassés et l'accueillait à deux mains tendues. Elle lui emboîtait le pas avec humour en lui faisant une révérence. L'instant d'après, ils improvisaient ensemble un petit menuet tout en se tenant par la main au-dessus de la tête et en pointant du pied. Georgie avait le pied menu et c'est avec une élégance consommée qu'il le pointait en avant, bien pris dans des escarpins à guêtres de toile. Il portait un costume blanc en flanelle légère et (jetée sur les épaules par crainte de la fraîcheur après la canicule) une petite cape de coupe militaire, analogue à celle que portent les jeunes danseuses de music-hall lorsqu'elles tiennent le rôle d'un colonel. Coiffé d'un canotier orné d'un ruban bleu, il arborait une chemise rose avec une cravate rouge bouffante et nouée plutôt large. Il avait le visage poupin, des yeux bleus, le nez retroussé et des lèvres bien rouges. L'absence presque totale de sourcils était compensée chez lui par une petite moustache brune, très martiale, coupée court et relevée des deux bouts. Contrairement à ce que l'on aurait pu imaginer, il avait une taille élancée et ses habits bien taillés lui allaient à merveille.

Le pas de deux s'acheva avec une révérence de cour pour Lucia et, pour Georgie, par un profond salut, le chapeau à la main. (Ce dernier mouvement révélait la disposition appliquée d'une mèche de cheveux qui, partant d'un côté de la tête, rejoignait l'autre en passant par le sommet dégarni du crâne qu'elle recouvrait habilement). Et Peppino d'applaudir !

« Bravo, bravo ! s'écria-t-il, depuis la table. Magistral ! »

En guise de remerciement Mrs Lucas lui envoya un baiser de la main et sourit à son partenaire.

« *Amico* ! dit-elle. Quelle joie de vous revoir ! Comment va ?

– *Va bene*, dit Georgie pour montrer que lui aussi savait parler italien. Va très *bene* depuis que vous voilà de retour.

– Georgie ! Allons, racontez-moi toutes les nouvelles. Nous allons nous payer une bonne petite séance de menus potins. »

Le visage de Georgie rayonna d'une « joie solennelle[1] » en entendant ces mots, comme celui d'un ivrogne quand on prononce les mots « eau-de-vie ».

« Par quel bout commencer ? dit-il. Il y a tant de choses à vous raconter. Peut-être un gros morceau, d'abord. C'est quelque chose de vraiment mystérieux. »

Lucia sourit *in petto*. Elle était fermement convaincue de savoir ce qu'était cette nouvelle mystérieuse et même qu'elle en savait bien plus long que Georgie. Mais elle ne laissa rien transpirer de cet avantage. Personne ne pouvait avoir deviné.

« *Presto, presto*, dit-elle. Vous me faites brûler d'impatience.

– Hier matin, je faisais des courses chez Rush, dit Georgie, pour avoir des nouvelles d'une crème de menthe qu'il était censé me livrer la veille – Rush est parfois très négligent – et j'étais justement en train de faire une remarque plutôt vive à ce sujet quand je m'aperçus soudain que Rush ne me prêtait pas la moindre attention mais qu'il fixait quelque chose par-dessus mon épaule. Je me suis donc retourné. Et… devinez !

– Cessez de me faire languir, *amico*, dit-elle. Comment voulez-vous que je puisse deviner ?… Quoi donc ?… Un éléphant rose avec des étoiles bleues ! ?

– Faux ! Essayez autre chose !

– Un Peau-Rouge en grande tenue de combat ?

1. Tennyson, *In memoriam*, 31. *(N.d.T.)*

– Vous n'y êtes pas du tout ! Encore une réponse », dit Georgie avec un soupir de soulagement. (Il eût été affreux qu'elle eût deviné juste). Alors, Peppino comprit soudain que Lucia avait deviné et qu'elle se piquait au jeu.

« Donnez-moi votre main, Georgie, dit-elle, et regardez-moi bien en face. Je vais lire dans vos pensées. Concentrez-vous sur ce que vous avez vu lorsque vous vous êtes retourné. »

Elle lui prit la main et se l'appliqua sur le front en fermant les yeux.

« Mais c'est que j'ai bien l'impression de voir un Indien, dit-elle. Ah non ! Pas un Indien peau-rouge, l'autre sorte. Et… il porte des savates et des bas marron… non pas des bas marron, ce sont ses jambes. Il y a aussi une barbe et un turban. »

Elle poussa un soupir.

« C'est tout que je peux voir, dit-elle.

– Vous êtes vraiment merveilleuse, ma chère, dit-il. Oui, c'est bien ça, effectivement. »

Peppino laissa échapper un petit rire étouffé et Georgie commença à flairer la plaisanterie.

« Je suis sûr que vous l'avez vu, dit-il. Quelle barbe !… »

Ils se mirent tous à éclater de rire et lorsque Georgie se fut assuré que Lucia, parole d'honneur, n'avait pas la moindre idée de la suite des événements, il reprit son récit.

« Donc l'Indien se trouvait là, faisant courbettes et salamalecs de manière fort respectueuse et, après que Rush m'eut promis de m'envoyer sans faute ma crème de menthe dans la matinée, j'ai tranquillement parcouru une liste des vins pendant un moment tandis que l'Indien redoublait de courbettes, s'approchait du comptoir et demandait "Auriez-vous l'extrême obligeance de me donner une petite bouteille d'eau-de-vie ?" Alors Rush lui remit une bouteille et, au lieu de régler, que pensez-vous qu'il fit ? Devinez ! »

Mrs Lucas se leva et, telle lady Macbeth, pointa le doigt sur Georgie.

« Il dit : Mettez ça sur le compte de Mrs Quantock, » proféra-t-elle en serrant les dents.

Évidemment l'explication suivit et Lucia révéla à ses deux compagnons le contenu de la lettre de Mrs Quantock. Ce faisant, elle découvrit son jeu et, bien que le fait, pour l'Indien, de venir de Bénarès, fût pour Georgie une révélation, il avait de son côté plein de choses à rapporter à Lucia car sa maison à lui jouxtait celle de Mrs Quantock et celle-ci, dans sa lettre, avait passé pas mal de choses sous silence, tant et si bien que Georgie reprit bientôt ses fonctions d'indicateur. Ses fenêtres donnaient sur le jardin de Mrs Quantock et, comme il ne pouvait pas se boucher les yeux toute la sainte journée, il s'ensuivait que tout ce qui s'y passait tombait dans le domaine public. En fait, c'était monnaie courante à Riseholme : tout voisin immédiat pouvait dire « Vous avez fait une partie de tennis tout à fait passionnante cet après-midi ! » puisqu'il l'avait suivie de la fenêtre de sa chambre à coucher. Cela faisait partie du charme de Riseholme. C'était comme une grande famille partageant joyeusement les mêmes centres d'intérêt et les mêmes projets et où les voisins faisaient la causette par-dessus les murs mitoyens. Ce qui se déroulait à l'intérieur relevait davantage du domaine privé et Mrs Quantock, par exemple, ne se permettrait jamais, du haut de la butte au fond de son jardin, de jeter un coup d'œil dans la salle à manger de Georgie. Et même en le faisant, elle n'aurait jamais révélé à personne le nombre de couverts qu'elle avait entr'aperçus ce fameux jour où, ayant demandé à Georgie si elle pouvait s'inviter à déjeuner, elle s'était entendu dire qu'à son grand regret sa table était déjà complète. Au demeurant, personne ne pouvait s'empêcher de voir dans les jardins par les fenêtres donnant sur l'arrière : le paysage appartenait à tout le monde.

Georgie avait admiré de merveilleux paysages.

« Ce même jour, dit-il, peu après déjeuner, j'étais en train d'aller chercher dans ma chambre à coucher une lettre que je croyais y avoir laissée quand, en regardant par hasard par la fenêtre, j'ai vu l'Indien assis sous le poirier de Mrs Quantock. Il se balançait doucement en avant et en arrière.

– L'eau de vie ! dit Lucia tout émoustillée. Il prend ses repas en solitaire, dans sa chambre.

– Mais non *amica*, ce n'était pas l'eau-de-vie. En fait, il ne me semble pas que l'eau-de-vie ait regagné la maison de Mrs Quantock car il ne l'avait pas emportée en passant chez Rush. Il avait demandé qu'on l'expédie... Georgie fit une pause. À moins qu'il ne l'ait emportée, après tout ? Je dois avouer ne plus m'en souvenir. Enfin, quoi qu'il en soit, lorsqu'il se balançait en avant et en arrière il n'était pas saoul, si c'est ça que vous voulez dire car, à cet instant précis, il s'est mis debout sur une jambe en repliant l'autre par derrière et resta planté là, les mains en l'air, dans l'attitude de l'orant, pendant un bon bout de temps, sans vaciller le moins du monde. Par conséquent, il ne pouvait pas être pompette. Ensuite, il s'est rassis, a retiré ses savates et, ployé en deux, les jambes toujours tendues, s'est tenu les orteils d'une main. Puis, s'étant passé la main gauche derrière la tête, il s'en saisit l'oreille droite. J'ai essayé d'en faire autant sur ma descente de lit mais je suis loin du compte... Après quoi il s'est remis sur son séant, a appelé "Chela, Chela !" et Mrs Quantock est arrivée en courant.

– Pourquoi a-t-il dit "Chela" ? demanda Lucia.

– Je me suis posé la même question. Mais je savais que je disposais d'éléments de réponse. J'ai donc consulté quelques ouvrages de Rudyard Kipling et découvert que "Chela" signifie "Disciple". Cela concorde avec ce que vous venez de nous dire au sujet de "Gourou" qui signifie "Maître."

– Et Daisy ? Qu'a-t-elle fait alors ? demanda Mrs Lucas, le souffle court.

– Elle s'est assise, elle aussi et a étendu les jambes devant elle, comme le gourou, puis elle a tenté de s'attraper le bout de la chaussure en tendant les doigts et, naturellement, il s'en fallait de plusieurs mètres qu'elle puisse l'atteindre. J'ai fait bien mieux qu'elle. Alors le gourou a dit "Noble dame bien-aimée, ne forcez pas trop loin dans les débuts".

– Ah bon ? Vous pouviez aussi les entendre ? dit Lucia.

– Évidemment : ma fenêtre était ouverte et comme vous le savez, le poirier de Mrs Quantock est tout près de la maison. Ensuite il lui a dit de se boucher une narine avec le doigt et d'aspirer par l'autre et elle a retenu son souffle pendant qu'il comptait jusqu'à six. Puis elle s'est vidé les poumons et a recommencé par l'autre narine. Elle a fait ça à plusieurs reprises et il lui a dit qu'il était très satisfait. Elle a dit alors : "C'est vraiment merveilleux : je me sens si légère et si vigoureuse !"

– Ce serait vraiment tout à fait merveilleux que Daisy puisse se sentir légère, fit observer Lucia. Et ensuite ?

– Ensuite, ils se sont assis et se sont de nouveau balancés en avant et en arrière tout en murmurant quelque chose qui ressemblait à "Pom".

– Il devait s'agir de "Om". Et puis ?

– Je ne pouvais pas m'attarder davantage car j'avais quelques lettres à écrire. »

Lucia lui sourit.

« Je vais vous resservir une tasse de thé pour vous récompenser de votre rapport, dit-elle. C'était vraiment très intéressant d'un bout à l'autre. Décrivez-moi encore une fois l'inspiration de l'air que l'on retient ensuite dans les poumons. »

Georgie s'exécuta en reproduisant lui-même les diverses phases de l'opération. La minute suivante, Lucia l'imitait à son tour et Peppino se rapprocha pour mieux voir comment s'y prenait Georgie. Puis, assis, ils se mirent, tous en chœur, à aspirer l'air par une narine, à retenir leur souffle et à l'expulser de nouveau.

« Très intéressant, dit Lucia, à la fin. Ma parole, on ressent effectivement une impression de vigueur et de légèreté. Je me demande finalement s'il n'y a pas là quelque chose à creuser. »

III

Bien que le Hurst fût, comme il convenait à sa châtelaine, la demeure de Riseholme la plus intégralement reconstituée dans le style élisabéthain, le reste du village, à une échelle plus modeste, ne laissait pas grand-chose à désirer. Il ne comptait qu'une unique rue, d'environ un demi-mile de long, mais cette rue constituait un pur joyau d'architecture médiévale domestique. La plupart des maisons qui la bordaient formaient des groupes de cottages contigus qui, individuellement ou pris ensemble par deux ou trois, avaient été transformés en demeures dotées de toutes les commodités indispensables au XXe siècle. Cependant, à l'extérieur, elles conservaient un style ancien qui, bien qu'obtenu par des restaurations ou de simples ajouts, offrait un aspect authentiquement élisabéthain. Certes, il y avait aussi quelques éléments adventices tels que de vieilles enseignes d'auberge au-dessus des portes d'entrée et de vieilles sonnettes à tirant sur le côté, mais les portes conservaient toutes une hauteur inconfortablement réduite, les toits étaient recouverts de pierres plates ou de briques où avait pris souche une végétation étonnamment luxuriante de gueules-de-loup et d'orpins. Il n'y avait pratiquement aucun jardin qui fût dépourvu d'une allée peut-être pavée d'origine, d'un mûrier ou de quelques ifs taillés en forme de sculptures végétales décoratives.

Mais rien, sur le site, ne présentait une allure d'un médiévisme plus criard que la pelouse communale franchie d'un pas léger par Georgie lorsqu'il prenait congé de sa souveraine. Une couronne d'ormes superbes l'entourait tandis qu'au centre s'étalait la « pièce d'eau » où, selon la tradition locale, on plongeait jadis les sorcières, attachées sur la sellette. Partout ailleurs, dans des villages moins authentiquement d'époque, on se serait contenté, vu la nature des plongeurs, d'appeler cela une « mare aux canards », tout simplement. Mais à Riseholme il eût été absolument hérétique de songer prétendre, même dans les moments les plus désespérés, qu'il s'agissait d'autre chose que d'une pièce d'eau à immerger les suppliciés. À proximité se dressait un pilori dont l'authenticité ne faisait aucun doute car Mr Lucas en avait fait l'acquisition dans un village voisin, aux mœurs iconoclastes, où l'on s'apprêtait à le démolir. Après l'avoir fait remettre en état, Mr Lucas en avait fait don à la pelouse communale et avait convenu de le faire installer tout près de la pièce d'eau. Les boutiques du village se pressaient tout autour de la pelouse, légèrement à l'écart de la rue résidentielle et, dans le coin le plus en retrait se trouvait cette hostellerie à coup sûr élisabéthaine, Aux Armes d'Ambermere, pleine à craquer de tables anciennes et de coffrets à bibles, de chenets et de plaques de cheminée, de gourdes en cuir, de coffres et de bancs à dossier. Les touristes américains, qui pullulaient à Riseholme pendant les mois d'été, achetaient en grand nombre ces pièces rares, pour le plus grand profit du madré propriétaire qui se procurait ensuite un nouveau stock d'antiquités pour remplacer celles qu'il avait écoulées. Aux Armes d'Ambermere était en fait le magasin d'antiquités du coin et on y faisait des affaires en or car il était beaucoup plus avantageux d'acheter des objets dans une vieille auberge élisabéthaine d'époque plutôt que dans une boutique ordinaire.

Georgie avait mis sa petite cape militaire seyante sur le bras pour faire sa promenade et, par moments, il appliquait son index fin sur une narine tout en inhalant de l'autre, prolongeant ainsi la pratique des exercices qu'il avait observés dans le jardin de Mrs Quantock. Bien que cela lui provoquât une vague sensation d'étourdissement, cela engendrait aussi une sorte de légèreté aérienne. Mais il lui revint bientôt en mémoire le passage de la lettre de Mrs Quantock cité par la reine et mettant en garde ceux qui s'adonneraient à ces exercices sans tuteur. Aussi s'abstint-il de poursuivre plus avant. Il s'en allait déposer la réponse de la reine au domicile de Mrs Quantock. Comme il envisageait la possibilité de rencontrer le gourou et de lui être présenté, il se répéta mentalement « Gourou, gourou, gourou » au lieu de respirer profondément, afin de s'habituer à ces syllabes inédites.

Il eût été assurément très étrange et fort éloigné des us et coutumes de Riseholme d'aller frapper à une porte amie, fût-ce pour y déposer un message aussi impersonnel que le pli confié par un tiers, sans demander si le destinataire était à la maison et, le cas échéant, sans être immédiatement accueilli. En l'occurrence, lorsque, ayant actionné le heurtoir (Mrs Quantock n'avait pas la moindre sonnette), Georgie fut reçu, il aperçut, par la porte entr'ouverte du vestibule, Mrs Quantock, quillée sur une jambe, au beau milieu de la pelouse. Il courut donc, tout naturellement, jusque dans le jardin, sans plus de formalités. On aurait cru voir une petite cigogne dodue dont les jambes auraient oublié de grandir mais qui aurait conservé les habitudes ataviques de son espèce.

« Noble dame, dit-il. Je vous ai apporté un message. C'est de la part de Lucia. »

L'autre jambe se déplia pour toucher terre et Mrs Quantock le gratifia de ce large et franc sourire qu'elle avait mis au point jadis, aux jours évanouis de la Science chrétienne.

« Om, dit-elle en expulsant son résidu de souffle. Merci mon cher Georgie. Le yoga a déjà opéré chez moi des choses inouïes. Rhume tout à fait terminé. Si jamais on ne se sent pas dans son assiette, ou si on est déprimé ou contrarié, ça vous remet sur pied immédiatement. J'ai un hôte à demeure.

– Vraiment ? demanda Georgie sans faire la moindre allusion à toutes les sensations fortes qui s'étaient bousculées au portillon depuis la veille au matin lorsqu'il avait vu le gourou dans la boutique de Rush.

– Mais oui, et comme vous venez d'arriver de chez cette chère Lucia, elle vous a peut-être dit quelque chose à son sujet car je lui ai écrit. C'est un gourou d'une sainteté insigne. Il vient de Bénarès et il m'enseigne la Voie. Vous allez le voir vous-même, à moins qu'il ne soit en train de méditer. Je m'en vais l'appeler. S'il médite il ne m'entendra pas et comme ça nous sommes sûrs de ne pas le perturber. Quand il médite, même une collision ferroviaire ne l'ébranlerait pas. »

Elle se dirigea vers la maison.

« Gourou, mon cher gourou ! » appela-t-elle.

Il y eut un moment de silence puis la tête de l'Indien apparut à une fenêtre.

« Noble dame bien-aimée ! dit-il.

– Mon cher gourou, je désire vous présenter un de mes amis, dit-elle. Monsieur Pillson. Et lorsque vous aurez fait plus ample connaissance vous pourrez vous permettre de l'appeler Georgie.

– Noble dame bien-aimée, je le connais fort bien, en vérité. Je peux voir dans sa blanche âme limpide. La paix soit avec vous, ami.

– Il est vraiment merveilleux, doux Jésus ! dit Mrs Quantock en aparté.

Georgie leva son chapeau, en toute urbanité.

« Comment allez-vous, dit-il (il aurait dû dire, après s'être entraîné mentalement, « Comment allez-vous, gourou ! » mais la rime sonnait de manière si grotesque que ses lèvres rubicondes s'y refusaient).

– Je vais toujours bien, dit le gourou. Je suis toujours jeune et en bonne forme parce que je suis la Voie.

– Il m'a dit qu'il avait au bas mot soixante ans, chuchota Mrs Quantock à l'oreille de Georgie (mais on aurait probablement pu l'entendre de l'autre côté de la Manche), et peut-être même davantage, selon lui. Mais les années ne l'affectent pas du tout. On dirait un jeune garçon. Appelez-le "Gourou".

– Gourou…, commença Georgie.

– Oui, ami.

– Je suis ravi d'apprendre que vous allez bien », dit Georgie pris de panique. Il était grandement impressionné mais, en même temps, fort embarrassé. Il faut dire que ce n'était pas tellement facile de parler à une fenêtre du deuxième étage, en toute décontraction, surtout s'il fallait s'adresser à un parfait inconnu originaire de Bénarès et d'une sainteté insigne.

Mrs Quantock vint au secours de son embarras.

« Gourou, mon cher, avez-vous l'intention de descendre nous voir ? demanda-t-elle.

– Non, noble dame bien-aimée, dit la voix monocorde. Il m'échoit d'attendre ici. C'est à présent le temps du calme et de la prière, où il fait bon rester seul. Je viendrai lorsque les guides suprêmes me l'ordonneront. Mais enseignez vous-même à votre cher ami ce que je vous ai appris. Sans aucun doute, avant longtemps, je serrerai sa main d'argile, mais pas maintenant. Paix ! Paix et lumière !

– Avez-vous également des guides suprêmes ? demanda Georgie, lorsque le gourou eut disparu de la fenêtre. Et sont-ils indiens, eux aussi ?

– Oh ! Il s'agit là de ses guides spirituels, dit Mrs Quantock. Il peut les voir et leur parler mais ils ne sont pas prisonniers d'un corps. »

Elle poussa un soupir joyeux.

« Je n'ai jamais rien ressenti de tel, dit-elle. Il a apporté avec lui une telle atmosphère de sérénité dans la maison que même Robert l'a ressentie. Il n'a rien trouvé à redire quand il a dû lui céder son boudoir. Oh ! Regardez ! Voilà qu'il a refermé la fenêtre. Tout cela n'est-il pas merveilleux ? »

Jusque-là Georgie n'avait rien remarqué de particulièrement merveilleux, à part la scène incroyable de Mrs Quantock campée sur une jambe au milieu de la pelouse ; mais il faut croire que d'une manière subtile son émotion à elle s'insinuait subrepticement dans son esprit à lui.

« Et que fait-il donc dans la vie ? demanda-t-il.

– Mon cher, ce n'est pas ce qu'il fait mais ce qu'il est qui compte, dit-elle. Tenez, même mon petit compte rendu tout simple adressé à Lucia a poussé celle-ci à inviter Gourou à sa garden-party. Certes, je ne puis affirmer qu'il s'y rendra ou pas. Il a – comment dirais-je ? – tellement l'air de m'avoir été envoyé, à moi personnellement. Mais, assurément, je vais lui demander s'il compte venir. Des transes et des méditations du matin au soir ! Et pendant les pauses, quelle sérénité, quelle douceur ! Vous savez, par exemple, combien Robert peut être pénible quant à la nourriture. Eh bien, hier soir, je dois avouer que le mouton n'était pas assez cuit et Robert s'apprêtait à l'envoyer promener dans son assiette comme il sait si bien le faire. Eh bien, mon gourou s'est levé et s'est contenté de dire “Montrez-moi le chemin de cuisine” – il lui arrive parfois de sauter des mots : ils ont si peu d'importance – ; je l'y ai conduit et il a dit “Paix !” Il m'a demandé de le laisser seul et voilà que dix minutes plus tard il était de retour avec un petit plat contenant du riz au curry et ce qui avait été du mouton mal cuit. On n'avait jamais rien mangé d'aussi bon. C'est Robert qui en a pris le plus, un vrai goinfre, et moi le reste. Il fallait voir comme mon gourou était content de voir Robert content ! Il m'a dit que Robert avait une âme blanche et limpide, exactement comme vous, mais m'a recommandé de ne pas le lui dire car la Voie prévoyait qu'il aurait à découvrir ça tout seul. Ce matin, et cette fois encore avant le déjeuner, il est descendu à la cuisine. Ma cuisinière m'a dit qu'il n'avait pris qu'une pincée de poivre, une tomate et un peu de gras de mouton, une sardine et un morceau de fromage, un soupçon de condiment, une raclure de noix de muscade et nous a rapporté un plat comme vous n'en avez jamais vu. Exquis ! Ça ne m'étonnerait pas du tout que Robert se mette bientôt à pratiquer les exercices de respiration lui aussi. Il y en a un qui fait maigrir et rester jeune et qui fortifie le foie. »

En voilà un qui ouvrait des horizons prometteurs !

« Ne pourriez-vous pas m'enseigner celui-là ? » demanda Georgie, avide. Son embonpoint croissant le préoccupait depuis un an et l'âge, qui avançait, depuis bien plus longtemps. Quant à son foie, de tout temps il avait dû le surveiller et souvent, après une réception, il avait le teint un peu pâlot.

Elle secoua la tête.

« On ne peut l'exécuter que sous l'égide d'un expert », dit-elle.

Georgie songea en un éclair aux commentaires que feraient Hermy et Ursy si, le lendemain en arrivant, elles le trouvaient en train d'effectuer des exercices sous l'égide d'un gourou. Hermy, quand elle n'était pas accaparée par la chasse à la loutre, savait se montrer très sarcastique à l'occasion. Or, dès demain il avait un bon mois en perspective avec Hermy sur le dos. Elle lui avait fait savoir qu'on ne peut pas chasser la loutre au mois d'août ; par conséquent, rien à espérer de ce côté-là. Georgie trouvait cela bien mystérieux. On ne pouvait tout de même pas imaginer que toutes les loutres mouraient en août ou qu'elles se métamorphosaient comme les chenilles ! Quand Hermy venait passer le mois d'octobre, elle chassait la loutre toute la matinée, ronflait tout l'après-midi et se montrait d'excellente humeur. Mais, en août, sa visite exigeait davantage de doigté ! Tout de même, mincir, rester jeune et maîtriser les fonctions de ses organes internes : quelle perspective riche de promesses !

« Mais ne pourrait-il pas être également mon gourou à moi aussi ? » demanda-t-il.

Subitement, comme sous l'effet d'une possession démoniaque, un vieux désir qui n'avait jusque-là hanté l'esprit de Mrs Quantock que d'une manière épisodique fondit sur elle. L'insurrection révolutionnaire brandit sa bannière sanglante. Mais enfin ! Avec cet incroyable atout qui lui tombait du ciel sous la forme d'un gourou, n'était-ce pas à elle qu'incombait le devoir de présider aux destinées de Riseholme, en lieu et place de Lucia ? Elle s'était demandée, depuis longtemps, de quel droit cette chère Lucia devait être reine de Riseholme. Cette révélation fulgurante lui montrait qu'elle-même, ainsi dotée, serait bien plus en mesure d'exercer le pouvoir suprême. Après tout, depuis le temps, tout le monde à Riseholme connaissait par cœur les vieilles rengaines éculées de Lucia, et tout le monde savait parfaitement, en son âme et conscience, qu'elle omettait de jouer les deuxième et troisième mouvements de la *Sonate au clair de lune* pour la bonne raison que ces mouvements-là « allaient plus vite », quelque effort qu'elle fît pour masquer la chose en disant qu'ils évoquaient respectivement onze heures du matin et trois heures de l'après-midi. Mrs Quantock soupçonnait aussi Lucia de n'avoir pas lu le quart des ouvrages dont elle parlait et qu'elle piochait des sujets dans l'Encyclopédie pour en mettre plein la vue aux autres et camoufler son ignorance crasse. D'accord, Lucia consacrait une certaine somme à organiser des loisirs pour ses amis mais, tout récemment, Robert de son côté, en spéculant sur les pétroles de Roumanie, avait gagné vingt fois plus que le budget annuel de Lucia. Quant à ses talents d'actrice, parlons-en… Une fois, au beau milieu de la scène de somnambulisme où elle jouait lady Macbeth, elle avait eu un trou de mémoire… Alors ?…

Mais voilà, à présent, que Lucia manifestait un intérêt fou pour le gourou de Mrs Quantock, témoin son pli et la démarche de son aide de camp. Mrs Quantock en conclut que Lucia envisageait de lancer le gourou à l'occasion de ses réceptions d'août comme si c'était sa propre trouvaille. Ce serait le dernier cri et Lucia organiserait des séances Om, des séances de respiration et des séances d'équilibre sur une jambe. Et quant à Daisy Quantock, elle se contenterait d'être invitée par condescendance et c'est Lucia qui aurait tout le mérite. Elle aurait même le toupet de n'inviter la découvreuse, l'inventrice, que de temps à autre. Le gourou de Mrs Quantock deviendrait le gourou de Mrs Lucas et le Tout-Riseholme accourrait avidement au Hurst en quête de lumière et de bon génie. Daisy avait écrit à Lucia en toute candeur dans l'espoir de faire partager au gourou l'hospitalité des garden-parties données au Hurst. À présent, l'enthousiasme même que manifestait Lucia dans sa réponse éveillait des soupçons sur ses intentions futures. Daisy s'était lancée trop vite, avait agi sans réfléchir, « de manière inconsidérée et trop précipitée[1] » pour parler comme Lucia. Sachant bien que Lucia, à l'approche de ses réceptions estivales, sauterait sur son gourou, elle aurait dû se le réserver pour ses réceptions à elle, et couper l'herbe sous le pied de cette Lucia si arrogante. Georgie s'était déjà laissé circonvenir pour apporter le message et tenter d'escamoter le gourou. Tout cela, Mrs Quantock le voyait parfaitement à présent. Il était clair qu'il n'était pas question de se laisser faire. Avant de répondre, elle s'arma du triomphe qu'elle avait remporté dans l'histoire de l'avocat écossais.

« Mon cher Georgie, dit-elle, personne, plus que moi, ne pourrait souhaiter voir mon gourou accepter de vous prendre comme élève. Mais on ne peut présumer ce qu'il va décider ; comme il me l'a dit aujourd'hui même lorsque je lui ai posé la question pour moi-même, “Je ne puis venir à moins d'être envoyé”. N'est-ce pas là une réponse merveilleuse ? Il a su immédiatement qu'il m'était envoyé. »

Le temps passait et Georgie à présent était fermement décidé à avoir le gourou. On peut juger la force de sa décision en constatant qu'il avait complètement oublié la garden-party de Lucia.

« Mais enfin, il m'a appelé son ami, dit-il. Il m'a dit que j'avais une âme blanche et limpide.

1. Shakespeare, *Roméo et Juliette*, II, 2. *(N.d.T.)*

– Oui, mais c'est ce qu'il dit à tout le monde, dit Mrs Quantock. Sareligion lui interdit de penser du mal de qui que ce soit !

– Mais ce n'est pas ce qu'il a dit à Rush, s'écria Georgie, lorsqu'il lui a demandé de l'eau-de-vie, à mettre sur votre compte. »

L'espace d'un instant, Mrs Quantock changea de couleur, mais ce fut si bref que Georgie ne le remarqua pas. Très vite elle reprit contenance.

« Évidemment, il ne peut pas débiter ça à la cantonade, fit-elle remarquer. Et puis, vous savez, les gens du peuple… (Il appartient à la caste supérieure) ne le comprendraient pas. »

Georgie fonça droit au but.

« Je vous en prie, demandez-lui d'être mon professeur », dit-il.

Mrs Quantock ne répondit pas tout de suite. Elle tendit l'oreille vers le poirier où chantait une grive. L'oiseau ne lança que deux ou trois courtes strophes, sonores et répétées, puis se tut à nouveau.

Mrs Quantock adressa un soupir et un sourire au poirier.

« Merci, petit frère ! », dit-elle.

Puis elle se retourna vers Georgie.

« C'est une réminiscence du pauvre d'Assise, dit-elle. Mais le yoga englobe toute parcelle de vérité contenue dans chaque religion. D'accord, je vous promets de demander à mon gourou s'il accepte de vous prendre comme élève, mais je ne peux pas m'engager à sa place.

– Combien… Quel est le montant de ses honoraires par leçon ? » demanda Georgie.

Le sourire « Science chrétienne » éclaira à nouveau le visage de Daisy.

« Le mot “argent” ne franchit jamais ses lèvres, dit-elle. Je ne pense pas qu'il en connaisse vraiment le sens. Il avait l'intention de s'asseoir sur la pelouse communale avec un bol de mendiant mais, bien entendu, je m'y suis opposée ; pour l'heure je lui procure simplement tout ce dont il a besoin.

Lorsqu'il partira – ce qui, je l'espère, ne se fera pas avant plusieurs semaines d'ici, bien que nul ne sache à quel moment il recevra l'appel suivant –, je ne manquerai pas de lui glisser quelque chose de généreux, selon mes moyens, mais pour l'instant je n'y songe pas. Vous partez déjà ? Eh bien, bonne soirée, mon cher Georgie ! Paix ! Om ! »

Tandis qu'en franchissant la porte il se retournait pour jeter un dernier coup d'œil en arrière, voilà que Daisy se tenait à nouveau en équilibre sur une jambe, exactement dans la position initiale où il l'avait trouvée en arrivant. Il se souvint d'une gravure représentant un fakir à Bénarès dans une attitude identique. Si on avait pu métamorphoser le ruisseau qui coulait vers l'Avon en fleuve Gange et le jardin en palier de crémation, et les hirondelles aux trajectoires vertigineuses en vautours, et la femme de chambre proprette qui lui ouvrit la porte en brahmine, et le gong chinois qui occupait tant de place dans le vestibule en objet en laiton fabriqué à Bénarès, il aurait pu s'imaginer là planté sur les bords du fleuve sacré. Les soucis du jardin, eux, ne nécessitaient aucune espèce de transmutation… Georgie dut faire quelque effort pour se ressaisir, tandis qu'il contournait le mûrier de Mrs Quantock et, dix pas plus loin, son propre mûrier, et recouvrer son état d'âme vespéral des jours où il dînait seul. En temps normal, il appréciait beaucoup ces soirées solitaires et bien remplies, car elles étaient rares dans le tourbillon de vie mondaine à Riseholme (il ne passait guère plus d'un soir par semaine chez lui) ; et même alors, s'il s'ennuyait tout seul, il lui restait toujours la possibilité, ayant enfilé sa capote militaire, d'aller passer une heure après dîner dans l'une des cinq ou six maisons où il était toujours accueilli à bras ouverts. Mais le plus souvent, en restant chez lui, il se trouvait toujours une foule d'occupations : épousseter un bibelot en porcelaine, modifier la disposition de ses objets décoratifs sur les étagères. Ensuite, il déposait ses bagues et son mouchoir sur la console à bougeoir de son piano, et passait une heure de travail sérieux (en mettant la sourdine pour ne pas agacer Robert) à déchiffrer sa partie de tel ou tel morceau à quatre mains que sa reine risquait de lui imposer de jouer avec elle le lendemain ou le jour suivant. Bien qu'il fût meilleur lecteur qu'elle au clavier, il « répétait » à l'avance sa propre partie en secret, et laissait entendre ensuite qu'il la déchiffrait pour la première fois. Il savait parfaitement que Lucia, de son côté, faisait exactement la même chose, donc ils étaient « à égalité ». Tout cela occupait très agréablement le temps jusqu'à onze heures. Il se couchait alors, et il était rare qu'il eût à sortir ses cartes pour faire des réussites en cas d'insomnie.

Mais de temps en temps – et ce soir-là c'était le cas –, il ne sortait dîner sous aucun prétexte, même s'il était invité, car il avait « du travail à faire à la maison ». Cela arrivait environ une fois par mois et alors même une invitation émanant de sa reine n'aurait pas réussi à le tirer de chez lui. Quant à la nature de ce « travail à faire à la maison », de vagues soupçons faisaient depuis longtemps partie du domaine public. Mais bien que jamais, parmi ses amis, personne ne se prononçât devant personne à ce sujet, tout le monde était au courant. En fait, cette tâche domestique était un secret au sens propre et ce, pour une bonne raison : tout le monde était parfaitement conscient que c'en était un.

Le mois de juin avait été très chargé, non pas à la maison mais à cause d'obligations diverses et, tout en montant dans sa chambre (Foljambe lui avait dit que le coiffeur l'attendait et ce, depuis « dix bonnes minutes »), Georgie jeta un coup d'œil à ses cheveux dans la glace, époque de Cromwell, accrochée au mur de l'escalier. Il se rendit compte qu'il était grand temps de passer entre les mains de Mr Holroyd. On distinguait nettement la différence de couleurs dans ses cheveux, gris à la racine et marron partout ailleurs. Il aurait dû s'en occuper depuis au moins quinze jours. En outre, les mèches transversales perdaient en épaisseur. Mr Holroyd l'avait déjà signalé et préconisé une certaine solution, pas du tout contraignante à moins que Georgie ne se mette à faire du sport, tête nue, en plein vent, et même dans ce cas ce ne serait pas forcément gênant. Mais comme Georgie, de toute façon, n'avait nullement l'intention de faire du sport où que ce fût, avec ou sans couvre-chef, il prit la décision, tout en montant les escaliers, d'adopter la solution conseillée par Mr Holroyd. La méthode de Mr Holroyd, même sans cet élément nouveau, obligeait à patienter dans son fauteuil « le temps que ça sèche », après quoi Georgie prenait son dîner et puis Mr Holroyd recommençait. C'était un praticien très habile comme manucure, comme pédicure et pour les soins du visage. Ces derniers temps, Georgie s'était plaint d'une légère claudication ; il ressentait également le besoin urgent des serviettes humides et chaudes sur le visage, du « tap-tap » des doigts et des massages où le pouce de Mr Holroyd pétrissait les surfaces flasques des joues et du menton. Pendant la pause entre la séance réservée aux cheveux et celle consacrée au visage, Mr Holroyd prenait un bon dîner à la cuisine avec Foljambe et la cuisinière. Et le lendemain matin, pour accueillir Hermy et Ursy, Georgie serait tiré à quatre épingles et jeune comme toujours… voire plus jeune que jamais.

Georgie (aux innocents les mains pleines !) ne soupçonnait absolument pas que tout le monde savait, à Riseholme, que les mèches marron bien dociles qui lui couvraient le sommet du crâne subissaient un traitement de fond à partir des racines, exactement comme les vrilles des ceps de vigne, et qu'elles coulaient, comme une rivière, sur un lit désert. Par conséquent, lorsque Mr Holroyd expliqua les détails de l'élément nouveau qu'il suggérait (un petit postiche central, dont les franges se confondraient le plus naturellement du monde avec les vrais cheveux), Georgie fut persuadé que personne ne le remarquerait. En outre, il ne courrait plus aucun risque en retirant son chapeau pour saluer un ami par grand vent (une rafale pouvait toujours soulever la mèche appliquée sur le crâne. Celle-ci pouvait alors pendre lamentablement sur l'épaule, comme les tresses d'une fille du Rhin). Donc, Mr Holroyd reçut mission, sur-le-champ, de prendre en main cette petite opération et, une fois les cheveux gris convenablement traités, Georgie s'installa pour dîner « en attendant que ça sèche ». Puis ce fut le tour des serviettes chaudes, des petites tapes sur le visage et autres menus soins. Quand, vers dix heures et demie, il descendit au salon pour répéter un peu la partie de gauche de la *Cinquième Symphonie* de Beethoven, habilement réduite à quatre mains pour le piano, Georgie, avec une satisfaction non dissimulée, vit son visage tout rose dans la glace cromwellienne ; ses pieds ne lui faisaient plus mal du tout et ses ongles scintillaient comme des petites étoiles roses lorsque ses mains balayaient furieusement le clavier dans les passages plus rapides. Mais, tout en jouant, il ne cessait de penser au gourou d'à côté, sous l'égide duquel il pourrait récupérer sa jeunesse sans avoir à recourir à ces dispendieux subterfuges (car il fut surpris à l'annonce du prix de ce faux toupet indétectable). Cette pensée lui trottait dans la tête d'une manière bien plus obsédante encore que la mélodie de Beethoven. Évidemment, le rêve aurait été de monopoliser le gourou à son usage exclusif. Alors, il aurait pu demeurer jeune, éternellement, tandis que le reste de Riseholme vieillirait inexorablement (y compris Hermy et Ursy). Alors, il aurait été le roi de ce royaume, au lieu d'y servir les intérêts de la reine en place.

Il se leva en poussant un léger soupir et, ayant recouvert le clavier d'une étole de flanelle, il ferma le couvercle de son piano et, muni d'un chiffon doux, s'employa à essuyer, pendant un petit moment, les objets précieux de sa vitrine (que même Foljambe n'avait pas le droit de toucher). Il était censé en avoir hérité (bien que le legs, pour la plupart, ait transité par des boutiques de brocante) et plusieurs pièces atteignaient une certaine valeur. On pouvait remarquer une tabatière en or époque Louis XVI, une miniature due à Karl Huth, une petite écuelle de poupée en argent, contemporaine de la reine Anne, une figurine en porcelaine de Bow et un étui à cigarettes en laque de Fabergé. Mais ce soir-là il n'avait pas, en les manipulant, la main aussi légère et délicate que d'habitude. Il laissa même tomber l'écuelle par terre en l'époussetant tant il avait l'esprit préoccupé par le gourou et les exercices susceptibles de vous rajeunir de manière permanente. Comme Lucia s'était montrée prompte à mettre le grappin sur le gourou ! Et pourtant rien n'était joué encore. L'Indien pourrait fort bien prétendre qu'il n'était pas envoyé. Mais il ne pourrait manquer d'être envoyé à Georgie chez qui il avait détecté du premier coup d'œil une âme blanche et limpide…

L'horloge sonna onze heures. Comme d'habitude par nuit tiède, Georgie ouvrit la porte vitrée donnant sur le jardin et aspira une bouffée d'air nocturne. Le ciel était constellé d'une myriade de jolies étoiles que Georgie prit plaisir à contempler après cette journée si remplie de choses passionnantes bien que, si cela n'eût dépendu que de lui, il les eût ordonnées selon un agencement plus régulier. Parmi elles brillait une planète fort rouge et Georgie, grâce aux réminiscences de ses études classiques, se souvint sans peine que Mars, dieu de la Guerre, était symbolisé au firmament par un astre rouge. Fallait-il y voir quelque augure pour la paix de Riseholme ? Pouvait-on concevoir une guerre civile ou des menées révolutionnaires dans un royaume aussi serein ?

IV

Ce soir-là, après dîner, Robert, ce sanguin irascible, si enclin à envoyer promener sa nourriture aux quatre coins de son assiette lorsqu'elle n'avait pas l'heur de lui plaire, se sentait d'excellente humeur. Et pour cause ! Le gourou avait de nouveau fait un tour à la cuisine et, en lieu et place d'une tranche blanchâtre de morue *morte* ! on avait servi impromptu, après que Robert eut avalé une espèce de bouillon tiède, un délicieux petit plat de poisson au curry. Le gourou avait fait preuve de beaucoup de doigté : il avait vu la tempête se lever sur le visage du pauvre Robert lorsque celui-ci, ayant goûté l'insipide et froid brouet, avait violemment reposé sa cuiller dans son assiette à soupe en éclaboussant partout. Après une courbette accompagnée d'un sourire, le gourou avait immédiatement trotté vers la cuisine pour intercepter au passage l'abomination qui allait suivre. Une fois de retour, le petit plat de curry à la main, il précisa que c'était uniquement destiné à Robert (étant bien entendu que ceux qui recherchaient la Voie ne devaient pas toucher à des mets si fortement relevés). Robert déglutit donc son curry sans en laisser le moindre petit morceau.

Par voie de conséquence, lorsque le gourou, ayant humblement distribué ses salamalecs, annonça qu'avec la gracieuse permission de la noble dame bien-aimée et du maître bienveillant il allait méditer dans sa chambre et qu'il se retira en traînant ses savates rouges, la discussion que Robert s'était cru obligé d'entamer avec sa femme à propos du séjour illimité à leur domicile d'un Indien inconnu prit un tour beaucoup plus conciliant que ça n'avait été le cas après une tranche de morue froide.

« Et maintenant, ma chère, que va-t-il advenir de ce nègre empaillé, – je devrais dire de ce gourou ? » lança-t-il pour commencer.

Daisy Quantock, sous le coup de cette impertinence, eut un haut-le-corps et tressaillit. Mais elle se souvint aussitôt qu'elle devait sans cesse envoyer des messages d'amour aux quatre points cardinaux. Elle en adressa un, plutôt hérissé, en direction de son mari qui était installé à l'orient, comme il se doit (message immédiatement reçu, par conséquent) et elle se mit à sourire, de ce sourire particulier, dur et franc, apanage du patrimoine hérité de la dernière en date de ses règles de vie.

« Nul ne le sait, s'empressa-t-elle de dire. Même les guides suprêmes ignorent où et quand un gourou peut être appelé.

– Alors que proposez-vous ? Qu'il reste ici jusqu'au moment où il sera appelé ailleurs ? »

Elle continua de sourire.

« Je ne propose rien, dit-elle. Cela ne dépend pas de moi. »

Sous l'effet lénifiant du poisson au curry, Robert demeurait serein.

« C'est un fameux cordon-bleu, en tout cas, dit-il. Pourquoi ne pas l'engager comme cuisinier ? Appelé à la cuisine en quelque sorte.

– Robert ! » dit Mrs Quantock en multipliant ses envois de messages d'amour. Mais elle était impulsive et, en fait, les deux forces antagonistes en présence jouaient simultanément comme des robinets d'eau chaude et d'eau froide ouverts à fond pour remplir une baignoire. Le flot limpide de l'amour servait à tempérer l'ardeur de ses humeurs.

« Demandez-le-lui donc ! suggéra Mr Quantock. Comme vous le dites vous-même, on ne sait jamais où un gourou peut être appelé. Donnez-lui quarante livres par an et de quoi se payer sa chope de bière quotidienne…

– De la bière !… » commença Mrs Quantock. Mais elle se souvint brusquement de ce que lui avait raconté Georgie au sujet de Rush et du gourou et de sa bouteille d'eau-de-vie. Elle n'ajouta rien.

« Mais oui, ma chère, j'ai dit "de la bière", parfaitement, répéta Robert, un peu agacé. Quoi qu'il en soit, j'exige que vous renvoyiez la cuisinière actuelle. Vous ne l'avez engagée que parce que c'était une adepte de la Science chrétienne. À présent, vous avez déserté ce bercail. Je me souviens qu'il vous arrivait de parler de fausses prétentions. Eh bien, je peux vous dire qu'en fait de fausses prétentions je n'ai jamais rien rencontré de plus faux que cette prétendue cuisinière. Mais quant au poisson au curry de ce soir et à l'autre machin d'hier soir, voilà ce que j'appelle sans hésiter de la bonne cuisine. »

La seule pensée de bonne cuisine suffisait toujours à adoucir les mœurs[1] de Robert ; elle s'insinuait en lui comme le vent qui souffle entre les cordes d'une harpe éolienne pendue à un arbre et y suscite des sons très doux, impalpables.

« Ma chère, je suis sûr, dit-il, de pouvoir souscrire à tout arrangement joignant l'utile à l'agréable pour tous concernant votre gourou, mais je ne trouve rien d'outrecuidant à vous demander quel arrangement vous proposez vous-même. Je n'ai absolument rien à redire sur le gourou, surtout lorsqu'il fait un tour à la cuisine ; je demande simplement s'il va rester un ou deux jours ou bien un ou deux ans. Touchez-lui-en un mot demain avec mes meilleurs compliments. Je me demande un peu s'il est capable de préparer une bisque de homard… »

C'est avec une ample provision de matières à réflexion que Daisy Quantock monta se coucher. Elle s'arrêta un instant devant la porte de la chambre du gourou. De l'intérieur parvenaient les

1. Congreve, *The Mourning Bride*, I, 1. *(N.d.T.)*

bruits d'une respiration si profonde qu'on aurait dit des ronflements… Mais dans le timbre, Daisy crut détecter une nuance de spiritualité et cela conforta son intime conviction : le gourou était en étroite communion avec les guides suprêmes. Les pensées de Daisy gravitaient autour du gourou, lui l'arbre dans les branches duquel ils folâtraient tous en jacassant.

C'était d'abord par pure gouroumanie que Daisy accordait au gourou autant de soins attentifs. Elle était de ces gens intensément heureux qui traversent l'existence en extase permanente à la poursuite d'un idéal que ceux qui ne le partagent pas sont tentés de taxer de lubie. Robert n'était pas près d'oublier sa maison dévastée lorsque Daisy, après avoir lu en diagonale une petit brochure intitulée *Revue mensuelle de l'acide urique* qu'elle avait dénichée dans un kiosque, en était venue à la conclusion désastreuse que ses formes plantureuses consistaient en éléments indésirables qu'il fallait à tout prix éliminer. Pour une bonne fourchette comme Robert, la situation devint franchement intolérable car, alors qu'il tenait à son ordinaire (c'était avant la maudite intronisation de la cuisinière adepte de la Science chrétienne), Daisy n'arrêtait pas de pointer sur son assiette un doigt réprobateur et de lui dire que le moindre petit atome de ce bœuf ou de ce mouton aux pommes de terre se transformait, sitôt avalé, en chromogènes et en toxines et que ce qu'il prenait pour de l'appétit ne résultait en fait que de la fermentation. Quant à elle, sa ration consistait en une infâme bouillie de fromage, de poudre protéique, de pommes et d'huile de table pétris ensemble tandis qu'alentour, tels des spécimens de graines de semence sur des soucoupes de présentation, s'alignaient des petits tas de noix et de pignons de pomme de pin qui fournissaient le matériau nutritif indispensable à la croissance et qu'elle pesait avec une minutie scrupuleuse selon les directions de la *Revue mensuelle de l'acide urique*. Le thé et le café étaient strictement proscrits puisqu'ils inondaient le sang de poisons, et la chaudière de la cuisine ronflait vingt-quatre heures sur vingt-quatre pour alimenter les fleuves d'eau bouillante dont elle noyait son organisme par petites gorgées. D'étranges femmes décharnées débarquaient de Londres, munies de petits paquets de nourriture coriace imprégnée d'odeur de sac de voyage et porteuse d'une telle concentration de principes nutritifs qu'il en aurait suffi d'à peine quelques livres pour sustenter tout un régiment. Heureusement pour Daisy, son tempérament de fer ne put résister longtemps à l'effort colossal d'un régime de vie aussi idéal. L'anémie croissante mit ses jours en danger en minant sa constitution gravement ébranlée pas ces préceptes de santé parfaite. Une cure de biftecks et autres substances reconstituantes et gonflées d'acide urique lui permit de recouvrer sa vigueur première.

Ainsi remise sur pied, elle se jeta dans les bras de la Science chrétienne avec la même énergie qu'elle avait employée pour exorciser l'acide urique. Elle se laissa complètement obnubiler par l'attitude inhumaine de cette secte et vis-à-vis d'elle-même et vis-à-vis d'autrui. Par un matin de janvier où le froid était si mordant que Robert se plaignait de voir son fumoir changé en glacière (la bonne ayant oublié d'y allumer le feu), Daisy ne lui manifesta pas le moindre soupçon de pitié puisqu'elle avait appris que le froid, la chaleur ou la douleur n'étant que de vains mots, on ne pouvait pas avoir froid. Mais à présent, puisque selon son nouveau credo, l'acide urique, les chromogènes et autres purines n'étaient que de vains mots, elle pouvait en toute sécurité s'adonner à nouveau aux délices d'une alimentation décente. Or, sur ce chapitre non plus la chance ne souriait pas au pauvre Robert car, tout en mangeant, il subissait les commentaires enthousiastes de Daisy sur le nouveau credo et elle lui demandait de réciter avec elle l'*Exposé scientifique de l'être*. Pour comble de malheur, elle congédia la remarquable cuisinière qu'ils avaient alors et lui substitua cette incapable qui persécutait encore Robert, une scélérate sans foi ni loi, malgré son appartenance à la Science chrétienne, doctrine qui avait permis au rhume de Daisy d'imposer ses fausses prétentions et qui avait désormais suivi la lubie de l'acide urique dans les limbes des croyances mises au rancart.

Mais, une fois de plus, Daisy avait à présent momentanément découvert le secret vital grâce aux enseignements de son gourou. Comme on l'a déjà dit précédemment, c'était par pure gourou-manie que Daisy s'était attachée à son nouveau credo. Cela étant posé, elle porta son attention sur certains aspects secondaires de la question qui offraient, pour tout vrai Riseholmitain, un intérêt palpitant. Elle soupçonnait fortement Lucia d'avoir des visées d'annexion sur le gourou, autrement Lucia n'aurait pas répondu avec autant d'enthousiasme à sa missive. Elle n'aurait pas non plus envoyé Georgie en messager avec mission de manifester un intérêt aussi vif à l'endroit du gourou. Quelle était donc, vu les circonstances, la politique adéquatement diabolique à adopter ? Daisy Quantock devait-elle refuser net d'amener le gourou chez Mrs Lucas, moyennant une lettre d'excuse où elle expliquerait qu'il ne se sentait pas envoyé ? Dans ce cas, se sentait-elle de taille à jeter le gant (le gourou, en l'occasion) et, jouant de celui-ci comme appât, à provoquer cette chère Lucia en combat singulier afin d'établir qui serait le meneur de jeu de la société de Riseholme pour tout ce qui touche à la culture et au progrès ? En poursuivant plus avant dans le même sens, devait-elle suborner Georgie pour l'attirer dans son propre camp de mutins, et lui promettre, par exemple, que le gourou le prendrait comme élève ? Ou bien, s'en tenant à une ligne de conduite moins radicale, devait-elle accueillir cette chère Lucia et Georgie dans le cercle enchanté et alors, tout en sauvegardant ses droits de préemption sur le trésor découvert, accepter de le partager avec eux dans certains domaines bien délimités, en leur octroyant les prestations du gourou sous certaines conditions, quand ils l'auraient vraiment mérité, et seulement au compte-gouttes ?

Dans ce jeu stratégique, l'esprit de Mrs Quantock ressemblait aux manœuvres contradictoires d'un papillon de nuit écartelé entre plusieurs sources jaillissantes de lumières vives. Le papillon fonçait sur l'une, et s'y brûlait un peu les ailes ; sans s'apitoyer sur son petit malheur il concentrait tous ses efforts sur la deuxième flamme puis sur la troisième, piquant une tête tantôt sur l'une, tantôt sur l'autre sans parvenir à décider, en fin de compte, lequel de ces luminaires était le plus séduisant. Par conséquent et pour canaliser l'exubérance de ces divagations délirantes, Daisy s'empara d'une demi-feuille de papier et mit par écrit les différentes options qui s'offraient à elle.

1. – Dois-je le garder pour moi toute seule ?

2. – Dois-je l'exploiter au maximum et maintenir Lucia à l'écart ?

3. – Dois-je mettre Georgie de mon côté ?

4. – Dois-je administrer le gourou à Lucia et Georgie à petites doses ?

Elle fit une pause puis, se rappelant qu'il s'était porté volontaire pour donner un coup de main à la jolie petite bonne occupée à faire les lits ce matin-là en déclarant qu'à l'exemple du prince de Galles son ambition était de servir, elle ajouta :

5. – Dois-je l'engager comme cuisinier ?

L'espace de quelques secondes, le brio de son enthousiasme fut éclipsé par un soupçon indigne qui lui traversa l'esprit. Est-ce que par hasard la jolie silhouette de la bonne n'était pas pour quelque chose dans l'empressement qu'il avait manifesté pour l'aider dans les chambres ? Elle chassa immédiatement cette pensée. Certes, il y avait aussi cette bouteille d'eau-de-vie qu'il avait commandée chez Rush… En fait, quand elle l'avait supplié de commander tout ce dont il avait besoin en le faisant mettre sur son compte à elle, elle n'avait pas songé à l'eau-de-vie… Puis, se souvenant que les progrès au yoga dépendaient tout d'abord de la confiance absolue du disciple envers son gourou, elle balaya également cette pensée importune de son esprit. Malgré tout, même après avoir noté noir sur blanc tous les cas de figures possibles, elle ne parvint pas à décider de la politique à adopter. Alors, ayant posé la feuille de papier près de son lit, elle décida de dormir (la nuit porte conseil…). De la chambre voisine lui parvenaient les bruits rythmiquement réguliers de la respiration sacrée et, en mesure, elle se mit à murmurer « Om… Om… Om… ».

Les habitants de Riseholme occupaient principalement les heures de la matinée, entre le petit déjeuner et le repas de midi, à s'espionner les uns les autres. Ils se rendaient d'une boutique à l'autre pour leurs affaires domestiques. À l'occasion, ils faisaient des emplettes qu'ils emportaient dans des petits paquets en papier dûment ficelés et munis d'une ganse fort commode ; mais le vrai motif de ces expéditions était de regarder les autres et de recueillir les dernières nouvelles intéressantes qui avaient poussé comme des champignons pendant la nuit. Ce matin-là, comme parfois, Georgie était occupé à examiner et à marier des fils de soie chez le mercier et, tout naturellement, afin de ne pas se tromper en comparant certaines nuances dans la pénombre de la boutique, il les sortait au grand jour, sur le pas de la porte. Là il pouvait surveiller à son aise les mouvements de la rue. Et tout naturellement, Mr Lucas, qui se rendait chez l'horticulteur pour demander si ses bulbes de Hollande étaient bien arrivés, dit à Georgie que Lucia avait reçu le *Trio* de Mozart dans l'arrangement pour piano à quatre mains. Georgie, de son côté, annonça qu'il attendait Hermy et Ursy dans la soirée et Peppino, riche de ce renseignement, « trottina », comme il disait, à la rencontre de l'espion suivant pour échanger des informations confidentielles. Il avait remarqué, au passage, que Georgie tenait un petit paquet rectangulaire aux coins carrés qu'il estima devoir être des cigarettes destinées à Hermy et Ursy (étant donné que Georgie ne fumait jamais). Il avait deviné juste.

« Bon, il faut que je reprenne ma petite trotte », dit-il après avoir identifié la boîte de cigarettes et repéré la poche de Georgie gonflée de manière insolite. « Vous nous ferez peut-être une petite visite dans la matinée ? »

Georgie n'en était pas certain. Il avait fort à faire à cause de l'arrivée de ses deux sœurs et de son rendez-vous impératif chez Mr Holroyd (cet artiste devait repérer la teinte exacte de ses cheveux en prévision du dispendieux faux toupet), mais l'annonce de la livraison du *Trio* de Mozart emporta sa décision. De toute façon, il avait l'intention, avant de rentrer déjeuner à la maison, de faire un petit tour au Hurst pour voir s'il n'entendait pas à l'intérieur (pour employer une métaphore ambivalente) l'écho de ce morceau classique répété avec une application empressée. À coup sûr la sourdine était mise, mais il avait l'ouïe merveilleusement fine et il eût été fort surpris de ne pas entendre les harmonies bien reconnaissables et encore plus surpris si, au moment de mettre ensemble le morceau en place, Lucia ne lui avait pas laissé entendre qu'elle le déchiffrait pour la première fois. Lui-même s'était déjà procuré la partition et avait répété sa partie la veille au soir. Mais lui avait l'avantage de ne pas avoir un mari capable de vendre la mèche, par inadvertance. Entre-temps, il importait au plus haut point de trouver cette nuance spéciale de violet vierge de tout reflet magenta (quelle barbe !). Et entre-temps aussi, il importait plus encore de surveiller tous les mouvements de Riseholme.

Juste en face de lui se trouvait la pelouse communale et, comme personne n'était sur ses talons, Georgie chaussa ses lunettes cerclées qu'il pouvait escamoter en un tour de main. C'étaient elles qui faisaient dans sa poche la bosse que Peppino avait remarquée, mais on devait ignorer complètement et pendant de longues années encore que Georgie avait besoin des moindres verres. Étant donné qu'il n'y avait personne en vue, il ajusta furtivement ses lunettes sur son petit nez droit. Le premier train de Londres avait dû arriver car des voitures manœuvraient devant la porte de l'hostellerie Aux Armes d'Ambermere. Au comble de la curiosité, Georgie, tout excité, reconnut immédiatement, parmi les fiacres, l'automobile de lady Ambermere. Cela ne laissait planer aucun doute sur la présence de lady Ambermere elle-même à

Riseholme car, quand sa pauvre maigre dame de compagnie, Miss Lyall, se rendait au village pour faire des courses ou pour négocier les opérations nécessaires au bon déroulement de la vie de château du Hall, elle venait toujours à pied ou, si le temps était particulièrement mauvais, dans une petite carriole à deux roues qui ressemblait à une baignoire-sabot. Georgie était perdu en conjectures. La personne qu'il vit apparaître alors n'était autre effectivement que lady Ambermere en personne, avançant péniblement, le nez relevé comme si elle soupçonnait, sans tenir à en avoir le cœur net, la présence impalpable d'une odeur nauséabonde. Et lady Ambermere semblait revenir du Hurst ! De toute évidence elle avait dû s'y rendre après le départ de Peppino, car il n'aurait pas manqué de mentionner cette visite si lady Ambermere s'y était trouvée en même temps que lui. À dire vrai, elle semblait simplement revenir du Hurst mais Georgie mettait là en application, et à son insu, la théorie de Darwin selon laquelle toute observation pertinente s'appuie sur une hypothèse. Selon l'hypothèse de Georgie, lady Ambermere n'était restée au Hurst qu'une minute ou deux. Il glissa prestement ses lunettes dans sa poche. Avec cette précision logique qui caractérise tout esprit exercé, il avait également émis l'hypothèse qu'une certaine affaire avait dû amener lady Ambermere à Riseholme et que, pendant qu'elle y était, elle avait probablement répondu de vive voix à l'invitation que Lucia lui avait adressée pour la garden-party. Elle avait dû la recevoir le matin même par la première distribution du courrier. Il s'apprêtait à vérifier son hypothèse quand lady Ambermere se trouva à distance suffisante pour qu'il la reconnût et la saluât en ôtant son chapeau. Elle le traitait toujours comme un petit garçon, ce qu'il appréciait beaucoup.

On échangea les salutations d'usage.

« Je me demande où sont passés mes gens, dit lady Ambermere d'un air majestueux. Avez-vous vu mon automobile ?

– Mais oui, chère madame ; elle est aux pieds… aux pieds des armes de votre famille, dit Georgie, avec esprit. Bienheureuse automobile ! »

Si quelqu'un parvenait à fléchir la morgue de lady Ambermere, c'était bien Georgie. Il appartenait à une famille tout à fait honorable, sa mère était née Bartlett et, de ce fait, petite-cousine du feu lord Ambermere. Parfois, en devisant avec Georgie, lady Ambermere disait « nous », impliquant par là qu'il avait des liens avec l'aristocratie ; cela ravissait Georgie presque autant que de se voir traité comme s'il était encore un petit garçon. C'est à celui qui était encore un petit garçon qu'elle répondit.

« Eh bien, petit polisson, c'est à mes propres pieds que doit être ma bienheureuse automobile et non pas aux pieds des armes de ma famille ! dit-elle avec son esprit de répartie légendaire dans tout Riseholme. Mais qui donc pourrait croire qu'on puisse voir mon automobile à une telle distance ? Ah ! La jeunesse a de bons yeux ! »

C'étaient, en réalité, de bonnes lunettes, mais Georgie n'en avait cure. Pour rien au monde il n'aurait rectifié l'erreur.

« Voulez-vous que je coure vous la chercher ? demanda-t-il.

– Tout à l'heure. Pour l'instant, sifflez donc entre les doigts comme un vulgaire gamin des rues, dit lady Ambermere. Je suis sûre que vous savez le faire. »

Georgie n'en avait pas la moindre idée, mais mû par le courage de la jeunesse, il présuma (instruit par la prudence de l'âge) qu'on ne saurait lui demander d'exécuter effectivement un acte aussi déplacé. Il porta ses deux doigts à la bouche.

« Alors, allons-y ! » dit-il, avec une noble audace. (Il le savait parfaitement : la dignité de lady Ambermere ne souffrirait pas qu'un coup de sifflet grossier et vulgaire, dont il était désespérément incapable, fût lancé pour commander son automobile). Elle fit mine de se boucher les oreilles.

« N'en faites rien, dit-elle. Tout à l'heure vous m'accompagnerez à pied jusqu'Aux Armes mais, tout d'abord, expliquez-moi un peu. Je viens de dire à notre bonne Mrs Lucas que je ferai très probablement une apparition à sa garden-party vendredi, si je n'ai rien d'autre à faire. Mais qui est cette créature merveilleuse qu'elle attend ? S'agit-il d'un prestidigitateur indien ? Si c'est le cas, j'aimerais le voir car, lorsque ce cher Ambermere était à Madras, je me souviens de la visite à la résidence d'un prestidigitateur indien accompagné de cobras et de tout le bataclan. J'ai dit à Mrs Lucas que je n'aimais pas les serpents mais elle m'a assuré qu'il n'y en aurait pas. En fait, tout cela m'a paru bien mystérieux et, pour le moment, elle ne sait pas encore s'il viendra ou pas. J'ai seulement dit : "Pas question de serpents ! J'insiste !" »

Georgie la rassura quant aux serpents. Il lui fit un bref exposé des habitudes dûment constatées chez le gourou et insista particulièrement sur l'excellence de sa caste.

« Certes, certains de ces brahmanes appartiennent à des familles très "comme il faut", reconnut lady Ambermere. Je me suis toujours élevée contre le fait de mettre tous les gens de couleur dans le même sac et de les qualifier de nègres. Quand nous résidions à Madras, on rendait hommage à ma discrimination légendaire. »

Tandis que lady Ambermere donnait libre cours à ces sentiments libéraux, ils traversèrent à pied la pelouse communale et Georgie, même privé de ses lunettes, vit Peppino accourir depuis la porte de l'horticulteur d'où il avait espionné lady Ambermere. Peppino dévala la rue pour dire quelques mots à lady Ambermere avant que « ses gens » ne la ramenassent au Hall en voiture.

« Je suis venue aujourd'hui à Riseholme afin de retenir des chambres Aux Armes pour Olga Bracely, fit-elle.

– La diva ? demanda Georgie, l'eau à la bouche.

– Elle-même. Elle vient passer deux jours Aux Armes avec Mr Shuttleworth.

– Ils vont sans doute… hasarda Georgie.

– Non, tout est dans l'ordre. C'est son mari. Le mariage a eu lieu la semaine dernière, dit lady Ambermere. J'aurais pensé qu'elle se satisferait du nom de Shuttleworth (les Shuttleworth sont cousins du feu lord), mais elle préfère se faire appeler Miss Bracely. Je ne lui conteste pas le droit de porter le nom qu'elle veut, loin de là ! Mais d'où peuvent bien sortir les Bracely, je n'ai jamais réussi à le savoir. Lorsque Charlie[1] Shuttleworth m'a écrit pour m'annoncer que sa femme et lui avaient l'intention de séjourner deux ou trois jours ici et qu'ils passeraient me voir au Hall, je me suis dit que j'allais moi-même faire un tour Aux Armes et m'assurer qu'ils seraient convenablement logés. Ils viennent dîner chez moi demain soir. J'ai quelques hôtes en ce moment et sans aucun doute Miss Bracely chantera quelque chose après dîner. On m'a toujours fait des compliments sur mon Broadwood. Un instrument superbe. Charlie Shuttleworth a été bien inspiré de m'avertir qu'il serait dans les parages et, quant à elle, j'ose dire qu'elle doit être tout à fait fréquentable. »

Ils étaient enfin arrivés à l'automobile – « le beau et noble carrosse » aurait dit Mr Pepys – où les attendait la malheureuse Miss Lyall, surchargée de paquets et arborant un sourire timidement flagorneur. Cette pauvre vieille fille, d'un âge si flagrant qu'il en paraissait incertain, tenait compagnie à lady Ambermere avec laquelle elle partageait les splendeurs du Hall que lady Ambermere avait reçu en douaire. Logée et nourrie, elle pouvait se servir de la carriole en forme de baignoire-sabot pour faire à Riseholme les courses confiées par lady Ambermere, alors, que pouvait-elle souhaiter de plus ? En échange de ces largesses, son seul devoir consistait à se dévouer corps et âme à sa patronne ; elle devait lui faire la lecture du journal à haute voix, lui préparer ses modèles à broder, trimbaler le petit carlin

1. La confusion des prénoms Charlie et Georgie semble indiquer que lady Ambermere connaît moins bien les Shuttleworth qu'elle ne le prétend. *(N.d.T.)*

sous le bras et lui donner son bain une fois par semaine, accompagner lady Ambermere à l'église le dimanche et se contenter d'une chambre où il lui était rigoureusement interdit de jamais faire du feu dans la cheminée. Sa petite figure mélancolique avait une expression désenchantée ; elle tenait la tête courbée et le cou tiré en arrière. Sa bouche, toujours à moitié ouverte, laissait voir de longues incisives, ce qui lui donnait l'allure d'un lièvre rôti que l'on aurait servi sans en détacher la tête. Georgie se débrouillait toujours pour lancer des plaisanteries à Miss Lyall, de celles qui lui faisaient dire « Oh, monsieur Pillson ! » et la faisaient rougir. Elle le trouvait tout à fait charmant.

Cette fois encore, il lui en réservait une.

« Tiens, tiens ! Mais c'est miss Lyall ! dit-il. Et que faisait miss Lyall pendant que je parlais à Son Excellence ? Il vaut peut-être mieux ne pas se poser la question…

– Oh, monsieur Pillson ! » dit Miss Lyall avec la ponctualité d'un coucou quand la grande aiguille atteint l'heure.

Lady Ambermere appuya la moitié de sa masse sur le marchepied de l'automobile qui pencha de son côté en grinçant.

« Faites une petite visite aux Shuttleworth, Georgie, dit-elle. Dites que c'est moi qui vous l'ai ordonné. Chauffeur, au château ! »

Après que lady Ambermere se fut installée, Miss Lyall se glissa sur le strapontin de l'automobile, comme une petite souris qui se cache dans un coin, et le valet de pied grimpa à l'arrière. À ce moment-là, Peppino, les bras chargés de son sac de bulbes, se fraya un chemin, presque à bout de souffle, entre deux fiacres stationnés près de l'automobile. Mais il la manqua de justesse, elle avait démarré. En tout état de cause, lady Ambermere ne l'avait probablement même pas aperçu.

Georgie se trouvait à peu près dans la situation d'un chien tenant un os dans la gueule et qui cherche, avant tout, à s'écarter de tous les autres chiens pour s'en repaître à son aise. Il serait prudent de préciser que jamais, par le passé, autant de choses passionnantes ne lui étaient tombées dessus en vingt-quatre heures. Il avait passé commande d'un faux toupet et retenu l'attention bienveillante d'un gourou ; tout Riseholme savait qu'il avait tenu une vraiment longue conversation avec lady Ambermere et personne d'autre que lui à Riseholme ne pouvait se douter qu'Olga Bracely s'apprêtait à y passer deux nuits. Il conservait de celle-ci le souvenir très clair d'une apparition merveilleuse, l'année précédente à Covent Garden, dans le rôle de Brünnhilde. Il s'était rendu à Londres pour une visite radicale mais rajeunissante chez son dentiste, et l'impression « rébarbative » de se sentir tiraillé l'avait quitté comme par enchantement lorsqu'il avait vu Olga tirée de son sommeil par le baiser de Siegfried au sommet de la montagne. « *Das ist kein Mann* » avait dit Siegfried et, pour sûr, c'était très fin de sa part car elle avait l'apparence d'un éphèbe svelte et imberbe, et pas du tout d'une de ces monumentales et adipeuses *Frauen* de Bayreuth, que nul n'aurait songé à confondre avec un homme, engoncées et suffocantes avant qu'il les eût délivrées en tranchant d'un coup d'épée les attaches de leurs cuirasses. Alors, elle s'était dressée sur son séant et avait salué le soleil levant. Georgie sentit un instant qu'il s'était fourvoyé en s'installant dans la vie selon ce style, petit garçon et vieille fille à la fois, tout occupé à broder et à épousseter des porcelaines à Riseholme. Il aurait dû être Siegfried…

C'est Siegfried qu'il aurait dû être… Il avait acheté une photographie d'Olga, en heaume et cuirasse, et il la regardait souvent lorsque d'autres tâches ne le retenaient pas ailleurs. Il s'était même posé en champion de sa déesse contre Lucia quand celle-ci avait décrété que Wagner ignorait tout en matière d'effets dramatiques. Pour sûr, elle n'avait jamais dû assister au moindre opéra de Wagner et s'en était tenue à l'audition de l'ouverture de *Tristan* lors d'une exécution au Queen's Hall. Si c'était ça, Wagner… Passons.

Déjà, et bien que l'automobile de lady Ambermere n'eût pas encore complètement disparu de la rue, tout Riseholme convergeait lentement vers Georgie pour découvrir au moyen de questions détournées (comme au jeu « Et si c'était… ? ») quels sujets de conversation ils avaient abordés. Sur un flanc approchait le colonel Boucher avec ses deux bouledogues renifleurs, d'un autre on véhiculait vaillamment Mrs Weston dans son fauteuil roulant. Sur un troisième flanc, les demoiselles Antrobus baguenaudaient, assises sur le pilori et Peppino occupait le quatrième flanc, en première ligne. Tout le monde savait, également, que Georgie ne déjeunait jamais avant une heure et demie et il n'avait vraiment aucune raison de ne pas s'arrêter pour bavarder comme d'habitude. Mais Georgie vit, en vrai général rompu au métier des armes, qu'il pouvait facilement forcer une brèche dans le cordon des assaillants en se jetant du côté du colonel Boucher. Celui-ci, avant de s'embarquer dans des propos suivis, commençait toujours par dire « Ah, hum » et Georgie pouvait de la sorte prendre les devants et dire « Bonjour, mon colonel » sans attendre qu'il ait abordé le cœur du sujet. Georgie n'aimait pas passer trop près des bouledogues baveux, mais il fallait se résoudre à opter pour une solution… Un moment plus tard, il était tiré d'affaire et vit que les autres espions poursuivaient leurs manœuvres convergentes. Il s'en tint à son premier plan et descendit d'un pas alerte vers la maison de Lucia afin de surprendre quelque écho familier du *Trio* de Mozart. Il l'entendit en effet, joué avec la sourdine comme il s'y attendait. Une fois cette affaire tirée au clair, il décida de prolonger sa promenade de quelques centaines de mètres et, en coupant à travers champs, de franchir le pont qui enjambe l'heureux affluent de l'Avon pour regagner sa maison en empruntant la petite porte au fond du jardin. Ensuite il s'installerait dans un fauteuil pour réfléchir… le gourou, Olga Bracely… Et s'il invitait Olga Bracely et son mari à dîner et persuadait Mrs Quantock de laisser venir le gourou ? Ça ferait trois hommes et une femme, et Hermy et

Ursy rétabliraient l'équilibre de la table. Six convives à dîner, c'était l'effectif maximum qu'autorisait Foljambe.

Parvenu à l'échalier qui permettait d'accéder aux champs, Georgie s'assit un instant. On distinguait encore faiblement les mélodies que Lucia essayait de déchiffrer. Comme Georgie s'asseyait, la musique s'interrompit et il comprit que Lucia était allée regarder par la fenêtre. Prendre part aux manœuvres d'espionnage matinal qui se déroulaient autour de la pelouse communale eût été indigne d'elle mais, de sa fenêtre, elle en voyait souvent pas mal. Georgie se demandait ce que Mrs Quantock avait l'intention de faire. Apparemment, elle n'avait pas garanti la présence du gourou à la garden-party sinon lady Ambermere n'aurait pas dit que Lucia ne savait toujours pas s'il viendrait ou pas. Peut-être Mrs Quantock allait-elle l'exploiter pour son propre compte en refusant de l'octroyer à la reine ou à Georgie ?… C'était là du bolchevisme pur et, à ce moment pathétique, Georgie lui-même se sentit l'étoffe d'un bolcheviste. Le joug de Lucia lui pesait parfois et il eut l'audace de se demander ce qui se passerait s'il invitait Olga Bracely à dîner sans signaler à Lucia qu'elle serait là l'après-midi de la garden-party. Georgie était un Bartlett par sa mère, il jouait du piano mieux que Lucia et disposait de vingt-quatre heures de loisir par jour qu'il pourrait consacrer à être roi de Riseholme… Sa nature se révolta, emportée par l'ardeur de la flamme révolutionnaire qu'attisait l'information secrète confiée par lady Ambermere au sujet d'Olga Bracely. Car enfin, pourquoi Lucia devait-elle mener tout le monde à la baguette avec son sceptre de fer ? Mais oui, pourquoi ? Pourquoi donc ?

Soudain, il entendit quelqu'un l'appeler par son nom, de cette voix d'alto qui lui était familière : Lucia était dans le jardin de Shakespeare.

« *Georgino* ! *Georgino mio* ! cria-t-elle. *Gino* ! »

Machinalement, Georgie descendit de son échalier et remonta la route à la rencontre de Lucia.

Le mâle bouillonnement de l'insurrection qui agitait son âme lui commandait de résister obstinément mais, hélas !, ses jambes et sa voix capitulaient.

« *Amica* ! répondit-il. Voilà *Gino* ! » (« Mais bon sang, pourquoi dire ça en italien ? » se demanda-t-il en vain.)

« Georgie, viens faire brin causette, dit-elle en retombant dans le jargon puéril. 'tite Lucia veut demander 'tit conseil au gentil 'tit garçon sage.

– Tu veux quoi ? demanda Georgie, complètement rasséréné pour l'instant.

– Plein de choses. Tiens, jolie 'tite fleur pour le 'tit trou du bouton. Prends ! Écoute : le monsieur tout noir, il a pas des serpents, dis ? Et pou'quoi Mrs Quantock é dit qu'é sait pas si i' vient chez pauv' 'tite Lucia pour sa 'tite party-garden ?

– Ah bon ? Elle a dit ça ? demanda Georgie en retombant dans l'idiome national.

– Oui. Oh, à propos, un colis est arrivé. Je crois que ça doit être le *Trio* de Mozart. Voulez-vous passer demain matin pour que nous le déchiffrions ensemble ? D'accord ? Bon, onze heures et demie, alors. Mais là n'est pas le problème. »

Elle le dévisagea de son petit œil noir d'oiseau de proie.

« Daisy m'a demandé de m'adresser au gourou, dit-elle. Et, pour complaire à cette pauvre Daisy, c'est ce que j'ai fait. Voilà à présent qu'elle prétend ne pas savoir s'il viendra ou pas. Que signifie tout cela ? Est-il pensable qu'elle songe à le garder pour elle toute seule ? Ce genre de choses lui est déjà arrivé, vous savez. »

C'était là, probablement, sa manière à elle, Lucia, de présenter les choses du genre douloureux, comme cette malheureuse affaire de l'avocat écossais. Georgie, l'ayant ainsi compris, se sentit plutôt gêné. Et puis il y avait cet œil de prédateur qui semblait scruter jusqu'au tréfonds de son âme et y deviner la trahison secrète qu'il avait conçue. Si elle avait continué à le sonder encore plus avant, il aurait fini non seulement par avouer ce dont les plus noirs soupçons le chargeaient au sujet de Mrs Quantock mais aussi par lâcher le morceau quant à Olga Bracely. Il serait même allé jusqu'à proposer de les convier, elle et son mari, à la garden-party. Mais, à ce moment critique, l'œil inquisiteur l'abandonna pour se porter sur la route.

« Voilà le gourou ! dit Lucia. On va connaître le fin mot de l'histoire ! »

Georgie, titubant sous le coup de l'émotion, regarda entre le paon et l'ananas de verdure taillés dans la haie d'ifs et vit ce qui se passa ensuite. Lucia alla droit vers le gourou, s'inclina, sourit et, de toute évidence, se présenta. L'instant d'après il souriait en découvrant ses dents blanches et faisait son salamalec. Alors ils s'en revinrent tous deux au Hurst où Georgie palpitait derrière la haie d'ifs. Ils entrèrent ensemble dans le jardin et l'œil de Lucia semblait des plus bienveillants.

« Gourou, dit-elle sans buter sur le mot, je désire vous présenter un grand ami à moi. Voici monsieur Pillson, Gourou. Gourou, monsieur Pillson. Le gourou vient partager mon *tiffin* de midi, le *tiffin* des Indes, Georgie. Me permettrez-vous d'insister pour que vous soyez des nôtres ?

– Avec grand plaisir ! dit Georgie. Nous nous sommes déjà rencontrés d'une certaine manière, n'est-ce pas ?

– Oui, en effet. Très heureux, dit le gourou.

– Entrons, dit Lucia. C'est bientôt l'heure de passer à table. »

Georgie suivit, après force courbettes et civilités de la part du gourou.

Il n'était pas très sûr d'avoir l'étoffe d'un bolcheviste.

V

Une preuve de la grandeur d'âme de Lucia consistait, lorsqu'elle surprenait quelqu'un à s'abaisser à quelque flagrant délit de basse mesquinerie atroce, à ne jamais se permettre la moindre menace gratuite de vengeance ; savoir lui suffisait. Elle prendrait les mesures adéquates à la première occasion. Par conséquent, quand il s'avéra, grâce aux propos dénués d'artifices que tint le gourou à table, que cette perfide Mrs Quantock ne lui avait même pas demandé s'il aimerait se rendre à la garden-party de Lucia ou pas (pendant qu'elle hésitait quant à l'usage qu'elle voulait en faire), Lucia prit fort bien la chose et, d'excellente humeur, se contenta de dire : « Cette chère Mrs Quantock a sans aucun doute dû oublier de vous en parler. » Elle n'annonça pas d'actes de représailles, par exemple la mise en quarantaine de Daisy, retirée de la liste des invités habituels pendant une semaine ou deux, simplement pour lui servir de leçon. Avant de passer à table, elle avait même téléphoné à cette femme débusquée de ses positions pour lui dire qu'elle avait rencontré le gourou dans la rue, et avait décelé une sorte d'affinité entre elle - Lucia - et lui. Il l'avait raccompagnée chez elle et, en ce moment, ils venaient de se mettre à table pour le *tiffin*. Le mot *tiffin* plaisait à Lucia de même qu'il lui plaisait d'en expliquer le sens à Daisy.

Le *tiffin* connut un grand succès et le gourou n'eut pas besoin de faire un tour à la cuisine pour préparer quelque chose de mangeable sans effort excessif. Il parla en toute liberté de sa mission présente. Lucia, Georgie et Peppino (qui était rentré assez tard, ayant eu à retourner chez l'horticulteur à cause des bulbes) écoutaient, médusés.

« Oui, c'est lorsque je suis allé voir mon ami à Londres qui tient une librairie, dit-il, que j'ai entendu parler d'une dame anglaise qui voulait gourou et j'ai su que j'étais envoyé à elle. Pas bagage, pas rien du tout : comme je suis. Quelle gentille dame, aussi ! Elle va faire des progrès mais elle trouvera difficiles certaines postures parce qu'elle est, comme vous dites, sphère, ronde.

– S'agissait-il de postures lorsque je l'ai vue debout sur une jambe dans le jardin ? demanda Georgie. Ou quand elle s'est assise et a essayé de se tenir les orteils ?

– Oui, en effet, c'est bien ça. Difficile pour sphère. Mais elle a âme blanche. »

Il jeta un regard circulaire en souriant.

« Je vois ici beaucoup d'âmes blanches, dit-il. C'est endroit heureux quand il y a des âmes blanches car à elles je suis envoyé. »

C'était plus que suffisant : une minute plus tard Lucia, Georgie et Peppino étaient tous agréés comme élèves. Ils se rendaient sur-le-champ dans le jardin où le gourou s'installa par terre et adopta une attitude extrêmement compliquée qui, de toute évidence, dépassait la portée de Mrs Quantock.

« Un pied sur cuisse, autre pied sur autre cuisse, expliqua-t-il. La tête et le dos bien droits : c'est bon de méditer comme ça. »

Lucia essaya d'imaginer une méditation comme ça mais elle eut le sentiment que toute méditation comme ça aurait certainement pour sujet les os brisés.

« Serai-je capable de faire ça ? demanda-t-elle. Et quel effet cela produira-t-il ?

– Vous serez légère et active, chère dame et… ah ! voilà l'autre chère dame venue nous rejoindre. »

À coup sûr, Mrs Quantock commit là un de ses impairs diplomatiques. Au téléphone, elle avait consenti au repas du gourou chez Lucia mais, vers le milieu de son propre repas, elle n'avait pu résister à la tentation de savoir ce qui se passait au Hurst. Elle ne pouvait supporter l'idée de voir à présent Lucia et son gourou ensemble et sa propre lettre, disant qu'il n'était pas sûr que le gourou viendrait à la garden-party, lui causait les plus fâcheuses appréhensions. Elle aurait, sans hésiter, consenti à voir le gourou se rendre à cinquante garden-parties – entièrement au grand jour ; elle aurait pu le surveiller du coin de l'œil – plutôt que de laisser Lucia l'« embobeliner » – c'était son propre terme – et l'attirer à un déjeuner pareil. Tout ce qui pouvait la consoler, c'était que son propre repas avait été pratiquement immangeable et que Robert avait gémi lamentablement pour que le gourou revînt et sauvât son estomac. Elle l'avait laissé, l'œil maussade, devant une lavasse boueuse baptisée café. En tout cas, Robert saluerait à bras ouverts le retour du gourou.

Daisy traversa la pelouse en se dandinant jusqu'à l'endroit où était assis le groupe harmonieux et, à cet instant, Lucia sentit poindre en elle des sentiments de vengeance. La paix de la victoire qui l'avait baignée lorsqu'elle avait accueilli le gourou à déjeuner, sans le moindre incident, se trouvait menacée et troublée. La lettre de Daisy chérie, porteuse de cette fable odieuse sur les tergiversations supposées du gourou à propos d'une invitation que l'on s'était bien gardé de lui communiquer, prenait un aspect encore plus sinistre. Sans nul doute, Daisy avait eu l'intention de se le réserver pour son usage exclusif et, à présent, elle débarquait sabre au clair.

Après les salutations d'usage, Mrs Quantock dit sur le ton de la plaisanterie : « Alors mon cher gourou, pourquoi n'avez-vous pas dit à *chela* que vous ne rentriez pas à la maison pour le *tiffin*, vilain garçon ? »

Le gourou s'était déplié les jambes. Il se releva.

« Mais regardez, noble dame bien-aimée, dit-il, comme nous sommes tous gentils ! Vous cassez pas la tête quand seulement des âmes blanches se réunissent. »

Mrs Quantock lui tapota gentiment l'épaule.

« Tout cela est bien sympathique, Om ! dit-elle. Ah ! Que j'envoie mon message d'amour. Là, ça y est ! »

Il fallait redescendre de ces hauteurs célestes et Lucia s'y employa comme un parachutiste qui tombe d'abord en flèche puis se balance en flottant dans l'air calme.

« Savez-vous quel merveilleux projet nous sommes en train d'élaborer, chère Daisy ? fit-elle. Le gourou va tous nous prendre comme élèves. De vrais cours ! N'est-ce pas ? »

Il se croisa les mains à hauteur du visage, paumes tournées vers l'extérieur et ferma les yeux.

« Je crois entendre appel, dit-il. Je suis envoyé. Ce sont sûrement les guides qui me disent qu'il y a envoi de moi. Les cours, n'est-ce pas ? J'ai bien compris ? Je enseigne, vous apprenez. Nous apprenons tous… Occupez-vous de tout. Je vais me retirer un peu sous tonnelle pour méditer et quand vous avez tout combiné, vous direz à gourou qui est votre serviteur. Salam ! Om ! »

Avec le gourou dans ses murs et l'intention bien arrêtée de l'annexer, il allait de soi que Lucia présiderait cette réunion dont l'ordre du jour comportait les détails de la mise en place, à Riseholme, de cette confrérie ésotérique. Si Mrs Quantock n'avait pas été là, Lucia, pour la punir de sa conduite perfide dans l'affaire de l'invitation à la garden-party, l'aurait probablement complètement tenue à l'écart des cours. En l'occurrence, elle ne pouvait pas l'ignorer totalement alors qu'elle occupait si massivement une chaise en osier dont les craquements plaintifs accompagnaient ses moindres mouvements. Mais c'est Lucia qui garda la conduite des opérations. Elle suggéra, d'entrée de jeu, que le fumoir serait l'endroit idéal pour y donner les cours.

« Je ne saurais songer un seul instant à envahir votre maison, chère Daisy, dit-elle, et puis ici il y a ce fumoir où personne ne met jamais les pieds et qui est si calme, si reposant. Mais oui, parfaitement. Bon, peut-on considérer que ce point est réglé ? »

Elle se tourna brusquement vers Mrs Quantock.

« Et maintenant, où va loger le gourou ? dit-elle. Ce serait tout de même un peu cavalier, chère Daisy, si nous sommes tous appelés à profiter de ses cours, que vous ayez à supporter tous les inconvénients et les frais de son séjour car, dans votre délicieux petit intérieur, ça ne doit pas être pratique de l'avoir, d'autant plus que j'ai cru vous entendre dire que votre mari lui avait cédé son cabinet de toilette. »

Mrs Quantock tenta un effort désespéré pour conserver son bien.

« Il n'y a pas le moindre inconvénient à ce qu'il reste chez moi. Bien au contraire, chère amie. Nous sommes ravis de l'avoir et Robert le considère comme un hôte fort appréciable. »

Lucia, compréhensive, lui étreignit la main.

« Vous êtes vraiment trop généreux, votre mari et vous, dit-elle. Je l'ai souvent répété "Daisy et ce cher Robert sont les personnes les plus généreuses que je connaisse", n'est-ce pas Georgino ? Mais nous ne pouvons pas accepter de vous voir ainsi envahis. Votre seule chambre libre et, par-dessus le marché, c'est le cabinet de toilette de votre mari. Georgie, je sais que vous en conviendrcz : nous ne devons pas accepter que cette chère Daisy soit aussi généreuse. »

L'œil de prédateur exerça son effet irrésistible sur Georgie. Il n'y avait pas si longtemps, il avait nourri des desseins révolutionnaires et avait envisagé d'inviter le gourou et Olga Bracely à dîner sans même en informer Lucia, et voilà qu'à présent les bruits lointains de la révolte s'éteignaient comme fond la neige au soleil de juillet. Il savait parfaitement ce que Lucia proposerait ensuite ; il savait, également, qu'il abonderait dans son sens.

« Oh, non ! C'est impensable, dit-il. Ce serait vraiment abuser du bon cœur de Mrs Quantock que de lui laisser tout le soin d'héberger le gourou alors que nous profiterons tous de son enseignement. J'aurais proposé de le loger mais, avec Hermy et Ursy qui arrivent ce soir, je suis aussi à l'étroit que Mrs Quantock.

– Alors il faut qu'il vienne ici, s'exclama Lucia comme si l'idée venait de lui traverser l'esprit. “Hamlet” et “Othello” sont libres (toutes les chambres de Lucia portaient des noms empruntés aux titres des pièces de Shakespeare) et cela ne causera pas le moindre dérangement. N'est-ce pas, Peppino ? Ça me fera vraiment plaisir qu'il loge ici. Peut-on considérer que ce point est réglé ? »

Daisy tenta en pure perte de lancer des messages d'amour aux quatre coins de la boussole. Elle se mordit les lèvres d'avoir seulement signalé son gourou à Lucia : elle n'aurait jamais deviné que Lucia le lui confisquerait de la sorte. Tandis qu'elle se triturait les méninges pour trouver un moyen de juguler cette attaque brusquée, Lucia, superbe, poursuivait son avance.

« Et maintenant, il faut aborder la question du montant de ses honoraires, dit-elle. Notre chère Daisy nous a dit qu'il n'avait que de très vagues notions sur la valeur de l'argent mais, personnellement, je ne saurais songer un seul instant à profiter de sa sagesse si je ne devais rien lui payer en retour. Tout ouvrier mérite salaire, et j'imagine qu'il en va de même pour le professeur. Que diriez-vous de cinq shillings par personne et par leçon ? Ça lui ferait une livre la leçon. Mon Dieu, mon Dieu ! Comme je vais être occupée pendant ce mois d'août ! Bon, combien de cours allons-nous lui demander d'assurer ? Je dirais six pour commencer, si tout le monde est d'accord. Un pour chaque jour de la semaine, sauf le dimanche. C'est bien ce que vous souhaitez tous ? D'accord ? Alors peut-on considérer que ce point est réglé ? »

Mrs Quantock, qui, bien que désarmée, tentait encore de se regimber, eut recours (en dernier ressort) à l'arme la plus redoutable de sa panoplie, à savoir le sarcasme.

« Il serait peut-être bon, Lucia très chère, dit-elle, de demander à mon gourou ce qu'il pense de ce que vous avez réglé à son sujet. L'Angleterre est encore un pays libre, que je sache, même s'il se trouve que l'on arrive des Indes. »

Lucia disposait d'une arme encore plus radicale que le sarcasme ; faire semblant de n'avoir rien remarqué de sarcastique. Il est vain, en effet, d'enfoncer un poignard dans le cœur de votre ennemi si cela ne doit produire aucun résultat significatif. Elle applaudit à deux mains et son rire argentin tinta comme un carillon.

« Quelle bonne idée ! dit-elle. Vous voudriez donc que j'aille lui dire quels sont nos projets ? Qu'à cela ne tienne. Je cours lui demander moi-même s'il est d'accord. Ne prenez pas la peine de vous déranger, chère Daisy : je sais combien cette canicule est éprouvante pour vous. Restez assise à l'ombre, bien tranquillement. Vous savez comment je suis, une vraie salamandre ! Le soleil n'est jamais *troppo caldo* pour moi. »

Elle s'absenta un instant pour retrouver le gourou assis, immobile, dans cette merveilleuse posture. Le matin même elle avait entièrement relu, dans l'Encyclopédie, l'article sur le yoga. Comme sa récente conduite venait de le montrer, elle avait fermement décidé que le yoga, pour dire les choses crûment, serait son machin pour le mois d'août. Le gourou était encore si plongé dans sa méditation qu'il ne la vit approcher que d'un œil vague, songeur ; puis, en poussant un long soupir, il se leva.

« Ça c'est bel endroit, dit-il. Plein de douces influences et j'ai eu haute conversation avec guides. »

Lucia tressaillit de plaisir.

« Oh ! Je vous en supplie, dites-moi ce qu'ils vous ont dit ! s'exclama-t-elle.

– Ils m'ont dit de suivre où j'étais conduit : ils ont dit qu'ils régleraient tout pour moi en tout amour et sagesse. »

Voilà qui était encourageant car, sans contredit, Lucia s'était employée à tout régler pour lui. L'opinion des guides constituait donc un blanc-seing personnalisé. Les vagues remords de conscience (extrêmement vagues, en fait) concernant le larcin dont cette chère Daisy était la victime furent balayés une bonne fois pour toutes et Lucia, sûre d'elle-même, commença à exposer comment elle avait réglé ses dispositions d'amour et de sagesse. Le gourou approuva sans condition. Il ferma les yeux un instant et respira profondément.

« Ils donnent paix et bénédiction, dit-il. Ce sont eux qui ont ordonné qu'il en soit ainsi. Om ! »

Il parut replonger dans une méditation très profonde et Lucia s'empressa de rejoindre le groupe qu'elle avait quitté.

« C'est vraiment trop merveilleux, dit-elle. Les guides lui ont dit qu'ils avaient tout réglé pour lui en tout amour et sagesse. Nous pouvons donc considérer, en toute certitude, que nos plans étaient les bons. Quel bonheur de penser que ce sont les guides qui nous ont inspirés ! Chère Daisy, comme il est merveilleux ! Je vais envoyer chercher ses affaires, vous voulez bien ? Et puis je vais faire préparer "Hamlet" et "Othello" pour qu'il s'y installe. »

Bien que la séparation d'avec son gourou fût amère, il eût été sacrilège de se rebeller contre les décrets des guides ; mais la réponse de Daisy révélait quand même une ombre de rancune bien humaine.

« Ses affaires ! s'exclama-t-elle. Il ne possède rien au monde. Tout ce que nous possédons nous enchaîne à la terre. Vous ne tarderez pas à l'apprendre, Lucia très chère. »

Georgie eut souvenance d'une certaine bouteille d'eau-de-vie que possédait sûrement le gourou, mais il ne servait à rien d'entamer un sujet qui risquerait d'engendrer des conflits… D'ailleurs, tandis que Lucia quittait le jardin pour vérifier que rien ne manquait dans les chambres « Hamlet » et « Othello », le gourou lui-même, ayant refait surface après sa méditation, rejoignit le groupe et prit place à côté de Mrs Quantock.

« Noble dame bien-aimée, dit-il, tout est paix et bonheur. Les guides m'ont parlé de vous avec tant d'affection… Ils disent que le mieux pour votre gourou est qu'il vienne ici. Je retournerai peut-être à votre aimable maison. Ils ont souri lorsque je leur ai demandé. Mais, pour l'instant, c'est ici qu'ils m'envoient. On a davantage besoin de moi ici car vous avez vous-même déjà tellement de lumière. »

Les guides avaient certainement beaucoup de tact car rien n'aurait pu apaiser Mrs Quantock plus efficacement qu'un message de cette nature. Elle ne manquerait pas d'en faire part à Lucia lorsque celle-ci en aurait terminé avec « Hamlet » et « Othello ».

« Oh ! Ils disent donc, mon cher gourou, que j'ai déjà beaucoup de lumière ? demanda-t-elle. Voilà qui est gentil de leur part.

– Bien sûr qu'ils l'ont dit ; et à présent, je vais retourner chez vous et y déposer de douces pensées à votre intention. Et si j'envoyais de douces pensées à la maison de monsieur votre gentil voisin ? »

Georgie accueillit cette offre avec empressement car, avec l'arrivée ce soir même de Hermy et Ursy, il sentit qu'il aurait grand besoin d'une bonne réserve de douces pensées. Il s'abstint même de parachever dans sa tête le postulat qui s'y dessinait, à savoir que tout en déposant de douces pensées à l'usage de Mrs Quantock le gourou emporterait probablement la bouteille d'eau-de-vie pour son propre usage. Mais Georgie savait qu'il n'était que trop enclin à nourrir en secret des points de vue cyniques. Peut-être, à l'heure qu'il était, le gourou n'avait-il plus d'eau-de-vie de reste à emporter ? Et voilà que Georgie se surprenait à nouveau en flagrant délit de cynisme !

Lorsqu'une demi-heure plus tard Georgie monta dans le fiacre découvert qu'il avait commandé pour aller chercher Hermy et Ursy à la gare, il ouvrit son parapluie d'été équipé de toile blanche pour se protéger des rayons du soleil encore chaud. Il avait décidé de ne pas prendre l'automobile parce que Hermy et Ursy auraient insisté pour prendre le volant et il n'était pas disposé à se confier entre leurs mains. Au cours de toutes les années qu'il avait passées à Riseholme, il ne se souvenait pas avoir vécu une semaine plus fertile en événements aussi palpitants et variés, pas même l'hiver où les activités mondaines – ce qu'il appelait « le travail » – étaient extrêmement fréquentes. Ce soir c'était l'arrivée de Hermy et Ursy ; demain celle d'Olga Bracely et de son mari (« Olga Bracely et Mr Shuttleworth », ça ne sonnait pas très bien… et ça n'était pas pour déplaire à Georgie) ; le lendemain, la garden-party de Lucia ; et puis, chaque jour, il devait y avoir une leçon du gourou… Au milieu de tout cela, Dieu seul savait où Georgie trouverait un moment libre à consacrer à sa broderie ou à son *Trio* de Mozart. Mais grâce à ses cheveux teints en châtain jusqu'aux racines mêmes, à ses ongles rutilants et à ses chaussures confortables, il se sentait extrêmement jeune et prêt à tout. Bientôt, sous l'influence du nouveau credo, avec toutes ses postures et ses respirations, Georgie se sentirait encore plus jeune et plus gaillard.

Il aurait cependant souhaité être celui qui avait trouvé cette brochure sur les philosophies orientales qui avait conduit Mrs Quantock à faire les démarches qui avaient abouti à l'épiphanie du gourou. Évidemment, une fois Lucia mise au courant, c'était elle à coup sûr qui allait s'ériger en chef et prendre la direction des opérations et on ne pouvait qu'admirer la manière dont elle s'en était tirée jusque dans les moindres détails. Tout à l'heure, au cours de la rencontre dans le jardin, elle avait foncé sur Mrs Quantock aussi calmement qu'un paquebot fend l'océan, l'écartant sur son passage comme une étrave puissante pousse la vague qui cède. Mais Georgie avait remarqué que

Mrs Quantock, en dépit de sa déconfiture momentanée, bouillait d'ardeur révolutionnaire : elle était profondément offensée de s'être vu confisquer ce qui, incontestablement, lui appartenait (bien qu'elle ne pût rien là contre) et Georgie imaginait parfaitement ce qu'elle devait ressentir. C'était bien beau de déclarer que les plans de Lucia concordaient parfaitement avec les desseins des guides. Il n'en demeurait pas moins vrai que Mrs Quantock persisterait à se juger lésée…

Cependant, tout cela importait peu tant que tous les élèves du cours découvraient qu'ils rajeunissaient, devenaient plus actifs et gagnaient tant en amour qu'en perfection sous la conduite du gourou. C'était cela qui les avait tous tellement subjugués. Pour sa part, Georgie trouvait indifférent que le gourou appartînt pour ainsi dire à l'une ou à l'autre dame, tant qu'il était sûr de pouvoir profiter de son enseignement. Lucia avait annexé le gourou pour des motifs d'ordre mondain et nul doute qu'avec lui dans la place elle bénéficierait de petits conseils particuliers et d'indications supplémentaires en sus des cours collectifs mais, après tout, Georgie de son côté se réservait Olga Bracely pour lui tout seul puisqu'il n'avait soufflé mot de son arrivée à Lucia. Il se faisait l'impression d'être comme celui qui, alors qu'il y a de la révolution dans l'air, cache un revolver dans sa poche. Il ne s'était pas encore clairement avoué ce qu'il avait l'intention d'en faire mais de le savoir là lui procurait une sensation de puissance.

Le train entra en gare mais Georgie chercha en vain ses sœurs. Elles avaient bien précisé qu'elles arrivaient par ce train-là et pourtant, en moins de deux minutes, il fut parfaitement évident qu'elles n'en avaient rien fait. La seule personne à descendre fut la cuisinière de Mrs Weston qui, comme tout l'univers le savait, se rendait à Brinton chaque vendredi pour y acheter du poisson. Cependant, à la queue du train, on débarquait une énorme quantité de bagages. Tout cela ne pouvait pas être le poisson de Mrs Weston. À la réflexion, et même à cette distance, il lui sembla reconnaître un très gros sac de toile verte balancé sur le quai. Hermy et Ursy avaient peut-être voyagé dans le fourgon à bagages pour s'offrir une « tranche de bon temps » ou pour toute autre raison, bien dans leur style de garçons manqués. Georgie s'approcha pour en avoir le cœur net. Il y avait là des sacs de clubs de golf, un chien, des valises et, tandis que Georgie sentait poindre le vague souvenir d'avoir déjà vu ces objets quelque part, le chef de train auquel il donnait toujours une pièce lorsqu'il prenait ce train, lui remit ce mot griffonné à la hâte au crayon :

« Mon vieux Georgie,

Lorsque nous sommes arrivées à Paddington, il faisait si beau que Ursy et moi avons décidé de venir à bicyclette plutôt que par le train pour nous offrir une tranche de bon temps. Nous avons donc mis nos affaires aux bagages non accompagnés. Il se peut que nous arrivions ce soir mais il est plus probable que ce soit demain. Prends bien soin de Tiptree et donne-lui beaucoup de confiture. Il adore ça.

Bien à toi,
Hermy.

P.S. Toutounet ne mord pas vraiment : il fait simplement semblant pour s'amuser (il est très joueur !) »

Georgie fit une boule de cette odieuse épître et s'aperçut que Toutounet, ce terrier irlandais tout efflanqué, le considérait d'un œil particulièrement malveillant et lui montrait toutes ses dents, probablement pour s'amuser. Alors, emporté par cette idée amusante, il bondit sur Georgie et se serait probablement amusé comme un petit fou s'il n'avait été coupé dans son élan par le sac de clubs de golf auquel il était attaché. En fait, il se lança à la poursuite de Georgie jusqu'au bout du quai en charriant les clubs après lui jusqu'à ce qu'il s'emmêlât les pattes et s'aplatît sur le sol.

En règle générale, Georgie avait horreur des chiens mais, pour Toutounet, il se surpassa, et les petits problèmes de la vie quotidienne devinrent plus compliqués que jamais. Il était exclu de ramener Toutounet avec lui dans la même voiture ; il lui fallut donc louer un deuxième fiacre pour cet abominable canidé et le reste des bagages. Et, une fois à la maison, que se passerait-il, grands dieux !, si Toutounet ne renonçait pas à ses facéties et ne se calmait pas ? Foljambe, il est vrai, aimait les chiens et donc, en retour, les chiens l'aimaient-ils peut-être aussi…

« Mais cette Hermy, quand même, quelle barbe à la fin ! pensa Georgie, amer. Je me demande un peu ce que le gourou ferait à ma place… »

Les dix minutes suivantes s'avérèrent particulièrement éprouvantes. Le chef de gare, les portefaix, Georgie et la bonne de Mrs Weston, tout le monde s'appliqua à amadouer le brave toutou, étalé sur le quai, aux prises avec le sac de clubs. En désespoir de cause, un courageux portefaix brandit le sac à bout de bras par une extrémité, comme une canne à pêche, tandis qu'à l'autre extrémité Toutounet, pendu court, frétillait comme un poisson sauvage. Pestant et se débattant comme un beau diable, on parvint à le balancer dans le fiacre. Georgie y alla d'un nouveau pourboire. Sur ce, il monta, et fouette cocher ! À la maison ! Il fallait y être avant l'autre fiacre afin de consulter Foljambe. Foljambe, d'habitude, avait de bonnes idées.

Alertée par le bruit de la première voiture, Foljambe accourut aux nouvelles. Georgie expliqua l'absence de ses sœurs et annonça le débarquement d'un chien atroce.

« Il est très féroce, dit-il, mais il aime la confiture. »

Foljambe sourit de ce sourire supérieur qui parfois agaçait Georgie. À présent, il l'accueillit comme s'il s'agissait d'un « sourire angélique[1] ».

« Je m'en charge, Monsieur, dit-elle. Votre thé est servi !

1. Edmund Spenser, *The Faerie Queene*, I, 3, VI. *(N.d.T.)*

– Mais vous me promettez de faire attention, n'est-ce pas, Foljambe ? demanda-t-il.

– Mais j'espère bien que c'est lui qui va faire attention ! » répliqua cette femme intrépide.

Georgie, il le répétait souvent, vouait à Foljambe une confiance totale. Cela explique pourquoi il se retrancha dans son salon, ferma la porte et épia, par la fenêtre, l'arrivée du deuxième fiacre. Foljambe ouvrit la portière, plongea les bras à l'intérieur et, l'instant d'après, ressurgit en tenant Toutounet au bout de sa chaîne. Celui-ci bondissait littéralement de joie. Alors, sous les yeux horrifiés de Georgie, la porte du salon s'ouvrit et Toutounet fit son entrée, débarrassé de toute chaîne.

Tout en expédiant à toute vitesse des messages d'amour dans tous les sens, comme on lance un SOS, Georgie planta devant lui une petite chaise pour se protéger les jambes. De toute évidence, Toutounet s'imagina qu'il s'agissait là d'un nouveau jeu. Il s'embusqua derrière le canapé pour bondir à la première occasion.

« C'est bien naturel qu'il soit fâché après avoir été attaché à ces sacrés clubs de golf », fit Foljambe.

Mais Georgie, tout en lui versant de la confiture dans la soucoupe, en était à se demander si, par hasard, ce n'était pas les messages d'amour qui avaient produit cet effet.

Il dîna seul car Hermy et Ursy n'étaient toujours pas arrivées. Ensuite, en les attendant, il nettoya en grand toutes ses petites babioles. Personne ne se faisait jamais de souci lorsque ces deux sœurs n'arrivaient pas car elles finissaient toujours, tôt ou tard (tard, le plus souvent), par rentrer de leur chasse à la loutre ou de leur golf, ravies du bon temps qu'elles s'étaient offert, avec les mains incroyablement sales et un appétit d'ogre. Cependant, quand minuit sonna, Georgie décida de renoncer à tout espoir de les voir débarquer cette nuit-là. Il servit encore un peu de confiture à Toutounet, l'installa confortablement dans le bûcher et monta dans sa chambre.

Il savait qu'il ne fallait pas encore exclure la possibilité d'être réveillé brusquement par des hurlements sauvages et des poignées de gravier lancé contre sa fenêtre. Il lui faudrait alors redescendre et satisfaire leurs appétits gloutons. Mais, à présent, la chose paraissait peu probable et il s'endormit bientôt.

Quelques heures plus tard, Georgie se réveilla en sursaut en se demandant ce qui avait bien pu le déranger dans son sommeil. Il n'y avait pas de gravier crépitant contre sa fenêtre, pas de violentes sonneries de timbres de bicyclettes, pas de hurlements de bonne humeur faisant outrage au calme de Riseholme tout empreint de dignité et, cependant, il était sûr d'avoir entendu quelque chose. Une minute après, le bruit se répéta. Son cœur bondit dans sa poitrine. Dans la pièce d'en-dessous, il perçut tout à fait distinctement des bruits sourds. Avec une infaillabilité fatale, il diagnostiqua des cambrioleurs.

La première pensée qui se mêla à sa terreur absolue fut de regretter amèrement que Hermy et Ursy ne fussent pas encore arrivées. Elles auraient trouvé là une fameuse occasion de s'offrir du bon temps, auraient improvisé quelque merveilleuse attaque à coup d'accessoires de cheminée, de clubs de golf et d'haltères. Même Toutounet, naguère encore honni, eût pu prêter main-forte en cet instant critique. Mais pourquoi, oh ! pourquoi Georgie ne l'avait-il pas fait dormir dans sa propre chambre au lieu de l'installer douillettement dans le bûcher ? Si seulement Toutounet avait pu être à ses côtés en cet instant, prêt à s'amuser avec les cambrioleurs d'en-dessous, il l'aurait laissé dormir sur son bel édredon bleu pour le restant de ses jours. En l'occurrence, les domestiques dormaient là-haut dans les mansardes, Dickie ne logeait pas sur place et Georgie se retrouvait absolument seul pour défendre son bien au péril de sa vie. À cette minute même, alors qu'il se redressait sur son séant, blême de terreur, ces vils profanateurs étaient peut-être en train de fourrer tous ses trésors dans leurs poches. Comparée à l'étui à cigarettes de Fabergé, à la tabatière Louis XVI et à l'écuelle de poupée Queen Anne dont il avait hérité toutes ces dernières années, même la vie lui paraissait de peu de prix car elle lui serait intolérable une fois privé de ces trésors. Il sauta hors de son lit, chercha ses mules à tâtons (vu les circonstances, il était plus sage de ne pas allumer de lampe) et se faufila subrepticement vers la porte.

VI

La poignée de la porte parut glacée à ses doigts déjà glacés de terreur mais il s'y cramponna, prêt à la faire tourner sans bruit dès qu'il aurait vraiment décidé ce qu'il allait faire. Le premier stratagème qui s'imposa à son esprit avec toute la séduction qu'offre la solution de rendre simplement les armes, fut de fermer la porte à clef, de retourner se coucher et de faire semblant de n'avoir rien entendu. Mais, outre la lâcheté profonde du geste qui, tout compte fait, ne le gênait guère, étant donné que personne n'apprendrait jamais sa faute et qu'il s'en accommoderait en toute quiétude, l'image des cambrioleurs détalant en toute impunité avec sa fortune lui était intolérable. Même s'il ne parvenait pas à s'armer d'assez de courage pour descendre les escaliers et défendre sa vie un tisonnier à la main, il devait au moins leur infliger la peur de leur vie. Qu'ils n'aillent pas s'imaginer qu'ils s'en tireraient à si bon compte car, s'il décidait de ne pas les affronter (ou l'affronter) seul contre tous, il pouvait en tout cas marteler le sol ou bien crier « Au voleur ! » de toutes ses forces ou bien hurler « Charles ! Henry ! Thomas ! » comme s'il appelait à la rescousse toute une compagnie de vigoureux laquais. À cette solution on pouvait toutefois objecter que Foljambe, ou quelqu'un d'autre, risquait de l'entendre et, dans ce cas, s'il ne descendait pas l'escalier pour livrer un combat sans merci, il n'aurait plus l'exclusivité de sa propre lâcheté puisqu'elle serait livrée à la connaissance d'un tiers… Et dire que pendant qu'il était là à hésiter, eux se remplissaient probablement les poches de ses plus chers trésors !...

Il fit une tentative pour envoyer un message d'amour, mais elle échoua complètement.

À ce moment, la pendulette sur la cheminée sonna deux heures, heure lamentable alors que l'aube était encore si loin ! Quelle misère d'heure !...

Bien que le temps écoulé depuis qu'il s'était levé lui parût des siècles d'agonie tandis qu'il restait accroché tout transi à la poignée de la porte, il ne s'était passé, en fait, que quelques brèves secondes. Alors, faisant un effort terrible pour rassembler son courage, il se dirigea à tâtons vers le foyer de la cheminée et s'empara du tisonnier. Les pincettes et la pelle à charbon s'entrechoquaient traîtreusement. Georgie osa espérer qu'on ne les avait pas entendus : agir dans le plus grand silence constituait une pièce maîtresse de son plan (bien qu'il n'eût pas encore la moindre idée quant à la nature de ce plan) jusqu'au moment où les cambrioleurs seraient désarçonnés par quelque traquenard effroyable. Ah ! si seulement il parvenait à appeler la police ! Il pourrait alors dévaler les escaliers en brandissant son tisonnier au moment même où les auxiliaires professionnels de la loi feraient irruption dans sa maison. Malheureusement, le téléphone était au rez-de-chaussée et il ne pouvait raisonnablement espérer tenir une conversation avec le poste de police sans que les cambrioleurs l'entendissent.

Il ouvrit sa porte d'un geste si maîtrisé qu'il n'y eut pas le moindre bruit ni des gonds, ni de la poignée. Il jeta un coup d'œil à l'extérieur. Le vestibule était plongé dans l'obscurité, mais un faible rayon de lumière parvenait de la porte du salon. C'est là que se tenaient ces brutes insouciantes. C'est là aussi, hélas ! que se trouvait le coffre de ses trésors ! Soudain, Georgie entendit parler à voix très basse. Une autre voix répondit, ce qui acheva de lui broyer le cœur car cela révélait la présence d'au moins deux cambrioleurs. Le sort, décidément, s'acharnait contre lui.

Ensuite vint un cruel rire étouffé et le bruit, reconnaissable entre tous, de couteaux et de fourchettes qui s'entrechoquent puis celui, explosif, d'une bouteille que l'on débouche. Cela lui broya le cœur encore davantage car il avait lu quelque part que les cambrioleurs rompus à leur trafic dînaient toujours avant de s'attaquer au travail. Par conséquent, il allait avoir affaire à une bande de professionnels. D'ailleurs, le bruit du bouchon qui saute provenait à coup sûr d'une bouteille de champagne. Georgie se rendit compte que les malfaiteurs se tapaient la cloche avec ses meilleures bouteilles de derrière les fagots. Et quelle outrecuidance de prendre leur repas impie dans son salon où il n'y avait pas de table idoine ! Ils allaient en mettre partout !

Un courant d'air frais remonta l'escalier et Georgie vit diminuer la lumière qui s'échappait de la porte ouverte du salon. La porte se referma avec un bruit amorti, le laissant plongé dans l'obscurité. Le désespoir de Georgie sembla alors se concentrer et se muer en une lueur fallacieuse de courage. Il en conclut infailliblement qu'ils avaient laissé la fenêtre du salon grande ouverte. Dans quelques instants, ils auraient terminé leur repas et pourraient escalader la fenêtre pour se perdre dans la nuit sans coup férir et les poches rebondies. Mais pourquoi donc n'avait-il jamais fait installer des clochettes d'alarme sur ses volets, comme Mrs Weston qui vivait dans la hantise nocturne des cambrioleurs ? À présent, il était trop tard pour y songer. Impossible de leur demander de sortir, le temps d'installer les clochettes puis, une fois prêt, de les inviter à recommencer depuis le début.

Il ne pouvait les laisser échapper, rassasiés de son champagne et chargés de ses trésors sans exercer quelque manière de représailles. Chassant résolument de son esprit toute espèce de revolvers, de matraques ou de sacs de sable utilisés en guise de massues, il descendit tout droit les marches de l'escalier, ouvrit violemment la porte du salon et, serrant le tisonnier d'une main toute tremblante, cria d'une petite voix défaillante :

« Si vous faites un seul geste, je tire ! »

Il y eut, un moment, un silence de mort. Un peu ébloui par la lumière, il aperçut ce qui l'attendait.

À chaque extrémité de son canapé Chippendale étaient installées Hermy et Ursy. Hermy, la bouche ouverte, tenait un bout de pain de ses mains sales. Ursy, bouche fermée, avait les joues gonflées. Entre elles étaient disposés un jambon, une miche de pain, un pot de marmelade et un fromage de Stilton ; par terre se trouvaient la bouteille de champagne et deux tasses à thé remplies à ras bord de liquide pétillant. Par une sorte de souci de civilité, elles avaient jeté dans la cheminée le bouchon, la capsule en fer blanc et le muselet.

Hermy posa son bout de pain et partit d'un énorme éclat de rire ; la bouche d'Ursy était encore bourrée d'une façon dégoûtante quand elle explosa. Puis, se jetant à la renverse contre les bras du canapé, elles se mirent à hurler littéralement de rire, à en pleurer.

Georgie était profondément vexé.

« Ma parole, Hermy ! » dit-il en se rendant compte immédiatement que l'expression manquait plutôt de vigueur. Alors, cédant à un mouvement d'irritation irrépressible, il dit : « Zut, zut et zut ! »

Hermy fut la première à se remettre et, après que Georgie eut été refermer la fenêtre, elle recouvra sa voix tandis qu'Ursy ramassait les petits morceaux de pain et de jambon qu'elle n'avait qu'incomplètement mâchés.

« Seigneur Dieu, quelle tranche de bon temps, dit-elle. Georgie, c'est la meilleure de toutes ! »

Ursy désigna le tisonnier.

« Il va tirer si nous faisons un geste, s'écria-t-elle. Tirer les marrons du feu, ou quoi ?!

– Je donne ma langue au chat, s'esclaffa Hermy. Mon Dieu, il nous a prises pour des cambrioleurs et a rappliqué avec un tisonnier, le brave petit garçon ! Ça, c'est le bouquet ! Allez, Georgie, bois un coup ! »

Soudain elle écarquilla les yeux, frappée de stupeur et montrant du doigt l'épaule de Georgie. Elle repartit de plus belle dans un hurlement de rire.

« Ursy ! Ses cheveux ! » dit-elle avant de s'enfouir la tête dans un coussin du canapé.

Évidemment, Georgie ne s'était pas arrangé les cheveux lorsqu'il était descendu de sa chambre. Personne n'a la tête à ce genre de choses lorsqu'il s'agit d'aller affronter des cambrioleurs seul contre tous. Il avait donc le crâne chauve comme un œuf et ses longues mèches pendaient d'un seul côté.

C'était extrêmement fâcheux mais, lorsque quelque chose de fâcheux s'est bel et bien produit et que l'on n'y peut absolument rien, la seule ressource dont dispose une personne comme il faut est de prendre autant que possible la chose du bon côté et avec le sourire. Georgie se montra valeureusement à la hauteur de la situation. Il poussa un petit cri et sortit de la pièce en courant.

« Je redescends dans une minute » lança-t-il avant de s'affaler lourdement en ratant une marche dans l'escalier.

Parvenu à sa chambre, il eut à régler rapidement un dilemme. Il pouvait claquer la porte, se recoucher et se montrer très poli le lendemain matin. Mais ça ne marcherait pas : Hermy et Ursy conserveraient à tout jamais le souvenir d'une bonne farce dont il serait le dindon. Mieux valait, à tout prendre, entrer dans le jeu et l'assumer à fond. Il se brossa donc les cheveux selon les règles de l'art, enfila une très élégante robe de chambre et redescendit l'escalier le pied léger.

« Quelle bonne partie de rire, les filles ! dit-il. Soupons ensemble. Mais allons pour cela dans la salle à manger où il y a une table. Je vais prendre une autre bouteille de vin et des verres et nous allons chercher Toutounet. Oh, les vilaines ! Mais vous me dites un peu ? Arriver à une heure pareille ! Je suppose que vous aviez l'intention d'aller vous coucher sans faire de bruit et puis descendre demain matin pour me faire une bonne surprise au petit déjeuner. Allez, racontez-moi tout. »

Et voilà Toutounet en train de déguster sa marmelade (qui faisait aussi bien l'affaire que sa confiture) et les trois autres en train de se tailler des tranches de jambon et de les fourrer dans des bouts de pain coupés sur un côté.

« Oui, nous avons pensé qu'il valait autant faire toute la route d'une seule traite, dit Hermy. Ça fait cent vingt miles, au bas mot. Mais ensuite, lorsque nous sommes arrivées ici, il était si tard que nous n'avons pas voulu te déranger, d'autant plus que la fenêtre du salon n'était pas fermée de l'intérieur.

– Les bicyclettes sont dehors, dit Ursy. Il n'y aura qu'à les laisser paître jusqu'à demain matin. Oh Toutou-boubou-loulou-chouchounet, comment ça va, toi ? J'espère qu'il s'est conduit comme le brave petit Tiptree qu'il est, hein, Georgie ?

– Oh, bien sûr ! Nous sommes devenus grands amis, dit Georgie, cultivant l'ellipse. Il était un petit brin contrarié à la gare, mais ensuite il a pris un bon petit thé avec Tonton Georgie et nous avons joué à cache-cache. »

Assez imprudemment, Georgie fit une grimace à Tiptree, le genre de grimace qui fait rire les enfants. Mais cela ne fit pas rire Tiptree qui lui retourna une grimace dans laquelle les dents découvertes jouaient un rôle de premier plan.

« Crétin de chien, dit Hermy en lui assénant une bonne tape sur le museau. Dès qu'il montre les dents, Georgie, n'hésite pas à lui donner une tape. Passe-moi le pétillant, veux-tu ?

– Bref, c'est ainsi que nous avons pénétré par la fenêtre du salon, poursuivit Ursy. Fichtre ! Qu'est-ce que nous avions faim ! Aussi avons-nous cherché à l'office de quoi improviser un repas et nous sommes-nous installées là ! Rudement culotté de ta part, Georgie, d'être descendu nous défier.

– T'es un chic type ! dit Hermy. Et comment va cette chère vieille Folderondejambe ? Pourquoi n'est-elle pas descendue nous enfoncer les côtes elle aussi ? »

Georgie devina que Hermy faisait une allusion plaisante à Foljambe, la seule personne à Riseholme que ses deux sœurs semblaient trouver digne de respect. Une fois, Ursy avait préparé un attrape-nigaud pour Georgie, mais le mélange de biscuits et de noix du Brésil avait dégringolé sur Foljambe par erreur. En cette occasion, celle-ci, bardée d'un calme imperturbable, s'était comportée comme si de rien n'était. Sans le moindre sourire, elle avait marché sur les biscuits et les noix du Brésil en ignorant superbement ce qui pouvait bien s'effriter ou exploser sous ses pas. Cela avait en quelque sorte calmé les deux joyeuses commères qui, sitôt Foljambe sortie de la pièce, balayèrent les saletés et remirent les noix du Brésil intactes dans le plat à dessert… Il était hors de question que Foljambe perdît son prestige et que Georgie laissât quiconque lui manquer de respect en l'appelant de quelque sobriquet argotique que ce fût.

« Si c'est de Foljambe que vous voulez parler, dit Georgie d'un ton glacial, eh bien, je n'ai pas jugé que cela valût la peine de la déranger. »

En dépit de leur équipée, les deux sœurs increvables se levèrent tôt le lendemain matin. La première chose que vit Georgie par la fenêtre de sa salle de bains, ce fut la paire d'inséparables qui s'entraînaient à envoyer des balles en l'air par-dessus la pièce d'eau communale en attendant l'heure du petit déjeuner. Lorsque Foljambe était venue le réveiller, Georgie lui avait fait un compte rendu succinct des péripéties de la nuit. Il avait passé sous silence l'épisode de ses cheveux défaits. Foljambe exprima sa réprobation par son mutisme absolu et le mépris savamment dosé qu'elle administra aux sœurs lorsqu'elles arrivèrent pour déjeuner.

« Salut, Foljambe, dit Hermy. On s'est payé une fameuse tranche de bon temps, hier soir.

– C'est bien ce que j'ai cru comprendre, Mam'zelle, dit Foljambe.

– On est passé par la fenêtre du salon, dit Hermy dans l'espoir d'obtenir un sourire.

– En effet, Mam'zelle, dit Foljambe. Avez-vous des instructions pour le chauffeur, Monsieur ?

– Oh, Georgie ! Est-ce qu'on pourrait aller à toute vitesse jusqu'au terrain de golf ce matin ? demanda Hermy. Et cet amour de Dickie ne pourrait-il pas nous y conduire ? »

Elle jeta un coup d'œil vers Foljambe pour voir si cette saillie avait l'heur de la divertir. Pas vraiment, apparemment.

« Dites à Dickie d'avancer la voiture à dix heures et demie, dit Georgie.

– Bien, Monsieur.

– Chouette ! dit Ursy. Venez avec nous, Foljambe, et nous pourrons faire un match à trois.

– Non merci, Mam'zelle, dit Foljambe. Et elle quitta dignement la pièce, l'air renfrogné et sans lever les yeux.

– Fichtre, quelle banquise ! » dit Hermy après que la porte fut fermée.

Georgie n'était pas mécontent de pouvoir disposer de sa matinée, car il voulait tranquillement répéter un petit bout du *Trio* de Mozart avant d'aller rejoindre Lucia à onze heures et demie, heure dont ils avaient convenu pour le tout premier déchiffrage. Il pourrait également pratiquer, dans le calme, quelques respirations avant le premier cours de yoga qui devait avoir lieu dans le fumoir de Lucia à midi et demi. Voilà qui occuperait bien la matinée. Quant à l'après-midi, il y aurait sûrement quelques visiteurs, étant donné qu'il avait annoncé l'arrivée de ses sœurs. Ensuite, il devait se rendre aux Armes d'Ambermere pour aller visiter Olga Bracely… Mais quelle attitude devait-il adopter avec Olga par rapport à Lucia ? Il s'était déjà rendu coupable de déloyauté, car lady Ambermere l'avait averti de l'arrivée de la diva la veille et il ne s'était pas précipité pour annoncer cette vraiment grande nouvelle à Lucia. Devait-il s'efforcer de faire amende honorable pour cette omission ou bien, fort osé, tentant le tout pour le tout, allait-il garder Olga pour lui tout seul, comme avait si ardemment souhaité le faire Mrs Quantock avec le gourou ? Après sa mésaventure de la veille, Georgie sentit qu'il devait pouvoir affronter n'importe quelle situation ; mais il se découvrit totalement incapable de s'imaginer bravant avec fierté, comme un homme, les yeux d'oiseau de proie de la reine si elle venait à apprendre que Olga Bracely était à Riseholme le jour de sa garden-party et que Georgie, mis au courant et rendant visite à la diva, n'en avait pas informé la cour.

L'esprit bolchevique, l'envie d'envoyer balader toute forme d'autorité et d'agir en toute indépendance, cette envie qui l'avait saisi la veille, l'investit à nouveau avec une force redoublée. S'il avait été absolument sûr que son stratagème ne fût pas percé à jour, nul doute qu'il eût caché la chose à Lucia. Cependant, en y réfléchissant, à quoi servirait la gloire d'aller voir Olga Bracely (voire de la recevoir chez lui) si le Tout-Riseholme n'en devenait pas vert de jalousie ? En outre, il avait de fortes chances d'être trahi, car lady Ambermere, étant conviée à la garden-party, ne manquerait pas de s'étonner de n'y pas voir Olga. On découvrirait alors que Lucia ignorait la présence de cette visiteuse de marque à Riseholme et lady Ambermere se demanderait, perplexe, pourquoi Georgie ne lui en avait pas parlé. Il se retrouverait ainsi ramené à la situation qu'il ne pouvait imaginer, même en peinture, bien qu'il eût réussi à ouvrir brusquement la porte du salon en pleine nuit pour annoncer qu'il allait tirer, tisonnier en main.

Non. Il lui faudrait informer Lucia en allant déchiffrer à première vue le *Trio* de Mozart. Selon toute probabilité, elle rendrait elle-même visite à Olga Bracely, bien que personne ne l'en eût priée et se parerait elle-même des plumes de Georgie. Ce serait dur à avaler mais, de deux maux… Il poussa un soupir et ouvrit sa partition de Mozart. Tout le monde le savait, Lucia poussait parfois le bouchon un peu loin et tout le monde devait se plier à ses quatre volontés. Eh bien, tant pis ! Il ne dirait pas à Lucia qu'Olga et son mari étaient attendus à dîner au Hall ce soir même. Il ne lui dirait même pas que son mari s'appelait Shuttleworth et Lucia risquerait donc de commettre un abominable impair et de libeller son invitation « Monsieur et Madame Bracely ». Georgie serait aux anges. Il se voyait déjà en train de dire à Lucia : « Je pensais, chère amie, que vous aviez dû apprendre qu'après son mariage avec Mr Shuttleworth, Olga avait conservé son nom de jeune fille ! Quelle maladresse vous avez commise là ! Ils sont si pointilleux sur ce genre de détails… »

En pénétrant dans le jardin de Shakespeare, quelques minutes avant l'heure convenue, Georgie entendit le timbre aigu de la partie du dessus dans le *Trio* de Mozart (Lucia jouait toujours le dessus parce que ça chantait davantage. Elle prétendait qu'elle n'avait pas la poigne de Georgie, si efficace pour faire ressortir les basses). Lucia avait dû l'apercevoir par la fenêtre car les sons de piano, atténués par la sourdine, avaient cessé avant même qu'il eût atteint le jardin de Perdita autour du cadran solaire et elle vint elle-même lui ouvrir la porte. Elle avait son fameux regard lointain et les noires ondulations de sa chevelure débordaient un peu sur son front. Mais, après tout, elle n'était pas la seule à avoir du fil à retordre avec ses cheveux. Georgie, compréhensif, se contenta de compatir.

« *Georgino mio*, dit-elle. Tout se passe de façon si merveilleuse ! Depuis l'arrivée de mon gourou, la maison semble baigner dans une atmosphère inédite. Quelque chose de sacré et de serein. L'avez-vous remarqué ?

– Tout à fait délicieux ! dit Georgie en humant l'odeur des fleurs séchées. Que fait-il en ce moment ?

– Il médite et se prépare à nous donner notre cours. J'espère vraiment que Daisy ne va pas introduire de fausses notes.

– Mais il n'y a aucun danger, je pense ? dit Georgie. Il me semble l'avoir entendu dire qu'elle débordait de lumière.

– Il l'a dit, en effet. Mais, en ce moment, je pense qu'ils sont un peu en froid. Elle ne voulait pas qu'il parte de chez elle. Elle est venue jusqu'ici chercher des pyjamas en soie qui appartiennent à son mari : le gourou croyait qu'elle les lui avait donnés. Mais Robert n'était pas du tout de cet avis. Le gourou les leur a rapportés hier après avoir déposé de bonnes pensées dans sa maison à son intention… Mais, enfin, ce sont les guides qui ont souhaité qu'il vienne ici : ils le lui ont dit si clairement. On aurait bien tort de ne pas se conformer à ce qu'ils disent. »

Elle poussa un profond soupir.

« Allons passer une heure en compagnie de Mozart, dit-elle, et chasser toute pensée discordante. Mon gourou dit que la musique et les fleurs exercent une bonne influence sur ceux qui cheminent dans la Voie. Il dit que mon amour de l'une et des autres, amour qui a accompagné toute ma vie, me sera d'un grand secours. »

Les préoccupations profanes du monde extérieur envahirent un moment la paix sereine.

« Quoi de neuf à signaler ? demanda-t-elle. Je vous ai vu revenir de la gare en voiture hier après-midi (j'avais distraitement jeté un coup d'œil par la fenêtre entre deux occupations. À propos, “il” dit que je travaille trop) et vos sœurs n'étaient pas avec vous. Pourtant il y avait deux voitures et une grande quantité de bagages. Ne sont-elles pas arrivées ? »

Georgie fit une relation honnêtement fidèle de tout ce qui s'était passé en passant toutefois sous silence la terreur qui s'était emparée de lui lorsqu'il fut réveillé car, à vrai dire, elle ne constituait pas un événement en soi et n'avait pas eu d'effet sur la suite des opérations. Sa mésaventure capillaire, elle aussi, fut omise, comme accessoire. En revanche, il raconta combien ils s'étaient tous bien amusés pendant leur repas improvisé, à deux heures et demie du matin.

« Je pense que vous avez fait preuve d'un courage merveilleux, *Georgino*, dit-elle, et d'un bon cœur remarquable. Vous avez dû envoyer beaucoup d'amour et donc en être rempli vous-même, ce qui expulse la crainte. »

Elle déploya la partition.

« Autre chose ? » demanda-t-elle.

Georgie prit place sur son tabouret et déposa ses bagues sur la petite console du chandelier.

« Ah, oui ! dit-il. Olga Bracely (vous savez, la diva) et son mari vont descendre aux Armes d'Ambermere cet après-midi pour un séjour de deux ou trois jours. »

Le feu qui couvait jaillit de ses braises.

« Pas possible ! s'exclama Lucia. Mais alors, ils seront là pour ma réception de demain. Oh ! vous vous imaginez si elle venait chanter pour nous ! Il faut absolument que j'aille déposer une carte aujourd'hui même et lui écrire ce soir pour l'inviter.

– On m'a demandé d'aller lui rendre visite », dit Georgie.

Le pupitre du piano retomba en claquant très fort, mais Lucia n'y prêta pas attention.

« Alors, allons-y ensemble, dit-elle. Qui vous a demandé d'aller lui rendre visite ?

– Lady Ambermere, dit-il.

– Hier, quand elle est venue ici ? Elle ne m'en a rien dit du tout. Mais elle trouverait certainement très curieux de ma part de ne pas rendre visite à ses amis pour leur présenter mes civilités. À quelle heure y allons-nous ? »

Georgie décida catégoriquement qu'il ne révélerait pas à Lucia, fût-ce sous la torture, que le mari d'Olga s'appelait Shuttleworth. C'est que Lucia était en train de s'approprier sa découverte, exactement comme elle s'était appropriée celle de Daisy, qu'elle nommait à présent « son gourou ». Alors, tant pis pour elle, elle n'aurait qu'à dire Mr Bracely.

« Vers six heures, qu'en pensez-vous ? » dit-il, bouillant de rage intérieurement.

Il leva les yeux et, sur le visage de Lucia, il vit passer distinctement cette fameuse expression tendue et sournoise. Depuis tout le temps qu'il connaissait Lucia, il savait que cela annonçait chez elle l'imminence d'un nouveau projet. Mais elle n'avait pas l'intention de le révéler tout de suite. Elle remit le pupitre en position.

« Ça ira à merveille, dit-elle. Et à présent, occupons-nous de notre divin Mozart. Il va falloir vous montrer patient avec moi, *Georgino*, car vous savez comme je déchiffre mal. *Caro* ! Comme ça a l'air difficile ! Brrr, j'en tremble ! Lucia n'a jamais rien rencontré d'aussi "vifficile" à lire ! »

Or, c'étaient précisément ces mesures-là que Georgie venait d'entendre par la fenêtre ouverte.

« La partie de Georgie est bien plus "vifficile !" dit-il, en se souvenant du double dièse qui survenait dans la deuxième mesure. Georgie aussi en tremble, de lire ça. Hou la la ! et il poussa un petit cri. *Cattivo* Mozart, pourquoi t'as écrit que'que chose de si, si "vifficile" ? »

Pendant la classe de yoga de ce matin-là, il apparut clairement que, malgré l'intérêt manifeste des élèves pour les messages d'amour qu'ils devaient lancer dans toutes les directions et pour l'atmosphère de paix dont ils devaient s'envelopper, la partie du programme qui les ravissait jusqu'à la moelle était celle des exercices respiratoires et des contorsions qui, pratiqués assidûment, devaient leur procurer jeunesse et allant, digestions parfaites et dynamisme à toute épreuve. Tous assis par terre, ils se bouchaient les narines alternativement et retenaient leur souffle jusqu'au moment où Mrs Quantock devint violette (jusqu'aux oreilles) et Georgie et Lucia rouges. Ensuite, ils expulsaient l'air emmagasiné dans les poumons soit en bloc (ce qui faisait bouger la paille jonchant le sol), soit en longues et calmes expirations.

Après quoi, il fallait apprendre certaines postures. Pour l'une d'elles, on devait plier le corps en avant. Dans le feu de l'action, des boutons de pantalon de Georgie sautèrent avec un bruit sec et il sentit la patte correspondante de ses bretelles, ainsi brusquement libérée, lui remonter jusqu'à l'épaule. Il y eut aussi d'autres bruits divers et embarrassants en provenance de Lucia et de Daisy. On aurait dit des lacets ou des rubans qui se rompaient soudain, mais tout le monde fit semblant de n'avoir rien entendu du tout ou couvrit l'écho de ces explosions en toussant ou en s'éclaircissant la gorge. À part ces quelques sons discordants, tout se passa plutôt dans l'harmonie. En vérité, loin de semer la discorde, Daisy arborait un sourire immuable, qu'il eût été parfaitement cynique de qualifier de supérieur, lorsque Lucia posait des questions incroyablement élémentaires au sujet de « Om ». Elle soupirait aussi, de temps en temps, mais ces soupirs n'exprimaient rien d'autre que de la patience et de la résignation en attendant que soit comblée l'ignorance chez Lucia des points de doctrine les plus rudimentaires. Elle se faisait un point d'honneur de regarder n'importe quoi, excepté Lucia, et paraissait n'avoir même pas découvert qu'elle était là car, après tout, elle n'était pas venue pour regarder Lucia mais bien pour écouter son propre gourou à elle (quoi qu'en pût dire Lucia).

À la fin de la séance, Lucia, avec son regard perdu dans le lointain, émergea, pour ainsi dire, complètement hébétée, des hauts plateaux du Tibet où ils étaient entrés en communion avec les guides suprêmes dont le gourou interpréta la sagesse à l'intention de ses élèves.

« Je sens déjà une telle différence, dit-elle, songeuse. Il me semble que je ne pourrai jamais plus me sentir pressée ou contrariée par quoi que ce soit. N'éprouvez-vous pas la même impression, chère Daisy ?

– Oh, ma chère, dit-elle. J'ai déjà fait tout ça à ma toute première leçon. N'est-ce pas, Gourou très cher ?

– Je l'ai ressenti moi aussi, dit Georgie qui tenait à rappeler qu'il ne comptait pas renoncer à sa part des bénéfices, tout en remontant subrepticement son pantalon pour compenser la perte de ses boutons. Et dois-je faire cet exercice oscillatoire avant chaque repas ?

– Oui, Georgie, dit Lucia en épargnant à son gourou la peine de répondre. Cinq fois vers la gauche et cinq fois vers la droite, cinq fois en avant et cinq fois en arrière. Je me suis sentie si jeune et si légère lorsque nous l'avons fait, il y a un instant, que j'ai cru que j'allais m'élever dans les airs. Pas vous, Daisy ? »

Daisy sourit, d'un air bienveillant.

« Mais non, ma chère. Ça, c'est la lévitation, dit-elle, et ça ne vient que beaucoup plus tard. »

Elle se tourna vers son gourou.

« Allez-vous leur parler de cette lévitation que vous avez effectuée à Marble Arch ? dit-elle. Ou bien allez-vous garder cela pour plus tard, lorsque Mrs Lucas aura vraiment fait des progrès ? Il faut prendre patience, chère Lucia. Nous devons tous franchir les échelons préliminaires avant d'atteindre ce stade. »

À l'entendre, Mrs Quantock était elle-même une grande habituée des lévitations. En dépit de l'amour qui tourbillonnait autour d'eux, Lucia, raisonnablement, ne pouvait que s'élever contre une telle attitude. Après tout, l'humilité était la première vertu requise pour progresser dans la Voie.

« Oui, très chère, dit-elle. Nous allons gravir ces échelons préliminaires tous ensemble et nous encourager mutuellement. »

Georgie aussi rentra chez lui avec une sensation de légèreté et d'appétit exceptionnelle car il avait prêté une attention particulière à l'exercice qui devait lui permettre de contrôler parfaitement son foie et ses fonctions digestives. Mais cela ne l'empêchait pas de se concentrer afin de comprendre pourquoi Lucia avait l'air si tendu et si sournois pendant leur conversation sur Olga Bracely. Il était persuadé qu'elle tentait de lui couper l'herbe sous les pieds, qu'elle s'apprêtait à prendre une option sur la diva, voire à en revendiquer l'exclusivité avec la même avidité monstrueuse qu'elle dévoilait déjà au sujet du gourou.

Toutes ces dernières années, Georgie avait été le fidèle serviteur et coadjuteur de Lucia ; à présent, pour la première fois, l'esprit d'indépendance commençait à s'agiter en lui. Les écailles lui tombaient des yeux et, dès qu'il fut à l'abri derrière l'écran de son mûrier, il chaussa ses lunettes pour jeter un rapide coup d'œil à la pelouse communale. Comment se débrouillait Riseholme lorsque Georgie se dispensait d'assister à la séance matutinale du parlement ? À coup sûr, son absence et celle de Mrs Quantock allaient susciter des commentaires. Comme les cours de yoga devaient avoir lieu tous les jours à midi et demi, le seul fait que ni l'un ni l'autre ne soit sur la pelouse atteindrait vite le niveau d'une énigme de tout premier rang. Il y aurait sûrement bientôt des fuites et l'on apprendrait que Georgie, Mrs Quantock et Lucia suivaient des cours de philosophie orientale qui leur procuraient jeunesse, légèreté et dynamisme. Quelle nouvelle sensationnelle !

Comme toutes les grandes découvertes, le fin mot de l'expression narquoise de Lucia apparut soudain à Georgie dans un éclair. Ils avaient convenu qu'elle passerait chez lui à six heures. Dès cinq heures, Georgie s'installa donc à la fenêtre de sa salle de bains d'où la vue sur la pelouse communale et l'entrée des Armes d'Ambermere était parfaite. Il avait emporté ses jumelles de théâtre afin de les démonter pour en nettoyer les lentilles, selon ce qu'il avait dit à Foljambe. En fait, au lieu de les démonter tout de suite, il se contenta d'abord de les garder à la main, prêtes à servir. Hermy et Ursy étaient retournées à leur golf après déjeuner. On dirait donc aux visiteurs éventuels que tout le monde était sorti. Ainsi, Georgie pourrait nettoyer les lentilles, quand il s'y déciderait, sans risquer d'être dérangé.

Le temps passa de manière plutôt agréable car la scène ne manquait pas d'acteurs. Les deux demoiselles Antrobus folâtraient sur la pelouse, s'amusaient à sauter par-dessus le pilori et couraient autour de la pièce d'eau dans l'éternel espoir d'attirer l'attention du colonel Boucher sur leurs gracieuses cabrioles. Pendant des années, elles avaient essayé de retenir pour de bon l'attention de Georgie, mais en vain. De guerre lasse, elles avaient récemment dirigé leurs efforts vers le colonel Boucher. Mrs Antrobus se trouvait là, elle aussi, avec son cornet acoustique et son visage plat comme un jambon. Quant à Mrs Weston, installée dans son fauteuil roulant, on lui faisait faire inlassablement des tours de pelouse à l'ombre des ormes sur l'allée piétonnière asphaltée. Elle détestait rouler lentement ; son jardinier et l'apprenti de celui-ci se relayaient donc pour la véhiculer pendant son heure d'exercice à une vitesse constante de quatre miles à l'heure qui les mettait en nage. Quand elle passait à portée de voix de Mrs Antrobus, elle lui criait quelque chose et Mrs Antrobus attendait le tour suivant pour lui lancer sa réponse au passage.

Soudain, tous ces objets intéressants disparurent complètement du champ de vision de Georgie. Ses noirs soupçons étaient confirmés. Lucia, vêtue *Alto* de pied en cap, traversait majestueusement la pelouse. Le matin, pourtant, au cours de yoga, elle avait adopté une tenue nettement *Rustico*. Elle s'était donc changée après déjeuner, ce qui constituait une opération inouïe pour une simple promenade sur la pelouse communale. Georgie savait parfaitement qu'il ne s'agissait pas là d'une simple promenade. Elle partait rendre une visite éminemment officielle et somptueuse. Elle ne dévia pas d'un pouce sur la trajectoire rectiligne qui la menait à la porte des Armes. Elle se contenta de faire un petit signe de la main à Mrs Antrobus, envoya un baiser à ses deux fofolles de filles, fit une petite révérence pleine de grâce au colonel Boucher qui se mit au garde-à-vous et ôta son chapeau, puis poursuivit avec l'inflexibilité du destin qui avance ou de la fatalité qui frappe à la porte dans l'immortelle *Cinquième Symphonie*. Elle tenait un pli à la main. À la jumelle, Georgie le distinguait parfaitement : ce n'était pas une demi-feuille de papier pliée en deux, comme celles qu'elle utilisait habituellement, mais une grosse enveloppe rectangulaire. Lucia disparut dans l'hostellerie et Georgie se mit à penser fébrilement. La suite des événements dépendait en grande partie de la durée de cette visite.

Quelques menus faits anodins trompèrent son attente. Mettant fin à son manège furieux, Mrs Weston vint jeter l'ancre dans l'allée, juste en face de la porte des Armes, tandis que l'apprenti jardinier, exténué, s'affalait sur l'herbe. On pouvait aisément deviner qu'elle se proposait d'intercepter Lucia à sa sortie pour faire un brin de conversation. De même, les demoiselles Antrobus qui, jusque-là, n'avaient pas prêté la moindre attention à Mrs Weston, interrompirent leur gracieux batifolage et coururent lui parler : elles aussi voulaient donc dire un mot à Lucia. Le colonel Boucher, d'une manière un petit peu plus discrète, se mit à lancer des bouts de bois dans la pièce d'eau pour donner de l'exercice à ses bouledogues (Lucia devait obligatoirement passer à proximité de la pièce d'eau). Quant à Mrs Antrobus, elle examinait consciencieusement le pilori comme si elle ne l'avait jamais vu auparavant.

Il ne s'était pas passé deux ou trois minutes quand Lucia réapparut. Elle n'avait plus le pli en main. Georgie commença à démonter ses jumelles de théâtre pour en nettoyer les lentilles. Pour l'instant, elles avaient rempli leur office. « Elle a remis un pli à l'intention d'Olga Bracely », dit Georgie à haute voix, emporté par le courant de ses pensées. Puis, en corollaire, la proposition suivante s'imposa : « Mais elle ne l'a pas vue, elle-même. »

La pertinence de cette conclusion ne tarda pas à se vérifier. Lucia venait de s'extraire du groupe de ses bons sujets et traversait la pelouse pour rentrer chez elle quand une automobile passa sous la fenêtre de la salle de bains de Georgie, bientôt suivie par une seconde. Toutes les deux se rangèrent devant la porte des Armes d'Ambermere. Avec la dextérité d'un opticien de métier, Georgie remonta ses jumelles. Dans sa précipitation, il les prit à l'envers puis, les ayant remises dans le bon sens, il eut le temps de voir un homme – un domestique apparemment – sortir de la seconde voiture et tenir la portière de la première pour permettre aux passagers d'en descendre. Une femme en sortit d'abord, grande et d'allure sportive, qui s'arrêta un instant pour défaire sa voilette de voyage. Elle se retourna et, avec un coup au cœur qui surprit Georgie par sa violence, il reconnut les traits de sa Brünnhilde, si bien gravés dans sa mémoire.

Georgie passa rapidement dans sa chambre attenante et endossa sa tenue *Alto* d'été : costume neuf (presque nacré) de coutil blanc, cravate mauve ornée d'une améthyste montée en épingle, chaussettes collantes et assorties à la cravate (de telle sorte qu'on aurait pu croire que par ce beau jour d'été le bout de sa cravate avait fondu et dégouliné le long de ses jambes), chaussures en daim à hauts talons étroits. Un canotier couronnait ce ravissant *Alto*. Georgie avait eu l'intention de l'étrenner à la réception de Lucia, le lendemain, mais à présent, s'étant rendue coupable de cette mauvaise action, Lucia méritait une punition. Riseholme tout entier en aurait la primeur avant elle.

« Et qui donc, monsieur Georgie, demanda Mrs Antrobus en brandissant son cornet acoustique vers lui comme un éléphant relève la trompe pour recevoir un bout de pain, qui donc est cette personne qui l'accompagnait ?

– Oh ! C'était son mari, Mr Shuttleworth, dit Georgie. Ils viennent de se marier et passent leur lune de miel. »

Si cette nouvelle ne faisait pas l'effet d'une bombe à Lucia, on voit « vifficilement », comme dirait Georgie, ce que l'on pourrait qualifier de bombe. En effet, Lucia serait la dernière à apprendre que la personne en question n'était pas Mr Bracely.

« Et assisteront-ils à la réception de Mrs Lucas demain ? demanda Mrs Weston.

– Pourquoi ? Est-ce que Mrs Lucas les connaît ? demanda Georgie.

– Mâtin ! fit le colonel. Beau brin de femme, ma foi. Sacré veinard, Georgie ! Dommage qu'ils passent leur lune de miel. Hé ! hé ! »

Le cornet acoustique de Mrs Antrobus était tourné vers lui à ce moment-là et elle capta ces commentaires pétillants.

« Petit polisson, va ! » dit-elle ; et Georgie, l'heureux élu, continua vers l'hostellerie.

Il remit sa carte, sur laquelle il avait pris la précaution d'écrire « de la part de lady Ambermere ». On le conduisit sur-le-champ dans le jardin donnant sur l'arrière. Elle était là, grande, belle, accueillante. Elle lui tendit la main avec une cordialité toute spontanée.

« Comme c'est gentil à vous de venir nous voir ! dit-elle. Georgie, monsieur Pillson. Mon mari.

– Enchanté, monsieur Shuttleworth, dit Georgie pour montrer qu'il était au courant, bien qu'il eût un choc en entendant son propre prénom. Il avait failli croire, l'espace d'une seconde, que c'était lui qu'elle désignait.

– Alors, comme ça, lady Ambermere vous a demandé de venir nous voir ? continua Olga. À mon avis, c'était bien plus gentil de sa part que de nous inviter à dîner. Je déteste aller dîner quand je suis à la campagne presque autant que je déteste ne pas aller dîner quand je suis en ville. Et puis, avec son grand nez crochu, j'ai toujours peur, dans un moment d'inattention, de lui gratter la tête en lui disant “Bonjour, Jacquot !”. Est-ce que c'est une de vos grandes amies, monsieur Pillson ? Je l'espère, car tout le monde adore que l'on se moque de ses meilleurs amis. »

Jusque-là, Georgie s'attendait à avoir à préciser que lady Ambermere était la main dont lui-même n'était que le gant.

Mais, à coup sûr, cela laisserait Olga totalement indifférente et Georgie prit plutôt le parti d'éclater de rire de la façon la plus irrévérencieuse.

« N'y allons pas, poursuivit-elle. Georgie, pourquoi ne pas envoyer un télégramme pour dire que nous venons de prendre un engagement préalable pour ce soir ? Nous pouvons aussi demander à Mr Pillson de nous mener visiter ce coin tout à fait charmant et dîner ensuite avec nous. Ce serait tellement plus sympathique. Vous vous imaginez habiter ici ! Oh, monsieur Pillson, j'aimerais que vous m'aidiez. J'ai trouvé, en arrivant ici il y a une demi-heure, un mot de Mrs Lucas nous invitant, moi-même et Mr Bracely, à nous rendre à une garden-party demain. Elle disait ne pas même espérer que je me souviendrais d'elle mais nous demandait de venir quand même. Qui est cette dame ?… Ma foi, elle ne doit pas très bien se souvenir de moi si elle s'imagine que je suis Mrs Bracely. Georgie dit que j'ai dû être mariée autrefois et que je lui ai fait commettre un acte de bigamie. Drôle de sujet de conversation pour une lune de miel, n'est-ce pas ? Qui est-elle ?

– Oh, c'est une vieille amie à moi, dit Georgie, bien qu'elle ne m'ait jamais dit vous avoir déjà rencontrée. Je lui suis très dévoué.

– C'est tout à votre honneur. Mais à présent, dites-moi la vérité. Regardez-moi bien en face pour que je voie si vous ne mentez pas. Qu'est-ce qui serait plus agréable : flâner dans cet amour de petit village ou me rendre à la garden-party de Mrs Lucas ? »

Georgie eut le sentiment que la pauvre Lucia avait été vraiment assez punie pour aujourd'hui.

« Si vous y allez, ça lui fera énormément plaisir… dit-il.

– Ah ! Non ! Ce n'est pas du jeu. Faire appel aux bons sentiments, c'est un coup bas. Je ne suis venue ici que pour me détendre. Dites-moi tout : les yeux dans les yeux. »

La franchise et l'expression amicale de ce beau visage encouragèrent Georgie à aller de l'avant. En outre, et bien que ce ne fût probablement que pour plaisanter, elle avait déjà laissé entendre que ce serait beaucoup plus sympathique de flâner avec lui et de dîner à trois plutôt que de passer la soirée dans le cadre splendide du Hall.

« J'ai une idée, dit-il. Vous pourriez venir déjeuner chez moi d'abord, puis nous irions faire un petit tour à pied et ensuite vous pourriez aller à la garden-party ; et si, au bout d'un moment, vous vous y ennuyez, je pourrais vous ramener.

– Adopté ! dit-elle. Et maintenant, n'essayez pas de vous dérober. Mon mari est témoin, vous savez. Georgie, donnez-moi une cigarette. »

À l'instant, le Georgie-de-Riseholme tendit son porte-cigarettes ouvert.

« Faites-moi plaisir, prenez l'une des miennes, dit-il. Moi aussi je suis Georgie.

– Ça alors, c'est incroyable ! Signalons-le à l'Institut des recherches psychiques, ou à ces gens, peu importe leur dénomination, qui font la collection des coïncidences pour les attribuer à des revenants. Et une allumette, s'il vous plaît, Georgie I ou Georgie II. Ah, que j'aimerais ne plus revoir les coulisses d'une salle d'opéra ! Et pourquoi ne puis-je pas pousser, telle une plante, sur les murs d'un jardin comme celui-ci ou, mieux encore, pourquoi n'aurais-je pas ici une maison à moi, avec jardin ? Je pourrais chanter sur la pelouse communale et faire la manche. Dites-moi un peu ce qui se passe ici ! J'ai toujours vécu à la ville depuis qu'un fils d'Israël au nez crochu, un peu comme lady Ambermere, m'a tirée du ruisseau.

– Ma chère, voyons ! dit Mr Shuttleworth.

– Enfin, je voulais dire tirée d'un orphelinat à Brixton. Mais c'est le ruisseau qui m'aurait plu. Pour l'instant, ce sera tout sur mes premières années. Je réserve le reste pour les mémoires que j'écrirai lorsque ma voix commencera à sonner un peu plus comme un sifflet de locomotive. Mais pas un mot à lady Ambermere : elle aurait une attaque. Vous pouvez cependant laisser entendre que j'appartiens à la branche Bracely du Surrey. C'est la vérité. Brixton est situé sur le côté Surrey. Mon Dieu, regardez ce soleil ! Il adopte le style du Claude le Lorrain le plus pur. *Heile dir, Sonne !*

– Je vous ai entendue dans ce rôle en mai dernier, dit Georgie.

– Alors, vous êtes tombé sur une exécution carrément médiocre, dit-elle. Mais honnêtement, me sentir déshabillée par cette Chose, cet énorme Péruvien adipeux et salace, c'était presque au-dessus de mes forces. Siegfried ! Brünnhilde ! Siegfried ! Brünnhilde ! Miaou ! Encore une fournée de chats, envoyez ! Georgie chéri, n'est-ce pas que c'était abominable ? Et la veille à peine, vous m'aviez demandé ma main !

– Pour ma part, j'ai été enchanté, dit Georgie-de-Riseholme.

– D'accord, mais ce n'est pas vous, pauvre innocent, qui aviez à supporter cette Chose qui vous envoyait son haleine puant la bière en pleine figure. »

Georgie se leva : la première visite à un étranger à Riseholme était censée ne jamais durer plus d'une demi-heure, quel que fût le plaisir que vous y trouviez, et jamais moins non plus, quelque fastidieuse que vous parût la chose. Or, il sentait qu'il avait déjà dépassé le délai réglementaire.

« Il faut que je parte, dit-il. Je suis vraiment ravi de savoir que vous-même et monsieur Shuttleworth viendrez déjeuner avec moi, demain. Une heure et demie, nous sommes bien d'accord ?

– Parfait. Mais, à propos, où habitez-vous ?

– Juste de l'autre côté de la pelouse. Voulez-vous que je passe vous prendre ? demanda-t-il.

– Sûrement pas. Pourquoi devriez-vous vous donner cette peine ? dit-elle. Ah, laissez-moi vous accompagner jusqu'à la porte de l'hostellerie. De là, vous pouvez peut-être me montrer où c'est. »

Elle traversa le hall avec lui et ils apparurent ensemble, sur le seuil, à la vue du Tout-Riseholme qui flânait sur la pelouse à cette heure-là comme, d'ailleurs, à n'importe quelle autre heure de la journée. Immédiatement, tous les visages se tournèrent vers eux comme autant de tournesols qui suivent le soleil. Georgie désigna du doigt son mûrier personnel. Quand tout le monde eut bien profité du spectacle, il leva son chapeau.

« *A domani*, alors, dit-elle. Et merci beaucoup. »

Comme il se retournait encore une fois, il la vit lui envoyer ostensiblement un baiser de la main...

« Et en plus, elle parle aussi italien, pensa Georgie, tout en laissant tomber des bribes d'information à l'adresse des amis rencontrés sur le chemin du retour. *Domani*... oui, bien sûr, ça signifie demain. Mais oui : le déjeuner ! »

Il est à peine nécessaire d'ajouter que, sur la table du vestibule, l'attendait un mot de Lucia, un de ses messages modèle courant, simple demi-feuille pliée en deux selon son habitude. Georgie eut le sentiment que cela ne valait probablement pas la peine de le lire, convaincu d'y trouver quelque bonne excuse de ne pas passer chez lui à six heures pour aller rendre visite à Mr et Mrs Bracely. Mais il y jeta un coup d'œil avant d'en faire une boule pour faire jouer Toutounet. La teneur correspondait exactement à ce qu'il escomptait : Lucia prétextait qu'elle n'avait pas travaillé son piano. Mais le post-scriptum était intéressant : il l'informait qu'elle avait demandé à Foljambe de remettre à son messager l'exemplaire de *Siegfried* que possédait Georgie...

Georgie descendit faire un tour du côté du Hurst avant dîner. Mozart se taisait à présent mais, à sa place, fusait par les fenêtres ouvertes la plus étourdissante ratatouille sonore qu'il eût jamais entendue. Il identifia aisément la réduction pour piano du duo entre Brünnhilde et Siegfried, au dernier acte. Il eût fallu avoir l'esprit vraiment obtus pour ne pas deviner instantanément ce que cela signifiait.

VII

L'atmosphère, déjà ultrasaturée de sensations fortes, fut traversée par une nouvelle vague de surexcitation lorsque, le lendemain matin, tous les amis de Lucia conviés à sa garden-party *(Mezzo)* furent informés, par téléphone, que la réception serait *Alto*. Cela entraînait pas mal de travail supplémentaire. Il fallait ranger les tenues *Mezzo* dans les placards et sortir les tenues *Alto* pour les aérer, les brosser et y mettre la dernière main. Mais le jeu en valait vraiment la chandelle car Riseholme conjectura, sans la moindre peine, qu'Olga Bracely serait au nombre des invités. Pour un cercle cultivé et adonné aux arts, la présence d'une étoile, qui brille d'un tel éclat souverain au zénith du firmament artistique, exigeait absolument la tenue *Alto*, cette tenue que la présence de la pauvre lady Ambermere (qui pourtant n'aurait pas apprécié la chose) n'avait jamais réussi à extirper de leurs placards. Tous ces plans délicieusement tirés sur la comète convergèrent sur un motif de joie teinté de rose lorsque pas moins de deux observateurs indépendants, et sans s'être consultés, virent l'accordeur de piano arriver au Hurst ou en repartir tandis qu'un troisième, témoin auriculaire, avait entendu sans erreur d'interprétation possible l'accordage lui-même en cours d'exécution. Il était donc pratiquement certain qu'Olga Bracely allait chanter. On apprit, en outre, qu'il se tramait quelque chose entre Olga et Georgie car Miss Antrobus avait entendu Miss Bracely demander à l'opératrice des Armes d'Ambermere le numéro de téléphone de Georgie. Le savoir-vivre lui interdisait d'écouter effectivement ce qui se disait, mais Miss Antrobus ne put s'empêcher d'entendre Olga rire à quelque chose que (probablement) Georgie lui disait. Lui-même ne participa pas aux débats du parlement sur la pelouse, ce matin-là, mais on l'avait vu se précipiter chez le marchand de fruits et ressortir avant de se rendre en toute hâte au Hurst, peu après midi et demie. On avait déjà eu vent des cours de philosophie orientale animés par l'Indien de Mrs Quantock mais, en ce jour, dans le feu de l'excitation fébrile suscitée par la diva, on n'y prêtait pas attention : ils auraient pu tout aussi bien suivre des leçons de cannibalisme. Enfin, vers une heure, une des automobiles qui avaient amené les voyageurs la veille s'avança devant la porte des Armes d'Ambermere et Mr Bracely – non, ma chère, Mr Shuttleworth – y monta seul et partit. Cette conduite parut très bizarre de la part d'un nouveau marié… Pourvu qu'ils ne se soient pas disputés…

On n'avait, évidemment, donné à Olga aucune consigne relative aux tenues *Alto* et *Mezzo* et lorsqu'elle traversa la pelouse pour se rendre chez Georgie peu après une heure et demie, Mrs Weston, qui rentrait déjeuner chez elle à fond de train, fut la seule à remarquer qu'elle portait un ensemble de ville bleu marine, très simple, qui aurait fort bien pu entrer dans la catégorie *Rustico*. Il est vrai qu'il était d'une coupe parfaite et ne donnait pas l'impression d'avoir été roulé en boule puis repassé sommairement comme la plupart des tenues *Rustico*. En outre, Olga portait un rang de perles d'une très belle eau. Ce genre de parure de soirée à Riseholme (à supposer que quiconque à Riseholme en eût possédé une) n'aurait accompagné qu'une tenue *Alto*. Lucia avait récemment décidé que « sauf en soirée, le port des bijoux faisait vulgaire ». Pour sa part, elle n'en portait aucun, à l'exception d'un certain camée grec d'une authenticité douteuse.

Georgie accueillit seul Olga, car Hermy et Ursy n'étaient pas encore revenues de leur golf.

« C'est gentil à vous d'accepter de me recevoir sans mon mari, dit-elle. Il a prétexté une rage de dents et s'est rendu à Brinton en voiture…

– Je suis vraiment navré pour lui… dit Georgie.

– Ne vous apitoyez pas sur son sort, car je vais vous avouer sa vraie raison. Il a pensé que s'il déjeunait avec vous, il serait ensuite obligé de venir à la garden-party et il n'y tenait absolument pas. En fait, vous étiez la première dent de l'engrenage. Mon Dieu, quelle maison charmante ! Toute lambrissée ! Et ce jardin ravissant sur l'arrière. Oh ! Un jeu de croquet ! Pourra-t-on y jouer après déjeuner ? J'essaie toujours de tricher et, si on s'en aperçoit, je me mets en colère. Georgie refuse toujours de jouer avec moi, alors je joue avec ma bonne.

– Ce Georgie acceptera, dit-il.

– Comme c'est gentil de sa part. Et savez-vous ce que nous avons fait ce matin, avant la rage de dents qui ne s'est pas déclarée ? Nous sommes allés jusqu'à cette maison qu'on est en train de retaper trois portes plus loin. Elle appartient au propriétaire des Armes d'Ambermere. Et… Oh ! je me demande si je peux vous confier un secret…

– Mais certainement », dit-il. Il n'avait encore jamais gardé de secret mais il y a bien un commencement à tout, n'est-ce pas ?

« Eh bien, je suis tout à fait décidée à l'acheter. Seulement, je n'ose pas en parler à mon mari tant que l'affaire n'est pas conclue. Il est bizarre, parfois. Quand une chose est conclue, réglée et qu'on ne peut l'éviter, il la trouve adorable. Mais si jamais on le consulte avant, il trouve toujours à opposer des objections rédhibitoires. Par conséquent, pas un mot ! Je vais l'acheter, l'équiper dans ses moindres détails, faire le jardin et embaucher les domestiques. Ensuite il me l'offrira comme cadeau d'anniversaire. Il fallait que je le dise à quelqu'un, sinon j'aurais éclaté. »

Georgie pâmait presque d'admiration fervente.

« Mais quelle excellente idée ! dit-il. Notre petit Riseholme vous plaît donc vraiment ?

– Il ne s'agit pas qu'il me plaise : en fait, je ne peux pas m'en passer, tout simplement. Respirer ne me dit rien et pourtant je mourrais si je ne respirais pas. Ce qu'il me faut, c'est un petit coin tranquille, un endroit retiré où l'on se laisse vivre avec délices, où il ne se passe jamais rien, où personne ne fait jamais rien. J'ai ouvert l'œil toute la matinée et je trouve votre style de vie adorable. Il ne se passe jamais rien ici et c'est exactement ce qui me conviendra lorsque ma carrière me laissera quelque loisir. »

En entendant cela, Georgie fut plus que jamais sur le point de tomber en pâmoison. Il n'en croyait pas ses oreilles lorsqu'il l'entendait parler de Riseholme comme d'un endroit retiré où l'on se laisse vivre. Il crut presque qu'Olga devait parler de Londres où, comme Lucia l'avait observé avec perspicacité, les gens passent leur temps à rester assis toute la matinée dans Hyde Park en discutant de petites affaires les uns des autres, à traîner l'après-midi dans les galeries de peinture et à danser toute la nuit. Là, certes, on menait une existence oisive et frivole.

Mais elle était beaucoup trop absorbée dans ses projets pour remarquer la stupéfaction de Georgie.

« Mais si vous vendez la mèche, dit-elle, tout sera gâché. Avec Georgie, il faut que ça lui tombe dessus à l'improviste. Ah ! Vous avez encore un mûrier dans le jardin, en plus de celui qui est devant la maison. C'est trop ! »

Elle regarda Foljambe sortir de la pièce.

« Et je sais que votre gouvernante s'appelle Paravicini ou Grosvenor, dit-elle.

– Non, c'est Foljambe », dit Georgie.

Olga se mit à rire.

« Je savais que je ne m'étais pas trompée, dit-elle. C'est pratiquement la même chose. Oh, et hier soir ! Je n'ai jamais passé une soirée aussi affreuse. Pourquoi ne m'avez-vous pas avertie ? Mon mari aurait eu sa rage de dents alors, plutôt que ce matin.

– Que s'est-il passé ? demanda-t-il.

– Mais cette femme est folle, je veux dire ce cacatoès d'Ambermere. Nous avions dix minutes de retard, Georgie et moi, et elle avait un diadème de jais sur la tête. Mais pourquoi diable nous a-t-elle invités à dîner à huit heures moins le quart au lieu de sept heures et demie si elle voulait dire huit heures moins le quart ? En fait, ils étaient en train de se diriger vers la salle à manger lorsque nous sommes arrivés. On aurait dit un cortège funèbre avec trois hommes mangés aux mites et trois femmes à favoris. Sur ce, le cortège s'est disloqué comme si nous avions été la loi contre les attroupements, puis il s'est reformé en cortège funèbre avec Georgie et lady Ambermere dans le rôle du corbillard. Nous avons dîné dans le caveau de famille et la conversation a porté sur Pug, le carlin de lady Ambermere. Elle a parlé de vous également et a dit que vous étiez d'une famille de hobereaux et que Mrs Lucas était une femme tout à fait fréquentable et qu'elle-même allait faire une brève apparition à sa garden-party, aujourd'hui. Ensuite elle a regardé mes perles et a demandé si elles étaient véritables. Alors, j'ai regardé ses dents et il était inutile de se poser la question.

– Racontez tout sans omettre le moindre détail, dit Georgie, avide.

– Chaque fois que lady Ambermere prenait la parole, tout le monde se taisait. Au début, je n'avais pas saisi l'astuce car personne ne m'avait expliqué les règles. Alors, elle s'est arrêtée au beau milieu d'une phrase et a attendu que j'aie terminé. Puis, elle a repris son propos à l'endroit précis où je l'avais interrompue. Elle ne m'a pas fait de reproches, remarquez, ni de réprimandes, mais j'ai compris… Après, dans le salon où nous sommes passées, les dames à favoris et moi-même, il y avait une petite dame assise dans un coin, comme une petite souris, que personne ne nous a présentée. Alors, tout naturellement, j'ai voulu lui parler. Ce que voyant, le grand cacatoès a dit « Voulez-vous avoir l'obligeance d'aller me chercher mon ouvrage de laine, miss Lyall ? ». Et Miss Lyall a tiré un sac qui était rangé dans un coin et en a sorti le tapis sacré. Ensuite j'ai attendu pour avoir du café et des cigarettes. J'ai attendu, attendu… et j'attends toujours. Le cacatoès a dit que le café l'empêchait de dormir. C'était la raison. Puis Georgie et les autres nous ont rejointes et, à sa tête, j'ai compris que lui non plus n'avait pas eu de cigarette. Il était neuf heures et demie. Chacun des messieurs a pris place entre deux dames et Pug s'est installé au milieu du cercle et a commencé à se chercher des puces. Lady Ambermere s'est alors levée et a traversé le cercle magique en se dirigeant vers moi. Elle a dit : "J'espère que vous avez apporté vos partitions, madame Shuttleworth. Veuillez ouvrir le piano, miss Lyall. On m'a toujours fait des compliments sur mon piano. Un instrument superbe !" »

Olga agita sa fourchette sur laquelle était empalé un morceau d'ananas, l'ananas que Georgie avait acheté le matin même chez le marchand de fruits.

« Quel toupet incroyable ! dit-elle. J'ai cru qu'elle voulait plaisanter et j'ai ri le plus poliment du monde. Mais ce n'était pas une plaisanterie. Vous me croirez si vous voulez, elle n'était pas en train de plaisanter ! Une des toupies à favoris a dit : "Vous allez vraiment nous régaler" et une autre a arboré l'expression à l'emporte-pièce que tout le monde se croit obligé d'adopter à un concert. Et moi, j'ai été si abasourdie que j'ai chanté, tandis que lady Ambermere battait la mesure et que Pug aboyait. »

Olga pointa le doigt vers Georgie.

« Jamais, dit-elle, avant le Jugement Dernier où lady Ambermere grincera des dents (ses belles dents !) pour les siècles des siècles, je ne remettrai les pieds dans cette maison. Pas plus qu'elle ne mettra les pieds chez moi. Plutôt y mettre le feu ! Voilà ! Mon cher, quel bon repas vous m'avez offert. On fait tout de suite une partie de croquet ? »

Les garden-parties de Lucia étaient annoncées de cinq à sept, et une demi-heure avant l'arrivée probable du premier invité, elle en suivait les préparatifs avec la vigilance d'un aigle. Ce jour-là, les préparatifs se déroulaient sur une échelle vraiment somptueuse. Les boules à jouer étaient disposées dans le boulingrin, non pas parce que quiconque en tenue *Alto* fût le moins du monde susceptible de se hasarder à s'accroupir et à se livrer aux mouvements athlétiques que requiert ce jeu, mais parce que les *bowls* faisaient partie intégrante du cadre de vie élisabéthain. Entre le boulingrin et la partie de la pelouse la plus proche de la maison, on dressait une marquise où les invités plus ordinaires – si tant est qu'il y en eût à Riseholme – pouvaient se restaurer. Mais, même en l'absence de gens ordinaires, on peut distinguer des degrés dans la rareté. Aussi avait-on installé, tout contre la grande tente omnibus, une autre, plus petite, au parterre garni de tapis orientaux et abritant environ une demi-douzaine de chaises, plus deux sièges que l'on ne pouvait qualifier que de trônes car le gourou de Lucia, bien que parfaitement digne d'un trône, aurait la bonté de prendre place par terre, dans l'une de ses attitudes les plus dignes d'intérêt. Cette tente était réservée à l'usage exclusif des conversations de haute tenue. Les hôtes ordinaires (s'ils montraient patte blanche) y seraient conduits et présentés aux hôtes de grande marque tandis que dans le fumoir, un repas plus élaboré, comprenant des pêches et quatre qualités de sandwichs, était prévu pour la restauration desdits hôtes pendant les entractes ponctuant les audiences. Quant aux hôtes pour lesquels il n'était pas prévu d'audience, il leur restait le bonheur insigne de voir les personnalités traverser la pelouse lors de leurs expéditions alimentaires, voire peut-être s'embrocher les pieds dans les arceaux de croquet, volontairement laissés en place sur la pelouse pour lui conserver un air naturel. Dans le fumoir, un elzévir ou deux avaient été laissés négligemment ouverts sur une table, comme si l'arrivée des premiers invités avait interrompu Mr et Mrs Lucas dans leur lecture des œuvres de Perse et de Juvénal. Pour finir, dans le salon de musique, qui habituellement n'était pas utilisé pour ce genre de réception, on avait disposé des fleurs fraîches. Le piano était ouvert et, si vous n'aviez pas vu les elzévirs dans le fumoir, en arrivant tôt et en pénétrant ici, vous pouviez raisonnablement constater que Mrs Lucas venait de jouer le dernier acte de *Siegfried*.

Pour cette dernière visite d'inspection, le gourou avait accompagné Lucia car il faisait partie de la liste des personnages tenant un rôle sur place et elle désirait que ses invités le « découvrissent » dans la tente spéciale. Elle lui indiqua le site prévu pour sa « découverte ».

« La première personne que j'introduirai ici, dit-elle, sera probablement lady Ambermere dont la ponctualité est légendaire. Et puis, elle est si impatiente de vous voir. Et si vous découvriez que vous vous étiez déjà rencontrés ? Ce serait sensationnel, n'est-ce pas ? Son mari était gouverneur de Madras et elle a elle-même passé de longues années aux Indes.

– Vous dites Madras, gracieuse Dame ? demanda le gourou. Moi aussi je connais Madras. Il y a beaucoup d'esprits obscurs à Madras. Et vous dites qu'elle était à la Résidence de Grande-Bretagne ?

– Oui. Elle dit que Mr Kipling ne connaît rien aux Indes. Elle et vous allez avoir plein de choses à vous raconter. Ah, si je pouvais rester assise par terre moi aussi pour écouter ce que vous vous direz l'un à l'autre !

– Je vais être très gâté, dit le gourou. J'aime tous ceux qui aiment mon pays merveilleux. »

Soudain, il s'arrêta et porta les mains à la tête, paumes vers l'extérieur.

« Il y a aujourd'hui de merveilleuses vibrations, dit-il. Tout le jour je sens qu'un certain mot est sur route de chez les guides, un certain grand message de lumière.

– Et s'il vous arrivait en plein milieu de ma garden-party, ne serait-ce pas merveilleux ? dit Lucia avec enthousiasme.

– Ah, gracieuse dame, le grand mot vient pas comme ça. Il vient toujours dans la solitude et le silence. Gracieuse Dame sait ça aussi bien que Gourou. »

Lucia était écartelée entre les purs idéaux de la gouroumanie et les impératifs de la vie mondaine. D'une part, la gouroumanie lui disait qu'il fallait tomber en extase devant l'imminence d'un grand message, et accéder immédiatement au désir de solitude et de silence exprimé par le gourou. Mais d'autre part, les impératifs de la vie mondaine lui chuchotaient à l'oreille qu'elle avait déjà fait miroiter la présence d'un mystique de caste supérieure venant de Bénarès devant les yeux de lady Ambermere qui, elle, ne venait que de Madras. En outre, Olga Bracely devait apparaître comme un hôte encore plus éclatant que lady Ambermere et le gourou réunis. À coup sûr, la présence d'Olga Bracely, à elle seule, suffisait à hisser cette garden-party-là au pinacle le plus vertigineux. Une autre conséquence redoutable lui pendait au nez, à savoir le risque plausible, si elle essayait de retenir le gourou de force, de le voir préférer réintégrer le trou où elle l'avait repêché, c'est-à-dire la maison de cette pauvre Daisy Quantock. Cette perspective lui était intolérable car, lui présent au Hurst, elle s'était vue dans le rôle de dispensatrice des mystères orientaux et grande-prêtresse de l'omisme auprès de Riseholme. En fait, le gourou était son truc du mois d'août. Il n'était pas question de le perdre avant fin juillet et de ronger son frein en regardant tout Riseholme défiler chez Daisy en pèlerinage. En ce moment, il y avait également chez le gourou une sorte de résistance passive. Elle sentait qu'il serait capable, à la moindre provocation, de la défier ou de l'abandonner. Mieux valer jeter du lest et c'est ce qu'elle décida de faire de manière radicale.

« Mais oui, dit-elle. Je sais combien cela est vrai. Cher gourou, montez dans “Hamlet” : personne ne vous y dérangera. Mais si le message arrive avant que lady Ambermere ne reparte, promettez-moi de nous rejoindre en bas. »

Il se dirigea vers la maison où l'on avait déjà ouvert la porte d'entrée pour laisser entrer lady Ambermere qui disait à « ses gens » quand ils devraient revenir la chercher, et il s'enfuit jusqu'à « Hamlet », les talons de ses savates claquant sur les marches de l'escalier en chêne. En douceur, il esquiva les esprits sombres de Madras et se mit même encore plus à l'abri en fermant sa porte à clef. Il n'était pas question, en tant que brahmane de la caste supérieure et originaire de Bénarès, de paraître devant quelqu'un qui connaissait les Indes et toutes ses races comme sa poche car il pourrait fort bien ne pas correspondre aux souvenirs que cette personne avait gardés de tous ces messieurs.

L'arrivée de lady Ambermere fut suivie de près par celles d'autres invités. Au lieu de se diriger vers la tente réservée aux hôtes de grande marque, elle préféra s'installer au milieu de la pelouse, position stratégique idéale pour examiner tout un chacun, armée de son face-à-main à manche d'écaille. Elle garda Peppino à ses côtés. Il se précipitait en avant pour serrer la main des invités de sa femme puis revenait aussi précipitamment vers lady Ambermere pour l'écouter. La pauvre Miss Lyall, elle, se tenait derrière sa chaise. Selon ce que lui ordonnait sa patronne, tantôt elle lui donnait sa cape, tantôt lui tenait son ombrelle, tantôt elle lui ajustait son repose-pied, tantôt elle prenait Pug dans ses bras ou le reposait par terre. La plupart du temps, lady Ambermere poursuivait un pompeux monologue.

« Vous avez là un bien joli petit jardin, monsieur Lucas, dit-elle. Bien que peut-être un peu exigu. Il ne me semble pas que votre pelouse à croquet ait tout à fait les dimensions réglementaires, et puis, je ne vois pas de court de tennis. Mais je crois que vous avez une petite bande de gazon quelque part dont vous vous servez pour jouer aux boules, n'est-ce pas ? À présent, je veux faire un tour et visiter votre domaine. Posez Pug par terre s'il vous plaît, miss Lyall et laissez-le courir un peu.

Regardez, il veut jouer avec une de ces boules de croquet ; lancez-la en avant et il va courir après. Grands dieux ! Mais qui donc remonte l'allée à une telle vitesse dans un fauteuil roulant ? Ah, je vois ! C'est Mrs Weston. Elle ne devrait pas aller si vite. Si Pug s'attardait sur l'allée, elle pourrait l'écraser. Mieux vaut le reprendre au bras, miss Lyall, jusqu'à ce qu'elle s'éloigne. Et voici le colonel Boucher. S'il avait amené ses bouledogues je lui aurais dit de les remmener. J'aimerais prendre une tasse de thé, miss Lyall, avec beaucoup de lait, mais pas trop fort. Vous savez comment j'aime mon thé. Et un biscuit, ou quelque chose, pour Pug avec un peu de crème fraîche dans une soucoupe, ou n'importe quoi de commode.

– Pourquoi ne pas venir prendre votre thé dans le fumoir, lady Ambermere ? demanda Peppino.

– Le fumoir ? demanda-t-elle. Quelle drôle d'idée de servir le thé dans un fumoir. »

Peppino expliqua que, selon toute probabilité, en cinq ou six ans personne n'avait utilisé le fumoir pour fumer.

« Ah bon ! S'il en est ainsi, je viens, dit-elle. Mieux vaut emmener Pug aussi, miss Lyall. Attention, il y a un arceau de croquet. Heureusement que je l'ai vu, sinon je me serais peut-être pris les pieds dedans. Ah, voilà donc le fumoir, n'est-ce pas ? Mais pourquoi le sol est-il donc jonché de paille ? Posez Pug sur une chaise miss Lyall, il pourrait se piquer les pattes. Et des livres aussi, à ce que je vois. Celui qui est ouvert est vieux. C'est de la poésie latine. La bibliothèque du Hall est très réputée pour son rayon de littérature classique. Le premier vicomte en faisait la collection. Elle compte plusieurs milliers de volumes.

– En vérité, c'est une bibliothèque absolument merveilleuse, dit Peppino. Lorsque je suis au Hall, je ne peux jamais m'en arracher.

– Cela ne m'étonne pas. J'étudie moi-même énormément et j'y passe souvent une matinée, n'est-ce pas miss Lyall ? Il faudrait que vous fassiez équiper vos fenêtres de vitres neuves, monsieur Lucas. Par temps couvert, il doit être très difficile d'y voir. À propos, votre *brave* femme m'a dit qu'il y avait un Indien fort remarquable qui devait assister à sa réception, un brahmane de Bénarès, a-t-elle dit. J'aimerais avoir une conversation avec lui tout en prenant mon thé. Veuillez me préparer une pêche, miss Lyall. »

Peppino avait entendu parler de la retraite du gourou, consécutive à l'annonce de l'arrivée imminente d'un message émanant des guides. Il se mit en devoir d'expliquer tout cela à lady Ambermere qui n'y prêta pas la moindre attention, occupée qu'elle était à examiner les pêches avec son face-à-main.

« Celle-ci de mon côté me paraît mangeable, dit-elle. Et puis, je ne vois pas Miss Olga Bracely, bien que je lui aie dit clairement que je serais ici cet après-midi et qu'elle m'ait dit avoir été invitée par Mrs Lucas. J'espère l'entendre chanter à nouveau cet après-midi. Hier soir, elle a chanté pour nous au Hall et s'en est tirée fort honorablement. Son mari, Mr Shuttleworth, est un cousin du feu lord. »

Lucia était rentrée dans le fumoir pendant cette conversation. Elle entendit les mots fatals. Sur le moment, elle eût préféré avoir volontiers récupéré carrément son invitation à Olga Bracely plutôt que d'y avoir mentionné Mr Bracely. Mais c'était là une des choses irrémédiables qui arrivent parfois dans la vie, et, comme il était vain de se lamenter là-dessus, Lucia n'en était que plus impatiente de voir arriver Olga, quel que fût le nom de son mari. Elle se ressaisit pour affronter la situation.

« Peppino, vous occupez-vous de lady Ambermere ? dit-elle. Chère lady Ambermere, j'espère que tout le monde s'occupe bien de vous.

– Cette pêche est très mangeable, dit lady Ambermere. Le mur méridional de mon jardin en est couvert et elles ont toujours une fragrance particulièrement exquise. Le Hall est célèbre pour ses pêches. J'ai cru comprendre que Miss Bracely allait venir ici, madame Lucas. Je ne comprends pas pourquoi elle peut être en retard. Je suis moi-même d'une ponctualité légendaire. J'ai terminé mon thé ! »

À présent, la pelouse dehors se couvrait de monde, tous dans leurs tenues *Alto* et lady Ambermere, en émergeant du fumoir, toisa le spectacle d'un air nettement réprobateur. Les deux demoiselles Antrobus venaient d'arriver et elles se faufilèrent jusqu'à la maîtresse de céans en poussant des petits cris :

« Nous sommes affreusement en retard, dit l'aînée, mais c'était entièrement de la faute de Piggy.

– Mais non, Goosie, c'était de la tienne, dit l'autre. Comment peux-tu avoir la méchanceté de dire que c'était de ma faute ? Chère madame Lucas, quelle belle réception que voilà ! Pouvons-nous aller jouer aux boules ? »

Tandis qu'elles fonçaient vers le boulingrin, bras dessus, bras dessous, lady Ambermere les regarda s'éloigner. « Mais qui sont ces deux jeunes femmes ? demanda-t-elle. Et pourquoi Piggy et Goosie ? Miss Lyall, ne laissez pas Pug aller vers les boules. Elles sont très lourdes. »

Un peu plus loin, Mrs Antrobus cheminait lentement de groupe en groupe, le cornet acoustique vigoureusement occupé à se gaver de nouvelles fraîches. Mais les conversations n'avaient pas tout à fait leur vivacité coutumière car il planait un sentiment d'intense expectative concernant l'apparition de Miss Bracely. Du coup, les propos partaient dans tous les sens, à bâtons rompus. Et puis, le bruit avait couru, également, que cet Indien mystérieux, que l'on avait entrevu de manière épisodique au cours de la semaine écoulée, résidait bel et bien chez Mrs Lucas. Alors pourquoi n'était-il pas là ? Autre fait encore plus inexpliquable, mais pas moins captivant pour autant, était l'absence de Mr Georgie. Qu'est-ce qui avait bien pu lui arriver pour qu'on ne le voie pas aller et venir sans bruit pour s'acquitter des commissions confiées par sa maîtresse et animer l'ambiance de la réception ? Ce fut en vain que Mrs Antrobus poursuivit péniblement son enquête méthodique, à la recherche de solutions à toutes ces énigmes et que Mrs Weston, plus rapide dans ses évolutions, sur son fauteuil roulant, zigzagua à toute vitesse d'un groupe à l'autre, selon que les gens semblaient s'animer en parlant. Elle se retrouva bredouille, comme d'ailleurs Mrs Antrobus. En fait, le seul renseignement disponible sur le sujet était celui qu'avait fourni Mrs Weston elle-même. Avec son visage haut en couleur et aux traits accusés, elle était vraiment très impressionnante. On aurait dit qu'elle révélait des informations de la plus haute importance. Naturellement, elle parlait haut et clair et n'avait donc pas besoin d'élever beaucoup la voix, même lorsqu'elle s'adressait à Mrs Antrobus. Elle n'avait pas sa pareille pour abonder dans les détails et, parmi les observateurs de Riseholme, elle remportait la palme.

« La dernière fois que j'ai vu Miss Bracely, dit-elle, exactement comme si on l'avait priée de déposer à la barre sous le sceau du serment, c'était aujourd'hui même, peu après une heure et demie. Ça devait être après la demie parce que, lorsque je suis arrivée chez moi, il était près de deux heures moins le quart et je n'étais pas à plus de cent mètres de ma maison quand je l'ai vue. Dès que je l'ai aperçue, j'ai dit à mon garçon jardinier, Henry Luton, qui poussait mon fauteuil – c'est le fils de la vieille Mrs Luton qui tenait la poissonnerie ; et quand elle est morte l'année dernière je me suis fournie en poisson à Brinton, parce que la tête de la personne qui avait repris la poissonnerie ne me revenait pas, et Henry est allé habiter chez sa tante. C'était la sœur de son père, pas de sa mère, car Mrs Luton n'avait jamais eu de sœur, ni de frère non plus d'ailleurs. Bref, j'ai dit à Henry “Tu peux ralentir un peu, Henry : si nous sommes en retard, nous serons en retard et ce n'est pas une minute ou deux de plus ou de moins qui vont y changer grand' chose.” “Pour sûr, M'dame” dit Henry en portant le doigt à la casquette. Nous avons donc ralenti. À ce moment-là, Miss Bracely était juste en face de la pièce d'eau et elle a franchi la rangée d'ormes.

Elle portait simplement une robe de ville ordinaire : bleu marine, à peu près de la même teinte que votre cape, Mrs Antrobus, ou peut-être un tout petit peu plus foncée car le soleil à cette heure-là l'éclairait davantage. Une robe toute simple, rien d'une tenue de cérémonie. Elle consulta la montre à son poignet puis me parut marcher un petit peu plus vite qu'avant, comme si elle était en retard, exactement comme moi. Il m'était impossible de ralentir davantage car, vraiment, je me traînais et, avant qu'elle eût quitté le gazon j'étais parvenue au coin de Church Lane et même en tournant la tête et en tendant le cou au maximum, comme ceci, alors que nous nous engagions dans Church Lane, pour l'apercevoir une dernière fois, j'ai vu qu'elle avait à peine quitté la pelouse pour emprunter la route, avant que le laurier-thym à l'angle du jardin du colonel Boucher – non, je me trompe, à l'angle du jardin de monsieur le curé – ne la dérobe à ma vue. Et si vous voulez mon avis… (Mrs Weston fit une pause en hochant la tête pour insister sur l'importance de ce qu'elle venait de dire et pour aiguiser au maximum la curiosité de Mrs Antrobus avant de lui révéler la suite.) Et si vous voulez mon avis sur l'endroit où elle se rendait et sur ce qu'elle allait y faire, eh bien, je crois qu'elle sortait pour déjeuner et qu'elle se rendait dans l'une de ces trois maisons qui se trouvent à cet endroit-là, juste de l'autre côté de la rue, car elle a traversé la pelouse communale en allant droit dans cette direction. Or, il y a trois maisons à cet endroit-là : celle de Mrs Quantock, et ça ne pouvait pas être celle-là, sinon Mrs Quantock l'aurait su d'une manière ou d'une autre ; celle du colonel Boucher, ça ne pouvait pas être celle-là non plus, car le colonel l'aurait su. Quant à la troisième maison, nous savons tous à qui elle appartient. »

Mrs Antrobus avait un peu perdu le fil de cette puissante démonstration.

« Mais le colonel Boucher et Mrs Quantock sont ici tous les deux, hein ? » dit-elle.

Mrs Weston haussa un peu le ton.

« C'est précisément ce que je suis en train de dire, déclara-t-elle. Mais quel est celui qui n'est pas là et que nous nous attendions à voir, et où habite-t-il ? »

De l'avis général, Mrs Weston avait visé juste et enfoncé le clou. Mais quel clou exactement ? Cela, nul ne le savait car, jusqu'à présent, elle n'avait pas encore expliqué pourquoi Olga Bracely ou Georgie manquaient à l'appel. Ce fut alors le coup de théâtre, pan ! sur la tête du clou, un bon coup direct et bien placé.

« C'est donc là qu'elle était, en train de déjeuner avec Mr Georgie, dit Mrs Weston, citant ce nom pour la première fois, dans le grand style de la plus pure tradition théâtrale. Ensuite ils ont visité la maison. Et puis, quand ce fut le moment de venir ici, Mr Georgie a dû se souvenir que cette réception était *Alto*, pas *Mezzo* et voilà que Miss Bracely n'était pas du tout en *Alto*, à mon avis. Elle a dû sans doute lui dire "S'agit-il d'une réception en grand tralala, monsieur Pillson ?" et lui n'a pas pu faire autrement que de répondre, car nous avons tous été informés que c'était *Alto* – j'ai reçu le message vers midi –, il n'a pas pu faire autrement que de répondre "En effet, miss Bracely, c'est bien ça." "Grands dieux ! a-t-elle dû dire, et moi qui n'ai que cette guenille sur le dos. Il faut que je retourne aux Armes d'Ambermere dire à ma bonne – car elle a amené une bonne dans la seconde voiture –, dire à ma bonne de me sortir quelque chose de présentable." "Mais ça va vous occasionner bien des complications", a dû dire Georgie, ou bien quelque chose du même genre, car je n'ai pas la prétention de savoir ce qu'il a effectivement dit en réalité, et elle a dû répondre : "Voyons, monsieur Pillson, il faut bien que je mette quelque chose de présentable et vous m'obligeriez beaucoup si vous pouviez m'attendre pendant que je me change et si, ensuite, nous pouvions y aller ensemble." Voilà ce qu'elle a dit. »

Mrs Weston fit signe à son jardinier de pousser son fauteuil roulant car elle souhaitait quitter la scène au moment où l'émotion était à son apogée.

« Voilà la raison pour laquelle ils sont en retard l'un et l'autre », dit-elle tandis qu'on l'emmenait comme dans un tourbillon vers le boulingrin.

Les minutes passaient, cependant on ne voyait apparaître personne qui fût capable de justifier cet appel urgent et impératif à arborer la tenue *Alto* (souligné trois fois) mais, petit à petit, Lucia, qui avait totalement échoué dans ses tentatives pour attirer lady Ambermere dans la tente des trônes, commença à remarquer que ses pelouses se dépeuplaient graduellement. Apparemment, ses invités ne se disposaient pas à se retirer car on était encore loin de sept heures. En outre, nul n'aurait commis l'impolitesse de partir sans une poignée de main et sans dire quelques mots sur l'après-midi charmant qu'il venait de passer. Mais les pelouses se vidaient, c'était incontestable et Lucia était tout à fait incapable d'expliquer ce phénomène étrange. Jusqu'au moment où elle passa, par hasard, à proximité des fenêtres de son salon de musique. Alors, en jetant un coup d'œil à l'intérieur, elle vit non seulement que toutes les chaises étaient occupées, mais que des gens se tenaient debout, en groupes, dans l'expectative. Un instant, son cœur battit la chamade… Olga serait-elle arrivée et serait-elle entrée là directement, par méprise ? Cela ne se produit que dans les rêves, mais cette hypothèse s'imposa brusquement comme un rayon de soleil sur la réception qui prenait à toute allure, pour Lucia, les proportions d'un cauchemar, car tout le monde, et pas seulement lady Ambermere, se demandait tout haut quand viendrait le gourou et quand chanterait Miss Bracely.

À ce moment-là, tandis qu'elle s'était arrêtée, une fenêtre du salon de musique s'ouvrit et la tête odieuse de Piggy se pencha à l'extérieur.

« Oh, madame Lucas, dit Piggy. Goosie et moi avons de très bonnes places et Mamma est tout contre le piano. Elle pourra tout entendre à la perfection. A-t-elle promis de chanter *Siegfried* ? Est-ce que Mr Georgie va l'accompagner ? C'est vraiment la surprise la plus délicieuse ; comment avez-vous réussi à organiser tout ça en cachette sans en parler à personne ? »

Lucia dissimula sa colère sous les dehors d'un comportement fort enjoué. Elle traversa le vestibule en courant et fit irruption dans le salon de musique.

« Oh, les vilains ! dit-elle. Allez, venez tous dans le jardin ! Ceci est une garden-party et je me demandais où diable vous étiez tous passés. Qu'est-ce que c'est que ces histoires de chant et de piano ? Personne ne m'en a parlé ! »

Elle fit évacuer le troupeau incrédule dans le jardin, tous en grande tenue *Alto* et tomba sur lady Ambermere avec Pug et Miss Lyall, qui venaient à contre-courant.

« Mieux vaut nous en aller, miss Lyall, dit-elle. Veuillez courir chercher mes gens dehors. Ah ! Voici Mrs Lucas. Vraiment très charmant, merci. Au revoir. Votre ravissant jardin... Mais oui, parfaitement.

– Mais voyons, il est encore trop tôt, dit Lucia. Il est à peine six heures.

– En effet ! dit lady Ambermere. Vraiment si charmant » et, précédée de Miss Lyall, elle sortit solennellement dans le jardin de Shakespeare.

Il fut bientôt atrocement évident que d'autres personnes partageaient les impressions ultimes de lady Ambermere concernant les délices de l'après-midi et la nécessité de rentrer chez soi. Le colonel Boucher devait promener ses bouledogues et se détendre en faisant quelques pas pour récupérer après la tension de la réception ; Piggy et Goosie expliquèrent à leur mère que personne n'allait chanter et elles s'efforcèrent de noyer l'impression trop sonore de sa légitime indignation sous des cascades de rires cristallins. Et voilà que Lucia eut la douleur atroce de voir

Mrs Quantock installée dans un des trônes qui étaient destinés à de plus nobles sphères et Peppino assis dans l'autre, tandis que quelques invités erraient à la dérive sur la pelouse, avec la passivité débile des feuilles d'automne. Tant avec le gourou qui était probablement en train de méditer là-haut dans sa chambre qu'avec Olga Bracely qui brillait par son absence, il ne lui restait plus guère de ressources nerveuses pour se demander où avait bien pu passer Georgie. Jamais, tout au long de ses années de ministère, il ne l'avait lâchée d'un pouce du début à la fin de ses garden-parties, faisant ses commissions allègrement comme un Hermès au pied léger, rassemblant ses troupeaux si elle désirait qu'ils se tinssent dans cette partie-ci du jardin plutôt que dans celle-là, comme un chien berger perspicace qui revient attendre, au pied, qu'on lui confie de nouvelles tâches. Mais aujourd'hui, pour une raison mystérieuse, Georgie n'était pas là. Il n'avait pas sollicité de permission. Il n'avait pas fourni non plus la moindre explication, fût-elle fantaisiste, qui pût justifier son absence. Lui, au moins, aurait empêché lady Ambermere, seule pierre angulaire de la réception, de prendre la mouche (n'ayons pas peur des mots). Il aurait continué de répéter à Lucia qu'elle était merveilleuse et que la réception était une réussite. Avec ses deux autres pierres angulaires encore plus prestigieuses en réserve, Lucia n'aurait pas songé à réserver d'autres distractions à ses invités : ni le prestidigitateur de Brinton, ni les trois jeunes femmes qui jouaient des trios pour banjos, ni même les douces colombes savantes qui roucoulaient si gracieusement et escaladaient les doigts écartés de la main de leur maîtresse si celle-ci leur en donnait l'ordre et si cela leur chantait. Il n'y avait rien eu pour justifier *Alto ;* à peine de quoi recommander *Mezzo.* Et c'était *Rustico* qui s'étalait en grosses lettres sur les dunes du désert !

Vers six heures et demie, les miracles commencèrent. Sans crier gare, le gourou apparut dans le jardin. Il avait probablement épié, par sa fenêtre, le départ de la grandiose limousine, avec chauffeur et valet de pied, et Miss Lyall et lady Ambermere et Pug et, avec sa sagacité native, il en avait conclu que le danger de Madras était écarté. Il portait ses nouvelles savates rouges, un merveilleux turban et affichait un sourire extatique. Lucia et Daisy allèrent à sa rencontre avec des cris de joie. Quant aux invités encore sur place, les fameuses feuilles d'automne vagabondes, ils furent, pour ainsi dire, rassemblés par un irrésistible balai magique et disposés en tas devant le gourou. Un grand message était parvenu, une parole de puissance, débordante d'amour et de paix. Parole inédite, s'il en fut…

Et aussitôt, avant même qu'ils eussent bien tous digéré ce premier choc, la porte de la maison s'ouvrit à nouveau et Olga Bracely et Georgie firent leur apparition. Il était vrai qu'elle portait encore sa robe de ville bleu marine, celle que Mrs Weston avait qualifiée de *Rustico*, mais c'était une robe d'un *Rustico* dernier cri, et eût-elle été entièrement recouverte d'étiquettes de Paris que sa provenance n'en eût pas été plus clairement garantie.

« Chère madame Lucas, dit-elle. Mr Georgie et moi-même sommes affreusement en retard, et c'est entièrement de ma faute. Nous étions lancés dans une partie de croquet qui n'en finissait pas et s'il est un seul principe auquel je tienne dans la vie, c'est de toujours terminer une partie de croquet, quoi qu'il arrive. Il m'est arrivé une fois de rater six trains pour pouvoir finir une partie de croquet. Et Mr Georgie a été si méchant ! Il n'a pas voulu m'offrir une tasse de thé et ne m'a même pas laissé le temps de me changer. Il m'a tout de suite traînée ici pour venir vous voir. Mais c'est moi qui ai gagné ! »

Les feuilles d'automne recouvrèrent leur verte couleur et leur vigueur et, tandis que Georgie allait chercher quelque chose au buffet pour celle qui lui avait ravi son cœur, on fit les présentations. Elle consentit avec la meilleure grâce du monde – pas comme qui vous savez… – à être conduite jusque dans la tente aux trônes. Elle avoua s'être haussée sur la pointe des pieds pour regarder dans le jardin de Mrs Quantock ; elle désirait tant pouvoir l'admirer de l'autre côté du mur. Et puis, ce jardin-ci... Lui permettrait-on d'aller y faire un grand tour quand elle aurait fini de manger cette pêche, la plus délicieuse que le monde eût portée ? Heureusement qu'elle n'avait pas pris le thé chez Mr Georgie : il ne l'aurait jamais régalée d'une pêche pareille...

Quant aux invités qui, fort déçus, étaient déjà repartis, ils flânaient un peu, en grande tenue *Alto* sur la pelouse communale, en échangeant des commentaires plutôt sarcastiques sur le fiasco total de cette réception. Ils ne purent s'empêcher de voir Georgie et Olga sortir de chez Georgie et se diriger à grands pas vers le Hurst. Mrs Antrobus, qui jouissait toujours d'une vue parfaite en compensation de son ouïe défaillante, les vit entrer. Elle pensa immédiatement qu'elle avait laissé son ombrelle au Hurst. L'instant d'après, elle s'y dirigeait, l'air préoccupé. Puis ce fut le tour de Mrs Weston de se rendre compte de ce qui s'était passé et, bien qu'il lui fallût faire tout le tour en empruntant la route en fauteuil roulant, elle doubla Mrs Antrobus à cent mètres de la maison, son prétexte, en l'occurrence, étant que Lucia lui avait promis de lui prêter son livre d'Antonio Caporelli (à moins que ce ne fût Caporetto ?).

Par conséquent, la porte donnant sur le jardin s'ouvrit une fois de plus et Mrs Weston d'en jaillir. Entre-temps, Olga avait fait son petit tour du jardin. Pouvait-elle visiter la maison, à présent ? Elle le pouvait. On y avait aménagé un beau salon de musique... Au moment où Mrs Weston s'était déversée dans le jardin comme si on avait ouvert des vannes, la foule, qui avait reflué et qui maintenant affluait de nouveau, s'engouffra dans le jardin de Shakespeare. Jamais la queue de la petite sirène, derrière laquelle on avait dissimulé la sonnette électrique, n'avait servi de manière aussi frénétique. On la sollicitait sans arrêt. Bientôt, on se dispensa même du soin de fournir les prétextes invoqués pour se justifier ou bien, tout simplement, la gouvernante se dispensa de les écouter. Le colonel Boucher pouvait bien avoir laissé un bouledogue ou Mrs Antrobus un cornet acoustique ou Miss Antrobus (Piggy) un lacet de chaussure ou l'autre Miss Antrobus (Goosie) un chausse-pied, peu importe. À un rythme rapide, les invités, qui s'étaient montrés si sarcastiques à propos de la réception quand ils s'étaient retrouvés sur la pelouse communale, se bousculaient pour revisiter le théâtre qui avait suscité leur ironie. Tous ceux qui arrivèrent après elle découvrirent que Miss Olga Bracely avait bien franchi les portails, comme l'avait également fait un gourou.

Olga se tenait dans le salon de musique où l'avait suivie la foule massée dans le vestibule. Après lui avoir été présentés, les gens se précipitaient vers les chaises les plus proches. Mrs Antrobus reprit son ancienne place, tout près du clavier. Tout le monde semblait attendre quelque chose et, petit à petit, leur désir languissant se focalisait sur Olga. Ils se mirent à attendre, attendre, attendre à peu près de la même manière qu'elle avait attendu une cigarette la veille au soir. Elle regarda le piano et un murmure de satisfaction parcourut son auditoire. Elle regarda donc Lucia qui ouvrit toute grande la bouche et, interdite, fut sur le point de répondre à cette invitation tacite mais ne parvint pas à dire un seul mot. Olga se retrouvait, à présent, toute seule debout avec son hôtesse et le jardinier de Mrs Weston qui avait disposé le fauteuil de sa maîtresse de telle sorte qu'elle puisse entendre parfaitement. Tout cela ne l'enchantait guère, mais enfin…

« Voulez-vous que je chante quelque chose ? demanda-t-elle à Lucia. Vraiment ? Ah, tiens, voilà la partition de *Siegfried*. Savez-vous jouer ? »

Lucia, qui souriait déjà, ne put élargir davantage son sourire.

« N'est-ce pas trop "vifficile" ? demanda-t-elle. Pourrais-je déchiffrer ça, Georgie ? J'essaie ? »

Elle se glissa sur le tabouret du piano.

« À moi de commencer ? » demanda-t-elle en constatant qu'Olga avait ouvert le recueil à la page de la *Salutation de Brünnhilde* que Lucia avait si consciencieusement répétée toute la matinée.

Elle n'obtint pas de réponse. Debout, près d'elle, Olga avait complètement changé d'attitude. Sa gaieté primesautière avait cédé la place à un air grave d'intense concentration dont le sens échappait totalement à Lucia. Elle regardait droit devant elle, profondément recueillie, et ne prêtait pas la moindre attention à Lucia ni à quiconque.

« Une, deux, dit Lucia. Trois. Allez-y ! » Et elle plongea frénétiquement dans un océan de triples croches.

Olga, qui venait d'ouvrir la bouche, la referma.

« Non, dit-elle. Reprenons », et elle sifflota le thème.

« Oh, que c'est "vifficile" ! dit Lucia en reprenant depuis le début. Tournez la page, Georgie ! »

Georgie tourna la page et Lucia, tout en comptant les temps à haute voix, ne réussit à tirer de son piano qu'une lamentable bouillie sonore.

Olga se tourna vers son accompagnatrice.

« Voulez-vous que j'essaie ? » dit-elle.

Elle se mit au piano et improvisa une sorte d'accompagnement esquissé, simplifié, tout en conservant les lignes essentielles. Et puis, elle chanta…

VIII

Pendant tout le mois d'août, le règne de la gouroumanie domina la vie culturelle de Riseholme, avec Lucia comme grande prêtresse et dispensatrice des mystères. Jamais, auparavant, elle n'avait régné à un titre aussi éminent ni exercé une suprématie aussi confortable. Nul n'avait accès au gourou sans passer par elle. Tous ses cours étaient donnés dans le fumoir et il ne méditait que dans « Hamlet » ou bien sous la tonnelle isolée, au bout de l'allée plantée de cytises. Une fois, il s'était mis à méditer sur la pelouse communale, mais cela n'était pas du goût de Lucia. Elle l'avait ramené à la maison, toujours en extase, en le tenant par la main.

L'effectif des participants avait atteint des proportions prodigieuses car, à présent, presque tous les Riseholmitains suivaient l'enseignement, chacun selon son propre niveau, à l'exception de Hermy et Ursy qui avaient décrété que tout cela n'était qu'une vaste fumisterie. Parfois, pour taquiner gentiment Georgie, elles se tenaient sur une jambe au milieu de la pelouse et retenaient leur souffle. Puis Hermy comptait « Une, deux, trois ! » et elles hurlaient « Om ! » à tue-tête, de leurs voix discordantes. Comme le gourou était désormais consigné au Hurst, elles n'avaient jamais eu l'occasion de le voir en chair et en os. Elles n'avaient pas répondu à l'invitation de Lucia pour la garden-party *Alto*, préférant faire une seconde tournée de golf. Le lendemain, en rencontrant

Lucia, elles avaient franchement tourné la philosophie orientale en ridicule. Depuis lors, Lucia les ignorait complètement.

À présent, le gourou donnait des leçons particulières à Lucia toute seule, tant elle avait distancé les autres en yoga. En effet, elle était capable de retenir son souffle beaucoup plus longtemps que quiconque et avait maîtrisé six postures. La classe immédiatement au-dessous d'elle comprenait les autres membres inscrits dès l'origine, à savoir Daisy Quantock, Georgie et Peppino. Eux aussi avaient fait des progrès, mais Lucia avait pris plusieurs longueurs d'avance. Maintenant, si d'autres tâches spirituelles réclamaient le gourou, c'était Lucia elle-même qui donnait la leçon à un groupe moins avancé qu'elle. Pour remplir cette fonction, elle revêtait une robe de lin blanc, particulièrement seyante, qui lui descendait jusqu'aux pieds et comportait de longues manches flottantes, comme celles d'un surplis. Elle était retenue à la taille par une cordelette d'argent à longs glands et se fermait par des boutons de nacre. Un capuchon, fixé aux épaules et doublé de satin blanc, pouvait se rabattre sur la tête. Quand elle s'asseyait pour enseigner, en adoptant une posture assez savante déjà, on pouvait voir pointer sous la robe le bout de ses mules de maroquin blanc. Elle avait baptisé l'ensemble « Ma toge professorale ». Le groupe qu'elle enseignait comprenait le colonel Boucher, Piggy Antrobus et Mrs Weston : parfois le colonel amenait ses bouledogues avec lui. Ils restaient couchés et ronflaient, exactement comme s'ils faisaient des exercices respiratoires, eux aussi. Autour d'eux tous planait délicieusement un air de mystère joyeux et d'effort spirituel et, sans nul doute, les exercices et la respiration profonde leur faisaient un bien énorme.

Un soir, vers la fin du mois, Georgie était assis dans son jardin, pendant la demi-heure qui précédait le moment d'aller se changer. Il se disait qu'il était vraiment très occupé et, cependant, il se sentait extrêmement jeune et en pleine forme. D'habitude, ce mois d'août, qu'Hermy et Ursy passaient chez lui, était fort épuisant. Les autres années, le lendemain du départ de ses sœurs, il partait en voiture, accompagné de Foljambe et de Dickie, passer une semaine tranquille au bord de la mer. Mais cette fois-ci, bien que le départ des deux sœurs fût prévu pour le lendemain matin, il n'avait pas l'intention de prendre un repos bien mérité bien qu'il les eût reçues pendant tout ce temps et qu'en outre il se fût adonné à une stupéfiante quantité d'autres choses. Pour commencer, il y avait eu ces fameux cours du matin, avec tout le travail exigé par les exercices et la méditation, sans compter le travail d'étude proprement dit. S'y était ajoutée une autre tâche qui, à elle seule, aurait suffi à épuiser totalement ses énergies une toute autre année. En effet, Olga Bracely avait finalement acheté cette maison sans laquelle elle avait le sentiment que la vie ne valait pas la peine d'être vécue et Georgie, sollicité par Olga, avait assuré pendant tout le mois, en ayant presque carte blanche, la supervision des travaux d'aménagement ainsi que l'achat du mobilier. Elle avait esquissé les grandes lignes du projet et fait expédier de Londres la plupart des meubles, mais à Georgie incombait la mission délicate de signaler tout objet ancien qu'il pourrait dénicher et, le cas échéant, d'effectuer à sa guise tout déplacement qui s'avèrerait nécessaire ou tout achat qu'il jugerait utile. Mais, surtout, il fallait encore garder le secret tant que la maison n'était pas prête, avant de mettre son Georgie au courant. Vers la fin du mois, la curiosité violente et fébrile touchant l'identité du nouveau propriétaire de la maison avait plongé l'ensemble de Riseholme dans un véritable état de prostration. Georgie s'était permis d'avouer qu'il savait qui c'était, mais ses oreilles demeuraient bouchées, sinon sourdes, aux appels les plus frénétiques qu'on lui lança pour lui arracher un nom. Il ne lâchait pas le moindre indice sur le sujet et, bien que toutes ces visites incessantes à la maison, toutes ces expéditions pour trouver des meubles, leur mise en place au bon endroit, l'aménagement du jardin à surveiller de près, les consultations avec les poseurs de papier peint, les plombiers, les tapissiers, les peintres, les charpentiers et tout ce qui s'ensuit, bien que tout cela occupât une bonne partie du temps, le délicieux mystère qui enrobait la chose et le fait qu'il faisait tout cela pour une créature si adorable, transformaient ses efforts en authentique bien-être. Autre chose encore lui donnait le sentiment d'être plus jeune que jamais, conjuguée avec ce qui précède et les études qu'il poursuivait sur les techniques de rajeunissement : l'arrivée discrète et le succès total de son faux toupet. Il n'avait plus à craindre le déplacement intempestif de ses mèches en espalier. Il se sentit si sûr de lui et si indétectable sur ce chapitre qu'il se mit à sortir nu-tête et fut bientôt sur le point d'affirmer qu'à ce régime ses cheveux poussaient plus dru que jamais. Mais cela était encore un peu prématuré : il eût été peu artistique de laisser entendre que deux ou trois semaines la tête à l'air avaient suffi à obtenir un résultat aussi spectaculaire.

Tranquillement assis sur son fauteuil, après les labeurs de la journée, il réfléchissait aux conséquences qu'entraînerait pour l'économie de Riseholme l'arrivée d'Olga Bracely. Comment l'imaginer, elle si belle, si séduisante, si célèbre, reléguée à une place de second rang à Riseholme, avec sa forte personnalité ? Sauf dans le cas où elle déciderait vraiment de considérer Riseholme comme un lieu de retraite et de n'y tenir aucun rôle dans la vie mondaine, on voyait mal quel rôle elle pourrait bien tenir, si ce n'était le premier. Celle qui, par sa seule arrivée à la réception de Lucia (réception mémorable entre toutes) avait réussi à transformer instantanément le *Rustico* (au sens psychique du terme) le plus morne en l'assemblée la plus *Altissima* jamais connue, celle-là ne pourrait renoncer à sa haute distinction et à sa prééminence incontestée. Jamais Lucia n'avait « marqué le coup » avec autant d'éclat que lors de l'apparition tardive d'Olga qui avait eu pour effet de ramener au Hurst tous les invités déjà repartis, avec l'attraction irrésistible qu'exerce un aimant sur de la limaille de fer, et de les propulser tous ensemble, comme une fusée, au zénith de la réussite sociale. Tout le monde avait su qu'Olga (après avoir joué au croquet tout l'après-midi avec Georgie) était venue leur offrir, en cadeau, gratis et sans bourse délier, un régal tel que seuls les plus fortunés peuvent se l'offrir aux prix les plus fous. Lady Ambermere, qui avait regagné le Hall avec Pug et la pauvre Miss Lyall, fut la seule personne à ne pas être de la fête. C'est le lendemain qu'elle apprit tout ce qui s'était passé, grâce à Georgie qui était allé la voir tout exprès, en voiture, et qui avait croisé Lucia alors qu'elle revenait du Hall. Comment donc l'avènement d'Olga allait-il affecter les pratiques mondaines de Riseholme en général et comment allait-il affecter Lucia en particulier ? Et que dirait Lucia en apprenant pour le compte de qui Georgie s'affairait tant en compagnie de plombiers et de peintres, et achetait autant de trésors, et des plus recherchés, aux Armes d'Ambermere ?

Pour être franc, il ne pouvait répondre à toutes ces énigmes : elles reposaient sur des situations inconcevables qui cependant, et bien qu'inconcevables, étaient imminentes, car l'avènement d'Olga pouvait se situer avant le mois d'octobre, saison fertile en thés mondains qui préludaient aux multiples réjouissances de l'hiver. Olga serait-elle comprise dans l'orbe de lumière lunaire au sein duquel Lucia jouait le premier mouvement de la *Sonate au clair de lune* ? Pousserait-elle un long soupir une fois plaqué le dernier accord, comme le faisaient tous les autres ? Et Lucia ? Irait-elle à sa rencontre, quand tous les autres se seraient un peu remis de leur émotion chronique, pour lui dire « Olga *mia*, un tout petit bout de *Walkyrie* ? Ça nous ferait tellement plaisir ! » Dans un certain sens, et même en y mettant toute son imagination, Georgie ne parvenait pas à imaginer pareille scène. Et puis, Olga se contenterait-elle de tenir le rôle de deuxième citoyenne, ou quelque chose d'analogue, quand Lucia jouerait celui de Portia ? Olga s'inscrirait-elle au cours de yoga pour débutants ? Se mettrait-elle à l'école de Lucia en grande tenue dans sa « toge professorale » ? Chanterait-elle la partie de soprano lors des *Christmas Carols*, tandis que Lucia battrait la mesure et articulerait sur les temps forts du rythme « Un – peu – trop – bas, les – sopranes ! Oh ! – mes – pau – au – vres zo – reilles ! ». Pour Georgie, rien de tout cela n'était imaginable et pourtant, sauf le cas où Olga ne prendrait aucune part à la vie de Riseholme (éventualité également inconcevable), quel était l'autre terme de l'alternative ? C'est vrai, elle avait dit qu'elle était venue ici parce que l'état stagnant des choses y confinait à un sublime nonchaloir, mais Georgie n'avait pas pris la chose au sérieux. Patience ! Elle verrait sans tarder Riseholme sous son vrai jour quand les flots de la vie mondaine en crue emporteraient sa propre nacelle dans un tourbillon. Et, pour finir, qu'en adviendrait-il de lui quand Olga serait sertie comme une étoile brillante dans ce firmament ? Déjà, il en était conscient, il tournait autour d'elle, petite lune avide et ravie d'avoir été arrachée de son orbite douillette par une planète à l'attraction plus puissante. On pouvait mesurer exactement l'ampleur de son détachement de l'ancienne orbite au seul fait que l'opération de ce détachement, déjà en cours, ne s'accompagnait d'aucune sensation d'attraction en sens inverse. La nouvelle étoile qui voguait si majestueusement dans les cieux venait de l'entraîner, par la seule vertu de sa force d'attraction supérieure, tout comme, par sa conjonction momentanée avec Lucia à la garden-party, elle avait hissé Lucia à une magnitude dont celle-ci n'avait jamais joui auparavant. Pour l'instant, Lucia conservait encore cette magnitude et elle la conserverait sans aucun doute jusqu'à la réapparition de la grande étoile. Mais alors, l'éclat de cet astre éclipserait à coup sûr et sans effort toute autre source lumineuse, exactement comme il attirerait à lui, à coup sûr et sans effort, toutes les autres petites lunes. À moins que Lucia ne parvînt, d'une manière ou d'une autre, soit par sa seule force de volonté, en adoptant une attitude hostile avec l'énergie du désespoir, ou bien en faisant preuve d'une habileté et d'un tact souverains, à atteler la grande étoile à son propre char ? Il pensa que l'attitude hostile et l'énergie du désespoir s'inscrivaient mieux dans la ligne des méthodes de Lucia et cette heure de calme vespéral apparut à Georgie comme la bonace qui précède la tempête. Le calme même de cet instant fut soudain rompu. La porte d'entrée claqua et la maison s'emplit du bruit de pas précipités et d'éclats de rires aigus. Hermy et Ursy étaient coutumières de ce genre d'irruption et, sur le moment, Georgie n'eut pas la moindre idée de l'envergure qu'allaient atteindre ces turbulences. Il se contenta de respirer à fond deux ou trois fois, dit « Om » une fois ou deux, et s'attendit en toute confiance à conserver intact son calme profond.

Hermy et Ursy, toujours hurlant de rire, descendaient en courant les marches conduisant au jardin où se tenait Georgie. L'imagination de ce dernier se limita à supposer que l'une des deux sœurs avait barré le trou à l'autre au golf, ou envoyé une balle hors des limites du jeu, ou commis une de ces choses qui semblaient donner tant de piquant à leurs parties.

« Georgie, tu devineras jamais ! cria Hermy. Le gourou, le Om…

– De caste supérieure et de sainteté insigne… cria Ursy.

– Le brahmane de Bénarès… glapit Hermy.

– Le Grand Maître !… Qui est-ce, d'après toi ? dit Ursy.

– Nous ne l'avions pas encore vu…

– Mais nous l'avons immédiatement reconnu…

– Et lui aussi nous a reconnues. Si tu l'avais vu courir !…

– Courir jusqu'au Hurst et fermer la porte après lui… »

Le calme profond de Georgie frémit comme de la gelée.

« Mais vous n'avez pas besoin de hurler de la sorte, les filles, ou de parler si fort, dit-il. Tout Riseholme va vous entendre. Dites-moi, sans crier, qui est celui que vous avez cru reconnaître.

– Il ne s'agit pas d'avoir cru reconnaître, dit Hermy. C'est l'un des cuisiniers du restaurant Calcutta de Bedford Street…

– Où nous déjeunons souvent, dit Ursy. Il prépare les curries les plus délicieux qui soient.

– Surtout quand il est un peu pompette, dit Hermy.

– Et il est brahmane comme je suis pape de Rome, à peu de chose près.

– Et il a toujours prétendu qu'il venait de Madras.

– Nous lui glissons toujours la pièce pour qu'il nous prépare lui-même le curry, par conséquent il n'est pas complètement ignorant de la valeur de l'argent.

– Seigneur Dieu ! dit Hermy en s'essuyant les yeux. Si ce n'est pas le bouquet !

– Et dire que Mrs Lucas et le colonel Boucher et toi et Mrs Quantock et Piggy et toute la clique, vous preniez place en rond autour d'un cuisinier pour avaler la sagesse, dit Ursy. Mr Quantock était sur la bonne voie, après tout, lorsqu'il voulait le prendre à son service. »

Georgie, la mort dans l'âme, devait d'abord s'assurer qu'il ne s'agissait pas là d'une bonne blague de plus de la part de ses sœurs, puis essayer de se remettre les esprits en place en se souvenant de ce que répétait le gourou : l'humble travail manuel n'a rien de déshonorant. Mais, tout de même, quelle gifle, à supposer qu'Hermy et Ursy eussent vu juste, de découvrir soudain que c'était un préparateur de curry, ivrogne de surcroît… Certes, rien, dans le modeste emploi de préparateur de curry ne pouvait souiller si peu que ce fût la sainteté d'un être, mais l'ahurissant tissu de mensonges dont le gourou avait modestement masqué son innocent emploi ne s'inscrivait pas dans le droit fil de l'esprit des guides, tel qu'il le distillait lui-même. Toutefois, il était de la plus haute importance de s'assurer que les sœurs de Georgie n'avaient pas encore révélé leur découverte contrariante à qui que ce fût en dehors de lui-même et, cela posé, de leur faire promettre de n'en rien faire par la suite.

Ce n'était pas chose facile car Hermy et Ursy avaient projeté de faire une tournée de visites après dîner pour informer tous les membres des cours de yoga, à l'exception de Lucia qui devait se réveiller le lendemain matin et se retrouver seule illusionnée sur la place de Riseholme.

« Ce n'est pas le genre de choses qu'elle apprécierait, tu sais, dit Hermy, d'un air mauvais. Nous avons pensé que ça lui apprendrait à ne pas nous inviter chez elle, après sa garden-party ridicule.

– Mais, ma chère, c'est vous qui n'avez plus jamais voulu y aller, dit Georgie.

– Je sais bien, mais nous aurions préféré lui dire que nous ne voulions pas aller chez elle. Elle n'a pas été gentille. Non, non, je ne pense pas que nous allons nous priver d'en parler à tout le monde. Il vous a bien eus, tous en chœur. À mon sens, c'est un chic type.

– C'est aussi mon avis, dit Ursy. Nous le retrouverons bientôt à ses marmites de curry. Qu'est-ce qu'on va rire ensemble ! »

Elles gardèrent le silence, juste le temps que Foljambe sorte de la maison pour leur rappeler qu'il leur restait un quart d'heure avant d'aller se changer. Ils se levèrent tous docilement.

« Eh bien, nous en parlerons pendant le dîner, dit Georgie avec diplomatie. Mais je vais d'abord aller faire un tour à la cave pour voir si je peux trouver quelque chose à votre goût.

– Sacré Georgie ! dit Hermy. Mais si tu as l'intention de nous soudoyer, il faudra te montrer grand seigneur !

– On va voir », dit-il.

Georgie avait tout à fait raison de ménager sa Veuve Clicquot, d'autant plus que c'était justement une bouteille de ce breuvage de choix que Hermy et Ursy avaient chapardée dans sa cave la nuit de leur arrivée cambriolesque. Il s'en souvenait fort bien, quoique – surtout parce qu'il désirait sauvegarder l'ambiance agréable de sa maison – après s'être mis de la partie, il eut poussé l'amabilité jusqu'à aller en chercher une autre demi-bouteille. Mais ce soir, bien plus que jamais, il fallait envoyer au diable l'avarice car la situation deviendrait parfaitement intolérable si Hermy et Ursy se mettaient à divulguer dans tout Riseholme la nouvelle que l'innocent cercle des philosophes du yoga s'était assis aux pieds non pas d'une sorte de Gamaliel mais bien d'un vulgaire cuisinier préparateur de curry dans une gargote. En fait, il remonta ce soir une seconde bouteille de manière à rallonger la dose si Hermy et Ursy ne rendaient pas les armes après la première. Alors, elles seraient dans un tel état qu'elles n'auraient que peu de chances d'être prises au sérieux si elles insistaient encore pour faire une tournée de porte à porte dans Riseholme et déchirer le voile qui masquait les traits du gourou. Les desseins de Georgie étaient d'une probité au-dessus de tout soupçon. Il n'aurait jamais songé à saouler ses sœurs mais consentait à faire de grands sacrifices pour les amadouer. Comment réagirait le cercle restreint devant ce cuisinier, il n'en avait aucune idée. Il fallait qu'il en parlât d'abord avec Lucia avant le cours du lendemain matin destiné aux étudiants déjà avancés. N'importe quelle décision serait la bonne, pourvu qu'on ne laissât pas Hermy et Ursy en vadrouille dans Riseholme avec leur rire impertinent et leurs révélations déshonorantes. Une fois cette soirée terminée sans accroc, Georgie pourrait discuter avec Lucia de la ligne de conduite à adopter car Hermy et Ursy auraient disparu au chant du coq, parce qu'elles allaient participer à une compétition de golf à une distance respectable. Il se pourrait que Lucia recommandât de ne rien faire et souhaitât poursuivre les études si éclairantes, comme si de rien n'était. Mais Georgie sentait que, pour sa part, le charme des cours allait s'évaporer. Peut-être même seraient-ils contraints de se défaire du gourou d'une manière ou d'une autre ? Georgie avait seulement l'intime conviction que Lucia et lui tomberaient d'accord pour ne pas mettre Daisy Quantock au courant. Daisy, frustrée dans ses prétentions à poser comme pionnière de la gouroumanie à Riseholme, risquait facilement de « devenir mauvaise » et de clamer à la cantonade qu'elle et Robert avaient depuis longtemps percé à jour cette imposture et qu'ils avaient envisagé d'engager le gourou comme cuisinier, poste qui correspondait bien mieux à ses capacités. Elle pourrait même ajouter que le penchant manifesté par le gourou pour sa jolie femme de chambre lui avait mis la puce à l'oreille.

La soirée s'acheva. Son brillant succès avait dépassé toutes les espérances de Georgie et il ne fut pas du tout nécessaire d'ouvrir la seconde bouteille de Veuve Clicquot. Hermy et Ursy (était-ce sous l'heureuse influence de la première bouteille ou par pure bonté d'âme ou bien encore parce qu'elles devaient partir aux aurores le lendemain et désiraient qu'on les conduisît en voiture à Brinton, ce qui leur épargnerait d'avoir à prendre un train plus matinal et moins rapide à Riseholme ?) renoncèrent de bon cœur au projet de divulguer leur découverte à tout Riseholme. Elles allèrent se coucher dès qu'elles eurent extorqué onze shillings à leur frère au bridge à trois. Elles continuèrent à dire « J'abaisse le gourou » chaque fois qu'elles devaient abaisser un valet, mais Georgie n'eut pas de difficulté à en rire tant que l'humour de la chose ne sortait pas des limites de la pièce. Il lui arriva même de dire « Je vous coupe le gourou » quand il faisait une levée avec le valet d'atout…

L'agitation et l'incertitude l'empêchèrent de très bien dormir. Par-dessus le marché, il y avait pas mal de bruit dans la maison car ses sœurs, au moment d'aller se coucher, avaient encore tous leurs bagages à faire. L'assoupissement qui prélude au sommeil proprement dit fut souvent perturbé par les chocs de valises, les chutes de clubs de golf et les montées et les descentes dans les escaliers qui ponctuaient ces préparatifs. Mais, au bout d'un certain temps, tout ce bruit cessa et c'est d'un profond sommeil que Georgie fut tiré avec l'impression qu'un bruit l'avait réveillé. Apparemment, elles n'avaient toujours pas terminé leurs bagages car on pouvait percevoir de faibles bruits de mouvement quelque part. Quoi qu'il en soit, elles respectèrent son besoin légitime de silence car le bruit, quel qu'il fût, était extrêmement furtif et étouffé. Georgie pensa à son angoisse absurde à propos des cambrioleurs la nuit de l'arrivée de ses sœurs et cette pensée le fit sourire. Son faux toupet était dans un tiroir, à proximité de son lit, mais rien d'urgent ne le poussait à le mettre pour s'assurer que le bruit n'était dû qu'aux préparatifs du départ matinal de ses sœurs. Pour sa part, il avait, bien avant le dîner, rempli et bouclé ses valises, comme s'il était censé partir le lendemain, mise à part une simple mallette qui devait contenir les menus effets de première nécessité. Mais enfin, il faut dire qu'Hermy et Ursy avaient un style tellement bohème… Quelque jour, il faudrait qu'il fasse installer des clochettes aux volets, comme il en avait eu l'intention un mois plus tôt. Alors, nul bruit ne le dérangerait plus…

Le cours de yoga du lendemain matin avait été (exceptionnellement) fixé à dix heures car Peppino, qui ne l'aurait manqué sous aucun prétexte, devait aller pêcher toute la journée dans l'aimable ruisseau qui se jette dans l'Avon et il voulait pouvoir partir à onze heures. Ces derniers temps, Peppino avait fait d'énormes progrès. Il présentait de curieux symptômes de vertige quand il méditait et cela était un excellent signe.

Georgie prit le petit déjeuner à huit heures avec ses sœurs (elles avaient réussi à l'enjôler pour se faire conduire à Brinton dans sa voiture). Quand elles furent parties, Foljambe informa Georgie que la bonne avait un mal de gorge et qu'elle n'avait pas « fait » le salon. Foljambe elle-même allait le « faire » quand elle aurait nettoyé les chambres des jeunes femmes à l'étage (il y avait un soupçon de mépris dans ces termes). Par conséquent, Georgie s'installa sur le siège dans l'encoignure de la fenêtre de la salle à manger et là, il savoura les charmes paisibles du silence. Mais, au moment de partir pour le Hurst, afin de commenter avec Lucia les révélations de la veille avant le début du cours, voire de poser les jalons de quelque tactique secrète qui permettrait d'obvier à une découverte ultérieure, il se souvint d'avoir laissé dans le salon son étui à cigarettes (le joli étui en paille tressée, orné d'une petite turquoise dans le coin) et il alla le chercher. La fenêtre était ouverte. Apparemment, Foljambe venait donc de passer par là pour aérer la pièce dont l'atmosphère la nuit précédente avait été viciée sans discontinuer par Hermy et Ursy et leurs « sèches », comme elles les appelaient. Mais l'étui à cigarettes ne se trouvait pas sur la table où Georgie croyait l'avoir laissé. Il jeta un regard tout autour et soudain se figea sur place.

Non seulement sa vitrine aux trésors était ouverte mais, en outre, elle était vide. Disparu la tabatière Louis XVI, disparu la miniature de Karl Huth, disparu la figurine en porcelaine de Bow et disparu l'étui à cigarettes de Fabergé ! Seule restait en place l'écuelle de poupée Queen Anne et, en l'absence des autres trésors, elle parut aux yeux de Georgie, comme elle avait très probablement paru aux yeux du cambrioleur, insignifiante au-delà de toute description.

Georgie poussa un petit gémissement étranglé mais ne s'arracha pas les cheveux, pour des raisons évidentes. Puis il agita la sonnette : trois coups rapides à la file. C'était le code convenu avec Foljambe qui, dans ce cas, et même si elle était en train de prendre son bain, devait accourir immédiatement. Elle arriva sur-le-champ, tenant à la main un des affreux chandails en laine qu'Hermy avait oublié en partant.

« Oui Monsieur, qu'est-ce que c'est ? » demanda-t-elle toute bouleversée, car elle n'avait jamais entendu Georgie sonner trois fois, sauf lorsqu'une arête de poisson s'était coincée dans sa gorge, et lorsqu'il avait reçu un mot où Piggy lui annonçait sa visite avec l'espoir de le trouver seul.

Pour toute réponse, Georgie pointa le doigt vers le coffre aux trésors dévasté.

« Disparus ! Cambriolé ! dit-il. Oh, doux Jésus ! »

À cet instant suprême, la sonnerie du téléphone retentit.

« Voyez ce que c'est », dit-il à Foljambe en mettant l'écuelle de poupée Queen Anne dans sa poche.

Elle revint en courant.

« Mrs Lucas veut vous parler tout de suite, dit-elle.

– Impossible, dit Georgie, je dois rester ici et envoyer chercher la police. Qu'on ne touche à rien ! » Et il remit précipitamment l'écuelle de poupée sur le support circulaire tapissé de velours à l'emplacement exact où elle se trouvait précédemment.

« Oui, Monsieur », dit Foljambe. Mais l'instant d'après elle était de retour.

« Elle vous serait très reconnaissante d'aller la voir tout de suite, dit-elle. Il y a eu un vol chez elle.

– Eh bien, dites-lui qu'il y en a eu un chez moi », dit Georgie d'un ton irrité. Alors, son bon fond et sa violente curiosité conjugués vinrent à son secours.

« Alors, attendez ici, Foljambe, à cet endroit précis, dit-il. Et veillez à ce que personne ne touche quoi que ce soit. Je vais téléphoner à la police depuis le Hurst. Vous les ferez entrer. »

Dans sa précipitation, il mit son chapeau, au lieu d'aller tête nue. Lucia, qui, de toute évidence, avait épié son arrivée par la fenêtre du salon de musique, lui ouvrit la porte. Elle portait sa toge professorale.

« Georgie, dit-elle, en oubliant complètement de l'accueillir en italien. Quelqu'un a forcé le coffre de Peppino la nuit dernière et emporté cent livres en billets. Peppino les y avait mis pas plus tard qu'hier pour payer en espèces ce cheval. Et mes perles romaines. »

Georgie sentit monter en lui une bouffée d'orgueil : il l'emportait.

« Moi aussi j'ai été cambriolé, dit-il. Ma tabatière Louis XVI vaut bien plus cher que ça et puis il y a aussi la figurine en porcelaine de Bow et l'étui à cigarettes et la miniature de Karl Huth également.

– Mon pauvre ami ! Entrez donc ! dit-elle. C'est une bande. Et moi qui me sentais si paisible et si comblée. Cela va créer une atmosphère épouvantable dans la maison. Mon gourou en sera profondément affecté. Une atmosphère souillée par la présence de voleurs a de quoi le faire suffoquer. Il m'a souvent dit combien il ne supportait pas de demeurer dans une maison où s'étaient agitées des émotions pernicieuses. Il faut que je lui épargne tout cela. Je ne supporterais pas le perdre. »

Lucia s'était affalée sur un vaste canapé élisabéthain situé dans le vestibule. Du haut de la fenêtre les narguait l'araignée facétieuse et dans le plat près de la coupe de fleurs séchées, les fruits en pierre taillée leur faisaient la figue. Au moment même où elle répétait « Je ne supporterais pas de le perdre », on entendit cogner à la porte avec fracas et Georgie, sur un signe de sa reine, alla ouvrir. C'était Mrs Quantock.

« On nous a cambriolés, Robert et moi, dit-elle. Quatre cuillers en argent – grâce à Dieu la plupart de nos couverts sont plaqués ! – huit fourchettes en argent et une chope à bière géorgienne. Le reste, à la limite, je pourrais m'en passer, mais la chope… »

Lucia laissa échapper un faible soupir de soulagement. Si l'atmosphère méphitique des voleurs s'était infiltrée dans la maison de Daisy également, il y avait peu de danger que son gourou y remît les pieds. En un instant, elle devint sublime.

« Paix ! dit-elle. Prenons d'abord notre leçon, car il est déjà dix heures, et que nulle pensée de vengeance ou de malveillance ne vienne l'altérer. Si j'appelais la police à présent, je ne pourrais plus me concentrer. Je ne vais rien raconter à mon gourou de ce qui nous est arrivé à chacun mais, par égard pour le pauvre Peppino, je vais le prier d'écourter un peu sa leçon. Je me sens parfaitement calme. Om ! »

De vagues visions cauchemardesques commencèrent à prendre forme dans l'esprit de Georgie, des soupçons indignes fondés sur les renseignements fournis par ses sœurs, la veille au soir. Mais, comme Foljambe montait la garde près de l'écuelle de la reine Anne, il n'y avait plus rien à craindre. Il suivit donc Lucia, dont la ceinture d'argent avec ses glands aux bouts ondulait au rythme de ses pas, jusque dans le fumoir où Peppino était déjà assis par terre, tout occupé à respirer, d'une manière cependant un petit peu plus saccadée que de coutume, dans le groupe des élèves déjà avancés. Sur la table, on avait changé les fleurs et la brise matinale embaumée soufflait du jardin dans la pièce. Conformément au rituel, ils s'assirent tous par terre pour attendre, tandis que le calme et la paix les envahissaient progressivement. Bientôt, on entendrait claquer les savates dans l'allée du jardin en *opus incertum* et on oublierait, pour un temps, tout ce remue-ménage. Mais ils se réjouissaient plutôt en pensant que Lucia allait demander au gourou de leur donner une leçon un peu plus courte que d'habitude.

Ils se mirent donc à attendre. À présent les aiguilles de la pendule cromwellienne qui, pour l'instant, était ce que Lucia avait trouvé de plus approchant en fait d'horloge élisabéthaine, indiquaient dix heures et quart.

« Mon gourou est un petit peu en retard », dit-elle.

Cinq minutes plus tard, Peppino éternua. Deux minutes après, Daisy prit la parole en adoptant un ton ironique.

« Ne vaudrait-il pas mieux aller voir ce qui est arrivé à votre gourou, ma chère ? demanda-t-elle. Est-ce que vous avez vu votre gourou ce matin ?

– Non, ma chère, dit Lucia sans ouvrir les yeux car elle était en train de se concentrer. Il fait toujours sa méditation avant les cours.

– Moi aussi, dit Daisy, mais à présent j'ai assez médité.

– Chut ! dit Lucia. Il arrive. »

Mais c'était une fausse alerte, rien que le chat persan de Lucia qui se disputait avec les feuilles mortes du laurier. Lucia se leva.

« Je n'aime pas trop l'interrompre, dit-elle, mais l'heure tourne. »

Elle quitta le fumoir d'un pas souple et lent, celui qu'elle adoptait quand elle portait sa toge professorale. Mais, au bout d'à peine quelques secondes, elle revint plus précipitamment et avec moins de souplesse.

« Sa porte est fermée à clef, dit-elle, et pourtant le clef n'est pas dessus.

– Avez-vous regardé par le trou de la serrure, Lucia *mia* ? » demanda Mrs Quantock avec une ironie irrépressible.

Lucia éluda la question, naturellement.

« J'ai frappé, dit-elle, et personne n'a répondu. J'ai dit : "Maître, nous attendons" et il n'a pas donné de réponse. »

Soudain, les mots jaillirent de la bouche de Georgie comme un bouchon qui saute d'une bouteille de champagne.

« Mes sœurs m'ont dit hier soir qu'il était cuisinier préparateur de curry au restaurant Calcutta, dit-il. Elles l'ont reconnu et elles pensent que lui aussi les a reconnues. Il vient de Madras et n'est pas plus brahmane que Foljambe. »

Peppino bondit sur ses jambes.

« Quoi ? cria-t-il. Allons chercher un tisonnier et défonçons la porte ! Je suis sûr qu'il s'est enfui. Je suis sûr que c'est lui le voleur. Téléphonez à la police !

– Préparateur de curry, hein ? dit Daisy. Mais alors, Robert et moi avions donc raison. Nous savions quel emploi convenait le mieux à votre gourou, chère Lucia, mais, bien entendu, vous saviez toujours mieux que les autres et, en fin de compte, tous les deux, vous nous avez drôlement bien fait marcher. Mais je n'ai pas marché, moi. Je savais quand vous me l'avez pris, quel genre de marché vous aviez manigancé. Drôle de gourou, ma foi ! Il est de la même trempe que Mrs Eddy et j'ai vite fait d'y voir clair dans son jeu à celle-là aussi. Et à présent, que nous reste-t-il à faire ? Quant à moi, je vais tout simplement rentrer chez moi et téléphoner à la police pour leur dire que cet Indien que vous avez hébergé depuis des semaines a volé mes cuillers, mes fourchettes et ma chope géorgienne. Drôle de gourou, ma foi ! J'appele ça un cambriogourou, moi ! »

Sa passion, comme celle d'Hypérion, l'avait dressée sur ses pieds. Elle était là, debout, mettant au défi toute la classe des élèves déjà avancés, courte sur pattes, boulotte et complètement ridicule, animée d'une espèce de provocation révolutionnaire. Elle n'était pas précisément « terrible comme une armée rangée en bataille[1] », mais bien comme une femme d'un certain âge qui refoule depuis longtemps un chagrin d'autant plus profond que s'y ajoutait la perte d'une chope géorgienne. C'en était assez pour que Lucia adoptât une attitude conciliante. Elle se mordait les lèvres d'avoir dérobé le gourou de Daisy, à supposer que les soupçons qui s'amoncelaient dans l'air fussent vérifiés mais, après tout, ils ne l'étaient pas encore. Le gourou pouvait encore sortir de la tonnelle et déboucher au coin de l'allée plantée de cytises (on n'avait pas encore exploré ce coin). Peut-être était-il en train de léviter avec la clef de la porte dans sa poche ? Ce n'était pas vraiment probable mais c'était quand même possible et, en cet instant crucial, il fallait s'accrocher à toutes les possibilités sinon vous n'aviez plus qu'à plonger, comme ces fameux sous-marins allemands. On passa le jardin au crible, mais sans trouver la moindre trace du préparateur de curry. On posa des questions circonspectes aux domestiques qui pouvaient l'avoir aperçu, mais cela ne fournit aucun renseignement. Par conséquent, lorsque Peppino ouvrit son placard à outils, s'empara d'un lourd marteau et d'un solide burin et ouvrit la marche en direction des escaliers, tout le monde comprit que le moment décisif était arrivé. Le gourou était peut-être en train de méditer (car, en vérité, les sujets de méditation ne devaient pas lui manquer) mais peut-être aussi… Peppino, de sa voix la plus forte, l'appela et lui dit qu'il serait contraint de forcer sa serrure s'il n'obtenait pas de réponse et alors la maison tout entière résonna sous des coups aussi terrifiants mais bien plus sonores que ceux que l'on peut entendre dans *Macbeth*. Soudain, la serrure céda et la porte s'ouvrit.

La pièce était vide et, comme ils l'avaient tous pressenti, le lit n'avait pas été défait. Ils ouvrirent les tiroirs de l'armoire à linge et ils étaient aussi vides que le reste de la pièce. Enfin,

1. Cantique des cantiques 6, 10. *(N.d.T.)*

Peppino ouvrit la porte d'un grand placard qui se trouvait dans le coin et, dans un grand fracas de verre cassé, une cataracte de bouteilles d'eau-de-vie vides se déversa sur le sol. Le vide : tel était le maître mot de toute cette scène et, l'effet produit, une consternation totale.

« Mon eau-de-vie ! dit Mrs Quantock d'une voix étranglée. Il y a là quatorze ou quinze bouteilles. Voilà qui explique son regard brillant que vous, chère Lucia, preniez pour de la concentration. J'appelle ça de la distillation, moi !

– S'est-il servi dans votre cave ? demanda Lucia, trop ébranlée pour éprouver du dépit, mais encore capable de curiosité intense.

– Non. Il avait mon aval pour commander et mettre sur mon compte les menues emplettes qu'il pouvait faire chez mes fournisseurs. Si seulement je m'étais fait adresser des factures détaillées chaque semaine…

– Eh oui, ma chère », dit Lucia.

Georgie essaya de croiser son regard.

« Je l'ai vu acheter sa première bouteille, dit-il. Je me souviens vous en avoir parlé. C'était chez Rush. »

Peppino ramassa son marteau et son burin.

« Bon, c'est inutile de rester planté ici à ressasser les vieilles histoires, fit-il remarquer. En ce qui me concerne, je vais téléphoner au poste de police et mettre l'affaire entre leurs mains. Ils lui mettront bientôt la main dessus et il pourra toujours prendre ses postures en prison pendant les quelques années à venir.

– Mais nous ne savons pas encore si c'est lui qui a commis tous ces cambriolages », dit Lucia.

Personne ne crut nécessaire de répondre à cette question, car tous les autres l'avaient déjà jugé et condamné.

« Je vais en faire autant, dit Georgie.

– Ma chope ! » dit Mrs Quantock.

Lucia se leva.

« Peppino *mio*, dit-elle, et vous Georgie, et vous Daisy, avant de faire quoi que ce soit, je veux que vous m'écoutiez cinq minutes. Examinez un peu la situation. Quelle tête allons-nous faire si nous confions l'affaire à la police ? Ils l'attraperont probablement et tout le monde saura que nous nous sommes fait berner par un préparateur de curry. Pensez un peu à quoi nous avons tous consacré notre temps depuis un mois. Pensez à nos cours, à nos exercices, à nos… à tout. On nous a bernés, soit. Mais, pour ma part, c'est bien simple. Je ne supporterais pas que tout le monde sache que j'ai été bernée. Tout, mais pas ça. Et, par comparaison, qu'est-ce que cent livres ou une chope…

– Ma tabatière Louis XVI, dont j'ai hérité, valait au moins ce prix-là, sans compter les autres objets, dit Georgie, encore capable de tirer une satisfaction intime en pensant que c'était lui qui avait subi le plus grave préjudice.

– Et, qui plus est, il s'agissait de mes cent livres à moi, pas des vôtres, *carissima* », dit Peppino. Mais il était clair que les mots de Lucia le travaillaient intérieurement comme le levain dans la pâte.

« Je partagerai vos pertes, dit-elle. Je vais vous remettre un chèque de cinquante livres.

– Et qui partagera la perte de ma chope ? dit Daisy avec une ironie amère. Je veux ma chope ! »

Georgie ne dit rien, mais ses pensées s'agitaient dans sa tête. Olga allait bientôt arriver à Riseholme. Ce serait affreux qu'elle découvrît tout Riseholme en train de faire des gorges chaudes de l'histoire du gourou. Comme il levait les yeux furtivement vers Peppino, il vit chez celui-ci un air pensif et compatissant dans le regard qui semblait indiquer que leurs pensées respectives suivaient des trajectoires parallèles. Lucia venait, à coup sûr, de leur fournir un bon sujet de méditation. Il essaya d'imaginer quelqu'un en train de crier toutes les péripéties de l'histoire dans le cornet acoustique de Mrs Antrobus sur la pelouse communale. L'idée lui en était insupportable. Il essaya d'imaginer Mrs Weston cessant à tout jamais d'en parler, mais il ne put l'imaginer gardant le silence. Certes, tout le monde aussi avait été berné mais là, dans cette chambre à coucher vide, étaient rassemblés les dupes de la première heure, les moutons de tête qui mènent le troupeau en bêlant stupidement.

Après la question de Mrs Quantock, il se fit un silence de mort.

« Et alors, que proposez-vous ? » demanda Peppino qui commençait à accuser des signes de reddition.

Lucia mit en œuvre sa tactique la plus rusée.

« *Caro* ! dit-elle, je veux que c'est toi qui proposes. Daisy et moi on est deux petites sottes. On veut que c'est toi et Georgie qui nous disent quoi qu'on va faire. Mais si Lucia doit parler, ze clois que… » Elle marqua une pause et, constatant le profond dégoût qu'engendrait ce langage facétieux sur le visage de Mrs Quantock, elle revint à l'anglais courant.

« Voilà ce que je ferais, dit-elle. Je laisserais entendre que le gourou de cette chère Daisy nous a quittés brusquement et qu'il avait reçu un appel pour se rendre ailleurs. Son œuvre ici était achevée. Il avait mis nos cours sur pied et dirigé nos premiers pas sur la Voie. Il avait toujours dit que quelque chose dans ce style pourrait lui arriver…

– Je suis persuadé qu'il avait tout prévu depuis le début, dit Georgie. Il savait que ça ne pouvait pas durer éternellement et, quand mes sœurs l'ont reconnu, il en a conclu qu'il était temps de prendre la poudre d'escampette.

– Avec tout ce qui pouvait lui tomber sous la main », dit Mrs Quantock.

Lucia tripotait les glands de sa ceinture.

« Venons-en aux cambriolages, dit-elle. Il n'est pas question de laisser entendre qu'on a commis trois cambriolages en une seule nuit et que, dans le même temps, le gourou de Daisy a été appelé ailleurs…

– Ma parole ! *mon* gourou ! dit Mrs Quantock, bouillante d'indignation en entendant répéter cette insulte.

– Cela risquerait d'éveiller les soupçons, continua Lucia en négligeant calmement cette interruption. Et nous devons empêcher que la nouvelle se répande. Quant à notre cambriolage… Laissez-moi réfléchir un peu… »

Elle les tenait tous si bien en main, à présent, que personne n'ouvrait plus la bouche.

« Ça y est, j'y suis, dit-elle. Il n'y a que Boaler qui soit au courant, car Peppino lui a dit de ne pas dire un mot tant qu'on n'avait pas appelé la police. Il faut lui dire, *carissimo*, que vous avez retrouvé les cent livres. Voilà un point de réglé. À présent, Georgie, c'est votre tour.

– Foljambe est au courant, dit Georgie.

– Alors, dites-lui de n'en pas dire un mot. Exposez quelques nouveaux objets dans votre joli coffre aux trésors. Encore quelques bijoux de famille et tout le monde n'y verra que du feu. Et vous, Daisy ?

– Robert est absent, dit-elle tout à fait humblement, car elle avait bien réfléchi à tout. Ma bonne est au courant.

– Et quand il reviendra, pourra-t-il remarquer l'absence de la chope ? Est-ce que vous vous en serviez souvent ?

– Peut-être une fois tous les dix ans.

– Alors, tentez le coup, dit Lucia. Dites simplement à votre bonne de ne pas en parler. »

Elle redevint délicieusement modeste.

« Et voilà ! dit-elle. Ce n'était là qu'une de mes petites idées à l'état brut. À présent, Peppino et Georgie vont conjuguer leurs efforts de sagesse et nous dire ce que nous devons faire. »

Cela n'était pas difficile : il suffisait de répéter ce qu'elle avait dit et elle rectifiait s'ils se trompaient. Puis, toujours debout, elle se remit à tripoter les glands de sa toge professorale.

« Quant à nos études, dit-elle, en ce qui me concerne, je regretterais beaucoup de tout laisser tomber parce qu'elles ont transfiguré ma vie. Je pense d'ailleurs que vous êtes tous dans le même cas. Regardez un peu Georgie : on lui donnerait dix ans de moins qu'il y a un mois et pour ce qui est de Daisy, je souhaiterais pouvoir trotter comme elle. Et il ne saurait être question, n'est-ce pas, de tout laisser tomber simplement parce que le gourou de Dai… le gourou, tout simplement, a été appelé ailleurs ? Cela aurait l'air de dire que nous n'étions pas réellement intéressés par son enseignement mais que seule la nouveauté de la chose, avoir un… avoir un brahmane parmi nous, nous avait attirés. »

Elle leur fit un large sourire empreint de douceur.

« Peut-être découvrirons-nous, à l'usage, que nous ne pouvons faire beaucoup de progrès, livrés à nous-mêmes, dit-elle, et tout, alors, s'arrêtera en douceur. Mais ne laissons pas tout tomber tout d'un coup avec fracas. Cet après-midi, j'assurerai ma leçon pour les débutants, comme d'habitude. »

Elle fit une pause.

« Et en toge, exactement comme d'habitude » dit-elle.

XI

Le poisson que Mrs Weston faisait venir de Brinton chaque semaine, étant donné que la tête du successeur de la mère d'Henry Luton ne lui revenait pas, refroidissait dans son plat dans l'indifférence générale tandis que, tout en brandissant sa fourchette et sa pelle à poisson, comme auxiliaires de ses gesticulations, Mrs Weston racontait au colonel Boucher, par le menu, toutes les étapes qui l'avaient conduite à sa découverte remarquable.

« C'est le jour de la garden-party de Mrs Lucas, dit-elle, que j'ai commencé à avoir ma petite idée, et vous pouvez être sûr que je n'en ai parlé à personne, car je ne suis pas le genre de personne qui parle avant d'être tout à fait sûre mais, attention ! si le Premier ministre venait plier le genou devant moi et me contredire, je ne le croirais pas. Bref, comme vous vous en souvenez peut-être, nous sommes tous retournés à la réception de Mrs Lucas vers six heures et demie, qui pour récupérer le parapluie qu'il avait oublié en partant, qui pour emporter un livre qu'il désirait emprunter, et que sais-je encore. Moi, c'était un livre, tout entier consacré à Venise et, à coup sûr, fort intéressant, mais je n'ai pas encore eu le temps de le feuilleter, et voilà que Miss Bracely est arrivée juste au même moment ! »

Là, Mrs Weston dut s'arrêter un instant. Sa bonne, Élisabeth Luton (une cousine d'Henry), lui poussa le coude avec le couvercle du plat d'une manière qui ne pouvait que lui rappeler que le colonel Boucher attendait toujours sa portion de barbue. Tandis qu'elle la lui découpait, il repassa rapidement dans son esprit ce qui semblait constituer jusque-là les points principaux du discours car, pour l'instant, aucun indice ne permettait de se faire la moindre idée sur l'objet de cet exorde. Il songeait soit au gourou soit à Miss Bracely. Il reçut sa portion de barbue et Mrs Weston reposa ses instruments à trancher.

« Vous feriez mieux de vous servir, M'dame, dit discrètement Élisabeth.

– En effet, et, à mon tour, je vais vous donner un conseil, Élisabeth, et c'est de servir au colonel un verre de vin. Du bourgogne ! Pas plus tard que cet après-midi, je me demandais si, à l'arrivée des premiers froids, on trouverait encore une ou deux bouteilles de vieux bourgogne à la cave, de celui qu'aimait tant Mr Weston ; et il en restait effectivement. Il l'avait acheté à l'endroit même où on le faisait, et il disait qu'il ne portait pas à la tête, même pas si vous en buviez toute la nuit. Il ne l'a jamais fait, car deux ou trois verres et un verre supplémentaire, c'est bien le plus qu'il ait jamais pris. Je ne sais donc pas comment il avait appris l'effet que ça faisait en en buvant toute la nuit, mais c'était un grand connaisseur en vins. J'ai donc dit à Élisabeth "Une bouteille de vieux bourgogne, Élisabeth". Bref ! Ce soir-là je m'étais un petit peu attardée pour regarder le gourou encore un peu et prendre mon livre et, lorsque j'ai remonté la rue, qu'est-ce que j'ai vu ? Miss Bracely tout simplement en train de traverser le petit jardin de façade de La Vieille Maison. Il commençait à faire sombre, je sais, et mes yeux ne valent pas ceux de Mrs Antrobus, mais je l'ai quand même vue assez clairement. Et, si ce n'est pas le lendemain, en tout cas le jour suivant, on a commencé à réparer le toit et, depuis lors, des plombiers, des peintres, des tapissiers et des camionnettes de déménagement se sont succédé à la porte, jour et nuit.

– Ha ha ! dit le colonel, alors vous voulez dire que c'est Miss Bracely qui a acheté la maison ? »

Mrs Weston hocha la tête de haut en bas.

« Je vous demanderai votre avis quand je vous aurai raconté toute la suite, dit-elle. Bref, un certain jour, et si nous sommes aujourd'hui vendredi, eh bien ce devait être jeudi il y a quinze jours, et si nous sommes aujourd'hui jeudi (car ce matin je me suis embrouillée dans les noms des jours et quand ça m'arrive je dois attendre jusqu'au lendemain pour que tout rentre dans l'ordre), si donc nous sommes bien jeudi, alors ce devait être mercredi il y a quinze jours, le gourou s'en est allé, sans tambour ni trompette, et je suis bien sûre de ne l'avoir pas vraiment beaucoup regretté parce que toutes ces respirations me donnaient le tournis et, cependant, je n'appréciais pas d'en être exclue. Les deux sœurs de Mr Georgie sont parties le même jour et je me suis souvent demandée s'il y avait un rapport quelconque entre les deux faits car c'était assez curieux qu'ils aient eu lieu comme ça, en même temps, et je ne suis pas sûre que nous tenions encore le fin mot de l'histoire. »

Le colonel commença à se demander si, après tout, il ne s'agirait pas du gourou et il se servit une demi-perdrix. Cela eut pour effet d'entraîner Mrs Weston dans une digression.

« Non, dit-elle. Vous devez prendre une perdrix entière. J'y insiste. Elles sont vraiment petites et j'ai été déçue quand je les ai vues une fois plumées, mais vous aurez un morceau de jambon froid et un entremets non sucré pour terminer le repas. Mary m'a demandé si je ne désirais pas une tarte aux pommes également mais j'ai dit "Non : le colonel ne touche jamais aux desserts, mais il prendra une perdrix, une perdrix tout entière, dis-je, et il ne se plaindra pas de son dîner". Bref, le jour où ils sont tous partis, quel qu'en fût le motif, j'étais installée sur ma chaise, juste en face des Armes, quand j'ai vu sortir le directeur de l'hostellerie suivi par deux hommes qui transportaient le banc à dossier qui se trouvait à droite de la cheminée dans le vestibule.

Alors j'ai dit : "Eh bien, Monsieur le directeur, qui donc a commandé cette belle pièce ?" car c'était une belle pièce avec ses accoudoirs sculptés. Et il a dit "Bonjour, M'dame" – mais non, ce devait être plutôt "Bon après-midi, M'dame" – "C'est pour Miss…" et là il s'est arrêté net et s'est repris : "C'est pour Mr Pillson". »

Madame Weston engouffra rapidement une grande quantité de bouchées de perdrix. Dès que ce fut possible, elle reprit : « Par conséquent, si c'était pour Monsieur Georgie, vous pouvez peut-être me dire un peu où est ce banc, à présent, dit-elle. J'étais chez lui il y a à peine deux jours et il ne se trouvait ni dans son vestibule, ni dans sa salle à manger, ni dans son salon, car bien qu'il y ait eu des changements dans la maison ces derniers temps, le banc à dossier n'en fait pas partie. C'est son coffre aux trésors qui a subi pas mal de modifications. La tabatière a disparu, ainsi que l'étui à cigarettes et la figurine en porcelaine de Bow. À leur place il y a une cuillère au manche annelé qu'il avait précédemment sur sa table de salle à manger et dont il faisait tout un plat, et une pièce de porcelaine de Worcester qui se trouvait auparavant sur le manteau de la cheminée, et un autre étui à cigarettes et un sac en perles. Je ne sais d'où vient tout cela mais s'il s'agit d'un héritage, il n'a pas hérité grand'chose cette fois-ci. J'évalue l'ensemble à cinq shillings. Mais, quant au banc à dossier, il n'est ni à l'intérieur ni à l'extérieur du coffre aux trésors, et si vous voulez savoir où il se trouve, eh bien ! il se trouve à La Vieille Maison, parce que je l'ai vu moi-même, un jour que je passais devant et que la porte était ouverte. Il l'a acheté – Mr Georgie – au nom de Miss Bracely, à moins que vous admettiez que Mr Georgie va habiter un jour à La Vieille Maison et le lendemain dans sa propre maison. Non, c'est Miss Bracely qui va habiter à La Vieille Maison, et cela explique pourquoi le directeur de l'hostellerie a dit "Miss" puis s'est repris. Pour une raison dont j'ai tout lieu de prétendre qu'elle ne va pas m'intriguer encore bien longtemps à présent que j'ai tout loisir de m'y appliquer à tête reposée, elle en fait un mystère et seuls Mr Georgie et le directeur des Armes sont dans le secret. Bien entendu, il fallait bien qu'il le soit car La Vieille Maison lui appartient et j'aurais bien aimé l'acheter moi-même à présent car il l'a eue pour une bouchée de pain.

– Eh bien, par Jupiter, vous avez parfaitement réuni tous les fragments du puzzle, dit le colonel Boucher.

– Attendez une minute, dit Mrs Weston qui aboutissait à sa grande scène. Aujourd'hui même, alors que Mary (c'est ma cuisinière) revenait de Brinton avec ce morceau de barbue que nous avons mangé parce qu'ils n'avaient plus une once de turbot, un train de marchandises était stationné en gare de Riseholme, et ils venaient d'en descendre une caisse qui ne pouvait contenir autre chose qu'un piano à queue. Et si cela ne vous suffit pas, colonel, il y avait également deux grandes malles en osier qui, je pense, devaient contenir du linge, car elles étaient munies de sangles et Mary a dit qu'il avait fallu deux hommes pour soulever chaque malle. Or, rien n'est plus lourd que du linge correctement plié, sauf l'argenterie, et sur chacune d'elles, imprimées en noir – non, ce devait être en blanc, parce que les malles étaient noires – figuraient les deux initiales O.B. Et si vous pouvez me citer d'autres initiales O.B. à Riseholme, j'en conclurai que j'ai perdu la mémoire. »

À cet instant où culminait la grande scène, la sonnerie du téléphone retentit dans le vestibule, traversant le bruit des casse-noix, et Élisabeth entra pour annoncer que Mr Georgie désirait savoir s'il pouvait être reçu pendant une demi-heure, pour bavarder. Olga elle-même, s'il s'était agi d'elle, n'aurait pas été tellement mieux accueillie. La vertu (vertu d'observation et de déduction) recevait là sa récompense immédiate.

« Ravie ! Dites que je suis ravie, Élisabeth, dit Mrs Weston. Et maintenant, colonel, pourquoi devriez-vous rester assis tout seul ici et moi toute seule là-bas dans le salon ? Emportez votre carafe et votre verre. Vous allez me servir un demi-verre et si vous ne devinez pas quelle est l'une des premières questions que je vais poser à Mr Georgie, eh bien… »

Georgie se hâta de profiter de l'hospitalité offerte, car il avait du mal à contenir les nouvelles de la plus haute importance dont il était dépositaire depuis la nuit des cambriolages. Le tranchant en avait été émoussé car les deux seules personnes qui partageaient la confidence avaient elles-mêmes été cambriolées, mais aujourd'hui, on lui avait permis de révéler qu'Olga allait venir à La Vieille Maison car Mr Shuttleworth avait été informé de l'acquisition et de l'ameublement de la maison. Comme prévu, il en avait fait cadeau à sa femme, cadeau vraiment somptueux. C'était donc, à présent, au tour de Riseholme de connaître la nouvelle et Georgie, diligent comme Hermès, sinon aussi agile, partit s'acquitter de cette commission délectable auprès de Mrs Weston. Cela comportait également une certaine allure d'expédition punitive qui mettait Georgie aux anges car, tout au long de la semaine écoulée, Lucia s'était montrée plutôt hautaine et froide avec lui, parce qu'il refusait obstinément de lui dire qui avait acheté La Vieille Maison. Il avait admis qu'il le savait, mais avait déclaré qu'il avait donné sa parole d'honneur qu'il ne le révélerait pas tant qu'il n'y serait pas autorisé et c'est pourquoi Lucia avait adopté cet air hautain. En fait, elle s'était même montrée si hautaine que, lorsque avant d'appeler Mrs Weston, Georgie lui avait téléphoné pour lui demander s'il pouvait passer son après-dîner au Hurst, tout désireux qu'il était de lui communiquer la grande nouvelle, elle avait fait répondre par sa femme de chambre qu'elle ne pouvait interrompre son travail au piano. Parfait ! Si elle préférait le second et le troisième mouvements de la *Sonate au clair de lune*, auxquels elle s'était sérieusement attaquée, à la compagnie de Georgie, il irait offrir sa propre personne et sa grande nouvelle ailleurs. Mais il ne fallait pas qu'il lâchât le morceau tout de go : ce genre de chose, il devait le garder par devers lui jusqu'au moment où il déciderait qu'il était temps de se retirer. Alors, il lèverait le rideau et prendrait congé sous les ovations de la rampe.

Il avait emporté un charmant ouvrage à broder, pour s'occuper les mains, car pendant le mois d'août il avait pris un sérieux retard dans ses travaux de broderie. Il s'installa confortablement dans un fauteuil proche de la lumière, de manière à ne pas avoir à se servir de ses lunettes, tout en ne fatiguant pas trop ses yeux.

« Quoi de neuf ? » demanda-t-il selon la formule rituelle.

Mrs Weston croisa le regard du colonel. Elle n'avait pas l'intention de lancer d'entrée de jeu sa formidable question.

« Pauvre Mrs Antrobus ! Une rage de dents ! dit-elle. J'étais à la pharmacie ce matin, et qui vois-je entrer ? Miss Piggy. Elle voulait une goutte de laudanum et elle a dû préciser ce qu'elle voulait en faire et, même alors, elle a dû signer un papier. Je trouve cela très désagréable, moi, d'être contrainte de dévoiler à un pharmacien que votre mère a mal aux dents. Mais c'est ainsi. Elle a été obligée de le lui dire sinon elle repartait sans laudanum. Je me demande un peu si Mr Doubleday n'outrepassait pas ses droits en lui posant la question, par une curiosité tatillonne, car je ne vois vraiment pas en quoi cela le regarde. Je sais parfaitement ce que j'aurais fait si j'avais été à la place de Miss Piggy. J'aurais dit : “Oh, monsieur Doubleday, j'en ai besoin pour faire des tartelettes au laudanum : nous raffolons tellement des tartelettes au laudanum, toutes les trois !” Quelque chose de cinglant et de sarcastique de ce genre pour le remettre à sa place. Mais j'imagine que ça a dû faire du bien à Mrs Antrobus car elle était sur la pelouse communale dans l'après-midi et elle n'avait pas le visage enflé (je l'ai bien regardée). Ah ! Il y a une chose que je voulais vous demander, monsieur Georgie. Je l'avais sur le bout de la langue il y a un instant. Nous en parlions à dîner, le colonel et moi-même, tout en mangeant notre petit morceau de perdrix et j'ai pensé “Monsieur Georgie va sûrement pouvoir nous le dire”, et voilà que tout de suite après vous avez appelé au téléphone. On aurait dit un vrai signe de la Providence mais à quoi bon puisque je n'arrive pas à me souvenir de ce que je voulais vous demander ? »

C'était là une bonne ouverture pour annoncer sa nouvelle fracassante mais Georgie ne la retint pas ; il était encore trop tôt.

« Je me demande ce que ce pouvait bien être, dit-il.

– Bref ! Ça va me revenir dans un moment. Voici notre café. Je vois qu'Élisabeth n'a pas oublié d'apporter une petite goutte de nectar pour vous deux, messieurs. Et il n'est pas dit que je ne trinquerai pas avec vous, si Élisabeth veut bien m'apporter un autre verre. Avec un verre de bourgogne au dîner et une goutte d'eau-de-vie à présent, je vais être complètement pompette si je ne me surveille pas. Et maintenant, monsieur Georgie, le gourou – non, ce n'est pas cela que je voulais vous demander – mais, à propos, a-t-on des nouvelles du gourou ? »

Un instant, la juxtaposition des deux sujets, l'eau-de-vie et le gourou, fit craindre à Georgie que quelque chose eût transpiré à propos du contenu du placard dans « Hamlet ». Mais, de toute évidence, il s'agissait là d'une pure coïncidence car Mrs Weston poursuivit son discours sans attendre la moindre réponse.

« Quelle journée nous avons eue, dit-elle, quand et lui et Miss Olga Bracely se sont trouvés tous les deux à la garden-party de Mrs Lucas ! Ah, ça y est, ça m'est revenu. Je sais, à présent, ce que je voulais demander. Quand est-ce que Miss Olga Bracely viendra habiter à La Vieille Maison ? Ça ne saurait tarder, j'imagine ! »

Si Georgie n'avait pas reposé sa broderie en toute diligence, il se serait à coup sûr piqué le doigt.

« Mais comment diable saviez-vous qu'elle avait jamais eu l'intention de venir ? dit-il. J'allais justement vous apprendre qu'elle venait, pensant vous apporter une grande nouvelle. Quelle barbe ! Ça m'a gâché tout mon plaisir.

– Ah, ah, ce n'est pas très chevaleresque de votre part de parler de la sorte à Mrs Weston », dit le Colonel qui ne supportait pas la broderie de Georgie.

Heureusement, il restait le plaisir attaché à l'aspect punitif de l'expédition et Georgie se ressaisit. Lui aussi avait des nouvelles. Il pouvait répondre à la question de Mrs Weston.

« Mais c'était censé rester tellement secret tant que tout n'était pas encore prêt, dit-il. Je savais tout depuis le début. J'étais au courant depuis le jour de la garden-party. Personne d'autre que moi n'était au courant, pas même son mari. »

Georgie s'était ressaisi : il en fut récompensé. Mrs Weston posa, sans y avoir trempé les lèvres, son verre de nectar.

« Comment ? dit-elle. Elle va venir habiter toute seule ici sans le lui dire, en cachette ? Se seraient-ils déjà disputés ? »

Georgie fut contraint de la décevoir sur ce point et il fournit la version authentique des faits.

« Et elle va venir la semaine prochaine, dit-il, probablement lundi. »

Ils étaient tous, à présent, extrêmement heureux car Mrs Weston était intimement convaincue que personne d'autre qu'elle n'aurait pu dénouer une intrigue avec autant de brio. Georgie jouissait d'une position encore supérieure puisqu'il avait abouti au même résultat sans avoir eu à dénouer quoi que ce soit. Quant au colonel Boucher, il recueillait la primeur de l'ensemble. Quand ils se séparèrent, après avoir épuisé le sujet sous tous ses angles, le premier soin de chacun fut de savoir auprès de combien de personnes il serait le premier à répandre la nouvelle. Ce soir même, Mrs Weston pouvait en parler à Élisabeth, et le colonel Boucher à ses bouledogues, mais ce fut Georgie qui fit mouche le premier. Comme il retournait chez lui, il vit de la lumière dans le salon de Mrs Quantock. Il fit une brève visite et marqua un coup double : d'une part, en informant Robert au bas des escaliers puis, d'autre part

Mrs Quantock, en arrivant à l'étage. On ne pouvait pas faire davantage pour ce soir.

Dans la matinée, Lucia était toujours très occupée à briquer le sabre et le bouclier de l'art, afin de se présenter chaque jour devant ses sujets l'armure étincelante et les précéder tous d'une longueur sur la voie de la culture. Elle ne participait donc pas, en règle générale, aux débats parlementaires sur la pelouse communale. En outre, Georgie faisait généralement un saut au Hurst avant déjeuner et la question « Quoi de neuf ? » que laissait tomber Lucia, comme si de rien n'était, tandis qu'ils s'installaient au piano, faisait jaillir de Georgie, comme d'une belle petite cruche bien propre, la crème recueillie à la traite matinale. Aujourd'hui, elle avait revêtu sa toge professorale car le groupe des débutants, bien que rarement au grand complet à présent, se réunissait chez elle le mardi et le jeudi. Ces derniers temps, l'intérêt des élèves avait accusé des signes de relâchement : le colonel s'était absenté à deux séances et Mrs Weston à la dernière. Mais comme Lucia avait décidé de laisser la gouroumanie mourir de sa belle mort sans en précipiter l'heureuse issue, elle entendait bien assurer ses cours aux heures prévues tant que se présenteraient des candidats.

D'autre part, sa toge professorale était particulièrement seyante et elle la portait souvent, même lorsqu'il n'était pas du tout question d'enseignement.

Mais aujourd'hui, bien que l'abstentionnisme général de ses élèves ne l'eût pas surprise, elle était encore en grande consultation avec sa cuisinière sur les détails d'intendance du jour lorsqu'une succession de coups de sonnette sous la queue de la sirène avertirent qu'une grande assemblée se préparait. En effet, sa bonne lui avait annoncé sans s'interrompre, sauf pour aller à la porte et en revenir que, bien qu'il restât encore quelques minutes avant onze heures, le colonel Boucher, Mrs Weston, Mrs Antrobus et Piggy étaient tous réunis dans le fumoir. En traversant le vestibule pour s'y rendre elle-même, elle aperçut Georgie qui traversait le jardin de Shakespeare en toute hâte, la silhouette déformée à travers les carreaux irréguliers des fenêtres, et elle lui ouvrit elle-même la porte.

« Georgino *mio*, dit-elle, vous pas fâché après Lucia parce qu'elle vous a dit qu'elle était occupée hier soir ? À présent, je vais donner mon cours de yoga. Tout le monde est venu assez tôt et je n'ai encore vu personne. Quoi de neuf ? »

Georgie poussa un soupir : désormais tout Riseholme était au courant et il allait marquer un point de plus en informant Lucia.

« Comment, chère amie ? Vous ne savez pas encore ? demanda-t-il. J'allais vous le dire hier soir.

– Quoi, le nouvel occupant de La Vieille Maison ? demanda Lucia sans y aller par quatre chemins.

– Mais oui, devinez ! » dit Georgie prenant plaisir à la faire languir. C'était là sa dernière révélation et il voulait faire durer le plaisir.

Lucia décida de jouer le tout pour le tout. Cela comportait des risques mais, si ça marchait, ce serait un triomphe. En un éclair, elle devina pourquoi toute la classe de yoga était arrivée plus qu'à l'heure, en avance. Elle était convaincue que chacun désirait qu'elle soit informée, après tout le monde et par l'intéressé, de l'identité du nouvel occupant. Par-dessus cette amertume, il y avait l'acrimonie supplémentaire de Georgie qui, alors que son devoir le plus évident eût été de l'informer dès qu'il avait été mis au courant, voulait lui-aussi faire la même révélation. De son côté elle avait déjà flairé quelque chose car elle n'avait pas oublié le fait qu'Olga Bracely et Georgie avaient joué au croquet tout l'après-midi alors qu'ils auraient dû être présents à sa garden-party, et elle était prête à risquer le tout si elle avait une chance de gâcher le plaisir qu'aurait Georgie à lui révéler la nouvelle.

Elle lança son rire argentin qui partit, elle l'avait vérifié, sur le *la bémol* de la clef de sol.

« Georgino, avez-vous été vraiment dupe de toutes mes questions sur l'identité du nouvel occupant ? demanda-t-elle. Comme si je ne savais pas depuis le début. Mais voyons, c'est Olga Bracely, bien entendu ! »

La mine déconfite de Georgie lui montra à quel point elle lui avait gâché tout son plaisir et combien elle avait visé juste.

« Mais qui vous l'a dit ? » demanda-t-il.

Elle agita les glands de sa ceinture.

« Mon petit doigt ! dit-elle. Excusez-moi, il faut que je coure à ma leçon sinon je vais me faire gronder. »

Une fois de plus, avant de s'attaquer à de hautes philosophies, Lucia eut le plaisir de décevoir les prétentions de ses élèves à la surprendre, à l'informer et à l'étonner.

« Bonjour tout le monde ! dit-elle. Avant de nous installer, je vais vous communiquer une petite nouvelle puisqu'à présent on m'y autorise. Notre chère Miss Olga Bracely, que vous avez dû rencontrer ici même, va venir habiter à La Vieille Maison. Quelle nouvelle recrue de choix pour nos réunions musicales ! Et maintenant, si vous le voulez bien, mettons-nous au travail. »

Mais cette splendide bravade ne représentait qu'un bref éclair sur une surface solide et dûment astiquée et si Georgie avait pu pénétrer le cœur de Lucia il y aurait trouvé matière à guérir complètement sa récente mortification cuisante. Il ne pensait pas que Lucia avait vraiment su, depuis le début, comme lui-même, qui serait la nouvelle occupante, car ses approches avaient semblé dirigées par une curiosité des plus aiguë mais, après tout, Lucia (quand elle n'oubliait pas son texte) était une comédienne accomplie et peut-être qu'alors qu'il croyait la punir, c'était elle qui le faisait marcher. Quoi qu'il en soit, il avait bel et bien été frustré de la joie de lui dire la nouvelle. C'était bien elle qui la lui avait annoncée, soit parce qu'elle avait deviné juste, soit parce qu'elle était au courant. Il n'y avait pas à revenir là-dessus. Il rentra directement chez lui et se mit à dessiner une caricature de Lucia.

Mais si Georgie ruminait dans son coin, le visage courroucé, Lucia endurait rien de moins qu'une tornade effrénée de pensées contradictoires. Certes, Olga constituerait une recrue de choix supplémentaire au palmarès des talents musicaux de Riseholme. Mais entrerait-elle dans le rang et consentirait-elle, par exemple, à « apporter sa musique » et à chanter après dîner quand Lucia le lui demanderait ? Sur le chapitre de la musique, il se pourrait même que ce fût une recrue de trop premier choix. Elle reléguerait probablement les autres amateurs doués à un rang insignifiant tout au bas de l'échelle. Pour le moment, Lucia officiait comme une grande prêtresse à tous les autels de l'art : elle n'arrivait pas à imaginer sereinement que quiconque prît en charge le service liturgique d'aucun d'eux. Et puis aussi, on devait accorder un certain bagage théâtral à une cantatrice d'opéra aussi éminente. Or, Georgie avait souvent évoqué devant Lucia cet épisode superbe où Brünnhilde s'éveille et salue le soleil. Est-ce à dire que Lucia devrait abandonner la haute main sur l'art dramatique en même temps que sur la musique ?

Un par un, ces petits points lumineux perçaient la grisaille ambiante et signalaient les zones dangereuses ; soudain, ils s'embrasèrent tous ensemble. Et si Olga prenait les rênes non seulement dans tel ou tel secteur, mais briguait le commandement suprême de toutes les affaires de Riseholme ? Tant qu'elle se contentait d'être un brillant oiseau de passage pendant à peine deux ou trois jours et qu'elle « laissait en muant tomber une plume, une plume d'aigle[1] » sur la réception de Lucia, lui conférant ainsi un lustre inédit dans le cortège des réjouissances antérieures, en en faisant la manifestation mondaine la plus *Alto* jamais connue, c'était parfait. Mais, quant à envisager qu'elle installât ici ses pénates, alors là c'était une toute autre paire de manches. Elle était parfaitement capable, apparemment, de conserver ses propres plumes pour en garnir son nid d'aigle.

1. Robert Browning, *Memorabilia. (N.d.T.)*

Lucia songea au festin de Balthasar et à la sentence inscrite sur le mur ; elle était assez Daniel elle-même pour l'interpréter toute seule. « Ton Royaume est divisé[1] », disait la sentence, « et donné aux Bracely et aux Shuttleworth ».

Elle rassembla ses forces. Si c'était sous les traits de ce genre de femme qu'Olga avait l'intention de se montrer, elle apprendrait bien vite à qui elle avait affaire. Non pas que Lucia refusât de lui donner d'abord la chance de se montrer loyale et obéissante comme il convient – elle condescendait même à coopérer avec elle tant qu'il serait parfaitement entendu qu'Olga ne visait pas le pouvoir suprême. Mais à Riseholme, il n'y avait qu'un seul promulgateur de lois, une seule cour d'appel, un seul maître des destinées.

Sa propre détermination calma Lucia et la ragaillardit. Quittant sa toge professorale pour une tenue de marche, elle remonta la route qui conduisait à La Vieille Maison pour voir ce que l'on pouvait y apercevoir de l'extérieur.

1. Livre de Daniel 5, 25-28. *(N.d.T.)*

X

Un matin, vers la mi-octobre, Lucia prenait son petit déjeuner quand on lui remit un pli qu'elle lut en fronçant les sourcils. Il ne comportait pas de formule de politesse en préambule et était rédigé au crayon.

> « Faites un saut vers neuf heures et demie samedi soir et venez faire les fous avec nous une heure ou deux. On fera des jeux et on dansera, d'accord ? Amenez votre mari, bien sûr, et ne prenez pas la peine de me répondre.
>
> O.B. »

« Une invitation, dit-elle d'un ton glacial, tout en tendant la feuille à son mari. Un peu court comme délai.

– Nous n'avions rien prévu de spécial, n'est-ce pas ? » demanda-t-il.

Parfois Peppino manquait un peu du sens des convenances.

« Non, ce n'est pas ce que je voulais dire, dit-elle. Mais il y a là-dedans un petit peu plus de décontraction que ce que l'on pourrait attendre.

– C'est probablement une soirée décontractée, dit-il.

– Ça a tout l'air d'être extrêmement décontracté. Je n'ai absolument pas l'habitude d'être invitée en ces termes. »

Peppino commença à pressentir la vraie nature de la situation.

« Je vois ce que vous voulez dire, *cara*, dit-il. Dans ce cas, n'y allons pas. Elle saisira peut-être l'allusion. »

Lucia retourna la question dans sa tête un bon moment et arriva à la conclusion qu'elle avait plutôt envie d'y aller. Mais une certaine rancœur qui s'accumulait ces derniers jours dans son esprit commença à filtrer avant qu'elle consentît à passer par-dessus la décontraction d'Olga.

« Voilà deux semaines que je lui ai rendu visite, dit-elle, et elle ne m'a même pas rendu la pareille. J'imagine qu'à Londres on agit de la sorte, dans certains milieux, mais je ne sache pas que Londres en soit plus recommandable pour autant.

– Elle s'est absentée deux fois depuis qu'elle s'est installée ici, dit Peppino. C'est à peine si elle a déjà passé deux ou trois jours d'affilée chez elle.

– Je me trompe peut-être, dit Lucia. Je me trompe sûrement. Mais j'aurais pensé qu'elle aurait pu trouver une demi-heure de libre ces jours-là pour me rendre visite à son tour. Enfin, elle n'y a pas pensé. »

Soudain, Peppino se souvint d'une nouvelle sensationnelle qu'il avait oublié de communiquer à Lucia, aussi inouï que cela pût paraître.

« Mon Dieu, mon Dieu ! Quelque chose m'est sorti de l'esprit ! dit-il. J'ai rencontré Mrs Weston hier après-midi. Elle m'a dit que Miss Bracely l'avait vue dans son fauteuil roulant, qu'elle avait pris les poignées des mains de Henry Luton et qu'elle lui avait fait faire deux fois le tour de la pelouse communale, littéralement au pas de course.

– Il ne me semble pas que cela soit de la plus haute importance, dit Lucia bien qu'elle fût émoustillée jusqu'à la moelle. Il n'est pas étonnant que cela vous soit sorti de l'esprit, *caro*.

– *Carissima*, une minute. Ce n'est pas tout. Elle a dit à Mrs Weston qu'elle lui aurait bien rendu sa visite, mais qu'elle n'avait pas de cartes de visite.

– Impossible ! s'écria Lucia. Ils auraient pu en faire graver Aux livres d'antan en moins de trois heures.

– Peut-être, en effet. Sûrement, si vous le dites, dit Peppino. Quoi qu'il en soit, elle a dit qu'elle n'avait pas de cartes de visite et je ne vois pas pourquoi elle aurait menti là-dessus.

– Non, ce n'est pas le genre d'aveu que l'on se permet de faire, dit-elle, si ce n'est pas vrai. Et même quand c'est vrai, ajouta-t-elle.

– Quoi qu'il en soit, cela explique pourquoi elle n'est pas venue ici, dit Peppino. Elle aimerait naturellement faire les choses dans les règles lorsqu'elle vous rend visite, *carissima*. Cela aurait été embarrassant pour elle que vous fussiez sortie et qu'elle ne pût pas déposer sa carte.

– Et Mr Shuttleworth ? demanda-t-elle l'air absent, comme si elle n'accordait aucun intérêt à sa propre question.

– On ne l'a pas encore vu, que je sache.

– Mais alors, si nous faisons un saut demain soir, il n'y aura pas de maître de maison pour nous accueillir !

– Allons-y et nous verrons bien, *cara* », dit-il, tout joyeux.

À part l'incident de sa visite restée sans écho, Lucia, jusque-là, n'avait eu aucune raison de prêter à Olga des visées révolutionnaires suspectes sur le trône. Certes, elle avait commis quelques bizarreries – pousser le fauteuil de Mrs Weston autour de la pelouse communale en était une, fumer une cigarette en revenant de l'église dimanche en était une autre – mais Lucia les attribua au style bohème et au manque de raffinement imputables à l'éducation d'Olga (si tant est que l'on puisse recevoir une quelconque éducation dans un orphelinat à Brixton). Georgie avait laissé échapper cette dernière circonstance, terrifiante, dans son zèle ardent à en savoir deux fois plus que quiconque sur la vie d'Olga, et Lucia l'avait enregistrée précieusement. Au cours de la quinzaine écoulée, elle avait étiqueté Olga « assez ordinaire » tout en conservant toutefois un certain respect pour sa carrière professionnelle, d'autant plus que cette carrière professionnelle devait être déroulée comme un tapis sous les pieds de Lucia. Mais finalement, si Olga avait un style de vie un tantinet bohème, témoin l'absence de cartes de visite, Lucia était tout à fait prête à passer dessus (elle faisait confiance à l'influence bénéfique de Riseholme pour ce qui est des bonnes manières) et disposée à se rendre le lendemain à la réception décontractée, si cela lui chantait, puisqu'il n'y avait pas de réponse à fournir.

Les fenêtres de La Vieille Maison étaient brillamment éclairées lorsque Lucia et Peppino se mirent en route le lendemain après souper pour se rendre à la réception « fofolle », en fermant les yeux avec indulgence sur l'absence de protocole et l'omission de la visite de retour réglementaire. Ce jour-là, la pluie avait détrempé les rues et, tout naturellement, Lucia emporta une paire d'escarpins très élégants enveloppés dans un papier, tandis que Peppino avait enfilé ses caoutchoucs russes. C'étaient d'immenses couvre-chaussures dans lesquels les souliers vernis se trouvaient complètement emboîtés, mais Lucia préférait ne pas en affubler ses propres pieds. Elle était protégée par des souliers de marche bien coupés qu'elle pouvait échanger contre ses élégants escarpins en satin dans le vestiaire. À la fin de la soirée, l'opération inverse donnait lieu, chez les dames, à une séance quasiment rituelle. On l'appelait « le savetier reçoit ».

Lucia et Peppino partirent de chez eux assez tard, car il convenait que Lucia fût la dernière à arriver. Ils venaient d'atteindre la porte d'entrée de La Vieille Maison et Peppino tâtonnait dans l'obscurité pour trouver la sonnette quand Lucia poussa un petit cri de détresse et se couvrit les oreilles de ses mains, exactement comme si elle avait été terrassée par une double otite particulièrement intense.

« Un gramophone » dit-elle, défaillante.

C'en était un, à coup sûr. De la fenêtre toute proche parvenaient les flonflons atroces d'un instrument fort puissant et le morceau était un air de valse, un de ces airs populaires « qui ne vous lâchent pas », enregistré par un ensemble de cuivres.

Tout Riseholme connaissait la position de Lucia sur les gramophones. Pour une fervente admiratrice de Beethoven, ils donnaient l'image d'un discours indécent ou blasphématoire prononcé en public à plein gosier. Un seul de ces instruments sataniques, pour autant qu'on pouvait le savoir, avait jamais été introduit à Riseholme et ce, par la faute de Robert Quantock, bien mal inspiré en l'occurrence. Une fois il l'avait fait fonctionner en présence de Lucia, mais l'air de détresse qui couvrit le visage de celle-ci fut tel que Robert dut arrêter l'appareil sur-le-champ.

Puis la porte s'ouvrit et le bruit abominable se déversa dehors à un volume accru.

Lucia, indécise, marqua un temps d'arrêt. Ne serait-ce pas le coup d'éclat rêvé, spectaculaire et superbe, que de retourner chez elle sans même franchir cette porte, en laissant à Peppino le soin de faire savoir à la ronde ce pourquoi elle avait tourné le dos et était repartie ? La chose ferait grand bruit car elle montrerait à quel point Lucia réglait sa conduite sur un style de vie de haute tenue et immuable. Mais d'un autre côté, Lucia était très désireuse de voir quel style de réjouissances inaugurait Olga. La « soirée fofolle » constituait un type de réception inédit car, depuis que Lucia dirigeait et contrôlait l'aspect mondain des choses, il n'y avait jamais eu de « soirée fofolle » de quelque espèce que ce fût à Riseholme. Il serait peut-être opportun de s'assurer que celle-ci tournât au fiasco (si elle n'avait pas l'heur de plaire à Lucia) en donnant l'exemple d'une mine glaciale et figée d'ennui. Mais si elle décidait de franchir la porte, alors il faudrait arrêter le gramophone. Elle prendrait place et plisserait les yeux et Peppino aurait à expliquer ce qu'elle ressentait sur le chapitre des gramophones. Ce serait là faire montre d'une autorité de circonstance. Elle pourrait également le dire elle-même à Olga…

Lucia enfila ses souliers de satin et abandonna ses autres souliers jusqu'à l'heure où « le savetier reçoit », puis elle se disposa à exécuter un plissement d'yeux de circonstance ; un domestique marchant sur la pointe des pieds la conduisit jusqu'à la porte de la grande salle de musique dont lui avait déjà parlé Georgie.

« Ayez l'obligeance d'entrer sans faire de bruit, M'dame », dit-il.

La pièce était pleine de monde. Tout Riseholme était là et comme il n'y avait pas tout à fait assez de chaises (*ça*, Lucia le vit tout de suite), un grand nombre d'invités étaient assis par terre sur des coussins. À l'autre extrémité de la pièce se trouvait une estrade légèrement surélevée dans un coin de laquelle on avait poussé le piano et sur celui-ci, avec son pavillon braillard pointé droit vers Lucia, trônait un énorme gramophone. Sur l'estrade se trouvait Olga, en train de danser. Sa robe blanche, d'un tissu souple et châtoyant de fils d'argent, dégageait ses beaux bras nus jusqu'aux épaules. Très simple avec son décolleté carré, elle descendait en plis droits jusqu'un peu au-dessus des chevilles. Olga tenait en main une sorte de longue écharpe châtoyante d'un rouge vif qui accompagnait ses mouvements de courbes ondulantes comme si l'objet était mû par une sorte de vie propre qu'il tirait de la souple et splendide vitalité de la danseuse. Du tourbillon pourpre et des flots argentés qui épousaient le rythme lent de son corps jaillissait la belle tête au sourire sérieux, toute rayonnante de vie…

Lucia venait à peine d'entrer quand, dans un ultime braiment des cuivres, le gramophone arriva au bout du disque et Olga tira une révérence de cour, jeta par terre son écharpe et descendit de l'estrade. Georgie, qui était assis par terre au pied de l'estrade, bondit sur ses pieds et déclencha les applaudissements. Pendant un moment, et bien que plusieurs têtes se fussent tournées vers elle lors de son entrée, personne ne prêta la moindre attention à Lucia. En fait, la première personne à se rendre compte qu'elle était là fut apparemment la maîtresse de maison qui se contenta de lui envoyer un baiser de la main et continua de parler à

Georgie. Ensuite Olga se fraya un chemin parmi les invités éparpillés sur le parquet et vint à elle.

« Comme vous avez bien fait de manquer cette bien piètre prestation, dit-elle. Mais Mr Georgie a insisté pour que je me tourne en ridicule.

– En vérité, je suis désolée de n'avoir pas été là pour y assister, dit Lucia sur le ton le plus cérémonieux. À mon sens, c'était loin d'être une piètre prestation, fort loin en vérité. *Caro mio*, vous vous souvenez de Miss Bracely ?

– *Si, si, molto bene*, dit Peppino en lui serrant la main.

– Ah ! Et vous parlez italien aussi ! dit Olga. *Che bella lingua*. Comme j'aimerais savoir l'italien !

– Votre prononciation est excellente, dit Lucia.

– *Grazie tante* ! Vous connaissez tout le monde ici, bien entendu. Et à présent, qu'allons-nous faire ? Des devinettes, des charades, quoi encore ? Ah, nous avons des cigarettes. Servez-vous ! »

Lucia poussa un petit cri d'effarement.

« Une cigarette pour moi ! Ce serait bien curieux, dit-elle. Puis, se souvenant avec indulgence qu'Olga était pardonnable de ne pas savoir, elle ajouta : Voyez-vous, je ne fume jamais. Jamais !

– Oh ! Vous devriez apprendre, dit Olga. Et à présent jouons aux devinettes. Est-ce que tout le monde connaît le jeu de “ni oui ni non” ? Si certains ne connaissent pas la règle, ils la découvriront tout seuls. À moins qu'on ne danse ? On peut utiliser le gramophone pour nous faire danser. »

Lucia, comme une petite fille, leva les mains en signe de supplication.

« Oh, je vous en prie, pas de gramophone ! dit-elle.

– Oh ! Ça ne vous plaît pas ? dit Olga. C'est tellement atroce que j'en raffole, de même que je raffole des créatures horribles lorsqu'elles sont dans un aquarium. Mais je pense que nous n'allons pas danser avant souper. On va souper très bientôt, d'abord parce que je meurs de faim et puis parce que les gens sont un peu plus fous ensuite. Mais d'abord “ni oui ni non”. Tout juste une partie. Voyons, nous sommes assez nombreux pour faire quatre équipes. S'il vous plaît ! Que chacun se mette dans une des quatre équipes. Mrs Lucas, voulez-vous prendre deux autres personnes et sortir avec Mr Georgie ? Oh, il est là ! Il a entendu ! »

La joie intense que donnait sa propre réception à Olga était en train d'infuser dans chacun des invités une gaîté bien plus exaltante qu'il n'était de coutume à Riseholme où, en règle générale la maîtresse de maison était en quelque sorte sur le qui-vive, craignant que ses invités ne s'ennuyassent ou que les sandwichs ne vinssent à manquer. Après le jeu de « ni oui ni non » (Mrs Quantock avait été la première à deviner le petit orteil du pied droit de Beethoven, ce qui fit plisser les yeux de Lucia) il y eut un souper assis mais, comme il n'y avait pas assez de serveurs, les gens allaient eux-mêmes chercher à l'office de quoi improviser leur repas et Olga faisait des va-et-vient dans la salle à manger, une bouteille de champagne dans une main et un plat de salade de homard dans l'autre. Elle prit place une ou deux minutes d'abord à une table, puis à une autre, posa des devinettes stupides, envoya chercher un jambon à la cuisine et éteignit toutes les lumières électriques par erreur alors qu'elle voulait allumer quelques lampes supplémentaires. Puis, une fois le repas terminé, ils emportèrent tous quelques sièges de plus dans la salle de musique et jouèrent aux chaises musicales. À la fin de la série, il ne restait plus en piste que Mrs Quantock et Olga ; et, lorsque ce fut Mrs Quantock qui l'emporta, on crut entendre Olga dire « Merde ! ». Georgie était responsable du gramophone qui fournissait de la musique mortelle et il avait oublié que c'était un supplice pour Lucia. Il ne s'aperçut même pas qu'à un moment donné Lucia fit un signe à Peppino et s'en alla, réduite à profiter toute seule du « savetier qui reçoit » dans le vestiaire. Personne ne vit samedi s'achever et dimanche commencer car, vers minuit, Georgie et le colonel Boucher se livraient à un combat de coqs sur le parquet, Georgie hurlant « Quelle barbe ! » quand il était renversé et le colonel Boucher, le visage cramoisi, disant « Ah, ah ! Je n'aurais jamais cru qu'un jour je ferais à nouveau le diable comme ça. Tout à fait amusant, par Jupiter ! ». Georgie fut le dernier à partir et ce n'est qu'à mi-chemin, en rentrant chez lui, qu'il remarqua qu'il avait une papillotte de jambon en guise de décoration sur le plastron de sa chemise. Il osa espérer que c'était Olga qui l'y avait accrochée lorsqu'il avait dû traverser la pièce les yeux bandés en essayant de marcher tout droit.

Le lendemain matin, Riseholme se leva assez tard et dut expédier son petit déjeuner en vitesse pour être à l'heure à l'église. Une légère sensation de décalage flottait dans l'air. On sentait qu'on était revenu vingt ans en arrière, qu'on s'était bien amusé et qu'à présent on se réveillait à l'appel des cloches de l'église avec un certain âge. Tout en chantant la partie de basse du cantique *Quelques années encore vont s'écouler*, le colonel Boucher se surprit à songer tout naturellement au combat de coqs de la veille au soir et il se rappela, tristement nostalgique, qu'un nombre considérable d'années s'étaient déjà écoulées. Mrs Weston, avec son fauteuil roulant dans l'allée et Tommy Luton pour lui tendre son recueil de cantiques ou son livre de prières, regarda Mrs Quantock du coin de l'œil. N'était-il pas étrange que cette même Daisy, à peine quelques heures plus tôt, eût couru autour d'une chaise vide tandis que Georgie avait le doigt sur le gramophone ? Quant à Georgie, qui chantait la partie de ténor aux côtés imposants du colonel Boucher, il s'aperçut avec une contrariété marquée qu'il avait sur l'index une tache noire d'argent oxydé due au fait qu'après le petit déjeuner il s'était mis à nettoyer le cadre contenant la photo d'Olga Bracely et qu'il avait été surpris d'entendre les cloches de l'église commencer à carillonner. Autre chose aussi tendait à le déprimer. Il devait déjeuner avec Lucia et il n'arrivait pas à imaginer quelle attitude elle allait adopter concernant la réception de la veille. Elle était arrivée assez tard à l'église avec Peppino, n'étant pas concernée par la confession générale, et chantait avec une ferveur de marbre. Elle avait son visage d'église habituel qui décourageait toute tentative d'interprétation. Tout le monde multipliait les regards furtifs à droite et à gauche pour repérer la présence de leur hôtesse de la veille, mais en vain. Georgie, en particulier, déplorait cette absence : il aurait aimé qu'elle manifestât cette capacité de respectabilité stricte que sa présence à l'église ce matin-là aurait impliquée. Tandis que Lucia, en particulier, s'en réjouissait, car cela confirmait le sentiment qu'elle avait : Miss Bracely n'était pas, et ne pourrait jamais être, une Riseholmitaine authentique. C'est ce que Lucia avait pensé la veille au soir et elle l'avait déclaré à Peppino. Elle se proposait de le dire aujourd'hui à Georgie.

Alors, une surprise stupéfiante se produisit. Mr Rumbold quitta sa stalle pour se rendre à la chaire d'où il allait prêcher. En général, il indiquait alors à haute voix le numéro du court motet qui accompagnait ce déplacement mais, ce jour-là, il n'annonça rien de tel. L'organiste était à l'abri des regards de l'assemblée des fidèles, derrière un rideau discret qui voilait ses acrobaties lorsqu'il manipulait les tirants des jeux et aussi sa chorégraphie grotesque lorsqu'il actionnait le pédalier. Alors, et tandis que Mr Rumbold quittait sa stalle, l'orgue joua la courte introduction de l'aria de Bach, *Mein glaübiges Herze*[1], qui, de l'avis de Lucia, pouvait presque prétendre au même rang que Beethoven. Et puis on entendit la voix... Les souvenirs nostalgiques qui avaient succédé aux joyeux ébats de la veille s'éteignirent comme on souffle une chandelle quand retentit ce chant vraiment divin qui débordait de l'allégresse de quelque enfant céleste. La mélodie s'infléchissait avec tendresse, puis éclatait à nouveau. Elle s'attardait, se traînait pour se précipiter enfin en

1. *Cantate* BWW 68. *(N.d.T.)*

une ultime apothéose. On ne pouvait pas chanter avec plus de simplicité et cette simplicité ne pouvait jaillir que de l'art le plus consommé. Cet art, toutefois, s'exerçait complètement à l'insu de la chanteuse dont il faisait partie intégrante. Elle ne faisait que louer Dieu tout comme le font les grives musiciennes. Celle qui avait engendré la joie la veille clamait ce matin son adoration.

Comme les fidèles s'asseyaient pour écouter l'homélie, le colonel Boucher se pencha discrètement vers Georgie et murmura « Par Jupiter ! ». À quoi Georgie répondit de manière un peu plus audible « Adorable ». Mrs Weston tira une demi-couronne de son porte-monnaie au lieu du shilling habituel, en prévision de la quête pendant l'offertoire et Mrs Quantock se demanda si elle n'était pas trop vieille pour apprendre à chanter…

Au cours du déjeuner ce jour-là, Georgie trouva Lucia fort diserte et nettement plus italienne qu'à l'accoutumée. En fait, elle posa une grammaire d'italien sur la table quand Georgie entra dans le salon et mit, par-dessus, les *Essais* d'Antonio Caporelli. Cela pouvait avoir un rapport avec les encouragements qu'elle avait prodigués à Olga à propos de sa prononciation.

« *Ben arrivato, Georgio*, dit-elle. *Ho finito il libro di Antonio Caporelli questo momento. È magnifico !* »

Georgie pensait qu'elle l'avait fini depuis longtemps mais peut-être se trompait-il. La phrase avait dévalé de la langue de Lucia comme si elle y avait été perchée et attendait, fin prête.

« *Sono un poco fatigata dopo il…*, pauvre de moi, comme mon italien est rouillé ! Je ne me rappelle plus le mot, continua-t-elle. Bref, je suis un peu fatiguée après la soirée d'hier. Charmante petite réception, n'est-ce pas ? Miss Bracely a eu du mérite de rassembler autant de monde dans un si bref délai. Une fois, en passant, ce genre d'ébats est parfait.

– Je m'y suis énormément amusé, dit Georgie.

– C'est ce que j'ai vu, *cattivo ragazzo*, dit-elle. Vous avez complètement oublié votre pauvre Lucia et son horreur pour cet affreux gramophone. J'ai dû mettre en œuvre tout le calme que me procure le yoga pour ne pas hurler. Mais comme vous étiez méchant avec le gramophone pendant les chaises musicales – chaises antimusicales, comme je l'ai dit à Peppino, n'est-ce pas, *caro* ? – à lui soulever le bras et à le rebaisser aussi brusquement. Chaque fois, je croyais que c'était fini. *È pronto la colazione. Andiamo* ! »

Et les voilà assis à table. Le menu, déjà inusité en soi pour un déjeuner, était rédigé en italien, de la main de Lucia, évidemment.

« Il faudra que Georgino me consacre beaucoup de *tempo* cette semaine, dit-elle, car Peppino et moi-même avons décidé de donner sans faute une petite réception d'après-dîner samedi prochain et je veux que vous m'aidiez à mettre sur pied quelques tableaux vivants improvisés. Tout ce qui est improvisé doit d'abord être esquissé et il est fort probable que Miss Bracely a dû pas mal répéter sa danse d'hier soir. J'aurais bien aimé en voir un peu plus. J'ai trouvé qu'il y avait quelque gaucherie dans sa façon de manipuler ses voiles mais elle ne s'y entend probablement pas trop en fait de danse. Et tout de même, pour un amateur, elle avait beaucoup de grâce et de conviction et elle s'en est tirée à merveille !

– Oh, mais elle n'a rien d'un amateur, dit Georgie. Elle a joué dans *Salomé*. »

Lucia pinça les lèvres.

« Je suis vraiment navrée qu'elle ait joué là-dedans, dit-elle. Avec le talent incontestable qu'elle a, j'aurais pensé qu'elle aurait su trouver un rôle plus honorable. Naturellement, je n'ai jamais entendu l'œuvre. J'aurais vraiment eu honte d'y assister. Mais revenons à nos tableaux. Peppino pensait que nous pourrions lever le rideau avec l'exécution de Marie Stuart. C'est affreux que j'aie perdu mes perles romaines. Il pourrait être le bourreau et vous le prêtre. Ensuite j'aimerais avoir le réveil de Brünnhilde.

– Ce serait charmant, dit Georgie. Avez-vous demandé à Miss Olga si elle est d'accord ?

– *Georgino mio*, vous n'y êtes pas du tout, dit Lucia. Cette réception doit être en l'honneur de Miss Bracely. J'étais hier soir son invitée en dépit du gramophone et, en vérité, j'espère qu'elle ne trouvera rien dans ma maison qui puisse la choquer autant que m'a choquée son gramophone. J'ai fait un cauchemar affreux cette nuit – n'est-ce pas Peppino ? – à cause de ça. Quant au tableau de Brünnhilde, j'ai pensé que Peppino serait Siegfried et que vous pourriez peut-être apprendre tout juste quinze ou vingt mesures de la partition et les répéter si éventuellement le public réclame un *bis*. Ensuite, que diriez-vous du roi Cophetua avec la jeune mendiante ? Je me tiendrais immobile, le dos tourné vers le public, sans jamais me retourner. Ce serait votre tableau à vous tout seul. Nous allons simplement en tirer les grandes lignes et nous réunir une fois ou deux pour nous assurer que nous ne nous gênons pas mutuellement dans nos déplacements et je vais vérifier si je peux trouver des sortes de costumes que nous pouvons simplement enfiler. Les tableaux vivants, avec un peu de musique, de la vraie musique, pas de la musiquette : ça devrait suffire pour satisfaire l'intérêt de chacun. »

À ce point de l'exposé, Georgie pressentit assez clairement ce que tout cela augurait. Il ne s'agissait pas de guerre déclarée, pour le moment, mais d'émulation réciproque dans le plus pur style de la cour des Médicis, chaque artiste rivalisant de splendeur avec son glorieux concurrent. Pour confirmer les soupçons de Georgie, Lucia reprit son discours en redoublant de verve.

« Je ne prévois pas de jeux, de jeux turbulents dirai-je, dit-elle, car Riseholme, à ma connaissance – et j'en sais peut-être un petit peu plus que cette chère Miss Bracely sur ce rayon – Riseholme n'a cure de ce genre de choses. Ce n'est pas du tout notre style. Il se peut que nous ayons raison, comme il se peut que nous ayons tort, je n'en sais rien, c'est sûr ; il n'en demeure pas moins vrai que nous *n'avons cure* de ce genre de choses. Cette chère Miss Bracely a fait de son mieux, hier soir. Je suis sûre qu'elle était animée des meilleures intentions en vue de nous faire plaisir, mais comment pouvait-elle savoir ? Et ce souper… Peppino a compté dix-neuf bouteilles de champagne vides…

– Dix-huit, *carissima*, dit Peppino.

– Je crois que vous m'avez dit dix-neuf, *caro*, mais cela ne change pas grand-chose. Dix-huit bouteilles de champagne vides alignées sur la desserte, sans parler de tous les sandwichs au caviar que l'on n'a pas touchés. Tout cela était vraiment de trop, bien que, d'autre part, il n'y eût pas suffisamment de chaises et, en fait, ce n'est qu'au moment du souper que j'ai eu le droit d'en avoir une. »

Lucia se pencha en avant sur la table, les mains jointes.

« Il y avait de l'ostentation là-dedans, *Georgino*, et vous savez combien je hais l'ostentation, dit-elle. Pour ses chefs-d'œuvre, Shakespeare se contentait des décors les plus modestes et ce serait une grande faute que de nous laisser emporter par une opulence qui n'est que pure gaspillage. Pendant toutes ces années passées ici, j'ai apporté ma modeste contribution à la vie locale et je n'ai jamais entendu personne se plaindre de mes soupers ou de mes thés ni de la qualité des divertissements que j'offre à mes invités, lorsqu'ils ont la bonté de répondre "*Sì*" à *le miei invitazione*. L'art ne gagne rien aux jeux turbulents et nous sommes parfaitement capables de nous amuser sans qu'il nous reste deux cents sandwichs au caviar sur les bras. Et quel gâchis dans le découpage du jambon ! J'ai été obligée de recouper plusieurs fois le morceau qu'elle m'a donné avant de réussir à le manger. »

Georgie sentit qu'il ne pouvait pas laisser passer cela sans réagir.

« Eh bien, moi j'ai très bien mangé, dit-il. Et je me suis beaucoup amusé. En outre, j'ai vu Peppino s'en mettre jusque-là et de bon cœur. Demandez-lui ce qu'il en pense. »

« Vous êtes un garçon, *Georgino*, dit-elle, fine mouche, et vous vous en mettez "jusque-là", comme vous le dites si vulgairement, sans penser à rien. Je ne critique pas le souper, mais je suis sûre que Peppino et le colonel Boucher se seraient mieux sentis ce matin s'ils avaient été plus raisonnables hier soir. Mais ce n'est pas vraiment de cela qu'il s'agit. Je désire montrer à Miss Bracely, et je suis sûre qu'elle m'en saura gré, le style de divertissement dont nous nous contentons à Riseholme depuis si longtemps. Je vais adopter sa manière de procéder : je vais demander au ban et à l'arrière-ban de faire un saut, en m'y prenant juste quelques heures avant, comme elle l'a fait. Tout sera très bon et baignera dans un je-ne-sais-quoi qui, il me semble, m'a manqué hier soir. Il y avait dans tout cela un soupçon – comment dirai-je ? – un soupçon de rampe de projecteurs. Et, à mon avis, les feux de la rampe n'étaient pas encore éteints ce matin à l'heure de l'office. Sa manière de chanter cette très belle aria était théâtrale. Je ne trouve pas d'autre terme, c'était théâtral. »

Elle fixa Georgie de son œil noir d'oiseau de proie et se passa la main sur les cheveux ondulés.

« Théâtral, répéta-t-elle. Et à présent, allons prendre le café dans le salon de musique. Est-ce que Lucia va jouer un pitit bout de Beethoven pour ssasser le vilain goût du glamophone ? Elle aime pas du tout le glamophone. Zamais ! »

Georgie commençait maintenant à se sentir capable de compatir avec ce jeune homme de la chanson qui, blasé de plaisirs, touchait au septième ciel dans les bras de l'une de ses deux charmantes maîtresses, indifféremment, à condition que l'autre fût absente[1]. Il avait certes été très heureux avec Lucia toutes

1. John Gay, *The Beggar's Opera*, II, 8. *(N.d.T.)*

ces dernières années avant que l'autre charmante bergère ne débarquât à Riseholme. Mais à présent, il sentait que si Lucia décidait, comme elle avait souvent été si près de le faire, d'aller passer l'hiver sur la Côte d'Azur, Riseholme n'en demeurerait pas moins un fort agréable lieu de séjour. Il n'avait jamais été tout à fait convaincu du sérieux de ces projets d'hibernation sur la Côte d'Azur car la moindre allusion dans ce sens avait toujours suffi à le faire se récrier que Riseholme ne saurait exister sans Lucia. Cependant, aujourd'hui, alors qu'il s'asseyait pour entendre (plutôt qu'écouter) une kyrielle de mouvements lents interrompue par une tentative risquée et brève ayant pour objet le scherzo du *Clair de lune*, il sentit que si le projet de Côte d'Azur revenait sur le tapis, il n'insisterait pas tant que ça sur l'impossibilité où se trouverait Riseholme de continuer à vivre sans Lucia. Il aurait pu, par exemple, parfaitement bien exister en ce dimanche après-midi à Tombouctou ou aux îles Antipodes car, la veille au soir, tandis qu'il prenait congé, Olga lui avait, sans façon, laissé entendre, en passant, qu'elle serait chez elle à déjeuner et que, s'il n'avait rien d'autre de mieux à faire, il pouvait toujours faire un saut. Il n'avait certes rien de mieux à faire, mais avait quelque chose de pire à faire.

Peppino avait pris place sur le siège disposé dans l'embrasure de la fenêtre, les yeux clos, parce que c'était ainsi qu'il appréciait le mieux la musique, et la tête lui tombant de temps à autre sur la poitrine, probablement pour la même raison. Mais l'arrêt final du mouvement lent le fit naturellement cesser d'écouter. Il remua et poussa le soupir dont tout le monde à Riseholme saluait la fin d'un mouvement lent. Georgie soupira également, ainsi que Lucia. Ils soupirèrent tous les trois puis Lucia se remit à jouer. Par conséquent, Peppino referma les yeux et Georgie se replongea dans l'analyse mentale de la situation.

Il arriva à la conclusion que, pour l'instant, Lucia n'avait pas l'intention de déclarer la guerre. Elle avait l'intention, par le truchement de quelque grandiose parade militaire, de déployer au grand jour l'esprit de Riseholme dans toute sa panoplie en vue d'écraser, éblouie et soumise, toute rivalité potentielle. Elle avait également l'intention d'exercer une influence pédagogique. Elle en convenait, Olga jouissait de dons grandioses et Lucia avait l'intention d'entraîner et de raffiner ces dons de telle sorte qu'ils puissent, une fois soumis au régime bienveillant mais autocratique de son autorité suprême, contribuer à la force et à la splendeur de Riseholme. Naturellement, il lui fallait des auxiliaires loyaux et compétents, et Georgie se rendait compte que le tableau du roi Cophetua (son tableau à lui, comme elle disait) participait de la nature du pot-de-vin ou, si ce terme était désobligeant, de l'augmentation de ses gages. Il était non moins évident que cet interminable récital de mouvements lents visait à lui faire prendre clairement conscience du contraste entre les jeux turbulents de la veille et la tranquillité de l'heure présente. Sur ce point, le récital remplit sa mission.

Lucia referma le couvercle du piano et, presque avant qu'ils eussent poussé leurs soupirs, elle prit la parole :

« Je pense que je vais d'abord donner un petit dîner, dit-elle. J'inviterai lady Ambermere. Avec vous, Georgie, ça fera quatre, et six avec Miss Bracely et Mr Shuttleworth. Je demanderai aux autres de venir à neuf heures, car je sais que lady Ambermere n'aime pas rentrer tard. Et maintenant, si on parlait un peu de nos tableaux vivants ? »

Ainsi donc, même l'esprit de Lucia ne s'était pas totalement abîmé dans la musique de Beethoven bien que Georgie, comme d'habitude, lui eût dit qu'elle n'avait jamais joué si divinement.

XI

Les grandes manœuvres de la semaine suivante devinrent si compliquées que, le mercredi, Georgie qui n'avait plus le temps de souffler, songeait presque à partir au bord de la mer avec Foljambe et Dickie. Il était complètement désespéré et il lui faudrait des années avant de pouvoir, au prix d'un effort mental énorme, comprendre les rouages de ces grandes manœuvres. Ce dimanche soir-là, Lucia envoya une invitation à lady Ambermere annonçant « dîner et tableaux vivants ». Les « gens » de lady Ambermere répondirent par téléphone, lundi après-midi, que « Madame » ne pourrait pas venir et qu'elle s'excusait. Lucia renonça donc à l'idée du dîner et se rabattit sur le projet initial d'une soirée mise sur pied au débotté, comme celle d'Olga. Dans l'intervalle, les répétitions pour ces tableaux improvisés se déroulèrent à huis clos et Georgie s'escrima sur vingt mesures de la partition du *Réveil de Brünnhilde*. Lucia avait l'intention de n'avertir personne avant le vendredi soir. Olga allait voir un peu quel genre de réception Riseholme pouvait organiser en un rien de temps…

Ce n'est que le mardi matin que le diable investit Daisy Quantock, probablement par télépathie. Elle se mit en route et, tout en faisant le tour de la pelouse communale à l'heure du parlement matinal, elle invita tout le monde à venir faire la fête le samedi soir ; et tout le monde accepta. Georgie, Lucia et Olga étaient portés absents ; par conséquent, optant pour les visites de porte à porte, Daisy se rendit tout d'abord chez Georgie. Comme il ne devait pas révéler le secret des tableaux (en fait, il était en train de se coudre une robe destinée au roi Cophetua lorsque Daisy sonna chez lui et il se dépêcha de la fourrer sous la table), il dit qu'il regrettait : il avait un engagement antérieur. Cela semblait assez mystérieux… Peut-être avait-il prévu, pour autant que Mrs Quantock pouvait l'imaginer, une de ces soirées où il avait « du travail à faire à la maison » et, comme il n'était pas question de chercher à savoir en quoi consistait ce travail, elle ne posa pas de question et ressortit pour aller inviter Lucia. Au Hurst aussi on lui opposa des regrets tout aussi mystérieux. Lucia était si navrée qu'ils ne pussent venir, Peppino et elle-même. Elle espérait que Daisy s'offrirait une belle réception. Alors qu'elle lui parlait encore, elle entendit la sonnerie du téléphone. Elle s'y précipita pour apprendre que Georgie, lieutenant fidèle, l'informait du projet de réception qu'avait fait Mrs Quantock pour le samedi. Il ne savait pas encore où elle en était de ses préparatifs. À ce moment, elle avait déjà parcouru la moitié du chemin en direction de La Vieille Maison et marchait à une vitesse inusitée. Avec une extraordinaire rapidité, Lucia saisit d'emblée l'ensemble de la situation. Elle interrompit brusquement la communication avec Georgie et, renonçant carrément au projet de réception improvisée, elle appela Olga au téléphone. D'une manière ou d'une autre, il fallait à tout le moins s'assurer d'Olga…

Le téléphone était dans le vestibule et Olga, le chapeau déjà sur la tête, s'apprêtait à sortir quand la sonnerie retentit. Ses lèvres venaient de prononcer la formule de gratitude pour dire qu'elle acceptait quand la sonnette de la porte d'entrée retentit à son tour, longue, insistante et répétée à trente secondes d'intervalle. C'était Mrs Quantock qui attendait sur le pas de la porte, avec son invitation pour le samedi soir. Olga fut obligée de s'excuser, mais elle promit de faire une petite apparition si elle ne prenait pas congé de Mrs Lucas vraiment trop tard. L'idée de faire la fête encore une fois lui souriait.

Déjà on commençait à percevoir les maux de la décentralisation et des initiatives qui se chevauchaient. Lucia téléphona à tous ses amis l'un après l'autre pour découvrir qu'ils étaient tous déjà engagés ailleurs. Elle s'était assuré la présence d'Olga et de Georgie et pouvait entreprendre la noble tâche d'éducation et d'écrasement de toute initiative rivale non pas par la force mais par le seul moyen raffiné de l'exemple, mais Mrs Quantock s'était assurée la présence de tous les autres. Jadis, cela n'aurait jamais pu se produire car tout gravitait alors autour d'un seul corps central. À présent, depuis l'apparition de cette autre grande étoile, toutes les lois connues, en fait de gravitation et d'attraction, étaient bouleversées.

Georgie, derechef convoqué par téléphone, suggéra d'en appeler au bon côté de Mrs Quantock. Lucia rejeta la suggestion : elle ne croyait pas Mrs Quantock capable du moindre bon côté.

« Mais alors, les tableaux ? demanda Georgie. Nous ne pouvons pas faire des tableaux à trois avec Miss Olga pour seule spectatrice ! »

Alors Lucia se montra vraiment supérieure.

« Le mérite des tableaux n'est pas proportionnel au nombre des spectateurs », dit-elle.

Elle fit une pause.

« Votre robe du roi Cophetua est-elle fin prête ? demanda-t-elle.

– Oh, ça ira », dit Georgie, découragé.

Le mardi après-midi, Olga appela Lucia au téléphone pour lui dire que son mari arrivait ce jour-là ; elle lui demanda si elle pouvait l'amener samedi. À quoi Lucia acquiesça cordialement, tout en réalisant le côté insolite de la situation. Un couple, mari et femme, exécutant des tableaux pour divertir un autre couple, mari et femme, voilà qui ne reflétait pas vraiment Riseholme sous son meilleur jour. Elle commença à hésiter au sujet des tableaux et à envisager un dîner à la place. Elle se demanda aussi, après tout, si elle n'avait pas porté tort à cette chère Daisy et si Daisy avait bien un bon côté. Peut-être Georgie pourrait-il tirer les choses au clair…

Le téléphone tira Georgie d'un léger somme (car, en travaillant à la robe du roi Cophetua, il s'était endormi). Lucia expliquait la situation et suggérait discrètement qu'il lui serait si facile, à lui, d'aller faire un petit « saut » chez cette chère Daisy et de faire preuve de beaucoup de diplomatie. Pour ce qui est du tact, Georgie ne craignait personne. Il bâilla franchement et alla faire son petit saut.

« C'est l'histoire de samedi qui vous amène, dit Daisy, sagace. C'est bien ça, n'est-ce pas ? »

Georgie se souvint de sa réputation de tact.

« Mais c'est merveilleux, dit-il, comment avez-vous deviné ? J'ai pensé que nous pourrions peut-être essayer d'accorder nos violons et trouver quelque chose. Ce serait vraiment dommage de nous partager en deux camps. Nous… je veux dire, Lucia s'est assuré la présence de Miss Olga et de son mari, et…

– Et moi, je me suis assurée celle de tous les autres, dit Daisy du tac au tac, avec un grand sourire. Et Miss Bracely viendra ensuite si elle se libère assez tôt. Et il est fort probable qu'elle le fera, vu le si petit nombre des invités.

– Je ne compterais pas là-dessus, vous savez, dit-il. Nous allons exécuter quelques tableaux et cela dure toujours plus qu'on ne le pense. Oh, mon Dieu ! Je n'aurais pas dû dire ça. On était censé improviser les tableaux, mais vous savez combien Lucia est prévoyante : elle se démène beaucoup pour les préparer.

– Je n'en avais pas entendu parler », dit Mrs Quantock.

Elle réfléchit un instant.

« Enfin, je ne veux pas gâcher la soirée de Lucia, dit-elle. Et je crois vraiment que rien n'est plus ridicule que d'exécuter des tableaux à trois pour deux spectateurs. D'un autre côté, je ne veux pas qu'elle gâche ma propre soirée car, qu'est-ce qui l'empêcherait d'aligner les tableaux jusqu'au lendemain matin à l'heure de l'office, si elle souhaite empêcher que Miss Bracely vienne chez moi ? Je suis persuadée, à en juger par la manière dont elle s'est comportée envers mon gourou… Enfin, ne revenons pas là-dessus. Et que diriez-vous si on avait d'abord les tableaux chez Lucia et qu'ensuite on vienne ici ? Si Lucia prend la peine de me faire cette suggestion et si mes invités y consentent, je ne m'y opposerai pas. »

Par conséquent, le mardi vers six heures, toutes les sonneries de téléphone carillonnaient à nouveau de plus belle. Mrs Quantock stipulait que la réception de Lucia devrait se terminer à onze heures moins le quart précises, sinon avant, et que tout le monde à ce moment-là devrait pouvoir se rendre en masse chez elle. Elle se proposait de faire une fiesta qui surpasserait même celle d'Olga et s'était plongée dans la lecture d'un manuel de jeux de société qui comprenait même le jeu du furet…

Georgie et Peppino se relayèrent au téléphone pour appeler tous les invités de Mrs Quantock et les informer du double plaisir qui les attendait samedi. Étant donné que Georgie avait révélé le secret des tableaux improvisés à Mrs Quantock il n'y avait pas de raison pour que le reste de Riseholme ne l'apprît pas de première main par le Hurst plutôt que de seconde main (avec serments de n'en rien répéter) par Mrs Quantock. Il s'avéra que le bon côté de Mrs Quantock était meilleur que ne voulait bien le reconnaître Lucia. Cependant, c'eût été mettre injustement la vertu à rude épreuve que de demander à Mrs Quantock de ne parler des tableaux à personne.

« Tout est donc réglé, dit Georgie, tandis qu'il revenait du téléphone avec la dernière réponse favorable. Et comme tout s'est bien arrangé finalement. Mais quelle journée ! Rien que des coups de téléphone toute la sainte journée. À ce train, la compagnie va nous payer des dividendes à la fin de l'année et nous restituer une partie de nos propres deniers. »

Lucia avait une grande quantité de fausses perles qu'elle était en train d'enfiler en vue du tableau concernant Marie Stuart.

« À présent que tout le monde est au courant, dit-elle, nous pourrions nous permettre de fignoler un peu nos préparatifs. Il y a une hache élisabéthaine aux Armes d'Ambermere que je pourrais emprunter. Maintenant, pour ce qui est du tableau de Brünnhilde, c'est bien à l'aube, n'est-ce pas ? Nous pourrions, au lever du rideau, avoir la scène plongée dans l'obscurité et, ensuite, monter très lentement une lampe dans le fond du décor de telle sorte qu'elle m'éclaire le visage. Lorsqu'on monte très lentement une lampe, cela fait toujours un effet merveilleux. L'illusion produite est parfaite. Du piano, pourriez-vous vous en charger en tenant la lampe d'une main, Georgino ?

– Je suis parfaitement certain que je n'y arriverai pas, dit-il.

– Bon, alors c'est Peppino qui devra le faire avant d'entrer en scène. Il y aura du mouvement dans ces tableaux. Je pense que cela sera une grande première. Peppino fera son entrée… en s'avançant simplement de deux pas… quand il aura monté la lampe ; puis il retirera mon armure et mon bouclier…

– Mais la musique ne durera jamais assez longtemps pour couvrir l'ensemble, s'écria Georgie. Il faudra que je commence plus tôt.

– Oui, ce serait peut-être mieux, dit calmement Lucia. Et puis il y a aussi cette authentique cotte de mailles ; je suis contente de m'être souvenue que Peppino l'avait. Marshall est en train de la nettoyer, en ce moment même, et cela fera un effet bien plus beau que ces espèces d'oripeaux de pacotille dont on se sert à l'opéra. Ensuite je me mets sur mon séant très lentement, je décris un mouvement, d'abord du bras droit, puis du bras gauche, et enfin des deux bras. J'aimerais bien essayer de répéter ces mouvements maintenant sur le canapé. »

Lucia venait de s'allonger lorsque le téléphone sonna à nouveau. Georgie se leva pour aller répondre.

« Ça, c'est pour annoncer des dividendes, dit-il en se dirigeant vers le vestibule.

– Suis-je bien chez Mrs Lucas ? dit une voix qu'il connaissait.

– Oui, miss Olga, dit-il, et c'est moi.

– Oh, monsieur Georgie, quelle chance ! dit-elle. Vous pouvez transmettre mon message tout de suite à Mrs Lucas, n'est-ce pas ? Vous savez quelle abominable tête de linotte je suis !

– De quoi s'agit-il ? demanda Georgie.

– C'est à propos de samedi. Je viens de me rappeler que Georgie et moi-même – pas vous, bien sûr ! – partons pour le week-end. Auriez-vous l'obligeance de dire à Mrs Lucas combien je suis désolée ? »

Georgie retourna à la salle de musique où Lucia décrivait à ce moment précis le mouvement des deux bras levés ensemble. En voyant la mine de Georgie elle les laissa retomber.

« Eh bien, qu'est-ce donc ? » dit-elle.

Georgie transmit le message et Lucia se leva du canapé.

« Je regrette que Miss Bracely ne puisse pas voir nos tableaux, dit-elle, mais, comme elle n'y tenait pas de rôle elle-même, je ne sache pas que cela change grand-chose. »

Une morosité mortelle, bien que l'absence d'Olga ne changeât pas grand'chose, s'abattit sur le trio. Lucia ne reprit pas sa répétition des mouvements de bras car, après toutes ces années d'entraînement, on pouvait supposer que sa prestation serait jugée assez bonne pour Riseholme sans répétition supplémentaire. On n'ajouta rien non plus au sujet de la hache à emprunter aux Armes d'Ambermere. Mais comme elle avait commencé à enfiler ses perles, elle alla jusqu'au bout ; quant à Georgie, il lui était égal désormais que le galon doré du manteau du roi Cophetua fît bien le tour dans le dos ou pas. Après avoir cousu le morceau sur lequel il travaillait, il replia le manteau en boule. Finalement, ce serait une réception comme les autres, un point c'est tout. Sa coupe était vide.

Mais celle de Lucia n'était pas encore tout à fait pleine, car à ce moment-là, la baignoire-sabot de Miss Lyall, attelée d'un poney, s'arrêta devant le portail. Un petit garçon d'écurie présenta un pli qui exigeait une réponse immédiate. En dépit de toute la maîtrise de soi qui caractérisait Lucia, la réponse immédiate qui suivit fut une bouffée qui lui empourpra le visage comme un feu d'artifice.

« C'est de l'impertinence pure et simple ! dit-elle. Écoutez plutôt :

> Chère Mrs Lucas,
>
> Étant à Riseholme ce matin, j'ai appris par Mrs Weston que Miss Bracely serait chez vous samedi soir. Tout compte fait, je serais donc enchantée de venir dîner. Vous n'ignorez pas que j'ai pour principe de ne pas sortir le soir, sauf pour une raison exceptionnelle, mais j'aurais grand plaisir à l'entendre chanter à nouveau. Comme je n'aime pas rentrer trop tard, pourriez-vous mettre votre dîner à sept heures et demie plutôt qu'à huit heures ? »

On observa une courte pause.

« *Caro*, dit Lucia, voudriez-vous avoir la bonté de dire à Miss Lyall que je n'attends pas Miss Bracely samedi et que, par conséquent, je n'attends pas lady Ambermere non plus ? Une réponse orale suffira amplement.

– Mais, très chère… commença-t-il.

– Bon, eh bien, je vais le faire moi-même », dit-elle.

Ce fut en rentrant à pied chez lui, après avoir transmis ce funeste message, que Georgie ressentit le besoin de s'enfuir pour prendre quelque repos en compagnie de Foljambe et de Dickie. L'idée d'exécuter des tableaux vivants devant Olga l'avait entretenu continûment, depuis dimanche, dans un état d'excitation frénétique et aujourd'hui en particulier la journée n'avait été qu'un incessant va-et vient entre le téléphone et la couture. Et tout cela pour n'aboutir à rien du tout, car ni les tableaux ni les fiestas ne semblaient capables de retenir son attention si peu que ce fût, du moment qu'Olga ne serait pas là. Alors, soudain, l'idée qu'il devait être amoureux d'Olga commença à se faire jour dans son esprit sinon, pourquoi donc serait-il si extraordinairement affecté par sa présence ou son absence ? Il s'arrêta pile devant le mûrier de Mrs Quantock.

« Ô surcroît de misère, surcroît de malheur ! » se dit-il intérieurement.

Franchement, si la vie à Riseholme devait se réduire à une kyrielle de journées pleines d'agitation qui aboutissaient à des découvertes accablantes, mieux valait partir le plus tôt possible avec Foljambe et Dickie. Il ne savait vraiment pas à quoi cela ressemblait d'être amoureux car l'expérience qui, pour lui, approchait le plus de cet état, c'était d'avoir vu Olga s'éveiller au sommet de la montagne et d'avoir senti qu'il avait raté sa vocation en n'étant pas lui-même Siegfried. À partir de là, il pouvait extrapoler. Cette fois-ci également il s'agissait d'Olga, non pas située dans le cadre romanesque de la légende et du chant, mais telle qu'elle apparaissait en personne à Riseholme où elle prenait part, comme à présent – et avec quel intérêt enthousiaste ! – aux affaires locales. Naguère à peine, lorsqu'elle avait manifesté, pour la première fois, l'intention de venir s'installer ici, elle avait qualifié l'endroit de mare stagnante et paresseuse. À présent, elle en savait davantage car elle pouvait supporter d'écouter Mrs Weston plus longtemps que quiconque et elle réclamait même un surcroît d'histoires quand, par extraordinaire, Mrs Weston arrivait au bout du rouleau. Pourtant, c'est à peine si elle semblait s'intéresser à Lucia. Georgie se demandait bien pourquoi…

Il leva les yeux tandis qu'il murmurait ces syllabes désabusées et voilà qu'apparut Olga qui s'apprêtait à sortir du jardin de façade de La Vieille Maison. Le premier mouvement de Georgie fut de feindre de ne l'avoir pas vue et de regagner son foyer de célibataire, mais elle l'avait certainement vu. Elle lança un coup de sifflet si aigu et si perçant, les deux doigts dans la bouche que, même s'il avait feint de ne l'avoir pas vue, il eût été grotesque de faire semblant de ne l'avoir pas entendue. Elle lui fit signe d'approcher.

« Georgie, il s'est produit une chose tout à fait abominable, dit-elle tandis qu'ils parvenaient à portée de voix. Oh, je vous ai appelé Georgie par mégarde ! Ma foi, quand une fois cela vous a échappé, il faut continuer à le faire délibérément. Devinez ! dit-elle dans le meilleur style de Riseholme.

– Finalement, vous pourrez venir à la réception de Lucia, dit-il.

– Non, impossible. Bref, vous ne devinerez jamais parce que vous évoluez dans des sphères si élevées, alors je vais vous le dire : l'Élisabeth de Mrs Weston va se marier avec l'Atkinson du colonel Boucher. Je ne connais pas son prénom à lui ni son nom de famille à elle, mais c'est d'eux qu'il s'agit !

– Ne me dites pas ! dit Georgie, arraché un instant à ses propres tourments. Mais vont-ils tous deux quitter leurs services ? Et que deviendront les deux autres ? Mrs Weston ne peut avoir un domestique mâle et comment diable parviendra-t-elle à s'en sortir sans Élisabeth ? En outre…

Une légère rougeur lui colora les joues.

– Je sais ce que vous allez dire. Vous pensez aux bébés, dit Olga brutalement. Est-ce bien cela ?

– Oui, dit Georgie.

– Alors pourquoi ne pas le dire ? Nous avons été des bébés autrefois, vous et moi, bien que personne ne soit assez âgé pour s'en souvenir. Et nous n'aurions pas apprécié que les amis de nos parents eussent honte de nous mentionner. Vous êtes bégueule, Georgie.

– Non, je ne suis pas bégueule, dit Georgie en se souvenant qu'il était probablement amoureux d'une femme mariée.

– Peu importe que vous le soyez ou pas. À présent, il n'y a qu'une seule chose qui puisse arriver aux deux autres. Il faut qu'eux aussi se marient. Alors, Atkinson pourra continuer de servir le colonel Boucher, et Élisabeth, Mrs Boucher, à moins qu'elle ne soit occupée par ce qui vous fait rougir. Ils pourront alors obtenir de l'aide à l'extérieur ; vous leur prêterez Foljambe, par exemple. Il est grand temps que vous commenciez à vous rendre utile aux autres dans votre méchante vie égoïste. C'est donc réglé. Il ne nous reste plus qu'à les décider à se marier.

– N'allez-vous pas un peu vite en besogne ? demanda Georgie.

– Absolument pas ! Pour le moment, je ne fais que parler. Allez, venez tout de suite chez moi et nous allons prendre un verre de vermouth. Le vermouth me met toujours en verve, à moins qu'il ne m'abrutisse. Enfin, soyons optimistes. J'allais justement vous chercher. »

Les voilà donc installés dans la salle de musique d'Olga avec une bouteille de vermouth sur la table.

« Et maintenant Georgie, buvons de conserve comme deux vieux ivrognes, dit-elle, et tout en buvant racontez-moi toute l'histoire sentimentale du jeune couple.

– Atkinson et Élisabeth ? demanda Georgie.

– Mais non, cher ami. Le colonel Boucher et Mrs Weston. Ils ont une histoire sentimentale. Je suis sûre que vous avez déjà tous pensé une fois qu'ils allaient se marier. Et puis ils dînent constamment en *tête-à-tête*. Eh bien, ça c'est un bon début. Êtes-vous bien sûr qu'il n'a pas une femme et des enfants en Égypte et elle un mari et des enfants quelque part ailleurs ? Je ne voudrais pas avoir à exhumer des cadavres.

– Je n'en ai jamais entendu parler, dit Georgie.

– Alors, nous allons considérer qu'ils n'existent pas. S'ils existaient, vous en auriez certainement entendu parler comme aussi, très probablement, s'ils n'existaient pas d'ailleurs. Et puis tous les deux apprécient la bonne chère, les bonnes bouteilles et les nouvelles de dernière minute. N'est-ce pas ?

– Oui, certes. Mais…

– Mais quoi ? Que demandez-vous et que demandent-ils de plus ? N'est-ce pas là un meilleur début dans la vie conjugale que n'en obtiennent la plupart des gens ?

– Mais ne sont-ils pas un peu âgés ? demanda Georgie.

– Pas beaucoup plus âgés que vous et moi, et si je n'avais pas moi-même mon propre Georgie, j'aurais bientôt celui de quelqu'un d'autre. Vous voyez de qui je veux parler ?

– Non ! » dit Georgie catégoriquement. Bien que tout cela arrivât au terme d'une journée des plus poignante, cela, conjugué au vermouth, le ravigotait.

« Bon, je vais vous redire exactement ce que m'a dit Mrs Weston. Elle a dit : "Il m'a toujours été entièrement dévoué et il n'a jamais porté ses regards sur qui que ce soit d'autre. Il y avait bien Piggy Antrobus…" Et maintenant, voyez-vous de qui je veux parler ? »

Georgie partit d'un petit rire nerveux.

« Oui, dit-il.

– Alors ne parlez pas trop de vous-même, mon cher, et allons droit au but. Cet après-midi j'ai fait un saut pour voir Mrs Weston et, comme elle m'exposait les détails de la tragédie, elle a dit, par mégarde (comme je viens moi-même de vous appeler Georgie, par mégarde) "Et je ne sais pas comment se débrouillera Jacob sans Atkinson". Or, est-ce bien Jacob le prénom du colonel Boucher, oui ou non ? Alors nous y sommes, c'est bien cela ! C'est une des faces du problème. Elle l'a appelé Jacob par mégarde, elle va donc sous peu l'appeler Jacob délibérément. »

Olga hocha la tête de haut en bas en imitant à s'y méprendre Mrs Weston.

« J'étais à peine sortie de la maison, dit-elle en imitant à s'y méprendre la voix de Mrs Weston, lorsque j'ai rencontré le colonel Boucher. Ça devait être vers les trois heures (non, ça ne pouvait pas être trois heures, car j'étais déjà rentrée à la maison et me trouvais debout dans le vestibule quand trois heures ont sonné, et ma pendule avance un tant soit peu). Bref ! Le colonel Boucher m'a dit : "Ah, ah ! C'est un vrai drame domestique, par Jupiter !" Par conséquent j'ai fait celle qui ne savait rien et il m'a raconté toute l'histoire. Alors, j'ai dit "Mais alors, c'est bel et bien un drame domestique, et vous allez perdre Atkinson". Et lui de reprendre "Ah, ah, et la pauvre Jane (je devrais dire Mrs Weston) va perdre Élisabeth". Voilà ! »

Olga se leva et alluma une cigarette.

« Oh, Georgie, est-ce que vous saisissez bien la profondeur de tout cela ? dit-elle. Leurs bons vieux cœurs ont été mis à nu par la calamité qui leur tombait dessus et chacun s'est exprimé sur l'autre selon les sentiments que l'autre lui inspirait. Ils ne s'étaient probablement jamais appelés Jacob ou Jane de toute leur vie. Mais l'ange du Seigneur descendit et agita les eaux[1]. Et si vous pensez que cette citation est blasphématoire, reprenez un peu de vermouth. Ça me met en verve bien que vous ne l'eussiez pas pensé. Et maintenant, écoutez ! »

Elle reprit place à côté de lui, le visage rayonnant d'un enthousiasme mutin. L'humour à Riseholme se permettait d'être un peu méchant : si vous citiez les absurdités de vos amis, il y avait un brin de méchanceté dans votre esprit. Mais chez Olga, rien de tel. Elle imitait Mrs Weston avec une fidélité impitoyable, tout en demeurant foncièrement gentille. Elle aimait Mrs Weston pour ses intonations pleines d'emphase et le soin scrupuleux qu'elle mettait à indiquer l'heure exacte.

« Et à présent, pour commencer, vous venez dîner avec moi ce soir, dit-elle.

– Oh, je crains que ce soir… commença Georgie, en se raidissant devant les complications éventuelles à venir. Franchement, il fallait qu'il se repose dans la soirée et se mette au lit très tôt.

1. Évangile selon saint Jean 5, 4. *(N.d.T.)*

– Mais que craignez-vous donc ce soir ? demanda Olga. Tout ce que vous avez à faire c'est de vous laver les cheveux. Ça peut attendre jusqu'à demain. Donc, vous et moi, ça fait deux ; avec Mrs Weston et le colonel Jacob, ça fait quatre, et ça suffit comme ça : je ne pense pas qu'il y ait rien à manger dans la maison. Mais il y a de quoi boire et c'est ça qu'il me faut. Mais attention, pas pour vous et moi ; il faut que nous gardions toute notre tête et que nous nous montrions habiles. Ne reprenez plus de vermouth. Mais Jane et Jacob auront droit à des flots de champagne. Non pas pompettes, entendez-moi bien, mais en pleine forme et disposés à s'apprécier mutuellement et à nous apprécier sans réticence. Et lorsqu'ils prendront congé, ils échangeront quelques mots sur le pas de la porte de Mrs Weston, et elle le priera d'entrer. Alors ils tomberont d'accord pour se marier. Et le lendemain matin, lorsqu'ils se réveilleront, ils se demanderont l'un et l'autre comment, grands dieux, ils ont pu… et ils s'interrogeront vaguement sur ce que tout le monde pourra bien en penser. Ensuite, ils remercieront Dieu, ainsi qu'Olga et Georgie, de l'avoir fait et vivront très heureux pendant un nombre incroyable d'années. Seigneur, comme ils seront heureux ! Infiniment plus heureux ensemble qu'ils ne le sont en ce moment. Ah, les chers petits ! Chacun relégué au coin de sa cheminée à se lamenter d'être trop vieux, les pauvres ! Et nous chanterons, vous et moi, "La voix qui soupirait sur le Jardin d'Éden[1]" et, au beau milieu, nos voix angéliques se briseront et nous sangloterons dans nos mouchoirs et la Voix n'aura qu'à soupirer toute seule et bien profondément, comme le gourou. Pourquoi ne m'avez-vous jamais parlé du gourou ? Mrs Weston s'est montrée envers nous meilleure amie que vous, et il faut que je sonne ma cuisinière – non, je vais d'abord téléphoner à Jacob et à Jane, et je verrai ensuite ce qu'il y a à manger. Après quoi vous allez vous asseoir

1. John Keble, *Poems*, « Holy Matrimony ». *(N.d.T.)*

ici, bien tranquillement, et je vous expliquerai ce que sera votre rôle. »

Pendant le dîner, la conversation, d'après le plan de campagne d'Olga, devait être générale, car elle détestait qu'il y eût deux conversations en même temps lorsque la compagnie se limitait à quatre personnes. Elle trouvait alors qu'elle désirait toujours se joindre à l'autre groupe. Telle fut donc la règle primordiale qu'elle inculqua à Georgie en la gravant dans sa mémoire grâce à une comparaison particulièrement colorée.

« Imaginez qu'il se trouve un crachoir élisabéthain au milieu de la table, dit-elle, et crachez vaillamment dedans, sans vous lasser. Je veux qu'au moindre silence dans le cours de la conversation, vous crachiez deux choses : la première, c'est que tant Jacob que Jane seront terriblement malheureux une fois privés de leur phénix et de leur perle ; la seconde, c'est qu'il est bien doux de converser en aimable compagnie. Évidemment, je vous taquinerai vous-même tout le temps, attention ! Et je dirai qu'il faut absolument que vous vous mariiez. Après dîner je ferai probablement un petit tour dans le jardin avec Jacob. Ne venez pas avec nous. Retenez-le un petit moment dans la salle à manger à la fin du repas, car j'en profiterai pour parler à Jane, et donnez-lui au moins trois verres de porto. Mon Dieu, il est temps que j'aille me changer ! Bon vent, et à la grâce de Dieu ! »

En retournant chez Olga, Georgie vit que les deux autres étaient déjà arrivés. On échangea des poignées de main un peu comme on le fait à des funérailles et on passa immédiatement à table. Olga attaqua sur-le-champ.

« Depuis combien d'années votre remarquable Atkinson est-il à votre service, disiez-vous ? demanda-t-elle au colonel Boucher.

– Vingt, et bientôt vingt et un, dit-il. Quelle calamité ! Ma parole, c'est plus qu'une calamité ! »

Georgie eut une idée lumineuse.

« Mais qu'est-ce qui est une calamité, colonel ? demanda-t-il.

– Comment ? Vous n'en avez pas entendu parler ? J'aurais pensé qu'à présent la nouvelle se serait répandue partout. Atkinson va se marier.

– Pas possible ! dit Georgie. Et avec qui ? »

Mrs Weston ne put supporter l'idée de ne pas l'annoncer elle-même.

« Mais avec mon Élisabeth, dit-elle. Élisabeth est venue me trouver ce matin : "Puis-je vous parler une minute, M'dame ?" a-t-elle dit. J'ai pensé qu'il ne s'agissait, tout au plus, que d'une tasse qu'elle avait cassée, peut-être. "Mais oui, ai-je dit d'un ton tout à fait enjoué, et vous venez me trouver pour me parler de quoi ?" »

Les choses prenaient une tournure presque trop tragique et Olga intervint :

« Oublions tout cela une heure ou deux, dit-elle. C'était bien gentil à vous tous d'avoir eu pitié de moi et d'être venus dîner. Sinon je me serais retrouvée toute seule. Et dire qu'il y en a qui choisissent d'être tout seuls alors qu'ils n'y sont pas contraints ! Regardez-moi ce malheureux – elle désigna Georgie – qui vit tout seul au lieu de se marier. Prendre plaisir à être seul est la pire habitude que je connaisse : bien pire que de se soûler.

– Mais laissez-moi donc tranquille tout seul, dit Georgie.

– Pas question, cher ami. Et une fois le repas terminé, Mrs Weston et moi-même allons conjuguer nos efforts et, quand vous nous rejoindrez, nous vous annoncerons le nom de votre heureuse élue. Je devrais imposer une taxe de vingt shillings par livre sur tous les célibataires : ils devraient tous convoler ou mourir de faim. »

Soudain, elle se tourna vers le colonel Boucher.

« Oh, colonel ! dit-elle. Qu'est-ce que je viens de dire ? C'est abominablement stupide de ma part de ne m'être pas souvenue que vous étiez célibataire, vous aussi. Mais, soyez sans crainte, je ne vous priverai de rien. Resservez-vous tout de suite de poisson pour montrer que vous me pardonnez. Allez, Georgie, changez de sujet : vous ne faites que parler de vous ! »

Georgie, avec une docilité remarquable, se tourna vers Mrs Weston.

« C'est vraiment trop désolant pour vous, dit-il. Comment allez-vous faire pour vous passer d'Élisabeth ? Depuis combien de temps est-elle à votre service ? »

Mrs Weston reprit son propos à l'endroit précis où elle l'avait laissé.

« J'ai donc dit : "Et vous venez me trouver pour me parler de quoi ?" sur un ton tout à fait enjoué, pensant qu'il s'agissait d'une tasse. Et elle a dit "Je vais me marier, M'dame !" et elle s'est mise à rougir d'une façon si charmante que vous auriez pu penser que c'était une fille de vingt ans, bien qu'elle eût dix-sept ans lorsqu'elle est arrivée chez moi – non, elle venait d'en avoir dix-huit – et cela fait quinze ans, ça lui fait donc trente-trois ans. "Eh bien, Élisabeth, dis-je, vous ne m'avez pas encore dit qui est l'heureux élu mais que ce soit l'archevêque de Cantorbéry ou le prince de Galles – je sentais que je me devais de faire une petite plaisanterie dans ce style –, j'espère que vous le rendrez aussi heureux que vous m'avez rendue heureuse toutes ces dernières années !"

– Chère amie ! dit Olga. À votre place, j'aurais piqué une crise de nerfs et j'aurais dénoncé les bans.

– Non, miss Bracely, vous ne l'auriez pas fait, dit Mrs Weston, vous auriez simplement rendu grâces au ciel, comme moi, qu'elle ait trouvé un bon mari qu'elle pourra dorloter et qui pourra la dorloter. Ainsi donc, Élisabeth a dit "Mon Dieu ! Seigneur ! M'dame ! c'est pas – ce n'est pas un de ces beaux messieurs. C'est l'Atkinson du colonel". Demandez un peu au colonel ce qu'il pense d'Atkinson et alors vous rendrez grâces, tout comme moi-même.

– L'Atkinson du colonel est un lambin, tout comme Georgie, dit Olga. Voilà des années qu'ils vivent côte à côte et pourquoi diable le bonhomme ne s'est-il pas décidé plus tôt ? Sa seule circonstance atténuante c'est qu'il vient de le faire enfin. Au tour de Georgie à présent...

– À présent, vous allez de nouveau manquer d'égards envers le colonel, dit Georgie. Colonel, nous avons été invités céans pour nous faire insulter. »

Le colonel Boucher n'éprouvait rien de plus qu'une tolérance réservée à l'égard de Georgie et cela lui souriait plutôt de lui rabattre le caquet.

« Par ma foi, si vous qualifiez d'insultes un tel dîner accompagné d'un tel vin, dit-il, je me demande bien ce que vous pourriez appeler un compliment !

– Je sais ce que j'appelle un compliment, dit Olga, et c'est d'avoir tous accepté de venir dîner chez moi alors que je vous avais invités à la dernière minute. Quant aux préparatifs de mariage de Georgie...

– Oh, la barbe !... dit-il. Si vous continuez sur cette voie, je ne vous inviterai pas à la noce. Parlons plutôt de celle d'Élisabeth. Quand comptent-ils se marier, madame Weston ?

– C'est ce que j'ai dit à Élisabeth : “Allez me chercher un calendrier, Élisabeth” dis-je “pour que vous ne choisissiez pas un dimanche. Ne dites pas le vingt du mois prochain sans vérifier d'abord. Mais si le vingt est un dimanche, ou encore un vendredi, attention !, car bien que je ne croie pas à ce genre de choses, quand même, on ne sait jamais...” Tenez, prenez Mrs Antrobus, par exemple, dit Mrs Weston, insérant une note en bas de page dans son discours à Élisabeth, elle s'est mariée un vendredi et, moins d'un an après, elle est devenue aussi sourde que vous la voyez aujourd'hui. Et puis l'oncle de Mr Weston – je devrais dire son oncle par alliance –, son mariage aussi a eu lieu un vendredi, et bien ils ont raté leur train lorsqu'ils sont partis en lune de miel et il a fallu qu'ils restent toute la nuit à l'endroit où ils se trouvaient, sans la moindre éponge et sans la moindre brosse à dents, parce que tous leurs bagages étaient déjà dans le train qui faisait route vers Torquay. “Fixez donc la date au vingt, Élisabeth”, dis-je, “si ce n’est ni un vendredi ni un dimanche. De la sorte, tant le colonel que moi-même aurons le temps de prendre nos dispositions, bien que nous n’ayons guère d’espoir, ni l’un ni l’autre, de vous trouver des remplaçants à la hauteur ! Et puis ne commencez pas à pleurer, Élisabeth”, dis-je, car elle avait ouvert les grandes eaux, “parce que si vous pleurez pour un mariage, qu’est-ce qui vous restera pour un enterrement ?”

– Ah, ma parole, voilà ce que j’appelle une remarque splendide et toute à votre honneur ! dit le colonel. J’ai dit à Atkinson que j’aurais souhaité ne l’avoir jamais rencontré… avant de lui présenter tous mes vœux de bonheur. »

Olga se leva.

« Occupez-vous du colonel Boucher, Georgie, dit-elle, et n’hésitez pas à sonner si vous avez besoin de quoi que ce soit. Quelle lune superbe ! Divin, n’est-ce pas ? Comme Atkinson et Élisabeth doivent se régaler ! »

Les deux messieurs passèrent une demi-heure à deviser sur un mode médiocrement plaisant car Georgie serinait sans cesse le colonel avec le supplice de son triste sort privé d’Atkinson et les douces joies d’une agréable compagnie. Inutile d’essayer de changer de sujet pour passer à la séance de tableaux vivants qui approchait, à la vague rumeur selon laquelle Piggy était tombée face en avant dans la pièce d’eau communale, ou à Mrs Quantock et son mari qui avaient remarquablement réussi à faire tourner une table dans l’après-midi (puisque les coups frappés avaient révélé qu’il s’appelait Robert et elle Daisy). Quelle que fût la traverse que le colonel tentait de prendre, Georgie le ramenait au bercail par le chemin balisé qu’il avait promis d’emprunter. Tant et si bien que lorsque Georgie lui permit finalement de regagner le salon de musique, il aspirait à partager la compagnie beaucoup plus réconfortante des dames. Quand ils pénétrèrent dans la pièce, Olga se leva.

« Georgie est si paresseux, dit-elle, qu'il est inutile de lui demander. Mais vous, colonel, vous voudrez bien faire quelques pas avec moi dans mon jardin, n'est-ce pas ? Il y a un clair de lune divin et il fait vraiment doux. »

Ils sortirent donc. Aucun souffle d'air n'animait la nuit.

« Et dire que nous sommes en octobre, dit-elle. Je n'arrive pas à croire qu'il y ait le moindre hiver à Riseholme, pas plus que d'automne d'ailleurs. Vous êtes tous tellement jeunes, si délicieusement jeunes. Regardez un peu Georgie là-bas : on dirait encore un jeune garçon. Quant à Mrs Weston, on lui donne vingt-cinq ans, pas un jour de plus.

– Oui, c'est une femme merveilleuse, dit-il. Toujours si agréable et si pleine de vitalité. Et belle avec ça : je trouve que Mrs Weston est une très belle femme. Elle n'a pas changé d'un cheveu depuis que je la connais.

– C'est ça qui est merveilleux avec vous tous, dit-elle. Vous êtes tous aussi alertes et jeunes que vous l'étiez il y a dix ans. C'est incroyable. Quant à vous, je me demande si vous n'êtes pas le plus incroyable de tous. J'ai l'impression d'avoir dîné avec trois cousins charmants, un peu – pas beaucoup, mais juste un tout petit peu – plus jeunes que moi-même. Grands dieux ! Comme vous m'avez poussée à faire les quatre cents coups l'autre soir, ici. Comme vous allez vite, colonel ! Si vous appelez ça une allure de promenade, qu'est-ce que ça doit être quand vous marchez ! »

Le colonel Boucher ralentit le pas, lui qui pensait qu'Olga marchait si vite…

« Veuillez m'excuser, dit-il. Il est certain que l'air de Riseholme est très tonifiant. Il se peut que nous conservions assez bien notre jeunesse. Dieu me bénisse, mais les jours passent bel et bien sans qu'on s'en aperçoive. Dire que cela fait bientôt dix ans que je suis arrivé ici avec Atkinson. »

Cela servait Olga à merveille : elle emboîta prestement le pas de cette voie.

« C'est vraiment atroce pour vous de perdre vos domestiques de la sorte, dit-elle. Les domestiques finissent par devenir des amis, n'est-ce pas ? surtout quand on vit seul. Regardez Georgie et Foljambe ! Mais cela ne me surprendrait pas que Foljambe eût une patronne d'ici peu.

– Ah, vraiment ? Je pensais que vous le taquiniez simplement pendant le dîner. Georgie prendrait femme ? Elle lui prendrait un peu des mains son fil et ses aiguilles. Puis-je... euh... puis-je vous demander quel est le nom de la jeune personne ? »

Olga décida de jouer le grand jeu. Elle venait, pour ainsi dire, de découvrir qu'elle avait, en effet, cette carte en main et la tentation était vraiment trop forte. Elle s'arrêta.

« Mais comment, vous ne devinez pas ? dit-elle. À coup sûr, je ne crois pas me tromper de piste...

– Ah, Miss Antrobus, dit-il. Celle qu'ils appellent Piggy, je crois. Non, je crois pouvoir dire qu'il n'y avait pas anguille sous roche.

– Oh, mais je n'y avais jamais songé, dit-elle. Je me trompe complètement, je pense. Je jugeais uniquement d'après ce que j'avais cru remarquer chez ce pauvre Georgie. Je pense simplement que c'est ce qu'il aurait dû faire il y a dix ans et que de sa passion de jadis il ne lui reste plus que quelques braises. Mais parlons d'autre chose, bien qu'il soit encore tôt pour rentrer. »

Sous son apparente réticence, elle se sentait en position de force. La gloutonnerie de Riseholme à débusquer les nouvelles exigeait du colonel qu'il posât quelques questions supplémentaires.

« Franchement, je dois avoir l'esprit très obtus, dit-il. M'est avis qu'un œil neuf dans la place y voit plus clair. Qui est-ce donc, miss Bracely ? »

Elle rit.

« Mon Dieu, qu'un homme peut donc manquer de perspicacité devant un autre homme ! dit-elle. Vous ne l'avez donc pas remarqué pendant le dîner ? Il ne l'a pratiquement jamais lâchée des yeux. »

Olga reçut sa récompense, magistrale. Le visage du colonel devint absolument blême d'étonnement complet dans le clair de lune.

« Ça alors ! Vous m'en apprenez de belles ! dit-il. Qui pourrait penser qu'une belle femme, bien que légèrement boiteuse, puisse prêter attention à une couturière… enfin, je me comprends. »

Il frappa le sol du pied et enfonça les mains dans les poches.

« Il commence à faire frais, dit-il. Vous allez attraper froid, miss Bracely, et que dira votre mari s'il vient à apprendre que je me suis promené dehors avec vous, après dîner ?

– Oui, nous allons rentrer, dit-elle. Il fait frais. Comme vous êtes prévenant pour autrui. »

Georgie, peu conscient d'avoir servi comme on se sert de la patte du chat pour tirer les marrons du feu, se trouva libéré de Mrs Weston par les soins du colonel, ce qui lui convenait fort bien car, à ce moment-là, Olga dit qu'elle allait chanter, si ça ne dérangeait personne, et elle fit appel à Georgie pour l'accompagner. Elle se tint juste derrière lui, se penchant parfois au-dessus de lui en lui posant une main sur l'épaule, et elle chanta ces chants anglais si simples, mais si émouvants et tellement dans la note de la situation présente. Elle chanta *J'essaie de fuir le mal d'amour* et *Ma belle habite au coin d'la rue* et *Viens partager ma vie* et parfois, à la faveur du froissement des pages tournées, elle lui chuchotait quelques mots : « Georgie je suis la reine des petites futées et je mourrai cette nuit », dit-elle une fois. Elle dit aussi, de manière encore plus énigmatique : « J'ai agi comme une canaille, mais je vous expliquerai quand ils seront partis. Ne partez pas tout de suite. » On apporta ensuite du whisky et elle insista pour que « les jeunes » en prennent ; elle les raccompagna enfin à la porte et revint en courant vers Georgie.

« J'ai agi comme une canaille, dit-elle, parce que j'ai laissé entendre que vous étiez amoureux de Mrs Weston. Mon cher, ce fut tout simplement parfait ! Je crois que ce fut le bouquet et, si vous ne me le pardonnez pas, libre à vous. N'est-ce pas que c'était futé ? C'était plus qu'il n'en pouvait supporter car ça venait couronner le fait que vous êtes tous encore si jeunes.

– D'accord, mais enfin… dit Georgie.

– Je sais. Et je vais encore agir comme une canaille. Je vais monter dans ma chambre (vous pouvez m'accompagner si vous voulez) d'où on surplombe la route de l'église. Je ne pourrai pas fermer l'œil tant que je ne me serai pas assurée qu'il l'a accompagnée chez elle et est entré. Ce sera exactement comme dans la scène où Faust et Marguerite pénètrent dans la maison, tandis que nous serions Méphisto et Martha. Venez, dépêchons-nous ! »

Cachés par l'obscurité de la fenêtre, ils virent le fauteuil roulant remonter la route éclairée.

« C'est le colonel qui pousse le fauteuil, chuchota Olga, en compressant Georgie dans le coin de la fenêtre. Regardez ! Voilà Tommy Luton dans l'allée. Et à présent ils s'arrêtent devant le portail de Jane… C'est trop palpitant… Oh, Georgie, ils ont franchi la porte ! Atkinson va rester, ainsi qu'Élisabeth, et vous avez promis de leur prêter Foljambe. Dans quelle maison vont-ils s'installer à votre avis ? C'est merveilleux, n'est-ce pas ? »

XII

Vers cette époque, la pauvre Lucia essuya une succession de tribulations fort accablantes dont l'aventure – ou la mésaventure – du gourou sembla constituer le prélude. Lucia avait omis de rendre son hommage à la lune du mois d'août (dont Georgie avait si conscienscieusement salué l'avènement). Peut-être la nouvelle de cette négligence n'était-elle parvenue à ce satellite que vers le mois d'octobre ? Car il est vrai que Lucia avait purement et simplement « battu froid » à la lune d'août…

Il y avait eu ce fiasco, lors des tableaux auxquels Olga devait assister, qui avait provoqué la réponse si acerbe que Lucia avait adressée, *via* Miss Lyall, à lady Ambermere à cause de son impertinence et, juste le lendemain lady Ambermere, derechef en visite à Riseholme et peut-être pour ce motif précis, s'était comportée vis-à-vis de Lucia comme cette dernière s'était comportée vis-à-vis de la lune et lui avait battu froid. Cela était irritant, mais le baume contre cette irritation était venu ensuite lorsque lady Ambermere s'était rendue chez Olga pour s'entendre dire que celle-ci n'était pas à la maison, alors qu'on pouvait parfaitement l'entendre répéter dans son salon de musique. Sur ce, lady Ambermere avait dit « Au château ! » à ses gens, en ignorant si superbement les contingences matérielles qu'elle s'était assise sur Pug.

Mrs Quantock avait entendu et « Au château ! » et les hurlements de Pug. Elle s'empressa de le rapporter à Lucia qui se trouvait à cent mètres de là. Elle lui apprit également les fiançailles d'Atkinson et d'Élisabeth, seuls échos qu'elle détînt des derniers événements survenus dans les deux maisons concernées. À quoi Lucia, avec un sourire aimable, avait déclaré : « Chère Daisy, certains sont vraiment à la merci de leurs domestiques. Mrs Weston et le colonel vont, j'en suis sûre, être bien embarrassés, les pauvres... Il faut à présent que je me dépêche de rentrer à la maison. Comme j'aimerais pouvoir m'attarder à bavarder sur la pelouse communale ! » Et elle partit de son rire argentin. Elle se sentait bien mieux maintenant qu'elle avait appris qu'Olga avait fait dire à lady Ambermere qu'elle n'était pas chez elle, alors qu'on pouvait si clairement l'entendre chanter dans la maison.

Ensuite une autre tuile tomba sur Lucia. À peine avait-elle dépassé d'une centaine de mètres la maison de Georgie que celui-ci en sortit avec une hâte incroyable. Il évalua rapidement la distance qui le séparait de Lucia et celle qui le séparait de Mrs Quantock, et comme cette dernière était la plus proche, il fonça tout droit dans sa direction. Olga venait de lui téléphoner...

« Bonjour ! dit-il hors d'haleine, bien résolu à renchérir sur tout ce qu'elle pourrait dire. Quoi de neuf ?

– Il y a du neuf, effectivement, dit-elle. Vous n'êtes donc pas au courant ? »

Le cœur de Georgie flancha un instant.

« Quoi donc ? dit-il.

– Atkinson et Elisab... commença-t-elle.

– Ah, ce n'est que ça ! dit-il. À propos, vous savez sans doute la suite ? Ah non ? Eh bien, Mrs Weston et le colonel Boucher vont leur emboîter le pas, à moins qu'ils ne prennent les devants et soient les premiers à se marier.

– Pas possible ! dit Mrs Quantock en adoptant la voix riseholmesque la plus sonore en matière de surprise.

– Mais si. En fait, je le savais depuis hier soir. Je dînais à La Vieille Maison et eux aussi s'y trouvaient. Olga et moi-même avons convenu qu'il y aurait matière à raconter le lendemain. Voulez-vous que nous fassions quelques pas ensemble sur la pelouse ? »

Georgie buvait du petit-lait. Il courut de l'un à l'autre, en laissant Mrs Quantock glaner quelques autres bribes de renseignement. Tout le monde était réuni là, sauf Lucia qui aurait été la première informée n'était la circonstance fortuite qu'elle se trouvait plus loin que Mrs Quantock.

Une fois tout cela accompli, Georgie s'assit pour savourer le halo d'envie qui l'enveloppait d'une manière si réconfortante. Ces derniers temps, le lieu de rassemblement sur la pelouse communale s'était insensiblement transporté jusque devant La Vieille Maison et il était extrêmement intéressant d'entendre répéter Olga, ce qu'elle faisait tous les matins. Quel que fût l'intérêt suscité, Riseholme avait tout d'abord éprouvé quelque déception en entendant Olga. Tout le monde s'était imaginé qu'elle chanterait le rôle de Brünnhilde ou celui de Salomé à longueur de journée, ou quelque autre bagatelle de ce style. En fait, elle gravissait une gamme *crescendo* et, une fois parvenue à la note la plus aiguë et la plus somptueuse, elle articulait à tue-tête « Maudits ciseaux ! » Ensuite, en repartant *pianissimo*, elle redescendait la gamme *crescendo* jusqu'à une superbe note grave sur laquelle elle énonçait « Lucille et les libellules ». Puis, après avoir répété cela une douzaine de fois, elle recommençait *forte* pour finir en murmurant que les ciseaux étaient maudits et soumettait au même régime Lucille et les libellules. Mais on ne savait jamais ce qui allait se passer : certains matins, il y avait de longs trilles et des sauts vers les notes aiguës, ou bien des notes tenues qui s'achevaient sur des trilles et parfois, à l'occasion, elle chantait une véritable chanson, pour de bon. Cela valait la peine d'attendre alors, et Georgie n'hésitait pas à déclarer, négligemment, en passant, qu'elle en avait chanté quatre la veille au soir, avec lui au piano pour l'accompagner. Il venait tout juste de répéter cela pour la troisième fois quand Olga apparut à sa fenêtre et, devant tout Riseholme, cria « Georgiiiie ! » avec un trille sur la fin du mot, comme un oiseau qui se secoue les ailes. Devant tout Riseholme ! Il obéit donc et entra dans la maison. Si Lucia avait su cela, tout l'éclat de la visite manquée lorsque lady Ambermere s'était fait éconduire eût été balayé d'un seul coup. De fait, l'éclat fut bel et bien balayé quand, environ une heure plus tard, Georgie se rendit à déjeuner chez Lucia, car il le lui dit alors. Et si le moindre éclat avait pu subsister quelque part, il aurait également disparu lorsque, en guise de réponse à une certaine remarque dévastatrice que fit Lucia en commentant l'intérêt que trouvait cette pauvre Daisy à se préoccuper de la vie sentimentale des domestiques d'autrui, Georgie lui apprit que c'était la vie sentimentale de leurs maîtres que Riseholme commentait en détail, depuis au moins une bonne heure.

Les tableaux du samedi soir avaient, eux aussi, joué de malchance car, dans la scène de Brünnhilde, Peppino, dans sa précipitation, baissa (au point de l'éteindre) la lampe qui était censée simuler le lever du soleil et Brünnhilde fut contrainte de saluer le cœur de la nuit à la place, ou, tout au plus, un crépuscule fort enténébré. Georgie, il est vrai, avec une merveilleuse présence d'esprit, alluma une lampe électrique une fois qu'il eût fini de jouer mais l'effet produit fut plutôt celui d'un éclair par temps d'orage. Les tableaux prirent fin bien avant onze heures moins le quart et bien que, en réponse aux sollicitations d'usage, Lucia dît qu'elle allait voir un peu si on pouvait les redonner encore une fois, elle sentit que Mrs Weston et le colonel Boucher, qui apparaissaient pour la première fois en public en tant qu'heureux couple, monopolisaient indûment l'attention. Sa seule consolation fut que les joyeux ébats prévus pour la fiesta qui suivit chez cette pauvre Daisy furent un fiasco total. Ce fut en vain, également, qu'au cours du souper, Daisy se déplaça d'une table à l'autre pour servir aux convives de la salade de homard et du champagne, qu'elle manqua de chaises et, d'une manière générale, qu'elle imita tout ce qui, apparemment, avait fait de la réception d'Olga une réussite si parfaite. Mais, en l'occurrence, c'est la recette du plat, non le plat lui-même, que l'on servit, et le jeu du furet ne suscita pas le moindre entrain pour courir…

Mais l'avenir réservait bien d'autres déboires. Olga revint la semaine suivante, et tout de suite après, Lucia reçut un carton d'invitation pour une soirée « à la maison » avec la mention « musique » portée dans le coin inférieur gauche. Il se trouva que cet après-midi-là il pleuvait et, ayant vu la limousine d'Olga revenir de la gare avec quatre messieurs, Lucia en avait conclu hâtivement qu'il s'agissait de quatre musiciens pressentis pour la soirée. Une seconde voiture suivait avec les bagages et Lucia distingua parfaitement et sans erreur possible la silhouette d'un violoncelle appuyé à la portière. Après cela, il n'était plus nécessaire d'essayer encore de deviner. Il était clair que cette pauvre Olga avait loué à Brinton le quatuor minable qui avait l'habitude de jouer dans le salon de l'hôtel Royal après dîner. Le Quatuor de Brinton ! Elle l'avait entendu une fois, de loin, et cela lui avait suffi ! Lucia frémit en pensant à ces lugubres joueurs de crincrins. Il était vraiment curieux qu'Olga, avec toutes les occasions qu'elle avait d'entendre de la bonne musique, louât les services du Quatuor de Brinton mais, après tout, cela s'accordait parfaitement avec ses goûts pour le gramophone. Peut-être le gramophone serait-il aussi de la partie au cours de cette soirée musicale ? Mais elle avait promis de se rendre à l'invitation d'Olga et ce ne serait pas gentil du tout de changer d'avis à présent car, désormais, Olga devait savoir la passion de Lucia pour la musique. Elle s'y rendit donc. Elle espérait sincèrement qu'on ne la mettrait pas à la place d'honneur et qu'elle ne serait pas obligée d'aller dire ensuite quelques mots d'encouragement aux membres du quatuor à cordes. Cette fois encore, elle arriva assez en retard. La musique avait déjà commencé. Elle venait à peine de commencer car Lucia reconnut – qui d'autre qu'elle en eût été capable, si elle ne l'avait pas fait ? – les premières mesures d'un quatuor de Beethoven. Elle posa la main sur le bras de Peppino.

« Brinton : Beethoven », dit-elle, l'air résigné.

Elle prit place discrètement sur une chaise près de Daisy Quantock et adopta sa fameuse attitude d'auditrice éclairée, la tête tendue en avant, une main sous le menton et les yeux perdus dans le lointain. Rien, évidemment, ne pouvait arracher à cette glorieuse composition musicale sa splendeur intrinsèque et Lucia apprécia que l'on n'applaudît pas entre les mouvements car elle s'attendait vaguement à ce qu'Olga battît des mains et rompît l'unité de l'œuvre. Par moments, le quatuor à cordes de Brinton la surprit agréablement : les musiciens semblaient avoir quelques éclairs d'inspiration, bien qu'en nombre limité. À un certain moment, elle avait plissé les yeux très fort lorsqu'une corde s'était rompue.

Quand tout fut achevé, Olga (cette maîtresse de maison qui ne tenait pas en place) s'approcha de Lucia.

« Comme je suis contente que vous soyez venue ! dit-elle. N'est-ce pas qu'ils sont divins ! »

Lucia fit son sourire le plus indulgent.

« Cette musique est parfaite ! Somptueuse ! dit-elle. Et ils l'ont vraiment fort honnêtement servie. Mais je suis un peu frustrée, voyez-vous, car la dernière fois que j'ai entendu cette œuvre, elle était interprétée par le Quatuor espagnol. Je sais qu'on ne devrait jamais faire de comparaison, mais avez-vous jamais entendu jouer le Quatuor espagnol, miss Bracely ? »

Olga la regarda, surprise.

« Mais, c'est le Quatuor espagnol ! » dit-elle en désignant les musiciens.

En parlant, Lucia avait passablement élevé la voix car, quand elle parlait de musique, elle s'adressait à tout le monde. Et un bon nombre d'invités, sans l'ombre d'un doute, l'entendirent effectivement, au premier rang desquels, bien entendu, figurait Daisy Quantock. Celle-ci poussa un éclat de rire aigu, grinçant comme un bâton de craie sur une ardoise et, à partir de ce moment-là, accorda à cette pauvre Lucia une absolution plénière pour sa gloutonnerie et son âpre attachement à l'endroit du gourou.

Mais le bon cœur d'Olga reprit instantanément le dessus : malencontreusement (car sa remarque révélant qu'il s'agissait bien du Quatuor espagnol n'avait jailli que sous l'effet de la surprise), elle avait mis une de ses invitées dans l'embarras et il fallait qu'elle réparât cela sur-le-champ.

« Cette pièce a une acoustique abominable, dit-elle. Approchez-vous tous, voulez-vous, ce sera tellement mieux pour entendre correctement. Là où vous êtes vous perdez toutes les nuances, toutes les subtilités. Je suis venue exprès pour vous demander de changer de place et d'avancer vers l'estrade, madame Lucas : il y a une demi-douzaine de chaises vides au premier rang. »

Ces mots procédaient d'un bon sentiment mais, en l'occurrence, ils n'engendrèrent rien de positif, car un grand nombre de personnes avait entendu les commentaires de Lucia et Peppino avait déjà fait allusion au Quatuor de Brinton. À cet instant funeste, les bolchevistes saisirent de leurs doigts noueux le sceptre de l'autocratie musicale que Lucia détenait jusque-là.

Ébranlée par ces coups répétés, il lui en restait à subir un, encore plus cuisant. Déjà, sur le chapitre des services de renseignements, elle avait accusé plusieurs longueurs de retard et sa réception avec tableaux vivants avait été tout sauf un succès. La simple petite phrase d'Olga l'avait désarçonnée dans le domaine musical mais, en tout cas, jusqu'à présent, elle avait toujours manifesté qu'elle maîtrisait parfaitement la langue italienne et, pour conforter cet atout, elle consultait très assidûment son dictionnaire, sa grammaire et le *Paradiso* de Dante. C'est alors que, ô suprême catastrophe !, ce temple fut complètement démantelé, comme par un coup de foudre déchirant un ciel limpide.

Quelques jours après la soirée du Quatuor espagnol/Brinton, Olga reçut une lettre du Signor Cortese, célèbre compositeur italien, lui annonçant qu'il avait mis la dernière main à son opéra *Lucretia*. Pouvait-il se rendre à Riseholme deux ou trois jours et, symboliquement, déposer l'œuvre à ses pieds en espérant qu'elle daignerait la ramasser pour la clamer aux quatre coins du monde ? Tout en écrivant cet opéra, Olga le savait bien, il avait songé à elle pour le rôle-titre. Il pouvait venir le jour même, ou le lendemain, convoqué sur-le-champ, à n'importe quelle heure du jour ou de la nuit, pour le lui soumettre. Olga, ravie, envoya un télégramme dithyrambique de plusieurs pages, débordantes de compliments affables et de formules de bienvenue, car elle tenait par-dessus tout à « créer » le rôle. Or donc, le Signor Cortese pourrait-il venir ce jour même ?

Olga courut porter la nouvelle à son mari dans sa chambre au premier étage.

« Mon cher, *Lucretia* est terminé, dit-elle, et cet amour de Cortese vient me l'offrir. Alors qu'allons-nous faire pour le dîner de ce soir ? Jane et Jacob doivent venir or, ni vous ni eux, je présume, ne savez un traître mot d'italien. Quant à mon italien, vous savez ce qu'il vaut, il est solide et compréhensible pour les besoins de l'opéra, mais guère opérationnel pour ceux de la conversation courante. Qu'allons-nous faire ? Cortese déteste parler anglais… Oh ! J'ai une idée ! Si seulement nous pouvions faire appel à Mrs Lucas. Elle et son mari parlent tout le temps en italien à la maison, que je sache. Je me demande si elle pourrait venir. Et puis, elle est musicienne. Je crois que je vais inviter aussi son mari : ça fera un homme de plus mais enfin, ça fera encore un *Italiano*. »

Olga écrivit immédiatement à Lucia pour lui dire que Cortese descendait chez eux mais, évidemment, elle ne fit aucune allusion au service si utile que Peppino et Lucia pourraient rendre en conversant avec le monsieur dans sa propre langue. Cela allait de soi. Elle reçut, par retour, une réponse affirmative et enthousiaste (quel grand plaisir !). Le reste de la journée, Lucia et Peppino élaborèrent quelques petites phrases bien tournées qu'ils lanceraient pour éblouir Cortese, au moment de se retirer, pour bien montrer qu'ils auraient pu parler italien toute la soirée, si l'occasion s'en était présentée.

Mrs Weston et le colonel Boucher étaient déjà là lorsque Lucia et son mari arrivèrent et Lucia eut un véritable choc en constatant quels rapports d'intimité ils entretenaient avec la maîtresse de maison. En fait, ils s'appelaient l'un l'autre Olga, Jacob et Jane, ce qui était fort surprenant et, à la limite, pénible. Lucia avait fait des remarques assez ironiques à propos des fiançailles (peut-être parce qu'elle n'avait pas été mise au courant assez tôt), un peu comme si le fait que Jacob ne pût se contenter de sa condition de célibataire et que l'amitié de Lucia ne suffît pas à combler la vie de Jane eût constitué un affront à son endroit à elle, Lucia. Mais, envers et contre tout, elle ne manquerait pas de leur souhaiter « toutes sortes de bonheur ». Bien plus, une fois surmonté le choc de les voir entretenir des rapports si intimes avec Olga, Lucia fit montre d'une cordialité inégalable.

« Nous ne voyons plus beaucoup nos vieux amis ces derniers temps, dit-elle à Olga d'un air malicieux, mais il faut comprendre qu'ils désirent se retrouver seuls en cette période de bonheur tout neuf. Peppino et moi-même nous souvenons de cette heureuse époque, hélas ! déjà fort lointaine. »

Cela pouvait passer pour de la correction enrobée de velours ou pour de l'incorrection griffue. Évoquer le bon temps d'une même voix avec Peppino, c'était de la correction, rappeler que cela faisait bien longtemps, c'était de l'incorrection. Grosso modo, on aurait pu penser à un chat rusé faisant patte de velours. Tout cela fleurait un certain paternalisme diffus également et, s'il y avait une chose au monde que Mrs Weston n'avait jamais pu supporter, ne supportait pas et ne pourrait jamais supporter, c'était bien ça. En outre, on lui avait rapporté certain propos de

Mrs Lucas selon lequel il n'était pas difficile de trouver des demoiselles d'honneur plus jeunes que la mariée.

« C'est incroyable ! Comment pouvez-vous donc vous rappeler une époque si reculée ? dit-elle. Il faut reconnaître que vous jouissez d'une mémoire merveilleuse et que vous l'entretenez remarquablement ! »

Olga intervint.

« Comme c'est aimable à vous et à Mr Lucas d'être venus en ayant été prévenus à la dernière minute, dit-elle. Cortese déteste parler anglais. Je vais donc le placer entre vous et moi pour que vous puissiez lui parler tout le temps, d'accord ? Et vous ne vous moquerez pas de moi quand j'essaierai maladroitement de me joindre à votre conversation, hein ? De l'autre côté, votre mari me tiendra lieu d'arc-boutant et il tiendra conversation avec Cortese sans fléchir, par-dessus ma tête. »

Il fallait que Lucia dise quelque chose. Une nouvelle déconfiture était imminente et totalement imparable. Pour elle et Peppino, se souvenir soudain d'un engagement antérieur était parfaitement inutile…

« Oh, mon italien est terriblement rouillé, dit-elle consciente d'être observée du coin de l'œil par Mrs Weston… Mais enfin, pourquoi ne lui avait-elle pas adressé un beau cadeau de mariage ce matin-même ?

– Rouillé ? On demandera à Cortese ce qu'il en pense lorsque vous aurez eu une bonne conversation ensemble. Ah, le voici ! »

Cortese entra dans la pièce, disert et flamboyant. Étant en retard, il se répandit en excuses auprès d'Olga. Lucia n'y comprit goutte. Elle devina ce qu'il disait et l'instant suivant, Olga, qui apparemment l'avait parfaitement compris, lui dit avec une aisance enviable qu'il n'était pas du tout en retard et lui expliqua que *La Signora* (ça Lucia le comprit) et son mari parlaient italien. Elle n'eut pas à répondre à l'espèce de torrent verbal qu'il lui adressa, car on le prit par le bras pour le présenter à Mrs Weston et au colonel. Mais, tout de suite après, il se tourna à nouveau vers Lucia et lui demanda quelque chose. Incapable de saisir un traître mot de ce qu'il disait, Lucia répliqua :

« *Si, tante grazie.* »

Il parut surpris un instant, puis réitéra sa question en anglais.

« Quel quartier d'Italie *h*avez-vous le plus traversé ? »

Alors Lucia comprit, comme Mrs Weston d'ailleurs ; elle fit un effort pour se ressaisir.

« *In Roma* ! dit-elle. *Che bella città* ! *Adoro Roma, ed il mio marito. Non è vero, Peppino* ? »

Peppino acquiesça cordialement : les sonorités familières de cet italien solide et compréhensible lui redonnèrent confiance et il demanda à Cortese si, par hasard, il n'était pas grand amateur de musique…

Le dîner parut interminable à Lucia. Elle surveillait de près Cortese et si elle s'apercevait qu'il était sur le point de lui adresser la parole, elle se rabattait en tout hâte sur le colonel Boucher qui lui faisait vis-à-vis et lui demandait quelque chose au sujet de ses *cari cani*, mots qu'elle lui traduisait. Pendant qu'il répondait, elle échafaudait une autre phrase en italien sur le ciel bleu ou sur Venise et disait, sans vergogne aucune, que son mari y était allé, espérant par ce stratagème orienter vers lui le torrent d'éloquence italienne. Mais elle savait qu'en fait de conversation en italien, tant elle-même que Peppino étaient désormais totalement perdus de réputation. Elle regrettait amèrement qu'ils n'eussent pas choisi le français (l'un et l'autre en savaient à peu près autant) plutôt que l'italien, pour véhicule de leur distinction linguistique.

Entre-temps, Olga Bracely continuait à comprendre tout ce que disait Cortese et à lui répondre avec une aisance écœurante et pour finir, Cortese lui ayant dit quelque chose qui la fit rire, il se tourna vers Lucia.

« J'ai dit à Mrs Chatelworte… » et il continua d'expliquer son anecdote en anglais.

– *Molto bene*, dit Lucia dans un clignement de paupière de moribond. *Molto divertente. Non è vero, Peppino ?*

– *Si, si*, dit piètrement Peppino.

Puis vint le coup de grâce. Par un certain côté il fut réconfortant, car il mettait un terme à cette série de tourments en cascade. Cortese, mis d'excellente humeur par le dîner, le vin et la perspective de voir Olga tenir le rôle de Lucrèce, se tourna à nouveau, tout rayonnant, vers Lucia.

« Présentement nous tous causons anglais, dit-il. Celui-ci est un très agréable soirée. Moi souis très content. *Ecco* ! »

Lucia lança une toute dernière salve.

« Parlate Inglese molto bene, dit-elle et désormais, sauf quand Cortese s'adressait à Olga, il n'y eut plus d'italien ce soir-là.

Même le plaisir de choix offert par Olga lorsqu'elle se mit à déchiffrer à vue la grande scène du dernier acte de *Lucretia* ne parvint pas à absorber toute l'attention de Lucia après cet abominable fiasco. Elle avait beau s'être assise la tête en avant, une main sous le menton et les yeux perdus dans le lointain, son esprit continuait à s'efforcer désespérément de trouver le moyen de se tirer, d'une manière ou d'une autre, d'un si mauvais pas. Toutes les personnes présentes avaient entendu son italien, en tant qu'outil de conversation, mis en pièces. Désormais, il n'était plus guère utile, quand Olga avait du mal à saisir le rythme d'un passage, de murmurer sans s'en rendre compte, *Uno, due, tre.* Ça n'impressionnait pas plus Mrs Weston que si elle s'était contentée de dire « Une, deux, trois ». Le lendemain, l'histoire aurait fait le tour de Riseholme et Lucia était sûre que Mrs Weston, redoutable observatrice et conteuse superbement douée, n'en avait pas perdu un iota et qu'elle allait en tirer le maximum. L'un après l'autre, les camouflets avaient plu dru sur la porte de son palais. Comment s'étonner, dès lors, que l'ensemble de l'édifice vacillât sur ses bases ? Elle avait songé à lancer un cours sur Dante l'hiver suivant, car on pouvait facilement interpréter l'italien imprimé, en disposant d'un dictionnaire et d'une traduction pour préparer son cours ; c'était le mot prononcé oralement, que l'on devait saisir au pied levé en ignorant totalement ce qui allait suivre, qui présentait tant de difficultés insurmontables. Et, au demeurant, qui donc rechercherait l'enseignement d'un professeur de cet acabit une fois divulguée l'histoire de la soirée en cours ? Mrs Weston viendrait-elle au cours de Lucia sur Dante ? Viendrait-elle ? Viendrait-elle ? Non, elle ne viendrait pas. Et pour cause… Qu'on se le dise…

Cette nuit-là, Lucia resta longtemps éveillée une fois couchée. Elle se tournait et se retournait dans son lit, locataire du *Songe d'une nuit d'été*, et passait en revue l'ensemble complexe de toutes ces fâcheuses circonstances. Tandis qu'elle les scrutait, silhouettes noires qui se détachaient devant le rougeoiement de sa cheminée, elle fut frappée de découvrir qu'une même influence néfaste les animaient toutes. Car enfin, qu'est-ce qui avait fait échouer et tomber à plat ses tableaux vivants (mis à part le malheureux incident de la lampe) sinon l'absence d'Olga ? Qui est-ce qui l'avait induite à émettre cette malheureuse opinion sur le Quatuor espagnol sinon Olga dont le devoir le plus évident eût été, au moment d'envoyer les invitations pour sa soirée musicale, de préciser (de manière à lever toute ambiguïté) que c'étaient bien ces éminents musiciens qui allaient les ravir en extase ? Qui aurait pu deviner qu'elle allait dépenser de quoi régler leur cachet exorbitant pour les faire venir de Londres ? N'importe quel esprit sensé aurait imaginé, dans le meilleur des cas, de faire appel au Quatuor de Brinton, et c'était précisément ce qu'avait imaginé l'esprit extrêmement sensé de Lucia, et avec une telle netteté que l'idée qu'il pût s'agir d'un autre quatuor ne l'avait même pas effleurée. C'est sûr, Olga aurait dû mettre « Quatuor espagnol » dans le coin inférieur gauche au lieu de « Musique ». Alors, Lucia aurait su à quoi s'en tenir. Elle aurait eu le souffle coupé par l'émotion lorsqu'ils auraient joué la dernière note du Beethoven, elle se serait essuyé les yeux et se serait ressaisie. Vraiment, on aurait dit qu'Olga lui avait tendu un piège… Les autres événements atroces de cette soirée-là avaient encore plus l'allure d'un piège. « Piège » n'avait rien d'exagéré pour les qualifier. Car, enfin, inviter Lucia à La Vieille Maison et lui asséner le coup de s'attendre à la voir parler italien… pouvait-on appeler ça un procédé honnête et franc ? Et si Lucia avait effectivement déclaré à Olga (elle en avait le vague souvenir) qu'elle-même et Peppino parlaient souvent italien quand ils étaient chez eux ? Était-ce bien une raison de s'attendre à ce qu'elle parlât italien, comme ça, *ex abrupto*, ailleurs qu'à la maison ? On aurait dû lui dire ce que l'on attendait d'elle, pour lui donner la possibilité de prétexter qu'elle était tenue par un engagement antérieur. Lucia détestait les procédés sournois. Elle les trouvait particulièrement odieux venant de la part de quelqu'un qu'elle se proposait d'éduquer et de raffiner pour lui permettre d'atteindre aux normes les plus élevées de Riseholme. En fait, la nature d'Olga semblait s'avérer réfractaire aux bienfaits du défrichage. Elle suivait sa propre pente rocailleuse, en donnant un soir une fiesta, en se dispensant d'assister aux tableaux un autre soir, en faisant venir le Quatuor espagnol sans consulter personne un troisième soir et, pour finir, en leur infligeant à tous cette atroce soirée pentecôtiste. C'était évident, Olga cherchait à nuire : elle briguait les rênes de l'art et de la culture à Riseholme. Comment expliquer autrement sa conduite ?

Le programme d'éducation et de raffinement prévu par Lucia, animée des meilleurs intentions, se dissipa comme les brumes matinales et, couvant sous ses paupières baissées, le feu ardent empruntait un rouge étrangement vif. Elle s'était montrée beaucoup trop bonne, trop engageante. Elle devait à présent rassembler ses forces et serrer la vis. Tandis qu'elle commençait à s'assoupir, elle se rappela qu'elle devait inviter Georgie à déjeuner le lendemain. Il fallait qu'elle ait une conversation sérieuse avec lui et Peppino. Elle avait assez peu vu Georgie ces derniers temps comparativement et, tout en sombrant dans le sommeil, elle se demanda avec inquiétude à quoi cela pouvait tenir.

À présent Georgie s'était complètement remis des tribulations de l'instant où, planté au beau milieu de la route en face du mûrier de Mrs Quantock, il avait laissé échapper la plainte amère : « Ô surcroît de misère, ô surcroît de malheur ! » Ses nerfs, en l'occurrence, avaient été tendus comme des cordes de violon par toutes les complications et le fiasco qui avaient accompagné les préparatifs des tableaux vivants. Et lorsqu'il s'était imaginé qu'il était amoureux, ç'avait été la goutte d'eau qui fait déborder le vase. Mais le fait d'avoir été le confident de choix d'Olga dans la merveilleuse mise en scène qui avait abouti aux fiançailles de Mrs Weston et du colonel Boucher, et l'honneur d'avoir été retenu par Olga pour partager cette intimité amicale, s'étaient avérés un souverain cordial. Certes, l'existence de Mr Shuttleworth constituait un frein infrangible à l'épanouissement de sa passion amoureuse et, pour être parfaitement honnête envers lui-même, il devait reconnaître qu'il n'en voulait pas vraiment à Mr Shuttleworth de lui barrer la route. Tout, chez Georgie, était empreint de douceur, et sa manière de tomber amoureux ne faisait pas exception à la règle. Il admirait Olga au plus haut point ; il la trouvait stimulante et divertissante et, puisqu'il était exclu d'être son amant pour de bon, il se serait satisfait, à défaut, d'être son frère. Les petits accès de jalousie qu'il pouvait éprouver de temps à autre s'apparentaient plutôt à des petites décharges électriques volontairement endurées. Il lui était dévoué avec une ardeur que le sentiment qu'on lui prêtait à l'égard de Lucia n'avait jamais allumée en lui ; il alla même jusqu'à rêver d'Olga d'une manière emportée, mais respectueuse au demeurant. Sans nier un seul instant le caractère patent de ses sentiments, il désirait, en fait, poser à l'amant plutôt que de l'être effectivement car, pour l'instant, il ne parvenait pas du tout à imaginer ce qu'il pourrait éprouver s'il était obnubilé par quelqu'un d'autre que lui-même. Telle quelle, la vie était déjà si pleine : il n'y avait vraiment pas de place pour quoi que ce soit d'autre, surtout si ce quoi que ce soit était de nature à rendre tout le reste insipide. Cet état d'esprit, cette qualité particulière d'émotion offraient un plaisir sans ombre et assez stimulant. Au lieu de s'écrier « Ô surcroît de misère, ô surcroît de malheur ! », il pouvait à présent, en passant devant le mûrier, se dire « Ô surcroît de plaisir ! Ô surcroît de bonheur ! »

Pourtant, tout en pressant le pas pour se rendre à déjeuner chez Lucia, il se rendait compte que celle-ci probablement allait s'interposer, tel un ange peut-être, mais un ange armé d'une épée de feu à coup sûr, entre lui-même et le flot de choses passionnantes qui commençaient à sourdre dans la nouvelle vie de Riseholme. Georgie trouvait si exhaltant de prendre sa petite chope et de puiser dans ce breuvage capiteux ! Et s'il s'avérait que Lucia lui barrait la route et lui interdisait d'approcher, eh bien ! lui aussi était armé pour la bataille et disposait d'une arme révolutionnaire, en l'occurrence un rouleau de partitions contenant des petites pièces de Debussy pour le piano. Olga le lui avait prêté quelques jours auparavant et *Les Poissons d'or* lui avait donné pas mal de travail. Il disposait aussi d'une autre arme, le fait d'avoir appris en détail la débâcle italienne de la veille qui, pour autant qu'il connaissait Lucia, avait dû prendre les proportions d'une véritable crise. Il allait se passer quelque chose... Ces derniers temps, à plusieurs reprises, Olga, avait, pour ainsi dire, bousculé Lucia par mégarde et avait poursuivi sa route en laissant derrière elle une pauvre créature toute tremblante sous le choc. Et, chaque fois, (ça, Georgie l'avait parfaitement senti) Olga l'avait fait sans songer le moins du monde à attaquer ou à ébranler qui que ce fût. Chaque fois, elle avait désarçonné Lucia tout à fait par accident mais, puisque ces accidents s'étaient succédé à une fréquence assez terrible, on pouvait s'attendre à ce que Lucia leur appliquât un tout autre vocable : il faudrait les rebaptiser. Tenaillé par son appétit bien riseholmesque pour les complications et les événements en tout genre, Georgie pressentit qu'il n'allait probablement pas sortir de table l'estomac vide. De surcroît, il y avait d'autres sujets de conversation hautement palpitants car chez Mrs Quantock, la veille, s'étaient déroulées des choses fort curieuses tandis que la débâcle italienne gagnait du terrain un peu plus haut dans la même rue. Mais Georgie n'allait pas mettre cela sur le tapis d'entrée de jeu.

Lucia l'accueillit de sa façon la plus cordiale et, avec une effronterie magistrale, commença à parler italien exactement comme d'habitude, bien qu'elle dût se douter que Georgie savait tout sur la soirée de la veille.

« *Ben arrivato, amico mio*, dit-elle. Eh bien, ça doit faire trois jours que nous ne nous sommes pas vus. *Che ha fatto il signorino* ? Et que transportez-vous là ? »

Georgie avait échappé au tribunal qui aurait pu tester ses propres capacités en italien et il avait pris la décision de ne plus jamais se servir de la langue de Dante.

« Oh, vous voulez dire ceci ? Quelques petites choses de Debussy, dit-il. Je veux vous en jouer une tout à l'heure. J'y ai tout juste jeté un coup d'œil.

– *Bene, molto bene* ! dit-elle. Passons à table. Mais je ne peux pas vous promettre que ça me plaira, Georgino. C'est bien Debussy, n'est-ce pas, qui chaque fois me donne envie de hurler comme un chien qui entend sonner du gong ? Je me demande toujours quand est-ce que ça va commencer… Où vous êtes-vous procuré ces partitions ?

– C'est Olga qui me les a prêtées », dit négligemment Georgie. À présent, effectivement, il l'appelait Olga, à sa demande.

Lucia emboucha sa trompette.

« Oui. J'aurais dû penser que Miss Bracely devait admirer ce genre de musique, dit-elle. Sans doute suis-je trop vieux jeu… Toutefois, je ne condamnerai pas vos petites pièces de Debussy avant de les avoir entendues. Vieux jeu ! Eh, oui ! Il n'y a pas de doute : j'étais trop vieux jeu pour la musique qu'elle nous a donnée hier soir. *Dio mio* !

– Ah bon ? Ça ne vous a pas plu ? » demanda-t-il.

Lucia prit place, sans attendre Peppino.

« Pauvre Miss Bracely ! dit-elle. C'était aimable à elle de m'inviter, ça partait d'un bon sentiment, mais elle eût été encore plus aimable en invitant Mrs Antrobus à ma place et en lui recommandant de ne pas se munir de son cornet acoustique. Entendre cette belle voix – car je lui rends justice, certaines de ses notes sont belles, oui, vraiment *belles* –, entendre cette voix pousser des cris et des hurlements dans ce qu'elle appelait la grande scène, c'était tout simplement affligeant. Aucune mélodie et, par-dessus tout, aucune structure. Une composition musicale peut se comparer à une construction architecturale : ça doit s'édifier selon un plan. Combien de fois l'ai-je répété ! Il y faut de la couleur, il y faut un dessin mélodique, autrement je refuse le droit d'appeler ça de la musique. »

Lucia expédia son œuf et posa les coudes sur la table.

« J'espère n'avoir pas d'œillères ou des vues étriquées, dit-elle, et je pense que vous en conviendrez, Georgie. Même lorsqu'il s'agit de la musique la plus sublime, je perçois les défauts, s'il y en a. Par exemple, la *Sonate au clair de lune*. Vous m'avez souvent entendu dire que les deux derniers mouvements n'atteignent pas à la perfection du premier sur le plan de la beauté formelle. Et si je me permets la liberté de critiquer Beethoven, j'espère avoir le droit de suggérer que l'opéra qu'a écrit Mr Cortese ne risque pas de rendre *Fidelio* ridicule. Mais, à la vérité, c'est Miss Bracely qui me navre, au premier chef. Je pensais que cela valait la peine de ne pas se rendre indigne d'interpréter *Fidelio*, quoi qu'il lui en coûtât de temps et d'efforts, plutôt que de briguer la première page des journaux en contribuant à infliger au monde une mixture inédite de sifflets de locomotive et de grognements. *Non è vero*, Peppino ? Vous êtes vraiment en retard. »

Ce n'est pas sans inquiétude, et après mûre réflexion, que Lucia s'était décidée à lancer cette déclaration de guerre. Mais il lui semblait tout à fait évident que l'ennemie accroissait ses forces chaque jour davantage. Par conséquent, pour ouvrir les hostilités, le plus tôt serait le mieux, car il lui semblait également évident qu'Olga affirmait ses prétentions au trône qu'elle-même occupait depuis si longtemps. Il était temps de mobiliser et il lui fallait d'abord exposer ses vues et son plan de bataille à son chef d'état-major.

« Non, franchement, cette soirée ne nous a pas vraiment plu à Peppino et à moi, n'est-ce pas, *caro* ? continua-t-elle. Et ce Mr Cortese ! Quelle allure ! On aurait dit un énorme coiffeur. Et son toucher au piano... Si vous voulez vous en faire une vague idée, imaginez un taureau sauvage en train de défoncer le clavier. Quant à son italien, alors là c'est le comble ! D'après ce que j'ai cru comprendre, il doit être napolitain. Les Toscans et les Romains qui, je crois, savent les uns et les autres manier leur propre langue – souvenez-vous : "*Lingua Toscana in bocca Romana*" – trouvent les Napolitains totalement incompréhensibles. Quant à moi, et je parle également au nom de *mio sposo*, je ne tiens pas à comprendre ce que les Romains ne comprennent pas. Je me contente de *la bella lingua*.

– J'ai entendu dire qu'Olga arrivait parfaitement à le comprendre, dit Georgie, trahissant de la sorte le fait qu'il était au courant de tout ce qui s'était passé.

– Cela est possible, dit Lucia. J'ose espérer qu'elle arrivait aussi à comprendre son anglais et sa musique. Il parlait anglais sans faire la moindre différence entre le "H" muet et le "H" aspiré. À mon avis, ça ne fait aucun doute : son italien doit être aussi approximatif que son anglais. Mais cela n'a pas grande importance : je ne vois pas en quoi le niveau linguistique de Mr Cortese peut bien nous intéresser. Mais sa musique, si. Surtout si cette pauvre Miss Bracely, avec les belles notes dont elle dispose, se met en peine de l'apprendre et incarne Lucrèce. J'en serais navrée. Quoi de neuf ? »

C'était vraiment trop beau... et c'était la guerre en même temps : impossible d'en douter le moins du monde. Tout Riseholme savait à présent que Lucia et Peppino n'avaient pas saisi le moindre mot de ce qu'avait dit Cortese. L'explication avancée d'un ton si perfide par Mrs Weston, ce matin-là sur la pelouse communale, était que Lucia et Peppino ne savaient pas parler italien. Et voilà qu'arrivait la réponse à cette suggestion différée. On ne pouvait honnêtement leur tenir rigueur de ne pas savoir le dialecte napolitain : l'idiome de Dante suffisait à satisfaire leurs modestes besoins. Ils avaient eu du mal à comprendre Cortese lorsque celui-ci parlait anglais et cela n'impliquait pas qu'ils ignorassent l'anglais. La langue de Dante et celle de Shakespeare leur suffisaient...

« Et que donnaient les paroles du livret ? demanda Georgie. Je veux parler du fragment qu'Olga a chanté. »

Lucia le fixa de son œil d'oiseau de proie, toute prête et désireuse qu'elle était de montrer combien elle était ravie d'accorder son approbation à bon escient.

« Magnifique, dit-elle. J'ai eu le sentiment, partagé par Peppino, qu'on avait galvaudé les paroles, tout comme la voix de cette pauvre Miss Bracely d'ailleurs, en les accolant à cette musique inconsistante. Que disaient les paroles déjà, Peppino ? Attendez que je me les rappelle ! »

Lucia releva la tête et se mit à regarder dans le lointain.

« *Amore misterio !* dit-elle. *Amore profondo ! Amore profondo del vasto mar.* Ah, voilà qui nous ramenait à notre pauvre *bella lingua* ! Je me demande qui est l'auteur du livret.

– C'est Mr Cortese, dit Georgie. C'est Olga qui me l'a dit. »

Lucia n'hésita pas une seconde. Elle lança son rire argentin.

« Mon Dieu ! Ce n'est pas possible ! dit-elle. Si vous l'aviez entendu parler vous auriez compris qu'il en était incapable. Bon, en avons-nous terminé avec Mr Cortese et ses œuvres ? Quoi de neuf ? Qu'avez-vous fait hier alors que Peppino et moi-même endurions notre *purgatorio ?* »

Georgie était presque aussi heureux qu'elle d'en finir avec l'italien. Cet italien ! Moins on en parlait, ou moins on le parlait, et mieux on se portait. Qui donc cherchait la bagarre à Riseholme ?

« J'ai dîné chez Mrs Quantock, dit-il. Une dame russe, très intéressante, est descendue chez elle, la princesse Popoffski. »

Lucia partit de rire encore une fois.

« Cette chère Daisy ! dit-elle. Parlez-moi donc de cette princesse russe. Était-ce un gourou ? Mon Dieu, comme certaines personnes sont faciles à berner ! Le gourou ! Nous étions tous embarqués sur la même galère, ma foi. Nous avons accueilli le gourou sur la recommandation de cette pauvre Daisy et je persiste à croire que, préparateur de curry ou pas, il était très doué. Mais à présent, la princesse Popoffski...

– Nous avons eu une séance de spiritisme, dit Georgie.

– Vraiment ! Et la princesse Popoffski était le médium ? »

Georgie se drapa dans sa dignité.

« Inutile d'adopter ce ton, *cara*, dit-il en retombant sur l'italien. Vous n'y étiez pas, vous enduriez votre purgatoire chez Olga. Et c'est bien Mr Cortese l'auteur du livret. C'était sensationnel. Nos mains se touchaient tout autour de la table. Aucune mystification possible. »

Tout le monde, à Riseholme, connaissait l'opinion de Lucia sur les phénomènes psychiques : ceux qui les provoquaient étaient des charlatans et ceux qui s'y laissaient prendre, des dupes. Il y avait donc une pointe d'ironie dans sa réaction en jargon puérile :

« Z'suis zentille, moi ! dit-elle. Z'suis tlès zentille et z'écoute comme une 'tite fille bien saze. Rrraconte à Lucia ! »

Georgie décrivit les expériences. La table, en se balançant, avait émis des coups dont le décodage avait fourni des noms. La table avait tourné sur elle-même en dépit de son poids considérable. Il fut dit à Georgie qu'il avait deux sœurs et que le nom de l'une d'elle, traduit du latin, signifiait « ours ».

« Comment la table pouvait-elle savoir cela ? demanda-t-il. Ursa donne ourse, comme vous le savez. Et Ursula donne oursonne. Ensuite, comme nous étions assis là, tous ensemble, la princesse est entrée en transe. Elle a déclaré qu'un esprit d'une grande beauté était présent dans la pièce et qu'il nous envoyait à tous sa bénédiction. Elle a appelé Mrs Quantock "Margherita", ce qui, vous le savez peut-être, signifie "Daisy" en italien… »

Lucia sourit.

« Merci pour les explications, *Georgino*, dit-elle. L'ironie de ces mots était claire et Georgie résolut d'y aller de sa propre ironie.

– Je n'étais pas sûr que vous auriez compris, dit-il. J'ai pensé qu'il pouvait s'agir de dialecte napolitain.

– Continuez, je vous prie ! dit Lucia en soufflant du nez.

– Elle m'a dit que j'étais Georgino, dit Georgie, mais qu'un autre Georgino se trouvait non loin de là. C'était curieux car la maison d'Olga, avec Mr Shuttleworth, n'était pas si loin… Puis la princesse est entrée dans un état de transe profonde et l'esprit qui était là l'investit.

– Et qui était-ce donc ? demanda Lucia.

– Il s'appelait Amadeo. La princesse parlait avec la voix d'Amadeo. En réalité c'est Amadeo qui parlait. C'était un Florentin et il connaissait assez bien Dante. Il s'est matérialisé et j'ai pu le voir. »

Une lumineuse vision de gloire jaillit comme un éclair dans l'esprit de Lucia. Les cours sur Dante risquaient (même en admettant que Cortese parlât un napolitain incompréhensible) de ne pas rencontrer un franc succès si le seul intérêt résidait dans le fait que c'était elle qui enseignait Dante. Mais ce serait une toute autre paire de manches si la princesse Popoffski, sous l'égide d'Amadeo, ami de Dante, était présente. On pourrait tout d'abord donner lecture d'un chant, puis tenir une séance animée par Amadeo via la princesse Popoffski. Tandis que ces considérations mijotaient dans l'esprit de Lucia, il était de la plus haute importance de laisser toute ironie de côté et de manifester un intérêt extrême.

« Georgie ! Comme c'est merveilleux ! dit-elle. Comme vous le savez, je suis sceptique par nature et tiens à passer soigneusement au crible toutes les évidences premières. Je reconnais que j'ai un sens critique trop développé, et c'est un handicap. Peppino, lui aussi, a un sens critique très développé : c'est de lui que je l'ai attrapé. Mais vous vous imaginez qu'on puisse entrer en contact avec un ami de Dante ! Qu'est-ce qu'on ne donnerait pas pour ça ? Dites-moi un peu : comment est cette princesse ? Est-ce le genre de personne que l'on peut prier à dîner ? »

Georgie ne s'était pas encore remis de l'ironie qu'on lui avait infligée. En outre, il était retenu par le fait bien établi que Daisy Quantock (Margherita) avait déclaré que, sous aucun prétexte, elle ne souffrirait que Lucia annexât sa princesse. Elle avait pardonné à Lucia l'annexion du gourou (compte tenu du fait qu'elle n'avait annexé qu'un préparateur de curry, la chose ne présentait pas trop de difficulté), mais elle était fermement résolue de patronner elle-même la princesse.

« Mais oui, vous pourriez le lui demander », dit-il. Si l'ironie était de mise, pourquoi ne pas en avoir sa part ?

Lucia bondit de son siège, comme si elle avait rebondi sur un coussin à ressorts.

« Nous allons organiser une petite réception, dit-elle. Rien que nous trois, cette chère Daisy et son mari, et puis la princesse. Je pense que ce sera tout. La métapsychique évite les foules nombreuses. Elles perturbent les vibrations. Je ne dis pas que je crois pour le moment au pouvoir de la princesse, mais j'ai l'esprit tout à fait ouvert. Je ne demande qu'à être convaincue. Telle est mon attitude ! Voyons, voyons… Nous n'avons rien de spécial à faire demain. Fixons notre petit dîner à demain. Je vais envoyer un mot tout de suite à notre chère Daisy pour lui dire combien vivement m'a intéressée votre compte rendu de la séance. J'aimerais que notre chère Daisy trouve quelque chose pour la consoler de cet épouvantable fiasco dans l'affaire du gourou. Ensuite, *Georgino mio*, je vous promets d'écouter votre Debussy. N'attendez rien de moi : si ça me semble manquer de corps, je le dirai. Mais si cela me semble offrir de nouvelles perspectives, je serai tout aussi franche. C'est peut-être magnifique : je ne peux rien en dire tant que je ne l'ai pas écouté. Mais permettez-moi d'abord de rédiger mon mot. »

Cela ne prit pas longtemps et Lucia, l'ayant fait porter en mains propres, revint dans le salon de musique et baissa les stores devant la fenêtre par laquelle entrait le soleil de novembre. Fort peu d'expressions artistiques, avait-elle dit une fois, pouvaient « supporter » la lumière du grand jour : seuls Shakespeare, Dante et Beethoven – voire Bach, peut-être… – pouvaient tenir tête au soleil.

Georgie, quant à lui, se serait accommodé d'un surcroît de lumière mais, après tout, Debussy avait écrit des accords et des traits si bizarres qu'il n'était pas nécessaire de porter des lunettes. Lucia prit place sur une chaise haute, près du piano, une main sous le menton et l'air extrêmement éveillé.

Georgie retira ses bagues, les déposa sur la console à bougeoir du piano et laissa courir ses doigts agiles sur le clavier.

« *Poissons d'or*, annonça-t-il. Poissons rouges, quoi !

– Oui, *Pesci d'oro* », dit Lucia en guise d'explication à l'adresse de Peppino.

L'expression du visage de Lucia se modifia tandis que se poursuivait la musique élusive. Le regard lointain s'évanouit et un air intrigué lui succéda. Le menton se dégagea et la main qui lui avait servi de support se porta vers les yeux qu'elle couvrit. Avant même que Georgie eût fini de jouer, la réponse au pli de Lucia arriva. Libérée des yeux qu'elle recouvrait, la main s'empara de l'enveloppe et Lucia essaya de battre la mesure avec. Sur la dernière note, elle se leva et poussa un soupir de regret.

« C'est déjà fini ? demanda-t-elle. Pourtant je serais tentée de dire "Quand cela va-t-il commencer ?". Je reste sur ma faim, je n'ai rien eu à boire. Oui, je vous avais averti que je m'exprimerais en toute franchise. Tel est donc mon verdict. Je suis désolée. Moi tlès, tlès désolée ! Mais je suis sûre que vous l'avez très bien joué, Georgino. Vous avez défendu la cause comme *un buono avvocato.* Vous avez dit tout ce qu'il y avait à dire en faveur de votre client. Permettez-moi de décacheter cette lettre avant que nous ne développions nos commentaires. Offrez donc une cigarette à Georgie, Peppino ! Je crois qu'il en mérite une, après tous ces dièses et tous ces bémols. »

Elle releva le store afin de lire la lettre et, tandis qu'elle lisait, son visage se rembrunit.

« Ah, comme je regrette cela, dit-elle. Peppino, la princesse ne sort pas le soir. Ils tiennent séance tous les soirs chez les Quantock. Il me semble que Daisy a l'intention de nous inviter un de ces soirs. Nous ne prendrons pas d'engagements pour un soir ou deux. Cela fait bien longtemps que je n'ai vu cette chère Daisy. Je vais faire un saut chez elle cet après-midi. »

XIII

Le spiritisme et tout ce qui s'y rattache déferla sur Riseholme comme gagnent, luxuriantes, certaines forêts tropicales qui enfoncent leurs racines dans les sols les moins prévisibles et lancent leurs frondaisons géantes, fantastiques, à l'assaut du ciel. Au cœur de cette jungle merveilleuse se dressait, pour ainsi dire, un temple, et ce temple était la maison de Mrs Quantock...

Une étrange providence avait présidé à la genèse de tout cela. Mrs Quantock, une semaine plus tôt, avait eu une rage de dents. Comme elle n'évoluait plus dans la mouvance de la Science chrétienne, elle ne trouva pas bon de se dire qu'il s'agissait là d'une fausse prétention. C'était peut-être bien une fausse prétention mais d'une espèce si tangible que Mrs Quantock s'y méprit totalement et qu'elle se rendit à Londres pour y faire authentifier le caractère frelaté de la chose par un dentiste. Depuis le renversement du yoga et la fuite du préparateur de curry, elle ne s'était embarquée dans aucune aventure de type mystique et elle se trouvait en grand besoin de dada inédit. C'est ainsi qu'une fois terminée sa première visite chez le dentiste (la dent incriminée requérait trois séances de soins), elle se rendit dans un restaurant végétarien, pour voir si on pouvait y dénicher quelque révélation insoupçonnée, et elle fut tout heureuse de se trouver à la même petite table qu'une dame très communicative qui engloutissait des feuilles de chou en quantités vraiment stupéfiantes. Cette personne avait une figure ronde et pâle, comme la lune voilée par la brume, d'énormes sourcils qui se rejoignaient presque au-dessus du nez, une voix étrange et lente, au ton voilé, et un accent tout aussi étranger que celui du Signor Cortese. Elle portait quelques bagues fort curieuses, ornées de grosses améthystes et de grosses turquoises intaillées et, comme dans l'exorde de leur conversation elle déclara spontanément que le végétarianisme était le seul régime envisageable pour quiconque cultivait des pouvoirs psychiques, Mrs Quantock lui demanda si, par hasard, ces ornements digitaux possédaient une certaine signification mystique. Ils en possédaient une, effectivement : une des bagues était gnostique, une autre rosicrucienne et la troisième cabalistique… On imagine sans peine la joie profonde de Mrs Quantock : l'aventure venait à sa rencontre, le sourire au coin des lèvres et le mystère au coin des yeux. Au cours d'une conversation animée qui dura une demi-heure, cette dame expliqua que si Mrs Quantock était, comme elle-même, en quête de mystères de type psychique et si elle voulait bien prendre la peine de venir à son appartement à quatre heures et demie, cet après-midi même, elle essaierait de l'aider. Elle ajouta, avec un souçon de gêne, que ses honoraires pour une séance s'élevaient à une guinée. Comme elle prenait congé, elle sortit une carte d'un étui broché de rubis rutilants et la remit à Mrs Quantock. C'était la princesse Popoffski.

Voilà qui était curieux ! En effet, ces derniers soirs à Riseholme, Mrs Quantock avait fait des expériences avec un guéridon et elle avait constaté qu'il craquait, s'inclinait et frappait du pied de façon fort prometteuse lorsqu'elle-même et Robert posaient les mains dessus et que quelque chose – qu'importait la nature de ce qui animait la table ! – avait révélé, par des petits coups secs, que son nom à elle était Daisy et le sien à lui Robert, en même temps que d'autres renseignements plus difficiles à vérifier. Robert s'était enthousiasmé pour le guéridon et quand la séance fut interrompue par l'équipée londonienne de sa femme, il en fut fort contrarié. Mais à présent, comme tout cela était providentiel ! Elle venait de s'arracher aux mains du dentiste pour se jeter immédiatement dans les bras de la princesse Popoffski.

Il était à peine quatre heures et demie quand Mrs Quantock arriva à l'appartement de la princesse Popoffski, sis dans une paisible rue transversale non loin de Charing Cross Road. Elle fut accueillie par un petit homme tiré à quatre épingles qui lui expliqua qu'il était le secrétaire de la princesse et la conduisit, en traversant plusieurs pièces de petites dimensions, jusqu'au sanctuaire de la sibylle. Mrs Quantock remarqua, cœur battant, que ces diverses pièces étaient éclairées par la flamme discrète de lampes à huile disposées devant des oratoires abritant les effigies des grands guides spirituels, depuis Moïse jusqu'à Mrs Blavatsky. Des senteurs d'encens embaumaient l'atmosphère. Il y avait des vases de fleurs sur les tables et d'étranges écrins sertis de pierres scintillantes. Dans la dernière des pièces en enfilade trônait la princesse. Sur le moment, Mrs Quantock eut du mal à la reconnaître car elle portait une robe bleue qui dévoilait ses bras robustes autour desquels s'enroulaient des bracelets serpentiformes aux multiples anneaux. Elle fixa Mrs Quantock des yeux, comme si elle la voyait pour la première fois et ne lui manifesta aucun signe de reconnaissance.

« La princesse était en train de méditer, dit le secrétaire dans un chuchotement éraillé. Elle va bientôt revenir à elle. »

L'espace d'un instant, cette notion de méditation remua chez Mrs Quantock de pénibles souvenirs relatifs au gourou, mais ce préparateur de curry de malheur était aux antipodes de la créature majestueuse qu'elle découvrait ici. Finalement, la princesse poussa un profond soupir et émergea de sa méditation.

« Ah, c'est mon amie, dit-elle. Savez-vous que vous avez une aura violette ? »

Cela était très réconfortant, surtout après qu'il fut expliqué que seuls les élus les plus insignes avaient des auras violettes.

Bientôt d'autres âmes élues se rassemblèrent pour la séance. Au centre de la table, on plaça une boîte à musique et un violon et on n'eut pas sitôt réuni le cercle et baissé les lumières que les plus extraordinaires phénomènes commencèrent à se produire. Un véritable tonnerre de petits coups secs s'échappèrent de la table qui fut prise d'un violent roulis accompagné de tangage. Alors on entendit des éclats de rire cristallins et aigus. Ceux qui avaient assisté aux séances précédentes dirent qu'il s'agissait de Pocky. C'était un bon petit diable, expliqua la voisine de Mrs Quantock, et si facétieux ! Il avait été, lors de son séjour terrestre, violoniste tzigane. Toujours invisible, Pocky leur souhaita à tous beaucoup de bon temps et beaucoup de joie. Soudain, il s'exclama : « Mais… mais ! V'là une nouvelle amie ! Elle me plaît bien. » La voisine de Mrs Quantock, avec une pointe d'envie dans la voix, lui affirma que c'était bien d'elle, Daisy, que parlait Pocky. Puis Pocky dit qu'ils avaient joué, aujourd'hui, de la musique céleste de l'autre côté et que, si la nouvelle amie disait « S'il vous plaît ! », il allait leur en jouer un peu.

Par conséquent, Mrs Quantock, toute tremblante d'émotion, dit « S'il vous plaît, Pocky ! » et, à l'instant, il se mit à jouer sur le violon la mélodie astrale qu'il venait de jouer de l'autre côté. Après quoi, le violon retomba avec fracas sur le centre de la table et Pocky, tout en leur envoyant à tous une pluie de baisers sonores, s'enfuit dans un tourbillon d'éclats de rire cristallins et joyeux.

Il se fit un silence, puis une voix de basse profonde déclara : « J'arrive, Amadeo ! » et du centre de la table émergea une faible lueur. Elle s'éleva comme une volute de fumée et commença à prendre forme. Des bandelettes de mousseline blanche s'entrelacèrent dans la pénombre puis, dans les replis supérieurs de la mousseline apparut un visage blafard au profil d'empereur romain et empreint d'une expression mélancolique. Il n'avait pas la pétulance de Pocky mais un air fort impressionant. Quand on lui demanda de répéter un passage de Dante il prononça quelques vers en italien. Mrs Quantock reconnut que c'était de l'italien car elle releva, au passage, les mots *notte, uno* et *caro* qu'elle avait souvent entendus sur les lèvres de Lucia.

La séance touchait à sa fin. Après s'être empressée de déposer une guinée dans une sorte de plateau pour la quête que le secrétaire de la princesse posa négligemment, mais bien en évidence, sur la table d'une des pièces en enfilade, Mrs Quantock s'attarda pour s'inscrire à une autre séance. Mais, hélas ! la princesse quittait Londres le lendemain pour prendre des vacances bien nécessaires : elle avait assuré trois séances par jour ces deux derniers mois et avait besoin de se reposer.

« Oui, nous partons demain, la princesse et moi, dit le secrétaire. Nous allons passer une semaine à l'hôtel Royal de Brinton. Le climat y est agréable et l'air tonifiant la remet toujours en forme. Mais elle reviendra ensuite à Londres. Connaissez-vous la région de Brinton ? »

Daisy en croyait à peine ses oreilles.

« Brinton ? dit-elle. Mais j'habite tout près de Brinton ! »

L'ensemble du scénario s'imposa à son esprit en un éclair fulgurant, exactement comme Athéna avait jailli, armée de pied en cap, du cerveau de Zeus.

« Pensez-vous que je puisse la convaincre de venir passer quelques jours chez moi, à Riseholme ? dit-elle. Mon mari et moi-même sommes tellement passionnés par tout ce qui est psychique ! Et j'espère que vous nous ferez le plaisir de l'accompagner. Elle pourrait peut-être se reposer d'abord quelques jours à Brinton ? Et puis venir ensuite chez moi, par exemple ? Une fois complètement reposée, elle pourrait peut-être envisager de nous ménager une ou deux séances… Quel serait le montant de… »

Mrs Quantock était très gênée d'avoir à mentionner dans la même phrase des guinées et des princesses. Il lui fallait attaquer la question par une autre face.

« Une fois complètement reposée, dit-elle, et si elle pense que ça vaut la peine, pour un petit cercle de quatre personnes, par exemple, au tarif habituel… Simplement après dîner, voyez-vous, et rien d'autre à faire pour le restant de la journée sinon se reposer. Il y a de belles balades à faire dans la région et l'air est superbe. Un calme parfait et, je crois pouvoir le dire, plus de confort qu'à l'hôtel. Ça me ferait tellement plaisir ! »

Mrs Quantock entendit tinter les bracelets dans la chambre où se reposait la princesse. Elle apparut enfin à la porte, l'air toujours aussi inexprimablement majestueux, mais très affable. Mrs Quantock lui exposa donc sa proposition (le secrétaire vint à la rescousse pour la clause des honoraires d'usage) et quand, deux jours plus tard, elle retourna à Riseholme, ce fut pour préparer la chambre d'amis et le cabinet de toilette de Robert, attenant, pour ces visiteurs sensationnels dont Georgie et Piggy allaient suivre la séance le fameux soir de la débâcle italienne…

En prenant à leur charge les « honoraires d'usage », les Quantock avaient donné dans un style distingué et somptueux (somptuaire même… mais enfin, ces derniers temps les pétroles de Roumanie s'étaient révélés extrêmement avantageux). On ne fit aucune allusion à ces honoraires en présence des invités et on ne mit pas de plateau pour la quête en évidence dans le vestibule. Pas de tripotage maladroit pour trouver de la monnaie et pour glisser discrètement la pièce dans la main du secrétaire : les pétroles de Roumanie couvraient l'intégralité des frais. La princesse et Mrs Quantock donnaient l'impression de se connaître depuis longtemps ; à table, elles s'adressaient la parole en s'appelant « Chère amie » et la princesse déclara (suprême réconfort !) qu'elles avaient été des plus intimes lors d'une incarnation antérieure, sans faire la moindre allusion au fait que, dans la présente incarnation, leur première rencontre remontait à la semaine précédente, dans un restaurant végétarien. Elle eut la bonté d'offrir (cela resta sous-entendu) une petite séance après dîner chez sa « chère amie ».

Il était convenu que la princesse passerait trois nuits chez les Quantock ; par conséquent, dès que cela fut décidé, Daisy s'employa à remplir toutes les séances en prenant bien soin de n'inviter Lucia à aucune d'entre elles. Non pas parce qu'elle ne lui avait pas complètement pardonné son odieux larcin du gourou (car elle lui en avait donné l'absolution le soir du Quatuor espagnol), mais bien plutôt parce qu'elle tenait absolument à s'assurer qu'il n'y aurait rien à lui pardonner dans son comportement vis-à-vis de la princesse. Lucia ne pourrait pas lui mettre la main dessus (requérant ainsi, derechef, la mansuétude de Daisy) si elle ne s'en approchait jamais, et Daisy entendait bien prendre toutes les précautions nécessaires pour qu'elle ne s'en approchât jamais. En conséquence, Georgie et Piggy furent conviés à la première séance (si ça ne marchait pas tout à fait comme prévu, avec eux c'était moins grave), Olga et Mr Shuttleworth furent priés à la seconde et lady Ambermere avec Georgie, encore une fois, à la troisième. Tout cela – mis à part l'intérêt immense des phénomènes psychiques – était une manœuvre redoutable, car il en cuirait certainement à Lucia d'apprendre, comme cela ne manquerait pas de se produire, que lady Ambermere, qui lui avait battu froid si catégoriquement, viendrait dîner et assister à la séance tandis que Georgie viendrait dîner deux fois et assisterait à deux séances. Daisy, il faut le répéter, avait complètement pardonné à Lucia l'histoire du gourou, mais Lucia devait subir les conséquences inévitables de ce qu'elle avait fait…

Ce fut après la première séance que la frénésie de spiritisme s'empara de Riseholme. La princesse, avec grand cœur et une rallonge d'honoraires, offrit quelques démonstrations supplémentaires de ses pouvoirs psychiques, en sus des séances en soirée. Alors même que Georgie, le lendemain après-midi, recevait de Lucia le verdict cruel sur Debussy, la sibylle lisait les lignes de la main au colonel Boucher et à Mrs Weston. En sondant leur passé d'un œil infaillible et en soulevant un coin du voile, elle leur laissa entrevoir des aperçus brillants sur l'avenir. Elle savait qu'ils étaient fiancés, car Mrs Quantock le lui avait appris lors de la promenade matinale en voiture, et elle n'en fit pas mystère ; mais comment expliquer qu'après les avoir dévisagés l'un et l'autre, elle leur dit qu'une femme, qui n'était plus de première jeunesse mais était grande de taille et blonde, avait joint leurs destinées et avait eu affaire avec l'un d'eux toutes ces dernières années ? Comment décrire Élisabeth de façon plus précise ? Mrs Weston, éberluée, avoua que sa bonne, qu'elle avait à son service depuis quinze ans, correspondait en tout point avec ce que la princesse avait vu dans sa main. Après cela, il suffit à la princesse d'examiner la main encore un bref instant pour découvrir qu'Élisabeth aussi allait bientôt être heureuse… Puis elle trouva qu'un homme était lié à Élisabeth, et la main du colonel, sur laquelle elle transféra son regard scrutateur, se mit à trembler de plaisir imminent. Il lui sembla y voir un homme ; elle n'en était pas absolument certaine mais connaissait-il, par hasard, un homme depuis assez longtemps ? Il en connaissait un. Alors, par étapes successives, tout le roman d'Élisabeth et d'Atkinson fut débrouillé de main de maître. Rien de bien étonnant à ce qu'ensuite le colonel poussât le fauteuil de Mrs Weston à une vitesse inouïe jusqu'à « L'Enseigne du Narcisse » où, par le plus heureux des hasards, il put se procurer un exemplaire du *Manuel de chiromancie*.

Au cours d'une autre séance improvisée, à laquelle assistaient Goosie et Mrs Antrobus, des choses encore plus étranges s'étaient produites car la main de la princesse, tandis qu'on échangeait quelques mots avant de commencer, se mit à trembler et à se convulser encore plus fort que celle du colonel Boucher ; Mrs Quantock s'empressa de lui fournir un crayon et une liasse de feuilles de papier grand format car ces tremblements et ces mouvements convulsifs impliquaient que Raschia, antique prêtresse égyptienne, désirait ardemment emprunter l'écriture automatique de la princesse. Après quelques griffonnages désordonnés et des moulinets plongeants du crayon, la princesse, bien qu'elle continuât à tenir conversation, couvrit des pages, et des pages, l'une après l'autre, d'une ample écriture cursive. Quand ce fut fini et que la princesse se renversa de sa chaise, il s'avéra qu'il s'agissait d'un discours spirituel éminemment merveilleux qui décrivait le bonheur et l'harmonie qui régnaient dans tout l'univers et qu'occultaient momentanément les brumes de la matière. Ces brumes étaient totalement dissipées dans la vision dont jouissaient ceux qui avaient franchi le pas. Ils vivaient parmi les chants, les fleurs, la lumière et l'amour… Vers la fin du message, un passage moins clair mentionnait du feu tombant des nuages. Cela prit tout son sens lorsque, le lendemain même, éclata un orage – chose évidemment inusitée en novembre. Si l'orage n'avait pas éclaté, on aurait trouvé tout aussi satisfaisante l'interprétation proposée par Mrs Quantock selon laquelle il s'agissait d'une allusion aux zeppelins. Rien d'étonnant, après cela, que Mrs Antrobus, Piggy et Goosie passassent de longues soirées armées de crayons et de papier, puisque la princesse avait dit que la plupart des gens étaient doués pour l'écriture automatique si seulement ils prenaient la peine de développer leur don avec patience. Chaque individu possédait son propre guide et ce fut le lendemain même que Piggy obtint un document indiscutablement signé Annabelle. Nicostratus et Jamifleg suivirent très peu de temps après sous les crayons de Mrs Antrobus et de Goosie et ainsi il n'y eut pas de jaloux.

Mais le couronnement et l'apogée de toutes ces manifestations ce furent, sans contredit, les trois séances officielles qui eurent lieu après dîner en présence des trois groupes d'invités triés sur le volet. Des boîtes de musique se déclenchèrent, des violons exhalèrent des mélodies ravissantes, les participants furent effleurés par des doigts invisibles alors que toutes les mains se touchaient, posées à plat tout autour de la table et, du centre de la table, émergèrent des matérialisations de formes enveloppées de mousseline. Pocky se présenta, visible à l'œil nu et il joua de la musique astrale ; Amadeo, impressionnant et mélancolique, déclama des vers de Dante et le cardinal Newman, invisible à l'œil mais audible à l'oreille, joignit sa voix à celles des autres pour chanter *Éclaire notre route*, que le secrétaire leur avait demandé de chanter, et il les bénit tous à la fin. Lady Ambermere fut si impressionnée et si angoissée à l'idée de rentrer toute seule chez elle qu'elle insista pour que Georgie l'accompagnât au Hall et la remît aux mains de Pug ou de Miss Lyall. Pendant les trois jours que dura la visite de la princesse, on ne discuta pratiquement de rien d'autre que des dernières manifestations spirites lors des séances parlementaires de la pelouse communale. Olga commanda à Londres une boule de cristal, Georgie une planchette et, provisoirement, Riseholme devint une république des esprits avec la princesse comme Grande Prêtresse et Mrs Quantock comme présidente.

Pendant tout ce temps-là, Lucia devenait presque folle de jalousie et de dépit car elle attendait en vain d'être invitée à une séance. Bien avant que les trois jours ne se fussent écoulés, elle aurait accueilli avec enthousiasme la perspective d'assister ne fût-ce qu'à l'une des démonstrations improvisées, de deuxième catégorie. Puisque la princesse n'était pas disponible pour venir dîner, Lucia demanda à Daisy de l'amener un jour à déjeuner, ou pour prendre le thé ou à l'heure du jour ou de la nuit qui lui conviendrait le mieux. Elle envoya Peppino flâner devant la maison de Mrs Quantock, avec mission de laisser tomber sa canne ou de laisser s'envoler son chapeau en guise de prétexte pour entamer la conversation s'il voyait quelqu'un, ne fût-ce que le secrétaire, franchir le portail. Quant à Lucia, elle força littéralement la porte du vestibule de Daisy un matin et se mit à crier « Margherita » d'une voix argentine. Cette fois-là, Margherita sortit du salon l'air tout à fait autoritaire et en referma la porte derrière elle.

« Lucia très chère ! dit-elle. Quelle joie de vous voir ! Que se passe-t-il ?

– J'ai fait tout simplement un petit saut pour bavarder un peu, dit-elle. Je ne vous ai pas vue depuis la soirée du Quatuor espagnol.

– Pas possible ! Ça fait déjà si longtemps que ça ? Eh bien, il faudra que vous reveniez sans tarder un de ces jours, d'accord ? Après-demain, je serai moins occupée. Promettez-moi de revenir à ce moment-là.

– Vous avez de la visite, je crois ? demanda Lucia complètement à bout de ressources.

– Oh, oui ! Deux visiteurs en fait, des amis très chers. Mais je crains qu'ils ne vous plaisent pas. Je sais ce que vous pensez de tout ce qui touche au spiritisme et… – comme c'est stupide de notre part, n'est-ce pas ? – nous nous sommes mis au spiritisme, en amateurs.

– Oh ! Mais c'est très intéressant ! dit Lucia. Je… je suis toujours prête, quand il s'agit d'apprendre et disposée à modifier mon point de vue, s'il est erroné. »

Mrs Quantock resta plantée devant la porte du salon.

« Ah bon ? dit-elle. Alors nous en reparlerons à fond quand vous reviendrez me voir après-demain. Mais je sais que ce sera dur de vous convaincre. »

Elle envoya un baiser du bout des doigts d'une manière si désespérément conclusive qu'il ne restait plus qu'une chose à faire : se retirer.

Alors, guère inspirée en matière de stratégie, Lucia changea de tactique et regagna la pelouse communale où Piggy était en train de raconter à Georgie l'histoire du document signé Annabelle. Elle la répéta à l'intention de Lucia.

« N'était-ce pas charmant ? dit Piggy. Annabelle est donc mon guide et son écriture est très différente de la mienne. »

Lucia poussa un petit cri et se boucha les oreilles.

« Grands dieux ! dit-elle. Qu'est-il donc arrivé à Riseholme ? Où que j'aille je n'entends parler que de séances, d'esprits et d'écriture automatique. Quel tissu d'absurdités, ma chère Piggy. Ça m'étonne de la part d'une jeune fille sensée comme vous. »

Mrs Weston, poussée par le colonel, arriva à fond de train dans son fauteuil.

« Le *Manuel de chiromancie* est vraiment trop merveilleux, dit-elle. Jacob et moi avons veillé pour en achever la lecture jusqu'à je ne sais quelle heure. Il y a une interruption dans sa ligne de vie, juste au bon endroit, quand il est tombé si gravement malade en Égypte, ce qui est frappant ; et quand Tommy Luton m'a apporté mon fauteuil, ce matin – je l'avais laissé à la petite porte du jardin parce qu'on vient de mettre du gravier devant la porte principale et les roues s'y enfoncent –, j'ai dit “Tommy, laissez-moi jeter un coup d'œil à votre main, un instant” et là, juste sur sa ligne du destin, j'ai vu cette petite ride croisée qui signifie un deuil. Elle se situait exactement où il faut – n'est-ce pas Jacob ? – quand il avait treize ans, car cette année il en a quatorze et ça fait juste un an que Mrs Luton est morte. Certes, je ne l'ai pas dit à Tommy. Je lui ai seulement dit d'aller se laver les mains, mais c'était tout à fait curieux. Et votre planchette, monsieur Georgie ? Est-elle déjà arrivée ? Je serai tout à fait curieuse de voir ce qu'elle écrit. Si donc vous avez une soirée de libre n'importe quel jour, dans les jours qui viennent, venez tout simplement partager notre dîner et nous consacrerons la soirée aux tables tournantes, à la planchette et à la chiromancie. Et à présent, racontez-moi en détail la séance du premier soir. J'aurais aimé assister à une vraie séance mais, bien entendu, Mrs Quantock n'a pas de place pour tout le monde et j'ai beaucoup apprécié qu'elle nous ait invités, le colonel et moi-même, hier après-midi. Nous avons trouvé cela vraiment sensationnel. Et qui sait si la princesse n'est pas l'auteur du *Manuel de chiromancie* ? La page de titre porte l'initiale “P” et cela pourrait vouloir dire tout simplement Popoffski, voire princesse. »

Cette allusion au manque de place pour tout le monde mettait Lucia au supplice. Elle se mit à rire sur son mode le plus argentin.

« Voire encore Peppino, dit-elle. Il faut que je demande à *mio caro* s'il en est l'auteur. À moins que ce soit l'initiale de Pillson ? Georgino, avez-vous écrit le *Manuel de chiromancie ? Ecco* ! Je parie que c'était vous ! »

Cela n'était pas du tout judicieux car nul plus que Mrs Weston ne détestait l'ironie ou n'était plus prompte qu'elle à la détecter. Lucia n'aurait jamais dû se montrer ironique à ce moment précis ni, d'ailleurs, se hasarder à parler italien.

« Non ! dit Mrs Weston. Je suis certaine que l'auteur n'en est ni *il Signor Peppino* ni *il Signor Pillson*. Je crois que c'est *la Principessa*. Par conséquent, *ecco* ! Et ne pensez-vous pas que nous avons passé une soirée charmante chez Miss Bracely, l'autre jour ? Quel beau chant ! Et dire que c'est le Signor Cortese qui l'a entièrement fait. Et les paroles de ce beau livret ! Bien que je n'en aie pas compris tout le sens, j'ai trouvé que ça sonnait délicieusement à l'oreille. Et qui aurait pu deviner que Miss Bracely parlait un si bel italien alors qu'aucun d'entre nous ne se doutait même qu'elle parlât cette langue ? »

Le visage aimable de Mrs Weston était empourpré par l'émotion contenue dont ces quelques mots lâchés n'exprimaient qu'une partie et encore, pas la plus éloquente. Un silence fort embarrassé suivit. Heureusement, il fut rompu lorsque tout le monde recommença à parler à toute vitesse et avec brio. Puis on fit rapidement évacuer le fauteuil roulant de Mrs Weston, Piggy s'esquiva en direction du pilori où Goosie était assise, une grande feuille de papier à portée de la main dans le cas où une convulsion annoncerait l'imminence d'un message en écriture automatique, et Lucia se retourna vers Georgie qui seul était resté là.

« Pauvre Daisy ! dit-elle. Je viens de faire un saut chez elle et, franchement, je lui ai trouvé l'air très étrange. Bizarre… Avec toutes ses toquades de Science chrétienne, d'acide urique, de gourous et de médiums, on se demande si elle a bien toute sa tête à elle. Comme c'est triste ! Je serais affreusement désolée si sa raison se mettait à sombrer. Ce genre de choses est toujours si douloureux. Mais, je connais l'adresse d'une excellente maison spécialisée dans les cures de repos : je pense qu'il serait avisé d'en glisser le nom à Mr Robert dans la conversation, comme si de rien n'était, à toutes fins utiles. Et cette dernière toquade semble si dangereusement contagieuse ! Vous vous imaginez un peu Mrs Weston plongée dans l'étude de la chiromancie ! C'est trop grotesque. J'espère quand même que je ne l'ai pas froissée en suggérant que Peppino et vous-même aviez rédigé le manuel. C'est toujours risqué de lancer des petites plaisanteries à cette pauvre Mrs Weston. »

Georgie était tout à fait d'accord sur ce dernier point, mais il ne jugea pas nécessaire de préciser dans quel sens il était d'accord. Tous les jours, à présent, Lucia braquait des projecteurs sur un aspect entièrement nouveau de son propre personnage, demeuré jusque-là non développé (comme le cliché de quelque plaque photographique qui baigne dans l'obscurité) tant qu'elle avait été la maîtresse incontestée de Riseholme. Mais, et cela frappait Georgie à présent, depuis l'avènement d'Olga, Lucia avait adopté un point de vue critique, ironique, qu'elle avait réservé, précédemment, aux Londoniens. À chaque occasion, il fallait qu'elle critiquât, qu'elle condamnât ce qu'autrefois elle aurait simplement approuvé chaudement. Voilà à peine quelques mois, il y avait eu cette merveilleuse garden-party *Alto* où Olga avait chanté, bien après que lady Ambermere se fut retirée. Ça avait été *sa* garden-party ; tout le lustre et tout le succès lui en revenaient et nul n'avait eu licence de l'oublier jusqu'au jour où Olga était revenue. Mais, à partir du moment où cela s'était produit et qu'elle s'était mise à chanter pour son propre compte (et, après tout, pensa Georgie, elle en avait parfaitement le droit), toute la face des choses avait été changée. Elle avait fait la fiesta, et Riseholme n'aimait pas les fiestas. Elle avait chanté à l'église et on trouvait ça trop théâtral. Elle avait donné une réception agrémentée d'un concert donné par le Quatuor espagnol, et Lucia en avait publiquement attribué la prestation à celui de Brinton. Pour couronner le tout, Mrs Quantock était arrivée avec sa princesse, et voilà ! il serait charitable de citer le nom d'un établissement spécialisé pour les cures de repos dans l'espoir de sauver la tête de cette pauvre Daisy. Et puis il y avait aussi le colonel Boucher et Mrs Weston qui avaient consulté un manuel de chiromancie. Eux aussi avaient donc contribué au développement du cliché qui avait si longtemps baigné dans l'obscurité.

« Pauvre petite ! dit Lucia. C'est affreux de ne pas avoir le moindre sens de l'humour. J'espère bien que le colonel constatera clairement qu'elle en est totalement dépourvue avant de prononcer le "oui" fatal. Mais, hélas ! lui aussi en est dépourvu et j'ai souvent remarqué que deux personnes qui n'ont, ni l'une ni l'autre, aucun sens de l'humour se trouvent mutuellement tout à fait spirituelles et drôles. J'imagine que le sens de l'humour n'est pas la chose du monde la mieux partagée. Miss Bracely n'en a aucun car se livrer à des ébats bruyants n'est pas vraiment ce que j'appelle avoir de l'humour. Quant à notre pauvre Daisy, qu'est-ce qui peut défier la solennité avec laquelle elle passe des nuits, l'une après l'autre, autour d'une table, en tête-à-tête avec quelqu'un qui est peut-être, ou n'est peut-être pas, une princesse russe (la Russie, certes, est vaste et qui peut recenser le nombre des princesses qui s'y trouvent ?), à s'extasier sur un pot de peinture luminescente ou un faux nez et à appeler cela Amadeo, l'ami de Dante ? »

C'en était trop pour Georgie.

« Mais, vous avez vous-même invité Mrs Quantock et la princesse à venir dîner chez vous, dit-il. Et vous espériez qu'il y aurait ensuite une séance. Vous n'auriez jamais fait cela si vous aviez cru qu'il ne s'agissait que d'un faux nez et d'un pot de peinture luminescente.

– J'ai peut-être été impulsive, dit Lucia en parlant à toute vitesse. J'avoue que je suis impulsive et, si mes impulsions me poussent à offrir mon humble hospitalité à mes amis et aux amis de mes amis, je n'en éprouve nulle honte. Loin de là ! Mais quand je vois et observe les effets désastreux engendrés par ce prétendu spiritisme sur des gens que j'avais cru sensés et équilibrés – je ne compte pas notre pauvre malheureuse Daisy parmi ceux-ci – alors, je rends simplement grâces au ciel que mes impulsions ne m'entraînent pas à me fourvoyer dans de pareilles fumisteries, comme l'a si justement fait remarquer votre sœur à propos du gourou de cette pauvre Daisy. »

Ils étaient parvenus en face de la maison de Georgie et, soudain, la fenêtre de son salon s'ouvrit brusquement. La tête d'Olga en émergea.

« N'allez pas attraper une attaque, Georgie, en me voyant ici, dit-elle. Bonjour, madame Lucas : vous étiez derrière le mûrier et je ne vous avais pas vue. Mais ma cuisinière est tombée en panne et je ne peux pas déjeuner à la maison. Invitez-moi. J'ai apporté ma boule de cristal et nous allons passer des heures à la fixer. Pour l'instant je ne vois rien, à part mon propre nez et la fenêtre. Avez-vous des dons de voyante, madame Lucas ? »

Ça, c'était le bouquet ! Toutes les rancœurs de Lucia s'étaient rassemblées comme des hirondelles pour la migration et, pour couronner le tout, elle découvrait cette annexion patente de Georgie. Olga était là, installée dans son salon, sans même avoir été invitée, exigeant de l'être pour déjeuner, avec sa boule de cristal idiote et ridicule à la main, à se demander si Lucia était douée pour la voyance.

Le rire cristallin fut un peu aigu. Il partit un ton entier au-dessus de son diapason normal.

« Non, chère miss Bracely, dit-elle. Je crains d'être trop banale et trop terre à terre pour m'occuper de ce genre de choses. C'est une grosse lacune, j'en suis consciente, qui me prive de l'agréable compagnie de princesses russes. Mais nous ne sommes pas tous faits exactement sur le même modèle. Quelle chance, d'ailleurs ! Il faut que je rentre à la maison, Georgie. »

C'était certainement une grande chance que tout le monde ne fût pas fait exactement sur le même modèle que Lucia, à cet instant, sinon il y aurait eu de la bagarre.

Elle s'éloigna rapidement et Georgie rentra chez lui. Lucia s'était montrée carrément impolie et si Olga y faisait allusion, Georgie était prêt à déclarer qu'elle lui avait donné l'impression d'avoir quelques soucis. L'amitié l'y autorisait, la franchise le lui imposait. Mais Olga ne fit aucune allusion. Certes, son visage paraissait congestionné, mais elle expliqua qu'elle s'était assise tout près de la cheminée.

Le séjour de la princesse prit fin le lendemain et tout le monde apprit qu'elle retournait à Londres en fin de matinée par l'express de onze heures. Lady Ambermere le savait pertinemment. Elle arriva avec Pug et Miss Lyall dans l'intention de conduire la princesse à la gare en voiture, en laissant à Mrs Quantock la liberté, si elle désirait saluer son invitée et lui dire « Bon voyage » sur le quai, de suivre la voiture jusqu'à la gare dans le fiacre qu'on avait sûrement commandé. Mais Daisy ne l'entendait pas de cette oreille. Elle accompagna tranquillement sa chère amie dans la voiture de Georgie en laissant à lady Ambermere, toute dépitée, la liberté de la suivre ou de ne pas la suivre, comme elle voulait. Elle le voulut, bien que modérément, et se retrouva sur le quai au beau milieu d'une véritable foule de Riseholmitains qui étaient descendus jusqu'à la gare, en se promenant, par ce beau matin ensoleillé, pour voir si des colis étaient arrivés. Lady Ambermere ne leur prêta guère attention mais parvint à décider Pug à donner la patte à la princesse, quand celle-ci s'installa dans le compartiment ; puis, elle agita la main pour souhaiter « Bon voyage » à la chère amie de Mrs Quantock tandis que le train quittait lentement la gare.

« Certains parents du feu lord étaient russes, dit-elle d'un ton majestueux. Comment l'avez-vous connue ?

– Je l'ai rencontrée lors de mon séjour à Tsarskoïe Selo », fut sur le point de dire Mrs Quantock, mais elle eut peur que lady Ambermere ne comprît pas et lui demandât quand est-ce qu'elle y était allée. C'était pénible de plaisanter avec lady Ambermere…

Le train fila vers Londres et la princesse ouvrit l'enveloppe que lui avait remise son hôtesse. Elle constata que « c'était bien ça ». Son hôtesse lui avait également préparé un excellent repas froid que son secrétaire tira d'un sac de voyage. Quand elle eut mangé, elle voulut ses cigarettes et, comme elle les cherchait, et même après les avoir trouvées, elle continua de fouiller dans son sac. Il contenait bien la boîte à musique, de curieux morceaux d'élastique (le violon était dans son étui) et un masque blanc. Pourtant elle continuait de fouiller…

Presque à l'instant où elle abandonna ses recherches, Mrs Quantock alla faire un tour, au premier étage, dans la chambre de la princesse. Un tempérament moins revigoré que le sien eût été frappé d'une stupeur de satisfaction mais, pour elle, ce fut plus une frénésie qu'une stupeur de satisfaction. L'intensité de cette frénésie se peut imaginer si l'on considère que la défaite totale que Daisy avait infligée à Lucia en était l'ingrédient le plus négligeable. Ce haut fait la laissait relativement indifférente et elle se demandait si, lors de la prochaine visite de sa chère amie, fixée pour ses prochaines vacances, elle n'allait pas inviter Lucia à assister à une séance. En effet, à l'égard du vaincu, elle n'éprouvait rien moins que de la pitié, tant le butin était considérable. Jamais auparavant Riseholme n'avait atteint de tels sommets dans l'enthousiasme et à juste titre, en l'occurrence, car parmi toutes les choses merveilleuses et palpitantes qui s'y étaient passées, ces séances avaient remporté la palme du délire. Et, surpassant l'enthousiasme de Riseholme, il y avait la cause de cet enthousiasme, car le spiritisme et l'authenticité des phénomènes psychiques inexplicables s'étaient imposés à tous dans une clarté aveuglante. Les tableaux vivants, les fiestas, le yoga, la *Sonate au clair de lune*, Shakespeare, la Science chrétienne, Olga elle-même, l'acide urique, le mobilier élisabéthain, les fiançailles du colonel Boucher et de Mrs Weston, tous ces thèmes d'un intérêt brûlant avaient pâli comme une flamme en plein jour devant l'aube croissante de la présente révélation. Grâce à de patients exercices, en mettant tout son zèle à se concentrer sur des boules de cristal et sur des mains tendues, en attendant que se déclenche et se poursuive l'écriture automatique, on accédait aux hautes sphères du mystère et on pouvait évoquer le cardinal Newman, ou Pocky…

Il y avait, dans la chambre, le lit dans lequel avait dormi la sibylle, un vase rempli de fleurs fraîches (difficiles à se procurer en novembre, mais encore trouvables) car elle aimait être entourée de fleurs, la commode où elle avait rangé ses vêtements et dont Mrs Quantock ouvrit les tiroirs l'un après l'autre, tout à la joie de sentir flotter partout des émanations et des vibrations encore toutes fraîches. Le tiroir du bas était un peu coincé et elle dut user de toute sa force pour l'ouvrir.

Lorsqu'il céda tout à coup, le sourire de Mrs Quantock se figea sur son visage. Le tiroir contenait des flots de mousseline vaporeuse. Elle en sortit des mètres et des mètres… et, glissée entre deux plis, une paire de faux sourcils. Elle les identifia immédiatement : c'étaient ceux d'Amadeo. Et la mousseline était celle de Pocky.

Quelques instants de concentration lui suffirent et elle écarta, l'une après l'autre, deux lignes de conduite qui lui vinrent à l'esprit. La première consistait à utiliser la mousseline pour son usage personnel : il y avait là de quoi s'assurer une garde-robe d'été pendant des lustres. Le principal obstacle, pour ce faire, était qu'elle avait dépassé l'âge de porter des robes en mousseline. La seconde consistait à renvoyer tout le bataclan à sa chère amie, avec ou sans commentaire. Mais cela équivalait à l'accuser purement et simplement de mystification. Jamais plus, ce faisant, elle ne pourrait administrer sa chère amie à Riseholme comme un élixir de grand prix. Elle ne pouvait pas brûler ses vaisseaux aussi radicalement. Il ne lui restait qu'une seule ligne de conduite avisée et elle se mit à l'ouvrage.

La matinée, avec son ciel limpide, avait été très froide, glaciale même et Mrs Quantock avait fait allumer un bon feu dans la chambre de la princesse pour qu'elle pût faire sa toilette confortablement. Il flambait encore dans l'âtre et Mrs Quantock, après avoir fermé la porte à clef, y jeta les faux sourcils qui, une fois réduits en cendres, s'envolèrent par la cheminée. Ensuite, elle l'alimenta à l'aide de la mousseline. Elle déversa des mètres et des mètres de mousseline. On n'avait jamais vu autant de mousseline aussi vaporeuse. Ça lui déchirait le cœur de la brûler, mais l'heure n'était pas aux considérations bassement matérielles. Le moindre atome de cette pièce à conviction devait être purifié par le feu. La princesse ne pouvait pas décemment écrire à sa chère amie pour lui dire qu'elle avait oublié chez elle cent mètres de mousseline de première qualité car, une fois le pot aux roses découvert, il était de son intérêt, et de celui de Mrs Quantock, que ces accessoires disparussent comme s'ils n'avaient jamais existé. Le délicat textile s'envola dans la cheminée en lambeaux de feu. Parfois, il faisait rugir le conduit comme s'il avait provoqué un feu de cheminée et Mrs Quantock devait attendre, en protégeant son visage brûlant jusqu'à ce que le vrombissement caverneux s'apaisât. Enfin l'holocauste s'acheva et elle déverrouilla la porte. Ce secret lui appartenait en propre et nul, jamais, ne devait le partager. On avait découvert que le gourou était un préparateur de curry mais, cette fois-ci, personne n'était venu fourrer son nez dans ses affaires, comme l'avait fait Hermy. Tant que les boules de cristal conservaient tout leur pouvoir de fascination et que florissait l'écriture automatique, le secret de la mousseline et des sourcils devait rester enfoui dans un seul et unique cœur. Tout Riseholme avait été électrisé par le spiritisme et, à ce jour, on s'en était tiré à bon compte pour les séances. Le seul fief resté en marge à Riseholme c'était Lucia et, par bonheur, on ne lui avait accordé aucune part ni aucun rôle dans toutes ces manifestations.

Mrs Quantock venait à peine de redescendre au rez-de-chaussée quand Robert revint de la pelouse communale où il avait raconté, avec force détails, les expériences de la dernière séance.

« On aurait dit qu'il y avait un feu de cheminée, dit-il. J'aurais bien aimé que ce fût dans celle de la cuisine. Cela nous aurait peut-être valu du bœuf un peu moins saignant que celui d'hier. »

C'est ainsi que comédie et tragédie se tiennent par la main.

XIV

Au cours des premières semaines de décembre, Georgie eut fort à faire avec une esquisse à l'aquarelle représentant Olga en train de chanter, tout en s'accompagnant au piano. Il rencontrait tant de difficultés que, par moments, il désespérait presque d'en venir à bout, car la tâche de dessiner le visage, avec la bouche grande ouverte, tout en sauvegardant la ressemblance, paraissait presque insoluble. Il s'installait souvent devant sa glace, la bouche ouverte et reproduisait ses propres traits avec une application diligente afin de saisir le processus des modifications de traits provoquées par la pose. La forme d'un visage est tellement modifiée quand on ouvre la bouche toute grande que ça le rend complètement méconnaissable, quelque soin que prenne l'artiste pour rendre l'expression étirée verticalement et, néanmoins, Georgie pouvait aisément identifier le visage dans la glace comme étant bien le sien. Le front, les yeux et les pommettes seuls conservaient leur aspect familier mais même le nez semblait s'allonger quand on ouvrait toute grande la bouche… Et puis aussi, comment faire pour montrer qu'elle était bien en train de chanter et pas de bâiller ou sur le point d'éternuer ? Jusqu'à présent, son esquisse la plus réussie donnait exactement l'impression qu'elle bâillait et cela donnait à Georgie l'envie de bâiller, lui aussi, par mimétisme. Après tout, la forme de la bouche était peut-être la même dans les deux cas et, alors, seul le son qui en sortait vous inclinait à supposer que la personne qui ouvrait la bouche était en train de chanter. La présence du piano suffirait probablement à fournir la suggestion requise ; Olga n'allait pas se mettre au piano simplement pour bâiller ou pour éternuer : elle pouvait tout aussi bien faire cela ailleurs.

Il eut alors une idée lumineuse. Il allait ajouter une lampe avec un abat-jour sur le piano. Ainsi, le visage d'Olga serait plongé dans une pénombre rouge. Évidemment ce parti pris entraînait de nouveaux problèmes à cause de la lumière, mais la lumière semblait présenter moins de difficultés que la ressemblance. En outre, il pourrait ainsi rendre la robe d'Olga et le clavier du piano vraiment très ressemblants. Mais, quand il se remit à peindre, il perdit espoir. Il fallait qu'il y ait une pénombre rouge sur le visage et de la lumière jaune sur les mains et la robe verte d'Olga et alors, l'ensemble ne ressemblait plus à Olga en train de chanter à la lumière d'une lampe, mais bien plutôt à de la salade de homard étalée en plein soleil. Plus il peignait et plus les feuilles de laitue, la sauce et le homard semblaient émerger d'une manière éclatante. Il supprima donc la lampe et ferma la bouche d'Olga. Elle serait simplement assise à son piano, juste avant de chanter.

Ces affres de la création artistique furent plus qu'amplement compensées par le fait qu'à présent il se rendait régulièrement chez Olga avec sa planche à dessiner et sa boîte de couleurs, et s'installait à côté d'elle pendant qu'elle répétait. Il n'était plus question de *Lucille et ses libellules* ni de « maudits ciseaux » à présent, car elle consacrait la majeure partie de son temps, deux bonnes heures chaque matin, à apprendre son rôle de *Lucretia*, et Georgie commença à percevoir quelle sorte de travail présupposait la libre spontanéité avec laquelle Brünnhilde saluait le soleil levant. Encore plus surprenant était le fait que cette simple mémorisation des notes n'était qu'un préambule à ce qu'elle appelait « le vrai travail ». Tout à l'heure, une fois assuré le côté purement mécanique de la chose, il lui resterait à étudier… Puis, quand elle avait fini de répéter, elle prenait la pose de bonne grâce en tournant la tête de profil devant un arrière-plan obscur, et Georgie se mettait à suçoter le bout d'une brosse ou à mordiller le bout d'une autre en se demandant s'il parviendrait jamais à produire quelque chose qui serait digne d'Olga. À force de lui scruter le visage pour des motifs professionnels, il en vint non seulement à l'admirer mais à l'idolâtrer. Ce contact quotidien fit lever sur lui l'aurore printanière qui illuminait ce visage.

« Georgie, je vais vous gronder, dit-elle un jour tout en reprenant sa pose devant le fond noir. Vous êtes un sale petit égoïste. Vous ne vous occupez que de votre petit plaisir. Cela ne vous a-t-il jamais frappé ? »

Georgie resta bouche bée. Voilà qu'il passait toutes ses matinées à essayer de réaliser quelque chose qu'il pourrait lui offrir avec quelque fierté comme cadeau de Noël, sans parler des heures qu'il avait passées la bouche ouverte devant sa glace et le prix du beau cadre qu'il avait commandé, et malgré tout cela, il était censé ne penser qu'à lui-même. Certes, Olga ne savait pas que le portrait lui était destiné…

« Vous êtes atroce ! dit-il. Vous trouvez toujours quelque chose à me reprocher. Expliquez-vous un peu.

– Eh bien ! vous négligez vos vieux amis au profit de votre nouvelle amie, dit-elle. Vous ne devriez jamais laisser tomber un vieil ami, mon cher. Par exemple, ça fait combien de temps que vous n'avez pas joué de quatre mains avec Mrs Lucas ?

– Oh, pas si longtemps que ça, dit Georgie.

– Bien assez longtemps, m'est avis. Mais je ne veux pas simplement parler de s'installer au piano avec elle et de pianoter. Depuis quand n'avez-vous pas pensé à elle, dressé des plans pour elle et parlé en jargon puéril avec elle ?

– Qui vous a jamais dit que je le faisais ? demanda Georgie.

– Grands dieux ! Mais comment diable pourrais-je m'en souvenir ? Je pourrais, sans crainte de me tromper, dire que tout le monde me l'a dit. À présent, la pauvre Mrs Lucas se sent exclue, négligée et détrônée. Tout cela me préoccupe assez et je vous en parle parce que c'est surtout vous qui en êtes responsable. Nous parlons à cœur ouvert, en ce moment, alors ne vous rebiffez pas en me disant que c'est moi qui suis responsable. Je sais parfaitement ce que vous pensez, mais permettez-moi de vous dire que vous faites absolument fausse route. En premier lieu, c'est de la faute de Mrs Lucas parce que c'est vraiment la femme la plus stupide que j'aie jamais rencontrée, mais c'est aussi, en partie, de la vôtre. »

Elle se retourna.

« Allons, Georgie. Jouons franc jeu, dit-elle. Je ne peux absolument rien faire, moi, car elle me déteste. Vous devez l'aider, m'aider et laisser votre égoïsme de côté. Avant mon arrivée ici, c'est elle qui vous faisait marcher, vous réservait des petites gâteries, comme de participer à ses tableaux vivants, de l'écouter jouer cette vieille rengaine de *Sonate au clair de lune*, et de parler quatre mots d'italien. Et puis j'ai débarqué, sans autre intention derrière la tête que de profiter de mes vacances, et elle s'est mise dans la tête l'idée que j'allais essayer de faire la pluie et le beau temps à sa place, ici. C'est bien ça, oui ou non ?

– Oui, c'est bien ça, dit Georgie.

– Eh bien, voilà qui me met dans une situation affreuse, une situation impossible. J'ai fait de mon mieux pour lui être agréable : je suis allée chez elle jusqu'à ce qu'elle cesse de m'inviter et je l'ai invitée chez moi toutes les fois que j'ai pensé pouvoir la divertir, jusqu'à ce qu'elle cesse ses visites. Je ne me suis pas formalisée de son impolitesse, qui était notoire, ni de ses ridicules grands airs protecteurs qui ne m'ont pas affectée le moins du monde. Mais, Georgie, elle a persisté à se mettre dans des situations grotesques tout en me jetant la pierre. Est-ce de ma faute si elle n'a pas reconnu le Quatuor espagnol à l'audition, ou si elle ne savait pas le moindre mot d'italien, tout en prétendant le contraire, ou si, l'autre jour (c'était la dernière fois que je l'ai vue, lorsque vous nous avez joué votre Debussy chez Tante Jane) elle s'est mise à parler de quintes renversées ? »

Soudain, Olga éclata de rire et Georgie afficha la mine riseholmesque de curiosité intense.

« Il faut que vous me racontiez ça, dit-il. Et je vous raconterai la suite que vous ne connaissez pas. »

Olga, à son tour, succomba à la tentation. Elle se mit à contrefaire la voix de Tante Jane (car elle l'avait adoptée comme tante).

« Bref, c'était le lundi de la semaine dernière, dit-elle. À moins que ce ne fût dimanche ? Non, ça ne pouvait pas être le dimanche parce que ce jour-là je ne reçois personne pour le thé, étant donné qu'Élisabeth se rend chez Jacob et y passe l'après-midi avec Atkinson, ou bien ils font l'inverse, ce qui ne change rien à l'affaire puisque, d'une manière ou d'une autre, il faudrait qu'Élisabeth fût libre pour servir le thé. C'était donc bien lundi et Tante Jane – là, c'est de nouveau moi qui parle – donnait le thé au cours duquel vous avez joué *Poissons d'or*. Et quand il (le poisson rouge) fut terminé, Mrs Lucas poussa un profond soupir et dit "Le pauvre Georgino ! Il a gaspillé son temps à étudier un truc pareil" alors qu'elle savait parfaitement que c'était moi qui vous l'avais donné. J'ai donc dit : "Vous êtes bien sûre que vous appelleriez cela un truc ?" À quoi elle répondit : "Absolument. Toutes les règles de la composition musicale sont bafouées là-dedans. Ccs quintes renversées ne vous écorchent-elles pas les oreilles, miss Bracely ?" »

Olga se remit à rire et reprit sa voix à elle.

« Oh, Georgie, c'est un âne bâté, dit-elle. Je suppose qu'elle voulait dire des quintes successives : on ne peut pas renverser une quinte. J'ai donc dit (et dans mon esprit, il s'agissait d'une blague) : "Bien entendu, il y a ce que vous dites, mais il faut le pardonner à Debussy au nom de ce merveilleux passage en dixièmes immergées !" Et elle a pris la chose au sérieux, a hoché la tête et déclaré qu'à son grand regret elle était trop puriste. Que s'est-il passé ensuite ? Je n'en sais pas davantage.

– Tout de suite après, dit goulûment Georgie, elle m'a apporté la partition en me demandant de lui montrer le passage où se trouvaient les dixièmes immergées. Je l'ignorais, mais j'ai repéré quelques dixièmes, son visage s'est éclairé et elle a dit : "Oui, effectivement : ces dixièmes immergées font beaucoup d'effet." Alors, j'ai hasardé que "dixième immergée" ne se disait pas en termes de musique mais que cela faisait référence à la population. Elle en resta là mais, en repartant, elle m'a demandé de lui prêter le *Traité d'harmonie* de Dubois. Je suis sûr qu'elle est encore en train d'éplucher tout ce qui s'y rapporte aux dixièmes. »

Olga alluma une cigarette et revint aux choses plus sérieuses.

« Bref, ça ne peut pas continuer, dit-elle. Nous ne pouvons pas laisser cette pauvre femme grincer des dents toute seule dans son coin. Il y a eu aussi Mrs Quantock qui a refusé catégoriquement de lui laisser voir la princesse…

– Ça, c'était entièrement de sa faute, dit Georgie. C'est parce qu'elle s'était montrée si avide à propos du gourou.

– Ça ne fait qu'envenimer les choses. Et, de mon côté, je ne peux rien faire parce qu'elle me met tout sur le dos. Si ça pouvait contribuer à arranger les choses, je l'inviterais ici tous les soirs avec son Peppino. Nous écouterions ses airs lugubres à longueur de soirées et elle organiserait tout à sa guise. Mais les choses sont allées trop loin, à présent : elle ne viendrait pas. Tout s'est passé sans que je me rende compte de rien. Je n'ai pas aligné les faits au fur et à mesure qu'ils s'enchaînaient et le résultat me fait horreur. »

Georgie songea aux postulats du spiritisme.

« Si vous êtes une incarnation, dit-il soudain transporté d'admiration, vous êtes l'incarnation d'un ange. Comment arrivez-vous à lui pardonner la façon odieuse dont elle s'est comportée à votre…

– Taisez-vous, mon cher ! dit Olga. Il faut que nous fassions quelque chose. Et que diriez-vous d'une belle réception que vous donneriez pour le soir du jour de Noël et à laquelle vous l'inviteriez sur-le-champ ? Demandez-lui de vous aider à mettre ça sur pied. Précisez-lui bien que c'est elle qui prendra les choses en main.

– D'accord. Et vous viendrez, n'est-ce pas ?

– Je ne viendrai certainement pas. Peut-être ferai-je un tour vers la fin de la soirée en compagnie de Goosie ou de quelqu'un dans ce genre. Ne comprenez-vous pas que si je venais dîner ça gâcherait tout ? Il faut que vous me laissiez de côté, et assez ostensiblement. Et donnez-lui aussi un beau cadeau de Noël, bien cher et de bon goût. Vous pourriez, par exemple, lui offrir ce portrait de moi que vous faites en ce moment. Ou plutôt, non. Je pense que ça ne lui ferait pas plaisir. Mais réconfortez-la, faites-lui comprendre que vous êtes perdu sans elle. Vous avez été son bras droit toutes ces dernières années ? Décidez-la à redonner ses tableaux vivants et, oh oui ! je pense que vous devez m'inviter à venir ensuite. J'ai hâte de les voir, elle et Peppino, dans les rôles de Brünnhilde et de Siegfried. Occupez-vous d'elle, Georgie, et remettez-lui le pied à l'étrier. Promettez-moi de le faire. Et faites-le en y mettant tout votre cœur, sinon ça ne sert à rien. »

Georgie commença à rassembler son matériel de peinture. Ce n'était pas exactement ce qu'il avait espéré pour le jour de Noël mais, si tel était le vœu d'Olga, il fallait s'exécuter.

« D'accord, je ferai de mon mieux, dit-il.

– Merci vraiment beaucoup. Vous êtes un amour. Et comment ça marche avec votre planchette ? J'ai un peu négligé ma boule de cristal ces derniers temps mais je trouve ça si lassant de fixer mon propre nez.

– Planchette se limite à écrire quelques rares prénoms, dit Georgie en évitant d'avouer que celui d'Olga revenait le plus souvent. Je crois que je vais la laisser tomber. »

Ce n'était que logique car, depuis que Riseholme se lançait, toutes les deux ou trois semaines, dans quelque nouveau dada contraignant, sans parler des contraintes de la vie quotidienne, il s'ensuivait que même les occupations les plus palpitantes avaient du mal à tenir l'affiche très longtemps. Bref, l'intérêt pour le spiritisme s'était desséché aussi rapidement que le grain semé sur un sol pierreux[1].

« Même Mrs Quantock semble avoir perdu son enthousiasme, dit Olga. Elle était ici, hier soir, avec son mari mais, lorsque j'ai lancé l'idée de faire tourner les tables, elle m'a paru plutôt ennuyée. Je me demande ce qui a bien pu se passer pour qu'elle s'en lasse…

– À quoi pensez-vous ? demanda Georgie, avec une avidité riseholmesque.

– Georgie, vous y croyez, vous, à la princesse et à Pocky ? » demanda-t-elle.

Georgie jeta un coup d'œil soupçonneux à la ronde pour s'assurer que personne ne pouvait l'entendre.

« J'y ai cru, sur le moment, dit-il. En tout cas, je pense y avoir cru. Mais il me semble que j'y crois moins, à présent. Car enfin, qui était la princesse ? Pourquoi n'en avions-nous jamais entendu parler auparavant ? Je suis persuadé que Mrs Quantock a dû la rencontrer dans le train, ou quelque chose de ce genre.

– Moi aussi, dit Olga. Mais, motus ! Tante Jane et Oncle Jacob sont si heureux d'y croire ! Leurs lignes de vie sont gigantesques et ils mourront au moins centenaires. Et maintenant, allez rendre visite à Mrs Lucas. Si elle ne vous retient pas à déjeuner, vous pourrez revenir ici. »

Georgie déposa son tableau et son attirail de peinture à la maison et se rendit chez Lucia. Il sentait bien qu'il ne désirait pas, au fond, l'inviter à dîner le jour de Noël, ni reprendre ses fonctions de duettiste et d'aide de camp, mais sa démarche

1. Évangile selon saint Matthieu 13, 5. *(N.d.T.)*

s'accompagnait d'une saveur et d'un piquant entièrement imputables au fait qu'il obéissait aux vœux d'Olga et qu'il agissait pour lui plaire. Il n'y trouvait aucun goût, en soi. En soi, cela contribuait plutôt à l'éloigner d'Olga puisque cela impliquait qu'il consacrât du temps à Lucia. Pourtant il en était ravi. « Je crois bien que je suis en train de tomber amoureux d'elle, se dit-il. Elle est merveilleuse, elle est immense, elle est… »

Là, ses pensées furent brusquement dérangées car Robert Quantock surgit de sa maison comme un ouragan, lança à Georgie un regard de travers et traversa la pelouse communale au pas de course, littéralement, en direction de la boutique du marchand de journaux. Georgie se souvint immédiatement qu'il l'avait déjà vu là, ce matin même, avant d'aller rendre visite à Olga. Robert était en train d'acheter un nouveau journal de quatre sous, à la couverture jaune et ayant pour titre *Todd's News*. Ils avaient alors échangé quelques banalités amicales mais, depuis, qu'est-ce qui avait bien pu se passer, au cours des deux dernières heures, pour que Robert se borne à présent à montrer les dents en apercevant Georgie et fasse une seconde visite à la boutique du marchand de journaux ? Impossible de ne pas s'attarder un instant, afin de voir ce qu'allait faire Robert en arrivant à la boutique. En chaussant ses lunettes, Georgie vit alors Robert les bras chargés d'une pile entière de journaux à couverture jaune (des exemplaires de *Todd's News*, probablement). Ni la chair ni le sang ne pouvaient résister aux appétits insatiables de la curiosité. Georgie, tout en effectuant un détour afin d'éviter que Robert (qui revenait à toute allure dans sa direction) ne lui montrât les dents encore une fois, partit faire un petit tour à pied, pour son propre compte, jusqu'à la boutique aux journaux où il demanda un exemplaire de *Todd's News*. À l'instant même, le voile du mystère obscurcit ce clair matin de décembre car le marchand de journaux apprit à Georgie que Mr Quantock en avait acheté tous les exemplaires dont il disposait. Georgie ne put obtenir aucun autre renseignement si ce n'est que Robert avait également acheté un exemplaire de chaque quotidien.

Que pouvait bien en conclure Georgie ? Après avoir remarqué que Robert regagnait son logis en toute hâte, il se rendit lui-même chez Lucia. S'il avait pu voir ce que faisait Robert une fois rentré chez lui, il est peu probable qu'il eût pu s'empêcher de forcer sa porte pour lui arracher un exemplaire de *Todd's News*...

Robert entra dans son bureau et ferma sa porte à clef. Il retira de dessous son sous-main le premier exemplaire de *Todd's News*, celui qu'il avait acheté plus tôt dans la matinée, et le mit avec les autres. Puis, les sourcils toujours froncés, il ouvrit le *Times* à la page des rapports de police et, l'ayant parcourue, reposa le journal. Il en fit de même avec le *Daily Telegraph*, le *Daily Mail*, le *Morning Post* et le *Daily Chronicle*. Enfin (c'était le dernier des quotidiens), il feuilleta le *Daily Mirror*, le déchira en lambeaux et dit « Zut ! ».

Il resta prostré un moment, perdu dans ses pensées, en essayant de se souvenir si quiconque à Riseholme, à l'exception du colonel Boucher, prenait le *Daily Mirror*. Mais il était théoriquement certain que personne ne le prenait. Il quitta son bureau et, ayant refermé la porte à clef derrière lui, il sortit dans la rue où il vit du premier coup d'œil que le colonel était occupé à propulser Mrs Weston tout autour de la pelouse communale. Au lieu de les aborder, il se précipita chez le colonel et (il n'avait pas le temps de finasser) il dévisagea hardiment Atkinson et dit qu'il voulait écrire un mot pour le colonel. On l'introduisit dans la salle de séjour et il vit le *Daily Mirror* ouvert sur la table. Dès qu'il fut seul, il le fourra dans sa poche et dit à Atkinson qu'il préférait parler au colonel plutôt que de lui écrire. En sortant, il tomba nez à nez avec le fauteuil roulant. Il faillit se faire écraser mais tint bon et, d'une voix parfaitement d'aplomb, demanda au colonel s'il y avait du nouveau dans la presse du matin. Avec la réponse catégoriquement négative qui lui résonnait encore joyeusement dans les oreilles, il rentra chez lui et s'enferma à double tour dans son bureau, pour la seconde fois.

Il y a une certaine volupté, lorsqu'on a évité de justesse quelque danger redoutable, grâce à sa présence d'esprit et à une prompte réaction, à revivre par la pensée l'instant critique, et Robert ouvrit à nouveau le *Todd's News* (c'était celui qui donnait le compte rendu le plus circonstancié) et relut tout le paragraphe du rapport de police intitulé « Une princesse russe postiche ». À présent, il se régalait des lignes qui l'avaient fait trembler auparavant, tout en lisant comment Marie Lowenstein, domiciliée au numéro 15 de Gerald Street, quartier de Charing Cross Road, et se faisant appeler princesse Popoffski, avait été convoquée au commissariat de police de Bow Street afin d'y répondre des plaintes portées contre elle pour avoir frauduleusement exercé la profession de diseuse de bonne aventure et avoir opéré des matérialisations d'esprits au cours d'une séance de spiritisme qui s'était tenue chez elle. On mentionnait ensuite des détails sordides : un détective qui s'était rendu sur place avait empoigné une apparition italienne à la gorge et allumé la lumière électrique. La gorge qu'il avait saisie se trouva être celle de la dénommée Popoffski dont on découvrit le secrétaire, un certain Ezéchiel Schwarz, en train de débrancher un marteau, actionné par un électro-aimant, sous la table. On avait infligé une amende…

Quelques secondes de réflexion suffirent à Robert pour décider de ne rien dire à sa femme. Certes, sa femme était responsable d'avoir déniché et exhibé Popoffski mais enfin il l'en avait félicitée et l'y avait encouragée lui-même. Tout autant qu'elle, il avait été convaincu de l'honnêteté de Popoffski, de sa noble extraction et de ses merveilleux pouvoirs psychiques. Ensemble, Daisy et lui s'étaient propulsés au pinacle de la gloire dans le ciel de Riseholme. En outre, la pauvre Daisy serait complètement démoralisée d'apprendre que cette Popoffski ne valait guère mieux que le gourou. Il jeta un coup d'œil à la pile impressionnante de *Todd's News*, puis à la cheminée…

La matinée, avec son ciel limpide, avait été très froide, glaciale même, et un bon feu s'épanouissait dans la cheminée. À chaque exemplaire de *Todd's News*, Robert arrachait la page où figuraient les rapports de police et en alimentait le feu. Il les déposa toutes, l'une après l'autre. Jamais on n'avait consacré autant de papier à une même cheminée. Les feuilles montaient, légères, à l'assaut du conduit, en torches ardentes. Parfois, Robert avait peur d'avoir déclenché un feu de cheminée et il lui fallait marquer une pause, en protégeant son visage brûlant, jusqu'à ce que le vrombissement caverneux s'apaisât. L'holocauste prit fin avec les pages des deux exemplaires du *Daily Mirror* et Robert dévérouilla la porte. Ce secret lui appartenait en propre et nul, à Riseholme, ne devait jamais le partager. Riseholme avait été électrisé par le spiritisme et, à ce jour, on s'en était tiré à bon compte pour les séances.

Robert fit ramasser les vestiges de journaux par la bonne et celle-ci venait d'achever sa besogne quand Mrs Quantock revint de la pelouse communale.

« Robert, on aurait dit qu'il y avait un feu de cheminée, dit-elle. Vous auriez bien aimé que ce fût dans celle de la cuisine, comme vous l'avez dit l'autre jour.

– Bagatelles, ma chère ! dit-il. C'est l'heure de passer à table, n'est-ce pas ?

– Oui. Ah ! Voici le courrier. Rien pour moi, mais deux lettres pour vous. »

Elle l'épia de près, tandis qu'il prenait ses lettres. Peut-être leurs inconscients respectifs (selon la théorie de sa chère amie) communiquèrent-ils en profondeur ? Quoi qu'il en soit, rien de bien significatif n'en transpira à la surface.

« Je n'ai pas reçu de nouvelles de ma princesse depuis qu'elle nous a quittés », fit-elle.

Robert eut un petit haut-le-corps : sa tension s'était relâchée après ses sueurs froides.

« Ah bon ? dit-il. Mais lui avez-vous écrit ? »

Elle fit mine d'essayer de se souvenir.

« Eh bien, ma foi ! Il me semble que non, dit-elle. C'est une négligence de ma part. Il faut que je lui en adresse un bon paquet, un de ces jours. »

Cette fois, ce fut son tour à lui d'épier sa femme de près. Cacherait-elle un secret comme il en cachait un ? Qu'est-ce que ça pourrait bien être ?

Georgie trouva sa mission assez pénible. Seule la pensée qu'il s'agissait d'une peine d'amour, ou de quelque chose d'approchant, l'enhardit à aller de l'avant. Et malgré cela, dans les premières minutes, il pensa que ça risquait d'être *peines d'amour perdues*[1] tant Lucia se forçait artificiellement à paraître enjouée. Il avait déjà à moitié traversé le jardin de Shakespeare, d'où il l'avait bien vue debout derrière la fenêtre du salon de musique, quand elle disparut furtivement de la fenêtre. L'instant d'après, les harmonies d'un mouvement lent, jouées très fort, couvrirent si complètement le son de la cloche commandée de la queue de la sirène qu'il se demanda s'il avait bien sonné. En fait, quand Georgie franchit le portail, Lucia et Peppino étaient au beau milieu d'une conversation extrêmement sérieuse puisqu'il s'agissait de prendre des décisions sur ce qu'il convenait de faire. Pendant la semaine de Noël, la réception traditionnelle au Hurst était devenue une institution au même titre que la fête de Noël elle-même mais, cette année, tout était si différent. Et, d'abord, qui inviter en premier lieu ? Certainement pas Mrs Weston, car la manière dont elle avait parlé italien à Lucia ne laissait planer aucune ambiguïté d'interprétation. Elle allait probablement, avait dit Lucia d'un ton aigre, passer les fêtes à partager des jeux d'enfants avec son *promesso*. Impossible, également, d'inviter Miss Bracely et son mari, car les

1. Allusion à la comédie éponyme de Shakespeare. *(N.d.T.)*

ponts étaient déjà rompus, rapport au Quatuor espagnol et au Signor Cortese. Quant aux Quantock, Peppino attendait-il de Lucia qu'elle invitât jamais Mrs Quantock à l'avenir ? Il y avait enfin Georgie qui avait tellement changé, était devenu si bizarre et… Eh bien, voici Georgie justement. Elle se dépêcha de prendre place au piano et Peppino ferma les yeux en prévision du mouvement lent.

Lucia ne remarqua pas que l'on ouvrait la porte et Peppino avait les yeux fermés. Par conséquent, Georgie s'assit sur la chaise la plus proche et attendit. À la fin du morceau, Peppino poussa un soupir et Georgie aussi.

« Qui est là ? dit sèchement Lucia. Ah ! C'est vous, Georgie ? Quel revenant ! On peut le dire, n'est-ce pas ? Quoi de neuf ? »

Tout cela fut débité sur le ton le plus glacial et Lucia gratta une goutte de cire qui était tombée sur un *mi bémol.*

« Rien de neuf, à ma connaissance, dit Georgie, très mal à l'aise. Je suis simplement passé faire un saut. »

Lucia lança un regard à Peppino, à la dérobée. Si elle avait hurlé de toutes ses forces, elle n'aurait pas fait comprendre plus clairement qu'elle allait prendre la situation en main.

« Oh, comme c'est gentil ! dit-elle. Peppino et moi-même avons été si occupés ces derniers temps que nous n'avons vu personne. Nous sommes de vrais rats des champs et le rat des villes doit nous laisser un peu de fromage de côté. Et comment va cette chère Miss Bracely, en ce moment ?

– Très bien, dit Georgie. Je l'ai vue ce matin. »

Lucia poussa un soupir de soulagement.

« Voilà qui est bien, dit-elle. Peppino, vous entendez ? Miss Bracely se porte tout à fait bien. Pas trop surmenée par ses répétitions pour ce nouvel opéra ? C'était bien *Lucie de Grèce*, n'est-ce pas ? Oh, que je suis sotte ! C'était *Lucretia*, bien entendu, l'œuvre du Napolitain extraordinaire. Mais oui. Et quoi d'autre ? Au tour de notre brave Mrs Weston, à présent ! Est-ce qu'elle rêve encore à son jeune premier ? Tout occupée à tresser des couronnes de fleurs d'oranger et à choisir ses demoiselles d'honneur ? Comme je suis mauvaise langue ! Oui. Et ensuite, cette chère Daisy ? Comment va-t-elle ? Toujours à cultiver la société des princesses ? Je regarde chaque matin le *Bulletin de la Cour* pour voir si la princesse Pop… Pop… Popoff, c'est ça ?… si la princesse Popoff a quitté sa popote pour reprendre sa place à la table du tsar, son cousin. Mes aïeux ! »

La somme de malveillance et d'envie, le manque total de charité que Lucia avait réussi à concentrer dans ce discours intégralement improvisé dépassaient l'entendement. Elle ne l'avait absolument pas prémédité. Il avait jailli avec la spontanéité majestueuse de l'éclair. Jusqu'alors, Georgie n'avait pas soupçonné le dixième de tout ce qu'Olga tenait pour certain et une double émotion s'empara de lui. D'une part, il était atterré par Lucia, car il n'avait jamais mesuré combien elle avait dû souffrir pour atteindre à un tel degré d'aigreur hautaine et, d'autre part, il révérait l'intuition de celle qui avait deviné tout cela et en était navrée. Le fiel n'avait pas encore fini de se déverser, bien que Lucia se sentît déjà mieux.

« Quant à vous, Georgie, dit-elle. (Je me demande, d'ailleurs, si je ne ferais pas mieux de vous appeler monsieur Pillson, vu le gouffre qui s'est creusé entre nous.) Qu'avez-vous donc fait pendant tout ce temps ? Vous avez accompagné Miss Bracely au piano, cousu des robes de mariée toute la journée et suscité l'apparition de revenants toute la nuit, c'est bien ça ? Oui. »

C'est à lady Ambermere que Lucia avait emprunté cette manie de dire « Oui », parce qu'elle l'avait trouvée particulièrement insupportable. Vous énonciez une assertion, ou posiez une question, et ensuite vous y accoliez vous-même la confirmation finale.

« Et ce Mr Cortese, dit-elle. Est-ce qu'il se gargarise toujours de parler un anglais et un italien merveilleux ? Oui. Mais quelle vie bien remplie vous menez là, Georgie ! J'imagine que vous n'avez même plus le temps de faire de la peinture. »

Ce coup n'était pas tiré à l'aveuglette, car elle avait vu Georgie sortir de La Vieille Maison avec sa boîte de couleurs et sa planche à dessin, mais cette attaque dirigée contre lui ne diminua en rien la puissance de cette « souriante charité » qui l'avait envoyé là en mission. Il sonna le rappel pour mobiliser tous les bons sentiments dont il était capable.

« Non, pas du tout. Je viens de peindre, dit-il. En tout cas, j'ai essayé. Je suis en train de faire un petit portrait de Miss Bracely au piano et j'ai l'intention de le lui offrir pour Noël. Mais c'est tellement dur ! J'aurais dû vous l'apporter pour que vous me donniez quelques conseils… Mais non, ça vous aurait seulement fait éclater de rire. C'est un lamentable fiasco : encore pire que les tableaux que je vous ai donnés pour vos anniversaires. Et dire qu'ils sont encore accrochés dans votre beau salon de musique ! Jetez-les à la cave. Je vous ferai quelque chose de mieux pour votre prochain anniversaire. »

En dépit de ses efforts, Lucia ne put s'empêcher d'être touchée par cette délicate attention. Ils étaient tous là : *Automne doré dans les bois, Décembre morne, Narcisses jaunes* et *Roses estivales…*

« Ou bien les faire badigeonner de noir par le cireur de chaussures, dit-elle. Décrochez-les, Georgie, et envoyons-les se faire badigeonner au cirage noir. »

Voilà qui prenait meilleure tournure : derrière le sarcasme pointait à présent l'enjouement. Il profita de l'ambiance.

« Nous le ferons tout à l'heure, dit-il. Pour le moment, je désirerais vous demander, à vous et à Peppino, de venir dîner chez moi le jour de Noël. Et ne commencez pas à me dire que vous êtes déjà pris ailleurs. C'est qu'avec vous, on ne sait jamais.

– Une réception ? demanda Lucia, méfiante.

– Enfin, j'ai pensé que nous pourrions renouer avec nos bonnes vieilles soirées d'antan, dit Georgie, ravi de se trouver aussi futé. Il y aura les Quantock, vous êtes d'accord, le colonel et Madame, vous-même, Peppino et votre serviteur, et enfin

Mrs Rumbold. Ça fera huit, ce qui dépasse la moyenne qui convient à Foljambe, mais il faudra qu'elle s'en accommode. Mr Rumbold fait toujours la tournée des *Christmas Carols* avec la chorale pendant toute la soirée de Noël, et Mrs Rumbold se retrouve chaque fois toute seule chez elle.

– Ah, ces *Christmas Carols* ! dit Lucia en faisant la grimace.

– Je sais bien : je vous donnerai des petites boules de coton pour vous mettre dans les oreilles. Je vous en supplie, acceptez ! Nous ne serons que huit. Je n'ai encore invité personne d'autre : peut-être que personne d'autre ne viendra, d'ailleurs. Il me faut vous et Peppino. Les autres peuvent venir ou rester chez eux. Allons, dites-moi que vous êtes d'accord. »

Lucia ne pouvait céder sur-le-champ. Il fallait qu'elle se mette le doigt sur le front.

« C'est si gentil à vous, Georgie, dit-elle, mais il faut que je réfléchisse un instant. Avons-nous prévu de faire quelque chose le soir de Noël, *carissimo ?* Où est donc votre carnet ? Allez le consulter, voulez-vous ?

C'était une tactique subtile car Peppino avait à peine quitté la pièce qu'elle se leva en poussant un petit cri et courut après lui.

« Moi si tête de linotte, cria-t-elle. Moi l'ai mis dans fumoir et pauv' *caro* i va cercer, cercer si tant longtemps ! Je reviens dans une minute, Georgino. »

Pour Georgie, tout cela était parfaitement limpide, naturellement. Elle désirait s'entretenir avec Peppino en privé, quelques instants, et Georgie se mit à attendre leur retour avec quelque espoir car Peppino, à coup sûr, en avait assez de croupir à bouder dans sa tente, à l'instar d'Achille. Ils revinrent, le sourire aux lèvres, et abordèrent immédiatement la question du programme de la soirée après dîner. Pas de fiesta, oh que non ! Mais pourquoi ne pas reprendre les tableaux vivants ?

Ils étaient encore en train d'en discuter lorsqu'ils passèrent à table. La question fut tranchée favorablement pendant les macaroni et Lucia dit qu'ils voulaient tous la tuer de travail pour se débarrasser d'elle. Ils avaient pensé (elle et Peppino) aller passer quelques jours de vacances sur la Côte d'Azur mais enfin, ils pouvaient les repousser jusqu'après les fêtes. Georgie, à ce moment-là, avait la bouche pleine de pain grillé croustillant et il ne put qu'opiner du chef. Mais dès qu'il parvint à avaler son pain grillé, il prononça la formule d'usage avec enthousiasme.

Quand il rentra ensuite chez lui, Georgie était écartelé entre des sentiments contradictoires. Il pensa qu'il s'était montré extrêmement obligeant, car il ne pouvait s'empêcher de ressentir cette merveilleuse endurance comme une excroissance parasite, une espèce de boule de gui, totalement étrangère à sa nature profonde. En lieu et place de Sa Gracieuse Majesté, il avait affronté la poissonnière chicaneuse qui s'y était substituée mais, dès lors que Georgie avait poursuivi la mission pacificatrice de bons offices confiée par Olga, comme les rides de la poissonnière s'étaient effacées et comme les aspics lui étaient tombés de la bouche ! Si jamais il avait pu seulement imaginer Lucia lui dire des choses pareilles, tout ce qu'il lui serait resté à faire eût été de couper complètement les ponts avec les Lucas. Au lieu de cela, il l'avait consultée et s'était aplati devant elle… aplati. Oui, il s'était aplati et il s'étonnait lui-même. Pourquoi donc s'était-il aplati ?

La belle bouche et les yeux bienveillants d'Olga fournirent la réponse. Il fallait absolument qu'il passât immédiatement la voir pour lui rendre compte de sa mission. Peut-être allait-elle le récompenser en lui redisant qu'il était un amour ? Il méritait franchement qu'elle lui dît quelque chose de gentil.

C'était le jour des surprises pour Georgie. Il trouva Olga chez elle et lui rapporta, sans en omettre une miette, les sarcasmes de Lucia, ainsi que sa propre endurance et son tact incroyables. Il ne fit pas de commentaires : il relata simplement les faits, dans le style coloré de Riseholme, et attendit sa récompense.

Olga le regarda un moment, en silence.

« Pauvre Mrs Lucas ! dit-elle. Faut-il qu'elle se soit sentie malheureuse pour se comporter de la sorte ! J'en suis vraiment navrée. Et maintenant, Georgie, que pouvez-vous faire d'autre pour qu'elle se sente mieux ?

– Il me semble que j'ai déjà fait tout ce que l'on pouvait demander de *moi*, dit Georgie. C'est tout ce que je pouvais faire pour ne pas éclater de colère. Je vais donner ma réception pour Noël, parce que je vous l'ai promis.

– Oh, mais il reste encore dix jours avant Noël, dit Olga. Ne pourriez-vous pas faire son portrait et le lui offrir comme cadeau ? Oh, je pense que vous le pourriez ! En train de jouer la *Sonate au clair de lune*. »

Georgie fut violemment tenté de se sentir blessé et de dire à Olga qu'elle en avait assez de lui ; ou bien de le prendre de haut en prétextant qu'il était occupé plus de coutume. Jamais il n'avait enduré un manque de tact aussi caractérisé que celui de Lucia et, bien qu'il l'eût fait pour l'amour d'Olga, celle-ci semblait dépourvue de la moindre étincelle de gratitude à son endroit. Bien plus, elle le pressait de plus belle.

« Allez-y, faites donc un petit portrait d'elle, répéta-t-elle. Ça lui ferait tellement plaisir ! Et puis donnez-lui une allure jeune et attrayante. Réfléchissez-y, allez. Vous trouverez peut-être quelque chose d'encore mieux. Et à présent, n'est-il pas temps pour vous d'aller vous assurer que vos amis pourront venir chez vous à Noël ? »

Georgie se dirigea vers la porte pour partir. Il allait sortir quand elle reprit la parole.

« C'est rudement chic de votre part, Georgie ! » dit-elle.

Cette approbation pleine de pudeur se mit, pour ainsi dire, à irradier le cœur de Georgie tandis qu'il rentrait chez lui. Apparemment, elle avait trouvé tout naturel que Georgie se disposât à agir avec tout le tact parfait et la bonne humeur qu'il avait manifestés. Cela ne l'avait pas surprise le moins du monde. Elle avait presque oublié de signaler qu'elle l'avait seulement remarqué. Et cela, en y réfléchissant, lui parut un compliment bien plus sincère que si elle lui avait dit combien elle le trouvait merveilleux. Elle avait, ni plus ni moins, trouvé cela tout naturel que Georgie fût gentil et aimable quoi que dît Lucia. Il s'était montré à sa hauteur…

XV

Les amis que Georgie avait invités pour Noël venaient de prendre place autour de sa table ronde, sans nappe, et il espérait que Foljambe ne tarderait pas à servir le champagne, parce qu'on avait attendu assez longtemps avant le dîner, à cause du retard de Lucia et de Peppino, et que la conversation partait dans tous les sens. Lucia, comme d'habitude, avait fait son entrée sans un mot d'excuse, car elle avait coutume de s'annoncer la dernière quand elle sortait dîner en ville et, quand elle arrivait, on annonçait toujours immédiatement que le dîner était servi. Pendant les quelques secondes d'intervalle, elle disait seulement une parole aimable à chacun. Toutefois, ce soir-là, les paroles aimables ne furent pas accueillies avec toute la gratitude qu'on leur réservait habituellement. Il régnait une atmosphère inusitée et tout se passait comme si Lucia n'était qu'une simple invitée parmi les autres… Mais il ne servait à rien de bousculer Foljambe qui était déjà un peu perturbée par la présence de huit convives alors que, pour elle, six représentait le nombre idéal à ne pas dépasser.

Lucia était placée à la droite de Georgie, Madame la colonelle (c'était ainsi qu'elle avait décidé de s'appeler) à sa gauche. Ensuite venaient Peppino, puis Mrs Quantock, le colonel et Mrs Rumbold (qui ressemblait à une petite souris grise sur le qui-vive) ; enfin Mr Quantock complétait le cercle qui ramenait à Lucia. Sur la serviette de chaque convive on avait déposé un petit bouquet de violettes, mais celui de Lucia était le plus gros. Elle disposait également d'un tabouret pour poser ses pieds.

« Fameuse, cette soupe ! fit remarquer Mr Quantock. Pas moyen d'en avoir une pareille chez soi. »

Il y eut un silence de mort. Pourquoi n'y avait-il jamais de silence quand Olga était là ? se demanda Georgie. Ce n'était pas parce qu'elle parlait sans arrêt : en fait, elle faisait parler les autres.

« Tommy Luton n'a pas la rougeole, dit Mrs Weston. C'est ce que j'avais toujours dit, bien qu'il y ait pas mal de rougeoles en ce moment. Il est venu travailler ce matin, comme d'habitude, et il va chanter dans les *Christmas Carols* ce soir. »

Soudain, elle s'arrêta.

Georgie lança un regard suppliant à Foljambe et fixa les coupes à champagne. Mais Foljambe l'ignora. Lucia se tourna vers Georgie en posant un coude sur la table entre elle et Mrs Quantock.

« Alors Georgie, quelles nouvelles ? dit-elle. Peppino et moi-même avons été si occupés toute la journée que nous n'avons vu âme qui vive. Qu'avez-vous fait de beau ? De la planchette, peut-être ? »

Elle regarda Mrs Quantock d'un air enjoué.

« Oui, chère Daisy, je n'ai pas besoin de vous demander ce que vous avez fait de beau. Vous avez fait tourner les tables, j'imagine. Je sais combien vous vous intéressez à tout ce qui touche au psychique. Je devrais en faire autant moi-même, si seulement j'étais certaine de ne pas tomber sur des charlatans. »

Quand commença cette affreuse polémique, Georgie fut tenté de pousser un profond gémissement et d'aller se fourrer sous la table. À sa grande surprise, Mrs Quantock répondit du ton le plus cordial.

« Vous avez parfaitement raison, chère Lucia, dit-elle. Ne serait-il pas terrible de découvrir qu'un médium, peut-être un ami très cher, en qui l'on a toute confiance, a été surpris en flagrant délit de charlatanisme ? On tombe parfois sur de telles révélations en lisant le journal. Je serais malheureuse à la seule pensée d'avoir pris place à la même table qu'un médium peu scrupuleux. Et pourtant on punit comme il faut les scélérats, quand on les attrape, et ils le méritent bien. »

Georgie remarqua, sans y rien comprendre, que le visage de Robert devenait soudain livide. Pour l'instant, on aurait dit qu'il était raide mort mais qu'on l'avait habilement empaillé. Georgie n'y accorda qu'une attention fugitive car une supposition incroyable venait de lui traverser l'esprit. Lucia n'avait pas du tout entamé de polémique. Elle enterrait la hache de guerre ; elle ne s'en servait pas pour pourfendre. Cette hypothèse fut confirmée sur-le-champ car Lucia retira son coude de la table et se tourna vers Robert.

« Vous-même et notre chère Daisy avez eu beaucoup de chance dans vos expériences de spiritisme, dit-elle. J'ai entendu dire de tout côté que votre médium était une personne charmante. Georgie en a presque perdu la tête !

– Mais c'est qu'elle était tout à fait charmante, parole d'honneur ! dit Robert. Bien entendu, c'était une amie très chère de Daisy, mais il faut se montrer très circonspect lorsqu'on apprend ces révélations atroces qui, comme le disait ma femme, se produisent parfois. Vous vous imaginez un peu si vous découvriez qu'un médium, que vous aviez cru parfaitement honnête, dissimulait un faux nez ou deux, et des mètres et des mètres de mousseline ? Ça me ferait tout rejeter en bloc. »

Un bouchon qui sauta annonça que Foljambe leur octroyait enfin du champagne, mais Georgie l'entendit à peine car, en levant ses yeux sur Daisy Quantock, il remarqua qu'elle aussi prenait cet aspect raide mort et empaillé qu'il venait d'observer chez son mari. Les époux échangèrent ensuite un regard que Georgie jugea chargé de mystère. Ce regard semblait traduire une quête angoissée, un appel suppliant à ne pas trahir le silence. On aurait dit que l'un comme l'autre venaient de se fourvoyer dans une voie sans issue. Ils détournèrent si brusquement la tête, l'un en direction de la petite souris grise, l'autre vers le colonel, qu'on aurait cru pouvoir entendre craquer leurs vertèbres cervicales et ils se mirent à répandre des flots de paroles sur leurs interlocuteurs respectifs.

Georgie était totalement désorienté. Son instinct de Riseholmitain ne lui soufflait aucun indice qui aurait pu le mettre sur la voie. Les deux époux avaient appris quelque chose sur la princesse mais, si Daisy avait lu dans le journal que la supercherie de la princesse avait été découverte et qu'elle avait été condamnée à payer une amende, elle n'aurait évidemment pas soulevé un sujet aussi brûlant. Puis, irrésistiblement, Georgie se remémora le curieux incident relatif au *Todd's News*, mais cela ne collait pas avec le reste puisque c'était Robert, et non Daisy, qui avait acheté ce nombre inexplicable de feuilles de chou jaunes. Et puis Robert avait fait allusion à la découverte de mètres et de mètres de mousseline et d'un faux nez. Pourquoi aurait-il agi de la sorte s'il ne les avait pas découverts ou s'il ne… Georgie, stimulé par la chasse, ouvrit de grands yeux… Et si Robert avait de bonnes raisons de mettre en doute l'honnêteté de la chère amie et qu'il ait dit tout cela au petit bonheur ? Dans ce cas, quelles étaient les bonnes raisons qu'il avait de douter ? Était-ce *lui* (et non pas Daisy) qui avait lu dans le journal quelque révélation accablante et était-ce Daisy (qui aurait eu des doutes sur la princesse) qui avait fait allusion aux révélations accablantes du journal, au petit bonheur ? Quoi qu'il en soit, l'un comme l'autre paraissaient raide morts et empaillés quand l'un ou l'autre faisait allusion à la supercherie de certains médiums et tous les deux s'étaient réjouis de la chance qui avait accompagné leurs expériences. Oh ! (avait laissé échappé Georgie, presque à voix haute)… et si Robert avait lu les révélations accablantes dans *Todd's News* et raflé, par conséquent, tous les exemplaires disponibles ? Alors, effectivement, il pouvait à bon droit paraître raide mort et empaillé lorsque Daisy faisait allusion aux révélations accablantes fournies par le journal. Un exemplaire lui aurait-il échappé par mégarde, en glissant de la liasse, et Daisy était-elle au courant ? De quoi Robert était-il au courant ? Se cachaient-ils l'un à l'autre des secrets inavouables ?

Mrs Weston tenait conversation avec Lucia par-dessus la tête de Georgie et elle tenait également le crachoir à Peppino de l'autre côté. À cet instant précis, le déluge verbal qu'infligea Mrs Quantock au colonel se tarit tandis que Robert ne trouvait plus rien à dire à la petite souris grise. Georgie, toujours dans les eaux stagnantes de ses propres pensées, fut à nouveau entraîné dans le tourbillon. Mais, avant de couler à pic, il accrocha le regard de Mrs Quantock et posa une question qui jaillit des profondeurs de ses eaux stagnantes d'un intérêt palpitant.

« Avez-vous eu des nouvelles de la princesse, récemment ? » demanda-t-il.

La tête de Robert pivota avec la même promptitude que précédemment, mais en sens inverse.

« Oh, mais oui, dit-elle. Il y a deux jours. C'est bien ça, Robert ?

– J'en ai eu hier », dit Robert.

Mrs Quantock regarda son mari avec une intensité ardente, comme pour l'encourager à poursuivre.

« Oui, en effet ! dit-elle. Je vais être jalouse. Quelque chose d'intéressant, mon cher ?

– Oui, ma chère. Hm, hm, dit Robert et, à nouveau, leurs regards se croisèrent. Cette fois-ci, Georgie n'avait plus aucun doute. Ils étaient de mèche : ils se faisaient des simagrées de politesse. Il n'en avait pas été de même auparavant mais, à présent, ils reconnaissaient qu'ils étaient tacitement complices… Mais Georgie était l'hôte : son devoir, pour le moment, était de veiller au confort de ses invités, pas de fourrer son nez dans leur for intérieur. Avant donc que Mrs Weston ne se rendît compte que toute la table l'écoutait, il dit : « Je lui ferai cracher le morceau après dîner, et j'irai ensuite vous dire de quoi il en retourne, madame Quantock. »

« Avant qu'Atkinson n'entre au service du colonel, dit Mrs Weston, et cela se passait cinq ans avant qu'Élisabeth n'entrât à mon propre service (voyons, était-ce cinq ans ou quatre ans et demi ? Disons quatre ans et demi), le colonel avait un autre domestique du nom d'Ahab Corneille.

– Pas possible ! dit Georgie.

– Si ! dit Mrs Weston en se dépêchant de finir son champagne, car elle avait vu approcher Foljambe. Oui, Ahab Corneille. Il se maria également, exactement comme s'apprête à le faire Atkinson, ce qui est déjà une étrange coïncidence en soi. J'ai dit au colonel que si Ahab Corneille ne s'était pas marié, il serait peut-être encore à son service et qui sait s'il se serait embéguiné d'Élisabeth ? S'il ne l'avait pas fait, je ne crois pas que le colonel et moi-même aurions jamais… bref, je n'en dis pas plus pour m'éviter de me mettre à rougir. Mais ce n'était pas là ce que j'étais en train de dire. Qui donc pensez-vous qu'épousa Ahab Corneille ? Je vous le donne en mille, mais vous ne trouverez jamais, car ce n'est pas ce que l'on pourrait appeler un nom courant. Eh bien, c'était Miss Choucas. Corneille… Choucas ! Je n'ai jamais rien entendu de tel, et si vous demandez au colonel, il vous confirmera ce que je viens de dire, mot pour mot. Boucher-Weston… ça c'est tout à fait commun en comparaison mais, croyez-moi, c'est un événement bien assez hors du commun pour moi. »

Lucia poussa son rire argentin.

« Chère madame Weston, dit-elle, vous devez vraiment me dire tout de suite quelle est la date choisie pour le grand jour. Peppino et moi-même envisageons de nous rendre sur la Côte d'Azur… »

Georgie l'interrompit.

« Vous ne pouvez pas faire une chose pareille, dit-il. Que deviendrons-nous ? Vous très égoïste, Lucia ! »

La conversation se répartit à nouveau en groupes de deux ou trois et Lucia put avoir un entretien privé avec son hôte. Georgie songeait… Voilà seulement une demi-heure, ils se tournaient autour comme des chiens marchant sur la pointe des pieds, la queue entre les jambes, en poussant de petits grognements sourds, bien conscients du fait qu'un geste brusque, ou le moindre manquement aux règles du protocole, risquait de dégénérer en bataille rangée. Mais, à présent, ils récoltaient tous les fruits de leur politesse glacée, il n'y avait plus de glace, sauf dans leurs assiettes, et la politesse ne découlait pas du protocole. On pouvait, à présent, les considérer comme les citoyens d'une république mais, cependant, nul ne pouvait augurer de ce qui allait se passer après dîner. On n'avait pas soufflé un seul mot au sujet des tableaux vivants.

Lucia baissa la voix en parlant à Georgie et mêla pas mal d'italien à son propos, de peur d'être entendue par les autres.

« *Non cognosce* personne ? demanda-t-elle. Je veux dire pour *I tablini*. Devrons-nous tous prendre place dans l'*aula* pendant qu'on installe le matériel dans le *salone ?*

– *Si*, dit Georgie. Il y a du feu dans la cheminée. En sortant de table, retenez-les dans l'entrée. *I domestichi* sont en train de préparer le *salone*.

– *Molto bene*. Alors, seulement Peppino, vous et moi nous nous éclipsons. *La lampa* fonctionne à merveille. Nous l'avons essayée plusieurs fois.

– Tout le monde il vient, dit Georgie en changeant de registre.

– Moi tellement *nervosa* ! dit Lucia. Vous pensez, jouer Brünnhilde en présence de la Brünnhilde de l'opéra ! Moi pas pouvoir le supporter. »

Georgie savait que Lucia avait été ravie et toute émue d'apprendre qu'Olga désirait tant venir après dîner pour voir les tableaux vivants et il n'eut pas de mal à inciter Lucia à se ressaisir pour affronter une épreuve si ardemment souhaitée. Lui-même, en vérité, n'était guère moins ému à la perspective d'incarner le roi Cophetua…

Alors, et tandis qu'on venait de distribuer les papillotes à pétard, on entendit, à l'extérieur, les voix des chanteurs de *Christmas Carols*. Il fallait que Lucia fît la grimace pendant que *Le bon roi Wenceslas regardait par la fenêtre*. Quand le page et le roi chantèrent leurs couplets, les autres voix diminuèrent de volume, de manière à obtenir l'effet d'une voix en solo accompagnée en sourdine. Quand le page chanta, Lucia sursauta.

« C'est le petit rouquin qui chante à me rompre les tympans à l'église, chuchota-t-elle à Georgie. Vous n'espérez pas qu'il va bientôt muer ? » Elle dit cela à voix très discrète afin de ne pas blesser la susceptibilité de Mrs Rumbold qui faisait répéter la chorale. Tout le monde savait que c'était Mr Rumbold qui chantait la partie du roi et tout le monde s'extasia en disant « Charmant ! » une fois le couplet terminé.

« J'ai bien aimé la voix de ce jeune garçon, dit Mrs Weston. Henry Luton avait une jolie voix autrefois mais celle-ci m'a paru nettement mieux exercée que celle d'Henry Luton. Tout le mérite vous en revient, madame Rumbold. »

La petite souris grise sur le qui-vive poussa soudain un ricanement aigu, parfaitement inexplicable. C'est alors que Georgie devina.

Il se leva.

« Que personne ne bouge, dit-il, car nous n'avons pas encore bu à la santé des absents. Je vais simplement sortir un instant pour faire servir à la cuisine un petit quelque chose aux chanteurs avant qu'ils continuent leur tournée. »

Ses jambes tremblaient tellement qu'elles eurent du mal à le porter jusqu'à la porte. Il sortit en courant et trouva une demi-douzaine de jeunes choristes, quatre chanteurs adultes et une femme, grande de taille, tout emmitouflée dans une grande cape.

« C'était divin ! dit-il à Olga. Tante Jane a trouvé que votre voix était très exercée. Rentrez vite, voulez-vous ?

– Oh, oui ! Est-ce que tout va pour le mieux ?

– À merveille, dit Georgie. Lucia espérait que votre voix allait bientôt muer. Mais tout marche à souhait. »

Il donna des instructions pour la collation à la cuisine et se dépêcha de rejoindre ses invités. Il fallait résoudre l'énigme des Quantock, les tableaux vivants devaient commencer d'une minute à l'autre, et le petit rouquin allait bientôt arriver. Quelle nuit de Noël !

Peu après, les invités se pressaient dans le vestibule et on n'avait toujours pas parlé des tableaux. Il y avait tellement de monde que personne n'aurait pu dire si Lucia, Peppino et Georgie étaient présents ou pas. En tout cas Olga, elle, était bien là, on ne pouvait pas s'y tromper. Foljambe ouvrit alors la porte du salon et sonna du gong…

La lampe fonctionna à la perfection et, une heure plus tard, une des deux Brünnhilde se répandait en compliments auprès de l'autre tandis qu'elles prenaient place côte à côte.

« Si vous voulez vraiment que je vous dise mon avis, chère miss Bracely, dit Lucia, tout tient en ceci. Il faut *incarner* littéralement Brünnhilde pendant tout le temps où l'on est en scène. Le chant, comme vous le dites, y contribue, bien entendu. On peut exprimer tellement de choses par le chant ! Vous avez bien de la chance sur ce point. Je dois dire, en toute honnêteté, que l'angoisse m'a saisie lorsque Peppino (était-ce lui ou bien Georgie ?) a lancé l'idée que nous devions représenter Brünnhilde et Siegfried. J'ai dit que ce serait terriblement trop difficile. Lent, il faut que ce soit lent ; et, pour conserver aux gestes la lenteur requise, vous ne pouvez pas vous contenter d'en faire une simple illustration de ce que vous dites (permettez-moi de vous dire que c'est très aimable à vous d'avoir autant apprécié la prestation) mais c'est difficile à réaliser.

– Et c'est vous qui en avez assuré toute la conception ? dit Olga. C'est prodigieux !

– Ah, s'il m'avait été donné de vous voir tenir le rôle, dit Lucia, je me serais certainement inspirée de ce que vous faites ! Et, le roi Cophetua ! Dites-m'en quelques mots. J'étais si soulagée, après la tension imposée par Brünnhilde, de me présenter de dos au public. Même alors, il est difficile de rester parfaitement immobile, mais vous savez tout cela bien mieux que moi, j'en suis sûre, ayant joué Brünnhilde vous-même. Georgie a été très impressionné par votre interprétation. Et puis Marie Stuart, alors ! L'écrasement de la chair et la résignation de l'âme ! Voilà ce que j'ai essayé d'exprimer. Il faudra que vous veniez m'aider la prochaine fois que je me lancerai dans une semblable entreprise. Mais cela ne sera pas de si tôt, j'en ai bien peur, car Peppino et moi-même envisageons d'aller passer quelques jours de vacances sur la Côte d'Azur.

– Oh, que c'est donc égoïste de votre part ! dit Olga. Il ne faut pas faire cela ! »

Lucia poussa le rire argentin.

« Vous êtes lassants, tous en chœur, à insister pour que je renonce à la Côte d'Azur, dit-elle. Mais je ne vous promets pas encore de laisser tomber ce projet. On verra ! Mon Dieu, comme il se fait tard ! Nous avons dû beaucoup nous attarder à table. Pourquoi n'étiez-vous pas invitée à dîner, je me demande ! Je vais gronder Georgie de ne l'avoir pas prévu ! Ah, voilà Mrs Weston qui s'en va. Il faut que je lui souhaite bonne nuit. Elle trouverait fort étrange que je ne le fasse pas. Et le colonel Boucher aussi ! Ah ! Les voilà qui se dirigent vers nous pour nous épargner la peine de bouger. »

Un mouvement général s'esquissait à coup sûr, non en direction de la porte mais vers l'endroit où se tenaient Olga et Lucia.

« Il neige, dit Piggy, toute excitée, à Olga. Mettrez-vous vos pas dans les miens, gentil page ?

– Oh, Piggy… et vous, Goosie, n'est-ce pas que les tableaux étaient charmants ?

– Et les *Christmas Carols*, donc ! dit Goosie. J'ai adoré les *Christmas Carols*. Et j'ai deviné, moi ! Avez-vous deviné, madame Lucas ? »

Olga eut recours au coup bas bien connu qui consistait à marcher exprès sur le pied de Goosie et à s'excuser ensuite. Mais cela était lâche parce qu'un jour ou l'autre ça se saurait quand même. Et Goosie mit à nouveau les pieds sur un terrain miné en disant que si le page avait le pied aussi lourd, le roi n'aurait pas besoin de tasser la neige.

La neige tombait dru et les roues de Mrs Weston y creusaient des traces profondes mais, malgré cela, Daisy et Robert n'avaient pas encore parcouru cinquante mètres depuis la porte du Hurst qu'ils s'arrêtèrent net.

« À nous deux, à présent ! dit Daisy. Qu'est-ce que c'est que ça ? Je veux tout savoir. Pourquoi avez-vous fait allusion à une découverte de mousseline ?

– J'ai simplement dit qu'en fait de médium vous étiez bien tombée, surtout pour un médium que vous aviez déniché dans un restaurant végétarien. J'espère que je peux me livrer à des considérations d'ordre général quand je participe à une soirée. Et, puisque nous y sommes, pourquoi avez-vous parlé de révélations fournies par les journaux ?

– Considérations-d'ordre-général, dit Mrs Quantock en bloc. C'est donc bien là tout ce que vous avez à dire, hein ?

– Oui, dit Robert. Il se peut que vous sachiez quelque chose et que…

– Ah ! Ne commencez pas à me mettre tout sur le dos ! dit Daisy. Si vous voulez savoir le fond de ma pensée, eh bien ! il me semble que vous me cachez un secret.

– Et si vous voulez savoir le fond de la mienne, répliqua-t-il, eh bien, je suis sûr que vous m'en cachez un ! »

Daisy hésita une seconde : ses épaules étaient blanches de neige et elle secoua sa cape.

« Je déteste les cachotteries, dit-elle. J'ai découvert des mètres et des mètres de mousseline et la paire de faux sourcils d'Amadeo dans la chambre de cette bonne femme, le jour même de son départ !

– Et on lui a infligé une amende, jeudi dernier, pour avoir tenu une séance de spiritisme à laquelle assistait un détective, dit Robert. Au 15, Gerald Street. Il a saisi Amadeo ou le cardinal Newman par la gorge et il s'avéra qu'il s'agissait de cette bonne femme. »

Daisy jeta un rapide regard circulaire à la dérobée.

« Quand vous avez cru qu'il y avait un feu de cheminée, j'étais en train de brûler de la mousseline, dit-elle.

– Et quand vous avez cru qu'il y avait un feu de cheminée, j'étais en train de brûler, jusqu'au dernier, tous les exemplaires de *Todd's News*, dit-il. Ainsi que l'exemplaire du *Daily Mirror* qui contenait un article sur le même sujet. C'était celui du colonel. Je l'ai volé. »

Elle lui saisit le bras.

« Rentrons à la maison, dit-elle. Il faut que nous examinions toute la situation. Il n'y a que vous et moi qui soyons au courant, personne d'autre n'en sait rien, n'est-ce pas ?

– Absolument personne, ma chère ! dit Robert sur un ton cordial. Mais il plane des soupçons. Georgie, par exemple, se doute de quelque chose. Il m'a vu acheter tous les exemplaires de *Todd's News*. En tout cas, il rôdait par là. Ce soir, il a certainement flairé une piste, bien qu'il nous ait régalés d'un dîner fort honnête. »

Ils se rendirent dans le bureau de Robert. Il y faisait froid mais ni l'un ni l'autre ne s'en aperçurent, tant l'habileté qu'ils avaient manifestée leur réchauffait le cœur.

« Vous avez eu là un trait de génie, Robert, dit-elle. Ça a été mené de main de maître et ça a sauvé la situation. Et le *Daily Mirror*, par-dessus le marché. Comme vous avez eu raison de le subtiliser. J'ai toujours pensé que c'était un journal qui fourre son nez partout. Oui, Georgie nourrit des soupçons mais, fort heureusement, il ne sait pas sur quoi les faire porter.

– C'est la raison pour laquelle nous avons tous deux prétendu que nous venions de recevoir des nouvelles de cette bonne femme, dit Robert.

– Bien entendu ! Et vous n'avez pas gardé un exemplaire de *Todd's News*, n'est-ce pas ?

– Non. En tout cas, j'ai brûlé toutes les pages qui comportaient les rapports de police, dit-il. C'était plus prudent.

– Tout à fait. Et c'est pour la même raison que je ne peux pas vous montrer les sourcils d'Amadeo. Ni la mousseline. De la belle mousseline, mon cher : des mètres et des mètres… À présent, voici ce que nous devons faire : nous devons continuer à manifester de l'intérêt pour les phénomènes psychiques. Il ne faut pas que nous les laissions tomber ni que nous donnions l'impression de nous en être lassés. Je regrette, à présent, de ne vous avoir pas mis dans la confidence, dès le début, à propos des sourcils d'Amadeo.

– Mais, ma chère, vous avez agi pour le mieux, dit-il. Et j'en ai fait autant en ne vous disant rien au sujet de *Todd's News*. Même l'un envers l'autre, il valait mieux garder le secret, par prudence, jusqu'au moment où c'est devenu impossible. Et il me semble qu'il serait sage que nous laissions croire que nous recevons, de temps en temps, des nouvelles de la princesse. Il se pourrait même qu'elle vînt nous rendre visite, à nouveau, dans quelques mois. Ce serait… ce serait amusant de se retrouver derrière le décor, pour ainsi dire, et d'observer la crédulité des autres. »

Un large rictus envahit le visage de Daisy.

« Si cela se produit, je ne manquerai pas d'inviter Lucia à une séance, dit-elle. Mon Dieu ! Comme il est tard ! Nous avons tellement attendu entre les tableaux ! Mais il faut que nous tenions Georgie à l'œil en surveillant nos réponses à ses questions insidieuses. Il ne manquera pas d'en poser. Quant à réinviter cette bonne femme, Robert… Ça risquerait d'être téméraire. Nous l'avons échappé belle, cette fois-ci. Il ne faudrait pas se fourrer à nouveau dans le même pétrin. D'un autre côté, il est vrai que ça effacerait à jamais tous les soupçons si, après un délai de quelques mois, je lui proposais de passer quelques jours de vacances, ici. Vous avez bien parlé d'amende, seulement ? Pas d'incarcération ? »

La semaine fut fort occupée. Georgie, surtout, n'eut pas le moindre répit. Le Hurst, naguère encore si désert, commença soudain à retentir avec des chants de joie. Toutes sortes de divertissements édifiants se mirent à y proliférer. Lucia, cette souveraine versatile, oublia complètement tous les propos assaisonnés de vitriol qu'elle avait lancés à la tête de Georgie, et lui laissa entendre qu'il avait recouvré toute sa faveur d'antan. Il se retrouvait donc aussi occupé qu'il ne l'avait jamais été, à remplir ses multiples devoirs. La question de savoir si sa reprise de fonctions aurait été aussi prompte s'il avait agi pour son propre compte ne se posait pas car, bien que ce fût Lucia qui profitait de ses services, c'était Olga qui l'envoyait en mission. Mais il y trouvait son compte car le noble pardon accordé par Lucia pour toutes les félonies qu'elle avait endurées s'étendait également à Olga. À tous les dîners, à toutes les soirées musicales, à toutes les séances de lecture consacrées au nouveau recueil de poèmes en prose de Peppino (dont les épreuves étaient déjà tirées et dont on faisait des lectures intégrales devant un public choisi), Olga fut invitée, et elle se rendit à toutes ces invitations, sans exception. Lucia ferma même les yeux sur le fait qu'Olga avait participé aux *Christmas Carols* le soir de Noël, bien qu'elle eût déclaré reconnaître la voix du petit rouquin qui lui écorchait tant les oreilles. Le portrait de Lucia par Georgie (elle ne sut jamais qu'en fait c'était Olga qui en avait passé commande) fut accroché près du piano dans le salon de musique, à l'endroit même où se trouvait auparavant la gravure de

Beethoven. Ce portrait la flattait au plus haut point. Il la représentait assise, les yeux baissés sur son piano et adoptait, pour l'essentiel, la même conception qui avait présidé à celui d'Olga, momentanément en plan pour lui céder la préséance. Georgie n'avait pas eu le temps de concevoir un autre modèle d'attitude et sa main avait attrapé le « coup » pour rendre la perspective des pianos. Il était donc accroché là, avec son titre – *La Sonate au clair de lune* – gravé en lettres d'or sur le cadre et Lucia, tout en continuant de répéter qu'il l'avait représentée beaucoup, beaucoup trop jeune, ne pouvait nier qu'il avait exactement saisi son expression authentique…

Or donc, tous les Riseholmitains affluèrent de nouveau en masse au Hurst, comme des moutons qui avaient été dispersés, (car ils étaient sûrs d'y trouver Olga) exactement comme ils s'y étaient précipités, en respirant à pleins poumons, pour assister aux classes du gourou. Il fallut subir les poèmes en prose de Peppino, écouter les vieilles, vieilles rengaines et pousser un soupir à la fin, mais Olga mêla ses soupirs aux leurs et souvent, après la pause de circonstance, Lucia lui disait, d'un air insinuant :

« Un petit air, miss Bracely ? Juste un couplet ? Ou pensez-vous que j'abuse de votre bon cœur ? Où est passé votre accompagnateur ? Je le dis bien haut : il me rend jalouse ! Un de ces jours je vais lui chiper sa place ! Georgino, Miss Bracely va nous chanter quelque chose. N'est-ce pas qu'elle nous gâte ? Chut, mesdames, messieurs, un peu de silence, s'il vous plaît ! »

Elle regagnait alors sa place dans un frou-frou de jupe et s'asseyait en adoptant le regard le plus lointain qu'on ait jamais vu au visage d'un mortel, tandis qu'elle abusait du bon cœur de Miss Bracely.

Ensuite, Georgie eut à terminer son autre tableau. Il espérait pouvoir l'achever à temps pour en faire un cadeau de Nouvel An, étant donné qu'Olga avait insisté pour qu'il exécutât d'abord le portrait de Lucia. Il avait admirablement réussi à rendre le tableau fort ressemblant. On y décelait tout ce qui faisait défaut dans le portrait surchargé et besogneux de Lucia. Cela faisait également défaut dans *Décembre morne* et *Narcisses jaunes* ainsi que dans tous les autres tableaux de cette série. Ici, pour une fois, il avait fait quelque chose où il s'était laissé aller en s'oubliant lui-même. Il ne s'agissait nullement d'une œuvre de génie, (Georgie en étant totalement dépourvu) et le talent qui s'y déployait n'aurait su prétendre à une essence supérieure, mais il participait du naturel de la fleur qui s'élance du sol qui l'a nourrie.

Le trente et un décembre, il y apportait quelques touches finales, quelques petits reflets brillants sur les touches noires du clavier par-ci, quelques soupçons d'ombre noire dans la moulure du panneau en toile de fond, derrière la tête d'Olga, par-là. Il avait terminé le personnage proprement dit. À présent, elle se trouvait assise dans l'embrasure de la fenêtre, regardait au-dehors et tripotait le gland du cordon à rideau. Il avait été si profondément plongé dans son travail qu'il avait à peine eu le temps de remarquer qu'elle avait gardé un silence qui ne lui était pas habituel.

« J'ai une nouvelle à vous annoncer, dit-elle enfin. »

Georgie retenait son souffle tandis qu'il traçait un trait fort étroit à la gouache, sur l'arête d'un *la bémol*.

« Pas possible ! Qu'est-ce donc ? dit-il. S'agit-il de la princesse ? »

Olga parut accueillir cela comme une heureuse diversion.

« Ah ! Parlons-en une minute, dit-elle. Ce que vous auriez dû faire, c'était de commander immédiatement un autre exemplaire de *Todd's News*.

– Je sais bien, j'aurais dû le faire mais ce n'était plus possible lorsque j'y ai songé plus tard. Quelle barbe, alors ! Mais je reste intimement persuadé qu'il devait y avoir là quelque chose sur la princesse.

– Et vous n'avez rien pu tirer des Quantock ?

– Non, et pourtant ce n'est pas faute de leur avoir tendu un tas de pièges. À présent, ils sont de mèche. Ils savent quelque chose l'un comme l'autre. Quand je tends un piège, ils échangent un regard.

– Quel genre de pièges leur tendez-vous ?

– Oh, n'importe quoi ! Par exemple, je dis tout d'un coup : "Comme c'est embêtant qu'il y ait autant de charlatans parmi les médiums, surtout parmi ceux qui se font rémunérer." Voyez-vous, je n'ai jamais cru un seul instant que ces séances étaient organisées pour rien, bien que nous-mêmes n'ayons rien eu à payer pour y assister. Et puis ensuite, Robert dit qu'il ne ferait jamais confiance à un médium rémunéré, alors Daisy lui jette un regard d'approbation et dit "Cette chère princesse !" L'autre jour, mon piège était excellent. J'ai dit tout à coup : "Est-il exact que la princesse va venir passer quelques jours chez lady Ambermere ?" Ce n'était pas un mensonge : je me contentais de poser la question.

– Et alors ? dit Olga.

– Alors Robert a eu un élancement convulsif. Pas vraiment une ruade, un élancement. Mais Daisy, qui veillait au grain, a dit : "Oh ! Que ce serait sympathique ! Mais ne serait-ce pas un faux bruit ? La princesse n'en a pas fait mention dans sa dernière lettre." Alors, Robert l'a regardée d'un air approbateur. Il y a quelque chose là-dessous, personne ne me convaincra du contraire. »

Olga éclata de rire, tout d'un coup.

« Que se passe-t-il ? demanda Georgie

– Oh, que tout cela est délicieux ! dit-elle. Je n'avais jamais constaté, jusqu'ici, à quel point les petites choses peuvent être captivantes. Tout cela est furieusement captivant et, dans le même temps, il se passe cinquante autres choses tout aussi captivantes. C'est l'intérêt extraordinaire que vous y prenez tous qui rend ces choses si envahissantes, à moins qu'elles ne soient envahissantes par elles-mêmes, et que le commun des mortels, ceux qui ne sont pas de Riseholme, soit incapable de percevoir à quel point elles sont captivantes ? La rougeole de Tommy Luton, le secret des Quantock, l'amoureux transi d'Élisabeth ! Et dire que j'avais cru me retirer dans des eaux stagnantes ! »

Georgie brandit son tableau à bout de bras et ferma les yeux à moitié.

« Je crois qu'il est terminé, dit-il. Je vais le faire encadrer et le mettre dans mon salon. »

C'était un piège et Olga s'y laissa prendre.

« Oh, oui ! Ça fera bien dans votre salon, dit-elle. Vraiment, Georgie, vous êtes très fort. »

Il commença de nettoyer ses brosses.

« Et votre nouvelle ? Qu'est-ce que c'était ? » dit-il.

Olga quitta son siège.

« Elle m'est complètement sortie de la tête pendant que nous parlions du secret des Quantock, dit-elle. Complètement ! C'est vous dire… Georgie, je viens d'accepter une proposition de contrat pour aller chanter aux États-Unis. Une tournée de quatre mois, avec un cachet de cinquante mille millions de livres par représentation. Un penny de moins et je refusais. Mais, honnêtement, je ne peux pas refuser. Tout s'est précipité. Ils veulent monter *Lucretia* là-bas avant qu'elle soit créée en Angleterre. Ensuite, je reviens et je chante à Londres pendant tout l'été. Pauvre de moi ! »

Il y eut un silence de mort. Georgie essuya ses brosses.

« Quand partez-vous ? demanda-t-il.

– Dans quinze jours, environ. »

Elle traversa la salle jusqu'au piano qu'elle referma sans dire un mot, tandis qu'il enroulait une feuille de papier autour du tableau achevé.

« Pourquoi ne m'accompagnez-vous pas ? dit-elle enfin. Ça vous ferait un bien inouï, vous sortiriez un peu de ce petit théâtre de marionnettes qui tient tout entier dans une coque de noix.

Le monde est vaste avec tout son éventail de mers, de continents, de gens, d'activités, d'émotions… J'ai dit à mon Georgie que je vous le proposerais et il est tout à fait d'accord. Nous vous aimons bien, tous les deux, vous savez, Georgie. Venez au moins deux ou trois mois. Bien entendu, c'est nous qui vous invitons. Je vous en prie, venez ! »

En cet instant, le monde entier, pour Georgie, fut complètement plongé dans les ténèbres. C'est ainsi qu'il comprit qui, pour lui, en était la lumière.

Il secoua la tête.

« Pourquoi ne pouvez-vous pas venir ? » dit-elle de nouveau.

Il la regarda droit dans les yeux.

« Parce que je vous adore », dit-il.

Postlude ou préface

Un matin de mars, la première fleur du jardin de Perdita s'était épanouie et la joyeuse nouvelle fit le tour de Riseholme. C'était une de ces journées qui font la gloire du printemps anglais, avec les grands nuages blancs que pousse le vent du sud-est à travers de vastes pans de ciel bleu et les taches d'ombre fugitives qu'ils font glisser sur les étendues vertes qui couvrent le sol. Le Parlement, ce jour-là, tenait une session plénière et là-haut, dans les ormes, les corneilles s'en donnaient à cœur joie.

Un terrible marasme avait suivi le départ d'Olga. Naturellement, Riseholme s'attribua une bonne part de l'immense succès qu'avait remporté la création de *Lucretia* à New York. N'était-il pas légitime de considérer Riseholme comme le véritable berceau de cet opéra, puisque c'était là qu'Olga l'avait déchiffré pour la première fois ? Lucia semblait s'en souvenir mieux que quiconque, car elle était capable d'évoquer toutes sortes de détails que tous les autres auraient eu bien du mal à se rappeler : comment elle s'était entretenue de musique avec le Signor Cortese et comment il lui avait demandé où elle avait fait ses études de musique. Quel régal d'avoir pu parler italien avec un Romain – *Lingua Toscana in bocca Romana* ! – et quelle soirée merveilleuse ils avaient passée ! Madame la colonelle, la pauvre, n'en avait que de très vagues souvenirs, mais ça faisait longtemps que Lucia avait remarqué combien sa mémoire la trahissait… Comme c'était triste… Après *Lucretia*, Olga avait repris quelques-uns de ses anciens rôles, notamment celui de Brünnhilde, et Lucia conservait un souvenir très vivace de cette charmante réception chez ce cher Georgino, le jour de Noël, où l'on avait monté les tableaux vivants. La chère Olga s'était montrée si simple, si naturelle ; elle était ensuite venue voir Lucia pour lui demander comment elle avait élaboré la séquence des gestes accompagnant le réveil, et Lucia avait été très contente, vraiment très contente, de lui donner quelques petites indications. En fait, Lucia était simplement elle-même. C'étaient seulement ses sujets qui avaient été un peu lourds à remuer. Georgie surtout s'était montré très apathique, morose, et Lucia, malgré toute sa perspicacité, ne parvenait absolument pas à en expliquer la raison.

Mais aujourd'hui, le tiède retour du printemps paraissait renouveler l'eau des flaques boueuses, remettant à flot les algues qui avaient croupi, sans âme, dans les bas-fonds. Personne ne pouvait vraiment résister au pouvoir magique de la saison et Georgie, qui avait eu l'intention, par pure politesse, d'aller regarder la première des fleurs débiles de Perdita (un coup de téléphone du Hurst lui en avait annoncé l'épiphanie), découvrit, une fois qu'il eut mis le nez dehors par ce matin tiède et venté, qu'il serait probablement intéressant de faire d'abord un petit tour à pied sur la pelouse communale pour voir s'il y avait du neuf. Toutes les nouvelles qui l'avaient intéressé ces deux derniers mois provenaient d'Amérique. Il en avait fait un petit paquet noué d'une faveur rose.

Après s'être débarrassé de Piggy, il se rendit à la boutique du marchand de journaux pour y retirer son *Times* qui, fait extrêmement curieux, n'avait pas encore été distribué, mais la vue de *Todd's News*, avec sa couverture jaune, le secoua de sa léthargie. Pas la moindre lueur d'explication n'avait pu jusqu'alors éclairer l'épisode extraordinaire de Robert quand il avait raflé toute la livraison et, bien qu'Olga n'eût pas manqué une occasion de prendre des nouvelles, Georgie n'avait pas réussi à lui fournir la moindre information supplémentaire. À l'occasion, il tendait nonchalamment un piège aux Quantock, mais jamais ils n'y tombèrent. Il fallait classer toute l'affaire, avec les problèmes tels que l'origine du mal, dans le tiroir des mystères insolubles de l'existence.

On pouvait retirer le courrier de la seconde livraison en allant le chercher soi-même au bureau de poste une heure avant le début de la distribution à domicile. Comme Georgie attendait son *Times*, Mrs Quantock sortit précipitamment du bureau, tenant dans ses mains un petit paquet qu'elle ouvrit tout en marchant. Cela semblait l'absorber tellement qu'elle ne vit pas du tout Georgie, bien qu'elle lui passât juste à côté. Deux pas plus loin, elle jeta par terre une enveloppe recommandée. Le « vieux démon familier » se rapprochait furtivement de Georgie qui se surprit à se poser avidement des questions sur le contenu du pli…

Mrs Quantock le précédait à présent d'une centaine de mètres sur le chemin du Hurst. Sans l'ombre d'un doute, elle aussi allait voir la première fleur de Perdita. Il la suivit d'un pas plus rapide que le sien et commença à la rattraper. Peu après (et cette fois-ci par accident, pas comme elle avait négligemment jeté l'enveloppe par terre, dans sa hâte d'en lire le contenu), elle laissa tomber une petite feuille de papier. Georgie la ramassa, avec l'intention de la lui rendre. Des caractères imprimés s'étalaient sur la face extérieure ; il s'agissait évidemment d'un prospectus et Georgie ne put honnêtement s'empêcher de lire ces caractères, car ils étaient en capitales d'imprimerie :

« COMMENT GRANDIR ? »

Georgie pressa le pas et le vieux démon familier s'empressa de l'accompagner. Dès qu'il fut à portée de voix, il interpella Mrs Quantock qui se retourna « comme une coupable surprise en flagrant délit[1] » et une petite boîte lui échappa des mains. Le

1. Wordsworth, *Ode on Intimations of Immortality. (N.d.T.)*

couvercle se détacha dans la chute, et une multitude de petits losanges rouges se répandirent sur le gazon.

Elle poussa un cri d'horreur.

« Oh ! Monsieur Georgie, comme vous m'avez fait peur ! dit-elle. Aidez-moi à les ramasser, vous serez gentil. Croyez-vous que l'humidité les aura abîmés ? Quoi de neuf ? J'étais tellement plongée dans ce que j'étais en train de faire que je n'ai parlé à personne. »

Georgie l'aida à récupérer les losanges rouges.

« Vous avez laissé tomber ceci en marchant, dit-il. Je l'ai ramassé pour vous le rendre.

– Oh, comme c'est gentil… Avez-vous vu ce que c'était ?

– Je n'ai pas pu éviter de voir la page extérieure », dit Georgie.

Elle le regarda un instant, perplexe quant au parti le plus avisé à prendre. Si elle se contentait de le remercier d'avoir pris la peine de le lui rapporter, il allait probablement tout raconter à tout le monde…

« Bon, eh bien ! je vais vous confier tout le secret, dit-elle. C'est l'invention la plus merveilleuse qui soit. Quel que soit votre âge, elle vous permet de gagner de cinq à quinze centimètres. Vous vous imaginez ! Il y a des exercices à faire chaque matin, un peu comme ceux du yoga, et vous mangez trois losanges par jour. Ils ne sont absolument pas dangereux ; et alors, vous commencez à pousser en flèche. Ça paraît incroyable, n'est-ce pas ? Mais il y a tant dc témoignages à l'appui que je ne puis en contester l'authenticité. En voici un émanant d'un monsieur qui a grandi de quinze centimètres. J'avais vu la réclame dans un journal et j'ai passé ma commande. Une guinée seulement ! Comme ce sera drôle quand Robert s'apercevra que je suis plus grande que lui ! Mais à présent, motus ! Ne dites rien à cette chère Lucia, quoi que vous fassiez. Elle me dépasse d'une demi-tête et ce ne serait pas drôle si tout le monde se mettait à gagner de cinq à quinze centimètres. Vous pouvez leur écrire, vous-même, je vous donnerai l'adresse, mais il ne faut en parler à personne.

– Mais c'est vraiment trop merveilleux ! dit Georgie. Comptez sur moi. Je vais surveiller vos progrès. Nous voilà arrivés. Regardez, voilà la première fleur de Perdita. Quelle merveille ! »

Il ne fut pas nécessaire de presser la queue de la sirène car Lucia les avait vus depuis le salon de musique et ils entendirent retentir ses hauts talons sur le sol brillant du vestibule.

« Écoutez ! On va bientôt avoir besoin d'eux encore davantage ! dit Mrs Quantock. Et j'ai encore autre chose à vous raconter. Ça, Lucia peut l'entendre. Ah ! Chère Lucia, quelle belle floraison chez Perdita !

– N'est-ce pas ? dit Lucia en envoyant des baisers à Georgie et en en donnant à Daisy. Ça montre bien que le printemps est de retour. *Primavera* ! Et le *piccolo libro* de Peppino sort aujourd'hui même. Cela ne m'étonnerait pas que vous en receviez un exemplaire chacun, livré à domicile, avant ce soir. Superbe ! C'est superbe ! »

Il n'était pas étonnant non plus que le cœur de Georgie se remît à battre la chamade. Par le passé déjà, il y avait eu des années très agréables et pleines de choses palpitantes dont l'ardeur ne nécessitait pas plus de combustible que celui dont on s'apprêtait à alimenter le feu. Mrs Quantock se tenait sur la pointe des pieds, pour ainsi dire, afin de rehausser sa taille. On venait de livrer à Peppino un tiers de ses volumes imprimés sur vélin avec, sur la couverture, un sceau et des rubans d'attache. Mrs Weston allait devenir Madame la colonelle à la fin de la semaine et, à la même heure et dans la même église, Élisabeth allait devenir Mrs Atkinson. Toutes ces choses seraient-elles insipides simplement parce que…

« Comment tu vas, toi, dit Georgie, soudain traversé par une bouffée de printemps. Moi, ça va tlès bien, m'ci et moi ze veux si tellement lire le pitit liv' de Peppino !

– Entr', toi, dit Lucia. Entrez tous ! Et maintenant, qui c'est qui a des pitites nouvelles ? »

Mrs Quantock avait traversé tout le vestibule en marchant sur la pointe des pieds en prévision de l'époque bienheureuse où elle aurait gagné entre cinq et quinze centimètres en taille. Comme le disait Mr Alderstout, dans son prospectus si convaincant, le monde prenait une tout autre tournure quand bien même vous n'aviez gagné que cinq centimètres. Elle fut désolée d'avoir à s'asseoir.

« Êtes-vous très occupée la semaine prochaine, chère Lucia ? » demanda-t-elle.

Lucia se toucha le front du doigt.

« Lundi, mardi, mercredi… commença-t-elle. Non, pas mardi. Je ne fais rien mardi. Vous complotez ma mort, tous en chœur. Pourquoi donc ?

– J'espère que ma chère amie, la princesse Popoffski, viendra passer quelques jours chez moi, dit Mrs Quantock. Allons ! Surmontez vos préjugés à l'égard du spiritisme et donnez-lui une chance. Venez à une séance, mardi. Vous aussi, bien entendu, Georgie. Je ne saurais inviter Lucia en vous oubliant. »

Lucia arbora le regard lointain qu'elle réservait aux chefs-d'œuvre de la musique et à la dévotion sans espoir de Georgie.

« Magnifique ! Ce sera magnifique ! dit-elle. Tout à fait passionnant ! Je viendrai l'esprit parfaitement disposé. »

Georgie versa à peine des larmes sur l'anéantissement du mystère. Il avait dû l'inventer de toutes pièces, car il s'écroulerait comme un château de cartes si la princesse refaisait surface. Les séances avaient rencontré un franc succès, d'ailleurs. Il lui faudrait donc ressortir sa planchette.

« Et que se passera-t-il mercredi ? demanda-t-il à Lucia. Tout ce que je sais, c'est qu'on ne m'a pas invité. Moi, tlès fac'é.

– Pitite surplise, dit Lucia. Vous n'êtes pas pris ce soir-là, n'est-ce pas ? Ni vous, chère Daisy ? C'est parfait. Disons huit heures ? Non, je propose huit heures moins le quart. Ça nous laissera plus de temps. Je ne vous en dirai pas davantage. »

Mrs Quantock, en étreignant ses losanges, se demandait combien de centimètres elle aurait gagné entre-temps. Tandis que Lucia leur jouait quelque chose au piano, elle tira discrètement un losange de la boîte et se le glissa dans la bouche, afin de commencer à grandir sur-le-champ. Ça avait un petit goût amer, mais ça n'était quand même pas si mauvais que ça…

Miss Mapp

Préface

Je me suis attardé à la fenêtre du pavillon depuis laquelle Miss Mapp détaillait d'un œil impitoyable les faits et gestes de ses concitoyens. À gauche s'élève la façade de sa maison ; droit devant, la rue pavée descend en pente raide vers la Grand'Rue que l'on aperçoit au loin, tandis que, sur la droite, se dressent la fameuse cheminée de guingois et l'église.

La rue était très fréquentée mais, en dépit de ma perspicacité, je n'ai pas réussi à repérer la moindre personne qui ressemblât, de près ou de loin, aux hommes et aux femmes qu'observait avidement Miss Mapp.

E. F. Benson,
Lamb House, Rye.

I

On aurait pu ne donner que quarante ans seulement à Miss Élisabeth Mapp, qui en avait profité pour prendre hardiment un ou deux ans d'avance sur son âge réel. Son visage rubicond se creusait de rides sous l'effet d'une irascibilité et d'une curiosité chroniques ; au demeurant, ces revigorants états d'âme avaient entretenu chez elle une surprenante vivacité d'esprit et de corps qui expliquait l'adolescence relative qu'on lui aurait attribuée partout ailleurs que dans cette charmante petite ville qu'elle habitait depuis si longtemps. La colère et les soupçons les plus noirs qu'elle faisait peser sur chacun lui avaient conservé sa jeunesse et sa hargne.

Tel un grand oiseau de proie, elle était assise, par cette chaude matinée de juillet, à la fenêtre si pratique de son pavillon dont le vaste oriel constituait un point stratégique de premier ordre. Massif et spacieux, celui-ci était construit dans le jardin, à angle droit de la façade de sa maison, et donnait sur le spectacle fascinant de la voie qui débouchait par son extrémité inférieure dans la Grand'Rue de Tilling. Juste en face de sa porte, la rue dessinait un coude de telle sorte qu'en regardant par la fenêtre en saillie, Miss Mapp avait sur la gauche sa propre maison, la rue en question dévalant juste en face, tandis que vers la droite elle jouissait d'une vue dégagée sur le prolongement de cette même rue qui aboutissait au cimetière désaffecté entourant la grande église de style normand. On pouvait, au besoin, glaner dans un guide tous les renseignements utiles concernant cette église, mais Miss Mapp ne s'encombrait pas beaucoup l'esprit de ces antiquailles figées. Bien plus à son goût était le fait qu'entre l'église et sa fenêtre stratégique se trouvait la petite maison où habitait son jardinier ; elle pouvait ainsi vérifier, quand d'autres occupations ne la retenaient pas ailleurs, s'il rentrait chez lui avant midi, ou bien s'il tardait à reprendre son travail chez elle à une heure car, pour ce faire, il devait obligatoirement traverser la rue juste sous ses yeux. De même, elle pouvait savoir si l'un des membres de cette famille dépravée ne sortait pas par la porte du jardin en ployant sous le faix de paniers suspects qui auraient pu contenir des légumes passés en fraude. Pas plus tard qu'hier matin, elle avait surgi brusquement, en arborant un sourire que ses familiers auraient pu qualifier de dangereux, pour intercepter un galopin aux bras chargés à qui elle avait demandé ce qu'il y avait dans « ce beau petit panier ». En l'occurrence, il s'avéra que le beau petit panier contenait un filet à fraises qu'on apportait à la femme du jardinier pour qu'elle le réparât. Il n'y avait donc plus qu'à s'assurer de sa restitution. C'est ce qu'elle fit discrètement d'une fenêtre latérale du pavillon qui surplombait les plants de fraisiers, et devant laquelle les branches d'un figuier à grandes feuilles formaient un écran qui lui permettait d'épier sans être vue.

À part cela, à droite, ce tronçon de rue, jusqu'à l'église, n'offrait pas grand intérêt (sauf le dimanche matin, lorsqu'elle pouvait dresser une liste pratiquement complète des fidèles présents à l'office divin) car personne de vraiment passionnant n'occupait les humbles demeures qui le bordaient. À gauche se dressait la façade de sa propre maison, perpendiculaire à la fenêtre stratégique qui permettait d'effectuer tant d'observations utiles. Postée à l'abri d'un rideau à moitié tiré, comme par négligence, sur le côté de la fenêtre le plus proche de la maison, elle pouvait surveiller du coin de l'œil le travail de sa bonne et repérer si celle-ci se penchait à une fenêtre ou bavardait avec une consœur passant par là, ou en saluait une autre en agitant de la main un chiffon à épousseter. Prompte à réagir en pareilles circonstances, Miss Mapp exécutait alors une attaque par le flanc : elle descendait les quelques marches menant au jardin, se glissait en tapinois dans la maison, gravissait l'escalier sur la pointe des pieds et surprenait la fautive en flagrant délit de batifolage public. Mais tout cet espionnage domestique s'avérait totalement insipide comparé aux découvertes sensationnelles que le spectacle de la rue située juste devant sa fenêtre offrait chaque jour, voire chaque heure, au regard exercé de notre observatrice. Du haut de son nid d'aigle, Miss Mapp pouvait observer directement (ou prévoir sans témérité excessive) presque tous les faits et gestes de la société de Tilling.

Contre sa maison, à gauche, se dressait la demeure du major Flint, de style géorgien et en brique rouge comme la sienne, et, juste en face, celle du capitaine Puffin. Ces deux messieurs étaient célibataires. Le bruit courait cependant que, dans sa jeunesse, le major Flint s'était illustré dans certaines aventures follement galantes, et il ne manquait jamais de détourner fort brusquement la conversation si l'on faisait la moindre allusion à un duel. Il n'était donc pas déraisonnable d'en conclure qu'il avait eu l'occasion de croiser le fer… Le fait que le temps humide, propice aux rhumatismes, lui provoquait une forte raideur dans le bras gauche, et qu'on l'avait entendu se plaindre de sa vieille blessure, ajoutait une touche pittoresque à cette conjecture romantique. Nul ne savait la nature exacte de cette blessure (ce pouvait être une cicatrice de vaccin aussi bien que la trace d'un coup de sabre), car, après s'en être plaint, il ajoutait immanquablement : « Allons donc ! En voilà assez pour ce vieux briscard ! » Et, bien que dans la suite de la conversation il fût capable de ne parler que dudit vieux briscard, il baissait discrètement le voile sur les campagnes où il s'était couvert de gloire. Qu'il eût servi aux Indes, on était en droit de le croire, ne fût-ce que par l'habitude qu'il avait conservée de désigner le déjeuner par le mot anglo-indien *tiffin*, et d'appeler sa bonne en criant « Kwaï-haï ! » (comme elle se prénommait Sarah, il ne pouvait s'agir là que d'une réminiscence du temps des bungalows). Quand il n'était pas en colère, il traitait les représentants du sexe fort d'une façon un peu bourrue mais, en colère ou pas, il se montrait toujours, à l'endroit des « mignonnes », c'est-à-dire des personnes du beau sexe, d'une galanterie ampoulée à l'extrême. On savait pertinemment qu'il conservait une mèche de cheveux dans un petit boîtier en or attaché à sa chaîne de montre, et qu'il y avait porté furtivement les lèvres alors qu'il croyait, assez naïvement, n'être vu de personne.

Tandis qu'elle s'installait à sa fenêtre par cette belle matinée ensoleillée de juillet, Miss Mapp accorda quelques instants d'attention à la maison du major avant de parcourir d'un œil dégoûté les illustrations reproduites en dernière page de son journal (elles représentaient essentiellement des jeunes femmes faisant la ronde au bord de la mer, ou affalées sur la plage dans des attitudes qu'elle aurait trouvé indigne d'adopter). Ni le major ni le capitaine Puffin n'avaient l'habitude de se lever très tôt, mais à présent il était grand temps d'espérer voir des premiers signes d'activité. De fait, à cette minute, elle perçut tout à fait distinctement le beuglement assourdi que son oreille exercée identifia sans peine comme étant « Kwaï-haï ! ».

« Le major vient donc de descendre prendre son petit déjeuner, conclut-elle automatiquement, et il ne doit pas être loin de dix heures. Réfléchissons… Mardi, jeudi, samedi… Jours de porridge. »

Son regard pénétrant se porta alors vers la maison située juste en face de celle où, trois matins par semaine, le petit déjeuner comportait du porridge ; au même moment, une main s'avança brusquement à une petite fenêtre du premier étage pour déposer une éponge sur le rebord. On abaissa ensuite violemment le pan inférieur de cette fenêtre à guillotine de façon à empêcher l'éponge d'être emportée par le vent et de tomber dans la rue. Le capitaine

Puffin – cela était désormais évident – s'était levé un peu plus tard que le major ce matin-là. Mais comme il se rasait et se brossait toujours les dents avant de prendre son bain, son retard n'était que de quelques minutes sur son voisin.

À Tilling, les grandes manœuvres (l'explosion graduelle de la vie palpitante issue des chrysalides nocturnes ; l'apparition des dames de la ville, le panier à provisions sous le bras, prêtes à effectuer leurs emplettes ; l'exode des messieurs partis attraper le tramway à vapeur de onze heures vingt qui les emmènait au golf, et tous les autres préliminaires aux diverses tâches de la journée) ne battaient jamais leur plein avant dix heures et demie. Miss Mapp avait donc amplement le temps de parcourir les titres de son journal et de prolonger sa méditation au sujet de ses voisins immédiats, en tout bien tout honneur, avant de commencer pour de bon son quart de guet. Des deux messieurs, c'était le major Flint, à coup sûr, qui exerçait le plus de charme aux yeux d'une femme ; depuis des années, Miss Mapp tentait, à force de cajoleries, de l'inciter à demander sa main, et elle était encore loin d'avoir épuisé son stock de munitions. Les aventures légendaires du major, la fragrance si romantique de parfum indien (et de camphre, d'ailleurs) s'exhalant des peaux de tigre qui, transformées en carpette, jonchaient le sol de son vestibule ou, telle une marée irrésistible, grimpaient à l'assaut des murs, son attitude à la fois hautaine et galamment empressée, sa manière méprisante de réagir en soufflant bruyamment pour stigmatiser « gnognote et foutaise », les coups de poing sur la table dont il soulignait les points forts d'une argumentation véhémente, sa glorieuse blessure et ses prodigieuses balles au golf, son intolérance envers quiconque croyait aux fantômes, aux microbes ou au régime végétarien, tout cela conférait quelque chose de hardi et d'intrépide à son personnage. On avait l'impression d'être en présence de quelque charbon ardent jailli dans l'instant du magma originel. Quant au capitaine Puffin, il était fait d'une argile si différente qu'on pouvait à peine admettre qu'il fût d'argile. De taille brève, décharné et boiteux, il avait orné son vestibule de pacifiques chapelets et de tabliers papous au lieu de peaux de tigres sauvages, et, primesautier, il avait des gestes saccadés et une petite voix aiguë. Et pourtant, aux yeux de Miss Mapp, quelque chose derrière cette banalité ne laissait pas d'intriguer, et ce, d'autant plus qu'il n'en laissait rien paraître. Personne n'aurait songé à qualifier le major Flint, braillard et soufflant, de mystérieux, si peu que ce fût. Avec fracas, il abaissait en vrac toutes ses cartes, glorieux monceau de rois et d'as. Mais elle était loin d'être sûre que le capitaine, de son côté, ne cachait pas un joker qu'il tirerait soudain de sa manche. La perspective de devenir Mrs Puffin lui chantait moins que l'autre, mais il lui arrivait à l'occasion de vaguement l'envisager.

Bien que la plupart des faits et gestes de chacun de ces messieurs pussent être expliqués en détail, une ombre de mystère planait sur le tandem. En règle générale, ils jouaient ensemble au golf le matin, se reposaient l'après-midi (comme quiconque, en s'arrêtant devant leurs maisons les jours calmes, pouvait facilement le vérifier grâce aux respirations rythmées qui animaient l'air tranquille de leur souffle puissant). Ils ne manquaient pas d'aller ensuite prendre le thé chez des amis et d'y jouer au bridge jusqu'à l'heure du dîner. Ou bien, s'ils n'avaient pas été conviés à de telles mondanités, ils traînaient leurs guêtres au sporting club où ils s'affalaient dans des fauteuils, quand ils n'essayaient pas de totaliser péniblement cent points au billard. Bien que les occasions d'aller prendre le thé fussent fort fréquentes à Tilling, il était rarissime d'aller dîner en ville. On occupait le temps qui sépare l'heure du souper pris chez soi de l'heure du coucher à faire des patiences ou à reconstituer quelque puzzle. Or, à maintes reprises, Miss Mapp avait remarqué des lampes allumées dans le salon de ses deux voisins et ce, à une heure où les seules lumières subsistant à Tilling l'étaient uniquement dans les chambres à coucher (où même là, elles auraient déjà dû être éteintes).

Pas plus tard que la semaine précédente, alors que des embarras gastriques intempestifs l'empêchaient de dormir (elle en attribuait la faute à certaine pomme trop verte imprudemment mangée), Miss Mapp avait aperçu chez le capitaine Puffin de la lumière filtrer à travers les stores du salon à minuit et demi bien sonné. Cela l'avait mise dans un tel état qu'elle s'était dangereusement penchée par la fenêtre – au risque de basculer dans le vide et de s'écraser dans la rue – pour constater un éclairage analogue dans la maison du major Flint. Par conséquent, ils n'étaient pas ensemble car, s'il était occupé à deviser avec un ami, n'importe quel particulier avisé (et Dieu sait combien l'un et l'autre étaient regardants sur le chapitre des dépenses… Et si jamais Dieu l'ignorait, Miss Mapp le savait parfaitement) aurait éteint ses propres lumières. La nuit suivante, alors que les crampes d'estomac avaient complètement disparu, elle avait réglé son réveille-matin à la même heure indue et avait observé exactement le même phénomène. Ces heures tardives, bien sûr, suffisaient amplement à expliquer le retard des petits déjeuners. Mais pourquoi ces heures tardives, se demandait-elle laconiquement (eh oui, pourquoi ?…). Certes, l'un et l'autre s'en tenaient à l'heure d'été (tandis que la plupart des gens de Tilling refusaient catégoriquement – sauf pour prendre le train – de changer l'heure de leurs montres sous prétexte que Mr Lloyd George le leur demandait). Soit ! Mais, même en admettant cela… Miss Mapp réalisa alors que, pour les tenants de l'heure d'été, le décalage engendré accentuait le retard au lieu de le réduire. Ce n'était donc pas une excuse.

La tournure d'esprit de Miss Mapp lui interdisait d'admettre ce qui était improbable. Or, il faut l'admettre, l'explication toute simple de l'heure tardive fournie tout récemment par les interéssés était plus qu'improbable. Le major Flint répétait à qui voulait l'entendre qu'il procédait à la révision de son journal intime et qu'il ne trouvait le calme propice à cette tâche que dans les heures solitaires de la nuit où, loin de l'agréable tourbillon des activités diurnes, rien ne venait le distraire. Quant au capitaine Puffin, il avouait nourrir une curiosité estudiantine pour tout ce qui touchait à l'histoire la plus reculée de Tilling, et avait entrepris d'écrire une monographie sur ce sujet. Il pouvait parler pendant des heures (quand on lui en laissait le loisir) de la bande côtière gagnée sur la mer au sud de la ville, et de la vieille voie romaine construite sur une digue, dont il restait quelques vestiges. Mais, pensait Miss Mapp, poursuivre ses travaux jusqu'à des heures aussi avancées de la nuit – au prix que coûtait le gaz à présent ! – dénotait un égoïsme sans précédent de la part du major Flint et, de la part du capitaine Puffin, une passion tout aussi inédite pour l'archéologie. Non, Miss Mapp savait le fin mot de l'histoire, bien que n'en ayant pas encore clairement élucidé la nature. Avec la saine énergie que manifeste un estomac vigoureux lorsqu'il ne peut tolérer une nourriture avariée et la rejette, Miss Mapp, qui ne pouvait se laisser insidieusement empoisonner en la retenant, rejetait délibérément la thèse selon laquelle l'égoïsme (fût-ce en cette époque où les journaux intimes et les récits autobiographiques faisaient florès) et la vogue de l'Antiquité justifiaient des études aussi poussées. Et tandis qu'elle s'emparait de ses petites jumelles de théâtre en aluminium pour vérifier si c'était bien Isabelle Poppit qui pénétrait à présent en caracolant dans la papeterie de la Grand'Rue, elle s'exclama pour la trois cent soixante-cinquième fois de l'année au petit déjeuner : « Ça me défrise complètement ! » Cela faisait effectivement tout juste un an, ce jour-là, qu'elle avait aperçu pour la première fois, en pleine nuit, ces mystérieux carrés de lumière aux fenêtres de ses voisins. « Ça me défrise ! » était, en fait, une expression récurrente dans le vocabulaire de Miss Mapp, bien que son emploi réservé à l'usage exclusif d'un seul objet fût sans précédent. Mais rien jusqu'alors n'avait jamais réussi à la défriser vraiment…

Les choses prenaient vie ; Mrs Plaistow, son panier à provisions sous le bras, apparut du côté de l'église. Elle se dirigeait vers la fenêtre de Miss Mapp avec qui elle était provisoirement en froid (résultat d'une brouille qui avait mis le feu aux poudres : un marchand de tissus avait, par étourderie, vendu à Mrs Plaistow une pièce d'étoffe en laine peignée de couleur garance alors qu'il l'avait précisément promise à Miss Mapp). Au demeurant Miss Mapp, magnanime, trouvait indigne d'elle de se remémorer les sordides détails de cette appropriation dérisoire. Le feu s'était éteint et, pour sa part, elle était prête, après avoir laissé retomber les choses, à ranimer la flamme de ses relations cordiales avec Mrs Plaistow jusqu'à une température normale, dès l'instant où celle-ci consentirait à lui restituer la fameuse pièce d'étoffe. En public, elles avaient repris leurs amicales relations d'antan et, comme le froid avait persisté environ six semaines, l'étoffe avait probablement d'ores et déjà été utilisée pour garnir les bordures du tricot ou de l'écharpe de Mrs Plaistow. Vu les circonstances, Miss Mapp devrait se contenter en échange d'accepter des excuses en bonne et due forme. Par conséquent, au fur et à mesure que Mrs Plaistow se rapprochait, elle disparaissait aux yeux de Miss Mapp, et lorsqu'elle se trouva à portée de salut elle avait complètement disparu. Au même moment, Miss Poppit sortit de la papeterie de la Grand'Rue.

Mrs Plaistow tourna au coin de la rue situé sous la fenêtre de Miss Mapp et dévala la pente raide d'un pas guilleret. Elle avait la démarche saccadée de ces poupées mécaniques que l'on vend dans la rue, et qui sont munies de trois jambes disposées comme les rayons d'une roue, de telle sorte que leurs pieds émergent de dessous leurs jupes avec la régularité imperturbable d'un mouvement d'horlogerie suisse. Quant à sa silhouette, elle offrait une certaine rotondité qui seyait à sa démarche. Elle regarda ostensiblement par la fenêtre de la salle à manger du capitaine Puffin en passant et, avec cette juvénilité de mauvais aloi qui la caractérisait, elle agita sa petite main grassouillette pour saluer. À l'angle de la maison du major Flint, elle parut hésiter un instant puis s'engouffra sur la gauche dans la rue transversale où habitait Mr Wyse. C'est également dans cette rue qu'habitait le dentiste et, comme Mr Wyse était alors en voyage sur le continent, il y avait tout lieu de croire que c'est à l'autre que Mrs Plaistow allait rendre visite. Miss Mapp se souvint soudain qu'au bridge de la veille, chez madame Bartlett, Mrs Plaistow avait choisi des chocolats mous plutôt que des chocolats fourrés aux amandes et au nougat. Cela confortait l'hypothèse de la visite dentaire car, en règle générale, on n'avait aucune chance de mettre la main sur le moindre chocolat fourré de nougat lorsque Godiva Plaistow avait rôdé dans une pièce plus d'une minute ou deux. Comme elle traversait l'étroite ruelle pavée de galets arrondis entre lesquels l'herbe poussait dru, elle trébucha et ne retrouva l'équilibre qu'en effectuant quelques pas précipités en avant ; ses pieds s'entrecroisèrent avec la dextérité des pattes d'une grive qui zigzague sur une pelouse.

Pendant ce temps, Isabelle Poppit s'était avancée jusqu'à la poissonnerie, trois portes en aval du tournant où Mrs Plaistow avait disparu. Elle cessa de caracoler, se figea un instant, jambe en l'air et genou ployé, comme un cheval faisant la courbette, avant de se décider à passer son chemin. Mais elle ne dépassa pas la porte suivante, qui était celle du marchand de fruits, et franchit d'une seule enjambée les trois marches qui y conduisaient en levant bien haut son nez d'empereur romain. Quelques minutes plus tard, elle réapparut, mais sans que ne dépassât de son panier une quelconque forme oblongue et arrondie qui pût trahir la présence d'un melon, tant et si bien que Miss Mapp put à loisir détailler l'inventaire de ses emplettes. Isabelle entra à nouveau dans la poissonnerie. Elle n'allait tout de même pas mettre du poisson par-dessus les fruits ! Tandis que l'intelligence éclairée de Miss Mapp repoussait cette image saugrenue, elle devina tout à coup de quoi il s'agissait. « De la glace ! » se dit-elle, et, de fait, quand Miss Poppit sortit, on pouvait distinguer, dépassant du bord de son panier, un objet cubique enveloppé dans du papier déjà humide.

Miss Poppit remonta la rue et Miss Mapp se cacha de nouveau derrière son magazine en tenant tournée vers la fenêtre la révoltante photo des naïades de Brighton. Tout en se dissimulant, elle put observer du coin de l'œil que du panier de Miss Poppit dégoulinait un liquide rouge sang ; elle en conclut que cette dernière avait acheté des groseilles. Joint à la glace, cet article complétait logiquement la conjecture amorcée. Miss Poppit avait acheté des groseilles légèrement blettes (sans quoi elles n'auraient pas suinté si vite) afin de préparer la fameuse marmelade de groseilles glacées à la crème dont elle s'était si généreusement servie et resservie au dernier bridge chez Miss Mapp. C'était là un plagiat très mesquin car la marmelade de groseilles glacées à la crème était une invention de Miss Mapp qui, lorsqu'on lui en faisait des compliments, prétendait en tenir la recette de sa grand-mère. Mais Miss Poppit avait fini par se mettre sur les rangs des concurrentes de grand-mère Mapp, de même qu'elle avait fini par deviner qu'il était impossible de détecter la présence de fruits de catégorie inférieure – n'ayons pas peur des mots : des fruits indiscutablement passés dans la catégorie des déchets – lorsqu'on ne lésinait pas sur la glace.

Miss Mapp ne pouvait qu'espérer que les fruits contenus dans le panier, qui passait alors en oscillant sous sa fenêtre, étaient tellement passés qu'ils avaient commencé à fermenter. Une fois fermentée, la marmelade de groseilles avait un goût détestable et, si l'on s'obstinait à en manger quand même, ses effets étaient désastreux. Miss Poppit avait peut-être besoin d'être mise en quarantaine par tous ses amis pour lui apprendre qu'on ne braconne pas impunément sur les chasses-gardées de grand-mère Mapp.

Isabelle Poppit partageait avec sa mère, personne ayant tendance à faire étalage de sa fortune et à se croire supérieure aux autres, une maison située juste à l'angle de la rue, après la maisonnette du jardinier et en face de l'extrémité ouest de l'église. Citoyennes de Tilling de fraîche date, car installées dans le village depuis deux ou trois ans seulement, elles étaient encore considérées comme des personnages bizarres. La suspicion dont elles faisaient l'objet, moins déclarée qu'au début, couvait sous la cendre. La mère et la fille jouissaient d'une certaine fortune (fortune que Miss Mapp attribuait à une spéculation suspecte). Elles avaient un majordome qui les faisait trembler de peur l'une comme l'autre, et qui se permettait presque de hausser les épaules en bougonnant quand Mrs Poppit lui donnait un ordre. Elles avaient aussi une automobile – à laquelle il était fait allusion plus souvent qu'il n'aurait été nécessaire si elles en avaient eu l'usage de longue date – et passaient tous les hivers un mois en Suisse avant de se rendre en Écosse tous les étés « pour l'ouverture de la chasse », selon l'expression terrible de Mrs Poppit.

Tout cela n'augurait rien de bon. Bien qu'Isabelle adoptât la coutume locale qui consistait à faire ses emplettes matinales le panier d'osier sous le bras, acheter des fruits abîmés pour faire des marmelades glacées et s'habiller en faisant soi-même ses robes, comme il convient à des personnes bien élevées et à des budgets modestes, Miss Mapp craignait, à sa grande tristesse, que ces habitudes fussent non pas le fait d'une simplicité innée et de bon aloi, mais bien plutôt le désir ambitieux d'être reçue sur un pied d'égalité dans les familles tillingotes de vieille souche. Mais qu'aurait fait un vrai citoyen de Tilling d'un majordome et d'une automobile ? Et si tout cela ne suffisait pas à faire planer les doutes les plus sombres sur la sincérité des habitantes du « Petit Manoir », Miss Mapp conservait parfaitement en mémoire cette minute affreuse, dont les années écoulées n'avaient en rien estompé le souvenir, où Mrs Poppit avait rompu le silence au cours d'un déjeuner par trop somptueux pour demander à Mrs Plaistow si elle ne trouvait pas l'impôt supplémentaire bien lourd pour « nos petites bourses »… Miss Mapp en avait eu le souffle coupé, comme sous l'effet d'un choc violent. Une fois la stupeur passée, elle avait détourné la conversation sur un autre sujet. Brochant sur le tout, Mrs Poppit venait d'être élevée à la dignité de membre de l'ordre de l'Empire britannique, poussant l'impudence jusqu'à faire graver les initiales de celui-ci sur ses cartes de visite comme pour perpétuer l'infamie de cette scandaleuse distinction. En fait de services rendus, elle s'était contentée de mettre son automobile à la disposition de l'hôpital quand elle-même ne s'en servait pas, alors qu'aucun des membres de l'ouvroir de Tilling (qui s'étaient estropié les doigts à confectionner assez de kilomètres de bandages pour couvrir la distance de la Terre à la Lune) ne s'était vu proposer une décoration analogue. Si le cas s'était présenté, Miss Mapp n'aurait pas hésité sur le choix de sa réplique : elle aurait adressé une lettre mordante au Premier ministre en lui précisant qu'elle n'avait pas travaillé dans l'espoir d'obtenir une quelconque récompense honorifique mais par pur dévouement patriotique. En fait, elle avait bel et bien rédigé le brouillon de cette lettre le jour où elle avait relevé le nom de Mrs Poppit dans le journal, puis passé au crible la liste des récipiendaires, colonne par colonne, pour s'assurer qu'elle-même, à qui revenait le mérite de la fondation de l'ouvroir, ne figurait pas au nombre des victimes d'une telle insulte. Mrs Poppit était une arriviste, telle était la vérité. Mais Miss Mapp était bien forcée d'admettre que cette intrigante avait déployé beaucoup d'habileté pour parvenir à ses fins. Le majordome, l'automobile (si souvent mise à la disposition de ses amis), et les invitations à déjeuner ou à prendre le thé pour un oui ou pour un non avaient atteint leur but. Mrs Poppit avait obtenu la reddition des citoyens de Tilling non pas en leur coupant les vivres, mais en les gavant à outrance, et Miss Mapp avait le sentiment d'avoir été la seule à défendre la dignité des vieilles familles de la ville. C'était, à strictement parler, la seule vieille famille – représentée par une seule et unique personne, célibataire de surcroît – à n'avoir pas fait acte d'allégeance aux Poppit. Il va sans dire qu'elle ne poussait pas le souci de l'honneur jusqu'à envisager une sorte de grève de la faim, car c'eût été se singulariser et emboîter le pas aux suffragettes. Elle s'imposait de se prêter, dans toute la mesure du possible, à l'hospitalité des Poppit mais – et c'est là qu'elle faisait jouer ses grands principes – elle ne rendait jamais la pareille au membre de l'ordre de l'Empire britannique, bien qu'il lui arrivât d'accueillir Isabelle à Mallards et qu'elle ne manquât pas une occasion de la dénigrer sans ménagement…

Cette diatribe rétrospective traversa à toute vitesse et sans effort l'esprit de Miss Mapp sans entamer le moins du monde l'acuité du regard qu'elle portait sur l'activité croissante de Tilling qui, après le jusant nocturne, reprenait vigoureusement du volume avec le jour, ni l'empêcher d'entendre la sonnerie assourdie du téléphone quelques minutes après qu'Isabelle eut disparu au coin de la rue. Elle se leva pour aller répondre mais, parvenue à la porte, elle marqua une pause. Futée, elle nourrissait des soupçons à l'endroit de ses domestiques au sujet du téléphone : elle était persuadée (bien que, pour le moment, rien ne vînt étayer son intuition) que sa cuisinière et sa bonne se servaient de l'appareil à ses dépens pour échanger de sordides messages avec leurs amis. De toute la clique, la bonne était probablement – mais comment en avoir le cœur net ? – la plus fourbe, car elle affichait une niaiserie presque incroyable sur ce chapitre, allant jusqu'à prétendre être incapable de parler dans la machine, ou de comprendre les sons saccadés qui en sortaient. Toutes ces simagrées visaient peut-être à égarer les soupçons… Miss Mapp s'arrêta donc à la porte pour laisser l'une de ces délinquantes s'engager plus avant dans la conversation avec son interlocuteur. Elle s'approcherait alors subrepticement de la pièce appelée le petit salon (réduit exigu donnant sur le vestibule, et destiné essentiellement à entreposer les chapeaux, les manteaux et les parapluies) et, à la faveur de ce stratagème, attraperait une des coupables la main (ou plutôt la bouche) dans le sac ou, tout au moins, surprendrait des bribes de conversation qui constitueraient des preuves tout aussi flagrantes.

Elle n'avait pas plus tôt quitté le pavillon du jardin et atteint sa maison que Withers, sa bonne, en sortit, venant à sa rencontre. Dès qu'elle l'aperçut, Miss Mapp se mit à lui sourire en fredonnant. Comme son sourire s'élargissait, elle s'arrêta de fredonner.

« Eh bien, Withers ? dit-elle. Vous me cherchiez ?

– Oui, Mademoiselle. Miss Poppit vient de vous appeler au téléphone et… »

Miss Mapp parut fort surprise.

« Et dire que le téléphone a sonné sans que je l'entende ! dit-elle. Je dois devenir sourde avec l'âge, Withers. Que désire Miss Poppit ?

– Elle espère que vous pourrez aller prendre le thé cet après-midi et jouer au bridge. Elle ose espérer le passage de quelques amis à quatre heures moins le quart. »

Un sinistre flot de lumière submergea Miss Mapp. « Oser espérer la visite de quelques amis » était la formule consacrée pour désigner une rencontre prévue de longue date, et à laquelle elle n'avait pas été invitée. Miss Mapp savait, comme avertie par une révélation particulière, que si elle s'y rendait ce serait pour constater qu'elle était la huitième et dernière partenaire à une seconde table de bridge. En ouvrant la porte, le majordome tiendrait sans doute à la main une demi-feuille de papier portant la liste des invités prévus, et, si le nom du visiteur n'y figurait pas, on aurait l'outrecuidance de lui dire que ni Madame ni Mademoiselle n'étaient là, tout en faisant entrer un autre visiteur dûment inscrit avant même que la personne éconduite eût tourné les talons...

Ainsi donc les Poppit organisaient un bridge auquel on ne l'invitait qu'au dernier moment afin, sans aucun doute, de remplacer quelque ami pressenti dès le début mais qui avait attrapé la grippe, perdu une tante, ou dû se rendre à Londres. Cela expliquait également pourquoi – comme elle avait cru l'entendre la veille – le major Flint et le capitaine Puffin avaient l'intention de ne faire qu'un seul parcours de golf ce jour-là, et de rentrer ensuite par le tram de deux heures vingt. Et pourquoi chercher plus loin la raison pour laquelle Isabelle – elle l'avait vue – avait acheté un bloc de glace et des groseilles (probablement abîmées) ? D'ailleurs, n'importe qui avait pu voir – ou tout au moins Miss Mapp – pourquoi Isabelle s'était rendue à la papeterie de la Grand'Rue : c'était pour s'y procurer des cartes à jouer.

Découvrir l'identité de l'ami qui avait fait faux bond pouvait attendre. Pour l'instant, Miss Mapp, qui s'était remise à fredonner tout en souriant à Withers, devait prendre une décision rapide : allait-elle se déclarer ravie d'accepter ou obligée de décliner l'invitation ? Un argument de poids la faisait pencher du côté du refus : Mrs Poppit méritait une bonne leçon pour lui apprendre à ne pas l'avoir incluse sur la liste initiale de ses invités. En déclinant l'invitation, il était presque certain que son hôtesse ne pourrait jamais trouver quelqu'un d'autre à une heure aussi tardive et, dans ce cas, une des deux tables de joueurs serait irrémédiablement bancale. D'un autre côté, la perspective de disputer quelques parties de bridge autour d'un bon thé, et de pouvoir glisser quelque remarque désobligeante au sujet de la marmelade de groseilles glacées à la crème (excellent moyen d'apprendre à Miss Poppit ce qu'il en coûte à ceux qui se hasardent à contrefaire ses recettes ancestrales...), plaidait en faveur d'une réponse positive.

Frappée par une idée lumineuse, stimulante et diabolique, elle se dirigea vers le téléphone et, d'un geste compassé, essuya l'endroit souillé par l'haleine de Withers.

« Comme c'est aimable à vous, Isabelle ! dit-elle. Malheureusement, je suis très occupée aujourd'hui et vous ne me laissez guère de temps pour me retourner, convenez-en… Je vais essayer de passer un petit moment, si vous voulez. Il se peut que je puisse caser cela dans mon emploi du temps. »

Isabelle, à l'autre bout de la ligne, garda le silence quelques instants, et Miss Mapp comprit qu'elle l'avait coincée. Si Isabelle parvenait à pressentir quelqu'un d'autre, Miss Mapp s'arrangerait pour caser son passage, et dans ce cas ils seraient neuf. Si elle n'y parvenait pas, elle pourrait renoncer à caser sa petite visite, et alors ils ne seraient plus que sept… Dans un cas comme dans l'autre, Isabelle allait s'arracher les cheveux !

« Oh ! Soyez gentille ! Essayez de caser votre visite », dit-elle de ce détestable ton câlin que le major Flint, pour quelque raison inexplicable, trouvait plein de charme. C'était un des points faibles du major (qui en comptait maints et maints autres). Mais celui-ci faisait partie de ceux que Miss Mapp trouvait des plus difficile à lui passer.

« Je vous promets de faire de mon mieux, dit-elle. Mais vous savez, en étant avertie si tard… Adieu, chère amie, ou seulement *au réservoir*, espérons-le. »

Ce pataquès délicieux, et tout récent, déclencha un petit rire poli chez Isabelle, qui raccrocha. Friande de ce genre d'erreurs, elle les collectionnait dans un petit calepin. En tenant celui-ci à l'envers, et en commençant par la fin, on trouvait une liste de contrepèteries fort divertissantes elles aussi.

À Tilling, l'été, la pratique de l'hospitalité se manifestait essentiellement par des réunions où l'on prenait le thé avant de jouer au bridge. Mrs Poppit, il faut lui rendre cette justice, avait tenté de lancer quelque chose qui ressemblait à des dîners, mais personne ne lui emboîta le pas sur cette voie extravagante. Les dîners impliquaient un train de vie plus élevé. Miss Mapp, quant à elle, ayant comparé le prix de revient de trois commensaux affamés invités à dîner avec le coût estimé de trois invitations à dîner rendues par lesdits commensaux, avait trouvé que le jeu n'en valait pas la chandelle. Des thés voluptueux, telle demeurait la règle. Ensuite, on pouvait vraiment se contenter de grignoter quelque chose chez soi (un bol de soupe, une tranche de tarte froide, un reste de poisson accommodé à la poêle et quelques tartines de pain grillé avec du fromage). On pouvait ensuite se mettre à un puzzle ou faire une réussite pour se rafraîchir l'esprit et se calmer les nerfs après les sensations fortes qui avaient accompagné le bridge (à Tilling, le bridge s'accompagnait toujours de sensations fortes). Toutefois, en hiver, comme le soleil se couche plus tôt, il était d'usage parmi les Tillingotes d'organiser des réunions de bridge en nocturne, en invitant le nombre idoine d'amis à passer « après dîner », bien que chacun sût pertinemment que tout le monde s'était contenté, avant de sortir, de grignoter quelques restes. Le prix scandaleux du charbon était pour quelque chose dans ces bridges vespéraux car le feu qui chauffait votre pièce lorsque vous vous y teniez seul profitait également à tous vos invités et, lorsqu'on vous retournait votre invitation, vous pouviez laisser s'éteindre le feu dans la cheminée de votre propre salon. Mais bien que Miss Mapp fût d'ores et déjà en train d'élaborer un plan concernant le bridge d'hiver, l'hiver était encore bien loin…

Avant même qu'elle eût regagné sa fenêtre dans le pavillon du jardin, l'automobile de Mrs Poppit – un mastodonte qu'elle désignait toujours par le terme « la Royce » – avait tourné au coin de la rue et, stationnée en face de la maison du major Flint, empêchait tout à fait de voir ce qui se passait dans la rue. Dès lors, il était assez clair que Mrs Poppit avait envoyé la Royce aux deux messieurs pour leur permettre d'avoir le temps de faire leur partie de golf, d'attraper le tram de deux heures vingt et d'être de retour à Tilling pour l'heure du bridge. Tandis que

Miss Mapp regardait de tous ses yeux, voilà que le major Flint sortit de chez lui d'un côté de la voiture et que le capitaine Puffin en fit autant de l'autre côté. La Royce les cachait à la vue l'un de l'autre, et chacun lança son appel en direction de la maison d'en face. Le capitaine Puffin vociféra « Ohé ! laïtou ! » (exclamation australienne apprise au cours de ses longs périples) pendant que le major Flint beuglait « Kwaï-haï, capitaine ! » qui, comme tout le monde le savait, était une expression d'origine orientale. Ils avaient crié en même temps et la voix de l'un avait couvert celle de l'autre de telle sorte que, fulminant d'avoir à attendre son compagnon pour partir, le premier contourna la voiture en courant vers l'avant, au moment précis où le second se précipitait pour la contourner par l'arrière, tant et si bien qu'ils frappèrent sans se voir à la porte l'un de l'autre. L'impact des heurtoirs ne fut pas aussi parfaitement synchronisé que l'avaient été leurs cris de salutation. Ils se retournèrent alors brusquement, avec des « Hi ! Hi ! » stridents chez le capitaine Puffin qui avait une voix de fausset, et des « Ha ! Ha ! » d'une sonorité plus mâle chez le major… Ensuite la Royce s'ébranla lourdement, descendit la rue pavée et parvint à négocier le virage en manœuvrant plusieurs fois alternativement en marche avant et arrière.

Miss Mapp sortit enfin pour faire ses courses en emportant les relevés hebdomadaires qu'elle remettrait, sans payer ses emplettes, mais non sans leur régler leurs comptes verbalement, à ses différents fournisseurs. Sa liste comportait un achat de graisse de rognon au sujet duquel elle entendait bien résister de pied ferme, jusqu'à son dernier souffle, bien qu'il fût probable que le boucher rendrait les armes bien avant. Puis venaient ces œufs qu'elle aurait sans doute à payer en dépit d'une augmentation aussi exorbitante qu'intempestive. Quant à son contentieux avec la blanchisseuse, elle avait mis au point une habile stratégie : elle paierait la fameuse facture en disant d'un ton glacé : « Bien le bonjour et adieu », ou quelque formule du même acabit, à moins que la patronne ne lui restituât sur-le-champ le vêtement qui s'était perdu corps et biens au lavage, ou l'indemnisât confortablement. Miss Mapp se repaissait les yeux et les oreilles de toutes ces courses assorties de récriminations. Le mardi matin, jour où elle payait ses notes en les passant au crible, lui était aussi savoureux que le dimanche matin où, assise au pied de la chaire, elle épluchait les contradictions et les fautes de syntaxe qui s'étaient glissées dans le sermon.

Une fois les factures réglées et les tractations effectuées, de douces obligations attendaient Miss Mapp sous la forme d'une séance d'essayage chez la couturière (l'essayage d'une robe habillée pour l'après-midi qui, arborée aux réunions de bridge les soirs d'hiver, promettait d'éblouir et de mettre à la torture tous ceux qui auraient l'occasion de la contempler… à moins qu'elle ne se trompât lourdement…). Elle en avait déniché la description dans un magazine de mode américain. Portée par Mrs Titus W. Trout, et créée en drap bleu roi, selon la légende, elle comportait des flots de dentelle accrochés de façon fantaisiste au pourtour de la jupe ainsi qu'un tour de cou en mousseline orange. Tout en partant faire ses courses avec un plein panier de livres de comptes, Miss Mapp se représenta (et cette image la faisait saliver de plaisir) la fureur, la jalousie, l'envie démente que cette robe ne manquerait pas de susciter chez tout être normalement constitué.

En dépit de sa curiosité perverse et des soupçons qui la rongeaient à l'endroit de tous ses amis, et en dépit également d'activités qui lui ôtaient tout repos, Miss Mapp n'était pas, comme on aurait pu l'imaginer, une personne à la silhouette efflanquée et à la mine émaciée. Grande, elle avait un port majestueux, des mains potelées, le visage lisse et un air bénin ; des fossettes creusaient ses joues replètes. Un observateur perspicace aurait pu déceler la menace d'un danger dans les regards en coin que lançaient ses yeux plutôt globuleux, ainsi que dans une certaine crispation aux commissures des lèvres de sa grande bouche (cela n'augurait rien de bon à quiconque se serait aventuré à portée d'un coup de dents). Mais un examen plus superficiel n'aurait révélé qu'une femme joviale et d'un heureux tempérament. Sa manière d'aborder les gens ne faisait que confirmer cette impression fallacieuse. Par exemple, rien n'aurait paru plus dénué d'arrière-pensée à cet instant précis que le ton qu'elle avait adopté pour parler à Isabelle Poppit au téléphone, ou plus candide que sa façon de sourire à Withers alors même qu'elle soupçonnait si gravement celle-ci de se servir du téléphone pour son propre usage sordide. Tout en déambulant dans la Grand'Rue, elle distribuait donc force sourires et courbettes à ses amis et connaissances. Elle écartait délibérément les lèvres en parlant car elle n'éprouvait nulle honte à montrer ses longues dents blanches. En outre, elle arborait invariablement un sourire presque figé lorsqu'il y avait la moindre chance qu'on la regardât. Bien qu'au moment du sermon dominical – comme on l'a déjà signalé – elle relevât goulûment les faiblesses et les fautes de syntaxe dont ces vingt minutes la régalaient avec prodigalité, elle demeurait cependant les yeux baissés, avec un sourire presque angélique aux lèvres. À présent, ayant aperçu de l'autre côté de la rue la silhouette du curé avancer d'un pas léger, elle traversa la chaussée en diagonale dans sa direction (comme mue par la main qui déplace un cavalier sur un échiquier), en regardant en l'air, et en ne le remarquant qu'au tout dernier moment avec un air surpris et ravi. Grand amateur de thés en ville, le curé était aussi, sauf pendant le carême, un joueur de bridge invétéré car la mission d'un homme d'Église, comme il le rappelait fort pertinemment, ne se limitait pas à rendre visite aux pauvres et à tenter de ramener au bercail les brebis égarées. Il lui appartenait aussi, en ce bas monde, de se faire tout à tous et de prendre part aux plaisirs de ses paroissiens comblés des bénédictions du ciel, tout comme il partageait les épreuves de ceux qui étaient dans l'affliction. En joueur accompli, il prenait sa part non seulement aux plaisirs, mais encore aux gains de ses paroissiens.

Aucune dame de Tilling ne manquait donc de se féliciter d'avoir monsieur le révérend Bartlett comme partenaire. À l'en croire, il consacrait chaque année la somme de ses gains à des œuvres caritatives. Quant à se demander si, bien ordonnée, sa charité ne commençait pas par lui-même… c'était là une question à laquelle Miss Mapp, pour sa part, avait déjà répondu depuis longtemps. « Les pauvres n'en verront jamais un traître sou », ainsi se résumaient les réflexions qu'elle se faisait *in petto* quand, les jours de malchance absolue, elle devait lui verser sept shillings et neuf pence. Elle l'appelait toujours Padre et ne l'avait jamais positivement surpris à jeter un coup d'œil sur le jeu de ses adversaires.

« Bonjour, Padre, dit-elle dès qu'elle l'eut reconnu. Quelle belle journée ! Les papillons blancs s'en donnaient à cœur joie dans mon jardin. Et les hirondelles ! »

Miss Mapp – le lecteur l'aura deviné – voulait savoir si le Padre allait jouer au bridge chez les Poppit cet après-midi-là. Pour le major Flint et le capitaine Puffin c'était évident, et on pouvait tenir pour acquis qu'il en allait de même pour Godiva Plaistow. En comptant les Poppit et elle-même, ça faisait six…

La façon de parler de monsieur le révérend Bartlett affectait avec humour un certain archaïsme. Il truffait alternativement ses propos de tournures désuètes et d'expressions empruntées au parler des Highlands. Son visage était couvert de bosses qui lui donnaient l'aspect d'une commode à poignées rondes.

« Ah ! Mes hommages du matin, noble dame, dit-il. Mais, de grâce, n'êtes-vous pas vous-même semblable aux blancs papillons ?

– Oh, monsieur Bartlett ! dit la noble dame en lui lançant une œillade provocante. Oh, le vilain ! Me comparer, moi, à un délicieux papillon !

– De grâce ! Pourquoi m'appeler vilain ? dit-il. Oui-da, par une telle journée, les passereaux ont vraiment de quoi s'esbaudir !

Ah ! Je vois que vous allez faire les courses qui incombent à la dévouée Marthe de l'Évangile[1]. » Et il pointa le doigt vers le panier.

« Oui, comme tous les mardis matin, dit Miss Mapp. C'est le mardi que je règle toutes les factures de mon ménage. Pauvre mais honnête, telle est ma devise, cher Padre. Quelle bousculade aujourd'hui ! J'ai du mal à savoir par quel bout commencer. Où que je me tourne, il y a toujours quelque chose à faire. Mais vous-même, vous n'êtes jamais oisif, que je sache. En fait d'abbé, vous êtes une vraie abeille !

– Bartlett, l'abeille-qui-abat-vraiment-de-la-besogne ! Vous l'avez dit. Eh bien, oui... Moult besognes requièrent l'abeille – ou l'abbé – Bartlett en ce jour. Toute la matinée pour préparer le sermon ; répétition pour la chorale à trois heures ; un baptême à six heures. Pas le temps d'aller faire une balade à pied aujourd'hui, si ce n'est un petit tour au terrain de golf. »

Rapide en besogne, Miss Mapp saisit la balle au bond.

« Oh ! Mais vous devriez vous octroyer un peu d'exercice pour vous détendre, Padre, dit-elle. Vous vous négligez. Voyons, entre la répétition de chant et le baptême, vous pourriez faire une bonne petite promenade revigorante. Soyez gentil, promettez-le-moi !

– Oui. J'avais eu l'intention d'aller prendre l'air à cette heure-là. Mais la dévouée dame Poppit a insisté pour que nous allions jouer aux cartes, ma tendre épouse et moi-même. De grâce, vous y rencontrerai-je ? »

(« Ce qui fait sept, en ne me comptant pas », pensa Miss Mapp entre parenthèses.) Elle poursuivit à voix haute :

« Si je parviens à caser cette visite dans mon emploi du temps, Padre... J'ai promis à cette chère Isabelle de faire mon possible.

– Parfait ! car à l'impossible nul n'est tenu, dit-il. *Au réservoir*, alors. »

1. Évangiles selon saint Luc 10, 28-42. *(N.d.T.)*

L'habileté avec laquelle le Padre avait lancé cette plaisanterie dont tout le mérite revenait à Miss Mapp ne laissa celle-ci qu'à moitié satisfaite. Comme c'était elle qui l'avait importée à Tilling, elle se réservait le droit de s'en servir quand bon lui semblait à la fin d'une conversation (la présente conversation avec le Padre, par exemple). D'un autre côté, il était réconfortant de constater avec quel succès tout le monde avait adopté la fameuse expression. Elle l'avait entendue le mois précédent, au cours d'une visite chez une amie qui résidait à Riseholme, petit village au charme si raffiné. On y boudait cette scie qu'on jugeait trop peu intellectuelle. Mais une semaine après le retour de Miss Mapp, tous les Tillingotes avaient à la bouche la formule humoristique, et elle laissa entendre qu'elle en était l'auteur.

Godiva Plaistow arriva en trombe sur le trottoir. Petite, boulotte, toujours essoufflée, elle aurait pu (selon Miss Mapp) s'évertuer à calquer sa conduite sur celle de sa médiévale homonyme, la comtesse de Mercie, de honteuse mémoire, sans susciter la moindre concupiscence chez les paillards les plus dévergondés. (En fait, soit dit en passant, Miss Mapp avait pratiquement la même morphologie que Godiva, mais elle était intimement persuadée que sa haute taille métamorphosait sa corpulence en prestance majestueuse...) Les rapides mouvements alternés des petits pieds de poupée mécanique de Mrs Plaistow pouvaient laisser croire qu'elle progressait à vive allure. Cependant, ces mouvements pouvaient s'interrompre sans préavis et elle s'immobilisait alors tout d'un coup. Au moment précis où elle parut sur le point d'entrer en collision avec Miss Mapp, elle s'arrêta net.

Il valait mieux s'assurer tout de suite que Godiva allait se rendre chez les Poppit. Pour l'heure, Miss Mapp passa l'éponge sur le détournement du tissu en laine peignée. Incapable de se résoudre à appeler Godiva par son indécent prénom, quels que fussent son âge et sa silhouette, Miss Mapp lui disait toujours « Diva » d'un ton fort affectueux, lorsqu'elles étaient en bons termes.

« Quelle belle matinée, ma chère Diva ! » dit-elle. Puis, s'étant assurée que Mr Bartlett n'était plus à portée de voix, elle ajouta : « Les papillons blancs s'en donnaient à cœur joie dans mon jardin… Et les hirondelles ! »

Godiva usait d'un style télégraphique dans la conversation.

« Veinards les oiseaux, dit-elle. Pas de dents : des becs. »

Miss Mapp se souvint de Godiva bifurquant dans la rue du dentiste une demi-heure plus tôt, et des conclusions qu'elle en avait déduites.

« Rage de dents, très chère ? dit-elle. J'en suis désolée.

– Sagesse, dit Godiva. Extraction à une heure. Chloroforme. D'attaque pour le bridge cet après-midi. Des nôtres ? Chez les Poppit.

– Si je peux caser ma petite visite dans mon emploi du temps, chère amie, dit Miss Mapp. Quelle bousculade aujourd'hui ! »

Diva porta la main au visage : « sagesse » se rappelait à elle par de cruels élancements. Elle ne croyait évidemment pas du tout à la « bousculade », mais ses douleurs l'empêchaient de s'attarder sur ce point.

« On se verra alors, dit-elle. Tout sera rentré dans l'ordre. *Au…* »

Cela dépassait ce que pouvait supporter Miss Mapp. Elle lui coupa la parole.

« *Au réservoir*, ma chère Diva », dit-elle d'un ton extrêmement acerbe. Les petits pieds de Diva se remirent en mouvement avec entrain.

Ainsi donc le problème relatif au bridge semblait résolu. Les deux Poppit, les deux Bartlett, le major et le capitaine, plus cette chère Diva et elle-même, cela faisait huit. Miss Mapp ressentit une brusque recrudescence d'indignation envers

Isabelle, à cause de la marmelade de groseilles et de l'invitation tardive. Elle décida qu'elle ne parviendrait pas à caser sa petite visite dans son emploi du temps, désappariant ainsi une des équipes de partenaires. Même en ne faisant pas entrer la marmelade de groseilles en ligne de compte, cela apprendrait aux Poppit à ne pas l'avoir pressentie en tout premier lieu, mais seulement au moment où – c'était parfaitement clair à présent – quelqu'un leur avait fait faux bond à la dernière minute. Mais à l'instant même où Miss Mapp sortait de la boucherie où elle avait remporté une victoire écrasante à propos de cette fameuse graisse de rognon, sans avoir à batailler jusqu'à son dernier souffle ni rien d'analogue, l'ensemble de l'édifice apparemment robuste s'écroula comme un château de cartes. En effet, comme elle sortait de la boutique, toute radieuse d'avoir triomphé en laissant au boucher désarçonné tout loisir d'essayer de rouler quelqu'un d'autre dans la farine, elle tomba nez à nez avec la Honte de Tilling, et de son propre sexe, la suffragette, l'artiste post-impressionniste (qui peignait des nus tant mâles que femelles), la socialiste et la germanophile incarnées pêle-mêle en une seule et même personne. En dépit d'une telle hérédité scandaleusement chargée, c'est en vain que Miss Mapp avait tenté de liguer la conscience collective de Tilling contre cette Créature. S'il existait un seul être au monde que Miss Mapp exécrât, c'était bel et bien Irène Coles. Le plus pénible dans l'affaire était qu'en revanche, s'il existait quelqu'un au monde qui excitât l'hilarité de Miss Coles, c'était bel et bien Miss Mapp.

Miss Coles flânait donc dans l'accoutrement auquel l'ensemble des habitants de Tilling avait fini par s'habituer. (Miss Mapp, elle, ne s'y était jamais habituée.) Elle portait, de guingois, un vieux feutre à large bord, un long plastron sommé d'un col, un ample pardessus, des pantalons de golf et des chaussettes grises. La cigarette à la bouche, elle tenait à bout de bras le traditionnel panier tillingote en osier. Elle s'était certainement servie chez l'autre marchand de poissons qui tenait boutique au bout de la Grand'Rue, car un homard (probablement ranimé par un séjour prolongé dans la glace en ce jour de canicule où les papillons et les hirondelles s'en donnaient à cœur joie) avait escaladé le bord du panier et agitait ses pinces dans le vide.

Irène retira sa cigarette de la bouche et fit dans le caniveau un geste habituellement associé au plancher des compartiments réservés aux fumeurs dans les wagons de troisième classe. Alors son visage, d'un type de beauté d'autant plus hommasse qu'elle avait les cheveux coupés très courts, s'illumina d'un large sourire.

« Salut, Mapp ! s'écria-t-elle. Alors, on a réglé ses comptes avec ses fournisseurs, comme tous les mardis matin ? »

Miss Mapp trouva extrêmement difficile de subir une apostrophe d'une insolence aussi flagrante sans un haut-le-corps de rage. Irène l'appelait Mapp de propos délibéré, et Mapp, outrée, jugea plus avisé de ne pas provoquer Coles. Celle-ci avait la langue bien pendue et un humour corrosif. Bravant sans vergogne les conventions sociales, elle exerçait à tout venant un talent d'imitatrice aussi redoutable que ses positions politiques concernant les Allemands. Parfois, Miss Mapp la désignait sous le vocable de « la pittoresque Irène », mais la violence de ses représailles n'allait pas plus loin.

« Oh ! Douce amie ! dit-elle. Cher trésor ! »

Irène, au grand dam de Miss Mapp, ne mordit pas à l'hameçon. Celle-ci ne pouvait (ou ne voulait) pas comprendre pourquoi des hommes comme le capitaine Puffin et le major Flint trouvaient Irène « aguichante » et « rigolote ».

La pittoresque Irène baissa les yeux vers son panier.

« Tiens, voilà mon déjeuner qui monte à l'assaut comme ces sales troupiers d'Anglais, dit-elle. Arrière, mon cœur ! »

Miss Mapp n'aurait pu affirmer en toute certitude que « mon cœur » faisait sarcastiquement écho à « cher trésor ». Mais cela semblait probable.

« Oh ! Quel charmant petit homard ! dit-elle. Regardez ses adorables pinces !

– Dans un petit moment, je ne vais pas me contenter de les regarder, dit Irène en repoussant l'animal au fond du panier. Venez donc prendre le *tiffin*, Kwaï-haï, il faut que je prépare toute seule mon repas aujourd'hui.

– Qu'est-il donc arrivé à cette bonne Lucy ? » demanda Miss Mapp. (Irène partageait son toit d'une manière assez ambiguë avec une bonne de taille considérable qui, n'était son sexe, aurait pu facilement se faire engager dans un bataillon de la Garde).

« Elle est malade. M'est avis que c'est la scarlatine, dit Irène. C'est très contagieux, n'est-ce pas ? Je suis restée à son chevet toute la nuit. »

Miss Mapp eut un mouvement de recul. Elle ne partageait pas la superbe indifférence du major Flint à l'endroit des microbes.

« Mais j'espère, chère amie, que vous avez tout désinfecté de fond en comble…

– Oh, oui ! J'y suis allée à grandes eaux, à la brosse et au savon, dit Irène. À propos, allez-vous vous offrir une tranche de Poppit cet après-midi ?

– Seulement si je parviens à la caser dans mon emploi du temps, dit Miss Mapp.

– On va donc se revoir. Au…

– *Au réservoir*, coupa Miss Mapp.

– Mais non ! Rien à voir avec cette plaisanterie éculée ! dit Irène. Ce n'est pas ce que j'allais dire. J'allais simplement dire : "Auriez-vous la gentillesse de venir prendre le *tiffin* ?" Vous, moi et le homard. Mais c'est empoisonnant cette affaire de Lucy. Je travaillais à son portrait. Belle anatomie. Jambes superbes.

Accepteriez-vous de poser à sa place jusqu'à ce qu'elle soit rétablie ? »

Miss Mapp poussa un petit cri d'horreur et s'engouffra dans l'atelier de sa couturière. Les conversations avec Irène la déstabilisaient toujours complètement. À présent, elle avait besoin de drap bleu roi pour retrouver ses esprits.

II

Aucune ville d'Angleterre n'est aussi outrageusement pittoresque que Tilling, et nulle ne jouit d'un cadre aussi privilégié pour l'amateur de vastes paluds, de hautes digues couvertes de roseaux, de couchers de soleil somptueux et d'horizons marins soulignés de bleu. La colline sur laquelle se dresse le village émerge au milieu de la plaine côtière. L'église austère, à distance si pratique de la résidence de Miss Mapp, couronne cette colline si abondamment pourvue de coins charmants, de maisons à colombage et de façades géorgiennes patinées. Tout artiste recherche le coup d'œil inédit, la perle rare, la révélation d'une vision fugitive sur un coin de paysage inattendu. On comprend dès lors que, pendant les mois d'été, non seulement la majorité des Tillingotes s'installaient dans les petites rues pavées avec leurs carnets de croquis, leurs toiles et leurs boîtes de couleurs, mais aussi que les cars des villes avoisinantes débarquaient des flots de visiteurs dont plusieurs partageaient, en amateur, avec les autochtones le goût de la peinture. On se serait cru en présence de quelque formidable foisonnement artistique concurrent de l'âge d'or de la Renaissance italienne (jusqu'au moment où l'examen des chefs-d'œuvre en cours d'exécution vous révélait votre méprise…). Les rues en pente, pavées de galets, et les architectures charmantes, mais non conventionnelles, défiaient le savoir-faire des artistes capables de tracer une ligne droite, et de se conformer aux lois complexes de la perspective. La vue sur les paluds observés depuis le sommet de la colline stimulait l'inspiration de ceux qui, à juste titre, se sentaient une âme de coloriste plutôt que de dessinateur d'épures. Ce panorama, à part la seule ligne droite de l'horizon (et encore pouvait-elle facilement être noyée dans les brumes), échappait aux conventions mesquines de la perspective, de telle sorte que l'amateur fervent pouvait d'entrée de jeu s'enivrer de vert vif, de bleu ciel ou, à l'heure du coucher du soleil, de rose, de jaune de chrome et de garance.

Les touristes dépourvus de talents artistiques se frayaient un chemin parmi les amateurs de peinture et chinaient dans les boutiques en quête d'objets en porcelaine ou en laiton. Ils mettaient presque tous un point d'honneur à rapporter de Tilling une de ces fameuses tirelires en terre cuite. Elles avaient la forme d'un petit cochon sur le dos duquel figurait le célèbre quatrain qui en garantissait l'authenticité :

Bonjour, bonjour, mon bel amour !
Je t'accompagnerai toujours ;
C'est moi la plus jolie cagnotte,
Dit le p'tit cochon tillingote.

Pour décorer sa salle à manger, Miss Mapp avait aligné sur une étagère toute une série de ces petits cochons-tirelires, chacun d'une couleur différente. Tout récemment, pour compléter sa collection, elle en avait acheté un, d'un beau rouge cramoisi. Elle les appelait collectivement « mon doux arc-en-ciel de cochons de lait », et souvent, lorsqu'elle descendait prendre son petit déjeuner (surtout si Withers était dans la pièce), elle leur disait, « Bonjour, mes petits trésors ! » et, dès que Withers avait le dos tourné, elle se mettait à les compter…

Le coin situé sous la fenêtre du pavillon de Miss Mapp, là où la rue fait un coude pour aboutir à l'église, était de loin l'endroit le plus prisé des artistes peintres. Ici, le pittoresque vous faisait presque tomber à la renverse.

Même parmi les plus habiles, rares étaient ceux qui réussissaient le tour de force consistant à rendre l'impression que la rue dévalait la colline alors que sur le papier elle s'obstinait à donner le sentiment inverse. Moins difficile à rendre, vous attendait le tronçon qui prolongeait la rue vers le cimetière et l'église en passant devant la petite maison du jardinier. Malgré les problèmes qu'elle comportait, cette vue était l'une de celles qu'affectionnaient les connaisseurs car elle comprenait sur la droite, juste au-delà du mur du jardin de Miss Mapp, la fameuse cheminée de guingois qui, quel que fût le point de vue adopté, inspirait inlassablement le pinceau ou le crayon des artistes. Les plus confirmés la dessinaient un peu plus de travers qu'elle n'était en réalité, afin de ne pas laisser croire qu'ils n'avaient pas le compas dans l'œil et ne l'avaient déformée que par maladresse. C'est habituellement en s'installant sur les trois marches du perron de Miss Mapp que l'on saisissait cette perspective. Face aux artistes qui avaient choisi l'église et la cheminée se plaçaient ceux qui s'attaquaient à la porte même de Mallards (sujet difficile). Ils mouillaient la pointe de leurs crayons sur leurs lèvres rouge cerise tandis qu'un peu plus bas dans la rue un autre bataillon s'acharnait à reproduire le pavillon du jardin avec son pignon et son pittoresque oriel. Quand les artistes formaient une cohorte assez nombreuse devant sa maison, une des occupations préférées de Miss Mapp était de mettre une table bien en évidence devant la fenêtre et de vaquer à la confection de quelque bouquet de fleurs d'un air pensif, un innocent sourire au coin des lèvres, sans paraître remarquer le moins du monde la présence des amateurs d'art. Un de ses autres petits passe-temps amusants consistait à ramener son chaton à la maison et à l'installer d'autorité sur la table pour le faire jouer avec le gland du cordon du store, ou bien de couvrir de baisers sa mignonne petite tête toute noire. Parfois elle écrivait son courrier devant la fenêtre ou faisait des réussites. Puis, tout à coup, elle prenait conscience de la foule de dames et de messieurs qui l'observaient de la rue. D'autres fois, surtout les jours où les gens s'entassaient sur les marches, elle sortait de chez elle les bras chargés de son attirail de peintre et disait d'un ton empreint de modestie : « Vous permettez que je me faufile ? », ou bien elle demandait aux personnes assises sur ses propres marches de bien vouloir lui faire une petite place. Quelle aubaine pour eux ! Ils se souviendraient plus tard que, tandis qu'ils étaient tout absorbés par leurs œuvres, la maîtresse de cette belle maison qui fait le coin (la dame même qui jouait avec le petit chat devant la fenêtre) était sortie de chez elle pour se joindre à leurs travaux. Elle leur adressait des remarques dont l'humilité le disputait à la gentillesse : « Je vois que vous peigniez mon doux petit nid. Me permettez-vous d'y jeter un coup d'œil ? Oh ! Quelle ravissante petite esquisse ! » Une fois – jour mémorable entre tous –, elle avait repéré que l'un des artistes avait sorti un appareil photographique de sa poche et s'empressait d'en régler la mise au point sur elle, debout au sommet des marches. Elle se retourna pour se présenter de face et sourit à l'appareil juste à temps pour entendre le déclic de l'obturateur… Il était trop tard pour se cacher le visage, et le cliché risquait d'être reproduit dans des revues telles que *Graphic* ou *Sketch*, voire dans la compagnie des nymphes qui posaient dans les stations balnéaires des environs…

Cet après-midi-là elle se contenta de se « torfiler » parmi les artistes, et remonta la rue en fredonnant jusqu'au cimetière (elle avait elle-même forgé « torfiler » en combinant se « tortiller » et se « faufiler » – ce néologisme connaissait un franc succès). Elle se camoufla soigneusement sous les branches du frêne pleureur planté juste en face du célèbre porche sud de l'église. En décalquant une photographie, elle en avait déjà reporté les grandes lignes sur son bloc à dessin, ce qui assurait un début fort prometteur à son tableau. Non seulement favorable audit tableau, sa position stratégique permettait à Miss Mapp de surveiller la porte d'entrée de la maison de

Mrs Poppit (membre de l'ordre de l'Empire britannique) en regardant subrepticement à travers la belle frondaison de l'arbre. La rencontre avec Irène dans la Grand'Rue avait évidemment bouleversé les plans de Miss Mapp concernant le bridge. Jusque-là, elle avait compris que les deux hôtesses, les Bartlett, le major, le capitaine, Godiva et elle-même se répartiraient en deux tables et, partant, avait décidé qu'elle ne parviendrait pas à caser sa petite visite dans la liste de ses nombreuses obligations, dépareillant de ce fait la seconde table. Mais à présent tout avait changé : ils étaient huit en ne la comptant pas ; par conséquent elle avait résolu de « caser sa visite » (à moins d'avoir quelque raison de supposer, en comptant les invités qui se présentaient à la porte d'entrée vers quatre heures moins le quart, que l'on prévoyait trois tables de bridge). Ils seraient donc neuf joueurs et il ne resterait plus à Isabelle ou à sa mère, si elles avaient le moindre sens de l'hospitalité, qu'à se morfondre dans un coin jusqu'à la fin de la soirée. On avait invité Miss Mapp de toute urgence, la douce Isabelle avait insisté pour qu'elle parvînt à « caser sa petite visite », et si la douce Isabelle, afin d'atteindre l'effectif requis de huit, avait également pressenti la pittoresque Irène, elle allait s'en mordre les doigts. Pour couronner le tout – et mis à part le bon mouvement qui l'avait poussée à « caser sa petite visite » pour faire plaisir à la douce Isabelle –, Miss Mapp se verrait offrir une coupe de marmelade de groseilles glacées à la crème et pourrait, après en avoir goûté une seule cuillerée, s'exclamer : « C'est délicieux ! », et laisser tout le reste intact.

Les papillons blancs et les hirondelles continuaient de s'en donner à cœur joie au soleil, ainsi d'ailleurs que les moucherons dont la joie importait moins à Miss Mapp, surtout lorsqu'ils lui collaient au visage. Mais elle ne tarda pas à les ignorer car, avant que les deux pittoresques jacquemarts dorés qui surmontaient le cadran de l'horloge au portail nord de l'église eussent fini de carillonner trois heures trois quarts, des visiteurs commencèrent à se présenter à la porte des Poppit. Miss Mapp avait fort à faire. Elle se penchait en avant pour scruter la scène à travers les branches du frêne pleureur et se rasseyait pour considérer les progrès de son tableau, la tête légèrement penchée de côté et le sourire aux lèvres au cas où quelqu'un s'approcherait. L'un après l'autre les invités prévus se présentèrent et furent introduits : le major Flint et le capitaine Puffin, le Padre et sa femme, cette chère Diva, la tête emmitouflée dans un « voile » de mousseline, Irène enfin, qui portait les mêmes vêtements que dans la matinée, probablement imprégnés des remugles méphitiques de la scarlatine. En comptant les deux Poppit, on atteignait donc l'effectif de huit joueurs. Dès qu'Irène fut entrée, Miss Mapp s'empressa donc de ranger son attirail et, tout en tenant son œuvre si remarquablement fidèle à bout de bras, à cause de la portion de ciel qui n'avait pas eu le temps de sécher, elle se précipita vers la porte (il n'était pas question d'arriver une fois le jeu commencé, car alors c'était elle qui en aurait été réduite à se morfondre dans son coin).

Elle frappa trois petits coups secs à la porte. Boon ouvrit et consulta sa liste en bougonnant. Miss Mapp y figurait en bonne et due place : il l'introduisit donc. Après avoir fait claquer la porte derrière elle, il fit une boulette du morceau de papier et la jeta dans la cheminée. Toutes les personnes sollicitées étaient là. Désormais, Boon dévisagerait tout nouveau visiteur non prévu de son œil bovin et lui déclarerait que sa maîtresse était absente.

« Puis-je poser ici mon attirail de peintre, s'il vous plaît, Boon ? demanda Miss Mapp d'un ton patelin. On ne risque pas d'y toucher ? Ce n'est pas encore tout à fait sec. Le porche de l'église... »

Boon laissa échapper une espèce de grognement pareil à celui du cochon tillingote et, tout en reniflant, précéda Miss Mapp d'un pas traînant dans le corridor qui menait au jardin. La compagnie se tenait au grand complet. Sur un coin ombragé de la pelouse on avait installé les deux tables de bridge ainsi qu'un buffet si abondamment garni de friandises de toutes sortes (quel étalage vulgaire !) que Miss Mapp en eut l'eau à la bouche. Elle dut ravaler plusieurs fois sa salive avant de pouvoir arborer un large sourire sec. Isabelle s'avança à sa rencontre.

« Comment va, très chère ? dit Miss Mapp. Quelle bousculade ! Mais vous avez tellement insisté que j'ai réussi à caser ma petite visite.

– Comme c'est aimable à vous, miss Mapp ! » dit Isabelle.

Un affreux soupçon saisit soudain Miss Mapp, atterrée.

« Et madame votre mère ? dit-elle. Où est cette chère Mrs Poppit ?

– Maman à dû se rendre à Londres ce matin. Elle ne rentrera pas avant l'heure du dîner. »

Le sourire de Miss Mapp se replia comme un parapluie que l'on ferme brusquement. Le piège s'était refermé sur elle et elle ne pouvait plus désormais se *torfiler* vers la sortie. Au lieu de dépareiller la seconde table de jeu, elle l'avait complétée.

« Nous sommes donc huit : le compte est bon, dit Isabelle en l'aiguillonnant pour ainsi dire à travers les barreaux de la souricière. On commence par jouer avant de prendre le thé ou bien préférez-vous qu'on serve d'abord le thé ? Qu'en pensez-vous ? »

Des murmures d'impatience assez semblables à ceux que l'on peut entendre près de l'enclos des otaries dans les jardins zoologiques quand approche l'heure où on leur apporte à manger semblaient indiquer une tendance à préférer que l'on commençât par le thé.

Encouragée par la mâle détermination du major et accompagnée par l'approbation archaïsante du Padre, Miss Mapp prit la tête du petit groupe, qui lui emboîta le pas en direction du buffet. Du thé, il y en avait probablement ; mais de toute évidence, il y avait aussi du café glacé, de la bière blonde, de généreux pichets à la panse recouverte de rosée et contenant un liquide pétillant dans lequel flottaient des morceaux de légumes… Toute cette opulence était si vulgaire que, d'un commun accord, tout le monde mordit à l'ouvrage afin d'ôter au jardin son aspect orgiaque. Au demeurant, pour l'instant, rien ne trahissait la présence de marmelade de groseilles glacées à la crème, ce qui était très défrisant…

« Alors, major, comment s'est passée votre golf ? demanda Miss Mapp en essayant de faire contre mauvaise fortune bon cœur. Quelle belle journée ! Les papillons blancs s'en donnaient à cœur joie et… »

Elle réalisa que Diva et le Padre, qui avaient déjà entendu le couplet sur les papillons, étaient à portée de voix… Elle changea de sujet.

« Et qui a gagné ? Je devrais peut-être dire "qui l'a emporté" ? » s'enquit-elle.

La longue moustache du major Flint dégoulinait de bière blonde et il l'essuya d'un rapide coup de langue.

« Eh bien, l'infanterie et la marine ont réglé leurs comptes, dit-il. Et, pour une fois, la marine britannique n'a pas eu le dessus, n'est-ce pas Puffin ? »

Le capitaine, feignant de n'avoir pas entendu, s'éloigna en clopinant vers Irène, l'assiette surchargée et le verre rempli à ras bord.

« Oh ! Mais je suis sûre que le capitaine Puffin aussi s'est démené comme un beau diable », dit Miss Mapp en essayant vainement de couper sa retraite au malheureux vaincu. Elle adorait retenir tous les hommes en cercle autour de sa personne, quitte à les gronder ensuite parce qu'ils négligeaient de deviser avec les autres dames présentes.

« Ma foi, c'est la règle du jeu, dit le major. Ça fait passer le temps, miss Mapp. En fait, nous nous sommes arrêtés au quatorzième trou et nous nous sommes dépêchés de rejoindre une plus aimable compagnie. Et vous-même, qu'avez vous fait toute la journée ? Je parierais que notre bonne fée a effectué des emplettes. Incomparable Titania[1] ! »

Comme l'essentiel de ce qui avait occupé Miss Mapp (à présent que tout le plan qu'elle avait échafaudé pour la réunion de bridge avait fait long feu) se réduisait à l'achat de graisse de rognon et à la récupération d'un sous-vêtement égaré, elle évita d'y faire allusion.

« J'ai fait un peu de jardinage, dit-elle, un peu de peinture et un peu de chant. Je n'ai même pas eu le temps de me changer pour mettre quelque chose de plus présentable. Mais, pour rien au monde, je n'aurais osé arriver en retard au bridge organisé par la délicieuse Isabelle ; je suis donc directement venue de ma séance de peinture. Padre, j'ai essayé de dessiner le beau porche sud, mais quel casse-tête ! Je crois que je vais y renoncer et me contenter de le contempler, tout simplement… Mais c'est votre chère Evie que je vois là ! Comment va, Evie chérie ? »

Godiva Plaistow avait retiré son voile pour cause de mastication, mais dès qu'elle eut mangé tout ce qu'elle pouvait elle se le remit autour de la tête en serrant très fort. La manducation devait s'effectuer d'un seul côté de la bouche ou en ne se servant que des incisives, un peu comme chez les lapins. À présent tout le monde savait qu'on lui avait arraché une dent de sagesse à une heure de l'après-midi (sous chloroforme), et elle pouvait évoquer la chose sans avoir besoin de fournir des détails.

« J'ai rêvé que je jouais au bridge, dit-elle, et que j'avais les as en main. Comme j'abattais le premier, il m'a explosé en pleine figure. Rideau. Du sang. J'espère que tout se réalisera, le sang mis à part. »

Peu après, Miss Mapp faisait équipe avec le major Flint contre Irène et le Padre. Ils commençaient à peine à méditer sur leurs premières donnes quand Boon arriva dans le jardin en titubant

1. Titania, reine des fées dans *Le Songe d'une nuit d'été* de Shakespeare. *(N.d.T.)*

sous le poids d'un énorme cuvier de bois débordant de blocs de glace disposés autour d'un cylindre central.

« Voilà enfin la marmelade de groseilles glacées à la crème », pensa Miss Mapp qui ajouta tout haut :

« Ô misère ! Est-ce bien à moi d'annoncer ? Qu'est-ce que je vais bien pouvoir dire… Sans atout ?

– Défense de consulter son partenaire, Mapp ! » dit Irène en soufflant dans son fume-cigarette pour en expulser le mégot. Comme elle était agaçante avec son franc-parler…

« Je ne consulte pas, très chère, dit Miss Mapp qui commençait à bouillonner. Sans atout. Pas l'ombre du moindre atout. Là !.. À propos, quelle est la mise ?

– Un shilling le cent, dit le Padre en oubliant du coup l'idiome écossais ou la langue archaïque.

– Joueur impénitent, va ! Vous voulez transformer le tronc pour les pauvres en corne d'abondance, Padre », dit Miss Mapp en contemplant son propre jeu avec une satisfaction extrême. S'il n'avait pas compté autant de figures, elle aurait proposé des mises d'un demi-shilling seulement.

Une fois lancées dans une partie de bridge, les dames de Tilling perdaient toute notion des plus élémentaires convenances, qui se trouvaient balayées et supplantées par la haine féroce qui régnait probablement à l'âge de pierre. Les vainqueurs d'une manche déployaient une condescendance exaspérante à l'endroit des vaincus qui, tout frémissants d'amertume, le leur rendaient bien. Miss Mapp ne réussit pas à remplir son contrat (la contribution de son partenaire s'était limitée à accumuler plus de deux et de trois qu'on n'en avait jamais vus réunis), et lorsque la pittoresque Irène lui dit pour finir : « Pas de chance, Mapp ! », les mains de celle-ci tremblaient tellement de colère qu'elle avait du mal à inscrire les points sur la fiche. Mais elle parvint à se maîtriser et répliqua : « Bien aimable à vous de compatir à mon infortune, chère amie. » À quoi Irène répondit par un bref et rocailleux éclat de rire avant de distribuer les cartes.

Pendant ce temps, Boon avait disposé à gauche de chaque joueur une coupe pleine d'un liquide rouge et crémeux à la surface duquel éclataient des bulles de manière intermittente. Isabelle qui, pour cette partie, était le mort, s'était approchée de l'autre table pour s'assurer que tout le monde avait de quoi se restaurer en ces heures de tension. C'était le moment on ne peut plus opportun où Miss Mapp pouvait prendre une cuillerée de cet ersatz de marmelade de groseilles glacées à la crème, et repousser ensuite l'horrible mixture bien loin d'elle en faisant une grimace vite (mais pas trop vite) dissipée par des sourires contraints. Mais la cuillerée qu'elle prit était si délicieuse et si capiteuse qu'elle fut totalement incapable de donner une leçon à Isabelle « pour son bien ». Elle décida de vider plutôt la coupe jusqu'à la dernière goutte, d'un air absent, tout occupée qu'elle était à supputer le nombre d'atouts déjà sortis. La marmelade de groseilles glacées à la crème produisit une impression tout aussi favorable chez le major Flint.

« Ma parole ! dit-il. C'est rudement bon. Et quel rafraîchissement par cette canicule ! C'est gorgé de champagne. »

Devant l'enthousiasme général, Miss Mapp se devait de rendre justice aux droits d'auteur de sa famille concernant cette invention.

« Désolée de vous contredire, cher major, dit-elle. Il n'y a pas même une goutte de champagne là-dedans. Il s'agit de la fameuse marmelade de groseilles glacées à la crème de ma grand-mère paternelle, peut-être agrémentée de quelque ingrédient supplémentaire de mon cru. Pas de champagne : un jaune d'œuf et un peu de crème. Cette chère Isabelle l'a presque réussie cette fois-ci. »

Le Padre s'était juré de faire une levée à carreaux au-dessus de ses moyens. Sa voix trahit sa préoccupation intérieure.

« Et pourquoi ne faudrait-il oncques y verser une larme de champagne ? demanda-t-il. Nonobstant la responsabilité de votre mère-grand quant à son invention… Bon, montrez-moi donc votre jeu, ma commère. Quel spectacle affligeant !

– Pas aussi affligeant que le p'tit compte qu'on va nous régler après le déluge… dit-elle d'un ton non dénué d'un arrière-goût ironique. Mais pourquoi diable… je veux dire, doux Jésus… avez-vous continué alors que je ne suivais pas ? »

Jointe à la certitude que son adversaire avait forcé son annonce, cette unique coupe de marmelade de groseilles glacées à la crème, malgré l'absence de champagne, avait rendu Miss Mapp particulièrement gaie (mais, tout le monde le sait, le jaune d'œuf constitue un puissant stimulant). Tout à coup, la simple évocation des mots « marmelade de groseilles glacées à la crème » lui parut hautement divertissante.

« Marmelade de groseilles glacées à la crème, dit-elle. Quel nom délicieusement rococo ! Je vais dire à ma cuisinière de faire du "magma de groseilles au yoghourt", ou de l'"emplâtre de fraises à la caillebotte"… Ah ! Je crois que c'est à moi de jouer. Un amour de petit as de pique.

– Fichtre ! Du "magma de groseilles au yoghourt" ! dit son partenaire. Sublime ! On ne trouvera pas mieux avant longtemps ! Et deux de pique de mieux.

– *De mieux…* Évidemment ! On ne pouvait s'attendre à rien *de pire* », dit le Padre d'un ton aigre.

Le major ne souffrait pas ce genre de commentaire de la part d'un homme, fût-il d'Église.

« Oh mais, Bartlett ! permettez ! Je dis bien "permettez", rétorqua-t-il. J'annonce deux de pique dans le sens qui me convient et quand j'aurai besoin de votre avis… »

Miss Mapp se pressa d'intervenir.

« Et après mon mignon petit as, voici un roitelet, dit-elle. Et si mon partenaire n'ajoute pas la dame… Exquis ! Je jette encore une carte… Parfait ! Mon partenaire abaisse un petit atout ! Je m'en doutais. Il en faut davantage pour me surprendre. Et m'est avis que le Padre a encore un pique !

– Ah ! Pouah ! » dit le Padre en réfrénant son dégoût.

La partie continua en silence pendant un tour ou deux. Le major profita de l'occasion pour adresser à Boon un signe discret accompagné d'un clin d'œil, et se fit servir une seconde coupe de marmelade de groseilles glacées à la crème.

Les adversaires de Miss Mapp se trouvaient déjà en mauvaise posture et, après une pause pour prendre quelques rafraîchissements, le major menait à trèfle alors que Miss Mapp semblait ne plus avoir de trèfle dans son jeu. Elle se sentait nettement plus heureuse qu'au moment où, en essayant de désorganiser la table d'Isabelle, elle n'avait réussi qu'à la compléter.

« Encore un petit atout, dit-elle en abaissant sa carte pour faire la levée d'une main légère, comme un papillon blanc. Bien utile ce petit atout… »

Elle interrompit soudain le chant de victoire que s'autorisaient les dames de Tilling quand on abaissait des atouts en rafales, car elle venait de découvrir qu'elle tenait encore en main un petit trèfle on ne peut plus inutilisable… Il y eut un moment de silence crispé. Miss Mapp savait qu'elle avait fait une fausse renonce et elle se creusa la tête pour trouver le moyen d'escamoter cette carte tandis que le calme olympien du Padre démontrait à l'évidence qu'il se contentait d'attendre tranquillement l'issue fatale. Elle se produisit fatalement à la dernière levée, et bien que Miss Mapp fît une tentative désespérée pour fourrer l'horrible petit trèfle sous les autres cartes avant de ramasser le tout, le Padre bondit dessus.

« Halte-là, noble dame ! dit-il (il avait à présent recouvré tous ses moyens). M'est avis que vous vous parjurez ! Permettez-moi de vérifier le contenu de la levée d'avant l'antépénultième ! En vérité, je constate que vous avez effectivement coupé l'atout à trèfle naguère. Je l'ai dit et en voici la preuve. Eh bien, mon cher partenaire, c'est un joli succès pour nous ! »

Comme de bien entendu, Miss Mapp nia tout en bloc. Il s'ensuivit une récapitulation vétilleuse des levées successives. Encore tout absorbé par sa marmelade de groseilles glacées à la crème, le major fut le dernier à mesurer l'ampleur du désastre. Il déplora sur-le-champ l'acharnement si peu sportif de ses adversaires.

« Par ma foi, j'aurais cru que lorsqu'on jouait entre amis... dit-il. Bien entendu, Bartlett, vous êtes dans votre droit et le droit c'est la force, n'est-ce pas ? Mais enfin, ma parole, pour une simple livre de chair, vous savez[1]... Je me demande ce qui a bien pu vous pousser à agir de la sorte, ma chère partenaire.

– Mais vous ne m'avez jamais demandé si je n'avais plus de trèfles, dit Miss Mapp d'une voix aiguë, en renonçant un instant à la thèse selon laquelle elle n'avait pas fait d'erreur. Je demande toujours à mon partenaire s'il n'a plus de carte dans la couleur et j'ai toujours soutenu que la responsabilité d'une fausse renonce incombe plus au partenaire qu'à celui qui la fait. Évidemment, si nos adversaires prétendent que...

– Naturellement, Mapp, dit Irène. L'autre jour vous ne m'avez pas fait de cadeau. »

Miss Mapp arbora le sourire le plus suave et le plus outré dont fussent capables les traits éminemment mobiles de son visage.

« Très chère amie, dit-elle, vous ne m'en voudrez pas de vous rappeler qu'en ce moment précis vous êtes le mort et, par conséquent, vous ne devez pas prononcer le moindre mot. Si vous ouvrez la bouche, je déclarerai qu'il n'y a pas eu de fausse renonce, même s'il y en a eu une, ce qui, à mon avis, reste encore à prouver. »

1. Allusion à Shylock dans *Le Marchand de Venise* de Shakespeare. *(N. d. T.)*

La preuve ultime fut fournie par l'examen des cartes. Comme tout le monde, y compris Miss Mapp, s'était rendu compte que celle-ci avait fait une fausse renonce, les adversaires se contentèrent d'entériner la faute et la partie reprit. Comme le bon ton l'exige dans une telle situation, Miss Mapp se drapa dans sa dignité bafouée et affecta une politesse extrêmement hautaine aussi bien à l'endroit de son partenaire que de ses adversaires. La majesté de son maintien s'accentua encore davantage quand, au cours de la partie suivante, le major joua avant son tour. Prompte à réagir, Miss Mapp jeta une carte au hasard dans l'espoir assez fou de faire croire à Irène qu'elle-même venait de jouer.

« Une minute, dit celle-ci. Je joue dans la couleur. Donnez-moi un atout, s'il vous plaît. »

La terrifiante expression d'impératrice outragée disparut soudain du visage de Miss Mapp. Elle laissa échapper un petit rire aigu qui grinça comme un bâton de craie sur une ardoise.

« Mais je n'en ai pas, chère amie ! dit-elle. Cela étant, auriez-vous l'obligeance de me laisser jouer comme je l'entends ? Merci. »

Entre les quatre joueurs s'établit alors ce climat de violente animosité qui règne habituellement à l'approche de la fin d'une partie. On aurait tort d'en conclure qu'ils n'en retiraient pas un immense plaisir. Les émotions fortes sont le sel de l'existence, et la situation, en l'occurrence, ne manquait pas de sel. Chacun annonçait au-dessus de ses moyens et les défausses déclenchaient des vitupérations homériques entre les partenaires malchanceux, ainsi que des assauts d'apitoiements condescendants de la part de leurs adversaires, qui provoquaient chez les perdants une exaspération bien plus vive que leur rage d'avoir perdu. Comme pour pimenter l'issue de cette compétition, un coup de brise, juste à la fin d'une donne, souleva les cartes comme un vol de perdrix. On les récupéra. Tous les jeux étaient complets sauf celui de Miss Mapp auquel il manquait une carte. Le Padre retrouva celle-ci – un as de cœur – dans une plate-bande de résédas odorants, face découverte, et réclama avec véhémence que l'on procédât à une nouvelle donne, arguant du fait que tout le monde l'avait vue. Miss Mapp ne trouva pas les mots pour répondre à cette requête ridicule : elle se contenta de sourire au Padre et reprit son annonce d'atouts comme si de rien n'était...

Seul le major ne participait pas tout à fait à ces péripéties hautement divertissantes. En effet, bien qu'il eût droit à sa part de la colère que tous éprouvaient les uns envers les autres, il conservait une bonne humeur des plus déplacées, se désaltérait abondamment en ingurgitant de la marmelade de groseilles glacées à la crème et, quand il était le mort, il n'avait cure de s'assurer que Miss Mapp réalisât son contrat ou non. À l'autre table, le capitaine Puffin se comportait de manière tout aussi incohérente car on l'entendait rire de sa petite voix de fausset tout aussi ponctuellement qu'on le voyait se resservir au cuvier de marmelade de groseilles glacées à la crème. Et si, pour corser le tout, la mixture contenait vraiment du champagne ? se demanda Miss Mapp... Après tout, cet accès d'hilarité incongrue était peut-être le symptôme d'une ébriété naissante ? Elle reprit donc encore un peu de cette délicieuse décoction.

D'un commun accord, lorsque les deux robres eurent pris fin presque en même temps, on décida de ne pas modifier les équipes (on s'amusait si bien comme ça !). En outre, à la seconde table on ne jouait que six pence le cent. Il eût été très déroutant et très gênant, après avoir pratiqué ces enjeux modestes dans un premier temps, de passer tout d'un coup à des enjeux beaucoup plus élevés. Mais à ce moment, la table de Miss Mapp dut marquer une pause car le Padre devait, peu avant six heures, regagner précipitamment l'église toute proche (ce qui était bien pratique en la circonstance) afin d'y administrer un baptême. Dès que le Padre fut hors de portée de voix, le major fit bien rire tous ses coéquipiers en souhaitant que l'homme d'Église, dans sa confusion, ne baptisât pas l'enfant « Valet de cœur » si c'était un garçon, ou « Reine de pique » si c'était une fille ! Cependant, afin de ne pas froisser la susceptibilité de Mrs Bartlett, cette plaisanterie fine ne fut pas colportée à la table voisine. Toutefois, son auteur se promit mentalement de la répéter au capitaine Puffin en espérant que cela l'aiderait à oublier sa cuisante et onéreuse défaite (une demi-couronne) lors de leur partie de golf matinale. Tout aussi bienvenue fut l'arrivée d'un supplément de marmelade de groseilles glacées à la crème. Un bruit d'explosion dans l'office qui donnait sur la pelouse avait annoncé l'heureuse nouvelle quelques minutes auparavant, et la conviction de Miss Mapp quant à l'absence de champagne s'en trouva d'autant plus ébranlée que cette absence présumée ne confortait en rien la théorie visant à expliquer la bonne humeur si déplacée du major. Miss Mapp suggéra que l'explosion entendue par tous provenait d'une bouteille d'eau gazeuse au gingembre, en grès verni, que l'on débouchait, mais sa voix manquait de conviction. Afin d'en avoir le cœur net, elle reprit une petite gorgée du nouvel arrivage de marmelade et, le visage illuminé d'un grand sourire, fit une généreuse concession :

« Je confesse mon erreur, dit-elle. Il y a là autre chose que du jaune d'œuf et de la crème. Ah ! Voilà Boon. Il va pouvoir éclairer notre lanterne. »

Avec un sourire enjôleur, elle lui fit signe d'approcher.

« Boon, vous allez peut-être me trouver bien curieuse, dit-elle d'un air mutin, mais j'aimerais savoir si d'aventure vous n'avez pas ajouté un soupçon de champagne à cette délicieuse marmelade de groseilles glacées à la crème…

– Une bouteille et demie, mademoiselle, dit Boon d'un ton lugubre, plus une demi-pinte de vieil armagnac. En reprendrez-vous, mademoiselle ? »

Miss Mapp réprima l'indignation soulevée par une telle gabegie tout à fait dans le style des Poppit. Elle poussa un petit gloussement.

« Oh, non ! Merci beaucoup, Boon ! dit-elle. Il ne faut pas que j'en reprenne, bien que ce soit vraiment délicieux ! »

Le major Flint laissa Boon le servir derechef en faisant mine de regarder ailleurs.

« Et c'est donc à votre grand-mère que nous devons ce régal ? demanda-t-il galamment. Voilà qui double notre dette. »

Miss Mapp accueillit ce compliment subtil en l'assortissant d'une réserve.

« Mais sans l'adjonction de champagne, dit-elle. Grand-maman Nap… »

Le major, aux anges, se frappa la cuisse.

« Ah ! Voilà une excellente contrepèterie pour le calepin de Miss Isabelle, dit-il. Miss Isabelle, nous avons une nouvelle… »

Miss Mapp fut très intriguée par ce léger embarras d'élocution car, en règle générale, elle articulait remarquablement bien. La diffusion de cette exquise contrepèterie risquait de lui porter préjudice, quant aux effets secondaires de l'invention de grand-maman Mapp. Mais si le simple fait de tremper ses lèvres dans la marmelade de groseilles glacées à la crème l'avait fait buter sur un mot, à combien plus forte raison cette même marmelade expliquait la bonne humeur du major Flint et l'incoercible hilarité du capitaine Puffin ! Miss Mapp aussi se trouvait d'excellente humeur. Que tout cela était donc agréable !

« Oh, le vilain ! dit-elle au major. Mais taisez-vous donc, de grâce ! Vous dérangez ceux qui jouent. Ah ! Le Padre est de retour ! »

Le jeu venait de reprendre (par bonheur la coupe n'avait pas traîné sur la table) quand apparut Mrs Poppit, de retour de son expédition londonienne. Miss Mapp lui proposa de lui céder sa place à la table de jeu tout en attaquant elle-même la partie sans attendre.

« Vous m'obligeriez vraiment, Mrs Poppit, dit-elle – pas le moindre carreau, cher partenaire ? –, mais, évidemment, si vous n'y tenez pas… Vous avez raté une bien belle réception. Comme on s'est amusé ! »

Elle remarqua tout à coup que Mrs Poppit arborait sur son ample poitrine un petit ruban auquel pendait une petite croix. Tout son capital de bonne humeur s'évanouit et elle sourit de toutes ses dents.

« Inutile de vous demander ce qui vous a appelée à Londres, dit-elle. Toutes nos félicitations ! Et comment se porte notre souverain bien-aimé ? »

La partie en cours prit fin sans tarder, et tandis qu'ils totalisaient les points, un cri aigu jaillit de la table voisine où, selon son habitude, Mrs Plaistow prétendait que, d'après ses propres calculs, ses gains s'élevaient à six pence de plus que le montant indiqué par les autres joueurs. Cette réaction explosive était si ressassée que personne ne leva les yeux ni ne demanda ce qui se passait.

« L'adorable Diva et ses picaillons, Padre, glissa Miss Mapp en aparté. Elle est si réservée dans ses exigences… Tiens, elle s'est arrêtée ! Quelqu'un a dû lui glisser ses six pence. Alors, on ne joue plus ? Ma foi, il se fait peut-être tard et je dois aller souhaiter bonne nuit à mes fleurs avant qu'elles ne replient leurs pétales pour dormir… Comment, tous ces shillings sont pour moi ? Qui l'aurait dit ? »

Escortée par le major Flint d'un côté et le capitaine Puffin de l'autre, Miss Mapp rentra chez elle toute surexcitée, fulminant de rage et rongée de curiosité. Cette surexcitation provenait de ses gains au jeu, de la rage à l'idée que Mrs Poppit avait été décorée, et de la curiosité quant à l'indice qu'elle pensait avoir trouvé pour expliquer les lumières mystérieuses constatées à une heure si tardive aux domiciles de ses chevaliers servants. De toute évidence, le major Flint s'efforçait sans grand succès de ne pas trébucher en évitant les jointures des pavés, tandis que de son côté le capitaine Puffin avançait d'un pas mal assuré. En admettant que même en temps normal il était difficile de marcher sur ces pavés arrondis, Miss Mapp ne pouvait s'empêcher de penser qu'un membre de la ligue antialcoolique s'en serait mieux tiré. Les deux messieurs parlaient en même temps avec bonhomie et beaucoup d'application. Le major Flint se promettait de passer une soirée studieuse qu'il consacrerait à certains chapitres majeurs de son journal intime indien, tandis que le capitaine Puffin entrevoyait la solution rapide au fameux problème de la voie romaine qui l'avait si longtemps intrigué. Tout en adressant leurs *au réservoir* à Miss Mapp sur le pas de sa porte, ils la saluèrent en ôtant leurs chapeaux plus souvent que ne l'exigeait vraiment la politesse due à une dame.

Une fois chez elle, Miss Mapp remit à plus tard les salutations vespérales destinées à ses fleurs et se précipita dans le pavillon du jardin afin d'observer les deux compères. Ils étaient plantés là, au milieu de la rue, et le major Flint, en agitant l'index, semblait lancé dans une discussion fort impressionnante…

Intéressant en soi, le retour de Miss Mapp à la maison avait au fond été assez pénible (on le conçoit aisément) car il éclairait d'un jour nouveau le problème qui la défrisait depuis si longtemps. Mais quel dégoût lui aurait soulevé le cœur si elle s'était attardée avec les autres bridgeurs dans le jardin de Mrs Poppit ! Frais émoulu, ce membre de l'ordre de l'Empire britannique avait affiché un loyalisme bien flagorneur… Elle avait décrit par le menu son arrivée au palais, le trac passager qui l'avait saisie en pénétrant dans la salle du trône, et qui avait disparu comme par enchantement dès qu'elle fut en présence de son souverain.

« Je vous assure qu'il m'a saluée de son plus gracieux sourire, dit-elle, comme si nous nous connaissions depuis toujours, et je me suis donc immédiatement sentie à l'aise. Il m'a adressé quelques mots (quelle belle voix !). Ma chère Isabelle, comme j'aurais aimé que tu fusses là pour l'entendre… Et puis…

– Oh, maman ! Que vous a-t-il dit ? » demanda Isabelle au grand soulagement de Mrs Plaistow et des Bartlett. (Il faut préciser qu'à Tilling, en dépit de la curiosité dévorante qui vous poussait à savoir dans les moindres détails tout ce qui se passait, l'attitude correcte consistait à affecter la plus profonde indifférence pour les personnes qui n'y résidaient pas, quel qu'en fût le rang, et pour tous les événements qui se produisaient hors de ses murs. En particulier, toute marque d'intérêt envers les têtes couronnées et autres personnages en vue était considérée comme une infamie…) Ils faisaient donc tous semblant de regarder ailleurs et de ne prêter aucune attention aux propos de Mrs Poppit. On aurait pu entendre voler une mouche. Sans mot dire, Diva s'empressa de dérouler son voile pour se dégager les oreilles, au risque d'attraper froid au trou laissé dans sa gencive par sa dent arrachée, tant elle était terrifiée à l'idée de perdre une seule syllabe.

« Oui, c'était vraiment réconfortant, dit Mrs Poppit. Il a murmuré quelque chose à un monsieur qui se tenait près de lui (je pense que c'était le chambellan de la Maison du roi), puis il m'a dit combien il avait apprécié le bon travail réalisé à l'hôpital de Tilling, et combien il était tout particulièrement heureux… – c'est à ce moment qu'il a épinglé ma décoration – tout particulièrement heureux de pouvoir y rendre hommage. Eh bien, je trouve vraiment merveilleux de tout connaître sur l'hôpital de Tilling ! Et quelle dextérité ! Il me faudrait sûrement deux fois plus de temps pour fixer une épingle de nourrice. Puis il m'a encore souri avant de me passer (si j'ose dire) à la reine qui se tenait près de lui et qui avait écouté tout ce qu'il disait.

– Et la reine vous a-t-elle parlé, elle aussi ? demanda Diva, impuissante à s'en tenir à l'indifférence de rigueur.

– Elle m'a parlé, en effet. Elle m'a dit : "Je suis si heureuse…", mais je serais incapable de vous décrire tout ce qu'elle a mis dans ces quatre mots. J'ai pu entendre combien ils étaient sincères. Il ne s'agissait pas d'une formule toute faite que l'on prononce sans y réfléchir. Elle était *vraiment* heureuse, et portait le même intérêt que le roi à ce que j'avais fait pour l'hôpital de Tilling. Et la foule à l'extérieur s'étirait dans Pall Mall sur une distance d'au moins cinquante mètres ! Je distribuais des sourires et des courbettes tantôt à droite tantôt à gauche au point d'en attraper le tournis.

– Et le prince de Galles était-il présent ? demanda Diva tout en s'emmitouflant la tête encore une fois. Elle n'avait cure de la foule.

– Non. Il n'était pas là, dit Mrs Poppit, bien résolue à protéger son récit de toute broderie adventice (à la différence de certains qui, comme Miss Mapp, enjolivaient tellement les choses qu'elles en devenaient méconnaissables). Il n'était pas là. M'est avis qu'il avait dû avoir un empêchement de dernière minute, mais je ne serais pas surprise de le voir bientôt. J'ai relevé dans le journal du soir que je lisais en revenant ici, après avoir vu le roi, que le prince de Galles allait séjourner chez lord Ardingly à la fin de cette semaine. Or, quelle autre gare dessert Ardingly Park sinon celle de Tilling ? Bien qu'il s'agisse d'une visite strictement privée, j'ai le sentiment qu'il serait convenable et tout indiqué de me rendre à la gare, ou, en tout cas, de me tenir à la sortie, avec ma décoration. Je n'aurai pas la prétention de le connaître ou de me mettre en avant d'une manière ou d'une autre, dit Mrs Poppit en promenant le doigt sur sa croix, mais après ma visite d'aujourd'hui au palais, Sa Majesté aura très vraisemblablement signalé au prince – sans s'étendre sur les détails, bien entendu – qu'il venait de décorer Mrs Poppit, de Tilling. Et il me semblerait fort maladroit, ayant eu connaissance de la visite du prince, de ne pas me trouver dans les parages pour lui faire ma révérence.

– Oh, maman ! Pourrais-je me tenir à vos côtés ou derrière vous ? » demanda Isabelle, éblouie par la splendeur de cette perspective, et sautillant de joie sur la pelouse…

Tout cela était vraiment lamentable. C'était aussi atroce – sinon pire – que la remarque désastreuse, conservée dans les annales, au sujet de l'impôt supplémentaire. Comme frappés de catalepsie partielle, les hôtes de Mrs Poppit se figèrent sur place. Tels des postes de TSF incomplets, ils pouvaient encore capter des messages mais sans pouvoir en émettre. Ils captèrent donc ces impressions, de même qu'ils continuèrent de capter (comme des automates) un surcroît de chocolats, de sandwichs et tous les rafraîchissements qui garnissaient encore le buffet. Mais nul n'intervint pour empêcher Mrs Poppit de se fourvoyer plus avant. Comme on l'a déjà signalé, une des bonnes raisons qui les retenaient était leur ardent désir de la voir se fourvoyer jusqu'à la dernière limite possible car s'il existait une qualité – parmi tant d'autres – dont s'enorgueillissait Tilling, c'était sa totale immunité contre toute forme de snobisme. Certes, dans le grand monde qui préoccupait si peu Tilling il y avait des rois, des reines, des ducs et des membres de l'ordre de l'Empire britannique ; mais chaque Tillingote savait qu'il ou elle (elle surtout) les valait bien, et valait même mieux qu'eux, puisqu'il (ou elle) avait l'avantage de résider à Tilling… Et s'il existait au monde un comportement qu'exécrait Tilling, c'était qu'on le considérât de haut, comme cette femme qui leur déclarait ce qui était convenable et tout indiqué de faire, en tant que Mrs Poppit de Tilling (membre de l'ordre de l'Empire britannique), lors de la brève visite de l'héritier présomptif le samedi suivant. Les autres (cela était sous-entendu dans les propos de Mrs Poppit) pouvaient agir à leur guise car ils ne comptaient pas, mais *elle*… elle devait porter sa croix et faire sa révérence.

Quant à Isabelle, en exprimant ouvertement son désir de se tenir aux côtés de sa mère – ou même derrière – en cette circonstance dégradante, elle avait montré qu'elle en était la digne fille.

Mrs Poppit n'avait plus rien à dire sur ce chapitre. Effectivement, se dit Diva, qu'aurait-elle pu ajouter ? Suggérer qu'à l'avenir tout le monde s'inclinât pour lui faire la révérence ?

En accompagnant ses hôtes à la porte, la maîtresse de céans exprima l'espoir qu'ils avaient apprécié le bridge auquel un cas de force majeure l'avait empêchée de participer.

« Mais mon absence a permis d'accueillir Miss Mapp, dit-elle. Je n'aurais pas aimé que cette pauvre petite Miss Mapp se sentît exclue. Je suis toujours heureuse de lui faire plaisir. J'espère qu'elle a gagné. Elle a horreur de perdre. Quelqu'un reprendra-t-il un peu de marmelade de groseilles glacées à la crème ? Boon l'a honnêtement réussie aujourd'hui. C'est une recette écossaise que je tiens de mon arrière-grand-mère… »

Diva laissa échapper un petit ricanement tout en s'enveloppant de son voile. Elle avait entendu Miss Mapp demander ironiquement des nouvelles du roi, et elle avait alors regretté qu'elle se permît cette remarque.

La vie mondaine de la bonne société de Tilling se signalait donc par la haine déclarée de tout snobisme et par l'immunité qui l'en protégeait. Néanmoins le passage attendu du visiteur de marque dans la ville, le samedi suivant, fut très promptement connu, et, avant que les dames eurent rempli la moitié de leurs paniers d'osier au cours de leurs emplettes matinales, la nouvelle s'en était répandue jusque dans les coins les plus reculés. Mrs Plaistow la répéta au major Flint en route pour prendre le tram de onze heures vingt qui devait l'emmener au terrain de golf et, bien qu'il disposât de très peu de temps (le travail de révision de son journal la nuit précédente avait eu pour conséquence de lui faire prendre son petit déjeuner à une heure anormalement tardive, et il souffrait en outre d'un terrible mal de tête probablement dû au surmenage), il s'était arrêté pour bavarder avec Miss Mapp juste après, tout en surveillant sa montre du coin de l'œil. Il ne pouvait évidemment lui claironner ce genre de nouvelle de but en blanc, comme s'il se fût agi d'une affaire de la plus haute importance.

« Bonjour, chère amie, dit-il. Par ma barbe ! Vous respirez fraîcheur et santé ! »

Miss Mapp jeta un coup d'œil à son panier pour s'assurer que le papier d'emballage dissimulait bien l'article de lingerie que la blanchisseuse avait retrouvé (la perfide ne l'avait probablement jamais égaré et avait « essayé » de l'avoir – au sens figuré, bien entendu).

« Tôt couchée, tôt levée, major, dit-elle. J'ai observé le réveil de mes fleurs ce matin ! Quelle belle rosée !

– Eh bien, pour ma part, mon journal m'a tenu éveillé jusqu'à une heure avancée de la nuit, dit-il. Ce n'est qu'après votre départ, ô femmes enjôleuses, que je peux m'y mettre.

– Permettez-moi de vous recommander le matin entre six heures et huit heures, major, dit Miss Mapp d'un air docte. C'est alors que l'on dispose de toute sa fraîcheur d'esprit. »

La conversation s'égarait vers une impasse. Le major tenta une bifurcation pour la réorienter sur le sujet crucial.

« Eh bien ! Hier soir on s'est battu comme des lions au bridge, dit-il. Je viens de croiser Mrs Plaistow. Après notre départ elle s'est attardée chez Mrs Poppit pour faire un brin de causette.

– Cette chère Diva ! Elle adore les commérages, dit Miss Mapp avec effusion. Elle s'intéresse tellement aux affaires des autres… Quel bon cœur ! Je parie que notre chère hôtesse lui a raconté toutes ses aventures au palais. »

Le tram partait dans sept minutes et, malgré l'occasion peu propice, il fallait s'en contenter. En outre, le major aperçut

Mrs Plaistow déboucher dans la Grand-Rue de son pas énergique.

« Oui, et nous n'avons pas fini d'entendre parler de… de têtes couronnées, dit-il en crachant avec peine les termes répugnants. Le prince de Galles transitera samedi par Tilling pour se rendre à Ardingly Park où il passera la journée de dimanche. »

Rien ne trahit le moindre intérêt dans l'expression de Miss Mapp.

« Grand bien lui fasse, dit-elle. Il aura ainsi un rapide aperçu de notre beau petit Tilling.

– Assurément !… Et à présent il faut que je vous quitte pour aller disputer ma partie de golf. Qui sait ? La marine se montrera peut-être plus efficace aujourd'hui…

– Oh ! Je ne doute pas que vous vous défendiez vaillamment l'un et l'autre ! » dit Miss Mapp.

Diva avait *fait un saut* chez l'épicier. Ces derniers temps, elle passait son temps à *faire un saut* partout : elle *faisait un saut* en face pour rendre visite à des amis ; elle faisait ensuite *un saut* à son propre domicile ; le dimanche, elle faisait *un saut* à l'église, et il lui arrivait de temps en temps de *faire un saut* à Londres… Miss Mapp commençait à penser que quelqu'un devait se dévouer pour lui faire comprendre, clairement ou d'une manière détournée, qu'elle faisait trop de *sauts*. Aussi, jugeant le moment favorable, elle se mit à lire les placards affichés à l'extérieur de la papeterie en attendant que Diva fît un *saut* pour ressortir de l'épicerie.

Son esprit avait du mal à saisir le message des manchettes – même imprimées en gros caractères – tant elle était absorbée par d'autres préoccupations. Certes, il fallait d'abord s'assurer par quel train le prince…

Diva déboula d'un trottoir à l'autre.

« Bonjour, Élisabeth, dit-elle. Vous nous avez quittés trop vite hier soir. Vous avez vraiment manqué quelque chose. Le sourire du roi ! Le moment où la reine a dit "Je suis si heureuse".

– Notre hôtesse raffole de ce genre de choses, dit Miss Mapp l'air pensif. Elle aussi a dû être très heureuse. Elles ont dû être heureuses tant l'une que l'autre. Elles sont bien faites pour s'entendre.

– À propos, samedi prochain… commença Diva.

– Oui, je sais, chère amie, l'interrompit Miss Mapp. Le major Flint me l'a dit. Ça avait l'air de l'intéresser. Et à présent, je dois *faire un saut* à la papeterie… »

Diva n'avait vraiment pas l'esprit rapide.

« J'y *fais un saut* moi-même, dit-elle. Dois me procurer un horaire des chemins de fer. »

Pour rien au monde, fût-ce sous la torture, Miss Mapp n'aurait avoué que c'était précisément ce qu'elle-même voulait se procurer.

« Je n'ai besoin que d'un peu de papier réglé, dit-elle. Tiens ! Cette chère Evie vient de *faire un saut* à la papeterie où nous nous apprêtions nous-mêmes à *faire un saut* ! Bonjour, charmante Evie ! Encore une belle journée ! »

Mrs Bartlett fourra au fond de son panier quelque chose qui ressemblait fort à un horaire des chemins de fer. Avec sa petite voix précipitée et à peine audible (comme si elle craignait des oreilles indiscrètes), elle avait tout d'une petite souris. Sous l'effet de l'enthousiasme, elle poussait des couinements aigus.

« Excellent pour les moissons, dit-elle. C'est si important d'avoir de bonnes moissons ! J'espère qu'il fera beau dimanche prochain. Ce serait dommage qu'il pleuve. Nous nous demandions, Kenneth et moi, ce qu'il conviendrait de faire s'*il* venait assister à l'office… Tiens, voilà Kenneth justement ! »

Elle s'interrompit brusquement comme si elle craignait d'avoir manifesté trop d'intérêt pour le samedi et le dimanche à venir. En venant à sa rescousse, Kenneth s'en tirerait mieux qu'elle.

« Ah ! Noble dame ! s'exclama-t-il. Vous faisiez un brin de causette avec ma tendre épouse ? Quoi de neuf par ce beau matin ?

– Rien de neuf, cher Padre, dit Miss Mapp en découvrant ses gencives. En tout cas, je n'ai rien entendu d'intéressant. Je ne peux que vous donner des nouvelles de mon jardin. Que de belles roses épanouies aujourd'hui ! Le ciel les bénisse ! »

Comme Mrs Plaistow avait *fait un saut* dans la papeterie, le faux témoignage passa inaperçu.

Le Padre était réputé pour son sens diplomatique. En l'occurrence, il voulait laisser entendre que rien de ce qui pourrait survenir le samedi ou le dimanche suivants ne suscitait chez lui le moindre intérêt. En réalité, il n'avait presque pas fermé l'œil de la nuit… Fallait-il, en certaines circonstances, s'incliner au début et à la fin du sermon ? Devait-il accueillir le visiteur au porche ouest ? Fallait-il informer le maire ? Choisir des psaumes particuliers ?…

« Eh bien, noble dame, dit-il. Le bruit court selon lequel le prince de Galles compte passer la journée de dimanche à Ardingly. En fait, je suppose qu'il transitera par Tilling dans l'après-midi de samedi… »

Miss Mapp, le doigt sur le front, parut essayer de rassembler ses souvenirs.

« Oui, effectivement, quelqu'un a dû me le dire, avoua-t-elle. C'est probablement le major Flint. Mais lorsque vous avez demandé des nouvelles, j'ai cru que vous pensiez à quelque chose qui aurait pu m'intéresser… Eh alors, Padre ?…

– Ma foi, supposez qu'il vienne assister à l'office dominical…

– Mon cher Padre, dans ce cas je gage qu'il entendra un fort beau sermon. Mais, je vois à présent où vous voulez en venir ! Faut-il prévoir de chanter un cantique particulier ? Ce n'est pas à moi qu'il faut le demander, mon pauvre ami ! Adressez-vous plutôt à Mrs Poppit. Familière du Gotha, elle est très férue d'étiquette. »

Diva était à présent de retour après avoir *fait un saut* à la papeterie.

« Épuisée, annonça-t-elle. Tout le monde voulait des horaires de chemins de fer ce matin. Evie vient de rafler le tout dernier. Dois passer à la gare.

– Je vous y accompagne, ma chère Diva, dit Miss Mapp. Je dois retirer un colis qui... Bonne journée, chère Evie, *au réservoir.* »

Elle envoya un baiser de la main à Mrs Bartlett et, au Padre, les dernières traces du sourire qui s'estompait de son visage.

Miss Mapp était à ce point plongée dans ses pensées, alors qu'elle vaquait aux soins de ses douces fleurs par ce bel après-midi, qu'elle accorda à peine un regard distrait à une *nigelle de Damas* qu'elle arracha par mégarde en lieu et place d'une souche de séneçon, sans que son cœur saignât à la perte d'une de ses douces fleurs. Selon toute vraisemblance, *il* pouvait arriver soit par le train de quatre heures quinze (ce qui lui permettrait d'être à Ardingly pour le thé), soit par celui de six heures quarante-cinq. Elle était fermement décidée à le voir mais, plus inflexible encore que cette décision, un postulat quasiment euclidien excluait que quiconque à Tilling pût la soupçonner de rien entreprendre pour passer à l'acte. Pour l'instant, elle avait égaré tout soupçon en affectant une indifférence olympienne à l'endroit de tout événement susceptible de se produire samedi ou dimanche. En revanche, elle demeurait intimement persuadée qu'en dépit de l'attitude publique affichée par Tilling, tous les autres avaient pris la même décision qu'elle.

Voir sans être vue, tel était le problème qui l'obsédait. Bien qu'à l'arrivée du train de quatre heures quinze, elle pût se tenir dans le virage qui obligeait toutes les automobiles à ralentir devant la gare, il n'était pas question de s'y risquer à nouveau à six heures quarante-cinq précises, au vu et au su de tous. Mrs Poppit, avec son snobisme éhonté, allait à coup sûr monter la garde, avec sa croix sur la poitrine, à l'arrivée du second train *s'il* ne descendait pas du premier, et Isabelle allait sautiller sur place à ses côtés (ou derrière elle). En fait, et aussi atroce qu'en fût la perspective, elle pensait à contrecœur que le Tout-Tilling allait faire le pied de grue sur la petite place de la gare…

C'est alors qu'elle eut une idée si lumineuse que, flanquant dans le panier à mauvaises herbes la nigelle de Damas malencontreusement arrachée au lieu de la replanter, elle regagna la maison en toute hâte, grimpa jusqu'au grenier, et de là *fit un saut* sur le toit (c'était vraiment un *saut* car, pour se frayer un passage à travers la trappe d'accès assez exiguë, elle dut faire un violent effort qui la fit littéralement jaillir sur la toiture). Effectivement, de ce mirador domestique, on voyait la gare, et si le train de quatre heures quinze jouissait de la faveur princière, une automobile y attendrait certainement l'illustre passager pour le conduire à Ardingly Park. Miss Mapp pouvait s'en assurer du haut du toit. Elle aurait alors tout le temps de dévaler la colline pour aller chez le marchand de charbon à l'angle du virage en épingle à cheveux devant la gare. Là, elle demanderait, sur le ton péremptoire dont elle avait l'habitude, quand diable on allait lui livrer le charbon pour son chauffage central. Elle en attendait la livraison d'un jour à l'autre, et bien qu'il eût été malheureux qu'on le lui livrât avant samedi, il lui resterait alors la ressource de substituer un sourire à son ton péremptoire en prétendant que Withers ne l'en avait pas informée. Miss Mapp avait horreur du mensonge mais, en cas de force majeure… Si aucune automobile en provenance d'Ardingly Park n'attendait le train de quatre heures quinze, elle n'aurait pas à courir le risque d'être vue près de la gare. Il lui suffirait alors de remonter à son poste d'observation quelques minutes avant l'arrivée du train de six heures quarante-cinq. *Il* ne pouvait emprunter aucun autre train…

Les deux ou trois jours suivants n'ajoutèrent aucun développement notable à la situation. Toutefois, le flair exercé de Miss Mapp lui révéla l'existence de manœuvres occultes et souterraines. Il lui semblait détecter des bruits sourds, un travail de sape et, en quelque sorte, le silence oppressant et insolite qui précède une explosion. D'un bout à l'autre de la Grand'Rue, elle remarqua que ses amis échangeaient des propos chuchotés à la dérobée et cessaient brusquement de parler à son approche. Le caractère dissimulé de ces petits colloques prouvait clairement qu'ils avaient trait au samedi après-midi suivant. Après l'accueil glacial qu'elle avait réservé à l'annonce de la grande nouvelle, comment expliquer autrement qu'on la tînt à l'écart de tout projet entaché de snobisme ? Elle aurait évidemment aimé savoir quelle ligne de conduite Diva, Irène et cette chère Evie avaient l'intention d'adopter, mais leur silence à toutes les trois montrait bien, en tout cas, qu'elles considéraient Miss Mapp comme tout à fait étrangère et bien au-dessus de toute cette affaire. Elle soupçonnait également le major Flint d'avoir succombé à cette lubie si peu tillinguesque car en passant, vendredi après-midi, devant sa porte (on avait négligé de la fermer), elle l'avait vu planté devant la glace du vestibule, juché sur le crâne d'un de ses tigres-carpettes afin de mieux s'admirer et tout occupé à essayer un huit-reflets. Elle se rendit alors chez le marchand de tissus où elle fit emplette d'une bonne longueur de joli galon bleu pâle ainsi que de ruban assorti pour parachever un travail de couture laissé en plan.

À cette heure inhabituelle et judicieuse pour faire des courses, la Grand'Rue était vide naturellement. Après un moment d'hésitation et force coups d'œil anxieux jetés à droite et à gauche, Miss Mapp fonça dans la boutique du marchand de jouets et y acheta un ravissant petit pavillon britannique, monté sur un court manche. Elle dit explicitement à Mr Dabnet qu'il s'agissait d'un cadeau destiné à son neveu et le camoufla discrètement dans son ombrelle pliée où rien ne trahissait sa présence…

Le samedi après-midi à quatre heures, elle se souvint que l'eau avait filtré dans le plafond de sa chambre à coucher l'hiver précédent et dit à Withers qu'elle allait vérifier si quelque tuile n'avait pas été descellée. Afin d'exclure tout doute possible, elle franchit la trappe en emportant une paire de jumelles grâce auxquelles elle pourrait identifier aussi toute personne qui se tiendrait sur l'esplanade de la gare. Comme elle scrutait le site, elle aperçut Mrs Poppit et Isabelle qui traversaient l'esplanade en direction des guichets et de la salle d'attente. Elle fut surprise de constater qu'il n'y avait pas davantage d'amis sur la place, mais au même moment elle entendit un « Kwaï-haï » retentissant dans la rue, à ses pieds. En se penchant prudemment par-dessus le parapet, elle distingua très nettement le major en redingote et chapeau haut de forme. Un « Ohé ! laïtou ! » lui fit écho et il fut rejoint par le capitaine Puffin vêtu d'un complet neuf (Miss Mapp en aurait mis sa main au feu) et coiffé d'un panama. Ils descendirent la rue de concert et tournèrent à l'angle… Au-delà du croisement déboucha en trombe la délicieuse Diva. En attendant de les voir réapparaître sur l'esplanade de la gare, Miss Mapp examina les véhicules qui y étaient stationnés. Il était déjà quatre heures dix et les automobiles d'Ardingly auraient dû être là, à supposer que *quelque chose* fût prévu à quatre heures quinze… Mais le seul et unique véhicule présent était une camionnette découverte chargée d'un piano enveloppé d'une housse. Miss Mapp savait tout de ce piano (Mrs Poppit, avant sa visite au palais de Buckingham, ne parlait presque que de son nouveau Blüthner droit) mais, cela mis à part, elle ne réfléchit pas longtemps pour trouver évident qu'une camionnette de livraison chargée d'un piano constituait un moyen de transport peu vraisemblable pour un hôte, quel qu'il fût… Elle prolongea un peu sa surveillance, mais, comme personne d'autre n'arrivait, elle en conclut que les pauvres badauds baguenaudaient dans la rue voisine et décida de reporter à plus tard sa démarche auprès du marchand de charbon.

Elle prit le thé tout en arrangeant des fleurs sur la fenêtre de son pavillon et eut bientôt la satisfaction de voir une bonne partie des loyalistes bredouilles regagner leurs foyers en traînant la patte. Il n'y avait rien d'autre à faire que de sourire en frappant au carreau et d'envoyer des baisers de la main. Ils savaient tous qu'elle s'était occupée de ses fleurs et qu'elle n'ignorait pas d'où ils revenaient… Vers six heures et demie, ils se remirent tous en route et, quand elle eut vu le dernier disparaître au bas de la rue, elle grimpa de nouveau à toute vitesse sur le toit afin de procéder (à l'aide de ses jumelles) à une ultime inspection des tuiles descellées. Inspection palpitante mais brève. Une voiture s'avança devant la porte de la gare. L'air était si limpide et ses jumelles si pratiques que Miss Mapp pouvait distinguer les armoiries si vulgaires peintes sur les portières de la voiture. Mrs Poppit et Isabelle traversèrent l'esplanade en courant. En un tournemain Miss Mapp enfila son cache-poussière bordé de galon bleu, noua son chapeau garni de ruban bleu et saisit l'ombrelle contenant le pavillon britannique soigneusement roulé. Le manche du drapeau était dirigé vers le haut ; elle pouvait donc le dégager en moins d'une seconde.

Elle avait évalué au plus juste le temps nécessaire pour débarquer sur les lieux. Comme elle atteignait le virage en épingle à cheveux devant la gare (là où ralentissaient les voitures et où se trouvait le bureau du marchand de charbon), le train entra en gare. Près de la barrière de l'esplanade se tenaient le major en haut-de-forme, le capitaine en panama, Irène vêtue d'une jupe décente, Diva portant une toute nouvelle robe et le Padre avec sa petite femme. Tous regardaient vers la gare, ce qui permit à Miss Mapp d'entrer chez le marchand de charbon sans être vue. Bizarrement, le charbon avait été livré trois jours auparavant et le ton péremptoire ne se justifiait plus.

« Merci, Mr Wootten ! Vous m'avez bien rendu service, dit-elle. Mais pourquoi y a-t-il tant de badauds par ici cet après-midi ? »

Mr Wootten lui en expliqua la raison et Miss Mapp, l'ombrelle bien en main, ressortit au moment où l'automobile quittait la gare. Elle jugea qu'il y avait trop d'amis dans les parages pour exhiber le pavillon britannique, et qu'elle avait vu ce qu'elle désirait voir. Aussi décida-t-elle de se retirer discrètement. Le major, le capitaine et le Padre s'inclinaient déjà respectueusement, le chapeau à la main, tandis qu'Irène, Diva et Evie effectuaient des petits plongeons grotesques. Miss Mapp était résolue, quand viendrait son tour, à leur montrer comment faire une révérence digne de ce nom.

Une fois la voiture parvenue à sa hauteur, Miss Mapp ploya si bas le genou qu'elle ne parvint pas à se relever, perdit l'équilibre et se retrouva assise par terre. Son ombrelle lui échappa des mains et le pavillon britannique en jaillit. Elle aperçut un jeune homme en uniforme kaki à la portière, un large sourire aux lèvres (mais pas exactement un sourire courtois, pensa Miss Mapp). Elle eut soudain le sentiment que, mise à part sa propre contribution à toute cette affaire, quelque chose clochait. Le jeune homme rentra la tête dans la voiture d'où fusèrent des rires sonores.

Mr Wootten aida Miss Mapp à se relever et ses amis l'entourèrent, en osant espérer qu'elle ne s'était pas fait mal.

« Non, mon cher major ! Ce n'est rien, cher Padre ! Rien du tout, Dieu merci ! dit-elle. Comme c'est stupide, je me suis tordu la cheville… Ah, oui ! C'est le petit drapeau que j'ai acheté pour mon neveu dont c'est demain l'anniversaire. Merci ! J'étais simplement venue pour ma commande de charbon. Évidemment j'étais persuadée que le prince était arrivé lorsque vous êtes tous descendus à sa rencontre au train de quatre heures quinze. Et dire que je me suis soudain trouvée propulsée au beau milieu de tout ce remue-ménage ! Comme il avait bonne mine ! »

Tout cela sonnait assez faux et Miss Mapp accueillit l'arrivée de Mrs Poppit (qui s'était attardée près de la gare) comme une diversion salutaire… Mrs Poppit avait l'air vexé.

« Après avoir assisté à l'arrivée de deux trains et avoir pris toute cette peine, j'espère que vous l'avez bien vu, insinua Miss Mapp…

– Qui bien vu ? demanda Mrs Poppit en bafouant lamentablement et le code des bonnes manières et celui de la grammaire. Voyons… – la lumière sembla irradier soudain son odieuse silhouette – voyons, Miss Mapp, vous n'avez tout de même pas cru qu'il s'agissait du prince, non ? Le chef de gare vient de me dire qu'il est arrivé ici à une heure et qu'il a joué au golf tout l'après-midi. »

Le major regarda le capitaine qui le regarda à son tour. Depuis de longs mois ils n'avaient pas joué au golf le samedi après-midi.

« Je maintiens que c'est bien le prince de Galles que j'ai vu à la portière de la voiture, déclara Miss Mapp d'un ton ferme. Quel agréable sourire !… Je le reconnaîtrais entre mille.

– Le jeune homme qui a pris place dans la voiture n'est pas plus prince de Galles que vous (ou moi), dit Mrs Poppit d'une voix perçante. J'étais tout près de lui quand il est sorti et je lui ai fait la révérence avant de m'apercevoir que je m'étais trompée. »

Miss Mapp changea sur-le-champ de tactique. Elle pouvait difficilement conserver son sourire tant elle bouillonnait.

« Comme c'est fâcheux de votre part ! dit-elle. Comme ils ont dû se gausser de vous, tous en chœur ! Ah, c'est savoureux ! »

Le visage de Mrs Poppit se nimba tout à coup d'une expression de tendre sollicitude.

« J'espère que vous ne vous êtes pas fait mal en vous asseyant sur la route il y a un instant, dit-elle.

– Pas le moins du monde, merci beaucoup », dit Miss Mapp dont le cœur battait la chamade… Si elle avait disposé d'un canon de quinze pouces, et qu'elle avait su s'en servir, elle aurait volontiers fait feu à bout portant, avec l'intime réconfort du devoir accompli, sur le membre de l'ordre de l'Empire britannique, et sur quiconque se fût trouvé à portée de tir…

Il restait, bien entendu, toutes les bonnes occasions que réservait la journée de dimanche. On n'avait jamais vu les sièges du chœur latéral, avec leur vue imprenable sur la première rangée de la nef, afficher complet comme ce jour-là, mais vu l'inutilité de tout cela, le major Flint et le capitaine Puffin quittèrent l'église pendant le sermon pour attraper le tram de midi vingt qui les amena au terrain de golf. Par cette belle journée, il était bien normal que la promenade si agréable à travers les paluds attirât tant de monde. Dans l'après-midi, les joueurs de golf eurent fort à faire pour éviter d'éborgner les dames de Tilling qui surgissaient à chaque instant derrière une dune ou un bunker, alors que, sans prêter la moindre attention aux joueurs, elles exécutaient des attaques de flanc dans tous les sens. Miss Mapp rentra épuisée à l'heure du thé pour s'entendre dire par Withers que le prince avait passé une heure ou plus à parcourir les rues de la ville au hasard de la promenade, en s'arrêtant cinq bonnes minutes dans le coin, au pied du pavillon du jardin. Il s'était même assis sur les marches de Miss Mapp pour fumer une cigarette. Elle se demanda si le mégot y traînait toujours : elle avait horreur de trouver des mégots souillant son perron. Souvent, par le passé, elle avait chargé sa bonne de faire disparaître ces reliques disgracieuses quand s'attroupaient les artistes amateurs. Elle procéda à une inspection minutieuse pour aboutir, à contrecœur, à la conclusion qu'il n'y avait rien à faire disparaître…

III

Installée dans son salon près de la fenêtre ouverte donnant sur la Grand'Rue, Diva découpait à l'aide de ciseaux à ongles bien affûtés des rideaux de cretonne imprimée dont le grand âge faisait dire à sa bonne qu'ils ne « valaient pas d'être raccommodés ». Puisqu'ils refusaient de rendre service moyennant raccommodage, Diva entendait les contraindre à un autre usage en joignant l'utile à l'agréable par-dessus le marché. Les motifs imprimés que Diva s'était mise à découper représentaient des petits bouquets de roses thé émergeant d'une treille. À Tilling, les dames les plus élégantes avaient la réputation de rénover leurs garde-robes à bon compte en y apportant des modifications judicieuses et pittoresques, mais Diva avait beau solliciter sa mémoire : personne n'avait jusqu'alors pensé à *ça*.

La chaleur ayant persisté jusqu'à la mi-septembre, et rien ne laissant encore présager l'approche de l'hiver, il serait agréable d'arborer une tenue inédite juste à la fin de l'été, au grand dam des autres dames, avant la saison des chandails, des jupes épaisses et des grosses écharpes de laine. Diva se disposait donc à recouvrir de ces jolies roses le large col et les poignets de la veste blanche en toile légère qu'elle portait sur son chemisier. La même décoration ornerait la ceinture, voire le bord inférieur de la jupe, si le nombre des motifs découpés encore utilisables le permettait. Elle avait déjà envoyé la veste et la jupe chez le teinturier qui, en un jour ou deux, substituerait un violet somptueux au blanc d'origine. Elle pourrait alors procéder à l'application de ces centaines de petits bouquets de roses.

Une bande de cretonne intacte, avec les roses et leur fond de treillage, pourrait servir à recouvrir la ceinture, mais le col et les poignets de la veste (ainsi que le pourtour de la jupe, si le nombre de bouquets utilisables le permettait) devaient être parsemés de petits bouquets de roses découpés un à un. Diva avait fait un essai pour juger de l'effet. À l'en croire, nul n'aurait pu deviner la provenance de ces bouquets. Une fois soigneusement cousus on pouvait croire qu'ils faisaient partie intégrante du tissu.

Diva laissa tomber les roses excisées sur la banquette encastrée dans la fenêtre et, lorsqu'il y en eut trop, elle les fourra dans une boîte en carton. En dépit du zèle diligent qu'elle mettait à l'ouvrage, elle surveillait du coin de l'œil les mouvements de la rue car c'était l'heure des emplettes et le spectacle en valait la peine. Son esprit de déduction était loin d'égaler celui de Miss Mapp, orfèvre en la matière, mais sa mémoire était redoutable et cela faisait trois matins d'affilée que celle-ci se rendait chez l'épicier. N'était-il pas bizarre d'aller aussi souvent chez l'épicier alors que la plupart des gens se contentaient d'y faire deux visites par semaine ? La rue étant en contrebas du salon où elle se trouvait, Diva pouvait facilement plonger le regard dans le panier d'Élisabeth. Rien dans celui-ci ne provenait de chez l'épicier car il ne contenait qu'une petite bouteille enveloppée de papier scellé à la cire. Diva n'avait besoin des lumières de personne pour savoir que ce flacon venait de la pharmacie et qu'il n'était pas sans rapport avec les suites inconfortables d'un excès de prunes…

Miss Mapp traversa la rue et emprunta le trottoir qui longeait la maison de Diva. Au moment où elle y posa le pied, la bonne de celle-ci ouvrit la porte du salon pour lui apporter la seconde distribution du courrier (ou plutôt pour l'informer que la seconde distribution ne comptait aucun courrier pour elle). Cette porte ouverte laissa échapper un courant d'air qui fit voler, tels de légers papillons, les bouquets de roses découpés qui jonchaient la banquette. Diva parvint à en saisir la plupart au vol mais deux d'entre eux s'échappèrent par la fenêtre ouverte. À cet instant précis, et pas avant, Miss Mapp leva les yeux. L'un des deux bouquets se plaqua sur son visage tandis que l'autre tomba dans son panier. L'esprit prompt, comme d'habitude, elle les fourra dans son gant sans s'attarder à les examiner sur-le-champ, mais en se promettant bien de leur consacrer plus tard toute l'attention requise. Elle savait simplement qu'il s'agissait de petites roses thé et qu'elles s'étaient envolées par la fenêtre de Diva…

Elle s'arrêta sur le trottoir et se souvint que Diva n'avait pas encore fait amende honorable à propos de la pièce d'étoffe en laine peignée, et qu'elle faisait plus de *sauts* que jamais. D'une manière ou d'une autre, Diva méritait donc une bonne leçon. Par bonheur, Miss Mapp songea instantanément à un sujet brûlant susceptible de la mettre sur le gril. La rue était pleine de monde. Ce serait gentil de l'appeler par la fenêtre ouverte, au lieu de déranger la pauvre Janet qui avait toujours du pain sur la planche. (Diva n'avait que deux domestiques mais, comme dit l'autre, pauvreté n'est pas crime…)

« Diva chérie ! » roucoula-t-elle.

La tête de Diva jaillit comme un coucou de la Forêt-Noire qui s'apprête à carillonner l'heure.

« Salut ! dit-elle. C'est moi que vous voulez ?

– Puis-je *faire un saut* un tout petit instant, chère amie ? demanda Miss Mapp. Si vous n'êtes pas trop occupée, bien entendu…

– Allez-y, *sautez* ! » répliqua Diva. Elle comprenait parfaitement que Miss Mapp utilisait le mot « saut » entre guillemets sarcastiques, en quelque sorte, et uniquement pour la contrefaire. Elle contre-attaquait donc en l'utilisant à tire-larigot.

« Je vais dire à ma bonne de *faire un saut* en bas pour vous ouvrir », lança-t-elle.

Entretemps, Diva rassembla ses rideaux de cretonne et les rangea en vrac dans son armoire à ouvrage avec les bouquets de roses déjà découpés. Il était essentiel de mener ces travaux de décoration dans le plus grand secret. Mais afin de donner l'impression qu'elle vaquait à ses occupations le plus naturellement du monde, elle ressortit l'écharpe de laine qu'elle tricotait pour l'automne et l'hiver en oubliant sur le moment – fatale distraction – que la bande garance dont elle attaquait alors le bout était de ce tissu de laine peignée qu'elle s'était approprié par félonie, selon Miss Mapp. Celle-ci n'oubliait jamais ce genre d'incident. Même quand elle s'occupait de ses douces fleurs. Son regard tourna sur l'objet du litige dès qu'elle eut franchi la porte du salon, et elle s'assura que les deux roses en cretonne étaient bien à l'abri au fond de son gant.

« J'ai pensé que j'aurais le temps de *faire un saut* rapide en sortant de l'épicerie, dit-elle. Quelle jolie écharpe, ma chère ! Voilà un beau ton de garance. Mais voyons… Où ai-je donc bien pu voir le même ? »

L'ironie de cette remarque ne pouvait être fortuite. Répondre du tac au tac s'imposait. Diva n'avait pas froid aux yeux.

« Je ne vois vraiment pas », dit-elle.

Miss Mapp parut se concentrer, puis sourit de toutes ses dents (y compris les dents de sagesse, ce que Diva ne pouvait plus se permettre).

« J'y suis, dit-elle. C'est la laine que j'avais commandée chez Heyne. Il vous l'a ensuite vendue et je n'ai pu en obtenir d'autre.

– En effet, dit Diva. Ça vous a un peu contrariée. La laine était en vente : je l'ai achetée.

– Oui, ma chère, c'est ce que j'ai constaté. Mais ce n'est pas pour cette raison que j'ai *fait un saut*. La grève des mineurs… Vous êtes au courant ?

– Ma cave est pleine à ras bords.

– Oh ! Diva, vous n'avez tout de même pas fait des stocks en cachette ? demanda Miss Mapp toute alarmée. Ils peuvent vous les confisquer jusqu'au plus petit atome s'ils les découvrent, et vous flanquer je ne sais quelle amende pour chaque sac de cent kilos non autorisé par la loi.

– Peuh ! s'exclama Diva en forçant le ton détaché de cette grossière interjection.

– Oui, ma chérie. Vous pouvez toujours dire "Peuh !" si cela vous chante ! mais je m'en voudrais d'apprendre un beau matin que vous vous êtes fait prendre – apprendre, faire prendre… Tiens ! un jeu de mots – parce que j'ai négligé de vous avertir au nom de notre amitié. »

Diva avait un peu moins envie de dire « Peuh ! »…

« Mais quelle quantité a-t-on le droit d'avoir ? demanda-t-elle.

– Oh ! Une toute petite quantité : à peine de quoi subvenir aux besoins courants. Mais j'ose espérer qu'ils ne parviendront pas à vous découvrir. Je me suis seulement donné la peine de venir vous mettre en garde. »

Diva se souvenait effectivement d'avoir entendu parler de stocks illicites. Les journaux avaient publié des articles effarants à propos de particuliers prévoyants qui s'étaient vus traînés dans la boue.

« Mais toutes ces consignes ne concernaient que la période de la guerre, dit-elle.

– Vous avez parfaitement raison, ma chère. Je souhaite de tout mon cœur que vous ayez raison. Mais qu'il éclate seulement une grève des mineurs, et l'on verra alors que les consignes sur les stocks illicites sont tout aussi strictes qu'en temps de guerre. Même chose pour le stockage illicite des denrées alimentaires. Twemlow – quel homme courtois ! – m'a confié que d'après lui nous ne manquerons pas de nourriture, en tout cas il y en aura assez pour tout le monde pendant un temps assez long, à condition toutefois qu'on ne stocke pas illicitement. Vous n'auriez pas stocké aussi de la nourriture par hasard, ma chère

Diva ? Oh, vilaine fille ! Je suis sûre que cette grande armoire est pleine à craquer de boîtes de sardines, de biscuits et de Viandox...

– Pas de ça ici ! s'exclama Diva indignée. Vous allez le constater vous même... » Elle se souvint tout à coup que l'armoire était pleine de rideaux de cretonne et de petits bouquets de roses thé soigneusement découpés avec une paire de ciseaux à ongles.

Pendant la pause très nette qui suivit, Miss Mapp remarqua qu'il n'y avait pas de rideaux à la fenêtre. Or, il y en avait eu naguère, assortis à la housse de la banquette (le motif en représentait des petits bouquets de roses thé émergeant d'une treille). Cet indice constituait un bon point supplémentaire. Pour l'instant, elle n'avait pas encore fait le rapprochement entre les rideaux de cretonne et les petits objets voletants qui lui étaient tombés dessus, et qui se trouvaient à l'abri au fond de son gant. Le seul objet de sa visite avait été d'inoculer un vague malaise à l'esprit de Diva au sujet de la grève des mineurs, ainsi que du danger que représente le recel de réserves de combustible. Elle espérait humblement avoir atteint cet objectif.

« Il faut que je m'en aille, dit-elle en se levant. Comme nous avons bien bavardé ! Mais qu'est-il arrivé à vos jolis rideaux ?

– Au lavage », dit Diva sans broncher.

« Menteuse... » pensa Miss Mapp tout en descendant les escaliers d'un pas léger. Si c'était vrai, elle aurait fait laver la housse de la banquette par la même occasion. « Menteuse ! » pensa-t-elle de nouveau en lui envoyant un baiser de la main alors qu'elle regardait par la fenêtre d'un air lugubre.

Dès qu'elle eut regagné le pavillon de son jardin, Miss Mapp examina le mystérieux trésor enfoui dans son gant gauche. Cela ne faisait pas l'ombre d'un doute : Diva avait décroché les rideaux (il en était grand temps car ils avaient triste mine) et découpait des bouquets de roses. Mais pourquoi diable le faisait-elle ? Quelle fringale de luxe criard la poussait à récupérer des bouquets de roses sur des rideaux de cretonne ?

Miss Mapp avait posé sur ses genoux les deux spécimens si providentiellement tombés en sa possession. Ils faisaient bel effet sur le fond bleu marine de sa jupe. Diva était très ingénieuse : elle réutilisait toutes sortes de bribes et de morceaux avec un savoir-faire qui faisait honneur à ses indubitables qualités de parcimonie. Elle parvenait, en y ajoutant une brosse à dents ou une banane, à égayer un chapeau avec un chic tout à fait parisien… tant que vous n'en analysiez pas les éléments en détail. Elle appliquait principalement son ingéniosité à l'habillement. Le plus triste de l'affaire, c'est qu'avec sa silhouette rebondie, sa taille vous faisait immanquablement penser à l'équateur…

« Eurêka ! » s'écria tout fort Miss Mapp. Sans répondre au téléphone qui sonnait (l'appel venait probablement de l'amie d'une des domestiques qui profitait de l'absence de sa maîtresse, généralement retenue par ses courses dans la Grand'Rue à cette heure-là), elle se glissa prestement sous l'escalier, près du grand placard rempli de tous ces objets qu'une personne de bon sens ne saurait jeter à la poubelle : des fauteuils en osier tout cassés, des morceaux de papier kraft, des boîtes en carton sans couvercle et des couvercles sans boîte, de vieux sacs troués, des clefs sans serrure et des serrures sans clef, ainsi que des vieilles housses de cretonne tout usées. Sur l'une d'elles – qui avait autrefois recouvert le canapé du pavillon – étaient imprimés des pavots rouges (très faciles à découper). Tirant dessus, Miss Mapp souleva un nuage de poussière et déclencha une véritable avalanche de couvercles de boîtes en carton et de poignées de porte.

Withers avait répondu au téléphone. Elle vint annoncer que Twemlow, l'épicier, s'excusait de n'avoir que deux grandes boîtes de corned-beef, mais que…

« Alors, dites-lui que je prendrai aussi de la langue de bœuf, Withers. Simplement une langue… J'aurai ensuite besoin de Mary et de vous pour faire du découpage. »

Elles s'attelèrent toutes les trois à la tâche avec une énergie farouche car Diva avait pris de l'avance. Vers quatre heures de l'après-midi, elles avaient découpé assez de pavots pour approvisionner en graines toute une rue de fumeries d'opium. La tenue choisie pour bénéficier de la garniture était de la couleur des blés mûrs (sauf quelques taches de moisissure par endroits), ce qui convenait parfaitement au mois de septembre. « Les blés d'or constellés de pavots », se répétait inlassablement Miss Mapp qui gardait en mémoire quelques vers exquis lus autrefois dans un poème de Bernard Shaw (ou de Clement Shorter, ou de quelque écrivain de même trempe) décrivant un jardin enchanté quelque part dans le Norfolk…

« Vous avez d'incomparables mains de fée, Withers, dit-elle gaiement ; je vais donc vous confier la partie la plus difficile. Je veux que vous cousiez mes jolis pavots sur le col et les revers de la veste, en les espaçant un tantinet, d'une manière asymétrique et originale. Quant à vous, Mary – sans vous commander –, vous en ferez de même autour de la taille, tandis que, de mon côté, j'en disposerai sur le pourtour de la jupe. Ainsi, ma vieille tenue favorite aura l'air flambant neuf. Je n'y serai pour personne cet après-midi, Withers, même si le prince de Galles venait s'asseoir de nouveau sur mes marches. Nous allons nous installer toutes les trois dans le jardin pour travailler en équipe, d'accord ? Et vous devrez me gronder, Mary, et vous aussi Withers, si vous jugez que je lambine. Il fera très bon dans le jardin. » Grâce à ce plan judicieux, Withers et Mary n'eurent pas le temps de se tourner les pouces…

Vers l'heure où cet harmonieux trio se mettait au travail, un duo bien moins harmonieux déployait un effort analogue au golf, dans le vaste bunker situé devant le tee du dernier trou. C'était un superbe bunker formé d'une forte rampe de sable meuble orientée face à la colline et solidement étayée par de grosses poutres. La marine jouissait d'une meilleure forme ce jour-là, et après une victoire décisive sur l'infanterie dans la matinée, plus un butin d'une demi-couronne, ses chances juste avant le dernier trou étaient à égalité. Le capitaine Puffin, qui avait donc l'honneur, frappa nerveusement un long coup qui fit ricocher la balle contre la poutre du bunker avant qu'elle vînt se blottir dessous, à l'abri de tout assaut subséquent.

« Pouf ! Voilà qui règle la question, dit le major qui ne se tenait pas de joie. Situation épineuse pour dégager une balle ! Vous m'accordez le trou ? »

Cette question impertinente ne méritait même pas de réponse et le major Flint allongea un coup qui projeta la balle à une hauteur prodigieuse. Il fallait pourtant qu'elle retombât sur terre à un moment donné. Elle retomba donc comme Lucifer, ce fils de lumière, au centre du même bunker… L'infanterie joua donc trois coups supplémentaires qui lui permirent, en suant sang et eau, de se tirer de ce mauvais pas. Ce fut ensuite le tour de la marine, qui fut contrainte de poser sa quille sur les planches du bunker afin d'atteindre seulement sa balle qu'elle manqua à deux reprises.

« Vous feriez mieux de laisser tomber, mon vieux, dit le major Flint. C'est injouable.

– Eh bien, regardez un peu comment je vais m'y prendre, dit le capitaine Puffin en jouant des mandibules.

– Nous allons rater le train », dit le major et, pour exaspérer le capitaine Puffin, il s'assit sur le bunker, tourna le dos à son adversaire et alluma une cigarette. Rien ne se passa à la troisième tentative. À la quatrième, la balle donna contre les planches, rebondit dans le bunker, roula tout doucement le long de la rampe de sable et vint heurter le pied du major.

« Je vous ai touché, il me semble, dit le capitaine Puffin. Ha ha ! J'ai donc le trou, major ! »

Le major Flint traversa une courte crise d'aphasie. Écumante, sa bouche s'ouvrait et se fermait sans émettre aucun son. Il sortit ensuite une demi-couronne de sa poche.

« Remettez cela au capitaine », lança-t-il à son caddie. Puis, sans tourner la tête, il se dirigea vers l'arrêt du tram. Il n'avait pas plus tôt franchi cent mètres qu'on entendit celui-ci siffler en regagnant la ville à toute vapeur.

Affaibli et tout tremblant de rage, le major Flint, au bout de quelques pas chancelants en direction de Tilling, se rendit compte qu'il serait totalement incapable de l'atteindre sans le secours de quelque vigoureux cordial. Tournant les talons, il marcha vers le pavillon du club de golf pour s'en faire servir un. Il traînait toujours lamentablement la jambe en boitant quand il perdait au golf, tandis que le capitaine Puffin boitait de façon chronique. Et voilà donc qu'ils clopinaient tous les deux sur le chemin du pavillon où ils entrèrent l'un après l'autre sans s'adresser la parole, chacun ignorant l'autre puisqu'ils étaient en froid. Rassemblant le peu de force qu'il lui restait, le major Flint commanda un whisky d'une voix tonitruante. On lui répondit que la législation en vigueur interdisait de lui servir de l'alcool avant six heures. Il pouvait, en revanche, se faire servir de la limonade ou une bouteille d'eau gazeuse au gingembre… Autant proposer du pain trempé dans du lait à un tigre mangeur d'hommes. Le courtois serveur ne se laissa même pas impressionner lorsque le major le menaça de démissionner du club sur-le-champ si on refusait de lui servir à boire. Il se rabattit donc sur la lecture apaisante d'un volume relié de *Punch* en s'efforçant de ronger son frein. Ce remède lui fit assez peu d'effet. Sa sobriété forcée lui fut encore plus intolérable lorsqu'il vit le capitaine Puffin, qui l'avait suivi de près, aller chercher dans son casier personnel un grand flacon de l'élixir convoité et s'en concocter un plein verre bien tassé. Après le procédé si peu urbain du major à propos de la demi-couronne, aucun marin digne de ce nom n'aurait pu s'abaisser à faire le premier pas en vue d'une réconciliation. Mais la soif aplanit bien des choses… Quand le capitaine désaltéré eut vidé la moitié de son verre, le major jugea qu'il ne lui restait plus qu'à faire taire sa fierté. Plus que quiconque, il avait horreur de dire qu'il regrettait quelque chose, mais il n'aurait pas regretté d'avoir quelque chose à boire. Il tortilla sa moustache dans tous les sens, se racla la gorge pour s'éclaircir la voix – il lui en fallait davantage pour l'éclaircir tout à fait – et rendit les armes.

« Par ma foi, Puffin, dit-il, cela me fait vraiment honte de ne pas avoir reconnu ma défaite de meilleure grâce. Il n'est pas digne d'un homme de monter sur ses grands chevaux pour un simple jeu. »

Puffin lança son petit ricanement aigu.

« Oh, major, il n'y a pas de mal à ça ! dit-il. Je sais combien il est difficile de perdre en restant courtois… »

Il marqua un temps pour s'assurer que le message était bien reçu, puis ajouta :

« Eh bien, mon vieux, prendrez-vous un verre ? »

Le major se jeta à ses pieds.

« Oh, oui ! Merci, merci ! » dit-il. Puis il hurla au serviteur :

« Alors, cette eau gazeuse, c'est pour aujourd'hui ou pour demain ? »

Cette prompte et complète réconciliation n'avait rien d'extraordinaire car, lorsque deux hommes se disputent chaque fois qu'ils se rencontrent, il faut bien qu'ils se réconcilient ensuite, sans quoi ils ne pourraient plus se disputer de nouveau à la rencontre suivante. La dispute, cette fois, avait été un petit peu plus vive que de coutume et l'amitié mutuelle avait été recouvrée un petit peu plus précipitamment…

Emporté par son enthousiasme, le major avait trempé presque toute sa moustache dans le fluide vivifiant. Il l'essuya donc de son mouchoir.

« Tout compte fait, c'était un incident fort amusant, dit-il. J'étais là, le dos tourné, attendant que vous déclariez forfait, quand votre sacr… votre malheureuse petite balle m'a heurté le pied. Je ne suis pas près de l'oublier. Un de ces quatre matins je vous renverrai l'ascenseur… Enfin, je le ferais si je le jugeais digne d'un gentleman. Mais bon, assez parlé de ça. Fichtrement bon votre petit whisky ! »

Le capitaine se resservit un peu plus de la moitié de ce qui restait à présent dans le flacon.

« Servez-vous, major.

– Je veux bien, merci, ce ne sera pas de refus, dit celui-ci en vidant le flacon dans son verre. Nous avons une bonne trotte à faire maintenant que le dernier tram est passé. Tram ou trotte ! Par ma foi, j'ai presque envie de téléphoner pour commander un taxi. »

C'était une invite directe. Puffin, qui avait gagné deux fois une demi-couronne ce jour-là, se devait de payer le taxi. Cette tournée n'avait rien de la tournée officielle offerte par le vainqueur et réglée sur le comptoir en espèces sonnantes et trébuchantes. Un verre (ou deux) servi d'un flacon personnel ne saurait en tenir lieu… Naturellement, Puffin voyait la chose d'un autre œil. Le whisky qu'avait bu le major Flint, il l'avait payé au marchand de spiritueux (ou fait mettre sur son compte). C'était là de l'argent, bel et bien, au même titre que la pièce que l'on jette sur un comptoir. Mais il se félicitait tant de son habileté à revendiquer le dernier trou du parcours de golf que, pour une fois, il envoya l'avarice au diable.

« Eh bien, allez au téléphone appeler un taxi : je le paierai, dit-il.

– Accordé ! » fit l'autre.

Leur franche camaraderie avait retrouvé son atmosphère d'antan. Ils s'assirent côte à côte sur le banc devant le pavillon du club en attendant l'arrivée de leur moyen de transport exceptionnel.

« Déjeuner chez les Poppit demain ? demanda le major Flint.

– Oui. On s'y verra ? Parfait. Bridge ensuite, j'imagine.

– Sans aucun doute. J'espère qu'on nous resservira de la marmelade de groseilles glacées à la crème. Excellent cocktail, à part les groseilles. Si l'on m'avait servi toute ma ration de vieil armagnac dans un verre et tout mon champagne dans un autre, je ne l'aurais que mieux apprécié. »

Dans le genre cynique, le capitaine Puffin était très misogyne.

« Dissimulation bien féminine ! dit-il. Une femme est capable d'engloutir une demi-bouteille d'armagnac s'il s'agit de pudding aux prunes. Elle pourra même en redemander ; mais si vous lui proposez un petit verre de fine à l'eau elle s'offusquera.

– Dieu les bénisse, ces chères petites mignonnes ! dit le major.

– Mais c'est la vérité, rétorqua Puffin. Voyez la mère Mapp. Elle prétend ne boire que de l'eau, mais c'est elle qui tenait la barre avec cette marmelade. Elle m'a semblé avoir de belles couleurs quand nous l'avons raccompagnée chez elle.

– En effet, dit le major. En effet. Quand elle nous a dit au revoir sur le pas de sa porte, on aurait dit la Vénus ana… ana machin en personne.

– La Vénus anachronique ! dit Puffin en gloussant.

– Voyons, voyons, Puffin ; nous prenons tous de l'âge, dit le major Flint d'un ton bienveillant.

– Hé ! Hé ! C'est encore une belle femme au demeurant ! dit Puffin, malicieux.

– Cessez vos plaisanteries de marins en bordée, capitaine, dit le major d'excellente humeur. Je ne suis pas plus enclin au mariage que vous. Peut-être aurais-je dû y songer il y a longtemps… si longtemps ! Pauvre de moi, voilà ma vieille douleur qui se réveille et qui va m'empêcher de dormir…

– Et que faites-vous pour la calmer ? demanda Puffin.

– Pour la calmer ? Je songe à mes jeunes années tout en relisant mon journal intime.

– Pensez-vous le publier un jour ? demanda Puffin.

– Non, monsieur, pas de mon vivant, dit le major Flint. Peut-être dans cent ans… (c'est le délai que j'ai fixé dans mon testament) un éditeur estimera que ces pages présentent quelque intérêt… Quant à découper, beurrer, griller, frire ses amis et, une fois cuits à point, les jeter en pâture à de vieilles chattes rassemblées pour prendre le thé, pouah ! »

Puffin, pendant quelques secondes, apprécia en silence cette noble attitude.

« Mais vous y consacrez énormément de travail, dit-il enfin. Souvent, en montant me coucher, je vois par la fenêtre que c'est encore allumé dans votre salon.

– À ce propos, enchaîna le major, il m'est arrivé de me lever au cours de mes insomnies et de remarquer, en tirant mon store par désœuvrement, que vous n'aviez pas encore éteint votre lampe. Ces vieux Romains d'autrefois ont dû construire des routes bougrement longues, capitaine… »

La glace n'était pas encore tout à fait rompue, mais elle craquait de toutes parts sous l'effet de ce redoux inouï. Ils avaient tout deux laissé entendre qu'ils nourissaient des soupçons mutuels quant à la nature de leurs occupations nocturnes respectives… Jamais par le passé ils n'avaient été aussi explicites. Chaque fois, une querelle avait reformé la glace et bloqué la confidence. Mais aujourd'hui que les deux compères venaient de régler un sérieux litige et s'apprêtaient à s'offrir le luxe inédit d'un taxi, on peut dire que les vents printaniers remplissaient consciencieusement leur mission.

« C'est assez vrai, ma foi, dit Puffin. Ces routes étaient très longues et complètement desséchées par les rayons du soleil. Si je m'y attardais chaque soir entre l'heure du souper et minuit, ou même au-delà, j'étoufferais sous la poussière.

– À moins de se rincer pour chasser la poussière de temps en temps, dit le major Flint.

– Très juste. Le travail intellectuel est épuisant et il exige de prendre un petit reconstituant de temps à autre, dit Puffin. Après souper je m'installe sur ma chaise, voyez-vous, et je fais un petit somme. Je sors ensuite mes cartes géographiques et les garde à portée de la main. Puis, s'il y a un article intéressant dans le journal du soir, j'y jette parfois un coup d'œil. Il est alors dix heures du soir et, Dieu me bénisse, il me semble vain de m'attaquer à l'archéologie à une heure aussi tardive. Je me contente de… de tuer le temps jusqu'au moment où le sommeil me gagne. Parmi les dames du voisinage, court, semble-t-il, une légende selon laquelle je serais le topographe local, grand spécialiste des voies romaines… et je ne fais rien pour les détromper. Il est fastidieux de se lancer dans de longues explications. En réalité, avoua Puffin, en veine de confidence, la totalité de l'étude que j'ai menée depuis six mois sur les voies romaines couvrirait à peine la surface d'un timbre-poste. »

Le major Flint se donna une grosse tape sur la cuisse et partit d'un rire énorme qui faillit l'étouffer.

« C'est la meilleure blague que j'aie entendue depuis belle lurette, s'exclama-t-il. Et dire que depuis deux ans que j'habite en face de chez vous, je me disais nuit après nuit en voyant la lumière toujours allumée : "Mon ami Puffin est encore sur les routes ! C'est beau de la part d'un archéologue de faire preuve d'autant d'enthousiasme. Les soirées solitaires doivent lui paraître moins longues quand il se plonge ainsi dans ses cartes et ses mappemondes (ha ! ha ! Mappemondes : le monde de Mapp !) en oubliant complètement l'heure qu'il est !" Et pendant ce temps, vous étiez assoupi et pompette sur votre chaise, le verre à portée de main pour vous rincer le gosier ! »

Puffin, tout joyeux, émit un petit ricanement de sa voix de fausset.

« Et de mon côté, dit-il, j'ai souvent pensé "Dans la maison d'en face, mon ami le major compulse son journal intime, relevant un détail par-ci, recopiant un passage par-là, s'entretenant tantôt avec le vice-roi, tantôt réprimandant le maharadjah de Bwadelopur. Il passe la soirée sur un banc de corail indien." Oui, parfaitement, partageant son temps entre le *tiffin*, la chasse au tigre et Dieu sait quoi… »

Le major partit encore une fois de son gros rire sonore.

« Alors que je n'ai jamais tenu le moindre journal intime ! lança-t-il. Tenez, il y a dans cette histoire plus d'hameçons qu'il n'en faudrait pour attraper une brochette de gogos. Imaginez la scène : vous et moi, les savants érudits de Tilling ! Les savants consciencieux qui prolongent leurs travaux tard dans la nuit, à l'heure où toutes les belles dames sont déjà couchées. Maintes et maintes fois, cette vieille… je veux dire cette belle femme, Miss Mapp, m'a fait remarquer que je travaillais trop le soir ! Elle m'a même recommandé de me coucher plus tôt et de travailler entre six heures et huit heures du matin ! Six heures et huit heures du matin ! Drôle d'heure à conseiller pour le réveil d'un vieux briscard ! Je mettrais ma tête à couper qu'elle vous a souvent mis en garde contre les veilles prolongées et leur effet néfaste sur le système nerveux. » Le major Flint s'étouffa de rire et avala tant de fumée de tabac qu'il en devint cramoisi.

« Vous, occupé à veiller d'un côté de la rue, dit-il en reprenant son souffle, soi-disant passionné par les voies romaines, tandis qu'en face, je rédige péniblement mes mémoires alors qu'aucun ouvrage de voirie romaine ou de souvenirs autobiographiques n'a la moindre chance de porter nos noms. Mettons un terme à des comportements si égoïstes, mon vieux. Un soir vous apporterez chez moi vos voies romaines et la bouteille pour noyer la poussière, et le soir suivant j'apporterai chez vous mon journal intime et mon *peg* indien de whisky. Ne jamais boire en Suisse – c'est une de mes règles de conduite – quand on peut trouver quelqu'un avec qui trinquer. Et dire que vous vous morfondiez tout seul dans votre coin, à quelques mètres de moi, pendant tout ce temps, alors que je moisissais tout seul chez moi, chacun imaginant son vieux copain consciencieusement attelé à l'œuvre de sa vie ! Je veux bien être pendu si on m'a déjà parlé de deux fieffés mystificateurs comme vous et moi, capitaine ! Que d'hypocrisie en ce bas monde, ma parole ! Cela dit sans vous offenser, remarquez. Je ne vaux guère mieux que vous et vous ne valez guère mieux que moi : nous sommes aussi mauvais l'un que l'autre. Mais désormais, plus de quarantaine nocturne et solitaire pour Benjamin Flint, dans la mesure où vous en êtes d'accord. »

On annonça le taxi, et les deux compères dévalèrent le sentier pentu en claudiquant, bras dessus, bras dessous, pour regagner la route. Un petit peu plus loin sur la gauche se trouvait le vaste bunker qui était à l'origine de leur regain d'amitié. En passant à sa hauteur, le major le salua d'un petit mouvement de sa main rubiconde.

« *Au réservoir*, dit-il. À très bientôt ! »

Il était tard quand Miss Mapp jugea qu'elle était physiquement incapable de *faufiler* un seul pavot de plus au pourtour de sa jupe. Elle alla fermer la fenêtre du pavillon du jardin où elle venait de travailler, mais jeta d'abord un coup d'œil rapide vers le dernier étage de sa propre maison pour s'assurer que les lumières étaient bien éteintes dans les chambres de bonne, puis vers la droite où elle vit que son jardinier s'était couché, enfin dans la rue en contre-bas. Elle constata avec une pointe de plaisir que les fenêtres du major ne trahissaient aucun travail nocturne. Voilà qui était fort réconfortant et prouvait l'étendue de son influence sur celui-ci. Conformément au vœu si souvent exprimé (et avec quel tact !) de le voir se coucher plus tôt en renonçant à des veillées trop studieuses, voilà que la fenêtre était plongée dans l'obscurité. Miss Mapp écarta donc comme dénué de fondement le soupçon suscité par la marmelade de groseilles glacées à la crème. Il n'y avait pas de lumière non plus à la fenêtre de la chambre à coucher du major, qui devait déjà dormir. Miss Mapp se hâta donc de ranger ses petites affaires, afin de ne pas être accusée de transgresser ses propres principes. Il y avait en revanche de la lumière chez le capitaine Puffin. Moins facile à convaincre que le major, il lui était également inférieur à plus d'un titre. Avait-il seulement découvert ces merveilleuses voies romaines qui lui mettaient tant de baume au cœur ? Miss Mapp le lui souhaitait sincèrement, tout comme elle souhaitait que l'attrait de ce qui le tenait éveillé fût d'une nature aussi pure et innocente… Tout en refermant la fenêtre sans faire de bruit, il lui sembla que les longues veilles que le major Flint consacrait si égoïstement à son journal intime avaient, elles aussi, présenté quelque chose de défrisant. Elle s'était demandé si autre chose (sans qu'elle pût vraiment le définir) ne l'avait pas empêché d'aller se coucher plus tôt. Toutefois, elle allait à présent le biffer – cher homme ! –, ainsi que ses habitudes de veilleur, de la liste des énigmes tillinguesques en attente de solution. Quelle que fût la nature (journal intime ou Dieu sait quoi) de ce qui l'avait tenu debout, il avait à présent rompu avec son habitude, contrairement au capitaine Puffin. Sa jupe bordée de pavots sur le bras, elle gagna son lit en souriant de reconnaissance. À présent que les lumières du major étaient éteintes et que lui-même était couché, Miss Mapp pouvait accorder davantage d'attention à ce qui empêchait le capitaine Puffin de voir passer le temps lorsqu'il faisait des recherches sur les voies romaines. Comme elle était heureuse que le major ne fût pas avec lui ! « Benjamin Flint », chuchota-t-elle tandis qu'ayant ouvert sa fenêtre elle traversait la chambre sur la pointe de ses grands pieds blancs (afin de ne pas déranger le dormeur de la maison voisine) jusqu'à son vaste lit blanc. « Bonne nuit, majo

r Benjy ! » murmura-t-elle en éteignant sa lampe.

Rien ne laissait supposer ce matin-là que Diva, conformément aux informations alarmantes de Miss Mapp à propos des receleurs de stocks illicites de charbon, allait déposer sur-le-champ une tonne de ce combustible à l'hôpital (à la place de la contribution plus modeste qu'elle versait à l'époque de Noël) sans s'assurer, comme elle le fit d'abord auprès des autorités compétentes, qu'il était parfaitement légal d'avoir trois tonnes de charbon dans sa cave. Dès le départ de sa visiteuse, elle fit donc *un saut* pour aller consulter Mr Wootten, son fournisseur attitré. Elle en revint folle de rage. Aucun réglement, quel qu'il soit, ne limitait la quantité de charbon qu'un particulier désirait stocker. Mr Wootten félicita même Diva d'avoir songé à s'en procurer une réserve raisonnable. D'après lui, en cas de grève, il serait probablement difficile de se faire livrer avant un mois. « Mais, ajouta obligeamment Mr Wootten, nous avons été abondamment approvisionnés tout l'été et toutes les caves de nos clients sont pleines. »

Diva se souvint tout à coup que la perfide Élisabeth était du nombre.

« À propos, monsieur Wootten, dit-elle, Miss Mapp vient de faire *un saut*… vient de me rendre visite il y a un instant. Elle m'a affirmé qu'elle n'en avait pratiquement pas. »

Mr Wootten sortit son grand livre. La déontologie de sa profession lui interdisait de révéler à une cliente la situation d'une autre cliente, mais s'il existait au monde une cliente chicanière, jamais satisfaite des prix et de la qualité de la marchandise, c'était bien Miss Mapp…

Son visage conciliant s'illumina d'un large sourire.

« Eh bien, madame, si d'ici un mois je suis à court de charbon, certaines de vos amies à Tilling auront largement de quoi vous dépanner », se permit-il de déclarer discrètement…

Un tremblement fébrile agitait les mains de Diva. Dans ces conditions, il était vain d'essayer de découper des bouquets de roses. Elle fit donc les cent pas d'un bout à l'autre de la Grand'Rue pour se calmer les nerfs. Si elle n'avait pas pris la précaution de se renseigner, elle aurait bien été capable d'envoyer une tonne de charbon à l'hôpital le jour-même, tellement la perfide mise en garde d'Élisabeth l'avait ébranlée quant au sort des détenteurs de stocks illicites. Et, dans le même temps, les caves d'Élisabeth étaient pleines à craquer, sans que cela l'empêchât de se déclarer presque à sec. À la réflexion, Élisabeth devait détenir plus de charbon que Diva elle-même puisque Mr Wootten avait clairement laissé entendre que c'était à Miss Mapp qu'il faudrait en emprunter le cas échéant ! Et dire que toute cette histoire avait pour cause un malheureux morceau de tissu en laine peignée couleur garance…

Elle se calma peu à peu. Une cervelle en ébullition ne pouvait concevoir un plan de vengeance efficace. Il lui fallait garder la tête froide et faire preuve d'ingéniosité et de sérénité. Tandis que le processus de refroidissement suivait son cours, elle commença à se demander si la laine peignée avait pu, à elle seule, engendrer cette suggestion diabolique dans l'esprit de son amie. Il semblait plus probable qu'un autre mobile (un mobile singulièrement élisabéthain) l'avait provoquée. On pouvait gager à coup sûr qu'Élisabeth elle-même avait stocké du charbon ; qu'elle cherchât ensuite à égarer les soupçons en feignant d'avoir une cave presque vide lui ressemblait tout à fait. Elle avait manifesté un zèle analogue à propos de ceux qui pourraient stocker des denrées alimentaires en prévision d'hypothétiques perturbations dans l'acheminement des marchandises et de la pénurie qui en résulterait. Dans un éclair d'intuition pure, il parut à Diva parfaitement légitime de supposer qu'Élisabeth stockait aussi de la nourriture.

La chance sourit toujours à ceux qui se montrent hardis dans leurs hypothèses. Par exemple, la pomme de Newton tomba de l'arbre au moment précis où son esprit cherchait en tâtonnant la loi de la gravitation universelle. Comme Diva franchissait la porte de l'épicerie pour commencer ses emplettes matinales (les roses l'avaient accaparée depuis le petit déjeuner) l'employé parlait au téléphone dans l'arrière-boutique. Il articulait parfaitement comme il convient de le faire quand on utilise ce moyen de communication.

« Nous n'avons que deux grosses boîtes de corned-beef en magasin », dit-il. Pendant le silence qui suivit, un voyant extralucide aurait pu constater que les oreilles de Diva s'allongeaient en pointe, comme celles d'un satyre sous l'effet de l'attention tendue qu'elle prêtait à la conversation. Mais elle ne pouvait distinguer que des petits coin-coin nasillards émis à l'autre bout de la ligne.

« De la langue également. C'est parfait. Je vous fais immédiatement livrer le tout », ajouta-t-il avant de revenir dans la boutique.

« Bonjour ! dit Diva. Sa voix tremblait d'angoisse et de curiosité. Auriez-vous des grosses boîtes de corned-beef ? Des boîtes de trois kilos…

– Je suis vraiment désolé, madame. Nous n'en avions que deux en magasin, et quelqu'un vient de passer une commande.

– Alors, je prendrai un petit pot de gingembre, s'il vous plaît, dit Diva, prête à toutes les folies. Pouvez-vous me le faire livrer tout de suite ?

– Mais bien sûr, madame. Le coursier part en tournée dans un instant. »

Diva avait de la chance. Elle sortit précipitamment et s'absorba dans la lecture des gros titres placardés à l'extérieur de la papeterie. C'était une plate-forme d'observation idéale où, tout en ayant l'air très absorbé par les faits divers du jour, vous pouviez lancer un regard oblique sur le véritable objet de votre curiosité… Elle n'eut pas longtemps à attendre. Le coursier de l'épicier sortit presque aussitôt de la boutique, les bras chargés d'un lourd panier. Il livra le pot de gingembre au domicile de Diva et reprit son chemin. Malheureusement c'était un garçon très bavard et il connaissait beaucoup de monde. Il fallut attendre un bon bout de temps pour s'assurer qu'il s'engagerait dans la rue qui montait chez Miss Mapp. Au coin de la rue, il posa tranquillement le panier sur le trottoir pour allumer une cigarette. Jamais Diva ne déplora avec autant d'amertume le succès grandissant du tabac parmi la jeune génération.

Après ce moment de détente, il attaqua la côte, passa devant les boutiques du marchand de poisson et du marchand de fruits. Il ne prit pas la rue qui menait chez le dentiste et chez Mr Wyse, et n'avait rien à livrer au major ni au capitaine. C'est alors, oui, c'est alors qu'il sonna à la porte de service de Miss Mapp. Diva l'avait suivi tout le long du chemin en baissant bien bas la tête (de manière à éviter d'être vue depuis la fenêtre du pavillon) et en marchant si lentement que le mouvement de ses pieds n'avait plus rien de circulaire… On vint ouvrir au coursier et il remit dans les mains de Withers une… deux boîtes de corned-beef, ainsi qu'une langue de bœuf toute ronde. Il remit son panier sur sa tête et redescendit la rue en sifflant à plein gosier. Si Diva avait eu en poche suffisamment de très petite monnaie, elle l'aurait à coup sûr partagée avec le coursier. En l'absence de celle-ci, elle rentra chez elle à toutes jambes et se remit à découper des roses à grands coups de ciseaux à ongles.

Or, Diva avait repéré les visites effectuées par Élisabeth chez l'épicier trois jours consécutifs. (Vous vous imaginez ? Trois jours consécutifs !) Comme le volume de ses emplettes des deux autres jours avait été comparable à celui qu'elle avait faites ce jour-là, il devenait palpitant de découvrir l'endroit où elle entreposait toutes ces provisions. Ce ne pouvait être dans la cave (déjà pleine de charbon à en craquer) et Diva qui, cette année, avait aidé son amie (quelle félonie !) à faire des tombereaux de confiture avec les fruits de son luxuriant jardin, savait que les placards de la cuisine étaient probablement aussi garnis que la cave à charbon, avant même qu'Élisabeth ne se mît à stocker du bœuf mort. Il restait encore le grand placard situé sous l'escalier, mais comment aurait-il pu abriter ce prodigieux trésor ? Élisabeth y entassait déjà des piles de cartons, de rideaux, de tapis et tout ce bric-à-brac dont elle n'avait pas le cœur de se séparer. Restaient les monumentales armoires de la chambre à coucher et des chambres d'amis, bourrées de vêtements moisis. Ayant passé en revue toutes les possibilités de rangement de la maison d'Élisabeth, Diva, la tête entre les mains, se concentra pour essayer de découvrir la cachette des provisions de bouche.

Soudain (Eurêka !), elle poussa un cri de joie et bondit de sa chaise. Un faux mouvement lui fit couper en deux son bouquet de roses. Mais oui ! Il existait un autre placard : le meilleur, le plus grand, le plus secret et le plus discret de tous. Encastré dans le mur du pavillon, il était masqué par les étagères d'une bibliothèque factice qui ne contenait que des rangées de pseudo-livres aux dos desquels figuraient des titres fantaisistes d'ouvrages imaginaires. Douze volumes de *Merveilles de la nature* voisinaient avec une étagère pleine de *Morceaux choisis*. D'autres volumes s'intitulaient sobrement *Poèmes*, *Commentaires*, *Voyages* ou *Astronomie* tandis que des recueils de *Musique* grand format occupaient intégralement le rayon inférieur. En temps normal, une table de jeu était poussée devant cette mine de savoir fantôme, et pas plus tard que la semaine précédente, en furetant dans la pièce pendant qu'Élisabeth rangeait ses gants de jardinage, Diva était tombée par hasard sur un minuscule loquet dissimulé dans la boiserie. La bibliothèque fantoche était donc, à coup sûr, la porte permettant d'accéder au placard. Grâce à cette intuition géniale qui n'avait rien de fortuit, Diva tenait à présent la clef du mystère. Il ne lui restait plus qu'à vérifier la pertinence de son hypothèse et à faire éclater au grand jour tous les dessous de cette lamentable et scélérate affaire. Rien ne pressait ; elle pouvait attendre le moment le plus propice, certaine que, selon toute probabilité, chaque jour supplémentaire ajouterait sa petite contribution aux preuves accablantes qui s'amoncelaient. Un de ces jours, alors qu'elle jouerait au bridge, et que la table de jeu serait écartée de la bibliothèque, elle profiterait d'une partie où elle serait le mort, et où Élisabeth serait goulûment plongée dans ses cartes, pour actionner subrepticement et comme par accident le loquet que son regard perçant lui avait si providentiellement révélé…

Elle s'attaqua à ses rideaux de cretonne avec un appétit renouvelé pour les roses thé. Une heure de travail de plus lui permettrait d'atteindre le nombre de bouquets requis et, sauf si le teinturier s'avérait aussi perfide qu'Élisabeth, on devait lui livrer dans l'après-midi sa veste et sa jupe désormais violettes. Deux jours de travail acharné suffiraient ensuite à une couturière aussi experte qu'elle pour mener à bien la décoration originale prévue.

En attendant (car Diva ne restait jamais inoccupée et consacrait la majeure partie de son temps à sa garde-robe), elle ressortit un certain magazine de mode américaine. On y décrivait une robe d'intérieur (portée par Mrs Titus W. Trout) qu'elle se jugea capable de réaliser. Elle allait, de toute façon, tenter l'expérience, et si la tâche excédait ses capacités, elle en confierait l'exécution des parties les plus épineuses à la petite couturière qui travaillait pour Élisabeth et qui avait de vraies mains de fée. Mais cette tenue paraissait si audacieuse et si magnifique dans sa conception que Diva redoutait de mettre dans la confidence quelqu'un qui risquerait de vendre la mèche – les nouvelles allaient si vite à Tilling… Du drap bleu roi ! Articuler ces syllabes somptueuses lui mettait l'eau à la bouche !

Toute la matinée suivante, Miss Mapp mit une énergie si fébrile à piquer les pavots rouges sur le blé d'or de sa jupe qu'elle ne prêta qu'une attention des plus superficielles à l'ouverture des grandes manœuvres quotidiennes touchant le monde en général, et au major Benjy en particulier. Après s'être couché avec les poules la nuit précédente, il s'était probablement levé au chant du coq ce matin-là, et quand, vers dix heures et demie ou onze heures, Élisabeth entendit retentir son « Kwaï-haï ! » par sa fenêtre ouverte, le choc reçu interrompit quelques instants ses travaux floraux. Il paraissait fort étrange qu'après s'être mis au lit à une heure aussi décente la veille, ce ne fût qu'à présent qu'il réclamât son porridge… Dans un élan d'optimisme inaccoutumé, elle pensa toutefois qu'il avait sans doute travaillé à son journal intime avant le petit déjeuner et que, tout absorbé par cette tâche, il en avait complètement oublié de consulter sa montre. C'était la seule explication plausible, mais il lui serait agréable de la voir confirmée d'une manière plus explicite… Tout en tirant l'aiguille, elle s'appliquait à articuler en silence les syllabes « Ma-jor Ben-jy ». Il l'avait parfois appelée « Miss Élisabeth » dans un élan de galanterie, et elle comptait bien, une fois entraînée, lui dire un jour « Major Benjy » comme si cela lui avait échappé. Il ne manquerait pas alors de la prier de conserver cette habitude puisque sa langue avait fourché par pure amitié… Langue : voilà un mot qui faisait bifurquer la pensée d'Élisabeth vers d'autres objets. Elle s'accorda bientôt une petite pause, déplaça la table de jeu rangée contre le simulacre de bibliothèque, actionna le petit loquet dérobé, et ouvrit la porte pour inspecter le placard.

Il y avait encore de la place pour accueillir de quoi soutenir un siège et ne pas mourir de faim en cas de grève des mineurs, et Miss Mapp dressa l'inventaire de ses provisions de bouche. Même si la grève se prolongeait, elle ne manquerait pas de denrées de première nécessité car des boîtes de conserve brillaient en rangs serrés sur toutes les étagères, et son fournisseur prévoyant lui avait livré un bon sac de farine. Elle parvint, au prix d'un effort considérable, à transférer ce gros sac sur l'étagère supérieure du placard au lieu de le laisser posé par terre parce que Withers lui avait parlé – nouvelle désagréable… – d'une souris toute perplexe que Mary avait repérée plantée devant la bibliothèque. « Et maintenant, la petite souris ne trouvera que des boîtes de conserve sur le plancher, pensa Miss Mapp, et elle s'y cassera les dents ! » Il y avait en outre pléthore de thé et de café, des grands pots de confiture garnissaient les étagères de la cuisine, et, si elle y ajoutait ce matin une réserve raisonnable de fruits secs, elle pourrait affronter de pied ferme la disette à venir. Elle allait y pourvoir sur-le champ car, quelque occupée qu'elle fût, elle ne pouvait manquer le manège enchanteur des emplettes. Diva serait-elle à sa fenêtre à découper des roses dans ses rideaux de cretonne ? Quelle fille appliquée… et économe par-dessus le marché ! Peut-être verrait-elle en se penchant à la fenêtre, le lendemain à la même heure, que quelqu'un lui avait coupé l'herbe sous le pied en fait d'économie appliquée. Comme ce serait amusant !

Chez le major, la fenêtre de la salle à manger était ouverte et, en passant, Miss Mapp ne put manquer d'entendre fuser des remontrances tonitruantes à propos d'œufs mal cuits. Cela prouvait qu'on en était encore au petit déjeuner. Si le major avait profité de la fraîcheur matinale pour se plonger dans son journal intime au point d'en perdre la notion de l'heure, on ne pouvait pas dire que, bien qu'il se fût couché tôt, son réveil matinal convenait parfaitement à son tempérament oriental. Mais tout le monde savait que tout changement d'habitudes perturbe l'équilibre, et Miss Mapp persistait à espérer que d'ici un jour ou deux le major se sentirait devenu un autre homme. Plus bas dans la rue, en tenue de jockey et la cigarette aux lèvres, la pittoresque Irène se prélassait à la porte de son nouvel atelier (une ancienne remise de diligence sommairement réaménagée).

« Salut, Mapp ! cria-t-elle. Venez jeter un coup d'œil à mon nouvel atelier. Vous ne l'avez pas encore visité. Je pends la crémaillère la semaine prochaine. Tournoi de bridge ! »

Pour la centième fois, Miss Mapp s'efforça de paraître ignorer que c'était à elle que s'adressait Irène en lui criant « Mapp ! » d'une manière aussi odieuse. Mais elle n'avait jamais assez d'aplomb pour rétorquer de façon cinglante à une contrefaiseuse aussi redoutable…

« Bonjour, très chère ! dit-elle d'un ton flagorneur. Ai-je le temps de jeter simplement un rapide coup d'œil ? »

La décoration de l'atelier était encore plus atroce qu'on aurait pu le craindre. Un poêle allemand en faïence rose trônait dans un coin. Les poutres et le plafond étaient peints en rouge sang, les murs badigeonnés de rouge cramoisi et le sol de bleu. Dans un angle se dressait un énorme paravent rouge. Aux murs pendaient des spécimens de l'art d'Irène : ici, une femme obèse complètement nue en qui il était impossible de ne pas reconnaître

Lucy ; là, des études de grosses jambes et de poitrines imposantes. Sur le chevalet, en cours d'exécution selon toute vraisemblance, on pouvait voir un tableau qui représentait un homme. Miss Mapp détourna aussitôt les yeux.

« Ève ! » annonça Irène en désignant Lucy.

Miss Mapp conclut logiquement que l'homme peint dans la même tenue devait être Adam, et elle lui tourna le dos.

« Quelle idée originale d'avoir peint le sol en bleu, ma chère, dit-elle. Vous êtes vraiment un personnage hors du commun. Et ce ravissant plafond rouge sang ! Mais ne craignez-vous pas que toutes ces couleurs vives ne vous dérangent lorsque vous peignez ?

– Absolument pas. Ça ravive la notion des couleurs. »

Miss Mapp se tourna vers le paravent.

« Quel magnifique paravent vous avez là ! dit-elle.

– Oui, dit Irène. Mais ne regardez pas derrière : mon modèle est en train de se déshabiller… »

Miss Mapp s'écarta précipitamment, comme si elle s'était approchée d'un nid de guêpes. Elle examina les esquisses pendues au mur. À en juger par le tableau inachevé sur le chevalet, Adam était fort probablement tapi derrière le magnifique paravent. Tout en déplorant ce que cette situation avait de terrible, Élisabeth se sentait brûler d'envie de connaître son identité. Il était effrayant de songer qu'il pût exister à Tilling un homme assez dépravé pour supporter qu'on le regardât alors qu'il était aussi peu vêtu…

Irène accompagna Élisabeth d'un mur à l'autre.

« Études de Lucy, dit-elle.

– Je vois ça en effet, dit Miss Mapp. Quelle maîtrise ! Toutes ces jambes… et toutes ces choses ! Mais lorsque vous organiserez votre tournoi de bridge, ma chère, vous en couvrirez peut-être certaines… à moins de les retourner contre le mur ? Nous serons tous tentés de regarder vos œuvres au lieu de surveiller nos cartes. Et puis, voyez-vous, si vous aviez l'intention d'inviter le Padre… »

Elles approchaient du coin où se trouvait le paravent lorsqu'il s'y produisit un mouvement (comme si Adam l'avait heurté du coude) dont le bruit attira l'attention de Miss Mapp. Elle se retourna, le paravent s'aplatit par terre et là, à un mètre devant elle, apparut Mr Hopkins, le propriétaire de la poissonnerie située en haut de la rue. Maintes et maintes fois, Miss Mapp avait eu plaisir à lui faire la conversation dans le secret espoir d'obtenir une réduction sur le prix des barbues. Il portait un minuscule caleçon de bain…

« Alors, Hopkins, vous êtes d'attaque ? dit Irène. Vous connaissez Miss Mapp, n'est-ce pas ? »

Miss Mapp n'avait pas imaginé que le temps et l'éternité pussent jamais se liguer aussi efficacement pour affronter un instant pareil. Elle ne savait plus où regarder. Mais, où qu'elle portât les yeux, elle ne pouvait davantage éviter de voir Hopkins lever un grand bras nu et porter la main à l'endroit où aurait dû se trouver sa casquette, s'il en avait porté une.

« Bonjour, Hopkins ! dit-elle. Eh bien, ma chère Irène, il faut que je me sauve pour vous laisser à votre… (comment nommer l'innommable ?)… à votre travail. »

Elle quitta la pièce qui semblait jonchée de membres nus et, plus rouge que les homards bouillis de Mr Hopkins, elle dévala la rue à toute allure. Elle crut qu'elle n'aurait plus jamais le courage de regarder Hopkins en face et serait contrainte de se servir désormais à la poissonnerie de la Grand'Rue où se rendait Irène (lorsque c'était simplement du poisson que celle-ci venait demander dans une poissonnerie…). L'audace de l'espèce humaine (et surtout d'une certaine moitié de cette espèce) lui donnait le vertige. Comment Irène s'y était-elle donc prise pour entamer les négociations qui avaient abouti à cette collaboration ? S'était-elle contentée, un beau matin, de demander à Hopkins de but en blanc : « Pouvez-vous venir à mon atelier et vous déshabiller complètement ? » N'était le redoutable talent d'imitateur d'Irène, Élisabeth se serait crue obligée d'aller séance tenante chez le Padre pour lui confier, en baissant sa voilette, la triste histoire de A à Z. Cela étant exclu, elle se rendit donc chez Twemlow pour y commander deux kilos d'abricots secs.

IV

Diva l'avait craint à juste titre : on ne pouvait croire sur parole ce teinturier perfide, sa bonne ne lui apporta le paquet contenant la veste et la jupe incriminées que le lendemain matin. Diva avait déjà fait ses courses afin de pouvoir se consacrer exclusivement au faufilage de ses bouquets de roses thé sans qu'on la dérangeât. Elle espérait que la robe serait prête à temps pour le bridge qu'Élisabeth organisait l'après-midi suivant, et dont l'invitation venait de lui parvenir. Afin de s'assurer le concours de sa cuisinière et de sa bonne, elle se contenterait de prendre un repas froid à midi. Elle avait à peine commencé de faufiler la première rose sur le col de la veste quand elle regarda par la fenêtre. Ce qu'elle vit alors lui fit lâcher l'aiguille. Élisabeth passait sur le trottoir d'en face. Elle portait une robe dont Diva reconnut bientôt le tissu. C'était la toilette jaune qu'elle avait mise si souvent le printemps précédent. Mais le col, les poignets, la ceinture et le pourtour de la jupe en étaient parsemés de pavots d'un rouge criard. L'instant d'après, Diva se souvint de la cretonne qui recouvrait jadis le canapé d'Élisabeth dans le pavillon du jardin.

Sans perdre une minute, elle sonna sa bonne. Il lui fallait en avoir le cœur net.

« Janet, suivez Miss Mapp de près. Examinez bien sa robe pour voir si les pavots sont en cretonne. »

Janet resta bouche bée.

« Ça alors ! Elle n'a tout de même pas… commença-t-elle.

– Dépêchez-vous ! » dit Diva d'une voix étranglée.

De la fenêtre, elle observa la scène. Janet sortit, regarda à droite puis à gauche, repéra le gibier, et fila vers la Grand'Rue. Ses petits pieds trottinaient aussi vite que ceux de sa maîtresse. Elle revint très essoufflée d'avoir couru, et très indignée.

« Oui, M'dame, dit-elle. C'est bien de la cretonne. Des pièces rapportées exactement comme vous projetiez de le faire. Oh, M'dame ! »

Janet mesurait bien toute l'ampleur du désastre.

« Qu'allons-nous faire, M'dame ? » demanda-t-elle, d'une voix brisée.

Diva ne répondit pas immédiatement. Elle s'assit et ferma les yeux pour mieux se concentrer. Il était inutile d'épiloguer sur l'impossibilité d'arborer le lendemain une robe qui avait l'air de singer la tenue que tout Tilling avait pu voir aujourd'hui sur Élisabeth. À première vue, que faire de tous ces bouquets de boutons de roses récupérés à grand-peine ? Il était évidemment exclu de s'en servir pour décorer une autre robe, et tout à fait vain d'envisager de les recoudre sur les rideaux d'origine, à présent tout troués et tailladés. Levant la tête, Diva tourna les yeux vers sa robe violette en mal de décoration florale, puis vers Janet. Celle-ci était plutôt boulotte, et les mauvaises langues prétendaient qu'elle ressemblait à sa maîtresse…

Soudain, la lumière jaillit, éblouissante et diabolique. Diva bondit, aveuglée par son éclat.

« Ma veste et ma jupe sont à vous, Janet, déclara-t-elle. Remettez-vous au travail, toutes les deux. Secouez-vous ! Mettez des roses partout. Arrangez-vous pour que tout soit terminé ce soir. Portez cette robe dès demain. Portez-la tous les jours ! »

Elle ricana comme une sorcière, et enfila son aiguille.

« Grand Dieu, M'dame ! dit Janet d'un ton admiratif. Ça va lui donner du fil à retordre ! Je vous remercie vraiment beaucoup, M'dame ! »

Et tout partout n'était que roses…[1] Diva s'était un peu trompée en calculant le nombre de bouquets nécessaires. En fait, il y en avait assez non seulement pour garnir le col, les poignets et le pourtour de la jupe, mais encore pour en ajouter une rangée à quelques centimètres au-dessus de l'ourlet. Malgré son originalité et sa splendeur, cette robe constituait tout de même une sorte de pastiche de la tenue qui suscitait un si vif intérêt chez tous ceux qui voyaient Élisabeth faire ses courses ce jour-là. Le lendemain, Janet porterait la sienne et elle ne manquerait pas (ou Diva ne s'y connaissait pas) d'inciter ses amies à lui emboîter le pas en demandant à leurs maîtresses la permission de réutiliser des vieux morceaux de cretonne. Selon toute probabilité, les applications de cretonne allaient faire fureur parmi la gent ancillaire de Tilling… Peu importait la manière dont Élisabeth en avait eu l'idée : elle en aurait la nausée bien avant que Diva ne lui damât le pion. Certes (tout était possible), cette idée avait peut-être germé par hasard et parallèlement dans l'esprit d'Élisabeth, mais Diva répugnait à lui attribuer une origine aussi innocente. Il était bien plus plausible d'admettre que l'odieuse Élisabeth avait eu vent de l'invention de Diva grâce à quelque souterraine manœuvre d'espionnage. Une enquête ultérieure permettrait d'en révéler la nature mais, pour l'instant, les roses de Janet éclipsaient tout le reste.

Ce matin-là, Miss Mapp prolongea plus que de coutume sa tournée des boutiques. Toutes les dames de Tilling devaient voir les pavots sur fond de blé, et savoir qu'elle avait porté cette tenue avant que Diva n'en exhibât une piètre contrefaçon. Bien que le montant total de ses emplettes n'excédât probablement pas un shilling, Miss Mapp multiplia ses visites dans toutes sortes de boutiques. Elle posa une foule extraordinaire de questions sur le prix d'articles aussi variés que des voitures automobiles

1. Robert Browning, « Le Patriote ». *(N.d.T.)*

ou de la cire à cacheter. Elle revint plusieurs fois sur ses pas pour se faire répéter (tout en s'excusant de sa distraction, avec un grand sourire) ce qu'on lui avait dit à son premier passage et qu'elle avait déjà oublié. Vers midi, pratiquement tout le monde – à l'exception d'une seule personne – l'avait vue et, à sa grande satisfaction, sa tenue avait suscité une admiration irritée mêlée d'intense jalousie. Withers, Mary et elle-même avaient déployé un savoir-faire si astucieux qu'il était pratiquement impossible de deviner comment les pavots décoratifs avaient été appliqués sur le fond. À telle enseigne qu'Evie lui avait tourné autour comme une petite souris en murmurant :

« Cela fait un effet superbe. Sont-ils tissés dans la trame, Élisabeth ? Mon Dieu, je me demande bien où je pourrais m'en procurer… »

Quant à Mrs Poppit, elle avait suivi Miss Mapp en remontant toute la rue, les yeux collés sur l'ourlet de la jupe, et l'air complètement ahuri. « Eh oui, pensa la douce Élisabeth, même les membres de l'ordre de l'Empire britannique ne peuvent obtenir qu'on leur passe tous leurs caprices… » Pour sa part, alors qu'il bondissait hors de chez lui, le major était tout bonnement tombé en arrêt au passage de Miss Mapp à qui il avait habilement glissé quelques mots fort galants. Même l'absence notoire de l'unique Tillingote qui manquait à la revue – à savoir la chère Diva – ne parvenait pas à jeter une note discordante dans ce péan triomphal. Miss Mapp se félicitait de savoir Diva confinée à la maison, où elle s'escrimait bec et ongles à coudre des bouquets de roses (sur ce point, Miss Mapp avait vu juste, bien entendu). Mais la chère Diva serait bien obligée de voir la nouvelle robe le lendemain après-midi, au plus tard, en se rendant au bridge. Elle-même étrennerait peut-être alors la sienne, et tout le monde la considérerait d'un œil apitoyé. Cette perspective réjouissante l'enchanta tellement qu'au terme de ses nombreuses courses dont elle ne rapportait qu'un panier presque vide, elle adressa le même sourire que d'habitude à Mr Hopkins qui se tenait sur le seuil de sa boutique. Elle évita cependant de croiser son regard et tenta d'oublier tout ce que, la veille, elle avait pu apercevoir de son anatomie. Les jours suivants, elle pourrait peut-être lui adresser la parole et rétablir progressivement leurs bonnes relations d'antan, car chez l'autre poissonnier les prix étaient aussi rédhibitoires que la qualité de la marchandise… Elle se dit qu'il n'y avait en soi rien de positivement immoral dans la peau humaine, en dépit de l'embarras qu'en provoquait la vue.

Miss Mapp avait essuyé une cruelle déception la veille, bien que le triomphe de la matinée en eût atténué l'intensité. La lumière avait brûlé fort tard à la fenêtre du major Benjy. Cela prouvait bien qu'il n'avait pas réussi à s'arracher deux soirs de suite à son journal intime (ou à toute autre occupation absorbante) pour se coucher à une heure raisonnable. En revanche, le capitaine Puffin n'avait pas veillé. Il avait même dû se coucher exceptionnellement tôt car sa fenêtre n'était plus éclairée vers neuf heures et demie. Ce soir, la situation était encore inversée… C'était apparemment le tour du major Benjy de se montrer « sage », tandis que le capitaine Puffin n'en faisait qu'à sa tête. Dans l'ensemble, il y avait lieu de rendre grâces au ciel. Mais Miss Mapp ne put se défendre, tout en ajoutant une boîte de biscuits et deux pots de Viandox à ses prudentes provisions, de constater qu'elle nourrissait les doutes les plus graves au sujet des fameuses voies romaines. Le cas était (peut-être) légèrement différent en ce qui concernait les journaux intimes, car l'intérêt que l'on se porte à soi-même constitue un ressort bien plus puissant que l'archéologie, mais, à présent, elle était intimement persuadée pour sa part que les voies romaines impliquaient certaines libations. Elle regrettait de le croire, mais son devoir lui dictait de croire quelque chose de ce genre, et elle ne voyait vraiment pas ce qu'elle aurait pu croire d'autre. Elle n'allait pas jusqu'à accuser mentalement le capitaine d'ivrognerie mais, vu sa façon de consommer de la marmelade de groseilles glacées à la crème, on pouvait difficilement le prendre pour un ennemi juré de l'alcool. Il en aspergeait probablement les voies romaines. Miss Mapp imagina cette scène haute en couleur…

S'arrachant à ces réflexions mélancoliques, elle tendit le bras juste à temps pour empêcher une bouteille de Viandox, posée sur l'étagère supérieure devant le sac de farine, de dégringoler. Compte tenu des dernières provisions ajoutées à son garde-manger, il lui fallait déployer des trésors d'ingéniosité pour caser toutes les boîtes de conserve et tous les paquets. Elle détourna son attention de la boisson du capitaine Puffin pour la concentrer sur sa propre nourriture. Moyennant une nouvelle répartition des charges et des volumes, elle parvint à tout remettre en place, en ménageant l'espace nécessaire pour refermer la porte devant laquelle elle remit la table de jeu. Il était tard et, après avoir adressé un regard plein de tendresse à ses douces fleurs tout assoupies au clair de lune, elle monta se coucher. Le salon du capitaine Puffin était encore éclairé et, comme elle déplorait la chose, voilà qu'elle vit se profiler son ombre sur le store tiré. Les ombres avaient quelque chose d'étrange… (elle-même, en entremêlant adroitement les doigts et les pouces, savait faire un beau petit lapin en ombre chinoise sur le mur). Mais, pour furtive qu'elle fût, l'ombre en question semblait bel et bien nantie d'une grosse paire de moustaches. Elle fut incapable d'en rien conclure sinon qu'à l'instar des doigts et des pouces qui se métamorphosent en lapin, le nez du capitaine s'était peut-être transformé en moustache (celle-ci n'avait pas pu pousser depuis son retour du golf…).

Le lendemain matin, elle sortit de bonne heure pour faire ses courses. Il lui fallait prévoir quelques friandises pour le bridge. Elle avait repéré récemment des petits gâteaux au chocolat, apparemment inoffensifs, mais en réalité si consistants et bourratifs que celui qui en avait mangé perdait ensuite toute envie d'ingurgiter quoi que ce soit d'autre. Naturellement, ce jour-là, elle avait l'œil aux aguets : Diva avait probablement fini sa robe et l'exhiberait à la ronde. Miss Mapp en ignorait la couleur mais la profusion de petits bouquets de roses, même à distance, en faciliterait l'identification. Diva, de toute évidence, n'était pas à sa fenêtre ce matin. Élisabeth n'allait donc probablement pas manquer de la rencontrer sans tarder.

Tout au loin, elle aperçut une tache de violet éclatant qui correspondait beaucoup à la silhouette attendue, et traversait la Grand'Rue. Il était clair qu'une bordure rose décorait le pourtour de la jupe et que le col était agrémenté de revers roses. Il était tout aussi clair que Mrs Bartlett, reconnaissable à sa démarche trotte-menu de petite souris, glissait comme fascinée dans son sillage. La tache violette disparut ensuite dans une boutique et Miss Mapp, tout sourires et pavots dehors, remonta la rue le panier sous le bras. Elle croisa bientôt Evie qui, tout sourires également, parut vouloir lui annoncer quelque chose. Mais elle s'arrêta court après lui avoir dit « Avez-vous vu… », poussa un petit rire aigu (qui ne rimait absolument à rien) et s'engouffra sous le premier passage voûté. L'instant d'après, la tache violette jaillit d'une boutique et entra presque en collision avec Miss Mapp. Ce n'était pas du tout Diva, mais Janet, sa bonne.

La violence du choc fut si indescriptible que le sourire de Miss Mapp se figea comme si son visage s'était soudain pris dans les glaces. Il ne commença à se décrisper que lorsqu'elle eut atteint le virage en épingle à cheveux au bout de la rue. Là, elle s'appuya lourdement contre la main courante et se mit à souffler bruyamment. Une légère brume d'automne s'étirait sur des kilomètres de paluds mais déjà le soleil l'évaporait, promettant ainsi aux Tillingotes encore une journée radieuse. La marée basse découvrait le pied des digues moussues qui canalisaient la rivière. Au-delà se profilait la station du tram que le major Benjy et le capitaine Puffin n'allaient pas tarder à attraper pour se rendre au golf. On pouvait voir la route qui coupait à travers les paluds ainsi que le pont du chemin de fer. Tout ce paysage paraissait obstinément immuable et Miss Mapp le regarda d'un œil absent… Mais bientôt un sentiment de rage redonna le branle à ses esprits engourdis.

Si les annales de l'Histoire ont jamais gardé la trace d'un acte de félonie aussi pervers que le complot ourdi par Diva lorsqu'elle décida de travestir Janet en l'affublant de cretonne semée de roses, Miss Mapp aurait bien aimé en connaître tous les détails. En toute lucidité, elle pouvait reconstituer le déroulement du processus mental qu'avait suivi l'infâme Diva : et si les neufs chœurs des anges lui avaient soutenu d'une voix unanime que celle-ci se promettait, dès l'origine, d'offrir les boutons de roses à sa bonne, Élisabeth les aurait accusés en bloc de parjure grossier. C'était pour elle-même que Diva avait conçu et réalisé cette robe puis, en voyant qu'Élisabeth (providentiellement inspirée par les deux petits bouquets de roses qui s'étaient envolés par la fenêtre) s'apprêtait à lui couper l'herbe sous le pied, elle avait décidé de prendre sa revanche diabolique. Impossible, désormais, de sillonner la Grand'Rue couverte de pavots en cretonne alors qu'une bonne, couverte de petites roses également en cretonne, en faisait autant. Que faire à présent de cette tenue que Withers et Mary l'avaient aidée à réaliser avec tant de joie et tant de hargne ? Elle n'en savait rien. Comme elle ne pouvait plus la porter, elle ferait tout aussi bien de la donner à Withers ou d'arracher les pavots de l'ourlet et d'en joncher la Grand'Rue… Le visage de Miss Mapp se figea de nouveau : Diva en personne se dirigeait vers elle à toute allure.

Elle ne parut remarquer Élisabeth qu'au tout dernier moment.

« B'jour, Élisabeth ! dit-elle. Vu ma bonne Janet par hasard ?

– Non », dit Miss Mapp.

À cet instant précis (et sans doute conformément à la consigne reçue), Janet jaillit d'une boutique et s'approcha de sa maîtresse.

« Ah ! La voilà, dit Diva. C'est bon, Janet. Vous pouvez retourner à la maison. Je m'occuperai du reste.

– Belle journée, dit Miss Mapp dont le cœur recommençait à lui fouetter les côtes comme la queue de la Bête de l'Apocalypse[1]. Le soleil est si éclatant !

– Oui. Belle garniture de pavots, dit Diva. Celle de Janet a des boutons de roses. »

C'en était trop.

« Diva, je n'aurais pas cru ça de vous, dit Miss Mapp d'une voix tremblante. Vous avez vu hier ma nouvelle toilette ; et parce que j'avais eu l'idée, comme vous-même, Diva, d'utiliser des fleurs découpées dans de la vieille cretonne, et que je suis sortie avec ma robe avant vous, vous avez été jalouse et vous avez voulu vous venger. Vous aviez eu l'intention de mettre cette robe violette – mais je dois avouer qu'elle sied comme un gant à Janet – et, parce que je vous ai simplement devancée, vous avez fait *ça*. Vous avez donné cette robe à Janet uniquement pour que je me retrouve avec une robe du même style que celle que votre bonne a sur le dos. Vous avez le cœur noir comme un démon, Diva !

– Vous racontez des âneries, lui répliqua Diva. J'ai le cœur rouge comme tout le monde, et je trouve que *vous* êtes mal placée pour me faire la leçon, Élisabeth. Vous saviez pertinemment que je découpais des roses dans mes rideaux… »

Miss Mapp poussa un petit rire strident.

« Effectivement, si je remarque que vous avez détaché vos rideaux de cretonne, dit-elle (elle articulait avec tant de précision qu'on pouvait distinguer toutes ses dents de sagesse, alors qu'il n'en restait plus que trois, au maximum, dans la bouche de Diva), et que des petits bouquets de roses s'envolent de votre

1. Livre de l'Apocalypse 12, 4. *(N.d.T.)*

fenêtre dans la Grand'Rue, même ma pauvre cervelle, si petite soit-elle, est en mesure d'en conclure que vous découpez des roses dans vos rideaux. Votre goût légendaire pour la haute-couture a fait le reste. Avec votre permission, Diva, j'ai bien l'intention de tirer toutes les conclusions qu'il me plaira, y compris celle qui nous occupe en l'occurrence.

– Ça par exemple ! C'est donc ainsi que vous en est venue l'idée, dit Diva. Je savais bien que vous me l'aviez chipée.

– "Chipée" ? demanda Miss Mapp en feignant ironiquement d'ignorer le sens d'un terme argotique aussi vulgaire.

– "Chiper" veut dire s'approprier indûment le bien d'autrui, rétorqua Diva. Et même en l'admettant… Si seulement vous aviez agi ouvertement et en toute franchise… »

Comme frappée du haut mal, Miss Mapp regretta d'avoir laissé échapper, par ironie et sous l'effet d'une joie enfantine, le terme qui qualifiait la manière dont elle s'était procurée l'idée des pavots. Mais comme il ne faut pas s'attarder en vains regrets dans le feu d'une querelle, elle reprit de plus belle :

« Auriez-vous l'extrême obligeance de m'expliquer quand et comment j'ai pu agir autrement qu'en toute franchise ? demanda-telle d'un ton de politesse excessive. Ou bien dois-je entendre que le Parlement a promulgué une loi vous accordant le privilège exclusif des garnitures découpées dans de la vieille cretonne ?

– Vous saviez pertinemment que j'avais l'intention de garnir une de mes robes avec des bouquets de roses en cretonne, dit Diva. Vous m'avez volé l'idée. Travaillé nuit et jour pour être la première. Tout comme vous d'ailleurs. Quel procédé mesquin…

– Il était encore plus mesquin de donner ce vêtement à Janet, dit Miss Mapp.

– Rien ne vous empêche de donner le vôtre à Withers, répliqua Diva d'un ton sec.

– Je vous sais infiniment gré de votre bonté, Mrs Plaistow », dit Miss Mapp.

Diva avait regardé partir Janet. Si sa vengeance l'avait soulagée, en revanche elle lui revenait singulièrement cher. Après avoir sacrifié la robe qui lui avait valu le plus franc succès, voilà qu'il n'en restait plus que des cendres. Maintenant qu'elle s'était bien vengée, elle regrettait amèrement sa robe. Miss Mapp connaissait le même crève-cœur : elle aussi s'était vengée, mais cet affreux contre-coup l'en avait totalement privée : elle ne pouvait décemment porter le même genre de robe qu'une bonne. En l'occurrence, chacune avait anéanti l'autre comme deux trains rapides se heurtent de plein fouet, et puisque la querelle avait atteint son paroxysme, l'avenir désormais n'offrait plus aucune perspective alléchante de nouvelles batailles. Il ne restait plus que le triste devoir de compter les cadavres. À court d'haleine et toutes tremblantes, elles marquèrent donc une pause pour chercher une solution, d'autant plus que le bridge se tenait chez Miss Mapp cet après-midi-là, et que si elles se quittaient à présent dans cet état d'extrême tension, Diva était capable de ne pas s'y rendre, désorganisant, du même coup, la table de son hôtesse. Aucune des deux, naturellement, n'envisageait une brouille définitive. Si les brouilles devaient être définitives à Tilling, plus personne n'y adresserait plus la parole à personne en moins de deux jours, ce qui excluerait (perspective à peine moins désastreuse) toute nouvelle querelle avec qui que ce fût, puisqu'il était inconcevable de se quereller sans échanger de paroles. On pouvait concevoir des *Romances sans paroles*, Mendelssohn l'avait bien prouvé, mais comment imaginer des disputes sans paroles ? Quelle formule magique pouvait opérer un rapprochement rapide pour mettre un terme à ce litige meurtrier ?

Diva contempla les paluds en contre-bas. Elle souhaitait ardemment récupérer sa robe à fleurs et savait que, de son côté, Élisabeth aspirait désespérément à conserver l'usage de ses pavots. Le spectacle de la vaste et calme plaine qui s'étendait à ses pieds lui inspira peut-être le dégoût de la mesquinerie. Sa dignité n'aurait pas à souffrir si elle suggérait à son ennemie un compromis que celle-ci accepterait sans hésiter. Elle ferait preuve, en prenant les devants, de charité chrétienne et montrerait ainsi l'exemple à Élisabeth. Elle n'avait cure de Janet.

« Si vous pensez être en mesure d'écouter calmement, Élisabeth… » commença-t-elle.

Miss Mapp poussa un soupir de soulagement : Diva avait songé à quelque chose. Elle ravala l'insulte instantanément.

« Oui, très chère, dit-elle.

– J'ai une idée. Reprendre la robe à Janet et la porter moi-même. Comme cela vous pourrez porter la vôtre. Elles sont bien trop belles pour des bonnes… Qu'en dites-vous ? »

Un rayon de soleil transfigura le visage de Miss Mapp.

« Oh, comme c'est merveilleux d'avoir pensé à cela, Diva ! dit-elle. Mais comment l'expliquer aux autres ? »

Diva se cramponna à ses droits d'antériorité. L'héroïsme de ses vertus chrétiennes ne l'empêchait pas de rester femme.

« Disons que j'ai eu l'idée de coudre des applications de cretonne et que je vous en ai parlé, suggéra-t-elle.

– Oui, ma chérie, concéda Élisabeth. Je suis d'accord, c'est parfait. Mais que dira cette pauvre Janet ?

– Oh ! Je lui refilerai quelque autre vieillerie. Brave fille, cette Janet. Elle veut à tout prix que je gagne la partie.

– Mais on l'a vue porter la robe…

– On dira qu'elle ne l'a jamais portée. On dira qu'ils ont tous perdu la tête et ont eu des visions », trancha Diva.

Miss Mapp jugea plus avisé de prendre congé avant de se mettre à insinuer la foule de remarques acrimonieuses qui saturaient son esprit fertile. Il lui aurait été facile, par exemple, d'admettre que l'on pouvait aisément s'être trompé en confondant Janet avec sa maîtresse…

« Alors, *au réservoir*, ma chère, dit-elle d'un ton de tendresse affectueuse. On se revoit vers quatre heures ? Et vous porterez votre belle robe à fleurs ? »

Cela fut convenu, et Diva rentra chez elle pour reprendre la robe à Janet.

La réconciliation, bien entendu, ne concernait que le domaine bien précis de la cretonne. En étaient exclus tous sujets parallèles tels que le stockage illégal de denrées alimentaires ou la grève des mineurs. Toutefois, et ce, dès les premières lueurs de l'amitié recouvrée, Diva commença de se demander si elle trouverait l'occasion, au cours de l'après-midi, de vérifier le bien-fondé de son hypothèse visant le placard du pavillon. Elle avait beau se creuser la tête, elle ne parvenait pas à imaginer quelle autre cachette pouvait recevoir la masse énorme des provisions qu'Élisabeth avait probablement accumulées, et elle brûlait de tenir enfin la clef du mystère. Élisabeth avait pu enterrer les boîtes de conserve contenant du corned-beef ou de la langue dans le jardin (comme un chien son os), mais une receleuse ne pouvait raisonnablement se limiter à des conserves en boîte. Non ! Il devait y avoir quelque part un placard plein à craquer de nourritures substantielles…

Diva arriva exprès avec un bon quart d'heure d'avance. Withers la conduisit dans le pavillon du jardin où l'on avait préparé le service à thé et les deux tables de jeu. Les autres invités, bien entendu, n'étaient pas encore arrivés, et quand Withers la laissa seule pour aller annoncer sa présence à sa maîtresse, Diva se glissa subrepticement près du placard, en proie à la joie qui doit saisir tout romantique chercheur de trésor quand il touche au but. On avait retiré la table de jeu habituellement poussée devant la porte. Diva trouva le loquet, l'actionna et tira la porte. Devant ses yeux émerveillés se dressait la masse impressionnante et appétissante des provisions. Les denrées les plus délectables se pressaient sur toutes les étagères : boîtes de conserve contenant du corned-beef ou de la langue (elle savait déjà cela), un grand sac de farine, des paquets cylindriques de biscuits digestifs (du docteur William Oliver) des bouteilles de Viandox, la production laitière de milliers de vaches suisses sous forme condensée, des bocaux de pruneaux… Tous ces articles occupaient l'avant-scène contre la porte, mais que réservaient les profondeurs qu'ils occultaient ? Tandis que, n'en croyant pas ses yeux, elle contemplait ce spectacle stupéfiant, un paquet posé en équilibre sur l'étagère supérieure vacilla. Elle n'eut que le temps de pousser précipitamment la porte pour l'empêcher de tomber, mais le paquet déplacé faisait que celle-ci ne pouvait pas se refermer complètement. Diva se mit à pousser, à compresser ; mais elle eut beau faire, ses efforts énergiques n'eurent pour seul résultat que de provoquer une sorte d'explosion sourde à l'intérieur du placard, comme si un objet en carton avait éclaté. Son imagination était si enflammée qu'elle crut qu'il s'agissait d'une véritable explosion. Puis elle entendit frapper des petits coups au dos des titres *Morceaux choisis* et *Astronomie*…

Diva devint toute rouge et dit « Nom d'un chien ! » à voix basse. Elle n'osa pas tenter d'ouvrir de nouveau, afin de ne pas provoquer une avalanche fatale. Apparemment, un équilibre heureux, mais précaire, régnait à présent sur ces vastes étagères, mais il était impossible de mesurer toute l'ampleur du bouleversement sans y jeter un coup d'œil. Pour ce faire, elle serait forcée de rouvrir la porte… Par bonheur, la pression exercée à l'intérieur sur celle-ci n'était pas trop forte. Mieux valait donc la laisser légèrement entrebâillée et ne pas troubler le calme provisoire du sanctuaire violé.

Diva entendit alors les pas de Miss Mapp. Elle eut tout juste le temps de franchir, de toute l'énergie de ses petites jambes, la distance qui la séparait de la fenêtre devant laquelle elle se campa, le regard perdu dans le lointain, et ne paraissant pas avoir remarqué l'entrée de son hôtesse.

« Ma chère Diva, quelle excellente idée d'être venue si tôt ! dit-elle. Faisons un brin de causette avant que les autres n'arrivent. »

Diva se retourna en sursautant.

« Salut ! dit-elle. Vous ai pas entendue approcher. Vous voyez : j'ai récupéré la robe de Janet. »

(« Mais pourquoi donc Diva a-t-elle le visage si rouge ? » se demanda Miss Mapp.)

« C'est en effet ce que je vois, ma chérie. Quelle belle roseraie ! Et comme cela vous va bien ! Qu'a dit Janet ?

– Oh, rien ! Je lui ai promis une nouvelle robe pour Noël.

– Elle le mérite bien, vous savez, dit Élisabeth avec enthousiasme. Et si nous faisions un petit saut dans le jardin avant que n'arrivent mes invités ? »

Diva était tout heureuse de faire un petit tour dans le jardin. Cela l'éloignerait du fameux placard. Certes, elle avait projeté de révéler au grand jour qu'Élisabeth stockait des vivres, et elle attendait le moment opportun pour mettre son projet à exécution. Mais elle n'avait pas prévu de le faire à coup d'avalanches de boîtes de conserve et d'explosions de bouteilles de Viandox. Elle avait eu l'intention d'ouvrir cette porte par mégarde et en toute innocence, lorsqu'elle serait le mort, pour permettre à tout le monde de croire à une découverte fortuite. En fouillant, à son insu, dans le placard d'Élisabeth, Diva avait, pour ainsi dire, déployé un zèle quasi professionnel assez inédit pour le genre de travail de détective couramment pratiqué à Tilling. Mais, à présent, la mèche était allumée. L'explosion devait se produire tôt ou tard. Tout en se penchant avec dévotion sur les douces fleurs d'Élisabeth, en attendant l'arrivée des autres invités, Diva essayait d'imaginer le volume du torrent qui allait déferler. Elle ne regrettait pas ses manœuvres exploratoires – loin de là ! – et ressentait un étrange mélange d'agréable curiosité et d'appréhension.

Miss Mapp avait eu tant de mal à réunir huit joueurs ce jour-là que, transgressant pour une fois ses grands principes, elle avait convié Mrs Poppit ainsi qu'Isabelle, sa fille. Avec Diva, les deux Bartlett, le major et le capitaine, la réunion était donc au grand complet. Dès que Mrs Poppit apparut, Élisabeth la trouva plus horripilante que jamais. Brandissant son face-à-main, elle se mit à dispenser, d'un ton doctoral, son avis sur le jardin dont Élisabeth lui faisait pour la première fois les honneurs.

« Vous avez là un bon petit bout de jardin, Miss Mapp, dit-elle. Mais, d'après tout ce que vous m'en aviez dit, je dois avouer que je l'aurais imaginé franchement plus grand. Mon Dieu, vos roses ont l'air bien mal en point. Ce sont probablement des pieds trop vieux qui ont besoin d'être renouvelés. Il faut m'envoyer votre jardinier – mais avez-vous un jardinier ? – et je vous ferai parvenir une bonne douzaine de jeunes plants vigoureux. »

Miss Mapp se passa la langue sur les lèvres. Elle avait une sorte de jardinier qui venait travailler deux jours par semaine.

« C'est vraiment trop généreux de votre part, dit-elle. Voyez-vous, ce parterre de roses représente pour moi quelque chose de sacré, chère Mrs Poppit. C'est ma "plate-bande de l'amitié" ; chacun des rosiers m'a été offert par quelque ami très cher. »

Mrs Poppit leva les yeux vers la glycine qui surplombait les marches conduisant au pavillon. « Certains des amis très chers, pensa-t-elle, doivent être centenaires… »

« Quant à votre glycine, dit-elle, elle a sérieusement besoin d'être taillée. Votre jardinier n'entend rien aux glycines. À mon avis, ce coin est fait pour des fuchsias. Vous devriez vous en procurer une douzaine de pieds de premier choix. »

Miss Mapp se mit à rire.

« Il faut me pardonner, dit-elle en jetant un coup d'œil à la robe de brocart de Mrs Poppit, mais je ne supporte pas les fuchsias. Ils me font toujours penser aux robes surchargées de certaines personnes. Ah ! Voici Mr Bartlett. Comment va, Padre ? Et cette chère Evie ! »

La chère Evie parut fascinée par la robe de Diva.

« Quels beaux boutons de roses ! murmura-t-elle, et quel joli ton de violet ! Et les pavots d'Élisabeth… Vous êtes vraiment assorties toutes les deux. Mais, Diva, il me semble bien avoir vu votre brave Janet porter une robe identique ce matin, et j'ai trouvé alors très singulier que…

– Si vous avez vu Janet ce matin, trancha Diva d'un ton péremptoire, elle portait sa robe en tissu imprimé.

– Mais c'est le major Benjy, dit Miss Mapp (elle s'était enfin permis de laisser échapper son prénom la veille et on l'avait, comme de juste, engagée à se le permettre désormais…). Et le capitaine Puffin ! Magnifique ! Voulez-vous que nous allions prendre le thé dans ma petite cabane, chère Mrs Poppit ? »

Le major Flint boitait encore un peu car le golf, ce jour-là, avait plutôt ressemblé pour lui à une épuisante séance de jardinage. Il gravit les marches en clopinant à la suite des dames. Le Padre fermait le cortège avec le petit marin aux allures de pingouin qui lui racontait comment lui-même, en revanche, s'en était honorablement tiré au golf – malgré son médiocre niveau.

« Voilà bien la pièce la plus agréable de Tilling, Miss Élisabeth ! Je l'ai toujours dit », déclara le major en détournant son attention de ce qui n'était qu'un simple jeu, pour la prêter aux mignonnes.

« Mon coin préféré, dit Miss Mapp, sachant pertinemment que les dimensions de cette pièce spacieuse dépassaient de loin tout ce que la maison de Mrs Poppit pouvait offrir de plus vaste. Il est si minuscule !

– Mais c'est une belle petite pièce, dit Mrs Poppit d'un ton encourageant. Elle a les mêmes proportions, ramenées à une échelle plus modeste, que la salle du trône du palais de Buckingham.

– Ah ! Cette salle du trône ! Elle est vraiment superbe, s'exclama Miss Mapp. Puis-je vous servir une tasse de thé, chère Mrs Poppit ? Rien à voir, j'en ai peur, avec cette grande coquine de marmelade de groseilles glacées à la crème… Un petit gâteau au chocolat ? »

Ces gâteaux au chocolat, véritables étouffe-chrétien, ne tardèrent pas à remplir leur funeste mission et, rassassiés au bout de deux ou trois bouchées, les invités d'Élisabeth, au bord de la nausée, s'éloignèrent bientôt de la table à thé. Heureusement pour elle, Diva se souvint à temps de la vertu bourrative de ces petits gâteaux ; elle se rattrapa en vidant complètement une assiette de gimblettes que la maîtresse de maison espérait récupérer intacte pour accompagner agréablement son propre dessert au souper. Diva était encore occupée à croquer ses dernières gimblettes quand tous les autres amorcèrent le mouvement en direction des deux tables de jeu. Mrs Poppit, tenant haut son face-à-main, et suivie d'Isabelle, faisait le tour du propriétaire. Telle un acheteur prudent, elle examinait d'un œil soupçonneux la qualité du tapis, des rideaux et des têtières des chaises. Comme elle n'était pas sûre de revenir, elle profita tout de suite de l'occasion (ce en quoi elle n'avait pas tort car Miss Mapp avait, d'ores et déjà, décidé de ne pas l'inviter de nouveau…).

« Et je vois que vous avez beaucoup de livres, fit-elle en arrivant devant le placard fatal. Regarde tous ces livres, Isabelle. Ils ont pourtant quelque chose d'étrange… Je ne crois pas que ce soient de vrais livres. »

Elle tendit la main et tira sur le dos d'un des volumes de *Morceaux choisis*. La porte s'ouvrit violemment en déclenchant un affreux tintamarre. Quelque chose de mou et de volumineux s'écrasa sur le sol, dont il se dégagea un nuage de poussière farineuse. Une bouteille de Viandox vint atterrir en douceur sur le sac crevé, tandis qu'un régiment de biscuits Oliver s'abattait en tambourinant comme des diables sur une boîte de corned-beef, puis une pluie d'abricots secs s'échappa d'un paquet défoncé, comme la mitraille jaillissant d'un shrapnell, et s'abattit sur des boîtes de conserve, avant qu'un bocal de pruneaux, dont la chute fut amortie par la couche de farine, roule joyeusement jusqu'au milieu de la pièce.

Un silence absolu succéda au vacarme. Dans le fracas de la bataille, le Padre s'était exclamé : « Or çà, qu'est-ce donc, ma parole ! », mais la rafale d'abricots secs avait noyé sa voix. Le membre de l'ordre de l'Empire britannique s'écarta du monceau de provisions qui avaient rebondi autour d'elle et réajusta son face-à-main pour examiner les dégâts. Diva se fourra la dernière gimblette dans la bouche et l'engloutit à toute vitesse. Pour elle, comme dit Miss Rossetti, le grand jour de son épiphanie était arrivé[1].

« Ma pauvre Élisabeth ! s'exclama-t-elle. Quel désastre ! Toutes les petites conserves que vous aviez mises de côté en prévision de la grève des mineurs… Laissez-moi vous aider à les ramasser. Je ne crois pas qu'il y ait rien de cassé. Quelle chance, n'est-ce pas ? »

Evie accourut sur les lieux.

« Que de bonnes choses ! fit-elle à mi-voix. De la viande en conserve, du Viandox, des pruneaux… et tous ces abricots secs ! Laissez-moi les ramasser. Peut-être, en les essuyant un peu… Ma parole ! Que de bonnes choses ! »

Miss Mapp marchait vraiment sur un guêpier. Avec, pour commencer, la vision de Mr Hopkins dans le plus simple appareil, puis la robe de Janet et, pour finir, la découverte tonitruante de son antre de Cacus, la vie en ce moment ne semblait lui réserver qu'une série de chausse-trapes. Comment diable le loquet de cette porte avait-il pu se décrocher, elle n'en avait pas la moindre idée. Bien que fort tentée d'accuser quelqu'un de manœuvres criminelles, elle en était réduite à admettre que les mains inquisitrices de Mrs Poppit avaient décroché le loquet par inadvertance. Diva, bien entendu – c'était bien d'elle – avait rompu le silence pour faire une allusion odieuse au recel de nourriture, et Miss Mapp regretta amèrement d'avoir entamé le sujet l'autre jour. Elle aurait mieux fait de se contenter

1. Christina Rossetti, « Un Anniversaire ». *(N.d.T)*

d'entasser ses provisions sans se croire obligée de claironner le contraire. Mais l'heure n'était pas aux vains remords et, refoulant son envie bien naturelle de sauter à la gorge de Mrs Poppit toutes griffes dehors, elle fit montre d'un sang-froid et d'une présence d'esprit admirables. Tout en sachant qu'elle ne duperait personne, Miss Mapp savait que tous joueraient le jeu.

« Oh ! Tous mes petits cadeaux de Noël pour les pauvres de la paroisse, Padre ! dit-elle. Vous les avez découverts avant le jour prévu. D'ici-là, il faudra les bannir de votre mémoire. En fin de compte, il n'y a pas eu beaucoup de dégâts, à part un ou deux abricots. Withers va ramasser tout cela. Nous pouvons donc commencer notre bridge. »

Withers arriva à ce moment-là pour débarrasser la table à thé, et Miss Mapp dut reprendre son explication depuis le début.

« Tous nos petits cadeaux de Noël se sont renversés, Withers, dit-elle. Pouvez-vous remettre tout ce que vous pourrez dans le placard et emporter le reste à la cuisine ? Faites attention de ne pas marcher sur les abricots. »

Cette dernière opération s'avéra acrobatique car il y avait des abricots partout et on les distinguait mal, tant leur couleur se confondait avec celle du tapis brun. Par deux fois, Miss Mapp avait déjà posé le pied dessus, et ils adhéraient obstinément à ses semelles. On s'escrima à les décoller avec une pelle à charbon, tant et si bien qu'au bout de quelques minutes, le garde-feu était jonché d'abricots écrasés… Tout en se répartissant entre les deux tables, les joueurs gardaient vraiment un air perplexe. Chacun s'efforçait d'entériner mentalement la version officielle des faits soutenue par Miss Mapp, à savoir qu'à la mi-septembre, elle avait déjà rempli son placard de cadeaux de Noël dont le volume dépassait l'entendement. Le cas méritait réflexion. Il exigeait une foi si puérile que c'en était presque de l'idiotie. Lors des distributions de cartes, la conversation avait une fâcheuse tendance à se porter sur la grève des mineurs et, chaque fois, on changeait promptement de sujet comme si quelque obscure raison interdisait d'aborder cette innocente question. D'une manière générale, tout le monde était concerné, mais on sentait, à juste titre, que Miss Mapp l'était au premier chef, et d'une manière toute particulière…

V

C'était au tour du major d'accueillir son ami et, vers neuf heures et demie, un soir d'octobre où le vent soufflait par rafales, ils s'étaient installés au coin du feu, dans le salon où le maître de maison tenait son journal intime. La pluie fouettait les fenêtres et, par moments, la bourrasque qui faisait rage et hurlait dehors, refoulait des bouffées de fumée âcre par la cheminée. Pour accréditer la petite supercherie des voies romaines, Puffin avait apporté une carte de la région, mais l'essentiel de ses accessoires pour cette soirée studieuse consistait en une bouteille de whisky. Au début, lors de ces aimables colloques, le maître de céans fournissait le whisky mais cet usage présentait d'indéniables inconvénients, car l'invité s'avérait toujours singulièrement altéré et son hôte était tenté de lui emboîter le pas, tandis qu'en ayant chacun sa propre bouteille, l'épargne et la sobriété trouvaient mieux leur compte. En outre, le major buvait sec et se servait d'un petit verre, alors que Puffin enrichissait son whisky de citron et de sucre, et mélangeait le tout dans un grand verre. Il était impossible, dans ces conditions, de savoir si égalité et fraternité allaient de pair. Tandis qu'en apportant chacun sa bouteille…

La journée avait été dure, et le major boitait beaucoup. Une forte averse les avait surpris en plein golf alors qu'ils étaient assez loin du pavillon du club. Ayant trois trous d'avance, Puffin avait tout naturellement refusé d'obtempérer lorsque son adversaire avait suggéré d'annuler la partie. Il consentait à toucher sa demi-couronne, puis à rentrer chez lui, mais le major Flint, sachant que Puffin perdait tous ses moyens quand il pleuvait, rejeta ce compromis avec tout le mépris qu'il méritait. D'autres incidents contrariants s'étaient déjà produits. Le bois n° 1 du major, rendu glissant à cause de la pluie, lui avait échappé des mains sur le douzième tee et s'était lancé comme une aurore boréale avant de plonger dans une flaque saumâtre, vestige d'une marée particulièrement forte. La balle, quant à elle, s'était fourvoyée dans une autre flaque plus proche du tee. Tout gorgé d'humus, le terrain était gras et, trois trous plus loin, Puffin s'était étalé de tout son long. Ils s'étaient mutuellement barré le trou et chacun avait poté par erreur la balle de son adversaire ; ils s'étaient chamaillés sur le protocole à adopter quand la balle s'égare dans un trou de lapin ou dans un rail de tram ; le major avait perdu une balle toute neuve ; un champignon avait poussé en plein milieu du parcours juste entre la balle de Puffin et le trou… Tous ces malencontreux incidents s'étaient accumulés. Mais, selon le major, la palme en revenait à celui qui les résumait tous : loin d'avoir perdu ses moyens à cause de la pluie, et nonobstant sa chute et le champignon, Puffin avait joué avec un aplomb inhabituel. Il s'ensuivait que le major boitait, et que sa vieille blessure le faisait souffrir, tandis que Puffin, malgré toutes les bonnes raisons qu'il avait d'être content de lui, se montrait de plus en plus contrarié par la mauvaise humeur de son compagnon et par la fumée qui l'aveuglait à moitié.

Il s'essuya les yeux.

« Vous devriez faire ramoner votre cheminée », fit-il remarquer.

Le major Flint s'était mis le mouchoir sur la figure pour protéger ses yeux de la fumée. Il l'envoya promener en explosant d'indignation.

« Ah, vous trouvez vraiment !… » fit-il.

La violence de cette réaction brutalement sarcastique interloqua Puffin.

« Oh, vous savez… Je n'ai pas dit cela pour vous offenser, dit-il.

– C'est ça, dit le major d'un ton neutre. On se permet de faire une remarque blessante et l'on ajoute ensuite “Cela dit sans vouloir vous offenser !”. Si le coin de votre cheminée vous convient mieux que le coin de la mienne, capitaine Puffin, tout ce que je peux dire c'est que vous êtes parfaitement libre d'en profiter ! »

Tout cela violait les règles du jeu : après l'altercation de l'après-midi, il était trop tôt pour déterrer la hache de guerre. Puffin rassembla son courage et tendit le rameau d'olivier.

« Prenez votre mouchoir, dit-il en le lui ramassant, et bavardons comme deux bons vieux amis. Un bon grog de marin et une conversation au coin du feu, que souhaiter de mieux après une douche comme celle de cet après-midi ? Je prendrais bien une tranche de citron, si vous avez l'obligeance de me la donner, ainsi qu'un morceau de sucre. »

Le major se leva et se dirigea vers l'armoire en claudiquant. À ce moment précis, il lui sembla que Puffin s'était mis à consommer une grande quantité de sucre et de citron, pour la bonne raison qu'on les lui fournissait gratis un soir sur deux. En revanche, lorsque lui-même était reçu chez Puffin, il ne demandait qu'un peu d'eau chaude à son hôte. Eh bien, les choses allaient changer ! Dès le lendemain, il demanderait à Puffin de lui fournir quelques biscuits…

« Je ne suis pas sûr qu'il reste encore un seul citron, grommela-t-il. Il faut que je m'en fasse livrer une cargaison. Quant au sucre… »

Puffin feignit de n'avoir rien entendu et changea de sujet :

« Savoureux coup de théâtre l'autre jour chez Miss Mapp, quand la porte de son placard s'est ouverte. Ça a dû contrarier la vieille. Je me demande si les pauvres de la paroisse verront jamais la couleur de ce corned-beef… »

Le major prit un air très digne.

« Pardonnez-moi, dit-il, mais quand une amie qui a toute mon estime, comme c'est le cas de Miss Mapp, me déclare que certaines provisions sont destinées aux pauvres de la paroisse, j'estime qu'elle dit la vérité, et j'entends bien que mes autres amis, surtout quand ils sont en ma présence, en fassent autant. J'ai l'honneur de vous offrir un citron, capitaine Puffin, et une tranche de sucre… Je devrais dire un morceau de sucre. Mettez-vous donc à l'aise, je vous prie. »

Chez le major, cette morgue était souvent l'un des effets secondaires d'une partie de golf malchanceuse. Il suffisait généralement d'un petit remontant pour la dissiper promptement. Puffin se servit à boire à la bouteille et à la bouilloire, tandis que son ami remettait son mouchoir sur sa figure. Puis il ajouta, selon la formule consacrée :

« Eh bien, je vais prendre mon grog avant de regagner mes pénates. M'accompagnerez-vous, major ?

– Un peu plus tard », répondit le major.

Puffin secoua sa pipe contre le bord du garde-feu. Le major Flint, apparemment, n'attendait que ça. Il baissa son mouchoir et observa attentivement l'opération. Un minuscule bout de cendre tomba de la pipe de Puffin sur la carpette de foyer. Le major bondit sur ses pieds et le ramassa délicatement avec la pelle à charbon.

« Avec votre permission, j'espère ? dit-il en foudroyant l'autre du regard.

– Je vous en prie, faites donc, dit Puffin. Et maintenant prenez votre verre, major. Vous vous sentirez mieux dans quelques minutes. »

Le major Flint aurait aimé conserver cette attitude empreinte de dignité, mais l'arôme qui se dégageait du verre fumant de Puffin eut tôt fait de battre en brèche ladite dignité. Il lança un regard furibond à son acolyte, repartit en claudiquant vers l'armoire d'où il sortit sa bouteille de whisky, et, l'ayant examinée, poussa un cri de douleur.

« Mais enfin, hurla-t-il, je me suis procuré cette bouteille avant-hier à peine, et il en reste tout juste de quoi remplir un verre !

– Ma foi, vous n'y êtes pas allé de main morte, hier soir, dit Puffin. À coups de petits verres comme les vôtres, mais fréquemment remplis, on vide une bouteille en moins de temps qu'on ne le croit. »

Des raisons tactiques empêchaient le major de réagir comme il l'aurait fait en d'autres circonstances. Son visage s'éclaira : il tenait le moyen de rétablir l'équilibre menacé par cette prodigalité de citrons et de morceaux de sucre.

« Eh bien, dans ce cas, il faudra que vous acceptiez de m'en prêter, ce soir, dit-il d'un ton engageant, tout en versant le reste de la bouteille dans son verre. Ah ! Voilà qui fera mieux l'affaire ! « Il n'y a point pour l'homme de médecin plus sûr que sa propre soif[1]. »

La perspective de boire sur le compte de Puffin mettait le major en joie et il posa ses grands pieds chaussés de pantoufles sur le bord du garde-feu.

« Oui, effectivement, cette affaire du placard de Miss Mapp, ce fut un savoureux coup de théâtre, dit-il. Et Mrs Plaistow qui s'acharnait à lui remuer le couteau dans la plaie ! Nos mignonnes, voyez-vous, ont bonne vue pour détecter la paille dans l'œil de leurs voisines[2]. À peine les petites mutines ont-elles vidé une querelle qu'elles se lancent tête baissée dans une autre. Elles sont incapables de rester assises, de se payer du bon temps comme deux vieux compères de ma connaissance, et de se sentir en harmonie avec le vaste monde. »

Il but son verre d'un trait et parut fort surpris de le trouver vide.

« Je vais vous en prendre une goutte, vieux frère, fit-il.

1. Jean-Jacques Rousseau, *Émile*, livre II. *(N.d.T.)*
2. Évangile selon saint Luc 6, 41. *(N.d.T.)*

– Servez-vous donc, major, dit Puffin en surveillant l'opération du coin de l'œil.

– Bien aimable à vous. Il me semble que j'ai dû attraper froid cet après midi. Ma blessure…

– Prenez garde de la raviver, recommanda Puffin.

– Merci du conseil. C'est ce maudit climat qui l'attise. Chaque hiver en Angleterre compte pour plusieurs années dans la vie d'un homme s'il ne prend pas de précautions. Ne vous négligez pas, vieux camarade ! Reprenez du sucre. »

D'un geste quasiment instinctif, le major ne tarda pas à tendre lentement la main vers la bouteille de whisky de Puffin.

« À vue de nez, Puffin, votre verre contient trois ou quatre fois plus que mon petit gobelet. Je dirais entre trois fois et demie et quatre fois plus, mais je peux me tromper.

– Vu le volume d'eau que j'y ajoute, dit Puffin, je serais tenté de dire que nos quantités de whisky se valent, major. D'après mes estimations, la boisson dans votre verre est trois fois et demie à quatre fois plus concentrée que dans le mien.

– Allons donc ! Vous exagérez ! dit le major.

– Pas du tout. Je dis bien trois fois et demie à quatre fois plus concentrée, répéta Puffin. Vérifiez, et vous verrez que je ne me trompe pas de beaucoup. »

Il remplit son verre à ras bord et, au lieu de remettre la bouteille sur la table, il la déposa négligemment par terre au pied de sa chaise, le plus loin possible du major. Habituellement, ce second verre marquait le moment le plus convivial de la soirée ; le premier verre avait pour mission d'exorciser les malheureuses discordes qui avaient pu perturber l'harmonie de la journée. Une fois cette mission accomplie, ils se lançaient à corps perdu et à bâtons rompus dans l'évocation de leurs prouesses d'antan. Cela leur remontait le moral : dans leurs veines battait encore un sang mâle et juvénile. Parfois, ils commençaient par se congratuler mutuellement. Apprenant que son ami allait fêter son cinquante-quatrième anniversaire, Puffin se récria qu'il refusait de le croire (cela dit sans vouloir offenser le major), ce en quoi il n'avait pas tort car en réalité le major avait cinquante-six ans. De son côté, celui-ci disait à son ami qu'à le voir on lui donnait vingt ans, et Puffin, histoire de se dégourdir les jambes, ne tarda pas à se lever pour faire quelques pas, mine de rien, devant la grande glace entre les deux fenêtres. Il trouva alors le compliment plus facile à avaler que l'âge du major. Pendant la demi-heure suivante, chacun parla surtout de soi-même avec un plaisir évident. Le major Flint, en considérant les trophées et autres objets martiaux qui décoraient la pièce, suggéra ensuite, pour la énième fois, de lancer un défi, par voie de presse, dans le *Times*.

« Ma parole d'honneur, Puffin, dit-il comme d'habitude, j'ai bien envie de le faire. "Major à la retraite, naguère au service des Armées de Sa Majesté..." À la santé du roi, Dieu le bénisse ! "Major à la retraite, cinquante-quatre ans, lance défi à tout homme âgé de cinquante ans ou plus..."

– *Quarante*, dit Puffin, flatteur, tout en réfléchissant à ce qu'il pourrait bien dire quand son vieux camarade aurait fini de parler.

– Bon, coupons la poire en deux et disons quarante-cinq pour vous faire plaisir, Puffin ! Voyons... Où en étais-je ? "Major à la retraite lance défi à tout homme de quarante-cinq ans ou plus pour... pour s'affronter au tir dans la matinée, puis à la boxe (douze rounds avec des gants de cent vingt grammes) et au golf (dix-huit trous) dans l'après-midi, et pour finir au billard (deux cents points) juste après le thé." Ha ! Ha ! Je ne me ferais pas trop de souci quant au résultat !

– Oh ! Cette maudite jambe ! dit Puffin. Je connais un capitaine en retraite, autrefois dans la marine marchande de Sa Majesté... – Vive le roi, Dieu le bénisse !... – âgé de cinquante ans...

– Ho ! Ho ! *Cinquante* ans, ça alors ! » dit le major. Il pensait qu'un petit bonhomme tout desséché comme Puffin devait avoir l'âge d'une momie égyptienne. Qui peut donner un âge à un hareng saur ?...

« Pas un jour de moins, major. “Capitaine en retraite, cinquante ans et prêt à affronter tous les volontaires de quarante-deux ans, ou plus, pour une course de haies, un parcours de golf, un match de billard, une course sur une jambe, une compétition d’athlétisme…” Pas d’objection, messieurs ? Alors, adopté à l’unanimité ! »

D’habitude, cette logorrhée athlétique, érotique ou autre (l’érotique étant la pire) s’atténuait tout doucement, comme la lumière du soleil couchant ou le charbon consumé dans l’âtre, vers la fin du second verre de Puffin. Ensuite, les deux hommes traversaient habituellement une phase de somnolence qui ne les empêchait pas, à l’occasion, de jeter les premiers jalons d’une querelle qui n’éclaterait que le lendemain parce qu’ils tombaient trop de sommeil pour s’en occuper tout de suite. Le major aurait alors déjà ingurgité cinq petits verres de whisky (correspondant à un seul verre d’avant-guerre, comme il le faisait amèrement remarquer). Tout en essayant de s’en servir un sixième d’une main légèrement tremblotante, il annonçait que ce serait « son dernier verre avant de monter se coucher » (on aurait pu parier, cependant, qu’il en avait déjà pris plus d’un dernier). Lui emboîtant le pas, Puffin se servait encore le volume d’un dé à coudre (le dé à coudre en question avait dû appartenir à la mère de Gargantua). Au bout d’une autre demi-heure entrecoupée de brefs ronflements, suivis de nouveaux réveils et de fréquents allumages de pipe qui s’éteignait aussitôt, l’invité, encore parfaitement capable de tenir un discours cohérent et de se déplacer résolument dans la direction voulue, franchissait en titubant la rue pavée de galets ronds et regagnait sa maison. On fermait alors soigneusement les portes pour éviter d’attirer l’attention de celle que l’on désignait, à cette heure de la soirée, comme « La vieille Mappette ». Les deux compères étaient parfaitement conscients de la sollicitude dont les entourait la vieille Mappette. Elle relevait souvent le coin du store à la fenêtre du pavillon entre, mettons, neuf heures et demie et onze heures du soir, ce qui prouvait à l’évidence qu’elle surveillait de près leurs séances nocturnes. Ils avaient plus d'une fois aperçu, en pouffant de rire, le mince filet de lumière qui s'échappait de la fenêtre obscure, au-dessus de la tête de la vieille Mappette, et il leur arrivait de boire à la santé de « l'Ange gardien ». Aux questions sans ambages posées par l'Ange gardien, le major Benjy avait apporté une réponse : il travaillait à son journal intime trois soirs par semaine, et se couchait de bonne heure les trois autres soirs, pour le plus grand bien de ses travaux.

« Et le dimanche soir, cher major Benjy ? avait demandé la vieille Mappette dans le rôle de l'Ange gardien.

– Je ne sais pas si vous avez connu ma mère, ma tendre et vénérée maman, Miss Élisabeth, dit le major Benjy. Eh bien, je passe mes soirées de dimanche à… Enfin, bref ! »

Le dimanche soir suivant, l'Ange gardien entendit chanter. Elle ne réussit pas à saisir les paroles, mais seulement des fragments d'un air qui lui rappelaient le cantique « Avant d'aller dormir sous les étoiles[1] ». Toute tremblante d'émotion, elle en fredonna quelques notes à mi-voix en se déshabillant, et se reprocha sévèrement d'avoir cru un seul instant que le cher major Benjy… Après avoir éteint sa lampe, elle jeta un rapide coup d'œil par la fenêtre mais, heureusement, le cantique avait cessé.

Cette nuit-là, cependant, le second verre de Puffin ne marqua pas l'avènement d'une ère d'harmonie. Le major Benjy entendait bien profiter à fond de l'occasion qui lui permettait de boire le whisky de son ami. Peu lui importait que Puffin déposât sa bouteille loin de lui, sous la chaise ou sous la table. Traînant la pantoufle, il s'approcha près de l'endroit fatal, tout en essayant de détourner l'attention de son ami par quelque histoire d'amour ou quelque récit de chasse au tigre. Croyant avoir réussi, il remplit son verre en toute hâte (et à ras bord, de crainte de ne pouvoir répéter l'opération) sans prendre la peine d'obtenir l'aval

1. Sir F.A.G. Ouseley, *The Radiant Morn Hath Passed Away. (N.d.T.)*

de Puffin. Au bout de quatre ou cinq razzias, celui-ci, mû par l'instinct qui pousse l'ourse polaire à manger ses propres petits, de peur qu'on ne les lui ravisse, versa subrepticement le reste de la bouteille dans son verre qu'il remplit ensuite d'eau chaude, obtenant ainsi un mélange particulièrement puissant.

Peu après, le major Flint se traîna de nouveau près de la table. Il ne savait plus si Puffin avait posé la bouteille près de la chaise ou derrière le seau à charbon, et il ignorait en outre qu'ici ou ailleurs elle était vide. Ce soir-là, des évocations d'aventures romanesques avaient accompagné le second verre de Puffin.

« Sacrée bonne femme, dit le major. Et ce fut là notre ultime rencontre. Le lendemain matin, elle repartit dans la montagne…

– Mais vous veniez de me dire à l'instant que vous vous étiez quittés à Bombay, sur le pont d'un paquebot des lignes P & O, objecta Puffin. Aurait-elle gravi la montagne sur le pont du paquebot, par hasard ? Quelle ligne merveilleuse faisait donc ce paquebot ?

– Non, monsieur, dit Benjamin Flint, celle-là c'était Hélène, *la belle Hélène*. C'est *la belle Hélène* que j'ai quittée à l'embarcadère Apollo de Bombay. Je ne sais si je vous ai dit que… Grands dieux ! J'ai renversé votre bouteille. Je ne savais pas que vous l'aviez posée là. J'espère qu'elle était bien bouchée.

– Il n'y aurait eu aucun mal, même si elle ne l'avait pas été, dit Puffin en commençant le troisième de ses verres les plus brûlants. Il s'étonna même de le trouver si fort.

– Vous ne voulez pas dire qu'elle est vide ? s'enquit le major Flint. Mais enfin, il en restait presque un quart il y a un instant !

– Tant que ça ? demanda Puffin. Heureux de vous l'entendre dire.

– Plus la moindre goutte. Vous ne voulez pas dire que vous… Eh ben, mon vieux ! Si après tout ce que vous avez bu, vous êtes encore capable de dire "hippopotame" sans trébucher, j'ajouterai cette épreuve aux autres défis que vous lancez aux hommes de quatre cent deux ans… je devrais dire quarante-deux. C'est bien de garder la tête sur les épaules, mais si je buvais ce que vous tenez dans ce verre, je serais pompette, cher monsieur. »

Puffin se mit à rire de sa petite voix de fausset si agaçante.

« Il est donc préférable que *mon* verre soit plein plutôt que le vôtre, dit-il. Et si vous l'ignorez, major, p'mettez-moi de vous dire qu'après avoir avalé ce verre jusqu'à la dernière goutte, et sucé tout le citron, j'aurai beaucoup moins vidé ma bouteille que vous ne l'avez fait. Ma ration quotidienne se limite à mes deux verres – plus mon “dernier verre avant de monter me coucher”, comme vous dites –, et je ne l'ai pas dépassée ce soir. On vient de sonner le deuxième quart.

– Et vous tenez là encore une bonne petite ration, dit le major tout défrisé. En sus de vos deux rations habituelles. »

Puffin commençait à en prendre conscience, tout en avalant l'ardente mixture ; mais rien au monde n'aurait pu alors l'empêcher de vider son verre. Il était clair à ses yeux, en dépit de la fumée (probablement…) qui lui brouillait la vue, que le major aurait fort à faire le lendemain pour ne pas rater sa balle au golf.

« Et à qui appartient ce whisky ? demanda-t-il en ingurgitant le breuvage brûlant.

– Je sais qui ne va pas tarder à se l'approprier, dit l'autre.

– Et je sais, môa, à qui il appartient *maintenant*, rétorqua Puffin. Je sais aussi à qui appartient le whisky que vous avez bu comme un tonn… Comme un tonneau », répéta-t-il en articulant avec soin.

Le major se sentait la proie d'une activité cérébrale inusitée. Quand il parlait, une sorte de congestion entravait ses paroles. Il ne lui déplaisait pas d'avoir bu autant de whisky sur le compte d'autrui, mais il avait le sentiment qu'il lui fallait se mettre en colère.

« Ce sont là des propos fort déplacés, fit-il remarquer. Et n'était le devoir sacro-saint de l'hospitalité, je vous sommerais de vous expliquer sur-le-champ et je vous ferais ravaler ce que vous venez de dire. Bref, présenter des scuses. »

Puffin vida son verre d'une seule gorgée et se dressa sur ses jambes.

« Au diable les excuses, dit-il. "Hitopopame !"

– Est-ce bien à moi que ce discours s'adresse ? demanda le major Flint, raide comme la mort.

– Bien entendu ! Hippot... même bestiole que tout à l'heure. Brave type, va ! Quant au citron que vous m'avez prêté, j'en veux p'us. Vous pouvez encore le sucer, vieux frère ! J'en veux p'us du tout. »

Le major devint tout rouge. Adoptant la progression du cavalier au jeu d'échecs (un long pas dans une direction, suivi d'un petit pas à angle droit), il se dirigea vers la porte et l'ouvrit. Tout en permettant de sortir de la pièce, la porte lui fournissait un utile point d'appui. Il ne prononça pas un seul mot : son silence parlait pour lui d'une manière bien plus solennelle qu'il n'eût été en mesure de le faire. Le capitaine Puffin se leva, le visage encore tout rayonnant. Ses doigts tripotaient la tranche de citron qu'il aurait voulu lancer sur son ami, par manière de jeu. Mais son sourire s'effaça tout d'un coup et, comme sous l'effet de quelque intuition télépathique, il jugea qu'il serait bien plus approprié aux circonstances de dire (ou, mieux encore, de faire un geste pour dire) bonne nuit d'une façon protocolaire, plutôt que de lancer des citrons partout. Il sortit de la pièce en effectuant une alternance de pas dont la distribution rappelait celle des points et des tirets de l'alphabet Morse et, en passant devant le major, lui fit le salut militaire. Celui-ci lui adressa un contre-salut en refoulant un hoquet. Pas un mot ne fut échangé.

Le capitaine Puffin récupéra ensuite son chapeau et son manteau sans trop de difficultés. Il quitta la maison, au pas de marche, en claquant la porte derrière lui. Le bruit se répercuta dans toute la rue, et Miss Mapp rêva qu'un orage avait éclaté. Une fois rentré chez lui, Puffin se pencha sur son feu qui se mourait et essaya de le ranimer en soufflant dessus. Il n'y parvint pas et avala un nuage de cendres.

Il se mit à sa table et passa la situation en revue. Il se dit qu'il n'était absolument pas saoul, mais qu'il avait bu une quantité inhabituelle de whisky, ce qui semblait produire un effet assez analogue à l'ivresse. Compte tenu de ces circonstances, il avait conscience d'être particulièrement furieux à propos d'une certaine chose, et avait la ferme conviction que le major était tout aussi furieux et pour la même raison.

« Mais qu'est c'était ? se demanda-t-il en vain. Qu'est c'était ? »

Le bruit métallique du clapet de sa boîte aux lettres l'arracha à la perplexité dans laquelle le plongeait ce casse-tête chinois. Il s'agissait soit de la première distribution du courrier (et dans ce cas, en dépit d'une obscurité d'encre, la matinée était plus avancée qu'il n'aurait cru), soit de la dernière distribution de la journée (et il était alors beaucoup plus tôt qu'il ne l'aurait pensé). Dans un cas comme dans l'autre, on avait glissé une lettre dans sa boîte, et il alla la chercher. La colle de l'enveloppe était encore humide, ce qui lui épargna la peine d'utiliser un coupe-papier. La brève épître qu'elle contenait se réduisait aux quelques mots suivants, tracés sur une demi-feuille :

« Au capitaine Puffin.

Monsieur,

Mes témoins se présenteront chez vous demain dans le courant de la matinée.

Votre très humble serviteur,

Benjamin Flint. »

Puffin se sentit aussi serein qu'une nuit tropicale et aussi courageux qu'un capitaine. Sous ce courage et ce calme rampaient cependant les plus sombres pressentiments. Il parvint à les juguler.

« Très protocolaire, dit-il à haute voix. Tout à fait protocolaire. Des insultes ? Du sang ! Les seconds n'auront pas une seconde à attendre. Mieux vaut me mettre au lit. »

Il monta dans sa chambre, s'affala sur le lit et se mit immédiatement à ronfler comme une locomotive.

Quand il se réveilla, il faisait encore sombre, mais le rectangle de sa fenêtre se détachait dans l'obscurité. Il en conclut que le soleil ne s'était pas encore levé, mais que cela ne saurait tarder, hélas ! En se retournant sur le côté, sa main toucha son manteau, au lieu du drap, et il se rendit compte qu'il avait dormi tout habillé. C'est alors qu'un roulement de tambour coupé par un formidable coup de cymbales retentit sous son crâne, et que les événements de la veille lui revinrent à l'esprit dans toute l'épaisseur de leur réalité et de leurs conséquences. D'ici à quelques heures, on procéderait aux opérations d'un assaut meurtrier. Sa colère avait disparu, son whisky avait disparu et, surtout, son courage avait disparu. Il déplora succinctement ces trois disparitions en gémissant : « Oh, mon Dieu ! »

Tout en bataillant pour se redresser sur son séant, il frotta une allumette et alluma sa bougie. Il chercha sa montre près du bougeoir, mais elle n'y était pas. Que s'était-il passé ?... Il se souvint alors qu'elle se trouvait à sa place habituelle dans la poche de son gilet. En la consultant, puis en l'approchant de son oreille, il constata qu'elle s'était arrêtée à cinq heures et demie. Grâce à sa lucidité croissante, il attribua cet arrêt au fait qu'il avait négligé de la remonter... Il était donc plus tard que cinq heures et demie, mais quelle heure exactement ? Seul aurait pu répondre le maître du temps... de ce temps qui jouxtait si étroitement l'éternité.

Puffin se dit qu'il n'avait cure de l'éternité mais qu'il ne lui fallait pas perdre de temps. En cet instant précis, il lui était beaucoup plus précieux. Des profondeurs de la conscience cosmique lui parvint l'idée que le premier train pour Londres partait à six heures et demie du matin. C'était un omnibus, mais il atteignait immanquablement sa destination et, en tout cas, il s'éloignait de Tilling. Puffin ne se mit pas martel en tête pour chercher à savoir comment cette idée lui était venue : l'essentiel était de l'avoir eue. Il savait, parallèlement, qu'il s'était écoulé un nombre incommensurable de minutes depuis cinq heures et demie.

Sous son lit se trouvait un sac de voyage. Pas plus tard que la veille, il l'avait rapporté du pavillon du club de golf, après la fameuse partie qui lui avait valu tant de vicissitudes et des chaussettes trempées. À présent, ce sac dégageait le parfum rassurant et désuet des lointains beaux jours pleins de calme et de sérénité. Tout en y entassant à la hâte chemises, cravates, cols et autres accessoires indispensables, Puffin se reprocha d'avoir si peu goûté et savouré les petites joies de l'existence, tous ces bons moments passés à bavarder avec de braves compagnons, ces balles toppées, ces champignons et cette série infinie de petits incidents. Tout cela revêtait désormais un charme et un prix inhérents à la vie même. Il aspirait à en jouir encore, alors qu'il avait négligé de les apprécier vraiment quand il en disposait naguère…

La maison était encore plongée dans le silence quand il descendit au rez-de-chaussée, dix minutes plus tard, avec son sac. Sur la table du salon, bien en évidence à l'attention de sa bonne, il laissa une feuille de papier sur laquelle il griffonna « Appelé ailleurs (il frissonna en traçant ces mots). Ne pas faire suivre courrier. Prendrai contact ultérieurement… » (un libellé télégraphique semblait le plus approprié à l'urgence de la situation). Puis il quitta discrètement sa maison.

Il ne put s'empêcher de jeter un coup d'œil anxieux vers les fenêtres de son ex-ami et futur assassin. À son grand effroi, il remarqua que la lumière était allumée dans la chambre du major. Il l'imagina en train d'écrire à ses seconds – qui pouvaient bien être les « seconds » ? – ou de fourbir ses pistolets. Toutes les rumeurs et toutes les allusions relatives aux duels et aux affaires d'honneur du major (qu'il avait considérées jadis comme des broutilles, en refusant d'y croire vraiment) lui revenaient en trombe, tel un torrent de sang. Il s'aperçut qu'à présent il y croyait dur comme fer. Mais pourquoi avait-il donc provoqué (et avec si peu de succès) ce cracheur de feu, en le traitant d'hippopotame ?

Le vent qui avait soufflé en tempête au cours de la nuit s'était calmé, et la pluie glacée tombait dru d'un ciel lugubre, tandis que le capitaine descendait de la colline sur la pointe des pieds. Une fois parvenu au coin de la rue (où le duelliste ne risquait plus de le voir), il se mit à courir en claudiquant vers la gare, aiguillonné par le sifflet de la locomotive qu'on entendait déjà. Quelle cruelle incertitude le rongeait ! Il ignorait le temps qui s'était écoulé entre le moment où sa montre s'était arrêtée et celui de son réveil… Ce coup de sifflet, suivi de brèves saccades de vapeur, pouvait bien être celui du train de six heures et demie qui emportait confortablement son lot de pèlerins insouciants appelés à Londres par leurs affaires ou leurs plaisirs. Après avoir franchi des flaques d'eau en pataugeant lamentablement, entravé par le poids de son sac et les jambes battues par les basques de son imperméable, il atteignit enfin le sanctuaire du guichet et de la salle d'attente faiblement éclairé par une lampe vacillante. Là, il scruta le cadran enfumé de l'horloge…

Dans un sanglot de soulagement, il vit qu'il était à l'heure. En fait, il était même exceptionnellement en avance et avait un bon quart d'heure à attendre. Il fut alors en proie à un affreux dilemme : devait-il prendre un aller simple, ou un aller et retour ? L'optimisme (c'est-à-dire l'espoir de revenir à Tilling en toute quiétude avant six mois, délai de validité du billet) le poussait à payer le prix fort mais, en ces temps troublés, il était difficile de faire preuve d'optimisme. Il prit donc un aller simple en première classe. Par un matin comme celui-ci, et pour un tel voyage, il devait profiter de tout le confort disponible offert par les miroirs, les sièges rembourrés et les photographies en couleurs de sites touristiques qui jalonnaient la ligne. Il ne formait aucun projet : l'avenir était un puits tout noir qu'il était dangereux de sonder. Pas une lueur d'espoir n'éclairait ses profondeurs abyssales. Mis à part la mort soudaine du major Flint disparaissant sans avoir révélé le défi lancé la veille au soir, et la promptitude avec laquelle le destinataire dudit défi s'était dérobé plutôt que d'affronter le pistolet, Puffin n'arrivait pas à rassembler des éléments qui puissent rendre possible son retour à Tilling. Soit il devrait se battre (ce qu'il avait fermement décidé d'éviter), soit tout Tilling le désignerait d'un doigt méprisant comme l'homme qui a refusé le combat, ce qui était presque aussi impensable. Il se reprocha amèrement de s'être fait un ami (pire, un ennemi !) d'un homme assez anachronique et assez vieux jeu pour vouloir remettre le duel à la mode dans notre monde moderne… Tout ce dont il pouvait se féliciter, c'était d'avoir pris un aller simple plutôt qu'un billet aller et retour.

Il détourna les yeux de l'avenir ténébreux qui l'attendait, pour s'occuper l'esprit d'un passé à peine moins sombre. Soudain, il poussa un grognement caverneux en se prenant la tête dans les mains. Par une négligence funeste, il avait oublié la lettre du major sur la cheminée où sa bonne ne manquerait pas de la trouver et de la lire. Cette lettre expliquerait son absence bien mieux que la note télégraphique déposée sur la table. Il n'avait plus le temps de retourner chez lui, à présent, même s'il avait eu le courage de courir le risque de rencontrer le major, et dans une heure ou deux, tout Tilling découvrirait le pot aux roses via Withers, Janet, etc.

Songer à l'avenir s'avérait aussi inutile que de songer au passé. Afin de s'amarrer seulement à la vie et de garder toute sa tête, il lui fallait se limiter à l'instant présent. Les minutes passaient (bien que chacune semblât durer une éternité) et, à condition que le train fût à l'heure, il serait tiré d'affaire lorsque les cinq dernières auraient fini de lambiner. Le marchand de journaux retira les panneaux de son kiosque, un portefaix éteignit la lampe moribonde, et Puffin tendit l'oreille pour entendre enfin gronder le train qui approchait. Celui-ci s'arrêtait trois minutes. S'il était ponctuel, il devait entrer en gare dans moins de deux à trois minutes. On entendit alors quelqu'un courir pesamment sur l'esplanade devant la gare. Quelque voyageur matinal, comme Puffin, avait peur de rater son train. La porte s'ouvrit brusquement, encadrant la silhouette du major Flint, trempé jusqu'aux os, et tout essoufflé. Pris de panique, Puffin regarda dans tous les sens pour voir s'il y avait encore moyen de s'échapper par le quai, en espérant qu'on ne l'avait pas remarqué. Mais il était trop tard : leurs regards s'étaient croisés.

À cet instant fatal, deux choses frappèrent Puffin : *primo*, le major s'était retourné vers la porte ouverte derrière lui comme s'il songeait à battre en retraite ; *secundo*, il tenait à la main un sac de voyage. En même temps, le major Flint prit la parole (si l'on peut qualifier ainsi le tonnerre fracassant d'indignation outrée qu'il proféra).

« Or çà ! Je ne m'étais donc pas trompé, rugit-il. Je m'étais douté que vous maniganciez de prendre la poudre d'escampette, et je suis venu pour… enfin bref pour en avoir le cœur net. J'avais raison. Vous êtes un couard, capitaine Puffin ! Mais rassurez-vous, monsieur. Le major Flint ne va pas s'avilir à se battre avec un couard. »

Puffin poussa un profond soupir de soulagement puis, tout en se tenant devant son propre sac de voyage pour le dissimuler, il partit d'un grand ricanement.

« Ah, vraiment ! dit-il. Mais pourquoi aviez-vous donc besoin de vous munir d'un sac de voyage, major, puisque vous n'êtes venu que pour m'empêcher de fuir ? Je vais vous dire la vérité. Vous aviez plié bagage, ne le niez pas. Je m'en doutais. Et c'est moi qui suis venu vous couper la retraite, espèce de fuyard tout tremblant de panique ! Alors, votre vieille blessure vous tourmentait, n'est-ce pas ? Et vous ne vouliez pas qu'on vous en infligeât une autre, hein ? »

Le silence qui suivit, lourd de menaces, fut interrompu par l'irruption, derrière le major, du portefaix tout pantelant, ployant sous le poids d'une énorme valise.

« Vous aviez également besoin de prendre votre valise pour m'arrêter, fit remarquer Puffin d'un ton de souverain mépris. Curieuse méthode. Vous êtes un couard, monsieur ! Mais vous pouvez maintenant rentrer chez vous. Vous êtes hors de danger désormais. On fera des gorges chaudes de toute cette lamentable histoire dans les chaumières, à l'heure du thé. »

Puffin le toisa et lui tourna le dos, tout en dissimulant toujours son propre sac de voyage. Malheureusement, le pan de son manteau, en s'y accrochant, fit basculer le sac qui était en équilibre instable sur le bord du banc d'où il roula par terre.

« Qu'est-ce que c'est que ça ? » demanda le major Flint.

Ils se regardèrent un instant bouche bée puis, à la même seconde, partirent d'un formidable et homérique éclat de rire. Lentement, le train entra en gare, mais aucun des deux n'y prêta la moindre attention. Ils se contentèrent de hocher la tête et se remirent à rire de plus belle quand le chef de gare les pressa de gagner leurs places. Ce ne fut qu'au moment où il dut batailler pour obtenir le remboursement de son billet que le capitaine Puffin recouvra son sérieux, et ce ne fut qu'en constatant que le train était parti en emportant sa valise que le major retrouva le sien.

Comme on peut aisément l'imaginer, les événements de cette nuit et de ce matin mémorables fournirent à Tilling une des plus étonnantes énigmes jamais soumises à sa sagacité. Pendant qu'il était à la gare, la bonne de Puffin découvrit et lut non seulement le message qui lui était destiné, mais également la lettre du major qu'il avait laissée traîner sur la cheminée. Elle crut de son devoir de la montrer à Mrs Gashly, la cuisinière. Alors qu'elles se livraient aux suppositions les plus sanglantes, le retour du capitaine Puffin, parfaitement en forme, mit fin à leur colloque. Après avoir longtemps cherché (en vain) la lettre compromettante, celui-ci se contenta – étant donné que nul danger et nulle menace de mort n'en grevaient plus la teneur – de supposer qu'il l'avait tout simplement déchirée. Après avoir préparé le petit déjeuner à cette heure exceptionnellement matinale, Mrs Gashly traversa donc la rue et frappa à la porte de service de la maison du major, la lettre à la main, pour emprunter une râpe à noix muscade. Elle y recueillit le renseignement selon lequel l'employeur de Mrs Dominic (il n'eût pas été convenable de l'appeler son maître) s'était précipité de bon matin à la gare avec un sac de voyage et une grosse valise, mais que cette dernière était introuvable, bien que le major fût de retour. Mrs Gashly montra alors la lettre à sa consœur et, ayant remarqué que Miss Mapp se dirigeait vers la Grand'Rue vers dix heures et demie, Dominic et Gashly se rendirent ensemble à Mallards dans l'espoir d'obtenir de Withers quelque éclaircissement ou, à défaut, une râpe à noix muscade. Elles durent se contenter de la râpe, mais palabrèrent à propos de la lettre. Comme Withers avait une course à faire chez Diva, elle raconta l'histoire à Janet qui, sans préambule inutile, bondit chez sa maîtresse pour la tenir au courant de la situation. À peine Diva eut-elle écouté sa bonne qu'elle se lança dans la Grand'Rue où, tout en leur recommandant chaque fois de garder le secret le plus absolu, elle confia la nouvelle successivement à Miss Mapp, à Evie, à Irène et au Padre, non sans l'agrémenter au passage de quelques détails de son cru. Dix minutes plus tard, Irène avait déjà demandé tout ce qu'il savait à Mr Hopkins, totalement livré à sa merci – il incarnait de nouveau Adam. Evie, malgré son allure de petite souris rapide et intrépide, connut la mortification de voir Miss Mapp lui couper l'herbe sous le pied, en entrant chez les Poppit au moment où elle-même débouchait devant la maison. Après l'épisode du placard à provisions, elle imagina à juste titre que seule une affaire aussi importante que « le duel » avait pu amener cette dame à franchir ce seuil haï comme la peste. Enfin, à onze heures dix, une ou deux personnes (le temps s'étant éclairci) eurent le privilège de voir le major Flint et le capitaine Puffin cheminer vers le tram. Tout le monde, sans exception, crut alors qu'ils allaient se battre en duel dans quelque coin reculé des dunes.

Après sa visite chez les Poppit vers onze heures, Miss Mapp était directement rentrée chez elle où, postée derrière sa fenêtre, elle pouvait garder l'œil rivé sur les maisons des duellistes. Pour prendre Evie de court, elle s'était précipitée d'aller porter aux Poppit la primeur de la nouvelle. Dans sa hâte fébrile, elle n'avait pas attendu la fin de l'histoire. Elle en était restée à l'épisode de la gare et ignorait que les deux compères étaient ensuite rentrés chez eux. Déjà, elle avait échafaudé une version idyllique du duel (passé ou à venir) et, toute grisée par l'émotion, elle s'était retirée à l'écart de la mêlée populaire pour y réfléchir et aussi, comme on l'a déjà signalé plus haut, pour ouvrir l'œil sur les deux maisons qu'elle surplombait. Alors surgit le Padre qui remontait la rue d'un pas pressé. Miss Mapp eut tout juste le temps, cachée par le rideau, de regagner la table où ses chers chrysanthèmes se mouraient de soif, avant que Withers n'annonçât le visiteur. Des rides profondes sillonnaient le front de ce dernier et il oubla complètement de parler l'écossais ou l'anglais élisabéthain. Quelques mots échangés leur suffirent à s'assurer mutuellement qu'ils connaissaient l'essentiel de la situation.

« C'est une situation terrible ! dit le Padre. Le duel brave de façon flagrante les préceptes de l'Église (ainsi que les lois de l'État, je pense). Un coup de pistolet, tiré d'une main inexpérimentée, peut avoir des conséquences déplorables. Or, le major Flint est, dit-on, un tireur chevronné… Ce qui, bien entendu, ne fait qu'aggraver les choses. »

C'est à cet instant précis que le major Flint sortit de chez lui et lança à Puffin un joyeux « Kwaï-haï ! ». Miss Mapp et le

Padre étaient si profondément plongés dans leurs hypothèses sanglantes qu'ils ne purent ni les voir ni les entendre. Les deux amis réconciliés descendirent vers la Grand'Rue sans se douter un seul instant que le moindre de leurs faits et gestes s'attirait plus de commentaires que n'en bénéficia jamais l'Épître aux Hébreux.

« C'est vraiment terrible ! dit-elle. Et tout cela dans notre paisible petit Tilling !

– Le duel a peut-être déjà eu lieu et... et ils se sont ratés, dit le Padre. On les a vus rentrer chacun chez soi au petit matin.

– Qui les a vus ? demanda Miss Mapp, blême de jalousie. Elle n'en avait rien su.

– Hopkins, dit l'autre. Hopkins les a vus rentrer tous les deux.

– Je ne ferais pas trop confiance à cet individu, dit Miss Mapp. Il se peut que Hopkins ne dise pas la vérité. Je n'en donne pas cher en matière de moralité.

– Pourquoi donc ? »

Ce n'était pas le moment de mettre la nudité de Hopkins sur le tapis, et Miss Mapp écarta le sujet.

« Peu importe pour le moment, cher Padre, dit-elle. Si seulement je pouvais me convaincre que le duel s'est déjà déroulé sans effusion de sang ! Mais la valise du major Benjy – je veux dire du major Flint – n'a pas été rapportée chez lui. J'en suis certaine. Et s'ils l'ont expédiée pleine de pistolets et d'accessoires vers quelque endroit où nul ne les connaît ?...

– C'est possible en effet... Terriblement possible, dit le Padre. Si seulement je pouvais savoir ce que je dois faire, en mon âme et conscience ! Je n'hésiterais pas alors à... bref, à faire de mon mieux pour les persuader de renoncer à ce projet meurtrier. Et, d'après vous, qui est à l'origine de cette querelle ?

– Je l'ignore totalement, dit Miss Mapp en se penchant vers ses chrysanthèmes.

– C'est habituellement votre sexe, dit-il dans un élan de galanterie, qui égare les hommes au point de leur inspirer ce genre de querelles. J'ai remarqué qu'ils semblaient tous les deux très sensibles aux charmes de Miss Irène... »

Miss Mapp releva la tête et sa voix s'anima.

« Grands dieux ! La pittoresque Irène – j'en mettrais ma main au feu – n'a absolument rien à voir dans cette affaire ! dit-elle (et c'était la pure vérité). Absolument rien ! »

Rien ne permettait de mettre en doute cette déclaration, et le Padre, Tillingote jusqu'au bout des ongles, en conclut immédiatement que Miss Mapp savait ce qui (ou *qui)* avait provoqué tout ce branle-bas extraordinaire. Comme elle se penchait de nouveau vers les chrysanthèmes, et que son visage rougissait très nettement, il sentit que la délicatesse lui interdisait de pousser son enquête plus avant.

« Qu'allez-vous faire, cher Padre ? demanda-t-elle tout bas, la gorge serrée par l'émotion. Tout ce que vous pourrez décider sera inspiré par la sagesse et la charité chrétienne. Oh ! Que les hommes sont donc violents ! Et, en même temps, quels grands enfants ! »

Le Padre brûlait de curiosité mais, puisque la délicatesse lui défendait de poser une seule des questions qui le démangeaient, il suggéra une autre tactique.

« Mon devoir me dit de m'adresser directement au major, dit-il. Il semble être le premier intéressé dans cette affaire. Je lui dirai que je sais tout... et que je devine le reste.

– Rien de ce que j'ai dit, fit Miss Mapp au comble de l'embarras, ne doit entrer dans ce que vous devinez. Promettez-le moi, Padre. »

Cette conversation intime et fructueuse fut interrompue par un bruit de pas venant de l'extérieur et, avant même que Withers ait eu le temps d'annoncer « Mrs Plaistow », Diva entra comme une flèche.

« Ils ont pris, ensemble, le tram de onze heures vingt, dit-elle en s'affalant sur la chaise la plus proche.

– Ensemble ? demanda Miss Mapp, soudain déçue d'apprendre qu'un duel au pistolet risquait de dégénérer en partie de golf.

– Oui, mais c'est une feinte, dit Diva toute pantelante. Ils marchaient côte à côte en plaisantant. Feinte pure et simple ! Duel dans les dunes !

– Padre, il y va de votre devoir de l'arrêter, dit Miss Mapp d'une voix défaillante.

– Mais si jamais les pistolets sont dans la valise… commença-t-il.

– Quelle valise ? hurla Diva qui n'en avait pas encore entendu parler.

– Je vous le dirai plus tard, ma chère, dit Miss Mapp. Ce n'était qu'une supposition de ma part, Padre. Mais il n'y a pas de temps à perdre.

– C'est qu'il n'y a pas non plus de tram à attraper, dit le Padre. Il est déjà parti, à l'heure qu'il est.

– Alors, un taxi, Padre ! Oh, ne perdez pas de temps !

– Voulez-vous m'accompagner ? fit-il à voix basse. Vous savez, votre présence…

– Il vaut mieux que je n'y aille pas, dit-elle. Cela pourrait… Cela vaut mieux », répéta-t-elle.

Le Padre dévala les marches, et elles l'observèrent descendre la rue en courant.

« Et la valise ? » demanda goulûment Diva.

Ce ne fut pas sans atermoiement que le Padre se lança dans la mission que lui inspirait la charité chrétienne. N'était la note romanesque qui ajoutait un grain de poivre à l'aventure, il se serait plutôt remis à la préparation de son sermon, comme le lui inspirait aussi la même charité chrétienne. Pour commencer, il devait se résoudre à payer un prix exorbitant pour aller jusqu'au golf (mais c'était le seul moyen d'arriver à temps pour éviter un assaut qui pouvait s'avérer fatal). Il faut préciser, à sa décharge, qu'en dépit du fait que cette course lui incombait en sa qualité expresse de chef spirituel de Tilling, il écarta la possibilité, dès qu'elle se présenta à son esprit, d'en imputer le montant à la paroisse. Tout le long de la route plate qui serpentait à travers les paluds, l'aspect romantique de sa mission lui remontait le moral et fouettait son courage.

Grâce à ce que Miss Mapp avait si soigneusement évité de lui révéler, il n'avait plus le moindre doute sur la part de responsabilité, fût-elle hypothétique, qui revenait à celle-ci dans la genèse du duel qu'il tentait de déjouer. Depuis des années, l'éventuel mariage d'Élisabeth avec le major Flint, ou avec le capitaine Puffin, alimentait inlassablement les discussions sur le mode confidentiel. Il était donc inutile de chercher une explication ailleurs. Élisabeth, il est vrai, « prenait de l'âge », comme on dit vulgairement, mais, après tout, les représentants des Forces-Unies de Sa Majesté en faisaient autant, et à la même allure. Alors, si deux des trois se décidaient à « entrer en ménage », le plus tôt serait le mieux. Sans aucun doute, une crise avait dû éclater et, dans le feu de la passion… Il résolut de confier tout cela à sa femme en rentrant.

En rentrant ! Son cœur fondit dans sa poitrine à l'évocation de ces mots. Et s'il ne devait plus jamais rentrer chez lui ? Il allait, en effet, se mettre dans une situation non dépourvue de risques. Après avoir dépassé le pavillon du club, il avait prévu de descendre du taxi, de payer le prix de la course et de continuer à pied, en coupant tout droit en direction des dunes qui longeaient la plage étale, et offraient, loin des regards indiscrets, de vastes cratères tout à fait propices à ce type de rencontre. Chacun de ceux-ci, il le savait, pouvait abriter les duellistes en plein feu de l'action et, afin de les surprendre, il devait les inspecter un par un en pointant sa tête non protégée par-dessus le bord. Il devrait (s'il arrivait à temps) séparer les deux rivaux ; mais comment savoir si, contrariés par cette intervention intempestive – on le comprend –, ceux-ci ne risquaient pas de retourner d'abord leurs armes contre le trouble-fête avant de laver leur honneur ? Un meurtre de plus ou de moins comptait peu pour des hommes désespérés… D'autres chocs, moins meurtriers mais extrêmement éprouvants pour les nerfs, l'attendaient peut-être. Il pourrait arriver trop tard et, en penchant la tête sur le bord d'un de ces cratères, découvrir des corps baignant dans leur sang, voire affreusement déchiquetés. Ou bien, il n'y aurait qu'un seul corps déchiqueté et l'autre, non déchiqueté, se lancerait peut-être à sa poursuite à travers les dunes, et ne lui laisserait la vie sauve qu'au prix de son silence. Ce dernier dilemme lui parut particulièrement douloureux. Par bonheur, le capitaine Puffin (à condition que ce fût lui le survivant) boitait…

Le visage hagard, il entreprit la fouille systématique des dunes, en murmurant des prières. Souvent ses nerfs le trahissaient presque, et il s'affalait tout pantelant parmi les joncs épineux, avant d'oser regarder dans les cratères dont il avait gravi les flancs. Ses oreilles frémissaient quand il s'apprêtait à entendre tout près de lui la détonation des armes. Une fois même, la pétarade d'une automobile qui passait sur la route le fit bondir. Les escarpements de ces dunes étaient bien raides ; le sable entrait dans ses chaussures, et il était obligé de s'arrêter de temps en temps pour les vider, malgré l'urgence de l'heure. Il trébucha sur des terriers de lapin, se prit les pieds – et même une fois le pantalon – dans des rouleaux de fil barbelé, vestiges de la défense côtière pendant la Grande Guerre, écrasa des tessons de pots cassés et des vieilles bouilloires… Mais, animé d'une conscience professionnelle qui honorait l'endurance de son souffle autant que sa charité chrétienne, il explora de fond en comble un bon *mile* de dunes semées d'embûches, et sonda du regard tous les creux importants. Deux heures plus tard, harassé, ruisselant de transpiration et les vêtements tout déchirés, il revint bredouille vers le pavillon du club qu'il contourna en chancelant, et déboucha sur le dix-huitième parcours. Deux joueurs s'y trouvaient ; l'un d'eux potait et rata la balle. C'est alors que le Padre les reconnut : le capitaine Puffin venait de manquer le coup et le major Flint, transporté de joie, le consolait du fond du cœur.

« Pas de chance, mon vieux ! dit-il. Eh bien, ce fut un excellent match, et nous sommes à égalité… Tiens, voilà le Padre ! Alors, Padre, on s'est promené ? Venez donc jouer avec nous cet après-midi. Au diable votre sermon ! »

VI

Ceux qui savaient (mais qui pouvait bien l'ignorer ?) que les deux combattants avaient pris le tram de onze heures pour aller se battre dans les dunes, et que l'intrépide Padre s'était lancé à leur poursuite en taxi, trouvèrent tout à coup délicieux, ce matin-là, le beau paysage qui s'offrait du belvédère, au bout de la Grand'Rue : là, par-delà les paluds, la dernière entrevue de la guerre des Deux-Roses s'était déroulée, suivie de l'armistice. Le taxi du Padre était revenu vide, et le chauffeur ne savait rien de rien. Tout le monde n'avait donc plus qu'à retarder son déjeuner pour attendre l'arrivée du prochain tram, prévue à treize heures trente-sept. Par conséquent, dix minutes avant l'heure, toutes les portes de Tilling s'ouvrirent comme des pendules à coucou, et l'esplanade du belvédère fut envahie par de fervents amateurs de couleurs automnales.

On pouvait suivre à l'œil nu la progression du tram qui traversait la plaine, et distinguer très nettement, de l'autre côté de la rivière, la petite cabane qui marquait le terminus de la ligne. Quand la petite rame à deux wagons arriva en bout de course, l'impatience devint si brûlante qu'elle en était presque désagréable. Deux ou trois heures s'étaient écoulées depuis que les trois hommes étaient partis pour les dunes, tels des pêcheurs qui mettent le cap vers le couchant et que l'on ne revoit plus, jusqu'au jour où leurs corps gisent inanimés sur le sable brillant. Deux ou trois heures, selon la Conscience cosmique de Tilling, suffisaient amplement pour se battre en duel, si le Padre n'avait pu les en empêcher à temps, ou pour prévenir le massacre s'il était arrivé assez tôt. D'après les renseignements reçus, personne apparemment n'avait fait mander un chirurgien mais, hélas ! cela se comprenait aisément si de tels secours s'avéraient désormais inutiles pour l'un des combattants, voire pour les deux. Si tel était le cas, il était bon d'espérer que le Padre ait pu intervenir à temps pour prodiguer un ultime réconfort spirituel à quiconque en avait besoin, alors que les premiers soins, la sonde et le bistouri s'étaient avérés impuissants.

Le tram, à l'approche du terminus, avait coupé la vapeur. Son arrivée ouvrait un éventail effarant de dénouements possibles. Ils tourbillonnaient dans la tête de Miss Mapp comme les feuilles d'automne qu'elle admirait tant. En vain essayait-elle de les saisir au vol et d'en faire l'inventaire en s'aidant de ses doigts. Chaque cas de figure s'accompagnait d'un cortège de déductions plausibles. Par exemple (en commençant par le pouce) :

I. Si ne descendaient du tram que des gens n'offrant aucun intérêt, ce pouvait être parce que :

a. Rien ne s'était passé : le trio disputait une autre partie de golf.

b. Le pire s'était produit et, comme le Padre l'avait redouté, les duellistes l'avaient abattu avant de s'entre-tuer.

c. À peine moins grave, le Padre procédait à la levée :

1. Du corps du major Benjy.
2. Du corps du capitaine Puffin.
3. Des corps des deux victimes.

Miss Mapp lâcha son pouce et se toucha l'index.

II. Le Padre pouvait arriver seul.

Dans ce cas, tout aurait pu arriver à l'un ou à l'autre, ou aux deux… – ou rien. Les conséquences de cette arrivée solitaire se bousculaient en si grand nombre que les trier aurait pris trop de temps.

III. Le Padre pouvait arriver flanqué de deux individus qu'il aidait à marcher.

Ici, il fallait rappeler que le capitaine Puffin boitait déjà en temps normal (et le major de temps en temps). Miss Mapp ne l'avait pas oublié.

IV. Le Padre pouvait arriver avec une civière. Question : pour lequel des deux ?

V. Le Padre pouvait arriver avec deux civières.

VI. On pouvait rapporter trois civières jusqu'à la ville où les femmes pleuraient en se tordant les mains.

Dans cette dernière hypothèse, Miss Mapp se voyait occupée à ranimer la pauvre Evie qui courait en ce moment comme une petite souris d'un groupe à l'autre pour recueillir des miettes de Conscience cosmique.

Quand le tram s'arrêta, Miss Mapp avait atteint le « sixièmement », tout en sachant qu'elle n'avait pas épuisé toutes les possibilités. Elle sortit furtivement de sa poche (elle en avait réglé la mise au point au préalable) les jumelles de théâtre qu'elle avait utilisées pour observer l'esplanade de la gare, un jour bien moins palpitant que celui-ci. Après un bref coup d'œil à travers les jumelles, elle les remit en place, vexée et mortifiée, car le dénouement qu'elles lui avaient révélé avec une objectivité infaillible était un de ceux qui ne lui étaient absolument pas venus à l'esprit. Elle avait vu descendre du tram trois silhouettes, mais pas l'ombre d'une civière. L'une des silhouettes boitait, il est vrai, mais d'une façon si naturelle qu'elle se refusa à en tirer des conclusions significatives. Marchant côte à côte, les trois silhouettes traversèrent le pont et se dirigèrent vers la ville.

Il est inutile de nier que la Conscience cosmique des dames de Tilling trouva saumâtre de retomber dans la grisaille quotidienne, après tant d'espoirs et tant d'appréhensions angoissées. Certes, on avait souhaité le meilleur, mais on ne s'attendait pas à ce qu'il fût aussi piètre que ça. Pour parler franchement, le meilleur aurait pu être un bras en écharpe ou quelque chose dans ce goût-là. Les optimistes les plus acharnés gardaient l'espoir que quelque chose s'était passé, ou que quelque chose avait été évité de justesse, et que toute l'affaire ne tournait pas (pour utiliser la délicieuse formule argotique que le Padre avait lancée, et qui se répandait dans Tilling comme une traînée de poudre) en « eau de boudin ». Jusqu'à preuve du contraire, ils avaient, en toute innocuité, déchargé leurs pistolets en l'air. Dommage…

Miss Mapp fut la première à surmonter le choc. Elle prit la main toute boudinée de Diva.

« Diva, ma chérie, dit-elle. Comme je rends grâces au ciel ! Quelle belle et merveilleuse fin à toute notre angoisse ! »

L'angoisse en question paraissait teintée de regret inconscient. C'était, pour ainsi dire, le cher disparu auquel on adresse des regrets éternels… Et Diva n'avait pas vraiment le sentiment que cette fin fût si belle et si lumineuse. Son grand-père, comme Miss Mapp avait de bonnes raisons de le croire, avait été boucher. Une indifférence atavique face à tout massacre souillait probablement son sang dégénéré.

« Il y a encore la valise, dit Diva que tout espoir n'avait pas encore abandonnée. Les pistolets dans la valise ! C'était votre idée, Élisabeth.

– Oui, ma chère, dit Élisabeth. Mais, grâce à Dieu, j'ai dû lourdement me tromper sur cette valise. Le portefaix de la gare m'a dit qu'il l'avait rapportée chez le major Benjy il y a une demi-heure. Comment se fait-il que vous ne le sachiez pas ? Je crois le portefaix sur parole, car il suit les cours de préparation à la confirmation que donne le Padre. Si la valise avait contenu des pistolets, le major Benjy et le capitaine Puffin seraient eux aussi partis. Tout est pour le mieux à présent. La valise est partie, mais elle est revenue. Voilà réglée cette histoire de valise. »

Elle marqua une pause.

« Mais alors, que contenait-elle ? » laissa-t-elle échapper. Elle pensait tout haut plutôt qu'elle ne s'adressait à Diva. Pourquoi le major a-t-il rempli cette valise et pourquoi l'a-t-il fait porter à la gare ? D'où l'a-t-on réexpédiée ? Et pourquoi fut-elle envoyée là-bas ? »

Elle eut le sentiment d'en dire trop et se posa la main sur le front.

« Tout cela s'est-il vraiment passé ce matin ? dit-elle. Quelle matinée bien remplie, ma chère ! Oh, les belles feuilles d'automne ! Je vais rentrer déjeuner puis me reposer. *Au réservoir*, Diva ! »

Diva pensa que les sempiternels *réservoirs* de Miss Mapp commençaient de lui taper sur les nerfs. Tout en s'attardant quelques instants sur place, il lui vint une idée géniale qui relégua momentanément au second plan la déception du duel manqué. Il était de notoriété publique qu'Élisabeth avait rempli un énorme *réservoir* (alias la bibliothèque factice du pavillon) de provisions. Diva résolut de trouver une formule bien frappée qui lui permettrait, la prochaine fois qu'Élisabeth lui dirait *au réservoir*, de lui glisser une allusion à son propre réservoir de corned-beef, de langue, de farine, de Viandox, d'abricots secs et de lait condensé. Il lui fallait concocter quelque réplique mordante qui lui « échapperait » quand Élisabeth utiliserait à nouveau sa vieille plaisanterie éculée. La formule devait être brève, vive et spontanée, ce qui exigeait de se creuser la tête. Il serait judicieux d'y amalgamer le mot *saut*. « J'espère, chère amie, que le *réservoir* de votre pavillon n'a pas *sauté* encore une fois ? » fut la première mouture qui lui vint à l'esprit, mais ce n'était pas encore assez concis. « Le *réservoir saute* là-dessus », à la manière de *La Laitière et le Pot au lait*, marquait un certain progrès. Celle-là serait dure à digérer…

Tout cela demandait réflexion. Le Padre et les duellistes qui traversaient le champ en contrebas ramenèrent Diva au présent immédiat. On eût jugé indiscret – même à Tilling – d'interroger les protagonistes en leur demandant de but en blanc (tout en souhaitant encore le meilleur) : « Qui a gagné ? », ou quelque chose d'analogue. Cependant, en attendant d'obtenir quelque renseignement, il fallait prendre son mal en patience et refouler une curiosité lancinante comme une rage de dents de l'esprit qui vous torture tant que le dentiste n'a pas jugulé ou éradiqué la cause de la douleur. Élisabeth avait déjà succombé aux affres de cette incertitude fébrile, et s'était carrément retirée chez elle pour se reposer. Son absence, jointe au fait qu'elle ne pourrait rien apprendre de nouveau, pendant les quelques heures à venir, sur cette situation prodigieuse (sauf par quelque acrobatie téléphonique) stimulait grandement l'imagination inventive de Diva. Elle savait qu'Élisabeth la battait sur le plan de l'imagination re-créatrice mais, profitant de la pause que s'octroyait l'autre pour récupérer son énergie, en prévision de nouveaux assauts dans l'inconnu, Diva tenait la chance de sa vie. Le Padre était la seule personne susceptible d'en savoir plus que quiconque mais, tant qu'il se trouvait à proximité des duellistes, il était aussi impossible de lui demander ce qui s'était passé que de demander aux intéressés qui avait gagné. Tandis qu'Élisabeth se reposait, Diva devait mettre la main sur le Padre seul, sans ses deux acolytes.

À l'instar d'Athéna jaillie adulte, casquée et toute armée, du cerveau de Zeus, le plan de Diva lui jaillit de l'esprit dans toute son intégralité. Elle résista même à la tentation de s'attarder à contempler les couleurs de l'automne (en fait, pour voir de près la « mine » du fameux trio qui devait passer près de l'endroit où elle se tenait) et rentra promptement chez elle. Elle ne s'arrêta en chemin à la boutique du traiteur que pour choisir, régler et emporter un crabe luxueusement préparé, mets délicat dont le Padre raffolait. Malgré le prix exorbitant qu'elle paya, il y avait une note de triomphe dans sa voix lorsqu'elle cria pour appeler Janet et lui dire d'ajouter un couvert pour le déjeuner. Elle s'imposa ensuite de patienter trois minutes, montre en main, afin de laisser au Padre le temps de revenir chez lui, puis l'appela au téléphone pour lui rappeler qu'il lui avait promis de déjeuner avec elle ce jour-là. Il n'était pas question de l'inviter, en lui laissant le loisir de refuser, et ce fut sans remords qu'elle fit jouer cette clause de *force majeure.*

La rencontre téléphonique fut brève et rondement menée. Le Padre objecta qu'en dépit de la démarche de Diva pour lui rappeler sa promesse, il n'avait pas le moindre souvenir d'avoir été invité (et pour cause !…), ajoutant que sa tendre épouse et lui-même s'étaient déjà mis à table. Sur ce, Diva brûla ses dernières cartouches et lui déclara qu'elle avait commandé un crabe en son honneur. Cela conclut la discussion. Il annonça que sa femme et lui arrivaient en deux temps trois mouvements et raccrocha. Diva ne tenait pas particulièrement à recevoir la tendre épouse, mais il y avait assez de crabe pour trois personnes.

Quand le Padre lui conta par le menu toutes les péripéties de sa quête (hélas ! vaine) à travers les dunes, Diva pensa qu'elle n'avait jamais engagé la dépense de quatre shillings pour une meilleure cause, tant elle fut impressionnée par la sensation que le Padre avait ressentie de remplir cette mission si épuisante et si périlleuse comme porté par quelque force d'en-haut. Jamais l'idée que cette force d'en-haut s'était bien payé la tête du Padre en le poussant à se donner tant de tracas pour rien n'effleura l'esprit de Diva. Il arriva au point où le téléphone avait interrompu son récit pendant qu'il déjeunait avec sa tendre épouse et, bien que celle-ci brûlât d'envie de connaître la suite, elle supporta d'un front serein d'écouter la première partie du récit pour la seconde fois, en se contentant d'émettre des petits couinements d'impatience que personne n'entendit. Le Padre oublia complètement de parler l'écossais ou l'anglais élisabéthain, car il était inutile de faire appel à ces moyens accessoires pour stimuler l'attention d'un auditoire déjà suspendu à ses lèvres.

« C'est alors que j'ai contourné le pavillon du club, dit-il, et que j'ai découvert le capitaine Puffin et le major au dix-huitième trou de leur parcours de golf.

– Mais alors, il n'y a pas eu le moindre duel, dit Diva en grattant le fond de la carapace du crabe.

– J'en ai le sentiment. Ils n'auraient pas eu le temps matériel de se battre en duel et de faire un parcours de golf, sans compter qu'il leur eût été impossible de jouer au golf immédiatement après le duel. Personne n'aurait les nerfs assez solides pour s'y risquer. En outre, j'ai interrogé un des caddies. Ils sont arrivés directement du tram au golf et ont tout de suite attaqué le premier tee. Ils n'ont pas été seuls une seule minute.

– Eau de boudin ! » dit Diva, qui commençait à se demander si une chute aussi banale valait bien quatre shillings.

Mrs Bartlett poussa un petit couinement (c'était sa manière d'annoncer qu'elle allait prendre la parole) :

« Mais pourquoi exclure l'éventualité d'un duel encore possible, Kenneth ? demanda-t-elle. Ce n'est pas parce qu'ils ne se sont pas battus ce matin – ce crabe est délicieux, Diva ! Comme c'est gentil de nous avoir invités – qu'on doit en conclure qu'ils ne se battront pas cet après-midi. Mon Dieu, et du bœuf en plus ! Je vais être complètement gavée. Croyez-moi, un homme ne se donne pas la peine de rédiger une lettre de duel, avec tout ce que cela implique, s'il ne considère pas qu'il y va de son devoir. »

Le Padre leva la main. Il se sentait peu à peu devenir lui-même le héros de l'histoire. Il avait dressé la tête sur le bord d'un nombre incalculable de cratères de sable, en s'attendant chaque fois à entendre une balle lui siffler aux oreilles. Il lui incombait d'adopter une attitude sublime.

« Ma chère femme, dit-il, il sied mal d'accoler le mot "devoir" au mot "meurtre". Qu'il y ait eu des préparatifs de duel au cours de ces dernières vingt-quatre heures, soit, je ne le nie pas. Mais quelque chose de décisif s'est produit pour empêcher cette déplorable calamité. Paix et réconciliation en ont résulté, et je n'ai jamais vu deux hommes se manifester autant d'amitié en toute bonne foi. »

Diva se leva et fit le tour de la table pour servir du porto au Padre tant elle se réjouissait de la nouvelle idée qui lui était venue, alors que la chère Élisabeth prolongeait sa sieste. Elle en attribua tout le mérite au crabe.

« Nous nous sommes tous fourvoyés, dit-elle. La paix et la réconciliation se sont produites bien avant qu'ils ne se rendissent dans les dunes. C'est à la gare qu'elles ont eu lieu. Vous savez qu'ils se sont rencontrés à la gare. Il est prouvé que le major s'y est rendu. Il n'aurait pas pu envoyer la valise toute seule. Et il est prouvé que le capitaine Puffin s'y est rendu également, car le billet que sa bonne a trouvé sur la table (avant de voir la lettre de provocation du major oubliée sur la cheminée) précisait qu'il avait été appelé ailleurs de toute urgence. Mais non, voyons ! L'un et l'autre se sont rendus à la gare afin d'attraper le premier train pour s'enfuir avant qu'on ne puisse les arrêter et les contraindre à se tuer l'un l'autre. Mais pourquoi ne sont-ils pas partis ? Que s'est-il passé ? Je ne crois pas un seul instant que le portefaix les ait sermonnés, pour leur faire prendre conscience de la gravité de leur conduite, avec ou sans cours de préparation à la confirmation. Je donne ma langue au chat. Je regrette presque qu'Élisabeth ne soit pas là. Elle est forte pour les devinettes. »

L'œil du Padre s'illumina. Le contrecoup des périls de la matinée, le crabe et le porto se conjuguaient pour faire de lui un homme.

« Ce nonobstant, vous m'avez régalé là d'une goutte de nectar, dame Plaistow, dit-il. M'est avis que vous n'errez pas si vous pensez que Dame Mapp a quelque chose à voir dans toute cette affaire, à condition qu'elle consente à nous le dire.

– Elle s'est trompée sur la valise, dit Diva. Elle l'a elle-même reconnu.

– Pouah ! Peu me chaut la valise, dit le Padre.

– Que sait-elle d'autre ? » demanda Diva fébrilement.

Le Padre jouissait de nouveau de toute l'attention des deux dames sans avoir besoin de parler l'écossais.

« Commençons par le commencement, dit-il. Qu'est-ce qui a pu déclencher leur querelle ?

– N'importe quoi, dit Diva. Le golf, les peaux de tigre, la grève des mineurs, l'heure d'été, que sais-je encore ? »

Il hocha la tête.

« Je vous accorde que l'on peut avoir des mots un peu vifs sur tous ces sujets, dit-il. À Tilling, je le sais, l'heure d'été n'a pas la faveur de tous, mais nous serons tous réconciliés sur ce point dimanche prochain avec le retour de l'heure réelle, "l'heure du bon Dieu" comme j'ai l'intention de la désigner dans mon sermon. »

Diva dut se mordre la langue pour s'empêcher de se lancer dans cette digression qui pourtant la passionnait. Après tout, c'est pour en apprendre davantage sur le duel qu'elle avait investi dans le crabe, pas pour entendre des considérations oiseuses sur l'heure d'été.

« Et alors ? dit-elle.

– Il nous arrive d'échanger des mots un peu vifs sur ce sujet, reprit d'une voix tonitruante le Padre qui se croyait déjà en chaire. Mais aucun d'entre nous, j'ose l'espérer, ne songerait à attraper le premier train, armé jusqu'aux dents, pour défendre ses opinions concernant l'heure d'été. Non, Mrs Plaistow, si vous avez raison de penser (et quelque chose plaide là en votre faveur) qu'ils ont poussé la défense de leurs positions respectives au point d'aller prendre le premier train pour s'affronter impunément en duel, vous devez leur chercher une cause plus solide à défendre. »

Diva tenta vainement de se creuser la tête pour trouver ce qui aurait pu leur valoir des émotions plus nobles que celles-là. Si la brouille en question les avait opposées, Miss Mapp et elle-même, elle aurait pensé aux stocks de nourriture et aux robes. Mais, en l'occurrence, nul être sensé n'aurait pu songer, dans ses rêves les plus fous, que le capitaine et le major fussent des rivaux sur le chapitre de l'élégance vestimentaire, sauf si la querelle visait la question de savoir lequel des deux portait les habits les plus vétustes et les plus négligés.

« Laisse tomber, dit-elle. Quel fut donc l'objet de la querelle ?

– La passion ! dit le Padre de cette voix mâle qu'il prendrait pour parler de l'heure du bon Dieu le dimanche suivant. Je n'entends pas *passion* dans le sens de *colère*, mais comme cette flamme qui soulève l'homme vers le ciel ou bien... ou bien produit exactement l'effet inverse !

– Mais une passion inspirée par qui ? » demanda Diva complètement désarçonnée. Une telle hypothèse ne l'avait jamais effleurée car, à sa connaissance, la passion, sauf dans le sens de colère, n'avait pas droit de cité à Tilling (Tilling, en effet, était beaucoup trop *comme il faut* pour une chose pareille).

Le Padre y réfléchit un moment.

« Je ne trahis aucun secret, dit-il, car personne ne m'en a confié. Mais il y a certainement une personne dans cette ville (je ne fais pas allusion à Miss Irène) que le major tient depuis longtemps en haute estime. Quelque remarque afin de l'éconduire aura peut-être provoqué... »

La tendre épouse poussa un couinement plus sonore que d'habitude.

« Il veut dire cette pauvre Élisabeth ! lança-t-elle d'une voix aiguë et toute tremblante. Oh ! Tu vois ça, Kenneth ! »

Quelques secondes auparavant, Diva s'était dit qu'il n'y avait aucune raison pour que le Padre bût le reste de sa bouteille de porto, et elle se mit en devoir de boire elle-même un peu de ce breuvage exotique. Elle essaya de l'avaler mais, trop tard ! l'instant d'après, ce délicieux vin lui sortait par tous les trous de la tête. Elle s'étouffa, et gargouilla jusqu'à ce que sa trachée artère eût évacué la dernière goutte avalée de travers (encouragée dans ce sens par les tapes que les autres lui administraient dans le dos). Puis elle poussa un énorme éclat de rire éraillé, criblé par les couinements en staccato de la tendre épouse.

Rien, même lorsqu'on se moque de vous, n'est aussi contagieux qu'un fou rire prolongé, et le Padre en personne se sentit gagné par l'hilarité des deux dames. Quand l'un reprenait son souffle, les autres amorçaient une rechute, et ce ne fut que lorsque l'épuisement les gagna que ce triple volcan se calma enfin.

« Oh ! Tu vois ça ! dit Evie exténuée. Mais qu'est-ce qui t'a mis cette idée dans la tête, Kenneth ? »

Il répondit d'une voix mal assurée.

« Eh bien ! Nous sommes tous assez surexcités ce matin, dit-il. L'idée, voyons… je ne vois vraiment pas ce qui a bien pu nous faire tant rire…

– Moi, je le sais, dit Diva. Poursuivez ! Il s'agissait de l'idée… »

Une inspiration diabolique, bien féminine, embrasa soudain l'esprit de la tendre épouse.

« C'est Élisabeth elle-même qui l'a suggérée », couina-t-elle.

Bien entendu, Diva ne pouvait manquer de se souvenir qu'en forçant la porte de Mallards ce matin-là pour annoncer que les duellistes avaient pris le train de onze heures vingt, elle avait surpris Miss Mapp et le Padre en grande conversation. Personne ne pouvait avoir la mémoire courte au point d'oublier *ça*. Pour le moment, Diva pardonna à Élisabeth tout ce que celle-ci avait fait par le passé. Il serait toujours temps d'y revenir plus tard, mais, dans l'immédiat, ce pardon gardait toute sa valeur.

« L'a-t-elle suggérée ? » demanda-t-elle.

Le Padre agit comme un homme et mentit comme Ananie[1].

« Non, elle ne l'a pas suggérée, et je suis catégorique là-dessus », dit-il.

Si les deux dames avaient ajouté foi à cette déclaration sans équivoque, elles auraient été fort déçues. Diva se mit à imaginer une savoureuse entrevue avec Élisabeth. Elle lui communiquerait à brûle-pourpoint l'hypothèse inouïe avancée par le Padre pour expliquer l'origine du duel, et se contenterait d'observer la réaction d'Élisabeth. Observer simplement sa réaction, rien de plus… On verrait alors pavoiser l'embarras et la culpabilité…

1. Actes des Apôtres 5, 1-11. *(N.d.T.)*

En rentrant chez elle ce matin-là, Miss Mapp avait eu la tentation, après avoir contemplé les couleurs de l'automne, d'inviter Diva à partager son déjeuner, mais elle se rappela à temps qu'elle avait dit à sa cuisinière d'entamer une des boîtes de corned-beef qu'aucun prestidigitateur humain ne parviendrait jamais à recaser dans le placard, s'il voulait ensuite refermer la porte. Diva ne manquerait pas de glisser quelque allusion acide, comme de se réjouir de ne pas gaspiller une nourriture aussi excellente en la donnant aux pauvres de l'hôpital. Elle pourrait aussi n'y faire aucune allusion, et son silence, tout en mangeant allègrement, aurait alors une saveur âcre. Mais Miss Mapp aurait apprécié, surtout en allant se reposer après le déjeuner sur le grand sofa du pavillon, la présence d'un interlocuteur, car sa tête foisonnait d'hypothèses sur ce qui s'était passé, sur ce qui se passait et sur ce qui se passerait. Pour simplifier un problème et le ramener aux limites du probable, il n'y avait rien de tel qu'une bonne discussion ; alors que lorsqu'elle se trouvait toute seule, livrée à sa propre imagination, les fantasmes les plus débridés lui paraissaient plausibles. Quoi qu'il en soit, elle avait soumis au Padre une magnifique suggestion à propos de la cause du duel, et elle avait remarqué avec quelle compréhension bienveillante et quel respect il l'avait reçue. Et quelle discrétion avait été la sienne ! Rien dans ses paroles n'avait pu laisser entendre que le duel la concernât si peu que ce fût. Elle avait seulement déclaré catégoriquement qu'il ne concernait pas cette pauvre petite Irène, puis s'était amoureusement occupée de ses douces fleurs. Cela suffisait… Elle sentait de toutes les fibres de son être que le Padre avait saisi à demi-mots ce qu'elle entendait lui faire saisir…

Le vautour de l'art spéculatoire lui épargna quelques instants ses coups de bec importuns tandis qu'elle méditait sur tout cela, sûre de tenir le bon bout d'un fil d'or… Tout en sachant pouvoir compter sur la discrétion du Padre, elle espérait qu'il

« laisserait échapper », au cours de la conversation animée que les Bartlett auraient certainement à table, qu'il avait de bonnes raisons de deviner la cause première de ce duel brutal. Sur ce, la chère Evie ne manquerait pas de le harceler de couinements sans équivoques et de questions. Quand elle serait sur le point de « brûler » (comme dans le jeu de chaud ou froid), la réticence de son mari l'amènerait à s'accorder une bonne raison de deviner. Elle pourrait refuser de croire, mais le germe de l'idée serait déjà semé dans son esprit. Et si elle jugeait qu'en ces journées mouvementées le scepticisme n'était pas de mise, elle pourrait difficilement refuser de s'y intéresser et de s'émouvoir. Avant longtemps (mais combien de temps ? Miss Mapp l'ignorait fort heureusement) elle ferait *un saut* pour aller voir Diva, à moins que Diva ne fît *un saut* pour venir la voir, et Evie, adoptant en cela une attitude aussi discrète que celle de son mari ou celle d'Élisabeth elle-même, serait bientôt en mesure de donner à la chère Diva de bonnes raisons de deviner à son tour. Ensuite, tout serait pour le mieux. La chère Diva (quelle pipelette, cette chère petite !) se ferait un devoir d'informer tout le monde à Tilling, sous le sceau du secret (afin de se réserver le plaisir d'être la seule à les approcher un par un), de ce qu'elle avait deviné. Ainsi, très bientôt, tout Tilling saurait exactement ce que Miss Mapp n'avait *pas* dit au Padre, à savoir que les deux hommes s'étaient battus en duel (ou ne s'étaient *pas* battus en duel) uniquement « à cause d'elle ». Le plus piquant de l'histoire serait que – bien que tout le monde fût au courant – cela demeurerait un grand et beau secret déposé au cœur de chacun (ou de chacune, selon le cas). Elle ne se faisait pas trop de souci. Personne n'oserait poser directement la moindre question aux duellistes. Le duel, ces dernières années, avait été un sujet que nulle personne un tant soit peu délicate n'aurait abordé de propos délibéré en présence du major Benjy. À plus forte raison, était-ce désormais un sujet tabou, depuis cette matinée critique ! En un sens, cela valait mieux, car les duellistes, interrogés séparément, risquaient de fournir deux versions différentes. Il eût été très fâcheux de voir se répandre deux histoires parallèles et contradictoires. Mais la situation, en l'état des choses, s'avérait bien plus satisfaisante : tout le reste de Tilling, en promettant de garder le secret, allait savoir ! Et si jamais, à la faveur de nouvelles promesses de garder le secret, ils se communiquaient ledit secret, cela ne serait pas bien grave…

Après ce détour du côté des champs élyséens, la pauvre Miss Mapp dut retourner à son vautour, et l'heure de repos qu'elle s'était octroyée en sa qualité d'héroïne du duel se transforma en une phase d'intense activité cérébrale. Elle avait beau se poser des questions, elle ne parvenait pas à conclure quoi que ce soit quant à la valise et à l'escapade pour attraper le premier train. Elle se leva bien avant la fin de l'heure, car elle trouvait que plus elle réfléchissait, plus les objections qui réduisaient à néant les conclusions auxquelles elle se raccrochait, comme un noyé à une planche, étaient invincibles. Elle avait beau multiplier les attaques pour forcer le bastion de ce mystère, la garnison non seulement refusait de se rendre et de sortir, mais encore brandissait bien haut son étendard. Les raisons les plus élémentaires anéantissaient lamentablement les spéculations de Miss Mapp. Mais il est insupportable de soutenir longtemps l'angoisse de l'incertitude si quelque nouveau sujet d'intérêt ne vient l'interrompre. Aussi décida-t-elle de ne plus focaliser toute son attention sur ce problème, mais plutôt de le reléguer dans la chambre froide ou le coffre-fort de son subconscient, d'où elle pourrait toujours le retirer pour l'examiner à loisir une fois ses forces revenues. L'ensemble du problème la défrisait bien au-delà de tout ce qu'elle avait connu d'intriguant depuis des années d'active vigilance. La teneur en paraissait plus prestigieuse qu'aucune autre. Il ne s'agissait plus, en l'occurrence, de recel de provisions ou de visites du prince de Galles, ni de robes brodées de pavots, mais de vie et de mort, et de coups de pistolet meurtriers. À cette auguste liste, fallait-il ajouter l'amour ?

Elle-même ne le ferait certes pas, mais Tilling était libre d'agir à sa guise. C'est en fait ce que faisait Tilling en toute circonstance.

Miss Mapp se dirigea vers l'oriel d'où elle avait mené tant d'enquêtes passionnantes et couronnées de succès. Mais ce jour-là, le spectacle semblait aussi ressassé et stérile que le monde aux yeux de Hamlet, malgré Mrs Poppit qui, au même instant, descendait la rue en se dandinant comme un canard, avant de disparaître en s'engageant dans la rue perpendiculaire où habitaient le dentiste et Mr Wyse. Avec quelque lassitude, Miss Mapp se rappela qu'elle avait vu la bonne nettoyer les fenêtres de chez Mr Wyse la veille – « Était-ce bien hier, les enfants ? » –, et elle avait remarqué le zèle qu'elle y déployait, avant d'en conclure, sans risque d'erreur, que le maître de maison avait annoncé son prochain retour. Il revenait habituellement vers la mi-octobre, et se permettait de glisser discrètement quelques allusions à ses agréables visites en Écosse, et à sa *villeggiatura* (comme il aimait à dire) chez sa sœur la *contessa* Faraglione, à Capri. Dans l'esprit de Miss Mapp, cette *contessa* Faraglione avait pris une dimension mythique. Elle ne risquait pas de figurer dans un exemplaire moyen-âgeux du Bottin mondain, seul manuel accessible pour tout ce qui touchait à la noblesse et aux autres personnalités en vue. Sans nier sous serment l'existence de cette dame, Miss Mapp ne trouvait aucune raison valable de soutenir le contraire. La *contessa*, on le savait, n'avait jamais mis les pieds à Tilling, ce qui était bizarre puisque son frère y résidait, et il était le seul à pouvoir témoigner de son existence. C'était maintenant le tour de Mrs Poppit : était-elle allée rendre visite à Mr Wyse ou était-elle allée voir le dentiste ? Il n'y avait pas d'autre alternative car, ces deux personnes mises à part, la rue ne comptait aucun habitant notable, et elle aboutissait en rase campagne, là où il ne se passait jamais rien. Or, Mrs Poppit était en grande tenue : elle n'allait donc pas se promener dans la campagne. Sa robe pouvait autant convenir pour aller chez Mr Wyse que chez le dentiste, car elle était du genre à se mettre sur son trente et un pour s'installer dans le fauteuil de celui-ci afin de l'intimider. Comment aurait-il eu le front de faire mal à une dame si bien habillée ? En outre, Mrs Poppit avait des dents merveilleuses, presque trop belles pour être vraies. Elle avait même demandé récemment qui habitait la jolie petite maison au coin de la rue, comme pour bien montrer qu'elle ne savait pas où vivait le dentiste ! Peut-être, aussi bien, s'était-elle informée par quelque moyen détourné du retour de Mr Wyse et se rendait-elle chez lui pour lui communiquer les nouvelles toutes fraîches du duel ou s'entretenir avec lui de l'Écosse ? Selon toute vraisemblance, ni l'un ni l'autre n'avait jamais mis les pieds en Écosse : ils étaient de mèche pour prétendre y être allés et y avoir résidé dans des pavillons de chasse (des maisons de garde-chasse plutôt…) afin d'éclabousser Tilling de leur faste…

Miss Mapp s'assit sur les tuyaux du chauffage central qui passaient sous sa fenêtre, et s'abandonna à une de ses rêveries fécondes en spéculations re-créatrices. D'une part, si Mr Wyse était de retour, il convenait de récapituler son dossier ; d'autre part, elle voulait distraire son attention des deux maisons voisines, celle du major Benjy d'un côté, celle du capitaine Puffin de l'autre, car elles cachaient la clef du grand mystère insoluble qu'elle voulait percer. Mr Wyse, de toute façon, pourrait lui servir de dérivatif légèrement opiacé, car elle n'avait jamais renoncé à s'intéresser à lui avec quelque hargne. Bien qu'il résidât environ huit mois sur douze à Tilling, il n'avait jamais été *de* Tilling, ne fût-ce qu'une heure. Il ne se donnait pas vraiment des airs condescendants et supérieurs – Miss Mapp lui en devait justice –, mais il se comportait de telle sorte que les autres l'amenaient à prendre de tels airs, ce qui revenait exactement au même : il avait l'air condescendant et supérieur. Il ne disait pas de but en blanc que sa sœur était la *contessa* Faraglione mais, si on mentionnait des sœurs dans la conversation, et qu'on lui demandait des précisions sur la sienne, il avouait qu'elle appartenait à la noblesse. Le même phénomène se produisait quand on citait l'innocent comté du Hampshire, car il s'avéra qu'il connaissait bien ce comté étant de la branche des Wyse de Whitchurch. Vous ne pouviez l'accuser d'en parler, mais il incitait les autres à le faire… Il était totalement inaccessible à toute plaisanterie sur ces sujets, à telle enseigne qu'une fois, Miss Mapp, excédée, avait déclaré qu'elle appartenait, pour sa part, à la branche des Mapp de Maidstone. Il s'était alors tout simplement incliné en disant : « À ma connaissance, c'est une très vieille famille », et quand une digression ramena la conversation sur le chapitre des vieilles familles, il dit non sans emphase : « nous autres », en s'adressant à Miss Mapp. Cette pauvre Élisabeth se mordit donc les doigts d'avoir risqué une plaisanterie…

Cependant, pour quelque obscure raison, Tilling ne cessa jamais de faire sa cour à Mr Wyse. Pendant tout le temps où celui-ci y résidait, il n'y avait pas de thé ou de bridge auxquels il ne fût convié. Les dames le mettaient toujours en tête de liste lorsqu'elles lançaient leurs invitations. Elles lui faisaient porter un carton avec la formule « Veuillez donner la réponse au porteur, S.V.P. » sur le coin supérieur gauche, car il avait déclaré sans ambages qu'il tenait le téléphone pour un instrument vulgaire, tout juste bon pour un usage domestique, et il avait fait installer le sien dans la cuisine, tout comme l'avaient fait les Wyse de Whitchurch. Cette disposition, sans parler des conceptions désuètes de Mr Wyse en la matière, excluait toute possibilité de téléphonage car, la plupart du temps, c'était la cuisinière qui vous répondait en fulminant tout de go contre le boucher, sans chercher à savoir qui vous étiez, et quelles marques de respect vous étaient dues. Quand vous lui faisiez remarquer son erreur, elle ne s'excusait jamais, mais se contentait de maugréer qu'elle allait appeler Mr Figgis, le valet de chambre de Mr Wyse. Mr Figgis mettait toujours beaucoup de temps à arriver. En prenant l'appareil, il éternuait ou émettait quelque bruit disgracieux avant de dire : « Oui, oui ; qu'est-ce que c'est ? » d'un ton courroucé. Après moult explications, il consentait enfin à en référer à son maître, ce qui demandait encore pas mal de temps et, même après cela, Mr Wyse ne prenait même pas la peine de venir répondre en personne. En règle générale, il refusait toute invitation transmise par téléphone. Miss Mapp avait tenté la tactique qui consistait à envoyer Withers en ligne quand elle voulait communiquer avec Mr Wyse, mais le stratagème avait échoué. Withers et la cuisinière de Mr Wyse, avant d'en venir au fait, commençaient par échanger des mots si violents que Mr Figgis était obligé d'apaiser la cuisinière, tandis que Withers allait se plaindre à Miss Mapp… Telle était, succinctement, la raison principale pour laquelle Tilling envoyait des notes écrites à Mr Wyse. Quant à bavarder simplement au téléphone (en quoi consistait la principale utilisation de ces appareils), il n'en était absolument pas question.

Cette analyse pénétrante de Mr Wyse revigora Miss Mapp, et la douce chaleur des tuyaux du chauffage central, par cette défrisante journée d'automne, lui procurait une sensation de bien-être. Nul n'aurait osé dire que Mr Wyse n'était pas à cheval sur l'étiquette car, bien qu'il déclinât les trois quarts des invitations dont on l'inondait, il répondait invariablement à ce geste courtois en vous adressant quelques lignes manuscrites par lesquelles il exprimait l'espoir d'avoir le plaisir de vous recevoir à déjeuner le jeudi suivant. (Il organisait toujours un déjeuner entre amis le jeudi.) Il libellait ses invitations en termes extrêmement ampoulés : un ami commun venait de lui faire savoir que vous étiez en résidence à Tilling en ce moment, et l'avait encouragé à espérer que vous pourriez lui faire le plaisir de… Ce style ne manquait pas de séduction : il vous permettait d'imaginer Mr Wyse rentrant promptement chez lui tout ragaillardi d'avoir fortuitement rencontré cet ami commun, et libéré de cette mélancolie que faisait peser sur lui l'idée que vous auriez pu ne pas lui faire le plaisir de l'honorer. On l'avait encouragé à espérer… Il calligraphiait impeccablement ces formules de politesse sur du papier qui, lorsqu'il venait de rentrer d'Italie, était frappé d'une couronne au sommet de la page, avec dans le coin supérieur droit l'adresse gravée, « Villa Faraglione, Capri », tandis que sur la gauche s'étalait en lettres d'or le prénom de sa sœur putative : « Amelia », le tout biffé d'une plume légère. Il était certes en droit de subtiliser quelques feuilles de papier à lettres, mais le luxe de ces en-têtes jetait une lumière sinistre sur le personnage. Pas plus tard que l'année précédente, dans un mouvement de colère consécutif à six invitations que Mr Wyse avait déclinées sous prétexte qu'il s'était déjà engagé ailleurs, Miss Mapp avait pris la tête d'un mouvement de révolte : Tilling désormais refuserait de répondre aux invitations de Mr Wyse tant que celui-ci bouderait les invitations de Tilling. Cette initiative reçut une approbation de principe : les Bartlett, Diva, Irène et les Poppit convinrent tous – un peu à la légère – que c'était exactement ce qu'il fallait faire. Mais, le jeudi suivant, ils se retrouvèrent tous devant la porte de Mr Wyse à l'heure du déjeuner (y compris l'instigatrice du mouvement ; celui-ci, dès lors, tomba à l'eau). Ils avaient beau tous protester et se rebeller, l'horrible réalité persistait : tous mangeaient dans la main de Mr Wyse quand l'occasion s'en présentait. Tout en cultivant des doutes sur la véracité de ses récits, ils raffolaient d'entendre évoquer la Villa Faraglione et, pour ce faire, revêtaient leurs plus beaux atours. À cela s'ajoutait la qualité du service : il y avait souvent du caviar sur la table. Si quelqu'un se hasardait à en demander la provenance (tout en s'attendant au pire s'il suggérait Twemlow comme fournisseur), Mr Wyse répétait la question à Figgis. Comment ne pas trouver assez sensationnel d'apprendre alors que ce caviar était arrivé en droite ligne d'Odessa le matin-même ? Le cuissot de chevreuil venait du Perthshire. Quant au vin (article que le major ne pouvait pas passer sous silence, et qui souvent le rendait extrêment bavard), il provenait « des vignobles de mon beau-frère ». Mr Wyse y goûtait en fin connaisseur et déclarait : « Il n'est pas aussi bon que l'an dernier, je le dirai à la *cont*… Je veux dire à ma sœur. »

De même, lorsque Mr Wyse condescendait à honorer un thé ou un bridge de sa présence, l'attitude générale était fort différente de celle que l'on adoptait lorsqu'il n'était pas là, et cette constatation mettait Tilling au supplice. Il n'y avait pas de prises de bec à la table de Mr Wyse, et quand on se chamaillait aux autres tables, c'était toujours à voix basse, en chuchotant afin qu'il n'en entendît rien. Quand il était là, jamais Diva ne contestait ses gains et ses pertes, et le Padre ne disait jamais un traître mot d'écossais ou d'anglais élisabéthain. Evie ne couinait pas comme une souris, aucune récrimination bruyante ni aucun sarcasme emphatique ne s'élevait entre les partenaires, et s'il surgissait quelque différend quant à l'interprétation d'une règle, l'arbitrage de Mr Wyse était accepté sans un murmure (bien qu'il ne fût pas meilleur joueur qu'aucun d'entre eux). Pendant les pauses, également, Diva ne se remplissait pas la bouche et les deux mains de chocolat au nougat ; on ne se bousculait pas en jouant des coudes pour atteindre les plateaux, mais les messieurs servaient les dames avant de se servir eux-mêmes. Pourtant, Mr Wyse ne faisait rien pour s'imposer, ni pour les contraindre à la politesse, en leur parlant des manières raffinées en usage en Italie. C'est de son propre chef que Tilling optait pour cette attitude inédite en sa présence. Il arrivait parfois que, dans un moment de distraction, Diva s'oubliât à lancer quelque remarque méprisante à son partenaire, mais le partenaire en question ne répondait jamais sur le même ton et Diva redevenait tout miel. Si Mr Wyse assistait à deux ou trois réunions consécutives, on trouvait plutôt reposant de ne pas le compter à la suivante, où l'on pouvait enfin respirer à son aise un air moins éthéré. Mais, présent ou pas, il répondait à toutes les invitations en conviant tout le monde à déjeuner le jeudi. Les hautes sphères tillingotes se trouvaient donc réunies chez lui toutes les semaines.

Miss Mapp acheva cette brève rétrospective et décida, une fois confirmée l'arrivée de Mr Wyse, de l'inviter à prendre le thé mardi. Cela impliquait d'aller déjeuner le jeudi suivant. Il n'était pas nécessaire d'inviter quelqu'un d'autre à venir prendre le thé si Mr Wyse acceptait l'invitation. S'il refusait de venir, la réunion serait annulée… Cependant, après les événements des dernières vingt-quatre heures, tous ces projets et toutes ces évocations manquaient d'attrait, aussi Miss Mapp tourna-t-elle les yeux vers la maison du major.

« La valise… » murmura-t-elle. Non, elle devait chasser cet objet de son esprit. Elle allait faire un tour à pied, non pas dans la Grand'Rue, mais en rase campagne, loin du tumulte des passions (dans l'acception du terme fournie par le Padre) et des querelles (dans sa propre acception), où elle pourrait se rafraîchir l'âme, et apaiser sa curiosité en contemplant les hirondelles et les blancs papillons (à moins que le gel de la nuit précédente ne les ait tous décimés), et les couleurs de l'automne totalement absentes des paluds sans arbres… Sans contredit, le chemin le plus court pour sortir de la ville était celui qui passait devant la maison de Mr Wyse. Mais, avant de quitter le pavillon du jardin, elle répéta devant la glace qui faisait face à la porte quelques mimiques qui exprimeraient adéquatement aux yeux des personnes qu'elle pourrait rencontrer, et qui auraient eu vent de la cause supposée du duel, les émotions confuses ressenties, à son corps défendant, par ladite personne. Dans ces mimiques, il fallait mettre de l'étonnement songeur, une certaine fierté, des traces d'émoi romantique et une profonde angoisse féminine. Le port de la tête « rendrait » la fierté, les yeux grands ouverts « rendraient » l'étonnement songeur et romantique, la profonde angoisse féminine se dissimulerait derrière le sourire des lèvres tremblantes, tandis que les joues vigoureusement frottées trahiraient l'émoi. Si quelqu'un s'avisait de lui poser des questions indiscrètes, elle envisageait de répondre de façon évasive, comme si le sens lui en avait échappé. Forte de cette panoplie, elle se mit en route.

Il lui fut assez décevant de ne rencontrer personne, mais en passant devant l'oriel de Mr Wyse, elle arrangea les chrysanthèmes qu'elle portait sur son corsage et put voir nettement le profil du maître de céans et l'arrière de la tête de Mrs Poppit. Ils avaient l'air en grande conversation, et Miss Mapp pensa que cette femme assommante faisait à son hôte un compte rendu fort incomplet de ce qui s'était passé. Élisabeth rentra en retard pour prendre son thé. Elle s'excusa immédiatement auprès de Withers pour le dérangement occasionné, dès qu'elle aperçut un pli sur la table du vestibule. Une couronne ornait le dos de l'enveloppe, et l'écriture de l'adresse, impeccable et soignée, révélait à merveille le style de son auteur. Outre la couronne, l'en-tête de la lettre comportait : *Villa Faraglione – Capri* et *Amelia*, le tout légèrement biffé. On pouvait lire ceci :

« Mademoiselle,
Quel plaisir de me retrouver une fois de plus dans notre cher petit Tilling ! Notre amie commune, Mrs Poppit, MBE, me fait savoir que vous êtes en résidence, et m'encourage à espérer que je peux vous convaincre de venir *déjeuner* chez moi jeudi à une heure. Puis-je me permettre de vous assurer, en toute délicatesse, que vous ne risquerez de rencontrer céans aucune personne dont la présence pourrait s'avérer importune.
Veuillez excuser ces lignes tracées à la hâte. Figgis attendra votre réponse si vous êtes chez vous.
Recevez, Mademoiselle, l'expression de mes respectueux hommages,
Algernon Wyse »

Miss Mapp aurait déposé un baiser sur la lettre si Withers, qui aurait pu se méprendre sur le sens de ce geste, n'avait pas été là. À défaut, elle pardonna à Mrs Poppit d'être membre de l'ordre de l'Empire britannique (MBE). « Chère femme ! dit-elle. Elle a tout entendu et lui a tout répété ! »

Bien entendu, il n'était plus nécessaire désormais d'inviter Mr Wyse à venir prendre le thé…

VII

La gelée blanche, trois nuits d'affilée, et le terrible noircissement des dahlias, qui furent perdus de réputation dès le lever du jour, auraient probablement suffi à convaincre les dames de Tilling qu'il était temps de mettre les vêtements d'été dans le camphre, et de pendre les vêtements d'hiver dans les arrière-cours pour les aérer, et cela même si le Padre n'avait pas prêché un remarquable sermon le dimanche précédent. Ce fut même un sermon si remarquable que Miss Mapp oublia complètement de relever les fautes de grammaire et l'écouta extasiée.

Le Padre avait choisi comme thème le verset : « Il créa l'été et l'hiver[1]. » Après avoir répété ces mots d'une façon très impressionnante, afin qu'il ne subsistât plus aucun doute sur l'origine des saisons, il aborda un sujet totalement différent, à savoir les malheureuses dissensions qui divisent les communautés chrétiennes. Miss Mapp ne s'y trompa pas un seul instant, elle voyait tout à fait où il voulait en venir sous le couvert d'effets oratoires. Il y vint, effectivement… L'introduction de l'heure d'été, quelques années auparavant, n'avait cessé d'être une pomme de discorde parmi les Tillingotes. Miss Mapp, Diva et le Padre refusaient carrément de l'adopter, sauf quand ils avaient un tram ou un train à prendre (il fallait alors faire taire ses

1. Oliver Goldsmith, « Edwina et Angelina, ou l'Ermite ». *(N.d.T.)*

principes, sous peine de ne jamais pouvoir se rendre nulle part), tandis que Miss Mapp, la tête ceinte de l'auréole du martyre, s'était présentée à une réception programmée selon l'heure d'été, avec une heure de retard, afin de porter témoignage à la vérité, et n'avait eu droit qu'à un fond de théière et à une dernière fraise assez fatiguée. Mais le major et le capitaine Puffin, grands usagers du tram, avaient contracté l'habitude infâme de régler leurs pendules et leurs montres le premier mai, puis de nouveau en automne, lorsqu'ils réintégraient les rangs des personnes de bon sens. L'attitude d'Irène était assez désinvolte en la matière : elle déclarait que n'importe quelle heure faisait son affaire. Les Poppit se conformaient aux usages officiels en vigueur, et quand Mrs Poppit indiquait l'heure d'une réception à ses intrépides invités, elle écrivait « 4 heures 30 (pour vous 3 heures 30) ». Après tout, quand le roi l'avait invitée pour être décorée, il avait indiqué une certaine heure selon l'heure d'été, et ce dont se contentait le roi, Mrs Poppit pouvait s'en contenter.

Le sermon adoptait une position intransigeante. L'été et l'hiver existaient de par la volonté divine, mais il n'existait aucune mention de l'heure d'été ou de l'heure d'hiver dans la Bible. Il n'y avait qu'une heure. Et de même que la vie ne faisait qu'un peu d'ombre sur l'éclat immaculé de l'éternité, comme l'avait fait remarquer le poète doué, mais hélas ! infidèle, ainsi en allait-il de l'heure. Mais aussi éphémère que fût l'heure, midi dans la Bible signifiait clairement douze heures, pas une heure : vers le coucher du soleil signifiait vers le coucher du soleil et non pas au milieu d'un après-midi torride. De même, la sixième heure était la manière dont les Romains désignaient douze heures (midi). En fait, l'heure d'hiver était l'heure du bon Dieu, et bien qu'il n'y eût rien de répréhensible (loin de là !) à adopter des coutumes bizarres, les gens simples, ceux qui avaient conservé une âme d'enfant, s'en tenaient à la tradition vénérable, celle qui leur avait été transmise par leurs pères, et les pères de leurs pères, et qu'ils avaient reçue dès le giron maternel. Le sermon se poursuivait avec un long passage plein d'éloquence qui récapitulait l'exorde à propos des malheureuses divisions et comprenait plusieurs formules pour désigner les errements auxquels ces divisions pouvaient conduire (tout cela s'appliquait au duel de façon frappante). La péroraison récapitulait la récapitulation, dans le cas où quelqu'un l'aurait manquée, et la coda (la conclusion proprement dite), en cet instant où le soleil d'hiver était à son zénith, débordait de joie pour accompagner dans l'action de grâces l'heureux dénouement de ces fâcheuses dissensions. Et maintenant, au nom du Père… La pluie, en mitraillant les verrières, noya la doxologie finale.

Miss Mapp trouva cette théologie tellement à son goût qu'elle donna un shilling, au lieu des six pence habituels, à la quête destinée à l'entretien de l'orgue et à la caisse de la chorale. Le Padre, il est vrai, avait modifié l'horaire des offices pour satisfaire aux besoins de la majorité hérétique, et ce détail fit hésiter la main de Miss Mapp. Mais, gagnée par l'espoir qu'après ce sermon si convaincant l'office du dimanche matin l'année suivante aurait bien lieu à cette heure indûment appelée midi, elle décida de ne pas récupérer la moitié de sa rondelette obole.

Les gelées matinales, les dahlias trépassés et les sermons se conjuguaient donc pour asséner une preuve accablante et, en partant faire ses courses le lundi matin, Miss Mapp revêtit une jupe et une veste de tweed et s'enroula une longue écharpe de laine autour du cou pour symboliser la fin de l'été. Mrs Poppit, qui se singularisait toujours par quelque révoltante marque d'ostentation, avait pensé deux jours auparavant qu'il faisait assez froid pour porter des fourrures. Elle avait vraiment l'air ridicule dans son énorme manteau de zibeline sous le poids duquel elle pouvait à peine remuer. En sortant de la Royce, elle resta plantée sur place. Tandis qu'en marchant d'un bon pas et en portant de grandes écharpes de laine, les autres échappaient aux morsures du froid ou au risque d'ankylose. Tant et si bien que ce matin-là un ballet de couleurs éblouissantes animait la Grand'Rue. Un bouquet d'écharpes occupait le coin de la rue où déboucha Miss Mapp : Irène était du nombre (il faisait probablement trop froid ce matin-là pour la séance de pose de Mr Hopkins), plus pittoresque que jamais avec son pantalon de velours côtelé, ses chaussettes mauves et une immense écharpe orange bordée de rose. Il y avait aussi Diva enveloppée dans une rhapsodie de rouge garance et de bleu clair si délicieuse que Miss Mapp (qui n'avait pas oublié l'affaire du rouge garance…) dut faire un effort pour se rappeler que le monde comptait une infinité de sujets beaucoup plus importants que la laine peignée. Evie portait une robe vert pomme bordée de violet et le Padre un gilet tricoté rouge sombre. Quant à Mrs Poppit, son grandiose manteau de zibeline l'empêchait presque de bouger. Juste avant l'arrivée de Miss Mapp, ils parlaient tous ensemble et avaient l'air très agité et si, à son approche, la conversation sembla tomber en panne, tous arborèrent cependant, outre leurs écharpes, de très larges et très bienveillants sourires. Miss Mapp sourit également, aussi bien que quiconque.

« Bonjour, mes chers amis ! dit-elle. Quelle fière allure vous avez tous ! On dirait une plate-bande de fleurs exquises ! Quelles ravissantes couleurs ! Et tous mes dahlias ont crevé… »

La pittoresque Irène se mit à ricaner et, tout en faisant balancer son panier, elle s'éloigna rapidement. Il lui arrivait souvent de se montrer primesautière. Miss Mapp se tourna vers le Padre.

« Cher Padre, quel délicieux sermon ! dit-elle. Je suis si contente que vous l'ayez prononcé ! Quelle mise en garde contre les discussions de toutes sortes ! »

Le Padre dut reprendre contenance avant de réagir à ces compliments.

« Je suis fort aise, noble dame, répliqua-t-il, que ma petite homélie ait eu l'heur de vous plaire. Allons, ma tendre épouse, il nous faut partir. »

En un clin d'œil, tout le groupe, sauf Mrs Poppit, s'éparpilla. La tendre épouse poussa un couinement sonore, comme si elle s'apprêtait à parler, mais son mari l'entraîna d'une main ferme tandis que Diva, portée par le tourbillon rapide de ses petits pieds, atteignit comme une flèche le milieu de la Grand'Rue.

« Quelle belle matinée ! dit Miss Mapp à Mrs Poppit lorsqu'elles se retrouvèrent nez à nez. Et tout le monde a l'air si content, si heureux… de s'empresser à ses petites besognes, comme de braves petites abeilles. Oui, vraiment. »

Mrs Poppit amorça lentement sa retraite de ce pas de tortue que lui imposait son manteau de fourrure. Miss Mapp fut frappée de constater qu'elle aussi avait voulu suivre l'exemple du groupe qui se séparait, mais qu'elle n'avait pas pu lui emboîter le pas assez vite.

« Quel beau manteau de fourrure ! dit Miss Mapp d'un ton flagorneur. Quels longs poils soyeux !… Et quelles sont les nouvelles ce matin ? Un petit doigt a-t-il murmuré quelque chose ?

– Non, rien », dit Mrs Poppit, péremptoire. Une fois parvenue à s'orienter dans la bonne direction, elle remonta la rue que Miss Mapp venait d'emprunter. Celle-ci se retrouva donc toute seule avec son panier à provisions et son écharpe.

Grâce au don de devineresse infaillible qu'elle avait cultivé avec soin pendant des années de spéculations incessantes, elle flaira immédiatement le pire. Toutes ces conversations animées et brusquement interrompues à son approche, tous ces sourires que sa présence semblait avoir accentués et rendus plus hilares, tout cela la concernait sûrement. La fatale explosion de son placard ne pouvait alimenter indéfiniment la conversation de ses amis, car le duel en avait complètement couvert les derniers échos. Miss Mapp mit immédiatement en plein dans le mille. Quelqu'un avait cédé au commérage (oh ! comme elle détestait les commérages !). Quelqu'un avait révélé ce qu'elle s'était si laborieusement appliquée à taire. Jusqu'au moment où le groupe tout émoustillé s'était si brusquement séparé, elle avait caressé l'espoir d'apprendre que quelqu'un avait révélé quelque chose, et que tout le monde (sous le sceau du secret) savait à présent la position royale qu'elle occupait, le rôle de tout premier plan qui lui était dévolu du fait de la violence des passions masculines. Tout d'abord, quand cette bouffée de coquetterie l'avait envahie tandis qu'elle se penchait sur ses doux chrysanthèmes, elle-même n'y avait pas cru. Mais le respect avec lequel le Padre avait reçu la confidence lui avait fait espérer que tous les autres y ajouteraient foi. Cependant, le type de sourires qui fleurissaient sur la figure de tous ses amis ne répondait pas à ces espoirs. Il y avait sourire et sourire, des sourires respectueux, compatissants, envieux ou admiratifs ; mais il existait également des sourires narquois d'incrédulité. Elle en conclut qu'elle avait affaire à cette dernière catégorie.

« Il faut faire quelque chose », pensa Miss Mapp abandonnée à elle-même dans la Grand'Rue, tandis que Mrs Poppit gravissait péniblement la pente, et qu'on ne voyait plus de Diva qu'une petite tache rouge garance dans le lointain. Restait à savoir ce qu'il fallait faire. Elle était écartelée entre sa fureur majeure contre le Padre (qui avait suggéré très précisément ce qu'elle désirait qu'il suggérât, comme elle l'y avait conduit) et sa fureur mineure contre tous les autres (qui n'avaient pas cru avec respect ce qu'elle-même ne croyait pas).

« Que dois-je faire ? » dit Miss Mapp à haute voix. (Elle dut, juste après, expliquer à Mr Hopkins, tout habillé, qu'elle ne s'adressait pas à lui.) Elle aperçut de nouveau le manteau de zibeline de Mrs Poppit, guère plus éloigné qu'au moment où l'avait assourdie le coup de tonnerre de cette intuition fulgurante. Encore toute étourdie par le choc, elle se rappela que Mrs Poppit était presque certainement l'instigatrice des lignes si délicatement courtoises que lui avait adressées Mr Wyse pour l'inviter à déjeuner jeudi. Certes, reboucher une à une toutes les fontaines verbales de Tilling qui déblatéraient contre elle représentait un travail d'Hercule, mais il fallait bien commencer si l'on voulait en venir à bout. En quelques promptes enjambées, elle rattrapa la zibeline.

« Chère madame Poppit, dit-elle, si vous passez devant ma petite maison, m'accorderez-vous deux minutes d'entretien ? Et, à propos... – quel trou de mémoire stupide ! – ah, oui ! Viendrez-vous faire une partie de cartes mercredi après dîner ? Les jours raccourcissent en cette saison, il faut profiter au maximum des derniers rayons du soleil, et je crois qu'il est grand temps de reprendre nos bonnes vieilles soirées d'hiver. »

C'était un pot-de-vin, et Mrs Poppit l'empocha séance tenante, si bien que deux minutes plus tard elle se trouvait dans le pavillon du jardin et étalait son manteau de zibeline sur le canapé. (« Son poids a ébranlé le plancher de la pièce », se dit Miss Mapp tout en élaborant son plan.)

Elle s'attarda un instant à regarder par la fenêtre, profondément vexée d'avoir à s'humilier devant un membre de l'ordre de l'Empire britannique. Elle essayait de se rappeler le prénom de Mrs Poppit, s'apprêtait même à s'en servir, mais le comble de l'ignominie lui fut épargné, car elle ne parvint pas à s'en souvenir.

« Ce qui s'est produit est bien fâcheux, dit-elle tout en ayant l'impression que les mots lui déchiraient les lèvres. Mais une femme du monde telle que vous, Mrs Poppit, peut me conseiller une ligne de conduite. Le fait est que, d'une manière ou d'une autre – j'ignore laquelle –, les gens colportent la nouvelle selon laquelle le duel de la semaine dernière, si providentiellement évité, Dieu merci ! me concernait plus au moins, pauvre de moi !

Comme c'est absurde ! Mais vous savez que les commérages vont bon train dans notre cher petit Tilling ! »

La figure de Mrs Poppit s'allongea. Elle se tourna, visiblement déçue, vers Miss Mapp.

« Comment, il ne vous concernait donc pas ? demanda-t-elle. Tenez, pas plus tard que tout à l'heure, quand tout le monde en faisait des gorges chaudes ("J'avais donc bien raison ! pensa Miss Mapp, cette femme n'a aucun tact…"), j'ai déclaré que je le croyais. Et je l'ai dit à Mr Wyse. »

Miss Mapp s'en voulut d'avoir été trop explicite. Mais elle pouvait encore noyer le poisson sans risquer de perdre le rare partisan qui se présentait (Dieu sait combien cet oiseau se faisait rare !).

« Ma position est si délicate… dit-elle. Je pense qu'il faut laisser entendre qu'il n'y a pas une once de vérité dans cette thèse, quelle que soit la part de vérité qu'elle pourrait contenir. Et ce cher Mr Wyse l'a-t-il cru… ? En fait, je sais qu'il a dû le croire car il m'a écrit un petit mot… oh ! un petit mot si plein de délicatesse et de compréhension. En tout cas, lui ne tient aucun compte de tout ce que l'on peut dire ou suggérer. »

Un bref instant, Miss Mapp se rendit compte qu'elle avait voulu dire exactement l'inverse. Le cher Mr Wyse, Dieu merci ! *tenait compte*, et un compte extrêmement respectueux, de tout ce que l'on pouvait dire ou suggérer. Mais en jetant un coup d'œil sur le visage obèse et curieux de Mrs Poppit, elle fut rassurée : l'ambiguïté était passée inaperçue car le goût exquis de cet épisode romanesque émoussait tout autre perception. Elle sortit un mouchoir et y enfouit les yeux quelques instants tout en les frottant à la dérobée, ce que Mrs Poppit ne remarqua pas (Diva, elle, l'aurait remarqué).

« Mes lèvres sont scellées, continua-t-elle, en les ouvrant toutes grandes, et je ne peux rien dire sinon qu'il faut démentir cette rumeur. M'est avis que ceux qui l'ont lancée la croyaient fondée mais, fondée ou pas, je ne dois rien dire. J'ai toujours mené une vie très calme dans ma petite maison, en compagnie de mes douces fleurs et, s'il est une chose que je déteste plus que tout au monde, c'est de voir ma vie privée étalée sur la place publique et livrée en pâture aux conversations du tout-venant. Je ne fais de mal à personne, je souhaite à chacun tout le bien qu'il mérite et rien… non, rien ne me contraindra à ouvrir les lèvres. Je jure, cria Miss Mapp, de ne pas dire un seul mot pour me défendre ou me justifier. La vérité l'emportera. C'est écrit dans la Bible[1]. »

Mrs Poppit était trop intéressée par ce que disait Miss Mapp pour vérifier la citation.

« Que puis-je faire ? demanda-t-elle

– Démentir, chère amie, démentir la rumeur selon laquelle je suis concernée si peu que ce soit par l'affaire terrible qui aurait pu se produire la semaine dernière. Dites, sous ma propre autorité, qu'il en est ainsi. Je tremble – en disant cela, elle tremblait littéralement – à l'idée de ce qui aurait pu se passer si la chose était parvenue aux oreilles du major Benjy et qu'il en eût découvert l'auteur. Nous ne devons plus avoir de duels à Tilling. J'ai cru que je ne survivrais pas à cette fameuse matinée.

– Je vais de ce pas en informer Mr Wyse… chère amie », dit Mrs Poppit.

Cela ne faisait pas du tout l'affaire de Miss Mapp. Les partisans convaincus étaient si rares qu'il eût été criminel d'envisager d'ébranler leur foi.

« Pauvre Mr Wyse ! dit Miss Mapp en souriant, magnanime. Ne prenez pas la peine de l'importuner avec de telles fadaises. Il ne va pas s'abaisser à écouter tous ces racontars. Mais en revanche, si vous pouviez faire savoir à cette chère Diva, à la pittoresque Irène, à la douce Evie et au bon Padre que je me moque de tous ces potins grotesques…

– Mais eux aussi s'en moquent », dit Mrs Poppit.

1. Livre d'Esdras III, IV, 41. *(N.d.T.)*

Cette réplique aurait défrisé quiconque se laissait défriser, mais Miss Mapp était d'une autre trempe.

« Ah ! Ces rires moqueurs, ces rires amers ! dit-elle. J'ai été blessée en les entendant. C'étaient des rires de jalousie, ma chère, des sarcasmes, des rires jaunes pleins d'amertume. Je les ai entendus ! Je ne peux pas supporter que tous mes chers amis réagissent de la sorte. Dites-leur bien combien je trouve ridicule de croire des choses pareilles. Faites-moi confiance, j'ai parfaitement raison, et je me lave les mains de tous ces potins grotesques. »

Joignant le geste à la parole, elle fit mine de se laver les mains puis, après les avoir essuyées avec une serviette imaginaire, elle laissa poindre un sourire lumineux au coin des yeux qu'elle avait frottés.

« Ça y est ! Tout est parti ! dit-elle. Nous aurons donc notre bonne petite réunion mercredi pour bien montrer que nous sommes de nouveau amis comme naguère. Et nous déjeunons chez ce cher Mr Wyse le lendemain, n'est-ce pas ? D'accord ? Il risquerait de se fatiguer de ma présence s'il me voyait deux jours de suite, aussi ne l'inviterai-je pas mercredi. Nous nous contenterons de constituer deux tables, et personne ne contredira Diva, quoi qu'elle dise sur le montant de ses gains. Je préfèrerais y aller de ma poche plutôt que de créer de nouvelles discussions. D'ici à mercredi, vous aurez eu le temps d'avoir un entretien avec chacun d'eux, n'est-ce pas, chère amie ? »

Comme le nombre des personnes à contacter se réduisait à quatre, Mrs Poppit pensa pouvoir s'en sortir, ce qui lui valut un après-midi du plus haut intérêt. Depuis déjà deux ans, elle tentait de décongeler Miss Mapp qui, contre vents et marées, gardait une place centrale dans la vie sociale de Tilling. Si on essayait de la repousser vers le bord extérieur du cercle, une force centripète la ramenait toujours au centre.

Et voilà que pour cette série de missions importantes, Mrs Poppit se voyait promue ambassadeur plénipotentiaire de Miss Mapp. La terrible affaire de l'ouverture malencontreuse de la porte du placard aux provisions et celle de la croix de l'ordre de l'Empire britannique étaient pardonnées et tombées dans les oubliettes. Le chemin à parcourir d'une maison à l'autre s'annonçait si long que Mrs Poppit ne pouvait envisager de porter son manteau de zibeline, à moins de se faire conduire en Royce....

L'effet produit par le message que lui avait confié Miss Mapp aurait pu surprendre quiconque connaissait mal Tilling. En apprenant de toute première main qu'une thèse qu'elle avait catégoriquement refusé de croire était effectivement fausse, toute société moins subtile se serait félicitée de sa perspicacité en déclarant qu'elle avait tourné en dérision, dès l'origine, cette imposture flagrante (il n'y avait qu'à regarder la tête de Miss Mapp !). Mais pas la société de Tilling. Le simple fait d'apprendre de la bouche même de son ambassadrice que Miss Mapp avait aussi catégoriquement démenti la rumeur, suffisait pour que Tilling commençât à se demander s'il n'y avait pas anguille sous roche et, s'étant posé la question, à y répondre par l'affirmative. Par exemple, en entendant Mrs Poppit lui dire qu'Élisabeth (car Mrs Poppit se souvenait parfaitement du prénom de cette dernière) avait démenti la rumeur en bloc et avec mépris, Diva devint très perplexe.

« Dit qu'il n'y a rien de vrai ? fit-elle. Peux pas comprendre ça... »

On entendit alors sonner le téléphone. Diva s'y précipita et revint en courant.

« Réunion chez Élisabeth mercredi, dit-elle. Elle m'a pourtant vue rire. Pourquoi m'invite-t-elle ? »

Mrs Poppit se sentait investie d'une mission sacrée.

« Peut-être pour vous montrer qu'elle n'a cure de vos sarcasmes... suggéra-t-elle.

– Comme si tout cela n'avait aucun fondement, alors… Mais oui, c'est bien cela, effectivement. Elle veut nous faire croire que tout cela est faux.

– Elle y a beaucoup insisté », dit l'ambassadrice.

Diva se leva et trébucha sur la périphérie du manteau de fourrure de Mrs Poppit en allant agiter la clochette.

« Pardon ! dit-elle. Enlevez-le et bavardons un peu. Le thé arrive. Et les muffins !

– Oh ! non, merci ! dit Mrs Poppit. J'ai encore tant de visites à faire…

– Quoi ? Le même genre de visites ? demanda Diva. Restez dix minutes. Le thé, Janet ! Dépêchez-vous ! »

Elle tourna en rond deux ou trois fois comme un ours en cage, rongée de perplexité, amorçant des phrases en style télégraphique, les laissant en suspens : « Dit que ce n'est pas vrai… Nargue l'idée même de… Et Mr Wyse croit que c'est vrai… Le Padre l'a cru… Après tout, le major… Ce petit moineau de capitaine Puffin… C'est peut-être le contraire… Votre avis ?… Voyez-vous, il n'y a pas d'autre explication… Aurait pu y avoir du sang… »

Elle planta les dents dans un muffin.

« Crois qu'il y a anguille sous roche », fit-elle pour résumer sa pensée puis, remarquant que son invitée n'avait pas encore touché au thé ni aux muffins :

« Servez-vous ! dit-elle. Je veux en avoir le cœur net.

– Élisabeth nie absolument tout, dit Mrs Poppit. Elle avait les yeux pleins de…

– Oh ! N'importe quoi ! dit Diva. Les a frottés. Ou mis du poivre, si ça s'est passé à table. Les larmes ne constituent pas une preuve.

– Mais elle a déclaré solennellement… » esquissa Mrs Poppit. Décidément, elle faisait une bien piètre ambassadrice : elle n'avait aucun pouvoir de persuasion.

« Saccharine ! annonça Diva en lui tendant un petit flacon. J'ai à peine assez de sucre pour moi-même. Je suppose qu'Élisabeth en a à revendre… enfin, ça n'a aucune importance. Vous ne comprenez donc pas ? Si ce n'était pas vrai, elle essaierait de nous faire croire le contraire. À première vue, ça paraissait absurde. Mais si elle essaie de nous persuader que ce n'est pas vrai… eh bien ! c'est qu'il y a anguille sous roche. »

Telle était donc la situation, et Mrs Poppit, en se rendant ensuite chez le Padre, y affronta encore des muffins et de l'incrédulité. Personne n'ajoutait foi à la déclaration d'Élisabeth selon laquelle « il n'y avait absolument rien de vrai dans toute cette histoire ». Evie fit le tour de la pièce en poussant des couinements enthousiastes, le Padre opina de la tête pour confirmer la thèse qui lui avait valu, la première fois qu'il l'avait émise, une réaction d'incrédulité moqueuse au cours du déjeuner au crabe. La pittoresque Irène qui s'escrimait sur le genou gauche d'Adam en l'absence de Mr Hopkins, son modèle, constata : « Sacrée Mapp… mieux vaut tard que jamais ! »

En fait, de tout côté, l'ambassadrice ne rencontra que de l'incrédulité. Et dire que tous ces incrédules allaient se rendre à la réception de Miss Mapp le mercredi suivant…

Mrs Poppit avait renvoyé sa Royce à la maison avant d'effectuer sa dernière visite. Assez curieusement, lorsqu'elle passa devant le pavillon du jardin, le panneau mobile de la fenêtre à guillotine était relevé.

« Une tasse de thé, Susan ? » lui suggéra Élisabeth qui avait retrouvé, parmi les vieux papiers destinés à allumer le four de la cuisine, un ancien carton de Mrs Poppit signé de son prénom.

« Juste deux minutes pour vous dire un mot, Élisabeth », répliqua-t-elle promptement.

La nouvelle que personne à Tilling ne la croyait trouva Miss Mapp plus que calme, c'est-à-dire d'un calme débordant de bonne humeur. À l'adresse des chers amis qui redoutaient qu'on les privât de leurs petits potins, elle laissa échapper quelques phrases empreintes d'indulgence et Susan n'eut vraiment pas l'impression que cette grandeur d'âme enjouée lui coûtât le moins du monde. Apparemment, Élisabeth ne semblait pas du tout affectée. Au contraire, elle était toute gaie. Elle changea ensuite habilement de sujet et se lamenta sur la mort de ses dahlias.

Bien que Tilling, malgré sa perspicacité légendaire, eût été incapable de le savoir, l'intuition du lecteur lui aura certainement permis de pressentir que la compagnie réunie chez Miss Mapp, le mercredi soir suivant, eut, pour ainsi dire, de nouveaux lièvres à courir. Prévue à l'origine pour soudoyer Susan Poppit et l'amener à annoncer aux quatre coins de la ville que *la* rumeur ridicule (quel qu'en fût l'auteur) avait été démentie sans tarder par l'intéressée en personne, cette réunion avait eu pour but secondaire de démontrer que Miss Mapp se tenait beaucoup trop au-dessus de la fange du scandale (quel qu'en fût l'intérêt) pour se préoccuper de savoir qui pouvait bien s'y vautrer. C'est pourquoi elle posa la question à tout le monde. Cette élévation d'âme lui avait valu un crédit énorme, qui avait conduit ceux qui siégeaient auparavant parmi les railleurs à rejoindre précipitamment les rangs maigres, mais inébranlables, des vrais fidèles jusque-là limités à Susan et à Mr Wyse. En toute franchise, Miss Mapp n'avait jamais bénéficié d'un dénouement aussi béni : c'était, en quelque sorte, la récompense inespérée qui tombe comme des prunes mûres dans le giron du juste. En démentant une rumeur, elle avait amené tout le monde à y croire et, le mercredi matin, lorsqu'elle sortit pour aller se procurer les gâteaux au chocolat, si efficaces pour apaiser rapidement l'appétit de ses invités, aucune conversation ne s'interrompit, aucun sourire narquois ne se figea à son approche ; au contraire, on lui lança respectueusement, à la dérobée, des regards d'envie.

Mais ce que Tilling ne savait pas, et ne pouvait pas savoir, c'est que ce bridge, après dîner, le premier de l'automne, devait être le théâtre de l'apparition de la fameuse robe cocktail bleu roi conçue pour Mrs Trout. Sans nul doute, les dames avaient dû se hâter de mettre un dernier point à leurs nouvelles robes, ou, en tout cas, achever le camouflage des vieilles, pour faire honneur à la réunion inaugurale de la saison, mais Miss Mapp n'avait pas la moindre crainte de se voir éclipsée par une rivale. Une fois encore, elle eut le sentiment que la chance souriait à ceux qui le méritent. En revêtant sa nouvelle robe ce soir-là, elle n'avait pas prévu que la lumière artificielle jetterait, par réverbération du bleu châtoyant, un éclat quelque peu pâle (mais nullement spectral) sur ses traits, un peu (mais pas trop) comme la lumière qui à Noël irradie le visage de ceux qui se penchent sur la flamme du cognac où baignent des raisins secs qu'ils essaient de happer et de manger tout chauds. Malgré cela, cette pâleur intéressante témoignerait à merveille de tout ce qu'elle venait d'endurer. Loin de paraître malade – ce n'était heureusement pas le cas –, elle aurait l'air magnifique, et légèrement pâle.

On n'avait pas dressé les tables de bridge dans le pavillon du jardin (afin d'éviter toute panique pour franchir en plein vent, et dans l'obscurité, le tronçon couvert de gravier humide), mais dans le petit salon carré situé au-dessus de la salle à manger. Entre deux arrivées d'invités, Withers y disposait les plateaux de sandwichs et de gâteaux au chocolat auxquels s'ajoutaient, pendant les pauses, un apport de soupe chaude, de whisky et d'eau de Seltz, ainsi qu'un pichet de « nectar » préparé selon une recette ancestrale (et économique, au demeurant), qui avait donné pas mal de fil à retordre à Miss Mapp.

Avec une seule bouteille de vin blanc, convenablement additionnée de gingembre, de noix muscade, d'herbes aromatiques et d'eau gazeuse, on obtenait quatre litres d'une boisson qui semblait incandescente tant elle paraissait gorgée d'ingrédients alcoolisés. Les invités s'en servaient avec discernement, étant donné les vertus puissamment stimulantes qu'on lui attribuait.

Miss Mapp lisait un livre de jardinage (qu'elle tenait à l'envers car elle l'avait attrapé en toute hâte) lorsque les Poppit arrivèrent. Comme surprise, mais ravie d'avoir été dérangée à l'improviste, elle bondit et poussa un cri.

« Susan ! Isabelle ! dit-elle. Comme c'est gentil à vous d'être venues ! J'étais en train de lire un ouvrage de botanique en prévision de l'année prochaine. »

Elle vit les quatre yeux rivés sur sa robe. Par comparaison, Susan paraissait minable. Quant à Isabelle, elle ne ressemblait à rien.

« Chère amie, quelle merveille ! » articula lentement Mrs Poppit.

Miss Mapp regarda rapidement autour d'elle, comme si elle cherchait de quoi il s'agissait. Elle comprit enfin.

« Ah ! Vous voulez parler de ma nouvelle robe ? fit-elle. Vous plaît-elle ? Comme vous êtes gentille ! Ce n'est qu'une petite bagatelle dont nous avons discuté avec cette brave Miss Greele qui habite dans la Grand'Rue. En joignant nos efforts, nous avons conçu quelque chose de simple et bon marché. Mais voilà Evie et le cher Padre ! Comme vous avez bien fait de venir ! »

Deux nouvelles paires d'yeux se rivèrent sur la robe.

« J'ai donc réussi, pour une fois, à vous faire sortir, Padre, poursuivit Miss Mapp. Vous êtes adorables de me consacrer une soirée. Et voilà le major Benjy et le capitaine Puffin. C'est parfait ! »

Miss Mapp était vraiment stupéfiante. Voilà qu'elle accueillait sans le moindre embarras ni la moindre gêne les deux messieurs qui, si le duel n'avait pas été évité, auraient risqué leurs vies pour une querelle dont elle était l'objet. Naturellement, devant cette situation si entachée de drame, tous les autres restèrent un moment interloqués. Si l'un des gladiateurs avait su que la rumeur concernant la maîtresse de céans avait été répandue par le Padre, Mrs Poppit aurait pu craindre que même l'habit ecclésiastique de ce dernier n'aurait pas suffi à le protéger. Mais nulle calamité de ce type ne se déclencha, et quatre yeux supplémentaires vinrent se river sur le tissu bleu roi.

« Ma parole ! dit le major, je n'ai jamais rien vu d'aussi beau que cette robe, mademoiselle Élisabeth. Cela vient directement de Paris, hein ? Le chic parisien sur toute la ligne…

– Oh ! Major Benjy, dit Élisabeth, vous vous moquez tous de moi et de ma petite robe toute simple. Vous allez me faire rougir. Ce n'est qu'un vieux morceau de tissu que j'avais mis de côté. Mais je suis heureuse que cela vous plaise… Je me demande où peut bien être Diva. Il faudra la gronder d'être en retard. Ah ! On ne va pas la gronder. Diva, ma chère… »

Le terme affectueux expira sur les lèvres de Miss Mapp qui blêmit. Dans l'embrasure de la porte apparut Diva, tout aussi furieuse et décontenancée… et revêtue d'une robe d'une beauté renversante, en tout point semblable à celle de son hôtesse. Diva et Miss Greele avaient-elles par hasard joint leurs efforts elles aussi ? Et Diva avait-elle également mis de côté un vieux morceau de tissu ?… Miss Mapp se ressaisit la première et se passa la langue sur les lèvres.

« Comme c'est aimable à vous de venir, ma chère, dit-elle. On coupe ? »

Évidemment, l'ironie des cartes fit que Miss Mapp et Diva prirent place à la même table, mais dans des équipes concurrentes et sur deux chaises voisines, où l'effet conjugué des deux toilettes bleu roi crevait les yeux. Étant donné les circonstances, la correction diplomatique commandait impérativement de bannir la moindre allusion, fût-elle voilée, à la haute-couture. Or, le major Benjy n'était pas diplomate, mais seulement galant.

« Jamais vu de toilettes aussi étourdissantes… Qu'en pensez-vous, Padre ? dit-il. Ça alors ! Elles se ressemblent comme deux gouttes d'eau, par-dessus le marché ! On dirait de ravissantes jumelles ! »

Il eût été difficile de dire laquelle des deux trouvait ces propos le plus révoltants car, si Diva avait quatre ans de moins que Miss Mapp, celle-ci mesurait quatre centimètres de plus que celle-là. Miss Mapp coupa les cartes pour sa jumelle d'une main si tremblante qu'elle dut s'y reprendre à deux fois. Quant à Diva, c'est à peine si elle parvenait à les distribuer.

Quand Élisabeth arriva la première, le lendemain à une heure, chez Mr Wyse, celui-ci lui avoua qu'il s'était octroyé une faveur.

« Je me suis offert un cadeau, chère Miss Mapp, dit-il. J'ai invité trois dames tout à fait charmantes à venir partager mon humble repas mais – n'est-ce pas choquant de ma part ? – je n'ai invité personne d'autre pour leur tenir compagnie. Excusez, chère madame, ma gourmandise ! »

Cela était vraiment remarquable. Élisabeth savait parfaitement pourquoi deux hommes sur trois n'avaient pas été conviés (la raison en était réconfortante), et avec ce sens authentique du raffinement que possédait à un tel degré Mr Wyse, voilà qu'il assumait toute la responsabilité de la situation et présentait les choses avec une grâce exquise. Miss Mapp le gratifia de son plus large sourire.

« Oh, Mr Wyse ! dit-elle. Nous allons toutes nous quereller à cause de vous ! »

Ce n'est qu'en prononçant ces mots que Miss Mapp en perçut toute la subtilité. La formule semblait les mettre tous deux dans le même panier. Tous les hommes (en tout cas, au moins deux sur trois) s'étaient querellés pour elle et, à présent, il semblait équitable que trois femmes s'apprêtassent à se quereller pour Mr Wyse…

Sans avoir rien d'efféminé, Mr Wyse, ce matin, avait plutôt l'allure d'un troubadour des temps modernes.

Il portait une veste en suédine, une cravate souple et pelucheuse qui ressemblait à une gerbe de pavots multicolores, des pantalons de golf d'une coupe impeccable, dont les revers s'ornaient de petits pompons semblables à des fruits de platane, des chaussettes marron et des chaussures dont les lacets disparaissaient sous des franges de cuir découpées en cascade. Il aurait pu se mettre à jouer de la guitare aussi bien qu'à commencer une partie de golf.

Il esquissa un petit geste discret, comme pour exprimer poliment un avis différent, mais non contradictoire ; il consentait, avec quelque réticence, à recevoir le tribut, mais en différait peut-être l'hommage, exactement comme le roi, lorsqu'on l'accueille à la Cité de Londres, touche l'épée du lord-maire et lui dit de la garder…

« Qu'il est agréable de se retrouver à Tilling ! dit-il. J'espère que nous aurons de quoi nous occuper, cet hiver. Je sais, Miss Mapp, que vous êtes très occupée en toutes saisons.

– Les journées me paraissent toujours trop courtes, lui répondit-elle, pleine d'enthousiasme. Avec mes tâches ménagères le matin, mon jardin à entretenir et nos sympathiques réunions entre amis, il est vite temps d'aller au lit. J'ai l'intention de consacrer aussi beaucoup de temps à la lecture cet hiver. »

En voyant arriver Diva, Élisabeth dut faire un gros effort pour se maîtriser. Lorsqu'on annonça Mrs Poppit, la compagnie fut au grand complet. Élisabeth aurait parié que, malgré la température clémente de cette matinée, Susan porterait son manteau de zibeline. Elle aurait perdu son pari quant à la matérialité des faits, mais l'aurait quand même gagné moralement car, à peine Mr Wyse avait-il fini de répéter son petit discours sur sa gourmandise, que Mrs Poppit s'aperçut qu'elle avait oublié son mouchoir dans la poche de son manteau de zibeline déposé sur le dossier d'une chaise, bien en évidence, dans le vestibule. Figgis entra alors pour annoncer que le déjeuner était servi et Mrs Poppit retarda tout le monde, un bon moment, afin d'effectuer de longues et vaines recherches dans toutes les poches du manteau que Figgis tenait à grand peine, visiblement ; le tournant et le retournant dans tous les sens, et permettant ainsi à tout le monde de l'admirer sous tous les angles. C'est alors que Susan – quelle surprise, vraiment ! – découvrit le mouchoir à sa place habituelle : dans son manchon de zibeline !

Les trois dames étaient sur des charbons ardents : laquelle des trois serait placée à la droite de Mr Wyse ? qui à sa gauche ? et qui, enfin, serait reléguée entre les deux autres ? Mais le tact de Mr Wyse était vraiment extraordinaire.

« Miss Mapp, dit-il, me ferez-vous l'honneur de présider ma table et de tenir le rôle d'hôtesse ? Mais il faut d'abord enlever ces fleurs, Figgis. Je peux les regarder quand Miss Mapp n'est pas là. Et maintenant qu'y-a-t-il au menu du petit déjeuner – je devrais dire du déjeuner, n'est-ce pas ? »

Les macaronis que Mr Wyse avait rapportés de Naples fournirent tout naturellement des sujets de conversation ultramontains, et le scepticisme général à propos de la *contessa* Faraglione essuya un coup redoutable.

« Ma sœur, commença Mr Wyse (et, en aspirant rapidement, Diva engloutit un faisceau de serpents en suspension afin de n'être pas gênée par cette distraction acrobatique en écoutant la suite), ma sœur, dis-je, m'a laissé espérer qu'elle viendrait en Angleterre cet hiver pour passer quelques semaines ici chez moi. » (Nouvelle sensationnelle !)

« Et le comte ? demanda Diva qui avait avalé les serpents.

– Je crains qu'il ne puisse pas venir… Cecco – Francesco, vous savez… – est très casanier. Amelia est très impatiente de voir Tilling. Je vais insister pour qu'elle fasse ici un long séjour, avant d'aller voir notre famille à Whitchurch. »

Élisabeth réservait son jugement. Elle croirait à la *contessa* Faraglione – plus que quiconque – quand elle la verrait, et qu'on lui fournirait de solides preuves de son identité.

« Splendide ! s'écria-t-elle en abandonnant sans regret sa quête infructueuse pour essayer d'attraper les quelques derniers serpents qui se contortionnaient dans son assiette. Quelle nouvelle recrue pour notre cercle d'amis ! Nous allons faire de notre mieux pour lui rendre son séjour agréable. Quand doit-elle arriver ?

– Les premiers jours de décembre. Il vous faudra bien l'accueillir, mesdames. C'est une bridgeuse acharnée, et elle a beaucoup entendu parler des joueurs émérites qu'elle rencontrera ici. »

Cela mit fin aux hésitations de Mrs Poppit. Elle allait s'inscrire au cours par correspondance dirigé par « Le Petit Slam » dans *La Veillée des chaumières*. Le petit Slam, pour la modique somme de deux guinées, payables d'avance, s'engageait à transformer en joueur de première force toute personne jouissant d'un quotient intellectuel normal. Diva songea tout à coup à ses toilettes. Le souvenir de l'affreuse tragédie concernant la robe d'intérieur bleu roi, conjugué à la salade frisée, lui fit tordre la bouche un moment.

« Comme vous le savez, poursuivit Mr Wyse, je ne vaux rien au bridge.

– Oh, Mr Wyse ! Vous jouez admirablement, l'interrompit Miss Mapp.

– Vous dites cela pour me flatter, Miss Mapp. Mais Amelia et Cecco ne partagent pas votre avis. Quand je réside à la Villa Faraglione, on ne me laisse pas jouer, sauf si l'on a besoin de moi pour compléter une table. Mais je me réjouis à la perspective d'assister à maintes parties magistralement disputées. »

Les cailles et les figues venaient de Capri, et Miss Mapp, tout en les dévorant les unes après les autres, fut si outrée d'en apprendre la provenance exotique (elle-même avait posé la question) qu'elle eut la tentation de demander si la glace n'avait pas été rapportée du pôle Sud par quelque expédition menée dans l'Antarctique. À la différence de la pauvre Diva, elle n'était pas obsédée par sa robe d'intérieur bleu roi car elle avait déjà décidé de son sort. Il était naturellement impossible d'envisager d'autres confrontations comme celle de la veille, mais une autre robe, d'un ton de laque carminée, couleur de la toilette de Mrs Trout pour le second soir de la visite du duc de Hampshire (comme l'en informait *Vogue*), avait complètement éclipsé Newport et ses splendeurs. Elle avait consulté Miss Greele sur ce point, et celle-ci lui avait dit qu'en prenant la précaution de décolorer d'abord le bleu roi, la teinture laque carminée rendrait un éclat brillant et pur… Cette perspective, jointe au fait que les lèvres de Miss Greele étaient scellées par le secret professionnel, lui permit de prendre le bras de Diva pendant la promenade dans le jardin, après déjeuner. Elle trouvait très écœurante l'obséquiosité que celle-ci et Susan avaient manifestée vis-à-vis de Mr Wyse pendant le repas, mais cela ne l'étonnait pas : le projet de jouer au bridge avec une *contessa* avait dû leur tourner la tête. Au demeurant, elle ne s'attendait à rien de mieux de leur part. Par conséquent, leur attitude n'atteignait pas Miss Mapp qui n'en éprouva aucune déception.

Ce compagnonnage entre Élisabeth et Diva se prolongea. Susan, toujours pendue aux basques de quelqu'un, trébuchait sous le poids de sa zibeline. Elle ne lâchait pas leur hôte d'une semelle et feignait maladroitement de s'intéresser aux chrysanthèmes. Elle fit en sorte d'accaparer solidement Mr Wyse, afin de repousser de l'intérieur toute tentative d'approche de la part d'Élisabeth ou de Diva. Il était encore plus déprimant d'observer Mr Wyse qui (et cela éclairait son personnage d'un jour nouveau, mais bien triste) semblait apprécier, plutôt que redouter, cette façon qu'avait Susan de se l'approprier. Au lieu d'essayer de se dégager des griffes de la zibeline, il demanda à Diva et à Élisabeth, qui aimaient tant les fuchsias et les connaissaient si bien, de joindre leurs efforts pour examiner une plate-bande assez mal en point, à l'autre bout du jardin, et de lui dire quel traitement elles préconisaient pour les sortir de leur état anémique. Certes, il leur était agréable à l'une comme à l'autre de constater le peu d'attention qu'accordait Mr Wyse à l'autre, mais l'une et l'autre trouvaient aussi amer que la salade frisée qu'il tolérât, s'il ne l'appréciait pas, la compagnie que lui imposait la hardiesse de Susan. Tandis qu'elles regardaient les fuchsias d'un œil distrait, le feu jaillit et Élisabeth prit la parole.

« Comme Susan a l'air quelconque aujourd'hui, dit-elle. Quel teint ! À mon avis, c'est imputable à tout ce qu'elle a mangé et bu, plus qu'à autre chose. Cramoisi… Oh, ces pauvres fuchsias ! À sa place, je les jetterais au feu. »

Diva eut l'impression que l'affrontement avec l'ennemi commun la rapprochait d'Élisabeth et qu'elles se comprenaient en toute cordialité. Pour l'instant, elle ne partageait qu'un élan d'enthousiasme avec Élisabeth, en dépit de sa robe bleu roi… À propos, que diable allait-elle faire de la sienne ? Elle ne pouvait pas la donner à Janet : impossible d'imaginer Janet déambulant dans la Grand'Rue en robe cocktail bleu roi, simplement pour offusquer Élisabeth…

« On dirait que Mr Wyse se laisse circonvenir, dit Diva. Et dans les grandes largeurs ! Snob parfois ! Elle *fait un saut* chez lui pour un oui ou pour un non. L'ai vue hier tourner au coin de la rue.

– À quelle heure, ma chère ? demanda Élisabeth, flairant le gibier.

– Au milieu de la matinée.

– Et moi je l'ai vue l'après-midi, dit Élisabeth. Son mastodonte de Rolls-Royce faisait des embardées pour essayer de prendre le virage au pied de mon pavillon.

– Était-elle dedans ? » demanda Diva.

Cette question semblait mettre en doute la fiabilité des qualités d'observation d'Élisabeth.

« Non, ma chérie, elle était assise sur le toit ! » dit-elle en riant un peu pour atténuer ce que la réplique avait de sarcastique (Diva, après tout, n'avait peut-être pas eu l'intention de la critiquer). Diva en conclut qu'Élisabeth avait bien vu Susan dans la voiture.

« Pensez que c'est sérieux ? dit-elle. Pensez qu'il va l'épouser ? »

Bien entendu, et malgré tout ce que l'idée impliquait d'odieux et de repoussant, Élisabeth y avait pensé. Elle le nia donc sur-le-champ.

« Oh, quelle active entremetteuse vous faites ! dit-elle d'un ton léger. Cette idée ne m'a jamais traversé l'esprit. Vous ne devriez pas dénigrer cette chère Susan de la sorte. Allons, ma chère, j'ai vu assez de fuchsias pour aujourd'hui. Il faut que je rentre à la maison et que je dise au revoir – ou plutôt *au réservoir* – à Mr Wyse, si Susan me permet de lui glisser un mot en passant. »

Susan parut enchantée de laisser Miss Mapp glisser ce mot précis en passant et, après un petit discours de Mr Wyse dans lequel il déclarait qu'il ne saurait songer à les laisser partir si tôt, il s'empressa de leur serrer chaleureusement la main à toutes les deux, et souhaita que ledit *réservoir* serait tout petit ; les deux sœurs ennemies furent donc bien obligées de laisser l'industrieuse Susan maîtresse du terrain…

Tout cela paraissait bien sombre. Malgré tous ses efforts, Miss Mapp n'arrivait pas à imaginer ce que serait Tilling si Susan parvenait à devenir Mrs Wyse (la belle-sœur d'une *contessa*, de surcroît). Elle s'installa dans le pavillon du jardin et ferma un moment les yeux afin de concentrer toutes ses facultés sur l'analyse de la situation. Dieu que ces arrivistes étaient redoutables ! Comme ils se bousculaient pour gravir l'échelle sociale avec leurs Rolls-Royce, leurs marmelades de groseilles glacées à la crème et leurs zibelines ! Quelques semaines auparavant, elle n'aurait jamais invité Susan chez elle et, dès sa première visite, celle-ci avait révélé l'existence de son placard à provisions. À présent, pressée par la nécessité d'obtenir son concours pour couper court à cette rumeur malveillante (qu'elle avait elle-même soigneusement montée de toutes pièces) sur l'origine du duel, voilà que Miss Mapp en était littéralement réduite à flatter Susan et à l'appeler par son prénom. Et si l'atroce supposition de Diva s'avérait fondée, Susan serait bien placée pour les regarder tous de haut et évoquer comtes et comtesses avec le même air détaché que celui de Mr Wyse. Elle serait invitée à la Villa Faraglione, jouerait au bridge avec Cecco et Amelia, rendrait visite aux Wyse de Whitchurch…

Que fallait-il faire ? Miss Mapp pouvait prendre la tête d'un nouveau mouvement pour remettre Mr Wyse à sa place. En cas de succès, cela aurait pour heureux résultat de faire rétrograder Susan d'un ou de deux échelons (à supposer que celle-ci persistât dans ses desseins). Mais l'échec de sa dernière tentative et la grande classe de Mr Wyse ne plaidaient pas en faveur d'une nouvelle manœuvre de ce genre. Devait-elle perdre Susan de réputation aux yeux de Mr Wyse ?… Mais peut-être s'agitait-elle sans raison ?

À moins que…

La curiosité envahit soudain l'esprit de Miss Mapp comme une tornade dévastatrice, arrachant toute autre végétation, l'acculant à découvrir ce que faisaient en ce moment les deux personnes qu'elle avait été forcée de laisser en tête-à-tête dans le jardin. Elle s'empara de ses jumelles de théâtre, monta dans les combles et se hissa sur le toit en passant par la trappe. Elle ne se rappelait plus s'il était possible de voir le jardin de Mr Wyse, fût-ce partiellement, de cette tour de guet. Il y avait peut-être une chance…

On n'en voyait pas le moindre carré de verdure. Le mur de brique rouge qui l'entourait le protégeait des regards. Pas un chrysanthème, pas un fuchsia en vue. Mais le sang de Miss Mapp se figea dans ses veines tandis qu'elle balayait de ses jumelles le mur de la maison qui surplombait la zone occultée. Derrière la fenêtre du salon de Mr Wyse, au premier étage, étaient assises deux silhouettes. Susan avait retiré sa zibeline. On aurait dit qu'elle allait rester là à jamais, ou au moins jusqu'à l'heure du thé…

VIII

La querelle qui opposa le major Flint au capitaine Puffin autour d'une bouteille de whisky et d'un hippopotame récalcitrant, pour culminer dans la provocation en duel et toutes les péripéties palpitantes qui en résultèrent, eut pour excellent effet de renforcer plus que jamais la cohésion des forces unies de Sa Majesté. Les deux protagonistes savaient que si chacun d'eux n'avait pas fui la rencontre armée et, de ce fait, n'avait pas providentiellement rencontré l'autre à la gare, bien des déboires les auraient guettés. Si un seul, au lieu des deux, avait reculé devant le danger mortel, l'autre serait certainement resté à Tilling où il aurait fait courir les bruits les plus désastreux sur la poltronerie du fuyard. Et si aucun des deux n'avait été retenu par le caractère sacré de la vie humaine, on aurait découvert ensuite un sinon deux cadavres au creux des dunes de sable blond. En optant dès le début pour la fuite, ils avaient naturellement réduit la possibilité de donner une telle envergure à toute querelle future. Pour l'heure, et profitant de la leçon, il paraissait plus sage de ne pas courir de nouveaux risques et de ne pas laisser les querelles verbales s'amplifier de nouveau jusqu'à la dimension d'un hippopotame.

Par conséquent, quand ils flairaient l'approche d'un danger susceptible d'entraîner un duel, ils s'empressaient, d'un commun accord, de redescendre de leurs grands chevaux, sur lesquels ils risquaient facilement de perdre l'équilibre. En effet, lequel des deux aurait pu jurer que la prochaine fois son adversaire ne serait pas plus courageux ?

Un après-midi de novembre, ils remontèrent de l'arrêt du tram en ahanant et fulminant de colère. Le major boitait beaucoup, plus même que Puffin.

Le bruit du tram les avait empêchés de se disputer pendant le trajet de retour du golf, mais chacun avait profité de ce silence forcé pour ruminer quelques répliques cinglantes, prêtes à jaillir si l'autre s'aventurait à avancer l'argument *ad hoc*. En arrivant à la station de Tilling, ils reprirent donc leur discussion à l'endroit précis où ils l'avaient laissée en quittant le golf.

« Eh bien, j'espère que je peux encaisser une défaite avec autant de fair-play anglais que quiconque », dit le major.

Le capitaine Puffin avait de la chance. Il avait prévu que le major dirait exactement cela, et lui avait réservé une riposte bien acérée.

« Et il vous est pénible de constater que vos espoirs sont vains », lança-t-il.

Le major marcha dans une flaque d'eau qui lui rafraîchit le pied, mais pas la bile.

« Cette remarque est très insultante, dit-il. Ce n'est pourtant pas pour rien qu'on m'appelait "Benjy-franc-jeu" au régiment. Mais peu me chaut… Une déjection de ver de terre…

– Ce n'était pas une déjection de ver de terre, dit Puffin, c'était de la crotte de mouton ! »

La chance avait viré de cap : le major était sûr que Puffin allait répéter cette allégation totalement mensongère.

« Je ne saurais prétendre, comme vous, être un expert en la matière, dit-il, mais vous m'accorderez que je jouis d'un sens de l'observation suffisant pour reconnaître une déjection de ver de terre à l'œil nu. C'était une déjection de ver de terre, et vous n'aviez pas le droit de la retirer. Auriez-vous l'obligeance de consulter les règles du golf sur ce point ?

– Oh, je vous accorde volontiers que vous êtes plus un spécialiste de la théorie que de la pratique du golf », lui lança Puffin d'un ton enjoué.

Soudain, « Benjy-franc-jeu » s'aperçut que les lampes rouges annonciatrices du danger clignotaient devant ses yeux. Bien que l'odieux Puffin l'eût battu deux à un, il rassembla toutes ses capacités de maîtrise de soi car, si son ami était aussi exaspéré que lui, la brise du différend risquait de tourner à l'ouragan. À ce moment, il franchit un portillon qui ouvrait sur un raccourci vers la ville, et en repoussa violemment le battant contre le genou de Puffin qui le suivait. Il se souvint alors que « Benjy-franc-jeu » était un chrétien chevaleresque et non un bretteur.

« Je vous demande très sincèrement pardon, mon pauvre ami, dit-il avec une sollicitude extrême. C'est complètement stupide de ma part. Le portillon m'a échappé. J'espère que je ne vous ai pas fait mal. »

Puffin venait d'aboutir à la même conclusion que le major Flint : la magnanimité valait mieux que les trains de l'aube, et beaucoup mieux que des balles de pistolet. En fait, c'était sans commune mesure…

« Pas le moindre mal, merci, major ! » dit-il en grimaçant sous la violence du coup et en maudissant en silence son ami qui l'avait sûrement fait exprès. Il boitait à présent des deux jambes. « Ça ne m'a même pas touché. Ah ! Quel somptueux coucher de soleil ! Cet éclairage donne une touche vraiment très pittoresque à la ville.

– En effet, dit le major. Beau tableau pour Miss Mapp. » Puffin le suivait en traînant la jambe. « Il y a encore pas mal de rumeurs en ville à propos de notre duel, dit-il. Vos chères mignonnes grillent d'envie de connaître le fin mot de l'histoire. Je crois qu'elles sont persuadées qu'il y a une femme derrière toute cette affaire. Rêveries romanesques bien caractéristiques du sexe faible…

« Quand deux hommes se querellent, elles s'imaginent que c'est forcément pour leurs beaux yeux stupides. »

En temps normal, la galanterie du major se fût émue de cette vision des choses, mais la réconciliation avec Puffin était trop récente pour prendre de tels risques.

« Ah, les petites friponnes ! dit-il. Ça leur enflamme l'imagination. Je me demande à qui elles pensent. Je serais curieux de savoir quelle est la femme de Tilling pour laquelle on prendrait la peine d'attraper le premier train.

– Beaucoup de gens seraient surpris de vous l'entendre dire, rétorqua Puffin très digne.

– Eh bien, ma foi… » dit l'autre tout guilleret, en se rengorgeant. Il ne boitait plus du tout…

Ils étaient arrivés devant leurs maisons, qui se faisaient face au bout de la rue pavée aboutissant au pavillon du jardin de Miss Mapp. Celle-ci se tenait, comme par hasard, à sa fenêtre et, la main sur le cœur, le major la salua bien bas en se découvrant d'un geste élégant.

« En voici déjà une », dit Puffin tandis que Miss Mapp répondait à ces salutations flamboyantes par un petit signe de la main avant de s'écarter de la fenêtre.

« Vous essayez de me faire marcher, dit le major. Ce serait peut-être elle la cause de notre querelle, n'est-ce pas ? Allons ! Je viendrai chez vous ce soir vers neuf heures et demie et j'apporterai mon journal intime, d'accord ?

– J'y serai. Vous me trouverez penché sur mes voies romaines ! »

La drôlerie piquante de cette petite mystification burlesque ne s'épuisait jamais et ils se séparèrent à grand renfort d'éclats de rire sonore.

On aurait tort de penser que le duel, le mystère de la valise ou les manœuvres de Susan avaient chassé de son esprit l'intérêt sympathique que prenait Miss Mapp à l'heure où se couchait le major Benjy. Pendant quelque temps, elle s'était contentée de croire, sur la foi de ce que le major lui en avait dit, qu'il se couchait tôt, ou travaillait à son journal intime, alternativement un soir sur deux, mais, après mûre réflexion, elle se demandait quand même si le major était aussi digne de foi qu'un vaillant soldat doit l'être.

Si sa maison était plongée dans l'obscurité un soir sur deux vers neuf heures et demie, ce n'est que douze heures plus tard qu'on pouvait l'entendre crier « Kwaï-haï » pour réclamer son petit déjeuner. À moins de considérer qu'il subissait les premières atteintes de la maladie du sommeil, ces longues heures passées à dormir, plus qu'amplement suffisantes pour un enfant en pleine croissance, semblaient excessives (à juste titre) pour un homme d'âge moyen. Miss Mapp avait pu constater à loisir que les autres soirs, son journal intime (qui, soit dit entre parenthèses, devait atteindre un volume impressionnant) tenait le major éveillé jusqu'au petit matin. Or, se coucher un soir sur deux à neuf heures et demie, et un soir sur deux après une heure du matin, impliquait un type de régime qui exigeait d'être élucidé de toute urgence. Si seulement il prenait son petit déjeuner de bon matin le lendemain des soirs où il se couchait tôt, elle aurait pu se permettre d'y croire un peu, mais il ne poussait jamais son « Kwaï-haï » avant neuf heures et demie… Comment, dès lors, considérer que croire aveuglément en de telles habitudes serait faire preuve de bonne foi plutôt que de naïveté débile ? « Les gens, se disait Miss Mapp en tenant le journal sur lequel son attention refusait de se concentrer, n'agissent pas de la sorte. Je n'ai jamais entendu parler d'un cas semblable. »

Elle avait passé la soirée toute seule. La tarte aux pommes qu'elle avait tant appréciée au sortir du four à midi semblait, à présent qu'elle était froide, amputée d'au moins une tranche ; mais cette constatation ne suffit pas à lui occuper l'esprit bien longtemps car un autre souci s'imposait à elle avec une insistance qui réduisait tout le reste au silence. En sortant de table après souper, et de retour dans le pavillon, elle avait essayé de se plonger dans un livre, un journal, le mystère de la valise, un puzzle, une réussite ; mais aucune de ces occupations ne procurait à son esprit l'élan nécessaire pour s'arracher à l'énigme des soirées du major Benjy, ni l'engourdissement suffisant pour calmer le désir bien vivace de résoudre ce problème qui se muait rapidement en un mystère majeur.

Le radiateur de l'oriel lui ménageait un siège douillet, et l'entrebaillement des rideaux lui permettait d'observer la fenêtre éclairée du major. Alors qu'elle la regardait, la lumière s'éteignit. Elle s'y attendait. La veille, le major s'était attardé sur son journal intime – bien trop tard, le vilain – et ce soir il allait pouvoir dormir comme un bébé pendant douze heures environ.

Elle regardait toujours, quand elle aperçut un rai de lumière s'élargir à la porte d'entrée, puis disparaître. « Il a ouvert la porte et éteint la lumière du vestibule, se dit tout bas Miss Mapp… Il est sorti et a refermé la porte (il va peut-être jeter une lettre à la boîte)… Il est entré chez le capitaine Puffin sans frapper. On l'y attendait donc. »

Miss Mapp ne devina pas sur le coup qu'elle tenait la clef du mystère. C'était pourtant bien le soir où le major Benjy se couchait tôt… Un éclair fulgurant lui traversa alors l'esprit. Si elle n'avait pu voir – ô combien providentiellement ! – le major en personne traverser la rue (la lumière du réverbère excluait toute méprise), et si elle n'avait pas regardé par la fenêtre après qu'il eut éteint sa lumière, elle en aurait certainement conclu que le major Benjy s'était couché. Mais à présent elle savait *de visu* qu'il n'en avait rien fait : il avait traversé la rue pour aller rejoindre le capitaine Puffin… Ce n'était pas un bon garçon.

Elle mesura l'odieuse situation. On l'avait trompée en essayant de lui faire prendre des vessies pour des lanternes.

Le major Benjy ne se couchait jamais tôt : un soir sur deux il allait tenir compagnie au capitaine Puffin. Et, en toute logique, le capitaine Puffin tenait compagnie au major les autres soirs. En effet, il ne lui avait pas échappé que les soirs où le major était censé veiller, le capitaine donnait l'illusion d'être allé se coucher. Elle soupçonna immédiatement – et fut même fermement convaincue – qu'ils se livraient à des orgies. Restait à voir (et elle resterait pour le voir) jusqu'à quelle heure se tenaient lesdites orgies.

Vers onze heures du soir, une légère brume envahit toute la rue, occultant partiellement la vue. Mais même à travers la brume, on pouvait voir briller la lumière derrière les stores rouges du capitaine Puffin. Cette brume n'empêcherait même pas de distinguer la silhouette du major Flint quand il repasserait sous le réverbère à gaz en revenant chez lui. Mais personne ne ressortait. Travaillait-il donc à son journal intime tous les soirs ? Elles avaient bon dos – pour parler vulgairement – ces fameuses voies romaines !...

Le sentiment d'avoir été trompée s'intensifiait à chaque instant, et sa curiosité de savoir ce qu'ils faisaient devenait à chaque instant plus intolérable. Mue par l'inspiration d'une manœuvre tactique, elle quitta le pavillon pour se glisser dans la maison. Elle y prit une enveloppe (de manière à pouvoir prétexter, si on la surprenait, qu'elle allait jeter une lettre urgente à la boîte du coin de la rue pour profiter de la première levée), déverrouilla sa porte et sortit. Elle traversa la rue et suivit, sur la pointe des pieds, le trottoir qui passait sous la fenêtre du capitaine Puffin où la lumière rouge brillait comme un fanal perdu dans la brume.

De l'intérieur de la maison lui parvenaient des voix familières parlant tantôt seules tantôt ensemble. Mais elle ne parvenait pas à distinguer les mots, seulement une rumeur confuse et indistincte. Elle se félicita de ne pouvoir entendre ce qu'ils disaient car elle aurait eu l'air d'écouter aux portes (ou aux fenêtres). À les entendre, on les aurait crus en colère. Un autre duel se préparait-il ? Et, dans ce cas, quelle en était la cause ?

Tout à coup, et si proche d'elle qu'elle sauta littéralement du trottoir au milieu de la chaussée, la porte s'ouvrit violemment et le duo, plus bruyant que jamais, jaillit dans la rue. Le major Benjy franchit la porte en coup de vent et dévala en titubant les deux marches du seuil.

« Vous dis que c'était une déjection de ver de terre ! beugla-t-il. Croyez que je ne sais pas reconnaître une déjection de ver de terre quand je vois une déjection de ver de terre ? »

Soudain, il changea de ton. Cela frôlait trop la querelle.

« Eh bien, bonne nuit, mon vieux, dit-il. Rudement bonne soirée ! »

Il se retourna et aperçut, voilée par la brume, la vaporeuse silhouette d'une femme debout au milieu de la chaussée. L'éternelle galanterie reprit le dessus, comme le fait finement remarquer Mr Stevenson, car le sujet de conversation qui avait précédé la déjection du ver de terre avait eu trait au « beau sexe ».

« Je veux bien être pendu, claironna-t-il, si ce n'est pas une femme sans défense que je vois là, seule dans le noir et perdue dans le brouillard ! P'mettez-moi de vous raccompagner jusque chez vous, chère madame, et p'mettez-moi de me présenter ainsi que mon camarade ici présent : major Flint, pour vous servir, et voici mon ami le capitaine Puffin. »

Il mit la main devant sa bouche et chuchota à Miss Mapp, en aparté : « Il a révolutionné la théorie de la navigation. »

Certes, le major Benjy était plutôt de bonne humeur et plutôt confus, mais sa galanterie et sa politesse ne laissaient pas d'exercer un charme certain. Ce n'était pas très gentil de sa part d'avoir déclaré qu'il se couchait tôt un soir sur deux alors qu'en réalité… néanmoins, il serait peut-être préférable de s'esquiver incognito. Miss Mapp pensait que le mieux serait de se « torfiler » devant lui en marchant sur la pointe des pieds et de disparaître dans la brume. Mais elle commit une erreur de tactique dans son « torfilage », car elle se « torfila » en traversant le faisceau de lumière que laissait échapper la porte ouverte devant laquelle se tenait le capitaine Puffin. Ce dernier poussa un rire aigu…

« Tiens, c'est Miss Mapp ! fit-il de sa voix de fausset. Le diable m'emporte si ce n'est pas notre amie Miss Mapp que j'aperçois ici en chair et en os ! Quelle coïncidence extraordinaire ! »

Miss Mapp arbora son sourire le plus triomphant. Se montrer à la fois digne et courtoise, voilà ce qu'exigeait ce genre de situation. Les messieurs, c'est bien connu, prennent souvent un verre d'alcool ensemble quand ils pensent que les dames sont montées se coucher. C'est ainsi qu'elle résumait les choses pour le moment.

« Bonsoir ! dit-elle. J'allais simplement jeter une lettre à la boîte. Joignant le geste à la parole, elle brandit l'enveloppe, mais celle-ci lui glissa des mains et le major la ramassa pour la lui rendre.

– Je la jetterai à la boîte pour vous, dit-il, empressé. Ça vous épargnera la peine de le faire. J'insiste !… Tiens, ça alors ! Il n'y a pas de timbre ! et pas d'adresse non plus ! Voyez-vous ça, Puffin, voici une lettre dont l'enveloppe ne comporte pas d'adresse. Z'auriez oublié l'adresse, Miss Mapp ? Pensiez peut-être qu'ils s'en souviendraient au bureau de poste ? V'là ben une des choses les plus drôles que j'aie jamais vues : ce serait pas, par hasard, une lett' an'… une lettre anonyme ? »

L'air de la nuit commençait à exercer l'effet le plus nocif sur Puffin. Quand il était sorti, il eût été fort injuste de le décrire comme saoul. Il était de bonne humeur, sans plus, et s'apprêtait à monter se coucher. Maintenant, il devenait sinistrement solennel ; la brume nocturne amorçait son œuvre fatale.

« Une lettre sans adresse, fit-il d'un air impressionnant, représente un rare danger ! Hic ! Qui peut dire entre quelles mains elle peut tomber ? Je préférerais cent fois me promener avec un pistolet chargé plutôt qu'avec une lettre sans adresse. Confiez-la à la banque pour la déposer en lieu sûr. Appelez la police ! Suivez mon conseil : appelez la police. Police ! »

Miss Mapp, perspicace, se douta immédiatement que le redoutable capitaine Puffin était saoul. Elle se promit de claironner, dès le lendemain, ses excès de boisson aux quatre coins de Tilling. Mais le major Benjy, que le capitaine Puffin (si elle ne se trompait pas) avait essayé (avec quelque succès apparemment) de détourner du droit chemin, était encore un galant homme. Elle eut l'idée brillante, mais follement téméraire, de se jeter sous sa protection.

« Major Benjy, dit-elle, je vous demanderai de me raccompagner jusque chez moi. Le capitaine Puffin a trop bu…

– Qui a dit ça ? » demanda le capitaine Puffin, l'air très intéressé.

Miss Mapp, abandonnant dignité et courtoisie, perdit son sang-froid.

« J'ai dit que vous étiez saoul, articula-t-elle très distinctement. Major Benjy, auriez-vous l'obl… »

Le capitaine Puffin descendit précautionneusement les deux marches qui séparaient sa porte du trottoir.

« 'ttendez un peu, dit-il, tout ça demande des 'splications. Vous dites que ch'suis saoul, hein ? Ben, moi, j'dis que vous êtes saoule de vous promener comme ça en pleine nuit pour aller poster une lettre qu'a même pas d'adresse. Devriez en avoir honte, femme sur le retour qui sortez en plein Tilling en pleine nuit ! Votre conduite est vraiment très choquante. Qu'en dites-vous, major ? »

Le major Benjy se redressa de toute sa taille et mit son chapeau afin de pouvoir l'enlever pour saluer Miss Mapp.

« Mon ami le capitaine Puffin, dit-il, est un homme d'une sobriété absolue. C'est un ami d'enfance. C'est grave, très grave de traiter d'ivrogne une personne de la trempe de mon ami. Si vous le traitez d'ivrogne, pourquoi ne vous traiterait-il pas d'ivrognesse ? On n'a pas le droit d'attenter à la réputation d'un homme comme vous le faites.

– Absolu.... » esquissa le capitaine Puffin. Il s'interrompit et se ressaisit.

« Hap...'solument, dit-il tout de go.

– Tilling en entendra parler dès demain », dit Miss Mapp toute tremblante de rage, et de froid à cause de la brume.

Le capitaine Puffin s'avança d'un pas.

« Et maintenant, à nous deux, Miss Mapp. Si vous osez dire demain que j'étais saoul, mon ami le major et moi-même déclarerons tous les deux, le major et moi, que vous étiez saoule vous-même. Mais vous pensez peut-être que mon ami le major est saoul lui aussi ? Sur ma vie ! Je déclarerai que nous nous promenions un peu au clair de lune, et que nous vous avons surprise cherchant à poster une lettre sans adresse, et que vous n'arriviez pas à la glisser dans la fente. Mais tant que vous tiendrez votre langue, je tiendrai la mienne. On ne peut être plus équitable. Ce sont des conditions fort libérales. société protectrice mutuelle. Vos lèvres scellées, mes lèvres scellées. Domaine strictement privé. Tout contrevenant s'expose à faire l'objet de poursuites sévères. Par arrêté officiel. Hic ! »

Miss Mapp sentit que le major Benjy aurait dû encore une fois provoquer immédiatement son ignoble ami en duel pour cette insolente suggestion, mais il n'en fit rien et son silence, qui comportait une atroce nuance d'approbation, la fit frissonner tandis que la brume marine, à présent épaisse et glacée, lui confirmait que son nez tournait au rouge. Elle bouillait encore de rage, mais la température de son esprit baissait sous l'effet d'odieuses appréhensions : elle ressemblait à un dessert glacé nappé de sauce brûlante... Le trio se tenait debout dans la rue, enveloppé de brume et nimbé de lumière rouge déversée par la porte ouverte de Puffin, complètement saoul. Le froid s'intensifiait.

« Oui… wounon ? » dit Puffin en claquant des dents.

Quelque amère que fût l'alternative, il n'y avait apparemment, sans le concours du major, aucun moyen d'y échapper.

« Oui », fit Miss Mapp.

Puffin lança un éclatant cocorico.

« Les “oui” l'emportent, dit-il. Nous sommes donc bons amis de nouveau. Bonne nuit tout le monde ! »

Miss Mapp rentra chez elle terriblement mortifiée. Elle avait du mal à réaliser que sa petite expédition, entreprise avec une curiosité si ardente et si industrieuse, un quart d'heure plus tôt, s'achevait sur une aussi déplorable pléthore de sensations. Elle était sortie dans un but innocent, voire louable : vérifier de quelle manière le major Benjy passait ces fameuses soirées alors qu'il lui avait laissé croire que, grâce à son influence, il se couchait tôt. Elle avait alors découvert qu'en fait il veillait extrêmement tard, et elle s'était retrouvée enchaînée par la promesse de ne souffler mot à âme qui vive sur les mœurs dépravées du capitaine Puffin, sous peine de se voir accusée par deux témoins oculaires d'être aussi dépravée que lui. La part prise par son major Benjy à ces odieuses tractations était encore plus blessante : on ne pouvait qu'en conclure que l'amitié de celui-ci pour son infâme compagnon importait même plus à ses yeux que les devoirs chevaleresques d'un homme bien né… Et que signifiait son silence ? C'était probablement un moyen de défense. Lui aussi pensait figurer dans les histoires que Miss Mapp se proposait de semer d'un geste large sur la terre fertile de Tilling. De fait, en songeant à la manière dont il avait mugi à propos des déjections de ver de terre, à l'incohérence de ses propos et à son maintien, elle se dit qu'il y avait amplement matière à étayer une telle hypothèse. Quand le major Benjy éteignait ses lumières, il encourageait le capitaine Puffin au vice, le secondait, voire l'imitait. Et quand ses fenêtres étaient éclairées, un soir sur deux, Miss Mapp savait à présent de source sûre que le capitaine Puffin lui rendait la pareille. Et tout cela se déroulait depuis des semaines juste sous son nez, et sans qu'elle en eût le moindre soupçon.

Humiliée par ce qui venait de se passer, et condamnée (à cause de la cécité dont elle avait fait montre) à baisser de quelques points dans l'estime qu'elle se portait à elle-même, elle se rendit dans la cuisine et alluma un bec de gaz pour se préparer un cacao qui, au moins, la réchaufferait alors qu'elle frissonnait comme une feuille. Une lettre adressée à Withers et à moitié remise dans son enveloppe traînait sur la table de la cuisine.

Miss Mapp la prit machinalement, l'ouvrit et la lut à la lueur de la flamme bleue du gaz. Elle avait toujours soupçonné que Withers fréquentait un jeune homme : à présent elle en tenait la preuve. Mais qui lui aurait dit qu'il s'agissait de Mr Hopkins, de la poissonnerie ?!

Il existe en médecine un processus bien pratique connu sous le nom de révulsif. Si un patient souffre beaucoup d'un rhumatisme articulaire, on lui prescrit d'appliquer, brûlant sur la peau, le révulsif qui cuira si atrocement que cette nouvelle douleur éclipsera la première.

D'une manière métaphorique, Mr Hopkins joua pour la conscience outragée et meurtrie de Miss Mapp le rôle d'un révulsif. La douleur cuisante provoquée par la découverte des espoirs que Withers avait encouragés chez Mr Hopkins (sinon il n'aurait pas osé adopter un style épistolaire aussi familier et aussi explicitement amoureux) et la perspective d'un mariage atténuèrent la vive humiliation subie dans la brume marine. Cette lettre éclairait Withers d'un jour nouveau, mais sinistre, et donnait à sa maîtresse le sentiment d'avoir nourri un serpent en son sein quand elle se disait que Withers envisageait une action aussi égoïste et odieuse que le mariage. Il faudrait que Miss Mapp trouvât une nouvelle bonne, et il n'était guère certain que tous les ennuis qu'elle connaîtrait alors seraient compensés par la possiblité d'acheter son poisson meilleur marché. Insister pour que Mr Hopkins lui accordât une remise exceptionnelle sur les limandes était bien le moins que pût faire Withers pour lui complaire. Et devait-elle dire à Withers qu'elle avait vu Mr Hopkins… ? Non, cela était impossible. Si elle se décidait (pour le bien de Withers), il lui faudrait faire cette terrible communication par écrit.

Miss Mapp se tournait et se retournait sur son lit de tourments, et son esprit s'envolait vers le major, le capitaine et le fiasco de sa sortie dans la brume. Certes, elle était parfaitement libre (ayant donné sa promesse littéralement sous la contrainte) de raconter à tous les Tillingotes ce qui s'était passé, et de faire confiance à l'esprit chevaleresque des deux hommes pour ne pas mettre leur contre-menace à exécution mais, en analysant vraiment la situation en toute objectivité, elle jugea qu'il ne serait guère avisé de faire trop confiance à l'esprit chevaleresque. Au demeurant, même s'ils exécutaient leur menace indigne, personne ne croirait sérieusement qu'elle avait été saoule. Mais ils pourraient s'amuser à faire semblant de lui jouer ce tour pendable, et cette éventualité, en un mot, l'effrayait. Quoique Tilling crût ou ne crût pas, un reste de ridicule demeurerait attaché à sa personne, et sa réputation d'avoir peut-être été la cause d'une querelle qui, heureusement, n'aboutît pas à un duel, serait à jamais compromise. Evie se mettrait à couiner et la pittoresque Irène se mettrait sûrement à ricaner bruyamment en entendant l'histoire. Respecter ses engagements semblait le parti le plus sage, mais cela était franchement agaçant.

Le cerveau de Miss Mapp, toujours en pleine activité, se concentra un moment sur le sempiternel problème de la valise. Pourquoi, se demandait-elle pour la centième fois, pourquoi les combattants n'ont-ils pas accompagné la valise si celle-ci contenait la fatale panoplie nécessaire pour un duel ? Et si (unique autre terme de l'alternative) la valise ne contenait pas cette panoplie ?…

Son esprit fut traversé par un éclair si fulgurant qu'elle crut un instant que la pièce où elle se trouvait était baignée de lumière. Le libellé de la provocation en duel stipulait que les témoins du major Benjy attendraient le capitaine Puffin dans la matinée. Or, qu'est-ce qui avait pu amener le premier à descendre à la gare au petit jour pour attraper le premier train ? Une seule raison : fuir le plus vite possible le dangereux voisinage du capitaine. Et pourquoi le capitaine Puffin avait-il donc laissé un message sur sa table, disant qu'il avait été soudainement convoqué ailleurs, s'il n'espérait pas échapper à la féroce proximité du major ?

« Les lâches ! s'exclama Miss Mapp. Ils se sont fuis l'un l'autre ! Comme j'ai été aveugle ! »

Le voile était déchiré[1]. Elle comprenait comment, obnubilé par l'idée qu'un duel allait se disputer dans les dunes, Tilling avait complètement minimisé la signification du train de l'aube. À présent, elle était certaine de tenir la solution ; toute grisée par sa découverte, elle s'accorda une pause pour réfléchir à la manière de l'exploiter.

Tous les regrets portant sur l'impossibilité de traîner le capitaine Puffin dans la boue à cause de sa consommation de boissons alcoolisées avaient disparu, car elle disposait d'un moyen encore plus meurtrier de salir sa réputation. Elle n'hésita pas davantage à décider de miner celle du major ; elle se délecta plutôt de ce projet, car le major l'avait non seulement trompée en lui faisant croire qu'il travaillait un soir sur deux, mais, en outre, sa promptitude à adopter l'infâme marchandage du capitaine Puffin avait révélé combien il était radicalement imperméable à tout élan chevaleresque. Cela faisait plusieurs semaines que le minable tandem jouissait impunément d'une réputation usurpée de bravoure et de noble sang alors que, dès le début, toute la peine prise pour faire ses

1. Évangile selon saint Matthieu 27, 51. *(N.d.T)*

bagages à la lueur d'une bougie et pour attraper le premier train, afin d'échapper aux réactions enflammées dues à la querelle, n'avait d'autre cause que des bouteilles de whisky trop facilement vidées. Le mystérieux hallali sonné à propos des déjections de ver de terre signalait un litige analogue. Et pour couronner le tout en beauté, sa propre position, comme cause présumée du duel annoncé, demeurait tout à fait intacte. En gardant le silence sur le chapitre de la boisson, personne ne soupçonnerait une simple querelle d'ivrognes : Miss Mapp conserverait son rang d'héroïne, bien que les héros fussent en piteux état. Certes, il eût été plus flatteur pour elle de leur inspirer une ardeur capable d'en pousser au moins un à affronter l'épreuve, au lieu que les deux préférassent la fuite mais, même dans ces conditions, elle avait lieu de rendre grâces. « Ça leur servira à tous deux de... (Miss Mapp s'interrompit pour éternuer : elle était restée longtemps sur son séant)... de leçon. »

Pour une personne aussi expérimentée que Miss Mapp, la première démarche à faire dans sa nouvelle et palpitante campagne stratégique était évidente. Elle ne s'attarda donc pas à la fenêtre du pavillon après son petit déjeuner, le lendemain, mais partit faire ses courses, avec son panier sous le bras, à une heure singulièrement matinale. Elle frissonna en passant devant les portes d'entrée de ses deux misérables voisins, car le froid de la brume nocturne et les terribles souvenirs qui s'y rattachaient hantaient toujours les parages ; mais l'objet de sa présente course lui réchauffait l'âme, de même que ce doux matin de novembre lui réchauffait le corps. Nul signe de vie ne filtrait de ces demeures déshonorées par l'alcool, nul « Kwaï-haï » n'annonçait de petit déjeuner, et Miss Mapp chargea sa réflexion de toute l'ironie dont elle était capable en constatant que les forces unies de Sa Majesté faisaient la grasse matinée après avoir prolongé leurs travaux tard dans la nuit sur des journaux intimes et des voies romaines. Par une réaction bien naturelle, dont la violence paraissait proportionnelle à la bienveillance profonde qu'elle avait éprouvée auparavant pour le major Benjy, elle tenait plus à se venger de celui-ci que de l'autre. Elle avait rêvé du major Benjy, et la transformation de ces rêves en cauchemars avait métamorphosé sa tendresse en quelque caillou chauffé à blanc, conférant une douceur concentrée à la vengeance, comme celle de la saccharine par rapport au sucre ordinaire. Ce goût sucré était si fort qu'elle oublia complètement la teneur de la lettre de Withers posée sur la table de la cuisine, et se rendit chez Mr Hopkins d'un pas léger. Elle le salua d'un grand sourire vierge de tout souvenir.

« Bonjour, Mr Hopkins ! dit-elle. Auriez-vous, par hasard, une bonne petite limande pour mon dîner de ce soir ? Oui ? Eh bien, dans ce cas pourriez-vous me la faire livrer ? Comme l'air est doux ce matin… On se croirait en mai ! »

Bien entendu, la première étape consistait à révéler à Diva ce qui lui était tombé dessus la veille. Diva n'avait pas sa pareille pour propager les nouvelles : elle marchait si vite, et son style télégraphique était si rapide et si clair ! Et sa langue si concise ! Et ses pieds rotatifs montés sur roulettes ! Quelle pipelette !

« Diva, ma chérie, il fallait que je passe vous voir, dit Élisabeth en la bécotant affectueusement sur les deux joues. Quelle nouvelle !

Ah ! Vous voulez dire la comtesse de Phare-à-dix-lionnes, lança Diva sarcastique. J'ai entendu cela hier. Le voyage est reporté. »

Miss Mapp parvint à étouffer l'enthousiasme qui l'aurait trahie en révélant qu'elle apprenait seulement cette nouvelle.

« Mais non, ma chère, je ne parle pas de cela, dit-elle. Je ne me serais jamais doutée que vous l'ignoriez. C'est malheureux, tout de même, juste au moment où nous commencions tous à croire qu'il existait vraiment une comtesse de Phare-à-dix-lionnes.

Quel nom charmant ! En ce qui me concerne, j'y croirai quand je la verrai. Pauvre Mr Wyse !

– Mais alors, de quelle nouvelle s'agit-il ? demanda Diva.

– Ma chère, tout cela m'est tombé dessus comme un éclair, dit Élisabeth. Ça explique la valise, le train de l'aube et le duel. »

Diva parut déçue. Elle comptait sur quelque nouvelle consistante, pas des spéculations.

« Allez-y, continuez ! fit-elle.

– Ils-se-sont-fuis-l'un-l'autre, dit Élisabeth en articulant comme si elle parlait à quelqu'un de complètement sourd mais qui sût lire sur les lèvres. Peu importe la cause du duel : c'est là une autre histoire. Peu importe, je vous dis la cause (là elle baissa les yeux), le major a fait sa valise après avoir envoyé sa lettre de provocation. Il s'est enfui, ma chère Diva, et a rencontré à la gare le capitaine Puffin, qui s'enfuyait lui aussi.

– Mais, est-ce que… commença Diva.

– Oui, très chère, la note laissée par le capitaine Puffin sur la table à l'intention de sa gouvernante disait qu'il avait été appelé ailleurs. Qu'est-ce qui pouvait bien l'appeler ailleurs ? La couardise, ma chère ! Comme tout cela est donc ignoble ! Et nous qui trouvions leur bravoure admirable ! Ils se sont enfuis chacun de leur côté, sont revenus ensemble, et sont repartis jouer au golf comme si de rien n'était.

– Je n'ai jamais cru que c'était un jeu digne d'un homme. Et dire qu'ils étaient censés se battre dans les dunes ! Ils auraient pu y perdre *une balle*, en mettant les choses au pire. Pas *la vie* ! Pauvre Padre ! Il s'est rendu là-bas pour empêcher un duel et il n'a trouvé qu'une partie de golf. Mais je connais mieux la nature masculine à présent. Comme tout cela m'a ouvert les yeux ! »

Diva s'était mise à tourner comme un ours en cage, impatiente de sortir pour aller répandre la nouvelle. Elle ne trouvait aucune faille dans le raisonnement d'Élisabeth ; il était aussi solidement fondé qu'un postulat d'Euclide.

« Vous est-il arrivé de penser qu'ils étaient portés sur la bouteille ? demanda-t-elle. Vous y croyez, vous, aux voies romaines et aux journaux intimes ? Moi pas. »

Miss Mapp bondit de sa chaise. Le drapeau rouge annonçant le danger lui claquait au visage. Que se passerait-il si Diva sillonnait tout Tilling en suggérant que, non contents d'être des lâches, les deux compères étaient également des ivrognes ? Ils ne manqueraient pas, dès les premiers échos de cette nouvelle rumeur, d'en conclure qu'Élisabeth en avait lancé l'idée, et alors...

« Mais non, Diva chérie ! dit-elle, n'allez pas imaginer des choses pareilles. Il est toujours dangereux de faire de telles suppositions. Ce sont peut-être des lâches, effectivement, mais rien de ce que j'aie pu voir ne m'a jamais amenée à croire qu'ils buvaient. Nous devons leur rendre justice et nous en tenir à ce que nous savons de façon certaine. Il ne faut pas lancer à tire-larigot des accusations portant sur d'autres domaines, simplement parce que nous les savons lâches. Un couard peut fort bien n'être pas un ivrogne par-dessus le marché. Dieu merci ! C'est déjà assez lamentable comme ça ! »

Ayant évité ce danger, Miss Mapp, le visage radieux, semblait supporter avec beaucoup de courage toute cette lamentable affaire et, comme Diva ne pouvait plus se retenir de se lancer dans sa tournée matinale, elles plongèrent toutes les deux dans le maelström de la Grand'Rue, s'ébrouant et tourbillonnant dans ses flots avec la solution à l'énigme de la valise et du train de l'aube comme bouée de sauvetage. On fit très peu d'emplettes ce matin-là, car il fallait essayer de réaliser dans la grande société de Tilling toutes les combinaisons de groupes possibles (en excluant, bien entendu, les deux couards) afin d'élargir au maximum la consultation. Comme on aurait pu le prévoir, Diva ne tarda pas à fournir une preuve supplémentaire de sa perfidie légendaire : elle laissa entendre au Padre qu'elle avait personnellement monté cette série de déductions. Élisabeth fut obligée de courir après le Padre, afin de corriger cette version erronée et monopolisatrice des faits ; mais la découverte, en soi, était si grandiose que ces petites fausses notes n'avaient aucune chance de troubler l'harmonie universelle. Mr Wyse lui-même se départit de la neutralité qu'il affichait habituellement à l'endroit de la politique sociale, et oublia chez le pharmacien sa canne de jonc tant était vif, quand il aperçut Miss Mapp sur le trottoir, son désir de glaner quelque détail ou quelque indice inédit.

Ce matin-là, vers onze heures, tout le monde désignait les deux duellistes comme « les couards ». Seul le Padre avait soulevé des objections que la majorité balaya sans problème. Il soutenait (se montrant en cela solidaire du sexe fort) que le major avait déjà fait preuve de courage en provoquant son ami (quelle que fût la cause du défi), et avait même montré un courage de haute qualité (bien qu'il n'eût pas réussi ensuite à le maintenir à ce haut niveau) car, d'après ce qu'il en savait, le capitaine Puffin aurait fort bien pu relever le défi. Miss Mapp se fit le porte-parole de la quasi-unanimité de Tilling pour déclarer cette façon de voir les choses beaucoup trop laxiste.

« Cher Padre, dit-elle, vous êtes beaucoup trop généreux. Tous les deux se sont enfuis. Vous ne pouvez pas revenir là-dessus. En outre, rappelez-vous que, lorsqu'il a envoyé son défi au capitaine Puffin, le major Benjy savait à qui il avait affaire, et il espérait bien que l'autre s'enfuirait…

– Mais alors, pourquoi s'est-il lui-même enfui ? » demanda le Padre.

Cette objection les embarrassa un instant, mais Miss Mapp ne tarda pas à fournir une explication.

« Oh ! Deux précautions valent mieux qu'une », dit-elle, et Tilling applaudit la promptitude de son ironie.

Vers onze heures dix, la tension fut à son apogée lorsque les deux couards firent irruption dans la Grand'Rue, en route vers le terrain de golf où devait les emmener le tram de onze heures vingt. Le temps était à la pluie et ils emportaient des sacs contenant des vêtements de rechange. À l'angle de la Grand'Rue se tenait le groupe qui avait applaudi la prompte riposte de Miss Mapp. Les couards étaient menacés par les flots impétueux du maelström. Ils se regardèrent l'un l'autre, puis virent que Miss Mapp était la plus volumineuse de ces vagues déferlantes, mais il était trop tard pour battre en retraite et ils saluèrent le groupe comme à l'accoutumée.

« Bonjour, dit Diva, la voix tremblante. En route pour attrapper le premier train… je veux dire le tram ?

– Bonjour, capitaine Puffin, dit Miss Mapp avec une politesse exquise. Quel beau petit sac de voyage ! Oh, mais le major Flint en a un lui aussi ! Hum, Hum ! »

Les yeux du major trahirent une certaine épouvante ; le capitaine Puffin ouvrit la bouche et oublia de la refermer.

« Oui, en effet, nous emportons des vêtements de rechange, dit le major. Le ciel paraît bien menaçant.

– Bien menaçant, reprit Miss Mapp. J'espère que vous n'allez rien entreprendre de téméraire ou de dangereux… »

Il y eut un moment de silence pendant lequel les deux compères passèrent en revue les visages de ce groupe funeste. Tous arboraient des sourires figés et impénétrables.

« Ce sera agréable d'aller dans les dunes, dit le Padre, tandis que sa femme poussait un couinement sonore.

– Bon, allons-y, sinon nous risquons de manquer le tram, dit le major. *Au… au réservoir*, mesdames ! »

Personne ne dit mot et les deux vieux camarades dévalèrent la rue côte à côte, entravés par leurs sacs qui, en se balançant, rebondissaient l'un contre l'autre.

Dès qu'ils furent hors de portée de voix, le capitaine Puffin, qui jouissait d'une perspicacité toute tillinguesque, déclara : « Quelque chose se prépare, major… »

Exactement au même instant, Miss Mapp eut un petit rire qui ressemblait à un roucoulement.

« Il faut à présent que je me dépêche de faire mes petites emplettes, Padre », dit-elle en envoyant à la ronde des petits baisers de la main… Sur une situation aussi dramatique, on devait baisser un peu le rideau ; sinon, toute discussion l'aurait alors fait passer sans transition du sublime au terre à terre.

IX

Ce fut un sombre chroniqueur que le capitaine Puffin retrouva ce soir-là, quand il vint étudier les voies romaines chez le major Flint. Lui-même, d'ailleurs, se révéla tout aussi sombre. Au cours de la journée, ils avaient beaucoup médité sur l'étrange accueil qu'on leur avait réservé, le matin même, dans la Grand'Rue, et sur les allusions abstruses glissées à propos de sacs de voyage, de dunes et de trains matinaux. Plus ils méditaient, plus il leur semblait probable non seulement qu'il se mijotait quelque chose, mais encore que sur le chapitre des duels, ce quelque chose était cuit. Depuis plusieurs semaines, les dames de Tilling les considéraient avec un sentiment proche de la vénération, mais les commentaires de ce matin semblèrent tout à coup singulièrement dénués de ce sentiment. Survenant si peu de temps après la rencontre avec Miss Mapp, cette attitude irrévérencieuse procédait probablement de quelque manœuvre iconoclaste de sa part. Tel était en tout cas le point de vue du major et, quand il avait un point de vue, ce cher « Benjy-franc-jeu » le faisait habituellement savoir sans mettre de gants.

« Eh bien, Puffin, c'est à vous que nous devons cette situation. Merci ! dit-il. Parole de soldat, j'avais honte pour vous hier soir en entendant ce que vous avez dit à Miss Mapp. Laisser entendre que si elle vous accusait d'être saoul, vous en diriez autant d'elle révèle un manque complet d'esprit chevaleresque. Aussi bien hier soir que ce matin, elle n'avait pas bu la moindre goutte d'alcool et jouissait de toute sa lucidité. Je dirais même d'une lucidité diabolique.

– Dommage que vous n'ayez pas pris sa défense hier soir, dit Puffin. Vous aviez l'air de trouver très ingénieuse mon idée destinée à lui clouer le bec.

– Certaines choses dans ce monde l'emportent, monsieur, sur les idées ingénieuses. Votre ingéniosité nous a valu d'être ridiculisés en public. Cela ne vous dérange peut-être pas – il se peut même que vous y soyez habitué – mais un homme devrait tenir compte des conséquences de ses actes pour ses semblables… Ma position à Tilling s'en est trouvée complètement changée. Et changée en pire, monsieur. »

Puffin laissa échapper son désagréable petit rire flûté.

« Si votre position à Tilling dépendait de votre réputation de tigre assoiffé de sang, dit-il, mieux valait en changer au plus tôt. Nous sommes dans la même galère. Je ne prétends pas que cela m'enchante, mais c'est un fait. Buvez un verre, vous vous en porterez mieux, et ne vous préoccupez pas de votre position.

– J'ai la ferme intention de ne plus jamais boire une goutte d'alcool, dit le major en se servant un petit verre bien tassé, si cela doit entraîner des choses pareilles.

– Mais cela n'a absolument rien entraîné, dit Puffin. Je ne sais pas comment les autres ont découvert le pot aux roses ; et vous non plus d'ailleurs. Si je n'avais pas réagi hier soir, tout Tilling aurait su aujourd'hui que nous étions saouls, et cela n'aurait pas amélioré votre position, que je sache.

– Ce n'était que la conséquence de ce que vous avez dit à Miss Mapp, commença le major.

– Mais quel rapport, bon sang ? demanda Puffin. Montrez-moi le rapport ! Voyons ce rapport ! Il n'y a aucun rapport ! On n'a même pas fait mention du duel hier soir. »

Le major, maussade, médita sur ce sujet en sirotant silencieusement son whisky.

« Il y a un bridge chez Mrs Poppit après-demain, dit-il. Je crois que c'est au-dessus de mes forces. Supposez qu'ils se mettent tous à faire des allusions au duel, aux premiers trains du matin, et tout le bataclan… J'aurais trop peur pour être capable de fixer mon attention sur les cartes. Cela dépasse ce que l'on peut attendre d'un homme sensible. »

Puffin émit un son que l'on aurait pu prendre pour « Fadaises ! ».

« Plaît-il ? demanda le major, hautain.

– Je vous en prie ! dit Puffin. Mais je ne vois vraiment pas pourquoi vous vous mettez martel en tête. Notre position n'est pas pire qu'elle ne l'était. Nous avons raté notre carrière de matamores, c'est tout. Tant que ça a duré, nous y avons pris plaisir, et à présent nous nous retrouvons Gros-Jean comme devant.

– Mais nous ne sommes plus Gros-Jean comme devant, dit le major. Nous sommes des imposteurs *démasqués* ! Ce qui est bien pire que d'être simplement des imposteurs, loin de là !… Et qui va se faire une joie de remuer le couteau dans la plaie à la première occasion ? Et qui l'a déjà remué ? Miss Mapp envers qui, soit dit sans vouloir vous offenser, vous vous êtes conduit comme un vilain cabot hier soir.

– Et un autre vilain cabot se tenait à côté en remuant la queue », rétorqua Puffin.

On atteignait une borne à ne pas dépasser, et Puffin s'empressa de dire quelque chose d'aimable à propos de la carpette de foyer, à quoi son ami fit tout de suite écho. Mais après l'incident de la veille et les ténébreuses formules entendues dans la Grand'Rue ce matin-là, les retrouvailles manquaient de chaleur et de bonne humeur. L'optimisme d'airain de Puffin n'était qu'une cymbale tintinnabulante[1], et le major n'avait absolument aucune envie de tintinnabuler. Il se contentait de renifler et de maronner dans

1. Première Épître aux Corinthiens 13, 1-2. *(N.d.T.)*

son coin en essayant de passer en revue les moyens de régler son compte à Miss Mapp. En faisant cause commune avec elle (si seulement elle se laissait fléchir !), il sentait qu'il pourrait tenir tête à tout Tilling sans broncher, car elle savait lancer les traits les plus acérés et décocher les plaisanteries les plus mordantes. À la réflexion, il risquait plus gros que Puffin, car jusqu'à l'affaire du duel, le dossier de celui-ci ne contenait aucun haut fait sanglant ou galant, alors que lui-même jouissait depuis toujours d'une réputation étayée sur moult affaires de cœur et d'honneur. Bien entendu, un mariage arrangerait tout ; mais on ne troque pas à la légère sa vie de garçon, faite de golf et de journaux intimes, contre l'inconnu. En attendant, faute de renseignements complémentaires…

Une lueur jaillit dans les ténèbres. Le major se leva en boitant tant l'accablait sa déconfiture.

« Je vais vous dire ce qu'il en est, Puffin, dit-il. Vous et moi – vous, surtout – devons présenter à cette personne si estimable nos plus sincères excuses pour ce qui s'est passé hier soir. Vous devriez retirer ce que vous avez dit, et moi ce que je n'ai pas dit.

– Impossible ! dit Puffin. Cela voudrait dire que je renonce à mon seul moyen de pression sur votre chère amie ; nous serions alors universellement connus comme des ivrognes avant même d'avoir eu le temps d'ouvrir la bouche. Ce serait encore pire qu'avant.

– Mais pas du tout ! Si c'est bien Miss Mapp (et, pour ma part, j'en suis absolument certain) qui a répandu ces… ces rumeurs dévastatrices à propos de notre duel, c'est parce que votre conduite, hier soir, l'a profondément blessée et offensée (on la comprend aisément, la pauvre !…). Et il en va de même de sa propre conduite, je vous l'accorde. Des excuses en bonne et due forme, voilà qui fera l'affaire, monsieur.

– Sale affaire, dit Puffin. Non merci.

– Point de vue fort discutable, dit le major Flint. Mais vous agirez à votre guise et, avec votre permission, j'en ferai autant de mon côté. Je présenterai des excuses proportionnées à ma responsabilité dans ce triste épisode où, Dieu merci, je n'ai tenu qu'un rôle bien secondaire. Telle est ma position. Et si elle vous déplaît, eh bien tant pis ! »

Puffin se mit à bâiller.

« Mapp est une chatte, dit-il. Caressez-la et elle vous griffera. Mais lancez-lui une pierre, et elle crachera et déguerpira. Tous ces scrupules, major, font de vous un bien piètre compagnon, ce soir.

– Eh bien, monsieur, vous avez tout loisir de vous épargner le poids de ma compagnie en rentrant chez vous, dit le major.

– C'est exactement ce que je me disposais à faire. Bonne nuit, mon vieux. Rendez-vous au tram demain, à l'heure habituelle, si toutefois vous n'êtes pas trop gravement griffé. »

Assisse près des conduites d'eau chaude, dans son pavillon, Miss Mapp ne tarda pas à jeter par la fenêtre un coup d'œil sur le ciel nocturne. Bien qu'il ne fût pas encore dix heures et demie, les salons des deux couards étaient plongés dans l'obscurité, et elle se demanda ce que cela signifiait exactement. Il n'y avait de bridge nulle part et, apparemment, il n'y avait ni journaux intimes ni voies romaines à l'horizon. Qu'est-ce qui justifiait ces ténèbres ascétiques ?…

Le lendemain, à une heure exceptionnellement matinale, le major commanda son petit déjeuner par un « Kwaï-haï » retentissant. Le courage requis pour apaiser, si possible, l'hostilité de Miss Mapp ne s'était pas évaporé au cours de la nuit, comme celui qui avait été nécessaire au duel. Le major avait mis sa redingote (celle qu'on l'avait vu sortir le jour où l'on avait constaté que le prince de Galles n'avait pas pris le train de six heures quarante-cinq) et nul cœur de femme, aussi contrarié fût-il, n'aurait pu se méprendre sur la profondeur de l'intention courtoise contenue dans ce geste. Du pavillon, on le vit sortir, en redingote, chapeau haut de forme et souliers vernis, au moment même où le capitaine Puffin coinçait une éponge sur le rebord de la fenêtre de sa salle de bains. Puffin aussi avait probablement observé cette apparition, car il lâcha l'éponge qui tomba dans la rue. Des hypothèses hardies se présentèrent à l'esprit surchauffé de Miss Mapp. La plus vraisemblable concernait la demande en mariage qu'allait effectuer le major Benjy auprès de Mrs Poppit (s'il s'était rendu à Londres pour quelque cérémonie officielle, il aurait descendu la rue au lieu de la remonter). Elle vit alors le doigt tremblant du major appuyer sur le bouton de sa sonnette. Il n'allait donc pas demander la main de Mrs Poppit…

Elle sortit de la pièce et traversa précipitamment le bout de jardin qui la séparait du corps de logis principal juste à temps pour intercepter Withers, mais sans la moindre intention de lui faire dire qu'elle était absente. Celle-ci, conformément à la consigne reçue, attendit que Miss Mapp fût remontée à l'étage sur la pointe des pieds, et conduisit le major au pavillon du jardin en lui promettant qu'elle allait « dire » à sa maîtresse. Ce qui était inutile car celle-ci savait déjà. Le major lui glissa alors une pièce d'une demi-couronne ; elle l'accepta, assez surprise. Il avait cru lui donner une pièce d'un florin. Rien ne justifiait vraiment ce geste, sinon qu'il participait d'un élan propitiatoire global.

Pendant ce temps, Miss Mapp s'était assise sur son lit. Elle repoussait carrément l'idée que l'objet de cette visite pût être lié de près ou de loin à un mariage. Au cours de toutes ces années d'amitié, le major n'avait jamais poussé les choses aussi loin et, quoi que leur réservât l'avenir, il semblait peu probable qu'il commençât au moment précis où elle le punissait fort judicieusement de sa conduite peu chevaleresque. Mais que signifiait la redingote ? (Le domestique du capitaine était descendu récupérer l'éponge. Miss Mapp souhaita qu'elle fut pleine de boue.) Il eût été très sage de prolonger la punition en disant à Withers qu'elle n'allait pas recevoir le major. Mais la punition qu'elle se fût alors infligée dépassait ce qu'elle pouvait endurer, car elle savait qu'elle ne connaîtrait pas un moment de paix tant qu'elle ignorerait l'objet de cette visite. S'était-il rendu chez le Padre afin de le provoquer en duel pour avoir osé, la veille, une allusion très mordante aux dunes ? Était-il venu l'en informer afin qu'elle pût s'interposer et éviter ce duel ? Cela semblait peu probable. Incapable d'attendre plus longtemps, elle se composa devant la glace une expression de dignité glacée et se jeta sur les épaules la cape bordée de bleu dans laquelle, lors de la visite du prince, elle s'était assise en pleine rue. Cela serait assorti à la redingote du major.

Elle fredonna une petite chanson tout en gravissant les quelques marches qui menaient au pavillon, et s'arrêta juste après avoir ouvert la porte. Elle ne lui tendit même pas la main.

« Vous souhaitiez me voir, major Flint ? » fit-elle d'une voix probablement fort semblable à celle qu'on pourrait attribuer aux icebergs lorsqu'il leur arrive de se croiser, de nuit, dans les mers arctiques.

Le major Flint avait tout à fait l'air de ne pas souhaiter la voir, fût-ce en peinture, car il recula dans un coin de la pièce et laissa tomber son chapeau par terre.

« Bonjour, mademoiselle Mapp, dit-il. Bien aimable à vous. Je… je suis venu… »

De toute évidence, il avait beaucoup de mal à dire ce qu'il était venu dire, mais, s'il s'imaginait pouvoir compter sur l'aide de Miss Mapp, il se trompait lourdement.

« Oui, vous êtes venu… dit-elle. Veuillez prendre place. »

Il s'exécuta.

Elle était restée debout.

Il se releva.

« Je suis venu… dit le major. Je suis venu vous exprimer mes profonds regrets d'avoir pris part, ou plutôt de n'avoir pas pris une part plus active… Bref, j'ai laissé un ami vous adresser la parole d'une manière qui jette autant de discrédit sur… »

Miss Mapp pencha la tête sur le côté comme si elle cherchait à retrouver un souvenir tout à fait banal et totalement dénué d'intérêt.

« Oui, dit-elle. De quoi s'agit-il ?

– Le capitaine Puffin… » commença le major.

C'est alors que Miss Mapp se souvint de tout.

« J'espère, major Flint, que vous n'éprouverez pas le besoin de citer le nom du capitaine Puffin en ma présence. Je ne lui souhaite que du bien, mais ni lui ni ses affaires ne me concernent. Je suppose, en toute charité, qu'il était complètement saoul le jour auquel vous semblez faire allusion. Seule la boisson pourrait excuser ses propos. Laissons le capitaine Puffin en dehors de tout ce que vous pouvez avoir à me dire. »

La tactique était habile : elle l'obligeait à tout reprendre depuis le début.

« Je suis venu uniquement en mon nom, commença-t-il.

– Je comprends, dit Miss Mapp qui, sur-le-champ, mentionna de nouveau le capitaine Puffin. Le capitaine Puffin (je présume qu'il a dû dessoûler à l'heure qu'il est) n'éprouve aucun regret de ce qu'il a dit sous l'emprise de l'alcool. Je vois parfaitement. Je n'en attendais ni plus ni moins de sa part. C'est donc bien ça… Excusez-moi, je crains de vous avoir interrompu… »

Le major Flint balança son ami par-dessus bord, comme on jette du lest de la nacelle d'un ballon qui s'élance au-dessus des turbulences.

« Je parle en mon nom, dit-il. Miss Mapp, je me suis comporté comme… comme un ver de terre. Pauvre femme sans défense… Flanqué d'un ivrogne insolent… (je veux parler du capitaine P…). Je suis désolé de m'être partiellement rendu complice de tout cela. »

Jusque-là, Miss Mapp n'avait pas encore décidé de lui pardonner ou pas. Mais maintenant, elle mesura quelle peine sévère elle pourrait infliger à Puffin en pardonnant au major, qui s'était laissé entraîner et dont le repentir était peut-être sincère. Il avait déjà vigoureusement stigmatisé l'inconduite de son ami. Miss Mapp pouvait leur rendre la vie extrêmement pénible à tous les deux, et surtout à Puffin, si elle parvenait à convaincre le major qu'il ne devrait plus fréquenter son ami. Cela impliquerait la fin du golf et des journaux intimes. En outre, si on remarquait qu'elle avait renoué des relations amicales avec le major, mais battait froid au capitaine Puffin, on en concluerait tout naturellement qu'elle avait appris qu'à l'origine de la querelle le major avait pris sa défense contre quelque odieuse médisance au point d'engager un duel ; même si, par la suite, il s'était enfui. Tilling était assez perspicace pour aboutir à une telle conclusion sans que Miss Mapp prît la peine de la suggérer… Mais si elle refusait de pardonner tant au capitaine Puffin qu'au major Benjy, alors ils continueraient de jouer au golf et de chopiner ensemble, et d'échanger des commentaires extrêmement désobligeants sur son dos en n'ayant cure qu'elle leur pardonnât ou pas. Sa décision était prise, elle esquissa un faible sourire.

« Oh, major Flint, dit-elle, je suis si profondément blessée que vous ayez soutenu et écouté cet homme – si c'en est un – me dire ces choses affreuses, et que vous ne soyez pas intervenu pour prendre ma défense ! Je me suis alors sentie si seule… Nous avons toujours été de si bons amis ! Et voilà que vous me tourniez le dos. Je me demandais ce que j'avais bien pu faire pour mériter d'être ainsi traitée. Et le soir, dans mon lit, je n'arrivais pas à trouver le sommeil… »

Cela était vraiment attendrissant, et le major, d'un violent revers de manche, brossa à rebrousse-poil son haut-de-forme… Miss Mapp esquissa son sourire le plus lumineux.

« Oh ! Je suis heureuse que vous soyez venu vous excuser ! dit-elle. Cher major Benjy, nous voici réconciliés ! »

Elle se tapota les yeux avec son mouchoir.

« Comme j'ai été sotte ! Et maintenant, installez-vous confortablement et prenez une cigarette. »

Le major Flint déposa un petit baiser sur la main qu'elle lui tendit, et s'éclaircit la voix pour montrer qu'il était ému. Il était vraiment soulagé de savoir qu'elle ne ferait pas d'atroces allusions aux duels en plein milieu d'un bridge.

« Et puisque telle est votre position vis-à-vis du capitaine Puffin, dit-elle, il est bien entendu que vous ne le reverrez plus. Nous sommes bien d'accord sur ce point, vous et moi, n'est-ce pas ? Vous vous désolidarisez totalement de lui. Cela découle de vos excuses. »

Le major comprit parfaitement que cette condition était solidaire de son pardon bien que, à la différence de Miss Mapp pour laquelle cela paraissait si évident, l'idée ne lui en fût pas venue plus tôt. Il lui fallait pourtant l'accepter et envisager de reprendre encore une fois la route, privé de viatique. Il pourrait peut-être expliquer tout cela à Puffin à la faveur de la nuit, ou encore en utilisant, depuis sa fenêtre, l'alphabet des sourds-muets…

« C'est une conduite infâme et impardonnable ! dit-il. Pouah !

– Je suis heureuse que vous réagissiez ainsi », dit Miss Mapp en élargissant son sourire de manière à permettre au major de voir ses belles dents. « Oh ! Puis-je ajouter encore une toute petite chose ? J'ai l'impression que le terrible choc que j'ai ressenti lorsque je me suis entendue insultée de la sorte était en fait une petite bénédiction déguisée puisque cela a entraîné la fin de votre association avec votre ami. Cette intimité ne m'a jamais plu, et moins encore l'autre soir. Ce n'est pas du tout l'ami qu'il vous faut. Oh ! Que je rends grâces au ciel ! »

Le major comprenait que, pour le moment, il était irrévocablement tenu de respecter cette clause du traité de paix. Il ne pouvait envisager de le voir encore une fois dénoncé (ce qui lui pendait au nez s'il n'y souscrivait pas intégralement), et il ne se voyait pas quitter la pièce sur une reprise des hostilités. Les circonstances allaient le contraindre de renoncer à sa partie de golf pour deux raisons : il n'était pas sûr d'avoir le temps de se changer pour attraper le tram de onze heures vingt (pas question de jouer au golf en redingote et haut-de-forme), et on ne devait pas le voir en compagnie de Puffin. À l'avenir, et sauf si on pouvait convaincre ce dernier de s'excuser et Miss Mapp de le pardonner, il envisageait des ruses et des subterfuges interminables pour cacher qu'il voulait jouer au golf avec son ami. L'un des deux devrait partir avec dix minutes d'avance et rejoindre l'arrêt du tram par un chemin détourné et inédit ; il leur faudrait jouer clandestinement, à la dérobée ; se séparer avant de retourner au pavillon du club ; porter des déguisements… Bref, l'avenir leur réservait bien des difficultés. Le major décida de s'occuper de tout cela plus tard et, pour l'heure, de se plonger dans les délices du pardon.

« Comme c'est généreux de votre part, Miss Élisabeth, dit-il. Et, en ce qui concerne ce… enfin ! je ne vais pas y faire de nouveau allusion. »

Miss Mapp partit d'un petit rire joyeux. Comme elle avait une autre idée en tête, elle tourna promptement la page des capitaines et des insultes.

« Regardez ! dit-elle. J'ai découvert que ces petits boutons de roses étaient encore en fleurs, bien que nous soyons déjà à la fin de novembre. Quels braves petits, n'est-ce pas ? En voulez-vous un à votre boutonnière, major Benjy ? Ah ! Il faut que j'aille faire mes petites emplettes, sinon Withers me grondera. Si vous saviez comme elle est sévère avec moi, comme elle me rappelle à l'ordre ! Puis-je vous accompagner si vous descendez en ville ? Je vais mettre mon chapeau. »

En l'occurrence, les désirs étaient des ordres et, deux minutes plus tard, ils partirent ensemble. Comme d'habitude, la chance accompagnait l'initiative. Puffin s'impatientait devant la porte du major (s'il tardait davantage, ils allaient rater le tram), quand il vit apparaître Miss Mapp avec sa cape bordée de bleu aux côtés du major en tenue de noces : haut-de-forme, redingote et fleur à la boutonnière. Elle ne le regarda pas, et passa près de lui sans le saluer ; on aurait dit qu'elle ne le voyait même pas (les apparences sont si trompeuses…) tant la passionnait sa conversation avec le major. Le capitaine eut l'impression que celui-ci, hébété et traqué, tentait de lui glisser un coup d'œil. Mais même ce message ne fut pas très clair car le major dut écouter attentivement ce qu'elle disait. Puffin les considéra bouche bée, car ils étaient terribles comme une armée rangée en bataille[1]. Diva, qui sortait prestement de la poissonnerie, s'arrêta net (et il y avait de quoi) pour observer ce phénomène absolument inexplicable.

« Bonjour, Diva, ma chérie ! dit Miss Mapp, le major Benjy et moi-même faisons nos petites emplettes ensemble. C'est vraiment gentil de sa part de m'accompagner, n'est-ce pas ? Et très méchant de la mienne de lui faire perdre son temps. Je lui ai dit qu'il ferait bien mieux d'aller jouer au golf par une si belle journée. *Au réservoir*, ma tendre amie ! Oh ! mais voilà le Padre ! Comme il marche vite ! Ça y est : il nous a vus ! Et Mrs Poppit. On dirait que tout le monde profite du soleil. Quel beau manteau de fourrure… mais, à mon avis, il doit être bien lourd et bien chaud. Bonjour, ma chère Susan ! Alors, vous aussi vous faites vos emplettes ? Et comment va votre chère Isabelle ? »

Miss Mapp, ce matin-là, fit feu de tout bois. Sa grandeur d'âme lui valut un crédit inespéré. Elle arpenta la Grand'Rue en tous sens, escortée par le major Benjy, se fournissant en denrées alimentaires, en papeterie, gants, eau de Cologne, lacets de chaussures, « supplément littéraire » du *Times*, fleurs de camomille

1. Cantique des cantiques 5, 10. *(N.d.T.)*

séchées, et tout ce dont elle pouvait avoir besoin dans la semaine, afin de prolonger ses courses le plus possible. Elle permit au major (tant était ferme son propos de le « gâter ») de porter son panier à provisions, et quand ce dernier fut plein, elle couvrit son chevalier servant de petits paquets joliment ficelés (on aurait dit le bélier, couvert de guirlandes, que l'on conduit à l'autel pour le sacrifice). Parfois, elle l'entraînait dans une boutique afin que ceux qui, éventuellement, ne l'avaient pas encore vu, tenu en laisse, n'en soient pas frustrés. À d'autres moments, elle le laissait sur le trottoir, bien en évidence, indiquant à chaque instant (comme si elle avait été un thermomètre médical) l'état de curiosité fébrile qui bouillonnait dans les veines de Tilling. Pas plus tard que la veille, elle avait semé à tous vents la nouvelle de sa lâcheté, et aujourd'hui leur amitié paraissait plus bavarde et plus cordiale que jamais. Il était là, portant son panier, en redingote et haut-de-forme, chargé de petits paquets, tel un sapin de Noël, accompagnant son amie au lieu de jouer au golf avec Puffin. Miss Mapp eut un frisson en pensant à ce qu'elle aurait éprouvé si elle avait vu le major ainsi associé à Diva. Elle aurait soupçonné (et probablement à juste titre) qu'ils ourdissaient quelque écœurante intrigue contre elle. Le plus beau de l'histoire, c'est que tant qu'elle ne se déciderait pas à en parler, personne ne pourrait deviner la cause de cette métamorphose qui narguait la sagacité des esprits curieux. En effet, le major Benjy ne pouvait évidemment dire à personne qu'une réconciliation était intervenue à la suite de ses excuses. Tilling – pauvre Tilling ! – allait se ronger les sangs à spéculer sur la signification de tout cela.

Jamais emplettes n'avaient été si abondantes ! Il était presque l'heure de déjeuner lorsque le major Flint se déchargea de ses paquets, et de la compagnie de Miss Mapp, devant la porte de celle-ci, avant de rentrer chez lui clopin-clopant, en nage et accablé d'une claudication due à ses chaussures vernies trop étroites. Il était las et ses pieds lui faisaient mal ; il n'avait pas joué au golf et, bien que pardonné, il se sentait brisé. Miss Mapp l'avait ridiculisé toute la matinée avec sa redingote, son haut-de-forme, sa cargaison de paquets… Si le pardon comportait un surcroît de tels sacrements cauchemardesques de l'amitié, il serait incapable d'endurer les accessoires accablants de sa condition de régénéré. Il accrocha son haut-de-forme au portemanteau, essuya sa tête toute ruisselante et migraineuse, se débarrassa de ses chaussures, retira sa redingote et poussa un « Kwaï-haï » furieux pour réclamer un whisky soda et son déjeuner. Le retour de sa forme physique s'accompagna d'une recrudescence d'effroi devant la situation qui l'attendait. À quoi servait-il de vivre (pour résumer cette situation), même à l'abri de toute allusion aux duels, sans le réconfort du golf, des querelles et des journaux intimes, dans la compagnie de Puffin ? Plus que quiconque il le détestait, mais il ne pouvait pas s'en passer. Or, c'était entièrement à cause de lui qu'il venait de passer une matinée si révoltante, car c'était lui qui, en essayant de monnayer le silence de Miss Mapp alors qu'il était ivre, avait provoqué cette lamentable situation. Il ne pouvait même pas, par crainte du regard de Janus qui scrutait tout depuis le pavillon de Miss Mapp, traverser la rue pour se rendre chez le capitaine, et l'amener, après lui avoir judicieusement décrit ses propres infortunes, à solliciter son pardon immédiat. Il lui fallait attendre la complicité propice de la nuit…

« C'est de l'esclavage pur et simple ! » s'exclama-t-il, outré.

Un petit coup frappé à la porte de son salon interrompit ces réflexions mélancoliques. Il cria d'entrer, et ce fut Puffin en personne qui se présenta. Le major bondit de son siège.

« Vous ne pouvez pas rester ici, lui dit-il à voix basse, comme s'il craignait qu'on ne l'entendît, Miss Mapp a pu vous voir entrer. »

Puffin poussa son petit rire aigu.

« Bien sûr qu'elle m'a vu, convint-il gaiement. Elle était en poste à sa fenêtre comme d'habitude. Je vais l'appeler “Anne, ma sœur Anne”.

– Vous devez partir, dit le major très agité. Il faut qu'elle vous voie sortir. Je n'ai pas le temps de vous l'expliquer pour l'instant, mais je traverserai la rue après dîner quand il fera bien nuit. Allez, Ne perdez pas une minute ! »

Il poussa carrément Puffin tout éberlué dans la rue, et le visage de Miss Mapp, durci et crispé par les doutes et les soupçons qui l'avaient envahie quand elle avait observé le capitaine pénétrer chez le major, retrouva son galbe solaire et ses fossettes quand elle le vit regagner ses pénates. « Le cher major Benjy, se dit-elle, a refusé de le recevoir », et elle coupa avec une hâte fébrile la ficelle entourant la grande boîte en carton qui venait d'être livrée par le teinturier…

Eh bien, c'était effectivement tout à fait magnifique, et Miss Greele avait eu parfaitement raison ; rien ne laissait soupçonner que le tissu avait été bleu roi. Miss Mapp ne s'était pas vraiment rendue compte à quel point la laque carminée était brillante. Elle semblait projeter une lueur rougeoyante jusqu'au plafond, et la décision de faire teindre en noir la bordure, naguère orange, qui garnissait le col et les manches (conformément au goût exquis de Mrs Titus W. Trout), ne faisait que souligner davantage l'heureux contraste. Par comparaison, le bleu roi paraîtrait sépulcral et morbide. Bien que douloureuse, la leçon (comme devaient l'espérer tous ceux qui lui voulaient du bien) profiterait à Diva en lui montrant qu'elle ne devait pas se complaire dans un luxe aussi clinquant. Miss Mapp pensa que celle-ci apprendrait sa leçon le lendemain soir, si Dieu veut, au bridge chez Susan. Le capitaine Puffin apprenait la sienne de son côté car, en fin de compte, on apprend à tout âge… et on enseigne aussi…

La nuit était sans lune et très obscure, un malencontreux bec de gaz brillait près de la porte d'entrée du major. Cet éminent stratège, portant sous le manteau son journal intime roulé en un cylindre assez semblable à une bouteille, alla vers neuf heures et demie, ce soir-là, examiner la gouttière qui avait fui dans son arrière-cour et, pour ce faire, sortit de chez lui par la porte de service au coin de la rue. Il commença par descendre jusqu'à la poissonnerie, puis traversa et fit enfin demi-tour pour remonter jusqu'à la maison de Puffin. Bien que ce côté de la rue ne fût pas très fortement éclairé, il s'efforça de se faire plus petit en marchant les genoux pliés, et en boitant. Puffin se réchauffait déjà au coin du feu en arrosant les voies romaines. Il avait envie de se gausser du major.

« Mais pourquoi le haut-de-forme et la redingote ? demanda-t-il. Encore une visite du prince de Galles, me suis-je demandé, ou bien la "voix qui murmure dans le jardin d'Éden[1]" ? Vous prendrez bien un verre – je veux dire de *ma* bouteille ? Je vous dois bien ça : vous m'avez tellement fait rire ! »

N'étaient l'offre généreuse et la nécessité de se concilier les bonnes grâces de Puffin, le major Flint eût certainement réagi devant une légèreté aussi maladroite, mais ces deux raisons l'incitèrent à prendre la chose avec une bonne humeur peu commune. Il essaya de rire, mais cela sonnait un peu creux.

« Ma foi, ça devait être amusant, dit-il. J'avais pensé qu'elle apprécierait un peu de décorum dans ma démarche, au terme de laquelle elle m'a enlevé pour l'accompagner faire ses courses, avant même que je n'aie eu le temps d'aller me changer.

– Alors, vous avez échangé le baiser de paix ? » demanda Puffin.

Le major reprit un ton plus protocolaire.

« Nous ne nous sommes pas permis de telles familiarités, dit-il. Mais elle a accepté mes excuses avec… hum !… la plus gracieuse générosité. C'est une grande dame, monsieur, vous le constaterez vous-même.

– Je pourrais le constater si je voulais m'en donner la peine, dit Puffin. Mais qu'est-ce qui pourrait bien m'y pousser ? Vous avez pris une initiative qui l'empêche de parler de duel et de

1. John Keble, *Les Liens sacrés du mariage. (N.d.T.)*

trains du matin. Elle ne peut plus se moquer de moi, en raison même de votre démarche. Vous pouvez me rendre ma bouteille si vous avez fini de vous servir. »

Le major s'exécuta à contre-cœur.

« Faites ce que bon vous semble, mon vieux. C'est votre affaire et personne n'a jamais pu prétendre que Benjy Flint se mêlait des affaires des autres. Vous agirez selon ce que vous dictera votre bon sens... J'ose espérer que vous appréciez à leur juste valeur nos joyeuses parties de golf et nos agréables soirées en tête-à-tête...

– Que me chantez-vous là ? demanda Puffin. Vous voulez me mettre en quarantaine vous aussi ? »

Le major s'assit et posa ses grands pieds sur le garde-feu.

Tact et diplomatie, mon petit Benjy ! se dit-il.

« Ah ! Voilà qui me plaît : un bon feu dans la cheminée et un ami sincère pour vous tenir compagnie... avec ça, le reste du monde peut s'écrouler, peu me chaut ! Il n'est pas question de quarantaine, mon vieux, je ne devrais même pas avoir à vous le dire... mais il faut que nous parlions tous les deux à cœur ouvert. Tenez, par exemple, tout à l'heure, je vous ai fait sortir de chez moi sans mettre de gants et cela mérite une explication. Je vais vous la dire en deux mots : Miss Mapp vous a vu entrer. Mais elle ne m'a pas vu entrer ici ce soir. Ha ! Ha ! Voilà pourquoi je peux me prélasser à mon aise. Mais si elle savait... »

Puffin devina.

« Je vois ce qui s'est passé, major : vous m'avez renié pour complaire à Miss Mapp.

– Non, monsieur, loin de là ! déclara solennellement le major. Sinon comment serais-je installé ici chez vous à boire votre whisky ? Mais ce matin, après que cette personne eut accepté mes excuses pour la part que j'avais prise au différend de l'autre soir, elle en a conclu que, puisque je condamnais sans appel ma propre conduite, je devais également condamner la vôtre. Tout s'est passé très vite, comme un tour de prestidigitateur, avant que j'aie pu m'en rendre compte. Sans me laisser le temps de dire "Attendez une minute…", elle m'avait monopolisé pour arpenter la Grand'Rue en tous sens, plus chargé de marchandises que toute une caravane de chameaux. Dieu seul sait ce que j'ai pu souffrir ce matin ; vous ne paraissez pas vous en rendre compte. Je ne pourrai jamais plus supporter de telles matinées. Je ne suis pas assez résistant.

– C'est une forte femme…, dit Puffin, pensif.

– On peut le dire, en effet. C'est le terme qui convient. Une forte femme à coup sûr, fort capable de se montrer fort méchante, avec une langue fort bien pendue. Si elle nous voit de nouveau en bons termes, elle concentrera toutes ses batteries sur nous, à moins que vous ne fassiez la démarche indispensable.

– Hum ! Hum ! Oui, je vois… Mais, telle que je la connais, elle va m'envoyer promener.

– Essayez quand même, mon vieux ! » dit le major d'un ton engageant.

Puffin considéra sa bouteille de whisky.

« Servez-vous, major, dit-il. Je crois, voyez-vous, qu'il va falloir que vous m'aidiez. Allez la sonder un peu et venez me dire si j'ai des chances d'être bien accueilli.

– Non, monsieur, fit catégoriquement le major. Je ne vais pas encore une fois courir le risque de me faire réquisitionner pour les courses.

– Il ne s'agit pas de cela. Allez lui rendre visite quand vous l'aurez vue revenir, demain matin. »

Le major Benjy, évidemment, n'appréciait pas du tout cette perspective, mais Puffin, de plus en plus obstiné, refusait de risquer un échec. Ils parvinrent finalement à s'entendre : le major se rendrait en ambassade le lendemain matin. Ce point étant réglé, ils en abordèrent un autre qui était resté en suspens, à savoir la déjection du ver de terre.

Le ton monta jusqu'au moment où ils s'avisèrent que la fenêtre était ouverte, et que l'on pouvait les entendre depuis le pavillon de Miss Mapp. Ils continuèrent donc à s'envoyer des répliques mordantes, mais en chuchotant. Il s'avéra vite impossible de poursuivre longtemps une querelle sur un mode aussi confidentiel, et ils décidèrent donc de reporter la discussion à une occasion plus propice. Il était tard quand le major se retira. Il se glissa dans l'obscurité après que Puffin eut éteint la lampe du vestibule (ainsi, sa silhouette ne se détacherait pas dans le cadre de la porte), et rejoignit son domicile en empruntant un subtil détour.

Quand Miss Mapp apprit, le lendemain matin, l'objet de la seconde visite du major Benjy, son esprit très vif se trouva fort partagé. Si, à l'instar de Mr Wyse, il lui fallait encourager Puffin à espérer qu'elle allait accepter ses excuses, il lui faudrait aussi l'exempter de toute peine ultérieure et l'autoriser à fréquenter de nouveau son ami. Renoncer au plaisir de le punir n'était pas facile mais, d'un autre côté, le major n'était pas à l'abri d'une rechute : il pouvait fort bien la tromper et, que cela lui plût ou pas (cela ne lui plaisait pas), il pouvait refuser, une fois pour toutes, de renoncer à l'amitié de Puffin. Cela serait assez embarrassant, car ils avaient affiché publiquement leur réconciliation. Autre chose l'inclinait puissamment à la clémence : c'est ce soir que sa robe en tissu de laque carminée allait briller de tous ses feux à l'occasion du bridge chez les Poppit. Plus jamais Diva ne supporterait d'entendre parler de « bleu roi ». Il y avait là de quoi mettre quiconque de bonne humeur. Porteur de bonnes nouvelles, le chargé de mission diplomatique revint donc vers le scélérat : Miss Mapp consentait à écouter la requête d'une oreille bienveillante. Elle s'installa protocolairement dans le pavillon du jardin érigée pour la circonstance en salle d'audience, et garda la poire de la sonnette à portée de main afin de pouvoir appeler Withers, si besoin était…

La miséricorde de Miss Mapp était amplement tempérée par la justice[1]. Elle se disposa d'abord, en dépit de l'indulgence qu'elle accorderait par la suite, à « régler son compte » à Puffin. Elle n'éprouvait pas pour lui ce faible qui avait transfiguré le pardon du major Benjy en un véritable délice. Jamais elle n'avait songé à appeler Puffin « Capitaine Dicky », encore moins à laisser ce vocable affectueux lui échapper par mégarde. Le délice qu'elle escomptait de cette entrevue accompagnerait l'administration d'un bon contingent de claques vigoureuses.

Elle avait fixé à midi et demi l'heure de son supplice afin qu'il fût une fois encore privé de golf.

Quand il entra dans la pièce, elle baissa le livre qu'elle tenait en main et, froide comme le marbre, le dévisagea sans mot dire. Puffin boitilla jusqu'au milieu de la pièce. Cela constituait peut-être son retour en grâces, mais les formes n'y étaient pas, et il se demanda si elle ne l'avait pas convoqué sous un faux prétexte.

« Bonjour », dit-il.

Miss Mapp inclina la tête. Le silence était d'or.

« J'ai cru comprendre par le major Flint… » commença Puffin.

La parole aussi pouvait être d'or.

« Si, dit Miss Mapp, vous êtes venu me parler du major Flint, vous perdez votre temps et me faites perdre le mien. »

(Comme il est différent du major Benjy, pensa-t-elle. Quelle demi-portion de crevette !)

La demi-portion ouvrit la bouche… Il fallait faire ce qu'il y avait à faire et, pour échapper aux griffes de cette forte femme, le plus tôt serait le mieux.

« Je regrette profondément ce que je vous ai dit l'autre soir, dit-il.

– Vous m'en voyez ravie, dit Miss Mapp.

– Je vous présente toutes mes excuses… » poursuivit Puffin.

Le fouet siffla.

1. John Milton, *Le Paradis perdu*, x, 1, 77. *(N.d.T.)*

« Lorsque vous m'avez parlé, le soir auquel vous faites allusion, dit Miss Mapp, j'ai vu immédiatement, bien entendu, que vous n'étiez pas en état d'adresser la parole à qui que ce fût. Je vous ai immédiatement accordé cette circonstance atténuante, car je suis juste envers tout le monde. Je n'ai pas accordé plus d'importance à vos propos que je n'en aurais accordé à n'importe quel clochard ivrogne des bas-quartiers. M'est avis que vous ne vous souvenez même plus de ce que vous avez dit ; aussi, avant d'écouter l'expression de vos regrets, je vais vous le rappeler. Vous avez menacé, si je ne promettais pas de ne jamais révéler l'état minable dans lequel vous vous trouviez, de déclarer que j'étais pompette. Élisabeth Mapp pompette ! Voilà ce que vous avez dit, capitaine Puffin. »

Le capitaine devint tout rouge (« La demi-portion de crevette est bouillie à point », pensa Miss Mapp).

« Je ne puis rien faire de plus que de m'excuser », dit-il. Il ne savait pas à qui il en voulait le plus, à son ambassadeur ou à cette impératrice.

« Vous dites que vous ne pouviez rien faire de *plus* ?... dit Miss Mapp d'un air extrêmement intéressé. Comme c'est curieux ! J'aurais pensé que vous n'auriez rien pu faire de *moins*.

– Eh bien, que puis-je faire de plus ? demanda-t-il.

– Si vous croyez, reprit Miss Mapp, m'avoir blessée par votre conduite cette nuit-là, vous vous méprenez grandement. Et si vous croyez ne pouvoir rien faire de plus que de vous excuser, je vais vous apprendre quelque chose. Vous pouvez faire un effort, capitaine Puffin, pour rompre avec vos déplorables habitudes, et pour essayer de recouvrer un peu de ce respect de soi que vous avez totalement perdu (si vous en avez jamais eu). Vous pouvez cesser d'essayer – avec si peu de succès, Dieu merci ! – de ravaler le major Benjy à votre propre niveau. Voilà ce que vous pouvez faire ! »

Elle laissa à ces remarques foudroyantes le temps d'imprimer leurs stigmates indélébiles.

« J'accepte vos excuses, dit-elle. J'espère que vous ferez mieux à l'avenir, capitaine Puffin, et j'observerai attentivement le moindre de vos progrès. Nous serons polis et amicaux quand les circonstances nous permettront de nous rencontrer, et je ferai mon possible pour effacer de ma mémoire tout souvenir des propos impertinents que vous avez tenus sous l'emprise de l'alcool. Et vous aussi vous devrez faire tout votre possible. Vous n'êtes plus tout jeune, et les mauvaises habitudes sont difficiles à éradiquer. Mais ne perdez pas courage, capitaine Puffin ! À présent, je vais sonner Withers pour qu'elle vous raccompagne. »

Elle actionna la sonnette et donna un avant-goût de sa généreuse décision.

« Nous nous voyons ce soir chez Mrs Poppit, n'est-ce pas ? dit-elle en regardant non pas son visage mais largement au-dessus de sa tête. On y passe toujours des soirées si agréables… J'espère qu'il ne pleuvra pas : le baromètre est désespérément bas. Oh, Withers, le capitaine Puffin s'en va ! Bonne journée, capitaine Puffin ! Ce fut un tel plaisir ! »

Miss Mapp chantonna un petit air guilleret tout en le regardant descendre la rue d'un pas chancelant.

« Et voilà ! » dit-elle en s'offrant au déjeuner un verre de bourgogne pour fêter l'événement.

X

On apprit que Mr Wyse serait invité au bridge chez Mrs Poppit, ce soir-là, et qu'il devait auparavant y dîner *en famille*, comme il lui arrivait de le dire parfois pour rafraîchir son français (et l'empêcher de se rouiller). Connue dans l'après-midi, cette nouvelle fit très mauvaise impression à Tilling. On n'avait pas l'habitude de prévoir autre chose qu'un « plateau » en guise de dîner si l'on se rendait ensuite à l'un de ces bridges hivernaux et, dans l'esprit de Miss Mapp, il y avait une déplorable tendance à l'ostentation dans ce dîner. Au demeurant, si Susan tenait à jeter l'argent par les fenêtres, elle aurait pu tout aussi bien inclure au nombre de ses invités Miss Mapp, que ce manque d'hospitalité blessa. Celle-ci n'aimait pas non plus toutes ces activités sournoises *en famille* avec Mr Wyse : elles révélaient une familiarité, une intrusion d'arriviste dont on pouvait espérer qu'il n'était pas dupe.

Autre chose posait aussi problème : l'assemblée, vérification faite, devait compter dix personnes et, comme il y aurait certainement deux tables de bridge, cela laissait supposer que deux personnes seraient laissées pour compte. On se retrouvait souvent à neuf aux bridges de Mrs Poppit (apparemment, elle était incapable de compter) mais, généralement, dans ces cas-là, Isabelle apprenait par sa mère qu'elle ne tenait pas vraiment à jouer. Elle n'était pas exclue à proprement parler, et passait la soirée à lire quelque ouvrage passionnant. Mais qu'adviendrait-il s'ils étaient dix ? Il était vain d'espérer que Susan pût s'abstenir : en qualité d'hôtesse, elle se devait de jouer. Au demeurant, si par quelque malveillante ironie du sort, la voix des cartes décrétait que Miss Mapp était mise au rancart, on pouvait espérer qu'après la grandeur d'âme dont elle avait fait montre à l'endroit des forces unies de Sa Majesté, le major Benjy ou le capitaine Puffin insisterait avec opiniâtreté pour lui céder leur place, et qu'elle serait contrainte d'accepter l'offre avec une grâce digne d'une grande dame.

Elle ne se laissa donc pas abattre par cette éventualité qui n'entama en rien le plaisir escompté par la déconfiture de Diva chérie. Celle-ci allait certainement arriver en robe bleu roi, et se trouverait épouvantablement éclipsée par la laque carminée (couleur de la seconde toilette de Mrs Trout). Après mûre réflexion portant sur le moment stratégique le plus approprié pour faire son entrée, Miss Mapp décida d'arriver quand, selon toutes probabilités, les autres invités seraient déjà assemblés. Cela, il est vrai, impliquait le risque de ne pas jouer immédiatement (les autres auraient sans doute déjà commencé), mais tout le monde s'arrêterait quelques instants pour la saluer, et elle les prierait de ne pas se déranger pour elle. Elle s'installerait alors tout contre Diva, et se répandrait en compliments sur sa jolie robe « semblable à celle que j'avais jadis ! »…

Il était donc presque dix heures quand Miss Mapp se fit annoncer, après avoir longtemps attendu devant la porte de Mrs Poppit avant de sonner. Boon lui ouvrit en bougonnant, mais ne répondit pas à sa timide question : « Suis-je très en retard, Boon ? » La porte du salon était légèrement entrouverte, et elle retira le manteau qui masquait la merveilleuse laque carminée. Son oreille fine perçut les murmures des conversations et son odorat exercé détecta l'odeur subtile, mais caractéristique, du coq de bruyère rôti (que Mrs Poppit avait probablement servi à dîner à Mr Wyse, en lui disant sans doute que c'était un cadeau que lui avaient envoyé les propriétaires du pavillon de chasse où elle avait passé une partie de l'été). Ensuite, elle jeta un coup d'œil dans la glace et afficha son fameux sourire, tandis que Boon la précédait, en haussant légèrement les épaules, vers la porte du salon qu'il poussa en émettant un grognement sonore (c'était là sa façon d'annoncer les invités). Miss Mapp entra à petits pas précipités, courant presque, pour bien montrer combien elle s'en voulait d'être en retard, et là, juste devant elle, se tenait Diva, pas du tout vêtue de bleu roi, mais de cette laque carminée qu'avait choisie Mrs Trout pour sa seconde toilette. La perfide Diva avait donc, elle aussi, fait teindre sa robe…

Le courage de Miss Mapp fut à la hauteur des circonstances. D'autres, les majors Benjy et les capitaines Puffin, pouvaient être lâches, elle pas. Cela faisait maintenant deux fois (sans compter la guerre des Roses) que Diva, par une ruse qu'il était impossible de ne pas trouver diabolique, avait enveloppé ses petites formes rondelettes et odieuses dans une opulence semblable à celle de Miss Mapp. Celle-ci, sans se laisser impressionner par le couinement aigu d'Evie, se tourna vers son hôtesse qui portait sa décoration sur son imposante poitrine, et débita ses salutations d'une voix parfaitement calme.

« Chère Susan, ne me grondez pas d'être tellement en retard, et pourtant je le mérite ! Comme c'est délicat de votre part ! Isabelle chérie, cette chère Evie ! Oh, voilà aussi monsieur Wyse ! Douce Irène ! Le major Benjy et le capitaine Puffin ! Avez-vous fait une bonne partie de golf ? Et le Padre !… »

Elle hésita un moment. Pouvait-elle reconnaître la présence de Diva sans hurler et la griffer ?

Elle prit alors son élan, chatoyante comme une flamme.

« Diva chérie ! » dit-elle en se penchant pour l'embrasser exactement comme saint Étienne, lors de son martyre, priait pour ceux qui le lapidaient[1]. La chair et le sang ne pouvaient l'inspirer davantage, et elle se tourna vers Mr Wyse, se rappelant tout à coup que Diva lui avait annoncé que la comtesse Phare-à-dix-lionnes retardait son arrivée.

« Ainsi donc votre sœur a différé son voyage, d'après ce que j'ai cru entendre, dit-elle. Quelle déception ! La verra-t-on jamais à Tilling ? »

« Chère amie, dit-il, vous êtes la seconde personne à me dire cela. Mrs Plaistow vient de me demander à l'instant si…

– Oui. C'est bien d'elle que je le tiens, dit Miss Mapp afin de dissiper toute équivoque. N'est-ce pas exact ?

– Certes non ! J'ai dit à ma gouvernante que la bonne de la comtesse était malade et qu'elle la rejoindrait plus tard. C'est là tout ce qui pourrait justifier une telle rumeur. Amelia m'encourage à espérer qu'elle sera ici au début de la semaine prochaine.

– C'est donc bien cela ! dit Miss Mapp en aparté, mais suffisamment fort pour que Diva l'entende. Diva chérie recueille toujours les informations les plus erronées. Elle a dû écouter les commérages des domestiques. Je suis bien contente qu'elle se soit trompée. »

Mr Wyse inclina cérémonieusement la tête, comme il aimait à le faire.

« Amelia regrettera beaucoup de n'avoir pas été parmi nous ce soir, dit-il, car je vois tous les grands joueurs de bridge rassemblés.

– Oh, Mr Wyse ! dit Miss Mapp. Face à la comtesse, nous ferons tous figure de débutants, je le crains.

– Absolument pas ! dit Mr Wyse. Mais quelle idée délicieuse vous avez eue, Mrs Plaistow et vous-même, de porter la même si jolie robe ! On dirait tout à fait des sœurs jumelles ! »

Miss Mapp ne pouvait raisonnablement se hasarder à aborder un pareil sujet. Elle se contenta de montrer toutes ses dents,

1. Actes des Apôtres 7, 59-60. *(N.d.T.)*

sans grogner pourtant, et même – incroyable mais vrai – en souriant. Elle n'eut cependant pas le loisir de répliquer, car le capitaine Puffin venait de les rejoindre. Il manifestait un empressement plein de déférence.

« Quelle charmante surprise vous nous avez donnée, Mrs Plaistow et vous-même, en apparaissant de nouveau avec la même et magnifique robe, dit-il. De vraies jum... »

Miss Mapp ne pouvait supporter de tels propos. Elle s'éloigna en regrettant violemment d'avoir pardonné à Puffin. Cette manœuvre la mit nez à nez avec le major.

« Ma parole, mademoiselle Élisabeth, dit-il, vous êtes resplendissante ce soir... »

Il aperçut à temps la fureur embraser ses yeux et devina, tout pauvre homme qu'il était, de quoi il s'agissait. Il s'inclina, et parla à voix basse.

« Mais, par Zeus ! dit-il en faisant montre d'un tact éminemment diplomatique, quelqu'un aurait dû signaler à notre brave Mrs Plaistow que certaines femmes peuvent porter certaines toilettes, tandis que d'autres... Oh misère !

– Cher major Benjy, dit-elle. Vous êtes bien cruel envers cette pauvre Diva ! »

Mais sa joie fut immédiatement obscurcie car le Padre se montra fort mal inspiré.

« Mais qui vois-je ? Cette noble dame Plaistow ! fit-il en s'adressant à Miss Mapp, par manière de plaisanterie. Oh ! Mea culpa ! Je me suis leurré. Il s'agit de dame Mapp. Mais mettons-nous aux cartes ! Notre hôtesse désire ardemment votre présence à cette table, là-bas. »

Contrairement à ses habitudes, Mrs Poppit ne s'installa pas à une table, et ne rappela pas à Isabelle qu'elle répugnait à jouer au bridge. Cette fois-ci, elle pria tout le monde de prendre place et déclara que Mr Wyse et elle-même avaient convenu au cours du dîner de regarder jouer les autres et, ce faisant, d'apprendre. Afin de profiter au maximum de cette aubaine, ils s'installèrent immédiatement sur le canapé, à l'autre bout de la pièce, d'où ils ne voyaient rien et ne pouvaient rien apprendre, et se plongèrent dans une conversation en tête-à-tête. Comme on aurait pu s'en douter, étant donné l'influence néfaste qui régnait sur leurs toilettes, le sort désigna Diva et Élisabeth comme partenaires. En dépit de leur antagonisme meurtrier, elles partagèrent donc des intérêts communs, sans parler du lien supplémentaire qui les unissait, à savoir l'ardente curiosité qui leur faisait tendre désespérément l'oreille pour essayer de saisir des bribes de la conversation de leur hôtesse avec Mr Wyse.

Tant l'une que l'autre, elles étaient peut-être plus occupées quand elles étaient le mort. Chacune entretenait au tréfonds d'elle-même la haine implacable de l'autre ; ardente comme le rouge de leurs robes, et sous-tendue par le noir désespoir de trouver un moyen de réutiliser ces symboles de fierté sur lesquels s'acharnait la fatalité. Miss Mapp était prête à transformer sa robe en caméléon, à condition de ne pas tomber sur la même couleur que Diva. Qu'adviendrait-il si, l'ayant fait teindre par exemple en violet, Diva à son tour devenait violette ? Elle ne pourrait supporter une troisième coïncidence et doutait, en outre, qu'une robe d'une couleur aussi tranchée pût, avec succès, connaître un nouvel avatar, sauf peut-être le noir… Si Diva venait à mourir, Miss Mapp pourrait alors consulter Miss Greele sur la possibilité de teindre la robe en noir, mais, dans ce cas, il n'y aurait plus alors aucune raison de ne pas porter de la laque carminée pour l'éternité, car prendre le deuil de Diva pour la simple raison qu'elle était morte trahissait un manque de sincérité dont elle espérait humblement être incapable.

Sur cette toile de fond désespérée et sinistre s'agitaient des silhouettes qui auraient retenu toute son attention, et suscité tous les sentiments de dégoût et de pitié dont elle était capable, si seulement Diva s'en était tenue au bleu roi. Lesdites silhouettes étaient assises sur le sofa, et parlaient d'une voix parfaitement inaudible. Si une femme avait jamais essayé d'embobiner un homme, et si cet homme avait jamais été séduit par des artifices fallacieux, c'étaient « ces deux-là », pensa Miss Mapp. On ne se posait même plus la question de savoir si Susan faisait feu de tout bois pour entraîner Mr Wyse vers l'autel, car aucun mobile, ni la politesse, ni les charmes de la conversation, ni le fauteuil bas et douillet au coin du feu n'auraient jamais pu la retenir loin de la table de bridge toute la soirée. Et si jamais (se disait sarcastiquement Miss Mapp) ce dîner *en famille* était le premier de centaines d'autres dîners *en famille* ? Peut-être, une fois dûment passée la bague au doigt, Susan inviterait-elle Élisabeth à l'un de ces dîners *en famille* accompagnés d'une coupe de cette mousse qu'elle appelait du champagne et d'une patte de corneille qu'elle appelait « du gibier en provenance du pavillon de chasse »... On ne pouvait nier que Mr Wyse semblait gober la flatterie, ou toute autre sorte d'appât, au fur et à mesure qu'on les lui servait. Jamais personne n'avait essayé de l'embobiner à ce point depuis le jour où, deux années auparavant, Miss Mapp l'avait étiqueté « inconfiscable ». Mais à présent, en ce soir terrible et carminé, la simple prudence commandait d'envisager sa chute dans les filets tendus sous ses pieds... Susan, belle-sœur d'une comtesse ! Susan, épouse d'un homme dont l'urbanité rendait les Tillingotes polis les uns vis-à-vis des autres ! Susan Wyse de Whitchurch ! Tout cela dégoûtait littéralement Miss Mapp de notre triste planète accablée de péché[1]...

Mais les activités mentales de Miss Mapp ne se limitaient pas à cela, tandis qu'elle était le mort au bridge, car, outre la rage, le désespoir et le dégoût dont l'emplissaient ces divers sujets, il lui fallait surveiller de près le jeu de Diva afin de pouvoir, à la fin de la partie, lui signaler avec une lucide

1. Samuel John Stone, *Lyra Fidelium*, 1866. *(N.d.T.)*

fermeté toutes les fautes qu'elle avait commises (pendant ce temps, Diva reniflait, soufflait, émettait des exclamations étouffées, secouait la tête, tirait des cartes et les remettait à leur place en jurant ses grands dieux qu'elle n'y avait pas touché, bref, elle s'escrimait à remplir la tâche qu'elle s'était imposée : obtenir deux sans-atouts). Il était impossible de compter les levées de Diva car elle avait l'habitude de poser son coude dessus après chaque pli, comme si elle craignait que ses adversaires ne les chipassent dès qu'elle regarderait ailleurs. Miss Mapp, distraite par d'autres centres d'intérêt, oublia que l'on avait déclaré le sans-atout. Elle croyait que l'on jouait à cœur, couleur dans laquelle Diva avait abattu plusieurs cartes après que leurs adversaires eurent épuisé leurs stocks. Elle était coutumière du fait, qu'elle justifiait en prétendant qu'elle « sondait la situation ».

« Trois plis », annonça-t-elle triomphalement à la fin, en comptant les cartes camouflées sous son coude.

Miss Mapp poussa un long soupir, mais se rappela que Mr Wyse était là.

« Vous auriez pu en faire encore deux autres, dit-elle, si vous n'aviez pas joué ces cœurs, ma chère. Vous auriez alors coupé le trèfle du major Benjy et le carreau du Padre, et nous nous en serions sorties. Enfin, cela ne fait rien ; à part ça, vous avez magnifiquement joué.

– Je ne peux pas couper quand c'est sans-atout, dit Diva qui avait oublié la présence de Mr Wyse. C'est ridicule ! J'avais trois levées. Je les ai faites. Vous pensiez que c'étaient des cœurs ? Eh bien non !... »

Naturellement, Miss Mapp ne pouvait s'abaisser à ces détails.

« C'est à vous de distribuer, major Benjy, dit-elle. Je coupe ? »

Diva, juste après ces remarques acerbes, s'était souvenue que Mr Wyse était dans la pièce. Elle regarda vers le canapé pour voir si, d'après son air surpris et peiné, il risquait d'avoir entendu. Mais ce qu'elle vit là – ou, plus exactement, ce qu'elle ne parvint pas à y voir – lui arracha une exclamation telle qu'elle se retourna vers l'endroit que fixaient les yeux globuleux de son amie… Cela ne faisait pas l'ombre d'un doute : Mrs Poppit et Mr Wyse n'étaient plus là. À moins qu'ils ne fussent sous le canapé, ils avaient certainement quitté la pièce ensemble. Susan était-elle allée mettre son manteau de zibeline par cette chaude nuit ? Mr Wyse titubait-il sous le poids, alors qu'il l'aidait à effectuer la manœuvre ? Miss Mapp repoussa cette hypothèse : ils s'étaient retirés dans une autre pièce pour pouvoir se parler plus tranquillement. Tout cela paraissait bien ténébreux et Miss Mapp consulta la pendule afin de savoir, à leur retour, combien de temps ils s'étaient absentés.

La partie reprit de plus belle, délestée de l'influence inhibitrice de Mr Wyse, et quand, trente-neuf minutes plus tard, elle prit fin, sans que l'hôtesse ni celui-ci ne soient revenus, Miss Mapp fut bien contente de laisser Diva se fourvoyer en comptant ses points à l'aide de ses doigts, et de pouvoir s'approcher de l'autre table en attendant le moment où on la rappellerait pour vérifier les comptes de sa partenaire (qui auraient certainement bien besoin d'être vérifiés).

« Mr Wyse est-il déjà parti, chère Isabelle ? demanda-t-elle. Si tôt déjà ! »

(« Et quatre qui font neuf », murmura Diva en arrivant à son auriculaire.)

Isabelle était le mort : elle avait le temps de parler.

« Je pense qu'il a tout simplement accompagné maman dans la serre, dit-elle – plus de carreau ? – pour lui donner quelques conseils à propos de ses orchidées. »

En fait, cette *serre* n'était (selon Miss Mapp) qu'une petite cabane munie d'un toit de verre. Quant aux orchidées, elles devaient se limiter à un unique spécimen d'*odontoglossum* anémique et, à cause de l'exiguïté de la cabane, il devait y avoir à peine assez de place pour Mrs Poppit et Mr Wyse. On pouvait d'ailleurs voir la cabane depuis la fenêtre du salon dont les rideaux étaient tirés.

« Quelle nuit superbe ! dit Miss Mapp. Et pendant que Diva vérifie les points, puis-je jeter un petit coup d'œil aux étoiles, très chère ? J'aime tellement les douces étoiles ! »

Elle se glissa vers la fenêtre (en se rendant bien compte que Diva mourait d'envie d'en faire autant, mais en était empêchée parce qu'elle se préparait à chercher noise au major), et jeta son coup d'œil aux douces étoiles. La lumière du vestibule éclairait la cabane, mais il n'y avait personne à l'intérieur. Elle s'en assura soigneusement.

Diva avait entendu parler des douces étoiles. Pour la première fois de sa vie, elle ne contesta pas le montant des gains de son adversaire.

« Le compte est bon, major Flint : dix-huit pence, dit-elle. Oh, que c'est stupide ! J'ai laissé mon mouchoir dans la poche de mon manteau. Je vais *faire un saut* pour aller le chercher. Je reviens dans une minute. On tire de nouveau les équipes au sort ? »

Elle amorça sa progression vers la porte qu'elle franchit avant que Miss Mapp eût la moindre chance de lui couper la route. La salle à manger donnait dans le vestibule, ainsi que le placard à livres pourvu d'une fenêtre que la chère Susan appelait son boudoir. Si les deux fugueurs s'y trouvaient, il ne valait plus la peine de s'occuper des douces étoiles : elle aurait d'ores et déjà gagné…

Une douce lune brillait, et au moment où, toute défrisée, Miss Mapp allait quitter la fenêtre, ce qu'elle vit lui fit littéralement coller le nez au carreau glacé et tirer le rideau, afin que sa silhouette ne fût pas visible de l'extérieur. Les deux fugueurs descendaient côte à côte l'allée du jardin, Susan avec sa zibeline, Mr Wyse tout contre elle, le col de son manteau relevé. Avec son volume imposant surmonté d'une petite tête ronde, elle ressemblait à une locomotive, tandis qu'on aurait pu le prendre pour le mécanicien debout sur le tablier. Les perfides complices avaient dit qu'ils étaient allés examiner les orchidées. Mais enfin, les orchidées poussaient-elles sur la pelouse ? Si tel était le cas, elle était heureuse de l'apprendre.

Ils s'arrêtèrent, et Mr Wyse, très ostensiblement, montra du doigt un objet céleste, lune ou étoile, que tous deux se mirent à contempler. Le spectacle de deux personnes d'âge mûr se conduisant ainsi donna vraiment la nausée à Miss Mapp. Cependant, elle resta héroïquement à son poste. Et son héroïsme fut récompensé car, juste après avoir observé l'objet céleste, les deux personnes d'âge mûr s'observèrent mutuellement, et Mr Wyse embrassa Susan.

Miss Mapp ressortit de derrière le rideau et se *torfila* de nouveau dans le salon.

« Aldébaran ! dit-elle. C'est merveilleux ! »

Au même moment, Diva revint avec son mouchoir. Contrariée et déçue, elle n'avait trouvé personne – et pour cause… – ni dans le boudoir ni dans la salle à manger. Mais un souper assis les attendait et, profitant de l'absence de Boon, elle avait pris un marron glacé.

Tous ces événements à la fois palpitants et dégoûtants faisaient rougir Miss Mapp qui en oublia presque la robe de Diva.

« Alors, vous avez retrouvé votre mouchoir, très chère ? demanda-t-elle. Nous allons donc pouvoir tirer au sort les équipes. Vous et moi, major Benjy. Ne me grondez pas si je joue de travers. »

Elle se débrouilla pour occuper un siège qui commandait une vue imprenable sur la porte. Il fallait à présent observer « la mine du jeune couple » (elle leur avait déjà accolé cette étiquette sarcastique) quand il reviendrait de sa promenade amoureuse.

Le couple, comble de malchance, entra dans le salon alors que Miss Mapp se démenait dans un coup compliqué. Elle fut si perturbée par leur arrivée qu'elle perdit complètement le fil de ce qu'elle faisait et rata deux levées très faciles qui, maintenant, se cachaient sous le coude de Diva. Pire que tout, nulle trace d'émotion, nulle couleur enflammée, nul œil modestement baissé ne trahissait ce qui s'était passé sur la pelouse. Avec une audace inqualifiable, Susan informa sa fille que, de l'avis de Mr Wyse, un peu de terreau de feuilles…

« Quelle menteuse ! » pensa Miss Mapp qui, d'un geste triomphal, posa son dernier atout sur la meilleure carte du mort. Elle se disposa ensuite à exploiter au mieux la situation.

« Je crains que nous en ayons perdu trois, major Benjy, dit-elle. Vous ne pensez pas que vous forcez un tout petit peu sur les annonces ?

– Je n'en sais rien, mademoiselle Élisabeth. Mais si vous n'aviez pas laissé filer ces deux piques, et si vous n'aviez pas coupé mon meilleur cœur… »

Miss Mapp lui coupa la parole pour caser d'une traite son fameux couplet :

« Mais si j'avais pris les piques, j'aurais été forcée de suivre Diva à trèfle ; ils auraient alors peiné à carreau, et je n'aurais pu revenir dans votre couleur. Et, à la fin, si je n'avais pas coupé votre cœur, j'aurais été obligée de mener à pique perdant, et Diva de forcer l'annonce en jouant son trèfle, ce qui nous aurait fait perdre encore deux points. Si vous me suivez bien, vous admettrez que j'ai eu raison d'agir ainsi. Mais tous les bons joueurs ont parfois tendance à forcer leurs annonces, major Benjy. C'est tellement amusant ! »

Le souper fut encore plus fastueux qu'à l'ordinaire, et Miss Mapp en devina la raison. Susan, de toute évidence, voulait impressionner le pauvre Mr Wyse en lui étalant ses trésors, mais l'avenir réserverait probablement à ce dernier des surprises fort désagréables quand sonnerait l'heure des dispositions légales. Certains petits détails savoureux compensaient cette prodigalité horrible et tapageuse, car Miss Mapp avait faim et Diva, gloutonne invétérée, renversa de la crème au chocolat bouillante sur sa robe. Si la tache était indélébile, une solution s'offrait… Miss Mapp surveillait aussi le capitaine Puffin du coin de l'œil, pour voir si on pouvait constater chez lui une amélioration dans le sens qu'elle lui avait indiqué lors de leur entretien. Elle observa avec plaisir qu'il s'était refusé un second verre de porto en s'apercevant qu'elle le regardait. Il avait déjà retiré le bouchon du flacon quand leurs regards se croisèrent… et il reposa celui-ci. Les progrès s'annonçaient déjà !

Il restait à découvrir si le chocolat précipiterait la ruine de la robe de Diva mais, cela mis à part, tout le reste se dissipait maintenant dans le lointain, alors que l'intrigue amoureuse entre Susan et le pauvre Mr Wyse occupait toute l'avant-scène de la conscience mappienne. Susan s'était montrée rusée et méprisable dans sa façon de prendre Mr Wyse dans ses rets, alors qu'il n'avait pas cédé à de précédentes tentatives de séduction. Miss Mapp jugea pourtant plus prudent de rester en bons termes avec elle. La future belle-sœur d'une comtesse, la femme d'un homme qui, par sa seule présence, pouvait inciter Tilling à se bien conduire, une telle femme n'hésiterait pas un seul instant à exercer de sévères représailles si les circonstances l'exigeaient. Il était atroce de penser que cette intrépide arriviste allait, dans si peu de temps, devenir une Wyse de Whitchurch mais, puisque le clair de lune avait révélé que telle était l'intention de Mr Wyse, mieux valait cultiver l'amitié de ce membre de l'ordre de l'Empire britannique. Quand il ne serait pas en Écosse, à Whitchurch ou à Capri, le tandem « Poppit & Wyse » allait probablement devenir une plaque tournante majeure de la vie mondaine de Tilling, et Miss Mapp résolut sagement que même l'annonce des fiançailles ne suffirait pas à épancher les sentiments (ou les ressentiments) légitimes que cet événement ne manquerait pas de lui inspirer.

Après tout ce qu'elle avait fait pour Susan (lui ouvrir toutes grandes les portes de Tilling, quand elle ne parvint plus à les lui tenir fermées), il semblait plus que naturel que celle-ci insistât pour donner à sa chère Élisabeth la primeur de l'annonce de ses fiançailles, à condition que cette dernière restât en bons termes avec elle. Cela amena Élisabeth à adopter la seule ligne de conduite possible : aller dire à tous ses amis, dès le lendemain matin, après le petit déjeuner et sous le sceau du secret, ce qu'elle avait vu la veille au clair de lune.

La narratrice pourrait trouver cette nouvelle passionnante. Il serait pourtant encore plus passionnant (si seulement Susan avait la décence de l'informer de ses fiançailles avant quiconque) de courir dire à tous les autres qu'elle en avait eu la confidence depuis la soirée de bridge.

Rester à la maison aux heures où Susan avait la moindre chance de venir apporter la grande nouvelle était, par conséquent, de la plus haute importance. Le lendemain matin, Miss Mapp s'installa donc à sa fenêtre, afin de ne pas manquer sa visite, et négligea pratiquement tout le reste du spectacle animé et grandiose qui se déroulait devant chez elle. Son cœur battit fort quand, vers le milieu de la matinée, Mr Wyse déboucha au coin de la rue du dentiste. La timide Susan l'envoyait peut-être porter le message à sa place mais, dans ce cas, lui aussi devait être timide car il passa devant la porte de Mallards sans oser s'arrêter. « Il a l'air assez préoccupé », pensa Miss Mapp (il y avait bien de quoi !). Poursuivant son chemin, il disparut à droite devant l'église pour se rendre sans doute chez sa fiancée. Il portait à la main un paquet cubique, de la taille d'un écrin, qui aurait pu contenir un diadème. Une demi-heure plus tard, cependant, il revint en portant toujours le diadème. Miss Mapp pensa un instant que les fiançailles avaient peut-être été rompues… Un petit peu plus tard, Miss Mapp, cœur battant, vit la Royce descendre lourdement la rue. Elle s'arrêta devant Mallards et Miss Mapp repéra de la zibeline à l'intérieur. Cette fois, elle fut certaine que Susan était venue annoncer sa sensationnelle nouvelle. Elle attendit que Withers, ayant ouvert la porte, vînt lui demander immanquablement si elle recevrait Mrs Poppit. Mais hélas ! une minute plus tard, la Royce reprit lourdement sa route, en emportant un poids supplémentaire : l'exemplaire de Noël de *Punch*, que Miss Mapp avait emprunté la veille, et qu'elle n'avait, bien entendu, pas eu le temps de feuilleter.

La perspective d'un plaisir à venir est, dit-on, plus agréable que la jouissance elle-même. Si cela est avéré, les jours suivants, Miss Mapp dut ressentir plus de plaisir que ne lui en aurait procuré cinquante annonces de fiançailles, tant elle se leva inlassablement (chaque fois que, du pavillon, elle entendait le heurtoir de la porte d'entrée), sûre d'aller à la rencontre de Susan… alors que ce n'était jamais Susan. Tout cela lui procurait une joie immense, mais il semblait – surtout à ses propres yeux – qu'une idée extrêmement émoustillante se frayait un chemin jusqu'à son cerveau, alors même qu'elle souffrait des tortures de l'attente. Tandis que la semaine s'écoulait sans élément nouveau pour éclairer le fameux baiser, l'hypothèse semblait se vérifier sans contestation possible car, après tout, qui savait la moindre chose sur le personnage et les antécédents de Susan ? Quant à Mr Wyse, ne rendait-il pas régulièrement visite à ce midi méditerranéen, ardent et versatile où, comme tout le monde le sait, toute moralité a complètement disparu ? Et comment, si la suite montrait que tout cela n'était que trop vrai, Tilling allait-il gérer cette situation inédite ? Il était terrible d'avoir à envisager ce bouleversement moral qui pourrait en outre coïncider avec un bouleversement social. Maintes fois, alors que Miss Mapp attendait vainement les nouvelles, elle fut à deux doigts de confier ses soupçons au Padre. Lui devait savoir, car Noël (comme c'est souvent le cas en décembre) approchait de jour en jour…

Vers le 15 du mois, il y eut un après-midi sombre et de mauvais augure. La pluie drue tombait tristement. La densité inusitée des nuages en suspension était telle que, vers trois heures, Miss Mapp fut totalement incapable, avant que le réverbère fût allumé, de continuer sa tâche annexe qui consistait à surveiller du coin de l'œil les maisons du capitaine Puffin et du major Benjy. La Royce était déjà passée devant sa porte depuis l'heure du déjeuner, mais il faisait si sombre que, malgré tous ses efforts, Miss Mapp fut obligée d'admettre qu'elle ne pouvait distinguer si la voiture avait tourné à gauche dans la rue où habitait l'amant de Susan, ou si elle avait continué tout droit, car elle s'était perdue dans la brume avant d'arriver au coin de la maison du dentiste. Il était plus facile d'imaginer le pire… Miss Mapp s'était déjà représenté la scène de la rencontre des deux amants terribles qui, à la faveur de cette obscurité, étaient parfaitement inaccessibles à tout regard, même à celui de Miss Mapp juchée sur le toit de sa maison et cachée sous un parapluie. Seule une fouille systématique et approfondie pouvait révéler ce qui se passait dans l'oriel du salon de Mr Wyse. Outre le fait que Miss Mapp ne possédait pas de projecteur électrique suffisamment puissant, il était fort peu probable que cet oriel fût le cadre d'un acte de nature très intime… Ils n'auraient quand même pas choisi l'oriel du salon ! Miss Mapp songea à rendre visite à Mr Wyse pour lui emprunter un livre. Cela lui permettrait de vérifier si la zibeline était dans le vestibule, mais ne ferait pas vraiment beaucoup avancer les choses. Tandis qu'elle y réfléchissait, une brume monta de la mer et commença d'envahir la rue qui, en quelques minutes, disparut au regard. On ne voyait plus rien et on n'entendait plus que le bruit de la pluie enveloppée de brume.

Soudain, Miss Mapp entendit dehors, mais assez près, un heurtoir de porte vigoureusement secoué qui ne pouvait être que le sien.

Par un jour pareil, seul un télégramme, ou quelque course urgente, aurait pu pousser quelqu'un à mettre le nez dehors. Incapable de supporter d'attendre que Withers allât ouvrir, elle courut dans la maison pour le faire elle-même. Lui apportait-on enfin la nouvelle des fiançailles ? Bien que tardive, cette nouvelle serait bien accueillie car elle compenserait, au moins partiellement… C'était Diva.

« Chère Diva ! dit Miss Mapp débordante d'enthousiasme car Withers était déjà dans le vestibule. Comme c'est gentil d'être venue ! Y a-t-il quelque chose de particulier ?…

– Oui », dit Diva en ouvrant tout grands les yeux. Elle répandit une fine pluie de goutelettes en secouant son mackintosh. « Elle est arrivée ! »

Il ne pouvait s'agir de Susan…

« Qui donc ? demanda Miss Mapp.

– Phare-à-dix-lionnes, dit Diva.

– Pas possible ! dit très fort Miss Mapp, tellement intéressée qu'elle en oublia complètement d'en vouloir à Diva d'avoir su la nouvelle avant elle. Allons prendre une bonne tasse de thé dans le pavillon du jardin. Withers, le thé ! »

Miss Mapp alluma les bougies (perdue dans ses pensées, elle était restée prostrée dans l'obscurité) et, dans un élan hardi d'hospitalité, elle ranima le feu moyennant quelques coups de tisonnier.

« Racontez-moi tout », dit-elle. Elle octroyait là un régal à Diva qui aimait tant les commérages.

« Je viens d'aller à la gare, dit Diva. Avais besoin d'un horaire d'hiver. En outre, la Royce venait de descendre. Mr Wyse et Susan sur le quai.

– Et Zibeline ? demanda Miss Mapp entre parenthèses, afin de compléter le tableau.

– Toute emmaillotée. Leur ai parlé. Le train arrive. Une femme en descend. Embrasse Mr Wyse. Serre la main de Susan. Les deux mains. Pendant ce temps, on décharge les bagages.

– Beaucoup ? demanda avidement Miss Mapp.

– Des tonnes ! Couverts de couronnes et de “F”. Deux taxis. »

Flairant la bonne piste, Miss Mapp revint sur cette déclaration télégraphique :

« Vous avez dit les deux mains, très chère ? demanda-t-elle. C'est peut-être une coutume italienne…

– C'est possible. Et, d'après vous, qu'a-t-elle fait ensuite ? Phare-à-dix-lionnes a embrassé Susan ! Susan et Mr Wyse doivent être fiancés. Je ne vois pas comment expliquer cela autrement. Il a dû écrire à sa sœur pour l'informer. Ce n'est pas tout à l'heure, à la gare, qu'il a pu le lui dire. Ils doivent être fiancés depuis quelques jours sans que nous l'ayons su. Ils étaient allés examiner l'orchidée, vous vous souvenez ? Ce devait être à ce moment-là. »

Tout cela, certes, était bien amer… Mais on pouvait transmuer cette amertume en douceur merveilleuse.

« À présent, je peux enfin parler, dit Miss Mapp en poussant un grand soupir de soulagement. Oh ! Comme il m'a été difficile de garder le silence ! Mais je sentais que je le devais. Tout cela, Diva, je le savais dès le début, dès le tout premier début !

– Et comment ça ? » demanda Diva soudain toute penaude.

Miss Mapp partit d'un rire joyeux.

« J'ai regardé par la fenêtre, ma chère, pendant que vous étiez allée chercher votre petit mouchoir (en en profitant pour jeter un petit coup d'œil dans la salle à manger et le boudoir, c'est bien ça ?). Ils étaient sur la pelouse et ils se sont embrassés. Je me suis donc dit : la chère Susan a réussi à l'avoir ! La persévérance est récompensée !

– Hum… Simple supposition de votre part, à moins que Susan ne vous l'ai dit.

– Non, ma chère, elle ne m'a rien dit. Mais Susan s'est toujours montrée très cachottière.

– Il se peut donc qu'ils ne soient pas fiancés du tout. Les hommes n'épousent pas toujours les femmes qu'ils embrassent ! »

Diva avait maintenant trahi la bassesse de son esprit en suggérant ce que Miss Mapp tenait pour certain depuis plusieurs jours.

« Ma chérie, quelle horrible suggestion ! dit-elle. Jamais pareille idée ne m'a effleuré l'esprit. J'ai parfois pensé que Susan pouvait être cachottière, mais dissolue : jamais ! Il faut que je vous pardonne d'avoir eu une telle pensée… Et, à présent, parlons un peu de quelque chose de moins pénible. Peut-être aimeriez-vous m'en raconter un peu plus sur la *contessa* ? »

Diva eut l'élégance de prendre un air contrit et de se réfugier dans le nouveau sujet de conversation si pertinemment suggéré.

« Je ne l'ai pas très bien vue, dit-elle. Il faisait si sombre. Mais grande et maigre. A éternué.

– Cela peut arriver à n'importe qui, ma chère, dit Miss Mapp, grand ou petit. Rien d'autre ?

– Un lorgnon, dit Diva après un instant de réflexion.

– Quoi, un monocle ? Avec un cordon ? Comme c'est curieux pour une femme… »

Ce dernier détail semblait épuiser toute la moisson de renseignements recueillis par Diva. Miss Mapp tenta de mettre en application les principes de la psychanalyse pour déterrer ce qu'elle aurait pu oublier, mais la batterie de questions ne donna aucun résultat. Cependant, Diva, de toute évidence, avait encore quelque chose à dire car, après avoir pris son thé, elle se mit à aller et venir nerveusement entre la fenêtre et la cheminée, en émettant des petits grognements et des petits sifflements, comme elle en avait l'habitude quand elle avait du mal à exprimer ce qu'elle avait sur le cœur. Bien avant qu'elle parvînt à lâcher le morceau, Miss Mapp avait, bien entendu, deviné de quoi il s'agissait. Que Diva trouvât difficile d'aborder un sujet à propos duquel elle avait eu une conduite déplorable n'avait rien d'étonnant…

« À propos… cette pauvre robe, dit-elle enfin, je lui ai fait une tache de chocolat que ni moi ni Janet n'avons réussi à faire disparaître. »

(« Victoire ! » pensa Miss Mapp.)

« Il faut que je la fasse teindre de nouveau, continua Diva. J'ai pensé qu'il valait mieux vous en parler. Sinon vous risqueriez de faire teindre la vôtre de la même couleur, encore une fois. Bleu roi en laque carminée. Tout cela sort de *Vogue* et de Mrs Trout. C'est assez amusant, mais plutôt onéreux. Si vous aviez vu la tête que vous faisiez l'autre soir, en arrivant chez Susan !…

– Ah bon ? dit Miss Mapp secouée par de violents tremblements.

– Oh oui ! Pour rien au monde je n'aurais accepté de vous raccompagner à la maison dans l'obscurité. Il y avait du meurtre dans l'air…

– Chère Diva, dit Miss Mapp d'un air anxieux, votre tournure d'esprit vous pousse à concevoir le pire en toute circonstance. Si Mr Wyse embrasse sa promise, vous pensez à des choses innommables, et si j'ai l'air surprise, vous pensez que je déborde de haine et de méchanceté. Soyez donc plus bienveillante, ma chère. Ne voyez pas le mal partout.

– Ça alors ! dit Diva, avec un monde de sous-entendus.

– Je ne sais pas ce que vous voulez exprimer en disant "Ça alors !", et je ne chercherai pas à le deviner. Mais soyez plus gentille, ma chérie, et vous vous sentirez plus heureuse. Ne pensez pas au mal ! Vous connaissez la citation : Charité ![1] »

Quand Élisabeth se mit à la sermonner à propos de la charité, Diva sentit qu'elle atteignait les limites tolérables, et si Withers n'était pas providentiellement entrée à ce moment-là pour débarrasser les tasses, elle n'aurait pas manqué de lui expliquer en peu de mots, mais sans équivoque, ce qu'elle avait voulu dire par « Ça alors ! ».

1. Psaume 56, 5. *(N.d.T.)*

Withers apporta un pli que Miss Mapp ouvrit. « … m'encourage à espérer… » furent les premiers mots qui lui tombèrent sous les yeux : Mrs Poppit l'avait, une fois encore, encouragé à espérer.

« Dîner chez Mr Wyse demain, dit-elle. On annoncera les fiançailles, sans aucun doute. Il a probablement dû lui écrire avant d'aller à la gare. Oui… quelques amis. Vous en serez, très chère ? »

Diva se leva immédiatement.

« Je crois que je vais rentrer pour le vérifier, dit-elle. À propos, Élisabeth… Et pour la… la robe (si je suis invitée), vous ou moi ?

– Si la vôtre est couverte de chocolat, il me semble que vous ne pourrez pas la mettre, dit Miss Mapp.

– Je pourrais camoufler la tache, juste pour cette fois. Application de fleurs. Et l'envoyer ensuite chez le teinturier. Vous ne la reverrez plus. Plus en laque carminée, je veux dire. »

Miss Mapp fit appel à toute sa grandeur d'âme (bien que celle-ci eût été abondamment sollicitée, et fût presque épuisée), et parvint à fournir un ultime effort.

« Portez-la donc, dit-elle. Ce sera une fête pour vous. Mais si vous n'êtes pas invitée, faites-le moi savoir. M'est avis que Mr Wyse veut se limiter à un tout petit cercle d'intimes. Au revoir, très chère. J'ai bien peur que vous n'arriviez chez vous toute trempée. »

XI

La brume marine et la pluie persistèrent le lendemain matin. Armés de parapluies et couverts d'imperméables, les Tillingotes n'en effectuèrent pas moins leurs emplettes avec une énergie inhabituelle car, naturellement, tout le monde, sans exception, désirait au plus vite apercevoir une certaine *contessa*. Les conditions atmosphériques ajoutaient peut-être à la fièvre de l'expectative. En effet, on n'y voyait goutte et n'importe qui pouvait tomber sur elle inopinément. On avait fait scrupuleusement circuler les impressions recueillies par Diva, bien qu'elles fussent assez succinctes. Mais la matinée s'écoula, et les dames de Tilling rentrèrent chez elles pour changer leurs vêtements mouillés et prendre un peu de quinine ammoniaquée, sans qu'une seule n'ait aperçu le fameux monocle. C'était décourageant, mais ce découragement était supportable car Mr Wyse, loin de vouloir se limiter à un petit cercle d'intimes, avait été encouragé par Mrs Poppit à « espérer » que celui-ci s'élargirait à toute la société de Tilling… à une exception près. Il « espérait » le major, le capitaine, le Padre et sa tendre épouse, Irène, Miss Mapp, et bien entendu Isabelle. Mais apparemment, il désespérait de Diva…

Seule absente, par conséquent, de ces courses matinales, longues et copieusement arrosées, Diva attendait chez elle, presque la plume à la main, prête à répondre sur-le-champ et positivement à l'invitation qu'elle n'avait, pour l'instant, toujours pas reçue. Grâce à l'épaisseur du brouillard, son absence dans la Grand'Rue était passée inaperçue ; chacun pensait que quelqu'un l'avait vue, alors qu'elle rongeait son frein chez elle et attendait, attendait, attendait sans fin. Vers une heure et quart, elle n'y tint plus et, comme promis, téléphona à Miss Mapp, via Janet et Withers, pour lui dire que Mr Wyse n'avait pas encore « espéré ». Il était très vexant de mettre les bonnes au courant, mais si elle avait elle-même téléphoné, et qu'Élisabeth eût répondu (celle-ci avait l'habitude de se précipiter sur l'appareil), Diva pensait qu'elle se serait étouffée plutôt que de transmettre ce message. Janet téléphona donc, et Withers promit d'informer sa maîtresse. Ce qu'elle fit.

Miss Mapp était plongée dans d'aimables spéculations. L'hypothèse la plus vraisemblable était que la *contessa* avait aperçu cette petite fouine grassouillette à la gare, et l'avait détestée dès le premier coup d'œil à travers son monocle. Il se pouvait aussi qu'elle eût vu la pauvre Diva toute occupée à fureter autour des bagages frappés de couronnes et de « F », et qu'elle ait appris avec peine qu'il s'agissait d'une des dames de Tilling. « Algernon, aurait-elle pu dire (Miss Mapp s'imaginait ainsi la scène), qui est donc cette curieuse petite bonne femme ? Ne risque-t-elle pas de me voler quelque bagage ? » Et Algernon lui aurait répondu que c'était cette pauvre Diva, une bien brave fille au fond. Mais quand le moment serait venu pour lui d'inviter ses amis au dîner qu'il offrait à l'occasion de ses fiançailles et en l'honneur de la visite de sa sœur, la *contessa*, sans aucun doute, aurait pu dire : « Algernon, je t'en supplie… » Et si Diva – pauvre Diva ! – avait eu raison de supposer que les invitations avaient été préparées avant l'arrivée du train, il était évident qu'Algernon avait dû déchirer son carton quand la *contessa* avait appris qu'elle devait la rencontrer le lendemain soir… On pouvait encore imaginer que Susan avait insinué qu'il serait agréable d'avoir deux tables de bridge après dîner, mais sans compter Diva qui se trompait sans arrêt et contestait toujours les scores. Chaque hypothèse s'avérait fort plausible et, puisque Diva ne serait pas là, Miss Mapp revêtirait naturellement sa robe de laque carminée. Tous verraient ainsi à quoi celle-ci ressemble quand elle est portée par le mannequin idoine, sans être singé par un épouvantail de l'autre côté d'une table de jeu. Comme le major Benjy avait raison de faire remarquer que ce qui sied à l'une ne va pas toujours à l'autre !... Et s'il existait une femme qui ne pouvait se permettre de porter de la laque carminée, c'était bien Diva... Pouvait-on également supposer que Mr Wyse avait vraiment honte de laisser sa sœur voir Diva en laque carminée ? C'eût été délicieux de sa part de lui éviter de se ridiculiser devant l'aristocratie italienne. Sans doute serait-elle invitée dans les jours suivants, en tout petit comité. Ou bien encore... Les hypothèses jaillissaient dans l'esprit de Miss Mapp, comme les fleurs dans une prairie des Alpes au printemps, et elle apprécia fort son déjeuner.

L'anxiété et l'attente fébrile de la matinée, loin de s'apaiser, finirent par engendrer une profonde mélancolie. Diva en eut un mal de tête qu'elle entreprit de juguler par ses énergiques méthodes habituelles. Au lieu de se mettre au lit, de prendre de l'aspirine et d'essayer de dormir, elle sortit après déjeuner pour exorciser cette migraine par une bonne marche. Elle courut le long des routes détrempées, négligeant de regarder si elle s'éclaboussait en marchant dans les flaques d'eau. Elle n'avait cure de se faire mouiller. Elle envoya hardiment promener l'invitation à dîner qu'on avait omis de lui adresser, sans se mettre martel en tête, mais en se réjouissant à la perspective de passer une soirée agréable chez elle plutôt que de devoir sortir sous la pluie (comme en ce moment). Par la suite, jamais – au grand jamais ! quelles que soient les circonstances – elle ne demanderait à aucun des convives présents comment s'était déroulée cette soirée, ou comment Mr Wyse avait annoncé la nouvelle, ou comment la Phare-à-dix-lionnes jouait au bridge. (Elle prononça ce nom grotesque à haute voix, le déclamant à l'adresse des flaques d'eau et des haies dégoulinantes.) Elle ne lui accorderait pas le moindre intérêt ; elle occulterait cette soirée sous des pelletées d'amnésie et, la prochaine fois qu'elle rencontrerait Mr Wyse, elle se comporterait exactement comme d'habitude, quel que fût son sentiment intérieur. Elle se glorifia de cette digne résolution et se mit à marcher si vite que les haies d'arbres et d'arbustes en devinrent presque transparentes. Telle était la décision à prendre. On lui avait infligé un affront grossier et, en véritable grande dame, elle allait feindre de l'ignorer ; alors qu'à sa place, Élisabeth n'aurait pas manqué d'élaborer une foule de combinaisons sordides pour empoisonner l'existence de Mr Wyse. Mais si jamais… si jamais (elle ne disait que *si jamais)* elle trouvait une raison de croire que Susan était à l'origine de tout cela, alors elle songerait à quelque chose qui fût digne non pas d'une vraie grande dame mais d'une vraie femme. Sans poser de questions, elle pourrait facilement obtenir les renseignements qui lui permettraient d'établir la culpabilité de Susan. Et elle pourrait alors adopter une ligne de conduite qui ne laisserait pas de la surprendre. Quelle ligne de conduite ? Il était prématuré d'en décider, aussi y consacra-t-elle toutes ses facultés sur le chemin de retour.

Diva se sentait mieux, et son mal de tête avait disparu. Elle arriva à Tilling trempée jusqu'aux os. Ce n'était plus l'heure de prendre le thé. Elle s'en passa donc et se disposa à se consoler en « s'en mettant jusque-là » avec un dîner composé dans les règles de l'art. Pour ajouter une touche de respectabilité à sa petite fête, elle revêtit pour la dernière fois sa robe de laque carminée, puisqu'elle l'enverrait chez le teinturier le lendemain pour sonner le glas de sa gloire évanouie. Elle avait eu l'intention de l'envoyer ce jour-même mais tous ses déboires et toute son anxiété le lui avaient fait oublier.

Ainsi vêtue, au grand étonnement de Janet, Diva se reposa l'esprit en faisant des réussites. Comme pour la récompenser de son obstination courageuse, la malveillance des cartes se relâcha, et, trois fois de suite, elle vint à bout d'une situation particulièrement compliquée. Elle fut surprise, en entendant carillonner la pendule sur sa cheminée, de constater qu'il était déjà huit heures moins le quart. Eh bien, elle aussi dînerait à huit heures moins le quart ! Janet n'allait pas tarder à venir lui annoncer que son festin était prêt. Elle ramassa ses cartes et passa une minute agréable, quoique nostalgique, devant sa glace, à se regarder ainsi vêtue pour la dernière fois. Sa merveilleuse promenade sous la pluie lui avait donné une mine presque aussi cramoisie que sa robe. Elle entendit les pas de Janet dans l'escalier et se détourna de la glace. Janet entra.

« Dîner ? dit Diva.

– Non, m'dame, c'est le téléphone. Mr Wyse est à l'appareil et il veut vous parler.

– Mr Wyse lui-même ? demanda Diva (elle en croyait à peine ses oreilles, car elle savait les réticences de Mr Wyse quant au téléphone).

– Oui, m'dame. »

Diva marchait lentement, mais réfléchissait vite.

Qu'était-il arrivé ? Quelqu'un avait dû probablement tomber malade à la dernière minute – Élisabeth, peut-être… – et on voulait à présent que Diva comblât cette absence. Elle était écartelée. Bien qu'elle eût ardemment désiré dîner chez Mr Wyse, elle ne voyait pas comment concilier les choses en sauvegardant sa dignité. C'est parce que cela l'arrangeait qu'il l'avait invitée. Et ce n'était pas parce qu'il avait été « encouragé à espérer » qu'il l'invitait à présent. Non. Mr Wyse devait rester la main tendue… Diva allait dire qu'elle avait quelques amis à dîner.

Ainsi devait agir une authentique grande dame.

Elle saisit l'écouteur.

« Allô ? »

Il n'y avait pas de doute, c'était bien la voix de Mr Wyse et on aurait dit qu'elle tremblait d'angoisse.

« Chère madame, la chose la plus terrible vient d'arriver… »

(« Je me demande si Élisabeth est très malade… » pensa Diva).

« Tout à fait terrible, dit Mr Wyse. M'entendez-vous ?

– Oui, dit Diva en s'endurcissant le cœur.

– Par suite de la plus désastreuse des erreurs, le mot que je vous ai écrit hier ne vous a jamais été remis. Figgis vient de le retrouver dans la poche de son manteau. Je vais le congédier, à moins que vous ne plaidiez en sa faveur. Vous m'entendez ?

– Oui, dit Diva le cœur palpitant.

– Je vous disais, dans ce mot, que l'on m'avait encouragé à espérer que vous dîneriez chez moi ce soir. On avait répondu avec tant d'empressement à toutes les autres invitations que, négligeant de vérifier le compte, je me suis rendu coupable de croire que tout le monde avait accepté. Vous m'entendez ?

– Évidemment je vous entends ! hurla Diva.

– Eh bien, je me jette à vos genoux. Pouvez-vous encore pardonner la stupidité de Figgis, conjuguée à la mienne, et, nonobstant ce contretemps, m'honorer de votre visite ? Nous retarderons le dîner et nous vous attendrons. À quelle heure, si vous avez l'extrême obligeance de venir, pourrions-nous passer à table ? Ne me brisez pas le cœur en m'opposant un refus ! Susa… Mrs Poppit envoie à l'instant sa voiture pour venir vous chercher.

– Je suis déjà habillée pour dîner, dit fièrement Diva. Et serai heureuse de venir immédiatement.

– Vous êtes vraiment trop gentille ; vous êtes un ange ! dit Mr Wyse. La voiture part à l'instant ; elle est devant ma porte en ce moment.

– Parfait, dit Diva.

– Trop bonne… trop gentille, murmura Mr Wyse. Que dois-je faire de Figgis ? »

« De la poudre ! » se dit Diva en se souvenant de ce qu'elle avait vu dans la glace. Elle monta l'escalier comme une flèche. Il lui faudrait accommoder son poisson en fricassée (quoique en l'occurrence, du carrelet eût aussi bien fait l'affaire que de la sole), on pourrait faire réchauffer les côtelettes, et si l'on n'avait pas encore commencé de battre les œufs en neige pour la meringue aux pommes, il était encore temps d'arrêter l'opération.

« Janet ! cria-t-elle. Je sors dîner ! Arrêtez la meringue ! »

Elle étala en quelques coups de houppette une pâleur intéressante sur son visage tandis que la Royce cornait devant sa porte. Puis elle descendit et prit place dans la luxueuse et confortable limousine (la lampe était allumée). Sur la banquette s'étalait la zibeline de Susan – c'était prévoyant, mais un tantinet ostentatoire – ainsi qu'un plaid (« Acquisition toute récente, jugea Diva ; et, très probablement, cadeau de Mr Wyse »). Peu de temps après, la lumière coulait à flots de la porte d'entrée grande ouverte de Mr Wyse, qui se tenait dans le vestibule pour accueillir chaleureusement, remercier et bénir Diva. Elle plaida en faveur du pauvre Figgis tout contrit et fut triomphalement introduite dans le salon où l'attendait le Tout-Tilling. On la conduisit vers la *contessa* avec laquelle Miss Mapp, rayonnante et flagorneuse, tenait une grande conversation.

La laque carminée…

Il y eut des moments embarrassants pendant le dîner. On avait présenté tant de personnes à la *contessa* qu'elle en était tout étourdie. Elle confondait leurs noms, appelait ses voisins capitaine Flint et major Puffin, et croyait que Diva était Mrs Mapp. Elle parut de bonne humeur et pleine de verve, laissa tomber son monocle dans la soupe, parla la bouche pleine et but une bonne quantité de vin (ce qui était un très mauvais exemple pour le major Puffin). Les conversations s'interrompirent plusieurs fois brusquement. Colportée par Diva, l'histoire du baiser que la *contessa* avait donné à Mrs Poppit s'était propagée, le matin même, avec la rapidité de l'éclair à travers le brouillard, et, chaque fois que Mr Wyse élevait un tant soit peu la voix, tous les autres se taisaient, croyant qu'il prenait la parole pour annoncer la grande nouvelle. Parfois aussi, la *contessa* faisait une remarque à son frère en un italien rapide et glapissant. Cela corroborait tristement l'impression affligeante donnée par sa façon de se tenir à table (elle parlait la bouche pleine), car parler italien équivalait à chuchoter puisque personne, sauf lui, ne pouvait saisir ses propos…

Et puis, le fait de dîner avec une *contessa* produisait une légère tension qui, conjuguée aux bonnes manières que la présence de Mr Wyse engendrait toujours, transformait presque la correction en raideur. Mais au fur et à mesure que se déroulait le repas, on pouvait remarquer que la *contessa* se sentait beaucoup plus à l'aise, et ses excentricités, bien que soigneusement relevées par Miss Mapp, ne provoquèrent plus de silences gênés suivis de feux d'artifice de paroles.

« Et avez-vous l'intention, madame la *contessa*, d'effectuer un long séjour à Tilling ? » demanda le (vrai) major pour combler le vide causé par un mot qu'adressa Mr Wyse à Isabelle.

En tombant dans son assiette, le monocle de la *contessa* éclaboussa la nappe. Elle le récupéra en tirant sur le cordon, comme si elle amenait un poisson à terre, et le suça.

« Tout dépend de vous, messieurs, dit-elle avec une audace inusitée à Tilling. Si vous-même, major Puffin, et ce délicieux petit ecclésiastique écossais tombez amoureux de moi, et si vous en venez à vous battre en duel, alors je m'installerai définitivement… »

Le major se ressaisit le premier.

« Vous pouvez considérer cela comme un fait acquis, madame la *contessa* », dit-il galamment, tandis que les conversations reprenaient en un vrai vacarme pour couvrir l'allusion à cet affreux sujet.

Elle posa la main sur le bras du major.

« Ne m'appelez pas "madame la *contessa*", capitaine Flint, dit-elle. Seuls les domestiques le font. Appelez-moi "*contessa*", si vous le désirez. Et puis, il faudra que vous souffliez bien fort pour chasser ce vilain brouillard loin de moi. Je n'ai vu que du coton par les fenêtres ! Ah, dites-moi, qui sont ces deux dames vêtues de la même façon ? Sont-elles sœurs ? Miss Mapp, la petite ronde, et sa sœur, la grande ronde ? »

Le major jeta un regard inquiet vers Miss Mapp qui était assise juste en face de lui et dont l'ouie fine était une des terreurs de Tilling… Cette inquiétude était parfaitement fondée : Miss Mapp avait tout entendu et, à partir de cet instant, éprouva haine et mépris pour la *contessa*.

« Non, ce ne sont pas des sœurs, dit-il. Madame la c…, vous avez fait une petite erreur sur les noms, *contessa*. Celle qui est en face, c'est Miss Mapp, et l'autre c'est Mrs Plaistow. »

La *contessa* baissa le ton.

« Oui, je vois… Mais, dites donc, votre Miss Mapp a l'air froissé. Je crois qu'elle a dû nous entendre. Je me montrerai très aimable avec elle tout à l'heure. Mais pourquoi l'un de vous, messieurs, ne l'épouserait-il pas ? Je vois qu'il faudra que je m'occupe d'arranger ça. Et à présent, au tour du délicieux petit ecclésiastique écossais. Les hommes petits aiment les grandes femmes. Ah ! Il est déjà marié à la petite souris ? Alors ce ne peut être que vous, capitaine Flint. Il faut un peu plus de mariages à Tilling. »

Miss Mapp ne put s'empêcher de lancer un regard à la *contessa* au moment où elle l'entendit faire cette remarque. Elle pensa que ce devait être la réplique destinée à amorcer l'annonce de ce qu'elle savait déjà depuis si longtemps… En un clin d'œil, l'habile *contessa* vit qu'elle avait accroché l'attention de Miss Mapp, et s'adressa au major d'une voix assez forte.

« Je me suis prise de sympathie pour votre Miss Mapp, dit-elle. Je suis jalouse de vous, capitaine Flint. Ce sera ma grande amie à Tilling ; et si vous l'épousez, je vous détesterai car cela signifierait qu'elle vous préfère à moi. »

Miss Mapp ne haïssait plus personne en cette minute, pas même Diva dont la poudre appliquée à la hâte sur le visage se craquelait et se détachait par endroits en laissant voir des petits points rouges semblables à des étoiles dans un beau ciel nocturne. On arriva à la fin du repas avec des châtaignes grillées rapportées de Capri par la *contessa*.

« Je gronde toujours Amelia pour tous les bagages qu'elle transporte, dit Mr Wyse à Diva. Ma chère Amelia, ce soir tu es la maîtresse de maison (tout le monde remarqua qu'il avait regardé Mrs Poppit) : il faut que tu "attires l'attention" de quelqu'un.

– Je vais attirer l'attention de Miss Mapp », dit Amelia ; et toutes les dames se levèrent ensemble comme si un mécanisme dérobé les avait toutes actionnées en même temps... Au moment de franchir la porte, on fit assaut de civilités, mais la *contessa* y mit bon ordre.

« Honneur au grand âge ! déclara-t-elle en prenant les devants, ce qui donna à Miss Mapp, à Diva et à la souris l'impression d'être étonnamment jeunes. Elle pouvait laisser tomber son monocle dans la soupe et parler la bouche pleine... mais quel tact exquis ! Ils décidèrent tous d'adopter cet aimable protocole à l'avenir. La déception relative à l'annonce différée des fiançailles était sensiblement adoucie, et Miss Mapp comme Susan, dans leur hâte d'être plus jeunes que la *contessa* (et, néanmoins d'avoir la préséance sur toutes les autres) se trouvèrent presque coincées en essayant de franchir simultanément la porte. Elles rebondirent l'une contre l'autre, et Diva en profita pour filer entre les deux, pendant la seconde où elles s'écartèrent. La pittoresque Irène était à sa place : la dernière. Elle avait beau être pittoresque, personne n'aurait pu nier que ce fût la plus jeune.

Amelia s'était peut-être violemment éprise de Miss Mapp, mais elle ne lui consacra pas pour autant une attention exclusive une fois installée au salon. Elle s'assit vivement à la table de jeu et se mit en devoir de passer le temps, en attendant que les messieurs les rejoignent, en fumant force cigarettes et en se lançant dans une réussite particulièrement complexe. Les dames de Tilling avaient beaucoup de choses à se raconter, lesdites choses concernaient toutes la *contessa*, mais il n'était pas commode de les dire en sa présence. À moins de parler une langue inconnue de l'objet de leur conversation, elles étaient condamnées à se taire. Elles se rassemblèrent donc autour de la table de jeu et observèrent l'extraordinaire vitesse avec laquelle la *contessa* empilait dans certains jeux des valets noirs sur des dames rouges et dans d'autres des valets rouges sur des dames noires. Elle avait retiré toutes ses bagues afin de ne pas entraver les mouvements de ses doigts, et son monocle tressautait sur une masse chatoyante de pierres magnifiques. La rapidité de ces manipulations n'avait d'égale que le débit du monologue stupéfiant que déversait sa bouche.

« Ah ! Encore un maudit roi qui me met des bâtons dans les roues ! dit-elle. C'est bien digne d'un homme de s'arroger une place qu'on ne lui destinait pas. *Per bacco* ! Non, pas ça ! Puisque c'est comme ça, je fume une cigarette. J'ai appris, mesdames, que vous êtes des bridgeuses redoutables, nous n'allons pas tarder à commencer une partie et je ne saurais où me cacher pour vous échapper ! *Dio* ! Encore un autre roi, et voilà sa dame qu'il ne désire absolument pas. Il est *amoroso* de cette dame noire qui est complètement recouverte, et il aimerait bien qu'elle le recouvre. Ma chère Susan (cela était intéressant, mais tout le monde le savait déjà), ayez la bonté de sonner pour que l'on apporte le café. Je vais tomber raide morte si l'on ne m'apporte pas immédiatement mon café, ainsi qu'un cure-dents. Pendant que je joue, racontez-moi tous les scandales de Tilling, Miss Mapp… toutes ces histoires terrifiantes du major et du capitaine. Le capitaine a vraiment fière allure – non, c'est le major : celui qui ne boite pas. Quelle est celle d'entre vous, mesdames, que ces messieurs aiment le plus ? Je crois que c'est Miss Mapp ; c'est pourquoi elle ne me répond pas. Ah ! Voilà le café, et l'autre roi. Trois morceaux de sucre, chère Susan. Remuez bien et tenez-moi la tasse à la bouche afin que je puisse boire sans m'interrompre. Ah ! L'as ! Est-ce l'intervenant ou le procureur du roi ? Ce serait bien pratique d'avoir un procureur pour nous raconter toutes les histoires d'amour. Il faut que vous me procuriez un procureur, Susan. Je vous nomme mon procureur. Ah ! voilà les hommes ; les petits fripons ont préféré un verre de vin à la compagnie des femmes. Et maintenant, nous allons jouer au bridge ; et si quelqu'un me gronde, Miss Mapp, je me mettrai à pleurer et le capitaine Flint devra me tenir la main et me consoler. »

Elle rassembla un tas de cartes et de bagues, les laissa tomber par terre et tira au sort les équipes.

Miss Mapp fut très indulgente avec la *contessa*, que le sort lui désigna comme partenaire. Elle lui signala ses erreurs et celles des autres joueurs avec le sourire le plus engageant et un désir évident d'expliquer les choses clairement. Puis, elle fit elle-même une fausse renonce importante, et la *contessa*, loin de lui en vouloir le moins du monde, fut secouée d'un rire inextinguible. Cette manière de réagir était tout à fait inédite à Tilling où, en général, l'attitude correcte consistait à bouder et à lancer des remarques sarcastiques pendant vingt minutes au moins. Le rire de la *contessa* continua de jaillir spontanément de temps à autre, tout cela était vraiment très agréable. Mais, à la fin, elle déclara ne pas être à la hauteur des compétences de Tilling et refusa de continuer de jouer. Tout à fait en forme, Miss Mapp l'engagea vivement à ne pas désespérer.

« Mais c'est la vérité, *contessa*, dit-elle, vous jouez très bien. Vous forcez peut-être un peu parfois sur les annonces, qu'en pensez-vous ? Mais nous avons tous tendance à le faire et, pour ma part, cela m'arrive souvent. Alors, vous ne vous laissez pas tenter ? Encore une petite partie ? J'aurais beaucoup de plaisir à vous avoir de nouveau pour partenaire. Il faut que vous veniez jouer chez moi un de ces après-midis. Nous prendrons le thé un peu plus tôt de manière à disposer de deux bonnes heures. Rien ne vaut l'entraînement. »

La soirée prit fin sans que l'on annonçât le grand événement. Miss Mapp, tout en passant en revue les événements de la veille, assise à sa fenêtre-observatoire, trouva l'ensemble de la question d'une évidence si aveuglante qu'elle jugea inutile de s'éterniser en conjectures, aussi fécondes fussent-elle, et décida d'orienter son esprit vers des souvenirs plus agréables et des perspectives plus alléchantes. La *contessa* l'avait distinguée entre toutes, c'était indubitable ; en retour Miss Mapp prisait au plus haut point son charme et ses talents… La remarque étrange à propos du duel avait sûrement été faite dans un but humoristique mais « on dit souvent la vérité en riant[1] », et la *contessa* – quelle femme perspicace ! – avait immédiatement vu que le major Benjy et le capitaine Puffin avaient tout à fait le profil de l'homme capable de se battre en duel pour l'amour d'une femme. Et dire qu'elle avait demandé qui était la dame dont ces deux hommes étaient le plus amoureux, et déclaré que ce devait être elle ! En entendant ces phrases d'apparence si anodine, mais au fond si pertinentes, Miss Mapp était devenue presque aussi rouge que la pauvre Diva…

Diva !

Certes, cela avait porté un coup terrible à Élisabeth d'apprendre que Diva avait été invitée par Mr Wyse dès le premier moment, et un coup encore plus violent de la voir faire son entrée dans

1. R.C. Trench, *On the Lessons in Proverbs. (N.d.T.)*

sa robe de laque carminée (sans compter tous ces embarras inutiles et toutes les excuses exagérées de Mr Wyse). Heureusement, on ne risquait plus de revoir cette robe car Diva avait promis – pouvait-on croire Diva sur parole ? – de l'envoyer chez le teinturier. Mais une énigme de taille subsistait : pourquoi diable portait-elle cette robe alors qu'elle était censée passer une soirée chez elle en solitaire ? Vers huit heures, elle aurait dû avoir déjà pris son plateau, revêtue de quelque vieux vêtement ; mais, moins de trois minutes après qu'on lui eut téléphoné, elle était apparue en laque carminée et avait mangé avec tant d'appétit qu'il était impossible d'imaginer, même en tenant compte de sa légendaire gloutonnerie, qu'elle eût déjà dîné…

Malgré le triomphe accessoire de Diva, le sentiment dominant que ressentait Miss Mapp à son endroit était de la pitié. Elle était si grotesque avec cette robe, et la poudre qui s'écaillait sur son visage rubicond ! Si la chère *contessa* avait écarquillé les yeux en la voyant entrer, cela n'avait rien eu d'étonnant.

Il fallait à présent penser au bridge organisé pour la *contessa*. Celle-ci aurait peut-être moins le trac s'il n'y avait qu'une seule table : l'ambiance serait plus familière et plus chaleureuse. En outre, cela provoquerait bien des rancunes et des réactions indignées chez ceux qui ne seraient pas invités. Diva, bien entendu, serait du nombre, et il ne faudrait pas que la *contessa* jouât avec Mr Wyse… Il y avait aussi le major Benjy. Miss Mapp ne devrait pas manquer de l'inviter car, de toute évidence, la *contessa* prenait plaisir à le voir…

Tout à coup, Miss Mapp commença de se demander si, après tout, il était si nécessaire d'inviter le major. Malgré tout son charme, Amelia lui avait tenu des propos très italiens, très tropicaux. Elle lui avait dit qu'elle resterait à Tilling si les hommes se battaient en duel pour elle. Elle lui avait dit « cher amour » lorsqu'au bridge il avait omis de couper sa carte perdante et, dans le vestibule, lors de la *macédoine* de zibeline, d'*au réservoir* et de remerciements pour l'excellente soirée, elle lui avait suggéré de l'inviter à aller prendre le thé chez lui (« sans autres invités, car j'ai énormément de choses à vous dire »).

En y réfléchissant, Miss Mapp n'était pas sûre que la *contessa* fût une amie adéquate pour le major Benjy. Elle rendait justice à ce dernier : elle n'imaginait pas qu'il allait l'inviter à venir prendre le thé chez lui en tête à tête. Cette simple suggestion montrait bien qu'il s'agissait d'un spécimen d'expression extravagante bien caractéristique de son tempérament méridional. Mais, après tout, pensa-t-elle, mise au supplice par l'image de cette scène, d'autres expressions extravagantes d'Amelia comportaient une bonne dose de vérité. Les chances du major de se voir invité à la réunion de bridge réservée aux *happy few* diminuèrent à une telle vitesse qu'elles ne tardèrent pas à disparaître complètement.

Il était grand temps (et même un peu tard, en fait) pour descendre faire les courses et, d'ores et déjà, Miss Mapp avait décidé de ne pas emporter son volumineux panier ce jour-là, de crainte de rencontrer la *contessa* dans la Grand'Rue. Faire son marché sans panier et se faire livrer les articles à domicile serait plus grandiose, plus *wysesque* et plus princier que de courir le risque de tomber sur Amelia en transportant deux côtelettes de mouton, une pelote de laine et une boîte de poudre dentifrice. Elle mit donc son manteau en prince de Galles, reporta la poursuite de ses réflexions sur le bridge à un moment où elle serait moins occupée et partit pour sa tournée matinale de commérages, les mains vides, comme une vraie grande dame. À l'angle de la Grand'Rue, elle tomba sur Diva.

« Du nouveau, dit Diva. Viens de croiser Mr Wyse. Fiancé à Susan. La nouvelle a fait le tour de la ville à présent. Tout le monde au courant. Oh ! Il y a le Padre qu'on n'a pas encore vu aujourd'hui. »

Elle traversa la rue comme un boulet et Miss Mapp poursuivit sa route, vivement contrariée d'abord par Diva et, presque autant, par Susan. Après tout ce qu'elle avait fait pour elle, celle-ci aurait dû lui confier ce secret, sur l'honneur, depuis longtemps. Car être ainsi informée par cette pauvre Diva (si commune…), sans la moindre consigne de secret, constituait un affront qu'il serait difficile de pardonner à Susan. Miss Mapp divisa donc mentalement par deux la somme qu'elle avait décidé de gaspiller pour le cadeau de mariage : ce serait du métal argenté, pas de l'argent massif, et si Susan ne se surveillait pas davantage, ce ne serait même pas argenté.

Elle venait de sortir scandalisée de la pharmacie, après une altercation à propos de lait de chaux. Le pharmacien avait posé le petit paquet sur le comptoir quand elle lui avait demandé de le faire livrer à domicile… et, comme on ne livrait pas d'aussi petits paquets, elle l'avait laissé sur le comptoir. En sortant, elle entendit une sorte de cri poussé avec un fort accent étranger, tout près d'elle. C'était tout simplement la *contessa*, sans aucune escorte, portant un panier à provisions extraordinairement grand et neuf. Le panier contenait un steak sanguinolent et un crabe.

« Mais où est donc votre panier, Miss Mapp ? s'exclama-t-elle. Algernon m'a affirmé que toutes les grandes dames de Tilling faisaient leur marché avec de grands paniers, et que si je désirais être une femme *du monde*, je devais avoir un panier, moi aussi. C'est suprêmement drôle, et j'ai déjà écrit à Cecco pour lui dire que j'allais justement partir faire mon marché avec mon panier. Regardez : le steak est pour Figgis et le crabe pour mon frère et moi, si Figgis n'en veut pas. Mais pourquoi diable n'êtes-vous pas *du monde ?* Seriez-vous *du demi-monde*, Miss Mapp ? »

Elle se mit à rire d'une voix enrouée et taquina le crabe…

« Pensez-vous qu'il va manger le steak ? continua-t-elle. Il a l'air bien vigoureux, hein ? Je l'ai pris à la poissonnerie de Mr Hopkins qui était absent car il avait rendez-vous avec Miss Coles. (N'est-ce pas elle que j'ai vue chez mon frère, hier soir ? Celle qui a craché dans le feu quand personne ne la regardait… sauf moi !) Que vous êtes donc charmants vous autres, gens de Tilling ! Et que fait donc Mr Hopkins avec Miss Coles ? Pensez-vous qu'ils s'embrassent ?… Mais, Miss Mapp, je suis vraiment déçue à cause de votre panier à provisions : Algernon a dit que vous aviez le plus grand de tous les paniers. J'ai acheté le plus grand panier que j'aie pu trouver : est-il aussi grand que le vôtre ? »

Miss Mapp avait le vertige. La *contessa* hurlait à tue-tête ce que tout le monde s'appliquait à dire en chuchotant ; elle exhibait (dans son panier) ce que tous les autres recouvraient sous d'épaisses couches de papier. Si seulement Miss Mapp avait pu deviner qu'elle aurait un panier à provisions, elle se serait pavanée dans la Grand'Rue avec le sien, en laissant dépasser, d'un côté un gigot de mouton, de l'autre une paire de bottes en caoutchouc… Mais qui aurait pu soupçonner qu'une *contessa…* ?

De sombres pressentiments l'envahirent. Mr Wyse avait-il pu ironiser sur les us et coutumes de Tilling ? Si c'était le cas, elle ne pouvait rien lui souhaiter de pire que d'épouser Susan.

Néanmoins, pour l'heure, il fallait adopter une attitude enjouée face à cette situation.

« C'est trop aimable à vous, chère *contessa* ! dit-elle. Voulez-vous que nous fassions, demain, notre marché ensemble ? Nous pourrions ainsi comparer la taille de nos paniers. Je trouve très divertissant, moi aussi, d'observer les braves gens de Tilling. Mais quelle nouvelle sensationnelle, ce matin, à propos de Susan et de votre frère ! Bien entendu, je le savais depuis longtemps.

– Vraiment ? Comment cela ? dit Amelia d'un ton vraiment cassant. Miss Mapp en fut piquée au vif.

– Oh ! Vous m'accorderez que je dispose de deux yeux pour voir, dit-elle. (Il eût été fastidieux d'expliquer qu'en s'embusquant derrière un rideau, elle les avait vus s'embrasser dans le jardin.) Deux yeux, tout simplement.

– Et un nez pour flairer les choses », fit remarquer la *contessa* d'un air jovial.

Cela n'était pas très délicat (humour italien, probablement…). L'opinion de Miss Mapp sur la *contessa* subissait des fluctuations désordonnées, comme un baromètre avant un orage, et indiqua « variable ».

« Cette chère Susan est une amie si intime ! » dit-elle.

La *contessa* la dévisagea un moment, puis parut vouloir écarter le sujet.

« Mon crabe… mon steak, dit-elle. À propos, où habite donc votre charmant capitaine, non, je veux dire major ?… Il faut que je dépose un pli chez lui car il m'a invitée à aller prendre le thé en tête à tête pour me montrer ses peaux de tigres. Ce sera mon flirt pendant mon séjour à Tilling, et quand je partirai, ce sera un crève-cœur pour lui, mais je lui aurai alors révélé qui pourra le consoler.

– Ce cher major Benjy ! » dit Miss Mapp. (Face à une femme à la langue aussi bien pendue, elle ne savait plus à quel saint se vouer.) « Quel bonheur vous lui ferez d'aller prendre le thé chez lui ! C'est bien aujourd'hui, n'est-ce pas ? »

La *contessa* fit un clin d'œil bien visible derrière le monocle qu'elle avait mis pour observer Diva qui filait à toute allure sur le trottoir d'en face.

« Et si je confirme "Oui, aujourd'hui", fit-elle remarquer, vous pourriez alors… – que répète tout le temps celle-ci ? dit-elle en désignant Diva – ah, oui ! Vous pourriez alors *faire un saut*, et le brave major ne m'accorderait plus la moindre attention. Donc, si je vous disais que j'irai aujourd'hui, vous sauriez que c'est un mensonge, astucieuse comme vous êtes, chère Miss Mapp, et vous iriez prendre le thé demain chez lui… où vous me trouveriez ! *Bene* ! Et maintenant, où habite-t-il ? »

Miss Mapp n'avait jamais eu recours à ce genre de machination. Elle se rendit compte tout à coup, et avec une certaine amertume, qu'elle avait été singulièrement frivole toutes ces dernières années. Souventes fois, lorsqu'on lui avait posé des questions indiscrètes, elle avait répondu sans se conformer trop strictement à la vérité, mais elle n'avait jamais songé à brouiller les pistes avec tant de brio. Lorsqu'elle mentait à Diva, celle-ci devinait généralement qu'il s'agissait d'un mensonge et réagissait en conséquence, mais Miss Mapp n'avait jamais songé à empêcher son interlocuteur de discerner si, oui ou non, il s'agissait d'un mensonge.

Tout en accompagnant dans la Grand'Rue la *contessa* avec son panier à provisions qui se balançait à son bras, elle ignorait toujours si cette dame allait prendre le thé chez le major Benjy le jour-même, le lendemain ou à la saint-glinglin, exactement comme elle ignorait si le crabe allait manger le bifteck.

« Voici la maison du major, dit-elle comme elles s'arrêtaient devant la maison du dentiste, et voilà la mienne, juste à côté, avec le petit oriel du pavillon de mon jardin qui donne sur la rue. J'espère vous y accueillir, chère *contessa*, pour un bridge et une tasse de thé, un de ces jours, très bientôt. Quel jour, par exemple ? Demain ?… (Elle pourrait ainsi savoir si elle allait prendre le thé chez le major Benjy le lendemain… Malheureusement, celle-ci devina également qu'elle pourrait le savoir de cette manière.)

« Mon flirt ! dit-elle. Il se pourrait que je prenne le thé avec mon flirt, demain… »

Cela était pire que tout.

« Je l'inviterai aussi afin qu'il puisse vous rencontrer », dit Miss Mapp qui se rendait compte que, d'une manière affreuse et inexorable, elle jouait le jeu de son adversaire. « Adversaire » ? Était-ce le mot qu'elle avait prononcé en son for intérieur ? Oui, c'était bien celui-là. L'indéchiffrable *contessa* était même capable de tenir ce rôle…

« Je ne veux pas mélanger mes plaisirs, dit-elle. Voilà donc sa maison ! Elle est ravissante ! Comme mon cœur palpite en tirant sa sonnette ! »

Miss Mapp, à présent, en perdait complètement la tête. La *contessa* pouvait dire au major Benjy qu'il était temps de songer à prendre femme. Cependant, elle convenait simultanément d'aller prendre le thé chez lui à une date indéterminée, et le héros de certaines aventures amoureuses en Inde et autres lieux risquait dès lors de tomber amoureux de quelqu'un de fort différent de la personne qu'il pouvait espérer épouser. Au grand jour, il était indéniable que la chère *contessa* était vraiment laide (élément non négligeable) mais, en cette période de l'année où les jours étaient courts, on s'éclairait à la lumière électrique pour prendre le thé et, sous cet éclairage artificiel, elle ne ressemblait pas autant à un lapin. Pire encore : quelle que fût la nature de l'éclairage, elle possédait une vivacité trompeuse que l'on pouvait prendre pour de l'esprit, et une manière de distribuer des compliments qui pouvait passer pour de la sincérité. Miss Mapp espérait que les hommes ne se laisseraient pas leurrer aussi facilement (tout en appréhendant que ce fût, hélas ! le cas…).

Pauvres aveugles !

Le nombre de sorties qu'effectua Miss Mapp vers l'heure du thé la semaine précédant Noël, pour aller jusqu'à la boîte aux lettres du coin de la Grand'Rue, tenant à la main une enveloppe contenant la facture de Mr Hopkins (le poissonnier), défie l'imagination. Bien entendu, elle ne voulait pas courir le risque, ni de jour ni de nuit, d'être surprise encore une fois avec une enveloppe vierge et non affranchie ; aussi celle-ci était-elle soigneusement libellée et prête à subir avec succès les examens d'homologation les plus vétilleux sous n'importe quelle latitude. L'extérieur en était serein et anodin ; mais la main qui l'emportait et l'en rapportait était si agitée qu'elle finit par être toute froissée, et l'encre de l'adresse brouillée par le contact répété de ses doigts. En fait, aucun des traquenards précédemment montés par Miss Mapp n'avait jamais été aussi somptueusement ourdi que celui dans lequel elle se fourvoya alors.

Ces jours de décembre étaient sombres. Par conséquent, non seulement la *contessa* apparaîtrait sous son meilleur jour (tout relatif fût-il) à l'heure du thé mais, en outre, il était désormais impossible, de la fenêtre de Miss Mapp, de dire si elle était allée prendre le thé avec le major Benjy tel ou tel jour (une grève des employés du gaz avait éclaté, et le réverbère qui, en des temps plus heureux, aurait tout révélé, ne révélait plus rien du tout). Miss Mapp devait donc se traîner jusqu'à la boîte aux lettres, la facture de Mr Hopkins à la main à l'aller, puis s'en revenir (après avoir fait semblant de la jeter dans la boîte), pour savoir d'après la lumière et le bruit des conversations si le major prenait son thé, oui ou non, et avec qui. Si elle avait pu surprendre ce rire sonore qui lui avait paru si plaisant quand elle faisait une fausse renonce et qui, à présent, lui semblait sinistre, elle serait résolument entrée chez le major pour lui emprunter un livre, une peau de tigre, n'importe quoi. Celui-ci aurait pu difficilement se dispenser de l'inviter à prendre le thé, et une fois dans la place, rien au monde n'aurait pu la déloger avant qu'elle-même eût bouté l'autre visiteuse hors du bastion. Puis, tandis que sa jalousie pathologique devenait encore plus fébrile, elle commença de percevoir (comme éclairée par les premières lueurs d'une aube redoutable) que les lumières dans le salon du major et les échos des rires d'elfe qui s'en échappaient ne prouvaient pas de manière indubitable que la *contessa* était présente. Il était possible, tout à fait possible, hélas ! que les deux complices fussent assis au coin du feu, que leurs voix fussent étouffées et réduites à des chuchotements amoureux, et que des sourires lourds de sens eussent remplacé les rires francs. Un certain après-midi, alors qu'elle revenait de la boîte aux lettres avec, dans sa poche, la facture en souffrance du si patient Mr Hopkins, elle fut saisie d'une violente certitude en voyant avec quel soin les rideaux étaient tirés, et quel calme semblait régner à l'intérieur : la séance de séduction se déroulait au coin du feu…

Elle sonna à la porte et crut entendre des chuchotements avant qu'on ne vînt lui ouvrir. Quelques instants plus tard, on alluma dans le vestibule et Mrs Dominic, l'employée du major, ouvrit la porte.

« Je pense que le major est là, n'est-ce pas, madame Dominic ? dit Miss Mapp d'une voix pleine d'insinuations.

– Non, mam'zelle : absent ! dit Dominic, inflexible (Miss Mapp se demanda si Dominic buvait).

– Mon Dieu ! Comme c'est ennuyeux, alors qu'il m'avait pourtant bien dit… fit-elle, comme pour prendre ce contretemps d'un cœur léger. Auriez-vous l'amabilité, madame Dominic, d'aller vous assurer qu'il n'est pas dans sa chambre ? Il a pu revenir…

– Non, mam'zelle, il est sorti, dit Dominic (elle usait du psittacisme caractéristique des menteurs endurcis). Voulez-vous lui laisser un message ? »

Miss Mapp tourna les talons, plus persuadée que jamais que le major était chez lui, tout occupé à conter fleurette. Elle aurait persisté dans cette conviction si, jetant distraitement un coup d'œil vers le bas de la rue, elle ne l'avait aperçu en compagnie du capitaine Puffin.

Pendant tout ce temps, elle avait tenté, par deux fois, d'organiser un bridge à quatre (en petit comité, afin de ne pas effaroucher la *contessa)* entre le thé et le dîner et, les deux fois, la Phare-à-dix-lionnes (car c'était ainsi qu'on la désignait désormais) s'était excusée en raison d'un malencontreux engagement antérieur. La seconde de ces si décevantes réponses négatives comportait cependant l'espoir qu'elles se rencontreraient le lendemain, lors de leur marché matinal.

Les innombrables visites de Miss Mapp à la boîte aux lettres, par tous les temps possibles, commençaient à la fatiguer sérieusement. Malgré cela, elle sortit encore le lendemain matin dans l'espoir, au moins, de deviner si la *contessa* avait pris le thé avec le major Flint, ou quel jour elle comptait le faire... Et voilà qu'en face du bureau de poste celle-ci se tenait en personne et que – oh ! quelle honte !... – le major Benjy, en route pour attraper son tram, badinait avec elle. Maigre consolation : le capitaine Puffin était là, lui aussi.

Miss Mapp pressa l'allure et s'approcha d'un pas léger.

« Chère *contessa*, je suis vraiment désolée d'être en retard, dit-elle ; j'ai eu tellement de petites bricoles à faire ce matin (Oh, major Benjy !... Capitaine Puffin !). Comme c'est vilain d'avoir commencé vos emplettes sans moi !

– Je ne suis allée que chez l'épicier, dit la *contessa*. Le major Benjy m'a tellement fait rire que je n'ai pas encore pu commencer ma tournée des boutiques. J'ai écrit à Cecco pour lui dire que je n'ai jamais rencontré quelqu'un d'aussi spirituel ! »

(« Le major Benjy » ! songea amèrement Miss Mapp, en se rappelant tout le temps qu'il lui avait fallu pour arriver à l'appeler ainsi. Et « spirituel » par-dessus le marché... Elle n'en était pas encore arrivée là.)

« Pas possible ! Vous parlez sérieusement ? dit le major. Miss Mapp, c'est la *contessa* qui nous a tenu des propos fort spirituels.

– Je vous crois sur parole ! dit Miss Mapp en faisant un grand sourire. Mais, cher major Benjy, vous allez rater votre tram si vous ne vous dépêchez pas ; vous n'aurez pas votre partie de golf et vous nous en voudrez de vous avoir retenu. Vous, les hommes, vous nous rejetez toujours la faute sur le dos, à nous, pauvres femmes.

– Mais enfin, ma parole ! Qu'est-ce qu'une partie de golf comparée au plaisir de partager la compagnie des dames ? demanda le major en s'inclinant bien bas.

– Je tiens à attraper ce tram… articula Puffin de manière très audible (jamais auparavant Miss Mapp ne s'était sentie aussi près de lui pardonner ses insultes d'ivrogne).

– Mon pauvre capitaine Puffin, dit la *contessa*, ne vous faites pas de souci, vous allez l'attraper. Partez donc tous les deux, allez ouste ! Je ne vous parle plus, ni à l'un ni à l'autre. Si jamais vous ratez ce tram, je vous en voudrai jusqu'à la fin de ma vie. Mais, à demain après-midi, major Benjy ! »

Il se retourna pour s'incliner à nouveau, et une bicyclette qui, heureusement (pour le cycliste), roulait très lentement, le heurta.

« Pas de mal ? lui cria la *contessa*. Tant mieux ! » Ah, Miss Mapp, allons faire notre marché ! Comme vous menez ces hommes ! Quel discernement ! Quoi qu'ils en disent, ils ont moins besoin de nous que de leur golf. Ils nous haïraient si nous les empêchions d'y jouer. Désolée de n'avoir pu jouer au bridge avec vous hier, mais un engagement… Mon Dieu ! Que d'activités dans ce Tilling ! Voyons, où est la liste des choses que Figgis m'a demandé d'acheter ? Ah, ce Figgis !… Un torchon pour l'office, du cirage noir pour ses bottes, de la flanelle (pour sa bedaine, j'imagine). C'est tout pour Figgis. Mais voilà cette fringante Mrs Plaistow. Elle ressemble à une locomotive avec un feu rouge sur le visage, des roues, des sifflets. Elle parle comme un télégramme… Bonjour, madame Plaistow !

– Beaucoup apprécié notre bridge, *contessa*, dit Diva toute pantelante. Excellent bridge, hier. »

La *contessa* semblait pressée de répondre, mais, bien avant qu'elle eût le temps de placer un mot, Miss Mapp crut avoir deviné ce qui s'était passé…

« Si heureuse… fit rapidement la *contessa*. Et maintenant, en avant pour les torchons de Figgis, Miss Mapp. Dix shillings et demi pièce, à ce qu'il dit. Quel prix pour un torchon ! Mais cela m'apprendra à tenir les cordons de la bourse, et Cecco sera ravi de voir toutes les économies que je vais faire. Dépêchons-nous d'aller chez le marchand de tissu ! »

Malgré la longueur de la liste de Figgis, la *contessa* eut bientôt effectué toutes ses courses. Miss Mapp, l'ayant raccompagnée jusqu'au coin de la rue, continua tout droit comme si elle rentrait à Mallards – afin de lui laisser le temps d'arriver chez Mr Wyse –, puis revint à toute vitesse dans la Grand'Rue. L'attente était insupportable : il lui fallait savoir, sans plus tarder, quand et où Diva et la *contessa* avaient joué au bridge la veille. Jamais son œil de lynx ne scruta aussi rapidement les mouvements des piétons dans cette ensorcelante artère pour y détecter la présence de Diva et apprendre, grâce à elle, les détails de tout ce qui s'était passé… Elle la vit sortir de chez le teinturier, le panier rempli par son volumineux paquet (il n'était pas nécessaire d'être grand clerc pour deviner qu'il devait s'agir de feue la laque carminée). Se montrer aimable envers Diva s'imposait : la perfide, qui pouvait la taquiner en lui disant où s'était tenu ce bridge clandestin, pouvait tout aussi bien la torturer en la laissant le bec dans l'eau. Si on l'interrogeait à brûle-pourpoint, elle était capable de ne rien répondre et de détourner habilement la conversation.

« La laque carminée ? dit Miss Mapp, en désignant le panier. J'espère que ça se passera bien, ma chère. »

Dans les yeux de Diva brillait une lueur plutôt perverse.

« Pas de laque carminée, dit-elle. Noir de jais.

– C'est gentil à vous de l'avoir fait teindre de nouveau, chère Diva. Pas trop onéreux, j'espère ?

– Vous enverrai la facture, si vous voulez… »

Miss Mapp se mit à rire avec beaucoup de bienveillance.

« Vous me joueriez là un bon tour ! dit-elle. Comme c'est agréable de voir la chère *contessa* s'intéresser autant à la vie de notre petit Tilling. Je l'ai trouvée si drôle avec la liste des commissions dont Figgis l'avait chargée ! Mais elle me semble un tantinet satirique parfois, qu'en pensez-vous ? »

Cela aurait dû amadouer Diva, car elle adorait déblatérer contre autrui (Diva n'avait pas très bon cœur).

« Elle est assez satirique, dit Diva.

– Oh, racontez-moi quelques-uns de ses bons mots ! dit Miss Mapp avec enthousiasme. Je n'arrive pas toujours à la suivre, mais vous qui avez l'esprit si prompt !… Il lui arrive aussi quelquefois d'avoir un langage un peu cru, n'est-ce pas ? Ce qu'elle a dit l'autre soir au sujet des dames et des rois, quand elle faisait des réussites, n'était pas tout à fait… n'est-ce pas ? Et le cure-dents !

– Oui, le cure-dents, dit Diva.

– Elle n'a peut-être pas de très bonnes dents, après tout, dit Miss Mapp. Ça arrive dans certaines familles, et Mr Wyse, voyez-vous… Nous avons de la chance toutes les deux. »

Diva ne disait toujours rien, et elles avaient presque atteint sa porte. Si elle ne se décidait pas à donner le renseignement que Miss Mapp souhaitait ardemment (elle le savait) lui entendre dire, il allait falloir se décider à le lui demander, sans être absolument sûre qu'elle le fournirait.

« Joué au bridge récemment, ma chère ? demanda Miss Mapp.

– Oui, très récemment, dit Diva.

– Il m'a semblé vous en entendre parler avec la *contessa*. C'était hier, n'est-ce pas ? Avec qui avez-vous joué ? »

Diva marqua une pause. Une fois presque parvenue devant sa porte, elle se décida à tout avouer.

« La *contessa*, Susan, Mr Wyse et moi, dit-elle.

– Mais je croyais qu'elle ne jouait jamais avec son frère, dit Miss Mapp.

– Il fallait bien trouver un quatrième, dit Diva. Elle tenait à faire son bridge. Il n'y avait personne d'autre. »

Elle rentra chez elle.

Et il est inutile de décrire dans quel état d'esprit, sinon pour signaler que, sur le moment, elle oublia complètement que la *contessa* allait très certainement prendre le thé chez le major Benjy le lendemain.

XII

« Paix sur terre et mansuétude[1] », chantait Miss Mapp en tenant la tête rejetée en arrière, ce qui permettait de bien voir sa luette. Elle était assise à sa place habituelle, à l'aplomb de la chaire, et le soleil qui inondait la verrière projetait sur son visage des taches multicolores, comme celles du manteau de saint Joseph. Inconsciente de l'impression qu'elle donnait, elle s'imaginait irradier une lumière céleste brûlant dans son for intérieur (bien que Diva, assise en face d'elle songeât plutôt, en la voyant, aux teintes irisées que l'on peut observer sur du bœuf bouilli froid). Pour sa part, Miss Mapp avait noté que, pour Diva, chanter la voix d'alto, consistait à suivre imperturbablement la ligne mélodique des soprani à la tierce mineure inférieure. Elles étaient donc à égalité. Miss Mapp se demandait si, entre deux couplets, elle ne pourrait pas lui faire une remarque pleine de tact pour l'inciter à cesser d'émettre de tels sons au Noël de l'année suivante…

Le major Flint arriva à l'église juste avant la fin du premier cantique. Il tint son haut-de-forme devant sa figure pour s'accorder quelques instants de prière privée, avant d'ouvrir son recueil de cantiques. Un rameau de houx se détacha du rebord

1. *Hark ! The Herald-Angels Sing*, cantique de Noël, paroles de C. Wesley, musique de F. Mendelssohn-Bartholdy. *(N.d.T.)*

de la verrière, au-dessus de sa tête, et lui tomba sur le crâne : si on se souvient de sa calvitie, on comprend qu'il fît alors un grand bond.

Miss Mapp eut le regret de constater que le capitaine Puffin était carrément absent. À sa décharge, il faut signaler que ces derniers temps, il avait souffert d'étourdissements dont l'un, survenu à sa dernière partie de golf, au onzième green, avait provoqué une chute, suivie de gémissements. Si ces attaques n'étaient pas imputables à son manque de persévérance dans ses bonnes résolutions, on ne pouvait, en toute bonne foi, que compatir de tout cœur à ses ennuis de santé.

Si on en jugeait par tout ce qui s'était passé au cours de la semaine qui précédait Noël, on peut considérer qu'il y avait plus de paix sur terre qu'on n'aurait pu l'espérer. En raison de ses agissements bizarres, Miss Coles s'était passablement tenue à l'écart de la vie mondaine ces derniers temps. Une de ses toiles, intitulée *Adam* (qui représentait, sans aucun doute, Mr Hopkins, bien que personne n'eût pu le deviner) avait été mise en vente et exposée dans la vitrine d'un marchand de tableaux et de bibelots. À la suite d'une démarche personnelle de Miss Mapp qui révéla l'identité du modèle, invraisemblable à première vue, elle fut rapidement soustraite à la vue du public. Le marchand, peu courtois, rapporta à l'artiste-peintre les circonstances du retrait et il revint aux oreilles de Miss Mapp (parmi beaucoup d'autres choses) que la pittoresque Irène avait singé la scène avec une fidélité si criante que Lucy-Ève, sa bonne, avait failli en mourir de rire. Il y avait eu ensuite, trois jours de suite, les bridges clandestins, chez Mr Wyse. Pour aucun d'entre eux, Miss Mapp ne fut priée de poursuivre les leçons qu'elle s'était si spontanément proposé de dispenser à la *contessa*. En fait – et cela ne semblait faire aucun doute – celle-ci s'était déclarée prête à renoncer définitivement au bridge plutôt que de jouer avec Miss Mapp, car ses efforts pour s'empêcher de rire soumettaient ses muscles à une tension par trop insoutenable... La *contessa* avait également pris le thé en tête à tête avec le major Benjy et, bien que son monologue insensé et strident fût parfaitement audible depuis la rue où passait Élisabeth pour aller une fois de plus poster sa lettre, la Dominic du major avait nié mordicus qu'il fût à la maison (alors qu'il était parfaitement ridicule d'imaginer un seul instant Amelia lancée dans une harangue solitaire...). Quant à la robe teinte de Diva, elle avait si bien enduré ce nouvel avatar que Miss Mapp se mordait à présent les doigts de n'avoir pas plutôt fait teindre la sienne. Avec un tour de cou en mousseline verte, même Diva avait l'air tout à fait distinguée (dans la limite de ce qui lui était humainement possible).

Et puis, tout d'un coup, un ange de paix se posa sur le pavillon du jardin bouleversé, car les Poppit, la *contessa* et Mr Wyse s'en allèrent passer ensemble les fêtes de Noël et du Nouvel An chez les Wyse de Whitchurch. La *contessa* poursuivrait sans doute ensuite une tournée de visites, avec tous ses bagages armoriés, et repartirait pour l'Italie, sans repasser par Tilling. Tout son comportement l'avait laissé supposer car, profitant du beau temps, elle avait emprunté la Royce, un après-midi, pour effectuer une série impressionnante de visites en déposant partout des cartes de visite avec la mention « pour prendre congé ».

Elle s'était contentée de dire (Withers l'avait rapporté à Miss Mapp) : « Votre maîtresse n'est pas là ? Vraiment désolée », et était repartie avant même que Withers ait eu le temps de répondre qu'au contraire sa maîtresse était bien là (et même plus que jamais, car elle avait attrapé un mauvais rhume).

Mais il y avait ces fameuses cartes « PPC », et les Wyse et leurs futures parentes qui allaient à Whitchurch... Au bout de quelques heures de rage contre tout ce qui s'était passé (sans pouvoir encore se venger), et la réaction normale après une telle surexcitation, une réaction d'un autre type se produisit. Bien que cela eût paru bizarre et invraisemblable un ou deux mois auparavant, quand tous se démenaient à cause du duel, une sorte de saturation, provoquée par l'accumulation de sensations fortes, s'abattit sur Tilling. Depuis son arrivée, la *contessa* ressemblait à un volcan en pleine activité installé parmi des produits dangereusement inflammables, et son départ fut vraiment accueilli avec un soupir de soulagement. Miss Mapp eut le sentiment qu'elle pourrait désormais s'occuper d'objets dont elle maîtrisait les propriétés, et puisque, sans aucun doute, la tension inhérente au mariage de Susan se ferait bientôt sentir, le départ du volcan ambulant fournirait à Tilling une pause salutaire bénie par tous. Le jeune couple serait vite de retour. La promotion imminente de Susan ne manquerait pas de lui monter à la tête et elle ferait sûrement des commentaires tout à fait insupportables sur la noblesse insigne des Wyse de Whitchurch. Dans ces conditions, pouvoir se ressaisir un peu avant de reprendre le combat contre les prétentions de celle-ci semblait une grâce, un privilège. Aucun marasme n'était à craindre : Tilling n'avait jamais manqué d'occupations passionnantes avant que la *contessa* n'embrasât la Grand'Rue, et une foule de nouvelles activités allaient solliciter toute son attention après que celle-ci aurait transféré ses éruptions ailleurs.

Au moment où l'on faisait la seconde lecture en chaire, le soleil se retira du visage de Miss Mapp, lui permettant de constater quelle mine cadavérique avait cette pauvre Evie lorsque convergeaient sur elle les rayons bleus de la robe de Jonas débarquant de la baleine. Evie aussi avait eu son lot de déceptions, car la *contessa* n'avait jamais vraiment réussi à comprendre qui elle était. Parfois, elle l'avait confondue avec Irène, parfois elle avait paru ne pas la remarquer du tout mais, apparemment, elle n'avait jamais pu l'identifier comme la tendre épouse de Mr Bartlett. Il faut reconnaître que la chère Evie était vraiment insignifiante, y compris lorsqu'elle couinait à tue-tête. Même ses meilleures amies, dont Miss Mapp bien entendu, n'aurait jamais songé à le nier. Elle avait séché sur pied, faute d'être reconnue mais, à présent qu'ils se retrouvaient tous, elle allait reprendre le dessus.

Le sermon comportait beaucoup de répétitions, et une bonne quantité d'infinitifs alternant avec des adverbes. Le Padre avait une fois affirmé, sans ambages, qu'il se contentait de Shakespeare, et que ledit Shakespeare se rendait souvent coupable de telles manies. Cela avait presque entraîné une brouille entre lui et Miss Mapp lorsqu'elle lui avait fait remarquer : « Mais vous n'êtes pas Shakespeare, que je sache, Padre ! » À quoi l'autre n'avait rien trouvé de mieux à répliquer que « Turlututu ! »… Le sermon ne présentait aucun autre intérêt.

À la fin de l'office, Miss Mapp s'attarda dans l'église pour admirer les jolies décorations de houx et de seringa – auxquelles elle avait largement contribué –, jusqu'à ce que son infaillible instinct lui eût assuré que tout le monde s'était bien serré la main et se creusait la tête pour trouver quelque chose d'original à dire sur la fête de Noël. Alors, et alors seulement, elle se précipita dehors.

Ils étaient tous là, et elle arriva comme l'invitée de marque toujours en retard (pauvre Diva…).

« Diva, ma chérie ! dit-elle. Joyeux Noël ! Et cette chère Evie ! Et le Padre ! Mon cher Padre, merci pour le sermon ! Oh, le major Benjy ! Joyeux Noël, major Benjy ! Notre groupe est bien restreint, mais tout à fait dans l'esprit de la fête. Pas de Mr Wyse, pas de Susan, pas d'Isabelle. Oh ! Et pas de capitaine Puffin. Pas complètement remis, major Benjy ? Donnez-moi donc de ses nouvelles. Ah, ces terribles étourdissements… C'est à n'y rien comprendre ! »

Elle réussit habilement à isoler le major du reste du groupe. Par un effet de la paix céleste qui avait investi Tilling, elle lui avait pardonné de s'être laissé mener par le bout du nez par la *contessa*.

« Je suis inquiet au sujet de mon ami Puffin, dit-il. Il n'est pas dans son assiette. Et très déprimé. Je lui ai fait remarquer qu'il n'avait aucune raison de l'être. C'est égoïste d'être déprimé, lui ai-je dit. Si tout le monde était déprimé, ce ne serait pas bien gai, mademoiselle Élisabeth. Il a fait venir le médecin. Puffin et moi, nous avions projeté de jouer au golf ensemble cet après-midi, mais il ne se sent pas d'attaque. Cela lui aurait fait plus de bien qu'un bataillon de médecins.

– Ah ! si seulement je savais jouer au golf, major Benjy, j'aurais pu faire le nécessaire pour que vous n'en soyez pas privé », dit-elle.

Le major Benjy sembla réfractaire à cette perspective. Il ne manifesta, cependant, aucun regret apitoyé.

« Et nous devions prendre ensemble notre dîner de Noël et passer ensuite une joyeuse soirée, en tête à tête.

– Je suis sûre qu'avec tous ses étourdissements, la meilleure chose à faire pour le capitaine Puffin, en ce moment, c'est de rester au calme », dit Miss Mapp d'un ton qui n'admettait pas de réplique.

Un mouvement d'audace la saisit soudain. D'un côté, le major se sentait seul pour cette soirée de Noël ; d'un autre côté, elle se réjouissait grandement de savoir qu'il ne passerait pas une « joyeuse soirée » avec le capitaine Puffin… et puis, elle avait du plum-pudding à en revendre.

« Venez dîner chez moi, dit-elle. Je suis toute seule, moi aussi. »

Il secoua la tête.

« C'est bien aimable à vous, mademoiselle Élisabeth, et je vous en remercie, mais je crois que je vais me tenir prêt à traverser la rue si mon pauvre Puffin a besoin de moi. Je me sens perdu sans lui.

– C'est entendu, major Benjy, mais pas de joyeuse soirée, dit-elle. C'est tout à fait contre-indiqué pour lui. Un peu de soupe et une bonne nuit de repos. C'est l'idéal. Peut-être aimerait-il que j'aille lui faire la lecture ? Ce serait avec grand plaisir. Dites-le lui de ma part. Et s'il s'avère qu'il ne veut personne, pas même vous, eh bien ! il y a une bonne tranche de plum-pudding qui vous attend chez votre voisine, et un bon feu pour vous y accueillir. »

Miss Mapp se tenait sur son perron (que les artistes envahissaient l'été). Elle aurait volontiers envoyé au major un baiser de la main, n'était la présence de Diva qui les avait suivis de près car, même un jour de Noël, la pauvre était capable de faire un commentaire désobligeant sur un geste de tendresse on ne peut plus naturel de la part d'une femme… Miss Mapp se contenta donc de franchir sa porte en adressant au major un petit signe de la main…

Au demeurant, l'idée que le major Benjy se sentît seul, et que la compagnie chicanière de son ami corrompu lui manquât, ne lui déplaisait pas vraiment. Il était pourtant bizarre que le capitaine Puffin pût manquer à quiconque. Sans pour cela lui souhaiter la moindre expérience pénible, Miss Mapp eût appris d'une âme égale la nouvelle de la mélancolie chronique du capitaine, ou de ses vertiges permanents, car le major, robuste et impétueux, n'était pas homme à rechercher délibérément la société confinée d'un ami constamment mélancolique, ou sujet à des étourdissements répétés.

Il n'eût pas été sain qu'il le fût, non plus, car cela n'est pas la vocation normale des hommes dans la force de l'âge. Ceux-ci ne sont pas condamnés à tomber dans les griffes de certaines femmes intrigantes, fussent-elles Wyse de Whitchurch… Le major avait échappé à ce redoutable danger grâce au départ providentiel des Wyse en question.

Malgré sa capacité à accueillir volontiers toute interruption inopinée, Miss Mapp passa sa soirée en solitaire. Elle tira sur une papillote à pétard avec Withers, et une de ses dents grinça très fort sur une pièce de trois pence dissimulée dans le plum-pudding mais, à part cela, la soirée ne connut aucun événement marquant. Une fois ou deux, afin d'observer le ciel nocturne, elle s'était approchée de la fenêtre et avait remarqué de la lumière chez le major Benjy mais, en entendant sonner dix heures et demie, elle désespéra de trouver de la compagnie et monta se coucher. Quelques échos de chants, dans les rues, lui rappelèrent que c'était Noël et elle souhaita que quelqu'un, quelque part, offrirait un bon souper aux petits chanteurs ambulants.

En descendant prendre son petit déjeuner le lendemain matin, Miss Mapp ne se sentait pas d'aussi bonne humeur que d'habitude. Elle oublia même de dire bonjour à son arc-en-ciel de petits cochons. À court de laine pour son tricot, elle trouvait que le lendemain de Noël (jour d'étrennes aux fournisseurs et jour chômé, etc.) était une institution fort mal venue. Tout en brisant la coquille de son œuf, elle se fit la réflexion que les commerçants s'étaient suffisamment reposés le jour de Noël, et auraient pu reprendre le travail dès aujourd'hui, d'autant plus que, cette année, Noël étant tombé un lundi, ils avaient déjà eu deux jours de congé de suite.

Elle-même ne relâchait jamais son effort, pas même un jour par an, alors pourquoi... ?

En entendant frapper à coups redoublés à sa porte, elle s'arrêta de casser son œuf. Après une pause de quelques secondes, les coups de heurtoir reprirent, plus véhéments que jamais. Miss Mapp entendit Withers traverser le vestibule en courant et, avant que celle-ci ait pu raisonnablement atteindre la porte d'entrée, Diva fit irruption.

« Mort ! dit-elle. Dans sa soupe. Le capitaine Puffin. Peux pas rester ! »

Elle ressortit en trombe et l'on entendit claquer la porte d'entrée.

Miss Mapp expédia son œuf en trois bouchées, ne prit pas de confiture d'oranges, enfila son manteau en prince-de-Galles, et courut jusqu'à la Grand'Rue. Bien que toutes les boutiques fussent fermées, Evie était là avec son panier à provisions. Elle écoutait de toutes ses oreilles ce que Mrs Brace, la femme du médecin, racontait. Bien que celle-ci ne fût pas, à strictement parler, « une dame du monde », Miss Mapp balaya toutes les distinctions sociales et lui serra la main avec un sourire funèbre.

« Est-ce, hélas ! la triste vérité ? » demanda-t-elle.

Mrs Brace l'ignora complètement et, baissant la voix, parla avec Evie à si faible volume que Miss Mapp ne put saisir la moindre syllabe (sauf le mot « soupe », ce qui portait à croire que Diva, pour une fois, avait enfin réussi à recueillir un renseignement objectif). Evie poussa un petit cri aigu à la conclusion de l'histoire, et Mrs Brace s'en alla à toutes jambes.

Miss Mapp réussit à immobiliser Evie qui, à son tour, lui répéta tout ce qui s'était passé. La veille, le capitaine Puffin, qui ne se sentait pas très bien, était allé se coucher sans rien manger. Il avait dit à Mrs Gashly de lui préparer seulement un peu de soupe. Sa bonne la lui avait apportée, peu avant d'aller ouvrir au major Flint qui, en apprenant que son ami s'était couché, s'était retiré. Le lendemain, en arrivant, la bonne avait trouvé son maître assis, encore tout habillé et le visage plongé dans la soupe qu'il avait versée dans une assiette creuse. Cela était très curieux... Elle appela donc la cuisinière. Elles en conclurent qu'il était mort, et téléphonèrent au docteur qui se rangea à leur avis. De tout évidence, le capitaine Puffin avait eu une sorte d'attaque et s'était écroulé dans la soupe qu'il venait de se servir...

« Mais il n'est pas mort de cette attaque, dit Evie dans un murmure étranglé. Il s'est noyé...

– Noyé ?

– Oui, les poumons étaient remplis de bouillon de bœuf. Mon Dieu, mon Dieu ! D'abord une attaque, puis il est tombé en avant, le visage dans l'assiette de soupe. Son nez et sa bouche se sont remplis. Il s'est noyé. Et tout ça sur la terre ferme, et dans sa chambre… C'est vraiment trop atroce. Que de dangers nous guettent tous tant que nous sommes ! »

Elle poussa un couinement sonore et s'échappa afin d'aller informer son mari.

Diva, qui avait fini sa tournée de visites, revint à toute vitesse.

« Il a dû mourir d'une attaque, dit-elle. Il était très déprimé ces derniers temps, et c'est là le signe avant-coureur d'une attaque.

– Mais alors… vous n'avez pas entendu, ma chère ?… dit Miss Mapp. Tout cela est vraiment trop atroce ! Et un jour de Noël, par-dessus le marché !

– Comment ? Un suicide ! demanda Diva. Quelle horreur !

– Mais non, très chère. Voilà ce qui s'est passé… »

Miss Mapp revint chez elle bien plus tôt qu'elle n'en partait habituellement pour faire ses courses. Sa cuisinière monta la voir avec le menu du jour qu'elle voulait soumettre à son approbation.

« Cela ira très bien pour le déjeuner, dit Miss Mapp. Mais pas de soupe, ce soir. Un peu du poisson qui restait d'hier, et des croque-monsieur. Un simple plateau. »

Elle se rendit au pavillon du jardin et s'installa à sa fenêtre.

« Tout cela s'est passé si vite… » se dit-elle.

Elle poussa un soupir.

« Je serais tentée de croire que le capitaine Puffin avait plus d'un bon côté que nous ne soupçonnions même pas ! »

Puis, avec un sourire découragé :

« Le major Benjy va se sentir très seul… »

Épilogue

Miss Mapp se rendit dans le pavillon du jardin et s'installa à sa fenêtre…

Il faisait doux par ce beau matin de février, et un papillon batifolait devant l'autre fenêtre, dans les pâles rayons du soleil. Il était peut-être contrarié (c'est ainsi que l'interprétait le bon cœur de Miss Mapp) de ne pouvoir s'échapper en traversant la vitre. Ce n'était pas un papillon blanc, mais un paon-du-jour aux belles couleurs et, afin de lui permettre de batifoler tout à son aise, Miss Mapp ouvrit la fenêtre et il s'envola dans le jardin. Avant qu'il se fût éloigné de quelques mètres, un étourneau en croqua la majeure partie.

L'étourneau batifolait donc, lui aussi…

Miss Mapp partagea pleinement le plaisir du papillon, puis de l'étourneau, car elle-même se sentait très en joie, malgré la terrible raideur de son poignet gauche. C'est que le major Benjy était d'une cruauté impitoyable : il insistait pour qu'elle maîtrisât ce mouvement du poignet si essentiel au golf.

« Mais, ma parole ! Ça y est ! Vous l'avez attrapé, mademoiselle Élisabeth ! » lui avait-il dit la veille, avant de lui faire recommencer le geste encore une cinquantaine de fois (« Quel tyran ! »). Elle frappait parfois le sol, parfois la balle, parfois l'air… Mais le major avait été très content d'elle. Et elle-même était très contente de lui. Elle oublia le papillon et se souvint de l'étourneau.

Il était vain de nier qu'une terrible tension avait marqué les six dernières semaines. Tension auprès de laquelle celle de son poignet gauche était bien dérisoire comparée à l'annonce du retour de la *contessa* par Diva. On la reconnaissait bien là : en fait, Figgis avait simplement confié à Janet que Mr Wyse serait de retour et, à partir de ce seul élément, soit Janet avait mal compris Figgis, soit Diva (ce qui était bien plus vraisemblable) avait mal compris Janet. Miss Mapp espérait seulement que Diva ne l'avait pas fait exprès, bien que tout portât à croire le contraire. Vu l'incontestable degré de stupidité de celle-ci, il était difficile, fût-ce par charité, de croire qu'elle pensait sincèrement que Janet avait pu dire cela. Mais lorsque cette version des faits s'avéra dénuée de tout fondement, Miss Mapp sauta sur l'occasion et déclara que Diva avait parlé par pure stupidité, et pas du tout par méchanceté à son endroit...

Quelque temps après, Mr Wyse revint, comme prévu ; puis, ce fut le tour des Poppit. Cela faisait à peine trois jours qu'une Poppit était devenue une Wyse, et le trio était reparti faire un tour sur le continent avec la Royce. Selon toute vraisemblance, ils allaient pousser jusqu'à Capri, et Susan allait passer quelques jours avec sa toute nouvelle parentèle noble et italienne. Ce qu'elle serait devenue à son retour, Miss Mapp s'interdisait de l'imaginer (il ne servait à rien d'anticiper les ennuis), mais Susan s'était montrée si dithyrambique au sujet des Wyse, allant jusqu'à multiplier leurs revenus et la superficie de leurs terres par quinze ou vingt (selon l'estimation de Miss Mapp), elle avait tant parlé de cette famille dont certaines branches résidaient en province, que l'imagination la plus fertile ne pouvait que déclarer forfait quand il s'agissait de se représenter ce que Susan pourrait faire des Faraglione. Elle parlait déjà du comte en disant « mon beau-frère Cecco Faraglione », mais le faisait avec quelques réticences depuis qu'elle avait entendu Diva claironner « Phare-à-dix-lionnes » en un tonitruant pseudo-aparté.

Susan avait emporté son insigne de l'ordre de l'Empire britannique car elle caressait l'idée de se faire présenter à la reine d'Italie par Amelia, et de participer à un bal de la cour. Quant à Isabelle, elle avait pris son calepin de pataquès et de contrepèteries. Si elle comptait y consigner tous les barbarismes que Mrs Wyse ne manquerait pas de commettre en italien, ce ne serait probablement pas *un* volume qu'elle rapporterait d'Italie, mais *deux !*

Bien que tout cet étalage de pompe et de magnificence fût si justement horripilant, le départ du « jeune couple » et d'Isabelle avait laissé Tilling, déjà traumatisé et brisé par la mort du capitaine Puffin, plutôt à plat et désorienté, sans but. Miss Mapp, seule, refusa d'être à plat. D'ailleurs, elle n'avait jamais été sollicitée par autant de projets divers. Elle eut le sentiment que ce serait égoïste et impardonnable de sa part de s'attarder, ne fût-ce qu'un seul instant, sur ce qu'elle-même avait perdu, alors que quelqu'un à Tilling souffrait beaucoup plus cruellement qu'elle. Elle s'employa donc, avec une détermination et une persévérance admirables, à redonner au major Benjy un peu de joie de vivre en comblant le vide laissé par la disparition de Puffin.

Pour ce faire, elle ne désirait l'aide de personne. Par exemple, Diva, avec ses manières brusques, serait bien capable – hélas ! – de le choquer. Et puis, si Miss Mapp lui avait demandé son concours pour aider le major à passer moins souvent ses soirées seul, sa robe noire aurait pu raviver chez lui le souvenir de son deuil. En outre, pendant tout ce mois de janvier, le temps s'était montré particulièrement peu clément, et c'eût été trop demander à Diva que de gravir la colline sous la pluie alors que la maison du major était à deux pas de celle de Miss Mapp. Par conséquent, pour elle et pour lui, il fut très peu ou pas du tout question de bridge. Les possibilités du major se limitaient, pour le moment, à quelques parties de piquet à trois pence les cent points dans la compagnie d'une partenaire compatissante.

Vers la fin du mois, un avant-goût embaumé du printemps (celui qui avait encouragé le paon-du-jour à espérer) se fit sentir, et le major prit l'habitude de faire une courte visite à Miss Mapp après le petit déjeuner, puis de faire un tour de jardin avec elle, tout en fumant sa pipe. Les doux perce-neige de Miss Mapp avaient commencé de poindre, les verts épis des crocus picoraient la terre noire et les moineaux s'en donnaient à cœur joie dans les treilles.

Un beau jour, le major, qui sortait pour attraper le tram de onze heures vingt, arriva avec une « canne de golf » (elle lui avait donné ce nom franchement ridicule) et une balle. Après avoir creusé un trou énorme dans sa pelouse, elle frappa si fort que la balle alla rebondir sur le mur de brique pourtant assez éloigné avant de revenir s'immobiliser exactement à ses pieds, comme pour solliciter d'être à nouveau frappée par la canne… – oh, pardon ! – par le « club » de golf. Elle apprit à fixer la balle de son œil si merveilleusement observateur et s'acheta même un club personnel. Le major lui prêta une *mashie* et, avant même que l'on pût croire la chose possible, elle avait appris à propulser sa balle juste au-dessus de la plate-bande où poussaient les perce-neige, sans en étêter aucun au passage. Elle réalisait cet exploit grâce à ses exercices du poignet, et Withers nettoyait ensuite la chère petite *mashie* avant de la poser délicatement dans un coin du pavillon.

Ce jour-là devait faire date dans les annales de Tilling. Ils avaient convenu de se rendre sur le vrai terrain de golf en prenant le tram de onze heures vingt (désormais fameux dans toutes les mémoires), et le major devait passer à Mallards à onze heures. Il avait poussé son « Kwaï-haï » pour se faire servir son porridge une bonne heure auparavant. Après avoir donné congé au paon-du-jour en lui ouvrant la fenêtre donnant sur le jardin, elle revint vers l'autre fenêtre, celle de l'oriel, d'où elle pouvait observer la rue, et se mit à disposer des perce-neige dans un petit vase en verre. Une fois celui-ci plein, il restait encore quelques fleurs, et elle déposa non loin la bobine de fil de coton, dans le cas où il lui viendrait une idée pour utiliser les perce-neige excédentaires. Onze heures carillonnaient au clocher de l'église et, au dernier coup, elle vit le major franchir les quelques mètres qui séparaient leurs deux maisons. Quelle martiale ponctualité, quelle mâle énergie !

Tandis qu'ils descendaient la Grand'Rue, ils virent Diva courir en tous sens. Miss Mapp lui envoya un baiser de la main.

« Nous partons jouer au golf, ma chérie, dit-elle. N'est-ce pas sublime ? *Au réservoir !* »

Diva n'avait pas manqué de remarquer le perce-neige à la boutonnière du major.

Elle resta bouche bée en apprenant la nouvelle. Puis elle aperçut Evie et traversa la rue comme une flèche pour lui faire part de ses soupçons. La pittoresque Irène les rejoignit, ainsi que le Padre.

« Ma foi ! Un perce-neige ! » dit-il…

Le travesti masculin

Miss Élisabeth Mapp était assise, par ce chaud matin de septembre, dans le petit jardin public de Tilling, aussi affairée qu'une fourmi par l'exécution de son aquarelle. Elle s'était escrimée à dessiner les digues qui traversaient le marais, le fleuve qui, venant de la côte, coulait au milieu, ainsi que le chantier de construction navale au premier plan : en fait, elle s'était procurée une photographie prise sous cet angle de vue et, grâce à un judicieux décalque, était parvenue à voir ce difficile panorama exactement comme l'appareil photo l'avait saisi : à présent était venu le moment si gratifiant d'utiliser sa boîte de couleurs.

Pour son tableau, elle avait décidé d'adopter un style particulièrement audacieux, en mettant en pratique la méthode qui avait donné des résultats si satisfaisants à Mr Sargent ; cette méthode consistait à peindre, non pas ce qu'elle *savait* se trouver là, mais ce que *voyaient* ses yeux. Or, il ne faisait aucun doute que les vastes étendues d'eau causées par la marée haute, bien que grises et boueuses en réalité, apparaissaient aussi bleues que le ciel qu'elles reflétaient. Par conséquent, animée d'une bouffée de courage intrépide, Miss Mapp remplit son large pinceau de la même teinte de cobalt intense qu'elle avait utilisée pour rendre la couleur du ciel, et l'appliqua sans hésiter.

« Et voilà ! se dit-elle. C'est exactement ce qu'il aurait fait… Et maintenant, je dois attendre que ça sèche. »

L'attente angoissée du résultat d'un procédé aussi téméraire ne paralysa pas le moins du monde l'activité naturelle de l'esprit de Miss Mapp, et les sujets pour l'occuper ne manquaient pas. Pas plus tard que la veille, elle était revenue de Suisse, où elle avait passé un mois de vacances, et elle avait du pain sur la planche en matière de plans et de projets. Elle avait déjà effectué une inspection minutieuse de sa maison et de son jardin, heureuse de constater que les chambres avaient été bien aérées, qu'aucun plumeau ni aucun torchon de cuisine ne manquaient, qu'il y avait dans son potager une bonne quantité de laitues d'hiver, et que tous les outils de son jardinier étaient là, à l'exception d'une truelle, qui aurait pu échapper à sa vigilance ; mais, pour l'instant, elle se dispensa d'entretenir de noirs soupçons à ce sujet. Elle avait également déjà fait son marché dans la Grand'Rue, où elle avait rencontré plusieurs amis, dont Godiva Plaistow qui devait venir prendre le thé chez elle pour lui rapporter les dernières nouvelles ; ainsi, pendant que séchait le cobalt, elle put envisager le futur. Le petit cercle d'amis, qui rendait la vie à Tilling si agréable et si pleine d'occupations (à l'occasion assez troublantes), ils devaient tous être de retour à présent pour la saison hivernale ; les journées allaient filer dans un tourbillon de tâches ménagères, de parties de bridge, de visites hebdomadaires à l'hospice des vieillards, accompagnées d'une curiosité intense pour tout ce qui, de près ou de loin, regardait la vie locale si active de cette petite bourgade rurale.

Miss Mapp fronça légèrement les sourcils en songeant au bridge. Le bridge constituait l'activité intellectuelle centrale de son cercle d'amis et, peu avant son départ en Suisse, ce cercle avait connu pas mal de convulsions, suite aux divergences d'opinion les plus aiguës quant à la pratique de la majeure cinquième. Miss Mapp s'était tout d'abord fermement opposée à cette règle.

« Je ne vois vraiment pas de quel droit le Portland Club entend nous apprendre à jouer au bridge ! avait-elle déclaré d'un ton de souverain mépris. C'est comme si Tilling ordonnait au Portland Club de manger une tarte aux groseilles avec du sel ! Pour ma part, je continuerai de jouer au bridge selon les règles que je préfère. »

Toutefois, un soir, Miss Mapp avait au moins neuf trèfles en main et cette pléthore l'incita à reconnaître à la majeure cinquième certains avantages qu'elle n'avait pas envisagés jusque-là... Elle y adhéra donc de grand cœur. Malheureusement, parmi les huit joueurs qui passaient ensemble d'aussi palpitantes soirées, on en comptait cinq qui rejetaient la majeure cinquième (ce qui représentait un nombre particulièrement inconfortable étant donné qu'un joueur doit toujours faire le mort) et trois qui y étaient favorables. Cette situation s'avérait encore plus rédhibitoire car, dans ce cas, il était absolument impossible de jouer.

« Nous devons impérativement parvenir à un compromis, pensa Miss Mapp (ce qui signifiait que tout le monde devrait tôt ou tard se rallier à son opinion), sinon nos chères petites soirées de bridge ne seront plus possibles. »

Le chaud soleil avait maintenant séché sa solution de cobalt et, en tenant son carton à bout de bras, elle fut surprise de remarquer le bleu soutenu dont elle avait peint le fleuve, et elle se demanda si elle l'avait bien vu aussi brillant. Mais la lâche tentation de l'atténuer un peu fut chassée de sa tête par l'horloge de l'église qui sonnait une heure : il était donc temps de rentrer déjeuner chez soi.

Le jardin où elle avait planté son chevalet était situé sur le flanc de la colline qui, partant de la place de l'église, descendait en direction du sud. Ayant rempaqueté son matériel artistique, elle gravit la petite côte. Comme elle empruntait un des côtés de la place (qui conduisait à la rue du Couvre-Feu), elle aperçut un gros fourgon de déménagement avancer lourdement sur les pavés.

Elle se souvint immédiatement que la maison au bout de la rue – inoccupée depuis si longtemps – avait finalement été prise et, comme c'était une des meilleures résidences de Tilling, il importait évidemment de s'assurer sans tarder qu'elle avait deviné juste. Le camion s'était effectivement arrêté devant la porte, et Miss Mapp remarqua que les pancartes qui, aux fenêtres du Clos d'Hélios annonçaient que la maison était à vendre, avaient été retirées. Cela était extrêmement intéressant, et elle se demanda pourquoi Diva Plaistow qui, lors de leur brève rencontre dans la Grand'Rue, le matin même, avait débité un torrent de commérages variés, avait toutefois omis de mentionner un fait d'une importance aussi primordiale. Cette chère Diva aurait-elle pu l'ignorer ? Il était gratifiant de penser que, à peine quelques heures après son retour à Tilling, Miss Mapp elle-même en savait davantage sur les nouvelles locales que cette pauvre Diva qui était restée sur place pendant tout le mois d'août. Elle revint sur ses pas et se dépêcha de rentrer chez elle.

Au moment où elle ouvrait la porte, elle entendit sonner le téléphone : il s'agissait d'un appel interurbain, précision palpitante. Les appels interurbains étaient toujours accompagnés de sensations fortes ; personne n'en faisait usage de façon anodine. Elle appliqua l'écouteur à son oreille et parla bien en face du microphone.

« Numéro 76 à Tilling ? » demanda une voix lointaine et grésillante.

En réalité, le numéro de téléphone de Miss Mapp était le 67, mais, rapide comme l'éclair, elle se souvint qu'il s'agissait du numéro du Clos d'Hélios. La suite vint presque automatiquement : « Oui ! » Si on appelait le Clos d'Hélios en interurbain et si un fourgon de déménagement y était arrivé, il n'y avait pas de choix possible : la nécessité d'apprendre ce qui était destiné au Clos d'Hélios ignorait toute loi contraire.

« Madame la vicomtesse viendra cet après-midi en voiture, dit le grésillement d'insecte. Et elle…

– Qui viendra ? demanda Miss Mapp, l'eau à la bouche.

– Lady Deal, vous dis-je. Le premier fourgon est-il déjà arrivé ?

– Oui, dit Miss Mapp.

– Très bien ! Préparez une chambre pour Madame. Elle prendra un repas à un hôtel du coin, mais elle restera sur place pour une ou deux nuits, le temps de s'installer. Et comment vous portez-vous, Susie ? »

Miss Mapp ne se sentit pas en mesure de donner des nouvelles de Susie, et elle raccrocha discrètement le combiné.

Elle s'assit un moment pour contempler l'énorme envergure de sa trouvaille, persuadée que Diva n'en savait rien (sinon, le fait que lady Deal avait loué le Clos d'Hélios eût été le tout premier article dans la liste des nouvelles à lui rapporter). Elle réfléchit ensuite ; on avait adressé un appel interurbain à Susie, et elle ne pouvait faire moins que de transmettre ce message. Une personne moins scrupuleuse qu'elle aurait pu laisser languir Susie dans l'ignorance, mais la noble nature de Miss Mapp lui dictait la conduite la plus honorable à adopter. Elle appela le numéro 76 à Tilling et, d'une voix neutre, fournit le renseignement. Susie demanda si c'était bien Jane qui appelait, et Miss Mapp sentit encore une fois qu'elle n'en savait pas suffisamment sur Jane pour poursuivre la conversation.

« Ce n'est qu'à Tilling que de telles choses se produisent » pensa-t-elle tout en mâchonnant sa laitue d'hiver… Elle avait beaucoup apprécié ses vacances à l'hôtel de Riffelalp où elle avait eu de longues conversations avec un évêque à propos de la nouvelle édition du *Book of Common Prayer*[1], avec un exilé russe

1. *Le Livre de la prière commune* (*Book of Common Prayer*, 1549) contient l'ensemble des prières et autres textes liturgiques de l'Église anglicane. Son influence sur la langue anglaise est analogue à celle de la Bible du roi Jacques (1611) et des œuvres de Shakespeare (1564-1616). L'édition « révisée » mentionnée ici date de 1928. *(N.d.T.)*

à propos du bolchevisme, ainsi qu'avec un membre du Club Alpin au sujet de l'Everest. Cependant, tous ces lointains sujets d'ordre cosmique revêtaient beaucoup moins d'importance que la nouvelle propriétaire du Clos d'Hélios ; en effet, l'adoption par les fidèles du nouveau livre de prières était facultative ; quant à la Russie et à l'Everest, ils étaient fort lointains et n'avaient aucune incidence sur la vie quotidienne, d'autant plus que Miss Mapp n'avait pas la moindre intention de les explorer. Mais elle brûlait du désir de connaître l'identité de Susie... Et comme la perspective d'aller faire une petite promenade postprandiale pour admirer la vue au bout la rue du Couvre-Feu lui souriait, elle décida de ressortir.

On commençait de décharger le fourgon et, comme elle flânait autour, une femme grande de taille et pleine d'allant indiqua aux déménageurs où placer le piano. Miss Mapp fut un peu déçue de n'apercevoir qu'un piano droit (elle aurait préféré que ce fût un grand-queue de concert, s'agissant d'une personne titrée). Une fois le piano livré à bon port, au prix de quelques heurts pour franchir la porte d'entrée plutôt exiguë, elle arbora son sourire le plus flagorneur et monta les marches jusqu'à Susie, une carte de visite à la main (elle avait eu soin d'en plier le coin supérieur droit pour bien indiquer, par cette convention protocolaire ésotérique, qu'elle l'avait remise elle-même en main propre).

« Madame la vicomtesse est-elle déjà arrivée ? demanda-t-elle. Non ? Dans ce cas, auriez-vous l'obligeance, dès qu'elle sera là, de lui remettre ma carte ? Je vous *remercie* ! »

Miss Mapp raffolait des procédés indirects : c'était tellement plus amusant, quel que fût l'objet banal et anodin de la quête, de progresser en tapinois plutôt que d'avancer à découvert d'un pas martial pour s'en emparer ! Se faire passer pour Susie auprès de Jane, ne fût-ce qu'un moment à l'autre bout du fil, lui procurait ce piment spécifique qui rendait sa vie à Tilling si typiquement savoureuse. Elle cacha cependant sa progression sous les fourrés – pour ainsi dire – d'un comportement franc et ouvert car, bien que persuadée de disposer d'une noble proie à portée de tir, elle n'entendait pas découvrir toutes ses batteries d'un seul coup. Lady Deal allait probablement lui retourner sa carte le lendemain. Entre-temps, Miss Mapp pourrait consulter l'annuaire généalogique de la noblesse (elle se souvenait en avoir conservé quelque part un exemplaire d'une antiquité vénérable) et inonder ainsi Diva d'un déluge de renseignements. Peut-être même pourrait-elle s'informer de l'opinion de lady Deal sur le *majority-calling* au bridge...

Elle se mit en quête, mais sans succès, du volume sur les rayons de la bibliothèque dans son grand pavillon du jardin, témoin jadis et naguère de tant d'événements concernant le Tout-Tilling, et dont l'oriel – surplombant à la fois la rue menant à l'église et la rue pavée qui descendait jusqu'à la Grand'Rue – lui fournissait un admirable mirador pour observer les activités du quartier. Elle savait pourtant que cet annuaire se trouvait quelque part dans sa maison et se dit qu'elle pourrait le chercher tranquillement après avoir recueilli de la bouche de Diva toutes les petites bribes de nouvelles concernant ce qui s'était passé à Tilling pendant ses vacances.

Bien qu'il ne fût que quatre heures, Miss Mapp, en regardant attentivement par sa fenêtre, aperçut soudain la petite silhouette rondelette de Diva qui dévalait la rue menant de l'église à sa maison, Mallards. Sa démarche saccadée lui donnait l'allure d'une grive arpentant à toute vitesse une pelouse en quête de vers. Elle franchit d'un bond la porte de Miss Mapp, se précipita ensuite dans le pavillon du jardin et commença à parler alors que la porte n'était encore qu'entrouverte.

« Je sais que je suis très en avance, Élisabeth, dit-elle. Mais j'ai senti que je devais vous raconter ce qui s'est passé, sans perdre une minute. Je venais de remonter la rue du Couvre-Feu et... que croyez-vous que j'ai vu ? Devinez ! »

Élisabeth transforma le bâillement qu'elle avait esquissé en un rire indulgent.

« J'imagine que vous voulez parler de la nouvelle propriétaire qui s'installe au Clos d'Hélios ? » dit-elle.

Le visage de Diva s'allongea : toute la joie du héraut porteur de grandioses nouvelles fit long feu.

« Mais comment ? Vous savez donc ? dit-elle.

– Oh, oui, ma chère ! Et comment ! répliqua Élisabeth. Mais merci quand même, Diva, d'être venue me le dire. Ça partait d'un bon sentiment. »

Cela était plutôt exaspérant et avait un goût de condescendance.

« Et vous savez peut-être aussi son identité… » fit Diva d'un ton indubitablement sarcastique.

Miss Mapp renonça à garder le silence plus longtemps (l'occasion était trop belle de faire sentir à Diva combien son sarcasme était ridicule).

« Évidemment ! C'est lady Deal, dit-elle. Elle va arriver… – Voyons… Nous sommes bien jeudi ? – Elle arrive aujourd'hui !

– Mais comment l'avez-vous su ? » demanda Diva.

Miss Mapp posa un doigt sur son front pour réfléchir. Elle n'avait pas l'intention de mentir, mais elle n'avait certainement pas non plus l'intention de dire la vérité.

« Voyons… Qui me l'a dit ? fit-elle. Était-ce quelqu'un à l'hôtel de Riffelalp ? Non, je ne pense pas… Quelqu'un à Londres, peut-être ? Oui, sans aucun doute. Mais tout cela n'a aucune importance : de toute façon, c'est lady Deal qui a pris la maison. En fait, j'avais commencé à chercher dans mes affaires où j'avais bien pu ranger mon annuaire généalogique de la noblesse : il pourrait être utile de vérifier son identité… Ah ! Voilà le thé ! À présent, c'est votre tour, très chère : vous devez me donner toutes les nouvelles de Tilling ; ensuite, nous ferons nos recherches à propos de lady Deal. »

Après cette révélation mirifique, tout ce que pouvait raconter la pauvre Diva s'avérait bien maigre : la prochaine fête des moissons, l'erreur (si tant est que c'en fût une) commise par Mrs Poppit en voyageant en première classe avec un billet de troisième, les deux fausses renonces successives de Miss Terling au bridge, tout cela n'était que de la piquette comparé à ce grand cru… Les deux dames se lancèrent alors à la recherche de l'annuaire généalogique de la noblesse. Elles le trouvèrent finalement dans une armoire de la chambre d'amis, et Miss Mapp y chercha fébrilement le nom « Deal ».

« Vicomte, dit-elle. Né à… A succédé à… etc. Ah ! A épousé… »

Elle poussa un cri d'effroi et de dégoût.

« Oh ! Comme c'est choquant ! dit-elle. Lady Deal, c'est Helena Herman. Je me souviens l'avoir vue à une revue de music-hall.

– Pas possible ! fit Diva.

– Mais oui, dit Miss Mapp de façon péremptoire. Et elle incarnait un travesti mâle. L'affaire est donc entendue… Nous n'avons évidemment rien à faire avec elle ; il faut d'ailleurs mettre tout de suite tout le monde au courant. Qui aurait jamais cru qu'un travesti mâle vînt un jour à Tilling et y louât l'une de ses plus belles demeures ? Eh bien ! Il aurait mieux valu que la maison demeurât inoccupée.

– C'est atroce ! fit Diva. Mais nous l'avons échappée belle, Élisabeth. J'étais sur le point de déposer ma carte de visite au Clos d'Hélios, ce qui m'aurait exposée à recevoir la visite de cette femme affreuse ! Dieu merci, je ne l'ai pas fait… »

Miss Mapp trouva là une bien amère potion à avaler (mais il fallait le faire en privé, car il eût été trop humiliant d'avouer qu'elle était elle-même tombée dans le traquenard que Diva avait évité de justesse). Celle-ci devait ignorer cette circonstance et, après son départ, Miss Mapp réfléchit au moyen de se tirer de ce mauvais pas.

Mais, pour l'instant, Diva ne manifestait pas la moindre intention de se retirer.

« Il est bien curieux que la personne qui vous a fourni le renseignement à Londres ne vous ait pas dit le genre de femme qu'était lady Deal, dit-elle. Vous avez eu de la chance de découvrir le pot aux roses à temps. Je vais ce soir à la répétition de la chorale où je pourrai en parler à plusieurs personnes. Au demeurant, Élisabeth, il aurait été excitant de faire la connaissance d'un travesti mâle... D'autant plus que c'est peut-être une femme tout à fait comme il faut.

– Dans ce cas, vous pouvez aller déposer votre carte au Clos d'Hélios, ma chère, fit Miss Mapp. Je suis sûre que vous pourriez faire sa connaissance sans tarder.

– Enfin... Je suppose que ça ne se fait pas », dit Diva d'un ton de regret. Comme Élisabeth l'avait souvent remarqué avec peine, le personnage de Diva comportait une note bohème.

Bien que Diva pérorât sans fin, il fallait bien faire attention à tout ce qu'elle disait. Longtemps avant qu'elle ne se fût retirée, Miss Mapp avait déjà décidé ce qu'il convenait de faire à propos de la carte de visite. Elle attendit simplement que Diva eût prestement dévalé la rue, avant de se lancer elle-même dans la direction opposée qui menait au Clos d'Hélios. Elle expliqua à Susie, avec force excuses, que s'étant trompée de maison, elle y avait déposé sa carte par erreur ; cela lui permit de récupérer triomphalement le document. Le fait qu'elle avait précisé que la carte devait être remise à lady Deal ne constituait que l'une de ces petites approximations de pacotille qui ne l'avaient jamais perturbée.

La nouvelle concernant le travesti titré se répandit comme une traînée de poudre à Tilling et, bien que plusieurs dames brûlassent de la connaître, la haute tenue morale de l'opinion publique interdisait absolument une telle fréquentation prolétarienne. En cette ère démocratique, la discrimination des classes, il est vrai, subissait un assez triste nivellement, mais un abîme séparait les travestis et la bonne société que les vicomtesses elles-mêmes ne pouvaient franchir. Par conséquent, les dames de Tilling scrutaient avidement – mais furtivement – tout étranger potentiel qu'elles pouvaient rencontrer au cours de leur marché, mais, à distance rapprochée, leurs yeux adoptaient une expression glacée.

La rue du Couvre-Feu, toutefois, devint un itinéraire favori pour les balades préprandiales une fois les emplettes faites, car la terrasse à son extrémité, non seulement surplombait le beau paysage du marais, mais également la vue sur le Clos d'Hélios. En fait, Miss Mapp laissa tomber son aquarelle du fleuve dans le style de Sargent, et en amorça une autre du haut de la terrasse. Cependant, pendant deux ou trois jours, aucun nouvel élément ne vint enrichir le dossier du travesti.

Puis, un beau matin, les roues du destin se mirent en branle. Miss Mapp vit émerger de la porte du Clos d'Hélios un fauteuil roulant, suivie d'une dame âgée, s'appuyant sur deux cannes, qui y prit place. Le jardinier employé à mi-temps par Miss Mapp la poussa ensuite sur la rue montante du Couvre-Feu. La curiosité était une qualité que celle-ci exécrait et, au prix d'un violent effort mais d'une main tremblante, elle continua son aquarelle sans chercher à suivre le fauteuil roulant, ni même à voir l'invalide plus en détail. Toutefois, au bout de dix minutes, elle perdit tout espoir de mener à bien son chef-d'œuvre artistique alors que la sollicitait un centre d'intérêt humain aussi irrésistible. Elle fourra donc son matériel de peinture dans sa sacoche et fonça en direction de la Grand'Rue où le fauteuil roulant s'était probablement rendu. Mais, avant de l'atteindre, elle croisa Diva qui fonçait vers Mallards. Quand elles furent à portée de voix, elles échangèrent des formules en style télégraphique, étant l'une comme l'autre hors d'haleine.

« Fauteuil roulant est sorti du Clos d'Hélios, commença Miss Mapp.

– Y ai pensé, fit Diva en haletant. L'ai vu hier par la porte ouverte.

– Est descendu en direction de la Grand'Rue.

– L'ai croisé deux fois ! dit fièrement Diva.

– Ressemble à quoi ? demanda Miss Mapp. L'ai à peine aperçue.

– Assez vieille. Dirais entre cinquante et soixante. Quand l'avez-vous vue au music-hall ?

– Y a dix ans. Mais semblait alors assez jeune… Venez dans le pavillon du jardin, Diva. De là, nous pourrons voir dans les deux directions et parler tranquillement. »

Les deux dames se précipitèrent dans l'oriel du pavillon du jardin et, ayant enfin recouvré leur souffle, elles poursuivirent leur conversation sur un mode moins spasmodique.

« Tout ça est très énigmatique, vous savez… dit Miss Mapp. Je suis sûre que cela ne fait pas plus de dix ans, comme je viens de vous le dire, et elle semblait assez jeune. Mais évidemment, le maquillage peut faire des miracles, et j'aurais aussi tendance à croire que la vie d'un travesti doit accélérer le vieillissement. Dix ans de ce régime pourraient facilement l'avoir changée en une vieille femme.

– Mais tout de même pas à ce point, fit Diva. Et puis, elle est pratiquement invalide : deux cannes, et malgré ça une démarche très laborieuse. Était-elle déjà handicapée quand vous l'avez vue sur scène ?

– Je ne m'en souviens pas… fit Miss Mapp. En fait, elle n'aurait pas pu être handicapée, car elle incarnait Roméo et grimpait jusqu'à un balcon élevé. Et son visage ? Comment était-il ?

– Empreint de douceur et de bienveillance, dit Diva. Mais très ridé, avec une bonne dose de moustache. »

Miss Mapp éclata de rire d'une façon plutôt malveillante.

« Ça devait faciliter le travestissement ! fit-elle. Continuez, Diva. Quoi d'autre ?

– Elle s'est arrêtée chez l'épicier, et Cannick est sorti comme une flèche, avec un air obséquieux et fourbe. Et puis, elle a commandé quelque chose – je n'ai pas pu saisir de quoi il s'agissait – à faire livrer au Clos d'Hélios. Elle a également prononcé un certain nom, que je n'ai pas pu entendre, mais je suis sûre que ce n'était pas lady Deal, sinon mon oreille l'aurait tout de suite capté. »

Miss Mapp pointa soudain l'index vers la rue.

« Regardez ! Voilà le livreur de chez Cannick qui remonte, dit-elle. Ils n'ont pas perdu de temps. Je suppose que c'est parce qu'il s'agit d'une vicomtesse. Quand je dois moi-même passer une commande, il me faut poireauter des heures avant que l'on s'occupe de moi. Quelle snob ! Oh, j'ai une idée ! »

Elle sortit en un bond dans la rue.

« Bonjour, Thomas ! fit-elle. J'aurais voulu commander... Voyons un peu... Qu'est-ce que c'était, déjà ? Quel lourd panier vous avez là ! Posez-le donc ici sur les marches, le temps que je me souvienne... »

Le panier avait peut-être l'air lourd, mais son contenu ne l'était pas puisqu'il se limitait à deux petits paquets. L'adresse de leur destinataire était parfaitement lisible et, s'en étant assurée, Miss Mapp commanda une livre de pommes avant de revenir précipitamment dans le pavillon du jardin.

« Pour Miss Mackintosh au Clos d'Hélios, dit-elle. Qu'en pensez-vous, Diva ?

– Moi ? Rien ! fit Diva.

– Alors je vais vous le dire. Lady Deal veut tourner la page sur son passé et, pour ce faire, elle a changé de nom. Je trouve cela tout à fait sournois et ça ne la fait pas remonter dans mon estime. J'ai eu de la chance de voir clair dans son jeu...

– C'est un peu tiré par les cheveux, fit Diva. Et d'ailleurs, ça n'explique pas le reste. Elle est beaucoup plus vieille qu'elle ne l'aurait été si elle montait encore sur les planches il y a dix ans. En outre, elle dit qu'elle n'est pas du tout lady Deal. Il se peut qu'elle dise la vérité, vous savez... »

Miss Mapp était exaspérée, et à juste titre, d'autant plus que quelques faibles soupçons de même nature lui avaient effleuré l'esprit ; il eût été extrêmement humiliant si toute sa moisson antérieure de renseignements de la plus haute valeur s'avérait dénuée de tout fondement. Mais, mue par sa nature vigoureuse, elle chassa cette hypothèse et accabla Diva d'une avalanche de déductions péremptoires. « Étant donné que je sais que lady Deal a pris le Clos d'Hélios, fit-elle, et que celle-ci était un travesti mâle, et qu'elle est déjà venue ici il y a quelques jours, et que cette femme en fauteuil roulant est sortie du Clos d'Hélios, je crois que cela suffit amplement pour exclure toute question supplémentaire. Ainsi donc, Diva, l'affaire est close ! »

Diva se leva, de mauvaise humeur.

« Comme vous êtes persuadée d'avoir toujours raison, dit-elle, je ne vais pas m'éterniser ici pour argumenter.

– Voilà qui est la sagesse même, dit Élisabeth. »

Il faut savoir que, depuis fort longtemps, Miss Mapp exerçait parmi les dames de Tilling une dictature sociale absolue. Au demeurant, de temps en temps, des signes de rébellion apparaissaient çà et là. En vertu de sa personnalité dominatrice, ces velléités n'avaient jamais engendré de rébellion ouverte inquiétante, car Diva – qui était habituellement à l'origine de ces mouvements de révolte – ne disposait pas de la même autorité despotique. Cependant, lorsque Élisabeth se montrait aussi particulièrement hégémonique, les ferments de bolchevisme montaient rapidement à la tête de Diva. En outre, le spectacle de cette femme, travesti énigmatique, vieille, ridée et affligée de moustaches, avait encore plus attisé son désir de la connaître davantage. Que ressentait-on quand, ayant incarné le rôle de Roméo sur la scène d'un music-hall, on se retrouvait, après le tourbillon d'années délirantes, réduite à se contenter d'un fauteuil roulant, du Clos d'Hélios et de Tilling ? Quelle vie merveilleuse !…

Cependant, en arrière-fond, Diva avait le vague sentiment qu'Élisabeth s'était procuré tous ses renseignements par des moyens quelque peu clandestins et s'était embrouillée en essayant de les ordonner de façon cohérente. En dépit de sa puissance et de sa lucidité, il arrivait qu'Élisabeth s'embrouillât… L'aider à se tirer de ce sac de nœuds serait plus doux que le miel, que le suc des rayons[1] ! Par conséquent, tout en ruminant son ressentiment, Diva rentra déjeuner chez elle pour se concentrer sur la stratégie à adopter pour se retrouver à égalité avec Élisabeth.

À la réflexion, elle se souvint avoir été surprise de constater que Mrs Bartlett, la femme du Padre de Tilling, n'avait pas semblé aussi ébranlée qu'on aurait pu s'y attendre en apprenant, lors de la répétition de la chorale, l'identité et le passé glauque de la nouvelle paroissienne. En fait, Mrs Bartlett avait chuchoté « Mon Dieu, mon Dieu ! Comme c'est palpitant… Pardon, je veux dire choquant ! » ; et Diva l'avait soupçonnée de n'avoir pas voulu dire *choquant* du tout. Cet après-midi-là, elle fit donc un saut au presbytère avec une paire de bas qu'elle avait tricotée pour l'arbre de Noël de l'hospice des vieillards, bien que ce fût avec trois mois d'avance. Après une rapide entrée en matière pour justifier la paire de bas, elle aborda le vif du sujet.

« Pauvre femme ! dit-elle. On la poussait sur son fauteuil roulant dans la Grand'Rue et elle paraissait si seule… Quel que soit le nombre d'hommes qu'elle a incarnés, tout cela appartient au passé pour elle. Elle ne sera plus Roméo…

– En effet, pauvre petite ! dit Mrs Bartlett. Mon Dieu, comme toute cette vie palpitante doit lui manquer ! Je me demande si elle a l'intention d'écrire ses mémoires, comme le font la plupart des gens qui ont eu un passé. Dans le cas contraire, bien sûr, ils n'ont rien à écrire. Oh, comme j'aimerais lire les mémoires de lady Deal ! Mais il serait encore plus palpitant de l'entendre en parler de vive voix, si seulement cela était possible !

– Je partage entièrement votre point de vue, fit Diva, d'autant plus que l'ensemble de la situation est bien mystérieux… Et si nous allions lui rendre visite, vous et moi ? En vérité, je crois

1. Psaumes 19, 11. *(N.d.T.)*

que c'est presque de votre devoir, en votre qualité de femme du pasteur. Le fait qu'elle s'installe à Tilling m'a tout l'air d'une démarche empreinte de repentance et, dans ce cas, vous devez donner l'exemple et vous montrer d'une bienveillance amicale, Evie.

– Mais que dirait Élisabeth ? demanda Mrs Bartlett. Elle est d'avis que tout le monde doit l'ignorer.

– Allons donc ! dit Diva. Si vous allez lui rendre visite, Evie, je vous accompagnerai. Mais est-on absolument sûr qu'elle est vraiment lady Deal ?

– Oh, je l'espère bien ! dit Evie.

– Oui, évidemment, moi aussi. Cependant, pour l'instant, notre seule certitude est qu'Élisabeth a déclaré que lady Deal a loué le Clos d'Hélios. Mais qui a bien pu le dire à Élisabeth ? Ça sent le Élisabeth à plein nez… Allons rendre visite au Clos d'Hélios, Evie ! Maintenant, tout de suite !

– Mais comment oserons-nous ? dit Evie d'un air effarouché. Élisabeth nous verra. Elle a planté son chevalet à l'angle de la rue.

– Non ! Ça c'est son aquarelle du matin, fit Diva. Et, de toute façon, qu'est-ce que cela peut bien faire qu'elle nous voie ? »

Les bas pour l'arbre de Noël étaient à présent relégués aux oubliettes et, avec ce paquet encore tout ficelé, les deux dames sortirent. Chemin faisant, Mrs Bartlett ne cessait de jeter des regards furtifs et atterrés à gauche et à droite. Mais elles ne trouvèrent nulle trace d'Élisabeth, et elles passèrent inaperçues jusqu'au Clos d'Hélios où elles demandèrent si lady Deal était là.

« Non, M'dame, dit Susie. Madame la vicomtesse n'a passé que deux nuits ici pour procéder à l'installation de Miss Mackintosh ; cependant il se pourrait qu'elle revienne demain. Mais Miss Mackintosh est là. »

Susie les mena jusqu'au salon où, de toute évidence, se trouvait Miss Mackintosh.

« Comme c'est gentil à vous de venir me rendre visite ! dit-elle. Vous m'excuserez si je ne me lève pas : je suis si handicapée… Susie, le thé s'il vous plaît ! »

Évidemment, c'était une déception d'apprendre que la dame dans le fauteuil roulant n'était pas le travesti repentant, mais cette douche froide fut tempérée en sachant ainsi qu'Élisabeth s'était trompée du tout au tout. Quant à mesurer l'ampleur de ce tout, il était encore trop tôt pour en juger. Leur hôtesse s'avéra une femme extrêmement agréable, et sous l'effet bienfaisant et revigorant du thé, de nouvelles perspectives tout à fait prometteuses se firent jour.

« J'aime déjà Tilling, déclara Miss Mackintosh. Et lady Deal l'adore ! Voyez-vous, cette maison est la sienne, pas la mienne… Mais je pense qu'il vaut mieux que je vous explique tout cela depuis le début, avant de vous poser quelques questions. Voici : je suis l'ancienne gouvernante de Florence, et Susie est sa vieille nourrice. Et comme Florence désirait nous assurer une vie confortable, tout en disposant d'un petit pied-à-terre où descendre quand son travail l'épuise trop… »

Un tourbillon de pensées envahit la tête de Diva. Il semblait donc que Florence fût lady Deal… Mais cependant, selon l'annuaire de la noblesse, lady Deal était Helena Herman. Peut-être était-elle Helena Florence Herman ?…

« Tout cela ne vas pas tarder à se clarifier, pensa Diva. De toute façon, nous en arrivons à l'activité professionnelle de lady Deal. »

« Son travail doit effectivement être très épuisant, dit Evie.

– Et comment ! Elle se tue à la tâche, dit Miss Mackintosh. Les guides scoutes, les réunions de mères de famille, la Primrose League[1] et, à présent, elle fait campagne pour entrer au Parlement. C'est bien d'elle ! Elle est venue ici la semaine

1. La Primrose League était une organisation visant à diffuser les idées du parti conservateur en Grande-Bretagne. Fondée en 1883, elle fut dissoute en 2004. Sa devise était *Imperium & Libertas. (N.d.T.)*

dernière, avant que je n'arrive, afin de mettre tous les meubles en place et s'assurer que tout fût prêt à m'accueillir. Et elle revient demain pour passer une semaine, j'espère. Vous viendrez la voir, toutes les deux, n'est-ce pas ? Elle a hâte de connaître Tilling. Est-ce que, par hasard, vous jouez au bridge ? Florence adore le bridge !

– Oh, oui ! Nous jouons beaucoup à Tilling, dit Diva. C'est aussi notre passion.

– Alors, c'est parfait ! Et à présent, je dois insister pour que vous veniez toutes les deux dîner avec nous demain. Nous ferons ensuite une partie de bridge et nous pourrons bavarder. J'espère que, tant l'une que l'autre, vous détestez autant la majeure cinquième que nous-mêmes.

– Nous l'exécrons ! dit Diva.

– Magnifique ! Alors, vous viendrez, n'est-ce pas ? Mais je voudrais savoir quelque chose qui m'intrigue depuis longtemps... Qui donc était cette dame mystérieuse qui s'est arrêtée ici dans l'après-midi alors que Florence était venue pour le déménagement des meubles ? Cette personne est repassée une heure ou deux plus tard pour récupérer la carte qu'elle avait déposée (alors qu'elle avait précédemment recommandé qu'elle fût remise à lady Deal)... Florence brûle de curiosité à son sujet. Un nom assez bref... Quelque chose comme Tap ou Rap ? Susie n'arrivait pas à s'en souvenir... »

Éclatant de rire, Evie laissa échapper une cascade de petits couinements aigus.

« Mon Dieu ! fit-elle. Ce devait être Miss Mapp ! Miss Mapp est une personnalité éminente de la société tillingote. Et elle vous a rendu visite ? Ça alors !

– Mais pourquoi diable est-elle revenue pour reprendre sa carte ? demanda Miss Mackintosh. J'ai dit à Florence que Miss Mapp avait sans doute dû entendre parler de quelque chose d'affreux à son sujet. Et comment a-t-elle pu savoir que lady Deal s'installait ici ? La maison a été louée en mon nom.

– C'est là précisément ce que nous avons tous hâte de savoir, dit Diva d'un ton passionné. Elle a prétendu que quelqu'un le lui avait dit à Londres.

– Peut-être bien, mais qui ? demanda Miss Mackintosh. Ce n'est qu'au moment de déjeuner, ce jour-là, que Florence a décidé de venir. Elle a dit à son maître d'hôtel d'appeler Susie pour lui annoncer son arrivée. »

Sous l'effort du raisonnement par induction, les yeux de Diva s'arrondirent, brillants de plaisir.

« Je crois que nous sommes sur la bonne piste, dit-elle. À votre avis, se pourrait-il qu'elle ait reçu le message du maître d'hôtel de lady Deal ? Quel est votre numéro de téléphone ?

– C'est le 76 à Tilling », dit Miss Mackintosh.

Evie poussa trois petits couinements d'extase.

« Mais oui, bien sûr ! C'est ça ! C'est ça ! dit-elle. Le numéro d'Élisabeth Mapp est le 67 à Tilling. Quel manque de conscience professionnelle de la part de la standardiste ! C'est aussi simple que ça. Et dire qu'elle l'a soi-disant entendu dire par quelqu'un à Londres ! Dans un sens, c'est exact mais, en même temps, affreusement faux et fallacieux. C'est elle tout craché, n'est-ce pas, Diva ? Eh bien, elle aura bien mérité d'être démasquée. »

Miss Mackintosh était déjà, de toute évidence, une authentique Tillingote.

« C'est merveilleux ! dit-elle. Racontez-m'en davantage sur Miss Mapp… Mais revenons à nos moutons : pourquoi a-t-elle récupéré sa carte ? »

Diva regarda Evie, et celle-ci regarda Diva.

« Dites-le-lui, vous…, fit Evie.

– Eh bien, voilà, dit Diva. Supposons qu'elle ait entendu le maître d'hôtel dire que lady Deal arrivait…

– … et qu'elle l'ait transmis, intervint Miss Mackintosh. Car Susie a bien reçu le message et a affirmé que la liaison était étonnamment claire pour un appel interurbain. Ça explique tout ! Mais, poursuivez, je vous prie…

– Ainsi donc, Élisabeth Mapp a rendu visite au Clos d'Hélios où elle a laissé sa carte (ce que j'ignorais jusqu'au moment où vous me l'ayez dit vous-même). Et c'est là que j'interviens. Je l'ai rencontrée dans l'après-midi même. Elle m'a déclaré alors que cette lady Deal – comme elle l'avait entendu à Londres – avait loué cette maison. Elle a donc cherché ce qu'en disait l'annuaire de la noblesse dans un très vieil exemplaire... »

Miss Mackintosh agita violemment les bras.

« Oh, s'il vous plaît, arrêtez-vous un instant et laissez-moi deviner, s'écria-t-elle. J'éclaterai de joie si je trouve. C'était un vieil exemplaire de l'annuaire de la noblesse, dites-vous, et, par conséquent, elle a trouvé que lady Deal était Helena Herman...

– ... qu'elle avait vue il y a dix ans au music-hall dans le rôle d'un travesti, cria Diva.

– ... et qu'elle n'a pas souhaité rencontrer, interrompit Miss Mackintosh.

– Exactement ! Mais ce n'est pas tout... J'espère que vous ne m'en voudrez pas, mais c'est si succulent ! Elle vous a aperçue ce matin sortir de chez vous en fauteuil roulant, et fut persuadée que c'était *vous cette* lady Deal ! »

Les trois dames eurent alors une crise de fou rire si violent qu'elles faillirent en tomber à la renverse. Parfois, l'une d'elle parvenait à reprendre ses esprits, parfois deux, mais elles succombaient bientôt à la contagion de la troisième. Elles continuèrent donc de rire à gorge déployée, en solo alternant avec le chœur ou en duo alternant avec le chœur, jusqu'à ce qu'elles furent vaincues par la fatigue.

« Un mystère demeure pourtant... dit finalement Diva en s'essuyant les yeux. Pourquoi donc l'annuaire de la noblesse indiquait-il que lady Deal est Helena Herman ?

– Oh ! Il s'agissait de la dernière lady Deal, dit Miss Mackintosh. Le lord Deal d'Helena Herman mourut sans enfants, et son cousin, le lord Deal de Florence – ma propre lady Deal – lui a succédé.

– Voilà une bonne leçon pour Élisabeth Mapp, fit Diva. Il eût mieux valu consentir la dépense d'un nouvel exemplaire de l'annuaire plutôt que de se fourvoyer dans un pareil guêpier ! Mais notre visite a été bien longue… Nous devons vous quitter.

– Florence en connaîtra le moindre mot dès demain soir, dit Miss Mackintosh. Mais je vous promets de ne pas lui en parler avant que vous ne la rencontriez. Nous nous y mettrons toutes les trois.

– Oh ! Cela est fort aimable à vous ! fit Diva.

– Ce n'est que justice. Et comment en informer Miss Mapp ?

– Elle l'apprendra par étapes, dit Diva, impitoyable. Une succession de petits coups la fera souffrir davantage.

– Oh ! Mais elle ne doit pas souffrir… dit Miss Mackintosh. Elle est bien trop précieuse ! Je l'adore.

– Nous aussi ! déclara Diva. Mais, à l'occasion, nous aimons bien la prendre la main dans le sac pour lui rabattre son caquet. Vous ne tarderez pas à partager notre sentiment quand vous la connaîtrez mieux ! »

Lucia à Londres

I

La tante de Philip Lucas mourut au début du mois d'avril à l'âge de quatre-vingt-trois ans. Grabataire, elle avait passé les sept dernières années de sa vie dans une maison de santé privée. Tous les amis de Mr et Mrs Lucas partageaient donc l'espoir, peut-être justifié, que ni l'un ni l'autre ne considéreraient ce deuil comme une tragédie intolérable. En fait, Mrs Quantock – qui, comme tout un chacun à Riseholme, avait envoyé un petit mot de condoléances bien tourné à Mrs Lucas – n'avait pas employé les mots « heureuse délivrance », ou quelque formule similaire, mais les avait certainement sous-entendus.

Elle s'attendait à recevoir une réponse car, bien qu'elle eût dit à sa chère Lucia de ne pas prendre la peine de répondre, il ne s'agissait là que d'une simple formule de politesse ; elle avait donné à sa bonne, chargée d'aller porter le pli au Hurst tout de suite après déjeuner, la consigne d'attendre (« Madame ne m'a pas dit s'il y avait une réponse ») car Mrs Lucas serait peut-être disposée à lever ne serait-ce qu'un petit coin du voile sur l'héritage présumé dont tout le monde brûlait de connaître les détails…

Pour meubler son attente, Daisy Quantock, comme tout le monde dans le village par ce bel après-midi de printemps, s'affairait dans son jardin et dévastait ses plates-bandes à l'aide d'une fourche certes de petite taille mais redoutablement efficace. Jardinière impitoyable, elle se précipitait sur la moindre petite chose verte qui avait l'imprudence de montrer le bout du nez, y flairant une mauvaise herbe en puissance. Elle avait eu des mots avec le jardinier, qui lui avait jusqu'alors consacré trois après-midi par semaine, et lui avait dit que désormais elle n'avait plus besoin de ses services. Cette année, elle avait décidé de s'occuper elle-même de son jardin et escomptait avec confiance qu'il en résulterait une profusion de belles fleurs et une pléthore de légumes succulents. Il y avait une brouette remplie d'excellent fumier au bout de l'allée du jardin et elle se proposait, une fois achevé le massacre des innocents, d'en verser le contenu sur la terre retournée des plates-bandes décimées. De l'autre côté de la clôture, son voisin, Georgie Pillson, passait le rouleau sur la petite pelouse qui, pendant l'été, lui servait souvent de terrain de croquet miniature. De temps à autre, ils échangeaient des commentaires mais au fur et à mesure qu'ils s'essoufflaient à la tâche, les échanges se faisaient plus rares. À la dernière question de Mrs Quantock : « Que faites-vous des limaces, Georgie ? » il avait répondu, pantelant : « Faites semblant de ne pas les remarquer ! »

Ces derniers temps, sous l'effet d'un régime alimentaire à base de lait aigre que l'adjonction d'une bonne dose de sucre ne rendait pas plus savoureux, Mrs Quantock s'était mise à prendre de l'embonpoint ; mais ce lait aigre et des pyramides de légumes crus étaient venus à bout de tous les symptômes d'inanition qu'avait engendrés la mise en application d'une plaquette médicale fort succincte mais tragiquement explicite. Aujourd'hui, elle avait pris un repas copieux mais classique, afin de tester les mérites de sa nouvelle cuisinière qui s'en était certainement fort bien tirée, car Mr Quantock avait englouti sa part de nourriture avec une belle avidité au lieu de la retourner dans tous les sens avec sa fourchette, comme s'il s'agissait de foin. L'effet conjugué de l'embonpoint, de la satiété et de la station penchée en avant prolongée avait donné le tournis à Mrs Quantock. Alors qu'elle se redressait pour reprendre l'équilibre tout en se demandant si ce tournis n'était pas symptomatique de quelque affection pernicieuse, De Vere – car c'est à ce nom incroyable que répondait sa bonne – descendit les marches de la salle à manger, un pli à la main. Mrs Quantock s'empressa de retirer ses gants de travail en cuir épais et décacheta l'enveloppe.

Cela commençait par une formule officielle de remerciements pour la peine partagée à laquelle Mrs Lucas avait été extrêmement sensible, puis venaient ces mots ridicules :

> « C'est un coup terrible pour mon pauvre Peppino et moi-même. Nous caressions l'espoir que tantine Amy nous serait conservée encore quelques années.
> Fidèlement et tristement vôtre, chère Daisy,
>
> Lucia. »

Et avec ça, pas la moindre allusion à l'héritage escompté ! La chère Daisy fit une boule de l'absurde message et dit « Quelle blague ! » à voix si forte que Georgie Pillson, dans le jardin d'à côté, crut qu'elle s'adressait à lui.

« Que se passe-t-il ?

– Venez un instant, Georgie, dit Mrs Quantock. J'ai quelque chose à vous dire. »

Georgie, qui attendait l'occasion de faire un brin de causette, lâcha la poignée du rouleau à gazon, qui, soudain libérée, émit un grincement aigu et vint lui donner un bon coup sec sur le coude.

« Quelle barbe, ce truc ! » dit Georgie.

Il se dirigea vers la clôture : sa haute taille lui permettait de regarder par-dessus. Mrs Quantock enterrait rageusement le pli de Lucia dans la plate-bande dont elle venait d'arracher les mauvaises herbes.

« Qu'est-ce que c'est ? dit Georgie. Quelque chose qui va me plaire ? »

Surgissant tout à coup derrière la clôture, son visage, rouge et trempé sous l'effort, ressemblait au soleil sur le point de se coucher derrière l'horizon bleu gris de la mer.

« Je ne sais pas si cela va vous plaire, dit Daisy, mais ça vient de votre chère Lucia. Je lui ai envoyé un petit mot de condoléances au sujet de la tante et Lucia dit que c'est un coup terrible pour Peppino et elle-même. Ils espéraient que la vieille dame leur serait conservée encore quelques années.

– Pas possible ! dit Georgie en s'épongeant le front avec le dos de l'un de ses beaux gants gris perle.

– Mais si ! dit Daisy, furieuse. Ce sont ses propres termes. J'aurais pu vous les montrer si je n'avais pas enterré le papier. Quel tissu d'inepties ! Quand je serai grabataire, j'espère qu'on n'attendra pas sept ans pour m'étrangler avec un lacet de chaussure ou un quelconque bout de ficelle. Pourquoi Lucia fait-elle semblant d'être affectée ? Que signifie tout cela ? »

Georgie était depuis longtemps le chevalier servant de Mrs Lucas (alias Lucia, épouse de Philip Lucas). Il ne se permettait de la critiquer mentalement que lorsqu'il était tout seul dans son lit ou dans son bain ; mais lorsque les autres la critiquaient devant lui, il prenait toujours sa défense. Quant à Daisy, elle critiquait n'importe qui n'importe où…

« Cela signifie peut-être ce que cela dit, fit-il remarquer de ce ton légèrement sarcastique qui n'avait jamais fait le moindre effet sur sa voisine.

– Ce n'est matériellement pas possible, dit Mrs Quantock. Ni Lucia ni Peppino n'ont accordé le moindre regard ni adressé le moindre mot à la tante de Peppino pendant des années. La dernière fois que Peppino est allé la voir, elle l'a mordu ! Ensuite, rappelez-vous, il a eu le bras en écharpe pendant une semaine et était terrifié à l'idée d'un empoisonnement du sang. Comment sa mort peut-elle les affecter ? Quant à espérer qu'elle leur soit conservée… »

Mrs Quantock s'interrompit brusquement en réalisant que De Vere était toujours plantée là et qu'elle avalait ses propos doux comme lait.

« C'est bon, De Vere, vous pouvez disposer.

– Merci, M'dame », dit la bonne en regagnant la maison à grandes enjambées. Elle portait des talons hauts et chaque fois qu'elle levait un pied, le talon qui s'était enfoncé profondément dans la pelouse spongieuse en ressortait avec le bruit caractéristique d'une bouteille qu'on débouche. Daisy se rapprocha de la clôture. La lumière du raisonnement par induction, fort en honneur à Riseholme, tempérait la fureur de son regard.

« Ça y est, j'y suis, Georgie, dit-elle. J'ai deviné ce que cela signifie. »

Bien que Georgie fût, au demeurant, à la dévotion de sa chère Lucia, il cultivait une dévotion égale à l'égard du raisonnement par induction et, lui-même mis à part, Daisy Quantock était de loin la logicienne la plus sagace du lieu.

« Et alors, qu'est-ce que c'est ? demanda-t-il.

– Comme je suis stupide de n'y avoir pas pensé sur-le-champ, dit Daisy. Eh bien, vous ne voyez pas ? Peppino est l'héritier de tante Amy puisqu'elle ne s'était pas mariée et qu'il est son seul neveu : il se retrouve donc probablement à la tête d'un confortable petit pactole. Et, tout naturellement, ils disent que c'est un choc terrible. Ils ne vont pas se mettre à hurler de joie, ils sont obligés de dire que c'est un choc terrible pour bien montrer qu'ils n'ont cure de la fortune. Plus le montant du magot est élevé et plus le chagrin est cruel. C'est tellement naturel. Je m'en veux de n'y avoir pas songé sur-le-champ. Avez-vous vu Lucia depuis le deuil ?

– Non, pas pour bavarder tranquillement, dit Georgie. Peppino était présent ainsi qu'un monsieur qui, je pense, était son homme de loi. Il s'est montré d'une déférence effarante.

– Cela confirme ce que je vous ai dit, conclut Daisy. Et… aucune mention de quoi que ce soit ? »

Le visage de Georgie se contracta tandis qu'il faisait un effort pour se souvenir.

« Oui, il y avait quelque chose… dit-il, mais je parlais à Lucia et les autres s'entretenaient à voix plutôt basse. J'ai effectivement réussi à entendre l'homme de loi dire à Peppino quelque chose qui concernait des perles. Je me souviens parfaitement du mot "perles". Peut-être faisait-il allusion aux perles que possédait la vieille dame. »

Mrs Quantock laissa échapper un bref rire.

« Il ne pouvait s'agir de celles de Peppino, dit-elle. Il en a une montée en épingle de cravate, de celles que l'on appelle "en forme de poire", mais la forme de celle-ci est des plus vagues. Et combien de temps faut-il compter avant que le montant de l'héritage paraisse dans la presse ?

– Oh, ce n'est pas demain la veille, dit Georgie. Ça va prendre des mois. Et, à ma connaissance, il y a une maison à Londres.

– Où ça ? » demanda avidement Daisy.

Le visage de Georgie adopta une expression d'intense concentration.

« Je ne saurais vous l'affirmer en toute certitude, dit-il. Mais je sais que Peppino s'est rendu dans la capitale il n'y a pas longtemps pour s'occuper de certains travaux de réfection dans la maison de sa tante et je pense qu'il s'agissait de la toiture.

– Peu importe la partie de la maison, dit Daisy avec impatience. Je veux savoir le quartier.

– Vous n'arrêtez pas de m'interrompre, dit Georgie. J'étais en train de vous le dire. Je sais que Peppino s'est ensuite rendu chez *Harrod's* à pied : lui et Lucia dînaient chez moi et c'est ce qu'il a dit. Par conséquent, la maison doit se trouver dans les parages de *Harrod's*, je dirais même dans les proches parages, car il pleuvait et si la distance l'avait justifié il aurait pris un taxi. La maison pourrait donc être à Knightsbridge. »

Mrs Quantock remit ses gants de jardinage.

« C'est fou ce que les gens peuvent être cachottiers, dit-elle. Rendez-vous compte : il ne vous a jamais dit où se trouvait la maison de sa tante !

– Mais ils n'ont jamais parlé de cette tante, dit Georgie. Ça faisait tellement longtemps qu'elle était dans cette maison de repos.

– Vous pouvez appeler ça une maison de repos si ça vous chante, fit remarquer Mrs Quantock. Ou bien encore un bureau de poste, pendant que vous y êtes. Mais c'était une maison de santé. Et sur ce point ils sont aussi cachottiers qu'au sujet de la propriété immobilière.

– Mais il n'est pas convenable de faire allusion aux propriétés immobilières avant les obsèques, dit Georgie. Je crois savoir qu'elles auront lieu demain. »

Mrs Quantock renifla profondément.

« Ils y auraient fait allusion s'il n'y en avait eu aucune, dit-elle.

– Comment pouvez-vous dire des horreurs pareilles ! dit Georgie. Comment… »

Une série d'éternuements sonores l'empêchèrent de poursuivre. C'était bien beau d'exhiber de jolis boutons de manchette, mais guère prudent de s'exposer tout en nage, sans veste.

« Comment quoi ? demanda Mrs Quantock une fois les éternuements passés.

– J'ai oublié à présent. Je vais retourner à mon rouleau. Le fond de l'air est frais. J'ai fait la moitié de la pelouse. »

Depuis quelques secondes, on entendait une sonnerie de téléphone. Mrs Quantock en localisa la provenance non pas dans sa propre maison mais dans celle de Georgie. Il était assez sourd en dépit de ses efforts pour laisser croire le contraire.

« C'est la sonnerie de votre téléphone, Georgie, dit-elle.

– C'est bien ce que je pensais, dit Georgie, qui n'avait absolument rien entendu.

– Venez donc ensuite prendre une tasse de thé, cria Mrs Quantock.

– Ce serait avec grand plaisir, mais je dois d'abord prendre mon bain. »

Georgie se précipita à l'intérieur : un appel téléphonique supposait habituellement un brin de commérage avec un ami. Une voix bien connue, bien que légèrement voilée et altérée, demanda si c'était bien lui.

« Mais oui, c'est moi, Lucia, dit-il d'un ton grave, empreint de compassion. Comment vous sentez-vous ? »

Lucia poussa un soupir. C'était un long soupir parfaitement audible et bien adapté aux circonstances. Georgie pouvait imaginer Lucia approchant la bouche tout contre le téléphone afin d'être sûre que le son portât.

« Plutôt bien, dit-elle. Et Peppino aussi, grâce au ciel. Il réagit bien. Il vient de sortir. »

Georgie fut sur le point de demander où Peppino était allé mais il devina à temps.

« Je vois, dit-il. Et vous n'y êtes pas allée. J'en suis heureux. C'est tellement plus raisonnable.

– J'ai senti que j'en serais incapable, dit-elle, et Peppino n'a pas insisté. Cela aura lieu demain. Il passe la nuit à Londres… »

(Derechef, Georgie brûlait de dire : « Où ? » Comment ne pas se demander si Peppino coucherait dans la maison quelque part près de *Harrod's* ?)

« Et il sera de retour ici demain soir, dit Lucia d'un trait. Je me demandais si vous auriez pitié de moi au point de venir partager mon dîner. Juste pour grignoter quelque chose, vous savez. La maison est tellement sens dessus dessous. Inutile de vous habiller.

– Avec grand plaisir, dit Georgie, bien qu'il eût commandé des huîtres. (On pourrait aussi bien les faire gratiner dans leur coquille le lendemain…) Je serai très heureux de venir.

– Disons huit heures ? Il n'y aura personne d'autre, bien entendu. Est-ce que cela vous ennuierait d'apporter notre quatre mains de Mozart ?

– Pas du tout, dit Georgie. Il faut vous occuper : ça vous fait du bien, Lucia. On va s'y mettre un bon coup.

– Cher Georgie… » dit Lucia d'une voix mourante. Il l'entendit à nouveau pousser son soupir, moins réussi que le précédent, et reposer l'écouteur.

Georgie s'éloigna du téléphone avec la conscience aiguë du programme abondant qui l'attendait, lourd d'activités diverses et de sujets de réflexion. Il fallait d'abord régler la question des huîtres et, comme sa femme de chambre était sortie, il cria ses ordres du haut de l'escalier qui menait à la cuisine. L'absence de Foljambe l'obligea à procéder lui-même aux préparatifs de son bain. Il ouvrit à moitié le robinet d'eau chaude pour avoir le temps de redescendre dans le jardin afin de ranger le rouleau dans la remise (il ne lui restait pas assez de temps pour finir la pelouse s'il devait prendre un bain et se changer avant l'heure du thé). Il devait ensuite se choisir une tenue qu'il pût aussi bien conserver pour le thé que pour le dîner, puisque Lucia lui avait dit de ne pas s'habiller. Il avait un nouveau costume qu'il n'avait pas encore porté, plutôt audacieux, avec un pantalon d'un ton fauve soutenu et d'une coupe très ample fort en vogue parmi les étudiants d'Oxford. En le contemplant, Georgie se sentit l'âme d'un jouvenceau. Il s'était fait faire ce costume dernier cri dans un accès de témérité vestimentaire. Un thé paisible chez Daisy Quantock suivi d'un dîner paisible chez Lucia, voilà qui était parfait pour étrenner sa nouvelle tenue et bien plus adéquat que de l'inaugurer à l'office dominical devant le Tout-Riseholme. La veste et le gilet étaient d'un bleu très foncé. À l'heure du thé, ils donneraient l'impression d'être bleus tandis qu'ils paraîtraient noirs à celle du dîner. Il y avait aussi des socquettes en soie grise aux reflets argentés, et une cravate assortie. Georgie mit un certain temps à trouver les socquettes et la cravate. Ses recherches furent interrompues par des nuages de vapeur qui, venant de la salle de bains, envahissaient sa chambre. Il se précipita pour découvrir la baignoire presque remplie à ras bord d'eau bouillante. La veille, l'eau avait été tout juste assez tiède et les mots trop cinglants qu'il avait adressés à la cuisinière après le petit déjeuner de ce matin n'étaient pas tombés dans l'oreille d'une sourde. Il retira donc le bouchon de la baignoire pour évacuer le trop-plein d'eau bouillante et compléter avec de l'eau froide, puis retourna dans sa chambre et commença à se déshabiller. Toutes ces nouvelles concernant Lucia et Peppino, accompagnées des commentaires pénétrants de Daisy Quantock, présentaient un intérêt d'une rare intensité. Cela faisait des années que la vieille demoiselle Lucas était dans cette maison de repos – ou de santé – et Georgie estimait, au bas mot, le prix hebdomadaire de la pension à quinze livres. Or, cinquante-deux fois quinze livres, cela représentait une somme rondelette. Cela constituait une rente. Placé à cinq pour cent, le capital correspondant s'avérait considérable. Ensuite, il y avait cette fameuse maison à Londres. S'il s'agissait d'une pleine propriété, le capital se trouvait confortablement accru, et si elle était louée, c'était le revenu qui augmentait. Et puis il y avait les charges et les impôts, plus les gages d'un gardien et, sans aucun doute, une bonne marge. Enfin, il y avait les perles.

Georgie retira une demi-feuille de papier du tiroir d'un bureau où il conservait des paperasses et des bouts de ficelle et se lança dans des calculs. L'opération comportait obligatoirement une bonne dose de spéculation et il fallait carrément laisser les perles de côté : nul ne pouvait préjuger de leur valeur sans en connaître le nombre et la qualité. Mais même en les laissant de côté et en attribuant un montant franchement bas au loyer probable de la maison près de *Harrod's*, Georgie fut abasourdi par le volume du capital auquel ces dépenses s'avéraient correspondre.

« Je dirais, au bas mot, cinquante mille livres, se dit-il, et deux mille six cents de revenu. »

Tandis qu'il alignait ces chiffres, il commença à ressentir la fraîcheur et, tout impatient d'aller se plonger douillettement dans un bon bain chaud, il se précipita dans la salle de bains. Toute l'eau bouillante s'était évacuée.

« Quelle barbe ! Zut alors ! » dit Georgie en replaçant le bouchon et en ouvrant les deux robinets à la fois.

Évidemment, tous ses calculs ne formaient que le matériau à partir duquel son imagination allait reconstituer l'ensemble du puzzle et elle ne chôma pas tandis qu'il s'habillait tout en jetant des coups d'œil sur son pantalon dont la glace en pied, placée devant la fenêtre, lui renvoyait l'image. Qu'allaient faire Lucia et Peppino de ce considérable surcroît de fortune ? D'ores et déjà Lucia possédait la plus grande maison de Riseholme, et dans le style le plus élisabéthain, plus une automobile et autant de nouvelles toilettes qu'elle le désirait. D'ailleurs, elle ne se ruinait pas en toilettes car son esprit, familier des hautes sphères, méprisait les considérations bassement vestimentaires. Pourtant, Georgie se permit de nourrir quelques réflexions cyniques… Les perles allaient-elles éveiller chez Lucia le goût de l'élégance ? En tout état de cause, elle recevait déjà autant que bon lui semblait et ce n'était pas un surcroît de fortune qui l'entraînerait à multiplier les réceptions. Elle se rendait à Londres chaque fois qu'une manifestation (exposition, pièce de théâtre ou concert) lui semblait présenter un soupçon de culture. Elle méprisait la (soi-disant) haute société aussi radicalement qu'elle méprisait les toilettes et déclarait immanquablement, quand elle revenait à Riseholme, qu'elle était restée sur sa faim, intellectuellement parlant. Elle allait peut-être instituer une fondation afin de perpétuer les réjouissances du 1er Mai sur la pelouse communale puisqu'elle avait déclaré qu'elle avait l'intention d'en assurer l'organisation chaque année. L'année précédente, cette fête avait remporté un franc succès, bien qu'au prix d'une certaine fatigue. Tout le monde avait adopté des costumes du XVIe siècle et on avait exécuté des séries de danses campagnardes jusqu'au moment où le soleil compatissant s'était enfin couché, permettant à chacun de rentrer chez soi en clopinant et complètement fourbu. Tout avait été merveilleusement élisabéthain et le justaucorps de Georgie l'avait bien fait souffrir.

« Lucia est vraiment un personnage merveilleux », pensa Georgie et elle va sûrement trouver le moyen de consacrer une rallonge à son budget (deux ou trois mille livres de plus), pour quelque activité de bon ton et enrichissante pour l'esprit. (Faut-il retrousser le bas du pantalon de style « étudiant d'Oxford » ? Il pensait que non… Mais comme ces plis volumineux vous faisaient le pied menu !) Georgie, quant à lui, savait parfaitement comment il utiliserait une rallonge de deux ou trois mille livres au montant de ses revenus : en fait, il avait souvent envisagé de réaliser ses projets sans le secours de ce surplus… Il désirait – ô combien ! – disposer d'un pied-à-terre à Londres (ou même d'un appartement de deux ou trois pièces, pas plus) simplement pour retremper, de temps en temps, le bout du pied dans cette vie que Lucia jugeait si superficielle. Mais il se connaissait… Il n'avait pas la trempe et la gravité de Lucia dont les passe-temps frivoles se limitaient aux domaines artistique ou élisabéthain.

Son regard tomba sur une grande photographie représentant Brünnhilde dans un cadre d'argent posée sur sa table de nuit. Elle était signée « Au bien-aimé Georgie, Olga ». Il eut la sensation que son gilet lui serrait la poitrine tandis qu'en prenant une profonde respiration il se remémora ces six mois merveilleux au cours desquels Olga Bracely, la *prima donna*, avait acheté La Vieille Maison, s'y était installée, et avait bouleversé dans tous les domaines l'ordre établi. Georgie était intimement persuadé qu'il était tombé éperdument amoureux d'Olga mais ce n'était pas seulement pour cette raison que cette bienheureuse époque lui avait paru passionnante[1]. L'ordre ancien s'était évanoui : Olga avait trouvé que Riseholme était la comédie la plus drolatique qu'on ait jamais imaginée. Elle en aimait tous les habitants, son ironie n'épargnait personne sans que l'on s'en formalisât le moins du monde. Elle n'en faisait qu'à sa tête à l'instar du Joueur de flûte d'Hamelin. Dans ce concert unanime, Lucia faisait bande à part, elle dont le trône avait été brusquement escamoté de dessous son auguste personne – sans aucune intention malveillante de la part d'Olga – et dont le sceptre et la couronne avaient alors dégringolé. Ensuite, Olga s'était embarquée pour une tournée en Amérique et, après y avoir connu six mois de succès triomphal, avait atteint l'Australie. Mais, à présent, elle devait être revenue en Angleterre car elle chantait à Londres cette saison et sa maison de Riseholme allait bientôt revivre… Le veston tombait à merveille, fermé par un seul bouton, celui du bas, ce qui donnait à l'ensemble entr'ouvert une allure assez décontractée. Georgie fixa une épingle ornée d'une améthyste sur sa cravate grise qui y gagna une belle touche de couleur. Il se brossa les cheveux du front vers l'arrière de telle sorte que l'on ne pouvait pas distinguer le faux toupet des cheveux véritables, puis dévala les escaliers pour se rendre chez Daisy Quantock et y prendre le thé.

Quand il entra, Daisy, à sa table de travail, et armée d'un crayon et d'un bout de papier, était fort occupée à compter quelque chose sur ses doigts. Sa fourche était posée contre la grille de la cheminée en compagnie de la garniture de foyer, deux ou trois petites saucisses de boue jonchaient le tapis (elles s'étaient sans doute détachées des semelles de ses bottes qui les avaient moulées) et ses gants de jardinier traînaient par terre à côté d'elle. Georgie en conclut immédiatement qu'il avait dû se

1. Voir plus précédemment *Queen Lucia*.

passer quelque chose d'important et qu'elle était rentrée du jardin précipitamment car le tapis était presque neuf et elle ne manquait pas de faire toute une histoire si le moindre atome de cendre de cigarette y tombait par mégarde.

« Trente-sept, quarante-sept, cinquante-deux et je retiens cinq, murmura-t-elle tandis que Georgie se tenait debout devant le feu de manière à bien mettre en évidence l'intégralité de son nouveau costume. Attendez un instant, Georgie – … et dix-sept plus cinq égalent vingt-trois, non, vingt-deux, et c'est là que je me trompe : je dois recommencer. Ça ne peut pas être ça… Servez-vous si De Vere a apporté le thé, sinon sonnez-la… Ah ! J'avais laissé le quatre de côté, ce qui fait au total deux mille cinq cents livres. »

Georgie avait tout d'abord pensé que Daisy mettait simplement à jour les comptes de son ménage mais, dès qu'elle eut prononcé deux mille cinq cents livres, il devina et ne s'embarrassa même pas de civilités pour s'enquérir de la nature du montant.

« J'ai trouvé pour ma part deux mille six cents, dit-il, mais nous arrivons pratiquement au même résultat. »

Tout naturellement, Daisy comprit qu'il avait compris.

« Vous avez peut-être inclus les perles dans le capital, dit-elle, et ajouté les intérêts.

– Non, je ne l'ai pas fait, dit-il. Comment aurais-je pu en estimer la valeur ? Je ne les ai pas comptées.

– Quoi qu'il en soit, ça fait un joli magot, dit Daisy. Prenons le thé. Que va-t-elle faire de cette fortune ? »

Daisy semblait totalement indifférente à son pantalon d'Oxford et Georgie se demandait si cela n'était pas tout simplement imputable à sa vue défaillante. Daisy était myope, bien qu'elle s'en défendît âprement et refusât catégoriquement la perspective de porter des lunettes. À ce propos, Lucia lui avait décoché une petite épigramme désobligeante à une époque où elles étaient un peu en froid toutes les deux. « Cette chère Daisy, avait-elle dit, est trop myope pour se rendre compte à quel point elle l'est ! » C'était certes désobligeant mais ça ne manquait pas de brio, et Georgie s'était plongé dans *L'Importance d'être constant* que Lucia était allée voir à Londres, dans l'espoir d'y retrouver la citation… Ou bien fallait-il simplement attribuer le fait que Daisy n'avait pas remarqué le pantalon de Georgie à la préoccupation qui la tourmentait : l'estimation des revenus de Lucia ? Ou bien après tout, le pantalon n'était-il pas aussi osé qu'il l'avait pensé ?

Il s'assit en laissant pendre une jambe négligemment par-dessus l'accoudoir du fauteuil de telle sorte que Daisy ne pouvait franchement pas manquer de remarquer le fameux pantalon. Il prit ensuite un morceau de brioche grillée.

« C'est ça : dites-moi donc ce qu'elle va faire de sa fortune d'après vous, demanda-t-il. Je me suis posé pas mal de questions à ce sujet moi aussi.

– Pas la moindre idée, dit Daisy. Elle possède tout ce qu'elle peut désirer. Ils se contenteront peut-être de thésauriser pour qu'à la mort de Peppino nous puissions tous constater qu'il était bien plus riche que nous ne l'avions jamais imaginé. Mais ça sent trop l'hommage posthume, à mon goût. Qu'on me donne tout ce que je désire sur-le-champ quitte à finir dans la fosse commune.

– Je suis tout à fait de votre avis, dit Georgie en balançant sa jambe. Mais je ne vois vraiment pas Lucia en train de thésauriser. Il m'est venu l'idée que…

– Vous voulez parler de Londres, interrompit promptement Daisy. Certes, à supposer qu'ils gardent un train de maison ici et là-bas avec un double personnel de manière à passer d'un domicile à l'autre quand ils le désirent, cela creusera une brèche énorme dans leur budget. Lucia a toujours dit qu'elle ne pourrait pas vivre à Londres, mais il se peut qu'elle s'y fasse si elle y possède une maison.

– Je dîne chez elle ce soir, dit Georgie. Elle m'en touchera peut-être un mot. »

Après ses activités de jardinage, Daisy avait grand soif et le thé était très chaud. Elle en versa un peu dans la soucoupe et souffla dessus.

« Lucia serait bien avisée de ne pas perdre de temps, dit-elle, si elle a l'intention de se payer un peu de bon temps. C'est que, voyez-vous Georgie, nous avançons en âge. J'ai cinquante-deux ans. Quel âge avez-vous ? »

Georgie détestait ce genre de questions barbares. Cela faisait si longtemps qu'il posait au jeune premier à Riseholme que l'idée avait pris racine et il avait du mal à croire qu'il avait quarante-huit ans.

« Quarante-trois, dit-il, mais qu'importe l'âge que nous avons tant que des activités nous occupent et que nous ne nous ennuyons pas ? Quant à Lucia, je suis sûr qu'elle n'a jamais autant débordé d'énergie et de vie. Je ne serais pas vraiment surpris qu'elle se lance dans la vie à Londres avec tout ce que cela implique. Évidemment, il y a aussi Peppino, mais il ne s'intéresse qu'à la poésie qu'il écrit et à ce qu'il observe dans son télescope.

– Je déteste ce télescope, dit Daisy. L'autre soir, Peppino m'a emmenée sur le toit pour me montrer ce qui, d'après lui, devait être Mars, et je mettrais ma main au feu que c'était exactement ce qu'il avait nommé Vénus la semaine précédente. Mais étant donné que dans un cas comme dans l'autre je n'ai rien pu distinguer, ça ne change pas grand-chose. »

La porte s'ouvrit et Mr Quantock entra dans la pièce. Robert ressemblait à un petit scarabée brun, sarcastique et tout rond. Georgie se leva pour le saluer et se tint debout, bien en vue, en pleine lumière. Robert, à coup sûr, vit le pantalon de Georgie car ses yeux avaient du mal à s'arracher aux amples plis qui s'étalaient à l'entour des chevilles. Il les fixa comme Cortez aurait pu scruter une planète inédite. Puis, sans dire un mot, il se croisa les bras et esquissa quelques pas de danse qui évoquaient à l'évidence une matelote.

« Ohé ! ô hisse ! Georgie, dit-il. À l'amarrage et tenez bon !

– De quoi parle-t-il ? » dit Daisy.

Georgie, indépendamment de son bon cœur habituel, s'efforçait toujours de se concilier les bonnes grâces de Robert. Ce dernier était de loin la personne la plus sarcastique de Riseholme. Il était capable de vous décocher des traits acérés de but en blanc tandis que Georgie mettait un certain temps pour affûter la moindre de ses reparties et, même alors, son bon cœur rendait généralement les armes et il s'abstenait de répliquer.

« Il parle de mes nouveaux habits, dit-il, et il est très méchant. Quoi de neuf ? »

« Quoi de neuf ? » était la formule rituelle pour amorcer une conversation à Riseholme. Nul n'avait pu en trouver une plus adéquate car il y avait toujours quelque chose de neuf. Et, en l'occurrence, c'était précisément le cas.

« Eh bien, oui, dit Mr Quantock, Peppino s'est rendu à la gare. On aurait dit un grand corbeau noir. Il a salué d'une main gantée de noir. Pouah ! Mais pourquoi diable ne pas appeler un chat un chat et une délivrance une délivrance une bonne fois pour toutes ? Et si vous l'ignorez… eh bien, moi je vais vous le dire. Tout ça c'est parce qu'ils nagent dans l'opulence. Tenez, j'ai fait le calcul…

– Et alors ? dirent Daisy et Georgie en même temps.

– Ah bon ? Vous avez fait le calcul de votre côté ? dit Mr Quantock. On pourrait remettre une récompense à celui dont le résultat s'approche le plus du montant exact. Je dis trois mille par an.

– Pas tant que ça, dirent à nouveau Daisy et Georgie en même temps.

– D'accord. Mais ce n'est pas une raison suffisante pour que je n'aie pas droit à un morceau de sucre dans mon thé.

– Mon Dieu, non, dit Daisy pleine de bienveillance. Mais comment parvenez-vous au montant de trois mille ?

– En additionnant les chiffres, dit cet individu contrariant. Au penny près. Je me trouvais à la bibliothèque publique après déjeuner et ceux qui savaient compter sont parvenus à ce montant, au bas mot. »

Daisy se tourna vers Georgie.

« Vous serez donc ce soir en tête à tête avec Lucia, dit-elle.

– Oh, je le savais, dit Georgie. Elle m'avait dit que Peppino était parti. J'imagine qu'il couchera dans cette fameuse maison, cette nuit. »

Mr Quantock montra les détails de ses calculs et la discussion s'enflamma de plus belle. Elle faisait encore rage lorsque Georgie se retira afin de se reposer un peu et répéter le quatre mains de Mozart avant d'aller dîner. Ni lui ni Lucia ne l'avaient encore déchiffré. Autant valait donc répéter les deux parties et la laisser choisir celle qu'elle préférait. Foljambe, qui était rentrée après son après-midi dehors, lui dit que quelqu'un l'avait appelé par l'interurbain pendant qu'il était sorti prendre le thé mais qu'elle n'avait rien compris.

« Une personne qui paraissait extrêmement pressée, Monsieur, dit-elle. Elle n'arrêtait pas de me demander (que Monsieur me pardonne) si j'étais Georgie. Et moi je répétais que non et que j'allais vous chercher chez Mr et Mrs Quantock. Mais ça ne faisait pas son affaire et elle a dit qu'elle enverrait un télégramme.

– Mais qui était-ce ? demanda Georgie.

– Je n'ai pas pu le savoir, Monsieur. Elle n'a jamais voulu dire son nom et se contentait de répéter la même question.

– Elle ? demanda Georgie.

– Ça avait tout l'air d'être une femme ! dit Foljambe.

– C'est tout à fait mystérieux », dit Georgie. Ce ne pouvait pas être une de ses deux sœurs parce que leurs voix tenaient plus de celle d'un homme que de celle d'une femme. Il s'allongea sur son canapé pour se reposer un petit peu avant d'aller essayer le Mozart.

En fin d'après-midi, le temps s'était rafraîchi. Georgie endossa donc sa cape bleue avec col de velours et se rendit chez Lucia d'un pas allègre. La bonne, la mine hagarde, lui ouvrit la porte et, l'ayant reconnu, lui adressa un faible sourire avant de reprendre très vite son air funèbre. Loin d'adopter la démarche vive qui lui était coutumière, elle le précéda d'un pas lent et solennel jusqu'à la porte du salon de musique qu'elle ouvrit en murmurant son nom d'une voix d'outre-tombe. En temps normal, la pièce était gaie et accueillante. À présent une seule lampe était allumée et du fond des ténèbres émergea Lucia dans un bruissement d'étoffe pour venir à la rencontre de Georgie.

« Cher Georgie ! dit-elle. Comme c'est charitable de votre part. »

Georgie lui tint la main un peu plus longuement que de coutume en la serrant un peu plus en guise de message de compassion. Lucia, en écho à ce message, serra davantage la main de Georgie qui accentua encore son étreinte pour montrer qu'il avait compris ; tant et si bien que de messages de compassion en accusés de réception alternés ils finirent par en avoir le bout des doigts blanc, exsangue. Le rite tournait au supplice car un petit pli de peau de l'auriculaire de Georgie s'était coincé entre deux de ses bagues enfilées à son majeur et il fut soulagé lorsque Lucia et lui se furent enfin tout à fait mutuellement compris.

Évidemment, il ne fallait pas espérer que, dans ces tout premiers instants, Lucia remarquât le pantalon de Georgie. Elle-même s'était mise en grand deuil et Georgie crut reconnaître la petite coiffe qu'elle avait portée jadis pour témoigner de sa peine discrète lors du décès de la reine Victoria. « Le noir sied à Lucia », pensa-t-il et, de fait, elle avait belle allure. On annonça sur-le-champ que madame était servie. Elle prit donc le bras que lui tendait Georgie et ils se dirigèrent vers la salle à manger d'un pas vacillant.

Georgie avait décidé qu'il était de son devoir de se montrer à la fois compatissant et tonifiant. Lucia devait se ressaisir après cette épreuve cruelle et le fait qu'elle eût demandé à Georgie d'apporter le quatre mains de Mozart était de bon augure. Bien que sa voix fût faible et brisée, elle parvint à demander, tandis qu'ils prenaient place à table :

« Quoi de neuf ?

– Je n'ai pratiquement pas quitté la maison et le jardin de toute la journée, dit Georgie. J'ai passé la pelouse au rouleau. À propos, saviez-vous que Daisy Quantock a eu une prise de bec avec son jardinier ? Dorénavant, elle fait tout le travail elle-même. Elle vaquait donc dans le jardin mitoyen avec sa fourche et sa brouette remplie de fumier. »

Lucia sourit faiblement.

« Chère Daisy ! dit-elle. Dans quel état va-t-elle mettre son jardin ! Et quoi d'autre ?

– Ah, oui ! J'ai pris le thé chez eux et pendant mon absence on a téléphoné chez moi par l'interurbain. Quelle barbe ! Pas moyen de savoir qui c'était. Elle va m'envoyer un télégramme. Je n'arrive pas à deviner qui ça pouvait être.

– Je me le demande aussi ! » dit Lucia d'une voix où pointait l'intérêt. Puis elle reprit son attitude appliquée. « Georgie, lorsque j'ai vu, posé sur la table, ce télégramme adressé à Peppino il y a deux jours, j'avais une sorte de pressentiment qu'il s'agissait de mauvaises nouvelles.

– Comme c'est curieux, dit Georgie. Et comme ce poisson est délicieux ! Comment faites-vous pour vous procurer de meilleures denrées qu'aucun d'entre nous ? Il a le goût de la mer. Et tout mon travail m'a creusé l'estomac. »

Lucia continua sans broncher.

« Je l'ai porté à ce pauvre Peppino, dit-elle, et il a vraiment blêmi. Et tout de suite après – comme je le reconnais bien là ! – il a pensé à moi. “Mauvaises nouvelles, chérie, dit-il. Il va falloir que nous nous aidions mutuellement à affronter l'épreuve !”

– Comme on reconnaît bien là Peppino, dit Georgie. Mr Quantock l'a vu se rendre à la gare. Où va-t-il passer la nuit ? »

Lucia reprit un peu de poisson.

« Dans la maison de tante Amy à Brompton Square », dit-elle.

« C'est donc là, à Brompton Square, que se trouve la maison ! » pensa Georgie. S'il restait la moindre lumière allumée chez Daisy (mis à part dans les chambres des domestiques, au dernier étage), il lui faudrait s'y arrêter un instant, en rentrant chez lui, pour communiquer la nouvelle.

« Ah bon ? Elle avait une maison à Brompton Square alors ? dit-il.

– Oui, une maison ravissante, dit Lucia. Et, bien entendu, pleine de vieux souvenirs chers au cœur de Peppino. Ce sera très pénible pour lui parce qu'il s'y rendait souvent pour voir sa tante lorsqu'il était petit.

– Et lui a-t-elle laissé la maison ? demanda Georgie en essayant de conserver un air neutre.

– Oui, et en pleine propriété, dit Lucia. Cela facilite les choses si l'on veut en disposer dans le cas où Peppino se résoudrait à la vendre. Et de très beaux meubles Queen Anne.

– Mon Dieu, c'est superbe ! dit Georgie. Ça vaut probablement une fortune. »

Lucia était certainement en train de se ressaisir après la cruelle épreuve, mais elle ne se permit pas de se ressaisir exagérément et hocha la tête d'un air triste.

« Peppino répugnerait d'avoir à se séparer des affaires de tante Amy, dit-elle. Tant de souvenirs… Il la revoit encore assise devant le secrétaire de noyer (vous savez, un de ces grands modèles avec un abattant ; toutes les poignées des tiroirs sont d'époque) en train de faire ses comptes le matin. Et au-dessus de la cheminée un portrait d'elle avec ses perles, peint par Sargent, plutôt une œuvre de la première manière. Quelques belles chaises Chippendale dans le goût chinois dans la salle à manger. Il faut que nous essayions de conserver quelques-unes de ces pièces. »

Georgie brûlait de poser une foule de questions, mais le moment était mal choisi : de toute évidence, Lucia prenait plaisir à distiller un à un tous ces somptueux détails entremêlés de souvenirs. Il commençait à partager l'interprétation cynique qu'avait suggérée Daisy : la cruelle douleur qui affligeait Peppino et Lucia dissimulait un copieux héritage. Des bouffées de jubilation s'échappaient de Lucia qui s'efforçait de les refouler tant bien que mal.

« Mais où allez-vous donc mettre toutes ces belles choses si vous vendez la maison ? demanda-t-il. Votre maison d'ici est déjà si parfaitement meublée.

– Rien n'est encore décidé, dit Lucia. Ni Peppino ni moi-même ne pouvons penser à autre chose qu'à cette chère tantine pour le moment. Dans les plus anciens souvenirs de Peppino, elle faisait montre d'une intelligence si vive ! Son portrait par Sargent la représente dans la force de l'âge. Et puis, tout est allé si vite… La dernière fois que Peppino l'a vue, elle jouissait d'une telle énergie. »

(« C'était la visite où elle l'a mordu », se dit tout bas Georgie.) Il ajouta tout haut :

« Évidemment, le choc doit être affreux pour vous. Et le tableau de Sargent, qu'est-ce que c'est ? Un petit format ou un portrait en pied ?

– Je pense que c'est un portrait en pied, dit Lucia. Je me demande où nous pourrions bien le mettre ici. Il y a aussi un cabinet Guillaume III. Mais, évidemment, on ne saurait songer à tout cela pour l'instant. Puis-je vous offrir un verre de porto ?

– C'est moi qui vais vous en servir un, dit Georgie. C'est exactement ce dont vous avez besoin après tous ces soucis et toutes ces douleurs. »

Lucia avança son verre vers lui.

« Rien qu'un demi-verre, dit-elle. Vous êtes si délicat et si compréhensif, Georgie ; je ne pourrais parler à personne sinon à vous et peut-être parler me fait-il du bien. Peppino dit qu'il y a quelques bouteilles de délicieux porto dans la cave de sa tante. »

Elle se leva.

« Allons dans le salon de musique, dit-elle. Nous allons bavarder encore un peu puis nous jouerons notre Mozart si je me sens d'attaque.

– Cela aussi vous fera du bien », dit Georgie.

Lucia sentait qu'elle pourrait supporter plus de lumière qu'il n'y en avait lorsqu'elle avait émergé de l'ombre avant le dîner et ils s'installèrent tout à fait confortablement au coin du feu.

« Peppino sera fort occupé dans les jours qui viennent, dit-elle. Heureusement son notaire travaille dans la même étude que celui de tante Amy et c'est vraiment un ami de la famille. D'après ce qu'il nous a dit, tout ce qu'elle pouvait posséder revient à Peppino bien que nous n'ayons en fait aucune idée de ce que cela représente. Mais avec tous les droits de succession et les droits de mutation, je sais que nous devons nous attendre à être très pauvres jusqu'au jour où nous aurons tout payé ; tous ces droits augmentent si scandaleusement à proportion de l'héritage. Ensuite, il faudra procéder à l'estimation de tout ce qui se trouve à Brompton Square et nous devrons payer un pourcentage sur le montant de l'inventaire. Ils font même une estimation des tapis et quelques-uns, petits et grands, sont de superbes tapis persans. S'y ajoutent les frais de commission de l'expert et les honoraires du notaire. Et une fois que tous ces frais sont réglés et classés, il reste le supplément d'impôt sur le revenu.

– Mais le revenu sera accru, dit Georgie.

– Oui, c'est une manière de voir les choses, dit Lucia. Mais Peppino dit que les taxes seront énormes. Il y a aussi un fort beau salon de musique. »

Lucia lança à Georgie l'un de ses fameux regards en vrille.

« Georgino, j'imagine que tout le monde à Riseholme brûle d'envie de savoir ce dont Peppino a hérité. Je trouve cela atrocement vulgaire, mais c'est peut-être naturel après tout. Tout le monde en parle, n'est-ce pas ?

– Eh bien, j'ai entendu évoquer la chose, dit Georgie. Mais je ne vois pas ce en quoi cela peut être vulgaire. J'y porte moi-même de l'intérêt. Cela vous concerne, vous et Peppino, et nous nous devons de porter de l'intérêt à ce qui concerne nos amis.

– Je le sais bien, *caro*, dit Lucia. Mais ce qui importe bien plus que l'argent en soi c'est la responsabilité qu'il implique. Peppino et moi-même disposons de tout ce qu'il nous faut pour subvenir à nos raisonnables et modestes besoins, et voilà à présent que nous échoit ce surcroît considérable de fortune… (j'entends considérable par rapport à notre modeste revenu actuel) et – comme je viens de le dire – cela implique certaines responsabilités. Il va nous falloir gérer avec discernement et parcimonie ce qu'il nous restera une fois réglées toutes ces énormes dépenses. Cette fameuse prairie au fond du jardin, nous l'achèterons tout de suite, évidemment, de manière à écarter tout risque d'y voir pousser des constructions. Et puis ensuite un nouveau télescope pour Peppino. Mais que puis-je désirer à Riseholme en plus de ce que j'ai déjà ? De la musique, des amis et la possibilité de les recevoir agréablement, mes livres et mes fleurs. Peut-être une bibliothèque construite à l'extrémité de l'aile de la maison, où Peppino pourrait se tenir sans être dérangé. Peut-être, de temps à autre, un quatuor à cordes que l'on ferait venir de Londres. Cela nous procurerait beaucoup de plaisir et la musique est bien plus qu'un plaisir, n'est-ce pas ? »

À nouveau, elle dirigea son regard en vrille vers Georgie.

« Il y a aussi le problème de la maison à Brompton Square, dit-elle. C'est là qu'est née tantine. Devrions-nous la vendre ? »

Georgie devina exactement ce qui trottait dans la tête de Lucia. À lui aussi, ça lui trottait dans la tête depuis l'instant où Lucia avait fait allusion au fort beau salon de musique. Sa voix s'était attardée sur ces derniers mots. On aurait dit qu'elle soulignait, caressait, et s'appropriait le lieu et son contenu.

« J'imagine que vous envisagez de garder la maison pour y vivre une partie de l'année », dit-il.

Lucia, inquiète, lança des regards soupçonneux, dans toutes les directions, comme si une bande d'espions s'étaient subrepticement glissés dans la pièce.

« Chut, Georgie, dit-elle. Pas un mot à ce sujet, c'est un ordre. Peppino et moi-même y avons effectivement songé.

– Mais j'avais cru comprendre que vous détestiez Londres, dit-il. Vous êtes toujours si contente d'en revenir, vous trouvez Londres si commun, si clinquant.

– En effet, si on le compare à l'exquise sérénité et à tout le sérieux de notre cher Riseholme où, dit-elle, il n'y a jamais la moindre note discordante… enfin, presque jamais. Et, cependant, on trouve à Londres une certaine animation, un rythme d'activités qui ici nous fait défaut. En plein mouvement, Georgie, au cœur de l'action ! Nous finissons peut-être par devenir trop délicats ici où tout respire l'harmonie et la culture ; peut-être sommes-nous trop protégés. S'il ne tenait qu'à moi, je ne quitterais jamais notre cher petit Riseholme, ne serait-ce qu'une seule journée. Dieu que tout serait simple si l'on pouvait s'abandonner à ses seuls désirs ! Une matinée consacrée à la lecture, un après-midi dans le jardin, mon piano après le thé et un ami tel que vous pour partager mon dîner et celui de Peppino, et pour me tancer d'importance comme vous n'allez pas tarder à le faire en constatant que j'ai massacré Mozartino. »

Lucia fit pivoter la broche élisabéthaine suspendue dans la vaste cheminée et fixa à nouveau Georgie un peu à la manière du *Vieux marinier* de Coleridge. Georgie n'avait d'autre choix que d'écouter... Les phrases de Lucia, bien construites et fleurant l'éloquence, ne cédaient rien à l'improvisation ; tout ce qu'elle énonçait était de toute évidence mûrement réfléchi et, probablement, avait été exprimé à haute voix devant Peppino. Elle n'aurait pu se montrer plus lucide et plus limpide quand bien même elle et Peppino ne se seraient entretenus de rien d'autre depuis que la terrible épreuve les avait frappés.

« Georgie, je me fais l'impression d'un vieux cheval oisif qu'on aurait mis au vert et auquel on passe brusquement le mors entre les dents et la selle sur le dos. Mais j'ai encore des réserves d'énergie pour abattre de la besogne, bien qu'il m'arrive parfois de penser qu'on aurait pu me laisser vieillir tranquillement dans l'exquise sérénité de notre Riseholme et de son paisible train-train. Mais j'ai l'impression que les choses n'iront pas de la sorte. Ma conscience me houspille : "Tu dois te remettre au trot, espèce de vieille chiffe molle !" Et puis, il me faut penser à Peppino. Mon Dieu, Peppino le bienheureux n'ouvrirait pas la bouche pour se plaindre si je refusais de bouger. Il lirait le journal, bricolerait dans le jardin, écrirait ses charmants petits poèmes (il en a commencé un hier, un sonnet exquis intitulé *Deuil)* et observerait les étoiles. Mais est-ce bien là une vie pour un homme ? »

Georgie sur sa chaise eut un geste involontaire révélant qu'il se sentait visé et Lucia s'empressa de dissiper tout malentendu dans ce qui pouvait passer pour une critique voilée.

« Votre cas n'est pas du tout le même, mon cher, dit-elle. Vous jouissez de la merveilleuse faculté de vous intéresser à tout. Mais songez un peu à ce que Londres apporterait à Peppino ! Son club compte le directeur de l'Observatoire de Greenwich parmi ses membres. Son autre club est d'obédience politique et ces derniers temps la politique a pris chez Peppino le caractère d'une obsession. Il y a aussi la salle de lecture du British Museum. Non, franchement, ce serait vraiment très égoïste de ma part de ne pas aller voir tout cela. Il faut que je pense à Peppino et, de fait, je pense à lui. Il ne faut pas que je sois égoïste, Georgie. »

L'idée que Lucia allait quitter Riseholme fit l'effet d'une bombe à retardement. À l'instant où elle exploserait, Georgie imagina le spectacle de Riseholme complètement désintégré, volant en mille morceaux. Puis, l'instant d'après, il l'imagina émergeant toujours intact du nuage de fumée, tel un fantôme. Certes, quelqu'un aurait à assumer la vacance du trône et à expédier les affaires courantes. La silhouette évanescente du beau Nash, favori de la cour à Bath, traversa l'esprit de Georgie. Ce n'était pas très gentil comme image, mais le flou même de ses contours l'affranchissait de toute inculpation de trahison. Il la chassa d'un mouvement de tête.

« Mais comment diable allons-nous faire pour nous passer de vous ? demanda-t-il.

– C'est gentil ce que vous dites là, Georgie, dit-elle, en faisant faire encore un tour à la broche (elle avait servi à rôtir un gigot de mouton le 1er Mai précédent, tandis que tout le monde avait pris place autour, qui en pourpoint, qui en corsage d'époque, qui en haut-de-chausses, et tous les parfums de l'Arabie[1] auraient à peine suffi à neutraliser les relents de viande grillée qui avaient imprégné la salle pendant des semaines entières). C'est gentil ce que vous dites là, mais ne pensez surtout pas que je déserte Riseholme. Il se pourrait bien que nous résidions à Londres (bien que, comme je viens de vous le dire, rien ne soit encore décidé) un ou deux mois, l'été, en revenant toujours ici à la fin de chaque semaine, et peut-être de novembre jusqu'à Noël, plus un petit séjour au printemps. Et puis nos amis de Riseholme viendront sans cesse nous rendre visite. Je crois bien qu'il y a cinq chambres d'amis dont l'une est agrémentée d'une salle de bains attenante et d'un salon particulier. Non, mon cher Georgie, il n'est pas question que je déserte jamais mon cher petit

1. Shakespeare, *Macbeth*, V, 1. *(N.d.T.)*

Riseholme. Si j'avais à choisir entre Londres et Riseholme, je n'hésiterais pas une minute.

– Alors vous allez conserver un train de maison avec des domestiques à demeure ici et à Londres ? demanda Georgie, au paroxysme de l'admiration.

– Peppino a jugé que nous pourrions nous le permettre, dit-elle, balayant d'un coup l'image du neveu effondré de douleur. Il a fait ses comptes hier soir… En limitant les gages des domestiques aux frais de nourriture dans l'autre maison – vous voyez ce que je veux dire, n'est-ce pas ? – et en faisant venir les légumes de la campagne, il a estimé que si nous faisions attention nous pourrions vivre correctement dans les limites de nos moyens. Cette perspective l'a complètement retourné et je l'ai entendu marcher de long en large bien après que je fus allée me coucher. Peppino a un sens tellement inné des détails pratiques. Il a l'intention d'avoir tout en double, à Londres, en fait de vêtements, affaires de toilette et autres, de manière à ne pas avoir à emporter de bagages à chaque déplacement. Quelle économie de pourboires et de faux frais ! Il dit, à juste titre, que c'est comme cela que file l'argent. Et puis nous n'aurons pas à louer un garage à Londres. Nous laisserons l'automobile ici et en ville nous utiliserons le métro et les taxis : à la guerre comme à la guerre ! »

Georgie était tout aussi retourné que Peppino. Il n'y tint plus : au diable la discrétion !

« Entre nous, dit-il, à combien estimez-vous que s'élève la totalité ? Je veux dire, la totalité de l'héritage qui l'attend. »

C'était au tour de Lucia d'envoyer la discrétion au diable et d'oublier qu'il leur faudrait vivre chichement pendant un bon bout de temps.

« Environ trois mille par an, d'après l'évaluation de Peppino, une fois réglés tous les frais. En fait, nos revenus seront pratiquement doublés. »

Georgie poussa un soupir de satisfaction sans mélange. Tellement de choses lui étaient révélées d'un seul coup, non seulement à propos du futur mais également du passé (car nul jusqu'alors n'avait jamais su le montant de leurs revenus) ! Et comme Robert Quantock s'était montré perspicace dans son estimation !

« Ce qui vous arrive est vraiment merveilleux, dit Georgie. Et je vous fais confiance : vous allez en disposer de manière magistrale. J'y pensais justement cet après-midi, mais je n'aurais jamais imaginé que cela atteindrait cette somme. Et il y a également les perles. Toutes mes félicitations ! »

Lucia eut soudain l'impression qu'elle avait un peu trop soulevé le voile sur le liseré d'argent (ou peut-être d'or ?) qui bordait le nuage d'affliction dans lequel elle avait été plongée.

« Pauvre tantine ! dit-elle. Nous ne l'oublions pas au milieu de tout cela. Nous espérions qu'elle nous serait conservée encore quelque temps. »

Cette remarque venait en droite ligne de la carte qu'elle avait adressée à Daisy Quantock (et peut-être aussi à bien d'autres), mais Lucia n'était pas censée savoir que Georgie en avait déjà eu connaissance.

« Eh bien, je suis venu chasser de votre esprit toutes ces tristes pensées, dit-il. Vous ne devez pas vous y attarder, désormais. »

Elle se leva ragaillardie.

« Vous vous êtes montré vraiment si gentil pour moi, dit-elle. Si j'étais restée seule, je n'aurais fait que broyer du noir. »

Elle retomba dans le jargon puéril qu'ils baragouinaient parfois en y intercalant des bribes d'italien élémentaire.

« Un peu de zizique, Georgie ? dit-elle. Et pis, i faut êt'e zentil-zentil ave' moi. Rien répété tous ces jours-ci. Vous avez apporté le Mozart ? Quelle paltie est la plus facile ? Lucia veut jouer la paltie la plus facile.

– Lucia prend la partie qu'elle veut, dit Georgie qui s'était aussi bien entraîné sur une partie comme sur l'autre.

– Le dessus, alors, dit Lucia. Oh, mais comme ça a l'air dur dur ! Plein de petites notes. Et moi si bébête pour lire ! Alors, on y va. C'est vous qui commencez. *Uno, due, tre.* »

L'éclairage près du piano n'était pas des meilleurs, mais Georgie ne voulait pas chausser ses lunettes, sauf cas de force majeure, car il ne pensait pas que Lucia sût qu'il en portait et, en outre, les lunettes juraient en quelque sorte avec le pantalon de style « étudiant d'Oxford ». Mais, rien à faire, ça n'allait pas du tout ; aussi, après avoir lamentablement massacré la première page, il rendit les armes.

« Ze doit mett' mes pitites lunettes, dit-il. Moi pauv' vieux aveugle. »

Il eut alors une immense surprise. « Et moi pauv' vieille aveugle, dit Lucia. Ze viens d'avoir des pitites lunettes toutes neuves. Oh, Georgie, vous ne trouvez pas que nous sommes en train de devenir *vecchio* ? Allez, recommençons. *Uno, due...* »

À partir de ce moment-là, le Mozart se déroula à merveille et chacun s'extasia *in petto* sur la qualité du déchiffrage de l'autre. Lucia soupçonna Georgie d'avoir déchiffré la partition à l'avance. Soit, mais après tout il lui avait laissé prendre la partie de son choix et si Georgie avait déjà travaillé la partition, il aurait très vraisemblablement répété la partie de droite. Elle n'aurait jamais imaginé un seul instant qu'il aurait poussé le zèle jusqu'à répéter les deux parties. Ensuite, ils rejouèrent le morceau en entier en échangeant leurs parties et, là encore, tout alla à merveille. Il se faisait tard et Georgie ne tarda pas à se lever pour prendre congé.

« Et que devrais-je dire si l'on vient à savoir que j'ai dîné chez vous et que l'on me demande si vous m'avez dit quelque chose ? » demanda-t-il.

Lucia referma le piano et se concentra.

« Ne dites rien de nos projets concernant la maison de Brompton Square, dit-elle, mais je ne vois pas pourquoi on devrait ignorer qu'il existe une maison à Brompton Square. Je déteste les cachotteries et, après tout, lorsque le testament sera publié dans les journaux, tout le monde sera au courant. Par conséquent, dites qu'il y a une maison à Brompton Square, pleine de belles choses. De même, ils vont savoir le montant des valeurs. Par conséquent, dites le chiffre estimé par Peppino.

– Je vois », dit Georgie.

Elle l'accompagna à la porte et fit quelques pas dans le petit jardin de façade où les narcisses étaient en fleur. La nuit était claire mais sans lune, et la cohorte des étoiles brillait de tous ses feux.

« Aldebaran ! dit Lucia en pointant le doigt vers l'ensemble de la voûte étoilée. Celle qui brille, là. Oh, Georgie, comme il est reposant de regarder Aldebaran lorsqu'on est triste ou accablé de soucis ! Elle vous soulève l'esprit au-dessus des préoccupations mesquines et des petites misères individuelles. La patène d'or étincelant[1] ! Merveilleux Shakespeare ! Passez me voir demain après-midi, voulez-vous, pour me dire un peu s'il y a du nouveau. Naturellement, je ne bougerai pas de la maison.

– Oh, mais venez déjeuner chez moi, dit Georgie.

– Non, cher Georgie : les obsèques ont lieu à deux heures. À Putney Vale. *Buona notte.*

– *Buona notte*, chère Lucia », dit-il.

Georgie se hâta de rentrer chez lui. Il fut déçu de constater que les lumières étaient éteintes dans le salon de Daisy ainsi que dans le bureau de Robert Quantock. Mais lorsqu'il monta dans sa chambre, où Foljambe avait oublié de tirer les stores, il aperçut une lumière dans la chambre à coucher de Daisy. Tandis qu'il venait à peine de regarder dans cette direction les rideaux s'écartèrent et Daisy apparut, enveloppée d'une ample robe de chambre, en train d'ouvrir les fenêtres à guillotine vers le haut et vers le bas car, dans les règles d'hygiène qu'elle venait d'adopter, le premier article stipulait qu'il fallait dormir en pleine bourrasque.

1. Shakespeare, *Le Marchand de Venise*, V. 1. *(N.d.T.)*

Elle aussi, de son côté, avait dû voir que la chambre de Georgie était éclairée et qu'il regardait au-dehors car elle lui fit de grands signes et il poussa la vitre.

« Alors ? fit-elle.

– Brompton Square, dit Georgie, et trois mille livres par an !

– Pas possible ! » s'exclama Daisy.

II

La simple formule « Pas possible ! » recelait de multiples connotations dans l'idiome riseholmitain. On l'utilisait, bien entendu, comme fin de non-recevoir, tout bonnement, et si vous souhaitiez appuyer votre refus, vous ajoutiez : « C'est hors de question ! » Mais lorsqu'il s'agissait d'employer la formule « Pas possible ! » sur un ton emphatique, comme l'avait fait Daisy en s'adressant à Georgie par la fenêtre, ce n'était plus du tout une négation. En bref, cela signifiait : « Je n'ai jamais rien entendu d'aussi extraordinaire et j'en suis complètement retourné. Allez-y, dites-moi immédiatement la suite. Ne me faites grâce d'aucun détail. Après quoi, nous échangerons nos commentaires en reprenant tout, point par point, depuis le début. »

En l'occurrence, Georgie ne dit pas immédiatement la suite. Une fois produit son coup de théâtre, il referma la fenêtre avec un art consommé et baissa le store, en condamnant Daisy à ne pas fermer l'œil une bonne partie de la nuit, à ruminer cette stupéfiante nouvelle et à se demander ce que Peppino et Lucia allaient bien pouvoir faire de tout cet argent. Elle parvint à une série de conclusions : elle devina qu'ils allaient acheter la prairie au bout du jardin et se procurer un nouveau télescope, mais la construction d'une bibliothèque ne lui effleura pas l'esprit. Avant qu'elle ne s'endormît, un problème encore plus important s'imposa à elle et elle se mit à griffonner à l'intention de Georgie un petit billet à lui remettre aux aurores qui portait ces mots :

« Mais a-t-elle dit quelque chose au sujet de la maison ? Que vont-ils en faire ? Et vous ne m'avez pas dit quel était le numéro dans la rue », exactement comme elle aurait poursuivi la conversation si Georgie n'avait pas fermé sa fenêtre si tôt et baissé le store, à l'instar d'un rideau de scène juste après son superbe coup de théâtre.

Foljambe remit ce billet à Georgie en lui montant sa tasse de thé matinale accompagnée du verre d'eau bouillante qu'il avalait parfois à la place du thé s'il croyait avoir commis un écart de régime la veille au soir, ainsi que le petit pot en verre contenant des sels Kruschen qu'il versait parfois dans son eau bouillante ou dans son thé. Georgie avait du mal à se dégager d'un sommeil tenace ; encore tout endormi, il se retourna sur lui-même dans son lit de manière à dissimuler aux regards de Foljambe la partie de son crâne où il ajustait son faux toupet et il étouffa un ronflement (il n'aurait pas aimé que Foljambe pensât qu'il ronflait). Mais quand elle lui annonça : « Monsieur, il y a un télégramme pour vous », Georgie, vêtu de son pyjama de soie rose, se redressa immédiatement.

« Pas possible ! » dit-il d'un ton emphatique.

Il déchira l'enveloppe dont s'échappa toute une liasse de feuillets. Dès qu'il en eut lu les premiers mots, il avait déjà si bien identifié l'expéditeur qu'il ne prit même pas la peine de vérifier la signature sur le dernier feuillet.

> « Bien-aimé Georgie (ainsi commençait le télégramme),
> J'ai essayé en vain de vous appeler par téléphone et, de guerre lasse, je vous envoie ceci. C'est extrêmement dispendieux, mais de la plus haute importance. Suis arrivée à Londres hier et passerai le week-end à Riseholme. Dînerai avec vous samedi, seule à seul, pour que vous me racontiez toutes les nouvelles. Venez déjeuner et dîner dimanche et invitez tout le monde (Lucia tout spécialement) soit pour le midi soit pour le soir. Emmènerai une cuisinière mais faites livrer suffisamment de provisions pour dimanche. Tournée merveilleuse en

Amérique et en Australie et loue une maison à Londres pour la saison. Viendrai en automobile.
Dieu vous garde,

Olga »

Georgie bondit hors de son lit, parcourut le billet griffonné au crayon par Daisy d'un œil rapide et le jeta au panier. De toute façon, cela n'appelait pas de commentaire étant donné la consigne reçue de ne pas divulguer le projet relatif à la maison de Brompton Square, et puis Georgie n'en connaissait pas le numéro tandis que le télégramme d'Olga contenait de quoi vous occuper un homme pendant vingt-quatre heures. Georgie était tellement surexcité qu'il aurait été bien en peine de dire si ce qu'il buvait était du thé ou de l'eau bouillante ou des sels de Kruschen. Il lui fallait prévoir également d'user du maximum de diplomatie à l'endroit de Lucia. Elle figurait sans conteste en tête de liste parmi les personnes à inviter et il faudrait probablement faire preuve de persuasion ne serait-ce que pour l'amener à accepter l'invitation de son choix, nonobstant tous les égards dus à son grand deuil, en précisant bien que les festivités se limiteraient à la présence d'un ou de deux convives triés sur le volet suivant ses propres instructions. Cependant, Georgie avait le sentiment que, d'une manière ou d'une autre elle se laisserait fléchir et accepterait de venir, parce que tous les autres allaient se rendre chez Olga pour l'un ou l'autre repas et il serait fastidieux pour Lucia d'avoir à expliquer plusieurs fois dans les jours à venir qu'on l'avait bien invitée, mais qu'elle ne s'était pas sentie en mesure de se rendre à l'invitation. Et si elle omettait de donner chaque fois toutes les explications, Riseholme ne manquerait pas de penser – c'était joué d'avance – qu'elle n'avait pas été invitée. « Un tantinet de diplomatie », pensa Georgie tout en se rendant d'un bon pas chez Lucia après le petit déjeuner, tête nue mais avec un camail de fourrure autour du cou.

On le fit entrer dans le salon de musique pendant que la bonne allait avertir sa maîtresse. Le piano était ouvert : elle avait donc répété son morceau et la partition du quatre mains de Mozart qu'elle avait si habilement déchiffrée la veille au soir était ouverte sur le pupitre. Georgie crut tout d'abord qu'il avait oublié de reprendre son propre exemplaire en partant, mais en l'examinant de plus près il remarqua des doigtés griffonnés au crayon sur les passages les plus épineux de la partie de droite. Or, il n'avait jamais marqué aucun doigté… Il aperçut alors, par la fenêtre donnant sur le jardin, Lucia qui arrivait. Il se dépêcha de prendre place sur une chaise bien éloignée du piano et se plongea dans la lecture du *Times*.

Ils s'installèrent tous deux devant la cheminée et Georgie exposa l'objet de sa visite.

« J'ai reçu ce matin des nouvelles d'Olga, dit-il. Un bon télégramme de plusieurs pages. Elle vient à Riseholme ce week-end. »

Lucia eut un sourire frigorifié. Elle n'avait cure de l'arrivée d'Olga. Tout Riseholme était entiché d'Olga.

« Voilà qui vous fera plaisir, Georgie, dit-elle.

– Elle m'a expressément confié un message à votre intention, dit-il.

– Je lui sais gré de ses condoléances, dit Lucia. Elle aurait peut-être pu me les adresser directement par écrit, mais je suis persuadée que ça partait d'un bon sentiment. Comme elle vous a chargé de me transmettre ce message de vive voix, pouvez-vous en réponse la remercier de vive voix ? Je vous en serai très obligée. »

Tandis qu'elle formulait ces propos d'un ton glacial, elle se releva assez prestement et passa derrière Georgie. Elle avait aperçu quelque chose de blanc sur le pupitre du piano.

« Ne bougez pas, Georgie, dit-elle. Restez assis près du feu et prenez une cigarette. Y a-t-il autre chose ? »

Elle traversa le salon en direction du piano et Georgie, bien qu'il fût un peu dur d'oreille, entendit bien distinctement le froissement du papier. La politesse la plus élémentaire lui interdisait de se retourner. En outre, il savait parfaitement ce qui se passait dans son dos. Mais il ne put interpréter le sens d'un second froissement de papier.

« Y a-t-il autre chose, Georgie ? répéta Lucia en revenant s'asseoir.

– Oui. Le message d'Olga, voyez-vous, ne se rapportait pas à cela, dit-il. De toute évidence, elle n'avait pas eu connaissance de votre deuil.

– Bizarre, dit Lucia. J'aurais imaginé que le décès de Miss Amy Lucas, quand même… Quoi qu'il en soit, à quoi se rapportait le message, alors ?

– Elle désirait vivement (elle a dit mot pour mot : "Lucia tout spécialement") que vous veniez déjeuner ou dîner chez elle dimanche. Avec Peppino, bien entendu.

– Très gentil de sa part, mais vous comprenez naturellement que c'est tout à fait impossible, dit Lucia.

– Oh, mais il ne faut pas dire ça, rétorqua Georgie. Elle ne sera ici que pour un jour, dimanche, et elle désire revoir tous ses vieux amis. Lucia tout spécialement, vous avez remarqué. En fait, elle m'a demandé d'organiser deux petites fêtes pour elle, une au déjeuner et l'autre au dîner. C'est donc vous que je suis venu voir en premier pour savoir laquelle des petites fêtes vous choisissiez. »

Lucia secoua la tête.

« Une fête ! dit-elle. Comment vous imaginez-vous que je puisse m'y rendre ?

– Mais ce ne sera pas le genre de fête que vous croyez, dit Georgie. Il n'y aura que quelques amis à vous. Peppino et vous-même n'aurez vu personne ni ce soir ni toute la journée de demain. D'ici à dimanche il vous aura entretenu de tout ce qu'il a appris. Et puis cela n'apporte rien de bon de rester isolés à broyer du noir. »

Tout en disant à Georgie qu'il lui paraissait absolument impossible de répondre à l'invitation, Lucia avait vivement souhaité qu'il la suppliât d'accepter. À la vérité, s'il ne l'avait pas fait spontanément, elle s'était préparée à lui faciliter la tâche. Les derniers mots de Georgie lui fournirent l'occasion rêvée.

« C'est bien la question que je me pose ! dit-elle. Si vraiment il ne s'agit pas d'une fête, Peppino pourrait être tenté de s'y rendre. Broyer du noir n'avance à rien. Vous avez raison. Il ne faut pas que je le laisse broyer du noir. C'est égoïste de ma part de n'y pas songer davantage. Qui seraient les invités, Georgie ?

– Il ne dépend que de vous d'en décider, dit-il.

– Vous-même ? demanda-t-elle.

– Oui, j'y serai, dit Georgie tout en jugeant inutile d'ajouter qu'Olga dînait chez lui samedi et que dimanche il serait de la partie et pour le déjeuner et pour le dîner. Oui, elle m'a prié de venir.

– Très bien alors. Et que diriez-vous d'inviter cette pauvre Daisy et son mari ? dit Lucia. Cela leur ferait tellement plaisir de sortir, pour une fois. Nous serions donc six. Je pense que cela suffira. Je ferai de mon mieux pour persuader Peppino.

– Parfait, dit Georgie. Et que préféreriez-vous, le déjeuner ou le dîner ? »

Lucia poussa un soupir.

« Je dirais plutôt le dîner. On se sent plus en mesure de faire les efforts requis le soir. Mais, bien entendu, tout dépendra de ce qu'en pensera Peppino. »

Elle jeta un coup d'œil à la pendule.

« En ce moment, il a dû quitter Brompton Square, dit-elle. Et puis ensuite, son notaire viendra déjeuner avec lui pour lui parler. Il y a tellement d'affaires à régler ! »

Georgie se souvint soudain qu'il ne savait toujours pas l'adresse exacte de la maison.

« Je n'en doute pas, dit-il. Quel endroit ravissant, bien qu'assez bruyant, j'imagine, du côté sud.

– Oui, mais délicieusement paisible du côté nord, dit Lucia. Ça forme un arc de cercle qui aboutit à une impasse. Le numéro vingt-cinq est situé juste avant le tournant. Et puis il n'y a aucune maison sur l'arrière. Rien qu'un vieux cimetière tranquille – triste paysage, évidemment, pour Peppino en ce jour… – coupé par un petit chemin pour les piétons qui mène à Ennismore Gardens. Mon salon de musique donne sur l'arrière. »

Lucia se leva.

« Eh bien, Georgie, vous n'allez pas manquer de travail ce matin, dit-elle. Il vous faut avertir tous les invités pour dimanche et je ne dois pas vous retenir. Mais j'aimerais vous jouer une petite pièce de Stravinsky que j'ai essayé de déchiffrer. Moderne en diable, bien entendu, et il se peut que cela vous paraisse cacophonique à première audition. Dans le meilleur des cas, ça ne peut prétendre qu'au modeste rang de petit grelot si vous le comparez aux grands immortels, mais il y a quelque chose là-dedans et on ne doit pas condamner sans appel toutes les productions modernes avant de les avoir écoutées. Il fut un temps, sans aucun doute, où les plus grandes sonates de Beethoven elles-mêmes étaient jugées modernes et révolutionnaires. »

Elle invita Georgie à l'accompagner vers le piano sur le pupitre duquel était disposée la petite pièce de Stravinsky (voilà qui expliquait le second froissement de papier demeuré jusque-là mystérieux).

« Asseyez-vous à côté de moi, Georgie, dit-elle, et tournez rapidement la page quand je ferai signe de la tête. Un peu comme ceci. »

Lucia vint à bout de la première page sans encombre. Après quoi, tout sembla se gâter. Georgie s'était attendu à quelque chose de bizarre, sans queue ni tête d'un bout à l'autre, mais de toute évidence Stravinsky n'avait pas pu pousser les choses au point d'écrire vraiment ce que Lucia jouait en ce moment. Georgie s'aperçut soudain qu'il y avait un changement d'armure, mais très discret, au beau milieu d'une mesure, et Lucia n'en avait pas tenu compte. Elle continua de jouer avec une virtuosité étonnante et fit un signe de tête à la fin de la seconde page. Par bonheur, la dernière partie reprenait la tonalité initiale. Était-il judicieux de le signaler à Lucia ? Il jugea qu'il valait mieux s'en abstenir. La prochaine fois (ou une des prochaines fois) qu'elle jouerait le morceau, elle ne manquerait vraisemblablement pas de repérer le changement de tonalité.

Un trait brillant en forme de gammes chromatiques divergentes scella l'apothéose de ce feu d'artifice et Lucia eut un petit frisson.

« Il faut que j'y travaille encore, dit-elle, avant de m'en faire une opinion définitive… »

Négligemment, elle laissa courir ses doigts sur le clavier puis s'arrêta. Ensuite, arborant l'expression inspirée que Georgie ne connaissait que trop, elle joua le premier mouvement de la *Sonate au clair de lune*. Georgie lui aussi adopta l'expression de circonstance attachée à toute audition de Beethoven et, après l'accord final, il poussa le petit soupir d'usage.

« C'était divin, dit-il. Vous ne l'avez jamais aussi bien joué. Merci, Lucia. »

Elle se leva.

« C'est l'immortel Beethoven que vous devez remercier », dit-elle.

La tête de Georgie bourdonnait de toutes les pensées qu'engendre le raisonnement par induction tandis qu'il s'agitait pour accomplir les missions attachées à son rôle d'hôte par procuration. Lucia avait certainement décidé de s'établir une seconde résidence à Londres puisqu'elle avait dit mot pour mot « mon salon de musique » en faisant référence à la maison de Brompton Square. De même, le sens de sa condescendance à toucher Stravinsky ne fût-ce que du bout d'un doigt sautait tout naturellement aux yeux. Elle se voyait installée dans le monde moderne et elle allait se mettre à la page. Le salon de musique de Brompton Square n'allait pas se limiter à renvoyer l'écho du premier mouvement de la *Sonate au clair de lune*. « C'est trop palpitant », se dit Georgie qui, dans le feu de l'activité cérébrale qui l'embrasait, faillit oublier de mettre son camail de fourrure.

Bien entendu, sa première visite fut pour Daisy Quantock, mais il n'avait pas l'intention de s'attarder plus qu'il n'était nécessaire pour s'assurer de sa présence et de celle de son mari au dîner dominical chez Olga et pour donner à Daisy l'adresse exacte de la maison de Brompton Square. Il découvrit qu'elle avait creusé une grande tranchée tout autour de son mûrier et que, en suivant son instinct[1] et armée d'une hache, elle n'y allait pas de main morte pour rafraîchir les racines. En fait, elle les avait amputées de leurs extrémités et un gros tas de racines de mûrier jonchait le sol en attendant d'être évacué vers le bûcher au moyen de la brouette à présent vidée de son fumier.

« Vingt-cinq, c'est un chiffre facile à retenir, dit-elle. Et ont-ils l'intention de la mettre en vente ?

– Rien n'est encore décidé, dit Georgie. Mais ne trouvez-vous pas que vous y êtes allée un peu fort, chère amie ? L'arbre ne risque-t-il pas d'en crever ?

– Loin de là ! dit Daisy. Il va produire deux fois plus de mûres que par le passé. L'an dernier, il n'en a donné qu'une. Il faut toujours rafraîchir les racines d'un arbre fruitier qui ne donne pas de fruits. Et les perles ?

– Aucune nouvelle, dit Georgie, si ce n'est qu'elles figurent sur un portrait de la tante peint par Sargent.

– Pas possible ! Sargent ? demanda Daisy.

– Oui. Et il y a aussi des meubles Queen Anne et des chaises Chippendale dans le goût chinois, dit Georgie.

– Et combien de chambres à coucher ? demanda Daisy en essuyant sa hache sur le gazon.

1. Francis Bacon, *Traité de la valeur et de l'avancement des sciences*, livre II, VI, 1. *(N.d.T.)*

– Cinq chambres d'amis, ce qui, à mon avis, doit faire sept en tout, dit Georgie, dont l'une avec un petit salon attenant et salle de bains particulière. Plus un beau salon de musique.

– Georgie, qu'elle vous l'ait avoué ou pas, elle a l'intention de s'y installer à demeure, dit Daisy. On ne fait pas un inventaire aussi détaillé des chambres à coucher d'une maison qu'on veut vendre. Ça ne se fait pas.

– Je vous le répète, rien n'est encore décidé, dit Georgie. Vous serez donc au dîner chez Olga dimanche. À présent, je me sauve : je dois réunir les noms des convives pour le déjeuner.

– Pas possible ! Elle reçoit aussi à déjeuner ? demanda Daisy.

– Oui. Elle veut voir tout le monde.

– Et cinq chambres d'amis, disiez-vous ? demanda Daisy tout en commençant à combler sa tranchée. »

Georgie se précipita vers le portail d'entrée et Daisy remblaya la terre à la pelle avant de se ruer à l'intérieur pour resservir toutes ces nouvelles à son mari. Il souffrait d'un léger rhumatisme à l'épaule, et elle lui prodigua quelques formules d'autosuggestion selon la méthode Coué avant d'aller décommander le poulet qu'elle avait fait mettre de côté pour le dîner dominical de son mari.

Georgie pensa qu'il serait prudent de se rendre tout d'abord chez Olga afin de s'assurer qu'elle avait bien averti de son arrivée en fin de semaine la personne chargée de la maison en son absence. C'était le genre de mission que les *prime donne* oublient parfois.

Un homme était juché sur le toit de La Vieille Maison, un rouleau de fil électrique à la main, et un autre s'était assis sur la cheminée. Bien que la TSF n'eût pas encore fait son apparition à Riseholme, Georgie conclut immédiatement qu'Olga la faisait installer. Et Lucia ? Qu'allait-elle en dire ? Pour commencer, c'était radicalement anti-élisabéthain et bien qu'elle eût entériné l'introduction du téléphone, elle s'était très vigoureusement déclarée défavorable à la TSF. Elle en avait fait elle-même l'expérience malheureuse lors d'une récente visite à Londres au cours de laquelle la maîtresse de céans avait allumé le poste et toute la compagnie s'était vue gratifiée d'une conférence explicite prononcée en direct par une infirmière d'hôpital sur le thème de la pyorrhée… Georgie, de toute façon, verrait Olga avant que Lucia ne vînt dîner chez elle dimanche et il pourrait lui expliquer l'exécration de Lucia pour l'appareil.

Venait ensuite l'agréable mission d'inviter tout le monde à déjeuner. C'était précisément le moment de la journée où les Riseholmitains avaient l'habitude de se rencontrer en entrant dans les boutiques, ou en en sortant, et d'apprendre les dernières nouvelles à la faveur de ce chassé-croisé. Il était déjà de notoriété publique que Georgie avait dîné chez Lucia la veille et que Peppino s'était rendu aux obsèques de sa tante, et tout le monde brûlait d'envie de s'entendre confirmer quelque chose de précis qui authentifierait la fortune immense qui n'avait pas manqué d'échoir aux Lucas… Mrs Antrobus (l'acuité de sa vue palliait sa surdité) se planta donc devant La Vieille Maison lorsque Georgie en sortit et fit mine de s'absorber dans la contemplation du paysage, le cornet acoustique aux aguets. Les supputations populaires quant au montant du magot s'étaient d'ores et déjà gonflées comme une baudruche.

« Un quart de million, d'après ce que j'ai entendu dire, monsieur Georgie, dit-elle, et une maison à Grosvenor Square, c'est bien ça, n'est-ce pas ? »

Avant que Georgie ait pu répliquer, les deux filles de Mrs Antrobus, Piggy et Goosie, arrivèrent en sautillant et en se tenant par la main. Piggy et Goosie ne marchaient jamais comme le font la plupart des gens, elles sautaient et faisaient des gambades pour bien montrer combien trente-quatre et trente-cinq ans demeuraient un âge éminemment puéril.

« Oh, monsieur Georgie, ne vous en allez pas, dit Piggy. Tout le monde veut entendre. Et les perles ? Suffiraient-elles à payer la rançon d'une reine ?

– Ridicule, dit Goosie. Je ne crois pas à l'existence de ces perles.

– Eh bien moi, je ne crois pas à l'existence de Grosvenor Square, dit Goosie. Alors, c'est toi qui es ridicule ! »

Quand se fut apaisé cet assaut de cervelles en ébullition et que Piggy eut donné une petite tape sur les mains de Goosie, elles firent « Chut ! » d'une même voix.

« Eh bien, voyez-vous, je ne peux rien dire à propos des perles, dit Georgie.

– Comment, qu'est-ce que vous ne pouvez pas dire ? dit Mrs Antrobus.

– À propos des perles », dit Georgie en se penchant vers le pavillon du cornet acoustique de Mrs Antrobus. On aurait dit la trompe d'un tout petit éléphant et elle l'agitait en tout sens comme pour quémander un bout de pain.

« À propos des perles, maman, hurlèrent Goosie et Piggy en chœur. N'interrompez pas monsieur Georgie !

– Et quant à la maison, elle n'est pas sise à Grosvenor Square mais à Brompton Square, dit Georgie.

– Mais c'est pratiquement dans les bas quartiers, dit Mrs Antrobus. Je suis déçue.

– Pas du tout, c'est un coin charmant », dit Georgie. Ce n'était pas du tout l'effet qu'il avait escompté : il s'attendait à des exclamations de surprise et d'envie à l'annonce de ces nouvelles.

« Et pour ce qui est de la fortune, environ trois mille livres par an.

– C'est tout ? dit Piggy d'un air profondément dégoûté.

– À peine la portion congrue pour des millionnaires comme Piggy, dit Goosie, et elles recommencèrent à échanger des petites tapes.

– Et quoi de neuf encore ? demanda Mrs Antrobus.

– Ah oui ! dit Georgie. Olga Bracely arrive ici demain.

– Pas possible ! dirent en chœur les trois dames.

– Et son mari ? demanda Piggy.

– Non, pas lui, dit Georgie d'un ton neutre. En tout cas, elle ne l'a pas mentionné. Mais elle désire inviter tous ses amis à déjeuner dimanche prochain. Alors, c'est d'accord, vous viendrez toutes les trois ? Elle m'a dit d'inviter tout le monde sans exception.

– Mais oui, bien sûr ! dit Piggy. Oh ! Chic alors ! J'adore Olga. Est-ce qu'elle me permettra de m'asseoir à côté d'elle ?

– Comment ? dit Mrs Antrobus.

– Déjeuner chez Olga Bracely dimanche, maman ! cria Goosie.

– Mais elle n'est pas là, dit Mrs Antrobus.

– Non, mais elle va venir, maman, hurla Piggy. Allons, viens, Goosie ! Voilà Mrs Boucher. Nous allons la mettre au courant au sujet de cette pauvre Mrs Lucas. »

Le fauteuil roulant de Mrs Boucher était juste en face de la boutique où son mari était en train de commander le rôti pour le dimanche suivant. Piggy et Goosie, avant même que Georgie ne fût parvenu à côté de Mrs Boucher, avaient déversé dans les oreilles de cette dernière tout le récit de l'indigence toute relative de Lucia. En l'occurrence, cependant, il reçut un accueil tout différent et Georgie se retrouva être le héros de l'heure.

« C'est une fortune énorme ! J'appelle cela une fortune énorme ! dit Mrs Boucher d'un ton péremptoire tandis que Georgie s'approchait d'elle. Bonjour, monsieur Georgie, j'ai entendu les nouvelles et j'espère que Mrs Lucas en fera bon usage. Et Brompton Square, également ! J'avais une tante autrefois qui y habitait et elle avait coutume de répéter qu'elle préférait vivre là plutôt qu'au palais de Buckingham. À votre avis, que vont-ils décider d'en faire ? Cela doit valoir son pesant d'or. Quelle coïncidence que la tante de Mrs Lucas et ma propre tante aient toutes deux habité à Brompton Square ! Quoi de neuf encore ?

– Ah oui ! dit Georgie. Olga arrive ici demain…

– Eh bien, dites-moi ! Voilà une nouvelle de taille ! dit Mrs Boucher tandis que son mari ressortait de la boutique. Jacob ! Olga arrive demain, c'est Mr Georgie qui vient de me l'apprendre. Voilà qui va vous faire plaisir. Vous êtes follement amoureux d'Olga, Jacob, ne me dites pas le contraire. Vous êtes un don Juan invétéré, Jacob, voilà ce que vous êtes. Vous n'allez plus me prêter la moindre attention tant qu'Olga sera là. À votre place, j'aurais honte, surtout à votre âge. Elle qui pourrait être votre fille, ou la mienne aussi bien. Et trois mille livres par an m'apprend Mr Georgie. J'appelle cela une fortune énorme. C'est de Mrs Lucas qu'il s'agit à présent, vous me suivez ? J'aurais dit deux mille, quant à moi. J'en suis littéralement abasourdie. Tenez, lorsque Mrs Toppington mère, pas la femme du jeune Toppington qui avait épousé la nièce de l'inventeur du gaz hilarant, mais la femme de son père, ou peut-être de son oncle, je ne saurais dire lequel au juste, quoi qu'il en soit lorsque Mr Toppington père mourut, il laissa à son fils, à moins que ce ne fût à son neveu, une somme qui atteignait environ ce chiffre et on le considérait comme un homme très riche. Il possédait la maison qui se trouve juste au-delà de l'église de Scroby Windham où mon père était pasteur et il avait fait construire l'aile neuve avec la salle de billard… »

Georgie savait qu'il ne viendrait jamais à bout de son programme de travail pour la matinée s'il prêtait l'oreille à tout ce que Mrs Boucher pouvait avoir à raconter au sujet du jeune Mr Toppington. Il intervint donc :

« Et elle désire vous recevoir à déjeuner dimanche, le colonel et vous-même, dit-il. Elle m'a dit d'inviter tous ses vieux amis.

– Eh bien, voilà ce que j'appelle très gentil de sa part, dit Mrs Boucher. Bien entendu, nous nous y rendrons… Jacob, le rôti. Nous n'aurons pas besoin du rôti. J'avais l'intention de vous servir une côtelette de veau dimanche soir, par conséquent pourquoi prendre un rôti ? Il suffira de prévoir un morceau de bifteck pour les domestiques, un beau morceau. Eh bien, quels bons moments en perspective nous promet ce déjeuner chez notre chère Olga ! Il y aura pas mal d'invités, ma foi ! »

Le poulet de Mrs Quantock, déjà décommandé, ferait parfaitement l'affaire pour le souper de samedi auquel Georgie avait convié Olga et, lorsqu'il eut effectué toutes ses courses, la matinée touchait à sa fin sans qu'il ait eu le temps de travailler son piano ni de s'occuper de son jardin, ni de faire un seul point à son nouvel ouvrage de broderie. Un nouveau lot de surprises l'attendait lorsque, tout fourbu, il rentra chez lui. En effet, Foljambe lui apprit que Lucia lui avait envoyé sa bonne pour lui emprunter son traité de bridge. Pour l'instant, il était trop fatigué pour tenter d'éclaircir ce nouveau mystère, mais il trouva curieux que Lucia (elle qui méprisait tous les jeux de cartes en bloc comme un passe-temps tout juste bon pour ceux qui ne jouissaient pas des qualités intellectuelles nécessaires pour parler ou même pour écouter une conversation digne de ce nom) ait pris cette initiative. Dans la catégorie de ce que Lucia considérait comme des inepties, les jeux de cartes figuraient juste au-dessus des mots croisés. À quoi rimait donc cet emprunt ?

Jusqu'au dimanche matin suivant on ne vit en public ni Lucia ni Peppino, bien que Daisy Quantock eût entr'aperçu ce dernier de retour le vendredi après-midi. Courbé sous le poids du chagrin, il franchit d'une démarche chancelante le petit jardin pavé qui menait à la porte d'entrée du Hurst. Lucia lui ouvrit la porte, ils hochèrent tous deux tristement la tête et entrèrent dans la maison.

Tout le monde convint qu'ils n'étaient pas sortis de chez eux le samedi. Leur première apparition en public eut lieu le lendemain matin à l'église. Pour ce qui est de Lucia, on pouvait difficilement parler d'apparition tant son voile de crêpe noir était impénétrable à tout regard. Mais cela marquait, pour ainsi dire, la fin du grand deuil (en outre, tout le monde savait qu'elle allait dîner chez Olga le soir même) et, à l'issue de l'office, elle releva son voile et tint une sorte de petite réception, debout sous le porche, en serrant les mains de tous ses amis au fur et à mesure qu'ils sortaient. Tout le monde eut le sentiment que cela symbolisait son retour officiel à la vie sociale de Riseholme.

La silhouette de Georgie passa à peine moins inaperçue. Malgré les commentaires violemment sarcastiques de Robert au sujet de son pantalon style « étudiant d'Oxford », Georgie avait décidé de passer outre et, après l'office dominical il fit, lentement, deux fois le tour de la pelouse communale à pied en s'arrêtant de temps en temps pour échanger quelques mots, tout en se tenant légèrement en retrait pour permettre à chacun de l'admirer de pied en cap. Cette petite peste de Piggy, il est vrai, ne put s'empêcher d'éclater de rire en s'écriant : « Oh, monsieur Georgie, je vois que vous avez abandonné les culottes courtes pour adopter les robes longues ! » Et sa mère brandit son cornet acoustique tout en s'approchant, comme pour ajouter un facteur supplémentaire à son système général de perception. Mais, mis à part l'incident discordant provoqué par Piggy, Georgie fut satisfait de l'accueil reçu par son nouveau pantalon. D'une coupe parfaite, il tombait à ravir et suscita un sentiment général d'admiration révérencieuse. Mais la matinée avait été fertile en émotions teintées d'angoisse, et il fut soulagé quand elle s'acheva enfin.

Et puis il avait eu une telle conversation la veille au soir avec Olga, lorsqu'elle était venue dîner seule chez lui et qu'elle s'était tellement attardée à table à la fin du repas, les coudes sur la table, que Foljambe, à trois reprises, avait fait irruption dans la salle à manger pour débarrasser les couverts. Olga avait dit que ses propres aventures offraient peu d'intérêt. Elle pouvait, à tout moment, raconter à Georgie les péripéties de ses tournées aux Amériques et en Australie ainsi que sa saison future à Londres tout à loisir. Mais, ce qu'elle devait savoir par le menu, c'était très précisément tout ce qui s'était passé à Riseholme depuis qu'elle l'avait quitté voilà un an.

« Grands dieux ! dit-elle. Et dire qu'autrefois j'ai cru que Riseholme était un tranquille petit coin d'eau stagnante, un endroit retiré où je pourrais me reposer et me livrer exclusivement aux joies de l'étude. Mais c'est un vrai tourbillon ! Il s'y passe toujours quelque chose de follement palpitant. Oh, que les gens sont donc insensés de ne pas s'intéresser à ce qu'ils appellent des petites choses ! À présent, allez-y, parlez-moi de Lucia. C'était bien la tante de Peppino, n'est-ce pas ? La folle furieuse ?

– Oui, et elle lui a légué sa maison à Brompton Square, commença Georgie.

– Pas possible ! C'est là précisément que j'ai loué une maison pour la saison. À quel numéro ?

– Vingt-cinq, dit Georgie.

– Vingt-cinq ? dit Olga. Mais alors, c'est juste au début de l'arc de cercle. Avec un grand…

– … salon de musique construit sur l'arrière, dit Georgie.

– J'habite exactement en face. Mais ma maison est plus petite. Juste l'espace nécessaire pour mon mari et pour moi. Avec une chambre d'amis. Vite, la suite !

– Et environ trois mille livres par an plus quelques perles, dit Georgie. Et la maison contient une foule de beaux meubles.

– Est-ce qu'ils vont la vendre ?

– Rien n'est décidé, dit Georgie.

– Ce qui signifie que vous ne croyez pas qu'ils vont la vendre. Pensez-vous qu'ils vont s'installer pour de bon à Londres ?

– Non, ce n'est pas ce que je pense, dit Georgie fort prudemment.

– Vous avez beaucoup de tact. Lucia vous a tout raconté, mais elle a également déclaré catégoriquement que rien n'était décidé. Je ne vais donc pas vous tirer les vers du nez. À propos, j'ai croisé le colonel Boucher en arrivant. Pourquoi n'avait-il qu'un seul bouledogue ?

– Parce que l'autre ne faisait que grogner après Mrs Boucher en montrant les dents d'une manière tellement effrayante que le colonel a dû s'en séparer. Il l'a donné à son frère.

– Et Daisy Quantock ? Toujours adonnée au spiritisme ?

– Non, c'est terminé ; bien que j'aie comme l'impression que ça va recommencer. Après le spiritisme ça a été le tour du lait aigre et, à présent, nous en sommes aux légumes crus. Vous la verrez demain au dîner. Elle trimbale ses légumes dans un sac en papier. Des carottes, des navets et du céleri. Tout cru. Mais il se peut qu'elle s'abstienne. De temps en temps, elle mange comme tout un chacun.

– Et Piggy et Goosie ?

– Toujours les mêmes. Et Mrs Antrobus a un nouveau cornet acoustique. Mais ce que j'aimerais bien savoir c'est la raison pour laquelle Lucia a envoyé sa bonne pour m'emprunter mon traité de bridge. Elle méprise tous les jeux de cartes.

– Oh, Georgie, rien de plus facile à deviner ! dit Olga. Mais voyons, c'est Brompton Square, bien entendu, bien que rien ne soit encore décidé. Vous savez, pour les réceptions où elle reçoit des amateurs de bridge. »

Georgie se mit à réfléchir intensément.

« Il se peut que ce soit ça, dit-il. Mais ça signifierait qu'elle y apporte une conscience quasi professionnelle.

– Que voyez-vous d'autre qui puisse l'expliquer ? À propos, j'ai fait installer une TSF à La Vieille Maison.

– Je le sais. J'ai vu les ouvriers fixer l'antenne hier. Mais ne la faites pas fonctionner demain soir. Lucia a horreur de la TSF. Elle ne l'a entendue qu'une seule fois et, ce jour-là, on retransmettait une conférence sur la pyorrhée. Et maintenant, parlez-moi un peu de vous. Voulez-vous que l'on passe au salon ? Foljambe donne des signes d'impatience. »

Olga consentit à renoncer pour un temps aux sujets qu'elle trouvait tellement plus palpitants. Elle lui parla de l'immense succès qu'elle avait remporté lors de sa tournée américaine et l'entretint de la saison de huit semaines qui devait commencer à Covent Garden à la mi-mai. Mais tous les sujets la ramenaient immanquablement à Riseholme.

« Je chante deux fois par semaine, dit-elle. Brünnhilde, Lucretia et Salomé. Oh, mon Dieu, comme j'aime mon métier. Mais je viendrai ici sans faute tous les week-ends. Pour en revenir à Lucia, pensez-vous qu'elle résidera à Londres pendant la saison ? Je suis persuadée que c'est bien là son plan. Des terres vierges à conquérir. »

Georgie garda le silence pendant un moment.

« Je pense que vous avez probablement raison au sujet des enchères au bridge, dit-il enfin. Et cela, du coup, expliquerait Stravinsky.

– Qu'est-ce que c'est que ça ? dit Olga, avide.

– Eh bien, hier matin, elle m'a joué un petit morceau de Stravinsky, dit Georgie. Alors qu'auparavant elle n'avait jamais consenti à écouter la moindre note de musique moderne. Tout cela concorde à la perfection.

– Parfait, dit Olga. »

Le lendemain soir, Georgie et les Quantock, de conserve, se rendirent à pied chez Olga pour dîner, et Daisy portait un petit paquet enveloppé de papier. Mais il s'avéra – ô déception ! – que le paquet ne contenait pas des carottes, mais simplement des escarpins de soirée. Lucia et Peppino, comme à l'accoutumée, étaient un peu en retard car Lucia avait l'habitude d'arriver la dernière à n'importe quelle réception, comme il sied à la reine de Riseholme, et de faire aux invités la grâce de les saluer l'un après l'autre. Tout le monde, évidemment, se demandait si elle porterait les perles, mais là encore, ce fut une déception car elle n'arborait pour tous bijoux que deux bracelets noirs et la broche aux macaronis d'or qui contenait une mèche des cheveux de Beethoven (en fait, la mèche authentique avait disparu quelques années auparavant et Lucia l'avait remplacée par une boucle de Peppino qui avait la même couleur… Peppino n'en avait jamais soufflé mot à personne). Dès l'abord, il fut évident que, bien que la tenue d'enterrement lui collât encore à la peau, Lucia avait abandonné la raideur compassée du deuil.

« C'est si gentil à vous de nous avoir invités, dit-elle à Olga, et ça fait tellement de bien, ajouta-t-elle dans un murmure, à mon pauvre Peppino. Je lui ai répété qu'il doit se replonger dans le monde et ne plus broyer du noir. Daisy, très chère ! Quel plaisir de vous voir, et de voir monsieur Robert. Georgie ! Ma foi, quelle délicieuse petite fête que voilà ! »

Peppino la suivait. On aurait dit tout à fait l'arrivée de princes du sang, et Olga dut se raidir pour ne pas faire la révérence.

Ayant salué ceux qui avaient l'honneur insigne de se trouver en sa présence, Lucia se répandit en formules courtoises frappées à l'emporte-pièce. À table, Robert se trouvait placé entre elle et Olga, mais au cours du dîner personne ne s'occupa de lui car, si on le dérangeait pendant cette opération, il était capable de se conduire presque comme un chien qui tient un os dans la gueule et grogne lorsque quelqu'un approche. Mais si on le laissait tranquille, il se montrait ensuite d'excellente humeur.

« Et vous n'êtes donc parmi nous que pour deux jours, mademoiselle Olga, dit Lucia. En tout cas, c'est ce que m'a dit Georgie et il est généralement au courant de vos déplacements. Ensuite, ce sera Londres, je présume, où les répétitions à l'opéra absorberont tout votre temps. Il faut absolument que je fasse en sorte d'être à Londres une semaine ou deux cette année pour aller voir *Siegfried* et la *Walkyrie* dans lesquels vous chantez, si j'en crois les journaux. Georgie, il faut que vous m'emmeniez à Londres quand débutera la saison d'opéra. À moins que… »

Elle marqua une pause.

« Peppino, faut-il que je révèle à tous nos chers amis notre petit secret ? dit-elle. Si vous me dites non, je m'en abstiendrai. Mais, de grâce, Peppino… »

Peppino, en tout état de cause, avait reçu la consigne de dire « oui » ; il s'exécuta donc.

« Voyez-vous, chère mademoiselle Olga, dit Lucia, un petit héritage nous est échu la semaine dernière du fait de cette affreuse tragédie. Peppino hérite d'une maison à Brompton Square, entièrement meublée et agrémentée d'un magnifique salon de musique. Nous avons donc songé, puisque rien ne nous presse de la vendre dans l'immédiat, d'y passer quelques semaines pendant cette saison, sans mener grand train bien entendu, mais en invitant quand même parfois quelques amis. Cela nous laissera le temps d'aviser et, comme de toute façon la maison est là, pourquoi ne pas en profiter en attendant ? Nous allons nous y rendre à la fin du mois. »

Ce petit discours avait été soigneusement préparé. Lucia avait le sentiment que, si elle dévoilait l'intégralité de leurs projets, Riseholme en éprouverait une cruelle déconvenue. Il fallait procéder par étapes : dans un premier temps, Riseholme apprendrait qu'ils seraient dans la capitale une semaine ou deux en attendant que la maison soit vendue. Dans un deuxième temps, Riseholme entendrait dire qu'ils n'allaient pas vendre la maison.

Elle regarda autour d'elle pour voir les réactions de cette section de Riseholmitains. Tous en chœur, Georgie, Mrs Quantock et Olga s'écrièrent « Pas possible ! » avec un maximum d'emphase. Bien entendu, tous avaient déjà commenté cette révélation en long et en large. Robert lui-même, bien que fort affairé avec sa nourriture, dit « Pas possible ! » et se remit à dévorer goulûment.

« Comme vous êtes gentils les uns et les autres de dire "Pas possible !" s'exclama Lucia. (Elle savait parfaitement bien que cette interjection emphatique ne traduisait que de la surprise et le désir d'en entendre davantage, et pas du tout le moindre doute sur le caractère plausible de la nouvelle en question.) Mais c'est ainsi. Peppino et moi-même en avons longuement débattu – *non è vero, carissimo ?* – et nous nous sentons en quelque sorte appelés à Londres. C'est cette chère tante Amy, voyez-vous, et tous ses beaux meubles ! Pour rien au monde elle n'aurait consenti à vendre le moindre guéridon, et cela incline à croire qu'elle attendait de Peppino et de moi-même que nous n'abandonnions pas complètement la chère vieille maison de famille. C'est là qu'est née tante Amy il y a quatre-vingt-trois ans.

– Mon Dieu ! Ça ne nous rajeunit pas ! dit Georgie.

– N'est-ce pas ? » dit Olga.

Lucia, pour ainsi dire, avait recouvré sa vitesse de croisière. La présence de Peppino alimentait son régime, Robert s'alimentait tout seul et on pouvait l'ignorer. Quant à Olga et Georgie, ils étaient suspendus à ses lèvres.

« Mais nous ne considérons pas seulement le passé, dit-elle, il y a aussi le présent et l'avenir. Certes, notre foyer spirituel demeure ici – tout comme l'Allemagne pour lord Haldane – car, mon Dieu, comment oublier tout ce que nous avons reçu à Riseholme : son aimable sérieux et sa bonne humeur, sa culture, l'intérêt si profond qu'il porte à toutes les vraies valeurs de l'art et de la littérature, ses vieilles coutumes, sa simplicité.

– Oui », dit Olga (cela faisait un bon moment qu'elle essayait de dire à Lucia qu'elle avait loué une maison à Brompton Square juste en face de la sienne, mais il n'y avait pas moyen d'interrompre le flot chatoyant qui se déversait sur eux).

Lucia tripota un moment sa broche reliquaire contenant les cheveux de Beethoven. Elle avait l'impression que l'épingle de fixation s'était défaite.

« Chère mademoiselle Olga, dit-elle, comme c'est aimable à vous de manifester de l'intérêt pour nos petites affaires alors que vous vous consacrez à la noble mission de propager l'art lyrique à travers le monde ! Je me sens encouragée. Voyez-vous, Peppino et moi-même sommes d'avis – n'est-ce pas ? *sposo mio* – que, étant donné l'occasion qui s'offre maintenant à nous de tenir un petit salon à Londres, nous nous devons de la saisir. De grands mouvements traversent le monde moderne, dont nous ignorons tout. Nous désirons parfaire notre éducation. Nous voulons savoir de quoi s'occupe la pensée cosmopolitaine. Certes, nous sommes vieux à présent, mais il n'est jamais trop tard pour apprendre. Avec quel soin jaloux nous allons recueillir ce que nous aurons la chance de glaner afin de le rapporter dans notre cher Riseholme ! »

On entendit un léger bruit sourd par terre, et les doigts de Lucia se portèrent à nouveau à l'endroit où la broche aurait dû se trouver.

« Georgie ! ma broche, la broche de Beethoven, dit-elle. Elle est tombée par terre. »

Georgie se pencha avec quelque difficulté pour la ramasser : le travail qu'il avait fait dans son jardin avec le rouleau à gazon avait réveillé ses douleurs lombaires. Olga se leva.

« C'est trop passionnant, Mrs Lucas ! dit-elle. Il faut que vous m'en parliez davantage. On passe au salon ? Et quel bonheur pour moi : je viens de louer une maison à Brompton Square pour la saison.

– Pas possible ! dit Lucia. Et laquelle ?

– Oh, une des petites maisons, dit Olga. Juste en face de la vôtre. Au 42 *bis*.

– Quels bijoux de petites maisons ! dit Lucia. J'ai un salon de musique. Il est à votre entière disposition pour vos répétitions.

– Excellent repas », dit Robert Quantock, qui n'avait pas prononcé un mot depuis un bon moment.

Lucia passa le bras autour de la taille plantureuse de Daisy Quantock, évitant ainsi avec tact l'épineux problème de préséance. Certes, Daisy était de loin, de très loin, la plus âgée des deux mais quoi, Lucia c'était Lucia.

« Vraiment succulent, dit-elle. Georgie, apportez le Beethoven, voulez-vous.

– Et ne vous attardez pas », dit Olga.

Georgie ne voyait d'intérêt dans la société des personnes de son propre sexe que si elles étaient jeunes, ce qui entretenait son sentiment d'être encore jeune lui-même, ou si elles étaient beaucoup plus âgées, ce qui produisait le même résultat. Mais Peppino avait la fâcheuse habitude de lui répéter « Quand on arrive à notre âge » (ce qui impliquait chez Peppino une présomption de jeunesse assez insensée) et Robert avait celle de siroter son porto en produisant des gargouillis qui n'en finissaient pas. Par conséquent, lorsque Georgie eut accordé à Robert deux bons verres de ce breuvage, il mit un terme à ce banquet et poussa les deux compères vers le salon, s'écarta pour saisir son tambour à broder sur lequel était tendu un ouvrage en cours d'exécution tout d'abord destiné à constituer un jeté de lit, mais qui prenait si belle tournure qu'à présent il songeait à s'en servir pour orner le dessus de son piano. Il avait remarqué que Lucia avait apporté un cartable à partitions et, en jetant un coup d'œil sur son contenu, il reconnut le morceau de Stravinsky…

Alors, tandis qu'il arrivait à portée d'oreille des conversations des dames, il faillit tomber à la renverse, abasourdi.

« Oh, mais j'adore ça ! disait Lucia. C'est une des inventions les plus merveilleuses des temps modernes. N'est-ce pas ce que nous disions l'autre soir, Peppino ? Et mademoiselle Olga est en train de me dire que tout le monde à Londres possède un appareil de TSF. Je vous en prie, mademoiselle Olga, mettez-le en marche : ce sera tellement agréable de l'écouter ! Ah, voici la broche de Beethoven ; merci, Georgie – *mille grazie !* »

Olga actionna une poignée, ou une vis ou un bouton quelconque, et il se fit un silence : le morceau suivant venait probablement d'être annoncé. Alors, merveille des merveilles, du pavillon s'exhalèrent les premières mesures de la *Sonate au clair de lune*.

Il faut préciser que la *Sonate au clair de lune* (et tout particulièrement le premier mouvement de ce morceau) jouissait d'un symbolisme presque sacré à Riseholme. C'était le morceau de Lucia, à peu près comme le *God save the King* est le morceau du roi. Chaque fois qu'une manifestation musicale était organisée, on pouvait être sûr qu'à un moment ou à un autre on obtiendrait de Lucia qu'elle jouât le premier mouvement de la *Sonate au clair de lune* et ce, sans avoir à insister outre mesure. Étant donné la surprise, dans un premier temps, de voir Lucia non seulement tolérer mais adopter cet appareil de TSF, naguère encore objet de répulsion, et, qui plus est, en demandant carrément qu'on le fît fonctionner, tout le monde fut au comble de l'étonnement en constatant qu'elle consentait à entendre la machine jouer *son* morceau. Et voilà qu'elle s'appliquait à arborer la pose de circonstance, la fameuse expression requise pour écouter Beethoven, légèrement penchée en avant, le menton appuyé sur la main et les yeux perdus dans le lointain d'où la rappellerait sur terre l'accord final. À la fin du premier mouvement tout le monde poussa le petit soupir rituel et la tristesse pensive qui assombrissait les visages se dissipa. Alors Lucia, réduisant au silence, d'un geste impératif, toute tentative de commentaire ou d'applaudissement, fit un petit sourire guilleret pour bien montrer qu'elle savait ce qui allait suivre. Lorsque commença le scherzo, le sourire s'épanouit, en un bref éclat de rire perlé, la main qui avait servi de support au menton palpa une fois de plus la broche de Beethoven et Lucia se tint à l'affût, l'oreille en joie et aux aguets, hochant parfois la tête pour marquer sa réprobation tacite ; à un moment donné elle fit « tss-tss » lorsque, d'après ses critères, la limpidité d'un trait laissa à désirer… et la sonate s'acheva enfin.

« Un vrai régal, dit-elle alors, vraiment très agréable. Ah, cet air fameux ! M'est avis que le premier mouvement pressait un peu. Je me souviens que Cortot le prenait un peu plus lentement et le jouait un peu plus *legato*, mais cette exécution était quand même très honnête. »

Près de l'appareil, Olga échappait à la vue de Lucia et, pendant l'audition, Georgie avait remarqué qu'elle avait rapidement consulté le quotidien du jour. Lorsque Lucia cita Cortot, Olga flanqua prestement le journal sur une banquette qui se trouvait devant une fenêtre et changea de sujet.

« J'aurais dû arrêter ça, dit-elle, car nous n'avons pas besoin de recourir à la TSF pour l'entendre. Je vous en prie, montrez-nous donc ce que vous vouliez dire à propos du premier mouvement. »

Lucia se glissa jusqu'au piano.

« Tout juste une ou deux mesures, alors ? » dit-elle.

Un murmure approbateur s'éleva de l'auditoire et ils eurent tous droit une fois de plus à l'intégralité du premier mouvement.

« C'est là simplement mon impression sur la manière dont le joue Cortot, dit-elle. Elle rejoint tout à fait ma propre conception de l'œuvre.

– Ne partez pas encore », dit Olga, et tous de supplier mollement du bout des lèvres : « Pas encore » ou bien « S'il vous plaît ». Robert dit « S'il vous plaît » bien après les autres parce qu'il commençait à somnoler. Mais il désirait encore un peu de musique car il souhaitait piquer un petit somme et n'avoir pas à soutenir une conversation.

« Vous êtes bien tous de mèche pour me mettre à contribution ! dit Lucia en laissant courir ses doigts d'un bout à l'autre du clavier avec la légèreté d'une libellule. Après Riseholme, Londres va nous faire l'effet d'une sinécure. Peppino *mio*, mon cartable à partitions est posé sur mon manteau ; auriez-vous la bonté ?... Peppino a insisté pour que j'apporte quelques partitions. Il ne m'aurait pas laissé quitter la maison sans mon cartable. (Il s'agissait là d'un morceau choisi dans le style pittoresque servi en l'absence de Peppino ; il eût été plus conforme à la vérité, mais ô combien moins pittoresque ! de dire qu'elle l'avait renvoyé à la maison pour chercher le fameux cartable.) Merci, *carissimo*. Un petit morceau de Stravinsky. Miss Olga le connaît sûrement par cœur et cela me donne un trac terrible. Georgie, voulez-vous me tourner les pages, s'il vous plaît ? »

Lucia, depuis vendredi, maîtrisait nettement mieux le morceau de Stravinsky. La chose sonnait toujours d'une façon très bizarre, très moderne, mais pas tout à fait aussi bizarre que quelques jours auparavant lorsque Lucia avait omis de respecter le changement d'armure à la clef. L'oreille des vrais Riseholmitains s'émut d'entendre la grande prêtresse vouée au culte de Beethoven, l'ennemie jurée de la musique moderne, de quelque bord qu'elle fût, estampillée naguère encore comme l'émanation du bolchevisme à l'état pur, commettre ces tintements nasillards en staccato qui l'avaient jadis si souvent fait se crisper de douleur. Et, cependant, tout cela s'accordait parfaitement avec l'accueil bienveillant que Lucia avait réservé à la TSF et à l'emprunt du traité de bridge de Georgie. Ce n'était pas seulement sur le morceau de Stravinsky que Lucia s'exerçait (la prestation, bien que nettement plus au point, ne pouvait toutefois prétendre passer pour autre chose qu'un simple exercice), c'était sur la vie moderne, les idées modernes qu'elle se lançait en avant-première de sa descente sur Londres. Bien qu'elle fût, pour ainsi dire, encore à quai, à Riseholme, tout le monde avait le sentiment que Lucia avait rompu les amarres et s'apprêtait à prendre le large.

« Très joli ! Je trouve ça très joli. Rrrr, Rrrr ! dit Robert quand le morceau fut achevé. Voilà ce que j'appelle de la musique.

– Cher monsieur Robert, comme c'est aimable à vous ! dit Lucia en pivotant sur le tabouret du piano. Et, à présent, il n'est plus question que je joue une note de plus. Mais pourrais-je, pourrions-nous devrais-je dire, écouter encore un petit air sur votre merveilleuse TSF, mademoiselle Olga ? Quel régal ! Je vais en faire installer une sans faute à Brompton Square et passer des heures à l'écouter pendant que Peppino fera ses mots croisés. En ce moment, Peppino n'a en tête que le bridge et les mots croisés. Il m'interrompt au beau milieu de mes exercices au piano pour me demander par exemple quel est le sculpteur athénien dont le nom commence par un P et compte neuf lettres.

– Ah ! Celui-là, je le sais, dit Peppino : Praxitèle ! »

Lucia battit des mains.

« Bravo ! dit-elle. Nous n'aurons pas à passer encore une nuit blanche à chercher dans les dictionnaires. »

La brutalité avec laquelle Lucia renversait, tel des quilles, chaque article de sa propre profession de foi riseholmitaine qui voyait la main du bolchevisme dans toute forme d'art moderne, de la niaiserie dans les mots croisés ou le bridge et une vacuité sans fond dans la société londonienne était magnifique… Tout de suite après commença la retransmission par la TSF de l'air suivant. Pour comble de malheur, la coïncidence voulut qu'il s'agisse de la *Marche funèbre pour une marionnette*. Un spasme de douleur crispa le visage de Lucia, et Olga arrêta en plein milieu d'exécution ce triste rappel de chagrin stérile.

« Continuez donc ! Cet air me plaît ! » dit Robert à qui sa somnolence faisait dire n'importe quoi. Tout le monde s'empressa de parler en même temps pour occulter cette fâcheuse rencontre.

Il se faisait tard déjà, et Lucia se leva pour partir.

« Quelle délicieuse soirée ! dit-elle. Et quelle joie de penser que nous allons bientôt être voisins à Londres également. Mon salon de musique est à votre entière disposition. Vous repartez maintenant, Georgie ?

– Pas tout de suite », dit Georgie d'un ton ferme. Lucia n'avait pas coutume d'être traitée de la sorte. D'habitude, Georgie prenait congé en même temps qu'elle. En passant près de lui, elle releva la tête, regarda ailleurs puis se ravisa.

« Alors, c'est d'accord pour le dîner demain ? Après le festival de ce soir, nous ne ferons pas de musique, dit-elle en oubliant qu'elle avait été pratiquement la seule cheville ouvrière de ce festival. Mais nous pourrons peut-être faire un petit bridge à trois, Peppino, vous et moi ?

– J'en serai ravi », dit Georgie.

Olga se dépêcha de revenir dans le salon après avoir accompagné l'ensemble de ses hôtes.

« Oh, Georgie, quel pactole ! dit-elle. À propos, c'était *évidemment* Cortot qui jouait le *Clair de lune* plus vite que Cortot lui-même. »

Georgie posa son tambour à broder.

« Je m'en suis douté, dit-il. C'est le genre de chose qui arrive à Lucia. Et à présent nous sommes fixés. Elle va réunir à Londres un cercle dont elle sera le centre. C'est trop palpitant ! Tout est clair comme de l'eau de roche. Il ne nous reste qu'une inconnue : les perles.

– Je suis sceptique au sujet des perles, dit Olga.

– Non, je crois vraiment qu'il y a des perles, dit Georgie après un moment d'intense concentration. Sinon, elle ne m'aurait pas dit qu'elles figuraient sur le portrait de la tante par Sargent. »

Olga poussa tout à coup un rire jubilatoire.

« Oh ! mais comment peut-on passer ne fût-ce qu'une heure loin de Riseholme ? dit-elle.

– Je souhaiterais vous prendre au mot, dit Georgie. Mais vous repartez demain, je crois ?

– Oui, pour Paris. Et c'est mon prétexte pour revoir mon Georgie…

– Le voici devant vous, dit Georgie.

– Oui, Dieu le bénisse. Mais il s'agit de celui qui se trouve être mon mari. Georgie, je crois que je vais changer de nom et adopter celui qui correspond à ma véritable identité, Mrs George Shuttleworth. Pourquoi les cantatrices et les actrices se font-elles appeler Mrs Macaroni ou signora Polenta ? Oui, comme je vous le disais lorsque vous m'avez coupée, c'est mon prétexte. En fait, je vais à Paris pour faire le tour des couturiers. Je vais renouveler ma garde-robe.

– Oh, parlez-moi donc de vos robes, dit Georgie qui adorait parler chiffon.

– Je ne suis pas encore très fixée là-dessus. Je vais à Paris pour me faire une idée. Georgie, il faudra que vous veniez chez moi lorsque je me serai installée à Londres. Et quand j'irai répéter dans le salon de musique de Lucia, vous m'accompagnerez au piano. Dois-je me faire couper les cheveux à la garçonne ? »

Soudain, le visage de Georgie refléta une profonde concentration de pensée.

« Je serais prêt à parier… » commença-t-il.

Olga repartit d'un grand éclat de rire.

« Si vous pariez à trois contre un que je ne sais pas ce que vous allez dire, je marche ! dit-elle.

– Mais vous ne pouvez pas savoir, dit Georgie.

– Oh, que si ! Vous seriez prêt à parier que Lucia va se faire couper les cheveux à la garçonne.

– Ça alors ! Vous êtes rapide, vous ! » dit Georgie béat d'admiration.

Dès le lendemain (comme on pouvait s'y attendre) tout le monde apprit la nouvelle : Lucia et Peppino avaient l'intention d'aller passer quelques semaines à Londres avant de vendre la maison et Dieu seul savait ce que *cela* pouvait augurer… On s'apprêtait déjà à commencer les répétitions en vue des réjouissances du 1er Mai à venir et Foljambe, ce parangon entre toutes les femmes de chambre, s'était appliquée à vérifier en détail l'état du pourpoint de Georgie, de son haut-de-chausses et de ses mignonnes petites bottes de chasse à houseaux rabattus afin qu'il fût fin prêt. Mais lorsque Georgie, qui dînait au Hurst le lendemain soir, fit allusion aux réjouissances du 1er Mai (Lucia, bien entendu, en serait la reine encore une fois) tandis qu'ils jouaient au bridge à trois, le traité à portée de main pour trancher les petits litiges qui pourraient surgir quant à la valeur des différentes couleurs, elle se contenta de dire : « Ah ! ces chères vieilles coutumes ! Comme elles sont pittoresques ! Et cinquante de mieux pour moi, Peppino, à moins que ce ne soit cent ? Je vais vérifier pendant que vous distribuez les cartes, Georgie. »

Cette totale apathie de Lucia au sujet des réjouissances du 1er Mai indiquait que soit son deuil soit son absence l'empêcherait d'être reine. Par voie de conséquence, Georgie fit replier et ranger son pourpoint car il avait décidé que nul autre que Lucia ne pût le faire sortir de chez lui pour prendre part à une journée de purgatoire semblable à celle qu'il avait endurée l'année précédente… Cependant, il n'y avait toujours rien de décisif dans la conjoncture : le deuil demeurait une explication plausible. Les indices révélant chez Lucia le projet bien arrêté de s'installer pour de bon à Londres se multipliaient, témoin le fait patent qu'elle s'était fait graver des cartons d'invitation à *L'Enseigne du Narcisse*, sur la pelouse communale, où les poèmes de Peppino étaient en vente, ainsi libellés :

Monsieur et Madame Philip Lucas
prient M...
de leur faire l'honneur d'assister
à la réception donnée
le............. à ....

25 Brompton Square R.S.V.P.

C'était Daisy Quantock qui avait découvert la chose en apercevant la plaque de cuivre gravée posée sur le comptoir. Profitant d'un instant où le vendeur avait le dos tourné, elle avait habilement déchiffré le texte bien qu'il fût disposé de droite à gauche, ce qui en compliquait la lecture. Elle y parvint quand même. Le sens en était assez clair : Lucia envisageait, dans toutes les règles du protocole, de convier quelqu'un à quelque chose à une date et à une heure données au 25, Brompton Square. « Et se serait-elle fait graver de tels cartons, demanda Daisy, avec une ironie amère, si Peppino et elle n'avaient eu l'intention d'aller à Londres que pour une semaine ou deux ? » Et si cela ne suffisait pas, Georgie, de son côté, avait vu une carte postale sur le bureau de Lucia, portant, imprimés bien en évidence sur le bord supérieur, les mots : « Exp. Madame Philip Lucas, 25, Brompton Square, Londres SW3. »

Il devint dès lors tout à fait clair (et bien entendu, tout au long de la semaine, Riseholme ne pensa à rien d'autre) que Lucia se disposait à faire dans la métropole aux séductions de mauvais goût un séjour plus long que celui qu'elle avait avoué. Elle avait pris le parti de ne fournir aucune information sur le sujet ; la fierté la plus élémentaire et le mépris attaché à la curiosité vulgaire interdisaient donc qui que ce fût de lui poser des questions.

Il était toutefois parfaitement légitime (cela relevait en fait d'un certain sens du devoir) de sonder le terrain en profondeur par tous les autres moyens disponibles… Tandis que s'ajustaient ces éléments de preuves épars en un tout cohérent, Riseholme commença à entrevoir la vraie nature de Lucia sous un angle fort affligeant. Dans l'ensemble, on avait le sentiment que Mrs Boucher exprimait l'opinion générale lorsqu'elle faisait une halte avec le fauteuil roulant dans lequel on lui faisait effectuer des tours de pelouse communale et qu'en hochant la tête avec une emphase appuyée elle criait à tue-tête dans le cornet acoustique de Mrs Antrobus.

« Elle abandonne Riseholme et tous ses vieux amis à leur triste sort, disait Mrs Boucher. Voilà ce qu'elle fait. Elle s'apprête à investir Londres pour y faire la pluie et le beau temps. Il y aura des réceptions brillantes, vous verrez, et des articles dans la chronique mondaine, et puis, une fois la saison terminée, elle reviendra ici et s'en glorifiera. En ce qui me concerne, je n'y accorderai aucune attention. Peut-être ramènera-t-elle de Londres certains de ses distingués amis qu'elle recevra pour le week-end. Le Hurst verra défiler des ducs et des duchesses. Voilà ce qu'elle a l'intention de faire, c'est moi qui vous le dis, et peu me chaut qui pourrait m'entendre. »

Heureusement, car n'importe qui aurait pu l'entendre dans un rayon de quatre cents mètres.

« Mais enfin, ne vous mettez pas martel en tête, mon amie, dit le colonel Boucher qui poussait le fauteuil de sa femme.

– Martel en tête ? Il ne manquerait plus que ça, Jacob ! dit Mrs Boucher. Et à présent, rentrons à la maison, sinon nous serons en retard pour le déjeuner et je n'y consentirais pour rien au monde car j'attends la visite du prince de Galles et du Grand Chancelier, et nous devons jouer au bridge et faire des mots croisés tout l'après-midi. »

De l'avis général, une telle fureur et des sarcasmes aussi souverainement méprisants, bien que peut-être légèrement excessifs, étaient assez justifiés. Depuis des années, Lucia n'avait-elle pas esquissé des petits sourires indulgents lorsque quelqu'un faisait allusion aux plaisirs de pacotille et aux sempiternels papotages prétentieux de Londres ? Elle était revenue de chacune de ses visites à cet endroit vraiment provincial qui se prenait pour le centre du monde, dégoûtée de son agitation délirante et factice, de son vernis de culture et de son engouement pseudo-athénien pour toutes les nouveautés. À Riseholme, tout le monde était suffisamment occupé, mais occupé à des sujets qui en valaient la peine, Beethoven et Shakespeare, les hautes sphères de la pensée, l'étude des chefs-d'œuvre authentiques. Et à présent, au moment précis où la mort de tante Amy donnait à Lucia et à Peppino les moyens de vivre dans la petite fourmilière insignifiante sur les bords de la Tamise, voilà qu'ils tournaient le dos à tout ce qui, jusque-là, avait fait de l'existence une réalité si splendide, si sérieuse et qu'ils s'entraînaient, oui, s'entraînaient littéralement, à la frivolité au moyen d'exercices sur Stravinsky, le bridge et les mots croisés. La veille même du jour où leur était échu ce fatal accroissement de fortune, Lucia, en arrivant à l'improviste chez le colonel et Mrs Boucher vers les cinq heures, les avait surpris en train de remplir consciencieusement une grille de mots croisés pour enfants parue dans un journal du soir, après avoir renoncé, parce qu'elle était trop difficile, à la grille proposée à la sagacité des grandes personnes. Prétextant que même cette grille pour débutants excédait ses faibles ressources mentales, Lucia, juste après avoir avalé sa tasse de thé, avait regagné son logis afin d'achever la lecture d'un chant tiré du *Purgatoire* de Dante... Il était inutile que Lucia prétendît qu'ils avaient l'intention de ne passer qu'une semaine ou deux à Brompton Square avant la vente de la maison : la diligence et l'habilité de Daisy en ce qui concerne la plaque de cuivre gravée à *L'Enseigne du Narcisse* avaient réduit tout cela à néant. De toute évidence, Lucia était également en proie à un sentiment de culpabilité et elle entendait, comme en était intimement persuadée Mrs Boucher, s'éclipser subrepticement en laissant croire qu'elle serait bientôt de retour.

Tandis que son mari poussait son fauteuil roulant vers la maison à l'heure du déjeuner, Mrs Boucher laissa échapper des commentaires vigoureux, par à-coups, du style :

« Et pour ce qui est des perles, Jacob, dit-elle en s'extrayant du fauteuil, toute rouge d'indignation, si vous me demandiez, ce qui s'appelle demander, ce que je pense des perles, je serais forcée de vous dire que je ne crois pas aux perles. Il se peut qu'il y ait une demi-douzaine de perles de culture qui se courent après dans une vieille boîte à pilules, je ne dis pas qu'il n'y en a pas, mais c'est tout ce qu'il nous sera donné de voir en fait de perles. Des perles ! Et puis quoi encore ! »

III

Un beau matin, au terme de cette semaine fertile en événements, Georgie venait de descendre pour prendre son petit déjeuner et il n'avait pas encore ouvert son *Times* lorsque la sonnerie du téléphone retentit. La veille, absolument personne n'avait vu Lucia, et Georgie eut l'intuition prémonitoire tout à fait claire, bien qu'il n'eût pas eu le temps de la formuler par écrit, que c'était elle. Effectivement, c'était bien elle et sa voix paraissait très vive et enjouée.

« Est-ce bien Georgino ? dit-elle. Z'est vous, Georgie ? »

Georgie eut une autre prémonition, encore plus forte que la première.

« Oui, c'est moi, dit-il.

– Georgie, est-ze que vous venir dire au le-voir aux pauv' pitits Lucia et Peppino ? » dit-elle.

(« J'en étais sûr », pensa Georgie.)

« Comment ? Vous partez donc ? demanda-t-il.

– Oui, je vous l'ai dit l'autre soir, lorsque vous faisiez des mots croisés avec Peppino, dit Lucia à toute vitesse. Je suis sûre de l'avoir dit. Peut-être n'y avez-vous pas prêté attention. Mais…

– Non, vous ne me l'avez jamais dit, dit Georgie d'un ton ferme.

– Comme vous avez l'air fâché ! Passez nous voir vers onze heures, Georgie, on fera un pitit blin de causette. Puis nous prendrons la route. Nous allons peut-être garder la voiture un jour ou deux. Au diable l'avarice !

– Et quand reviendrez-vous ? demanda Georgie.

– Ce n'est pas encore tout à fait décidé, dit Lucia d'un ton qui se voulait anodin. Le pauvre Peppino a tout plein de choses à faire. Impossible de dire combien de temps ça prendra au juste. Alors, c'est d'accord ? Onze heures ? »

À peine Georgie eut-il reposé l'écouteur qu'il entendit une série de coups de sonnette intempestifs à la porte d'entrée. Foljambe, qui arrivait de la cuisine avec le plat de bacon de Georgie, repartit pour ouvrir la porte. Ce n'était que De Vere, un exemplaire du *Times* à la main.

« Avec les compliments de Mrs Quantock, dit De Vere. Mr Pillson pourrait-il regarder le paragraphe qu'elle a coché et lui renvoyer le journal ? Mrs Quantock le recevra quelle que soit l'heure où il décidera de passer.

– C'est tout ? dit Foljambe d'un ton plutôt irrité. Et pour quelle raison vouliez-vous démolir la porte alors ? »

De Vere ne daigna pas répondre. Elle se contenta de pivoter sur ses talons hauts et de contempler le paysage.

Georgie aussi s'était rendu dans le vestibule en entendant ce vacarme intempestif et Foljambe lui remit le journal. Dans la marge d'un bref paragraphe s'étalait un gros trait de crayon bleu accompagné de plusieurs points d'exclamation :

« Monsieur et madame Philip Lucas arriveront ce jour au 25 Brompton Square, en provenance du Hurst, Riseholme. »

« Pas possible ! dit Georgie. Dites à Mrs Quantock que je passerai après le petit déjeuner », et il repartit en toute hâte pour ouvrir son propre exemplaire du *Times* et vérifier s'il y trouvait la même chose. Il l'y trouva : sans la moindre coquille ni la moindre possibilité de l'interpréter d'une autre manière. Bien que Georgie fût déjà au courant des faits, le texte imprimé semblait lui ouvrir les yeux car il révélait une circonstance aggravante. Lucia avait dû tout manigancer au plus tard avant le courrier de la veille au matin sinon ce paragraphe n'aurait jamais pu paraître ce jour-là. Georgie dévora son petit déjeuner et se brûla sérieusement la langue en avalant son thé…

« Ce n'est pas seulement de la fourberie, dit Daisy lorsqu'il apparut, sans même prendre le temps de lui souhaiter la bienvenue, car nous connaissons déjà sa fourberie. C'est aussi de la frousse. Elle n'a pas osé nous le dire.

– Elle part en automobile, dit Georgie, juste après onze heures. Elle vient de me demander de passer lui dire au revoir.

– Alors, c'est encore plus fourbe, dit Daisy, car évidemment, ayant lu cela, nous aurions imaginé qu'elle partait par le train de l'après-midi et en passant lui dire au revoir après déjeuner nous aurions trouvé l'oiseau envolé. À votre place et après ce qui s'est passé, je renoncerais même à l'idée d'aller lui dire au revoir. Elle secoue de ses sandales londoniennes la poussière[1] de Riseholme… Mais nous n'aurons pas de réjouissances du 1er Mai si tant est que cela me concerne de près ou de loin.

– Cela ne me concerne pas non plus, dit Georgie. Mais il ne sert à rien d'être fâché après elle. En outre, tout cela est terriblement palpitant. Je ne serais pas étonné qu'elle soit en train de rédiger quelques invitations sur les cartons que vous avez vus…

– Non, je n'ai jamais vu les cartons, dit Daisy dans un accès de scrupule. Rien que la plaque.

– C'est la même chose. Il se peut qu'elle soit maintenant occupée à rédiger des invitations qu'elle mettra à la poste à Londres.

– Alors, allez-y un peu avant onze heures, pour voir, dit Daisy. Même si à ce moment-là elle n'est pas occupée à les rédiger, il y aura peut-être des enveloppes qui traîneront quelque part.

– Venez avec moi, dit Georgie.

1. Évangile selon saint Matthieu 10, 14. *(N.d.T.)*

– Certainement pas, dit Daisy. Si Lucia n'a pas l'intention de me dire qu'elle s'en va, la seule attitude digne consiste à me comporter comme si j'ignorais absolument tout de l'affaire. Je lui souhaite à coup sûr une route très agréable. C'est bien tout ce que je peux en dire. La suite de ses déplacements ne m'intéresse pas. En outre, je suis très occupée. Il faut que je finisse d'arracher les mauvaises herbes de mon jardin car je n'ai pas pu y mettre la main tous ces jours-ci, et puis ma planchette est arrivée ce matin. Ainsi qu'une planche oui-ja.

– Qu'est-ce que c'est que ça ? dit Georgie.

– C'est une sort de planchette mais beaucoup plus… beaucoup plus puissante. Seulement c'est plus long étant donné qu'elle pointe vers des lettres au lieu d'écrire, dit Daisy. Je vais commencer avec Planchette et m'y mettre sérieusement parce que je sais que j'ai un don de médium et je vais pouvoir y consacrer un peu de temps à présent que nous n'aurons plus à traîner çà et là toute la sainte journée engoncés dans des fraises et des corsages en l'honneur de ces espèces de réjouissances du 1er Mai. Peut-être y aura-t-il des réjouissances du 1er Mai à Brompton Square, pour changer. Je n'en serais pas étonnée : désormais plus rien ne saurait me surprendre de la part de Lucia. Et m'est avis que nous allons nous débrouiller à merveille sans elle. »

Georgie eut le sentiment qu'il se devait de prendre fait et cause pour Lucia : elle en prenait pour son grade et dans les grandes largeurs.

« Après tout, ce n'est pas un crime de passer quelques semaines à Londres, fit-il remarquer.

– Qui a jamais dit une chose pareille ? dit Daisy. Je suis tout à fait d'accord pour que chacun fasse exactement ce qu'il lui plaît. Je me contente de hausser les épaules. »

Elle souleva péniblement ses petites épaules rondelettes.

« Georgie, comment pensez-vous qu'elle s'y prendra pour commencer là-bas ? dit-elle. Il y a cette cousine chez laquelle

elle descend parfois, Aggie Sandeman et puis, bien entendu, il y a Olga Bracely. Se contentera-t-elle de faire des connaissances et, à travers elles, d'en faire de nouvelles, un peu comme dans ces chaînes de solidarité ? Sera-t-elle présentée à la Cour ? Ce n'est pas que cela m'intéresse le moins du monde… »

Georgie consulta sa montre et se leva.

« Moi, ça m'intéresse, dit-il. J'en suis tout émoustillé. J'espère qu'elle se débrouillera. Après tout, aucun d'entre nous ne désirait s'embarquer dans les réjouissances du 1er Mai l'an dernier et c'est elle qui nous y a attelés. Elle a de la poigne.

– Moi, j'appelle ça du culot, dit Daisy. Revenez me dire exactement ce qui s'est passé.

– Avez-vous un message pour elle ? demanda Georgie.

– Sûrement pas », répéta Daisy et elle se mit à défaire la ficelle du paquet qui contenait les instruments de divination.

Georgie dévala prestement la rue (l'automobile de Lucia attendait déjà devant la porte) et remonta l'allée pavée qui contournait le cadran solaire autour duquel courait une plate-bande circulaire connue sous le nom de plate-bande de Perdita, parce qu'elle ne comportait que les fleurs que rassemblait Perdita[1]. Ce jour-là, la plate-bande était resplendissante de narcisses, de violettes et de primevères. C'était curieux de penser que Lucia ne se mettrait pas à babiller au sujet de la plate-bande de Perdita, comme elle avait coutume de le faire à cette période de l'année, mais qu'elle devrait se contenter des fleurs qu'elle trouverait à Brompton Square : quelques crocus noirs de suie peut-être, et une pervenche… Elle attendait Georgie, lui envoya un baiser de la main par la fenêtre et lui ouvrit la porte.

« Et maintenant, faisons un brin de causette », dit-elle en s'ajustant sur la tête un très élégant chapeau que Georgie était

1. Orpheline dans *Le Conte d'hiver* de Shakespeare. *(N.d.T.)*

sûr de n'avoir encore jamais vu. Le chapeau ne comportait aucun vestige de deuil, et paraissait même des plus guillerets. Lucia aussi, au demeurant.

« Prenez place, Georgie, dit-elle, et remontez-moi le moral. La pauvre Lucia se sent vraiment si triste d'avoir à partir.

– C'est plutôt précipité, dit-il. Personne n'aurait jamais songé à vous voir partir aujourd'hui, en tout cas pas avant d'avoir vu le *Times* de ce matin. »

Lucia poussa un petit soupir.

« Je sais bien, dit-elle, mais Peppino a pensé que ce serait la meilleure chose à faire. Il a dit que si Riseholme avait su la date de notre départ, vous vous seriez tous mis à organiser des petits dîners et des déjeuners en notre honneur, et j'aurais été complètement épuisée par vos gentillesses et vos réceptions. Et puis, il y avait tellement de choses à faire et nous n'avions pas vraiment le cœur à nous amuser. Avez-vous vu quelqu'un ce matin ? Quoi de neuf ?

– J'ai vu Daisy, dit Georgie.

– Et vous lui avez dit ?

– Non, c'est elle la première qui a vu l'annonce dans le *Times* et elle me l'a fait porter chez moi, dit Georgie. À propos, elle s'est procurée une planchette oui-ja. C'est arrivé ce matin.

– Ça c'est bien, dit Lucia. Dans mes pensées, Riseholme demeurera toujours bouillonnant d'activité. Et il faut que vous veniez tous me rendre visite, et vous-même en tout premier lieu. Quand pourriez-vous venir ?

– N'importe quand. Il suffit que vous me fassiez signe, dit Georgie.

– Alors, vous devez m'accorder un jour ou deux pour m'installer puis je vous écrirai. Mais je n'aurai que la rue à traverser pour faire un saut chez Olga à n'importe quel moment de la journée.

– Elle est à Paris, dit Georgie.

– Pas possible ! Comme c'est dommage ! Je lui avais déjà écrit un carton pour l'inviter à dîner chez nous après-demain et j'allais le mettre à la poste en arrivant à Londres.

– Il se peut qu'elle soit de retour d'ici là », dit Georgie.

Lucia se leva pour aller à son bureau. Georgie tressaillit de plaisir en y apercevant toute une pile d'enveloppes libellées et timbrées.

« À la réflexion, je ne pense pas que je vais l'envoyer, dit Lucia. J'y avais joint un second carton pour le signor Cortese l'invitant pour le même soir en demandant à Olga de le faire suivre. Vous savez qu'il a composé *Lucretia* et j'ai vu que l'œuvre sera donnée au cours de la première semaine de la saison à l'opéra, avec, bien entendu, Olga dans le rôle-titre. Mais ce sera plus sûr de les inviter quand je saurai qu'elle est de retour. »

Georgie brûlait d'envie de savoir à qui étaient adressées toutes les autres invitations. Il remarqua que l'enveloppe sur le dessus de la pile portait le nom d'un député et il devina qu'il devait s'agir de l'élu local de Riseholme qui avait été reçu à déjeuner au Hurst au cours de la dernière campagne électorale.

« Et qu'allez-vous faire ce soir ? demanda-t-il.

– Je vais dîner chez cette chère Aggie Sandeman. Je m'en suis remis à son bon cœur car les domestiques n'auront pas eu le temps de s'installer et j'ai souhaité que nous passions tout simplement une petite soirée tranquille chez elle. Mais, apparemment, elle a prévu de recevoir beaucoup de monde à dîner. Ce n'est pas exactement ce que j'aurais désiré, mais c'est trop tard pour y changer quoi que ce soit. Oh Georgie ! Quand je pense que vous serez au calme ici, dans ce cher vieux Riseholme, alors que Peppino et moi-même serons en train de papoter et de manger parmi une foule de convives au cours d'un grand dîner ! »

Lucia jeta un regard songeur et triste tout autour de la pièce.

« Au revoir, cher salon de musique, dit-elle en envoyant des baisers de la main dans toutes les directions. Comme je serai contente de revenir ! Oh, Georgie, on a emballé par erreur votre traité de bridge. Je suis vraiment navrée. Je vous le réexpédierai. De temps en temps, faites un saut ici et jouez sur mon piano : ça l'aidera à se sentir moins seul. Il faut que je me sauve sinon Peppino va commencer à s'énerver. Dites au revoir à tout le monde de notre part et expliquez-leur les choses. Ah ! la plate-bande de Perdita ! Est-ce que la douce Perdita me pardonnera de quitter toutes ses belles fleurs et de m'enfuir à Londres ? Mais après tout, Georgie, c'est bien à Londres que Shakespeare a écrit le *Conte d'hiver*, n'est-ce pas ? Oh, les beaux narcisses ! Et les sombres violettes. Permettez-moi de vous donner une pitite violette, Georgie, pour que vous pensiez à la pauvre Lucia déambulant dans de longues vilaines rues, comme dit Tennyson. »

Georgie eut le sentiment que Lucia ne désirait pas qu'on continuât à faire des commentaires ou à poser des questions sur son départ. Elle persista à débiter des inepties du même goût jusqu'à ce qu'elle se fût installée, hors d'atteinte, dans l'automobile. Elle avait souhaité que Peppino commençât à s'énerver à force de l'attendre mais, bien loin de s'énerver, il n'était tout simplement pas là. Ce fut donc elle qui s'énerva à sa place.

« Georgino, voulez-vous courir à la maison et crier à Peppino de venir ? dit-elle. Nous allons finir par être carrément en retard ; et voulez-vous lui dire que je l'attends dans l'automobile ? Ah ! Le voilà enfin ! Peppino, où étiez-vous donc ? Allez ! Montez et démarrons. Voilà Piggy et Goosie qui arrivent en courant. Nous ne partirons jamais s'il nous faut commencer à embrasser tout le monde. Saluez-les bien de ma part, Georgie, et dites-leur combien nous sommes désolés de les avoir manquées de peu. Fermez vite la porte, Peppino, et dites au chauffeur d'y aller. »

L'automobile démarra en ronronnant. Lucia était bel et bien partie. « Elle n'avait pas la conscience tranquille, par-dessus le marché », pensa Georgie tandis que Piggy et Goosie arrivaient en gambadant, hors d'haleine et en poussant des cris passablement folâtres. « Et cela ne m'étonne pas du tout. »

Bien entendu, la nouvelle du départ de Lucia se répandit alors comme une traînée de poudre. À l'heure du déjeuner, Riseholme avait arrêté sa ligne de conduite qui consisterait à observer désormais un silence absolu sur le chapitre de Lucia. Libre à chacun de penser à sa guise *in petto* – car on était en pays libre –, mais rien ne valait le silence total. Il ne fut cependant pas facile d'appliquer ce conseil de perfection le lendemain quand arriva la presse du soir. C'est là que tout le monde put lire, dans la rubrique « Les potins de cinq heures » sous la fameuse signature d'Hermione, deux paragraphes assez longs entièrement consacrés à Lucia et au 25 Brompton Square ; et c'est là, également, que tout le monde put voir la reproduction d'une des photographies les plus distinguées de Lucia où elle paraissait le regard perdu dans les nuages et les doigts encore posés sur le dernier accord de (selon toute probabilité) la *Sonate au clair de lune*... Comme le racontait Hermione à un nombre incalculable de lecteurs, Lucia avait quitté sa résidence élisabéthaine de campagne à Riseholme (où elle comptait Miss Olga Bracely parmi ses voisins) afin de s'installer pour la saison dans la belle petite maison de Brompton Square, qui était la pleine propriété de son mari et à qui elle venait d'échoir après le décès de sa tante. Cette maison était un authentique écrin rempli de meubles d'un goût exquis, agrémentée d'un ravissant salon de musique où Lucia avait offert le thé à Hermione dans son merveilleux service en porcelaine de Worcester... (Parvenue à cette phrase, Daisy, dont les mains tremblaient de rage, s'exclama vigoureusement d'une voix outrée : « Le jour même de son arrivée ! ») Mrs Lucas (née Smythe, de la branche du comté de Warwick) était, comme le savait le monde entier, une musicienne des plus accomplies et une érudite dans le domaine de Shakespeare. Elle avait fait de Riseholme un foyer d'art et de culture. Mais nul n'aurait pu détecter le bas-bleu chez la maîtresse de maison brillante, belle et spirituelle qui allait ajouter une touche festive à la saison londonienne.

Daisy commençait à éprouver un malaise vraiment physique. Elle sauta rapidement les lignes de la fin et, tout en lançant des « Spirituelle ! Belle ! », envoya De Vere chez Georgie avec le journal, en le priant de le lui restituer car elle n'avait pas encore fini de le lire. Mais elle pensait qu'il fallait qu'il sache… Georgie lut l'article de bout en bout et, en faisant montre d'une remarquable maîtrise de soi, il confia le journal à Foljambe pour qu'elle le rapportât à Mrs Quantock, accompagné d'un mot de remerciement pour le prêt consenti, et rien de plus. Daisy, qui alors commençait à se sentir mieux, en mémorisa la teneur dans son intégralité.

La vie, dans ces nouvelles conditions, n'était pas chose facile car un simple coup d'œil dans le journal était susceptible de provoquer chez tout Riseholmitain authentique un paroxysme de rage folle ou un profond accès de mélancolie dégoûtée. Le *Times* rapporta derechef le fait que Mr et Mrs Philip Lucas étaient arrivés au 25 Brompton Square ; il y eut un autre paragraphe redoutable intitulé « Dîner » qui précisait que Mrs Sandeman avait reçu à dîner. Figuraient parmi les invités : un ambassadeur, un marquis, une comtesse (douairière), deux vicomtes flanqués de leur épouse, un baron, une foule d'excellences et de chevaliers… et Mr et Mrs Philip Lucas. Toutes ces personnes, à l'exception de Mr et Mrs Philip Lucas, portaient un titre. Cette liste, pour Mrs Boucher, fut la goutte d'eau qui fit déborder le vase. En la lisant tout en prenant son petit déjeuner, elle s'exclama soudain :

« Je n'aurais jamais cru cela de leur part. Et c'est une bien maigre consolation que de savoir qu'ils ont dû être les derniers du cortège. »

Cela dit, elle mit un terme une fois de plus à ce chapitre douloureux et, quand elle eut terminé son petit déjeuner (elle avait pratiquement perdu tout appétit), elle rechercha dans le Bottin mondain du colonel Boucher les noms de chacune des personnes qui avaient participé à cette réception dégradante.

L'annonce de l'arrivée de Mr et Mrs Philip Lucas à Brompton Square parut encore une fois, dans le cas où quelqu'un aurait pu ne pas l'avoir lue (personne à Riseholme n'était dans ce cas), et Robert Quantock fit remarquer qu'à ce rythme les trois mille livres auraient vite fait de fondre avec pour seul butin quelques coupures de presse. Cela était très astucieux et très méprisant mais quoi, n'importe qui aurait été méprisant en pareille circonstance. Sans le dire, on caressa le vague espoir, il est vrai, que l'arrivée de Lucia à Londres n'avait peut-être pas produit spontanément tout l'effet désiré, sinon pour quelle raison en aurait-elle réitéré l'annonce aussi souvent ? Mais cela ne constituait pas une consolation bien sérieuse et, quelques jours plus tard, un coup encore plus retentissant fut asséné. Lors d'une réception à la Cour, Mrs Agnès Sandeman parraina la présentation de Mrs Philip Lucas. Bien pis, la toilette de cette dernière fut décrite dans les moindres détails et on apprenait que Lucia arborait une parure de diamants et de perles.

Il ne fut plus question d'observer le vœu du silence : la nature humaine étant ce qu'elle est, Riseholme aurait explosé s'il s'était retenu plus longtemps de parler.

Georgie, installé dans son petit boudoir surplombant le jardin à l'arrière, fut arraché à la méditation exacerbée dans laquelle il était plongé lorsqu'il s'entendit appeler à tue-tête par son nom. La voix provenait du jardin de Daisy qui jouxtait le sien. En regardant par la fenêtre, Georgie découvrit un tableau sans précédent : le fauteuil roulant de Mrs Boucher était planté au beau milieu de la pelouse de Daisy.

« Elle a dû emprunter l'allée de gravier près de la porte donnant sur l'arrière, pensa Georgie. Je n'aurais jamais cru que l'allée fût assez large. » Il vérifia que sa cravate tombait bien droit puis se pencha par la fenêtre pour répondre.

« Georgie ! Venez donc une minute, lui lança Daisy. Alors, vous avez vu ?

– Oui, dit Georgie, j'ai vu. Et j'arrive ! »

Quant il les rejoignit, Mrs Boucher discourait d'une voix forte et pleine d'emphase.

« En ce qui concerne les perles, dit-elle, je n'en peux rien dire, n'en ayant jamais vu la couleur. Mais en ce qui concerne les diamants, eh bien les seuls diamants qu'elle a jamais eus, ce sont les deux ou trois petits fragments qui se couraient après sur le boîtier de sa montre-bracelet. Ça, je jure de l'avoir vu. »

Les deux dames ignorèrent l'arrivée de Georgie : Daisy fit encore allusion à la description de la robe de Lucia.

« Je suis sûre qu'il s'agit de sa dernière robe du soir à laquelle elle a dû ajouter une traîne, dit-elle. Le tissu était une espèce de brocart.

– Oui, et quant à la peluche, c'est une espèce de velours, dit Mrs Boucher. J'ai bien envie d'écrire au *Times* pour leur dire qu'ils se sont trompés. Du brocart ! De la blague ! C'est de l'arrivisme, de l'intrigue éhontée, pas des diamants et des perles. Mais j'ai dit ce que j'avais à dire, un point c'est tout. Je ne serais pas le moins du monde surprise d'apprendre que le roi et la reine sont allés déjeuner à Brompton Square, en toute simplicité.

– Tout cela est bien beau, dit Daisy, mais qu'allons-nous donc faire ?

– Faire ? dit Mrs Boucher. Il y a plein de choses à faire à Riseholme, ne croyez-vous pas ? Pour sûr, je n'ai jamais eu à me plaindre de manquer d'occupations et je serais désolée de penser que j'ai moins de centres d'intérêt à présent que je n'en avais avant le mercredi de la semaine dernière. Était-ce mercredi ou bien jeudi qu'ils sont partis comme ça, à la sauvette ? Quel que soit le jour, pour moi cela ne change rien et si vous êtes tous deux libres ce soir, vous et monsieur Georgie, eh bien, le colonel et moi-même serions très heureux que vous veniez dîner chez nous, à la bonne franquette. Et Mr Quantock également, cela va de soi. Mais en ce qui concerne les diamants et les perles, bon, laissons tout cela de côté. Ce soir, je mettrai mon diadème d'émeraudes avec mon collier de rubis. J'ai envoyé mes saphirs chez le bijoutier pour les faire nettoyer. »

Cependant, bien que Riseholme fût outré, et à juste titre, des mondanités de Lucia et de tout cet arrivisme, cette intrigue éhontée et cette réclame *pro domo*, il avait rarement ressenti un intérêt aussi violent. Et puis, une fois calmées les affres de la honte, une émotion toute différente vint mettre un peu de baume sur les cœurs blessés : il y avait moyen de considérer Lucia sous un jour différent. Elle était passée sans transition de la vie culturelle et protégée de Riseholme au sein du grand monde animé comme une ruche et, déjà, elle y faisait grande impression. Certes, il n'était pas exclu que ce fût sous sa dictée qu'Hermione avait rédigé les élégants paragraphes la concernant (et ceux qui connaissaient le mieux Lucia étaient certes les mieux placés pour tirer de telles conclusions), il n'en demeurait pas moins vrai qu'Hermione avait bel et bien signé ces paragraphes, et le public savait désormais combien spirituelle et belle était Lucia et combien belle était sa maison. Et puis, le soir même de son arrivée, elle avait été conviée à un dîner qui, de toute évidence, avait été somptueux et, depuis, elle avait été présentée à la Cour. Tout bien considéré, la gloire de tout cela rejaillissait sur Riseholme et s'il était impossible, d'un certain point de vue, de ne pas avoir honte d'elle, il était encore plus impossible, d'un autre point de vue, de n'en être pas fier. À l'instar de César, elle était venue et, presque avant d'avoir vu, elle avait vaincu. On pouvait voir en elle une sorte d'ambassadrice ; vues sous cet angle, ses conquêtes étaient celles de Riseholme. Mais la fierté n'exclut pas la honte, pas plus que la honte n'exclut la fierté et des pronostics fébriles quant aux énormités inédites qu'allaient publier les journaux s'entremêlaient avec des hypothèses enchanteresses mais occultes quant à la nature du prochain triomphe de Riseholme.

Ce ne fut que le lendemain du jour de la présentation de Lucia à la Cour qu'un bulletin d'information en provenance du quartier général de l'ambassadrice parvint à Riseholme. Jour après jour, Georgie avait été dans l'attente de nouvelles et, en vue de l'invitation escomptée d'aller s'installer dans la chambre d'ami avec salle de bains particulière et salon attenant, il avait soigneusement passé sa garde-robe en revue, tout content de constater qu'il serait tout à fait présentable. De l'avis de Foljambe, sa petite valise suffirait à contenir tout ce dont il avait besoin, y compris le costume avec le pantalon « style Oxford » ainsi que ses bottines à guêtres de toile. Enfin arriva la lettre tant attendue et Georgie dès lors s'imagina qu'il aurait à partir le jour même dans l'après-midi. Il déchira l'enveloppe avec une hâte fébrile et posa la lettre contre sa théière.

« *Georgino mio*,

Ce fut un tel tourbillon depuis que nous avons quitté Riseholme que je n'ai pas eu un moment libre. Mais ce soir (ô bonheur !) Peppino et moi-même avons dîné en tête à tête *à la Riseholme ;* pour la première fois j'ai pu travailler tranquillement une demi-heure dans mon salon de musique et à présent je m'installe pour vous écrire. (Si vous m'aviez entendu jouer, vous m'auriez grondée tant mes doigts se sont rouillés et ont perdu leur souplesse !)

Bref, venons-en à ma petite gazette. Le tout premier soir de notre arrivée, nous nous sommes rendus à un grand dîner chez cette chère Aggie. Il y avait quelques invités dignes d'intérêt : j'ai eu plaisir à converser fort agréablement avec l'ambassadeur d'Italie et, le lendemain, nous leur avons rendu visite, à la résidence, mais je n'ai pas tenu de longue conversation avec qui que ce soit car Aggie n'arrêtait pas de m'amener des gens nouveaux auxquels elle désirait me présenter et votre pauvre petite Lucia finissait par les confondre tous tant ils étaient nombreux jusqu'à ce que, plus tard, Peppino et moi y mettions de l'ordre en attribuant un nom à chaque visage. On aurait dit que tout le monde était au courant de notre arrivée dans la capitale et je puis vous assurer que, depuis, le fâcheux téléphone n'a pas cessé de sonner. C'est une vraie plaie, mais tout le monde est tellement gentil. Pourrait-on nous avoir à déjeuner un jour ou à dîner un autre jour ? Et un vernissage par-ci, et une petite séance de musique en matinée par-là. Je vous assure qu'on ne m'a jamais autant dorlotée ni autant sollicitée.

Nous avons déjà un peu reçu également, mais tout juste quelques vieux amis comme notre député, Mr Garroby-Ashton. ("Elle ne l'a rencontré qu'une seule fois", pensa Georgie, entre parenthèses.) Il a aussi insisté pour que nous allions prendre le thé chez lui à la Chambre des Communes. Je savais que cela intéresserait Peppino parce qu'il prend nettement la tournure d'un homme politique et nous y sommes donc allés. Thé sur la terrasse tout en devisant agréablement avec le Premier ministre qui est venu s'asseoir à notre table et ne semblait plus vouloir partir. Comme j'aurais voulu que vous soyez là pour faire un dessin de la Tamise ! C'était exactement le genre de paysage dans lequel vous excellez. Quel fleuve merveilleux ! Je ne cessais de répéter :

Douce Tamise, coule donc,
Jusqu'à la fin de ma chanson[1]

Et juste après, quelle galopade pour rentrer se changer avant d'aller dîner quelque part et jouer ensuite. Et puis cette excellente Aggie (chère âme !) avait pris à cœur de me présenter et je ne pouvais pas la décevoir. Avez-vous vu la description de ma robe ? Comme j'ai été contrariée de la voir publiée dans la presse ! Ce genre de chose est si vulgaire et tout et tout, et puis vous savez comme j'ai horreur des feux de la rampe ; mais on me répète qu'il faut que je m'y fasse sans renâcler.

La maison commence à prendre tournure mais il reste à faire une foule de petites modifications et pas mal de nettoyage avant que j'ose la montrer à quiconque possède un œil aussi critique que le vôtre, Georgino. Le tapis de la salle à manger vous ferait hurler ! Je sais que vous risqueriez d'en attraper une indigestion. Mais dès que tout sera en place je tiens à ce que vous veniez me voir, quels que soient vos engagements par ailleurs, et que vous restiez très, très longtemps. Nous conviendrons d'une date à l'un de mes prochains week-ends à Riseholme.

1. Edmund Spenser, *Prothalamion*, I, 37. *(N.d.T.)*

Votre Olga bien-aimée est de retour, mais je ne l'ai pas encore revue. J'ai invité le signor Cortese à venir dîner un soir pour qu'il puisse la revoir et j'ai invité Olga pour qu'elle puisse le revoir. J'ai pensé que cela ferait une agréable petite réception, mais malheureusement ils étaient pris tous les deux. J'espère qu'ils ne se sont pas disputés. La maison d'Olga, juste en face de la mienne, paraît très exiguë de l'extérieur mais je veux bien croire qu'elle est assez grande pour elle et son mari. Elle va chanter à l'opéra pour la première soirée de la saison, la semaine prochaine, dans *Lucretia*. Il faut que je me débrouille pour y aller même si je ne peux assister qu'à un acte ou deux. Peppino (quelle folie de sa part !) a loué une loge pour deux représentations par semaine. Comme c'est le cadeau d'anniversaire qu'il me fait, le cher homme, je n'ai pas pu le gronder ! Et, après tout, cela nous permettra de faire vraiment plaisir à des amis en leur prêtant la loge lorsque nous n'avons pas l'intention de l'occuper.

Saluez bien tout le monde dans ce cher Riseholme. Je me sens vraiment en exil et parfois je languis après la douce paix et la tranquillité de notre vieux village. Mais il est hors de doute que Londres réussit à merveille à Peppino et je dois faire face de mon mieux au milieu de cette agitation incessante. J'avais espéré me rendre à Riseholme le week-end prochain mais Mrs Garroby-Ashton (j'ai entendu dire que son mari serait sûrement élevé à la dignité de pair à la prochaine promotion de l'anniversaire du roi) a insisté tout particulièrement pour que nous le passions chez eux… Bonne nuit, cher Georgino ! Moi veux faire un glos, glos dodo.

Lucia. »

Georgie avala cette lettre d'un trait puis, en la reprenant depuis le début, il la sirota par petites gorgées. Tout d'abord, il eut l'impression qu'il s'agissait de quelqu'un de radicalement différent de Lucia mais, lue à petites doses, chaque phrase s'avérait éminemment typique d'elle. Lucia ne s'adaptait pas aux circonstances nouvelles, elle adaptait les circonstances nouvelles à sa propre personne en y appliquant avec succès toute son ingéniosité légendaire et toute son invincible énergie. Parfois, il est vrai, il vous fallait lire entre les lignes et tout diviser par deux ou trois afin de prendre en compte la part de l'exagération. Quand Lucia disait qu'elle ne voulait pas décevoir l'excellente Aggie qui avait pris à cœur de la présenter à la Cour ou que Mrs Garroby-Ashton avait particulièrement insisté pour que Lucia passât chez eux le week-end que cette dernière avait eu l'intention de passer à Riseholme, Georgie n'eut qu'à se souvenir de la manière dont on avait forcé Lucia (*dixit* Lucia) pour qu'elle acceptât d'être la reine à l'occasion des réjouissances du 1er Mai. Par la seule force de son autorité, elle les avait tous contraints à incarner qui Robin des Bois, qui la gente Marion, qui Tartempion et puis, quand elle les eut tous mis au travail, elle déclara qu'ils étaient tous de mèche pour la mettre à contribution, elle, et qu'elle y laisserait son âme pour organiser *leurs* réjouissances du 1er Mai. C'était eux qui lui avaient forcé la main, c'était eux qui avaient insisté pour qu'elle fût reine, menât la danse, chantât plus fort que tout le monde, fût couronnée et reçût l'hommage de leurs révérences. Entre les mains de Lucia, ils avaient été une cire docile et, à présent, dans ces nouvelles circonstances, Georgie était convaincu que l'excellente Aggie avait été littéralement contrainte de présenter Lucia à la Cour et, sans aucun doute possible, Mrs Garroby-Ashton, traquée sur cette terrasse de la Chambre des Communes, tandis que coulait donc gentiment la Tamise, n'avait pas eu d'autre choix que de l'inviter à la campagne un dimanche. La force de l'autorité, une persévérance indomptable lui obtenaient à présent, comme toujours, exactement ce qu'elle désirait : grâce à elles, elle était devenue reine de Riseholme et grâce à elles, là-bas à Londres, elle gravissait d'un pied sûr les échelons de la société et voilà qu'elle déclarait d'ores et déjà que tout le monde insistait pour l'inviter à déjeuner ou à dîner alors que c'était sa force morale qui les livrait, impuissants, à sa poigne de fer. Elle n'avait cure de Riseholme à présent : d'autres tâches la sollicitaient ailleurs ;

n'ayant que faire de Georgie, elle s'en prenait au tapis de la salle à manger.

« Parfait, dit amèrement Georgie. Si elle n'a pas besoin de moi, eh bien, je n'aurai pas besoin d'elle. Un point c'est tout. »

Il rangea la lettre et se mit à réfléchir à ce qu'il pourrait bien faire de sa journée. Le temps était assez doux pour lui permettre de peindre en extérieur. En fait, il avait déjà esquissé un dessin de la façade de sa maison vue de l'autre côté de la pelouse communale. Il y avait son piano s'il décidait de passer la matinée à faire de la musique. Il y avait le journal à lire, les nouvelles à recueillir et Daisy Quantock, sa voisine, qui serait ravie de faire une séance de planchette (l'instrument commençait réellement à transcrire des mots entiers au lieu d'effectuer des traits et des gribouillis sans queue ni tête) et pourtant, aucune de ces activités, qui avec une bonne dose de conversation et un peu de ménage et de manucure avaient depuis si longtemps fait de sa vie une prestation aussi dense et aussi ardue, ne semblait offrir une stimulation idoine. Et il savait pertinemment ce qui rendait fastidieuses toutes ces activités : c'était que Lucia n'était plus là et, quelque effort qu'il fît pour se persuader qu'elle ne lui manquait pas du tout, il commençait, comme tout le monde à Riseholme, à souffrir cruellement de son absence. Elle leur portait sur les nerfs et les exaspérait ; c'était une hypocrite (toute cette comédie dérisoire pour faire croire qu'elle n'avait pas déchiffré le quatre mains de Mozart et son simulacre de chagrin lors de la mort de la tantine), une poseuse, une mystificatrice doublée d'une snob, mais elle avait un je-ne-sais-quoi qui vous propulsait en plein cœur de la mêlée pour vous investir dans des activités qui vous répugnaient et, bien qu'elle finît par vous mettre dans des états de fureur aiguë, elle vous empêchait de trouver la vie monotone. Georgie aimait la peinture mais il savait que le fait de pouvoir montrer ses esquisses à Lucia ajoutait du piment à son plaisir et que Lucia, tout en ne s'y entendant pas plus qu'un rhinocéros sur le chapitre de la peinture, allait tenir le dessin à bout de bras en penchant légèrement la tête de côté, les yeux mi-clos, et dirait :

« Oui, Georgie, très joli, vraiment très joli. Mais êtes-vous sûr d'avoir estimé correctement votre profondeur de champ ? Ne pensez-vous pas qu'il faudrait peut-être reculer un tantinet votre arrière-plan ? »

Ou bien quand il travaillait son piano, il savait que ce qui allait revigorer son agilité c'était la perspective de jouer son morceau avec elle et s'il répétait en sourdine en vue de jouer ensemble, ce serait la certitude de la devancer d'une longueur et qu'elle en serait toute surprise (bien qu'elle pût probablement deviner le fin mot de cette facilité de déchiffrage). Quant à la conversation, il était inutile de nier qu'elle languissait invariablement à Riseholme si le sujet de Lucia, de ses pompes et de ses faiblesses, était déclaré tabou.

« Il faut que nous nous arrachions à notre torpeur, pensa Georgie, et que nous nous remettions à l'ouvrage. Il faut que nous apprenions à nous passer d'elle, comme elle se met elle-même à se passer de nous d'un cœur si léger. Je vais vérifier les progrès de la planchette. »

Daisy était déjà à pied d'œuvre et le crayon s'en donnait à cœur joie. Un ou deux jours auparavant il avait tracé, non pas une mais plusieurs fois, une sorte d'hiéroglyphe étrange que l'on pouvait interpréter comme étant le nom mystique « Abfou ». Daisy en conclut (qu'est-ce qui aurait pu être plus évident ?) que le nom de la force supérieure qui dirigeait cet étrange manège était Abfou, nom à la consonance nettement égyptienne et antique. Grâce à un puissant raisonnement, elle en déduisit que les gribouillages qu'on ne pouvait assimiler à une quelconque graphie des caractères de l'alphabet anglais pouvaient aisément être considérés comme de l'arabe. Il n'appartenait pas à Daisy d'établir la raison pour laquelle Abfou écrivait son nom en lettres anglaises et ses messages en arabe car personne ne connaissait les conditions auxquelles on était soumis *de l'autre côté*. Quand Georgie entra, on arrivait au bas d'une feuille de papier et bien qu'elle ne présentât que de l'écriture arabe, les évolutions de la planchette avaient été si fulgurantes que Daisy oublia complètement de demander : « Quoi de neuf ? »

« À chaque nouvelle séance, Abfou et moi entrons en communication d'une façon de plus en plus directe, dit Daisy. J'ai l'intime conviction que nous aurons sous peu quelque chose de la plus haute importance. Mettez vous aussi la main sur la planchette, Georgie. J'ai toujours pensé que vous aviez un don de médium. En premier lieu, concentrez-vous, c'est-à-dire éliminez toute pensée de votre esprit. Ne bougeons pas pendant une ou deux minutes et gardons les yeux fermés. Respirez profondément. Détendez-vous. Il se produit parfois un état de légère hypnose, c'est écrit dans le livre, c'est-à-dire que vous éprouvez une certaine somnolence. »

Il y eut quelques instants de silence : Georgie voulait parler à Daisy de la lettre de Lucia, mais cela aurait sûrement interrompu Abfou. Il avança donc une chaise et après avoir posé la main sur celle de Daisy, il ferma les yeux et respira profondément. Alors soudain se produisirent les choses les plus extraordinaires.

La planchette se mit à trembler : elle vibra comme une bouilloire quand l'eau entre en ébullition et commença à glisser deci, delà sur la feuille de papier. Georgie n'avait aucune idée quant au sens de ces mouvements saugrenus. Il ne savait qu'une chose : la planchette écrivait quelque chose, peut-être de l'arabe, mais quelque chose de vigoureux et de péremptoire. Il lui sembla que, loin de faciliter les mouvements de l'appareil, il les contrariait presque afin d'écarter toute interprétation tendancieuse. Il ouvrit les yeux car il était impossible de résister au désir de voir cette manifestation de force psychique et aussi parce qu'il souhaitait s'assurer (bien qu'il ne nourrît aucun soupçon à ce sujet) que sa partenaire n'était pas, pour dire les choses crûment, en train de donner un coup de pouce. La même séquence de pensées traversait au même moment l'esprit de Daisy et elle aussi ouvrit les yeux.

« Georgie, j'ai la main littéralement entraînée dans un sens ou dans l'autre, dit-elle toute surexcitée. Et si j'interviens, c'est uniquement pour essayer de résister.

– Moi aussi, dit Georgie, j'en fais autant. C'est trop merveilleux. Pensez-vous qu'il s'agisse toujours d'écriture arabe ? »

Le crayon traça un magnifique paraphe et s'immobilisa.

« Ce n'est pas de l'arabe, dit Daisy en examinant le message, en tout cas cela comporte également une bonne part d'anglais.

– Pas possible ! » dit Georgie et, dans le feu de l'excitation, il chaussa ses lunettes sans se soucier de savoir si Daisy avait appris qu'il en portait.

Je vois bien que ça ressemble à de l'anglais, mais quelle écriture difficile à déchiffrer ! Regardez, là c'est "Abfou", il me semble. Et là également. »

Ils se penchèrent sur la feuille.

« Voici un "L" cria Daisy, et encore un autre ici aussi. Et là je vois "L de L". Ensuite il y a le mot "mort" qui revient deux fois. Cela ne peut pas signifier qu'Abfou est mort car nous tenons la preuve qu'il est bien vivant. Et là, est-ce bien "museau" que je lis ?

– Où ça ? dit Georgie, passionné. Mais que pourrait bien signifier "museau mort" ?

– Voilà ! dit Daisy en montrant du doigt. Non, ce n'est pas "museau mort". C'est "museau", puis tout un passage en arabe et puis "mort".

– Je ne pense pas que ce soit "museau", dit Georgie, bien que vous soyez, bien entendu, beaucoup plus familière de l'écriture d'Abfou que je ne le suis. À mon avis, ça ressemble beaucoup plus à "musée".

– Peut-être désire-t-il que j'envoie tout ce qu'il a écrit en arabe au British Museum, dit Daisy, traversée par un éclair de génie, pour qu'ils le déchiffrent et puissent me dire de quoi il s'agit.

– Oui, mais regardez : il y a encore "musée" ou "museau" ici, dit Georgie et puis ce mot-là juste devant… mais bien sûr, c'est ça ! C'est Riseholme ! Le museau de Riseholme ou le musée de Riseholme ! Dans un cas comme dans l'autre, je ne vois pas bien ce que cela peut bien vouloir dire…

– Vous pouvez être certain que cela veut dire quelque chose, dit Daisy. Et voilà encore un "L" majuscule. Pensez-vous que cela puisse être l'initiale de Lucia ? Oui, mais alors, "mort"…

– Non, "mort" n'a rien à voir avec le "L", dit Georgie. Entre les deux, il y a le mot "musée" et tout un passage en arabe.

– Je crois que je vais tout de suite noter l'heure exacte : ce sera plus scientifique, dit Daisy. Onze heures moins le quart. Non, cette pendule avance de trois minutes sur l'heure de l'église.

– Non, l'heure de l'église a du retard », dit Georgie.

Soudain, il se leva d'un bond.

« J'y suis ! dit-il. Regardez ! "L de L". Cela veut dire : Lettre de Lucia. Et c'est parfaitement exact. J'ai reçu des nouvelles ce matin et j'ai la lettre ici dans ma poche.

– Pas possible ! dit Daisy. Ça c'est vraiment un signe que nous donne Abfou. Il est vraiment des nôtres et sait tout ce qui se passe ici. C'est tout à fait probant. »

On pourra se faire une petite idée de l'intérêt violent que leur inspirait à tous deux le déchiffrage du message en constatant que Daisy ne manifesta pas la moindre curiosité quant à la teneur de la lettre de Lucia ni Georgie la moindre velléité pour en rendre compte.

« Il y a aussi le mot "mort", dit Georgie en regardant par la fenêtre. Je me demande ce que cela peut bien vouloir dire…

– J'espère bien qu'il ne s'agit pas de Lucia, dit Daisy avec un calme stoïque. Mais je ne vois personne d'autre… »

Georgie promenait ses regards sur la pelouse communale. Poussée par son mari, Mrs Boucher faisait des tours à toute vitesse dans son fauteuil roulant et là-bas monsieur le curé pressait le pas… il y avait aussi Mrs Antrobus et Piggy et Goosie… personne ne semblait être mort. Alors il regarda le jardin de façade de Daisy juste sous ses yeux, au premier plan.

« Qu'est-il arrivé à votre mûrier ? dit-il en manière de parenthèse. Ses feuilles sont toutes pendantes. Vous n'auriez jamais dû en rafraîchir les racines sans bien savoir comment vous y prendre. »

D'un bond, Daisy fut debout.

« Georgie, vous avez mis en plein dans le mille ! dit-elle. C'est le mûrier qui est mort. N'est-ce pas merveilleux ? »

Georgie fut aussi impressionné que l'exigeaient les circonstances.

« Cela est très curieux, vraiment très curieux ! dit-il. Lettre de Lucia et le mûrier mort. Je crois vraiment qu'il y a là quelque chose de patent. Mais poursuivons l'étude du texte. À présent que je le considère à nouveau, je suis persuadé qu'il s'agit du musée de Riseholme, pas du museau de Riseholme. Le seul ennui c'est qu'il n'y a pas de musée à Riseholme.

– Mais il y a profusion de museaux, fit remarquer Daisy et surtout de museaux de souris (elle venait d'avoir maille à partir avec ces petites créatures). Il se peut qu'Abfou cherche à me communiquer quelque tuyau au sujet d'un certain modèle de piège à souris en usage dans l'ancienne Égypte… Mais si vous n'êtes pas trop occupé ce matin, Georgie, nous pourrions avoir une autre séance pour voir si nous obtenons quelque chose d'un peu plus précis. Mettons-nous en état de recueillement, comme le conseille le mode d'emploi.

– Qu'est-ce que l'état de recueillement ? » demanda Georgie.

Daisy lui passa le mode d'emploi. L'état de recueillement semblait être une espèce de mélange de concentration intense et de vide total de l'esprit.

« On dirait qu'il faut concentrer son esprit sur rien du tout, dit-il après lecture.

– Tout simplement, dit Daisy. Vous évacuez toutes les pensées de votre tête puis vous fixez votre esprit sur un point. Il faut que nous ne soyons rien d'autre que l'instrument à travers lequel opère Abfou. »

Ils reprirent place après quelques bons mouvements respiratoires profonds suivis de détente et presque aussitôt la planchette se mit à se déplacer au-dessus de la feuille de papier selon une progression inflexible et imperturbable. Elle s'arrêtait parfois quelques minutes, ce qui prouvait bien l'authenticité de la force qui l'animait car, en dépit de tous les efforts mis en œuvre pour atteindre un état de recueillement, tant l'esprit de Daisy que celui de Georgie bourdonnaient de choses qu'ils brûlaient d'envie de voir commentées par Abfou et si l'un ou l'autre avaient pu être soupçonnés d'infléchir délibérément les évolutions de la planchette, il n'y aurait sûrement pas eu de pauses du tout. Quand enfin la planchette traça à nouveau le magnifique paraphe qui marquait la fin de la communication, ils découvrirent les résultats les plus surprenants.

Abfou avait rempli deux pages grand format de sa grande écriture verticale, si différente de la cursive ordinaire de Daisy ou de celle de Georgie, ce qui prouvait, une fois de plus (à supposer que l'on eût encore besoin de preuves), l'authenticité du phénomène. C'était relativement facile à déchiffrer et, sauf pour un long passage, vers la fin, rédigé en arabe, c'était presque entièrement écrit en anglais.

« Regardez, voilà Lucia écrit quatre fois en toutes lettres, dit Daisy, avec feu. Et puis "Pépère"... Qu'est-ce que cela peut bien être : Pépère ? »

Georgie resta bouche bée.

« Mais voyons, c'est Peppino, bien entendu ! dit-il. Je trouve vraiment cela bizarre. Et regardez un peu la suite, la... "Société hippique", non "Société huppée très nombreuse, toujours plus haut".

– Pauvre Lucia ! dit Daisy. Comme c'est sarcastique ! Cela reflète l'opinion d'Abfou sur toute cette histoire. À propos, vous ne m'avez toujours pas raconté ce qu'elle disait. Mais cela n'a aucune importance, ceci est bien plus passionnant... Ensuite il y a un peu d'arabe, enfin je pense que c'est de l'arabe car je n'y comprends goutte, et puis... ma parole, on dirait que les mots suivants sont "d'Olga". Avez-vous eu des nouvelles d'Olga ?

– Non, dit Georgie. Mais il y a dans la lettre de Lucia un passage qui la concerne. C'est peut-être cela.

– Très vraisemblablement. Et puis j'arrive à déchiffrer Riseholme et juste avant, ce n'est pas "museau", c'est bel et bien "musée" ; et puis... je n'arrive pas à le lire, mais on dirait de l'anglais ; et puis "opéra" (ça c'est encore Olga) et "mort" qui s'applique au mûrier. Ensuite : "Mieux vaut travailler que de rester oisif. Ne nourrissez pas... quelque chose...

– Des poussins, dit Georgie. Non, "des pensées".

– Oui, c'est ça. "Ne nourrissez pas des pensées malveillantes envers qui que ce soit mais appliquez-vous l'esprit à perfectionner votre œuvre"... Georgie, n'est-ce pas vraiment merveilleux ? Puis ça repart en arabe, quel dommage ! Ça aurait pu être des précisions supplémentaires à propos du musée. Je vais sans faute adresser tous les premiers feuillets rédigés en arabe au British Museum. »

Georgie se mit à réfléchir sur ce point.

« Je ne sais pas pourquoi je ne crois pas que ce soit là ce qu'Abfou veut dire, dit-il. Il dit Riseholme Museum, pas British Museum. On ne peut pas lire ce mot comme étant "British". »

Georgie laissa Daisy continuer toute seule à essayer de détecter davantage d'anglais dans les passages présumés écrits en arabe et promit de revenir après le thé pour entreprendre de nouvelles recherches. Moins d'une minute après son départ, le téléphone de Daisy sonna.

« La barbe ! Que ces interruptions sont donc agaçantes ! se dit-elle en se précipitant vers l'appareil. Allô, oui, qui parle ? »

La voix de Georgie trahissait un état d'excitation extrême.

« C'est moi, dit-il. La seconde distribution du courrier vient de m'apporter une lettre d'Olga. "D'Olga", vous vous souvenez…

– Pas possible ! dit Daisy. Dites-moi donc si elle dit quelque chose au sujet de… »

Mais Georgie avait déjà raccroché. Il désirait lire sa lettre d'Olga et Daisy se rassit frappée d'une terreur mystique à la nouvelle de cette révélation adventice. Abfou connaissait l'avenir aussi bien que le passé car Georgie ignorait tout de la lettre d'Olga au moment où les mots « d'Olga » s'étaient inscrits dans le texte. Et si par hasard Olga, dans sa lettre, faisait une quelconque mention à l'opéra (le mot y figurerait selon toute vraisemblance), ce serait encore plus extraordinaire.

Daisy, au comble de la surprise, constata que la matinée touchait presque à son terme. Et de fait, elle avait filé comme un éclair (éclair éminemment éclairant). Armée d'une truelle et d'un râteau, Daisy se dépêcha donc d'aller travailler une demi-heure au jardin, avant de passer à table. Bien qu'elle passât toute la journée dans le jardin, et qu'elle ne rentrât s'asseoir devant sa planchette que lorsque, à la tombée de la nuit, il lui était presque impossible de distinguer les réseaux de coton qu'elle avait disposés sur les semis des plates-bandes pour les protéger des moineaux (une fois, dans sa précipitation, il lui était arrivé de démolir la totalité de ces fortifications défensives en se prenant malencontreusement les pieds dedans), il lui semblait assez déconcertant de constater que, malgré ses mains couvertes d'ampoules et son mal de dos, elle prenait de plus en plus de retard sur son calendrier horticole. Et ce, alors que ce chenapan de Simkinson (qu'elle avait congédié pour cause de paresse un jour qu'elle l'avait découvert la pipe au bec occupé à faire tranquillement des mots croisés dans la remise, alors qu'il était censé travailler) maintenait son jardin en parfait état en se contentant d'y traîner ses bottes trois demi-journées par semaine. Certes, elle avait rafraîchi les racines du mûrier, ce qui lui avait demandé un jour entier (et avait entraîné la mort du mûrier, par la même occasion) et bien que le trépas de ce végétal vénérable eût fourni à Abfou une merveilleuse occasion de prouver son authenticité, cette preuve s'avérait à présent si radicalement irréfutable que Daisy en vint presque à regretter qu'elle lui eût été fournie. Et puis, elle commençait aussi à éprouver de secrètes angoisses quant à tout ce qu'elle avait arraché comme mauvaise herbe… Peut-être s'agissait-il, après tout, de jeunes plants que Simkinson avait repiqués d'une main indolente car si les plates-bandes étaient à présent débarrassées de la moindre mauvaise herbe, elles ne paraissaient pas s'être enrichies de la moindre végétation de quelque espèce que ce fût. En outre, soit Daisy avait confondu en les mélangeant les petites étiquettes en bois portant le nom des graines, soit elle avait planté des choux de Bruxelles dans le parterre circulaire qui se trouvait juste sous la fenêtre de la salle à manger en lieu et place des phlox Drummondi. Elle pensait avoir fiché l'étiquette *ad hoc* près des graines qu'elle avait semées, mais il faisait déjà nuit à cette heure-là et, une fois le matin venu, l'étiquette annonçait clairement « choux de Bruxelles ». Et dans ce cas, il y avait un tapis de phlox au bout du petit carré de jardin potager… À présent, d'un côté comme de l'autre, les plants commençaient à bourgeonner et, par conséquent, Daisy ne tarderait pas à être fixée pour le meilleur ou pour le pire.

Il y avait aussi ce coin de jardin de rocaille qu'elle avait demandé à Simkinson d'aménager (ce qu'il avait négligé de faire pour s'adonner à ses mots croisés), et bien que Daisy eût consacré six à huit heures de travail de jardinage par jour depuis, elle n'avait pas trouvé le temps de remuer la moindre pierre, et les fragments de roche qui gisaient comme une moraine sur l'allée près de la remise donnaient encore à l'approche de cette dernière l'allure d'une escalade alpestre. Il s'agissait de fragments de maçonnerie médiévale provenant des ruines d'une ancienne abbaye, des faîteaux, des crochets de pignon gothique et des débris de fenêtres à meneaux qui avaient été mis au jour lors de la construction d'une voie ferrée de service et tout le monde à Riseholme s'était servi, à l'exception de Mrs Boucher qui appelait ça des détritus. Il y avait aussi quelques fossiles, des ammonites, des morceaux de spath et de curieux silex percés de trous et des bouts de mica parce qu'une certaine année Lucia les avait tous réquisitionnés pour se lancer dans l'étude de la géologie et ils s'étaient munis de marteaux pour s'attaquer à la paroi d'une vieille carrière en en détachant ces reliques pétrifiées et en se donnant des coups de marteau sur les doigts par la même occasion. C'était l'année où le camp romain à l'orée du village avait été labouré pour la première fois (le Tout-Riseholme avait suivi les opérations comme une volée de corneilles) et où Georgie avait récupéré plusieurs plateaux remplis de fragments de verre irisé tandis que le colonel Boucher avait récolté des débris de vaisselle de Samos et que Mrs Antrobus avait déniché une fibule en bronze, autant dire une épingle anglaise. Daisy avait eu quelques gros morceaux de brique et un tronçon de gouttière romains qui figuraient à présent dans le stock de matériaux destinés à son jardin de rocaille. Elle s'était également procuré à prix d'or une bonne douzaine de pièces de monnaie en bronze. Ces dernières, bien entendu, ne seraient pas placées dans le jardin de rocaille. Elle les avait très soigneusement rangées quelque part et, par la suite, avait complètement oublié où elles se trouvaient. Pour l'heure, et tandis que la contemplation des matériaux destinés au jardin de rocaille lui remettait à l'esprit, par association d'idées, tous ces souvenirs archéologiques, elle crut soudain se rappeler qu'elle avait mis les pièces de bronze au fond du tiroir de sa table à jeu.

Le spectacle de ces vestiges antiques dégoûtait Daisy. Ils encombraient l'allée au lieu de l'agrémenter. Comment un meneau en pierre, une gouttière et une ammonite rassemblés pouvaient-ils attirer le regard ? En outre, où trouver le temps de s'occuper de cette rocaille et quel coin propice lui réserver ? Le parterre d'asperges semblait le seul endroit possible mais, tout compte fait, Daisy préférait les asperges.

Par la fenêtre de la salle à manger, Robert brailla que le déjeuner était servi. Tandis qu'elle regagnait la maison, Daisy pensa qu'il était peut-être plus judicieux de ravaler sa colère et de rengager Simkinson. Il lui paraissait clair que si elle devait honorer ses devoirs de médium entre l'Égypte ancienne et le monde d'aujourd'hui, le jardin allait péricliter encore plus vite qu'il ne le faisait déjà et, sans nul doute, Robert consentirait à rengainer sa colère à sa place pour dire à Simkinson qu'ils ne pouvaient plus continuer à se passer de lui et que lorsqu'elle avait dit que Simkinson était *paresseux*, elle avait voulu dire *laborieux*, ou tout autre adjectif qui ferait l'affaire.

Ce jour-là, Robert était de fort bonne humeur parce que les pétroles de Roumanie qui constituaient sa principale source de revenus avaient affiché des dividendes supérieurs au montant habituel. Il promit donc d'aller chercher Simkinson pour lui expliquer ce que *paresseux* voulait dire et, dans le cas où le jardinier aurait du mal à comprendre, de lui glisser une petite pièce pour faire passer la pilule.

« Et dites-lui aussi qu'il n'aura pas besoin d'aménager un jardin de rocaille, dit Daisy. Il a toujours été tout à fait opposé à ce projet. Il pourra creuser un trou pour ensevelir les fossiles, les fragments d'architecture et tout le bataclan. C'est le moyen le plus simple de ne plus avoir tout ça dans les jambes.

– Et que devra-t-il faire de toute la terre qu'il retirera du trou, ma chère ? demanda Robert.

– Qu'il la remette à sa place, je présume », dit Daisy sans aménité.

Robert fut si content d'avoir « eu » Daisy qu'il ne prit même pas la peine de lui expliquer qu'elle s'était fait avoir…

Après déjeuner, Daisy retrouva les pièces de monnaie. Il était curieux qu'ayant oublié pendant si longtemps où elle les avait mises elle s'en souvînt tout à coup. Elle fut tentée d'attribuer cette inspiration à Abfou. Le problème, une fois qu'elle les eut retrouvées, fut de savoir ce qu'elle allait bien pouvoir en faire. Certaines pièces, de toute évidence, portaient encore des traces d'effigies d'empereurs romains et Daisy était sûre d'avoir entendu dire que certaines monnaies romaines avaient une grande valeur : celles-ci étaient probablement du nombre. Elle pourrait peut-être les joindre au texte arabe lorsqu'elle pressentirait le British Museum aux fins d'identification… Soudain, elle les laissa toutes tomber par terre car une idée géniale venait de lui traverser l'esprit.

Elle fonça dans le jardin d'un pas léger et appela Georgie qui plantait des arceaux de croquet.

« Georgie, je la tiens ! s'écria-t-elle. C'est clair comme deux et deux font quatre. Ce qu'Abfou désire que nous fassions c'est d'ouvrir un musée de Riseholme. Il a écrit tout à fait distinctement "musée de Riseholme". Et songez aussi à tout ce que cela nous rapportera quand nous serons envahis l'été par un flot de touristes américains ! Ils afflueront en foule pour le visiter. Je dirais un shilling l'entrée et six pence pour le catalogue.

– Je me demande si c'est bien cela que voulait dire Abfou, dit Georgie.

– Il l'a dit, fit Daisy. Vous ne pouvez pas le nier !

– Mais que pourrions-nous mettre dans le musée ? demanda-t-il.

– Nous pourrions, cher ami, le remplir d'antiquités et de toutes les choses qu'aucun d'entre nous ne veut plus garder chez soi. Comme, par exemple, ces beaux fragments d'abbaye que je possède et qui traînent en pure perte dans mon jardin où personne ne peut les voir, et puis ma gouttière. Je ferais don de tout cela au musée, plus les fossiles et peut-être quelques-unes de mes pièces de monnaie. Plus mes blocs en brique romaine. »

Georgie, un arceau à la main, marqua une pause.

« C'est peut-être une bonne idée, dit-il. Et j'ai aussi chez moi toutes ces belles pièces en verre irisé qui ne tiennent jamais debout. Je pourrais les donner.

– Et puis il y a la vaisselle de Samos du colonel Boucher, lança Daisy. Pas plus tard que l'autre jour, il disait qu'elle l'horripilait mais qu'il n'était pas vraiment décidé à la balancer. Bien plus que de savoir ce qu'on va mettre dans ce musée, le problème qui se pose sera de savoir ce que l'on va laisser de côté. En outre, je suis sûre que c'est bien ce qu'a voulu dire Abfou. Il nous faut immédiatement constituer un comité. À mon avis, vous-même, Mrs Boucher et moi ça devrait suffire. Les comités nombreux ne sont jamais une bonne solution.

– Et vous ne comptez pas Lucia ? demanda Georgie dans un sursaut de loyauté tardive.

– Oh, non ! Certainement pas ! dit Daisy. Elle se contenterait de nous envoyer des ordres de Londres avec des consignes sur ce qu'il nous conviendrait de faire en son absence pour changer ensuite d'avis à chacune de ses visites et nous faire défaire tout ce que nous aurions fait. Et, par-dessus le marché, elle prétendrait que l'idée du musée vient d'elle et s'instituerait présidente !

– Il y a du vrai dans ce que vous dites, dit Georgie.

– Bien entendu qu'il y a du vrai, du vrai bon sens, dit Daisy. Et je vais de ce pas aller voir Mrs Boucher. »

Georgie asséna quelques coups de maillet bien sentis à l'arceau qu'il mettait en place.

« Je vous accompagne, dit-il. Le musée de Riseholme ! Je crois que c'est bien là ce qu'Abfou voulait dire. Je sens que nous n'allons plus nous rouler les pouces ! »

IV

Le comité se réunit l'après-midi même ainsi que toute la journée du lendemain. Le projet prenait rapidement tournure. On engagea Robert comme expert financier (le pétrole doré de Roumanie affluait à gros bouillons) et, après examen, il estima le projet hautement recommandable. Le bourg pullulait tout l'été de visiteurs étrangers et, en un lieu si typiquement élisabéthain, le flair des Américains ne pourrait pas leur faire négliger de rendre visite au musée.

« J'ignore ce que vous exposerez dans votre musée, dit-il, mais d'après moi ils iront le voir et même s'ils n'y trouvent pas grand-chose, ils auront déjà payé leurs shillings. Et si Mrs Boucher pense que son mari pourra mettre à votre disposition l'espèce de grange paroissiale qui lui appartient pour un loyer modique, eh bien, je crois vraiment que ce sera une affaire lucrative. »

On procéda donc sur-le-champ à l'étude de la question des fonds nécessaires pour transformer la grange en musée. Robert se déclara en mesure d'équiper la grange de tout le mobilier et des accessoires indispensables, à condition d'avoir la haute main sur l'ensemble des recettes, mais cette promptitude à assumer toutes les responsabilités financières suscita chez les membres du comité le désir d'exercer un droit de regard en la matière car un homme d'affaires aussi entendu avait probablement sa petite idée sur l'exploitation du projet. Jusqu'alors la question d'argent, bassement matérielle, ne leur était pas venue à l'esprit : ils allaient avoir un musée qui leur fournirait à nouveau de quoi s'occuper et le comité devait le faire marcher. Ils étaient prêts à y consacrer pratiquement tout leur temps car Riseholme était un de ces lieux bénis où le proverbe selon lequel « le temps, c'est de l'argent » était nul et non avenu car jamais personne n'y avait gagné le moindre penny en échange de son temps. Mais puisque, selon l'analyse financière de Robert, le musée constituerait un investissement prometteur, le comité souhaita tout naturellement être intéressé à l'entreprise. Les trois membres souscrivirent donc cinquante livres chacun et cooptèrent Robert pour compléter le bureau et le capital requis. Les bénéfices (s'il y en avait...) seraient partagés entre les membres au *prorata* de leurs participations respectives. Robert le financier veillerait à tout cela et les autres pourraient ainsi concentrer toute leur attention sur l'acquisition d'objets rares.

De toute évidence, ce ne sont pas les objets rares qui manquaient car, à Riseholme, tout le monde entassait des antiquités hétéroclites et des « spécimens » de toutes sortes qui encombraient les maisons et constituaient des nids à poussière. Mais on ne pouvait pas songer à les envoyer promener. Quelques rares objets particulièrement remarquables ne firent l'objet que d'un prêt (parmi lesquels la boîte de pièces de monnaie de Daisy et la fibule de Mrs Antrobus), mais la plupart des articles, tels que les verres cassés de Georgie et les morceaux de porcelaine de Samos du colonel Boucher, furent accueillis à titre définitif grâce à la ferveur empressée des généreux donateurs. Des objets de toute sorte affluèrent dont un grand fragment de rouet, un pilon élisabéthain et son mortier, une kyrielle de tuiles romaines, un volumineux poteau en bois baptisé sans hésitation « poteau pour les condamnés au fouet », quelques parchemins indéchiffrables revêtus de sceaux et appartenant au curé de Riseholme, une carte d'état-major du secteur, de nombreuses collections de fossiles et de pierres taillées recueillis sur le site de l'abbaye, de vieux édredons piqués, un berceau d'enfant suffisamment mangé aux vers pour dater de l'époque dite anglo-saxonne, des bouteilles aux formes insolites, une cruche en terre émaillée toute tachetée, des garnitures de foyer lourdes comme le diable et, à la suite d'un vote extraordinaire du conseil paroissial, le pilori qui se dressait jusqu'alors près de la pièce d'eau au milieu de la pelouse communale. Tout Riseholme se trouva à nouveau fort occupé car il avait fallu trier les fossiles (on se rendit compte assez vite que même un musée pouvait posséder trop d'ammonites), il avait fallu coudre des rideaux pour les fenêtres, calligraphier des étiquettes, recoller les morceaux de vaisselle de Samos, disposer des vitrines et dresser un catalogue. Le temps de jachère consécutif à la désertion de Lucia était révolu et l'idée que Lucia avait été entièrement tenue à l'écart du musée avait, à coup sûr, ajouté du piquant au labeur efficace. Quand elle daignerait un jour rendre visite au royaume qu'elle avait traîtreusement abandonné, elle découvrirait que ses anciens sujets vaquaient à des activités originales (et avec quel succès !) sans avoir besoin d'elle, qu'il n'y avait pas de place pour elle au sein du comité et probablement pas de place non plus au musée pour la broche élisabéthaine rotative qui enfumait si souvent la cheminée de son salon de musique.

En fait, Riseholme était plus affairé que jamais car non seulement le musée accaparait son activité rendue fébrile par le désir d'en assurer l'ouverture pour le début de la saison touristique à venir et même, si possible, pour la visite inopinée de Lucia au cours du week-end qu'elle avait promis d'y consacrer, mais le village était en outre plongé dans des flots d'expériences spirites. Daisy Quantock s'était montrée parfaitement honnête en reconnaissant que l'idée du musée ne venait absolument pas d'elle mais d'Abfou, son mentor égyptien. Elle avait fait preuve, il est vrai, d'autant d'ingéniosité que Joseph[1] dans l'interprétation des directives d'Abfou, mais tout le mérite en revenait à ce dernier

1. Livre de la Genèse 37, 2-11. *(N.d.T.)*

qui, de toute évidence, manifestait un très vif intérêt pour tout ce qui touchait Riseholme. Daisy se proposa même d'offrir au musée la feuille grand format sur laquelle figuraient les mots « musée (pas museau) de Riseholme » mais, de l'avis général du comité, tout en lui sachant gré de sa munificence, il fut jugé délicat d'exposer ce document sibyllin étant donné qu'y figuraient également les fameuses remarques sarcastiques concernant Lucia. Il fut de même patent qu'Abfou désirait l'ouverture du musée car il déclara à maintes reprises au cours des séances subséquentes : « Très satisfait de vos projets concernant le musée. Entière approbation d'Abfou. » Dès lors tout le monde voulut également entrer en contact avec Abfou et rien moins que quatre planchettes ordinaires ou planchettes oui-ja furent commandées par divers membres de la société de Riseholme. Pour l'instant, Abfou ne se manifestait à aucun d'entre eux, si ce n'est à travers ce qui pouvait passer pour de l'arabe (car la graphie s'apparentait indéniablement à celle qu'il avait adoptée lors de ses premiers efforts pour entrer en communication avec Daisy) et, tout en encourageant les scribes à persévérer dans leur espoir de se voir bientôt gratifiés d'un message en anglais, Daisy n'avait aucune hâte de voir cet espoir se réaliser. Avec Daisy, en revanche, Abfou devenait de plus en plus anglais. Par bonheur, Simkinson, après qu'on lui eut soigneusement expliqué le sens de « paresseux », avait consenti à reprendre le jardin en main. Sans lui, ce dernier aurait dégénéré au point de revenir à son état primitif de jungle car Daisy n'avait absolument plus une minute à lui consacrer.

Simkinson, au demeurant, prit vraiment les choses du bon côté.

« Oh, oui, M'dame, j'suis très content de r'venir, dit-il. Je savais bien que vous seriez incapable de vous débrouiller longtemps sans moi et il est inutile de me donner des explications. Bon, à présent allons y jeter un coup d'œil pour voir ce que vous y avez fait. Tiens ! Qu'est-ce qui a bien pu arriver à mon mûrier ? »

Tel était le discours de Simkinson : il disait toujours « mes fleurs » et « mes asperges » alors qu'il s'agissait de celles de Daisy.

« Je lui ai rafraîchi les racines, dit-elle.

– Eh bien, M'dame, permettez-moi de vous dire que vous avez tout fait pour l'achever, dit Simkinson. Et cependant, je ne crois pas qu'il soit complètement crevé. À mon avis, il va s'en remettre. »

On avait cru comprendre qu'Abfou avait constaté la mort du mûrier mais, après tout, pensa Daisy, il avait peut-être voulu dire autre chose... Elle se dirigea avec Simkinson vers le petit parterre circulaire planté sous les fenêtres de la salle à manger.

« Des phlox... dit Daisy, pleine d'espoir.

– ... des brocolis dit Simkinson en examinant les jeunes pousses vertes. Et la longue plate-bande là-bas ? J'y avais planté une bonne quantité de plantes annuelles et je ne vois rien poindre... »

Il fixa Daisy d'un œil enjoué.

« Je vous soupçonne d'avoir voulu arracher les mauvaises herbes, M'dame, dit-il. Il va falloir que j'vous procure un bon paquet de jeunes plants si vous désirez un brin de couleur par là. La saison est trop avancée pour que j'essaie de semer à nouveau. »

Daisy regretta de l'avoir accompagné dans le jardin. Elle obliqua vers un sujet de conversation moins mortifiant.

« Eh bien, j'ai décidé de laisser tomber le jardin de rocaille, dit-elle. Vous n'aurez donc pas à vous en préoccuper. On sera débarrassé de toutes ces pierres d'ici un jour ou deux.

– J'en suis bien content, M'dame. Je pourrai ainsi accéder de nouveau à ma remise. Enfin, je vais vous remettre tout ça en ordre. Je ferais mieux de commencer par arracher les brocolis. Vous ne tenez pas particulièrement à les avoir sous vos fenêtres, je pense. Contentez-vous de passer le rouleau sur la pelouse, M'dame, quand vous aurez envie de jardiner. Comme ça, vous ne risquerez pas de faire des dégâts. »

Il était assez épouvantable de se faire remettre à sa place, mais Daisy préféra ne pas courir le risque d'entamer une seconde querelle d'autant plus que l'arrivée de Georgie, dont elle aperçut la silhouette à la fenêtre de la salle à manger, tombait à point nommé pour la tirer d'embarras. (Georgie venait *déchiffrer* ; c'est ainsi que l'on désignait à présent les séances de spiritisme avec planchette oui-ja ou planchette traditionnelle. Après tout, le *défrichage* du jardin revêtait fort peu d'importance comparé au *déchiffrage*.)

« Je crois bien ne vous avoir jamais rien dit de la lettre d'Olga, dit Georgie dès que Daisy fut à portée de voix. Le musée a accaparé toutes nos conversations. À propos, la planchette de Mrs Boucher est arrivée. Mais elle s'est cassée dans le transport et Mrs Boucher s'efforce d'en recoller les morceaux.

– Je doute qu'elle puisse encore fonctionner, dit Daisy. Mais que disait Olga ? J'ai complètement oublié de vous poser la question.

– Cher ange, c'est vraiment trop délicat de sa part ! dit Georgie. Elle m'a invité à aller chez elle pour la première à l'opéra. Elle chante *Lucretia* et m'a retenu un fauteuil d'orchestre.

– Pas possible ! dit Daisy en essayant le crayon sur le sous-main pour voir s'il était assez pointu. Quel événement ! J'espère que vous y allez.

– Bien entendu, dit Georgie. Ce sera retransmis à la TSF également mais moi, j'assisterai à l'original.

– Comme c'est intéressant ! dit Daisy. Et vous serez donc à Brompton Square, juste en face de chez Lucia. Avez-vous reçu de ses nouvelles ? Que dit-elle ?

– Apparemment, elle se porte à merveille, dit Georgie. Elle n'a pas une minute de libre. Exactement ce dont elle raffole. »

Daisy écarta la planchette. Elle pourrait s'y remettre après avoir un peu discuté de Lucia.

« Allez-vous lui rendre visite à elle aussi ? »

Georgie avait décidé d'avoir bon cœur. Il n'avait pas pris part (ou si peu) à la cabale montée contre Sa Majesté Lucia dans laquelle tout le monde s'en était donné à cœur joie.

« J'aimerais bien le faire si elle m'invite, déclara-t-il. Elle m'a seulement dit qu'elle avait l'intention de m'inviter. De toute façon, je passerai la voir.

– Et moi je ne le ferais pas, dit Daisy, furieuse. Quand bien même elle m'inviterait cinquante fois, cinquante fois je lui dirais "non !". Elle nous a bel et bien laissé tomber, oui ou non ? Je refuserais qu'elle fasse partie du comité de notre musée même si… même si elle faisait don de ses perles en disant qu'elles ont appartenu à la reine Élisabeth. Je m'étonne que vous n'ayez pas plus de cran.

– J'ai du cran à revendre, dit Georgie, et je reconnais que sa lettre m'a plutôt blessé. Mais, en fin de compte, quelle importance ?

– Aucune importance, évidemment, si vous descendez chez Olga. Comme Lucia va vous en vouloir !

– Tant pis, je n'y peux rien, dit-il. Lucia ne m'a pas invité tandis qu'Olga l'a fait. Et Lucia a rappelé à Olga, à deux reprises, qu'elle pouvait répéter dans son salon de musique aussi souvent qu'elle le désirait. N'est-ce pas gentil de sa part ? Elle aimerait pouvoir dire à tout le monde qu'Olga répète tout le temps dans son salon de musique. Mais il me semble que nous sommes mauvaises langues. Nous ferions mieux de nous mettre au *déchiffrage.* »

En arrivant le lendemain après-midi à Brompton Square, Georgie apprit qu'Olga avait déjà dîné et que lui-même dînerait seul à sept heures avant de la rejoindre à l'opéra.

« Je vais m'effondrer : j'ai un trac fou, dit Olga. C'est toujours la même chose quand je dois chanter. Ensuite, dans un sursaut de désespoir, j'arrive à me ressaisir. Si jamais (je dis bien "si jamais"…) je parviens à survivre jusqu'à minuit, on se fera une petite réception ici. Il y aura Cortese, la princesse Isabelle et une ou deux autres personnes. Georgie, c'est vraiment très osé de votre part de venir ici, vous savez. Mon mari est absent et je me retrouve, pauvre femme sans défense, toute seule en compagnie de Don Juan. Et Riseholme ? Parlez-moi de Riseholme ! Alors, ça y est ? Vous vous êtes fiancé avec Piggy ? Et finalement qu'y a-t-il dans la plate-bande de Daisy, des brocolis ou des phlox ? J'ai trouvé votre lettre bien mystérieuse aussi, vous savez. Je ne sais toujours rien du musée. Mais quel musée, au fait ? Allez-vous tuer Lucia pour l'empailler avant de l'installer dans la grande salle ? Vous n'avez fait qu'une allusion au musée, en passant, comme si j'étais parfaitement au courant. Si vous n'ouvrez pas la bouche, je vais me mettre à crier. »

Georgie s'exécuta sur-le-champ, ravi d'être jugé capable de faire quelque chose pour Olga. Il brossa en long et en large et avec force détails un tableau complet de l'histoire de Riseholme depuis la toute première épiphanie d'arabe et d'Abfou par le truchement de la planchette divinatoire jusqu'au retour de Simkinson. Olga s'embrouilla dans toute cette chronique et quand sa bonne vint lui annoncer qu'il était l'heure de partir, elle se leva toute pleine d'entrain.

« Et c'était donc des brocolis, dit-elle. Je craignais que ce ne fussent des phlox en fin de compte. Georgie, vous êtes un amour : vous m'avez fait franchir en souplesse mon heure critique. Je vous donnerai tout ce que vous désirez pour votre musée. Attendez-moi à la sortie des artistes après la représentation. Je vous ramènerai ici dans ma voiture. »

Dès l'instant où Olga entra en scène, le succès de l'opéra fut chose assurée. Cortese, qui dirigeait l'œuvre, avait soigné sa partition. Quant à Olga, son rôle lui allait comme un gant d'un bout à l'autre. Elle était au sommet de sa forme ; sa voix, son port de reine et son jeu, tout était parfait. À la fin du premier acte, elle eut droit à de nombreux rappels et ce n'est que lorsque le public l'eut ovationnée tout son saoul que Georgie porta ses regards ailleurs pour observer la salle à la jumelle. Ce fut alors que, dans la pénombre d'une petite loge du second balcon, il repéra une femme qui envoyait des baisers de la main apparemment dans sa direction et un homme qui agitait un programme. Il pointa alors ses jumelles sur eux et découvrit Lucia vêtue d'une robe extrêmement courte, les cheveux coupés à la garçonne et portant un triple rang de perles de culture autour du cou. Il se précipita dans l'escalier pour les rejoindre.

« *Georgino mio* ! s'écria-t-elle. En voilà une surprise ! Vous êtes donc venu assister au triomphe de notre chère Olga. J'appelle cela de la fidélité. Pourquoi ne m'avoir pas dit que vous viendriez ?

– J'avais l'intention d'aller vous voir demain, dit Georgie dont les yeux se portaient tour à tour sur la coupe de cheveux, sur les perles et sur les jambes.

– Ah bon, vous passez donc la nuit à Londres ? demanda-t-elle. Vous ne rentrez pas par le train de minuit qui permet ensuite de se réveiller à Riseholme ! À votre club, sans doute ?

– Non, je suis descendu chez Olga », dit Georgie. L'espace d'une seconde, Lucia sembla tomber en catalepsie mais elle revint à elle promptement.

« Pas possible ! Vraiment ? dit-elle. Je trouve que ce n'est pas très gentil de votre part, Georgie. Vous auriez pu m'avertir que vous alliez venir.

– Mais vous m'avez dit que votre maison n'était pas prête, dit-il. En outre, Olga m'a invité. »

Lucia arbora un sourire rayonnant.

« Bon, je vous pardonne, dit-elle. Chez nous, tout est encore sens dessus dessous. Mais nous n'avons pas encore réussi à apercevoir cette chère Olga, ou plutôt Mrs Shuttleworth, devrais-je dire, puisque c'est ainsi que l'annoncent les affiches. Bien entendu, à la fin du spectacle, nous vous raccompagnerons en voiture et il faudra que vous entriez bavarder un moment en attendant le retour de Mrs Shuttleworth qui sera sans doute complètement épuisée et aura hâte d'aller se coucher. »

Tout en parlant, Lucia surveillait la salle du coin de l'œil en adressant de temps en temps des petits sourires ou des gestes amicaux de la main par-ci par-là au petit bonheur.

« Ah, voici Elsie Garroby-Ashton, dit-elle, mais qui est donc le monsieur qui l'accompagne, Peppino ? Sûrement lord Shrivenham. Rentrez donc avec moi, Georgie, et nous ferons un pitit blin de causette. Oh ! Voici la femme de l'ambassadeur d'Italie. Chère, très chère Gioconda ! Quelle femme adorable ! Et regardez la loge royale, quel monde ! C'est ça la loge royale, Georgie, là-bas sur la gauche… oui, la grande loge… au balcon d'en-dessous. Beaucoup trop proche de la scène à mon goût : ça ôte au spectacle une partie de son charme mystérieux, de son illusion… »

Lucia se dressa soudain et fit une profonde révérence.

« Je crois qu'elle nous a vus, Peppino, dit-elle. Vous feriez peut-être mieux de vous incliner. Non, ça ne vaut plus la peine, elle regarde ailleurs à présent. Vous ne vous êtes pas incliné assez rapidement. Et quelle compagnie dans la loge de cette chère Aggie ! Qui peut bien être ce monsieur ? Ah oui, je vois : c'est Tony Limpsfield. Nous l'avons rencontré chez Aggie, vous vous souvenez, le soir de notre arrivée. Rejoignez-nous donc à l'entrée principale, Georgie, et profitez de notre voiture. Je suis sûre que nous ramènerons également quelqu'un d'autre. C'est bien normal : si l'on possède une automobile, il serait bien égoïste de ne pas en faire profiter ses amis. Je ramène toujours quelqu'un. Comme disait Marcia Whitby, on va finir par nous surnommer "le taxi de Londres".

– Je crains de ne pouvoir rentrer avec vous, dit Georgie. Je dois attendre Olga et j'ai cru comprendre qu'elle avait prévu d'organiser une petite réception.

– Pas possible ! Vraiment ? demanda Lucia d'un ton qui avait conservé l'écho de la vivacité de Riseholme. Et qui y aura-t-il ?

– Cortese, je pense, dit Georgie qui jugea que c'en serait trop pour Lucia s'il faisait état d'une princesse, et un ou deux chanteurs. »

Lucia en eut l'eau à la bouche et elle avala promptement sa salive. C'était exactement le genre de réception à laquelle elle brûlait d'envie d'être conviée : il serait si merveilleux et si flatteur de pouvoir évoquer, comme si de rien n'était, le petit groupe, le tout petit groupe des invités d'Olga après la première soirée de la saison à l'opéra, pas du tout un groupe d'invités en fait, tout juste quelques intimes, les *happy few* comme elle-même, Cortese, etc. Comment faire pour être du nombre des élus ? Voilà ce qu'elle se demandait… Pouvait-elle simplement feindre de savoir qu'il y eût une réception et se contenter d'y faire un saut un moment à l'improviste, en voisine, et se répandre en félicitations enthousiastes ? Ou bien alors, devait-elle laisser croire qu'elle n'avait pas pris son automobile, faire le pied de grue à côté de Georgie devant l'entrée des artistes (Peppino, dans ce cas, pourrait rentrer à la maison avec l'automobile) et se faire raccompagner avec lui ? Peut-être pourrait-elle laisser entendre à Georgie, à mots couverts (mais pas trop couverts), qu'elle aimerait bien faire ne fût-ce qu'une brève apparition à la réception ? Il lui restait aussi la ressource, à présent qu'elle était au courant de cette réception, de prétendre sans vergogne qu'elle y avait assisté. Tout compte fait, une intervention à mots couverts auprès de Georgie présentait peut-être le maximum de chances d'aboutir…

L'apparition de Cortese, qui se frayait un chemin parmi les musiciens de l'orchestre pour regagner son pupitre, et les lumières que l'on baissait mirent un terme à l'indécision de Lucia. Georgie, sans chercher à lui fournir une nouvelle chance, se dépêcha de réintégrer son fauteuil d'orchestre, bien conscient de l'avoir échappé belle car l'œil perçant de Lucia l'avait fixé exactement comme autrefois lorsqu'elle voulait obtenir quelque chose et entendait bien parvenir à ses fins. Il eut le sentiment de s'être lourdement trompé en ayant cru un instant que Lucia avait pu changer. Elle demeurait parfaitement égale à elle-même. Elle se trouvait simplement transférée dans une sphère plus vaste. Elle avait gagné de l'envergure : quelque étrange que cela pût paraître, à Riseholme elle était restée en bouton, sans s'épanouir vraiment à sa juste mesure. « Je me demande bien comment elle va s'y prendre… pensa Georgie en s'installant dans son fauteuil. Elle meurt d'envie de venir. »

L'opéra s'acheva dans une apothéose de bouquets, d'ovations triomphales, de rappels répétés et de révérences. C'était vraiment une occasion unique car elle marquait tout à la fois le premier spectacle de la saison d'opéra et la première représentation de *Lucretia* à Londres. Il était donc assez tard lorsqu'Olga, couverte de fleurs, sortit enfin. Le groupe d'amis qui, au départ, n'était pas censé rassembler grand monde, tout juste Cortese avec un ou deux chanteurs de la troupe autour d'un petit souper sans protocole, avait atteint des proportions extraordinaires au fil de la soirée car des amis avaient adressé une foule de messages de félicitations à Olga et elle les avait tous invités à passer chez elle. Lorsqu'elle arriva à Brompton Square avec Georgie, tout le haut de la rue en arc de cercle était encombré de voitures.

« Grands dieux ! Quel monde j'ai dû inviter ! dit-elle. Mais on va bien s'amuser. Il n'y aura jamais assez de chaises. Tant pis, on s'assiéra par terre ! Il n'y aura pas non plus assez à manger pour tout le monde mais il doit rester un jambon… qu'y a-t-il de meilleur qu'un jambon ? Oh, Georgie, comme je suis heureuse ! »

De la maison d'en face (le square n'était pas très grand) Lucia avait vu arriver toutes les voitures. Afin de les détailler plus aisément, elle s'était postée sur le balcon de son salon et, armée de ses jumelles de théâtre, scrutait les invités. Lord Limpsfield était là ainsi que la femme de l'ambassadeur d'Italie, Mr Garroby-Ashton, Cortese, et une femme devant laquelle Mr Garroby-Ashton s'inclina tandis que Mrs Garroby-Ashton lui faisait la révérence. Le flot s'engouffra dans la maison. À présent, c'était le tour de la duchesse de Whitby (Marcia, c'est ainsi que Lucia avait entendu certaines personnes l'appeler) de gravir les marches et de faire la révérence, mais pour l'heure Olga et Georgie n'étaient probablement pas encore arrivés. Il semblait étrange qu'une compagnie d'invités aussi brillante se présentât avant le retour de leur hôtesse, mais Lucia vit tout de suite dans cette absence de protocole le *nec plus ultra* du grand *chic*. Sans nul doute, Mr Shuttleworth devait être à pied d'œuvre pour accueillir tout ce monde, et quel beau monde !… Lucia songea alors qu'Olga n'allait pas tarder et surtout que Georgie l'accompagnerait. Elle se sentit devenir toute verte d'impuissante jalousie. Georgie au beau milieu de cette foule brillante ! Il était inconcevable que Georgie fût là, et elle pas ; et cela risquait bel et bien de se produire si elle ne parvenait pas à trouver quelque stratagème. Une fois de retour à Riseholme, Georgie allait se mettre à décrire cette soirée et il dirait que Lucia n'y était pas et ce, probablement, parce qu'elle n'y avait pas été conviée.

Lucia trouva un stratagème : elle dévala l'escalier et sortit de la maison. Quelques automobiles arrivaient encore mais il n'était peut-être pas trop tard. Elle se campa dans la zone d'ombre entre deux réverbères à gaz tout près de la porte d'Olga et se mit à attendre.

Une dernière voiture s'engageait dans le square, visiblement remplie de gerbes de fleurs. Olga en descendit et Lucia jaillit de l'ombre.

« Oh, Mrs Shuttleworth, dit-elle. Splendide ! Somptueux ! Merveilleux ! Si seulement Beethoven vivait encore ! Je n'ai pas pu me résoudre à aller me coucher sans faire un saut pour vous remercier de cette révélation ! Cher Georgie ! Je vous serre seulement la main, c'est tout. Oui, c'est tout ! Je ne veux pas vous accaparer. Je vois que vous avez une réception ! Oh, vous la reine du *bel canto* ! »

Olga avait bon cœur en toutes circonstances. Son regard croisa un instant celui de Georgie.

« Oh mais, entrez donc ! dit-elle. Je vous en prie : entrez ! Ce n'est pas une réception. Tout le monde est bienvenu. Georgie, soyez gentil ! Aidez-moi à transporter toutes ces fleurs à l'intérieur. Comme c'est aimable à vous, Mrs Lucas, de traverser la rue ! Vous voudrez bien m'excusez si je file en avant. Tous mes invités – du moins je l'espère – sont déjà arrivés et il n'y a personne pour les accueillir. »

Tout en lui emboîtant le pas et sans plus prêter la moindre attention à Georgie, Lucia se glissa dans le petit salon de façade sur les talons d'Olga. La pièce était bondée (il faut dire qu'elle était tellement exiguë !). Pourquoi donc Lucia n'avait-elle pas fait porter un message à Olga dans le courant de la journée pour lui proposer de disposer de sa maison et d'organiser sa réception dans le salon de musique aux vastes proportions ? Cela aurait été tout à fait naturel entre voisins. Mais l'amertume de regrets aussi vains se dissipa pour céder le pas à l'extraordinaire douceur de l'instant présent et Lucia, en grande conversation avec Mrs Garroby-Ashton, se mit à distribuer des sourires et des petits signes de tête à toute personne qu'elle pouvait connaître, fût-ce de très loin. Près de la cheminée se tenait la dame de sang royal et, pour l'heure, c'était la seule déconvenue : Lucia n'avait pas la moindre idée de son identité. Puis arriva Georgie, transformé en présentoir à fleurs ambulant, et avec lui une nouvelle déconvenue mineure car Olga le conduisit vers la dame de sang royal pour la lui présenter. Cela finalement tombait à point nommé parce que Lucia pouvait dès lors amener aisément Georgie à lui révéler qui était l'auguste visiteuse, sans lui poser directement la question. Georgie esquissa alors une courbette avec tant de gaucherie qu'il laissa tomber une bonne brassée de fleurs et murmura : « La barbe ! »

S'écartant de Mrs Garroby-Ashton, Lucia se faufila adroitement jusqu'aux côtés de la duchesse de Whitby. Tout d'abord

Marcia ne parut pas la reconnaître puis les choses s'arrangèrent et au terme d'un agréable petit échange de mondanités, Lucia l'invita à venir déjeuner un jour afin de rencontrer Olga. Elle se dit en même temps qu'elle ne devait pas oublier d'inviter Olga à déjeuner le même jour afin de rencontrer la duchesse de Whitby. Puis, tout en se glissant un petit peu plus près du point de convergence de tous les regards, elle coinça lord Limpsfield en l'appâtant au moyen de cette chère Aggie qu'elle devait appeler le lendemain matin pour l'inviter à venir rencontrer lord Limpsfield.

Pour le moment cela devait suffire. Lucia s'abandonna aux délices de l'instant présent. Il se fit un mouvement en direction de l'escalier pour aller souper et Lucia, collée à lord Limpsfield comme une patelle, fut soulevée dans les airs jusqu'à la minuscule salle à manger d'Olga où elle vit immédiatement qu'il n'y avait pas suffisamment de chaises pout tout le monde et juste deux petites tables rondes, un point c'est tout : les autres devraient se contenter de rester debout et d'aller se servir eux-mêmes à l'étroit buffet disposé le long du mur.

« C'est le jeu des chaises musicales, dit Olga avec bonne humeur, les plus rapides occupent les chaises et les autres restent debout. Tony, allez vous asseoir près de la princesse et vous, Cortese, mettez-vous de l'autre côté. Nous finirons tous par nous mettre quelque chose sous la dent. Georgie, soyez gentil, tenez-vous près du buffet et rendez-vous merveilleusement utile. Oh, à propos, grimpez d'abord à l'étage et apportez-nous des cigarettes. Quand on a faim, fumer permet de prendre son mal en patience en attendant d'être servi. À présent, ça y est : tout va pour le mieux. Marcia, ma chérie, il ne reste qu'une chaise libre. Prenez-la vite. »

Lucia s'était un peu attardée près de la porte pour inviter Olga à venir déjeuner le surlendemain. Olga avait répondu qu'elle en serait ravie. Tout s'annonçait donc à merveille pour la petite réception projetée. Pour que sa joie fût parfaite, il ne restait plus qu'à être présentée à la princesse, toujours anonyme pour l'instant, et à découvrir son nom. Lucia, en ramassant prestement l'éventail de la princesse tombé à terre et en le lui rendant après l'avoir éloquemment admiré tout en faisant une révérence, trouva le moyen d'échanger quelques mots précieux avec elle mais, quant à son nom, elle l'ignorait toujours. Demander à qui que ce soit le fameux renseignement laisserait entendre qu'elle l'ignorait et ça, il n'en était pas question.

Le lendemain matin, Georgie, selon la formule universellement en usage à Riseholme, « fit un saut » chez Lucia, alors qu'Olga répétait à Covent Garden, et il la trouva dans son salon de musique, fort occupée à travailler son Stravinsky. La réception d'Olga n'avait pas été mentionnée dans le *Times*, ce qui était fâcheux, et Lucia n'était toujours pas au courant du nom de la princesse. Bien que la soirée de la veille eût été de loin la plus gratifiante de toutes celles auxquelles elle avait pris part jusqu'alors, il était plus judicieux de laisser croire à Georgie que ce genre de manifestation était monnaie courante pour elle à Londres et de n'y faire aucune allusion pour un temps.

« Ah ! Georgino ! dit-elle. Comme c'est sympathique d'avoir fait un saut. Par *buona fortuna* il se trouve que je dispose d'une heure libre ce matin avant que l'on se fasse embarquer par Sophy Alingsby – cette chère Sophy, quel cerveau ! – pour aller à un vernissage quelconque. Nous avons donc le temps de bavarder un peu. Oui, voici mon salon de musique et avant que vous ne partiez, il faut absolument que je vous mène jeter un coup d'œil sur le reste de notre petit logis. Assez belle comme pièce… et voilà les fameuses chaises Chippendale. Dès que nous serons un petit peu mieux installés, j'organiserai une ou deux soirées avec musique. Il faudra que vous veniez.

– J'en serais ravi, dit Georgie.

– Quel tourbillon jusqu'à présent et ça empire chaque jour ! continua Lucia. Parfois Peppino et moi sortons ensemble, mais il va souvent dîner d'un côté et moi de l'autre – cela se fait à

Londres, vous savez – et il m'arrive quelquefois de ne le voir presque pas de la journée. Ce matin, je ne l'ai pas vu mais les domestiques viennent de me dire qu'il est sorti. Tout cela lui plaît tellement que je ne ménage pas ma propre fatigue. Ah ! ce téléphone qui n'arrête pas de sonner. J'envisage parfois de le faire supprimer une bonne fois pour toutes car il n'y a pas moyen d'avoir la paix. On dirait qu'il y a toujours quelqu'un qui veut parler à Peppino ou qui veut me parler. »

Malgré cela, elle se précipita avec une vivacité remarquable vers l'appareil qu'en fait elle ne songeait pas le moins du monde à faire enlever puisqu'on venait juste de le lui installer. Cet appel, en l'occurrence, s'avéra plutôt décevant : il ne concernait qu'une paire de chaussures de ville. Et il était donc inutile d'en informer Georgie… Le doigt sur le front, Lucia dit donc « Oui, je peux me libérer pour trois heures et demie » (ce qui n'avait aucun sens) et raccrocha aussitôt.

« Pas une minute en paix, dit-elle. Dring, dring, dring du matin au soir. Et maintenant, Georgie parlez-moi un peu de Riseholme ; cela me procurera un tel sentiment de sérénité délicieuse. Allons bon ! Qui va encore nous déranger cette fois-ci ? »

Ce n'était que Peppino. Il paraissait prendre tout son temps et, assez inutilement, expliqua qu'il n'était sorti que pour aller acheter une brosse à dents à la pharmacie de Brompton Road. Il la rapportait dans un petit sac en papier.

« Il y a aussi l'employé du téléphone qui doit venir ce matin, Lucia, dit-il. Vous désirez prolonger la ligne jusque dans votre chambre à coucher, n'est-ce pas ?

– Oui, très cher. Puisque nous l'avons fait installer dans la maison, autant avoir le poste à un endroit pratique, dit-elle. Comme je le disais à l'instant à Georgie, tous ces kilomètres que je dois faire à monter et descendre les escaliers… »

Peppino se mit à rire sous cape.

« Qu'est-ce qu'elle a pu s'acharner sur l'administration, Georgie ! dit-il. Pas question de se la couler douce “à la londonienne" avec Lucia. Elle a obtenu de se faire installer le téléphone en un temps record. Elle n'a pas cessé de les importuner tant qu'elle n'a pas eu satisfaction.

– C'est très adroit, dit Georgie avec tact. Pour obtenir gain de cause, c'est la meilleure méthode… Eh bien, en ce qui concerne Riseholme, nous sommes vraiment très occupés.

– Ce cher vieux Riseholme ! dit Lucia. Allez-y, racontez-moi tout. »

Georgie délibéra intérieurement un court instant. Devait-il, ou non, mentionner le musée ? Il décida de s'abstenir. Ce musée, tout bien considéré et hormis sa fonction très commode de dépotoir, relevait d'une sorte de conspiration, d'un plan de vengeance à l'encontre de Lucia et de sa désertion, en même temps qu'il constituait la preuve flagrante de la facilité réelle avec laquelle ils se débrouillaient tous sans elle. Il eût été par conséquent fort mal avisé, de la part d'un conspirateur digne de ce nom, de fournir des renseignements à la personne même contre laquelle le complot était dirigé.

« Eh bien, dit-il, Daisy connaît des expériences absolument fantastiques. Elle s'est procurée une planchette oui-ja et une planchette traditionnelle – c'est celle-ci que nous utilisons le plus souvent – et très vite il fut évident que des messages émanant d'un guide étaient retransmis. »

Lucia partit d'un éclat de rire aigu dont le timbre recelait une note métallique non dépourvue d'hostilité.

« Cette chère Daisy ! dit-elle. Si seulement elle adoptait le bon sens comme guide ! J'imagine que le guide doit être une espèce d'astrologue chaldéen ou bien le roi Nabuchodonosor en personne.

– Absolument pas, dit Georgie. C'est un Égyptien du nom d'Abfou. »

Une pointe d'envie traversa Lucia comme un éclair. Elle imaginait, comme si elle y était, la nature de l'engouement qui faisait frissonner Riseholme et comment, si elle avait été présente,

Georgie aurait fait un saut chez elle, pour un oui ou pour un non, afin de la tenir au courant, et comment elle aussi se serait procurée une planchette oui-ja et aurait reçu deux fois plus de messages que Daisy. Elle ne supportait pas l'idée que Daisy eût Abfou à son entière discrétion et elle repartit d'un autre petit rire aigu.

« Daisy est impayable ! dit-elle. Et que lui a donc dit Abfou ?

– Eh bien, c'est très curieux, dit Georgie. Le matin où j'ai reçu votre lettre, Abfou a écrit "L de L". Si cela ne signifiait pas "Lettre de Lucia", je me demande bien ce que cela pouvait signifier d'autre.

– Ma foi, cela pouvait tout aussi bien vouloir dire "Losanges de Leamington", dit Lucia d'un ton de souverain mépris. Quoi d'autre encore ? »

Georgie sentit que la conversation glissait dangereusement vers l'épineux sujet du musée. Il tenta une sortie vers un autre sujet plus anodin.

« Oh, simplement ce genre de choses, dit-il. Et puis elle a traversé une période affreuse avec son jardin. Elle a congédié Simkinson parce qu'il faisait des mots croisés au lieu de s'occuper de la pelouse. Elle a donc décidé de prendre elle-même les choses en main, et a semé des choux de Bruxelles dans le parterre circulaire qui se trouve sous la fenêtre de la salle à manger.

– Pas possible ! dit Peppino qui écoutait toute cette petite chronique avec un sentiment poignant de nostalgie.

– Mais si !... Et des phlox dans le jardin potager », dit Georgie.

Il regarda Lucia et se rendit compte qu'elle le dardait de son regard en vrille ; il craignit alors d'avoir effectué avec un peu trop d'empressement la transition entre Abfou et l'horticulture. Il poursuivit son récit, plus volubile que jamais.

« Elle a également retourné la terre partout où Simkinson avait planté des graines et rafraîchi les racines de son mûrier tant et si bien qu'elle l'a probablement fait crever, dit-il. Et puis, lorsque le temps s'est radouci, la semaine dernière (non, je me trompe, c'était la semaine précédente), j'ai ressorti mon attirail de peinture et je suis en train de faire un dessin de ma maison vue de la pelouse communale. Foljambe va très bien et… et… » Georgie avait beau gratter le fond du tiroir, il ne restait plus que le musée. Lucia attendit qu'il arrivât tout à fait au bout du rouleau.

« Et Abfou, qu'a-t-il dit d'autre ? demanda-t-elle. Son fameux message "L de L" n'a pas pu vous donner de l'occupation pendant bien longtemps. »

Georgie dut réviser la pertinence de la politique du silence qu'il avait tout d'abord adoptée. Il était clair que Lucia avait flairé quelque chose de suspect. Au prochain week-end qu'elle viendrait passer à Riseholme, elle découvrirait que l'affaire du musée occupait l'esprit d'absolument tout le monde et si Georgie persistait dans ses réticences, cela paraîtrait tout à fait suspect.

« Mais oui, le musée… dit-il, l'air faussement dégagé. Abfou nous a dit d'ouvrir un musée et cela prend fort belle tournure. Vous connaissez la fameuse grange paroissiale du colonel Boucher ? C'est là qu'on l'a installé. Daisy nous a donné tous les matériaux avec lesquels elle devait faire un jardin de rocaille ; je donne pour ma part mes verres romains irisés et deux dessins, le colonel Boucher donne sa vaisselle de Samos et une carte d'état-major. Il y a aussi des quantités de fossiles et quelques pièces de monnaie.

– Et un comité ? demanda Lucia.

– Oui. Il comprend Daisy, Mrs Boucher et moi-même ; nous avons ensuite coopté Robert », dit-il d'un ton qui se voulait tout à fait neutre.

Une nouvelle pointe d'inqualifiable envie transperça Lucia. C'est elle qui aurait dû, présente ou absente, présider le comité et leur dire tout ce qu'il convenait de faire et comment s'y prendre pour le faire. Mais elle était convaincue qu'elle pourrait y remédier sans aucune difficulté lors d'un de ses prochains week-ends à Riseholme. Il suffisait, pour l'heure, d'avoir arraché à Georgie son secret, comme un bouchon qui saute en détonant et laisse échapper tout son contenu précieux de champagne jalousement gardé jusque-là.

« Extrêmement intéressant, dit-elle. Il faut que je réfléchisse à ce que je pourrais bien vous donner pour votre musée. Eh bien, je crois que nous avons eu un bon petit brin de causette ! »

Georgie n'eut pas le cœur de lui avouer que l'on avait déjà transporté le pilori de la pelouse communale à la grange car il lui semblait se souvenir que Lucia et Peppino en avaient fait don au conseil paroissial. Or, le conseil paroissial à son tour en avait fait don au musée. Il ne voyait donc pas pourquoi c'était lui qui devait affronter les donateurs, en lieu et place du conseil paroissial.

« ...Un bon petit brin de causette, dit Lucia. Et quelle charmante réception hier soir. Je n'y ai fait qu'un saut, pour féliciter Olga de l'accueil favorable, extrêmement favorable en vérité, qu'a reçu *Lucretia*. J'ai pensé qu'elle se sentirait blessée (les artistes sont si sensibles !) si je n'ajoutais pas ma petite voix au concert d'éloges et vous avez pu constater alors comment elle a refusé de me laisser partir mais a insisté au contraire pour que j'entre chez elle. J'ai trouvé tout cela absolument charmant. L'on y a rencontré nombre d'amis et cela m'a fait grand plaisir de pouvoir y passer un moment. »

Tout cela traduisait fort pertinemment ce que Lucia désirait exprimer. Son intention n'était absolument pas de remettre Olga à sa place mais bien de se situer elle-même, aux yeux de Georgie, à la place qui lui revenait. Par pure bonté, elle avait simplement traversé la rue pour féliciter Olga et voilà qu'on l'avait ensuite entraînée dans la réception. Malheureusement pour elle, Georgie ne croyait pas un traître mot de ce qu'elle venait de dire. Pour lui, sans aucun doute possible, Lucia avait tendu un piège à Olga en jaillissant à point nommé de l'ombre pour la surprendre à sa descente de voiture. Il lui rendit donc la monnaie de sa pièce. Lucia ne pouvait être dupe...

« C'était tout à votre honneur, dit-il avec enthousiasme. Et je suis certain qu'Olga a énormément apprécié que vous soyez venue. Faut-il qu'elle soit distraite de n'avoir pas songé à vous inviter dès le début ! Quant à l'accueil qu'a reçu *Lucretia*, m'est avis que ce fut le plus brillant succès que l'on puisse imaginer. »

Lucia se rendit compte que sa tactique n'avait pas vraiment produit l'impression qu'elle en escomptait. Si elle ne désirait pas que Georgie (et Riseholme) pût penser qu'elle avait ajouté sa voix sans discernement au concert de louanges qui s'était élevé à l'adresse d'Olga, elle désirait encore moins que Georgie rapportât la chose à Olga. Et puis il restait encore le nom de la princesse qu'elle voulait savoir.

« Sans aucun doute, mon cher Georgie, dit-elle, ce fut un succès magnifique. Sa voix sonnait à merveille et sa présence sur scène offrait un spectacle absolument charmant. Comme vous le savez, j'ai un sens critique très aigu mais ça, je n'hésite pas à le déclarer. Oui, absolument. Et sa réception était délicieuse. Il y avait tellement de gens agréables. J'ai remarqué que vous n'arrêtiez pas de plaisanter avec la princesse. »

Comme Peppino dormait déjà lorsque Lucia était revenue de chez Olga la veille au soir et comme il ne l'avait pas vue de la matinée, il n'avait pas entendu parler de la princesse.

« Ah bon ? Mais qui était-ce donc ? » demanda-t-il à Lucia.

Ce Peppino était vraiment embarrassant quelquefois. Mais le guide de Lucia (de meilleur conseil que celui de cette pauvre Daisy) devait être particulièrement soucieux de lui venir en aide ce matin-là car, à peine Peppino avait-il prononcé ces mots maladroits, que le téléphone se remit à sonner. Lucia put donc tout naturellement se diriger vers l'appareil tout en se plaignant haut et fort de ces interruptions importunes et laisser à Georgie le soin de répondre.

« Oui, elle-même… dit Lucia. Comment dites-vous ? Covent Garden ? Mais oui, passez-moi la communication, s'il vous plaît…

C'est un appel de cette chère Olga. Sans doute au sujet de cette *Walkyrie* de la semaine prochaine... »

Georgie eut une illumination soudaine. Il lui parut absolument évident que si Lucia avait su le nom de la princesse, elle aurait immédiatement répondu à Peppino. Il avait remarqué qu'en dépit de ses manœuvres d'approche, Lucia n'avait pas été présentée à l'auguste visiteuse la veille au soir. L'illumination qui envahit l'esprit de Georgie y ancra la conviction que Lucia ne connaissait donc pas cette dame. Il remarqua également que Lucia tendait anxieusement l'oreille non seulement du côté du téléphone mais aussi de son côté à lui. Eh bien, si Lucia désirait savoir – et, franchement, comment en douter ? – il lui faudrait faire amende honorable et demander à Georgie...

« Mais oui, chère diva, c'est bien moi, dit Lucia. Je n'ai pas pu fermer l'œil de la nuit : la musique de *Lucretia* ne me lâchait plus ! Quelle merveille ! Alors, vous désiriez me parler... »

Son visage se rembrunit.

« Vous ne pouvez pas venir ? J'en suis vraiment désolée, dit-elle. Comme c'est vilain de votre part. Il va falloir que je vous offre un petit carnet sur lequel noter vos rendez-vous... »

Le guide de Lucia lui vint à nouveau en aide et son visage rayonna. Il en vint même à rayonner d'un éclat quasi surnaturel tandis qu'elle écoutait les excuses d'Olga suivies d'une nouvelle invitation.

« Dimanche soir, dites-vous ? Attendez que je réfléchisse un instant... Oui, pas de problème, je suis libre dimanche. En fait, je suis ravie que vous ayez proposé dimanche car tous les autres soirs de la semaine, je suis prise. C'est superbe. Et quelle joie de revoir la princesse Isabelle ! Au revoir, chère amie ! »

Lucia, triomphante, raccrocha l'écouteur d'un geste vigoureux.

« Qu'étiez-vous en train de me demander, Peppino ? dit-elle. Oui, bien entendu : c'était la princesse Isabelle. Cette chère Olga insiste pour que j'aille dîner chez elle dimanche soir afin de revoir la princesse. Cette bonne princesse, quelle femme charmante !

– Je croyais que nous allions à Riseholme dimanche », dit Peppino.

Lucia fit un petit geste de détresse.

« Ma pauvre tête ! dit elle. C'est moi qui devrais m'attacher un carnet de rendez-vous autour du cou. Comment vais-je faire ? Il m'est difficile de décevoir cette chère Olga. Mais, ça ne fait rien, ne modifiez pas vos projets et allez vous-même à Riseholme, Peppino. Je sais qu'il vous tarde d'aller prendre un bol d'air à la campagne… Georgie vous invitera à dîner un soir et le lendemain c'est lui qui viendra dîner chez vous. N'est-ce pas, Georgie ? Comme c'est gentil à vous. Et à présent qui vais-je mettre à la place d'Olga à mon déjeuner de demain ? Pourquoi pas Mrs Garroby-Ashton ? Mon Dieu, il est déjà presque midi et Sophy va me gronder si je la fais attendre. Comme les matinées filent vite ! Je m'étais à peine mise à mon piano lorsque Georgie est arrivé ; j'ai à peine eu le temps d'échanger deux mots avec lui et voilà qu'il est l'heure de m'en aller. J'ose à peine songer au sort de mon courrier du matin. Mais il faut que vous alliez prendre votre bol d'air à la campagne, dimanche, Peppino. J'insiste. Pour ma part, j'aurai du pain sur la planche, ici, pour rattraper tout mon retard. »

Avant de sortir, Lucia devait écrire au moins une lettre. Pendant ce temps, elle confia à Peppino le soin de faire visiter la maison à Georgie. Le destinataire de la lettre était Mr Stephen Merriall, au bureau de la *Gazette du soir*, et Lucia la fit porter en main propre. À peine eut-elle accompli cette tâche que Mrs Alingsby arriva et les deux dames se rendirent ensemble au vernissage des postcubistes où elles se délectèrent des productions de ces artistes distingués. L'exposition comprenait des portraits et quelques paysages. En règle générale, on parvenait sans peine à distinguer les uns des autres. En effet, un examen attentif permettait dans certains de discerner un œil ou une bouche à la dérive et un arbre ou une maison dans d'autres. Lucia manifesta un enthousiasme particulier devant une vue du pont de Waterloo, mais elle s'était trompée de numéro en consultant le catalogue et il s'avéra qu'il s'agissait en fait d'un portrait de la femme de l'artiste. Par bonheur, elle n'avait pas encore répété à haute voix, à l'intention de Sophy, que c'était le pont de Waterloo, bien qu'elle eût mentionné peu avant la Tamise dans la conversation ; mais il lui fut aisé de noyer le poisson en se lançant dans un flot de jugements dithyrambiques.

« Quelle merveille, vraiment ! dit-elle. Comme ils savent toucher le tréfonds de l'âme des choses ! Que disait donc Wordsworth à ce sujet, déjà ? "Le pouls même de la machine[1]." On perçoit la pulsation, n'est-ce pas ? »

Mrs Alingsby était de grande taille, extravagante et excessive, attifée un peu comme un oiseau de paradis qui aurait été surpris dans une rafale de vent mais, au demeurant, extrêmement bien née. Elle avait de longs cheveux tout raides qui lui retombaient devant les yeux – même, parfois, dans les yeux – et portait une casquette de jockey, écarlate, ornée d'un gigantesque camée sur le devant. Elle avait horreur de toute forme d'art antérieure à 1923 et d'une bonne partie de la production postérieure. Sur le chapitre de la musique, en revanche, ses goûts la portaient vers les primitifs (elle jugeait Bach décadent) ; en littérature, elle aimait les histoires dépourvues de sujet et les poèmes en vers libre, dégagés de toute signification. Mais elle avait attiré autour de sa personne un groupe d'apaches bizarres dont les hommes ressemblaient à des femmes et les femmes ne ressemblaient à rien et, bien que nul ne sût à quoi se rapportaient leurs conversations, ils occupaient souvent les conversations des autres. Lucia s'était rendue une fois à une réception chez Mrs Alingsby. Tout le monde était assis dans une pièce aux murs peints en noir, à écouter de la musique ancienne italienne jouée sur une épinette

1. Wordsworth, « She was a Phantom of Delight ». *(N.d.T.)*

tandis qu'on jetait de l'encens sur des charbons ardents disposés dans un brasero en faïence bleue... Dans l'ensemble, Lucia avait le sentiment que Mrs Alingsby pouvait être utile jusqu'à un certain point car il était certain qu'elle suscitait de l'intérêt dans son entourage.

« Wordsworth ? demanda-t-elle. Ah oui, je vois de qui vous voulez parler. Le type des lacs dans le Westmoreland. Quel rabat-joie ! »

Elle chaussa ses grandes lunettes d'écaille pour contempler le portrait de la femme de l'artiste et elle commença à décrire du buste de souples balancements rotatifs.

« Merveilleux !... Quel rythme ! dit-elle. C'est Sigismund le plus rythmique de tous. Il faut que vous vous fassiez portraiturer par lui. Il tirerait de vous quelque chose de splendide. Presque quelque chose comme un *andante* ou un *adagio*. Il vient me voir dimanche. Menu végétarien accompagné de cocktails. »

Lucia, l'eau à la bouche, s'empressa de répondre à cette invitation insigne : ce repas initiatique s'annonçait prometteur. Au cours de ces premières semaines, elle avait délibérément décidé de se livrer à des expériences. Elle entendait engranger en vrac, dans un premier temps, tout ce qui était susceptible d'être porteur d'une certaine distinction et faire ensuite, petit à petit, le tri dans ce qu'elle aurait moissonné. Elle n'était pas snob dans l'acception étroite du terme ; elle serait restée sur sa faim si elle n'avait inclus sur sa liste d'élus que des gens de haute naissance. Certes, ceux-ci ne faisaient courir aucun risque – vous étiez à l'abri de commettre un impair en invitant une duchesse à venir prendre le thé parce qu'une duchesse possède une distinction intrinsèque –, mais il n'aurait pas suffi de réunir toutes les duchesses disponibles. Un thé où l'on aurait entassé exclusivement des duchesses aurait même pu se révéler fort décevant. Ce que Lucia visait c'était le gratin, le dessus du panier, la crête la plus scintillante de toutes les vagues qui déferlaient sous le soleil. Tout ce qui avait l'allure d'une telle vague, elle en faisait sa chasse gardée, même si cela impliquait un déjeuner végétarien accompagné de cocktails et la nécessité éventuelle de se faire peindre à la manière de la femme de l'artiste avec un sourcil dans un coin du tableau et une espèce de masse informe ayant vaguement l'apparence d'un chou-fleur desséché au beau milieu. Lucia avait toujours procédé de la sorte. Quelles que fussent les trouvailles de tout cet amusant bon petit peuple de Riseholme, elle avait récupéré tour à tour et d'une main preste les fonctions de bateleur, de professeur de yoga, de géologue ou de psychanalyste et les avait exploitées à fond jusqu'à les épuiser.

Mais Peppino n'était pas aussi souple qu'elle. Chez Sophy, l'encens l'avait fait éternuer et les airs primitifs exécutés sur l'épinette l'avaient fait ronfler. C'était le seul progrès spirituel qu'il avait tiré de la soirée. Dans ce cas, pourquoi se sacrifier pour Peppino alors qu'il pouvait jouir à Riseholme d'un repos dominical bien mérité pendant qu'elle partagerait un déjeuner végétarien avec des postcubistes et un dîner avec une princesse ? Il lui était impossible de dire laquelle de ces deux perspectives l'enchantait le plus. La princesse ne présentait aucun danger mais les postcubistes risquaient de s'avérer d'un intérêt plus lucratif. Il était hors de question d'accaparer des princesses pour son usage exclusif car elles étaient trop indépendantes mais, d'ores et déjà, au cas où le postcubisme se mettrait à être en vogue, Lucia entrevoyait son salon de musique et voire les fameuses chaises Chippendale peintes en noir tandis que le portrait de tantine par Sargent serait relégué au grenier. Il ne dépendait pas d'elle que les postcubistes fussent en vogue parce qu'elle n'était pas ici (du moins, pas encore) le juge suprême qu'elle avait été à Riseholme mais, à supposer qu'ils se missent à être en vogue, il n'y aurait alors sans contredit personne, excepté elle, pour laisser entendre qu'il lui revenait le mérite de les avoir découverts.

Partagée entre son courrier et ses communications téléphoniques, Lucia passa un après-midi harassant. Elle fit un saut chez Mrs Sandeman pour prendre une tasse de thé dont elle avait cruellement besoin pour se remonter. Elle jugea inutile de parler à cette chère Aggie de la réception de la veille chez Olga car la *Gazette du soir* avait été livrée et elle en donnait un compte rendu circonstancié sous la plume hors pair d'Hermione. Hermione avait trouvé le bijou de petite résidence de la *prima donna* à Brompton Square rempli d'amis – *très intimes*[1] – qui avaient été invités pour célébrer l'immense succès de *Lucretia* et féliciter Mrs Shuttleworth. La princesse Isabelle était présente, parée de turquoises merveilleuses, et elle avait bavardé avec le compositeur, le signor Cortese (la princesse Isabelle maîtrisait parfaitement l'italien) et, parmi les autres amis qu'avait repérés Hermione figuraient la duchesse de Whitby, lord Limpsfield, Mrs Garroby-Ashton et Mrs Philip Lucas.

1. En français dans le texte. (*N.d.T.*)

V

Le mystère qui planait sur le vendredi soir de la dernière semaine de juin n'augurait rien de bon pour le samedi matin qui suivait…

Un taxi était bien revenu de la gare pour s'arrêter devant le Hurst tard dans la soirée du vendredi mais, vu l'obscurité qui régnait alors, on ne put identifier la personne qui en descendit. Auparavant et pendant tout l'après-midi, on avait diligemment nettoyé les fenêtres du Hurst. Cela, bien entendu, pouvait tout simplement tenir au fait qu'elles avaient besoin de l'être, mais si c'était Peppino ou Lucia qui était arrivé en taxi (ce ne pouvait être les deux ensemble, car alors ils seraient venus avec leur propre automobile), leur présence n'aurait pas manqué de se manifester par quelque signe perceptible à l'œil collectif de Riseholme, ou à son oreille. Mais on n'avait pas entendu le piano (ça, Daisy en était sûre) et personne non plus n'avait reçu d'appel téléphonique. En outre, lorsque Daisy regarda par la fenêtre vers dix heures et demie du soir et à nouveau quand elle monta se coucher, il n'y avait pas de lumière dans la maison des Lucas. Or, quelqu'un était arrivé et, comme les chambres des domestiques donnaient sur l'arrière, il s'agissait probablement d'un ou de plusieurs domestiques. Tout cela avait tellement éveillé l'intérêt de Daisy qu'elle redescendit, fort agitée, et passa un quart d'heure à « déchiffrer » la planchette oui-ja pour voir si Abfou pouvait l'éclairer. Elle n'avait pas réussi, toute seule, à élaborer la moindre hypothèse plausible et quant à Abfou, après avoir tracé une ou deux fois le mot musée, il était retombé dans son arabe d'antan, rapide et inintelligible. Elle n'appela pas Georgie au téléphone pour lui demander de l'aider à résoudre cette énigme car elle espérait trouver la solution par ses propres moyens et pouvoir la lui communiquer.

Elle remonta les escaliers et, après quelques petites respirations profondes et un bain de pied avec administration alternative d'eau chaude et d'eau froide afin de favoriser le sommeil, elle se retrouva plus éveillée que jamais. Son esprit bien entraîné erra sur des pistes sans issue et elle fut incapable d'en trouver une seule qui semblât aboutir quelque part. De Lucia on ne savait absolument rien en dehors de ce que tout le monde pouvait apprendre en déboursant un penny pour se procurer la *Gazette du soir*. Elle n'avait écrit à personne, n'avait donné aucun signe de vie et, n'était la *Gazette du soir*, elle aurait pu, en ce qui concernait Riseholme, être tenue pour morte. Mais voilà, la *Gazette du soir* montrait qu'elle était vivante, et bien vivante, hélas ! si l'on pouvait en croire Hermione. À Londres, on l'avait vue ici, là, partout : Hermione l'avait surprise en train de bavarder dans Hyde Park avec des amis, installée en leur compagnie dans sa loge à l'opéra, faisant ses emplettes sur Bond Street, assistant à une compétition de polo (Ça alors ! Elle qui était incapable de distinguer un cheval d'une vache !) à Hurlingham, voire dans une barque à Henley. Elle avait également organisé des réceptions chez elle, certaines autour d'un dîner, d'autres avec musique, et elle avait été reçue à dîner chez tant de gens que Daisy avait pris la peine d'en dresser la liste avec le secret espoir de démontrer qu'elle s'était rendue à plus de dîners qu'il n'y avait eu de dîners dans la période considérée. Mais ce fut peine perdue : à son grand regret, le compte était bon. À présent, elle faisait peindre son portrait par Sigismund et elle n'avait pas envoyé le moindre mot ni daigné faire la moindre apparition à Riseholme… Certes, Georgie l'avait vue lorsqu'il s'était rendu chez Olga, mais ce qu'il en avait rapporté n'avait vraiment rien de rassurant. Elle avait déclaré qu'elle n'avait cure de sa propre fatigue du moment, que Peppino appréciait avec tant d'enthousiasme la vie londonienne. Mais alors, dans ces conditions, pensa Daisy mue par un sentiment d'incrédulité indignée, pourquoi donc Peppino était-il descendu à Riseholme quelques dimanches auparavant, tout seul et avec la mine complètement défaite ? « Très curieux, à *mon* avis », murmura Daisy en se retournant dans son lit.

C'était curieux et Peppino aussi avait été curieux. Il avait dîné chez Georgie un soir et le soir suivant Georgie était allé dîner chez lui, mais il n'avait pas soufflé mot de Lucia (en dehors de ce qu'Hermione avait claironné à la face du monde). À part cela, on n'avait pas vu Peppino de toute la journée du dimanche sauf lorsque Mrs Antrobus, qui ne s'était pas sentie bien au milieu des psaumes à l'office du dimanche matin, était sortie de l'église et l'avait surpris, debout sur la pointe des pieds, en train de glisser un regard par la fenêtre du musée qui donnait sur les antiquités romaines. Mrs Antrobus (une fois dehors, elle s'était immédiatement sentie beaucoup mieux) s'était carrément approchée de lui avant qu'il ne pût s'en rendre compte et c'est alors qu'après lui avoir adressé le plus bref des saluts, comme s'il s'agissait simplement de la représentante du comité du musée, il s'était éloigné si prestement qu'elle en fut réduite à conclure qu'il souhaitait être seul. Il était curieux également, et guère honorable, que Peppino regardât de la sorte par la fenêtre. C'était probablement pour ce faire qu'il s'était dispensé d'assister à l'office dominical, pensant ainsi avoir les coudées franches en l'absence de tout regard indiscret. Daisy ne doutait pas que Peppino espionnât pour le compte de Lucia. Il avait pour mission de recueillir discrètement des renseignements. Comme il savait parfaitement que Georgie faisait partie du comité, il avait soigneusement évité toute allusion au musée lors de leurs deux dîners en tête à tête. Il avait probablement commencé son travail de détective au moment où commençait le service religieux et si Mrs Antrobus ne s'était pas providentiellement sentie mal, personne n'aurait jamais rien su de toute l'affaire. En l'occurrence, il était fort vraisemblable qu'au moment où elle l'avait aperçu, il avait déjà regardé par toutes les fenêtres et détaillé tout le contenu du musée. Depuis lors, le musée avait été inauguré officiellement sous le patronage de lady Ambermere qui lui avait prêté (il ne s'agissait pas d'un don) une paire de mitaines qui, à l'en croire, avaient appartenu à la reine Charlotte (il était impossible de prouver le contraire), et le comité avait fait installer des rideaux parfaitement opaques aux fenêtres qui rendraient vaine à tout jamais toute tentative d'espionnage.

Le dimanche suivant cela ferait trois semaines qu'avait eu lieu cet espionnage indigne et, par conséquent, le lendemain cela ferait trois semaines que Lucia devait être au courant du musée dans tous ses détails. Mais elle n'avait toujours transmis aucun message ni à ce sujet ni à quelque sujet que ce fût. Elle n'avait pas exigé de siéger au sein du comité ni fait don de la broche élisabéthaine qui enfumait si souvent la cheminée de son salon de musique, ni écrit pour dire qu'on devait modifier de fond en comble l'agencement du musée. Qu'elle eût un plan, une politique concernant le musée, c'était indubitable pour quiconque connaissait Lucia, mais sa politique (qui, pour l'heure, était ainsi enveloppée de mystère) consistait peut-être justement à ignorer ce musée totalement et définitivement. Il serait réellement affreux qu'elle eût décidé d'adopter cette position, mais Daisy doutait qu'une personne dans sa situation et nantie d'un tel tempérament dominateur pût se montrer capable d'une maîtrise de soi aussi inhumaine. Mais non, elle avait autre chose en tête qu'elle révèlerait à sa prochaine visite, mais personne ne parvenait à deviner de quoi il s'agissait et tout le monde ignorait la date de sa venue.

Tout en retournant tous ces points litigieux dans sa tête, Daisy, incapable de dormir, se tournait et se retournait sur son lit. Elle était sûre que Lucia allait tous les punir d'avoir osé monter un musée en profitant de son absence, sans lui demander son avis, et sans la solliciter pour qu'elle daignât présider le comité, et cela allait la rendre malade de douleur d'apprendre à quel point l'affaire s'avérait un succès. La saison touristique, au cours de laquelle des cars défilaient à travers Riseholme, avait commencé ; des groupes entiers, après avoir déjeuner aux Armes d'Ambermere, allaient visiter le musée. Rien que la première semaine, on avait compté cent vingt-six entrées, ce qui se traduisait par un montant équivalent de shillings, sans compter les catalogues à un demi-shilling. Même les membres du comité versaient leur shilling à l'entrée lorsqu'ils allaient admirer leurs propres donations. Un jour, on avait presque assisté à une scène : lady Ambermere, accompagnée d'un groupe d'invités qu'elle avait reçus chez elle au Hall, avait essayé d'entrer gratis sous prétexte qu'elle avait prêté au musée les mitaines de la reine Charlotte. Georgie, qui était en train d'accrocher un de ses tableaux, avait tout entendu et s'était caché derrière un rideau. Le petit garçon qui avait la responsabilité du tourniquet (récupéré dans un cirque en faillite pour une bouchée de pain) avait énergiquement refusé, bien que tremblant de frayeur, de déclencher le tourniquet tant que n'avait pas été versé le montant dû. Il n'avait que faire de connaître la personne à laquelle avaient appartenu les mitaines prêtées par lady Ambermere et quand, ayant attrapé un catalogue sans en payer le prix, elle avait menacé de le dénoncer au comité, cet intrépide garçonnet l'avait suivie tout en répétant « Un demi-shilling, s'il vous plaît, ma bonne dame ! » jusqu'à ce qu'un des membres du groupe, afin d'éviter un esclandre, lui eût enfin remis la somme dérisoire. Et si jamais Lucia essayait d'entrer sans payer, sous prétexte qu'elle et Peppino avaient offert au conseil paroissial le pilori que le conseil avait prêté au musée, elle connaîtrait sa douleur. À la fin, à force d'essayer de calculer mentalement le montant total des recettes annuelles si toutes les semaines cent vingt-six personnes payaient un shilling, Daisy sombra dans un profond sommeil dû à l'effet soporifique de cette arithmétique ardue.

Le matin du jour suivant, qui était un samedi, le mystère de l'arrivée survenue la veille au Hurst s'épaissit encore davantage. Tout le monde était convaincu qu'une seule personne était arrivée et cependant on avait livré à la porte de service du Hurst plusieurs livres de saumon, des douzaines d'œufs (« Oui, littéralement des douzaines », dit Mrs Boucher, « car j'ai vu le panier »), deux poulets, un gigot d'agneau ainsi qu'une quantité incalculable de provisions non identifiées. Traversant la pelouse communale, c'est une véritable procession de garçons livreurs qui avaient défilé. Quand bien même la mystérieuse personne en visite aurait été Lucia en personne, elle ne pouvait pas (à moins que le tourbillon et les mondanités de sa vie londonienne ne lui eussent étrangement ouvert l'appétit) manger tout cela d'ici à lundi. En outre, pourquoi n'avait-elle ni appelé au téléphone Georgie, ou quelqu'un d'autre, ni ouvert la fenêtre de sa chambre à coucher par cette chaude matinée ? Ou bien s'agissait-il encore une fois de Peppino, expédié à la campagne pour faire une cure de repos et remplumer sa carcasse décharnée ? Mais, dans ce cas, il n'aurait pas pu venir sans être accompagné d'une nurse… Riseholme se confondait en conjectures ; jamais ses facultés de raisonnement par induction n'avaient été à ce point battues en brèche car, en dépit de tout ce qui pénétrait au Hurst, il n'en ressortait que les garçons livreurs, leurs paniers vides sous les bras. Georgie et Daisy se regardaient en chiens de faïence par-dessus la clôture du jardin et lorsque, désespérant de parvenir à une quelconque solution, ils consultaient les oracles d'Abfou, ils n'en obtenaient que de l'arabe incertain.

« Ce qui montre bien, dit Daisy en repoussant la planchette, écœurée, que même lui ne sait pas ou ne souhaite pas nous dire quoi que ce soit. »

L'heure du déjeuner sonna et personne à Riseholme n'eut gros appétit (à l'exception de ce Gargantua dont on ignorait tout). Mais quant à aller sonner au Hurst pour demander si Mrs Lucas était chez elle, tout le monde à Riseholme préférait souffrir mille morts à petit feu plutôt que de laisser croire à Lucia qu'on attachait le moindre intérêt à ce qu'elle avait bien pu faire, était en train de faire ou serait susceptible de faire.

Vers trois heures, Georgie, installé sur la pelouse communale en face de sa maison, était occupé à achever son dessin que les affaires du musée lui avaient fâcheusement fait négliger. Il l'avait posé à l'envers sur son chevalet et y étalait un petit peu plus de bleu sur le ciel lorsqu'il entendit le klaxon d'une automobile. Il leva seulement les yeux et ce qu'il aperçut fit faire à sa main un faux mouvement si violent qu'il flanqua une grosse tache de cobalt en plein milieu de sa maison en briques rouges. L'automobile s'était arrêtée devant le Hurst, à moins de cent mètres, et Lucia et Peppino en étaient descendus. Lucia donna des ordres à son chauffeur puis, sans même remarquer Georgie (sans *peut-être* le remarquer), elle entra dans sa demeure à la suite de Peppino. Sans presque prendre le temps de retirer le plus gros du cobalt sur la façade de sa maison, Georgie se précipita chez Daisy afin de lui raconter fidèlement ce qui venait de se passer.

« Pas possible ! » dit Daisy. Ils ressortirent ensemble et se tinrent à l'ombre du mûrier de Daisy pour voir la suite des événements. Le mûrier s'était remis du rafraîchissement de ses racines (ce n'était donc pas lui dont Abfou avait dit qu'il était mort) et leur offrait un abri convenable.

Il n'y eut pas de suite aux événements.

« Mais, ce n'est pas possible ! dit Daisy dans une sorte de chuchotement de conspirateur. Il est déjà assez bizarre qu'elle vienne sans avertir aucun d'entre nous ; mais à présent qu'elle est là, il faut qu'elle téléphone à quelqu'un. »

Georgie faisait un effort pour rassembler ses pensées.

« Ce qui va se produire ensuite, dit-il, c'est l'arrivée des domestiques et des bagages, venant de la gare. Ils seront là dans une minute. Je viens d'entendre siffler le train de trois heures vingt. Elle et Peppino ont fait le voyage en voiture.

– Cela ne m'étonnerait pas, dit Daisy. Mais même en l'admettant, comment expliquer les poulets et tous ces œufs ? Georgie, c'est sa cuisinière qui a dû arriver hier soir et qui a dû commander toutes ces provisions ce matin. Savez-vous qu'il y avait là de quoi tenir une semaine ? Plus trois pintes de crème, d'après ce que j'ai entendu dire depuis, et assez de glace pour recouvrir une patinoire et… »

Ce fut alors que Georgie eut l'éclair d'intuition qui devait rester à jamais mémorable. C'était une émanation du raisonnement par induction.

« Elle reçoit pendant le week-end quelques-uns de ses amis londoniens les plus huppés, dit-il lentement. Et elle ne désire personne d'entre nous. »

Daisy, éblouie par cette lumière aveuglante, cligna des paupières. Puis elle foudroya le Hurst du regard.

« La misérable ! dit-elle. Avec sa coiffure à la garçonne et ses perles de culture ! J'en ai mon compte. »

Une minute plus tard, le taxi arriva de la gare avec une pyramide de bagages. Quatre silhouettes en descendirent, trois femmes et un homme.

« Le majordome », dit Daisy, et sans prononcer un mot de plus, elle se dirigea d'un pas digne vers sa maison afin de consulter Abfou sur toute l'affaire. Il réagit immédiatement et couvrit la feuille de papier du mot « snob ».

Rien ne justifiait que Georgie n'achevât pas son dessin ; il s'installa donc à nouveau et commença par retirer le reste du malencontreux cobalt. Il était si intimement persuadé de la justesse de sa prophétie qu'il se contenta de la laisser se réaliser toute seule et pendant l'heure qui suivit s'absorba dans son travail comme il ne l'avait jamais fait auparavant. Il aperçut Daisy sortir de chez elle d'un pas rapide et supposa qu'elle se disposait à répandre la nouvelle et à échafauder la suite. Mais au-delà du fait qu'il ne doutât pas un seul instant qu'un groupe d'invités fût venu de Londres pour passer le week-end à Riseholme, il ne parvenait pas à imaginer le résultat qui en découlerait. Il se pourrait que Lucia l'invitât ou invitât Daisy ou quelque autre de ses vieux amis à venir dîner mais, si telle était son intention, elle les aurait probablement déjà invités. Le seul autre terme de l'alternative semblait être qu'elle entendît ignorer tout Riseholme en bloc. Mais, peu après l'arrivée du train rapide de Londres à quatre heures trente, le calme prophétique de Georgie (qui n'était qu'un être humain, après tout) commença à accuser de violentes turbulences et il prit son thé dans l'embrasure de la fenêtre de son salon qui offrait une bonne vue sur le jardin de façade du Hurst, en gardant ses jumelles de théâtre à portée de main. La fenêtre était un vaste oriel et Georgie vit distinctement pointer de l'ouverture correspondante dans la maison voisine le bout du télescope de cuivre de Robert.

On entendit à nouveau une automobile klaxonner et la voiture des Lucas s'immobilisa devant le portail du Hurst. En descendit Mrs Garroby-Ashton, suivie de l'étrange créature haute en couleurs qui était venue chercher Lucia pour l'emmener au vernissage des postcubistes. Pour le moment, Georgie n'avait pas le temps de se creuser la tête pour retrouver le nom qu'il avait oublié car l'observation l'absorbait au premier chef et il aperçut ensuite lord Limpsfield qu'il avait rencontré à la réception d'Olga. Enfin émergea un homme d'âge moyen, grand et élancé, portant des pantalons du style « étudiant d'Oxford », pour lequel Georgie éprouva instantanément un sentiment de profonde méfiance. Il avait d'épais cheveux châtain roux, parfaitement visibles puisqu'il ne portait pas de chapeau, et il agitait les mains d'une manière ridicule lorsqu'il parlait ; ses épaules étaient couvertes d'une petite cape. Lucia sortit alors de chez elle d'un pas alerte, avec sa jupe courte et ses cheveux coupés à la garçonne et, tous en chœur, ils se mirent à papoter, à s'embrasser et à pousser des petits cris en désignant du doigt telle ou telle direction avant de traverser le jardin pour pénétrer dans la maison. On referma la porte et le bout du télescope de cuivre de Robert disparut.

Ces événements honteux s'étaient à peine déroulés lorsque le téléphone de Georgie sonna. Ce pouvait être soit Daisy qui désirait comparer ses observations, soit Lucia qui l'invitait à venir prendre le thé. Il se sentait écartelé devant cette perspective : la curiosité mondaine le pressait à grands cris de s'y rendre tandis que la dignité l'en dissuadait. Balançant encore entre les deux voies à prendre, il se dirigea vers l'appareil. À présent, il sentait que c'était sûrement Lucia, mais que diable pourrait-elle bien lui dire ? Il resta planté là si longtemps que Foljambe arriva en courant dans la pièce, pensant qu'il était peut-être sorti.

« Voyez qui cela peut bien être, Foljambe », dit-il.

Foljambe décrocha l'écouteur avec un calme surprenant.

« Appel interurbain », dit-elle.

Georgie se colla à l'appareil et entendit bientôt une voix familière.

« Pas possible ! C'est vous ? demanda-t-il. Que se passe-t-il ?

– Je descends en voiture demain matin, dit Olga, et la princesse Isabelle m'accompagnera probablement, bien que ce ne soit pas absolument certain. En tout cas, prévoyez-la à moins que je ne vous rappelle demain. Soyez un amour : recevez-nous à déjeuner (nous serons sûrement en retard) et venez ensuite dîner. Je suis extrêmement pressée : au revoir !

– Non ! Il faut que vous attendiez une minute, hurla Georgie. Je ferai tout cela pour vous, bien entendu, mais il faut que je vous dise que Lucia vient d'arriver avec un groupe d'amis de Londres et qu'elle n'a invité aucun d'entre nous.

– Pas possible ! dit Olga. Alors, ne lui dites pas que je viens. Je la trouve de plus en plus envahissante. Elle m'invite systématiquement à déjeuner et à dîner tous les jours. Et pourtant, comme tout cela est palpitant, Georgie ! Qui a-t-elle invité ? »

Soudain Georgie retrouva le nom de la femme bizarre et haute en couleurs.

« Mrs Alingsby, dit-il.

– Seigneur ! dit Olga. Et qui d'autre ?

– Mrs Garroby-Ashton…

– Comment dites-vous ?

– Gar-ro-by Ash-ton, dit Georgie en articulant ; ainsi que lord Limpsfield. Et un homme élancé, en pantalon "style Oxford" avec des cheveux châtains…

– On dirait votre sosie, Georgie, dit Olga. Et avec une petite cape comme la vôtre ?

– Oui, dit Georgie d'un ton plutôt glacial.

– Je pense qu'il doit s'agir de Stephen Merriall, dit Olga après un instant de réflexion.

– Et qui est-ce donc ? demanda-t-il.

– C'est l'amant de Lucia, dit Olga en articulant bien.

– Pas possible ! dit Georgie.

– Mais non, évidemment ! J'ai simplement voulu dire qu'il était toujours là. Mais je crois bien que c'est lui Hermione. Je n'en suis pas certaine, mais il me semble bien que c'est ça. Georgie, quel rude dimanche en perspective ! Au revoir. À demain entre deux et trois *pour* le déjeuner et entre deux et trois *à* déjeuner. Quelle langue de commère vous êtes ! »

Il entendit le délicieux éclat de rire puis le déclic de l'écouteur qu'elle avait raccroché.

Georgie était trop surexcité pour rester bouche bée. Il s'assit très posément et respira calmement. Il était tout content, pour l'honneur de Riseholme, de recevoir peut-être une princesse à déjeuner mais, cela mis à part, il aurait préféré et de loin qu'Olga fût toute seule. L'*affaire Lucia*[1] était tellement plus excitante que tout le reste, et après tout, la princesse Isabelle n'allait peut-être y trouver aucun intérêt et ils se mettraient à parler de toutes sortes de sujets fastidieux tels que les têtes couronnées et tout le gotha... Il bondit soudain de son siège : il y avait un gigot d'agneau pour le déjeuner dominical, une tarte aux pommes et puis... absolument rien d'autre. Que convenait-il de faire ? À présent les boutiques devaient être fermées.

Il sonna Foljambe.

« Miss Olga vient déjeuner avec peut-être... peut-être... une de ses amies, dit-il. Qu'allons-nous faire ?

– Un gigot d'agneau et une tarte aux pommes ont de quoi satisfaire n'importe qui, non ? » dit Foljambe d'un air sévère.

Sitôt énoncé, cela parut aller de soi et Georgie s'efforça de bannir le sujet de son esprit. Pourtant, il ne tenait pas en place : tout cela était si palpitant ! Après s'être changé pour atténuer la similitude qu'établissait le fameux pantalon « style Oxford » entre lui et cet odieux Mr Merriall, il sortit faire sa promenade quotidienne autour de la pelouse communale d'où il pouvait repérer à tout moment le moindre mouvement qui surviendrait au Hurst. L'ensemble de Riseholme en faisait autant et la promenade de Georgie fut ponctuée de haltes réconfortantes. Tout le monde savait déjà que Lucia et Peppino étaient arrivés et que les domestiques avaient débarqué avec les bagages au train de trois heures vingt et que l'automobile de Lucia s'était rendue à la gare pour l'arrivée du train de quatre heures trente et en était revenue remplie de personnes intéressantes.

Georgie fut donc extrêmement sollicité car il était peut-être en mesure de fournir les noms desdites personnes, lui qui, en outre, devait révéler qu'Olga arriverait le lendemain, qu'elle

1. En français dans le texte. (*N.d.T.*)

déjeunerait chez lui et que tous deux dîneraient chez elle. Il ne fit aucune allusion à une éventuelle princesse : il se pourrait qu'elle ne vînt pas et Georgie savait que, dans ce cas, tout le monde serait enclin à le soupçonner d'avoir inventé la chose de toutes pièces. Tandis que si elle venait effectivement, elle ne manquerait pas de signer le livre d'or que tous pourraient voir ensuite.

La tension montait contre Lucia et, comme toujours lorsque Riseholme prenait quelque chose vraiment à cœur, il y eut peu de commentaires en public bien qu'un observateur attentif eût pu remarquer çà et là des petits groupes de deux ou trois personnes échangeant des propos à toute allure, le visage figé de colère.

Les suppositions allaient bon train tandis qu'avec une curiosité toujours accrue on se demandait ce que ferait Lucia et ce que ferait Olga. Pas le moindre signe n'avait filtré du Hurst à l'adresse de quiconque, et personne n'avait été invité ni à déjeuner, ni à dîner ni même encore à venir prendre le thé. Si Lucia semblait avoir honte de la société de Riseholme vis-à-vis de ses prestigieux invités, nul doute que la société de Riseholme eût honte de Lucia…

Soudain, un silence de mort s'abattit sur toutes ces discussions et même ceux dont l'indignation accélérait au maximum la démarche s'immobilisèrent car de la porte principale du Hurst venait de se déverser le flot de ces « personnes passionnantes » escortées de leurs hôtes. Il y avait Lucia, nu-tête, les cheveux coupés à la garçonne et en jupe courte, l'Oiseau-de-paradis et Mrs Garroby-Ashton, Peppino, lord Limpsfield et Mr Merriall. Ils parlaient tous en même temps et de grands éclats de rire factice se mêlaient à leurs voix aiguës.

Tout en traversant lentement la pelouse communale, ils se dirigèrent vers la petite pièce d'eau circulaire près de laquelle se tenaient les indigènes de Riseholme, et la dépassèrent à moins de cinquante mètres de distance ; si Lucia avait été une gorgone,

Riseholme n'en aurait pas été plus efficacement pétrifié. Elle aussi ne paraissait pas les avoir remarqués, tant elle était absorbée par la conversation et voilà qu'ils se rendaient tout droit au musée. Au moment où ils passèrent devant la maison du colonel Boucher, Mrs Boucher sortit dans son fauteuil roulant et, sans hésitation, traversa le groupe comme un bolide. Elle se rangea ensuite en bordure de la pelouse sous le grand orme. Le groupe pénétra dans le musée. Les fenêtres étaient ouvertes et des éclats de rire aigus fusèrent de l'intérieur. Cela dura environ dix minutes et puis… ils ressortirent tous ensemble. Plusieurs d'entre eux tenaient en main un catalogue et Mr Merriall lisait le sien à haute voix.

« Paire de mitaines en laine ayant appartenu à la reine Charlotte et prêtées par lady Ambermere, annonça-t-il.

– Cessez donc, dit Lucia. Ne vous moquez pas de notre cher petit musée, Stephen. »

Comme ils rebroussaient chemin en longeant la pelouse, Riseholme recouvra sa faculté de bouger. Lucia avait dévoilé sa tactique à l'endroit du musée. Georgie s'approcha du fauteuil roulant de Mrs Boucher. Elle était rouge comme une pivoine et ses mains tremblaient.

« Bonsoir, monsieur Georgie, dit-elle. Je vois que le musée a reçu la visite d'un nouveau groupe d'étrangers. Ça avait l'air d'être des gens très bizarres… J'espère que nous n'allons constater aucune disparition dans les vitrines. Quoi de neuf ? »

C'était là une façon fort digne de prendre les choses et Georgie y fit écho dans le même esprit.

« Rien de particulier, à ma connaissance, dit-il, sauf l'arrivée d'Olga demain.

– Quelle bonne nouvelle ! dit Mrs Boucher. Riseholme est toujours heureux de la revoir, *elle.* »

Daisy se joignit à eux.

« Bonsoir, Mrs Quantock, dit Mrs Boucher. Quoi de neuf ?

– Des événements tout à fait sensationnels, dit Daisy presque hors d'haleine. Comment ? Vous ne les avez donc pas vus ? Lucia et son groupe ?

– Mais non, dit Mrs Boucher d'un ton péremptoire. Elle est sûrement à Londres. Et quoi d'autre ? »

Daisy comprit la consigne. C'était une noble manœuvre que d'ignorer totalement la présence de Lucia à Riseholme.

« J'ai dû faire erreur, dit-elle. À propos, mon mûrier s'est complètement rétabli.

– Pas possible ! dit Mrs Boucher, dans le style de Riseholme le plus pur. J'en suis ravie. M'est avis que lui rafraîchir les racines lui a fait du bien. Et monsieur Georgie vient de me dire que notre chère Olga, je devrais dire plutôt Mrs Shuttleworth, arrive demain, mais il ne m'a pas encore dit à quelle heure.

– Elle s'est annoncée entre deux et trois heures, répondit Georgie. Elle descend en voiture et nous déjeunerons chez moi dès qu'elle sera là.

– Vraiment ! Je me permettrai de vous conseiller de préparer quelque chose de froid qui ne risque pas de s'abîmer s'il vous faut l'attendre. Un peu d'agneau froid, par exemple. Il n'y a rien de tel par cette chaleur.

– Quelle excellente idée ! dit Georgie. J'avais prévu une blanquette d'agneau mais ce que vous me suggérez est bien préférable. Je vais le faire préparer ce soir.

– Avec une bonne salade de tomates, dit Mrs Boucher. Et si vous n'avez pas de tomates, je peux vous en donner. Envoyez-moi Foljambe et elle vous rapportera une demi-douzaine de tomates bien mûres. »

Georgie prit rapidement congé afin de faire procéder à ce changement de menu et, comme le colonel Boucher s'en retournait en compagnie de Piggy, sa femme put bavarder à son aise avec Mrs Quantock...

Elle ne s'en priva pas.

En se réveillant assez tôt le lendemain matin, Lucia s'aperçut qu'elle n'avait pas la conscience tout à fait tranquille. Elle s'employa à se rassurer à l'aide d'arguments apparemment très convaincants. Il eut été inutile d'écrire à Georgie ou à quiconque pour annoncer qu'elle invitait quelques amis pour le week-end et qu'elle leur consacrerait toute la journée du dimanche. Elle n'était pas en mesure de jouer à quatre mains avec Georgie tant qu'elle avait tous ces invités chez elle, pas plus que de demander à cette pauvre Daisy de donner une démonstration de oui-ja ou d'inviter Mrs Boucher à venir prendre le thé dans son fauteuil roulant parce que cette dernière leur débiterait d'interminables histoires d'un intérêt purement local, peu susceptibles de divertir des gens comme lord Limpsfield ou l'insolite Sophy. Elle s'était montrée fort avisée de ne pas rapprocher Riseholme de Brompton Square car on ne pouvait pas les mélanger. En outre, ses hôtes devaient repartir lundi matin et elle avait décidé de rester à Riseholme jusqu'à mardi et de se montrer extrêmement aimable et pas du tout hautaine. Elle allait inviter un ou deux Riseholmitains à déjeuner, un ou deux autres à dîner et offrir à Georgie une bonne heure de quatre mains par-dessus le marché. Évidemment, si Olga avait été là, elle l'aurait invitée le dimanche, mais Olga avait chanté à l'opéra la veille au soir. Lucia avait beaucoup parlé d'Olga au cours du dîner en donnant l'impression qu'elles étaient tout le temps l'une chez l'autre tant à la ville qu'à la campagne et elle avait déploré son absence.

« Quel dommage ! avait-elle dit. Car notre chère Olga adore chanter dans mon salon de musique. Je n'oublierai jamais le jour où elle est passée nous rendre visite lors d'une petite garden-party et qu'elle a chanté le réveil de Brünnhilde. Même vous, ma chère Sophy, malgré votre passion pour la musique primitive, vous auriez apprécié cette prestation. Elle a chanté *Lucretia* ici également, avant que quiconque l'eût entendu. Cortese a apporté la partition manuscrite de Londres alors qu'il venait d'en écrire les dernières notes – non, je me trompe, je crois que ça c'était chez elle... Seuls Peppino et moi-même étions présents, avec peut-être une ou deux autres personnes. Nous aurions pu avoir notre chère Olga ici avec nous toute la journée de demain si seulement elle avait été là... »

Une fois programmés pour la journée de lundi ces repas destinés à Riseholme, Lucia se sentit assez justifiée pour s'en tenir à une attitude distante pendant la journée en cours. C'est alors que sa conscience mit la question du musée sur le tapis. Sur ce point, Lucia se défendit âprement : elle ignorait tout du musée (mis à part ce que Peppino avait aperçu par la fenêtre quelques dimanches auparavant). On ne l'avait pas consultée au sujet du musée, elle ne faisait pas partie du comité et elle avait trouvé parfaitement normal d'y mener ses invités en visite. Elle ne pouvait pas empêcher ces derniers d'éclater de rire devant les mitaines de la reine Charlotte et les gouttières de Daisy, ni s'empêcher de se joindre elle-même à ces éclats de rire aigus car il s'agissait là, à coup sûr, de la collection de débris la plus ridicule que l'on eût jamais rassemblée. Une vitrine pour les mitaines de la reine Charlotte, un tas de fossiles analogues à ceux que Lucia avait pu ramasser à la pelle dans l'ancienne carrière, quelques fragments de verre (Georgie aurait dû se montrer plus circonspect), des édredons, une douzaine de pièces de monnaie prêtées, simplement « prêtées » par cette pauvre Daisy ! En fait, le seul objet qui offrît le moindre intérêt c'était le pilori qu'elle-même et Peppino avaient acheté et installé sur la pelouse communale. Elle ferait le nécessaire à ce sujet lors de son séjour en août et on le remettrait à sa place sur la pelouse. Ensuite venait le catalogue : qui pouvait s'empêcher de rire en lisant l'inventaire de cette poubelle rédigé dans un style aussi ampoulé ?

Il n'y avait pas là de quoi éprouver la moindre gêne. Quant au fait que Mrs Boucher avait fendu son groupe d'amis avec son fauteuil roulant sans faire le moindre signe de reconnaissance, quelle importance cela avait-il ? De son côté également Lucia n'avait pas fait le moindre signe à l'endroit de Mrs Boucher. Si elle s'y était risquée, Mrs Boucher les aurait entretenus en long et en large de ses asperges ou de la manière dont son Élisabeth avait cassé une assiette. Il était peut-être curieux que Mrs Boucher ne se fût pas arrêtée… de même qu'il était assez curieux que, bien qu'elle-même eût vu du coin de l'œil tout Riseholme campé debout sur la pelouse communale, personne ne lui eût fait le plus petit signe de bienvenue… Il est vrai qu'elle les avait littéralement ignorés (si tant est que l'on puisse ignorer qui que ce soit à une distance de cinquante mètres) et cependant elle n'était pas si sûre d'apprécier le procédé quand il s'appliquait à elle-même. Mais tout cela ne signifiait probablement rien. Ils avaient vu qu'elle était occupée avec ses amis et, en personnes bien élevées, ils étaient restés dans leur coin.

La plupart des hôtes de Lucia prenaient leur petit déjeuner dans leur chambre à l'étage mais, vers le milieu de la matinée, les uns après les autres avaient tous fini par descendre. La veille, Lucia avait rapporté de Londres son portrait peint par Sigismund que Sophy déclara un vrai chef-d'œuvre *d'adagio*. Elle lui conseilla de débarrasser son salon de musique de tous les autres cadres et d'y accrocher seulement ce tableau tel un merveilleux mouvement lent, lorsque Mr Merriall pénétra dans la pièce, le journal de dimanche à la main.

« Ah ! On nous a enfin apporté le journal, dit Lucia. Ne trouvez-vous pas cela riseholmesque en diable ? On ne nous apporte jamais le journal du dimanche avant midi.

– Mieux vaut tard que jamais, dit Mr Merriall qui ne pouvait s'empêcher de citer quelque proverbe à tout propos. J'ai vu que Mrs Shuttleworth arrive ici aujourd'hui. Invitez-la donc à venir dîner. Elle nous chantera peut-être quelque chose. »

Lucia réfléchit l'espace une seconde puis battit des mains.

« Oh ! Que ce serait sympathique ! dit-elle. Mais je ne comprends pas ce qui a pu arriver. Cette chère Olga a fait un saut chez moi – à moins que ce ne soit moi qui ai fait un saut chez elle – hier matin à Londres et elle ne m'en a rien dit. Sans aucun doute, elle n'avait pas encore décidé si elle venait ou pas. Bien entendu, je vais l'appeler immédiatement pour la gronder de ne m'en avoir pas touché un mot. »

Lucia apprit par la personne chargée de la surveillance de La Vieille Maison en l'absence d'Olga que celle-ci était attendue d'un instant à l'autre, qu'elle serait accompagnée d'une amie mais qu'en tout état de cause elles ne pourraient venir déjeuner chez Mrs Lucas puisqu'elles devaient déjeuner chez Mr Pillson. La personne « pour sûr, ne pouvait pas dire » le nom de l'amie d'Olga, mais promit de transmettre le message selon lequel Mrs Lucas espérait bien les avoir toutes les deux à dîner... Après cela, il ne restait plus qu'à téléphoner à Georgie et à se montrer adorablement cordiale avec lui.

« *Georgino mio*, c'est bien vous ? demanda-t-elle.

– Oui », dit Georgie. Point n'était besoin de demander à qui il avait l'honneur de parler. Il ne se sentait pas d'humeur à user du jargon puéril non plus.

« Georgino, je n'ai même pas réussi à vous apercevoir hier, dit-elle. Pourquoi n'êtes-vous pas venu voir Lucia ?

– Parce que vous ne m'avez jamais invité, dit Georgie d'un ton ferme, et parce que vous ne m'avez jamais dit que vous viendriez.

– Moi si désolée, dit Lucia. Mais moi si bousculée et si occupée à Londres. Comme c'est délicieux de se retrouver à Riseholme.

– Délicieux, en effet », dit Georgie.

Lucia marqua un temps de silence.

« Georgino fâché avec Lucia ? demanda-t-elle.

– Pas le moins du monde, voyons ! dit Georgie avec brio. Pourquoi donc ?

– Simple impression… J'ai appris que ma chère Olga venait déjeuner chez vous avec une amie. J'espère qu'elles viendront dîner chez moi ce soir. Mais venez donc vous-même après dîner. Nous serons déjà huit à table… sinon je vous aurais invité, vous pensez bien !

– Je vous remercie beaucoup mais je dîne moi-même chez Olga », dit Georgie.

Un temps de silence.

« Eh bien alors, venez tous les trois dîner chez moi, dit Lucia. Mes invités sont si drôles. On vous fera une petite place.

– Je crains de ne pouvoir m'engager au nom d'Olga, dit Georgie. Et puis, je dîne chez elle, vous comprenez.

– Eh bien, voulez-vous passer nous voir avec elles après déjeuner ? Ou bien pour le thé ?

– Je ne peux pas choisir à leur place, mais je leur transmettrai le message.

– Vous serez gentil, merci. Je rappellerai de nouveau vers midi pour un pitit blin de causette avec ma chère Olga. Qui est l'amie qui l'accompagne ? »

Georgie hésita. Il pensa qu'il ferait mieux d'attendre avant de faire cette révélation. Lucia apprendrait la chose en temps voulu ; rien ne pressait.

« Oh ! C'est peut-être simplement quelqu'un qui l'accompagnera », dit-il avant de raccrocher.

Lucia commença à flairer un soupçon de mystère. Or, elle n'appréciait pas les mystères, sauf lorsqu'elle-même en était l'auteur. La personne qui veillait à la maison d'Olga « pour sûr, ne *pouvait* pas dire » le nom mystérieux et Lucia était sûre que Georgie « ne *voulait* pas le dire ». Elle rejoignit donc ses invités et, fort prudemment, déclara qu'Olga n'était pas encore arrivée. Elle leur fit ensuite un merveilleux compte rendu de son petit dîner *intime*[1] chez Olga en compagnie de la princesse

1. En français dans le texte. (*N.d.T.*)

Isabelle. Cette femme était d'une drôlerie charmante ! Il fallait que, sans tarder, les invités de Lucia vinssent tous rencontrer la princesse Isabelle le jour où celle-ci serait en visite à Brompton Square.

Lucia et ses invités, sauf Sophy Alingsby qui s'attardait à jouer d'un doigt des airs primitifs sur le piano, allèrent faire un tour sur la pelouse communale avant déjeuner. Mrs Quantock passa près d'eux à vive allure en détournant le visage et, bien entendu, tout le monde voulut savoir qui était cette Reine rouge échappée d'*Alice au pays des merveilles*. Lucia les régala d'une brillante description de la planchette oui-ja de cette pauvre Daisy ainsi que de l'histoire du mûrier.

« Ils sont tous tellement adorables ! dit-elle. Et à mourir de rire également. Et puis figurez-vous qu'elle a planté des brocolis au lieu de phlox. Il n'y a qu'à Riseholme qu'il se passe des choses pareilles. Il faut que vous veniez tous passer ici le mois d'août avec moi. Nous nous plongerons dans la vie quotidienne du pays. J'adore ce coin, oui je l'adore tout simplement. Nous nous enflammons à tout bout de champ pour une chose ou pour une autre… Et la maison suivante est celle de Georgie Pillson. Un vrai petit agneau ! Je lui suis entièrement dévouée. Il fait de la broderie et c'est lui qui a donné au musée ces fameux bouts de verre. Et voici enfin la maison de cette chère Olga au bout de la rue… »

Au moment même où Lucia envoyait de la main un baiser en direction de la maison d'Olga, son œil d'aigle vit une automobile approcher et s'arrêter devant la maison de Georgie. Deux femmes en descendirent, dont l'identité ne faisait aucun doute. Elles franchirent le portail tandis que Georgie sortait de la maison comme un coucou de sa pendule et s'inclinait profondément. Lucia vit toute la scène et, bien que soudain pétrifiée, elle se ressaisit promptement et fit brusquement demi-tour.

« Eh bien, à présent il est temps de rentrer à la maison, dit-elle d'une voix plutôt étranglée. C'est l'heure d'aller déjeuner. »

Mr Merriall n'avait pas fait demi-tour aussi vite que Lucia ; il fixait des yeux les trois silhouettes qui se tenaient devant la porte de Georgie.

« Les apparences sont souvent trompeuses, dit-il. Mais ne sont-ce pas là Olga Shuttleworth et la princesse Isabelle ?

– Pas possible ! Mais où donc ? dit Lucia en regardant carrément dans la direction opposée.

– Elles viennent de pénétrer dans cette maison. C'est bien celle de Georgie Pillson, avez-vous dit ?

– Ça alors ! Vous croyez ? dit Lucia. Comme je suis sotte de ne les avoir pas vues. Faut-il que j'y fasse un saut tout de suite ? Non, je pense que je vais les appeler au téléphone dans un moment, à moins que l'on nous dise qu'ils m'ont déjà appelée de leur côté. »

Lucia s'efforçait vaillamment de garder la face, mais c'était loin d'être facile. Tout cela avait des allures de complot et, de fait, c'en était un car Olga n'avait jamais dit que la princesse Isabelle était l'amie qu'elle amenait à Riseholme. Quoi qu'il en soit, c'était à présent l'heure de déjeuner ; Lucia aurait tout loisir d'aviser sur ce qu'il convenait de faire. Cependant, bien qu'elle parlât sans discontinuer et de façon plutôt sarcastique au sujet de Riseholme, elle ne fit plus aucune allusion ni à la *prima donna* ni à la princesse…

Il se pouvait que Lucia en l'apprenant se jugeât flattée de découvrir quel brûlant sujet de conversation elle fournissait au petit groupe de personnes choisies qui déjeunaient chez Georgie (il se pouvait également que ce fût l'inverse). La princesse Isabelle (à présent la bouche pleine de tomates offertes par Mrs Boucher) avait été soumise, au cours de la semaine précédente, à un bombardement incessant de la part de Lucia. De source généralement bien informée, elle avait entendu dire que celle-ci, en se référant à elle, la désignait comme « Isabelle, cette chère princesse Isabelle ».

« Et je n'irai pas chez elle, dit-elle. Nous sommes en pays libre et j'ai le droit de décider de ne pas me rendre dans sa bonne maison. Mrs Lucas est sans aucune doute une femme de valeur. Mais je désire en savoir davantage sur son compte parce qu'elle me semble passionnante. Tout comme votre Riseholme. Nous parlions donc du musée.

– Georgie, allez-y, parlez-nous encore du musée, dit Olga.

– Eh bien, dit Georgie. Ils se sont donc tous rendus au musée, puis en sont tous sortis, et l'un des membres du groupe lisait mon catalogue – celui que j'ai dressé – à haute voix. Et tous d'éclater de rire…

– Il faut dire, Georgie, que ce catalogue est hilarant au plus haut point, dit Olga.

– Ce n'est pas mon avis. Mr Merriall s'est mis à lire tout haut le paragraphe consacré aux mitaines de la reine Charlotte que lady Ambermere a gracieusement prêtées au musée.

– Pas possible ! dit Olga.

– Fort intéressant ! dit la princesse. La reine Charlotte était ma tante… ma grosse tante, c'est bien ça ? Non, ma grand-tante, plutôt. Nous irons voir les mitaines au musée tout à l'heure. Il faut aussi que je voie la dame qui fait crever les mûriers. Olga, ne pourriez-vous pas la prier d'apporter sa planchette et de prononcer quelque prophétie ?

– Georgie, téléphonez à Daisy et invitez-la à venir prendre le thé chez moi, dit Olga. Il faut que nous ayons une séance de déchiffrage.

– Et puis il faut que je fasse un tour en voiture, une promenade sur la pelouse communale et que je reprenne un morceau de cette délicieuse tarte aux pommes », dit la princesse.

À peine Georgie s'était-il levé pour aller téléphoner à Daisy que Foljambe pénétra dans la pièce pour annoncer que Mrs Lucas appelait au téléphone et désirait parler à Olga.

« Oh, s'il vous plaît, Foljambe, dites-lui que nous sommes encore à table, dit Olga. Peut-elle laisser un message ? Georgie, vous disiez que Stephen Merriall est là, lui aussi ?

– Non, c'est vous qui me l'avez dit. J'ai fait la description de cette personne, c'est tout.

– Oh ! je suis presque sûre que c'est lui, mais il faudra que vous trouviez l'occasion d'aller vérifier la chose dans le courant de l'après-midi. Si c'est bien cela, il s'agit d'Hermione qui n'arrête pas d'écrire sur Lucia dans la *Gazette du soir*. Il est impayable ! Il faut donc absolument que vous alliez faire un tour là-bas, Georgie, afin d'en avoir le cœur net. »

Foljambe revint pour demander si Mrs Lucas pouvait faire un saut pour présenter ses respects à la princesse Isabelle.

« C'est fort aimable de sa part, dit la princesse. Mais qu'elle ne prenne pas la peine de se déranger. »

Foljambe se retira pour reparaître une troisième fois, un sourire discret (mais très net) au coin de la lèvre.

« Mrs Lucas rappellera Mrs Shuttleworth dans un quart d'heure. »

La princesse termina sa tarte aux pommes.

« Et maintenant allons faire la visite du musée », dit-elle.

Georgie laissa partir les deux dames toutes seules. Avant de les rejoindre, il lui fallait téléphoner à Daisy, expliquer qu'Olga était sortie lorsque Lucia la rappellerait et effectuer sa visite au Hurst. Laisser entendre que cela ne le comblait pas d'aise eût été se méprendre totalement sur son compte. Lucia avait amené à la campagne son petit groupe d'amis prestigieux et avait ostensiblement ignoré Riseholme et voilà que deux personnes, un million de fois plus prestigieuses, s'étaient simultanément rendues à la campagne par un dessein obvie de la providence et ignoraient Lucia tout aussi ostensiblement. Au lieu de chercher à la rencontrer, ces deux personnes frayaient avec des gens comme Georgie ou comme Daisy que Lucia avait traités sans aucun égard. De surcroît, Lucia s'était gaussée du musée, et tout particulièrement du catalogue et des mitaines, et voilà que la petite-nièce de feue la propriétaire des mitaines s'était dérangée pour aller les voir. C'était là un camouflet ; toute l'affaire, en fait, était un camouflet retentissant et Lucia l'avait bien mérité.

Georgie fut introduit dans le salon de musique. À peine eut-il le temps de repérer sur le bureau une enveloppe tapée à la machine et adressée à la *Gazette du soir* que Lucia et Mr Merriall arrivèrent en trombe.

« *Georgino mio*, dit Lucia avec effusion. Comme c'est gentil d'être venu ! Mais ces dames ne vous ont pas accompagné ? Oh, permettez-moi de vous présenter Mr Merriall.

("C'est donc bien Hermione, de la *Gazette du soir*, pensa Georgie, j'en tiens la preuve.")

– Elles ont jugé qu'elles alourdiraient l'effectif de votre nombreuse compagnie, dit Georgie, grand seigneur.

(Encore un nouveau camouflet.)

– Et était-ce bien la princesse Isabelle que j'ai aperçue devant votre porte ? demanda Mr Merriall en jetant involontairement un coup d'œil au bureau (Lucia n'avait pas encore signalé la princesse à ses hôtes).

– Mais oui, bien entendu. Elles sont tout simplement descendues de Londres en voiture et sont venues déjeuner chez moi à la fortune du pot.

– Et que leur avez-vous donc servi ? demanda Lucia, en oubliant un instant ses angoisses.

– Oh ! simplement du gigot d'agneau froid et une tarte aux pommes, dit Georgie.

– Pas possible ! dit Lucia. Vous auriez dû les amener déjeuner ici. Oh, Georgie, regardez : mon tableau. Par Sigismund.

– En effet, dit Georgie. Que représente-t-il ?

– *Cattivo !* dit Lucia. C'est un portrait de moi, voyons ! Sigismund, voyez-vous est la coqueluche de Londres en ce moment. Les gens se précipitent comme des fous pour se faire peindre par lui.

– Et ils se retrouvent avec des têtes de fous une fois le portrait achevé. Ce monde est fou, mes seigneurs, dit Mr Merriall.

– Vilain garçon, dit Lucia. N'est-ce pas un merveilleux portrait, Georgie ?

– Oui. J'imagine que c'est d'une facture très sophistiquée. Très sophistiquée, ma foi.

– J'aimerais tellement le montrer à notre chère Olga, dit Lucia. Et je suis certaine que cela intéresserait la princesse. Elle parlait d'art moderne l'autre jour quand je suis allée dîner chez Olga. Je me demande si elles accepteraient de passer ici à l'heure du thé ou à n'importe quel autre moment, en fait.

– C'est peu probable, je le crains, dit Georgie, parce que je sais que Daisy Quantock vient prendre le thé. Nous allons faire une séance de déchiffrage. Et puis elles ont prévu de faire un petit tour en voiture dans l'après-midi.

– Mais où sont-elles donc en ce moment ? » demanda Lucia. Il était terriblement vexant de demander des nouvelles de ses amies intimes à Georgie, mais quel autre moyen avait-elle de savoir les choses ?

« Elles sont allées faire un tour au musée, dit-il. Elles en ont manifesté un vif intérêt. »

Mr Merriall agita les mains, exactement à la manière de Georgie.

« Ah ! Ce musée ! dit-il. Ces mitaines ! Qui me débarrassera jamais de ces mitaines ? Lucia a déclaré qu'elle ferait don au musée du prochain lacet de chaussure qu'elle casserait.

– Oui… dit Georgie. La princesse désirait voir ces mitaines. La reine Charlotte était sa grand-tante. Je leur ai dit combien vous vous êtes tous divertis au sujet des mitaines. »

Lucia avait posé l'index sur le front, signe chez elle d'une grande concentration. Elle se leva comme pour rejoindre ses autres invités.

« Vous passerez tout à l'heure dans le jardin ? » demanda-t-elle avant de s'éclipser.

« Vous allez donc faire une séance de planchette oui-ja, dit Mr Merriall. Le oui-ja m'intéresse énormément. Il est certain qu'il se produit des phénomènes fort curieux. Étrange, mais vrai.[1] »

Une nouvelle idée venait de germer dans la tête de Georgie. Il était sûr ne n'avoir pas aperçu Lucia par la fenêtre qui ouvrait sur le jardin. Il se dirigea donc vers l'autre fenêtre qui donnait sur la pelouse communale : Lucia fonçait vers le musée.

« C'est merveilleux, dit Georgie à Mr Merriall. Ici aussi nous avons obtenu des résultats curieux. »

Mr Merriall arpentait la pièce d'un pas gracieux et Georgie se demandait s'il serait possible de transformer son pantalon « style d'Oxford » en pantalon ordinaire. Il était affreux de songer qu'Olga, même par manière de plaisanterie, ait pu suggérer qu'un homme pareil fût son sosie. Il y avait la petite cape par-dessus le marché…

« Je suis complètement tombé amoureux de votre Riseholme, dit Mr Merriall.

– Nous l'adorons tous, dit Georgie d'un air assez distrait tant il était absorbé par la trajectoire de Lucia sur la pelouse. Réussirait-elle à les rattraper dans le musée ou bien en étaient-elles déjà reparties ? La silhouette de Lucia, avec sa démarche rapide, s'amenuisa progressivement. Elle traversa enfin la route et disparut derrière le massif d'arbustes circulaire planté devant la grange paroissiale.

« Tellement douillet et si intime. “Foyer, doux foyer”, c'est le cas de le dire, dit Mr Merriall. On nous a dit combien Mrs Shuttleworth aimait chanter dans cette pièce. »

Georgie fut tout de suite à nouveau sur ses gardes. Il était vraiment juste et salutaire que Lucia fût punie et certes, Riseholme s'employait activement à lui administrer son châtiment. Mais

1. Lord Byron, *Don Juan*, XIV, CI. *(N.d.T.)*

c'était une toute autre paire de manches que d'abaisser Lucia aux yeux de ceux qui n'étaient pas de Riseholme.

« Mais oui, elle chante ici régulièrement, dit-il. Nous sommes sans arrêt les uns chez les autres. Mais à présent, il faut que je rentre chez moi. »

Mr Merriall mourait d'envie de se faire inviter à cette petite séance de planchette qui devait se tenir chez Olga et, pour le moment, son hôtesse n'avait réussi à intercepter aucune des deux vedettes. Il ne risquait rien à tenter le coup…

« Ne pourriez-vous pas éventuellement m'emmener prendre le thé chez Mrs Shuttleworth ? demanda-t-il.

– Non, désolé, c'est une chose que je crains de ne pas pouvoir me permettre, dit Georgie. Au revoir. J'espère que nous aurons le plaisir de nous rencontrer à nouveau. »

Pendant ce temps, Némésis avait suivi la piste de Lucia avec plus de succès que Lucia n'en avait rencontré à suivre celle d'Olga. Georgie l'avait vue arriver au musée et débourser encore un shilling pour pénétrer dans cette exposition tant décriée. Il y avait foule car beaucoup de touristes, après avoir déjeuné aux Armes d'Ambermere, avaient décidé de faire la visite. On se pressait autour des mitaines de la reine Charlotte. Lady Ambermere elle-même s'était déplacée du Hall en voiture en traînant après elle deux invités assez déprimés. Elle brandit son face-à-main et dévisagea Lucia.

« Ah ! Mrs Lucas, dit-elle du ton singulièrement abrupt qui l'avait rendue célèbre. Sur le moment je ne vous avais pas reconnue avec cette coupe de cheveux. Ce n'est pas le genre de mode que j'approuve. Vous êtes venue, bien entendu, pour voir les mitaines de feue Sa Majesté. En fait, il n'y a vraiment pas grand-chose d'autre à voir ici. »

En règle générale, Lucia disait sans vergogne des platitudes à lady Ambermere et essayait de lui faire accepter de venir déjeuner ou dîner. Mais aujourd'hui, elle ne lui prêtait qu'une oreille des plus distraites et tandis qu'on lui adressait ces deux remarques plutôt dures, elle cherchait avidement des yeux dans toute la pièce les deux personnes pour lesquelles elle aurait laissé tomber lady Ambermere sans l'ombre d'une hésitation.

« Mais oui, lady Ambermere, dit-elle. Il est passionnant de penser que la reine Charlotte les a portées. C'est vraiment aimable à vous d'en avoir fait don à notre cher petit musée.

– Ce n'est pas un don, c'est un prêt, dit lady Ambermere. Nous les considérons comme des bijoux de famille. Mais je suis contente de les proposer à l'admiration du public. Et une curieuse coïncidence a voulu que je vienne d'avoir le privilège de les montrer à une parente de feue leur propriétaire : la princesse Isabelle. J'ai même proposé de faire ouvrir la vitrine afin qu'elle pût les essayer. Le plus gracieusement du monde, elle a déclaré que ce n'était pas nécessaire.

– Cette chère princesse Isabelle ! dit Lucia. J'avais entendu dire qu'elle venait à Riseholme. Est-elle encore là ?

– Non. Elle et Mrs Shuttleworth viennent de partir. J'ai cru comprendre qu'elles allaient faire un tour en automobile avant le thé. Bien entendu, je leur ai proposé de s'arrêter au Hall où j'aurais été enchantée de les recevoir. Où ont-elles donc déjeuné ?

– Chez Georgie Pillson, répondit Lucia d'un ton amer.

– Vraiment ! Je suis étonnée que Mr Pillson ne m'en ait pas informée. Avez-vous déjeuné avec eux ?

– Non. Je reçois moi-même un groupe d'amis de Londres en ce moment : lord Limpsfield, Mrs Garroby-Ashton…

– Ah bon ? dit lady Ambermere. J'avais l'intention de rentrer au Hall, mais je vais modifier mes plans et venir boire une tasse de thé chez vous, Mrs Lucas. Vous pourrez peut-être inviter Mrs Shuttleworth et son auguste visiteuse à venir passer un petit moment. Je vous présenterai à elle. Je crois me souvenir que vous avez un joli petit jardin. Pittoresque. Je vous permets de faire savoir que je prends le thé chez vous. Mais attendez !

Si elles sont parties en voiture, elles ne seront pas rentrées de si tôt. Cela n'a pas d'importance : nous nous installerons dans votre jardin en attendant. »

En temps normal, cela eût constitué un honneur insigne mais, ce jour-là, bien que lady Ambermere n'eût pas changé, sa cote avait baissé. Si seulement Olga n'avait pas amené celle que Lucia pouvait presque qualifier de princesse infernale, alors il eût été précieux, il eût été glorieux d'avoir lady Ambermere chez soi pour prendre le thé à l'improviste. Et même à présent ce serait mieux que rien, pensa Lucia… Après avoir donc examiné le livre d'or du musée dans lequel Olga et la princesse avaient apposé leur signature (et dans lequel lady Ambermere à son tour apposait la sienne, tout contre celle de la princesse, de manière à donner l'impression qu'elles étaient venues ensemble), elles quittèrent les lieux.

La voiture de lady Ambermere était garée devant la porte du musée. Assise sur la banquette avant, Miss Lyall, humble dame de compagnie parfaitement soumise, tenait sur ses genoux le ronflant carlin de sa maîtresse.

« Voyons, dit celle-ci. Que conviendrait-il de faire ? Une petite promenade ferait du bien à Pug avant l'heure de son thé. Pug prendra du lait tiède avec des morceaux de biscuit trempé. Veuillez lui mettre sa laisse, miss Lyall. Nous allons traverser tous ensemble la pelouse communale pour nous rendre à la petite maison de Mrs Lucas. L'automobile fera le tour par la route pour nous y attendre. Cette petite maison est bien celle de Mrs Shuttleworth, n'est-ce pas ? Vous pourriez peut-être avoir l'obligeance d'y sonner, Mrs Lucas, afin de laisser un message au sujet du thé en précisant que j'y serai. Nous n'allons pas presser le pas afin de vous permettre de nous rattraper. »

Ce discours s'inscrivait dans la plus pure tradition ambermeresque : à Riseholme, tout le monde avait une « petite maison » et un « petit jardin », comparés au Hall. Tout aussi ambermeresque était la tranquille assurance qu'avait cette dame de croire que la satisfaction de ses propres désirs rejoignait *ipso facto* le plaisir d'autrui et Lucia se souvint tristement qu'elle-même n'avait jamais manqué de déclarer que c'était son cas. Mais, pour l'heure, et bien que lady Ambermere fût manifestement un second choix et qu'elle ressemblât à un petit chariot à bagages avec un nez d'empereur romain et un petit chien tout boudiné, la malheureuse Lucia avait grand besoin que quelqu'un « fît un saut » chez elle, quelqu'un dont la visite lui rendrait quelque lustre aux yeux de ses hôtes. Voilà, hélas ! à quelle extrémité en était réduite celle que naguère encore Riseholme considérait comme sa reine… Elle pourrait ensuite, dès que lady Ambermere serait repartie, dire à tous combien elle la trouvait assommante.

La démarche que devait effectuer Lucia n'avait rien de réjouissant non plus : elle savait qu'Olga et la princesse infernale avaient projeté de faire une séance de planchette avec Daisy et Georgie. Sa propre invitation allait sembler peu folichonne. Quant à la suggestion de cette vieille folle (qui s'imaginait que sa présence au Hurst allait y attirer Olga), Lucia savait pertinemment que si une chose pouvait entraîner le refus d'Olga, c'était bien la présence de lady Ambermere. Olga avait dîné une fois au Hall où on l'avait contrainte à chanter pendant que son hôtesse faisait des réussites tout en parlant à Pug.

Lucia eut une idée (non pas une idée lumineuse, mais presque). Elle pourrait marquer son nom sur le carnet de rendez-vous de la princesse. Ce serait déjà quelque chose. Par conséquent, lorsqu'on eut répondu à son appel téléphonique et qu'elle se fut assurée, comme elle le savait déjà, qu'Olga était sortie, et quand elle eut laissé, sans grand espoir, son invitation à venir prendre le thé au cours duquel Olga et son invitée pourraient rencontrer lady Ambermere, elle demanda le carnet de la princesse.

La bonne d'Olga parut intriguée.

« Vous voulez peut-être parler du fascicule de mots croisés, M'dame ? dit-elle. Je ne pense pas que Son Altesse ait apporté d'autre carnet et même celui-là, elle l'a emporté avec elle en allant faire sa promenade en voiture. »

Lucia se retira, accablée de tristesse. Elle aperçut alors Georgie et Daisy Quantock, une espèce de planche à dessin sous le bras, qui traversaient la pelouse communale et se dirigeaient d'un pas rapide vers elle. Lucia savait où ils se rendaient. Elle rassembla ce qui lui restait de forces.

« Très chère Daisy ! Je n'ai pas encore réussi à vous voir ! dit-elle. Je reçois quelques amis de Londres et je n'ai pu me libérer. Mais je ferai un saut chez vous demain, puisque je ne repars que mardi. Alors, vous allez faire une séance de planchette oui-ja avec ces chères Piggy et Goosie ? J'aurais bien aimé venir, mais lady Ambermere m'a réquisitionnée pour le thé et il faut que je coure la rattraper. Je viens d'aller visiter votre ravissant musée. Quelles merveilleuses mitaines ! Tout est merveilleux. Peppino et moi-même allons dénicher quelque chose pour enrichir vos collections.

– Bien aimable », dit Daisy. (On aurait cru entendre parler le pôle Nord.)

Pug, Miss Lyall, lady Ambermere et ses deux invités complètement déprimés furent introduits au Hurst avant que Lucia ait pu les attraper. Elle les trouva donc tous installés comme des statues dans son salon de musique où Stephen Merriall mettait la dernière main à sa correspondance officielle.

Lucia imaginait sans peine la teneur de cette chronique : une ligne ou deux à propos du Hurst, où le groupe passait la fin du week-end mais cela, hélas, ne constituerait probablement qu'une manière de post-scriptum sommaire ajouté à des paragraphes plus exaltés. Elle s'empressa de présenter Mr Merrial à lady Ambermere et à Miss Lyall mais elle n'avait pas la moindre idée quant à l'identité des invités de lady Ambermere. Elle les soupçonnait d'être des parents pauvres parce que lady Ambermere ne prit même pas la peine de les présenter à qui que ce fût.

Pug émit une série de petits aboiements poussifs.

« Astucieux petit bonhomme, dit lady Ambermere. Il réclame son thé. Il aboie toujours quatre fois comme cela pour obtenir son thé.

– Et il l'aura sans faute, dit Lucia. Mais où sont donc tous les autres, Stephen ? »

En entendant le nom de lady Ambermere, Mr Merriall décida de faire un effort : il ajouterait dans son papier une phrase à son sujet…

« Lord Limpsfield et Mrs Garroby-Ashton sont allés jouer au golf, dit-il. Ils font montre d'une énergie assez inhumaine ! Qu'en pensez-vous, lady Ambermere ? Quel adorable petit chien vous avez là !

– Pug n'aime pas les gens qu'il ne connaît pas, déclara lady Ambermere. Et je suis fort déçue de ne pas voir lord Limpsfield. Aurons-nous le plaisir de voir Mrs Shuttleworth et la princesse ?

– Je leur ai laissé un message », dit Lucia.

Après avoir fini de détailler Mr Merriall, lady Ambermere promena lentement les yeux tout autour de la pièce.

« Quel est ce tableau bizarre ? demanda-t-elle. Il m'intrigue au plus haut point. »

Lucia partit de son rire argentin : cet après-midi était un vrai cauchemar, mais elle devait garder pavillon haut.

« Surprenant, n'est-ce pas ? dit-elle. Ce cher Benjy Sigismund a insisté pour faire mon portrait. Que de séances de pose il a fallu ! »

Le regard de lady Ambermere passait alternativement du portrait au modèle.

« Je ne distingue aucune ressemblance. J'ai l'impression que cela ne ressemble à rien… Ah ! Voilà le thé. Un peu de lait tiède pour Pug, miss Lyall. Ajoutez-y un peu d'eau chaude, il n'aime pas que son lait soit trop froid. Et j'aimerais bien voir Mr Georgie Pillson. On pourrait sans doute lui faire savoir que je suis là. »

Il y avait vraiment de quoi désespérer : Lucia ne pouvait présenter à lady Ambermere ni Olga, ni la princesse, ni lord Limpsfield, ni Mrs Garroby-Ashton et elle savait qu'il lui était également impossible de produire Georgie qui, pour l'heure, devait se trouver chez Olga. Il ne lui restait plus qu'à dire à lord Limpsfield et à Mrs Garroby-Ashton, lorsqu'ils rentreraient, qu'ils avaient manqué lady Ambermere. Quant à Riseholme… enfin, mieux valait ne pas songer à sa position vis-à-vis de Riseholme qu'elle avait décidé, pas plus tard que la veille, de tenir pour quantité négligeable. Si seulement elle les avait tous invités, avant même de quitter Londres, à venir déjeuner, prendre le thé et dîner…

En réponse à son invitation, Lucia reçut le message l'informant que Mr Pillson était allé prendre le thé chez Mrs Shuttleworth. Cinq minutes plus tard, Olga lui transmettait ses regrets : elle recevait des amis et ne pouvait venir prendre le thé. Lady Ambermere mangea en silence son gâteau à l'anis. Pendant ce temps, Mrs Alingsby avait passé tout l'après-midi dans sa chambre. Elle fit son entrée, en robe de chambre d'indienne et en mules de maroquin. Avec ses cheveux devant les yeux, elle avait l'air d'un terrier d'Aberdeen. Elle poussa un cri aigu lorsqu'elle aperçut Pug.

« Je ne supporte pas les chiens, déclara-t-elle. Emportez ce chien, chère Lucia. Brûlez-le, noyez-le ! Vous m'aviez pourtant assurée que vous n'aviez pas de chien. »

Lady Ambermere tourna vers elle un visage qui l'eût instantanément pétrifiée si elle avait eu un tant soi peu de sentiment. Nul ne s'était jamais montré aussi blasphématoire à l'encontre de Pug. Elle se leva alors qu'elle avalait encore sa dernière bouchée de gâteau à l'anis.

« Je vois que nous incommodons vos hôtes, Mrs Lucas, dit-elle. Nous nous retirons donc, Pug et moi. Miss Lyall, la laisse de Pug. Nous devons rentrer au Hall. Je vais passer chez Mrs Shuttleworth et apposer ma signature sur le carnet de la princesse. Au revoir, Mrs Lucas. Merci pour le thé. »

Elle ignora ostensiblement Mrs Alingsby et prit la tête de la morne procession qui franchit la porte. On ne pouvait se réjouir que d'une seule chose : en fait de carnet sur lequel elle pourrait apposer sa signature, lady Ambermere n'allait trouver qu'un fascicule de mots croisés…

VI

Les hôtes de Lucia quittèrent Riseholme par le premier train du lendemain matin et elle se retrouva toute seule comme Marius au milieu des ruines de Carthage. Mais à la différence du couard sénateur, elle n'avait nullement l'intention de se lamenter. Son premier devoir était de reconstruire et elle se rendit assez rapidement compte qu'elle devait s'attaquer d'abord aux fondations. Une constatation liminaire s'imposait. Le week-end campagnard auquel elle avait convié ses amis de Londres n'avait pas remporté un succès triomphal. Elle avait vanté, à Londres, le charme pittoresque et désuet de son cher petit Riseholme où tout le monde la portait aux nues et où Olga se précipitait à tout bout de champ dans son salon de musique pour y chanter les actes des opéras les plus fameux du répertoire ; elle avait également décrit la princesse Isabelle comme une de ses amies les plus intimes ; or ces deux vieilles connaissances avaient poliment mais catégoriquement décliné toutes ses invitations à venir passer un moment chez elle. Certes, lady Ambermere était venue faire un saut, mais elle ne sembla pas produire la moindre impression sur qui que ce fût. Après les pénibles commentaires lancés par Sophy au sujet de Pug, Lucia avait été fort soulagée de voir lady Ambermere partir en laissant à la postcubiste médusée toute latitude de poser des questions sur l'identité de cette vieille toupie. Bien entendu, une fois de retour à Londres, il serait facile d'effacer tous ces fâcheux souvenirs à condition de ne pas perdre de temps.

L'effet produit sur Riseholme par son week-end méritait plus ample considération. Lucia savait que tout Riseholme était au courant et du petit repas froid qu'Olga et la princesse avaient pris chez Georgie, et du fait qu'elles ne s'étaient jamais approchées du Hurst. Lucia était bien placée pour savoir que Riseholme ne se priverait pas de faire des commentaires. Riseholme savait aussi que Lucia et son groupe d'amis s'étaient bruyamment esclaffés en se gaussant du musée alors que la princesse avait poliment signé le livre d'or après avoir respectueusement contemplé les mitaines de sa grand-tante. Mais, sur tout le reste (Olga était-elle toujours à Riseholme ? Qu'avait tramé Daisy avec sa planchette oui-ja ? Qui, à part Georgie, avait dîné chez Olga la veille ?), Lucia, pour l'instant, ignorait tout. Il lui incomberait la tâche de tirer tout cela au clair car elle avait le pressentiment que personne n'avait l'intention de faire un saut chez elle pour la mettre au courant. Au premier chef, que disait Riseholme sur son compte ? Comment réagissait-il à tout cela ?

Lucia avait décidé de consacrer toute sa journée à ses vieux amis. Elle téléphona à Daisy pour l'inviter à venir déjeuner avec Robert. Daisy se déclara navrée (elle était déjà engagée ailleurs) et raccrocha si précipitemment (c'était si facile à deviner) qu'elle laissa tomber l'écouteur pas terre, dit « zut ! » et le remit en place. Lucia appela alors Mrs Boucher pour l'inviter à venir déjeuner avec le colonel. Mrs Boucher déclara d'un ton plein d'emphase qu'elle recevait des amis à déjeuner. Cela pouvait bien entendu signifier que les Quantock déjeunaient chez les Boucher ; l'explication, en fait, semblait parfaitement naturelle mais, pourtant, elle ne suffisait pas à satisfaire Lucia.

Elle s'assit pour réfléchir… Au terme de ses réflexions, elle conçut à regret un vague soupçon : de même qu'elle avait décidé d'ignorer Riseholme lors du séjour de ses amis londoniens, de même Riseholme avait la perversité de lui rendre à présent la monnaie de sa pièce. C'était mesquin, c'était puéril mais enfin, c'était plausible. Résolue à faire contre mauvaise fortune bon cœur, elle téléphona, toute guillerette, à Georgie. À l'extrême promptitude qu'il mit à décrocher, elle se demanda s'il n'attendait pas qu'elle ou que quelqu'un d'autre l'appelât.

« *Georgino mio !* » dit-elle.

L'enthousiasme qu'avait mis Georgie à répondre « Oui, qui est à l'appareil ? » sembla s'évanouir.

« Ah ! Tiens, c'est vous ? dit-il. Bonjour. »

Lucia ne se laissa pas décourager pour autant.

« Moi viens tout d'suite poul bavalder longtemps, longtemps, dit-elle. Tous mes hôtes si épuisants sont partis, Georgie, et je reste ici jusqu'à *domani*. Quelle joie de se retrouver ici !

– *Si*, dit Georgie. *Si*, bien entendu. »

Le vague soupçon prenait une forme un peu plus précise.

« Alors, j'arrive tout de suite », dit Lucia.

Elle se mit en route et déboucha sur la pelouse communale juste à temps pour voir Daisy Quantock s'échapper de la maison de Georgie et se barricader dans la sienne comme un petit lapin dodu à frimousse rubiconde. Cela avait un côté assez déconcertant. Point n'était besoin d'être grand clerc pour en déduire logiquement que Daisy avait fait un saut chez Georgie pour lui dire que Lucia l'avait invitée à déjeuner et qu'elle avait refusé. Daisy devait être encore présente lorsque Lucia avait téléphoné à Georgie et, au lieu d'attendre un peu pour bavarder à loisir avec eux, elle avait déguerpi. Lucia eut donc à fournir un léger effort pour se maintenir dans un état d'esprit enjoué et feindre d'ignorer qu'il s'était peut-être produit quelque chose de funeste. Elle trouva Georgie en train de coudre dans la petite pièce qu'il appelait son bureau parce que c'était là qu'il effectuait ses travaux de broderie. Lucia eut l'impression que Georgie était enrobé dans une fine pellicule de glace, aussi mit-elle en œuvre toute sa puissance de rayonnement pour essayer de la faire fondre.

« Enfin, ça y est ! dit-elle. Nous allons pouvoir bavarder à notre aise. Comme c'est agréable de se retrouver à Riseholme ! Ne trouvez-vous pas que c'est vilain de ma part ? Je me suis presque sentie soulagée ce matin en voyant partir le dernier de mes invités et j'ai décidé de m'octroyer une journée exclusivement consacrée à Riseholme. Ils étaient tous bien attachants et débordants de vigueur. Si vous saviez quelles discussions et quelles polémiques nous avons eues ! Hier, j'ai été occupée du matin au soir : conversation avec l'un, promenade avec l'autre et, pendant ce temps, je n'ai pas cessé de souhaiter faire un saut pour venir vous voir, voir Daisy et tous les autres. Quoi de neuf, Georgie ? Qu'avez-vous fait de beau, hier ?

– Ma foi, j'étais également fort occupé, dit Georgie. Je n'ai pas pu souffler une minute. J'avais deux invitées à déjeuner, puis j'ai pris le thé chez Olga…

– Est-elle toujours là ? » demanda Lucia. Elle n'avait pas eu l'intention de poser cette question, mais cela avait été plus fort qu'elle.

« Oh oui ! Comme elle ne chante pas à Londres avant jeudi, elle va rester ici deux ou trois jours. »

Lucia mourait d'envie de demander si la princesse aussi comptait rester, mais elle parvint à se retenir. Elle l'apprendrait peut-être d'une autre manière…

« Chère Olga ! s'exclama Lucia. Je la considère comme une vraie Riseholmitaine.

– Mais tout à fait, dit Georgie, bien décidé à ne pas laisser fondre la glace. Oui, je disais donc que j'avais pris le thé chez Olga. Ensuite nous avons eu une séance de oui-ja absolument merveilleuse. Rien que nous quatre : Olga, la princesse, Daisy et moi-même. »

Lucia lança son fameux éclat de rire argentin. On aurait dit qu'il avait un peu « tourné » sous l'effet de la chaleur ou qu'il s'était un peu oxydé.

« Cette chère Daisy ! dit-elle. Ne trouvez-vous pas qu'elle est impayable ? Comme elle raffole de tous ces tours de passe-passe avec son attirail de prestidigitateur ! Racontez-moi tout. Un guide égyptien… Abfou, est-ce bien ça ? »

Georgie pensa qu'il serait plus avisé de ne pas rapporter à Lucia tout ce qu'Abfou avait daigné exprimer (sauf si elle insistait vraiment). En effet, Abfou avait écrit à toute allure, et dans un anglais parfait, les choses les plus sarcastiques qui soient à propos de Lucia. Il l'avait à nouveau qualifiée de snob et dit qu'à présent elle était vraiment trop grande dame pour continuer à fréquenter ses vieux amis et il s'était montré carrément grossier au sujet de sa coupe de cheveux à la garçonne.

« C'est effectivement Abfou, dit Georgie. Il était en très grande forme et Olga a télégraphié pour commander une planchette. Abfou a déclaré qu'il la trouvait éminemment spirite et qu'elle possédait des dons médiumniques hors du commun.

– Et qu'a-t-il dit d'autre ? demanda Lucia en fixant Georgie de son regard pénétrant.

– Oh, il a parlé des affaires de Riseholme en général, dit Georgie. Il savait que la princesse s'était rendue au musée : il l'a vue. C'est lui, vous savez, qui a suggéré d'ouvrir un musée. Il n'arrêtait pas de tracer le mot “musée”. Au début, nous avions cru que c'était “museau”. »

Lucia comprit parfaitement, *in petto*, qu'Abfou avait dit des choses sur elle. Mais, puisque c'était Daisy qui avait mené les opérations, il valait peut-être mieux ne pas chercher à savoir de quoi il s'agissait. Tout ignorer n'était peut-être pas très gratifiant mais, après tout, qui rien ne sait de rien ne doute. Quant à Georgie, il ne donnait aucun signe de dégel : poli et réservé, loin de s'abandonner à bavarder, il surveillait ses propos avec beaucoup de vigilance. Il fallait que Lucia l'amenât à adopter un mode plus confidentiel.

« Cela me rappelle que Peppino et moi-même n'avons encore rien donné au musée, dit-elle. Il faut que je vous envoie la broche élisabéthaine rotative qui se trouve dans mon salon de musique. Les experts affirment que c'est l'exemplaire d'époque le mieux conservé. Je ne sais plus le prix qu'a payé Peppino pour l'acquérir.

– C'est fort aimable à vous, dit Georgie. Je vais informer le comité de votre proposition. Olga nous a fait hier un présent somptueux : le manuscrit de *Lucretia* que lui a remis Cortese. Je l'ai porté au musée tout de suite après le petit déjeuner et l'ai déposé dans la vitrine qui se trouve juste en face de la porte d'entrée. »

Une fois encore il tardait à Lucia de se montrer aussi sarcastique qu'Abfou et de demander si l'on avait réuni le comité pour délibérer s'il convenait d'accueillir ce don. Georgie flaira probablement la chose car il s'empressa de reprendre son récit.

« Eh bien, figurez-vous que la séance de oui-ja s'est prolongée si tard que j'ai à peine eu le temps de rentrer à la maison pour me changer avant de repartir dîner chez Olga.

– Qui y avait-il ? demanda Lucia.

– Personne d'autre que le colonel et Mrs Boucher, dit-il. Et Olga a chanté après dîner. C'était divin. Je l'accompagnais au piano. Toute une série de lieder de Schubert. »

Lucia commençait à se sentir malade d'envie. Elle aurait pu emmener ses amis chez Olga la veille après dîner, aurait tenu la partie d'accompagnement à la place de Georgie (qui n'excellait pas à ce genre d'exercice), se serait ensuite laissé convaincre de leur jouer le petit morceau de Stravinsky qu'elle savait à présent par cœur… Quelle vision glorieuse ! Comme tout cela eût été brillant ! Quel somptueux paragraphe Hermione aurait pu écrire sur ce fameux week-end ! Au lieu de tout cela, Olga avait chanté pour ces ignares de Boucher, tout aussi incapables l'un que l'autre de distinguer un *do* d'un *mi* ou d'apprécier si peu que ce fût le privilège insigne d'entendre chanter la *prima donna* dans sa propre maison. Comment effacer toute cette amertume ?

« Ah ! Ces bons vieux lieder de Schubert ! dit-elle d'un ton particulièrement acide. Quelles charmantes vieilles ritournelles… Elle a chanté *Widmung*, j'imagine ?

– Non. Ça c'est de Schumann », dit Georgie, piqué au vif par le ton de Lucia, bien qu'il devinât combien elle devait souffrir.

Elle savait que Georgie avait raison, mais elle était obligée de s'en tenir à son fâcheux lapsus.

« Je crois bien que c'est de Schubert, dit-elle. Mais ça n'a pas grande importance. Et puis, comme disait ce bon vieux Pepys, *et puis vite au lit.* »

Georgie buvait du petit lait.

« Pas du tout ! Nous avons veillé jusqu'à une heure incroyable, dit-il. Mais à cause de ce que nous avons fait ensuite, il vous aurait tout à fait déplu d'être des nôtres. Nous avons fait jouer le gramophone… »

Lucia fit une petite grimace. Tout le monde savait qu'elle considérait le gramophone comme une parodie sacrilège de la vraie musique.

« Oui, je serais certainement partie en courant, dit-elle.

– Nous avons fait jouer le gramophone et nous avons dansé », articula Georgie.

Cela était pire que tout ce qu'elle venait d'entendre. Elle eut à nouveau la vision de ce que la soirée de la veille aurait pu être. L'idée de faire un saut avec ses amis après dîner pour entendre chanter Olga, puis de danser à l'improviste en compagnie d'une *prima donna* et d'une princesse… C'était le supplice de Tantale, c'était insupportable.

Elle étouffa un petit rire affreux.

« Quelle bouffonnerie ! dit-elle. J'ai du mal à imaginer la scène. Avec son fauteuil roulant, Mrs Boucher a dû être une cavalière encombrante, Georgie. N'avez-vous pas souffert de courbatures ce matin ?

– Non, Mrs Boucher n'a pas dansé, dit-il d'un ton terriblement topique. Elle ne faisait que regarder les autres et actionner la manivelle du gramophone. Il n'y avait que nous quatre qui dansions : Olga et la princesse, le colonel Boucher et moi-même. »

Lucia fit un grand effort pour se maîtriser. Elle le savait parfaitement : Georgie se doutait bien qu'elle aurait donné n'importe quoi pour pouvoir amener ses amis chez Olga. En faire des gorges chaudes ne contribuait qu'à envenimer les choses (à supposer que cela fût encore possible…). Olga avait certainement ignoré Lucia et ses amis tout comme celle-ci l'avait fait à l'égard de Riseholme au cours de ce fameux week-end. Il était mal avisé de se montrer méprisante quant aux capacités chorégraphiques du colonel Boucher. Lucia avait bien précisé que son groupe d'amis l'avait tenue fort occupée et, n'était l'incident fâcheux de la visite d'Olga, rien à Riseholme n'aurait pu survenir ce jour-là sans qu'elle en fût l'instigatrice. Certes, c'était fâcheux, mais il fallait s'y faire : si elle avait offensé ce cher vieux Riseholme, elle devait faire amende honorable.

« Comme vous avez dû vous amuser ! dit-elle. Quel plaisir de mettre sur pied quelque chose à l'improviste comme cela ! Et du chant, en plus ! Eh bien, Georgie, vous avez vraiment passé une bonne soirée. À présent, dressons quelques plans merveilleux pour la journée. Faites un saut un peu plus tard. Nous ferons un pitit peu de musique et ensuite une pitite dînette.

– Je crains que cela ne soit guère possible : je viens de promettre à Daisy d'aller déjeuner chez elle », dit-il.

Cela aussi n'augurait rien de bon. Daisy, à coup sûr, après avoir déclaré qu'elle avait un engagement, avait fait un saut chez Georgie pour confirmer ledit engagement.

« C'est splendide ! dit Lucia. Alors venez dîner ce soir ! Franchement, Georgie, vous voilà plus occupé qu'aucun de nous à Londres.

– C'est la barbe, Olga vient dîner ici.

– Et la princesse ? demanda Lucia avant d'avoir pu s'en empêcher.

– Non, elle est repartie ce matin », dit Georgie.

« C'est toujours ça de gagné », se dit Lucia. Un hôte de marque avait quitté Riseholme. Elle s'attendait, mais avec de moins en moins de conviction, à ce que Georgie, en retour, l'invitât à dîner. Peut-être inviterait-il également Peppino mais, dans le cas contraire, Peppino se débrouillerait très bien tout seul : son télescope et ses mots croisés suffisaient à son bonheur. Mais, tout de même, il était bizarre et peu réjouissant d'avoir à attendre une invitation à dîner de la part de quiconque à Riseholme alors que d'habitude c'étaient ses invitations à elle que tout le monde attendait impatiemment.

« Elle est repartie par le train de dix heures trente », dit Georgie après un moment de silence qui parut affreusement long.

Lucia avait déjà reçu certaines leçons à Londres. Quand on essuyait un affront (et en l'occurrence, c'en avait toutes les apparences), la seule ligne de conduite à suivre était de l'ignorer superbement. Par conséquent, et bien que la seule pensée de subir un affront de la part de Georgie la fît défaillir, Lucia prit le parti de l'ignorer

« Quel train pratique, dit-elle en passant allègrement sous silence le fait, connu de tous, que ce train s'arrêtait à toutes les gares et se traînait lamentablement entre chaque arrêt.

– Excellent », dit Georgie d'un ton convaincu.

Il n'avait absolument pas l'intention d'inviter Lucia car il comptait dîner en tête à tête avec Olga. Les sujets de conversation n'allaient pas manquer et, en outre, il serait fastidieux de supporter la présence de Lucia. Elle ne manquerait pas de parler d'abondance de sa merveilleuse vie londonienne, de son salon de musique et de ses chaises Chippendale. Bref, elle ferait la loi. De plus, elle méritait d'être punie à cause de sa conduite exécrable à l'endroit de ses vieux amis lors du séjour de ses nouveaux amis londoniens. Il fallait qu'elle apprît que ses vieux amis valaient bien mieux qu'elle-même.

Noblement, Lucia garda la tête haute jusqu'au bout.

« Eh bien, Georgie, il faut que je me sauve à présent, dit-elle. J'ai tellement de gens à voir. Si vous avez une minute, passez donc. Je repars demain. Quel tourbillon m'attend à Londres cette semaine ! »

Au lieu de poursuivre sa tournée de visites, Lucia rentra chez elle. Peppino fumait sa pipe, assis dans le jardin, il avait mis de très vieux habits et savourait sans contrainte le plaisir de n'avoir absolument rien à faire : le *dolce farniente* en quelque sorte. Il savait qu'officiellement il était censé raffoler de la vie trépidante de Londres, mais il lui était souverainement agréable de s'asseoir dans le jardin et de fumer une pipe et surtout d'être débarrassé de tous ces gens survoltés qui n'avaient pas cessé de bavarder du matin jusqu'au soir tout le dimanche. Il avait abandonné sa grille de mots croisés et réfléchissait aux éléments à utiliser dans la composition d'un sonnet sur « la tranquillité » lorsque Lucia vint vers lui.

« Je me demandais, Peppino, s'il ne serait pas plus agréable de regagner Londres cet après-midi. Nous profiterions de la fraîcheur du soir pour le trajet en voiture et, franchement, à présent que tous nos hôtes sont repartis, si nous attendons demain pour partir, nous allons nous ennuyer à mourir. Nous sommes gâtés tous les deux, *caro*, avec notre vie si bien remplie à Londres où, grâce au téléphone, nous recevons à tout moment de délicieuses invitations. Bien entendu, nous serons de retour ici en août et nous reprendrons notre petite vie bien tranquille mais, vous comprenez, tous ces petits séjours morcelés… »

Comme on pouvait s'y attendre, Peppino tombait des nues. Une demi-heure auparavant Lucia était sortie, débordante d'enthousiasme et, à présent, elle semblait n'avoir de cesse qu'elle ne laissât tomber les vieilles relations le plus vite possible. Bien qu'il se sût incapable de tenir le rythme fantasque des sautes d'humeur de Lucia, il demeurait capable de dire que deux et deux font quatre. Tout au long de la journée précédente, il s'était vaguement rendu compte que les choses n'allaient pas précisément comme Lucia l'eût souhaité. Il savait que les efforts de Lucia pour engager Olga et son invitée à lui rendre visite n'avaient pas eu plus de succès qu'un coup d'épée dans l'eau, mais il devait y avoir encore autre chose. Bien que l'imagination ne fût pas son fort (sauf quand il se figurait que certains mots rimaient, alors qu'il n'en était rien…), il se mit à penser que Riseholme en voulait à Lucia et le lui faisait sentir d'une manière inusitée.

« Eh bien, ma chère, moi qui pensais que vous alliez inviter du monde à déjeuner et à dîner, dit-il, et que vous alliez vous employer à faire transporter la broche au musée. Bref, que vous n'alliez pas chômer de toute la journée ! »

Lucia fit un effort pour se maîtriser. Un moment, elle fut tentée de se confier à Peppino et de lui relater les événements atroces qui s'étaient produits l'heure précédente : que Daisy avait prétendu être prise pour le déjeuner, que Mrs Boucher recevait des amis à déjeuner puis Georgie à dîner en compagnie d'Olga sans qu'elle-même fût invitée, enfin que le comité du musée devait délibérer avant d'accepter le don si généreux de la broche. Mais, en agissant ainsi, ce n'était pas un mais plusieurs camouflets qu'elle avouerait avoir reçus, ce qui s'inscrivait en faux contre la règle du succès qu'elle prétendait remporter sur toute la ligne. Il ne fallait qu'elle avoue sous aucun prétexte, fût-ce à Peppino, que les roues du chariot avaient l'air de grincer ni que Riseholme, pour l'heure, n'attendait pas bouche bée l'aumône de ses faveurs. Il ne fallait même pas qu'elle se l'avouât à elle-même, aussi effectua-t-elle une prompte et totale volte-face.

« À votre guise, *caro*, dit-elle. Si vous préférez passer ici une journée au calme, vous l'aurez. Quant à moi, vous conviendrez que vous ne m'avez jamais connue à court d'occupations. J'ai tout un paquet de lettres à écrire. Mon piano me lance des regards de reproche parce que je n'ai pas touché son cher clavier depuis que je suis ici et puis il faut que je relise rapidement *Henry VIII* que nous allons voir demain. Je n'aurai pas le temps de chômer pendant que vous passerez la journée au grand air. J'avais simplement pensé que vous auriez préféré rentrer rapidement à Londres aujourd'hui au lieu d'attendre jusqu'à demain. Et à présent ne me retenez pas ici plus longtemps à bavarder avec vous. »

Lucia, en ce triste jour, montra dans quelle étoffe elle était taillée. Elle joua du piano avec toute son application habituelle, elle relut *Henry VIII*, écrivit ses lettres et ne s'accorda pas le moindre instant de détente avant l'arrivée de la *Gazette du soir*. Tournant rapidement les pages sans s'attarder aux mots croisés ni aux articles de politique internationale, elle arriva à la rubrique d'Hermione. Elle avait craint (et, avec un soupir de soulagement, elle constata combien peu fondées étaient ses craintes) qu'Hermione ne consacrât sa plume fleurie à Olga et à la princesse, en ne lui accordant à elle-même et à son groupe d'amis que les dernières lignes de son dernier paragraphe. Mais elle s'était alarmée en vain. Olga n'avait pas prêté attention à Hermione et à présent, Hermione ne prêtait pas attention à Olga : ce n'était que justice. Il avait simplement signalé qu'elle possédait une « jolie maisonnette » à Riseholme où il lui arrivait parfois de passer le week-end. Trois longs paragraphes somptueux étaient consacrés au Hurst et à Mr et Mrs Lucas qui avaient reçu lord Limpsfield et Mrs Garroby-Ashton, la femme du député, auxquels s'était jointe Mrs Alingsby. Lady Ambermere et ses hôtes étaient venus du Hall pour prendre le thé. Tout cela fleurait une grande distinction et un goût exquis. Hermione avait fait preuve d'amitié sincère : il n'avait fait aucune mention d'Olga accompagnée de la princesse que Georgie avait reçues à déjeuner, ni de Daisy et de son absurde planchette oui-ja. Après avoir relu intégralement cette prose succulente, Lucia, fidèle à son habitude, fit parvenir son exemplaire du journal à Georgie afin de permettre à celui-ci de reconsidérer les choses à leur juste valeur. Presque en même temps, Daisy chargea De Vere d'aller porter son propre exemplaire à Georgie et Mrs Boucher en fit de même. Toutes deux attiraient son attention sur les odieux paragraphes au moyen de vigoureux traits de crayon respectivement bleu et rouge et force points d'exclamation.

Lorsque Lucia repartit le lendemain matin pour reprendre son existence insipide à Londres, Riseholme réintégra son épuisant rythme de vie. Lucia ne le perturbait plus car il lui avait « donné une bonne leçon ». Il était tout disposé à saluer son retour, à son heure, si elle manifestait une disposition d'esprit convenable et adoptait une attitude idoine. En outre, et en dépit de l'éventail d'activités très prenantes que Riseholme offrait en tout temps, chacun souffrait secrètement de l'absence de Lucia qui prenait toujours la tête de tout ce qui se faisait – bien que de manière le plus souvent autoritaire –, se montrait absurde, avait la prétention de tout savoir et mettait son grain de sel partout chaque fois qu'elle en avait l'occasion. Il n'en allait pas de même de la Lucia « nouveau style » avec ses cheveux coupés à la garçonne, celle qui avait débarqué avec son contingent d'amis de fraîche date, s'était gaussée du musée et avait complètement négligé tous ses vieux amis jusqu'au moment où elle avait découvert qu'Olga et la princesse étaient dans la place : cette Lucia-là, moins on la voyait, mieux on se portait. On avait également l'impression que Lucia était demeurée à Riseholme un jour de plus afin de s'attirer les bonnes grâces de ceux qu'elle avait traités en parias et pour condescendre à leur accorder de nouveau quelque attention ; or, s'il y avait quelque chose que Riseholme ne pouvait supporter, et n'avait pas l'intention de supporter de qui que ce fût, c'était bien la condescendance. Par conséquent, Daisy et Mrs Boucher avaient eu parfaitement raison de dire qu'elles avaient un engagement pour le déjeuner ; et Georgie avait eu parfaitement raison de s'abstenir d'inviter Lucia à dîner… Ces trois personnes constituaient le comité du musée et elles se rencontrèrent ce matin-là pour entendre le compte rendu financier de la semaine écoulée et pour débattre de toute autre affaire concernant, ou ne concernant pas, leur mission. Certes, point n'était besoin de se doter d'un président de séance au sein d'une instance aussi réduite en nombre, aussi chacun frappait-il sur la table lorsqu'il désirait qu'on l'écoutât.

Mrs Boucher comptait goulûment les shillings que l'on avait retirés du tiroir-caisse pendant que Georgie comptait les souches des carnets de tickets.

« Cent vingt-trois, dit-il. C'est presque la meilleure semaine que nous ayons connue à ce jour.

– Et quinze et quatre font dix-neuf, dit Mrs Boucher. Plus quatre égalent vingt-trois ; ce qui fait exactement six livres et trois shillings. Voilà ce que j'appelle du bon travail. Et j'ai appris qu'on nous avait fait un legs merveilleux. C'est extrêmement généreux de la part de notre chère Olga. M'est avis que nous devons non seulement lui exprimer notre gratitude, mais encore lui proposer de faire partie du comité. J'ai toujours dit que… »

Daisy frappa sur la table.

« Abfou dit la même chose. J'ai fait une séance ce matin et il n'a pas cessé d'écrire “comité”. J'ai apporté le papier parce que j'avais l'intention de faire exactement la même suggestion. Mais il y a autre chose dont nous avons à débattre auparavant, c'est la question de l'assurance. Robert m'a dit qu'il faisait assurer les murs et les meubles, séparément, pour mille livres respectivement. Évidemment, il nous faudra verser une prime. Ah ! Voici le message d'Abfou. “Comité”, vous voyez, là, “comité” revient trois fois. Je suis convaincue qu'il parlait d'Olga.

– Il écrit “comité” avec deux “m”… dit Georgie, mais j'imagine que c'est quand même cela qu'il a voulu dire. Au fait, il y a autre chose qui prime dans l'ordre du jour. On m'a proposé un nouvel objet pour le musée. J'ai dit que je consulterais le comité avant de déclarer que je l'acceptais. Lucia est venue me voir hier matin et m'a demandé…

– La broche élisabéthaine, dit Mrs Boucher. Je ne vois pas, quant à moi, ce qu'on pourrait en faire. Et si j'avais à exprimer le fond de ma pensée, je remercierais poliment Mrs Lucas et je la prierais de bien vouloir garder cette broche chez elle. Fort aimable à elle, je n'en disconviens pas. Désolée de refuser. C'est exactement ce que j'ai répondu lorsqu'elle m'a invitée à déjeuner hier à midi. Elle nous aurait servi les cuisses des poulets froids dont ses amis de Londres avaient mangé les ailes.

– Elle m'a invitée également et j'ai dit non, intervint Daisy. Est-elle repartie ce matin ?

– Oui, vers dix heures et demie, dit Georgie. Elle a voulu que je l'invite à dîner hier soir. »

Daisy avait écrit plusieurs fois le mot « comité » sur son buvard. Cela faisait curieux de le voir orthographié avec un seul « m »... Elle-même en aurait certainement mis deux.

« Je crois qu'Abfou a eu raison d'orthographier "comité" comme il l'a fait, dit-elle. Mais même si ce n'est pas le cas, le sens du mot est suffisamment clair. Revenons à l'assurance. Robert nous conseille de ne prendre qu'une assurance contre l'incendie. Il dit qu'aucun cambrioleur sensé... »

Mrs Boucher frappa sur la table.

« Mais à ce moment-là il n'y avait pas encore le manuscrit de *Lucretia*, dit-elle. Et il me semble que tout cambrioleur, sensé ou pas, trouverait que l'objet vaut la peine d'être emporté. Évidemment, s'il s'était agi d'assurer une broche élisabéthaine...

– Quoi qu'il en soit, je désire savoir ce que le comité souhaite que je réponde à ce sujet, dit Georgie. Oh ! À propos, lorsque nous sortirons une nouvelle édition du catalogue, il faudra que nous le remettions à jour. Il y aura le manuscrit de *Lucretia* à ajouter.

– Si vous voulez mon avis, dit Mrs Boucher, elle veut tout simplement se débarrasser de la broche parce que sa cheminée refoule la fumée. Dites-lui de faire ramoner et de garder sa broche.

– Il y a, dans son salon de musique, un portrait d'elle peint par Sigismund. Cela ne ressemble à rien...

– Certes, n'importe qui a le droit de se faire couper les cheveux à la garçonne, dit Mrs Boucher, quel que soit son âge : aucune loi ne vous en empêche. »

Daisy frappa la table.

« Nous nous demandions si nous devions proposer à Mrs Shuttleworth de faire partie du comité, dit-elle.

– Elle a chanté, en plus, dimanche soir. C'était merveilleux, dit Georgie. Et comme on s'est bien amusé quand on a dansé ! Oh ! Lucia a demandé le carnet de la princesse pour y apposer sa signature et le seul livre que la princesse avait apporté était un fascicule de mots croisés !

– Pas possible ! dirent les deux dames d'une même voix.

– Si ! C'est la bonne d'Olga qui l'a dit à Foljambe et puis…

– C'est incroyable ! dit Daisy. Bien fait pour Lucia. A-t-elle écrit son nom horizontalement et celui de Peppino verticalement ?

– Pour ma part, je n'ai rien à redire sur son compte, dit Mrs Boucher. Mais, en règle générale, les gens n'ont que ce qu'ils méritent. Bien entendu, prenons une assurance pour le musée si c'est là ce qu'il convient de faire. Quant à demander à Olga de faire partie du comité, eh bien, voilà des heures que nous avons réglé la question et je n'ai rien à ajouter concernant la broche. Prenez-la si cela vous chante, mais je ne me préoccuperai pas plus de la faire assurer que je ne me préoccuperais de prendre une assurance pour un rhume de cerveau. L'un me semble tout aussi utile que l'autre. Et toutes ces fadaises à propos de la châtelaine du Hurst dans la *Gazette du soir* ! Mon mari a lu l'article et tout ce qu'il a trouvé à dire c'est "Pouah !", "Beuh !" et "Pouah !", voilà ce qu'il a dit. »

La tension montait de nouveau dans l'opinion publique au sujet de Lucia et Georgie s'interposa.

« Je pense que nous avons épuisé tous les sujets à l'ordre du jour, dit-il. Je résume : nous acceptons le manuscrit de *Lucretia* et déclinons l'offre de la broche. Je me permets de dire que l'une et l'autre donatrice se sont montrées très généreuses. Il faudra proposer à Olga de faire partie du comité. Eh bien, nous avons mené à bien toute la besogne de la matinée. »

Pendant ce temps, Lucia regagnait Londres en voiture. Elle avait l'intention de se dresser un programme bien rempli pour la semaine en cours. Il comporterait deux soirées à l'opéra et, au cours de la seconde, Olga allait chanter dans *La Walkyrie*. Loin de songer à déprécier le talent de la cantatrice ou de se dispenser d'aller l'écouter en représailles de l'affront subi, Lucia entendait déclarer qu'elle n'avait jamais vu une incarnation aussi parfaite de Brünnhilde, quand bien même Olga eût chanté comme un goéland ou joué comme un pied. Il était inconcevable de se montrer stupide au point d'infliger un affront à Olga, sous prétexte qu'elle ne s'était pas rendue au Hurst ou qu'elle n'avait pas convié Lucia à La Vieille Maison : c'eût été de la folie pure et simple.

Pour le moment, Lucia remontait – ou espérait remonter – la pente et cela exigeait doigté et discernement. Une fois parvenue au sommet, ce serait différent mais, en attendant, faire allusion à Olga et aux visites que l'on échangeait à tout bout de champ à Riseholme constituait un atout, une aubaine : en outre, Lucia avait eu vent de la plupart des faits et gestes d'Olga ce fameux dimanche. Cela aussi pouvait s'avérer utile par la suite… « Ne te lasse pas d'admirer, de savourer tout ce qui se présente », se dit Lucia *in petto* tout en tirant Peppino d'un profond sommeil alors qu'ils arrivaient à Brompton Square. « Ne reste pas les bras croisés : travaille, travaille, travaille ! »

Elle savait, d'ores et déjà, le rude travail qui l'attendait avant d'atteindre les objectifs qu'elle s'était fixés. Elle chassa donc, comme une mouche importune qui gêne la concentration, la légère déception que lui avait causée son week-end. Quand on veut faire des progrès, il ne faut jamais regarder en arrière (témoin le cas tragique de la femme de Lot[1] !) ni écarter du pied

1. Livre de la Genèse 19, 26. *(N.d.T.)*

l'escabeau qui vous a facilité l'ascension, ou pourrait encore vous rendre service, à moins d'être sûr qu'il soit désormais absolument inutile. Elle avait déjà tiré une leçon sur ce point. En effet, il lui aurait suffi de dire à Georgie qu'elle venait passer le week-end à Riseholme et de l'inviter à déjeuner ou à dîner (ou que sais-je d'autre) pour qu'il suggérât à Olga d'aller faire un saut au Hurst, ou dît qu'il lui était impossible de dîner chez Olga ce fatal samedi soir, parce qu'il devait dîner chez Lucia. Alors, Olga les eût certainement tous invités à passer à La Vieille Maison en fin de soirée. Laisser tomber Riseholme comme une vieille chaussette avait été une erreur, une lamentable erreur, mais on ne l'y reprendrait plus. Erreur encore de se montrer sarcastique à l'endroit de quiconque, tant que l'on n'avait pas la certitude que la personne concernée n'était pas susceptible de servir vos intérêts. Mais qui pouvait se vanter d'une telle certitude ? Même cette pauvre Daisy, avec son ridicule Abfou, avait réussi à susciter un intérêt tel, à La Vieille Maison, que Georgie avait à peine eu le temps de rentrer se changer avant de repartir dîner. Or, une Daisy bienveillante, plutôt qu'activement malveillante, eût servi les intérêts de Lucia. Tout peut servir, conclut Lucia en saisissant le bloc de papier posé près du téléphone. Elle releva les messages parvenus pendant son absence.

Un message, laissé seulement dix minutes plus tôt, lui coupa littéralement le souffle tant il tombait à point nommé. Marcia Whitby espérait que Lucia pourrait venir dîner le soir même. Elle recommandait de transmettre la commission à Lucia dès que celle-ci serait de retour. De toute évidence, il s'agissait là d'une invitation de dernière minute : quelqu'un avait dû se désister et Marcia se retrouvait peut-être avec une table de treize. Il n'y avait pas de quoi se sentir particulièrement flatté d'autant plus que Marcia avait probablement déjà ameuté le ban et l'arrière-ban avant de pressentir Lucia, en désespoir de cause… Certes, il y avait ces billets pour la première d'*Henry VIII*, mais

Lucia pouvait peut-être trouver quelqu'un afin d'accompagner Peppino… Mais, au fait, n'était-ce pas Aggie Sandeman qui se lamentait de n'avoir pas réussi à obtenir une place ? Sans attendre une minute, Lucia téléphona à la duchesse de Whitby pour lui exprimer combien elle était ravie de se rendre à son invitation à dîner le soir même. Quelle chance, quel plaisir ! dit Lucia. S'étant ainsi elle-même engagée, elle appela ensuite Aggie en espérant que ça marcherait. Aggie saisit la balle au bond, trop heureuse de ne pas rater *Henry VIII*. Alors seulement, Lucia mit Peppino au courant de l'ensemble de ces dispositions.

« Il fallait que je me montre aimable, *caro*, dit-elle en pénétrant à pas légers dans le salon de musique où Peppino prenait le thé. Cette pauvre Marcia Whitby était dans tous ses états.

– Mon Dieu ! Que s'est-il donc passé ? demanda Peppino.

– Il lui manquait un convive, une dame de toute évidence, pour compléter sa table à dîner ce soir. Elle m'a suppliée d'accepter. Mais ne vous inquiétez pas, vous irez voir votre pièce de théâtre comme prévu et vous y emmènerez une charmante personne. Devinez ! Non, je vais vous dire qui c'est : Aggie. Elle se languissait d'y aller. De la sorte je fais deux heureux d'un coup. Vous aurez une interlocutrice bien plus intéressante que votre pauvre vieille *sposa*, cette chère Aggie ne sera pas privée de sa pièce et Marcia ne saura pas comment me remercier. Je raterai la pièce mais irai la voir une autre fois à moins que vous ne me disiez que cela ne vaut pas le déplacement… »

Comme il fallait s'y attendre, la *Gazette du soir* n'ajoutait rien au sujet de la châtelaine du Hurst, mais Lucia se précipita quand même sur la rubrique d'Hermione dans l'espoir d'y découvrir quelque chose à propos du dîner prévu chez la duchesse. Hermione ne semblait pas en avoir été informé mais, si Hermione venait déjeuner le lendemain, il recueillerait toutes les informations désirées. Lucia l'appela au téléphone…

L'amabilité que manifesta Lucia à Marcia Whitby lui valut toutes sortes de récompenses. Comme elle en avait pris l'habitude à Londres, Lucia arriva assez tôt de manière à pouvoir entendre les noms de tous les invités au fur et à mesure qu'ils étaient annoncés. Marcia, dans un élan de chaleureuse gratitude (elle avait pressenti, en pure perte, des douzaines de dames afin d'ajouter un quatorzième couvert à sa table de treize), appela Lucia par son prénom au lieu de lui donner du « Mrs Lucas ». Lucia n'eut aucune difficulté à lui rendre la pareille, comme si cela allait de soi : depuis des semaines elle disait déjà Marcia pour la duchesse, dans le dos de celle-ci et, dès lors, les syllabes lui venaient à la bouche avec tout le naturel d'une longue habitude.

« C'est vraiment gentil à vous de m'avoir invitée, chère Marcia, dit-elle. Voilà à peine une heure ou deux que Peppino et moi sommes revenus de Riseholme. Il a emmené Aggie Sandeman au théâtre à ma place. Quel agréable dimanche nous avons passé à Riseholme ! Il faut absolument que vous veniez y passer un week-end pour vous mettre au vert. Olga Shuttleworth et la princesse Isabelle étaient là également. Olga a chanté divinement dimanche soir et ensuite, le croirez-vous ? Nous avons fait tourner le gramophone et nous avons dansé !

– Quelle coïncidence ! dit Marcia. Nous allons danser un peu ce soir et la princesse Isabelle sera des nôtres. Évidemment, cela n'aura pas le chic de votre soirée dansante à Riseholme ! »

Elle se dirigea vers la porte pour accueillir ses premiers invités et Lucia, l'oreille aux aguets pour saisir les noms prestigieux, n'eut qu'une inquiétude fugitive : elle avait laissé entendre, comme elle l'avait désiré, qu'elle avait dansé au son du gramophone d'Olga. Cette inquiétude ne dura vraiment qu'une fraction de seconde. L'instant suivant la princesse faisait son entrée. Escortée par son hôtesse, elle fit le tour des invités qui lui présentèrent leurs hommages.

« Et, bien entendu, vous connaissez Mrs Lucas, dit Marcia. Elle vient de me dire que vous avez dansé chez elle dimanche au son du gramophone. »

Lucia acheva sa révérence.

« Mais non, ma chère Marcia, dit-elle. C'était en fait chez Olga... »

La princesse fixa son regard royal sur Lucia avant de poursuivre son chemin, comme pour bien montrer qu'elle avait tout compris.

Ce fut la seule catastrophe de la soirée et encore, tellement minime ! La princesse aimait les originaux. Marcia avait donc convié une vedette de cinéma et un romancier en vogue, une femme à la peau fripée comme celle d'un hareng saur (à la suite de deux traversées du Sahara à pied, ou de deux traversées de l'Atlantique à la nage, ou de quelque chose du même genre), un caricaturiste mondain, un jeune homme à la taille élancée et à la voix fluette qui s'avéra le boxeur le plus sanguinaire du siècle, le Premier ministre, deux femmes d'ambassadeur et la fameuse Mrs Beaucourt qui venait de stupéfier le monde par la publication d'un volume à scandale dans lequel elle évoquait des souvenirs personnels inventés de toute pièce. Chacun de ces invités pouvait constituer le clou d'une soirée. L'idée d'étaler une couche de crème aussi épaisse sur le pain parut presque criminelle à Lucia. En fait, elle était elle-même le seul petit morceau de pain visible dans tout ce gratin. Avant la fin du dîner, elle avait convié ses deux voisins, le boxeur et la vedette de cinéma, à venir dîner chez elle, chacun à son tour, deux soirs d'affilée la semaine suivante. Elle passa mentalement en revue la liste des amis qu'elle était susceptible de grouper autour de ces invités de choix. Elle apprit, dans le courant de la conversation, que lorsqu'il n'était pas occupé à mettre les gens hors combat, le boxeur Alf Watson occupait ses loisirs à jouer de la flûte pour apaiser sa poitrine de brute[1], alors que Marcel Périscope, quand il n'incarnait pas des amoureux brûlants de passion, jouait avec son lionceau à peu près apprivoisé. Lucia supplia Alf d'apporter sa flûte afin de faire un peu de musique

1. William Congreve, *La Fiancée en deuil*, I, 1. *(N.d.T.)*

ensemble, mais elle s'abstint d'étendre son invitation au lionceau, décision légèrement teintée de bolchevisme… Plus tard dans la soirée, elle mit le grappin sur Herbert Alton, le caricaturiste mondain, qui promit de venir déjeuner le dimanche suivant, mais elle échoua dans sa tentative auprès de la dame qui revenait du Sahara et qui repartait le lendemain même pour traverser un autre océan ou un autre désert. Les invités commencèrent alors à arriver et Lucia, déjà à moitié enivrée par cette pléthore de célébrités, s'effondra sur une chaise au sommet de l'escalier d'où elle écouta, extasiée, le catalogue de noms ronflants. Les vedettes, les brochettes de décorations et les diadèmes défilèrent en bon ordre et, lorsque Lucia commença à recouvrer ses forces, elle ne lâcha pas lord Limpsfield d'une semelle (il semblait connaître tout le monde et ratissait pour elle les présentations).

Ce ne fut qu'à trois heures du matin que Lucia rentra chez elle (ayant généreusement renoncé à sa pièce de théâtre pour Marcia, autant faire les choses jusqu'au bout). Dès neuf heures du matin, elle était cependant déjà occupée à rédiger les invitations pour chacun des deux dîners prévus la semaine suivante. Peppino déjeunait à son club où il risquait de rencontrer le directeur de l'Observatoire royal de Greenwich avec lequel il pourrait échanger quelque mots à propos de constellations, mais il était convenu qu'il téléphonerait à Lucia vers deux heures et quart afin de savoir si elle avait prévu pour lui un programme de rendez-vous l'après-midi. Cette idée occupa l'esprit de Lucia tandis qu'elle complétait les cartons d'invitation de son écriture exquise et menue. Il y avait un appareil de téléphone dans sa salle à manger et elle commença à s'imaginer la scène : Peppino allait l'appeler pendant qu'elle-même et ses deux ou trois amis invités à déjeuner seraient encore à table ; ce serait vers la fin du repas, au moment de prendre le café qu'elle préparait toujours elle-même dans une machine en verre équipée d'une lampe à alcool qui, lorsqu'elle paraissait sur le point d'exploser indiquait que le café était prêt ; les domestiques auraient quitté la pièce et c'est elle-même qui irait répondre au téléphone… Elle seule pourrait entendre la voix de Peppino ; les autres ne sauraient pas qui était à l'autre bout de la ligne, ce qui permettrait facilement à Lucia de faire croire qu'il ne s'agissait pas de Peppino, mais de… Elle répondrait en bredouillant, assez fort pour être entendue de ses hôtes, mais en écartant un peu la bouche de l'appareil de telle sorte que Peppino ne puisse y entendre goutte, puis raccrocherait l'écouteur… Peppino penserait à coup sûr qu'il s'était trompé de numéro et la rappellerait tout de suite après : alors elle lui communiquerait ce qu'elle aurait à lui dire. Tandis que courait sa plume, le scénario prit forme et consistance ; il avait quelque chose d'attrayant qui lui souriait.

Elle en était aux dernières invitations pour le dîner centré autour de la vedette de cinéma et du champion de boxe (flûtiste à ses heures). Qui allait-elle ensuite inviter à rencontrer Herbert Alton dimanche ? La petite exposition de caricatures dont il régalait Londres chaque année devait s'ouvrir dans quinze jours et il lui avait déclaré que les derniers préparatifs lui demandaient beaucoup de travail. C'était un satiriste patenté et le Tout-Londres se bousculait toujours dans sa galerie pour constater, tout émoustillé, comment il l'avait croqué et avec quel esprit caustique il avait libellé les brèves légendes accompagnant les portraits-charges. Se faire caricaturer par ses soins vous donnait un certain *cachet* et montrait à l'évidence que vous étiez une figure en vue qui forçait l'attention générale. Il était tout à fait capable de vous donner l'allure d'un épouvantail (il ne s'en privait jamais, en fait), et ses petits commentaires tournaient invariablement en ridicule un trait saillant de votre personnalité mais, en même temps, ils contribuaient à vous rendre célèbre. Lucia se demandait si on pouvait lui passer une commande. Peut-être consentirait-il à exécuter une caricature de Peppino ou d'elle-même, voire les deux, à un prix avantageux et à condition que l'œuvre figurât à l'exposition. Elle pouvait probablement se le faire confirmer et aborder dès lors le sujet dimanche. De toute façon, elle inviterait à le rencontrer deux ou trois personnes agréables et ensuite, à la grâce de Dieu…

Ce jour-là, la table de Lucia ne réunissait que quatre personnes à déjeuner. Dans l'esprit de Lucia, le déjeuner était réservé aux seuls *intimes*[1] ; on posait les coudes sur la table, tout le monde parlait à la fois et échangeait des nouvelles, exactement comme cela se faisait sur la pelouse communale à Riseholme. Quant aux déjeuners réunissant de nombreux convives, ils avaient quelque chose de malcommode et d'affolant. En vous efforçant de recueillir plus de nouvelles que vous ne pouviez effectivement en digérer, vous finissiez par en oublier la moitié. Ce jour-là, il n'y avait donc qu'Aggie Sandeman qui avait accompagné Peppino au théâtre la veille, sa cousine Adèle Brixton (que Lucia n'avait encore jamais rencontrée mais qu'elle désirait vivement connaître), et Stephen Merriall. Lady Brixton était une très riche Américaine. Maigre, intelligente, elle avait découvert qu'il lui était plus agréable de vivre loin de son mari et, comme lord Brixton préférait vivre en Amérique et elle en Angleterre, ils avaient aisément convenu d'un *modus vivendi*. Elle devait se rendre en Amérique de temps en temps pour y voir sa famille et il choisissait les mêmes périodes pour venir voir la sienne en Angleterre.

Elle expliqua la situation avec beaucoup de naturel à Lucia qui lui demandait imprudemment des nouvelles de son mari.

« En fait, dit-elle, nous nous envoyons des baisers du pont des transatlantiques qui nous emmènent dans des directions opposées, si la mer est calme, et si elle est agitée, nous avons le mal de mer ensemble et nous nous soulageons dans le même océan. »

Évidemment, de tels propos eussent été hors de mise à Riseholme. Si quelqu'un s'y était risqué, il eût été jugé fort sévèrement, et un sourire contraint suivi d'un changement complet de sujet de conversation lui eût ménagé un accueil glacial.

1. En français dans le texte. *(N.d.T.)*

Évidemment, entraînée par l'habitude, Lucia commença par esquisser un sourire contraint puis, se ravisant, elle se souvint qu'on ne pouvait mesurer Londres à l'aune du chaste Riseholme. Son sourire contraint se métamorphosa donc en un sourire bienveillant.

« Que c'est délicieux ! dit-elle. Il faut que je le raconte à Peppino.

– Pep quoi ? » demanda lady Brixton.

On lui fournit les explications requises ; on lui expliqua également qu'Aggie avait accompagné Peppino au théâtre la veille au soir. En fait, cette accumulation d'explications ne favorisait guère une convivialité détendue et Lucia pensa qu'il était grand temps d'exposer à la compagnie ce qu'elle avait fait la veille. Elle s'y prit d'une manière bien caractéristique.

« Chère lady Brixton, dit-elle, depuis que vous êtes arrivée je n'ai pas cessé de me demander où je vous avais déjà vue… Mais c'était hier soir, bien entendu, à la soirée dansante de notre Marcia adorée. »

Cela semblait fournir l'exorde souhaité et, bien que totalement dénué de fondement, le coup porta à merveille.

« J'y étais effectivement, dit Adèle. Quelle cohue ! Du mormonisme à l'état pur : un homme pour cinquante femmes.

– Comme vous êtes sévère ! J'étais conviée au dîner qui précédait la soirée dansante. Nous étions en tout petit comité : la princesse Isabelle, qui avait passé la journée de dimanche dans notre cher petit Riseholme, invitée d'Olga – quelle coïncidence… » Lucia s'arrêta juste à temps : elle s'apprêtait à décrire la sauterie improvisée chez Olga le dimanche soir quand elle se souvint que Stephen savait pertinemment qu'elle n'y avait pas participé. Elle laissa donc la coïncidence de côté et enchaîna sans transition :

« Cette chère Marcia avait insisté pour que je vienne, dit-elle ; j'ai donc renoncé à la pièce de théâtre, comme me le dictait notre amitié sincère, et j'y suis allée. Quel petit dîner divertissant ! Marcel… Marcel Périscope, le Premier ministre et la femme de l'ambassadeur d'Italie, la princesse Isabelle, bien entendu, et puis Alf et quelques autres…. Marcia n'a pas sa pareille pour organiser de but en blanc une merveilleuse petite réception comme celle-là. Alf s'est montré vraiment exquis.

– Vous ne parlez pas d'Alf Watson ? demanda lady Brixton.

– Mais si, justement ! J'étais assise à côté de lui à table et il viendra dîner chez moi la semaine prochaine, avec sa flûte. Il adore jouer de la flûte. Puis-je insister pour que vous soyez des nôtres, lady Brixton ? Jeudi… voyons, est-ce bien jeudi ? Oui, c'est bien ça : jeudi. Sans protocole aucun, entre vieux amis. On fera un peu de musique. Il faut que je trouve quelques duos pour flûte et piano : Alf m'a fait promettre de l'accompagner. Et Dora, Dora Beaucourt. Quelle vie scandaleuse ! Et puis Sigismund… (Non, je ne pense pas que Sigismund fût là… Je confonds : c'était chez Sophy.) Quel merveilleux portrait il a fait de moi ! N'est-ce pas qu'il est merveilleux, Stephen ? Vous vous souvenez : vous l'avez vu à Riseholme. Comme Sophy était amusante ! Elle insistait pour que je retire tous les autres tableaux de mon salon de musique. Il faut que je la décide à passer jeudi après dîner. Il y a quelque chose de primitif dans la flûte. Tellement dans la veine des *Idylles* de Théocrite ! »

Lucia se souvint tout à coup qu'elle ne devait pas envoyer promener les personnes dont elle s'était servie comme escabeau. Elle se tourna vers Aggie qui s'était montrée très utile lorsque les Lucas étaient arrivés à Londres. Aggie pouvait encore s'avérer fort utile grâce au grand nombre de ses solides relations car si ses réceptions manquaient parfois d'éclat, elles n'en demeuraient pas moins hautement respectables. Les gens que Sophy affublait de l'étiquette « les vieilles bouteilles de derrière les fagots » y étaient priés.

« Ma chère Aggie, dès que vous rentrerez chez vous, notez que mercredi vous dînez chez moi, dit-elle, et si vous avez déjà un engagement sur votre carnet – et comment pourrait-il en être autrement ? – annulez-le et attrapez une pseudogrippe. Marcel… Marcel Périscope sera là mais je n'ai pas invité le lionceau. Un lionceau ! Comme c'est pittoresque de sa part !… Qui d'autre y avait-il donc hier soir ? Mon Dieu, je m'embrouille complètement dans la multitude des gens que l'on croise ! »

Lucia, bien entendu, ne s'embrouillait jamais. Personne n'avait les idées plus claires, mais elle devait faire un peu traîner les choses en longueur car le coup de téléphone de Peppino se faisait attendre. On avait disposé la machine à café devant elle et elle écartait à tout bout de champ la lampe à alcool, comme si de rien n'était, au moment précis où le liquide allait bouillir car il fallait que tout le monde fût encore attablé quand Peppino appellerait. Or, elle n'avait pas plus tôt fini de se lamenter de sa mémoire embrouillée que la sonnerie du téléphone retentissait. Vite, elle récapitula mentalement ce qu'elle devait dire.

« Ah ! ce téléphone, s'exclama-t-elle en se levant précipitamment afin de décrocher l'appareil avant l'arrivée d'un domestique. Je dis souvent à Peppino que je vais le faire supprimer. Il n'y a pas moyen d'être tranquille un instant… Oui, oui, qui est à l'appareil ? »

Lucia écouta une seconde puis fit une révérence.

« Oh ! Est-ce bien vous, madame ? dit-elle en détournant un peu le pavillon du microphone. Oui, c'est Mrs Lucas elle-même à l'appareil. »

Une assez grosse voix (celle de Peppino, de toute évidence) retentit dans l'écouteur, mais Lucia était sûre que les autres ne pouvaient pas l'entendre. Elle se remit à parler à toute vitesse.

« Oh ! Comme c'est aimable à vous, altesse ! dit-elle. Ce sera vraiment avec grand plaisir. Demain… Ravie… Enchantée. »

Elle reposa le téléphone et reprit immédiatement son propos à l'endroit précis où elle l'avait interrompu.

« Oui, et il y avait aussi Herbert Alton, bien entendu. Son exposition s'ouvrira dans quinze jours. Comme nous allons nous moquer les uns des autres au vernissage en découvrant nos caricatures ! Que disait donc Rousseau – mais au fait, était-ce bien Rousseau ? – quand il parlait des amis dont le malheur ne nous rend pas vraiment malheureux ? Comme c'est vrai ! Bien que Bertie soit parfois assez méchant, on lui pardonne tout quand même. Ah ! Voilà enfin le café qui bout ! »

Comme l'avait prévu Lucia, Peppino rappela presque immédiatement et elle lui dit qu'il avait manqué le plus charmant déjeuner intime qui soit parce qu'il avait voulu aller à son club.

Les invités, bien entendu, brûlaient de savoir à qui Lucia avait fait la révérence mais elle ne souffla mot sur ce chapitre. Adèle Brixton et Aggie se retirèrent tout de suite après le café pour se rendre à une matinée et Stephen resta encore un peu. Lucia vit cela d'un bon œil : elle avait remarqué qu'un homme bien de sa personne et relativement jeune s'attardait souvent en compagnie de la maîtresse de céans après le départ des autres invités. Cela faisait assez *chic* et, si la chose se répétait souvent ou si dans une autre maison ils arrivaient ou repartaient ensemble, les gens commençaient à jaser, en tout bien tout honneur, à propos de la dévotion que portait le monsieur à la dame. Georgie naguère avait fait figure ainsi de *cavaliere servente*. Quant à Stephen, il était à mille lieues d'imaginer ce qui trottait dans la tête de Lucia. Tous ce qu'il savait c'était l'avantage évident dont jouissait un homme sans attache de disposer en toutes circonstances d'une maison fort agréable où il pouvait se rendre en étant sûr d'avoir l'occasion d'y entendre des choses susceptibles d'intéresser Hermione.

« Délicieux déjeuner intime, dit-il. Comme lady Brixton est une femme charmante !

– Chère Adèle, dit Lucia d'un air rêveur. Vraiment charmante, n'est-ce pas ? Comme elle était contente à l'idée de rencontrer Alf ! Passez donc après dîner ce soir-là, Stephen. Je vous aurais bien invité mais, au train où vont les choses, je crains que nous ne soyons vraiment les uns sur les autres. En revanche, venez dîner mercredi. Voyons… c'est le soir où vient Marcel. Quelle course ça va être la semaine prochaine ! »

Stephen attendit qu'elle fît allusion à la voix qui avait provoqué sa révérence… mais il attendit en vain.

VII

Adèle Brixton avait été vivement impressionnée par ce délicieux déjeuner intime et la révérence de Lucia au téléphone l'avait littéralement fascinée.

« Elle est vraiment merveilleuse, avait-elle déclaré à Aggie. C'est un sujet d'étude à elle seule, c'est un monde ! Le téléphone, la révérence ! Je n'ai jamais rien vu de tel. Mais, grands dieux, pourquoi ne nous a-t-elle pas révélé l'identité de l'altesse ? Elle n'a manifesté aucune réticence à nous parler des autres personnes qu'elle avait rencontrées : Alf, Marcel, Marcia et Bertie… Mais, à propos de Bertie, elle a commis un impair. Elle n'aurait pas dû l'appeler “Bertie”. Cela fait des années que je connais Herbert Alton et personne ne l'a jamais appelé autrement qu'Herbert. “Bertie” est un impair, mais ne le lui dites pas. J'adore votre Lucia. Elle ira loin, retenez bien ce que je dis, et je parie qu'en ce moment même elle parle de moi en m'appelant Adèle. Ne la trouvez-vous pas merveilleuse ? Ancienne arriviste moi-même, je sais de quoi je parle. Mais, comparée à elle, j'étais un escargot. »

Aggie Sandeman était plutôt mortifiée de n'avoir pas été invitée à la réception organisée autour d'Alf.

« Inutile de me le rappeler, je sais combien elle est merveilleuse, fit-elle d'un ton assez sec. Il n'y a même pas deux mois, quand elle a débarqué à Londres, elle ne connaissait absolument personne. Le soir de son arrivée je l'ai invitée à dîner et, depuis, elle a annexé chacune des personnes qu'elle a rencontrées chez moi.

– Il fallait s'y attendre, dit Adèle, admirative. Et qui était donc cet homme dont on aurait pu croire qu'on l'avait étiqueté "Monsieur" par erreur à sa naissance, alors qu'on aurait dû lui attribuer l'étiquette "Madame" ? Je n'ai jamais vu une femme du monde aussi parfaite, bien qu'à présent je ne puisse l'appeler autrement que Stephen. Lucia l'a simplement présenté en disant "Stephen, connaissez-vous lady Brixton ?"

– C'est Stephen Merriall, dit Aggie. Un de ceux qui vont prendre le thé en ville tous les jours... Un oiseau migrateur sans fil à la patte.

– Eh bien, elle ne va pas tarder à se l'attacher, c'est moi qui vous le dis, annonça Adèle. Mon Dieu, quelle langue de vipère je suis ! Et dire que je suis invitée chez elle la semaine prochaine pour y rencontrer Alf ! Mais je n'ai pas le sentiment d'être venimeuse. Elle me passionne intensément : je l'adore... Nous voilà arrivées au théâtre, quelle barbe ! Et voici Tony Limpsfield. Tony, venez m'aider à sortir de la voiture. Nous venons de déjeuner avec la plus merveilleuse...

– Vous voulez sûrement parler de Lucia, dit Tony. J'ai passé la journée de dimanche chez elle à Riseholme.

– Elle a fait la révérence au téléphone... commença Adèle.

– Et qui était à l'autre bout du fil ? demanda avidement Tony.

– C'est le problème : elle ne l'a pas dit.

– Mais pourquoi donc ? »

Adèle sortit prestement de sa voiture, suivie par Aggie.

« Je n'arrive pas à le savoir, dit-elle. Oh, connaissez-vous Mrs Sandeman ?

– Oui, bien sûr, dit Tony. Ça ne pouvait être la princesse Isabelle.

– Et pourquoi pas ? Elle l'a rencontrée chez Marcia hier soir.

– C'est entendu, mais la princesse l'a évitée comme la peste. Elle l'avait évitée à Riseholme également en déclarant qu'elle n'irait pas non plus à Brompton Square. Cela ne pouvait donc être elle. Mais Lucia avait mis le grappin sur ce boxeur…

– Alf Watson, dit Adèle. Elle l'a appelé Alf et je vais le rencontrer chez elle jeudi.

– Dans ce cas, c'est bien vilain de votre part de la dénigrer, Adèle, dit Tony.

– Mais je ne la dénigre pas : elle me passionne intensément, c'est tout. À part cela, que devenez-vous ? Vous avez passé un dimanche chez elle à Riseholme…

– Et elle vous appelle Tony, vitupéra Aggie, qui n'avait pas oublié la réception organisée autour d'Alf.

– Pas possible ! Est-ce bien vrai ? demanda Tony. Mais après tout, c'est normal : je l'appelle bien Lucia quand elle n'est pas là. Au fait, ça a déjà sonné : on va lever le rideau. »

Adèle arriva en courant.

« Venez dans ma loge après le premier acte, Tony. Voilà des années que je n'ai rien entendu d'aussi intéressant. »

Adèle ne prêta pas la moindre attention à la lugubre pièce de Tchekov. Obnubilée par Lucia, elle se pencha bientôt vers Aggie et murmura :

« Je suis persuadée que le coup de téléphone venait de Peppino. »

Aggie fronça les sourcils.

« Impossible, dit-elle. Il l'a appelée tout de suite après. »

Le visage d'Adèle s'allongea. Incapable de voir les choses aussi loin que Lucia, et ne sachant donc pas quoi répondre à cette précision, elle retomba dans sa méditation luciamorphe jusqu'au moment où le rideau tomba et que Tony Limpsfield se glissa dans sa loge.

« Je serais incapable de vous dire le sujet de la pièce, dit-il, mais il faut que je vous raconte pourquoi elle était chez Marcia, hier soir. Une invitée a fait faux bond à la dernière minute et Marcia s'est retrouvée avec une table de treize…

– Treize à la douzaine », dit Aggie.

Tony poursuivit sans prêter attention à cette astuce vaseuse.

« Elle a donc téléphoné à tous les abonnés de Londres…

– Sauf à moi, dit Aggie d'un ton aigre.

– Oh, ne vous formalisez pas pour si peu, dit Tony. Elle a donc appelé tout le monde sans parvenir à retenir qui que ce soit et c'est alors qu'elle a téléphoné à Lucia…

– … qui a sauté sur l'occasion et m'a téléphoné pour que j'accompagne Peppino au théâtre, dit Aggie. Je me doutais bien de quelque chose, mais je tenais à voir la pièce et je n'allais pas me couper le nez pour faire une niche à la figure de Lucia.

– En outre, elle aurait été capable de trouver quelqu'un d'autre ou d'envoyer Peppino au théâtre tout seul, dit Tony. Vous n'y êtes pas, Aggie. Personne n'en veut à Lucia. Nous lui souhaitons tous un succès éclatant.

– Aggie est vexée parce qu'elle pensait avoir inventé Lucia, fit remarquer Adèle. Ce n'est pas la bonne attitude à adopter. Parlez-moi de Peppino.

– C'est bien simple, je n'ai rien à en dire, dit Tony. Il porte un pantalon et un chapeau, a installé un télescope sur le toit de sa maison à Riseholme et lorsque vous conversez avec lui, vous vous apercevez qu'il a retenu l'essentiel des articles de fond parus dans le *Times* du jour. Ne lancez plus de sujets destinés à faire diversion, Adèle.

– Mais les maris ne font pas diversion… enfin, le mien si, dit Adèle. Ils font partie du décor. Et Stephen ? Parlez-moi de lui.

– Oh ! Vous pouvez toujours le croiser quelque part en train de faire passer les petits-fours à l'heure du thé. Lui aussi fait diversion.

– Pas en même temps que le mari de Lucia », dit Adèle.

Tony éclata de rire.

« Vous faites fausse route, dit-il. Vous n'aboutirez nulle part si vous essayez de souiller la réputation de Lucia. Et d'abord, où trouverait-elle le temps d'avoir un amant ? Vous vous méprenez totalement à son sujet si c'est à cela que vous pensez.

– Ce serait rudement pittoresque, dit Adèle.

– Mais non, ça gâcherait tout… Ah ! voilà ce navet qui reprend… Grands dieux, regardez là-bas ! »

Ils suivirent la direction qu'indiquait son doigt : Lucia, suivie de Stephen remontait l'allée centrale du parterre. Avant de s'asseoir à côté de Stephen, elle se retourna pour jeter un coup d'œil sur la salle et les aperçut. On baissa alors les lumières et son visage disparut dans l'obscurité.

Ce petit colloque dans la loge d'Adèle marqua la fondation véritable de la société secrète des Luciaphiles dont le nombre des adhérents monta dès lors en flèche. La candidature d'Aggie Sandeman n'était guère recevable car une bienveillance totale à l'égard de Lucia constituait la condition *sine qua non* d'éligibilité. Or, Aggie entretenait une certaine aigreur envers elle. Elle pensait l'avoir propulsée dans le grand monde et se voyait reléguée en seconde zone dans la hiérarchie sociale désormais adoptée par Lucia. Certes, on l'avait invitée à dîner afin de rencontrer Marcel Périscope, mais la réception organisée autour d'Alf et de sa flûte était de toute évidence la plus distinguée des deux. En revanche, Adèle et Tony Limpsfield étaient des membres à part entière de même qu'Olga lorsqu'elle les eut rejoints quelques jours plus tard. Marcia Whitby, de son côté, suivait la carrière de Lucia avec un très vif intérêt et, à chaque rencontre, tout ce monde échangeait fébrilement les dernières nouvelles qui concernaient celle-ci. Il existait aussi, évidemment, un camp adverse qui comprenait tous ceux que Lucia bombardait d'invitations agréables. Pour le moment, ils les refusaient catégoriquement en déclarant haut et fort ne pas la connaître et ne pas s'intéresser à elle si peu que ce fût. Cela, selon Adèle, reflétait une déplorable étroitesse d'esprit. Des spécimens humains aussi typés que Lucia étaient rares. Intrépides, ils poursuivaient inlassablement le but qu'ils s'étaient fixé dans la vie et on se devait de les analyser avec un respect profond lorsqu'on les trouvait sur son chemin… Parfois un des fidèles Luciaphiles de la première heure tombait sur un nouveau membre. Ils s'identifiaient mutuellement lorsqu'en entendant citer le nom de Lucia une lueur bienveillante de ferveur intense illuminait leur regard et qu'ils murmuraient tout bas : « Savez-vous qui était chez elle jeudi ? » Tout cela fut progressif, mais le mouvement gagna du terrain en même temps que l'étonnante carrière de Lucia et il ne se passait pratiquement pas un jour que les colonnes d'Hermione ne se fissent l'écho de quelque haut fait digne d'intérêt.

Un après-midi, Lucia rentrait chez elle après avoir passé la journée au tribunal des divorces. Elle avait fait la connaissance, peu de temps auparavant, du président de ce tribunal et l'avait invité à dîner la veille du jour où devait être jugé un cas dont tout le monde parlait dans la capitale. Au bout de trois tentatives infructueuses, elle l'avait enfin décidé à lui retenir un siège dans la salle d'audience. Le procès avait déjà duré trois jours et personne n'avait autre chose en tête. Les journaux avaient abondamment publié toutes sortes de révélations inattendues et émouvantes. Certes, Babs Shyton (la dame dont le mari voulait se débarrasser) avait échangé une correspondance fort curieuse avec lord Middlesex, alias « Gros Toutou » : Lucia ne pouvait pas s'imaginer écrivant elle-même de la sorte à qui que ce fût et elle eût été fort surprise que quiconque lui écrivît comme Gros Toutou avait écrit à Babs. Mais, tandis que le procès se déroulait, Lucia sentit croître ses sentiments de compassion affectueuse pour Babs. Le colonel Shyton, mari de la dame en question, devait être parfaitement invivable : il restait parfois couché du matin au soir, puis se levait pour prendre son petit déjeuner à huit heures du soir, déjeuner un peu après minuit et dîner copieusement à huit heures et demie du matin. Avec un tel mari, quelle femme n'aurait pas demandé à quelque Gros Toutou de s'occuper un peu d'elle ? L'un et l'autre, dans la surprenante correspondance dont des extraits furent lus à haute voix devant la cour, désignaient le colonel Shyton par les initiales « B.É. » qui, de l'aveu de Babs qui suscita alors un éclat de rire général, signifiait « Brute Épaisse ». Certes, Babs avait écrit une fois à Gros Toutou pour lui dire qu'elle était au lit, fort contrariée et tombant littéralement de sommeil, mais qu'elle avait hâte que Gros Toutou vienne battre de la queue sur la carpette devant la cheminée chez elle. Cela était peu délicat, mais il n'y avait là rien de blâmable. Quant à la kyrielle de petites croix qui accompagnaient la signature de Babs, celle-ci expliqua sans détour que cela signifiait non pas des baisers comme on a coutume de le croire mais qu'elle faisait une croix sur ce qui s'était passé. Cette interprétation provoqua un nouvel éclat de rire général dans les rangs du public. Le juge lui-même ne put réprimer un large sourire tout en rappelant qu'en cas de nouveau désordre il serait obligé de faire évacuer la salle. En fait, Babs avait fait une excellente impression avec son joli minois et ses reparties cocasses. De son côté, Gros Toutou s'était montré à la hauteur de la situation. Exemple parfait de l'Anglais costaud et taciturne, il s'était écrié « C'est un mensonge ! » d'une voix si féroce, lorsqu'on lui avait demandé s'il avait jamais embrassé Babs, que les jurés, de l'avis général, avaient tout intérêt à le croire sur parole s'ils ne désiraient pas se faire casser la figure les uns après les autres à l'issue du procès. Le verdict devait être prononcé le lendemain et Lucia décida de ne pas perdre une minute pour inviter Babs à dîner si le jugement était en sa faveur.

En sortant de l'atmosphère surchauffée et confinée de la salle d'audience, Lucia ordonna à son chauffeur de faire un tour par Hyde Park avant de rentrer à la maison. Elle avait invité une ou deux personnes à venir prendre le thé à cinq heures et une ou deux autres à cinq heures et demie mais, en attendant, elle avait encore le temps de faire un tour. Passant du cas particulier de ce procès au domaine des procès analogues en général, Lucia songea à la publicité extraordinaire qu'ils pouvaient assurer à n'importe quelle femme. Bien entendu, dans le cas d'un verdict défavorable, une telle publicité s'avérait extrêmement embarrassante, mais à supposer que le jury ne décidât rien contre la femme, Lucia se sentait presque prête à l'envier. Elle ne souhaitait pas se trouver pour de bon dans une telle situation mais pensait que cela entraînait une notoriété qu'il eût été difficile d'obtenir autrement, fût-ce au prix de plusieurs années de patients efforts. Babs devait se rendre compte que personne, dans quelque cercle que ce fût, ne pouvait ignorer qui elle était et quelle était toute son histoire et, si on la déclarait innocente, cela constituerait un résultat satisfaisant sur toute la ligne. Naturellement, ce qu'enviait Lucia c'était l'issue d'une telle expérience et non l'expérience elle-même car celle-ci impliquerait une vie d'enfer avec Peppino ; et puis, dîner à huit heures et demie du matin devait être vraiment éprouvant pour la digestion… mais comme il serait merveilleux d'être aussi connue que Babs !

Un autre point avait frappé Lucia et dans le procès lui-même et dans les conversations qui étaient allées bon train sur le sujet ces derniers jours : coupable ou innocente, Babs avait suscité partout une compassion affectueuse. « Le monde aime les amoureux[1] » pensa Lucia et puis l'image de Gros Toutou battant la carpette de la queue devant la cheminée de sa chambre à coucher offrait un certain charme…

Ses pensées empruntèrent un tour plus personnel. L'idée d'avoir un amant authentique répugnait évidemment à sa nature. En outre, elle ne savait pas à qui s'adresser. Soit. Mais la réputation d'avoir un amant était une toute autre chose. Cela n'entraînait pas d'objections ni de difficultés particulières ; si l'on voyait sans cesse un homme avec une femme et qu'on le supposait profondément épris d'elle, cela donnait nettement à la femme un certain *cachet*. Lucia y avait déjà vaguement songé par le passé mais, à présent, l'idée se profilait plus clairement. Quant au choix d'un amant correspondant à la description

1. Emerson, *Essays*, « Love ». *(N.d.T.)*

donnée, rien n'était plus facile. Jusqu'à ce jour, Lucia n'avait pas approfondi la question. Elle s'était contentée de recevoir Stephen très souvent mais à présent elle se voyait adoptant à son endroit une attitude de possession exclusive ; elle s'imaginait déjà en train de lui parler dans un coin, voire de lui poser la main sur la manche, d'arriver avec lui à une soirée et d'en repartir avec lui (Peppino détestait sortir après dîner)...

Il fallait faire preuve de circonspection en posant les premiers jalons. Ce ne serait pas facile d'expliquer à Stephen la nature de la relation en question. Elle s'imaginait mal lui déclarant : « Nous allons feindre d'être amants. » Il serait tout à fait affreux qu'il se méprît et posât *ex abrupto* sur ses lèvres – ou même sur sa main – un baiser franchement lascif.

Jusqu'à présent, il est vrai, il n'en avait jamais manifesté la moindre velléité. S'il l'avait fait, elle n'aurait jamais accepté de le revoir et les gens auraient probablement dit qu'il l'avait laissée tomber. Elle se savait donc incapable de lui expliquer sa proposition et, par conséquent, c'était lui qui allait devoir deviner. Elle ne pouvait que lui fournir un indice initial et compter sur son intelligence et sur l'absence, chez lui, de tout penchant amoureux. Elle irait tout doucement au début et commencerait par l'inviter à dîner tous les soirs où elle ne prévoyait pas de sortir. Cela, certes, lui serait fort agréable car le calendrier des réceptions au domicile des Lucas était bien rempli pour les huit ou quinze jours à venir. Si Stephen ne cédait pas à une de ces impulsions brutales et désordonnées dont les mâles sont coutumiers, tout irait bien. Georgie s'en était tiré à merveille avant qu'Olga ne vînt se mettre en travers (*dixit* Lucia). Or, Stephen partageait des points communs avec Georgie... Quant à elle-même, elle savait pouvoir compter sur son cœur : il ne battait la chamade pour personne.

En rentrant chez elle, Lucia remarqua qu'Adèle était déjà arrivée. Ne s'arrêtant que le temps de confier à son domestique le soin de téléphoner à Stephen pour lui demander de venir immédiatement, elle monta les escaliers.

« Très chère Adèle, dit-elle, pardon mille fois. J'ai passé la journée au tribunal des divorces. Passionnant ! Babs, cette chère Babs Shyton, s'est montrée merveilleuse. Ils n'ont rien pu en tirer du tout...

– Non : lord Middlesex en a déjà tiré tout ce qu'il pouvait, fit remarquer Adèle.

– Comment pouvez-vous dire une chose pareille ? dit Lucia. Lord Middlesex – vous savez : Gros Toutou – s'est montré tout aussi merveilleux. Je crois qu'ils vont attendrir le jury. Chère Babs ! Il faut que je m'arrange pour qu'elle vienne ici un de ces soirs. J'organiserai une petite réception amicale en son honneur. Songez donc un peu à ce vieux goujat qui déjeunait en plein milieu de la nuit ! Comme ce serait terrible qu'elle fût obligée de retourner vivre avec lui. Grands dieux ! Quelle est l'adresse de Babs ?

– Il n'est pas certain qu'elle y soit obligée et quand bien même elle le serait, vous pouvez marquer sur l'adresse “c/o Gros Toutou”. »

Depuis quelque temps, Adèle était contrariée. Son mari avait annoncé son intention de venir rendre visite à ses amis et à sa famille en Angleterre, mais elle-même n'avait aucune envie d'effectuer le voyage correspondant en Amérique. Lucia poursuivait l'histoire et Adèle était convaincue qu'il ne s'agissait que d'archétypes comme dans les rêves pour les psychanalystes.

« Toute ma sympathie va vers cette chère Babs, dit-elle. Pensez à la situation qu'elle avait à endurer avec ce vieux scélérat. On peut certainement pardonner à une femme, même si le jury ne la croit pas sur parole...

– Bien entendu, on peut lui pardonner, dit Adèle dans un dernier élan de mauvaise humeur. Ce qu'on ne lui pardonne pas c'est de s'être fait prendre.

– Voilà que vous vous mettez à parler exactement comme parlaient tous les personnages de cette pièce affreuse que je suis allée voir hier soir, dit Lucia. Cette chère Olga y était également. Pensez-vous qu'elle doive chanter demain ? D'après vous, Babs est donc coupable. Comme je suis heureuse, Adèle, que vous ne fassiez pas partie du jury ! Quant à moi, je suis de l'avis diamétralement opposé : une femme condamnée à vivre dans des conditions domestiques aussi misérables doit avoir le droit de trouver un peu d'amitié chez un homme autre que son mari. Je crois qu'entre Babs et Gros Toutou régnait une affection belle et pure telle que toute femme, même heureuse en mariage, serait fière d'en éprouver. Les soins empressés que lord Middlesex lui prodiguait sont flagrants et, dans le fond – j'espère que ceci ne vous choque pas – ce qu'étaient leurs relations ne concerne qu'eux. George Sand et Chopin, Nelson et lady Hamilton : vous connaissez l'histoire. Sir Andrew Moss – vous voyez qui c'est : le juge – dînait ici l'autre soir et je suis sûre qu'il a les idées larges. Il m'avait procuré un laissez-passer pour la salle d'audience. Ah, Stephen, vous voilà enfin ! Entrez donc, très cher. Vous connaissez lady Brixton, je pense ? Nous parlions de Babs Shyton. Approchez votre chaise. Voyons… pas de sucre, c'est bien ça, n'est-ce pas ? Comme vous m'avez grondée l'autre jour lorsque j'ai mis du sucre dans votre thé ! »

Elle garda la main de Stephen dans la sienne aussi longtemps que cela fût possible, voire, comme dit Browning, « un tantinet plus longtemps[1] » et Adèle remarqua une expression de légère surprise sur le visage de Mr Merriall. Ce n'était pas de l'angoisse ni de l'extase, simplement une légère surprise.

« Étiez-vous au tribunal ? demanda-t-il. Le verdict n'a pas encore été prononcé, j'imagine.

– Non, pas avant demain. Et alors, vous verrez. Adèle s'est montrée atroce envers cette femme, littéralement atroce, et il a

1. Robert Browning, « The Lost Mistress ». *(N.d.T.)*

fallu que je la sermonne. Je ne manquerai pas d'inviter Babs à dîner un de ces soirs et il faudra que vous veniez si vous parvenez à vous libérer un soir ; mais Adèle ne sera pas invitée. Racontez-moi les nouvelles, Stephen. J'ai passé toute la journée à l'audience.

– Lucia s'est complètement méprise à mon sujet, dit Adèle. Je soutiens entièrement Babs mais tout ce que je lui reproche c'est de s'être fait prendre. Si nous avions une liaison, vous et moi, Mr Merriall, tout le monde nous envierait et nous comprendrait jusqu'au moment où on nous forcerait à nous expliquer officiellement. Alors, nous comprendrions parfaitement que même notre Lucia adorée nous tournât le dos. Et si vous aviez une liaison avec quelqu'un d'autre – je suis sûre que vous les collectionnez par douzaines –, tout le monde et moi-même en serions ravis et y prêterions grand intérêt jusqu'au moment où… Remarquez que je pèse mes mots, je dis "jusqu'au moment où…" Mais à présent, il faut que je m'en aille. Ça vous permettra de me casser du sucre sur le dos. »

Lucia se leva et essaya mollement de lui dire quelques paroles bienveillantes pour l'engager à rester davantage :

« Êtes-vous vraiment obligée de nous quitter si tôt, Adèle ? Voyons, qu'est-ce que je fais demain… Stephen, quel jour sommes-nous demain ? Quel est mon programme ? Ah oui ! Il y a le vernissage de Bertie Alton, le matin. Le pendard a commis deux caricatures de Peppino et moi. J'ai l'impression que je vais me faire écorcher sous les yeux du Tout-Londres. *Au revoir*[1] donc, chère Adèle, si notre compagnie vous pèse. On se voit ce soir à l'opéra : j'oserai à peine me montrer. Votre voiture vous attend, n'est-ce pas ? Sonnez le chauffeur, voulez-vous Stephen ? Quelle visite rapide ! Je pense qu'Olga ne va pas tarder à faire un saut. Vous voulez sans doute que je lui transmette toutes

1. En français dans le texte. *(N.d.T.)*

sortes de choses de votre part. Repassez donc me voir dans la journée, Adèle. Débarquez à l'improviste. »

Sur le pas de la porte, Adèle rencontra Tony Limpsfield. Elle le pressa de monter avec elle dans la voiture et dit au chauffeur d'attendre.

« Grande nouvelle ! s'exclama-t-elle. Lucia va prendre un amant !

– Pas possible ! dit Tony à la manière de Riseholme.

– Mais je vous dis que si ! Il est chez elle en ce moment.

– Dans ce cas ma visite va les déranger, dit Tony. Et pourtant c'est elle qui m'a dit de venir à cinq heures et demie.

– Balivernes, mon cher ! Ils ont besoin de vous tant l'un que l'autre… Voyons, Tony, vous n'y êtes donc pas ? C'est un coup monté ! »

Tony adopta l'expression ravie du Luciaphile auquel on fournit un renseignement de première main.

« Donnez-moi des détails, dit-il.

– Je suis sûre de ne pas me tromper. Son pantin vient d'arriver. Elle lui a tenu la main comme savent le faire les femmes, et lui a fait approcher sa chaise de la sienne en déclarant qu'il l'avait grondée. Je ne pense pas qu'il soit déjà au courant, mais je me suis aperçue qu'il devinait que quelque chose se tramait. Je me demande s'il saura tenir son rôle comme il le faut… C'est vous qu'elle aurait dû choisir, Tony. Vous auriez été parfait. Vous ne comprenez donc pas ? Il faut qu'ils aient l'air d'être amants, c'est ce que tout le monde doit croire, alors qu'en fait il n'y aura absolument rien entre eux. C'est un coup monté, un jeu, un triomphe !

– Mais il y a peut-être quand même quelque chose entre eux, dit Tony. Tout compte fait, je pense que je ferais mieux de ne pas y aller.

– Écoutez-moi, Tony. Lucia n'a pas plus l'intention de prendre un amant véritable que de s'encombrer d'un chimpanzé. Elle est chaste comme une vestale, un simple baiser pourrait lui brûler la peau. En outre, elle n'a pas le temps. Elle a invité Stephen à être là afin de pouvoir me le montrer et vous le montrer. C'est un plan magnifique et il est magnifique que j'aie pu le percer si rapidement. Il faut que vous y alliez. Il n'y a rien d'intime là-dedans. Lucia a soif de publicité, c'est tout. »

L'assurance d'Adèle semblait contagieuse et Tony était extrêmement curieux de nature. Il ressortit de la voiture, ordonna au chauffeur de démarrer et se lança vers l'escalier. Stephen n'occupait plus le siège placé près de celui de Lucia mais avait pris place sur le sofa de l'autre côté de la table à thé. Cela semblait corroborer les dires d'Adèle. En tout cas, cela illustrait bien le fait qu'ils soient amants en public mais pas du tout en privé.

« Cher lord Tony, dit Lucia (cette apostrophe constituait un compromis entre lord Limpsfield et Tony : Lucia ne se dispensait du titre de lord que lorsque Tony était absent), comme c'est gentil de venir faire un saut. Vous manquez Adèle de peu. Stephen, connaissez-vous lord Limpsfield ? »

Lucia se leva pour lui servir une tasse de thé puis prit place négligemment sur le sofa à côté de Stephen. D'abord installée un tantinet trop près, elle s'en écarta légèrement.

« Quelle merveilleuse pièce de Tchekov nous avons vue l'autre soir, dit-elle. Atmosphère étrange, lourde de tristesse… Nous en sommes sortis avec le sentiment de revenir d'un rêve lointain, n'est-ce pas, Stephen ? Je vous ai aperçu au théâtre, lord Tony, en compagnie d'Adèle qui avait déjeuné chez moi. »

Tony était bien placé pour le savoir : n'était-ce pas la fameuse soirée qui avait marqué la naissance des Luciaphiles ?

« C'était un rêve dont je n'étais pas mécontent de me dégager, dit-il. J'ai trouvé que c'était un rêve fort ennuyeux.

– Voyons ! Comment pouvez-vous dire une chose pareille ? Quelle expérience ! J'avais l'impression de sentir peser sur mes épaules des malheurs accumulés pendant un millénaire, une espèce de vieille angoisse qui ressurgit… En même temps que le désir de vivre plus pleinement et plus intensément que jamais, jusqu'à ce que les ténèbres nous enveloppent… »

Stephen agita les mains tout en s'écartant un peu de Lucia. Elle avait quelque chose de bizarre aujourd'hui. Pendant les quelques minutes où ils s'étaient retrouvés seuls elle s'était comportée de façon tout à fait normale mais auparavant, en présence d'Adèle, et à nouveau maintenant, en présence de lord Limpsfield, on aurait dit qu'elle essayait d'établir une certaine intimité à laquelle il se sentait tenu de répondre.

« Vous avez une imagination bien trop morbide, Lucia, dit-il. Je ne vous laisserai plus voir d'autres pièces de Tchekov.

– Méchant garçon ! s'écria hardiment Lucia. Vous les hommes, vous êtes bien tous le mêmes. Vous voulez que les femmes se montrent gaies, brillantes, insouciantes et qu'elles n'aient qu'une seule idée en tête : vous divertir. Jamais plus je ne dévoilerai mes sentiments profonds à aucun de vous deux. Parlons plutôt du procès. Toute ma sympathie va vers Babs, lord Tony, et je suis sûre qu'il en va de même pour vous. »

Après un quart d'heure de conversation sur des sujets plus anodins, lord Limpsfield prit congé en laissant Stephen avec Lucia et comme plus personne d'autre n'était prévu, elle se contenta de demander à son amant de venir dîner deux ou trois soirs de la semaine suivante et de la rejoindre au vernissage de l'exposition d'Herbert Alton le lendemain ; puis elle le laissa partir en proie à un état d'esprit assez perplexe…

Stephen remonta lentement Brompton Road à pied en jetant un coup d'œil aux vitrines tout en se creusant la tête. Elle lui avait bizarrement tenu la main, s'était assise tout près de lui sur le sofa, et avait laissé échapper une douzaine de ces petits indices qui laissent supposer une certaine intimité. Si cela n'avait pas de quoi lui figer le sang dans les veines, ça n'avait pas non plus de quoi lui réchauffer le cœur… Lucia et lui étaient d'excellents amis, ils avaient de nombreux goûts en commun, mais Stephen savait qu'il préférerait ne plus la revoir plutôt que d'avoir une aventure avec elle. Il n'était pas homme à courir le guilledou et, même s'il l'avait été, Lucia était la dernière femme à laquelle il aurait songé. « Galahad et Artémise s'y prendraient mieux que Lucia et moi », se dit-il à voix basse, tout en s'écartant prestement d'une vitrine d'affriolants dessous féminins. En vain passa-t-il en revue toutes les circonstances irréprochables dans lesquelles s'étaient déroulés ses rapports avec Lucia : il n'avait rien fait en pensée, en parole ou par action qui fût susceptible de susciter chez elle la moindre velléité d'attribuer un sens lascif aux regards qu'il lui portait.

« Dieu m'est témoin que je suis innocent », se dit-il avant de rester saisi d'horreur en apercevant un grand placard à journaux affichant en gros titre : « Babs veut que Gros Toutou couche sur la carpette devant la cheminée ! »

Il savait n'avoir pas de goût pour la galanterie et il était moralement persuadé que Lucia n'en avait pas davantage… À quel jeu s'était-elle livrée en retenant sa main dans la sienne ? Il récapitula mentalement la scène et s'aperçut alors beaucoup plus clairement qu'elle ne s'était permis ces petites libertés qu'en présence de témoins. Si réduite que fût sa connaissance des comportements entre amoureux, il s'était toujours imaginé que c'était surtout en privé qu'ils échangaient de tels gages et qu'ils ne le faisaient en public que pour accorder un exutoire à leur passion. En outre, si elle en avait voulu à la vertu de Stephen, elle aurait certainement protégé l'intimité de leur tête-à-tête en donnant l'ordre à ses domestiques de dire aux visiteurs éventuels, y compris lord Limpsfield, qu'elle était sortie… Il soupçonna Lucia d'avoir une idée derrière la tête, mais tout cela restait enveloppé de mystère et inaccessible à son intuition masculine limitée. Sans forcément renoncer au charme de l'accueil qu'elle lui réservait, il fallait impérativement qu'il se montrât très circonspect.

Ce fut toutefois sans trop d'appréhension qu'il attendit Lucia le lendemain matin aux portes de la petite galerie Rutland. Une manifestation aussi publique qu'un vernissage ne présentait pas de danger. Les premiers visiteurs venaient d'entrer quand Lucia arriva. Elle franchit le tourniquet en montrant ses deux cartes d'invitation, une pour elle et une pour Peppino, incarné par Stephen ; elle demanda qu'on lui restituât la sienne en prétextant qu'elle ne faisait, pour le moment, qu'une brève visite parce qu'elle avait l'intention de revenir plus tard. Elle n'avait pas encore vu sa caricature ni celle de Peppino pour lesquelles Bertie Alton (elle persistait toujours dans cette petite erreur) avait accepté commande. Dans le catalogue, Mr et Mrs Philip Lucas portaient les numéros 39 et 40 vers lesquels Lucia se dirigea aussitôt. Des légendes accompagnaient les noms et elle lut, tout excitée, ce que Peppino était censé déclarer : « Il faut, quoi qu'il m'en coûte, que je me montre à la hauteur de Lucia. » Quant au numéro 40, il comportait ces quelques mots évocateurs : « Ah ! ces duchesses ! Elles sont impitoyables ! » Peppino était représenté en culotte à la française, les jambes empêtrées dans son épée, un bicorne posé de guingois, les yeux très écartés, pas de nez et un petit trou tordu en guise de bouche… Quant à Lucia, elle avait une pile de lettres ouvertes par terre à côté d'elle et une autre de lettres non encore décachetées sur la table. On ne voyait pas grand-chose de son visage car elle était penchée sur le téléphone, mais sa robe et ses cheveux étaient très courts et toute son attitude exprimait un accablement empreint de résignation.

Lucia examina attentivement les deux caricatures et laissa échapper un profond soupir de parfait bonheur. Jamais elle n'aurait pu imaginer quelque chose d'aussi réussi. Elle poussa ensuite un petit éclat de rire.

« Regardez, Stephen ! dit-elle. Bobbie – je veux dire Bertie – y va vraiment un peu fort ! Ça dépasse franchement les bornes ! Je suis furieuse et pourtant je ne peux pas m'empêcher de rire. Pauvre Peppino et pauvre de moi ! Marcia va adorer… Elle ne cesse de répéter en ce moment qu'elle ne parvient jamais à me joindre. »

Lucia jeta un regard rapide mais minutieux aux autres tableaux de la série de manière à pouvoir les identifier tous sans avoir besoin de consulter le catalogue lors de la visite qu'elle comptait faire plus tard dans la matinée. Pour l'instant, il n'y avait presque pas de visiteurs, mais il y aurait sûrement foule une heure avant le déjeuner et elle se proposait d'effectuer alors une *soi-disant*[1] première visite, de reconnaître immédiatement tous les modèles des caricatures (il faut dire qu'emporté par sa fougue Bertie négligeait parfois de rendre la ressemblance) et de s'esclaffer devant sa propre caricature et celle de Peppino. Elle déclarerait qu'elle devait les acquérir (ce que, bien entendu, elle avait déjà fait). Stephen resta sur place car Hermione allait avoir beaucoup à dire sur l'exposition et il promit d'attendre le retour de Lucia. Elle n'avait pas manifesté ce matin le moindre signe révélant un quelconque sentiment amoureux, ce qui avait grandement calmé les appréhensions de Stephen. Apparemment, il n'aurait pas à mettre en branle un torrent d'émotions.

« J'ai mille choses à faire ! dit Lucia. Voyons un peu… onze heures et demie, midi… oui, je serai de retour juste après midi et nous pourrons tout regarder tranquillement. Vous viendrez déjeuner ? Nous serons en petit comité. »

Pendant l'absence de Lucia, la galerie s'était remplie et Hermione était tout occupé à observer les visiteurs. Certains avaient une belle prestance, d'autres bavardaient entre amis en vantant les charmes d'une nouvelle résidence à Park Lane, d'autres encore recevaient des félicitations à l'occasion des fiançailles de leur fille. Personne ne se demandait quel tableau suscitait le plus d'intérêt et une queue ne tarda pas à se former pour approcher des numéros 39 et 40. Les gens s'arrêtaient pour considérer ces œuvres d'un air grave et, après avoir consulté leur catalogue, ils explosaient de rire, regardaient à nouveau jusqu'à ce que la poussée croissante les obligeât à circuler. Adèle fut l'une des personnes qui s'attarda le plus et qu'il fut le plus difficile de déloger. Quand elle fut enfin forcée de céder sa place, elle repartit

1. En français dans le texte. *(N.d.T.)*

en courant faire la queue à l'autre bout et ce fut elle qui, à son tour, poussa les autres pour se retrouver de nouveau au premier rang. Elle aperçut Stephen.

« Ah ! Lucia ne doit donc pas être bien loin… fit-elle remarquer, d'un air malicieux. Elle doit être aux anges ! Où est Lucia ?

– Elle est déjà passée mais elle va revenir, dit-il. Je l'attends d'une minute à l'autre. Ah, justement ! La voici ! »

C'était plutôt stupide de la part de Stephen. Il aurait dû deviner que la seconde apparition de Lucia était censée, officiellement, être la première. Il ne saisit la chose que lorsque, s'étant frayé un chemin parmi la foule, elle le salua comme s'ils ne s'étaient pas déjà vus plus tôt.

« Ma chère Adèle, dit Lucia, quel monde ! Dites-moi vite où sont les caricatures de Peppino et de moi. Je meurs d'envie de les voir mais, lorsque je les aurai vues, nul doute que je ne souhaite me trouver six pieds sous terre. »

Le regard intelligent d'Adèle s'enflamma d'une ardeur luciaphilique.

« Cherchons ensemble, dit-elle. Ah ! Voilà : ce sont les numéros 39 et 40. Ils doivent être quelque part un peu plus loin. »

Lucia exerça une poussée constante sur les visiteurs qui la précédaient et arriva bientôt au premier rang.

« Ça par exemple ! dit-elle. Mais c'est vraiment Peppino tout craché ! Comment diable Bertie pouvait-il deviner qu'il s'empêtrerait dans son épée de la sorte ? Et regardez un peu ce qu'il dit… Oh ! Là, c'est *moi !* Tout simplement parce que j'ai rencontré Bertie à la réception de Marcia et que les gens voulaient savoir quel soir je serais libre ! C'est de l'impertinence pure et simple ! Vous allez voir comme je vais le gronder ! »

Lucia se montra parfaite tout en ignorant qu'Adèle savait qu'elle était déjà venue. Elle éclata de rire, regarda de nouveau, et se remit à rire. (« Mrs Lucas et lady Brixton s'en donnent à cœur joie à propos des dessins représentant Mr et Mrs Lucas », pensa Hermione.)

« Ah ! Ça c'est lord Hurtacombe, bien qu'on n'en voie pas grand-chose… Et regardez ! Là ! C'est sûrement Olga, non ? Quel talent ! »

Pour quelqu'un qui n'avait pas auparavant étudié le catalogue, cette identification relevait d'une perspicacité aiguë car le visage d'Olga se résumait à une bouche grand ouverte et un tout petit bout de menton. En fait, le dessin aurait pu représenter n'importe qui en train de bâiller. Olga écartait les bras et dominait de toute sa taille un petit bonhomme en short.

« La dernière scène de *Siegfried*, j'y mettrais ma main au feu, dit Lucia. Que dit donc le catalogue, Stephen ? Oui, je ne me suis pas trompée : "Siegfried ! Brünnhilde !" C'est vraiment féroce, n'est-ce pas ? Mais à mourir de rire ! Qui pourrait bien lui en vouloir ? »

Tout cela apportait de l'eau au moulin des Luciaphiles. La capacité de Lucia à reconnaître n'importe qui du premier coup d'œil laissait pantois. La galerie regorgeait de « chers amis » et de « très chers amis » rencontrés depuis à peine quelques semaines de séjour à Londres. Lucia mit sur pied un petit dîner pour le mardi suivant bien avant d'avoir fait le tour de la petite galerie Rutland. Elle garda pendant tout ce temps Stephen à ses côtés, jetant parfois un coup d'œil sur le catalogue qu'il tenait, posant la main sur son bras lorsqu'elle désirait attirer son attention sur un tableau précis, retirant un fil accroché à sa manche et, pendant tout ce temps, Adèle, médusée, fut de plus en plus persuadée qu'elle avait bien compris le fin mot de l'histoire. Une seule chose la préoccupait : Stephen avait-il, lui aussi, tout compris ? Il pouvait – bien qu'il n'en donnât pas l'impression – interpréter tous ces petits gages d'intimité comme une invite discrète à s'octroyer quelques privautés et, une fois seul avec elle, essayer de l'embrasser. Cela réduirait alors à néant l'ensemble du plan exquis. Par bonheur, son attitude n'était pas celle d'un soupirant en titre ; au contraire, c'était celle d'un soupirant qui redoute ce titre et si jamais la pauvre créature farouche prenait peur, la situation serait pareillement réduite à néant... Et dire que le succès du chef-d'œuvre de la société secrète des Luciaphiles dépendait entièrement de la sagacité des perceptions de Stephen !.. Alors que tous les trois déambulaient lentement dans la galerie, Adèle, tout en écoutant les brillantes identifications effectuées par Lucia, désirait intensément que Stephen comprît ; elle lança un véritable torrent de suggestions en direction de son esprit. Il fallait qu'il comprenne, il le devait...

De l'avis unanime des métapsychistes, un fervent désir produit toujours un effet tangible. Il insinue quelque chose de sa détermination ardente dans la conscience qu'il a prise pour cible. C'est alors que ce qui avait paru si évident à l'intuition féminine supérieure d'Adèle commença à prendre forme dans l'esprit engourdi du mâle. De nouveau, et au vu et au su de tout le monde, Lucia multipliait les contacts et les pressions de la main dont la signification émergea, tel un lever de soleil blafard, dans la conscience enténébrée de Stephen. La situation s'éclairait et il se rendit compte qu'il était en mesure de l'affronter. Ses appréhensions se dissipèrent et il s'aperçut qu'il n'aurait pas besoin, lors de son séjour suivant à Riseholme, de fermer à clef la porte de sa chambre, précaution qu'il avait en horreur à cause du danger qu'elle entraînait en cas d'incendie soudain. La nuit précédente, il avait fait un affreux cauchemar dans lequel il avait vu ce qui s'était passé après avoir négligé de fermer sa porte à clef au Hurst. À présent il pouvait chasser le souvenir des images qui le hantaient. Tous les gages d'intimité que lui donnait Lucia n'étaient qu'une simple mise en scène destinée au public.

« Lucia, nous devons partir, dit-il d'une voix forte et avec beaucoup d'aplomb. Peppino va finir par se demander où nous sommes. »

Lucia poussa un soupir.

« C'est ainsi qu'il n'arrête pas de me rudoyer, Adèle, dit-elle. Il faut que je parte ; *au revoir*[1], ma chère. À mardi prochain : il n'y aura que quelques *intimes*[2].

Le soulagement de Lucia n'avait d'égal que celui de Stephen. Il ne se serait sûrement pas permis de dire quelque chose d'aussi osé s'il avait vraiment eu l'intention de faire quelque chose d'osé. Lucia n'avait donc pas à craindre que l'empressement de Stephen à partir fût dû à quelque désir violent de l'étreindre dans la voiture, à l'abri des regards indiscrets. Elle en conclut qu'il avait compris et sa conclusion fut confirmée lorsqu'il proposa d'ouvrir la capote de la voiture.

Au cours de ces trois dernières semaines d'ascension dans le grand monde, Riseholme n'avait pas été au premier rang des préoccupations de Lucia mais plutôt au second, pour ainsi dire. Comme l'avenir se profilait à l'horizon, Lucia avait formé le projet de se rendre à Riseholme dès le début du mois d'août et d'y demeurer, en prévoyant quelques excursions de grand style, jusqu'à l'automne où les gens retournaient à Londres. Elle avait caressé l'espoir de faire une brève apparition à Aix-les-Bains (plusieurs personnes dont elle appréciait la compagnie devaient y séjourner), mais Peppino lui déclara en deux mots que l'état de la trésorerie ne permettait pas d'envisager la chose. Lucia avait accepté cette décision avec beaucoup de philosophie. Elle en avait même tiré une petite lamentation enjouée lorsqu'on lui avait demandé quels étaient ses projets pour le mois d'août. « Ah ! Vous en avez de la chance, vous autres riches, de pouvoir jeter l'argent par les fenêtres pendant que nous devrons aller vivre bien tranquillement chez nous à la campagne. Évidemment, vous me manquerez tous terriblement mais j'apprécierai Riseholme, vous savez ! Ah, ce cher Riseholme, si adorable avec tous ces amis, plus délicieux et plus drôles les uns que les autres,

1. En français dans le texte. *(N.d.T.)*
2. *Idem.*

et qui me gâtent terriblement. Je vais couler des jours paisibles, traverser la pelouse communale pour commander du poisson, m'arrêter en chemin pour faire un brin de causette. Je lirai, jouerai du piano, passerai des heures assise dans mon jardin et me coucherai tôt alors qu'à Londres je veille tard tous les soirs. Je mènerai une vie d'anachorète sauf si vous pouvez vous libérer un week-end entre une cure à Aix, une croisière en yacht ou un séjour en Écosse. Mais comme ce serait gentil de recevoir ne fût-ce qu'une carte postale ! »

Avant de se transformer en anachorètes, Lucia et Peppino devaient toutefois franchir le long week-end du « bank holiday » au début du mois d'août et cette perspective stimulait tout particulièrement Lucia. Adèle recevait dans son immense demeure campagnarde située dans le comté d'Essex. Le monde entier semblait avoir été invité et Adèle avait déclaré que la maison serait pleine. Cette réunion des plus beaux esprits de la société devait être la dernière avant la dispersion annuelle. Mrs Garroby-Ashton avait vivement espéré y être conviée, mais en vain. Bien que Lucia regrettât la déception ressentie par la chère Millicent, elle ne pouvait que la considérer de haut, comme une sorte de perche plantée à un niveau nettement inférieur qui permettait de mesurer à quelle hauteur vertigineuse elle-même avait accédé. Cependant, il n'était pas dans les intentions de Lucia de laisser tomber la brave petite Millie qui s'épuisait à sautiller en contrebas. Elle l'inviterait au Hurst, à la première occasion, pour la distraire un peu et pour lui raconter tout ce qui s'était passé pendant le week-end chez Adèle.

Il restait encore dix jours à attendre et, le lendemain du triomphe remporté à la galerie Rutland, Lucia surprit de vagues rumeurs, d'origine imprécise, selon lesquelles Marcia Whitby envisageait d'organiser une merveilleuse soirée dansante, en très petit comité, pour clore la saison. Elle avait eu peu d'occasions de revoir Marcia ces derniers temps (en d'autres termes, elle ne l'avait pas vue du tout). Marcia avait décliné les trois dernières invitations de Lucia, une par l'intermédiaire de sa secrétaire et les deux autres par téléphone. En dépit de cela, Lucia continuait à parler d'elle en termes affectueux et avec une familiarité égale. Le lendemain, la rumeur se précisa : Adèle laissa échapper une allusion au bal chez Marcia et se rattrapa à temps en parlant de son propre week-end. Lucia la darda un instant du regard mais, apparemment, sans parvenir à percer une brèche : Adèle, imperturbable, continua de débiter à toute vitesse ses commentaires sur sa propre réception.

En réalité, le flot rapide des propos d'Adèle constituait une manœuvre de diversion, fébrile et forcenée, pour occulter le sujet trop brûlant du bal de Marcia. Celle-ci n'était pas une Luciaphile authentique. Au lieu de se réjouir des succès et des échecs de Lucia, de ses stratégies savantes, de ses prestations réussies et de ses projets ambitieux, elle avait adopté ces derniers temps une ligne de conduite nettement plus dure à son égard.

« Elle dépasse les bornes de la plaisanterie, Adèle, dit-elle. J'ai appris qu'elle tient un album dans lequel elle colle les cartes postales et les photos des résidences de plaisance où elle s'est rendue, en mentionnant les dates au-dessous...

– Pas possible ! dit Adèle. Elle est divine ! Il faut que je voie cet album à moins que vous ne l'ayez inventé de toutes pièces ?

– Absolument pas, je vous assure, dit Marcia piquée au vif. Elle y a fait figurer une carte postale des douves de Whitby aménagées en jardin, accompagnée de la date du dimanche où j'y avais organisé une réception à laquelle je ne l'avais pas invitée, il y a quinze jours. Et, par-dessus le marché, ce jour-là elle était à Londres. Il y a aussi une photo du parc du palais de Buckingham, avec la date de la dernière garden-party. Y fut-elle invitée ?

– Je ne l'ai pas entendu dire, déclara Adèle.

– Dans ce cas, vous pouvez être sûre qu'elle n'y était pas. Je vous le dis, elle dépasse les bornes de la plaisanterie et je n'ai pas l'intention de l'inviter à ma soirée dansante. Non, non et non ! Pas plus tard que la semaine dernière, elle m'a invitée à dîner trois fois. Ce n'est pas de la courtoisie, ce sont des travaux forcés. Une personne influençable se serait laissé fléchir mais je n'en suis pas et j'ai horreur que l'on me force la main. Je refuse que l'on me gave de force et je ne l'inviterai pas à ma soirée dansante. Là !

– Ne soyez donc pas si dure, dit Adèle. En outre, vous la verrez chez moi à la campagne à peine quelques jours plus tard et ce sera une situation pénible. Elle sera la seule dans son cas.

– Eh bien ! Elle n'aura qu'à faire semblant d'avoir bénéficié d'une mesure de faveur, rétorqua Marcia, elle adore ça... »

Les rumeurs se réalisèrent et Lucia ne tarda pas à se rendre à l'évidence atroce : la soirée dansante de Marcia aurait lieu sans sa présence. Cette pensée était intolérable et elle fournit à Marcia une chance supplémentaire en lui téléphonant pour l'inviter à dîner le soir même dudit bal (de manière à souligner le fait qu'elle en ignorait l'existence), mais Marcia resta de marbre et répliqua que, malheureusement, elle-même recevait quelques personnes à dîner. Où qu'allât Lucia (et où n'allait-elle pas, grands dieux ?) elle entendait parler du bal et de la pléthore de princes et de princesses qui devaient s'y rendre.

L'évocation des princesses atténua un moment ce que la situation présente avait de déprimant. La princesse Isabelle souffrait d'une mauvaise grippe et Lucia, en empruntant Park Lane en voiture, pensa qu'il ne serait pas mal à propos de lui faire une visite pour prendre de ses nouvelles (elle avait remarqué que les journaux rapportaient parfois les noms des personnes qui effectuaient ce genre de démarche). En réalité, elle ne se souciait pas le moins du monde d'avoir des nouvelles de la princesse. Que celle-ci fût à l'article de la mort ou bien convalescente ne lui importait guère en cette période d'amertume car la princesse, de son côté, ne lui avait pas prêté la moindre attention toutes ces dernières semaines. Au demeurant, la porte d'entrée de la princesse était ouverte et, comme d'autres visiteurs se trouvaient sur le seuil, Lucia se joignit à eux. Elle tendit sa carte et demanda d'une voix tremblante le bulletin de santé du jour. On lui répondit que l'état de santé de la princesse ne s'était pas amélioré. Lucia baissa la tête d'un air résigné puis, après avoir fait quelques pas chancelants, elle se ressaisit et regagna son automobile d'un air plus assuré.

Après cet interlude, son esprit se tourna de nouveau vers sa terrible situation. Elle avait accepté d'aller écouter une conférence privée sur la psychanalyse dans les salons de Sophy Alingsby, mais le cœur n'y était pas vraiment. Certes, elle allait y rencontrer nombre de personnes intéressantes ; on l'introduisit dans la salle à manger peinte en noir, et débarrassée de son mobilier pour la circonstance. Mue par ce réflexe instinctif de discrétion si typique chez les Anglais, l'assistance avait évité d'occuper les rangées de devant et Lucia s'installa à une bonne place. La conférence venait de commencer et son arrivée ne passa donc pas inaperçue. Stephen était là ; tout en prenant place, Lucia le salua de la tête et l'engagea à venir s'asseoir près d'elle en désignant du plat de la main le siège vide qui jouxtait le sien. Son amant se glissa donc jusqu'à elle et s'y assit.

Lucia congédia de son esprit des sujets de réflexion aussi éphémères et frivoles que les soirées dansantes et s'appliqua à accorder toute son attention au professeur Bonstetter. Elle avait le sentiment d'avoir suivi ces derniers temps un rythme de vie survolté. Le monde et ses vanités l'avaient trop accaparée. Elle avait besoin de quelque tonique intellectuel. Elle n'avait vu récemment aucune exposition de tableaux, sauf celle de Bobbie (ou Bertie ?) Alton ; elle n'avait pas écouté de musique, pas touché à son piano depuis des semaines, pas ouvert un livre. Au mieux, elle avait parcouru rapidement quelques recensions de livres parues dans la presse pour se tenir à jour et être en mesure de ressortir un ou deux jugements critiques brefs mais vigoureux si jamais les conversations adoptaient une tournure littéraire. Il ne fallait pas que les futilités de la vie occultassent complètement, par le bouillonnement anarchique de leur mousse, le breuvage proprement dit. Non loin d'elle se tenait Sophy, les cheveux devant les yeux et le menton appuyé sur la main. Elle portait une toilette aux couleurs d'arc-en-ciel délavé, bizarre au-delà de toute description, mais semblait perdue dans ses réflexions alors que Lucia se laissait submerger par un problème de soirée dansante à laquelle on ne l'avait pas invitée (et à laquelle, de toute évidence, on ne comptait pas l'inviter) qui s'interposait comme un écran de brume entre elle et tous ces thèmes cosmiques relatifs aux rêves et à l'inconscient subjectif. Comme il était curieux d'apprendre que si vous rêviez de civet de lapin, cela signifiait que jadis, dans votre petite enfance, un braconnier vous avait embrassée dans un compartiment de chemin de fer et que vous aviez complètement oublié l'incident ! Quel magnifique sujet d'active recherche la psychanalyse aurait pu être en ces journées hautement intellectuelles de Riseholme… Lucia songeait à présent avec nostalgie aux joies simples qui caractérisaient cette période bénie : les heures passées à jouer des quatre mains avec Georgie, l'attirail de planchette oui-ja de Daisy Quantock, le musée et ses mitaines… Riseholme lui paraissait, avec le recul, un havre de paix, à l'abri des déceptions et des passions dévorantes. Tôt ou tard, elle avait toujours réussi à y imposer ses décisions et à s'instituer grande prêtresse des sujets d'actualité… La solution à son problème lui apparut soudain comme un éclair : Riseholme ! C'est à Riseholme qu'elle devait aller et ce déplacement justifierait son absence au bal ridicule de Marcia.

La conférence s'acheva et Lucia se joignit quelques instants au groupe qui se pressait autour du professeur Bonstetter ; elle échangea aussi quelques mots avec la maîtresse de céans.

« Passionnant ! Merveilleux ! N'est-ce pas, chère Sophy ? Du civet de lapin ! Comme c'est curieux ! Et l'émergence de l'inconscient dans les rêves. Cela explique en grande partie les phobies : les gens qui ne peuvent pas prendre le métro. Comme je suis contente d'avoir assisté à cette conférence ! Ah ! Voilà Aggie. Aggie, chère amie ! Quel régal, n'est-ce pas ? Comme cela repose de remonter aux sources et de laisser un peu de côté toutes les activités fébriles qui nous entraînent sans cesse ici ou là. Il faut que je me sauve à toute vitesse mais je ne pouvais pas rater cela. C'est un après-midi terrible : tant de choses à faire en même temps ! Et l'état de santé de cette pauvre princesse qui ne s'arrange pas... Je me suis arrêtée tout juste un instant chez elle en venant mais je n'ai pas été autorisée à la voir. Stephen ! Où est donc passé Stephen ? Allez voir si ma voiture est avancée, très cher. *Au revoir*[1] chère Sophy ! Il faut nous revoir bientôt. Irez-vous chez Adèle la semaine prochaine ? Non ? Comme c'est ennuyeux ! Conférence magistrale ! Quel baume ! »

Lucia se faufila vers la sortie tout en lançant des salutations à la cantonade. Elle était vraiment pressée de rentrer chez elle. Elle trouva Peppino à la maison (il prenait sagement son thé, tout seul) et s'affala, épuisée, dans un fauteuil.

« Passez-moi une tasse de thé, Peppino. Bien fort ! J'ai été sur la brèche toute la journée et je ne tiens plus sur mes jambes. Comment vais-je pouvoir subir les deux ou trois jours à venir ? Franchement, je me le demande. On étouffe à Londres. Vous m'avez l'air exténué, vous aussi, mon cher. »

Peppino en convint. Il n'avait même pas trouvé le temps de se rendre à son club ces derniers jours et se faisait des réflexions sur l'endurance du sexe faible. Mais que Lucia avouât ne plus tenir non plus sur ses jambes, voilà qui n'augurait rien de bon : jamais, à sa connaissance, cela ne s'était produit auparavant.

« Ma foi, il ne reste plus beaucoup de jours à passer ici, dit-il. Trois cette semaine, puis la réception de lady Brixton. »

Il éternua bruyamment trois fois.

« Vous n'avez pas pris froid, par hasard ? demanda Lucia.

– C'en a tout l'air, aussi curieux que cela puisse paraître », avoua-t-il.

1. En français dans le texte. *(N.d.T.)*

Lucia recouvra tout à coup sa vigueur. Certes, elle regrettait que Peppino eût attrapé froid, mais cela lui ouvrait des perspectives adéquates pour le projet qu'elle avait arrêté.

« Mon cher, c'en est trop, dit-elle. Je ne vais pas vous laisser arpenter Londres en tout sens alors que vous couvez un vilain rhume. Demain, je vous emmène à Riseholme.

– Mais cela n'est pas possible, ma chère ! s'exclama-t-il. Votre carnet de rendez-vous est plein pour les trois jours à venir.

– Oh ! Rien que des broutilles, dit-elle. En fait, je vous l'avouerai bien franchement, je suis passablement exténuée. Cela nous fera du bien à tous les deux de nous reposer un jour ou deux. Et ne commencez pas à formuler des objections. Voyons un peu ce que j'avais prévu de faire. »

Le programme de ces journées était plutôt copieux (bien que la soirée du jeudi fût, hélas, désespérément libre) et, pendant une bonne demi-heure, Lucia fut occupée au téléphone. À ceux qu'elle avait priés ici comme à ceux qui l'avaient priée là, elle fournit la même excuse, à savoir qu'on lui avait recommandé (*on*, c'est-à-dire elle-même...) deux ou trois jours de repos complet.

Elle téléphona au Hurst pour avertir qu'elle et Peppino arriveraient le lendemain, accompagnés du personnel voulu. Puis elle appela Georgie (il ne s'agissait pas de retomber dans *cette* erreur une seconde fois) et, dans un mélange d'italien et de jargon puéril qu'il trouva fort dur à comprendre, l'invita à venir dîner le lendemain soir. Elle griffonna quelques lignes à l'intention des principaux journaux du matin pour les informer que la faculté avait prescrit à Mrs Philip Lucas deux ou trois jours de repos complet à la campagne. Elle avait eu un moment d'hésitation pour libeller son texte. Peppino avait, beaucoup plus qu'elle-même, besoin de repos mais il eût été plutôt ridicule de déclarer que l'état de santé de Mr et Mrs Philip Lucas nécessitait un repos complet... Elle expédia ce message en main propre afin qu'il parût sans faute le lendemain matin. Puis, se souvenant après coup de Daisy et Robert Quantock, elle les invita tous deux à venir déjeuner le jour suivant.

Elle se sentit soulagée d'un grand poids. Elle ne se rendrait pas au bal funeste de Marcia pour la bonne raison qu'elle allait se reposer à la campagne.

VIII

Le lendemain matin, quelques minutes avant que Lucia et Peppino eussent quitté Brompton Square en voiture, Marcia aperçut l'avis de Lucia dans le *Morning Post*. Cette femme avait bon cœur mais on l'avait piquée au vif et dès l'instant où Lucia ne risquait plus de la piquer, elle ne voyait pas d'inconvénient à l'inviter au bal qu'elle organisait. Elle pensa d'abord téléphoner, mais c'était là s'exposer à tomber sur Lucia en instance de départ. Elle préféra donc lui adresser une carte au 25 Brompton Square, pour l'informer qu'elle serait la bienvenue à sa soirée dansante où elle pourrait rencontrer une brochette de personnalités en vue. Que serait-il advenu si elle avait téléphoné ? Nul ne pouvait l'imaginer… Peut-être Daisy aurait-elle été privée de déjeuner et Georgie de dîner ce jour-là ? Quant aux excuses que Lucia leur aurait fournies… Par la suite, Adèle et Tony Limpsfield, Luciaphiles confirmés entre tous, discutèrent abondamment tous les cas de figure possibles sans parvenir à une version satisfaisante. Mais, en fin de compte, Marcia n'avait *pas* téléphoné. Alors…

La nouvelle de l'arrivée de Lucia et Peppino à Riseholme fut, évidemment, connue de tous quelques minutes après le coup de téléphone de Lucia à Georgie. Il était dans son bureau lorsque l'appareil sonna et portait son pantalon style Oxford, couleur fauve, dûment modifié. Il lui allait à ravir bien qu'il eût fallu sacrifier une bonne quantité de tissu pour le ramener à des proportions plus classiques. Robert Quantock, le plaisantin qui avait esquissé une matelote en voyant apparaître Georgie dans la première version volumineuse du pantalon, se remit à plaisanter lorsqu'il en aperçut la version simplifiée et dit, de but en blanc : « Voilà l'mat'lot, rev'nu des flots[1] », ce qui, du coup, sonna le glas du style Oxford.

Pour procéder à ses soins capillaires, Georgie avait passé tout l'après-midi à la maison. Ses cheveux n'étaient pas encore tout à fait secs et l'odeur de la teinture châtain persistait. Mais c'était un appel interurbain qu'on lui annonçait au téléphone et il fallait y répondre, cheveux secs ou pas. Depuis que Lucia s'était éclipsée après son week-end mondain à Riseholme, Georgie n'avait reçu d'elle qu'un ou deux mots. Elle avait déclaré qu'il fallait absolument décider quand il viendrait passer quelques jours à Londres, mais elle n'avait pas daigné s'abaisser jusqu'à suggérer, pour ce faire, le détail sordide d'une date précise.

Pour Georgie, un appel interurbain ne pouvait venir que de Lucia ou d'Olga et, selon le cas, il s'avérerait intéressant ou sublime. Dans le cas présent, il s'avéra intéressant et, bien qu'il fût difficile à comprendre à cause du mélange susmentionné de jargon puéril et d'italien, il exprimait la quintessence des intentions de son auteur.

« Moi si fatiguée, dit Lucia, comme ce serait divin de retourner à Riseholme ! Venez donc faire une pitite dînette avec Lucia et Peppino demain, Georgino. Moi voudrais apprendre toutes les *novelle*...

– Comment ? dit Georgie

– Toutes les nouvelles », rectifia Lucia.

Georgie s'installa dans un courant d'air – il faisait très chaud ce jour-là – pour attendre que sa teinture châtain fût sèche. Il savait que Daisy et Robert Quantock jouaient au golf

1. Robert Louis Stevenson, *Underwoods*, livre 1, *Requiem. (N.d.T.)*

miniature de l'autre côté de la clôture du jardin d'où lui parvenaient distinctement leurs voix. Ces derniers temps, Daisy avait négligé d'arracher les mauvaises herbes et s'était lancée dans le golf (les autorités en la matière déclaraient toutes que le sort, heureux ou malheureux, des compétitions se jouait sur la pelouse d'arrivée et, avec la sagesse qui la caractérisait, Daisy concentrait tous ses efforts sur ce qui devait lui permettre efficacement de gagner). Dans un deuxième temps, elle comptait assimiler la technique du grand fer, du coup d'approche, du niblick, et tout le bataclan… et alors, aux abris ! Elle se demandait parfois si le talent de Miss Wethered n'était pas un peu surfait…

Georgie, enfin sec, sortit dans le jardin et cria : « Puis-je entrer ? » (Cela signifiait, bien entendu : « Puis-je vous parler par-dessus la clôture ? »)

Interrompue dans sa manœuvre, Daisy rata un coup roulé à faible distance.

« Faites donc, dit-elle d'un ton glacial. Robert, il va de soi que vous m'accordez ce point.

– Il n'en est pas question », dit Robert qui comptait deux points d'avance.

Georgie foula, par mégarde, une ravissante pensée.

« Lucia arrive demain », dit-il.

Daisy laissa tomber son putter.

« Pas possible ! s'exclama-t-elle.

– … avec Peppino, enchaîna Georgie. Elle dit qu'elle est très fatiguée.

– Avec toutes ces duchesses… » dit Daisy. Un hebdomadaire illustré avait publié la caricature d'Herbert Alton, mais jusqu'à présent, Riseholme n'en avait pas soufflé mot. Cela ne méritait pas d'être relevé.

« Elle m'a invité à aller dîner chez elle demain, dit Georgie.

– Elle ne trimbale donc pas une kyrielle d'invités ?

– Puis-je savoir si vous avez l'intention de continuer de jouer ou dois-je considérer que vous m'accordez la partie ? glissa Robert.

– Pouah ! se contenta-t-elle de lui répondre. Mais Georgie, qu'entend-elle pas "être fatiguée" ?

– Je n'en sais rien, dit Georgie. Ce sont ses propres termes.

– Ça doit vouloir dire autre chose. Je suppose que vous vous êtes excusé ?

– Mais non », avoua Georgie.

De Vere arriva de la maison. Par ce temps sec, ses talons ne s'enfonçaient pas dans la pelouse.

« Appel interurbain, M'dame, dit-elle à Daisy.

– Quelle barbe ! » dit Daisy en se précipitant dans la maison.

Georgie s'attardait près de la clôture. Il mourait d'envie d'apprendre la provenance de cet appel et comptait rester planté contre la clôture jusqu'au retour de Daisy. Il engagea donc la conversation.

« Votre pelouse a meilleure allure que la mienne », lança-t-il à Robert d'un ton enjoué.

L'interruption du jeu avait mis celui-ci de mauvaise humeur.

« Ce n'est pas difficile, fit-il.

– Je n'ai donc plus qu'à me taire, dit Georgie, plutôt vexé. Et je vois que les parasites se sont mis à l'ouvrage. D'ici quelque temps, ils auront bouffé jusqu'au dernier brin d'herbe. »

Robert changea de sujet car on pouvait voir sur sa pelouse des plaques complètement chauves.

« À propos de l'assurance pour le musée, dit-il, j'ai reçu ce matin le contrat contre l'incendie. Le mobilier appartient aux quatre administrateurs, à savoir moi-même, vous, Daisy et Mrs Boucher. Les murs appartiennent au colonel Boucher et ils sont assurés à part. Si vous aviez la moindre étincelle d'esprit d'initiative, vous craqueriez une allumette, mettriez le feu aux mitaines et… vogue la galère !

– Comme vous êtes désagréable quand vous êtes de mauvaise humeur ! dit Georgie. J'ai bien envie de craquer une allumette et de mettre le feu à votre propre personne. »

Georgie avait horreur de ce genre de conversation tendue mais, quand Robert se mettait dans cet état, mieux valait prendre les choses sur le mode de la plaisanterie. En tout cas, il n'avait nullement l'intention de ne pas rester appuyé contre la clôture jusqu'à ce que Daisy revînt.

« À part les mitaines, commença Robert, et, bien entendu, ces trois tableaux de vous, qui sont, n'ayons pas peur des mots, de purs chefs-d'œuvre… »

Daisy déboula de la salle à manger et dévala si rapidement les escaliers qu'elle faillit tomber dans la plate-bande où naguère avaient été plantés les brocolis (le réséda odorant qu'on y avait substitué ne semblait guère florissant…).

« Vers une heure et demie deux heures, dit-elle en claironnant la nouvelle sans pouvoir se retenir d'exercer son talent pour le sarcasme le plus méprisant. Demain, à déjeuner. Un simple pique-nique, vous savez, dès qu'elle aura débarqué. Fort aimable à elle. Elle m'ignore moins que la dernière fois.

– Qui donc ? Lucia ? demanda Georgie.

– Évidemment. Voyons un peu… c'était bien à moi de "poter", n'est-ce pas ?

– Si on peut appeler ça "poter" », dit Robert. Cela ne lui arrivait pas souvent d'avoir deux points d'avance et il entendait bien le faire sentir.

« Je suppose donc que vous vous êtes excusée », dit Georgie. Daisy ne prit même pas la peine de répondre. Elle se contenta de se remettre à poter. C'était la meilleure attitude à adopter quand on vous posait des questions indiscrètes.

La grande nouvelle, on s'en doute, fit rapidement le tour de tout Riseholme et, le lendemain matin, l'avis reproduit par le *Times*, le *Morning Post*, le *Daily Telegraph* et le *Daily Mail*, selon lequel Mrs Philip Lucas avait quitté Londres pour deux ou trois jours de repos complet, y ajouta une touche sensationnelle. Tout cela semblait incroyable aux habitants de Riseholme mais, au demeurant, parfaitement plausible car Lucia, *dixit* Daisy, en avait peut-être assez des duchesses. (La sarcastique Daisy ne croyait pas si bien dire. En effet, Lucia en avait littéralement « par-dessus la tête » d'une certaine duchesse en particulier...) Quoi qu'il en soit, Lucia leur revenait et, bien que Riseholme fût encore froissé dans sa dignité et quelque peu réticent, l'accueil réservé respectivement par Georgie et Daisy à ses invitations était bien symptomatique du sentiment général. Elle les avait ignoblement laissé tomber et n'était revenue à Riseholme qu'une seule fois depuis sa fatale accession à la fortune et, en la circonstance, avait ostensiblement décidé d'ignorer absolument tous ses vieux amis tant qu'elle était entourée de son groupe d'apaches (« apache » était le seul terme idoine pour qualifier Mrs Alingsby) ; elle s'était gaussée de leur musée, avait bassement eu recours à la publicité tapageuse de la presse pour claironner ses faits et gestes à Londres. Mais Riseholme, en fait, était tout disposé à passer l'éponge sur tout cela si désormais Lucia se comportait correctement, pour la bonne raison (que nul n'eût osé avouer ouvertement) qu'elle leur manquait de plus en plus. Malgré tous ses procédés de monarque tyrannique, elle faisait montre d'esprit d'initiative et, bien que l'engouement engendré par le musée et le feuilleton à épisodes d'Abfou les eût nourris pour un temps, en réalité c'était de Lucia qu'il tirait tout son sel. Depuis un certain temps, Abfou se contentait de se répéter et le fait de dénoncer indéfiniment le snobisme de Lucia avait de quoi lasser les plus enthousiastes. Lucia, quant à elle, jouissait d'une forte personnalité et si elle avait été là et qu'elle s'était mise au golf, Riseholme eût jubilé devant ses prouesses comme il eût exulté en constatant qu'elle n'était pas douée. En revanche, les scores mirobolants obtenus par Daisy (aujourd'hui elle n'était pas au sommet de sa forme) ne suscitaient vraiment aucun intérêt. Quelque dégradants que fussent les paragraphes consacrés par Hermione aux faits et gestes de Lucia, ils avaient passionné Riseholme (tout en lui donnant la nausée) car ils concernaient Lucia, et bien qu'elle ne revînt au pays que pour s'y reposer complètement (quel que fût le sens de cette formule), sa seule présence allait remettre les choses en branle. En outre, elle s'était comportée selon les règles cette fois-ci (la leçon avait porté ses fruits) : elle avait annoncé son arrivée et invité ses vieux amis.

Ce furent, par conséquent, des sentiments mêlés de pardon et de vif intérêt qui animèrent au premier chef les débats parlementaires le lendemain matin sur la pelouse communale. Seule Mrs Boucher émettait de sérieuses réserves sur la situation.

« Je ne la crois pas malade, dit-elle. Je serais navrée qu'elle fût malade mais je ne crois pas qu'elle le soit. Si elle l'est, monsieur Georgie, je suis entièrement d'accord pour accepter le don de la broche offerte au musée. Il ne serait pas charitable d'agir autrement. Vous pouvez ajouter en note au procès-verbal que le comité a reconsidéré la proposition et qu'il serait très heureux de lui réserver un accueil favorable. Mais attendons d'abord de voir si elle est réellement malade. En fait, attendons d'abord de voir si elle viendra, tout simplement. »

Porteuse de nouvelles fraîches, Piggy approcha tout émoustillée alors que sa sœur Goosie déversait l'information à tue-tête dans le cornet acoustique de leur mère. Avant même que Piggy eût ouvert la bouche, tout le monde avait parfaitement reçu le message claironné par Goosie.

« Un taxi de la gare est arrivé au Hurst, Mamma, hurla-t-elle, avec la cuisinière, la bonne et une montagne de bagages.

– Oh, Mrs Boucher, savez-vous la nouvelle ? demanda Piggy, haletante.

– Oui, ma chère, je viens de l'entendre à l'instant, dit Mrs Boucher, et tout laisse supposer qu'ils vont arriver. C'est tout ce que je peux en dire. Et si la cuisinière est arrivée à onze heures et demie, je ne vois pas pourquoi on ne vous préparerait pas un vrai déjeuner dans les règles de l'art, Daisy. Inutile donc de songer à prendre un bol de bouillon ou un sandwich comme je n'aurais pas manqué de vous le suggérer en l'absence de cet élément nouveau puisqu'on vous avait invitée à un déjeuner en forme de pique-nique. Mais, évidemment, à présent que la cuisinière est arrivée… »

Daisy était trop surexcitée pour rentrer chez elle et s'appliquer sérieusement à son entraînement de golf. Elle se rendit directement au musée. Mr Rumbold, le pasteur de Riseholme, venait d'offrir sa collection unique de cannes et, bien que le comité jugeât peu charitable de refuser cet encombrant cadeau, il ne savait trop qu'en faire. On ne pouvait pas fourrer toutes les cannes en vrac dans un immense porte-parapluies car les visiteurs n'auraient pas été en mesure d'en apprécier les détails originaux. Certains pommeaux s'ornaient de sculptures pittoresques telles que des trognes de gargouilles monstrueuses tirant la langue ou lançant des œillades polissonnes, des silhouettes d'oiseaux ou de poissons… Il y en avait même un d'un type assez osé puisqu'il représentait l'étreinte passionnée de deux jeunes amants. D'un autre côté, si on exposait les cannes à la queue leu leu posées contre le mur et qu'un geste malencontreux en déstabilisât l'équilibre précaire, elles risquaient de tomber l'une sur l'autre comme des quilles. De fait, le garçonnet préposé au tourniquet se plaignait de passer tout son temps à les ramasser. La solution proposée par Daisy consistait à tendre un vieux filet de tennis contre le mur et à entortiller artistement les cannes dans les mailles…

Ce jour-là, Riseholme s'attarda sur la pelouse communale bien au-delà d'une heure de l'après-midi, qui était l'heure habituelle où l'on déjeunait et, à une heure vingt-cinq précises, sa patience fut récompensée. Peppino descendit de la voiture emmitouflé dans un manteau très épais avec un grand cache-nez autour du cou. Il éternua deux fois en tendant le bras pour aider Lucia à sortir à son tour. Elle s'y cramponna et tout en s'y appuyant pesamment elle pénétra dans la maison après avoir, toute chancelante, traversé le jardin de Perdita. Elle était donc effectivement malade.

Dix minutes plus tard, Daisy et Robert Quantock prenaient place à table, au Hurst. Lucia avait, certes, fort bonne mine et elle fit honneur au repas, mais elle parlait d'une voix légèrement éteinte, comme il sied à une personne venue à la campagne pour y jouir d'un repos complet.

« Mais Riseholme, ce cher vieux Riseholme, ne va pas tarder à me remettre en forme, dit-elle. Quelle joie d'être ici ! Quoi de neuf, Daisy ? »

En fait, il n'y avait pas grand-chose de neuf. Daisy passa mentalement en revue les différents sujets qui avaient retenu l'attention de Riseholme ces dernières semaines et se rendit compte que la seule chose qui avait captivé fébrilement l'attention c'était le compte rendu des faits et gestes de Lucia elle-même. Cela mis à part, il ne restait que ses propres performances au golf et l'embarrassante donation des cannes au musée… Elle se souvint alors que le comité accorderait son aval à la réception de la broche élisabéthaine s'il s'avérait que Lucia était bel et bien malade. Assez hâtivement, elle surestima la gravité de l'état de son hôtesse.

« Eh bien, commença-t-elle, nous avons consacré un certain temps au musée.

– Ah ! Ce cher musée », dit Lucia d'un air songeur et triste.

Voilà qui mettait fin aux atermoiements.

« Nous serions si heureux d'accepter la broche élisabéthaine, si vous le permettez, dit Daisy. Ce serait une acquisition de prestige.

– Mais bien entendu ! De grand cœur ! dit Lucia. Je vais la faire porter au musée. Et… avez-vous reçu d'autres dons ? »

Daisy en vint aux cannes, en passant pudiquement sous silence le modèle osé par respect pour les messieurs présents.

Elle expliqua combien il était difficile de les disposer de façon satisfaisante. Leur nombre s'élevait à quatre-vingt-une (y compris celle au sujet osé) et un filet de tennis suffisait à peine à les suspendre. La pauvre invalide ne manifesta qu'un pâle intérêt pour ce propos. Quant au golf de Daisy, il n'obtint guère davantage de succès. Mais Lucia ne tarda pas à recouvrer son tonus d'antan et à paraître sous son visage habituel. De fait, avant même la fin du repas, Daisy fut frappée de constater que, des deux, c'était Peppino le plus invalide. Nul doute qu'il eût attrapé un rhume terrible. Il parlait avec un sifflement dans la gorge qui rendait ses propos presque inaudibles. Elle se demanda si, en acceptant la broche pour le musée, elle n'était pas allée un peu trop vite en besogne, car, ce faisant, elle permettait à Lucia de mettre un pied dans la place.

Après le départ de ses invités, Lucia recouvra encore davantage sa forme coutumière. Elle avait fait une entrée fort remarquée à Riseholme en tant qu'invalide. Cela justifiait l'avis paru dans les journaux et, à présent, il fallait qu'elle se remît en train tout doucement. Pour commencer, elle pourrait, sans plus attendre, se débarrasser de cette maudite broche.

« Je pense aller faire un petit tour en voiture, Peppino, dit-elle. Quant à vous, m'est avis que vous devriez plutôt soigner votre rhume afin d'être complètement rétabli avant samedi (vous vous souvenez que c'est le jour où nous sommes invités chez Adèle). Je pense que le jardinier pourrait retirer la broche de la cheminée et la mettre dans l'automobile ; je n'aurais plus qu'à la déposer au musée. Je me disais bien qu'ils n'allaient pas tarder à me la demander… À propos, le golf miniature de Daisy… À l'entendre, ça a l'air amusant : le genre de passe-temps idéal si nous recevons des invités le dimanche après-midi. Il me semble l'avoir entendu dire qu'on pouvait se procurer l'équipement dans les grands magasins. Ce serait assez amusant d'organiser des petits tournois. »

Le jardinier n'eut aucun mal à démonter la broche et Lucia (après avoir écrit à un grand magasin pour commander un attirail de golf miniature) la fit charger dans la voiture pour la faire porter au musée. C'était là une bonne chose de faite. Elle salua au passage, d'un petit signe de la main, Piggy et Goosie qui gambadaient sur la pelouse communale, puis la voiture s'éloigna en direction de la campagne. Lucia n'était pas mécontente d'avoir sagement quitté Londres plutôt que de s'en voir exclue. Elle avait été fort avisée, de surcroît, de revenir à Riseholme comme elle l'avait fait afin de donner à ses vieux amis un avant-goût d'elle-même avant de reprendre en août, comme elle l'avait tout à fait décidé, les rênes de son ancien pouvoir. Vu l'indigence des nouvelles que Daisy, pourtant experte en commérages, avait pu lui fournir, elle devina qu'en son absence Riseholme avait été plongé dans un sérieux marasme et bien qu'elle se fût rendue coupable d'une erreur regrettable lors du fameux week-end en compagnie de ses amis de Londres, elle se dit qu'elle pourrait s'amender moyennant quelque légère réparation. Quant à Daisy, elle n'avait rien à rapporter au sujet d'Abfou. On aurait dit qu'ils s'étaient tous un peu lassés d'Abfou. Mais il y aurait moyen de ranimer Abfou : le golf miniature et un nouveau départ de oui-ja ouvriraient fort agréablement le séjour du mois d'août. Certes, elle eût préféré Aix-les-Bains mais, sur ce point, Peppino s'était montré catégorique…

Quand Georgie arriva au Hurst pour dîner, il fut agréablement surpris de retrouver une Lucia redevenue telle qu'il l'avait toujours connue. Peppino, cruellement éprouvé par son rhume opiniâtre, se retira dès la fin du repas pour aller se coucher et Lucia s'installa en compagnie de Georgie dans le salon de musique.

« Faisons d'abord un brin de causette, Georgie, dit-elle. Ensuite, je tiens à ce que nous jouions un peu de musique. Je n'ai pas joué une seule note ces derniers temps et vous allez vous apercevoir combien je suis rouillée ; mais il ne faudra pas me gronder.

Oui, la broche est partie. Cette chère Daisy m'a dit combien le musée avait hâte de la recevoir et je l'ai moi-même portée cet après-midi. Il faut que je voie ce que je pourrais bien trouver d'autre qui fasse l'affaire. »

Tout s'annonçait plutôt bien. Lucia possédait un talent magistral pour occulter totalement le passé et se tendre de toutes ses forces vers l'avenir.

« Et vous-même ? Avez-vous beaucoup joué ces derniers temps ? demanda-t-elle.

– À peine trois notes, dit Georgie. Je n'ai pas de partenaire avec qui jouer. Piggy voulait que nous fassions quelques quatre mains ensemble mais je lui ai dit : "Non, merci".

– Georgie, vous vous êtes laissé aller à la paresse, dit-elle. Personne n'est venu vous secouer. Et Olga ? Est-elle venue ?

– Non, pas depuis… pas depuis ce dimanche où vous vous êtes trouvées ici en même temps toutes les deux, dit-il.

– C'est mal de sa part d'avoir déserté Riseholme. Mais, direz-vous, on peut en dire autant de moi. Enfin, à présent il faut que nous nous creusions tous la tête et que nous dressions des projets grandioses pour le mois d'août. À part une seule visite que Peppino et moi-même devons faire samedi à cette chère Adèle Brixton, vous m'aurez ensuite à demeure pour de bon. Londres ? Oui, nous nous y sommes bien amusés, bien que vous et moi n'ayons pas réussi à fixer une date propice à votre séjour chez nous. Ce sera pour cet automne (nous repartirons en novembre). Mais si vous saviez comme j'étais épuisée, hier, lorsque nous avons convenu de quitter la capitale. Je n'avais plus le moindre ressort. Tellement d'invitations aussi… J'ai simplement fait une croix dessus. Mais il faut qu'ils se montrent compréhensifs et me pardonnent. Parfois, j'ai le sentiment d'avoir lamentablement perdu mon temps. Je n'ai fait que voir des gens, et encore des gens, et toujours des gens… Des personnes de tous genres, depuis le boxeur Alf Watson…

– Pas possible ! dit Georgie qui commençait à reprendre goût au vigoureux enthousiasme de Lucia.

– Si ! Il est venu dîner chez moi. Quel brave petit biquet ! Il avait apporté sa flûte. Ma réception pour Alf a provoqué pas mal de commentaires… et il fallait voir comme les femmes lui tournaient autour !

– Et qui d'autre avez-vous vu ? demanda goulûment Georgie.

– Mon pauvre ami ! Vous voulez dire : qui d'autre je *n'*ai *pas* vu ? Voyons… Marcel… Marcel Périscope est venu l'autre soir, Adèle, Sophy Alingsby, Bertie Alton, Aggie (il faut que j'invite cette chère Aggie à venir ici), Tony… Tony Limpsfield et des centaines d'autres. Et puis, très souvent, ma chère Marcia Whitby, bien entendu. Elle donne un bal demain soir. J'aurais aimé m'y rendre mais j'étais tout bonnement *finita.* Ah ! Il y avait aussi votre amie la princesse Isabelle. Très mauvaise grippe. Vous devriez téléphoner chez elle, Georgie, et prendre de ses nouvelles. J'y suis passée hier. Quelle tristesse ! Mais parlons de sujets plus gais. Le golf miniature de Daisy, par exemple. Il faut que je fasse un saut chez elle demain pour la voir à pied d'œuvre. Elle doit être merveilleuse. J'ai commandé un matériel de golf à un grand magasin et nous allons disputer des parties épiques.

– Elle ne fait que ça depuis des semaines, dit Georgie. Elle est très forte, à mon humble avis, mais cela n'intéresse personne. Elle nous en rebat plutôt les oreilles…

– Allons, Georgie ! Ne soyez pas méchant envers cette pauvre Daisy, dit Lucia. Il faut que nous lancions des petits tournois, avec des prix à la clef. Avez-vous des partenaires ? Nous ferons équipe, vous et moi, pour les compétitions en double. Et Abfou ? »

Georgie retrouvait bien la Lucia de toujours. Elle entendait accaparer toutes les activités qui avaient pu se développer et en revendiquer l'initiative. C'était du vol, du vol intellectuel et physique, sans aucun doute, mais Lucia insufflait de la vie dans ces ossements desséchés[1] et leur redonnait de l'intérêt. Il n'était pas très folichon d'observer les progrès de Daisy qui, armée de son club de golf, s'efforçait de marquer son point sans prêter la moindre attention aux points que vous-même pourriez marquer. Cette championne en herbe prenait même la peine de vous téléphoner pour vous informer des coups merveilleux qu'elle avait réussis, mais personne ne trouvait qu'ils avaient rien de particulièrement merveilleux. Tout serait si différent le jour où Lucia serait devenue la déesse du coup roulé !

« Cela fait des lustres que je n'ai pas Abfoué, dit Georgie. Quant à Daisy, j'imagine qu'elle a tout laissé tomber.

– Nous devons reprendre tout ça en mains, dit Lucia, pleine d'allant. Et plus question de vous la couler douce, Georgie. Venez jouer un quatre mains. Mon cher piano ! Par quoi commence-t-on ? »

Ils jouèrent ensemble une quantité de morceaux, puis Lucia joua le mouvement lent de la *Sonate au clair de lune*, Georgie poussa le soupir traditionnel et Lucia le laissa enfin partir en le raccompagnant jusqu'au portail du jardin. Le ciel était constellé d'étoiles et, comme à l'accoutumée, Lucia cita Shakespeare : « Vois comme le parquet du ciel est partout incrusté de disques d'or lumineux…[2] » Elle promit de l'appeler par téléphone le lendemain matin, après le repos salutaire de la nuit.

Le salon des Quantock était éclairé et, au moment où Georgie passa, Daisy entendit son pas (ça faisait longtemps qu'elle l'attendait, l'oreille aux aguets) et ouvrit la fenêtre.

« Est-ce bien vous, Georgie ? demanda-t-elle pour la forme.

– Oui, répondit-il. Vous vous couchez bien tard…

– Comment se porte Lucia ? » s'enquit Daisy.

1. Livre d'Ézéchiel 37, 1-14. *(N.d.T.)*
2. Shakespeare, *Le Marchand de Venise*, V, I. *(N.d.T.)*

L'espace d'un instant, Georgie oublia que Lucia était au repos complet.

« Elle se porte comme un charme, dit-il. Quelle conversation ! Quelle musique !

– Alors, ça y est ! s'écria Daisy. Elle n'est absolument pas malade. Elle n'a pas plus besoin de repos... que la lune. Que signifie donc tout cela, Georgie ? Notez bien ce que je dis : elle nous cache quelque chose. »

De fait, le lendemain, Lucia ne parut pas avoir besoin du moindre repos complet. Elle fit un saut chez Daisy juste après le petit déjeuner et lui demanda de l'initier au golf. Daisy lui fit une démonstration, lui indiqua comment tenir le club et comment placer les pieds en lui précisant qu'il était absolument essentiel de conserver l'aplomb du roc et de se concentrer. Impossible de jouer correctement tout en continuant de parler. Elle permit enfin à Lucia d'essayer. Toute de travers, celle-ci empoigna son club comme elle aurait fait d'un parapluie avant d'envoyer la balle dans le trou le plus éloigné, sans interrompre sa phrase. Ensuite elles firent une vraie partie. Daisy proposa à Lucia de lui accorder quatre coups de handicap (ce que refusa Lucia) et, sous l'effet conjugué de son ardeur au jeu et de son sentiment de supériorité, elle perdit complètement tous ses moyens. Lucia l'emporta sans difficulté, sous le regard de Robert, et fit l'éloge du club prêté par Daisy : il était remarquablement « lesté » (où diable avait-elle déniché cette expression ? Daisy n'en avait pas la moindre idée).

« Et maintenant, il faut que je me sauve, dit Lucia. Nous devrons prévoir une revanche. C'est tellement amusant ! J'ai commandé un attirail et j'aurais besoin que vous me donniez quelques leçons. Au revoir, chère Daisy, je ne serai pas là dimanche car je suis invitée chez cette chère Adèle Brixton, mais, dès lundi, quel plaisir ce sera de s'installer de nouveau à Riseholme ! Il faudra également que vous me montriez votre planchette oui-ja. Je me sens tout à fait reposée ce matin. Voulez-vous que je vous aide à disposer les cannes sur le filet un peu plus tard ? »

Daisy, la mort dans l'âme, retourna à son golf. Que Lucia, avec ses rudiments de technique, ait pu battre une protagoniste déjà avancée dans l'art était vraiment trop atroce. Mue par un sombre pressentiment, elle imagina Lucia, d'ores et déjà impresario du golf miniature, tout occupée à rendre ce sport populaire à Riseholme. Elle-même allait devoir apprendre, sans tarder, à maîtriser tous les types de coups afin d'inciter Riseholme à se mettre au vrai golf plutôt que de se limiter à poter.

Lucia fit ensuite un tour au musée où elle disposa la broche dans un coin vide, mais bien en vue, entre les fossiles de Daisy et les fragments de porcelaine de Samos du colonel Boucher. Elle prit part à la session matinale du parlement sur la pelouse communale et accompagna le fauteuil roulant de Mrs Boucher dans ses évolutions. Elle hurla dans le cornet acoustique de Mrs Antrobus, batifola avec Piggy et Goosie et, pas une fois, ne mentionna la moindre duchesse. Toutes ses pensées semblaient contenues dans Riseholme. Son programme ne prévoyait plus encore qu'une visite fastidieuse après quoi, oh ! quelle joie de se réinstaller ici ! Même Mrs Boucher s'en trouva ébranlée. Aussi peu probable que cela pût paraître, quelque chose chez Lucia dépassait le simple snobisme.

Georgie, cet après-midi-là, fit un saut au Hurst vers les cinq heures. Le temps s'était rafraîchi et Lucia avait fait allumer un grand feu dans la cheminée du salon de musique qui, désormais débarrassée de la broche, tirait admirablement. Peppino, tout somnolent à cause de son rhume, s'installa à côté de l'âtre tandis que les deux autres jouaient des quatre mains. Lucia avait déjà décroché son portrait par Sigismund et remis en place les aquarelles de Georgie, près du piano. Ils se disputèrent comme des chiffonniers à cause du quatre mains de Mozart. Georgie promit de le travailler, Lucia promit de le travailler ; elle le traita de fainéant, il la traita de paresseuse, exactement comme au bon vieux temps… Quant à Peppino, il était dans les bras de Morphée. Le courrier de l'après-midi fut alors distribué en même temps que le journal du soir. Lucia s'empara de ce dernier afin de vérifier la manière dont Hermione avait commenté le départ des Lucas de Londres. Au moment où elle retournait la page, elle aperçut deux ou trois lettres que l'on avait fait suivre de Brompton Square. Celle du dessus se présentait sous la forme d'une grande enveloppe carrée, ce genre d'enveloppe en beau papier épais qui sert d'écrin à un beau bristol. Lucia l'ouvrit. Une seconde après, elle bondit de son siège.

« Peppino, cher ami ! s'écria-t-elle. Marcia ! Le bal ! C'est ce soir le bal de Marcia ! »

Peppino émergea à demi de son fauteuil.

« Un bal ? Quel bal ? dit-il. Pas de bal : Riseholme ! »

Lucia bouscula le tabouret de droite sans paraître remarquer que Georgie était assis dessus.

« Mais non, cher ami ! Il n'est pas question pour vous d'y aller, dit-elle. À la réflexion, vous savez, je crois que je vais aller à Londres et faire un saut chez Marcia. Georgie viendra dîner avec vous (vous voulez bien, Georgie ?) et vous vous coucherez tôt. Six heures et demie déjà ! Oui, je peux y être vers dix heures. J'ai tout le temps nécessaire. Je me changerai à Brompton Square et je n'emporterai qu'un sandwich que je pourrai manger dans la voiture. »

Lucia se tourna vers Georgie tout en sonnant ses domestiques.

« C'est Marcia Whitby, dit-elle. Un bal pour clore la saison. Aucun problème pour y faire un saut. Cela ferait de la peine à cette chère Marcia si je n'y allais pas. Voyons un peu… Faut-il que je revienne demain, Peppino ? Il serait peut-être plus simple de rester à Londres et de vous renvoyer la voiture. Vous pourriez ainsi me rejoindre tranquillement, le lendemain, pour aller chez Adèle ensemble. J'ai une foule de choses à faire à Londres demain. Cette réception chez Aggie… Je vais lui téléphoner pour lui annoncer que j'y serai finalement. Ma bonne ! Mon chauffeur ! dit-elle au sommelier, un peu dans le style de Shylock[1], il me faut ma bonne, mon chauffeur et ma voiture. Que le chauffeur dîne rapidement – non, il pourra dîner à Brompton Square. Dites-lui de venir immédiatement. »

Georgie, cloué sur sa chaise, était littéralement horrifié de voir Lucia se démener comme une folle. Mozart, le oui-ja, le golf, la broche élisabéthaine, toutes les joies simples de Riseholme faisaient long feu comme un pétard mouillé. Disparu aussi, complètement disparu, le repos complet dont elle avait eu besoin ! Jamais elle n'avait autant débordé de vitalité sauvage, primitive, tapageuse.

« Chère Marcia, dit-elle. J'avais le sentiment qu'il s'agissait d'un oubli mais, évidemment, Georgie, bien qu'elle et moi soyons de grandes amies, je n'ai pas songé un seul instant à lui rappeler la chose. Quelle chance que ma délicieuse journée à Riseholme m'ait si complètement reposée ! J'ai l'impression de pouvoir affronter cinquante bals sans la moindre fatigue. Et quelle somptueuse demeure, Georgie ! Il faudra que je vous y emmène lorsque vous viendrez chez nous à l'automne. Peppino, comme cela tombe bien de n'avoir apporté ici que le strict nécessaire pour deux ou trois nuits et d'avoir laissé à Londres ce qu'il faut pour nous changer avant de nous rendre chez Adèle ! Quelle brillante compagnie ce sera ! Avec la famille royale presque au grand complet, j'imagine, et tous les membres du corps diplomatique (je sais que ma Gioconda y sera). Mais ce ne sera pas du tout un grand bal : rien à voir avec ces manifestations monstres dont la promiscuité me répugne tant.

1. Shakespeare, *Le Marchand de Venise*, I, I. *(N.d.T.)*

Il fallait voir comme les gens assiégeaient Marcia pour obtenir des invitations ! Comme les gens sont vulgaires et comme ils insistent lourdement ! *Au revoir*[1], Georgie, et n'oubliez pas de répéter votre Mozart. Oh ! à propos, dites à Daisy que je ne pourrai pas faire l'une de ces délicieuses parties de golf avec elle demain. Je reviens mardi, après le week-end chez Adèle et ensuite nous passerons des semaines et des semaines dans notre cher petit Riseholme. Mais quels lambins, ces domestiques ! Il faut que j'aille tout de suite dire à ma bonne de se dépêcher. »

Dès que Lucia fut partie, Georgie s'en alla voir Daisy. La bouche béante de dégoût, elle l'écouta lui narrer la scène époustouflante dont il avait été témoin.

« La question est de savoir ce qu'il en est du fameux repos complet qui lui a été prescrit, dit-il. Personnellement, je ne crois pas qu'on lui ait prescrit le moindre repos. Je crois... »

Daisy poussa un cocorico triomphal : le raisonnement par induction l'avait conduite exactement au même point exactement au même moment.

« Mais, bien entendu ! dit-elle. J'ai toujours eu le sentiment que le repos complet cachait autre chose. Je vous l'avais dit, elle n'avait pas reçu d'invitation, et, par conséquent...

– Et, par conséquent, elle est venue se reposer ici, enchaîna Georgie à voix forte (il tenait à avoir la primeur de cette déclaration). Pour la bonne raison qu'elle n'avait pas été invitée...

– Et dès l'instant où elle a reçu l'invitation, elle s'est précipitée, dit Daisy. C'est clair comme deux et deux font quatre. Je ne prendrai plus de repos, merci !

– Elle est merveilleuse, dit Georgie. C'est trop palpitant ! »

Dans la voiture lancée à toute vitesse par ce beau soir d'été, Lucia apportait le message de son propre sursis. Elle était trop

1. En français dans le texte. *(N.d.T.)*

surexcitée pour pouvoir manger et trop heureuse pour essayer de comprendre comment les choses s'étaient passées. Quelle sagesse elle avait montrée en tenant sa langue et en s'abstenant de se lamenter d'avoir été exclue du paradis vers lequel elle volait à présent ! Elle n'avait pas prononcé le moindre mot blessant à l'endroit de Marcia, ni sollicité l'intervention de personne ; elle avait participé aux conversations qui portaient sur le bal comme si elle devait s'y rendre, et, finalement, avait rendu sa présence impossible en annonçant qu'on lui avait prescrit quelques jours de repos complet. Elle pouvait parfaitement justifier sa réapparition et entendait bien le faire. Elle s'était sentie beaucoup mieux (les médecins dramatisent toujours !) et un tout petit effort de dernière minute lui avait permis d'être *là*.

Une violente explosion interrompit ces réflexions agréables et la voiture s'immobilisa. Un pneu avait éclaté, mais on disposait d'une roue de secours et, bien que le temps nécessaire au changement de la roue parût terriblement long, ils reprirent bientôt la route. Ils franchirent encore une dizaine de miles et vers le nord-est apparurent les lumières de Londres qui, tel un feu qui couve, faisaient rougeoyer l'atmosphère blafarde de la nuit estivale. Les étoiles brillaient d'un vif éclat et Lucia imagina Peppino à son télescope (mais non, Peppino souffrait d'un rhume vraiment sérieux ; il ne pouvait être à son télescope). Il y eut alors une nouvelle explosion – est-ce que, par hasard, ces étoiles dans leurs trajectoires de malheur s'étaient liguées pour entraver[1] la trajectoire de Lucia ? La voiture s'immobilisa à nouveau sur le côté de la route déserte.

« Que se passe-t-il ? demanda Lucia d'une voix étranglée.

– Encore un pneu crevé, M'dame, dit le chauffeur. Je n'ai jamais vu une chose pareille. »

Lucia consulta sa montre. Il était déjà dix heures et elle aurait dû être à Brompton Square. Il n'y avait pas d'autre roue de secours disponible : il fallait l'emporter pour effectuer la

1. Livre des Juges 5, 20. *(N.d.T.)*

réparation. Les minutes défilaient à la vitesse des secondes… Lucia, très digne en apparence, s'assit sur une couverture au bord de la route en essayant, en vain, de ne pas maudire la Divine Providence. La lune se levait, tremblotante comme un disque de gélatine…

Lucia se mit à calculer le temps qui séparait le tragique instant présent de quatre heures du matin, par exemple, et elle décida que, quelles que fussent les autres catastrophes qui pourraient lui tomber dessus, elle irait à l'hôtel particulier des Whitby, dût-elle emprunter un tombereau à ordures, tant que subsistait l'espoir de rencontrer le dernier invité quittant le bal. Elle irait…

Et pendant tout ce temps – ah ! si seulement Lucia avait pu s'en douter ! – ce n'est pas contre elle mais pour elle que s'étaient ligués les astres. Le pneu fut réparé et elle arriva à Brompton Square à onze heures et quart précises. On défonça les placards, on pilla les tiroirs, et la pauvre bonne rudoyée éclata en sanglots. Lucia passa autour de son cou les perles de la tante Amy, fixa sur son corsage la broche reliquaire oblongue en or contenant des cheveux de Peppino (à défaut, hélas !, de ceux de Beethoven) et, à minuit cinq, elle gravissait prestement l'escalier d'honneur de l'hôtel particulier des Whitby. Au moment même où elle parvenait à la porte de la salle de bal, la tête du cortège en sortait pour se diriger vers la salle à manger. Un instant interdite, Marcia fixa Lucia comme s'il se fût agi d'un fantôme mais Lucia, tout occupée à faire des révérences, n'y accorda pas la moindre attention. Par sept fois, à toute allure, et sans s'arrêter, Lucia fit la révérence. C'en devenait presque un tic et elle faillit même la faire à Adèle qui (c'était bien d'elle) suivait immédiatement les altesses.

« J'arrive à l'instant de Riseholme, très chère Adèle, dit Lucia. Je me sentais tout à fait reposée (lord Tony ! Comment allez-vous ?) et j'ai donc fait un tout petit effort. C'est Peppino qui m'a poussée à venir. Quelle joie de voir Votre Excellence ! Millie ! Très chère Olga ! Que d'amis ! Comment va la pauvre princesse Isabelle ? Comme Marcia est belle ! Somptueux ! Le voyage a été enchanteur. Je me suis dit qu'il fallait que je fasse un saut… »

IX

Le lendemain, le rhume du pauvre Peppino, au lieu de lâcher prise, ne fit qu'empirer. Il était tout courbatu, se sentait fébrile et envoya chercher le médecin qui, péremptoire, lui ordonna de se coucher. Rien, dans son état, ne justifiait qu'on s'alarmât le moins du monde mais ce serait de la pure folie que de se rendre à quelque réception que ce fût au cours du week-end. Au lit, un point c'est tout !

Peppino télégraphia à lady Brixton pour s'excuser de ce regrettable cas de force majeure puis téléphona à Lucia. L'état de sa gorge rendait ses propos difficiles à saisir mais Lucia comprit parfaitement qu'il n'y avait pas lieu de s'inquiéter et que Peppino souhaitait qu'elle se rendît chez Adèle sans lui. Quant à la voix de Lucia, elle était remarquablement claire et Peppino entendit le récit détaillé des mésaventures qui, la veille, avaient abouti à une si heureuse issue. Suivait une kyrielle de sept prénoms et Lucia rapporta qu'un photographe muni d'une torche au magnésium avait été autorisé à prendre un cliché pendant le dîner. Elle pensait figurer sur le document, bien qu'un peu en retrait.

L'indisposition de Peppino la navrait mais, fidèle aux ordres reçus, elle n'avait pas d'inquiétude à son sujet. Elle pensait aussi que Peppino ne regretterait pas vraiment de ne pouvoir se rendre à la réception d'Adèle. Cette réception devait réunir un grand nombre d'invités et il arrivait à Peppino – Dieu le bénisse ! – d'être comme étourdi au sein de ces assemblées brillantes. Il ne saisissait pas l'identité des gens avec la rapidité et la sûreté requises et il lui était arrivé de serrer la main d'un auteur éminent et de lui déclarer combien il avait apprécié son beau tableau à l'Académie royale. (Lucia elle-même était coutumière du fait, mais elle se dégageait avec tant de brio des trous qu'elle avait elle-même creusés[1] que cela ne prêtait pas à conséquence, alors que les mésaventures de Peppino le laissaient encore plus étourdi.) En outre, elle savait d'expérience que la présence de Peppino altérait son propre style : elle ne pouvait, quand il la regardait de son œil patient mais fier, se montrer aussi spontanément femme du monde brillante que lorsqu'il n'était pas là. Elle avait toujours l'impression qu'il la percevait mieux dans son contexte riseholmitain, jouant à quatre mains avec Georgie, interprétant le mouvement lent de la *Sonate au clair de lune*, ou s'appropriant effrontément toutes les petites marottes de Daisy. Elle le fascinait et l'étourdissait comme un superbe papillon, mais le manège s'accompagnait de petits soubresauts de surprise. Quand elle mentionnait, en l'appelant par son prénom, quelque dame qu'elle ne connaissait que parce que ladite dame avait refusé de venir dîner à Brompton Square, Peppino en restait confondu… Il fallait qu'à l'automne elle se montrât un peu plus sage et invitât à dîner, en toute simplicité, quelques personnes « normales ». En effet, jusqu'à présent, il n'y avait pratiquement pas eu de personnes « normales » à Brompton Square, vu la noblesse insigne de toutes les espèces de lions qui s'y étaient fait piéger. La réception d'Adèle promettait de figurer dans une catégorie nettement léonine car on y attendait tout le beau monde, quelques intellectuels et quelques hommes politiques. Lucia sentait bien qu'il lui faudrait se montrer à la hauteur de la situation, s'en tenir à des allusions et faire semblant de savoir ce qu'elle ignorait en laissant croire qu'elle évoluait comme un poisson dans l'eau dans les courants les plus distingués. Le cher Peppino n'était

1. Psaume 62, 6. *(N.d.T.)*

pas de taille à affronter tout cela ; il ne maîtrisait pas les choses qu'elle-même maîtrisait beaucoup mieux sans lui… Il est probable qu'au moment où cette vaniteuse pensée traversa l'esprit de Lucia, Némésis la fixa de son œil inexorable.

Inconsciente d'être l'objet d'un examen aussi fatal, Lucia retourna aux affaires courantes. Son carnet de rendez-vous lui rappelait agréablement qu'elle avait beaucoup de choses à faire le jour où le besoin de repos complet l'avait terrassée et, à présent, elle pouvait annoncer par téléphone la bonne nouvelle qu'elle était en mesure de déjeuner ici, de faire un saut là et d'aller dîner chez Aggie. Tous ces rattrapages s'effectuèrent à merveille ; la journée s'annonçait bien remplie, comme celle du lendemain jusqu'à l'heure du départ pour la demeure d'Adèle. Ayant accompli cette tâche gratifiante, Lucia était sur le point de téléphoner à Stephen pour le caser dans les seuls trois-quarts d'heure libres de son emploi du temps quand le téléphone sonna et qu'elle reconnut sa voix en décrochant.

« *Stefano mio !* dit-elle. Comment avez-vous deviné que j'étais de retour ?

– Parce que j'ai d'abord téléphoné à Riseholme, dit-il, et que l'on m'a appris que vous étiez à Londres. Étiez-vous là-bas hier soir ? »

Il était inutile de se demander ce que « là-bas » signifiait. Il n'y avait, la veille, qu'un seul endroit possible à Londres.

« Oui ! Et quel bal splendide ! dit Lucia. J'étais justement sur le point de vous appeler pour savoir si vous pouviez venir bavarder à cinq heures moins le quart. Je suis libre jusqu'à cinq heures et demie. Comme on s'est amusé ! Il y avait un photographe avec une torche au magnésium.

– Pas possible ! s'exclama Stephen à la manière de Riseholme. J'ai hâte d'entendre tous les détails. À propos, y en avait-il vraiment sept ?

– Parfaitement, dit Lucia, grandiose.

– C'est merveilleux ! Mais cinq heures moins le quart ne m'arrange pas. Ne pourriez-vous pas me fixer une autre heure ?

– C'est impossible, mon cher, dit Lucia. Vous connaissez la situation à Londres en fin de saison. C'est un chassé-croisé indescriptible.

– Bon, alors nous nous reverrons demain.

– Mais non, hélas ! Demain je vais chez Adèle.

– J'entends bien, mais moi aussi ! dit Stephen. Elle m'a invité ce matin. Je me demandais si vous pourriez m'y emmener, dans le cas où vous comptiez prendre votre voiture. Y aurait-il assez de place pour vous-même, Peppino et moi ? »

Lucia examina rapidement la situation. Il lui semblait évident qu'Adèle avait invité Stephen, en dernière minute, pour occuper la place laissée vacante par Peppino. Naturellement, elle ne le lui avait pas proposé en ces termes et Lucia, pour sa part, avait décidé d'en faire autant. Cela gâcherait tout le plaisir de Stephen (en tout cas, cela lui aurait gâché son plaisir si elle avait été à sa place) de l'apprendre… Et puis quelle merveilleuse entrée en scène que d'arriver en voiture seule avec son amant ! Cela ne manquait pas d'audace. Elle pourrait informer Stephen, le lendemain, de l'indisposition de Peppino, comme si celle-ci venait de se déclencher.

« Oui, *Stefano*, de la place à en revendre, dit-elle. Je suis enchantée. Je passerai vous prendre en y allant, peu après trois heures, d'accord ?

– Vous êtes un ange ! dit-il. Comme on va bien s'amuser ! »

Selon toute probabilité, Némésis, à cet instant précis, lécha ses babines exsangues. « S'amuser ? Et comment ! » songea-t-elle.

Marcia Whitby était de la partie. Elle se rendit chez Adèle dans la matinée et déjeuna en tête à tête avec elle. Leur principal sujet de conversation était évident.

« J'ai lu son avis dans le *Morning Post*, dit Marcia, furieuse. Elle partait à la campagne pour quelques jours de repos complet et, tout naturellement, j'ai cru que je ne courais aucun risque.

J'étais décidée à ne pas l'avoir à mon bal, et, sur la foi du journal, j'ai pensé qu'elle n'y serait pas. Par conséquent, et par pure bonté d'âme, je lui ai envoyé un bristol afin qu'elle puisse dire à tout le monde qu'elle avait effectivement été invitée. Je n'ai pas songé un seul instant qu'elle puisse trouver le moyen de venir. Et, en fait, elle a fait l'entrée la plus fracassante de sa carrière. Je suis persuadée qu'elle avait préparé son coup : elle a dû attendre dans l'escalier jusqu'au moment où elle a vu que nous nous apprêtions à descendre dîner.

– Je me demande... dit Adèle. Si c'est bien ça, c'est un coup de génie ! Et puis elle a fait sept révérences d'affilée ! Je ne pourrais en faire autant sans faire violemment craquer mes vieux genoux.

– Et elle est restée jusqu'à la fin de la soirée, dit Marcia. C'est elle qui est partie la toute dernière. Je ne ferai jamais plus rien par bonté d'âme.

– Vous êtes atroce avec elle, dit Adèle. En outre, qu'a-t-elle donc fait ? Vous l'avez invitée et elle est venue. On ne peste pas contre ses invités si, étant invités, ils répondent à l'invitation. Vous auriez été contrariée si personne n'était venu.

– Ça c'est différent, dit Marcia. Je ne serais pas étonnée qu'elle déclarât qu'on lui a prescrit un repos complet à seule fin de me faire tomber dans son piège. »

Adèle poussa un soupir et hocha la tête.

« Mais, ma chère, cela *serait* trop beau, dit-elle. Cependant, il ne faut pas rêver. Qu'elle soit allée à la campagne parce que vous ne l'aviez pas invitée, soit. Quant au reste, franchement : non ! Quoi qu'il en soit, nous demanderons à Tony ce qu'il en pense.

– Qu'a donc à voir Tony dans tout cela ? demanda Marcia.

– Eh bien ! C'est un inconditionnel de Lucia encore plus enthousiaste que moi, dit Adèle. Il ne pense à rien d'autre. »

Marcia se tut un moment. Puis une sorte de lueur moins violente adoucit son regard courroucé.

« Parlez-moi donc d'elle encore un peu », dit-elle.

Adèle battit des mains.

« Voilà qui est magnifique, dit-elle. Vous commencez à vous radoucir. Je ne puis imaginer ce que nous deviendrions sans notre Lucia. Je me demande de quoi diable nous pourrions parler.

– Elle est grotesque ! dit Marcia, cédant à une légère rechute.

– Mais non, il ne faut pas croire ça, dit Adèle. Il ne faut pas vous moquer d'elle. Jamais ! Et vous devez simplement la savourer à plein.

– Elle est snob ! dit Marcia, comme s'il s'agissait là d'une découverte renversante.

– Comme moi-même, comme vous-même, comme nous tous, dit Adèle. Nous courons tous après des gens hors du commun, comme… comme Alf et Marcel. La différence entre vous et Lucia est tout à son honneur car vous faites semblant de n'être pas snob tandis qu'elle le reconnaît tout à fait ouvertement sans en faire mystère. En outre, à quoi sert une duchesse comme vous si ce n'est à étancher la soif des snobs ? C'est votre rôle dans le monde, chère amie. C'est pour cela qu'on vous a mise sur cette planète. Ne vous dérobez pas à votre devoir, sinon, l'âge venant, vous vous en mordrez cruellement les doigts. Et vous êtes snob, par-dessus le marché. Cela vous flatte de compter sept membres de la famille royale (ou peut-être soixante-dix, je ne me souviens plus) parmi les invités à votre bal.

– Eh bien, parlez-moi de Lucia encore un peu, dit Marcia, assez interloquée par cette manière ingénieuse de présenter les choses.

– Je vous promets de le faire : j'ai hâte de vous voir convertie à la Luciaphilie. En ce jour, voyez-vous, des événements inouïs vont se produire. Vous savez que Lucia a un amant…

– Cela est radicalement impossible ! déclara Marcia avec autorité.

– Je vous en prie, ne m'interrompez pas. Certes, il ne s'agit que d'un amant officiel, un amant public. Il s'appelle Stephen

Merriall. C'est une parfaite femme du monde. Ainsi donc, Peppino, le mari de Lucia, était censé accompagner sa femme aujourd'hui, mais il a attrapé un très méchant rhume, et s'est décommandé. Mais je n'en suis pas mécontente car, lorsqu'il n'est pas là, Lucia a plus de… plus de fougue. J'ai donc invité son amant à la place de…

– Pas possible ! dit Marcia. Et alors ?

– Eh bien, ma chère, ils sont bien meilleurs qu'aucune pièce de théâtre que je connaisse. Ils font ça à la perfection : ils échangent des petits clins d'œil et des sourires puis s'empressent d'adresser la parole à quelqu'un d'autre. Bien entendu, ils sont l'un et l'autre chastes comme des vestales. Plus chastes même si la chose était possible. J'ai l'impression que le procès de la pauvre Babs a fourré dans la tête de Lucia l'idée qu'en ce vilain monde, un amant présumé donnait à une femme un certain *cachet*. Et puis cette solution a l'avantage supplémentaire de ne présenter aucun risque : il n'y a pas de révélations à craindre. Ils ne se comportent en amants qu'en public, exclusivement. Lorsque ça a commencé, j'avais une peur bleue que Mr Merriall ne prît les choses au pied de la lettre et n'essayât de l'embrasser lorsqu'ils se trouvaient en tête à tête. Cela aurait complètement défloré le délicieux hymen mais je suis sûre qu'il a compris la règle du jeu.

– Quelle merveille ! dit Marcia.

– N'est-ce pas ? Alors, vous sentez-vous un peu plus Luciaphile ? Je crois bien que oui. Il faut que vous la savouriez : être irritée par elle dénote un tel manque d'humour ! Et franchement, j'ai eu fort à faire pour réunir des personnes qui vont lui donner le vertige. Il y a le Premier ministre, il y a vous, il y a Greatorex, le seul pianiste qui soit capable de jouer Stravinsky, il y a le professeur Bonstetter, psychanalyste, l'ambassadeur d'Italie, l'amant de Lucia, Tony… La liste est trop longue, j'arrête. À propos, il faut que je pense à lui dire qu'Archie Singleton est le propre frère de Babs, sinon elle risquera de dire des énormités.

D'un autre côté il y aura tous ceux auxquels Lucia donnera le vertige, au premier rang desquels je me place moi-même. Je lui suis entièrement dévouée, sincèrement, Marcia. Elle a de la personnalité, une volonté de fer et je préfère de loin les femmes fortes qui ont la langue bien pendue aux hommes forts qui n'ouvrent pas la bouche.

– Il faut reconnaître qu'elle ne manque pas de volonté, dit Marcia. Elle avait décidé de venir à mon bal et elle y est venue. J'avoue aussi que je lui avais tendu la perche.

– Telles sont les perches que l'on tend aux gens doués, dit Adèle. On ne les tend pas aux gens ordinaires.

– Et si je me mettais à flirter effrontément avec son amant ? » suggéra Marcia.

Miroir de ses réflexions, le regard d'Adèle s'éclaira.

« J'ai du mal à imaginer comment elle réagirait, dit-elle. Mais je suis certaine qu'elle s'en tirerait de façon magistrale. Autrement, elle ne serait pas Lucia. Au demeurant, vous ne devez pas le faire.

– Oh ! Rien qu'un soir ! dit Marcia. Une heure ou deux, simplement. Ce ne serait pas marcher sur ses plates-bandes, vous savez, puisqu'en fin de compte son amant n'est pas son amant. C'est son pantin publicitaire, rien de plus. »

Adèle hésitait.

« Ce serait merveilleux de voir un peu ce qu'elle pourrait faire, dit-elle. Et il est vrai que Stephen n'est que son pantin publicitaire. Alors, allons-y pour une heure ou deux, demain. Mais il faudra le lui rendre ensuite. »

Adèle n'attendait aucun de ses hôtes avant l'heure du thé ; aussi, après le déjeuner, elle et Marcia se retirèrent-elles pour faire leur sieste. Adèle était venue sur place quatre ou cinq jours auparavant. Elle s'était rendue au bal de Marcia en voiture et en était revenue au petit matin, disposant ainsi de trois jours pour tout mettre en place en vue du week-end où elle recevait. Elle avait procédé à l'attribution des chambres à coucher, réglé des points de la plus haute importance en discutant avec son cuisinier et pris les dispositions nécessaires afin d'aller chercher à la gare le maximum d'invités arrivant par des trains différents. Il se trouva, par conséquent, qu'il fut attribué à Stephen Merriall (toutes les chambres de la maison affichant complet) le vaste cabinet de toilette aménagé en chambre à coucher qui était primitivement destiné à Peppino et qui jouxtait la chambre de Lucia. Adèle avait dit à son majordome que Mr Lucas ne viendrait pas mais que sa chambre serait occupée par Mr Merriall, puis elle pensa à autre chose et oublia de changer la carte sur la porte. Ces deux pièces étaient situées au milieu d'un long couloir où donnaient des chambres à coucher et des salles de bains. C'était un vaste couloir assez sombre, lambrissé de chêne, qui traversait toute la maison dans le sens de la longueur et aboutissait à un grand escalier. Le rez-de-chaussée abritait les salles de réception : au fond une bibliothèque, puis un immense salon de musique, une longue galerie tenant lieu de salon et, enfin, la salle à manger. Toutes ces pièces donnaient sur une terrasse dallée qui surplombait les jardins et les terrains de tennis. C'est là, dans l'ombre de la maison qui donnait un peu de fraîcheur, que commencèrent à s'assembler les invités. Ils arrivaient seuls ou par deux, certains en voiture depuis Londres, d'autres en train. Ce n'est que lorsqu'ils furent quelques douzaines, parmi lesquels les Luciaphiles les plus fervents, que l'objet de leur dévotion, en compagnie de son chevalier servant, fit son apparition, de toute évidence au sommet de sa forme.

« Très chère Adèle, dit-elle. Quel plaisir de retrouver la fraîcheur de la campagne ! Et vous chère Marcia ! Quelles péripéties pour me rendre à votre bal (deux pneus crevés !), j'ai pensé que je n'arriverais jamais ! Comment se porte Votre Excellence ? Je vous ai vu chez la duchesse mais n'ai pas réussi à vous dire deux mots. Aggie, ma chère ! Ah, lord Tony ! Oh, oui, une tasse de thé me ferait grand plaisir. Sans sucre, Stephen, je vous remercie. »

Lucia n'avait pas repéré toutes les personnes présentes. Il y avait bien deux ou trois invités à quelque distance de la table à thé mais ce ne devait pas être des gens très importants et le Premier ministre n'était certainement pas parmi eux. En amant stylé, Stephen, debout derrière la chaise de Lucia, se penchait vers elle. À un moment donné, elle se tourna du côté de l'ambassadeur d'Italie.

« Pendant tout le trajet j'appréhendais d'avoir un accident, dit-elle, parce que la nuit dernière, j'ai rêvé que je cassais un miroir. Comme c'est pittoresque, les rêves ! Et les psychanalystes qui les interprètent sont encore plus pittoresques. Je me suis rendue l'autre jour à une réunion chez Sophy (cette chère Sophy Alingsby ! Je suis sûre que Votre Excellence connaît Sophy Alingsby) pour écouter une conférence sur ce sujet. Qu'est-ce que c'était déjà… du civet de lapin. Ah ! oui, si vous rêvez de civet de lapin… »

Lucia perçut tout à coup une certaine tension dans l'atmosphère. Une simple tension. Elle jeta un coup d'œil derrière elle et reconnut l'un des messieurs auxquels elle n'avait pas prêté grande attention. Elle quitta sa chaise d'un bond.

« Professeur Bonstetter ! s'exclama-t-elle. Comment allez-vous ? Je sais que vous ne pouvez pas vous souvenir de moi mais j'ai eu le grand honneur de vous serrer la main à l'issue de votre passionnante conférence l'autre jour. Approchez-vous et venez en raconter un peu plus à Son Excellence et à moi-même. Il y a si longtemps que je désirais vous poser une foule de questions. »

Adèle avait envie d'applaudir mais elle se contenta de croiser le regard de Marcia. Alors, Lucia était-elle grandiose, oui ou non ? Et Stephen donc ! Avec quel naturel elle lui avait tendu sa tasse une fois vide et avec quelle aisance il l'avait prise ! « En voulez-vous encore un peu ? » lui avait-il demandé et elle ne lui avait répondu que d'un mouvement de la tête sans relâcher l'attention qu'elle portait au professeur Bonstetter. Le Premier ministre arriva un peu plus tard et Lucia dit que la résidence de Chequers devait être splendide en cette saison. Elle n'accapara pas l'homme d'État, elle se contenta de rester à proximité et, sans faire de suggestion directe, elle suggéra les choses à mots couverts tant et si bien qu'en moins de cinq minutes il lui demanda si elle connaissait Chequers. Bien entendu, elle connaissait le manoir pour l'avoir visité en touriste... et c'est comme ça que de fil en aiguille... Cela ferait une bonne halte sur la longue route de Riseholme, le mardi suivant, que de déjeuner à Chequers ; et le crochet ne rallongerait le trajet que d'une quarantaine de miles.

Certains hôtes s'attardaient sur la terrasse alors que d'autres regagnaient leur chambre. Lucia fit un petit tour avec l'ambassadeur et parla de Mussolini avec beaucoup de tact, puis elle fit un autre petit tour en compagnie de lord Tony. Ce ne fut qu'au bout d'un bon moment qu'elle laissa Stephen la rejoindre. Cette fois ils déambulèrent dans le jardin. On les vit s'asseoir côte à côte sur un banc et se chamailler ouvertement sur le nom d'une fleur. S'étant aperçue qu'on les regardait, Lucia appela Adèle à témoin pour lui confirmer qu'il s'agissait bien d'une bourrache officinale. Ils revinrent très vite et Stephen monta dans sa chambre pendant que Lucia s'attardait au rez-de-chaussée. Adèle lui fit visiter la bibliothèque, le salon de musique et le grand salon dans la galerie, avant de s'éclipser. Lucia, tout naturellement, retourna dans le salon de musique, ouvrit le piano et commença à jouer le mouvement lent de la *Sonate au clair de lune.*

Vers le milieu du morceau, elle sentit que quelqu'un avait pénétré dans la pièce. Mais ses yeux fixaient d'un air songeur le point habituel au bord du plafond et ses doigts égrenaient impeccablement les calmes triolets. Après le dernier accord, elle poussa un petit soupir, appliqua ses doigts sur ses yeux et s'éveilla lentement comme si elle émergeait de quelque anesthésie mélodieuse.

L'intrus était un homme qui s'était installé sur une chaise non loin du clavier.

« Charmant ! dit-il. Merci. »

Lucia ne se souvint pas l'avoir vu sur la terrasse. Il venait peut-être à peine d'arriver. Toutefois, quoique de façon assez vague, elle croyait bien l'avoir déjà vu, sur la terrasse ou ailleurs. Elle sursauta légèrement, avec grâce.

« Ah ! mon Dieu ! Je ne me doutais pas que j'avais un public, dit-elle. Sinon, je ne me serais jamais risquée à continuer de jouer. Mes doigts sont si atrocement rouillés !

– De grâce, dérouillez-les donc encore un peu », dit l'étranger avec courtoisie.

Lucia fit voleter ses mains comme des papillons sur le clavier.

« Un petit bout de Stravinsky ? » suggéra-t-elle.

Ce fut au milieu du morceau qu'arriva Adèle et qu'elle découvrit Lucia en train de jouer du Stravinsky à Mr Greatorex. La situation dépassait, et de loin, tout ce qu'elle aurait jamais pu imaginer… Elle se contenta d'attendre, immuable dans la foi qu'elle portait à Lucia, pour voir ce qui allait se passer quand cette dernière découvrirait l'identité de son auditeur… Le petit morceau était assez longuet (ce n'était pas un petit morceau, c'était un repas complet !) et, en outre, d'une texture extraordinairement embrouillée. Enfin, Lucia, optimiste, se lança dans la double gamme chromatique en mouvement divergent qui couronnait la coda et partit d'un rire joyeux.

« Mes pauvres doigts ! dit-elle. Votre piano est très agréable à jouer, chère Adèle. J'adore les Bechstein ! Ce que je viens de jouer était un petit morceau de Stravinsky. Exténuant, peut-être, qu'en pensez-vous ? Mais si fidèle aux tendances actuelles ! Des petites échappées fébriles, des petits bouts de mélodie mais sans rien pousser jusqu'à un aboutissement quelconque. J'ai toujours dit qu'à condition d'approfondir l'analyse, on trouve quelque chose dans Stravinsky. Quel travail m'a demandé ce petit morceau ! Et c'est encore loin d'être parfait, j'en ai bien peur… »

Lucia esquissa encore un trait de la main droite, tout en se creusant la tête pour essayer de se souvenir où elle avait bien pu voir le monsieur. Elle pivota sur le tabouret. Persuadée qu'il devait s'agir d'un artiste, elle ne voulait pas demander à Adèle de le lui présenter parce que cela voudrait dire qu'elle ne connaissait pas tout le monde. Elle fit une tentative du côté des beaux-arts.

« En peinture, j'ai toujours pensé que l'école de Stravinsky trouvait son équivalent chez les postcubistes, dit-elle. Ils nous fournissent des archétypes à l'aide de lignes, exactement comme Stravinsky nous fournit des archétypes en utilisant des notes et le poète moderne en se servant de mots. L'autre soir, chez Sophy Alingsby, on nous a offert un feu d'artifice d'archétypes. Chère Sophy… Quel curieux mélange de goûts ! Elle ne jure que par la musique ultraprimitive et l'art ultramoderne. Juste avant que vous n'arriviez, Adèle, j'essayais de me remémorer le premier mouvement du *Clair de lune* de Beethoven car, bien que faciles en apparence, tous ces triolets exigent d'être joués avec une grande égalité rythmique. Eh bien ! Aux yeux de Sophy, Beethoven fait figure de décadent au sens strict du terme. J'aurais dû l'emmener au petit concert qui fut donné chez Diva (Diva Dalrymple) parce que je vous assure que, comparé au reste du programme, Stravinsky sonnait vraiment classique. Il faut dire que l'interprète le servait très honnêtement. C'était monsieur… comment s'appelait-il ?.. Mr Greatorex. »

Le nom lui échappa des lèvres avant que son cerveau n'ait fait le rapprochement. Elle lança son petit rire argentin.

« Oh, les vilains ! s'écria-t-elle. Un complot, c'est un complot monté de toutes pièces ! Mr Greatorex, comment avez-vous pu oser ? C'est Adèle qui a dû vous dire de vous glisser jusqu'ici, de vous asseoir et de m'encourager à jouer. Ne prétendez pas le contraire, Adèle ! Je sais que ça s'est passé ainsi. Je vais crier sur tous les toits combien vous avez été méchante, à moins que Mr Greatorex ne consente à prendre ma place au piano et rappelle à la vie d'un coup de baguette magique ce que je viens de massacrer. »

Adèle ne démentit rien. En fait, elle n'en eut pas le temps car Lucia poussa littéralement Mr Greatorex sur le tabouret du piano et arbora immédiatement son « expression extasiée sous l'effet de la musique », le menton appuyé sur la main, le regard perdu dans les nuages. Peut-être auriez-vous pu croire que Némésis, omniprésente, s'acharnait à assener des coups de lance à Lucia, mais Némésis n'était pas de taille à rivaliser avec une rapidité de réaction aussi époustouflante. Lucia para les coups et poussa à nouveau, et voilà que Mr Greatorex – quels précieux souvenirs en perspective ! – lui jouait du Stravinsky, sans autre auditoire qu'elle-même et Adèle qui, en réalité, ne comptait pas car elle n'aimait qu'un seul air : *Terre de gloire et d'espoir*[1]... Ah ! Que Lucia était donc magnifique !

Adèle quitta ses deux invités, non sans leur avoir signalé qu'il serait bientôt l'heure d'aller se changer mais Lucia eut le droit, auparavant, d'entendre encore un peu de Stravinsky destiné à ses seules oreilles. Adèle lui avait indiqué la direction de sa chambre et précisé que son nom était sur la porte ; elle la trouva donc tout de suite. C'était une belle chambre avec salle de bains attenante et un lit Charles II splendide, surplombé d'une tenture drapée en tapisserie de laine. Ce style parut d'une époque un peu tardive au goût élisabéthain de Lucia. Elle remarqua que la grande armoire était Chippendale, donc encore plus tardive. Les murs étaient tendus de papier chinois, le sol garni de tapis persans et bien que cela pût prêter le flanc à sa critique, il n'était pas difficile d'en admirer la beauté. Une robe très élégante attendait Lucia que rehausseraient les perles de tante Amy et la broche de Beethoven. Mais elle décida d'éviter tout risque de concurrence et replaça les perles dans sa boîte à bijoux. Pour la broche de

1. Paroles d'A.C. Benson, frère aîné d'E.F. Benson, musique d'Elgar.

Beethoven, elle en était sûre, il n'y avait pas à craindre de rivalité.

Lucia jugea que sa propre prestation lors du dîner avait été un énorme succès. On avait placé Stephen juste en face d'elle et, de temps en temps, ils échangeaient des petits sourires rêveurs. À côté d'elle, à droite, se trouvait lord Tony qui avait adoré son histoire de Stravinsky et de Greatorex. Elle lui raconta aussi ce que l'ambassadeur d'Italie avait dit de Mussolini et ce que le Premier ministre avait suggéré à propos de Chequers : elle allait y faire un saut pour déjeuner en regagnant Riseholme après ce délicieux week-end. Puis la conversation changea et, se tournant vers la gauche, Lucia s'adressa au seul invité dont elle n'avait pas saisi l'identité. Abordant un sujet qui était sur toutes les bouches, elle se lança dans une déclaration à propos de la pauvre Babs dont elle admirait l'attitude au cours de l'infâme procès qui s'était achevé de manière aussi désastreuse. Une fois encore, il y eut de la tension dans l'air…

On joua ensuite au bridge, ainsi qu'au mahjong ; la conversation, si riche en touches allusives, se poursuivit avec l'impression, si chère à Lucia, de se trouver au centre de tout ce que le monde comptait de plus distingué.

Quand les dames remontèrent dans leurs chambres, elle se précipita dans la sienne pour troquer sa robe élégante contre une autre, plus simple ; puis, à sa demande, elle se rendit dans la chambre de Marcia, tout au bout du couloir, pour bavarder un peu. Adèle y était ainsi que cette chère – et, au demeurant, assez ordinaire – Aggie qui vantait avec une admiration un tout petit peu trop appuyée les six rangs de perles de la duchesse. Lucia se félicita intérieurement d'avoir limité ses trésors de Golconde à la broche de Beethoven.

« Mais pourquoi n'avez-vous pas porté vos perles, Lucia ? demanda Adèle. J'espérais les voir. (Elle avait entendu parler des perles de tante Amy mais ne les avait pas remarquées le soir du bal chez Marcia.)

– Oh ! mes petites graines ! dit Lucia. Ce ne sont que des petites graines comparées aux grosses billes de Marcia. De la vulgaire pacotille ! »

Aggie, qui les avait vues, savait que Lucia n'avait pas exagéré en les déclarant si petites. En vraie Luciaphile, elle abandonna un sujet qui risquait de s'avérer épineux.

« Enlevez vos fanfreluches, Marcia, dit Aggie. Ce ne sont que les sécrétions pathologiques d'un vulgaire mollusque que vous mangez lorsqu'il est en bonne santé et que vous portez quand il a une tumeur… Qu'il est triste de penser que nous n'allons plus nous rencontrer les uns et les autres comme nous l'avons fait pendant toute l'année. Adèle part en Amérique, Marcia en Écosse… (Quel endroit infect, Marcia ! Venez plutôt avec moi à Marienbad.) Et vous, Lucia, que comptez-vous faire cet été ?

– Oh ! ma chère, j'aurais bien aimé aller à Aix-les-Bains ou à Marienbad, dit-elle. Mais Peppino a décrété que c'était hors de question. Nous devons rester sagement à Riseholme. Les pistoles ! Toujours ces maudites pistoles !

– La voilà qui se met à parler de Riseholme comme s'il s'agissait d'aller au bagne, dit Adèle. Vous adorez Riseholme, Lucia. En tout cas, vous devriez l'adorer. Olga en raffole. Elle déclare que ce n'est que là qu'elle se sent vraiment heureuse. Quand donc allez-vous m'inviter ?

– Voyons, Adèle ! Comme si vous ne saviez pas que vous y êtes toujours la bienvenue, dit Lucia.

– Et moi ? demanda Marcia.

– Je vous donne toutes les deux une invitation permanente à perpétuité, dit Lucia. Chère Marcia, comme c'est aimable à vous de vouloir venir ! J'y vais mardi et y demeurerai ensuite. Mais j'admets que j'adore Riseholme. Pas de soirées dansantes, pas de réceptions, mais de si attachants Arcadiens comme habitants ! Pour y croire, il faut les voir. La vie sous sa forme la plus simple, mes chères amies.

– Elle ne peut pas être plus simple qu'en Écosse, dit Marcia. En Écosse, on tue des oiseaux et des poissons toute la journée et, le soir venu, on les mange. Un point, c'est tout ! »

Jamais, tout au long de ces mois d'effort harassant, Lucia ne s'était sentie aussi amplement récompensée qu'elle ne l'était en ce moment. Toute la soirée elle avait échangé des propos avec tout ce que le pays comptait de plus prestigieux, la noblesse, les personnes en vue, les spécialistes, et ce, avec une aisance toute naturelle ; et, à présent, voilà qu'elle devisait sans façon dans la chambre d'une duchesse avant d'aller se coucher. Cela approchait encore plus le nirvana que ne l'avait fait le bal de Marcia. Les trois femmes semblaient faire cercle autour d'elle, dans l'attente de ce qu'elle pourrait leur dire – on ne pouvait pas s'y méprendre –, exactement comme Riseholme attendait naguère qu'elle prît la direction des opérations. Elle sentait qu'elle touchait bel et bien au but et, le menton appuyé sur la main, regardait d'un air rêveur vers le plafond.

« Je vais me faire remettre au pas, tambour battant, une fois de retour à Riseholme, dit-elle. Je suis sûre que Riseholme pense que j'ai gaspillé mon temps en bagatelles. Il a peut-être lu dans la presse du soir que j'ai assisté aux réceptions d'Aggie ou d'Adèle ou au bal de Marcia et je vous garantis que tout cela va faire peser des soupçons sur ma personne. Comme si j'ignorais que toutes ces activités si agréables n'ont qu'une valeur symbolique ! »

Adèle était si ravie, en extase, qu'elle en ressemblait aux figures hiératiques que l'on voit sur les vitraux d'église. Mais elle désirait ardemment goûter tout le suc de la situation.

« Voyons, Lucia, mettez-vous à notre portée, dit-elle. Ce que vous dites là me passe par-dessus la tête, c'est comme le vrombissement d'un aéroplane. Qu'entendez-vous exactement par "valeur symbolique" ? »

Lucia s'amusait à faire glisser entre les doigts d'une main le rang de perles que Marcia Whitby tenait toujours. De l'autre main, elle s'appuyait sur le genou d'Adèle. Elle sentait qu'on attendait d'elle une déclaration de haute tenue.

« Eh bien, voyez-vous, ma chère, commença-t-elle, tous nos déplacements fébriles, tous nos amusements symbolisent l'affection qui nous unit. Nous aimons nous retrouver parce que nous nous enrichissons de nos échanges. Nous désirons de tout notre cœur inclure toutes sortes de gens dans nos vies (des gens intéressants, des gens distingués en même temps que des gens ordinaires, ceux que personne ne remarque) afin d'élargir nos horizons. Nous découvrons, ou essayons de découvrir, de nouveaux centres d'intérêt. Il va falloir que je m'emploie à faire comprendre à Riseholme que ce cher petit Alf qui joue de la flûte chez moi d'une part ou une demi-douzaine de princes qui dégustent des cailles dans l'hôtel particulier de Marcia d'autre part, c'est tout un, voyez-vous ? Il nous est donné de connaître la mentalité des champions de boxe professionnels tout autant que celle des princes. Et il me semble, il me semble… »

Le regard de Lucia se fit encore un peu plus aérien, perdu dans les nuages.

« Il me semble, dit-elle, que nous donnons de l'envergure à nos âmes en les laissant s'épancher dans la vie de ceux qui nous entourent. Comme je m'exprime mal ! Mais, tenez, lorsque Éric Greatorex – quelle attention charmante ! – m'a joué ces délicieux morceaux de Stravinsky avant le dîner, c'était comme si je franchissais une sorte de frontière et pénétrais *dans* le cœur de Stravinsky. Éric m'a fourni un passeport. L'expérience s'enrichit par multiplication. Voilà, à peu près, ce que j'ai voulu dire. »

Aucune des personnes présentes n'aurait été en mesure de dire exactement ce que Lucia avait voulu dire, mais l'impression générale qui se dégageait semblait suggérer qu'une heure en compagnie d'un cambrioleur ou d'un cannibale contribuait à accroître l'envergure de l'âme.

« Il y a aussi les originaux, continua Lucia. Comme il est enrichissant d'entrer en contact avec ce qui, habituellement, nous est fort éloigné ! Marcel… Marcel Périscope – vous l'avez rencontré chez moi, n'est-ce pas, Aggie ?…

– Et pourquoi n'ai-je pas été invitée ? » demanda Marcia.

Lucia esquissa un petit sourire, comme lorsqu'on est interrompu par la remarque candide d'un enfant.

« Marcia, ma tendre amie, pourquoi n'êtes-vous pas venue sans vous faire annoncer ? Nous nous connaissons suffisamment pour que vous puissiez vous le permettre… Je disais donc : Marcel, une vedette de l'écran. Un nouvel horizon, une nouvelle attitude face à la vie. Cela me fait un bien énorme. Ça m'aide à ne pas avoir l'esprit étroit. *Dio mio !* Comme je supplie le ciel de n'avoir jamais l'esprit étroit ! Ni de jamais me scandaliser ! (Scandaliser ? Quel scandale !) Si vous aviez cinquante amants chacune, je considérerais simplement comme un privilège de tout savoir à leur sujet. »

Marcia brûlait d'envie, avec presque la même urgence impérative qu'une envie d'éternuer, de faire une allusion explicite à Stephen. Elle leva les yeux, l'espace d'une demi-seconde, vers Adèle, prêtresse de ce culte dont elle sentait qu'elle n'allait pas tarder à devenir une fervente adepte et si réponse carrément négative fut jamais tacitement hurlée à une demanderesse hardie, c'est à ce moment-là qu'elle le fut. Évidemment, si Lucia prenait l'initiative de dire quoi que ce soit au sujet de Stephen, on accueillerait la révélation comme une manne du ciel… mais quant à la solliciter, ça, jamais ! Aggie, assise en biais par rapport aux autres, n'avait pas aperçu ce manège télégraphique et, malavisée, elle prit la parole :

« Si une femme raisonnablement bien faite de sa personne me dit qu'elle n'a pas d'amant ou de soupirant qui aspire à l'être, je lui réplique toujours : "Vous mentez !" Alors, elle passe aux aveux. À vous de commencer, Lucia : parlez-nous de vos amants. »

Cela était fâcheux au plus haut point. Adèle avait du mal à se retenir de lancer les six rangs de perles de Marcia Whitby à la figure d'Aggie. Lucia n'avait pas d'amant ; elle n'avait que le double spectral d'un amant sur lequel il ne fallait jamais braquer de lumière directe. Une minute de réflexion aurait dû suffire à éclairer Aggie sur le sujet. Son manque de discernement eut pour effet de provoquer un embarras bien visible chez Lucia, qui consulta la pendule et bondit sur ses pieds.

« Grands dieux ! dit-elle. Quelle heure tardive ! Qui aurait pu prévoir que notre petite causette aurait duré aussi longtemps ? Oui, chère Adèle, je sais où est ma chambre ; c'est sur la gauche et il y a mon nom sur la porte. Ne prenez surtout pas la peine de me montrer le chemin. »

Lucia distribua à la ronde des petits baisers, accompagnés de poignées de main et d'étreintes. Tout en ajustant son élégant peignoir bleu pâle, elle se glissa sans bruit dans le couloir, mules aux pieds. Il était tard, le calme régnait dans la maison depuis qu'un quart d'heure plus tôt les dames avaient entendu craquer les parquets lorsque les messieurs avaient regagné leur chambre. On avait éteint l'éclairage principal en ne laissant allumées que quelques veilleuses le long du grand couloir silencieux. Sur la pointe des pieds, Lucia passa devant une demi-douzaine de portes. Elle arriva enfin à celle sur laquelle elle put distinguer le nom de Philip Lucas précédé d'un pâle hiéroglyphe qui, bien entendu, devait être « Madame ». Elle tourna la poignée et entra.

Debout, à deux mètres devant elle, près du lit, se tenait Stephen, voluptueusement revêtu d'un pyjama jaune miel. L'espace d'une seconde atroce – car elle était persuadée que cette chambre était la sienne (comme lui, d'ailleurs !) – ils se dévisagèrent dans un silence de mort.

« Comment osez-vous ? demanda Stephen, que son agitation empêchait presque d'articuler.

– Et comment osez-vous vous-même ? dit Lucia, les dents serrées. Sortez immédiatement de ma chambre !

– Sortez plutôt de la mienne ! » dit-il.

Quittant le visage figé d'horreur de Stephen, le regard de Lucia parcourut la chambre. Il n'y avait pas de papier chinois aux murs, mais un papier peint de William Morris, assez coquet ; pas de lit Charles II avec tapisserie brodée, mais un lit à baldaquin de laiton ; pas d'armoire Chippendale, mais un simple placard provenant de Tottenham Court Road… Lucia poussa un petit cri aigu, à mi-chemin entre le grincement d'une craie sur une ardoise et le cri d'une chauve-souris et elle referma la porte derrière elle en sortant. Elle se dirigea en titubant vers la porte suivante où l'on pouvait également voir les mots « Philip Lucas », la franchit et la ferma à clef. Elle se précipita ensuite sur la porte de communication qui permettait d'accéder à la maudite chambre voisine et, au moment où elle en poussait le verrou, elle entendit que de l'autre côté aussi on poussait violemment l'autre verrou.

Lucia s'assit sur son lit, en proie à une pénible agitation. Son intrusion dans la maudite chambre constituait une méprise atroce, abominable. Personne ne le savait mieux qu'elle-même, mais comment l'expliquer à son amant ? Depuis des semaines, elle s'était employée à répandre le bruit incongru de leurs relations au-dessus de tout reproche et, à présent, il lui semblait impossible de songer à les reprendre jamais. Chaque fois qu'elle lancerait à Stephen un de ces petits sourires ou un de ces regards furtifs dans l'art desquels elle excellait maintenant, l'image de cette scène fulgurante d'horreur indicible lui traverserait l'esprit, son sourire se figerait en une grimace tragique et son regard ravagé se détournerait de lui. Pire encore : comment pourrait-elle jamais s'en ouvrir à lui ou protester de son innocence avec une véhémence passionnée ? Il s'était imaginé qu'elle s'était introduite dans sa chambre (et, de fait, elle l'avait fait) une fois la maison plongée dans le calme de la nuit, mue par de sinistres desseins libidineux et, bien qu'elle se fût exécutée lorsqu'il l'avait répudiée, elle avait perçu le recul indigné de son amant. Si seulement elle n'avait pas alors perdu la tête, si seulement elle s'était immédiatement écriée « Oh ! Excusez-moi, je me suis trompée de chambre ! » tout serait rentré dans l'ordre. Mais comment trouver le cran de le dire à présent, après coup ? Et puis, nonobstant l'intégrité absolue de son sens moral, d'un puritanisme qui frisait la pudibonderie, elle n'avait pas apprécié la réaction spontanée et horrifiée de Stephen (quelle femme l'aurait appréciée ?) en la voyant faire irruption dans sa chambre.

Dans la chambre voisine, Stephen était dans une posture à peine moins fâcheuse. Lucia l'avait encouragé à tenir le rôle d'amant. Est-ce que, par hasard, (il se posait cette question atroce) cette plaisanterie destinée au public s'était transformée chez Lucia en quelque chose de plus concret, répondant à un besoin de sa nature profonde ? Certes, lorsqu'il l'avait repoussée, elle avait montré qu'elle s'était trompée de chambre, mais s'il ne s'agissait là que d'un faux-semblant ? Peut-être était-elle réellement venue animée d'intentions abominables ? De toute façon, c'était à elle de fournir des explications en protestant de son innocence – si elle était innocente… Il ne demanderait pas mieux, alors, que de la croire sur parole. Mais, pour l'instant, et tant qu'elle n'avait pas effectué cette démarche, la seule pensée de reprendre en public son rôle d'amant semblait radicalement au-dessus des forces de Stephen. Elle pourrait croire qu'il l'encourageait à tenter sa chance encore une fois… Tout en se sachant désormais hors d'atteinte derrière les portes fermées à clef, il se rendit compte qu'il ne parviendrait pas à fermer l'œil ; aussi avala-t-il une bonne quantité de cachets d'aspirine.

Lucia avait l'habitude d'aller au fond des choses : elle ne laissait jamais les problèmes en suspens, elle les attaquait de front. Toujours assise sur le bord de son lit, bien après que Stephen n'eût recouvré son calme et tout en se calmant elle-même, elle passa de nouveau toute la situation en revue. Pour l'heure, il était impossible de reprendre en public les rôles d'amant et de maîtresse avec Stephen. Par bonheur, dans deux ou trois jours, Lucia allait s'enfermer à Riseholme. Ce fut alors que, dans un éclair de génie, elle conçut quelle attitude il serait intéressant d'adopter d'ici là. Elle allait laisser penser que les amants s'étaient disputés ! Plus elle y pensait, plus le stratagème s'imposait comme le plus gratifiant. Les gens remarqueraient qu'ils se boudaient et se demanderaient ce qui avait bien pu se passer entre eux. Mais ils resteraient sur leur faim car Lucia était sûre, vu l'horreur qu'avait manifestée le visage de Stephen, que ni lui ni elle ne souffleraient jamais mot de leur rencontre nocturne. Il ne fallait pas qu'elle eût l'air malheureux ; au contraire, elle devait se montrer plus enthousiaste que jamais et n'avoir cure de Stephen. Mais il n'était plus question de ramener son amant à Londres dans sa voiture : il allait devoir prendre le train.

Les ci-devant amants descendirent très tard le lendemain matin. Et comme ils craignaient de se rencontrer seul à seul, ils restèrent confinés dans leurs chambres contiguës la moitié de la matinée. Stephen avait pas mal de travail d'Hermione à faire car le compte rendu de ce week-end couvrirait plusieurs paragraphes mais, quel qu'en fût le nombre, il avait pris la décision irrévocable de n'y faire aucune allusion à Lucia. Toutefois, Hermione savait que Mr Stephen Merriall était présent et le mentionna… Par une de ces ironies du sort qu'inflige Némésis à ceux qu'elle désire fustiger, Lucia et Stephen sortirent de leurs chambres respectives exactement au même moment et durent descendre les escaliers ensemble en échangeant du bout des lèvres des remarques à l'emporte-pièce sur la douceur du temps. Heureusement d'autres hôtes, dont Marcia, se trouvaient sur la terrasse. Marcia crut qu'elle tenait l'occasion idéale pour commencer à flirter avec Stephen. Elle l'entraîna immédiatement vers le jardin potager prétextant qu'elle serait bien capable de mourir si elle n'avait pas sa ration de groseilles à maquereau le dimanche matin. Sublime, Lucia parut ne pas remarquer leur départ : elle se joignit à un petit groupe choisi qui entourait le Premier ministre. Entre une discussion avec ce dernier au sujet du problème du logement, une petite promenade avec lord Tony qui la supplia de ne plus lui servir du « lord », et une nouvelle petite séance de Stravinsky toute seule avec Greatorex, Lucia passa fort agréablement la fin de la matinée. Mais quand elle se rendit dans la salle à manger à l'heure du déjeuner, assez tard, elle s'aperçut que Marcia et Stephen n'étaient pas rentrés de leur tournée des groseilliers. Il ne restait plus que trois places vides en enfilade à table et elle réalisa que Stephen allait obligatoirement s'asseoir à côté d'elle. On avait largement dépassé la moitié du repas lorsqu'ils arrivèrent enfin. Marcia se répandit en excuses.

« Je manque vraiment à toutes les règles de la bienséance, ma chère Adèle, dit-elle. Mais nous ne nous sommes absolument pas rendu compte qu'il était si tard, n'est-ce pas, Mr Merriall ? Nous sommes allés jusqu'aux groseilliers et puis… et puis, nous avons dû y prendre racine. C'est votre faute, Mr Merriall. Vous, les hommes, n'avez aucune notion de l'heure.

– Comment songer à regarder l'heure qu'il est, duchesse, lorsqu'on est en votre compagnie ? dit fort habilement Stephen.

– C'est très gentil à vous, dit-elle. Mais, à présent, continuez. Vous étiez en train de me dire quelque chose d'absolument passionnant. Et, de grâce Adèle, que personne ne nous attende. Je vois que vous arrivez à la fin du repas et je n'ai même pas encore commencé. En outre, les groseilles m'ont, prodigieusement ouvert l'appétit, comme d'habitude. Vous disiez donc, Mr Merriall ? »

Alors que tout le long de l'après-midi Marcia ne lâchait pas d'une semelle l'amant de Lucia, Adèle essaya vainement de déceler de la part de celle-ci le moindre signe de contrariété ou d'embarras. Il n'y en avait pas, tout simplement. Comment, dès lors, compter détecter ce qui n'existe même pas ? Lucia semblait totalement inconsciente d'une quelconque annexion, comme d'ailleurs de l'existence même de Stephen. Elle s'était assise avec Tony et Adèle pour toute compagnie et les entretenait du bal de Marcia, du dernier volume de souvenirs osés dont elle avait lu une recension dans la presse dominicale, du salon noir de Sophy, et d'Alf. Jamais elle ne s'était montrée aussi opérationnelle, tous azimuts, ni aussi à l'aise dans sa position centrale.

Adèle pensa que Marcia s'était bel et bien fourvoyée en s'imaginant qu'elle pourrait provoquer chez Lucia la moindre réaction de dépit. Les amants s'entendaient trop bien… À moins qu'ils ne se fussent disputés ? Cette hypothèse lui traversa brusquement l'esprit. Toutes les apparences l'étayaient. Bien qu'elle eût prévu une bonne concertation entre Luciaphiles avec Tony, elle souhaitait presque que Lucia s'éloignât afin de convoquer le comité pour examiner cette enchanteresse possibilité. Avec quel naturel Lucia l'avait appelé Tony tout court : elle avait dû s'exercer à le faire en répétant avec sa bonne.

Une sonnerie de téléphone retentit dans la maison et un valet de pied sortit sur la terrasse.

« Je sais que c'est pour vous, Lucia, dit Adèle. Où que vous soyez, quelqu'un vous appelle au téléphone. Si vous vous trouviez au beau milieu du Sahara, un téléphone sonnerait pour vous de dessous les dunes. Oui ? À qui désire-t-on parler ? demanda-t-elle au valet de pied.

– À Mrs Lucas, Madame », dit-il.

Lucia se leva, tout à fait ravie.

« Vous n'arrêtez pas de me taquiner, Adèle. Que le téléphone est donc assommant ! Il ne vous laisse pas souffler une minute ! Mais je ne serai pas longue. »

Elle sortit d'un pas léger.

« Tony, il y a du pain sur la planche, s'empressa de dire Adèle. Alors, que se passe-t-il entre les amants ? Ils filent le parfait amour ou bien le torchon brûle-t-il ? Et qui peut bien l'appeler au téléphone ? Qu'est-ce que vous pariez que c'est…

– Alf, dit Tony.

– Je me le demande. Et pour en revenir aux amants, Tony, il y a quelque chose là-dessous. Je n'ai jamais vu plus superbe indifférence. Je sens que je vais bien me moquer de Marcia. Elle n'obtient absolument aucune réaction. Lucia n'y prête pas la moindre attention. J'étais sûre qu'elle serait merveilleuse. Hier soir, nous avons eu une conversation délicieuse dans la chambre de Marcia jusqu'au moment où Aggie a mis les pieds dans le plat. Ah ! Voilà Lucia qui revient. Nous n'allons pas tarder à savoir. »

Lucia traversa rapidement la terrasse.

« Ma chère Adèle, dit-elle. M'en voudrez-vous beaucoup si je vous quitte cet après-midi ? On me téléphone de Riseholme. C'était Georgie. Mon Peppino est loin de se porter mieux. Rien d'alarmant, mais il est alité et il n'a personne pour lui tenir compagnie. Je crois que je ferais mieux d'aller à son chevet.

– Oh ! chère amie, dit Adèle. Bien entendu, vous allez faire exactement comme vous le désirez. Je serai vraiment navrée, comme tout le monde ici d'ailleurs, si vous partez. Mais si vous pensez que vous serez plus rassurée… »

Lucia regarda tous les petits groupes prestigieux répartis à la ronde. Elle prenait congé de la réception la plus merveilleuse : c'était la plus haute branche qu'il lui fût donné d'atteindre jusque-là. D'un autre côté, elle laissait son amant en plan, ce qui était consolant. Mais, en réalité, ce n'était pas à tout cela qu'elle songeait.

« Mon pauvre vieux Peppino, dit-elle. Je cours à son chevet, Adèle. C'est mon devoir. »

X

En ce dernier jour du mois d'août, Peppino avait été autorisé, pour la première fois, à sortir se promener tranquillement pendant une demi-heure et à s'asseoir au soleil. Sa maladie qui avait obligé Lucia à écourter son absence avait été grave. Pendant quelques jours, la pneumonie avait mis ses jours en danger. Une fois franchi le cap critique, il se rétablissait de manière satisfaisante.

Tout au long de ces semaines, Lucia s'était montrée admirable en tout point. Elle aurait bien accompagné Peppino dans le jardin mais, après avoir terminé sa visite, le médecin avait exprimé le désir de s'entretenir avec elle et leur colloque s'était tenu dans le salon pendant près de vingt minutes. Après le départ du médecin, Lucia s'était attardée dans le salon pour remettre de l'ordre dans ses idées avant de rejoindre Peppino.

« Quel entretien réconfortant, *caro*, dit-elle. Il n'y a jamais eu adolescent plus parfait que vous – adolescent, convalescent, c'est bien un peu la même chose, n'est-ce pas ? Vous êtes le champion des patients. Tout ce que vous avez à faire, c'est de reprendre progressivement votre ancien rythme d'activités et, d'ici un mois, vous serez plus gaillard que jamais. Vous êtes bâti à chaux et à sable.

– Alors, pas de traversée en mer ? » demanda Peppino. À un certain moment on avait fait miroiter à ses yeux cette redoutable perspective.

« Non ! À moins que la faculté ne considère opportun de vous prescrire un ou deux mois sur la Côte d'Azur cet hiver. Il y aurait alors la traversée de Douvres à Calais, mais rien de plus. Évidemment, je sais ce que vous pensez. Vous m'avez dit qu'il était exclu d'envisager un voyage à Aix-les-Bains au mois d'août à cause de l'état de notre trésorerie et, dans ce cas, comment pourrions-nous songer à passer deux mois à Cannes ? »

Lucia marqua une pause.

« Ça me rappelle cette délicieuse histoire des cousins de cette chère Marcia qui devaient réduire leur train de vie. Après avoir examiné tous les cas de figure possibles, ils convinrent que la seule restriction envisageable serait de supprimer le café après déjeuner ! Mais nous pouvons faire mieux... »

Lucia marqua une nouvelle pause. Peppino avait pris assez d'exercice tout seul. Ils s'installèrent donc dans la petite charmille ensoleillée près du cadran solaire sur lequel étaient gravées tant de devises de circonstance.

« Le docteur m'a également déclaré qu'il serait fort imprudent pour vous d'essayer de passer à Londres des séjours un tant soit peu prolongés, dit-elle. Les brouillards, l'absence de soleil, l'humidité joints au manque de lumière : toutes choses qui vous sont contre-indiquées. Et, connaissant votre bon cœur, je devine encore ce qui vous trotte dans la tête. Vous allez me dire que j'adore Londres et que je désire y passer un mois ou deux en automne et au printemps, en revenant ici pour les week-ends. Eh bien ! Je n'ai pas la moindre intention de rien faire de tel. Il n'est pas question que j'aille seule à Londres. En outre, comme dit cet amour d'Alf, où trouverons-nous les pistoles qui nous permettront d'aller sur la Côte ?

– Dans ce cas, nous pourrions peut-être mettre la maison en location l'hiver ? suggéra Peppino.

– Excellente idée, si nous sommes sûrs de parvenir à la louer. Or, nous ne pouvons pas en être sûrs, sans compter que nous aurons tout le temps des quittances, des avis d'imposition et les soucis du gardiennage sur les bras. Il serait vraiment fastidieux de traîner constamment toutes ces préoccupations et d'avoir, en outre, à surveiller nos dépenses. Je viens de refaire le compte de ce que nous avons dû débourser pour la maison de Londres cet été, *caro*... C'est effarant !... Je suis d'avis qu'il faut la vendre. Je ne vais pas l'utiliser toute seule et vous n'allez pas l'utiliser du tout. Vous savez que c'est pour vous, votre club, votre salle de lecture au British Museum, le directeur de l'Observatoire de Greenwich, que j'avais désiré résider à Londres mais, à présent – comme dit Tony – tout cela est *kapputt*. Nous ferons transporter ici tout ce qui se rattache de près à votre chère tantine, comme son portrait par Sargent, bien entendu (bien qu'en ce moment la cote des tableaux de Sargent monte en flèche), ou le secrétaire en noyer ou les chaises Chippendale ou ce petit plaid en laine qui se trouve dans sa chambre. Mais à mon avis, il faut la vendre en totalité, libre propriété, mobilier, tout. Grands dieux ! N'ai-je pas la ressource d'aller au Claridge de temps en temps lorsque je veux organiser un ou deux déjeuners pour réunir tous nos amis ? Plus de tracas. Et si la faculté vous prescrit d'éviter le froid et l'humidité, nous saurons que nous n'entreprenons rien qui dépasse nos moyens. Cela serait abominable. Il ne faut pas le faire.

– Mais vous ne pourrez plus vous contenter de Riseholme, désormais ! s'écria Peppino. Après tous vos bals, vos réceptions et *tutti quanti*, que trouverez-vous à y faire ? »

Lucia le fixa de son regard en vrille.

« Quel âne bâté je serais si je ne trouvais rien à faire ! dit-elle. Est-ce que je me tournais les pouces avant d'aller à Londres ? Mon Dieu, on m'a toujours sollicitée, à me faire rendre l'âme, ici. Ne vous mettez pas martel en tête, Peppino. Cela prouverait que vous ne me connaissez pas du tout. Quant à notre cher Riseholme, laissez-moi vous dire qu'en notre absence il s'est retranché dans un état de léthargie dont je me sens coupable. C'est le marasme intégral. Toute l'effervescence, toute l'animation fébrile d'antan, tout l'esprit d'initiative se sont envolés. Ils végètent tous, ils moisissent sur place et Georgie s'empâte. Il n'y a jamais rien de neuf. Tout ce que l'on apprend c'est que Daisy s'entraîne à lancer une balle de golf sur la pelouse communale le matin, et qu'elle se rend au terrain de golf l'après-midi. Le lendemain, les nouvelles se limitent, littéralement, à savoir si elle a totalisé un millier de coups sur le parcours, sans chercher à savoir ce que cela signifie. »

Lucia poussa un petit soupir condescendant.

« Cette chère Daisy a parfois des idées, je ne dis pas le contraire. Elle a eu l'idée de la planchette oui-ja, l'idée du musée et, bien qu'elle l'attribue à Abfou, elle a eu l'idée d'Abfou lui-même. Elle a également eu l'idée du golf. Mais elle n'exploite pas ses idées à fond d'une manière dynamique qui soulève l'intérêt et mobilise les gens en les maintenant sous pression. Sous pression ! Voilà comment il faut que nous soyons, avec des centaines de choses de la plus haute importance à faire. Des choses qui tirent leur importance du seul fait que nous les jugeons importantes. Il faut un certain tour de main pour conférer de l'importance aux choses et Daisy en est dépourvue. Tout ce que cette pauvre Daisy fait semble désespérément banal. Mais ils vont s'apercevoir que je suis revenue. Que m'importe qu'il s'agisse du bal de Marcia, ou des airs de flûte d'Alf que j'accompagne au piano, ou d'une partie de golf avec Daisy, ou des quatre mains avec ce pauvre Georgie dont les doigts sont devenus raides comme des baguettes, du moment que je trouve tout cela passionnant ? Si tout cela me paraissait morne, *caro*, je serais (comme l'a dit une fois Adèle) un foutu âne bâté. Cette chère Adèle ! Elle ne crache pas sur les mots un peu crus. »

Lucia rencontra plus de résistance chez Peppino qu'elle ne l'avait prévu. La campagne triomphale de sa femme à Londres au début de l'été l'avait gonflé de fierté. Bien que parfois désarçonné et ballotté dans cette violente tempête d'activités mondaines au point d'avoir, pour ainsi dire, à fermer les yeux sous les trombes d'eau et à retenir son chapeau sur sa tête, Peppino tirait gloire de ces rafales incessantes, tenaces, qui arrachaient aux arbres leurs fruits les plus exquis. Il pensait que Lucia et lui pourraient cependant, et sans dépasser le montant de l'enveloppe financière prévue, conserver encore un an leur train de maison à Londres. Il reconnut avoir surestimé indûment la dépense qu'aurait entraînée un voyage à Aix-les-Bains ; il évoqua même les souvenirs qui rattachaient le 25 Brompton Square à sa tante Amy et la peine qu'il éprouverait à s'en détacher. Mais Lucia, lors de son entretien avec le médecin, avait arrêté sa décision : elle repoussait en bloc l'idée de poursuivre sa carrière triomphale à Londres si celle-ci devait s'accompagner de vigilance pécuniaire et de vie frugale et si, surtout, il lui faudrait laisser Peppino tout seul à Riseholme. Il n'en était pas question. Tout autant que la simple décence, l'affection qu'elle portait à son mari le lui interdisait. Une fois sa décision prise, elle s'employa donc à la mettre en œuvre, avec toute l'énergie qu'on lui connaissait. Elle connaissait, en outre, les vertus du harcèlement, témoin, par exemple, Alf, le fringant jeune homme qui, quand il avait envoyé un coup de poing bien placé dans la figure de son adversaire, ne laissait pas à ce dernier le temps de se ressaisir mais lui en assénait immédiatement un second, puis un autre encore, jusqu'à envoyer sa victime au tapis, déclarée hors de combat par l'arbitre. Lucia s'y prenait exactement de la même manière avec Peppino : elle lui mettait sous le nez des colonnes de chiffres pour lui prouver qu'ils vivaient au-dessus de leurs moyens ; elle attribuait au Premier ministre – quitte à les inventer de toutes pièces – des déclarations relatives à des augmentations probables de l'impôt sur le revenu ; elle tenait pour acquis leur voyage sur la Côte d'Azur, tout en se montrant horrifiée devant le prix des places dans le Train bleu ou celui de la pension dans les hôtels.

« Et puis, Peppino, dit-elle lors du round décisif de ce combat, avec tous nos amis londoniens qui aspirent à venir passer une semaine chez nous à Riseholme, le montant de nos dépenses ici va s'élever. Ne l'oubliez pas. Nos visiteurs vont se succéder sans interruption en octobre (en fait jusqu'à notre départ pour le Midi). Il y a aussi cette prairie au bout du jardin : vous ne l'avez toujours pas achetée et vous savez comme elle me tient à cœur. On l'aménagera en jardin printanier avec des quantités de narcisses et une allée pavée. Vous me l'avez promis. J'en ai déjà fait la description anticipée à Tony : il en crève déjà de jalousie… et à juste titre ! Vous oubliez aussi votre nouveau télescope. Je tiens à ce que vous vous l'offriez, mais je vous assure que je me demande encore où nous pourrons bien trouver l'argent nécessaire. Et mon cher vieux piano ! Il est près de rendre l'âme, il n'en a plus pour longtemps. Or, vous savez bien que vous ne sauriez songer à me voir vivre, ou plus exactement survivre, sans pouvoir disposer d'un bon piano. »

Peppino faiblissait. Même lorsqu'il jouissait de toutes ses forces, il ne faisait pas le poids devant Lucia et la rafale de coups qui lui tombaient dessus l'ébranlait visiblement.

« Je n'ai pas l'intention de vous bousculer, *caro*, poursuivit-elle. Vous savez que je ne me permets jamais de vous bousculer pour vous amener à faire ce que vous jugeriez inopportun.

– Mais vous me bousculez ! retorqua Peppino.

– Seulement pour vous engager à faire ce qui vous semblera le plus opportun. Quant aux souvenirs de tante Amy à Brompton Square, vous ne devez pas vous laisser obnubiler par des scrupules exagérés. Depuis l'époque de votre enfance vous ne l'avez jamais revue dans sa maison de Londres. Si vous rapportez ici son portrait et le plaid en laine dont elle se couvrait les genoux, m'avez-vous dit, je trouve que ce serait amplement suffisant (cela dit sans vouloir vous bousculer le moins du monde)… Comme le temps est doux ce matin ! Venez un peu au bout du jardin et imaginez le tableau de la prairie recouverte d'un parterre flamboyant de narcisses et traversée par une allée pavée… Je crois que je vendrais les chaises Chippendale. »

Lucia ne tenait pas non plus à conserver le portrait de tante Amy. Elle avait déjà abondamment fait allusion aux perles de la tante, ce petit rang de perles très petites, impeccablement reproduites par le pinceau de l'artiste. Et puis Georgie les avait vues lors de cette fameuse soirée à l'opéra et Lucia, qui connaissait Riseholme sur le bout des doigts, pouvait à juste titre considérer qu'à l'heure actuelle tout le monde, dans le bourg, était parfaitement au courant de la nature et de la taille microscopique des perles de la tante Amy. Mieux valait, tant qu'à faire, vendre les perles et, pensa Lucia, se débarrasser par la même occasion de son propre portrait par Sigismund (car rien n'annonçait une montée en flèche de la cote des postcubistes sur le marché de l'art).

Dans l'abandon de sa carrière londonienne qu'elle avait réussi, grâce à un pilonnage incessant, à faire admettre à Peppino, le facteur décisif, selon Lucia, était Peppino lui-même. Il ne pouvait demeurer à Londres avec elle et elle ne pouvait le laisser tout seul à Riseholme, plusieurs jours de suite, une semaine après l'autre (étant bien entendu que, pour progresser sérieusement à Londres, un rythme hebdomadaire de séjours s'imposait). Un autre facteur entrait également en jeu, à savoir la constatation du peu de cas que Riseholme faisait d'elle à présent. Or, cela était intolérable. Riseholme l'avait déposée, Riseholme n'entendait pas recevoir ses instructions de Brompton Square. Le trône était vacant (la pauvre Daisy et, à plus forte raison, le pauvre Georgie n'avaient pas du tout l'étoffe requise pour occuper un trône). Lucia briguait à nouveau la couronne. Certes, elle ne se faisait pas d'illusions sur la somme d'énergie que nécessiterait cette reconquête mais, après tout, à quoi diable employer son énergie sinon à obtenir ce que l'on désire ?

En ce moment précis, Lucia n'était plus rien à Riseholme. Tout le monde avait compati à son inquiétude lors de la grave maladie de Peppino mais, à présent qu'elle-même avait recommencé à téléphoner aux uns et aux autres, à faire un saut chez ses amis et à leur imposer des projets, elle réalisait qu'elle ne comptait pas plus que Piggy et Goosie… Par la fenêtre de son vestibule donnant sur la pelouse communale elle vit Daisy qui, armée d'une canne terminée par une lame d'acier, s'escrimait à faire des moulinets avant de frapper une balle tandis qu'à côté d'elle (quelle horreur !) Georgie essayait d'en faire autant. Est-ce que, par hasard, Daisy, récoltant là les fruits de son obstination, avait réussi à convertir un nouvel adepte au golf ? Grands dieux, pensa Lucia en apercevant également Piggy et Goosie tout occupées à lancer des balles, tout Riseholme s'est bel et bien mis au golf !

« Il va falloir que je m'y mette aussi, songea-t-elle. Comme c'est assommant ! Quel jeu stupide ! »

À ce moment précis, une petite balle blanche rebondit par-dessus la haie d'ifs du Hurst et vint cogner contre la porte d'entrée.

« Quelle trajectoire ! pensa Lucia. Je me demande lequel d'entre eux a pu lancer une balle aussi loin. »

Elle ne tarda pas à le savoir : Daisy traversa le jardin de façade pour venir récupérer sa balle et Lucia, la bouche en cœur, sortit à sa rencontre.

« Bonjour, ma chère Daisy ! dit-elle. Est-ce vous qui avez lancé cette balle d'aussi loin ? Mais, c'est magnifique ! Non, elle n'a fait aucun dégât. Quelle fameuse joueuse vous faites !

– Je suis vraiment désolée, dit Daisy en reprenant son souffle. J'ai pensé, à tort, que je devais utiliser ce club en bois. Je n'imaginais pas que la trajectoire serait si longue et si tordue.

– C'est un coup magistral, dit Lucia. Je n'ai pas oublié votre belle manière de poter. Et ce coup-ci fait également partie du jeu de golf ? Refaites-le pour que je voie. »

Daisy fut incapable de réitérer ce coup de maître précis. À la place, elle projeta une fois la balle en l'air verticalement et, une autre fois, la fit filer au ras du sol. Elle expliqua que, dans le premier cas, il s'agissait d'un coup dirigé en hauteur et, dans l'autre, d'une tactique en rase-mottes pour déjouer l'effet du vent.

« C'est cette dernière tactique qui me plaît le plus, dit Lucia. Oh ! Laissez-moi essayer pour voir ! »

Elle rata la balle une ou deux fois puis effectua un superbe rase-mottes que Daisy consentit à qualifier de coup calotté. Daisy disposait de trois clubs. Elle en utilisait un et posait les deux autres par terre (où elle les oubliait de telle sorte qu'elle était obligée de revenir pour les récupérer...). Georgie, qui lui aussi s'exerçait au tir en rase-mottes, les rejoignit.

« Bonjour, Lucia ! dit-il. C'est la barbe quand on n'arrive pas à envoyer la balle mais quand on y arrive, comme c'est amusant ! Avez-vous aménagé votre golf miniature ? Là... cette fois-ci j'y suis arrivé, qu'en pensez-vous ? »

Lucia avait complètement oublié le golf miniature dont l'équipement avait rejoint les boules (à cause de leurs connotations élisabéthaines), quelques vieilles raquettes de tennis et une batte de cricket dont se servait Peppino lorsqu'il était collégien, dans ce qu'on appelait le « placard aux jeux ».

« Je vais l'aménager cet après-midi, dit-elle. Venez après déjeuner, Georgie : nous ferons une petite partie ensemble. Venez aussi, Daisy.

– Merci, dit Daisy d'un ton assez supérieur, mais Georgie et moi-même avions prévu de faire une vraie partie dans les règles sur le grand terrain de golf.

– Comme ce sera divertissant, dit Lucia, flagorneuse. Je m'y rendrai pour vous regarder. Je pense qu'il faut que je m'instruise. Je n'ai jamais rien vu d'aussi intéressant que le golf. »

Cela était réconfortant : Daisy ne voyait aucun inconvénient à offrir à Lucia une démonstration de quoi que ce soit, mais à côté de ça, elle n'était pas vraiment sûre de trouver à son goût l'intérêt soudain que Lucia manifestait pour le golf. À présent que pratiquement tout Riseholme se mettait au golf et qu'elle-même était en mesure de battre tout le monde (elle bénéficiait d'une avance non négligeable dans l'entraînement), elle espérait que Lucia mépriserait ce sport et se retrouverait toute seule dans son coin pendant tous ces après-midi ensoleillés. À présent, tout le monde se rendait après déjeuner sur le petit terrain à neuf trous : le pasteur (Mr Rumbold) et sa femme, le vicaire, le colonel Boucher, Georgie, Mrs Antrobus (qui laissait de côté son cornet acoustique quand elle se livrait à ces activités athlétiques et n'entendait jamais quand on lui criait « Attention devant ! ») et Piggy et Goosie. Souvent Mrs Boucher se faisait conduire sur les lieux en fauteuil roulant et applaudissait les beaux coups tirés sur la pelouse d'arrivée. Daisy avait même organisé des cours pour débutants dans son propre jardin. Tout Riseholme, à la queue leu leu, s'entraînait aux mouvements de balancement et à la consigne de fixer des yeux tel brin d'herbe bien précis. En fait, le golf promettait de fournir une occupation à Riseholme, tout en lui réservant beaucoup de joies, comme l'avait fait naguère le musée. Certes, si jamais Lucia désirait apprendre (et se contentait de n'en apprendre pas trop), Daisy se ferait un plaisir de l'initier tout en éprouvant, au tréfonds d'elle-même, un étrange malaise. Toutefois, elle se maîtrisait en supposant logiquement que Lucia, dès la fin de l'été, retournerait à Londres, et en infligeant à Georgie une défaite écrasante.

Lucia n'accompagna pas bien loin le groupe sur la pelouse. Elle fit demi-tour, se dirigea vers la petite remise qui tenait lieu de siège au club et y récolta quelques renseignements concernant le fonctionnement de ce dernier. De fondation toute récente, le club avait été ouvert au printemps précédent grâce à l'initiative conjuguée des commerçants et des habitants de Riseholme auxquels s'étaient joints ceux de Brinton, la petite ville voisine. Lucia entama ensuite une conversation fort agréable avec le patron de l'hostellerie Aux Armes d'Ambermere. Il venait d'achever son parcours et il lui déclara combien tous les membres du club se réjouissaient de voir les grandes familles du comté s'intéresser au golf.

« Il y a Mrs Quantock, M'dame, dit-il. Elle vient ici tous les après-midi après s'être entraînée le matin sur la pelouse communale. En cette saison, parcourir la pelouse communale le matin c'est prendre sa santé en main. Je n'ai jamais vu enthousiasme aussi tenace en dépit du fait qu'elle n'a aucune chance de jamais parvenir à envoyer la moindre balle.

– Mais voyons, Mr Stratton ! Il ne faut pas nous décourager de la sorte, dit Lucia. J'ai moi-même l'intention de me lancer dans la pratique du golf à l'automne prochain.

– Je parierais à cent contre un que vous aurez la main plus heureuse, dit Mr Stratton d'un ton obséquieux. Le bruit court que Mrs Quantock pratique à merveille le coup roulé quand elle arrive à proximité immédiate du trou, mais il lui faut tellement de coups d'approche pour y parvenir… Elle perd le trou, pour ainsi dire, avant même d'avoir pu le gagner. »

Lucia se concentra pendant quelques instants.

« Il faut que je fasse le nécessaire pour m'inscrire tout de suite, dit-elle. Qui… qui fait partie du conseil d'administration ?

– Eh bien ma foi, nous allons le refondre au mois d'octobre, étant donné le nombre de dames et de messieurs de Riseholme qui s'inscrivent. Nous aimerions que l'une d'entre vous soit présidente et que l'un de ces messieurs fasse partie du conseil d'administration. »

Lucia saisit la balle au bond.

« Je serais enchantée d'être présidente, dit-elle, si le conseil actuel me fait l'honneur de me le demander. Et que penseriez-vous de Mr Pillson ? Je lui en toucherai un mot pour avoir son avis, si vous le désirez. Mais il ne faut rien ébruiter tant que le conseil ne s'est pas réuni. »

Le premier jalon était donc remarquablement bien planté. Mr Stratton savait, d'ores et déjà, que le conseil se féliciterait de ces candidatures et Lucia, bien avant que Georgie et Daisy ne revinssent au local, achetait quatre clubs de golf et prenait une leçon sous la houlette d'un petit caddie tout gringalet.

Chaque matin, pendant que Daisy se pavanait en arpentant la pelouse communale tout en dispensant à Georgie, Piggy et Goosie des conseils sur la manière de jouer, Lucia dévalait subrepticement la colline pour aller prendre sa leçon et, après le thé, elle reprenait humblement sa place dans la classe de Daisy où elle observait la monitrice faire tout de travers. Elle s'exerça au coup roulé sur son golf miniature, se procura un bel ouvrage illustré dont elle analysa les planches dans le plus grand secret. Dans son for intérieur, elle méprisait le golf mais puisque le golf faisait florès en ce moment et qu'elle devait reconquérir Riseholme…

Un matin, Georgie fit un saut au Hurst après que Lucia fut revenue de sa leçon. Il la surprit à mettre la balle dans le trou le plus éloigné.

« Quel coup splendide, chère amie ! dit-il. Je suis sûr que vous commencez à vous prendre au jeu.

– En effet, dit-elle. C'est vraiment très plaisant. Il m'arrive parfois de me rendre sur le terrain et d'envoyer quelques balles. Soyez un amour : venez avec moi cet après-midi. »

Georgie très spontanément promit de le faire.

« Mais, très volontiers, dit-il. Je serais ravi de vous donner une ou deux indications, si j'en suis capable. Hier, j'ai soufflé deux trous à Daisy.

– Comme vous êtes fort, Georgie ! Quoi de neuf ? »

Georgie émit le son que l'on orthographie « Zut ».

« J'ai complètement oublié, dit-il. C'est pour cela que je suis venu vous voir. Ni Mrs Boucher, ni Daisy, ni moi-même ne savons *ce que* nous devons faire. »

(« C'est le trio du comité du musée », pensa Lucia).

« De quoi s'agit-il, Georgie ? demanda-t-elle. Voyons si la pauvre Lucia peut vous être de quelque secours…

– Bon, dit Georgie. Vous connaissez Pug ?

– La petite bête galeuse de lady Ambermere ? demanda Lucia.

– Oui. Eh bien, Pug est mort. Je ne sais pas de quoi…

– Excès de crème, à mon avis, dit Lucia. Et de gâteaux.

– Effectivement, c'est fort possible. Quoi qu'il en soit, lady Ambermere l'a fait empailler et, pendant mon absence ce matin, elle l'a déposé chez moi, en guise de don pour le musée, dans une cage en verre. Il est couché sur un coussin bleu, avec une oreille dressée, un œil énorme tout vitreux et le bout de son horrible langue qui dépasse entre ses babines.

– Pas possible ! dit Lucia.

– Si, je vous assure. Et nous ne savons pas qu'en faire. Nous ne pouvons pas le mettre dans le musée, vous êtes bien d'accord ? Et si nous le refusons, nous risquons de voir lady Ambermere reprendre ses mitaines. De toute manière, comment refuser ? Elle m'a adressé quelques lignes où elle parle de “son précieux petit Pug”. »

Lucia se souvint de la façon dont on avait d'abord refusé une broche élisabéthaine avant de l'accepter à la suite d'un concours de circonstances. Mais elle désirait se ménager une meilleure introduction au musée que celle qu'aurait pu lui fournir une broche élisabéthaine.

« Quelle catastrophe ! dit-elle. Et vous êtes donc venu voir si cette pauvre vieille Lucia pouvait vous aider.

– Eh bien, nous nous sommes tous demandé si, par hasard, vous pourriez imaginer une solution », dit-il.

Lucia était aux anges : le musée avait besoin d'elle… Elle fixa Georgie du regard.

« Je peux peut-être vous sortir de ce mauvais pas, dit-elle. La solution que j'imagine, Georgie, c'est que vous voulez que j'aille *en personne* rapporter cet abominable Pug chez son ex-maîtresse. Je vois ce qui a dû se passer. Elle l'a fait empailler, puis s'est rendu compte qu'il constituait un objet bien trop affreux à conserver chez elle et, par conséquent, elle a pensé qu'elle pourrait se montrer généreuse envers le musée. Nous – je devrais dire “vous” car je n'ai rien à voir dans toute cette histoire – ne tenons pas à ce que le musée devienne le dépotoir où les gens déversent toutes les ordures qu'ils ne veulent pas garder chez eux ?

– Non, évidemment pas », dit Georgie. (Est-ce que, par hasard, Lucia sous-entendait là quelque chose ? C'en avait tout l'air…) Elle s'enflamma et devint volubile.

« Certes, si vous me demandiez mon avis, je vous dirais que l'on a déjà déversé un tout petit peu trop d'ordures dans ce musée. Mais là n'est pas la question, nous sommes bien d'accord. Et, en outre, cela ne me regarde pas. Quoi qu'il en soit, en l'état actuel des choses, vous ne désirez pas que l'on en déverse d'autres. Quant à menacer de récupérer les mitaines – simplement prêtées, n'est-ce pas ? – lady Ambermere ne risque pas de le faire. Elle adore traîner ses invités au musée pour les leur faire admirer. C'est entendu, Georgie, je vais vous aider. J'irai en voiture cet après-midi – non, ce n'est pas possible puisque je vais disputer une bonne partie de golf avec vous –, j'irai là-bas demain et je rapporterai Pug avec toutes les excuses du comité du musée qui regrette de ne pas comporter de taxidermiste. Ou, si vous le préférez, j'effectuerai la démarche en mon propre nom. Comme c'est curieux que l'on ait peur de cette pauvre vieille lady Ambermere ! Cela n'a pas d'importance : elle ne me fait pas peur. Comme vous êtes de mèche, tous en chœur, pour me contraindre à faire vos quatre volontés ! J'ai toujours été l'esclave de Riseholme… Enveloppez la cage de Pug dans une grande feuille de papier kraft, Georgie, car je ne veux pas voir cet affreux petit avorton, et n'y pensez plus. Et, à présent, allons faire un bon petit match de golf jusqu'à l'heure du déjeuner. »

Georgie se montra quantité négligeable lors dudit bon petit match et quantité encore plus négligeable l'après-midi au moment du match proprement dit. Lucia effectua de splendides coups à toute volée dont le moindre, lorsqu'il lui arrivait d'entrer en contact avec la balle, envoya probablement celle-ci à plus de cent mètres (alors que Daisy considérait quatre-vingts mètres comme une distance tout à fait respectable et qu'elle était fort satisfaite d'elle-même quand elle atteignait un bunker à plus de quatre-vingts mètres : elle déclarait alors qu'il faudrait reculer le bunker, en prévision de joueurs capables de plus longues trajectoires). Quand Lucia parvint à la pelouse d'arrivée, elle donna un bon coup à la balle au ras du sol et, bien qu'elle eût sans aucun doute râclé le sol, le projectile décrivit un parcours parfait (alors que lorsque Daisy râclait le sol, la balle ne bougeait pas d'un pouce). Le cœur léger, Lucia n'arrêtait pas de parler tout en jouant. Même au moment solennel où elle lançait la balle, elle s'écriait : « À nous deux vilaine petite baballe ! Lucia va te montrer de quel bois elle se chauffe ! » (Alors que, lorsque Daisy jouait, son adversaire et tous les caddies devaient rester muets comme des carpes et figés comme des statues ; elle prenait alors une profonde respiration et faisait osciller son club, tel un pendule, au-dessus de la balle.)

« Vous êtes vraiment merveilleuse », dit Georgie qui, avec trois points de moins, se tenait près du quatrième tee et observait la balle de Lucia passer en vol plané au-dessus d'un mouton qui, étant donné la distance, paraissait minuscule.

« Voilà à peine trois semaines que vous avez touché un club pour la première fois. Vous êtes douée ! M'est avis que vous pourriez presque battre Daisy.

– Georgie, je crains que vous ne me disiez cela pour me flatter, dit Lucia. Et maintenant, frappez un bon coup sur votre balle. Ensuite, j'aimerais vous parler de quelque chose.

– Voyons un peu… dit Georgie, faut-il balancer le club lentement en arrière et donner un coup rapide, ou le contraire ? Il me semble que Daisy préconise tantôt l'une, tantôt l'autre méthode. »

Daisy et Piggy, qui avaient commencé avant eux, jouaient en suivant un trajet parallèle mais en sens inverse. Daisy n'eut pas de chance avec son premier coup et guère davantage avec son deuxième. Lucia s'écarta à temps pour éviter le troisième coup et Daisy les croisa en courant.

« Quelle manœuvre pour faire dévier la balle à droite ! s'écria-t-elle. Alors, comment ça va pour vous, Lucia ? Vous êtes arrivée ici en combien de coups ?

– Un seul pour le moment, ma chère, dit Lucia. Mais c'est rudement difficile, n'est-ce pas ? »

Le visage de Daisy s'allongea.

« Un seul ? » dit-elle.

Lucia lui envoya un baiser de la main.

« C'est tout, dit-elle. À propos, Georgie vous a-t-il dit que je m'occupe de vous débarrasser de Pug ? »

Daisy tourna la tête vers elle d'un air sévère. Elle avait commencé à se concentrer sur sa balle : personne ne devait plus dire un mot.

Lucia observa Daisy tout appliquée à recommencer l'opération, puis elle alla rejoindre Georgie qui se morfondait dans un secteur ingrat (quelle barbe !). Des mottes de gazon furent projetées en l'air.

« Georgie, dit Lucia, j'ai eu l'autre jour une petite conversation avec Mr Stratton. Ils vont procéder, en octobre, à des élections afin de constituer un nouveau conseil d'administration pour le club de golf. Ils désireraient vivement que vous en fassiez partie. Soyez gentil, acceptez ! »

Georgie n'avait pas la moindre intention d'objecter quoi que ce soit.

« Et ils désirent m'avoir, pauvre petite, comme présidente, dit Lucia. Êtes-vous d'accord pour que j'adresse quelques lignes à Mr Stratton en lui disant que nous acceptons ? Ce serait courtois, Georgie… Ah, pendant que j'y pense, venez donc dîner ce soir. Peppino – oui, il va mieux, merci –, Peppino m'a demandé de vous inviter. Ça lui ferait plaisir. Simplement pour renouer avec nos chères petites soirées d'antan. »

En fait, Lucia disposait ses batteries pour passer à l'attaque. Dans sa stratégie, Georgie constituait une étape à court terme, et non l'objectif final. Il souhaitait ardemment faire partie du conseil d'administration du club de golf, il était infiniment reconnaissant à Lucia de lui enlever une épine du pied en le débarrassant de Pug et il trouvait beaucoup plus amusant de jouer au golf avec elle plutôt que de se faire tyranniser à tout bout de champ par ce dragon de Daisy qui lui disait, après chaque coup, ce qu'il aurait dû faire tout en étant incapable elle-même de lui faire une démonstration convaincante. Après tout, il venait là pour jouer, pas pour se faire chapitrer.

Lucia pensa que le moment était venu de confier à Georgie son intention d'abandonner Brompton Square. Georgie serait ravi d'apprendre ce que personne ne savait encore. Elle attendit qu'il eût raté un trou à faible distance et lui fit grâce du suivant (ce que Daisy ne faisait jamais).

« J'espère que nous aurons beaucoup de nos petites soirées, Georgie, dit-elle. Nous serons ici jusqu'à Noël. Non, pour nous, Londres c'est fini (bien que ce soit un secret pour l'instant).

– Comment ? dit Georgie.

– Une minute, dit Lucia en posant sa balle sur le tee pour le lancer vers le dernier trou. Et maintenant, pitite baballe, au dodo ! Ça y est !.. » Et la pitite baballe s'envola tout droit vers son petit nid… mais à quelle énorme distance !

Lucia rejoignit Georgie, qui se dirigeait vers le trou suivant.

« Il ne faut plus jamais que Peppino vive à Londres, dit-elle. On va tout vendre, Georgie. La maison, les meubles, les perles… Il va falloir vous résigner à retrouver votre pauvre vieille Lucia à Riseholme. Personne n'est au courant, sauf vous, mais à présent tout est décidé. Ai-je des regrets ? Oui, Georgie, c'est évident. Nous avons tant d'amis très chers à Londres. Mais, après tout, nous en avons aussi à Riseholme. Quel coup superbe, Georgie ! Vous avez failli toucher Daisy. Criez : "Attention derrière !" (c'est bien comme ça qu'on dit, n'est-ce pas ?) »

Lucia avait l'impression de reprendre du terrain. Soudoyé grâce à la place promise au sein du conseil d'administration du club de golf, grâce aussi à l'admiration béate que lui manifestait

Lucia en le voyant jouer et enfin grâce à la magnanimité dont elle avait fait preuve au sujet de Pug, Georgie revenait vers elle ventre à terre. Ce n'était pas négligeable. Le lendemain matin, elle eut une entrevue homérique avec lady Ambermere…

On déclara à Lucia que lady Ambermere était absente. Or, Lucia avait aperçu le visage de la noble dame à la fenêtre du salon rose. Elle demanda donc à voir Miss Lyall, souffre-douleur de sa maîtresse, et attendit dans le hall d'entrée. Son chauffeur avait déposé le sarcophage vitré de Pug enveloppé de papier kraft sur le sol en mosaïque qui faisait toute l'admiration des visiteurs.

« Oh ! Miss Lyall, dit Lucia. Je suis désolée que lady Ambermere soit sortie car je désirais lui transmettre les sentiments reconnaissants du comité du musée pour le don somptueux de ce pauvre Pug. Malheureusement, le comité ne pense pas pouvoir… Oui, c'est bien Pug, là dans le paquet enveloppé de papier kraft. Brave petite bête ! Mais pouvez-vous expliquer exactement la situation à lady Ambermere dès qu'elle rentrera ? »

Miss Lyall, avec sa mine de petite souris, se demanda ce qu'elle devait faire en pareille circonstance. Elle eut le sentiment que lady Ambermere devait être informée de la mission de Lucia et traiter l'affaire en personne.

« Je vais aller voir si lady Ambermere est rentrée, Mrs Lucas, dit-elle. Il se peut qu'elle soit rentrée. Elle était simplement sortie dans le jardin, vous savez. Il se peut qu'elle désire savoir ce que vous avez apporté. Mon Dieu, mon Dieu ! »

La pauvre Miss Lyall s'éclipsa à toute vitesse et quelques instants plus tard la porte du salon rose s'ouvrit brusquement. Dans un silence impressionnant lady Ambermere fit son entrée, apparemment fort vexée. De toute évidence on lui avait transmis la teneur de cette mission stupéfiante.

« Mrs Lucas, je crois… » dit-elle, comme si elle n'était pas bien sûre.

Après avoir frayé avec toutes ses duchesses, il n'était pas question que Lucia se laissât marcher sur les pieds. Lady Ambermere pouvait s'enorgueillir d'avoir un profil d'empereur romain, elle manquait pourtant d'éducation.

« Lady Ambermere, je présume », rétorqua Lucia du tac au tac. Elles étaient donc à égalité.

Lady Ambermere la dévisagea d'une manière qui aurait dû la pétrifier. Cela ne produisit aucun effet.

« Vous êtes venue, je crois, pour m'apporter un message de la part du comité de votre petit musée de Riseholme dont le sens m'a peut-être échappé… »

Lucia avait conscience d'effectuer ce que ni Mrs Boucher ni Daisy, dans leurs moments les plus téméraires, n'eussent jamais osé faire. Quant à Georgie…

« Non, lady Ambermere, dit-elle. Je ne pense pas que le sens du message vous ait échappé. Il s'agit bien d'un chien empaillé reposant sur un coussin. Le comité a jugé que le musée n'était pas exactement l'endroit idéal pour ce genre d'article. Je vous l'ai rapporté avec les remerciements et les regrets du comité. C'était fort généreux de votre part et… et le comité est vraiment navré. Voici le paquet. Je crois que c'est tout. »

Ce n'était pas vraiment tout.

« Savez-vous, Mrs Lucas, dit lady Ambermere, que j'ai prêté à votre petit musée les mitaines de feue la reine Charlotte ? »

Lucia posa son doigt sur le front, comme pour réfléchir.

« Des mitaines, dites-vous ? Oui… oui, il me semble bien qu'il y a des mitaines quelque part. Je crois les avoir aperçues. Ce sont, sans aucun doute, celles dont vous voulez parler. Eh bien ? »

La manœuvre était brillante. Cela laissait entendre que le comité (dont Lucia était sûre de faire prochainement partie) n'avait cure de ce que lady Ambermere jugerait bon de faire des mitaines.

« Le comité aura de mes nouvelles », déclara lady Ambermere avant de se diriger majestueusement vers le salon rose.

Lucia était désolée pour Miss Lyall qui, probablement, allait passer une journée peu enviable. Au comité qui, au grand complet, attendait son retour sur la pelouse communale, elle expliqua qu'elle n'avait aucune appréhension sérieuse quant au retrait éventuel de ces reliques en laine.

« C'est du bluff, dit-elle. Du bluff et rien de plus. Et quand bien même ce n'en serait pas... Enfin, chère Daisy, mieux vaut se passer des mitaines et de Pug que de les avoir ensemble sur les bras. Pug... (je l'ai aperçu à travers un trou dans le papier kraft), Pug aurait fait de votre musée la risée du pays.

– S'est-elle montrée terrible ? » demanda Georgie.

Lucia poussa un petit rire argentin.

« Oui, cher Georgie, tout à fait terrible. Vous seriez tombé à la renverse si elle vous avait dit : "Monsieur Pillson, je crois ?". Oui ou non, Georgie ? N'essayez pas de faire semblant d'être plus courageux que vous ne l'êtes.

– Eh bien, il me semble que nous vous devons tous une fière chandelle, Mrs Lucas, déclara Mrs Boucher. Tout le monde est certainement d'accord avec moi. Je n'aurais jamais pu lui tenir tête de la sorte ! Et si jamais elle récupère ses mitaines, je serais très tentée d'en placer une autre paire dans la vitrine (qui est notre propriété, pas la sienne) avec ces simples mots sur l'étiquette : "Ces mitaines *n'ont pas appartenu* à la reine Charlotte et *ce n'est pas* lady Ambermere qui en a fait don au musée." Ça lui servirait de leçon. »

Lucia se remit à rire gaiement.

« Je suis trop heureuse d'avoir pu vous rendre service, dit-elle. Et, à présent, chère Daisy, serez-vous aussi obligeante que Georgie hier pour m'accorder une petite partie de golf cet après-midi ? Ce ne sera pas bien folichon pour vous mais si profitable pour moi... »

Daisy avait remarqué, la veille, la vigueur de certains des coups de Lucia. Elle redoutait plutôt cette invitation qui, comme le craignait Lucia, risquait de n'être pas trop folichonne pour elle.

Par chance, elle avait déjà convenu de jouer avec Georgie ce jour-là et retenu, en prévision du terme redouté, Piggy, Goosie, Mrs Antrobus et le colonel Boucher comme partenaires pour tous les autres jours de la semaine. Dans l'intervale, elle entendait bien s'exercer à mort. Ce fut alors que l'infâme Georgie, tel un corbeau de malheur, la laissa lâchement tomber.

« Tout compte fait, je préférerais ne pas jouer cet après-midi, dit-il. Je me contenterai de vous suivre sur le terrain.

– Bien vrai, Georgie ? dit Lucia. Ainsi donc tout s'arrange pour le mieux. Quel trac je vais avoir ! »

Daisy fit un ultime effort pour retarder sa chute : sur le chemin du golf, l'après-midi, elle proposa à Lucia de lui accorder un coup supplémentaire par trou. Lucia déclara qu'elle savait que cela l'arrangerait mais ne pourraient-elles pas, simplement pour s'amuser, jouer le jeu tel quel ? Au fur et à mesure que se déroulait la partie, l'obligeance de Lucia devint presque intolérable. Elle se rendait compte, disait-elle, que Daisy n'était pas du tout dans sa meilleure forme alors que Daisy était au mieux de sa forme. Elle s'exclamait « Oh ! ce n'est qu'un coup de malchance ! » quand Daisy ratait des tirs à faible distance ; elle la suppliait d'aller récupérer sa balle dans les buissons et de ne pas compter le point… Bref, à quatre heures et demie, tout Riseholme savait que Daisy s'y était prise à deux reprises pour quatre des trous et avait raté les cinq autres, ce qui mettait un terme à son court règne de « reine du golf »…

Le comité du musée se réunit après le thé chez Mrs Boucher (ce jour-là Daisy avait annulé sa classe de golf dans son jardin). Georgie comprit que le tact le plus élémentaire l'obligeait à éviter de proposer la candidature de Lucia comme nouveau membre du comité alors que fumaient encore les cendres toutes chaudes du désastre de Daisy. Consultée en privé, Mrs Boucher en avait convenu, tout en se permettant quelques commentaires cinglants sur Daisy qui les avait tous menés en bateau avec son golf. L'ordre du jour de la réunion se limita donc essentiellement à envisager la fermeture du musée pendant l'hiver. La saison touristique touchait à sa fin, les cars n'amenaient plus de visiteurs et depuis trois jours personne n'avait franchi le tourniquet.

« À quoi bon rémunérer un garçonnet pour faire entrer les gens au musée puisque personne n'en manifeste le désir ? demanda-t-elle. J'appelle cela jeter l'argent par les fenêtres. Il vaut bien mieux fermer le musée jusqu'au printemps et supprimer tous frais supplémentaires en se contentant de glisser un shilling au garçonnet pour ouvrir les fenêtres afin d'aérer la pièce, disons le mardi et le vendredi, ou bien le mercredi et le samedi.

– Je pencherais plutôt pour le lundi et le jeudi », dit Daisy, très péremptoire. Si elle ne pouvait plus agir à sa guise sur le terrain de golf, elle entendait bien user de tout son poids au sein du comité.

« Parfait, dit Mrs Boucher, va pour lundi et jeudi… Et puis, il y a encore autre chose. Il commence à faire si humide dans cette grange que si vous aviez envie de prendre un bain froid, il vous suffirait de vous déshabiller et de vous y tenir. L'eau suinte des murs. Je serais d'avis d'y allumer deux ou trois poêles à mazout tous les jours sauf les jours où l'on aère. Le garçonnet s'en chargerait et on pourrait doubler ses gages. Je dois me rendre à Brinton demain et, si vous le souhaitez, je pourrais y passer la commande. Non : je les rapporterai avec moi et les ferai allumer demain en fin de matinée. Mais, sauf si vous désirez n'avoir rien d'autre à montrer que de la moisissure au printemps prochain, nous ne devons pas perdre de temps. Une culture de champignons ne suffira pas à drainer les visiteurs et c'est tout ce qu'il y aura. »

Georgie frappa sur la table.

« Je suis d'avis que l'on retire le manuscrit de *Lucretia* et que l'un d'entre nous le garde jusqu'à la réouverture du musée, dit-il.

– Je veux bien m'en charger », dit Daisy.

Georgie aurait voulu l'emporter chez lui mais mieux valait ne pas contrarier Daisy en ce moment. En outre, il était pressé : Lucia lui avait demandé d'apporter sa planchette pour voir si Abfou aimerait qu'on s'occupe un peu de lui. Cela faisait des semaines que personne ne lui avait adressé la parole.

« Parfait, dit-il. Et si c'est tout pour aujourd'hui…

– Je me demande si je ne serais pas plus tranquille de savoir le manuscrit déposé dans un coffre à la banque, dit Mrs Boucher. Imaginez qu'on le vole… »

Magnanime, Georgie prit la défense de Daisy. Il savait bien ce qu'elle devait ressentir. La suggestion de Mrs Boucher fut repoussée et il se leva.

« Alors, si c'est bien tout, je vais m'en aller », dit-il.

Daisy sentait confusément que Georgie allait faire quelque chose avec Lucia, peut-être prendre une leçon de golf.

« Vous venez chez moi un peu plus tard ? demanda-t-elle.

– Je crains de ne pas pouvoir, dit-il. Je suis occupé jusqu'à l'heure du dîner. »

Et en rentrant chez elle, Daisy vit Georgie se précipiter vers le Hurst, comme il fallait s'y attendre, avec sa planchette sous le bras.

XI

Lorsque Georgie arriva chez Lucia, elle ne fit absolument aucune allusion à ses triomphes sportifs de l'après-midi. Ce n'était pas dans ses habitudes. Elle se contentait de triompher et laissait aux autres le soin de se répandre en commentaires. Mais ses principes ne lui interdisaient pas d'évoquer tel ou tel aspect du golf en général.

« Il nous faudra adopter un style de gestion plus professionnel lorsque nous ferons partie du conseil d'administration, Georgie, dit-elle. Il faudra organiser des compétitions avec handicap et des tournois. J'instituerai une récompense sous la forme d'une petite coupe d'argent : la coupe de la présidente. Pour le moment, voyez-vous, il n'y a aucune organisation : on s'amuse beaucoup mais rien n'est organisé. Il va falloir que nous réfléchissions ensemble à tout cela. Prévoir également des parties à deux contre deux dans lesquelles les deux partenaires d'une équipe envoient la balle à tour de rôle. Peppino, j'en suis sûre, acceptera de créer une petite coupe pour ces parties doubles, la coupe Lucas… Ah ! Vous avez apporté la planchette ? Il faut que vous m'appreniez comment on s'en sert. Quelle bonne occupation pour les longues soirées d'hiver, Georgie ! Et puis, il faudra que nous disputions quelques tournois de bridge. Pour les après-midi où il pleuvra, vous comprenez. Puis une pause pour le thé et l'on se remet au bridge. Nous reparlerons de tout cela un peu plus tard, mais je vous avertis : j'attends de vous que vous organisiez une foule d'activités pour distraire Peppino. »

Lucia poussa un petit soupir.

« Peppino adorait Londres, dit-elle, et nous devons le distraire, Georgie, pour éviter qu'il ne s'ennuie. Vous devez trouver un tas de petites activités : des petites choses agréables pour animer ces longues soirées : de la musique, du bridge, et des séances de planchette. Je mettrai ensuite sur pied des lectures tirées de Shakespeare, des extraits de pièces de théâtre avec quelques petits rôles pour lui et pour cette pauvre Daisy. Je prévois déjà que je n'aurai pas le temps de chômer à l'automne. Mais il faut que vous nous fassiez tous le plaisir de nous rendre visite pour partager nos petits divertissements. Ce serait de la pure folie pour Peppino de sortir après le coucher du soleil. Et maintenant, votre planchette. Comme je suis bavarde, Georgie ! »

Georgie expliqua la technique de la planchette (combien il était aussi important de ne pas la pousser que de ne pas entraver ses mouvements autonomes). Pendant qu'il parlait, Lucia jetait un coup d'œil sur le mode d'emploi que Georgie avait rapporté.

« Il se peut que nous n'obtenions rien, dit-il. Abfou s'est montré parfois très décevant. En fait, rien ne nous empêche de continuer de parler ; il vaut mieux ne pas trop mettre le nez sur ce qu'il fait.

– Je vois, dit Lucia. Alors, poursuivons notre conversation. Comme vous êtes arrivé tard, Georgie ! Je vous attendais il y a une demi-heure… Ah ! Je me souviens : vous m'aviez avertie que vous pourriez être retardé par la réunion du comité du musée…

– Oui. Nous avons convenu de fermer le musée pendant l'hiver, dit-il. En y entretenant simplement un ou deux poêles à mazout pour chasser l'humidité. À propos, je désirais – tout comme Mrs Boucher, que je sache – vous demander de… »

Il s'interrompit au milieu de sa phrase : Planchette venait d'amorcer des pulsations extraordinaires.

« Je crois qu'il va se passer quelque chose, dit-il.

– Pas possible ! Comme c'est intéressant ! dit Lucia. Que devons-nous faire ?

– Rien, dit Georgie. Il faut simplement la laisser agir à sa guise. Concentrons-nous, c'est-à-dire, ne pensons à rien. »

Certes, Georgie avait remarqué, tout en s'en félicitant *in petto*, la réserve très digne qu'avait observée Lucia à propos du désastre subi par Daisy dans l'après-midi. Mais il nourrissait les plus graves soupçons quant à l'envie qu'avait Lucia de « déchiffrer » : il s'attendait tout à fait à ce que, dans le cas où Abfou « se manifesterait » en adoptant un autre idiome que l'arabe, il se mît à déblatérer contre le golf de Daisy. On découvrirait alors des remarques cinglantes, du même type que « snob », et tous ces commentaires fort désobligeants à propos de la coupe de cheveux à la garçonne de Lucia et, dans une telle éventualité, il aurait le sentiment que Lucia avait poussé. Elle pourrait s'en défendre, exactement comme l'avait fait Daisy, mais une déclaration d'Abfou sur le golf n'en demeurerait pas moins fort sujette à caution. Georgie souhaitait que cela ne se produisît pas car la pertinence même des remarques antérieures d'Abfou avait singulièrement ébranlé sa foi envers le guide égyptien. Il avait été enclin à croire que le moi subconscient de Daisy avait inspiré Abfou – ou, à tout le moins, s'était-il efforcé de le croire – mais il lui avait été impossible de dissocier le moi global de Daisy de ces critiques violentes.

Planchette commença à remuer.

« C'est probablement de l'arabe, déclara Georgie. On ne sait jamais à l'avance. Évacuez toute pensée de votre esprit, Lucia. »

Lucia ne répondit pas et Georgie leva les yeux vers elle. Elle avait cette expression lointaine qu'il associait aux interprétations qu'elle donnait de la *Sonate au clair de lune*. Puis, elle ferma les yeux.

Planchette poursuivait son mouvement régulier. Quand elle approchait du bord du papier, elle revenait en arrière pour commencer la ligne suivante mais Georgie était absolument sûr qu'il ne la poussait pas. Il voulait simplement qu'elle ne gaspillât pas son énergie en débordant sur la nappe. À un moment donné, il eut la quasi-certitude qu'elle traçait le mot « bunker », mais qui pouvait se vanter d'être sûr ? Et ces mots-là, était-ce « conseil d'administration » ? L'angoisse l'étreignit : comme ce serait dommage qu'Abfou se limitât au club de golf qui, de toute évidence, occupait entièrement le subconscient de Lucia, sans parler de son moi conscient ! Soudain, il fut presque pris de panique car la tête de Lucia retombait sur sa poitrine et le rythme de sa respiration s'était singulièrement accéléré.

« Lucia ! » cria-t-il d'une voix aiguë.

Lucia releva la tête et Planchette s'immobilisa.

« Mon Dieu ! J'étais complètement dans le brouillard, dit-elle. Poursuivons notre conversation, Georgie. Ce matin, lady Ambermere… J'aurais voulu que vous puissiez la voir.

– Planchette a écrit, dit Georgie.

– Pas possible ! dit Lucia. En êtes-vous sûr ? Est-ce qu'on peut regarder ? »

Georgie souleva l'appareil. Il n'y avait aucun mot d'arabe et ce n'était pas l'écriture d'Abfou qui, par certains petits côtés, ressemblait curieusement à celle de Daisy quand il écrivait à toute vitesse.

« Vittoria, lut Georgie. Je suis Vittoria.

– Georgie, comme c'est stupide, dit Lucia. À moins qu'il ne s'agisse de la reine ?

– Voyons ce qu'elle dit, continua Georgie. Je suis Vittoria. Je viens à Riseholme. La preuve : il y a un chien et une *vecchia*…

– Ça, c'est de l'italien, dit Lucia toute excitée. Vous voyez : Vittoria est orthographié à l'italienne. *Vecchia* signifie… voyons… mais oui, c'est bien ça ! Cela signifie "vieille femme". "Un chien et une vieille femme en colère". Oh ! Georgie ! Avouez-le ! C'est vous qui avez tout manigancé ! Vous pensiez à Pug et lady Ambermere.

– Je vous jure que non ! se défendit Georgie. Cela ne m'a pas frôlé l'esprit. Voyons ce qu'il y a d'autre… “Et Vittoria vient vous parler de feu et d'eau, de feu et d'eau et le clair de lune”…

– Oh, Georgie ! Quel charabia ! dit Lucia. Tout cela est aussi stupide qu'Abfou. Qu'est-ce que cela signifie ? Le clair de lune ! J'imagine que vous allez prétendre que j'ai poussé et que je pensais à la *Sonate au clair de lune.* »

Cette vile pensée avait effectivement traversé l'esprit de Georgie mais que diable venaient faire l'eau et le feu dans tout cela ? Soudain, il fut ébloui par une manière stupéfiante d'interpréter le message sibyllin.

« C'est tout à fait extraordinaire ! dit-il. Nous venons de tenir une réunion du comité du musée et Mrs Boucher a dit que la grange dégoulinait d'humidité. Nous avons décidé de nous procurer quelques poêles à mazout pour sécher l'atmosphère. Vous tenez donc votre feu et votre eau ! » Georgie avait donc mentionné ce point concernant le comité du musée mais d'une manière si spontanée qu'il oublia aussitôt qu'il l'avait fait. Lucia ne releva pas la question…

« D'accord ! Je trouve cela effectivement surprenant ! dit-elle. Mais, après tout, ce n'est là qu'une coïncidence.

– Ce n'est pas du tout mon avis, dit Georgie. Je crois que c'est extrêmement curieux parce que je ne pensais absolument pas à tout cela. Et que dit d'autre le message ? “Vittoria vous conjure d'entretenir ardente la flamme de l'amour et de la loyauté dans vos cœurs. Vittoria a souffert et elle vous conjure de vous montrer compatissants envers ceux qui souffrent.”

– Voilà qui est curieux ! dit Lucia. Cela pourrait s'appliquer à Peppino, ne trouvez-vous pas ? Oh ! Georgie, évidemment, nous avions l'un et l'autre cette pensée en tête : nous venions d'en parler. Je ne dirai pas que vous avez poussé, mais il se pourrait fort bien que nous en soyons à l'origine.

– Je trouve cela très étrange… dit Georgie. Et puis, qu'est-ce qui vous a pris, Lucia ? On aurait dit que vous aviez à moitié perdu connaissance. Je suis convaincu qu'il doit s'agir de ce que le mode d'emploi de la planchette appelle un état de légère hypnose.

– Pas possible ! dit Lucia. Légère hypnose, ça signifie demi-sommeil, n'est-ce pas ? Je dois avouer que je tombais de sommeil.

– C'est un signe précurseur de l'entrée en transe, dit Georgie. Essayons de nouveau. »

Lucia paraissait réticente.

« Je m'en abstiendrai, Georgie, dit-elle. C'est tellement bizarre. Je ne suis pas sûre d'y prendre plaisir.

– Cela ne peut pas vous faire de mal si vous l'abordez dans l'état d'esprit idoine, dit Georgie en citant mot pour mot le mode d'emploi.

– Non, ça suffit pour ce soir, Georgie, dit-elle. Peut-être demain. C'est intéressant, c'est curieux et, de toute manière, je ne pense pas que Vittoria pourrait nous faire du mal. Elle m'a l'air bienveillante. Son message, en vérité, a quelque chose de noble.

– Bien plus noble qu'Abfou, dit Georgie, et beaucoup plus puissant. La preuve : elle s'est immédiatement manifestée, sans gribouillages préalables ! Je n'ai jamais abouti à la conclusion certaine que les gribouillages d'Abfou fussent de l'arabe. »

Lucia esquissa un petit sourire indulgent.

« D'après ce que vous m'en avez rapporté, il n'y avait pas beaucoup d'indices permettant d'affirmer que c'était de l'arabe. Vous n'étiez certain que d'une chose : ce n'était pas de l'anglais. »

Georgie laissa sa planchette chez Lucia, dans le cas où elle consentirait à tenir une autre séance le lendemain et retourna en toute hâte, non pas chez lui (était-il nécessaire de le préciser ?), mais chez Daisy. À son avis, Vittoria valait bien deux Abfou… Ce qu'elle avait déclaré sur le feu et l'eau, cette compassion pour ceux qui souffrent et, à un degré à peine moindre, cette nécessité de maintenir bien haut le flambeau de la loyauté… Ce dernier point provoquait chez Georgie un certain sentiment de culpabilité parce que la loyauté envers Lucia – c'était incontestable – avait quelque peu vacillé à la suite du comportement de celle-ci au cours de l'été.

Il fit à Daisy un compte rendu concis de tous ces faits extraordinaires (en passant discrètement sous silence la loyauté). Daisy adopta une attitude supérieure et méprisante.

« Vittoria, dites-vous, s'exclama-t-elle, et *vecchia* ! N'est-ce pas là, de A à Z, du Lucia tout craché avec son attirail d'italien de cuisine ? Et puis Pug et la vieille dame en colère ! J'appelle cela s'envoyer des fleurs. Tenez, ce n'était même pas subconscient : elle en avait plein la tête.

– Et l'eau et le feu, alors ? demanda Georgie. Ça s'applique parfaitement à l'humidité du musée et aux poêles à mazout. »

Daisy sentait bien que son statut de grande prêtresse d'Abfou vacillait sur ses bases. Certes, elle n'avait pas célébré les mystères ces derniers temps car Riseholme (et elle-même) s'était un peu lassé d'Abfou, mais penser que Lucia pût voler sa propre invention (voler : c'était bien le mot) et se mît à l'exhiber sous le patronage de Vittoria en prétendant qu'il s'agissait d'une trouvaille toute récente, voilà qui vous donnait un goût de fiel et d'absinthe[1] dans la bouche.

« Un coup de veine, sans plus, dit Daisy. Si Vittoria avait écrit mouton et musique, vous auriez été capables d'échafauder une interprétation alambiquée. C'est vraiment tiré par les cheveux votre histoire ! »

Georgie commençait à s'impatienter. Il se souvint que lorsqu'Abfou avait écrit « mort », le mot était censé s'appliquer au mûrier que Daisy avait cru achever en en rafraîchissant les racines d'une main inexperte. Alors, si on commençait à parler d'histoires tirées par les cheveux, il avait son mot à dire. En outre, le mûrier n'avait pas crevé du tout ; par conséquent, si c'est au mûrier qu'Abfou avait fait allusion, il s'était bel et bien

1. Lamentations de Jérémie 3, 19. *(N.d.T.)*

fourvoyé. Mais il n'était pas opportun de se mettre à polémiquer avec Daisy, non seulement au nom de la paix et de la tranquillité, mais aussi parce que Georgie devinait parfaitement ce que Daisy devait ressentir.

« Mais Vittoria n'a rien écrit sur le mouton et la musique, fit-il remarquer. Par conséquent, il est inutile d'épiloguer là-dessus. Il y avait aussi une mention du clair de lune. Je ne sais pas ce que cela peut signifier.

– C'est clair : elle veut vous montrer la lune en plein midi, dit Daisy avec brio.

– Bon, mais elle a écrit clair de lune, dit Georgie. Certes, il y a la *Sonate au clair de lune* qui a pu hanter l'esprit de Lucia, mais c'est tout de même curieux. Je crois aussi que Lucia était dans un état de légère hypnose…

– Légère ineptie, dit Daisy… (mais pourquoi diable n'avait-elle pas eu elle-même l'idée de tomber en état de légère hypnose lorsqu'elle Abfouait ? Ç'eût été tellement plus impressionnant !) C'est à la portée de n'importe qui de fermer les yeux et de laisser retomber la tête sur la poitrine.

– Eh bien, moi je crois qu'il s'agissait d'une légère hypnose, déclara fermement Georgie. C'était vraiment très curieux à voir. J'espère qu'elle acceptera de le refaire. Elle n'y tenait pas vraiment. »

Daisy souhaita du fond du cœur que Lucia n'y tînt pas du tout car elle se rendait compte que l'Abfoumanie lui filait entre les doigts. En tout cas, elle allait de ce pas ressusciter Abfou : il n'était pas question de laisser Vittoria en faire à sa tête impunément. Elle se leva.

« Georgie, pourquoi ne pas consulter Abfou sur ce sujet ? demanda-t-elle. Après tout, c'est lui qui nous a dit de créer un musée et l'affaire n'a pas trop mal marché. Abfou avait du sens pratique : ses suggestions menaient à quelque chose de concret. »

Certes, l'idée que Daisy avait conçu le projet du musée et qu'elle avait poussé la planchette en conséquence avait effectivement traversé furtivement l'esprit de Georgie ; néanmoins, il y avait quelque chose de vrai dans ce qu'elle disait : Abfou avait bel et bien écrit musée (à moins que ce ne fût « museau »...) et le musée existait pour le plus grand bien du comité.

« Nous pourrions essayer », dit-il.

Daisy sortit immédiatement sa planchette (qui avait grand besoin d'un bon coup de plumeau) et celle-ci se mit à s'agiter aussitôt qu'ils eurent posé les mains dessus : Abfou témoignait d'une précipitation peu esthétique. Évidemment, ce n'était guère malin de la part de Daisy de fermer les yeux et de ronfler ; c'était même légèrement inepte. C'était un plagiat éhonté et pas du tout convaincant de ce qu'avait fait Lucia. Aussi l'incrédulité de Georgie à l'endroit de Daisy et d'Abfou s'accrut-elle considérablement. Furieux, le crayon s'escrimait à gribouiller. Il débordait parfois la feuille de papier et écrivait sur la table jusqu'au moment où Georgie parvenait à lui glisser de nouveau la feuille sous la pointe. C'était clair : Abfou était outré et point n'était besoin d'en rechercher la cause. Pendant quelque temps, Georgie eut l'impression que la graphie était arabe, mais bientôt le crayon ralentit et Georgie pensa qu'Abfou transmettait un message en anglais. Il traça enfin un magistral paraphe, comme il avait coutume de le faire à la fin de chaque communication, et Daisy leva les yeux comme si elle émergeait d'un rêve.

« Y a-t-il quelque chose ? demanda-t-elle.

– Il y est allé carrément », dit Georgie.

Ils examinèrent le texte. Cela commençait – comme s'y attendait Georgie – par beaucoup d'arabe, puis, – comme s'y attendait également Georgie – cela tournait à de l'anglais, au demeurant fort lisible.

« Méfiez-vous des charlatans ! écrivait Abfou. Méfiez-vous des charlatans originaires du Sud. Tous les esprits ne sont pas véridiques et dignes de foi comme Abfou qui a institué votre musée.

Les guides chimériques fourvoient. Mise en garde de la part d'Abfou.

– Eh bien, si cela n'est pas convaincant, je me demande bien ce qui pourrait l'être ! » déclara Daisy.

Georgie, lui aussi, trouva cela convaincant…

Le fracas de la bataille commença à s'enfler. Le soir même, comme le colonel et Mrs Boucher avaient dîné chez Georgie, tout le monde sut que Georgie et Lucia (car le premier n'en attribuait pas tout le mérite à la seconde) avaient reçu cet extraordinaire message de Vittoria concernant le feu et l'eau et le chien et la vieille femme en colère. De l'avis général, Abfou faisait bien piètre figure et manifestait un caractère jaloux. Pourquoi, par exemple, n'avait-il rien trouvé de mieux que de les mettre simplement en garde contre les charlatans du Sud ?

« À ce compte-là, dit Mrs Boucher, l'Égypte est située au sud et les charlatans peuvent tout aussi bien venir d'Égypte que d'Italie. Le feu et l'eau ! Tout à fait extraordinaire. L'eau y est déjà et en abondance ; quant au feu, il y sera demain. Il faut que je ressorte ma planchette (je l'avais mise de côté). J'en avais assez de n'écrire que de l'arabe, même si ce n'en était pas. Je trouve tout cela très bizarre. Et Vittoria n'a pas dit un mot au sujet du golf. Je crois que c'est un point capital. Si Lucia avait poussé, elle aurait écrit quelque chose sur son histoire de golf avec Daisy. Abfou et Vittoria ! Je me demande bien qui des deux l'emportera ! »

Cela résumait fort bien la situation. On avait le sentiment qu'Abfou et Vittoria ne pouvaient tous deux diriger d'outre-tombe les destinées de Riseholme, à moins d'agir de concert. Or, l'anathème jeté par Abfou sur les charlatans venus du Sud et les esprits chimériques excluait toute idée de coalition éventuelle. On partageait le sentiment, bien ancré dans la conscience de Riseholme mais jamais exprimé au grand jour, qu'Abfou et Vittoria, tout en agissant pour leur propre compte, étaient également des prête-noms : ils agissaient en lieu et place de Daisy et de Lucia. Mais, à tous égards, le tandem Vittoria-Lucia s'avérait – ô combien ! – plus prestigieux que l'autre. Lucia surmonta rapidement ses réticences à l'égard du « déchiffrage » et bientôt des messages, guère trop explicites mais d'une haute portée morale, émanèrent de cet esprit supérieur. Il ne fut jamais tracé un mot relatif au golf ni à Abfou ni aucune diatribe délirante à l'encontre des esprits de grade inférieur et, partant, peu fiables. Vittoria était évidemment bien au-dessus de tout cela (en fait, elle évoluait probablement dans un cercle à mille coudées au-dessus de celui d'Abfou), alors que les pages remplies par Abfou (Daisy se mettait invariablement à sa planchette tous les matins et obtenait des liasses de prose anglaise extrêmement prolixe) étaient immanquablement truffées d'attaques dirigées contre les revenants de basse extraction et paraissaient noircies de mises en garde terrifiantes à l'endroit de ceux qui avaient la faiblesse de leur faire confiance.

De fait, Riseholme n'avait jamais atteint de telles hauteurs d'activité fébrile. Même l'arrivée de la *Gazette du Soir*, au cours de ces fameuses semaines où Hermione en avait tant dit sur Mrs Philip Lucas, n'avait jamais suscité autant d'émotion que n'en soulevait l'accueil d'un nouveau message livré par Abfou ou Vittoria. Et, une fois encore, Lucia en était la cause. Personne, depuis des mois, n'avait eu cure de ce qu'Abfou pouvait bien déclarer jusqu'au jour où Lucia était devenue le réceptacle des messages de Vittoria. Elle s'était plongée dans la planchette avec cet enthousiasme qu'elle mettait dans tout ce qu'elle entreprenait. D'un autre côté, on se rendait compte qu'Abfou comptait des réalisations concrètes à son actif (bien qu'il se fût déprécié par ses récriminations sarcastiques). Il avait inventé le musée alors que Vittoria-Lucia, mises à part ses déclarations de sentiments de haute valeur morale, n'avait rien inventé (on ne pouvait considérer les sentiments de haute valeur morale comme une invention). Certes, il restait le morceau de choix à propos de Pug et de lady Ambermere en colère mais, au fond, Lucia avait déjà eu connaissance des faits. Quant au passage relatif au feu, à l'eau et au clair de lune, il ne constituait pas une invention aussi sensationnelle que le musée. « Clair de lune », en particulier – à moins que ce ne fût une référence à la fameuse *sonate* –, demeurait totalement obscur… Lucia, devant l'objection vétilleuse assez timidement formulée par Georgie qui aspirait à voir Vittoria clamer haut et fort ses revendications, se montra superbe.

« Eh oui, Georgie, je suis incapable de vous l'expliquer, dit-elle. Je ne suis que l'humble scribe. Même à moi la chose paraît mystérieuse. Je me contente d'être le truchement de Vittoria, son médium privilégié. Je ressens cela comme un honneur insigne. Peut-être un jour en aurons-nous l'explication ? Qui vivra verra… »

Ils virent.

Entre-temps, puisque personne ne peut se nourrir exclusivement de messages en provenance de l'invisible, on ne négligea pas d'autres centres d'intérêt. Il y eut des parties de bridge au Hurst, il y eut beaucoup de musique, il y eut une lecture de *Hamlet* au cours de laquelle Lucia cumula plusieurs rôles parmi les plus importants et pour laquelle Daisy refusa de tenir celui du revenant. Le nouveau conseil d'administration du club de golf fut constitué et, lors de la première séance, Lucia annonça qu'elle créait la coupe de la présidente et Peppino la coupe Lucas pour les compétitions en double. On afficha cette information dans le local du club et, en la voyant, Daisy fit une grimace si sardonique qu'il y avait tout lieu de s'attendre à quelque réaction très violente de la part d'Abfou. Peu après, elle sortit faire un parcours avec le colonel Boucher qui en revint apparemment fort alarmé. Parvenue à un obstacle, Daisy avait tout simplement éventré sa balle en la cinglant de son club… La convalescence de Peppino suivait normalement son cours ; au bridge, Lucia imposa sa loi à plusieurs reprises et les poêles à mazout installés dans le musée donnaient entière satisfaction. Ils luttaient efficacement contre les grandes plaques d'humidité qui s'étalaient sur les murs et Daisy, se souvenant un soir qu'elle ne les avait pas inspectés en personne, se rendit dans la grange juste avant dîner pour les examiner. Le garçonnet qui en avait la charge les avait éteints (on ne les allumait que pendant la journée) et leur efficacité ne pouvait pas être mise en doute. Daisy constata qu'elle ne serait pas en mesure d'émettre la moindre objection à leur sujet, lors de la prochaine séance du comité, comme elle en avait caressé le projet. Afin d'activer le processus d'assèchement, elle remplit les deux poêles à ras bord et les alluma pour qu'ils brûlassent toute la nuit. Ce faisant, elle renversa un peu de pétrole sur le sol mais ces quelques gouttes ne tarderaient pas à s'évaporer. Georgie traversait la pelouse communale d'un pas léger, après sa visite chez Mrs Boucher, et Daisy et lui rentrèrent ensemble, chacun chez soi.

Ce soir-là, Georgie avait dîné à la maison. Tout absorbé dans ses mots croisés, il fut très surpris de constater qu'il était fort tard. À la recherche d'un nom de fleuve de sept lettres comportant un P et un T en son milieu, il s'était longtemps plongé dans une carte de l'Amérique du Sud quand il décida de s'en tenir là pour cette fois-ci.

« Quelle barbe ! dit-il, si j'arrivais à trouver ce nom, je suis sûr que je pourrais faire le trente et un horizontalement. »

Il se dirigea nonchalamment vers la fenêtre et en écarta les stores. C'était une nuit de pleine lune et un vent violent talonnait quelques fugitifs nuages. Au moment où il allait lâcher le store, Georgie aperçut une lumière rougeâtre dans le ciel, juste au-dessus de la grande haie d'ifs de son jardin ; il se demanda ce que ce pouvait bien être. Conjuguée au fait qu'il est toujours agréable de prendre une bouffée d'air frais avant d'aller se coucher, sa curiosité le poussa à ouvrir sa porte pour jeter un coup d'œil à l'extérieur. Il poussa un cri rauque d'atterrement et d'horreur.

Une vive lumière embrasait les fenêtres du musée dont l'une, apparemment soufflée, laissait échapper un nuage de fumée traversé de langues de feu. Georgie bondit sur son téléphone et, avec une magnifique présence d'esprit, appela la caserne des pompiers de Brinton. « Riseholme ! cria-t-il. Une maison en feu : envoyez immédiatement la voiture de pompiers ! » Il se précipita de nouveau dans son jardin et, ayant vu que, dans la maison voisine, le salon était encore éclairé (Daisy arrachait à Afbou quelques formules aux forts relents de soufre), il frappa au carreau. « Le musée est en flammes ! » hurla-t-il avant de traverser la pelouse communale pour s'approcher du lieu de l'incendie.

Pendant ce temps, d'autres personnes avaient également vu le feu et sortaient de leurs maisons, telles des petites fourmis noires sur une nappe rouge. De toute évidence, le feu avait bien pris et un pan de la toiture s'effondra tandis que les flammes jaillissaient en rugissant. Il n'y avait aucun extincteur dans la grange et, quand bien même il s'en fût trouvé un, personne n'aurait pu l'atteindre. On alla chercher un tuyau à l'hostellerie des Armes d'Ambermere, mais il était trop court. Rien d'efficace n'était possible en attendant l'arrivée de la voiture des pompiers de Brinton. Heureusement, le musée ne jouxtait aucune des maisons voisines et cela semblait exclure que le feu ne se propageât.

On entendit bientôt la cloche de la voiture qui approchait mais, d'ores et déjà, il était évident qu'on ne pourrait rien sauver du désastre. Le reste de la toiture s'écrasa avec fracas, un mur vacilla et s'écroula. On assujettit la grande lance et on dirigea le jet d'eau vers les endroits où le feu semblait le plus intense et des nuages de vapeur se mêlèrent à la fumée. Mais tous les efforts de sauvetage furent vains. Tout ce que l'on put faire, alors que le feu s'éteignait progressivement, faute de combustible, ce fut d'arroser les cendres ardentes de la conflagration… Tandis qu'il observait le spectacle, trois mots résonnèrent dans l'esprit de Georgie. « Le feu, l'eau, le clair de lune ! » dit-il tout haut d'un ton respectueux, mêlé de crainte… Vittoria était victorieuse !

Bien entendu, le comité se réunit le lendemain matin et Robert, en qualité de conseiller financier, fut tout spécialement invité à assister à la séance. Georgie arriva chez Mrs Boucher, où se tenait la réunion, avant Daisy et Robert. Dans son état de surexcitation, Mrs Boucher en oublia presque de lui souhaiter la bienvenue.

« J'appelle cela extraordinaire ! dit-elle. Le chien et la vieille femme en colère ne m'avaient jamais tout à fait convaincue, mais ceci dépasse tout ce que l'on peut imaginer. Le feu, l'eau, le clair de lune ! C'est prophétique, rien moins que de la prophétie pure et simple. À l'avenir, je croirai tout ce que dit Vittoria. Quant à Abfou… eh bien… »

Elle s'interrompit avec tact car Daisy et Robert venaient d'entrer.

« Bonjour, fit-elle. Et bonjour à vous, monsieur Robert. C'est là une vraie catastrophe, en vérité. Tous les dessins de monsieur Georgie et les cannes et les mitaines et la broche élisabéthaine. Il ne reste plus rien du tout. »

Robert paraissait étonnamment guilleret.

« Je ne trouve pas cela si catastrophique, dit-il. Heureusement, j'avais fait dresser ces contrats d'assurance. La compagnie nous verse deux mille livres dont cinq cents vont au colonel Boucher pour sa grange – je veux dire le musée.

– Bon, c'est déjà quelque chose, dit Mrs Boucher. Et le reste ? Je n'ai jamais rien compris aux assurances. Les articles de leurs contrats m'ont toujours paru de l'hébreu.

– Eh bien, le reste appartient à ceux qui ont engagé de l'argent pour équiper le musée, dit-il. Au *prorata*, bien entendu, des sommes avancées. Au total, on a engagé quatre cent cinquante livres : vous-même, Daisy et Georgie avez mis chacun cinquante livres. Quant au reste, eh bien ! C'est moi qui l'ai mis ! »

On fit mentalement quelques calculs rapides. Il semblait assez dur d'admettre que Robert empochât une telle somme. Les affaires semblaient toujours favoriser les riches. Mais cela n'avait pas l'air d'engendrer la moindre honte chez Robert. Au contraire, il considérait la chose comme allant de soi.

« Les… les trésors contenus dans le musée appartenaient presque tous aux membres du comité, continua-t-il. Ils ont fait l'objet de dons consentis au musée qui, lui, appartenait au comité. C'est tout simple. Maintenant, s'il s'était agi d'une collection d'objets prêtés… eh bien, notre nuage n'aurait pas été bordé d'un liséré d'or aussi brillant ! Je m'occuperai, en votre nom, de toutes les démarches auprès des assurances et vous remettrai à chacun un joli petit chèque. Sans aucun doute, la compagnie posera quelques questions sur l'origine de l'incendie.

– Ah bon, à votre avis, il y a donc là un point mystérieux à élucider… dit Mrs Boucher. On éteignait toujours les poêles à mazout le soir, après les avoir laissés allumés toute la journée. Je me demande comment diable un feu a pu se déclarer en plein milieu de la nuit… »

Les lèvres de Daisy se contractèrent soudain, mais elle se ressaisit.

« C'est vraiment très mystérieux », dit-elle en tournant, comme si de rien n'était, les yeux vers la fenêtre par laquelle on apercevait les débris du musée encore tout fumants. Georgie, au même moment, tressauta et changea immédiatement de sujet en frappant sur la table.

« Nous n'avons oublié qu'une seule chose, dit-il. Le musée ne nous appartenait pas intégralement. Les mitaines de la reine Charlotte n'y faisaient l'objet que d'un prêt… »

Tous les visages des membres du comité s'allongèrent d'un cran.

« C'est l'affaire d'un ou deux shillings, dit Mrs Boucher, pleine d'espoir. Je me félicite que nous n'ayons pas eu Pug sur les bras par-dessus le marché. Lucia nous a tiré cette épine du pied ! »

À l'instant, les propos de Vittoria sur le chien et la vieille femme en colère, le feu, l'eau et le clair de lune revinrent dans toutes les mémoires. Ils revinrent surtout dans la mémoire de Daisy… Il y eut un moment de silence qui eût pu devenir embarrassant s'il se fût prolongé. Heureusement, l'entrée de la bonne de Mrs Boucher y mit un terme. Elle apportait une lettre glissée dans une grande enveloppe carrée, bordée de la bande noire des grands deuils et frappée sur le revers d'un imposant blason sommé d'une couronne.

« À l'attention du Comité du musée, M'dame », annonça la bonne.

Mrs Boucher l'ouvrit et son visage s'empourpra.

« Eh bien ! On peut dire qu'elle n'a pas perdu de temps, dit-elle. C'est lady Ambermere. Je crois que je ferais mieux de vous la lire tout haut.

– Faites donc, je vous en prie, dirent-ils en chœur, la gorge légèrement serrée.

Mrs Boucher lut ceci :

« Aux dames et aux messieurs du Comité du musée de Riseholme.
Mesdames, Messieurs,
J'ai appris que votre petit musée a été complètement détruit, biens meubles et immeubles.
Je me dois de vous rappeler, en conséquence, que les mitaines de Sa Majesté la feue reine Charlotte y avaient été déposées par mes soins et ne constituaient qu'un prêt, pas un don. Aucun dédommagement pécuniaire ne saurait réparer la perte de reliques aussi irremplaçables mais j'accueillerai volontiers, dès que possible, toute offre de compensation symbolique que vous voudrez bien m'adresser.
On m'a indiqué un ordre de grandeur de cinquante livres. Un prompt règlement par chèque m'obligerait de votre part.
Recevez l'expression de mes sentiments distingués,
Cornelia Ambermere. »

Le silence de mort qui suivit la lecture ne fut rompu que lorsque Mrs Boucher parvint à surmonter son indignation.

« J'aimerais mieux porter l'affaire devant la justice, dit-elle, et faire appel si nous n'avons pas gain de cause en première instance, quitte à monter jusqu'à la Chambre des lords, plutôt que de débourser cinquante livres pour ces vieilles guenilles. Soyons sérieux ! La valeur totale des objets déposés au musée ne s'élevait pas à plus de… Bon, fermons la parenthèse. »

Le montant pour lequel les objets déposés au musée avaient été assurés flottait dans toutes les mémoires et il était plus digne de « fermer la parenthèse » et de ne pas laisser les imaginations spéculer sur la fin présumée de la phrase de Mrs Boucher.

L'assemblée en convint à l'unanimité mais nul, pas même Robert, ne savait ce qu'il convenait de faire ensuite.

« Je suggère de lui proposer dix livres, dit enfin Georgie, et m'est avis que c'est largement payé.

– Cinq ! » lança Daisy, comme s'il s'agissait d'une vente aux enchères à rebours.

Robert se gratta le sommet du crâne ce qui, chez lui, dénotait une grande perplexité.

« Il est difficile de savoir ce qu'il faut faire, dit-il. Je n'ai aucune idée de la cote moyenne d'estimation pour les vieux vêtements des reines défuntes.

– Deux ! annonça Mrs Boucher, poursuivant les enchères. Et c'est un prix de luxe. Qu'aurait donc coûté Pug, je vous le demande, si on nous réclame déjà cinquante livres pour deux vieilles mitaines ! Disons une livre chacune et c'est encore un prix exorbitant. Quant à la personne qui a suggéré à lady Ambermere de demander cinquante livres, si vous voulez savoir son nom, je vais vous le dire : elle s'appelle Cornelia Ambermere. »

La demande de lady Ambermere jeta un froid sur la secrète exaltation du comité bien qu'elle entretînt un agréable état de colère indignée. Cinquante livres représentaient une somme dérisoire comparée à ce que la compagnie d'assurances allait leur verser, mais la sensation de subir une tentative de contrainte déclenchait chez eux une louable réaction de résistance farouche. Ils se séparèrent pour réfléchir, chacun pour soi, à ce qu'il serait opportun de faire, et pour remuer les cendres du musée tout en songeant à la richesse considérable qu'il leur avait value. Les autres Riseholmitains étaient également sur les lieux, bien entendu, et tout le monde retournait les cendres sous lesquelles le feu couvait encore. Mrs Antrobus, le curé et son vicaire ainsi que Mr Stratton, tous étaient là, tous sauf Lucia. Georgie, après s'être assuré qu'il ne restait plus rien de ses dessins, fit un saut au Hurst.

Lucia lisait le journal dans le salon de musique. Certes, elle avait appris la destruction totale du musée, cette invention ridicule de Daisy et d'Abfou, mais elle ne laissa échapper aucun indice de triomphe qui eût pu la trahir.

« Mon cher, ce qui est arrivé au musée est vraiment trop triste, dit-elle. Tous vos beaux objets. Et puis, cette pauvre Daisy… Le musée, c'était son idée. »

Georgie exposa la nature du liséré d'or qui bordait le nuage.

« Mais ce qui est le plus merveilleux, c'est Vittoria, dit-il. Le feu, l'eau, le clair de lune. Je n'ai jamais rien entendu d'aussi extraordinaire ! Et moi qui pensais qu'il ne s'agissait que de l'humidité sur les murs et des nouveaux poêles à mazout… C'était prophétique, Lucia. Mrs Boucher le pense, elle aussi. »

Lucia ne manifestait toujours aucun transport de joie devant le succès de Vittoria. Aussi curieux que cela pût paraître, elle-même avait pensé que le message ne faisait allusion qu'à l'humidité et aux poêles à mazout parce qu'elle se souvenait parfaitement que Georgie avait oublié lui en avoir parlé, juste avant l'épiphanie de Vittoria. Mais, à présent, la prophétie s'était effectivement accomplie d'une manière extraordinairement spectaculaire et bien au-delà de ce qu'elle aurait jamais pu imaginer dans ses rêves les plus optimistes. Quant à Abfou, c'était perdre son temps que d'accorder une pensée de plus à ce pauvre espiègle d'Abfou. Elle soupira.

« Eh oui, Georgie, c'était étrange, dit-elle. Cela remonte bien à notre première séance de oui-ja, n'est-ce pas ? La fois où je me suis mise à somnoler et que je me sentais si bizarre ? Fort étrange en vérité. Très convaincant, à mon sens. Mais quant à savoir si je vais continuer à consulter Planchette désormais, je ne sais pas trop…

– Oh ! Mais il le faut, dit Georgie. Après tout le fatras de… »

Lucia leva le doigt.

« Allons, Georgie, ne soyez pas méchant, dit-elle. Disons “Pauvre Daisy” et classons l'affaire. C'est tout. Y a-t-il autre chose de nouveau ? »

Georgie narra par le menu les prétentions exorbitantes de lady Ambermere.

« Et, comme dit Robert, c'est tellement difficile de savoir quel montant lui proposer… », dit-il en conclusion.

Lucia partit d'un éclat de rire des plus joyeux.

« Georgie, dit-elle, que deviendrait le pauvre Riseholme sans moi ? C'est à croire que je n'ai été créée que pour vous tirer tous des mauvais pas où vous vous êtes fourvoyés ! Ce club de golf qui était géré en dépit du bon sens, Pug, et à présent ceci. Eh bien, vais-je me montrer gentille une fois de plus pour vous aider ? »

Elle tourna les pages de son journal.

« Ah ! Voilà. J'y suis, dit-elle ; écoutez, Georgie. Enchères à la salle de ventes de Pemberton à Knightsbridge, hier. Articles divers. Manuscrit autographe de Crippen, l'assassin (Mon Dieu, quelle mentalité morbide on rencontre chez les gens !) ; broche en nacre ayant appartenu à la femme du poète Mr Robert Montgomery ; paire de rasoirs ayant appartenu à Carlyle… vous voyez, un ramassis de camelote hétéroclite… Ah oui, voilà ce que je cherchais ! Paire de guêtres de cavalier, en bon état, ayant appartenu à Sa Majesté le roi George IV. Cela peut permettre de se faire une petite idée sur la valeur des mitaines de la reine Charlotte, qu'en pensez-vous ? Et quel prix ont-elles atteint, d'après vous ? Une somme mirobolante, Georgie ; rien qui approche les cinquante livres… Elles ont atteint dix shillings et six pence !

– Pas possible ! s'exclama Georgie. Et dire que lady Ambermere nous a demandé cinquante livres ! »

Lucia se remit à rire.

« Eh bien, Georgie, j'imagine que je dois faire preuve de bonté d'âme, dit-elle. Je vais rédiger le brouillon d'une petite lettre que votre comité pourra adresser à lady Ambermere. Comme vous êtes de mèche, tous en chœur, pour me bousculer et me solliciter sans relâche jusqu'à me faire rendre l'âme ! Tenez, pas plus tard qu'hier, je disais à Peppino que les mois que nous avons passés à Londres me paraissaient des vacances comparés à tout ce que j'ai à faire ici. Ce cher vieux Riseholme ! Comme j'adore l'aider à se dégager de ses petits traquenards ! »

Georgie en restait bouche bée d'admiration. À peine un ou deux mois plus tôt tout Riseholme se frottait les mains quand Abfou qualifiait Lucia de snob et, à présent, voilà qu'ils se précipitaient tous vers elle (à l'exception de Daisy) en quête de secours et de directives pour tout ce qui touchait aux occupations et aux entreprises palpitantes dont se délectait Riseholme : des compétitions de golf, des tournois de bridge, des quatre mains au piano, d'authentiques séances de oui-ja, la redoutable entrevue avec lady Ambermere et, par-dessus tout cela, l'intérêt palpitant qu'engendrait Lucia du seul fait de sa forte personnalité.

« Vous êtes vraiment trop merveilleuse, dit Georgie. Je me demande franchement ce que nous deviendrions sans vous ! »

Lucia se leva.

« Bon ! Je vais donc griffonner une petite lettre pour vous, dit-elle, en mentionnant le prix des guêtres (en bon état) de George IV. Quelle somme allons-nous – je veux dire allez-vous – proposer ? M'est avis qu'il faut vous montrer généreux, Georgie, et renoncer à calculer la différence exacte qu'il y a entre la valeur d'une paire de guêtres en bon état ayant appartenu à un roi en exercice et celle d'une paire de mitaines mitées ayant appartenu à une reine non régnante. Proposez-lui le même prix. En fait, je crois qu'à votre place je joindrais une coupure de dix shillings et six timbres-poste. Ce sera plus que généreux, ce sera royal. »

Lucia s'installa à son bureau et, après avoir réfléchi quelques minutes, rédigea deux ou trois pages de papier brouillon de sa belle calligraphie qui n'offrait aucune ressemblance avec celle de Vittoria. Elle relut son texte et le trouva satisfaisant.

« Je crois qu'avec ça l'affaire sera classée, dit-elle. Si la *vecchia* vous cherche encore des noises, tenez-moi au courant. Avant de faire un peu de musique, il y a encore une chose dont j'aimerais vous parler. Comment pensez-vous que le feu s'est déclaré ? »

Georgie sentait que Lucia le fixait de son regard pénétrant. Elle n'avait pas posé la question à la légère. Il essaya d'y répondre d'un ton léger.

« C'est extrêmement mystérieux, dit-il. On éteint toujours les poêles à mazout assez tôt le soir et on les rallume le lendemain matin. Le garçonnet dit qu'il les a éteints comme d'habitude. »

Lucia ne l'avait pas lâché des yeux.

« Georgie, répéta-t-elle, comment pensez-vous que le feu s'est déclaré ? »

Cette fois, Georgie se sentit tout à fait mal à l'aise.

« Je l'ignore, dit-il. Avez-vous la moindre idée ?

– Oui, dit Lucia. Et vous aussi. Je vais vous exposer mon idée, si vous le désirez. J'ai vu notre pauvre Daisy, bien mal inspirée en l'occurrence, sortir du musée vers sept heures, hier soir.

– Moi aussi, avoua Georgie dans un murmure.

– Eh bien, on avait dû éteindre les poêles à mazout bien avant cette heure-là, oui ou non ?

– Oui, dit Georgie.

– Alors, comment se fait-il qu'on pouvait voir de la lumière par les fenêtres du musée ? Pas beaucoup de lumière, mais juste un peu de lumière : je l'ai vue. Comment interprétez-vous la chose ?

– Je n'en sais rien », dit Georgie.

Lucia brandit un doigt réprobateur.

« Georgie, vous avez l'esprit bien engourdi ce matin, dit-elle. D'après moi, c'est notre pauvre Daisy qui a dû rallumer les poêles à mazout. Et alors, avec sa maladresse coutumière, elle a dû renverser du pétrole par terre. Ça, ou quelque chose du même genre, peu importe. En fait, je crains fort que Daisy ait provoqué l'incendie qui a détruit le musée. »

Il y eut un moment de silence terriblement oppressant.

« Qu'allons-nous faire à présent ? » demanda Georgie.

Lucia se mit à rire.

« Faire ? dit-elle. Mais… rien du tout, si ce n'est tout oublier, à jamais. Nous savons parfaitement que la pauvre Daisy ne l'a pas fait exprès. Elle n'a pas le cran ni l'esprit d'invention d'un pyromane authentique. Elle a été victime de son étourderie et de sa manie de fourrer son nez partout.

– Mais l'argent de l'assurance ? demanda Georgie.

– Oui, et alors ? L'incendie était accidentel, que Daisy avoue ce qu'elle a provoqué ou pas. Pauvre Daisy ! Il faut que nous soyons gentils envers elle, Georgie. Son golf ! Son Abfou ! Quelles déceptions… J'ai l'intention de lui demander de faire équipe avec moi pour les doubles de la coupe Lucas. Et si jamais il reste une place vacante dans le conseil d'administration du club de golf, nous pourrions peut-être suggérer sa candidature. »

Lucia poussa un soupir en souriant, songeuse.

« Quel dommage qu'elle n'ait pas davantage de discernement », dit-elle.

Elle parut un moment perdue dans ses songes. Puis, à l'immense surprise de Georgie, elle éclata littéralement de rire.

« Mais que se passe-t-il donc, ma chère ? » lui demanda Georgie.

Incapable de parler sous l'emprise du rire, elle se ressaisit enfin, reprit son souffle et s'essuya les yeux.

« Mais, Georgie, j'avais raison : vous avez *vraiment* l'esprit engourdi ce matin ! dit-elle. Enfin, vous ne voyez donc pas ? La manie de Daisy de fourrer son nez partout a assis la réputation de Vittoria et ruiné celle d'Abfou. Le feu, l'eau, le clair de lune : la prophétie de Vittoria. Tout cela, c'est à la pauvre Daisy que Vittoria le doit ! »

Le rire de Georgie déclencha de nouveau celui de Lucia et, en entrant dans la pièce, Peppino les trouva tous les deux riant aux larmes.

« Bonjour, Georgie, dit-il. C'est terrible pour le musée ! Quelle perte cruelle… Mais qu'est-ce qui vous faire rire de la sorte ?

– Rien du tout, *caro*, dit Lucia. Il s'agit simplement d'une petite blague de Daisy. Rien qui vaille la peine d'être répété, mais cela nous a faire rire, Georgie et moi. Et maintenant, Georgie, allons travailler sérieusement notre divin Mozartino pendant une demi-heure. Nous avons été bien paresseux ces derniers temps. »

TABLE

Mise en pages PCA
– 44400 Rezé

Achevé d'imprimer en octobre 2016
sur les presses de Normandie Roto Impression s.a.s.
61250 Lonrai
pour le compte des Éditions Payot & Rivages
18, rue Séguier – 75006 Paris
N° d'imprimeur : 1604202
Dépôt légal : novembre 2016

Imprimé en France